高等师范院校汉语言文学专业系列教材

普通高等学校中文学科通用教材

# 中国古代文学经典选读

## 先秦两汉魏晋南北朝文学

Zhongguo Gudai Wenxue

**Jingdian Xuandu**

分册主编 孙 晶

编　委 杨　滨　孙　晶　项永琴　王继学

北京师范大学出版集团
BEIJING NORMAL UNIVERSITY PUBLISHING GROUP
北京师范大学出版社

**图书在版编目(CIP)数据**

中国古代文学经典选读／兰翠主编．—北京：北京师范大学
出版社，2013.6（2019.7重印）
ISBN 978-7-303-15750-1

Ⅰ．①中… Ⅱ．①兰… Ⅲ．①中国文学－古典文学－作品
集－师范大学－教材 Ⅳ．① I212.01

中国版本图书馆 CIP 数据核字（2012）第 282956 号

| 营销中心电话 | 010-58802181 58805532 |
| 北师大出版社高等教育分社网 | http://gaojiao.bnup.com |
| 电 子 信 箱 | gaojiao@bnupg.com |

出版发行：北京师范大学出版社 www.bnup.com
　　　　　北京新街口外大街 19 号
　　　　　邮政编码：100875

| 印　　刷： | 北京京师印务有限公司 |
| 经　　销： | 全国新华书店 |
| 开　　本： | 787mm × 1092mm　1/16 |
| 印　　张： | 56 |
| 字　　数： | 1057 千字 |
| 版　　次： | 2013 年 6 月第 1 版 |
| 印　　次： | 2019 年 7 月第 4 次印刷 |
| 定　　价： | 88.00 元 |

| 策划编辑：马佩林 | 责任编辑：王一涵 |
| 美术编辑：毛 佳 | 装帧设计：王齐云 |
| 责任校对：李 菡 | 责任印制：马 洁 |

# 前　言

中国文学的优秀作品承载着中华民族的优秀精神，如崇高理想的树立，对达观人生的体悟，对现实生活的热爱，对自然万物的同情等，蕴涵着丰富而深刻的美育品格，并在其悠久的发展历史中形成了自己独特的化育之道，即以"化"为用的美育功夫。因此，中国文学教学的目的，不仅要使学生掌握中国文学发展演变的基本脉络，掌握文学的基本知识、基本概念、基本理论，更应当重视并发掘中国文学这一极具审美教育价值的文化资源，通过中国文学教学，使大学生在美的情感熏陶中提升人生境界，培养学生高尚的审美情趣和正确的审美观。

本书在选篇时，依照古代文学的发展脉络，突出各个时期、各种流派的作家的代表性、作品的经典性、兼顾各种风格、题材、体裁的广泛性，同时，侧重于文学作品的审美价值。因此，本书既可以作为高校中国文学史课程教学的配套教材，也可作为一般读者阅读与欣赏的古代文学作品选本。

本书的编写体例主要有如下几点：

一、全书分为三册：

上册　先秦至魏晋南北朝文学；中册　隋、唐、五代、宋、辽金文学；下册元、明、清文学。

二、每册作品的编排顺序按照历史时期的先后，以作家生年（作品集以成书年代）为序；同一作家，先依诗、词、文的文体顺序排列，后依写作时间排列，写作时间不详者列在最后。

三、全书以作家（少数为作品集）为单元，每个单元包括作家（作品集）简介、作品题目、题解、原文、注释、审美点评。"作家（作品集）简介"是对本单元作家（作品集）的总体介绍，包括对作家的生平简介（总集的成书时间及背景）、作品（集）的思想内容、艺术特色、主要风格等方面的概括。"题解"主要用以说明该作品的篇名、创作背景、题旨等。"审美点评"是对作品的审美评价，既可针对全篇，也可针对作品中审美特征鲜明和突出的部分。

四、每篇作品均标明版本出处。文中与其他版本的不同之处，在注释中根据需要作简要说明。

五、本书注释以简明扼要为宗旨。同一分册中前后重见的词语、典故，避免重复注释。生僻字注音一律采用汉语拼音。

本书在编注、赏评中，对前人的研究成果多有吸收借鉴，在此一并致以衷心感谢！

参加本书编写的人员分工依次为：先秦部分，杨滨；两汉部分，孙晶；魏晋南北朝部分，项永琴、王继学；隋唐五代部分，吉南、兰翠；宋及辽金部分，于年湖；元代部分，陈庆纪；明代部分，刘淑丽；清代部分，郑世华。

此外，主编兰翠负责全书的编审统稿和组织工作；副主编杨滨参与有关选目、体例以及部分编注工作；三位分册主编孙晶、于年湖和刘淑丽负责对各分册作全面审阅和修改。

编者
2013 年 5 月

# 目　录

## 先秦文学

# 魏晋南北朝文学

# 先秦文学

## 上古神话

　　神话是古代人民以不自觉的艺术方式口头创作的神异故事，是对自然现象及社会生活的曲折反映和超现实的形象描述，它表现了古代人民对自然现象和社会生活的原始理解。它是古代人民运用想象和借助想象以征服自然力并使之形象化的艺术结晶。中国古代神话的产生固然很早，但用文字记录下来则较晚，而且缺乏系统记载神话的专门典籍。但在《山海经》、《庄子》、《楚辞》、《淮南子》、《列子》等古籍中，或多或少地保存了一些神话传说。虽不够系统、完整，内容却各具特点。现存中国古代神话主要包括创世神话、始祖神话、洪水神话、战争神话、发明创造神话等。

### 女娲补天

　　**【题解】** 本篇选自《淮南子·览冥训》，题目是后加的。这是一则创世神话，反映了古人对于远古世界的一种认识。这则神话中的女娲以其超人的本领与智慧拯救人民于水火之中。

　　往古之时，四极废[1]，九州裂[2]，天不兼覆，地不周载[3]。火爁炎而不灭[4]，水浩洋而不息[5]。猛兽食颛民[6]，鸷鸟攫老弱[7]。于是女娲炼五色石以补苍天[8]，断鳌足以立四极[9]，杀黑龙以济冀州[10]，积芦灰以止淫水[11]。苍天补，四极正，淫水涸[12]，冀州平，狡虫死[13]，颛民生。

中华书局《诸子集成》本《淮南子》卷六

**【注释】**

　　[1] 四极：传说中立在天的四边用来支撑天的四根立柱。废：毁弃，指柱断天塌。[2] 九

州：泛指中国。《尚书·禹贡》称九州之名为冀、兖、青、徐、扬、荆、豫、梁、雍。裂：分裂。
[3] 天不兼覆：天不能完全覆盖大地。地不周载：大地不能完全容载万物。[4] 燫（làn）炎：
大火焚烧绵延不绝的样子。[5] 浩洋：水势浩大的样子。[6] 颛民：善良的人民。颛（zhuān），
善良。[7] 鸷鸟：凶猛的鸟，如鹰、雕之类。攫（jué）：用爪抓取。[8] 女娲（wā）：女神名。
传说是伏羲之妹。《山海经·大荒西经》郭璞注："女娲，古神女而帝者，人面蛇身，一日中七十
变。"[9] 鳌（áo）：传说中海里的大龟或大鳖。[10] 济：救助。冀州：古九州之一。这里指黄
河流域中原地区。[11] 芦灰：芦苇焚烧后的灰烬。淫水：泛滥成灾的洪水。[12] 涸（hé）：干
枯。[13] 狡虫：指凶禽猛兽。狡，凶猛。

**【审美点评】**

在远古人类的眼中，神话世界也是一个具象的、感性的世界，宇宙的构架、善
恶的交战，都未超出他们日常生活和情感的经验。于是，我们从神话中看到了他们
充满生活智慧的想象以及真切的恐惧和欢愉。

# 后羿射日

**【题解】** 本篇选自《淮南子·本经训》。这则神话通过对射日英雄后羿的赞颂，
表现了先民征服旱灾与猛兽的强烈愿望。传说后羿为远古某支部落的首领，弓箭的
发明者。弓箭是上古渔猎时代的一件重大发明。

逮至尧之时[1]，十日并出，焦禾稼，杀草木，而民无所食。猰貐、
凿齿、九婴、大风、封豨、修蛇[2]，皆为民害。尧乃使羿诛凿齿于畴华
之野[3]，杀九婴于凶水之上[4]，缴大风于青丘之泽[5]，上射十日而下杀
猰貐[6]，断修蛇于洞庭[7]，禽封豨于桑林[8]。万民皆喜，置尧以为天子。

中华书局《诸子集成》本《淮南子》卷八

**【注释】**

[1] 逮至：及至，到了。尧：传说中古代部落联盟领袖。陶唐氏，名放勋，史称唐尧。
[2] 猰貐（yàyǔ）：传说中吃人的猛兽。状如龙首，或谓似狸，叫声如婴儿啼哭。一说似虎，一
说似牛，红身、人面、马足。凿齿：传说中怪兽。齿长三尺，形如凿子。九婴：传说中的怪兽，
长着九个脑袋，能喷水吐火。大风：传说中的猛禽，飞过则起大风，能摧毁房屋。封豨（xī）：
大野猪。修蛇：长大的蟒蛇，传说能吞食大象，三年吐其骨。[3] 畴华：南方水泽名。[4] 凶
水：北方大河名。[5] 缴（zhuó）：拴在箭上的生丝绳。这里用作动词。青丘：东方水泽名。
[6] 上射十日：王逸《楚辞章句》注《天问》"羿焉毕日，乌焉解羽"句云："羿仰射十日，中其
九日，日中九乌皆死，堕其羽翼。"[7] 洞庭：南方水泽名，即今之洞庭湖。[8] 禽：同"擒"，
捕捉。桑林：中原地名。

**【审美点评】**

在与自然暴力抗争的过程中，人类的每一项发明都使他们获得新的力量和更多的解放。因此，原始人类用满腔的热情将这一力量神圣化，并从中汲取更大的信心。

# 精卫填海

**【题解】** 本篇选自《山海经·北山经》。这则神话写炎帝的女儿"女娃"溺死于东海而化为神鸟"精卫"，口衔木石，想要填平东海的故事，表现了远古人民希望征服自然的愿望。精卫，鸟名，又名誓鸟、冤禽、志鸟，俗称帝女雀。

发鸠之山[1]，其上多柘木[2]。有鸟焉，其状如乌[3]，文首[4]、白喙[5]、赤足，名曰精卫，其鸣自詨[6]。是炎帝之少女[7]，名曰女娃。女娃游于东海，溺而不返[8]，故为精卫，常衔西山之木石，以堙于东海[9]。

郝懿行笺疏本《山海经》卷三

**【注释】**

[1] 发鸠：山名。旧说在山西长子县西。[2] 柘（zhè）木：柘树。一种落叶灌木或乔木，叶卵形或椭圆形，亦名黄桑。[3] 乌：乌鸦。[4] 文首：花脑袋。文，花纹。[5] 喙（huì）：鸟嘴。[6] 其鸣自詨：它的鸣叫声像是自呼其名（精卫）。詨（xiāo），呼叫。[7] 炎帝：即神农氏。与黄帝同被认为是中华民族的人文初祖。相传曾教人务农、治病。少女：小女儿。[8] 溺（nì）：淹死。[9] 堙（yīn）：填塞。

**【审美点评】**

神话形象是人类观念的象征物，包涵着人的爱恶之情和审美判断。"精卫"的美，来自于远古人类对自身不畏强暴、坚韧不屈的斗争精神的赞叹和神化。陶渊明在诗中写道："精卫衔微木，将以填沧海"，赞扬精卫小鸟敢于向大海抗争的悲壮战斗精神。

# 夸父逐日

**【题解】** 本篇选自《山海经·海外北经》。该篇讲述了巨人神夸父追赶太阳，最终干渴而死的故事，表现了远古人类对宇宙的认识和对力量的崇拜。

夸父与日逐走[1]，入日[2]。渴，欲得饮，饮于河、渭[3]；河、渭不足，北饮大泽[4]。未至，道渴而死。弃其杖，化为邓林[5]。

郝懿行笺疏本《山海经》卷八

**【注释】**

[1] 夸父（fǔ）：神话中一个巨人神的名字。逐走：追逐竞跑。[2] 入日：进入太阳的光轮。[3] 河：黄河。渭：渭水，发源于甘肃，经陕西流入黄河。[4] 大泽：传说为纵横千里的大湖，在雁门山北。[5] 邓林：即桃林。毕沅《山海经新校正》云："邓林即桃林也。邓、桃音相近。"《山海经·中山经》谓"夸父之山，北有桃林"，当指此林。

**【审美点评】**

夸父追逐日影、喝干河渭的巨大身影与死后以其膏肉所浸、蕴化桃林的甘美情怀形成极为鲜明的美感，也使原始的、粗粝的力量更彰显出人性的光辉。

# 黄帝擒蚩尤

**【题解】** 本篇选自《山海经·大荒北经》。黄帝与蚩尤是传说中上古两个强大的部落集团的首领，他们之间经历了多次的战争，互有胜负。

蚩尤作兵[1]，伐黄帝[2]。黄帝乃令应龙攻之冀州之野[3]。应龙畜水。蚩尤请风伯雨师[4]，纵大风雨。黄帝乃下天女曰魃[5]。雨止，遂杀蚩尤。

**郝懿行笺疏本《山海经》卷一七**

**【注释】**

[1] 蚩尤：传说中南方部族首领。作：制造。兵：兵器。传说蚩尤发明了五种兵器：戈、殳、戟、酋矛、夷矛。[2] 黄帝：上古神话中的大神帝号。传说称轩辕氏，亦即有熊氏。[3] 应龙：传说中长翅膀的龙，善蓄水行雨。[4] 风伯雨师：风神、雨神。[5] 魃（bá）：黄帝的女儿。一说是旱神。

**【审美点评】**

神话反映了上古氏族间的战争，其间对于战争手段的描述在我们今天看来充满了神奇色彩，却是古人解释战争胜败的常见思维。

# 鲧禹治水

**【题解】** 本篇选自《山海经·海内经》。这是一则英雄神话。鲧、禹父子都是半神半人的英雄。鲧治洪水献出了生命，禹继父业历尽艰辛，终于大功告成，九州平定。这一神话歌颂了人类面临洪水浩劫不屈不挠与自然作斗争的英雄精神和夺取胜利的坚定信念。

洪水滔天[1]，鲧窃帝之息壤以堙洪水[2]，不待帝命。帝令祝融杀鲧于羽郊[3]。鲧复生禹[4]，帝乃命禹卒布土以定九州[5]。

郝懿行笺疏本《山海经》卷一八

**【注释】**

[1]滔：大水弥漫。[2]帝：天帝。息壤：一种生长不止的神土，故能填塞洪水。[3]祝融：火神之名。羽郊：羽山郊野。[4]复：通"腹"。郭璞云："《开筮》曰'鲧死三年不腐，剖之以吴刀，化为黄龙'也。"《归藏》云："大副之吴刀，是用出禹。"《楚辞·天问》云："伯禹腹鲧，夫何以变化？"[5]卒：终于。布：铺填。

**【审美点评】**

神话中的英雄都是对人类有所贡献的超人。他们公而忘私、不怕牺牲的精神，百折不挠、永不言弃的意志，不仅给远古人类莫大的鼓舞，也使这些神话英雄成为后世传说中最为动人的形象。

# 《尚书》

《尚书》，也称《书经》，是战国以前流传下来的商周记言史料的汇编。其中主要记载了商、周时期有关政治的一些言论和史实。全书分为《虞书》、《夏书》、《商书》、《周书》四部分。因它是上古之书，故称《尚书》。

## 无 逸

**【题解】**选自《周书》。旧传为周公所作。从文字上看，当为史官记录的周公的诰词。相传周武王姬发死后，他的儿子成王尚幼，便由武王的弟弟姬旦——即周公摄行治理天下之事。待天下已定，便归政于成王。《无逸》便是周公归政时对成王的一番告诫之词。

周公曰："呜呼！君子所其无逸[1]。先知稼穑之艰难，乃逸[2]，则知小人之依[3]。相小人[4]，厥父母勤劳稼穑，厥子乃不知稼穑之艰难，乃逸乃谚[5]，既诞[6]。否则侮厥父母[7]，曰：'昔之人无闻知[8]。'"

周公曰："呜呼！我闻曰：昔在殷王中宗[9]，严恭寅畏天命[10]，自度[11]，治民祇惧[12]，不敢荒宁[13]。肆中宗之享国，七十有五年[14]。

其在高宗[15]，时旧劳于外[16]，爰暨小人[17]。作其即位[18]，乃或亮阴[19]，三年不言。其惟不言，言乃雍[20]。不敢荒宁，嘉靖殷邦[21]。至于小大[22]，无时或怨[23]。肆高宗之享国，五十有九年。

其在祖甲[24]，不义惟王，旧为小人[25]。作其即位，爰知小人之依，能保惠于庶民[26]，不敢侮鳏寡[27]。肆祖甲之享国，三十有三年。

自时厥后立王[28]，生则逸。生则逸[29]，不知稼穑之艰难，不闻小人之劳，惟耽乐之从[30]。自时厥后，亦罔或克寿[31]。或十年，或七八年，或五六年，或四三年。”

周公曰："呜呼！厥亦惟我周太王、王季，克自抑畏[32]。文王卑服[33]，即康功田功[34]。徽柔懿恭[35]，怀保小民[36]，惠鲜鳏寡[37]。自朝至于日中昃[38]，不遑暇食[39]，用咸和万民[40]。文王不敢盘于游田[41]，以庶邦惟正之供[42]。文王受命惟中身[43]，厥享国五十年。”

周公曰："呜呼！继自今嗣王，则其无淫于观于逸、于游于田[44]，以万民惟正之供。无皇曰[45]：'今日耽乐。'乃非民攸训，非天攸若[46]，时人丕则有愆[47]。无若殷王受之迷乱，酗于酒德哉[48]！"

周公曰："呜呼！我闻曰：'古之人犹胥训告[49]，胥保惠[50]，胥教诲，民无或胥诪张为幻[51]。'此厥不听，人乃训之，乃变乱先王之正刑[52]，至于小大[53]。民否则厥心违怨[54]，否则厥口诅祝[55]。"

周公曰："呜呼！自殷王中宗，及高宗，及祖甲，及我周文王，兹四人迪哲[56]。厥或告之曰[57]：'小人怨汝詈汝[58]。'则皇自敬德[59]。厥愆[60]，曰：'朕之愆。'允若时[61]，不啻不敢含怒[62]。此厥不听，人乃或诪张为幻曰：'小人怨汝詈汝。'则信之。则若时，不永念厥辟[63]，不宽绰厥心[64]，乱罚无罪，杀无辜。怨有同[65]，是丛于厥身[66]。"

周公曰："呜呼！嗣王其监于兹[67]。"

中华书局《十三经注疏》本《尚书正义》卷一六

**【注释】**

[1]君子：指大夫以上有官位的人。所：居官。其：副词，表祈使。无：通"毋"，不要。逸：逸乐。这里指纵酒、淫乐、嬉游、田猎等娱乐活动。[2]乃：而，而后。[3]小人：老百姓。依：痛苦，苦衷。[4]相：看。[5]乃：就。诞：通"嗲"，粗野不恭。[6]诞：放肆。[7]否则：乃至于。侮：轻侮。[8]昔之人无闻知：年老的人孤陋寡闻。昔之人，老人。[9]中宗：一说是太戊，殷之第五世贤主。一说是祖乙，殷之第七世贤主。[10]严恭：指外貌庄敬。严，同"俨"，庄正。寅畏：指内心敬畏。寅，敬。[11]自度：制约自己。度，法制。引申为限

制。[12] 祗惧：敬畏。[13] 荒宁：荒废自安。[14] 肆：因此。享国：指在帝位。有：又。[15] 高宗：武丁，殷代第十一世贤主。[16] 时：是，这人。旧：久。[17] 爰：于是。暨：同，和。[18] 作：及，等到。[19] 或：又。亮阴：《尚书大传》作"梁暗"，《论语·宪问篇》作"谅阴"，《礼记·丧服四制》作"谅暗"。孔子解释说："君薨，百官总已以听于冢宰三年。"马融论："亮，信也；阴，默也。为听于冢宰，信默而不言。"[20] 雍：和谐。[21] 嘉：善。靖：安。[22] 小大：老百姓和群臣。[23] 无时或怨：无有怨之。时，此人，指高宗。或，有。[24] 祖甲：武丁的儿子帝甲。殷代第十二世贤主。[25] 惟：为。马融说："祖甲有兄祖庚，而祖甲贤，武丁欲立之。祖甲以王废长立少不义，逃亡民间。故曰不义惟王，久为小人也。"[26] 保：安定。惠：爱。[27] 鳏寡：孤苦无依的人。[28] 厥：之。立王：在位的君王。[29] 生：生来。[30] 耽乐：沉溺逸乐。从：追求。[31] 罔：无。或：有。[32] 抑：谦下。畏：敬畏。[33] 卑服：任卑下的事。服，从事。[34] 即：就，从事。康功田功：康功谓平治道路之事（一说建造房屋之事）；田功谓服田力穑之事。[35] 徽：善。懿：美。[36] 怀保：关怀、爱护。[37] 鲜：亲善。[38] 昃（zè）：日西斜。[39] 遑、暇：二字同义，闲暇。[40] 咸：尽，皆。[41] 盘：乐。游：游乐。田：打猎。[42] 以：使。正：正常。供：进献，贡赋。[43] 受命：接受天命为君。中身：中年。[44] 淫：过度。观：观赏。[45] 皇：通"遑"，暇。这里指宽解。[46] 攸：所。训：法，效法。若：顺，依允。[47] 丕则：就。愆：过错。[48] 受：纣王名。酗于酒德：以醉怒为酒德。酗，醉酒发怒。于，为。[49] 胥：互相。训告：劝导，告诫。[50] 保：安。惠：爱。[51] 诪（zhōu）张：欺诳。幻：诈惑。[52] 正刑：法令。[53] 小大：指小大民。[54] 违：违逆。[55] 诅祝：诅咒。[56] 迪哲：通达明智。[57] 或：有人。[58] 詈：骂。[59] 皇：更加。[60] 厥愆：是"厥或愆之"的省文。愆，指责过失。[61] 允：确实。时：这样。[62] 不啻：不但。[63] 辟：法度。一说君位。[64] 绰：宽，放宽。[65] 怨有：即怨尤。有和尤同声通用。同：会同。[66] 丛：聚集。[67] 监：通"鉴"，鉴戒。

**【审美点评】**

周公对历史的经验了然于心。此番告诫之言，既表现出其为国为君的深谋远虑和赤胆忠心，同时也能从中看出他作为国家的重臣和国君的长辈，对成王的庄重教导和诚挚关爱。形象鲜明，语气逼真。

# 《诗经》

《诗经》是我国第一部诗歌总集，收录了从西周初年到春秋中叶，大约五百年间的305篇诗歌。原名《诗》，或称"诗三百"，为儒家"六经"之一。汉代崇儒尊经，乃称之为《诗经》。《诗经》按《风》、《雅》、《颂》分类编排。现代学者大多认为，由于"《诗》皆入乐"，其分类主要是按照音乐的特点。《诗经》产生于漫长的时代和辽阔的地域，反映了恢宏博大的社会生活面。其思想内容包括周民族的史诗、颂歌、怨刺诗、婚恋诗、农事诗、征役诗等，可谓丰富多彩，博大深厚。从《诗经》三百篇中归纳出所谓"赋"、"比"、"兴"的表现手法，概括和总结了《诗经》的艺术技巧，揭示出古代诗歌艺术表现手法的基本特点。《诗经》的句式以四言为主，节奏为每句二拍，具有优美和谐的韵律和联章复沓的章法。其杰出的艺术成就，对后世文学的发展产生了巨大而深远的影响。汉代传《诗》者有鲁（鲁人申培）、齐（齐人辕固）、韩（燕人韩婴）、毛（大毛公鲁人毛亨和小毛公赵人毛苌）四家。今仅存《毛诗》。

# 关　雎

【题解】《关雎》是《周南》的第一篇，还是《国风》的第一篇，也是整部《诗经》的第一篇。《毛诗序》说此诗是咏"后妃之德"的，今人多不认可。从字面上看，它是一首歌咏君子追求淑女的情歌。

关关雎鸠，在河之洲[1]。窈窕淑女，君子好逑[2]。
参差荇菜，左右流之[3]。窈窕淑女，寤寐求之[4]。
求之不得，寤寐思服[5]。悠哉悠哉，辗转反侧[6]。
参差荇菜，左右采之。窈窕淑女，琴瑟友之[7]。
参差荇菜，左右芼之[8]。窈窕淑女，钟鼓乐之[9]。

中华书局《十三经注疏》本《诗经正义》卷一

【注释】

[1]关关：雌雄和鸣的鸟叫声。雎鸠：一名王雎，水鸟名。一说即鱼鹰。洲：水中陆地。[2]窈窕：美好的样子。淑：善良。君子：有道德、有修养的人，也是古代贵族男子的通称。好逑：犹言佳配，理想的配偶。逑，配偶。[3]参差（cēncī）：长短不齐的样子。荇菜：一种可食用的水生植物。流：通"摎"，择取。[4]寤：睡醒。寐：睡着。[5]思服：即思念。朱熹《诗集传》："服，犹怀也。"[6]悠哉悠哉：犹言"思念啊，思念啊"。悠，思。辗转反侧：翻来覆去。[7]琴瑟友之：弹琴鼓瑟，与淑女相亲相爱。琴瑟，古代弦乐器。琴五弦或七弦，瑟二十五弦或五十弦。友，这里是亲爱的意思。[8]芼（mào）：择取。[9]钟鼓乐之：敲锣打鼓使她欢乐。余冠英《诗经选》说："最后两章是设想和彼女结婚。琴瑟钟鼓的热闹是结婚时应有的事。"

【审美点评】

开篇以"雎鸠"合鸣，兴起爱情歌咏，声色浏丽；以"窈窕"状淑女之美，善之善者也。继而以荇菜难采，写追求不易；以辗转反侧，状思慕难眠，亦切之又切。终于以琴瑟、钟鼓之礼乐，表达友之、乐之之企慕，真可谓超越俗情，贞静而又温雅。

# 静 女

【题解】本篇选自《诗经·邶风》，诗的内容是写一对青年男女幽会的情景。

静女其姝[1]，俟我于城隅[2]。爱而不见[3]，搔首踟蹰[4]。
静女其娈[5]，贻我彤管[6]。彤管有炜[7]，说怿女美[8]。
自牧归荑[9]，洵美且异[10]。匪女之为美，美人之贻。

中华书局《十三经注疏》本《诗经正义》卷二

【注释】

[1] 静：闲雅贞洁。姝（shū）：美好的样子。[2] 城隅：城角。[3] 爱：同"薆"，隐藏。[4] 踟蹰（chíchú）：心思不定，徘徊不前。[5] 娈：美好。[6] 贻：赠。彤管：指红管草。[7] 炜：红色的光彩。[8] 说怿（yuèyì）：喜悦。[9] 牧：旷野，野外。归：通"馈"，赠送。荑：一种茅草。[10] 洵：信，实在。异：奇特，别致。

【审美点评】

诗人假借两样极普通的物件，形象地抒发了自己沉醉于爱情的甜蜜感受：一是"彤管"。它鲜艳的色泽，加之为美人所赠，令人悦怿其美；一是"荑草"。它不仅"洵美且异"，更重要的是它所传达的非同一般的情意，使人陶然其情。以质实写空灵，化腐朽为神奇。

# 氓

【题解】本篇选自《诗经·卫风》，与《谷风》同为《诗经》中弃妇诗之典型。此诗以弃妇口吻追述由恋爱、结婚到婚变被弃的全过程，抒发了内心的不平和哀伤。

氓之蚩蚩，抱布贸丝[1]。匪来贸丝，来即我谋[2]。送子涉淇，至于顿丘[3]。匪我愆期[4]，子无良媒。将子无怒，秋以为期[5]。
乘彼垝垣，以望复关[6]。不见复关，泣涕涟涟[7]。既见复关，载笑载言[8]。尔卜尔筮，体无咎言[9]。以尔车来，以我贿迁[10]。
桑之未落，其叶沃若[11]。于嗟鸠兮，无食桑葚[12]。于嗟女兮，无与士耽[13]。士之耽兮，犹可说也[14]。女之耽兮，不可说也。
桑之落矣，其黄而陨[15]。自我徂尔，三岁食贫[16]。淇水汤汤，渐车帷裳[17]，女也不爽，士贰其行[18]。士也罔极，二三其德[19]。

三岁为妇，靡室劳矣[20]。夙兴夜寐，靡有朝矣[21]。言既遂矣，至于暴矣[22]。兄弟不知，咥其笑矣[23]。静言思之，躬自悼矣[24]。

及尔偕老，老使我怨。淇则有岸，隰则有泮[25]。总角之宴，言笑晏晏[26]。信誓旦旦，不思其反[27]。反是不思，亦已焉哉[28]！

中华书局《十三经注疏》本《诗经正义》卷三

**【注释】**

[1] 氓：民。这里指弃妇的丈夫。蚩蚩：同"嗤嗤"，笑嘻嘻的样子。贸：交易。抱布贸丝是以物易物。一说"布"指布泉，即古代的一种货币，则"抱布贸丝"为持钱买丝。[2] "匪来"二句：那人并非真来买丝，而是来找我商量婚事。匪，同"非"。即，就。谋，商量。[3] 子：对男子的尊称。涉：渡过。淇：淇水，卫国的河流。顿丘：卫国邑名，在今河南浚县西。[4] 愆期：过期，误期。[5] 将（qiāng）：愿，请。秋以为期：即以秋为期，约定婚期在秋天。[6] 乘：登上。垝（guǐ）垣：犹言断墙。垝，倒塌。垣，墙。一说"垝"通"危"，"垝垣"即高墙。复关：地名，男子的住地。[7] 涟涟：泪流不止的样子。[8] 载笑载言：犹又说又笑。载，语助词。[9] 尔：你，指"氓"。卜：烧灼龟甲占卜，据其裂纹以判吉凶。筮（shì）：用蓍（shī）草占卜吉凶。体：指卦体，即卜筮的结果。咎言：凶辞。咎，灾祸。[10] 车：指男子来迎亲的车。贿：财物，这里指嫁妆。[11] 沃若：沃然，桑叶茂盛光鲜的样子。喻女子青春靓丽之时。一说喻男子情意浓厚之时。[12] 于嗟：同"吁嗟"，感叹词。鸠：鸟名。桑葚：桑树结的果实。传说鸠贪食桑葚，吃多了就会昏醉。这里用来比喻女子不可为爱情所迷醉。[13] 士：男子的通称。耽：耽恋，迷恋。[14] 说：读为"脱"，解脱。[15] 陨：坠落。此以桑叶由青变黄坠落，比喻女子色衰爱弛。一说喻男子情意已衰。[16] 徂尔：谓嫁到你家。徂（cú），往。三岁：泛指多年。食贫：犹言吃苦受穷。[17] "淇水"二句：谓女子被弃逐后渡淇水而归的情景。汤汤，水大的样子。渐，渍，浸湿。帷裳，车上的布幔。[18] "女也"二句：说女方并无过失，而男方行为不端。不爽，没有什么过失。爽，差错，过失。贰，"貣"的误字，与"爽"同义。行，行为。[19] 罔极：没有准则，反复无常。罔，无。极，准则。二三其德：谓三心二意，行为前后不一。[20] 靡室劳矣：女主人公把所有家务劳动都包了。靡，无。室劳，指家务劳动。[21] 夙兴夜寐：即起早睡晚。夙，早。兴，起。靡有朝矣：谓不止一日，天天如此。[22] 言：语助词。遂：遂意，顺心。暴：暴虐。[23] 咥（xī）：笑的样子。[24] 静言思之：冷静下来仔细想想。言，语助词。躬自悼矣：独自更觉悲伤。躬，自身。悼，悲伤。[25] "淇则"二句：以淇尚有岸、隰尚有畔，来反衬其夫行为放荡、无拘无束。隰（xí），低湿的地方。泮，同"畔"，边缘。[26] 总角：结发。古代男女未成年时，结发成两角，叫做"总角"。这里指年幼之时。晏晏：欢乐和顺的样子。[27] 信誓：诚信的誓言。旦旦：态度，诚恳的样子。不思其反：没想到会违背誓言。反，背，指违背誓言。[28] "反是"二句：意为我实在没想到你会违背誓言，但事已至此，也就算了吧。已，止。焉、哉，都是语气助词。

**【审美点评】**

《氓》诗的结构，是与作者情绪的回环相适应的。全诗共六章，每章十句。但它并未采用复沓的形式，而是依照抒情主人公爱、怨交织的思绪，自然地加以抒写。诗人写最初的爱恋，写急切地出嫁，又写爱的凋零而心生怨怼，再写被弃的自伤自悼，怨叹誓约的背弃。一幕幕昔日生活的画面，在感情的推动下，衍成了《诗经》中这难得的长篇。

# 伯 兮

**【题解】** 本篇选自《诗经·卫风》，它是一首思妇诗。通过主人公自我倾诉，塑造了一位感情真挚的思妇形象。

伯兮朅兮，邦之桀兮[1]。伯也执殳，为王前驱[2]。
自伯之东，首如飞蓬[3]。岂无膏沐，谁适为容[4]？
其雨其雨，杲杲出日[5]。愿言思伯[6]，甘心首疾[7]。
焉得谖草，言树之背[8]。愿言思伯，使我心痗[9]。

中华书局《十三经注疏》本《诗经正义》卷三

**【注释】**

[1] 伯：排行老大的称呼，也是周代妻子对丈夫的称谓，相当于现在的阿哥、大哥。朅（qiè）：威武的样子。桀（jié）：通"杰"，才智出众之人。[2] 殳（shū）：古代一种竹或木制兵器，长一丈二尺。前驱：即前锋、先锋。[3] 蓬：草本植物。叶细长而散乱，茎干枯易断，随风飞旋。[4] 沐：洗发。适：悦、乐。容：修饰容貌。[5] 杲杲（gǎo）：形容光明的样子。以上两句言盼望下雨时心想：下雨吧！下雨吧！而太阳偏又出现，比喻盼望丈夫回家而丈夫偏不回来。[6] 愿：思念殷切的样子。[7] 甘心首疾：言虽头痛也是心甘情愿的。疾，犹"痛"。[8] 谖（xuān）草：同"萱草"，俗称忘忧草，古人以为此草可以使人忘掉忧愁。背：古通"北"。这里"背"指北堂，或称后庭，就是后房的北阶下。以上二句是说世上哪有谖草让我种在北堂呢？也就是说想忘了心上的事是不可能的。[9] 痗（mèi）：忧病，忧伤。

**【审美点评】**

诗人欲写思念之苦，先言丈夫之贤。爱之深，故思之切。二至四章，由外观形象写到心理感受，由外及里，步步深入，非遭此苦痛者，不能真切如此。而"首如飞蓬"一句，以象写意，与《关雎》之"辗转反侧"、《静女》之"搔首踟蹰"皆堪称典型。

# 黍 离

【题解】选自《诗经·王风》。据《毛诗序》说，此诗是周大夫行役而至周之故都，见原宗庙宫室皆荒败为遍地禾黍，"闵周室之颠覆，彷徨不忍去而作是诗也"。今人或以为是流浪人诉忧之辞。

彼黍离离，彼稷之苗[1]。行迈靡靡，中心摇摇[2]。知我者，谓我心忧。不知我者，谓我何求。悠悠苍天，此何人哉[3]？

彼黍离离，彼稷之穗。行迈靡靡，中心如醉。知我者，谓我心忧。不知我者，谓我何求。悠悠苍天，此何人哉？

彼黍离离，彼稷之实[4]。行迈靡靡，中心如噎[5]。知我者，谓我心忧。不知我者，谓我何求。悠悠苍天，此何人哉？

中华书局《十三经注疏》本《诗经正义》卷四

【注释】

[1] 彼：指示代词，那。黍：黏黄米。离离：行列整齐的样子。稷：谷子。一说即高粱。[2] 行迈靡靡：慢腾腾地走啊走。行迈，即行。靡靡，慢慢移步的样子。中心：即心中。摇摇：心神不安、情意恍惚的样子。[3] 悠悠：高远的样子。苍天：犹言青天、老天。此何人哉：犹言是谁造成的。[4] 实：指结实，长成了米。[5] 噎：忧伤至极，气堵而不能呼吸。

【审美点评】

诗人行走在周之西都，遥想当年周人的先祖伟业，何等辉煌！而今但见禾黍遍地，了无陈迹，于是目击而心伤，不胜凄怆忧思之情。发而为歌咏，一呼而三叹，以寄憔悴无已之心。清方玉润眉评此诗："三章只换六字，而一往情深，低回无限。此专以描摹虚神擅长，凭吊诗中绝唱也。"（《诗经原始》卷五）

# 君子于役

【题解】选自《诗经·王风》。此诗写一个山村农妇深切怀念久役不归的丈夫，揭露了征役不息给民众带来的无限痛苦，表达了渴望过和平劳动生活的美好愿望。

君子于役[1]，不知其期[2]，曷至哉[3]？鸡栖于埘[4]，日之夕矣，羊牛下来[5]。君子于役，如之何勿思[6]！

君子于役，不日不月[7]，何其有佸[8]？鸡栖于桀[9]，日之夕矣。羊牛下括<sup>[10]</sup>。君子于役，苟无饥渴<sup>[11]</sup>！

中华书局《十三经注疏》本《诗经正义》卷四

**【注释】**

[1] 君子：女主人公称其丈夫。于役：去服兵役或劳役。于，往。役，服役。[2] 期：期限。这里指服役的定期和归期。[3] 曷至哉：什么时候回到家中呢？曷（hé），何。[4] 栖：栖息。埘（shí）：墙上凿筑的鸡窠。[5] 夕：日落黄昏时。羊牛下来：羊牛从牧地归来。[6] 如之何勿思：犹言教我如何不想他。[7] 不日不月：无日无月。谓时间漫长，没个期限。[8] 何其有佸（huó）：什么时候可来相会？佸，相会，来到。[9] 桀：鸡栖的木桩。这里指鸡圈。[10] 括：同"佸"，指牛羊归来聚在一起。[11] 苟：且，或许。此句含有希望丈夫在外不受饥渴但又放心不下的意思。

**【审美点评】**

诗中用白描手法直写山村黄昏之景，所见鸡已上架、牛羊归圈，在此日日如常的夕阳晚照中，勾画出一幅思妇倚门瞻望、期盼久别之人归来的动人图景。而外在的平常和安宁的景象，又反衬出思妇内心时时的煎熬和担忧。

# 溱 洧

**【题解】**选自《诗经·郑风》。此诗采用对话形式，别致而生动地描述了郑国三月上巳节，男女青年相邀游春的欢乐盛况。

溱与洧，方涣涣兮<sup>[1]</sup>。士与女，方秉蕳兮<sup>[2]</sup>。女曰："观乎<sup>[3]</sup>？"士曰："既且<sup>[4]</sup>。""且往观乎<sup>[5]</sup>！洧之外，洵讦且乐<sup>[6]</sup>。"维士与女<sup>[7]</sup>，伊其相谑<sup>[8]</sup>，赠之以勺药<sup>[9]</sup>。

溱与洧，浏其清矣<sup>[10]</sup>。士与女，殷其盈矣<sup>[11]</sup>。女曰："观乎？"士曰："既且。""且往观乎！洧之外，洵讦且乐。"维士与女，伊其将谑<sup>[12]</sup>，赠之以勺药。

中华书局《十三经注疏》本《诗经正义》卷四

**【注释】**

[1] 溱、洧：二水名。分别发源于河南密县东北圣水峪和登封东北阳城山。方：正。涣涣：春水弥漫的样子。[2] 士与女：泛指游春的众男女。下文"女曰"、"士曰"之士与女，则有所专指。秉：拿着，手持。蕳（jiān）："兰"的古字，但与今之兰花不同，是一种生在水边的香草。郑国风俗，每年农历三月上巳节，男女聚会溱、洧二水边上，手持兰草，招魂续魄，祓除不祥。[3] 观：游观。[4] 既且：已经去过了。既，已经。且，同"徂"，往。[5] 且往观乎：再去看

看吧！且，再。[6] 洧之外：即洧水边上。洵讦且乐：实在是场面盛大而又热闹欢乐。洵，信，确实。讦，大，指场面开阔。[7] 维：语助词。[8] 伊：语助词。相谑：互相嬉闹调笑。谑，戏谑，玩笑。[9] 勺药：即芍药，香草名。三月开花，芬芳可爱。古代男女以芍药相赠是结恩情的表示。[10] 浏：水流清澈的样子。[11]"士与女"二句：谓男女众多，熙熙攘攘。殷：众多。盈：充满。[12] 将谑：同"相谑"。

**【审美点评】**

此诗全用赋法，写在春风浩荡、春水涣涣之时，男女青年手执泽兰，相互呼唤，嬉戏游乐的场景。其间自有男女言语相谑，情投意合，共享洵讦之乐、芍药之和。全诗景物明丽、气氛热烈，男女对话肖其声口、毕其形貌。

# 伐　檀

**【题解】** 选自《诗经·魏风》。这是一首来自民间的怨刺诗，抨击贵族领主不劳而获。

坎坎伐檀兮[1]，寘之河之干兮[2]，河水清且涟猗[3]。不稼不穑[4]，胡取禾三百廛兮[5]？不狩不猎[6]，胡瞻尔庭有县貆兮[7]？彼君子兮，不素餐兮[8]。

坎坎伐辐兮[9]，寘之河之侧兮，河水清且直猗[10]。不稼不穑，胡取禾三百亿兮[11]？不狩不猎，胡瞻尔庭有县特兮[12]？彼君子兮，不素食兮。

坎坎伐轮兮[13]，寘之河之漘兮[14]，河水清且沦猗[15]。不稼不穑，胡取禾三百囷兮[16]？不狩不猎，胡瞻尔庭有县鹑兮[17]？彼君子兮，不素飧兮[18]。

中华书局《十三经注疏》本《诗经正义》卷五

**【注释】**

[1] 坎坎：伐木声。檀：檀树。木质坚韧，可用作造车的木料。[2] 寘：同"置"，陈放。河之干：即河岸。干，岸。[3] 涟：风吹水面激起连锁状的波纹。猗（yī）：语气词，同"兮"。[4] 稼：耕种。穑（sè）：收获。这里泛指农业劳动。[5]"胡取"句：为什么收取三百户的谷物呢？胡，何，为什么。三百，泛言其多，并非实指。廛（chán），一夫所居叫"廛"，一廛即一户。一说廛同"缠"，释为束。三百廛即三百捆。[6] 狩：冬猎。[7] 瞻：瞧，望见。尔：你。指那"不稼不穑"、"不狩不猎"的所谓"君子"。庭：庭院，院子。县：同"悬"，悬挂。貆（huán）：兽名，即猪獾。[8] 素餐：白吃。以下"素食"、"素飧"同义。素，白，空。"不素餐"

是以反语为讥刺，辛辣地讽刺了那些不劳而获的剥削者。[9] 伐辐：指砍伐檀树造车辐。辐，车轮的辐条。[10] 直：指直的波纹。[11] 三百亿：极言禾秉（即禾把）数量之多。亿，万万之数。古亦以十万为亿。[12] 特：三岁或四岁之兽。这里指大兽。[13] 伐轮：指砍伐檀树造车轮。[14] 漘（chún）：岸，水边。[15] 沦：微波，小波纹。[16] 囷（qūn）：圆形谷仓。[17] 鹑（chún）：鸟名。即鹌鹑。[18] 飧（sūn）：熟食。这里泛指食。

**【审美点评】**

每章诗分为前后两截：前半直写劳动场景，已暗含艰辛之意；后半自然引出对不劳而获者的质疑，慨叹社会之不公。全诗由歌者随口歌咏，复沓重唱，景象逼真，感慨深长，其言语声腔，如在目前。

# 硕　鼠

**【题解】** 选自《诗经·魏风》。此诗与《伐檀》堪称姊妹篇。诗中直呼统治者、剥削者为贪婪可憎的"硕鼠"，表达了不堪忍受剥削和压迫，誓将另觅生路、远寻"乐土"的愿望。

硕鼠硕鼠[1]，无食我黍。三岁贯女，莫我肯顾[2]。逝将去女，适彼乐土[3]。乐土乐土，爰得我所[4]。

硕鼠硕鼠，无食我麦。三岁贯女，莫我肯德[5]。逝将去女，适彼乐国。乐国乐国，爰得我直[6]。

硕鼠硕鼠，无食我苗[7]。三岁贯女，莫我肯劳[8]。逝将去女，适彼乐郊。乐郊乐郊，谁之永号[9]？

中华书局《十三经注疏》本《诗经正义》卷五

**【注释】**

[1] 硕鼠：肥大的老鼠。《尔雅·释兽》引作"鼫鼠"，即穴居田间，专吃粮食作物的大田鼠。这里用来比喻贪得无厌的剥削者。[2] 三岁：多年。"三"非实指，泛言其多。贯：侍奉。女：同"汝"，你。莫我肯顾："莫肯顾我"的倒文，即不肯关照我。顾，顾念，关照。[3] 逝：通"誓"。去：离开。适：往。乐土：安乐的地方，指理想的所在。下文"乐国"、"乐郊"与此同义。[4] 爰得我所：那才得到我安居乐业之处。爰（yuán），乃，才。所，处所，地方。[5] 德：恩惠，关爱。[6] 直：同"值"，指劳动应得的报酬。王引之《经义述闻》谓"直"当读为"职"，与"所"同义。[7] 苗：禾苗。这里代指谷物。[8] 劳：慰劳。[9] 谁之永号：谁还会长声呼号呢？之，其。永，长。号，呼号。

**【审美点评】**

《毛诗序》说："刺重敛也。国人刺其重敛，蚕食于民，不修其政，贪而畏人，若大鼠也。"以鼠拟人，画出其人"贪而畏人"之丑态，可谓体察入微，刻画逼真。而对"乐土"、"乐国"和"乐郊"的构想和希冀，开启了后世在农耕社会条件下寻找"理想国"的梦想。

# 蒹 葭

**【题解】** 选自《诗经·秦风》。《诗序》说："《蒹葭》，刺襄公也。未能用周礼，将无以固其国。"《郑笺》说同，认为诗中所谓"伊人"就是"知周礼之贤人"。今人多认为是追慕爱人之作。

蒹葭苍苍[1]，白露为霜。所谓伊人，在水一方[2]。溯洄从之，道阻且长[3]。溯游从之，宛在水中央[4]。

蒹葭萋萋，白露未晞[5]。所谓伊人，在水之湄[6]。溯洄从之，道阻且跻[7]。溯游从之，宛在水中坻[8]。

蒹葭采采，白露未已[9]。所谓伊人，在水之涘[10]。溯洄从之，道阻且右[11]。溯游从之，宛在水中沚[12]。

中华书局《十三经注疏》本《诗经正义》卷六

**【注释】**

[1] 蒹（jiān）：草名，即荻。葭（jiā）：草名，芦苇。苍苍：鲜明而茂盛的样子。[2] 所谓伊人：指诗人所思念、追寻的那位意中人。伊人，那个人。在水一方：在水的那一边。[3] 溯洄：逆流沿着迂回的水道。从之：去追寻"伊人"。道阻且长：道路既多阻难又很漫长。[4] 溯游：逆流沿着笔直的水道。宛：好像。[5] 萋萋：犹苍苍。下文"采采"同。陈奂《诗毛氏传疏》："苍苍、萋萋、采采，一语之转。"晞（xī）：干。[6] 湄（méi）：水边。[7] 跻（jī）：升，升高。[8] 坻（chí）：小洲，高地。[9] 未已：未止，犹未干。[10] 涘（sì）：水边。[11] 右：迂回。郑玄《毛诗笺》："右者，言其迂回也。"[12] 沚（zhǐ）：同"坻"，小洲，高地。

**【审美点评】**

此诗以柔婉缠绵的情调、渺远空灵的意境，表现了一种反复追寻心中所爱而最终归于失望渺茫的意绪。诗中所写之景，即是实景，又如虚设；诗中人似在其中，又在其外；伊人若隐若现，若有还无，给人无限的遐想。明代钟惺《诗经评点》论此诗是："异人异境，使人欲仙。"

# 无 衣

【题解】选自《诗经·秦风》。这是一首秦人的战歌。它不仅反映了"尚气概，先勇力，忘生轻死"的"秦人之俗"（朱熹《诗集传》卷六），而且表现了士兵同仇敌忾、勇抗外侮的精神。

岂曰无衣？与子同袍[1]。王于兴师[2]，修我戈矛[3]，与子同仇[4]。
岂曰无衣？与子同泽[5]。王于兴师，修我矛戟[6]，与子偕作[7]。
岂曰无衣？与子同裳[8]。王于兴师，修我甲兵[9]，与子偕行[10]。

中华书局《十三经注疏》本《诗经正义》卷六

【注释】
[1]子：相当于"您"。袍：指战袍。[2]于：语助词。兴师：出兵打仗。秦国当时常与西戎交战，是以"王命"而出兵，故称"王于兴师"。[3]修：整治，修理。戈矛：泛指武器。戈，平头横刃、可击可钩的长柄兵器。矛，尖头侧刃、用以直刺的长柄兵器。[4]同仇：谓共同对敌。[5]泽：内衣。[6]戟：合戈、矛为一体，可击可刺的长柄兵器。[7]偕：共同。作：起，起来。[8]裳：战裙。古代上衣下裳。裳即古人穿的下裙。[9]甲兵：铠甲和兵器。[10]偕行：同行。与"偕作"同义。

【审美点评】
古代的战争往往是与本国或本民族的利益紧密相关的。因此在大敌当前的时候，需要有同仇敌忾的豪情，以及为有牺牲多壮志的勇毅。《诗经》中仅《无衣》一篇是毅然站在国家大义的立场上颂扬战士乐战的诗。

# 七 月

【题解】选自《诗经·豳风》。《七月》是《国风》农事诗的杰出代表。全诗八章，八十八句，篇幅之长，为《国风》之冠。此诗描述了周代早期的农业生产情况。

七月流火[1]，九月授衣[2]。一之日觱发[3]，二之日栗烈[4]。无衣无褐[5]，何以卒岁？三之日于耜[6]，四之日举趾[7]。同我妇子，馌彼南亩[8]。田畯至喜[9]。

七月流火，九月授衣。春日载阳[10]，有鸣仓庚[11]。女执懿筐[12]，

17

遵彼微行[13]，爰求柔桑[14]。春日迟迟[15]，采蘩祁祁[16]。女心伤悲，殆及公子同归[17]。

七月流火，八月萑苇[18]。蚕月条桑[19]，取彼斧斨[20]。以伐远扬[21]，猗彼女桑[22]。七月鸣䴗[23]，八月载绩[24]。载玄载黄[25]，我朱孔阳[26]，为公子裳。

四月秀葽[27]，五月鸣蜩[28]。八月其获，十月陨萚[29]。一之日于貉[30]，取彼狐狸，为公子裘。二之日其同[31]，载缵武功[32]。言私其豵[33]，献豜于公[34]。

五月斯螽动股[35]，六月莎鸡振羽[36]。七月在野，八月在宇，九月在户，十月蟋蟀入我床下[37]。穹窒熏鼠[38]，塞向墐户[39]。嗟我妇子，曰为改岁[40]，入此室处。

六月食郁及薁[41]，七月亨葵及菽[42]。八月剥枣[43]，十月获稻。为此春酒[44]，以介眉寿[45]。七月食瓜，八月断壶[46]，九月叔苴[47]，采茶薪樗[48]，食我农夫。

九月筑场圃[49]，十月纳禾稼[50]。黍稷重穋[51]，禾麻菽麦[52]。嗟我农夫！我稼既同，上入执宫功[53]。昼尔于茅，宵尔索绹[54]，亟其乘屋[55]，其始播百谷。

二之日凿冰冲冲[56]，三之日纳于凌阴[57]。四之日其蚤[58]，献羔祭韭[59]。九月肃霜[60]，十月涤场[61]。朋酒斯飨[62]，曰杀羔羊。跻彼公堂[63]，称彼兕觥[64]，万寿无疆[65]。

中华书局《十三经注疏》本《诗经正义》卷八

## 【注释】

[1] 七月流火：火（古读如毁），或称大火，星名，即心宿。每年夏历五月，黄昏时候，此星出现在正南方，也就是正中和最高的位置。过了六月就偏西向下了，这就叫做"流"。[2] 授衣：将裁制冬衣的工作交给女工。九月丝麻等事结束，所以在这时开始做冬衣。[3] 一之日：十月以后第一个月的日子。以下二之日、三之日等仿此。为豳历纪日法。觱（bì）发：大风触物声。[4] 栗烈：或作"凛冽"，形容气寒。[5] 褐：粗布衣。[6] 于耜（sì）：修理耒（lěi）耜（耕田起土之具）。于，犹"为"。[7] 举趾：去耕田。趾（zhǐ），足。[8] 馌（yè）：馈送食物。南亩：田耕成若干垄，高处为亩，低处为畎（quǎn）。田垄东西向的叫做"东亩"，南北向的叫做"南亩"。这两句是说妇人童子往田里送饭给耕者。[9] 田畯（jùn）：农官名，又称农正或田大夫。[10] 春日：指二月。载：始。阳：温暖。[11] 仓庚：鸟名，就是黄莺。[12] 懿：深。[13] 微行：小径（桑间道）。[14] 爰：语词，犹"曰"。柔桑：初生的桑叶。[15] 迟迟：天长的意思。[16] 蘩（fán）：菊科植物，即白蒿。古人用于祭祀，女子在嫁前有"教成之祭"。一说

用蘩"沃"蚕子，则蚕易出，所以养蚕者需要它。其法未详。祁祁：众多（指采蘩者）。[17]殆及公子同归：是说怕被公子强迫带回家去。公子，指贵族子女。[18]萑（huán）苇：芦苇。八月萑苇长成，收割下来，可以做箔。[19]蚕月：指三月。条桑：修剪桑树。[20]斨（qiāng）：方孔的斧头。[21]远扬：指长得太长而高扬的枝条。[22]猗（yī）：《说文》、《广雅》作"掎（jǐ）"，牵引。"掎桑"是用手拉着桑枝来采叶。女桑：小桑。[23]鵙（jú）：鸟名，即伯劳。[24]绩：与"织"同义。[25]玄：是黑而赤的颜色。玄、黄指丝织品与麻织品的染色。[26]朱：赤色。阳：鲜明。以上二句言染色有玄有黄有朱，而朱色尤为鲜明。[27]蘡（yāo）：植物名，今名远志。秀蘡：言远志结实。[28]蜩（tiáo）：蝉。[29]陨萚（tuò）：落叶。[30]貉（hé）：一种似狐狸的野兽。[31]同：聚合，言狩猎之前聚合众人。[32]缵（zuǎn）：继续。武功：指田猎。[33]私其豵：言小兽归猎者私有。豵（zōng），一岁小猪，这里用来代表比较小的兽。[34]豜（jiān）：三岁的猪，代表大兽。大兽献给公家。[35]斯螽（zhōng）：虫名，蝗类，即蚱蜢、蚂蚱。旧说斯螽以两股相切发声，"动股"言其发出鸣声。[36]莎（suō）鸡：虫名，今名纺织娘。振羽：言鼓翅发声。[37]以上四句都指蟋蟀，先在野地，后移宇下（即檐下），再移到户内，最后入床下。言其鸣声由远而近。[38]穹：洞，此指鼠洞。窒（zhì）：堵塞。[39]向：朝北的窗户。墐：用泥涂抹。贫家门扇用柴竹编成，涂泥使它不通风。[40]曰：《汉书》引作"聿（yù）"，语词。改岁：是说旧年将尽，新年快到。[41]郁：植物名，唐棣之类。树高五六尺，果实像李子，赤色。薁（yù）：植物名，果实大如桂圆。一说为野葡萄。[42]菽：豆的总名。[43]剥：读为"扑"，打。[44]春酒：冬天酿酒经春始成，叫做"春酒"。枣和稻都是酿酒的原料。[45]介：祈求。眉寿：长寿，人老眉间有豪毛，叫秀眉，所以长寿称眉寿。[46]壶：葫芦。[47]叔：拾。苴（jū）：秋麻之籽，可以吃。[48]薪樗：言采樗木为薪。樗（chū），木名，臭椿。[49]场：是打谷的场地。圃：是菜园。春夏做菜园的地方秋冬就做成场地，所以场圃连成一词。[50]纳：收进谷仓。禾稼：谷类通称。[51]重（tóng）：通"穜"，是先种后熟的谷类。穋（lù）：即"稑"，稑是后种先熟的谷。[52]禾麻菽麦：这句的"禾"是专指一种谷，即今之小米。[53]宫功：指建筑宫室，或指室内的事。功，事。[54]索绹：打绳子。索，动词，指制绳。绹（táo），绳。上两句言白天取茅草，夜晚打绳子。[55]亟：急。乘屋：盖屋。以上三句言宫功完毕后，急忙修理自己的屋子。因为播谷的工作又要开始了，不得不急。[56]冲冲：凿冰之声。[57]凌阴：指藏冰之处。[58]蚤：通"早"，早晨。[59]献羔祭韭：这句是说用羔羊和韭菜祭祖。《礼记·月令》说仲春献羔开冰，四之日正是仲春。[60]肃霜：犹"肃爽"，双声连语。这句是说九月天高气爽。[61]涤场：清扫场地。这句是说十月农事完全结束，将场地打扫干净。一说"涤场"即"涤荡"，"十月涤荡"是说到了十月草木摇落无余。[62]朋酒：两樽酒。[63]跻：登。公堂：或指公共场所，不一定是国君的朝堂。[64]称：举。兕觥（sìgōng）：角爵。古代用兽角做的酒器。[65]万：大。无疆：无穷。以上三句言升堂举觞，祝君长寿。

**【审美点评】**

此诗全用"赋"法，以月令为经，以农事为纬，组织成篇，以诗歌的形式，真实而生动地展现了一幅周人农业生活的图景。犹如一位饱经风霜的老者的叙说，"一气说下，朴质之至。然其体物微妙，又何精致乃尔"！（清代方玉润《诗经原始》卷八）

# 鹿 鸣

**【题解】**《鹿鸣》为《诗经·小雅》之始。此诗是颂宴饮、赞嘉宾之作，反映了周时君臣燕飨的生活实景。

呦呦鹿鸣[1]，食野之苹[2]。我有嘉宾，鼓瑟吹笙。吹笙鼓簧[3]，承筐是将[4]。人之好我，示我周行[5]。

呦呦鹿鸣，食野之蒿[6]。我有嘉宾，德音孔昭[7]。视民不恌[8]，君子是则是效[9]。我有旨酒[10]，嘉宾式燕以敖[11]。

呦呦鹿鸣，食野之芩[12]。我有嘉宾，鼓瑟鼓琴。鼓瑟鼓琴，和乐且湛[13]。我有旨酒，以燕乐嘉宾之心。

**中华书局《十三经注疏》本《诗经正义》卷九**

**【注释】**

[1] 呦（yōu）呦：鹿的叫声。朱熹《诗集传》："呦呦，声之和也。"[2] 苹：藾蒿。陆玑《毛诗草木鸟兽虫鱼疏》："藾蒿，叶青色，茎似箸而轻脆，始生香，可生食。"[3] 簧：笙上的簧片。笙是用几根有簧片的竹管、一根吹气管装在斗子上做成的。[4] 承筐：指奉上礼品。毛传："筐，筐属，所以行币帛也。"将：送，献。[5] 周行（háng）：大道，引申为大道理。[6] 蒿：又叫青蒿、香蒿，菊科植物。[7] 德音：美好的品德声誉。孔：很。[8] 视：同"示"。恌：同"佻"。[9] 则：法则，楷模，此作动词。[10] 旨：甘美。[11] 式：语助词。燕：同"宴"。敖：同"遨"，嬉游。[12] 芩（qín）：草名，蒿类植物。[13] 湛（dān）：深厚，《毛传》："湛，乐之久。"

**【审美点评】**

《小雅·鹿鸣》为周时燕飨宾客的诗。作品着力描绘了一种君臣和谐的氛围和场景，表露出对君臣美好关系的赞颂。既庄重肃穆，又温雅亲切。"至其音节，一片和平，尽善尽美，与《关雎》同列四诗之始，殆无贻议云。"（方玉润《诗经原始》卷九）

# 采 薇

**【题解】**选自《诗经·小雅》。此诗叙写远征士兵归乡途中对战事的回顾及百感交集的心理。

采薇采薇[1]，薇亦作止[2]。曰归曰归，岁亦莫止[3]。靡室靡家[4]，狁之故[5]。不遑启居[6]，狁之故。

采薇采薇，薇亦柔止[7]。曰归曰归，心亦忧止。忧心烈烈[8]，载饥载渴[9]。我戍未定[10]，靡使归聘[11]。

采薇采薇，薇亦刚止[12]。曰归曰归，岁亦阳止[13]。王事靡盬[14]，不遑启处。忧心孔疚[15]，我行不来[16]。

彼尔维何[17]？维常之华[18]。彼路斯何[19]？君子之车[20]。戎车既驾[21]，四牡业业[22]。岂敢定居，一月三捷。

驾彼四牡，四牡骙骙[23]。君子所依[24]，小人所腓[25]。四牡翼翼[26]，象弭鱼服[27]。岂不日戒[28]？狁孔棘[29]。

昔我往矣，杨柳依依[30]。今我来思[31]，雨雪霏霏[32]。行道迟迟[33]，载渴载饥。我心伤悲，莫知我哀！

中华书局《十三经注疏》本《诗经正义》卷九

**【注释】**

[1] 薇：豆科植物，现叫野豌豆苗，可食用。[2] 作：指薇菜冒出地面。止：句尾语气助词。[3] 曰归曰归，岁亦莫止：意思是说要回家了要回家了，但已到了年末仍不能实现。曰，语助词，没有实际意义。莫，同"暮"。[4] 靡：无。[5] 狁（xiǎnyǔn）：我国古代北方少数民族，到春秋时代称为狄，战国、秦、汉称匈奴。[6] 不遑启居：没有时间安居休息。遑，无暇。启，跪。居，坐。下文的"不遑启处"与此意思相同。[7] 柔：指薇菜叶子柔嫩，较之"作"有进一步的生长。此是以薇菜的渐渐生长显示时间的推移。[8] 烈烈：火势很大的样子，此处形容忧心如焚。[9] 载：语助词。[10] 我戍未定：我驻守的地方还不安定。定，安定。[11] 靡使归聘：没有人可以委托去打听家里的消息。使，指使、委托。聘，问。[12] 刚：硬，指薇菜的茎叶变老了。[13] 阳：指阴历十月。[14] 王事靡盬（gǔ）：征役没有休止。王事，指征役。盬，休止。[15] 孔疚：非常痛苦。孔，很。疚，痛苦。[16] 不来：不归。一说没有人慰问关心我。来，指慰问。[17] 彼尔维何：那盛开着的是什么花？尔，同"苶"，花盛开的样子。[18] 维常之华：是棠棣花。常，即"棠棣"。[19] 路：高大的战车，将帅作战时用的车。又叫戎车。[20] 君子：指将帅。[21] 戎车：兵车。[22] 四牡业业：驾兵车的四匹雄马高大雄壮。业业，高大雄壮的样子。[23] 骙（kuí）骙：马强壮貌。[24] 依：指将帅靠立在车上。[25] 小人所腓（féi）：士兵以车为掩护。小人，指士卒。腓，遮蔽。[26] 翼翼：形容行列整齐动作熟练的样子。[27] 象弭鱼服：两端用象骨装饰的弓，用鲨鱼皮制作的箭袋。形容装备精良。象弭，象牙镶饰的弓。鱼服，鲨鱼皮制成的箭袋。[28] 岂不日戒：怎么能不每日警备呢？[29] 狁孔棘：狁之难很紧急啊。孔，副词，甚，很。棘，同"急"。[30] 依依：柳枝随风飘拂貌。[31] 思：语助词。[32] 雨（yù）：作动词，下雪。霏霏：雪花纷飞貌。[33] 迟迟：缓慢。

## 【审美点评】

前三章言征人归思，从春到秋，忧心如焚，而以"曰归曰归"，三致其意。四、五两章言军旅生活，虽然战事不息、时时戒备，却也不乏从军的自豪和战斗的勇气。末章言久战归来，为全诗归结处。回想往事历历在目，令诗人百感交集、不堪回首。

# 北 山

【题解】选自《诗经·小雅》。《北山》描述一个日夜忙于王事的士子对社会劳逸不均的怨恨。

陟彼北山，言采其杞[1]。偕偕士子[2]，朝夕从事。王事靡盬[3]，忧我父母。

溥天之下[4]，莫非王土；率土之滨[5]，莫非王臣。大夫不均，我从事独贤[6]。

四牡彭彭[7]，王事傍傍[8]。嘉我未老，鲜我方将[9]。旅力方刚[10]，经营四方[11]。

或燕燕居息[12]，或尽瘁事国[13]；或息偃在床[14]，或不已于行[15]。

或不知叫号[16]，或惨惨劬劳[17]；或栖迟偃仰[18]，或王事鞅掌[19]。

或湛乐饮酒[20]，或惨惨畏咎[21]；或出入风议[22]，或靡事不为[23]。

中华书局《十三经注疏》本《诗经正义》卷一三

## 【注释】

[1] 言：语助词。杞：枸杞，落叶灌木，果实入药，有滋补功用。[2] 偕偕：健壮貌。士：周王朝或诸侯国的低级官员。周时官员分卿、大夫、士三等，士的职级最低，士子是这些低级官员的通名。[3] 靡盬（gǔ）：无休止。[4] 溥（pǔ）：古本作"普"。[5] 率土之滨：四海之内。古人以为中国大陆四周环海，自四面海滨之内的土地是中国领土。《尔雅》："率，自也。"[6] 贤：多，劳。马瑞辰《毛诗传笺通释》："贤之本义为多……事多者必劳，故贤为多，即为劳。"[7] 牡：公马。周时用四马驾车。彭彭：形容马奔走不息。[8] 傍傍：急急忙忙。[9] 鲜（xiǎn）：称赞。《郑笺》："嘉、鲜，皆善也。"方将：正壮。[10] 旅力：体力。旅，通"膂"。[11] 经营：规划治理，此处指操劳办事。[12] 燕燕：安闲自得貌。居息：家中休息。[13] 尽瘁：尽心竭力。[14] 息偃：躺着休息。偃，仰卧。[15] 不已：不止。行（háng）：道路。[16] 叫号：《毛传》："叫呼号召。"[17] 惨惨：又作"懆懆"，忧虑不安貌。劬（qú）劳：辛勤劳苦。[18] 栖迟：休息游乐。[19] 鞅掌：事多繁忙。[20] 湛（dān）：同"耽"，沉湎。[21] 畏咎：怕出差错获罪招祸。[22] 风议：放言高论。[23] 靡事不为：无事不作。

**【审美点评】**

诗中连用十二个"或"字，既是对比，亦成排比，将劳、逸双方作了细致多面的比较，两两相形，不言怨而怨自见，将诗人一腔愤慨倾泻而出，不可阻遏。

# 生 民

**【题解】** 选自《诗经·大雅》。《生民》是五首古老的周民族史诗的第一篇（另四篇是《公刘》、《绵》、《皇矣》、《大明》）。它本是颂神祭祖的乐歌。全诗生动地描述了周始祖后稷神奇非凡的诞生历史，颂扬了他长于农事、勤奋创业的英雄业绩，无愧为周民族的英雄史诗。

厥初生民[1]，时维姜嫄[2]。生民如何，克禋克祀[3]，以弗无子[4]。履帝武敏歆[5]，攸介攸止[6]。载震载夙[7]，载生载育，时维后稷[8]。

诞弥厥月[9]，先生如达[10]。不坼不副[11]，无菑无害[12]。以赫厥灵[13]，上帝不宁。不康禋祀[14]，居然生子[15]。

诞寘之隘巷[16]，牛羊腓字之[17]。诞寘之平林[18]，会伐平林[19]。诞寘之寒冰，鸟覆翼之。鸟乃去矣，后稷呱矣[20]。实覃实訏[21]，厥声载路[22]。

诞实匍匐[23]，克岐克嶷[24]，以就口食[25]。蓺之荏菽[26]，荏菽旆旆[27]。禾役穟穟[28]，麻麦幪幪[29]，瓜瓞唪唪[30]。

诞后稷之穑，有相之道[31]。茀厥丰草[32]，种之黄茂[33]。实方实苞[34]，实种实褒[35]，实发实秀[36]，实坚实好[37]，实颖实栗[38]。即有邰家室[39]。

诞降嘉种[40]，维秬维秠[41]，维穈维芑[42]。恒之秬秠[43]，是获是亩[44]。恒之穈芑，是任是负[45]。以归肇祀[46]。

诞我祀如何，或舂或揄[47]，或簸或蹂[48]。释之叟叟[49]，烝之浮浮[50]。

载谋载惟[51]，取萧祭脂[52]，取羝以軷[53]。载燔载烈[54]，以兴嗣岁[55]。

卬盛于豆[56]，于豆于登[57]。其香始升，上帝居歆[58]。胡臭亶时[59]，后稷肇祀。庶无罪悔，以迄于今[60]。

中华书局《十三经注疏》本《诗经正义》卷一七

**【注释】**

[1]民:人,指周人。[2]时:是。姜嫄(yuán):传说中远古帝王高辛氏(帝喾)之妃,周始祖后稷之母。姜是姓。"嫄"亦作"原",是谥号,取本原之义。以上二句言姜嫄始生周人,就是指生后稷。[3]禋(yīn)、祀:一种野祭。祭时用火烧牲,使烟气上升。这里似指祀天帝。一说指祀郊禖(méi)。禖是求子之神,祭于郊外。[4]弗:"祓(fú)"的借字。祓是除不祥,祓无子就是除去无子的不祥,也就是求有子。[5]履:践,踩。帝:天帝。武:指足迹。敏:脚拇指,"武敏"就是足迹的脚拇指。歆:欣喜。[6]介:读为"(qì)",息。一说"庐舍"。[7]震:娠,就是怀身。夙:肃,言谨守胎教。[8]时维后稷:即是为后稷。后稷又名弃。[9]诞:发语词,有叹美的意思。弥厥月:言满了怀孕应有的月数。弥,满。[10]先生:犹言"首生"。如:读为"而"。达:滑利。[11]坼(chè):裂。副(pì):裂开,剖开。[12]菑(zāi):"灾"的异体字。[13]赫:显。这句是说因上述的情况而显得灵异。[14]康:都训"安",言上帝莫非不安享我的禋祀吗?这是写姜嫄的惴惧。践大人迹而生子是大怪异的事,姜嫄疑为不祥,所以下文又说"居然生子"。[15]居然:徒然。生子而不敢养育所以为徒然。[16]寘(zhì):即"置",搁。隘:狭。这句是说将婴儿弃置在狭巷。[17]腓:庇护。字:爱护。[18]平林:平原上的树林。[19]会:适逢。这句是说适逢有人来伐木,不便弃置。[20]呱(gū):啼哭。[21]实:与"寔"同,作"是"解。覃(tán):长。訏(xū):大。[22]载:满。以上二句言婴儿哭声壮大。[23]匍匐:伏地爬行。[24]克岐克嶷:是说能有所识别。岐,认知,嶷,聪慧。[25]以:同"已"。就:求。[26]蓺(yì):种植。荏(rěn)菽:大豆。这句的"蓺之"两字贯下"禾役"、"瓜瓞(dié)"等句。[27]旆旆(pèi):即"芾芾(fèi)",茂盛。[28]役:《说文》引作"颖",禾尖。穟穟(suì):美好。[29]幪幪(měng):茂盛覆地。[30]瓞(dié):小瓜。唪唪(běng):《说文》引作"菶菶(běng)",多果实貌。[31]相:助。[32]茀(fú):拔除。[33]黄茂:指嘉谷。[34]方:整齐。苞:丰茂。[35]种:犹"肿",肥盛。褎(yòu):禾苗渐长貌。引申为出众。[36]发:舒发。秀:初长穗。[37]坚、好:言谷粒充实。[38]颖:垂穗。栗:犹"栗栗",众。[39]邰(tái):地名,邰故城在今陕西省武功县西南。这句是说后稷到邰地定居。[40]降:天赐。[41]秬(jù):黑黍。秠(pī):一种黍。《毛传》:"秠,一稃二米。"稃(fū),指米粒的外壳。[42]穈(mén):赤苗嘉谷(初生时叶纯色)。芑(qǐ):白苗嘉谷(初生时色微白)。[43]恒(gèng):遍,满。[44]是获是亩:收割而分亩计数。[45]任:犹"抱"。[46]肇:始。[47]揄(yóu):《说文》引作"舀",取出。[48]蹂(róu):通"揉",揉搓。[49]释:淘米。叟叟:亦作"溞溞(sōu)",释米之声。[50]烝:同"蒸"。浮浮:热气上升貌。[51]惟:思。[52]萧:香蒿。祭脂:即牛肠脂。祭祀用香蒿和牛肠脂合烧,取其香气。[53]羝(dī):牡羊。軷(bá):祭道路之神。[54]燔(fán)、烈:烧烤。[55]嗣岁:来年。[56]卬(áng):我。[57]豆:盛肉食器,木制。登:瓦豆。[58]居:安。歆:享。[59]胡:犹"何"。臭:气息。即指上文"其香始升"的香。亶(dǎn):诚。时:得其时。[60]迄:到。

**【审美点评】**

将祖先奉为神灵是原始氏族社会思想观念的产物。这些祖先神往往集神性和人性于一身。神的一面可以感召氏族的精神、增加氏族的信心;而人的一面又能够汇集氏族的智慧、传递生活的经验。《生民》正是以诗歌的方式将祖先后稷之灵异在

集氏族的智慧、传递生活的经验。《生民》正是以诗歌的方式将祖先后稷之灵异在周人中加以颂扬。

# 丰　年

【题解】选自《诗经·周颂》。这是周王朝秋收后报祭天神和祖先所用的一首乐歌，对于我们了解周人农业规模及礼乐文化，有一定的认识价值。

丰年多黍多稌[1]，亦有高廪[2]，万亿及秭[3]。为酒为醴，烝畀祖妣[4]，以洽百礼[5]，降福孔皆[6]。

中华书局《十三经注疏》本《诗经正义》卷一九

【注释】

[1] 稌（tú）：稻子。[2] 廪（lǐn）：收藏粮食的仓库。[3] 亿：数万。秭：数亿。亿、秭都指数量极多。[4] 烝：进献。畀（bì）：送上。[5] 洽：齐备。[6] 孔：很。皆：普遍。

【审美点评】

诗中所言黍稌之多、仓廪之富，实为祭礼中飨祖考、洽群神的夸饰之词，藉此表达对祖先、神灵的敬仰之情、祈愿之心。愿得到庇佑，"降福孔皆"。

# 《左传》

《左传》是《春秋左氏传》的简称，又名《左氏春秋》。它以《春秋》为本，记录了从鲁隐公元年至鲁哀公二十七年，共二百五十五年间周王朝及诸侯各国的某些重大历史事件。有关其作者相传为春秋末鲁国人左丘明所作，近人或以为是战国时人所编。《左传》与《公羊传》、《穀梁传》合称"《春秋》三传"，具有重要的史料价值。《左传》是一部叙事详明的编年体史书。它比较真实地记载了东周前期各诸侯国政治、经济、军事、外交、文化等方面的事件。记述战争是《左传》的重要内容。《左传》写战争，集中笔墨把描写的重点放在战争的性质和起因、战前的策划和战后的影响等方面，而对战场的正面交锋则多采用略写。在艺术上，《左传》善于刻画人物形象，且语言简练，字句精严，行文变化纵横。《左传》标志着历史散文的重要发展，也为后世叙事文学的发展奠定了基础。

# 曹刿论战

【题解】选自《左传·庄公十年》。本文记叙了发生在齐鲁两国之间的"长勺之战"。鲁国以弱胜强赢得了这场战役的胜利。

十年春[1]，齐师伐我[2]。公将战[3]。曹刿请见[4]。其乡人曰："肉食者谋之[5]，又何间焉[6]？"刿曰："肉食者鄙[7]，未能远谋。"乃入见。问："何以战[8]？"公曰："衣食所安，弗敢专也[9]，必以分人[10]。"对曰："小惠未徧[11]，民弗从也。"公曰："牺牲玉帛[12]，弗敢加也[13]，必以信[14]。"对曰："小信未孚[15]，神弗福也[16]。"公曰："小大之狱[17]，虽不能察[18]，必以情[19]。"对曰："忠之属也[20]，可以一战[21]。战则请从[22]。"

公与之乘[23]，战于长勺[24]。公将鼓之[25]。刿曰："未可。"齐人三鼓。刿曰："可矣。"齐师败绩[26]。公将驰之[27]。刿曰："未可。"下，视其辙[28]，登，轼而望之[29]，曰："可矣！"遂逐齐师[30]。

既克[31]，公问其故。对曰："夫战，勇气也[32]。一鼓作气，再而衰，三而竭[33]。彼竭我盈[34]，故克之。夫大国，难测也[35]，惧有伏焉[36]。吾视其辙乱，望其旗靡[37]，故逐之。"

中华书局《十三经注疏》本《春秋左传正义》卷八

【注释】

[1] 十年：鲁庄公十年，公元前 684 年。[2] 齐师：齐国的军队。齐，在今山东省中部。我：《左传》根据鲁史写的，所以称鲁国为"我"。[3] 公：鲁庄公，鲁庄君主。[4] 曹刿（guì）：春秋时鲁国大夫。著名的军事理论家。[5] 肉食者：指有权位的贵族。[6] 间（jiàn）：参与。[7] 鄙：鄙陋，目光短浅。[8] 何以战：即"以何战"。以，用、凭。[9] 衣食所安，弗（fú）敢专也：衣食这类养生的东西，不敢独自享受。安，有"养"的意思。弗，不。专，独自（个人）专有。[10] 必以分人：就是"必以之分于人"，一定把它分给身边的大臣。人，大臣，臣子。[11] 徧：同"遍"，遍及，普遍。[12] 牺牲玉帛（bó）：古代祭祀用的祭品。牺牲，指猪、牛、羊等。玉帛，玉和丝织品。[13] 加：虚夸，这里是说以少报多。[14] 必以信：一定凭借实情（向神禀报）。信，信实，这里指对神说实话。[15] 小信未孚（fú）：（这只是）小信用，不能让神灵信任。孚，为人所信服。[16] 福：赐福，保佑。[17] 狱：案件。[18] 虽：即使。察：详审，细究，仔细审查。[19] 情：（以）实情判断。[20] 忠：尽力竭力。属：一类。[21] 可以一战：即"可以之一战"，可凭借（这个条件）打一仗。[22] 战则请从：（如果）打仗，就请允许我跟随着去。[23] 公与之乘：鲁庄公和他同乘一辆战车。之，指曹刿。[24] 于：

在。长勺：鲁国地名，在今山东莱芜。[25] 鼓：击鼓进军。古代作战，击鼓命令进军。下文的"三鼓"，即击三次鼓；最后一段中"一鼓"指第一次击鼓，"再"指第二次击鼓，"三"指第三次击鼓。[26] 败绩：大败。[27] 驰：驱车（追赶）。[28] 辙（zhé）：车轮碾过的痕迹。[29] 轼：车厢前边的横木，供扶手用。[30] 遂逐：就追赶。逐，追赶、追击。[31] 既克：已经战胜。既，已经。克，战胜，攻下。[32] 夫（fú）战，勇气也：作战是靠勇气的。夫，发语词，议论或说明时，用在句子开头，没有实在意义。[33] 一鼓作气：第一次击鼓（能够）振作（士兵们的）勇气。作，振作。鼓，击鼓。竭：（士气）枯竭。[34] 盈：充满。这里指士气正旺盛。[45] 测：估计，推测。[36] 伏：埋伏。[37] 靡（mǐ）：倒下。

**【审美点评】**

本文以曹刿为"长勺之战"的主角，通过对其战前与鲁庄公的对话、战中详察敌情并准确把握战机、战后分析制胜原因等的分层叙写，高度赞扬了他卓越的军事智谋和指挥才能。行文中散句、排比、偶句错落有致，也增强了叙事、写人的生动效果。

# 齐伐楚盟于召陵

**【题解】** 选自《左传·僖公四年》。本篇记述了齐桓公率领鲁、宋、陈、卫、郑、许、曹等诸侯之师进军楚国，并最终与楚国订立盟约的经过。

四年春，齐侯以诸侯之师侵蔡[1]，蔡溃，遂伐楚。

楚子使与师言曰[2]："君处北海，寡人处南海[3]，唯是风马牛不相及也[4]。不虞君之涉吾地也[5]，何故？"管仲对曰："昔召康公命我先君大公[6]，曰：'五侯九伯[7]，女实征之[8]，以夹辅周室。'赐我先君履[9]：东至于海，西至于河，南至于穆陵，北至于无棣[10]。尔贡包茅不入[11]，王祭不共[12]，无以缩酒[13]，寡人是征[14]；昭王南征而不复，寡人是问[15]。"对曰："贡之不入，寡君之罪也，敢不共给？昭王之不复，君其问诸水滨。"师进，次于陉[16]。

夏，楚子使屈完如师[17]。师退，次于召陵[18]。

齐侯陈诸侯之师，与屈完乘而观之。齐侯曰："岂不穀是为[19]？先君之好是继。与不穀同好，如何？"对曰："君惠徼福于敝邑之社稷[20]，辱收寡君[21]，寡君之愿也。"齐侯曰："以此众战[22]，谁能御之！以此攻城，何城不克！"对曰："君若以德绥诸侯[23]，谁敢不服？君若以力，楚国方城以为城[24]，汉水以为池，虽众，无所用之！"

屈完及诸侯盟[25]。

中华书局《十三经注疏》本《春秋左传正义》卷一二

**【注释】**

[1] 诸侯之师：指参与侵蔡的鲁、宋、陈、卫、郑、许、曹等诸侯国的军队。蔡：诸侯国名，姬姓，在今河南上蔡、新蔡一带。[2] 楚子：指楚成王。[3] 北海、南海：泛指北方、南方边远的地方，不实指大海。[4] 唯是：因此。风：公畜和母畜在发情期相互追逐引诱。这句话的意思是说由于相距遥远，虽有引诱，也互不相干。[5] 不虞：不料，没有想到。涉：蹚水而过，这里的意思是进入，委婉地指入侵。[6] 召（shào）康公：召公奭（shì），周成王时的太保，"康"是谥号。先君：已故的君主。大公：太公，指姜尚，他是齐国的开国君主。[7] 五侯：公、侯、伯、子、男五等爵位的诸侯。九伯：九州的长官。五侯九伯泛指各国诸侯。[8] 实征之：可以征伐他们。实，同"寔"，是。[9] 履：践踏。这里指齐国可以征伐的范围。[10] 海：指渤海和黄海。河：黄河。穆陵：地名，在今湖北麻城北的穆陵山。无棣：地名，在今山东无棣县。[11] 贡：贡物。包：裹束。茅：菁茅。入：进贡。[12] 共：同"供"，供给。[13] 缩酒：渗滤酒渣。[14] 寡人：古代君主自称。是征：征取这种贡物。[15] 昭王：周成王的孙子周昭王。问：责问。[16] 次：军队临时驻扎。陉（xíng）：楚地，今河南郾城县南。[17] 屈完：楚国大夫。师：军队。[18] 召陵：楚国地名，在今河南偃城东。[19] 不穀：不善，诸侯自己的谦称。[20] 惠：恩惠，这里作表示敬意的词。徼（jiǎo）：求。敝邑：对自己国家的谦称。[21] 辱：屈辱，这里作表示敬意的词。[22] 众：指诸侯的军队。[23] 绥：安抚。[24] 方城：山名，在今河南省叶县。[25] 盟：订立盟约。

**【审美点评】**

文中对齐楚双方的描写十分传神：管仲"支吾远引"，为无理征伐找借口；齐侯耀武扬威，摆出一副霸主神气；而楚国使者的对答，随机应变，使对方无懈可击，特别是屈完的话，不卑不亢，委婉中带着强硬，真是绝好的外交辞令。

# 晋楚城濮之战

**【题解】**选自《左传·僖公二十八年》。本篇记述了发生于公元前632年晋楚之间的一场大战。在这场战役中，晋军终以谋略制胜，在城濮（今河南范县西南）大败楚军，从而奠定了晋文公的中原霸主地位。

宋人使门尹般如晋师告急[1]。公曰[2]："宋人告急，舍之则绝，告楚不许[3]。我欲战矣，齐、秦未可[4]，若之何？"先轸曰[5]："使宋舍我而赂齐、秦，藉之告楚[6]。我执曹君，而分曹、卫之田以赐宋人，楚爱曹、卫，必不许也[7]。喜赂怒顽[8]，能无战乎？"公说，执曹伯，分曹、卫之田以畀宋人[9]。

楚子入居于申[10]，使申叔去穀[11]，使子玉去宋[12]，曰："无从晋师[13]！晋侯在外十九年矣，而果得晋国，险阻艰难，备尝之矣[14]；民之情伪[15]，尽知之矣。天假之年，而除其害[16]，天之所置，其可废乎[17]？军志曰：'允当则归[18]。'又曰：'知难而退。'又曰：'有德者不可敌。'此三志者，晋之谓矣[19]。"子玉使伯棼请战[20]，曰："非敢必有功也，愿以间执谗慝之口[21]！"王怒，少与之师[22]，唯西广、东宫与若敖之六卒实从之[23]。

子玉使宛春告于晋师[24]，曰："请复卫侯而封曹[25]，臣亦释宋之围。"子犯曰："子玉无礼哉！君取一，臣取二[26]，不可失矣[27]。"先轸曰："子与之。定人之谓礼[28]。楚一言而定三国[29]，我一言而亡之，我则无礼，何以战乎？不许楚言，是弃宋也，救而弃之，谓诸侯何？楚有三施，我有三怨[30]，怨仇已多，将何以战？不如私许复曹、卫以携之[31]，执宛春以怒楚，既战而后图之。"公说，乃拘宛春于卫，且私许复曹、卫。曹、卫告绝于楚[32]。

子玉怒，从晋师。晋师退。军吏曰："以君辟臣[33]，辱也。且楚师老矣[34]，何故退？"子犯曰："师直为壮，曲为老，岂在久乎[35]？微楚之惠不及此，退三舍辟之，所以报也[36]。背惠食言，以亢其雠[37]，我曲楚直。其众素饱[38]，不可谓老。我退而楚还，我将何求？若其不还，君退臣犯，曲在彼矣。"退三舍。楚众欲止，子玉不可。

夏四月戊辰，晋侯、宋公、齐国归父、崔夭、秦小子慭次于城濮[39]。楚师背酅而舍[40]，晋侯患之。听舆人之诵曰[41]："原田每每[42]，舍其旧而新是谋[43]。"公疑焉。子犯曰："战也！战而捷，必得诸侯，若其不捷，表里山河[44]，必无害也。"公曰："若楚惠何？"栾贞子曰[45]："汉阳诸姬，楚实尽之[46]。思小惠而忘大耻，不如战也。"晋侯梦与楚子搏[47]，楚子伏己而盬其脑[48]，是以惧。子犯曰："吉。我得天，楚伏其罪[49]，吾且柔之矣[50]！"

子玉使斗勃请战[51]，曰："请与君之士戏[52]，君冯轼而观之，得臣与寓目焉[53]。"晋侯使栾枝对曰："寡君闻命矣。楚君之惠，未之敢忘，是以在此。为大夫退，其敢当君乎！既不获命矣，敢烦大夫谓二三子[54]：戒尔车乘[55]，敬尔君事，诘朝将见[56]。"

晋车七百乘，韅靷鞅靽[57]。晋侯登有莘之虚以观师[58]，曰："少长有礼，其可用也。"遂伐其木，以益其兵。

己巳[59]，晋师陈于莘北，胥臣以下军之佐当陈、蔡[60]。子玉以若敖之六卒将中军[61]，曰："今日必无晋矣！"子西将左[62]，子上将右[63]。

胥臣蒙马以虎皮，先犯陈、蔡。陈、蔡奔，楚右师溃。狐毛设二旆而退之[64]，栾枝使舆曳柴而伪遁[65]，楚师驰之，原轸、郤溱以中军公族横击之[66]。狐毛、狐偃以上军夹攻子西，楚左师溃。楚师败绩。子玉收其卒而止，故不败。

晋师三日馆谷[67]，及癸酉而还[68]。甲午，至于衡雍[69]，作王宫于践土[70]。

乡役之三月[71]，郑伯如楚致其师[72]。为楚师既败而惧，使子人九行成于晋[73]。晋栾枝入盟郑伯。五月丙午[74]，晋侯及郑伯盟于衡雍。

丁未，献楚俘于王[75]：驷介百乘[76]，徒兵千。郑伯傅王[77]，用平礼也[78]。己酉[79]，王享醴，命晋侯宥[80]。王命尹氏及王子虎、内史叔兴父策命晋侯为侯伯[81]，赐之大辂之服、戎辂之服[82]，彤弓一，彤矢百，玈弓矢千[83]，秬鬯一卣[84]，虎贲三百人[85]。曰："王谓叔父[86]：'敬服王命，以绥四国[87]，纠逖王慝[88]。'"晋侯三辞，从命，曰："重耳敢再拜稽首，奉扬天子之丕显休命[89]。"受策以出。出入三觐[90]。

           中华书局《十三经注疏》本《春秋左传正义》卷一六

**【注释】**

[1] 门尹般：宋国大夫，官为门尹，名般。如：往，到。此时楚子已率领陈、蔡、郑、许等国军队围宋。[2] 公：指晋文公，名重耳。[3] 舍之则绝：如果丢下不管，则晋宋关系必然断绝。告楚不许：我们请求楚国退兵，楚国又不会应允。[4] 齐、秦未可：尚未征得齐国、秦国的同意。[5] 先轸（zhěn）：晋国中军主将。[6] 藉之告楚：通过齐、秦出面请楚国撤兵。藉（jiè）：凭借。[7] 不许：楚国不会答应齐、秦的出面调解。[8] 喜赂怒顽：齐秦两国得到宋国的财货，自然高兴，而对楚国不听调解的顽固态度，定会愤怒。[9] 曹伯：曹国国君。曹原被封为伯爵，故称曹伯。畀（bì）：给予。[10] 楚子：楚成王。申：原为姜姓小国，后为楚国所灭。[11] 申叔：楚大夫。去：离开。榖：齐地名，在今山东省东阿县南，城濮之战前二年（前 634 年），为楚占领，申叔奉命戍守榖城。[12] 子玉：楚令尹，楚国对宋作战的中军将，统帅三军。[13] 无从晋师：不要迫近晋军。从：进逼。[14] 在外十九年：晋文公重耳从僖公五年（前 655 年）为骊姬所谮而出亡，至僖公二十四年（前 636 年）回国即位，前后十九年。果：果然，终于。备尝之：全都经历体验过。[15] 情伪：真假虚实。[16] 假：给予。年：年寿。害：指晋文公的政敌。[17] 置：安置，安排。其：岂，难道。[18] 军志：兵书。允当则归：意为适可而止。允当，指恰到好处。[19] 此三志者，晋之谓矣：军志所说的三方面，就是晋国这种情况。志，记载。[20] 伯棼（fén）：楚国大夫，斗越椒的字。请战：向楚成王请求对晋作战。[21] 间：空隙，机会。执：堵住。谗慝（tè）：拨弄是非的人。当初子文推荐子玉做令尹时，朝中老臣都去向子文祝贺荐举得人，唯独蔿贾不肯祝贺，说子玉：刚而无礼，不可以治兵，过三百乘必不能以入矣！[22] 少与之师：只给他少量的兵力。[23] 西广：楚军编制，分东广与西广。

东宫：太子宫中的卫队。若敖：楚王祖先的名号，指宗族亲兵。六卒：六百人。[24] 宛春：楚国大夫。[25] 复卫侯：恢复卫侯的地位。封曹：重封曹君。因曹君被执，失去了国君地位，故用"封"。[26] 君取一：晋君得到一个好处（释宋国）。臣取二：子玉为臣，楚臣得到两个好处（复卫封曹）。[27] 不可失矣：不可失去这个作战的时机。[28] 定人：使人安定。[29] 楚一言而定三国：楚国一句话使曹、卫、宋三国得到安定。[30] 三施：对三国都有恩惠。三怨：对三国都结下仇恨。[31] 私许复曹、卫：暗中答应曹、卫国君恢复他们的地位。携之：离间曹、卫与楚的联盟关系。[32] 告绝于楚：曹、卫宣告和楚国断绝外交。[33] 辟：同"避"。楚军是令尹子玉做主帅，晋军则是晋文公亲自指挥，故此言"以君辟臣"。[34] 老：士气不振。这是说楚军连月征战在外，疲劳不堪，士气低落。[35] 直：理直。曲：理亏。久：指出兵时间长。[36] 微楚之惠不及此：没有楚国的帮助就到不了今天。微：没有。舍：三十里为一舍。报：报答。晋文公流亡到楚国时，楚成王设宴招待他，曾问如何报答楚国的盛意。晋文公回答说楚国物产丰富，不需要什么东西。自己如能回国即位，万一楚、晋交战，将退避三舍以报答。[37] 背惠：背弃楚国的恩惠。食言：不履行自己的诺言。亢其雠：保卫楚国的仇敌宋国。亢，同"抗"，捍卫。[38] 素：平时，向来。饱：士气饱满。[39] 夏四月戊辰：四月初三。宋公：宋成公，襄公之子。国归父、崔夭：均为齐国大夫。秦小子慭（yìn）：秦穆公之子。城濮：卫国地名，在今河南范县西南。[40] 背：背靠着。郤（xī）：城濮附近一个险要的丘陵地带。舍：驻扎。[41] 舆人：众人，指士兵们。诵：不配乐曲的歌曲。[42] 原田：原野。每每：青草茂盛的样子。[43] 舍其旧：抛开旧的。新是谋：谋新，开辟新田。[44] 表：外。里：内。山：指太行山，河：黄河。[45] 栾贞子：晋国将领栾枝。[46] 汉阳：汉水北面。汉阳诸姬：汉水北面我们许多姬姓的国家。楚实尽之：都被楚国消灭了。[47] 搏：徒手对打，格斗。[48] 伏己：伏在晋文公身上。盬（gǔ）：吮吸。[49] 得天：面朝天，意思是得到天助。伏其罪：面朝地像认罪。[50] 柔之：软化他，意思是使他驯服。[51] 斗勃：楚国大夫。[52] 戏：较量。[53] 得臣：子玉的字。寓目：观看。[54] 大夫：指斗勃。二三子：指楚军将领子玉、子西等人。[55] 戒：准备好。[56] 诘朝：明天早上。[57] 韅（xiǎn）靷（yǐn）鞅靽（bàn）：指马的缰绳、络头之类。在背的叫韅，在胸的叫靷，在腹的叫鞅，在足的叫靽。这里形容晋军装备齐全，军容整齐。[58] 有莘（shēn）：古代国名，在今山东曹县。虚：同"墟"，旧城废址。[59] 己巳：四月初四。[60] 胥臣：晋国的下军副帅。陈、蔡：陈、蔡两国军队属于楚军右师。[61] 中军：楚军分为左、中、右三军，中军是最高统帅。[62] 子西：楚国左军统帅斗宜申的字。[63] 子上：楚国右军统帅斗勃的字。[64] 狐毛：晋上军主将。旆（pèi）：装饰有飘带的大旗。古军制，只有中军主帅所在地树立二旆。这是说狐毛虚设两面大旗制造中军主帅败退的假象来引诱楚军。[65] 曳柴：拖着树枝。[66] 郤溱：晋中军副帅。中军公族：国君同姓贵族组成的部队，由国君亲自率领。横：拦腰。[67] 馆：驻扎，这里指住在楚国军营。谷：吃粮食，指吃楚军丢弃的军粮。[68] 癸酉：四月初八。[69] 甲午：四月二十九日。衡雍：郑国地名，在今河南原阳西。[70] 践土：郑国地名，在今河南原阳西南。周襄王听到晋师胜利的消息，要亲自前来慰劳。晋文公便建王宫迎候。[71] 乡（xiàng）：不久之前。役：指城濮之战。[72] 郑伯：郑文公。致其师：将郑国军队交给楚军指挥。[73] 子人九：郑国大夫，姓子人，名九。行成：休战讲和。[74] 五月丙午：五月十一日。[75] 丁未：十二日。王：指周襄王。[76] 驷介：四马披甲的战车。[77] 傅：主持礼节仪式。[78] 用平礼：用周平王锡晋文侯时之礼。[79] 己酉：十四日。[80] 宥：同"侑"，劝酒。[81] 尹氏、王子虎：周王室的执政大臣。内史：掌管爵禄策命的官。

策命：在竹简上写上命令。侯伯：诸侯之长。[82] 大辂（lù）之服：与礼车相配套的服饰仪仗。戎辂之服：乘兵车时的服饰仪仗。[83] 玈（lú）：黑色。[84] 秬鬯（jùchàng）：用黑黍米和香草酿成的香酒。卣（yǒu）：盛酒的器具。[85] 虎贲（bēn）：勇士。[86] 叔父：天子对同姓诸侯的称呼。这里指晋文公重耳。[87] 以绥四国：安抚四方诸侯。[88] 纠：检举。逖：剔除，惩治。慝（tè）：坏人。[89] 丕：大。显：明。休：美。[90] 出入：来回。三觐：进见了三次。

**【审美点评】**

唐刘知几称《左传》："其言简而要，其事详而博。"（《史通·六家》）此次战事涉及晋、秦、齐、楚、宋、曹、卫、陈、蔡、郑等诸国，有多国国君、使臣、战将参与其中，然而，文中其纲领提挈得极严谨而分明，情节叙述得极委曲而简洁。

# 烛之武退秦师

**【题解】** 选自《左传·僖公三十年》。本文记述了晋国和秦国合兵围郑，郑国大夫烛之武说秦退兵，从而使郑国摆脱了危险处境。

九月甲午[1]，晋侯、秦伯围郑[2]，以其无礼于晋[3]，且贰于楚也[4]。晋军函陵[5]，秦军氾南[6]。

佚之狐言于郑伯曰[7]："国危矣！若使烛之武见秦君，师必退。"公从之。辞曰："臣之壮也，犹不如人；今老矣，无能为也已！"公曰："吾不能早用子；今急而求子，是寡人之过也。然郑亡，子亦有不利焉。"许之。

夜缒而出。见秦伯曰："秦晋围郑，郑既知亡矣。若亡郑而有益于君，敢以烦执事[8]。越国以鄙远[9]，君知其难也，焉用亡郑以陪邻[10]？邻之厚，君之薄也。若舍郑以为东道主[11]，行李之往来[12]，共其乏困[13]，君亦无所害。且君尝为晋君赐矣，许君焦、瑕[14]，朝济而夕设版焉，君之所知也。夫晋何厌之有[15]？既东封郑[16]，又欲肆其西封，若不阙秦[17]，将焉取之？阙秦以利晋，唯君图之！"

秦伯说[18]，与郑人盟。使杞子、逢孙、扬孙戍之[19]，乃还。子犯请击之[20]。公曰："不可！微夫人之力不及此[21]。因人之力而敝之[22]，不仁；失其所与[23]，不知；以乱易整，不武[24]。吾其还也。"亦去之。

中华书局《十三经注疏》本《春秋左传正义》卷一七

**【注释】**

[1] 甲午：古代用干支记日，具体日期已无考。[2] 晋侯、秦伯：晋文公和秦穆公。[3] 无礼于晋：晋文公未即位前，曾流亡到郑国，郑文公不以礼相待。[4] 贰于楚：对晋有二心而亲近楚。[5] 函陵：郑国地名，在今河南新郑县。[6] 氾（fàn）南：氾水南面，在今河南中牟县南。[7] 佚之狐：郑大夫。郑伯：郑文公。[8] 执事：办事人，借办事人代指秦君，是对秦君的敬称。[9] 越国：秦在晋西，秦到郑国，要越过晋国。鄙远：以距离远的郑国作为秦国的边境。鄙：边境，这里作动词用。[10] 陪：增加。句意为，灭了郑国，郑国的土地只能归晋。[11] 东道主：东方路上的主人。[12] 行李：亦作"行理"，外交使者。[13] 共：同"供"。乏：指缺乏资粮。困：指困顿需要休息。[14] 焦、瑕：晋国城邑，在今河南陕县。[15] 厌：同"餍"，满足。[16] 封：疆界，作动词用。[17] 阙：侵略。[18] 说：同"悦"。[19] 杞子、逢孙、扬孙：都是秦大夫。[20] 子犯：晋国大夫。[21] 微：非，没有。[22] 因：依靠。敝：伤害。[23] 所与：犹同盟国。[24] 不武：没有威武。

**【审美点评】**

　　文章对烛之武的善于辞令，写得极为出色。作为一个面临亡国之危的小国使臣，面对大国的君主，却能够不亢不卑，从容辞令，语言的分寸，掌握得恰到好处。并且，他还利用秦晋之间的矛盾，在说辞里处处为秦着想，使秦伯心悦诚服，不费一刀一兵，而瓦解了秦晋的联盟。

# 秦晋殽之战

　　**【题解】** 选自《左传·僖公三十二年、三十三年》，主要叙述在晋文公死后，秦穆公不听蹇叔的劝谏，举兵袭郑。郑国商人弦高机智救国，秦无功回师。晋、秦两国战于殽地，秦兵大败。

　　冬[1]，晋文公卒[2]。庚辰，将殡于曲沃[3]，出绛，柩有声如牛[4]。卜偃使大夫拜[5]，曰："君命大事[6]：将有西师过轶我[7]，击之，必大捷焉。"

　　杞子自郑使告于秦[8]，曰："郑人使我掌其北门之管[9]，若潜师以来[10]，国可得也。"穆公访诸蹇叔[11]。蹇叔曰："劳师以袭远[12]，非所闻也。师劳力竭，远主备之，无乃不可乎？师之所为，郑必知之，勤而无所，必有悖心[13]。且行千里，其谁不知！"公辞焉。召孟明、西乞、白乙[14]，使出师于东门之外。蹇叔哭之，曰："孟子！吾见师之出而不见其入也！"公使谓之曰："尔何知！中寿，尔墓之木拱矣[15]！"

　　蹇叔之子与师[16]，哭而送之，曰："晋人御师必于殽[17]。殽有二陵焉：其南陵，夏后皋之墓也[18]；其北陵，文王之所辟风雨也[19]。必死是间，余收尔骨焉！"

秦师遂东。

三十三年，春，秦师过周北门[20]，左右免胄而下[21]，超乘者三百乘[22]。王孙满尚幼[23]，观之，言于王曰："秦师轻而无礼，必败。轻则寡谋，无礼则脱[24]。入险而脱，又不能谋，能无败乎？"

及滑[25]，郑商人弦高将市于周[26]，遇之。以乘韦先[27]，牛十二，犒师，曰："寡君闻吾子将步师出于敝邑，敢犒从者[28]。不腆敝邑[29]，为从者之淹，居则具一日之积，行则备一夕之卫[30]。"且使遽告于郑[31]。

郑穆公使视客馆，则束载、厉兵、秣马矣[32]。使皇武子辞焉[33]，曰："吾子淹久于敝邑，唯是脯资饩牵竭矣[34]，为吾子之将行也！郑之有原圃[35]，犹秦之有具囿也[36]，吾子取其麋鹿，以闲敝邑，若何？"杞子奔齐，逢孙、扬孙奔宋[37]。

孟明曰："郑有备矣，不可冀也[38]，攻之不克，围之不继[39]，吾其还也。"灭滑而还。

晋原轸曰[40]："秦违蹇叔，而以贪勤民[41]，天奉我也[42]。奉不可失，敌不可纵[43]。纵敌患生，违天不祥，必伐秦师。"栾枝曰："未报秦施，而伐其师，其为死君乎[44]？"先轸曰："秦不哀吾丧而伐吾同姓[45]，秦则无礼，何施之为？吾闻之：一日纵敌，数世之患也。谋及子孙[46]，可谓死君乎！"遂发命，遽兴姜戎[47]。子墨衰绖，梁弘御戎，莱驹为右[48]。

夏，四月，辛巳，败秦师于殽，获百里孟明视、西乞术、白乙丙以归。遂墨以葬文公[49]。晋于是始墨[50]。

文嬴请三帅[51]，曰："彼实构吾二君[52]，寡君若得而食之不厌[53]。君何辱讨焉[54]？使归就戮于秦[55]，以逞寡君之志，若何？"公许之。

先轸朝，问秦囚。公曰："夫人请之，吾舍之矣。"先轸怒，曰："武夫力而拘诸原[56]，妇人暂而免诸国[57]，堕军实而长寇雠[58]，亡无日矣[59]！"不顾而唾[60]。

公使阳处父追之[61]。及诸河，则在舟中矣。释左骖[62]，以公命赠孟明[63]。孟明稽首曰："君之惠，不以累臣衅鼓[64]，使归就戮于秦。寡君之以为戮，死且不朽；若从君惠而免之[65]，三年，将拜君赐[66]。"

秦伯素服郊次[67]，乡师而哭[68]，曰："孤违蹇叔，以辱二三子，孤之罪也。"不替孟明[69]。 "孤之过也，大夫何罪？且吾不以一眚掩大德[70]。"

中华书局《十三经注疏》本《春秋左传正义》卷一七

## 【注释】

[1] 冬：指鲁僖公三十二年（前628）冬天。[2] 晋文公：名重耳，"春秋五霸"之一，曾与秦穆公缔结秦晋之盟。[3] 庚辰：晋文公死后的第二天，据推算，为十二月初十日。殡：殡葬。曲沃：地名，在今山西闻喜县，是晋君祖坟所在地。[4] 绛（jiàng）：地名，晋国都城，故址在今山西省翼城县东南。柩（jiù）有声如牛：棺木传出像牛叫的声音。[5] 卜偃：晋国的卜筮官郭偃。使大夫拜：领着众官员向灵柩行礼。[6] 君命大事：晋文公发布军事命令。[7] 西师：从西边来的军队，指秦军。过轶（yì）：越过。[8] 杞子：先前秦国派驻郑国的监护部队的长官。[9] 管：钥匙。[10] 潜师以来：秘密派军队来偷袭。[11] 蹇（jiǎn）叔：秦国的老臣。[12] 劳师：使……军队疲劳。袭远：袭击远方的国家。[13] 勤而无所：劳而无功。悖（bèi）心：叛离的心思。[14] 孟明、西乞、白乙：孟明视、西乞术、白乙丙，均为秦国将领。[15] 中寿：一般老年人的寿命。墓之木拱：坟墓两旁的树已有两手合拢那么粗了。此是穆公对蹇叔的诅咒。拱，合手为拱。[16] 与（yù）师：随师出征。与，参与。[17] 御：抵抗，阻击。殽（xiáo）：又作"崤"，山名，在今河南洛宁县北，东接渑池，西接陕西界。有东、西二殽。[18] 夏后皋：夏桀的祖父。[19] 文王：周文王。辟：同"避"。[20] 周北门：周天子都城（洛阳）的北门。[21] 左右：战车上的左右卫士。免胄（zhòu）：摘下头盔。下：下车步行，表示对周天子的敬礼。[22] 超乘：跃而登车。[23] 王孙满：周襄王之孙。[24] 脱：粗略，此指不谨慎。[25] 滑：原为姬姓小国，在今河南滑县。本年为秦所灭，但"殽之战"后为晋所占。[26] 市于周：（去）周的都城（洛阳）做生意。[27] 乘（shèng）韦：四张熟牛皮。乘，代指四（每乘四马）。韦，熟牛皮。先：先行礼物。[28] 吾子：对秦帅的尊称。敝邑：对本国（郑国）的谦称。敢：自言冒昧之词。[29] 不腆（tiǎn）：贫穷。腆，丰厚、富饶。[30] 淹：停留，驻扎。积：军需给养。卫：安全保卫工作。[31] 遽（jù）告：通过驿车迅速传递消息。遽，驿车，引申为急速。[32] 束载、厉兵、秣（mò）马：扎束行装、磨砺兵器、喂饱马匹。指做好了战斗准备。厉，同"砺"。[33] 皇武子：郑国大夫。辞：辞谢，下逐客令，请他们离开郑国。[34] 脯资饩（xì）牵：各种食物。脯：熟肉。资：粮食。饩：已杀的牲畜。牵：尚在栏内未杀的牲畜。[35] 原圃：郑国的兽苑，在今河南中牟县西北。[36] 具囿：秦国的兽苑，在今陕西凤翔县境内。[37] 逢孙、扬孙：人名，皆为随从杞子驻郑的秦军将领。[38] 冀：希望（获胜）。[39] 继：继续。一说指援军。[40] 原轸（zhěn）：又名先轸，晋国大臣。[41] 勤民：使百姓辛劳（指出征郑国）。[42] 奉：送，给予。[43] 纵：放纵，放跑。[44] 报：报答。施：恩施，恩惠。死君：忘记国君（晋文公）。[45] 不哀吾丧：不为我国君之死而哀悼。同姓：晋、郑和滑国国君均姬姓。[46] 谋及子孙：为后世子孙打算。[47] 遽：急速。兴：征调。姜戎：依附于晋国的一个部族。[48] 子：晋襄公，系晋文公之子。因当时晋文公尚未安葬，襄公尚未继位，故称子。墨：黑色。衰（cuī）绖（dié）：白色孝服和麻带。因出征之师着白色服装不吉利，故染黑。梁弘：晋国将领。御戎：驾御兵车。莱驹：晋国将领。右：副将。[49] 墨以葬文公：穿着黑色的丧服为文公举行葬礼。[50] 始墨：开始形成着黑色丧服的风俗。[51] 文嬴：秦穆公之女，晋

文公之妻，晋襄公之嫡母。请三帅：请求释放秦国的三个被俘将领。[52] 构：使……结怨。二君：两国之君。[53] 厌：同"餍"，满足，甘心。[54] 君何辱讨焉：您何必屈尊而去处罚他们呢？[55] 就戮于秦：到秦国受处罚。[56] 拘：捉拿。原：原野，此指战场。[57] 暂：仓促，此意指轻易。免：赦免。[58] 堕（huī）：同"隳"，损害，毁坏。军实：战果。长（zhǎng）寇雠：助长敌方气焰。[59] 亡无日：距亡国的日子不长了。[60] 不顾而唾：不顾襄公在前，随地吐唾。[61] 阳处父：晋国大夫。[62] 释左骖（cān）：解下车子左边的马。[63] 以公命：假托晋襄公的名义。[64] 不以累臣衅鼓：不将俘虏杀死，以其血涂鼓。累臣：囚臣，孟明自称。衅鼓：古代用牲畜或战俘的血涂抹在钟鼓上的仪式。[65] 从君惠：顺从晋襄公的恩惠。[66] 拜君赐：拜谢晋君的恩赐。[67] 秦伯：秦穆公。郊次：等候在郊外。[68] 乡师：面对军队。乡：同"向"。[69] 不替孟明：不撤去孟明的职务。替：废。[70] 眚（shěng）：眼力障碍，比喻小过。

## 【审美点评】

本文的中心就是"秦师必败"。为了突出这一主题，文章选取了蹇叔哭师、王孙满观师、弦高犒师、皇武子辞杞子、先轸论战等材料，写秦军的处处碰壁，充分暴露了秦军出师的不义性质和战术错误。至于战争过程本身，文章却只用"败秦师于殽"一句带过。这种疏密相间的安排，使文章层次分明，结构严谨。

# 《国语》

《国语》是我国第一部国别史，记载了西周至战国初年周、鲁、齐、晋、郑、楚、吴、越八国的一些史实。《国语》的作者，司马迁等认为是左丘明。现在一般认为是先秦史家编纂各国史料而成。和《左传》相比，从史学角度看，它比《左传》多记录两百多年，有些史实是《左传》没有的。从文学角度看，它的文字简明质朴，不及《左传》精练蕴藉，叙事情节一般也无波澜起伏，不及《左传》婉转多姿。但它善于记言，有些谏对之辞写得十分出色。

## 邵公谏厉王弭谤

**【题解】** 本文选自《国语·周语上》。主要记载周厉王实行暴政、不听劝谏、终被放逐的过程，提示出百姓的力量是不可抗拒的，引出"防民之口，甚于防川"的历史教训，说明广开言路对为政治国的重要作用。

厉王虐[1]，国人谤王。邵公告曰[2]："民不堪命矣[3]！"王怒，得卫巫[4]，使监谤者。以告，则杀之。国人莫敢言，道路以目[5]。

王喜，告邵公曰："吾能弭谤矣[6]，乃不敢言。"邵公曰："是障之也[7]。防民之口，甚于防川。川壅而溃[8]，伤人必多。民亦如之。是故为川者决之使导，为民者宣之使言[9]。故天子听政[10]，使公卿至于列士献诗[11]，瞽献曲[12]，史献书[13]，师箴[14]，瞍赋[15]，矇诵[16]，百工谏[17]，庶人传语[18]，近臣尽规[19]，亲戚补察，瞽、史教诲，耆、艾修之[20]，而后王斟酌焉，是以事行而不悖。民之有口也，犹土之有山川也，财用于是乎出；犹其原隰之有衍沃也[21]，衣食于是乎生。口之宣言也，善败于是乎兴[22]。行善而备败[23]，其所以阜财用衣食者也[24]。夫民虑之于心而宣之于口，成而行之，胡可壅也？若壅其口，其与能几何[25]？"

王弗听，于是国莫敢出言。三年，乃流王于彘[26]。

《四部备要》本《国语》卷一

**【注释】**

[1] 厉王：周厉王，名胡，夷王之子。公元前 878 年即位，在位 37 年，被国人放逐于彘。虐：暴虐。[2] 邵（shào）公：姓姬名虎，谥号穆公，是周厉王的卿士。[3] 堪：忍受。[4] 卫巫：卫国的巫者。[5] 道路以目：在道路上相遇只敢以目相视，不敢言说。[6] 弭谤：消除谤言。[7] 障：防水堤坝。在此作动词用。[8] 壅（yōng）：阻塞。[9] 宣：开导。[10] 听政：治理国政。听，治理，处理。[11] 公卿：三公九卿的总称。列士：周时的一般官员。献诗：进献讽谏的诗歌。[12] 瞽献曲：盲人乐师向国王进献乐曲。瞽，无目。[13] 史献书：史官向国王进献记载史实的书籍。[14] 师：乐师。箴：一种寓有劝诫意义的文辞。此言师进箴言于王，以规诫王之得失。[15] 瞍（sǒu）赋：无眸子的盲人吟咏（公卿列士所献的诗）。[16] 矇（méng）诵：有眸子而看不见的盲人诵读（讽谏的文章）。[17] 百工：宫廷中的百官。[18] 庶人传语：把对政事的意见间接地传达给国君。[19] 近臣：王之左右。尽规：尽规谏之责。[20] 耆（qí）：六十岁的叫耆。艾：五十岁的称艾。[21] 原隰（xí）：宽广低湿的平地。衍沃：平坦肥沃的土地。[22] 兴：出现。[23] 备：防备。[24] 所以：用来……的。阜（fù）：增加。[25] 其与能几何：这样做能持续多久呢？[26] 流：放逐。彘（zhì）：地名，在今山西霍县东北。

**【审美点评】**

文章重点是记叙召公劝谏之词。"文只是中间一段正讲，前后俱是设喻。前喻防民口有大害，后喻宣民言有大利。妙在将正意、喻意，夹和成文，笔意纵横，不可端倪。"（吴楚材、吴调侯《古文观止》）

# 勾践灭吴

**【题解】** 本文选自《国语·越语》。春秋后期，吴、越两国土地相邻，但世代结怨，互相攻伐。本篇叙述越王勾践在几近亡国的危局中，处心积虑，发愤图强，终于报仇雪耻灭掉吴国的故事。

越王勾践栖于会稽之上[1]，乃号令于三军曰："凡我父兄、昆弟及国子姓[2]，有能助寡人谋而退吴者，吾与之共知越国之政[3]。"大夫种进对曰[4]："臣闻之，贾人夏则资皮，冬则资絺[5]，旱则资舟，水则资车，以待乏也。夫虽无四方之忧[6]，然谋臣与爪牙之士[7]，不可不养而择也。譬如蓑笠，时雨既至，必求之。今君王既栖于会稽之上，然后乃求谋臣，无乃后乎[8]？"勾践曰："苟得闻子大夫之言[9]，何后之有？"执其手而与之谋。

遂使之行成于吴[10]，曰："寡君勾践乏无所使[11]，使其下臣种，不敢彻声闻于大王[12]，私于下执事曰[13]：寡君之师徒不足以辱君矣[14]；愿以金玉、子女赂君之辱[15]。请勾践女女于王[16]，大夫女女于大夫，士女女于士；越国之宝器毕从[17]！寡君帅越国之众以从君之师徒。唯君左右之[18]，若以越国之罪为不可赦也，将焚宗庙，系妻孥[19]，沈金玉于江；有带甲五千人，将以致死，乃必有偶[20]，是以带甲万人事君也，无乃即伤君王之所爱乎[21]？与其杀是人也，宁其得此国也，其孰利乎？"

夫差将欲听，与之成。子胥谏曰[22]："不可！夫吴之与越也，仇雠敌战之国也；三江环之[23]，民无所移。有吴则无越，有越则无吴。将不可改于是矣！员闻之：陆人居陆，水人居水。夫上党之国[24]，我攻而胜之，吾不能居其地，不能乘其车；夫越国，吾攻而胜之，吾能居其地，吾能乘其舟。此其利也，不可失也已。君必灭之！失此利也，虽悔之，必无及已。"

越人饰美女八人，纳之太宰嚭[25]，曰："子苟赦越国之罪，又有美于此者将进之。"太宰嚭谏曰："嚭闻古之伐国者，服之而已[26]；今已服矣，又何求焉？"夫差与之成而去之。

勾践说于国人曰："寡人不知其力之不足也，而又与大国执雠，以暴露百姓之骨于中原[27]，此则寡人之罪也。寡人请更！"于是葬死者，问伤者，养生者；吊有忧，贺有喜；送行者，迎来者；去民之所恶，补民之不足。然后卑事夫差，宦士三百人于吴，其身亲为夫差前马[28]。

勾践之地，南至于句无[29]，北至于御儿[30]，东至于鄞[31]，西至于姑蔑[32]，广运百里[33]，乃致其父兄、昆弟而誓之，曰："寡人闻古之贤君，四方之民归之，若水之归下也。今寡人不能，将帅二三子夫妇以蕃<sup>[34]</sup>。"令壮者无取老妇<sup>[35]</sup>，令老者无取壮妻；女子十七不嫁，其父母有罪；丈夫二十不取，其父母有罪。将免者以告<sup>[36]</sup>，公令医守之。生丈夫，二壶酒，一犬；生女子，二壶酒，一豚<sup>[37]</sup>；生三人，公与之母<sup>[38]</sup>；生二子，公与之饩<sup>[39]</sup>。当室者死<sup>[40]</sup>，三年释其政<sup>[41]</sup>；支子死，三月释其政；必哭泣葬埋之如其子。令孤子、寡妇、疾疹、贫病者，纳官其子<sup>[42]</sup>；其达士，絜其居，美其服，饱其食，而摩厉之于义<sup>[43]</sup>。四方之士来者，必庙礼之<sup>[44]</sup>。勾践载稻与脂于舟以行。国之孺子之游者，无不哺也，无不歠也<sup>[45]</sup>，必问其名。非其身之所种则不食，非其夫人之所织不衣。十年不收于国，民俱有三年之食。

国之父兄请曰："昔者夫差耻吾君于诸侯之国，今越国亦节矣，请报之！"勾践辞曰："昔者之战也，非二三子之罪也，寡人之罪也。如寡人者，安与知耻？请姑无庸战！"父兄又请曰："越四封之内<sup>[46]</sup>，亲吾君也犹父母也。子而思报父母之仇，臣而思报君之雠，其有敢不尽力者乎？请复战！"勾践既许之，乃致其众而誓之，曰："寡人闻古之贤君，不患其众之不足也，而患其志行之少耻也。今夫差衣水犀之甲者亿有三千<sup>[47]</sup>，不患其志行之少耻也，而患其众之不足也。今寡人将助天威之。吾不欲匹夫之勇也，欲其旅进旅退<sup>[48]</sup>。进则思赏，退则思刑；如此，则有常赏<sup>[49]</sup>。进不用命，退则无耻；如此，则有常刑。"

果行，国人皆劝<sup>[50]</sup>。父勉其子，兄勉其弟，妇勉其夫，曰："孰是吾君也，而可无死乎？"是故败吴于囿<sup>[51]</sup>，又败之于没<sup>[52]</sup>，又郊败之。

夫差行成，曰："寡人之师徒不足以辱君矣！请以金玉子女，赂君之辱！"勾践对曰："昔天以越予吴，而吴不受命；今天以吴予越，越可以无听天命而听君之令乎？吾请达王甬、句东<sup>[53]</sup>，吾与君为二君乎！"夫差对曰："寡人礼先壹饭矣<sup>[54]</sup>。君若不忘周室而为弊邑宸宇<sup>[55]</sup>，亦寡人之愿也。君若曰：'吾将残汝社稷，灭汝宗庙'，寡人请死！余何面目以视于天下乎<sup>[56]</sup>？越君其次也<sup>[57]</sup>！"遂灭吴。

《四部备要》本《国语》卷二〇

**【注释】**

[1] 勾践：越王允常之子。允常初曾与吴王阖闾互相攻伐，允常死，吴乃乘越之丧伐越，竟为勾践所败，阖闾伤指而死。临死嘱其子夫差报仇。后三年，吴王夫差伐越，大败之。勾践帅残军退保会稽山。栖：本指居住，此指退守。会稽：山名，在今浙江绍兴市东南。[2] 昆弟：即兄

弟。子姓：犹子民，即百姓。[3] 知：主持。[4] 种：即文种，字子禽，楚国郢人，入越后，与范蠡同助勾践，终灭吴。功成，种为勾践所忌，赐剑自杀。[5] 绤（chī）：细葛布。[6] 四方之忧：指外患。[7] 爪牙之士：指武士，勇猛的将士。[8] 无乃：恐怕。后：迟。[9] 子大夫：对大夫（文种）的尊称。[10] 行成：求和。[11] 乏：此指缺乏人才。[12] 彻：达。大王：指吴王，特别尊重的称呼。[13] 下执事：下级办事官员。[14] 师徒：指军队士兵。辱君：屈尊您（亲自来讨伐）。辱，表示谦卑的说法。[15] 犒君之辱：慰劳您的辱临。[16] 请勾践女女于王：第一个"女"作名词，指勾践的女儿，第二个"女"作动词，指作婢妾。下两句同。[17] 从：带来。[18] 左右：作动词，处置、调遣的意思。[19] 孥（nú）：子女。[20] 偶：一个抵两个。[21] 伤君王之所爱：谓吴王推恩于越，越民与越器皆为吴王所钟爱。如越人拼死决战，则越民与越器都不免遭到损失，岂不影响到吴王加爱于越的仁慈恻隐之心了么？[22] 子胥（xū）：即伍子胥，名员，吴大臣。[23] 三江：指钱塘江、吴江、浦阳江（浙江省中部）。[24] 上党之国：此指中原各国。[25] 太宰嚭（pǐ）：太宰，官名。嚭，人名，夫差的亲信。[26] 服之：使之降服，屈服。[27] 中原：此指原野。[28] 前马：仪仗队中乘马开道的人。[29] 句无：地名，在今浙江诸暨县南。[30] 御儿：地名，在今浙江崇德东南。[31] 鄞（yín）：地名，在今浙江鄞县。[32] 姑蔑：地名，在今浙江龙游北。[33] 广运百里：方圆百里。东西为广，南北为运。[34] 二三子：你们，指百姓。蕃：繁殖人口。[35] 取：同"娶"。[36] 免：同"娩"，指生育。[37] 豚（tún）：小猪，也泛指猪。[38] 母：乳母。[39] 饩（xì）：食物。[40] 当室者：负担家务的长子。[41] 政：征，赋役。[42] 疹：疾病。纳：收容。[43] 絜（jié）：同"洁"。摩厉：同"磨砺"，这里有激励的意思。[44] 庙礼之：在宗庙里接见，以示尊重。[45] 歠（chuò）：给水饮。[46] 封：疆界。[47] 衣：动词，穿。水犀之甲：用水犀皮做的铠甲。亿有三千：言吴兵有十万三千人。亿，这里指十万。[48] 旅：俱。指军队有纪律地同进退。[49] 常赏：合于常规的赏赐，下文"常刑"指合于常规的刑罚。[50] 劝：勉励。[51] 囿（yòu）：即笠泽，吴地名，今太湖一带。[52] 没：吴地名。[53] 达：送达。甬、句东：甬江和勾章以东。指今浙江舟山县。句，同"勾"。[54] 壹饭：小小的恩惠。指曾有恩于越（指曾同意与越议和）。[55] 不忘周室：吴是周的同姓，故曰。宸宇：指屋檐下，也泛指房屋住处。[56] 视：视息，犹言生存。[57] 次：驻扎。

**【审美点评】**

本篇人物形象鲜明。勾践为了报仇复国，励精图治，发奋图强，气概悲壮。所记事件虽然繁复，而语言却简朴明洁。文中讽谏应对文辞，能显示人物身份、处境和政治谋略，极富个性化，体现了《国语》记言的特色。

# 《战国策》

《战国策》是西汉刘向整理国家图籍，将有关战国史事的几种本子汇集编纂校订而成的，原来的几种本子分别叫《国策》、《国事》、《短长》、《事语》、《长书》、

《修书》等。《战国策》的内容杂记上继春秋、下至秦汉之间计二百四十五年间的史事，因为主要记述了战国游士的策谋说辞，所以刘向把书名定为《战国策》。全书分列十二国，三十三篇。此书主要记载战国策士的言论和活动，保存了当时许多重要史料，为司马迁《史记》所取材。其文气势纵横，论事周密，善于运用譬喻，语言生动，具有文学叙事的色彩。

# 苏秦始将连横

**【题解】** 本文选自《战国策·秦策一》。文中记述了战国策士苏秦初说秦王连横不行，转而通过发奋攻读，悉察大势，说赵王约纵之策，而成名于天下的事迹。

苏秦始将连横[1]，说秦惠王曰[2]："大王之国，西有巴、蜀、汉中之利[3]，北有胡貉、代马之用[4]，南有巫山、黔中之限[5]，东有肴、函之固[6]。田肥美，民殷富，战车万乘，奋击百万[7]，沃野千里，蓄积饶多，地势形便，此所谓天府[8]，天下之雄国也。以大王之贤，士民之众，车骑之用，兵法之教，可以并诸侯，吞天下，称帝而治。愿大王少留意，臣请奏其效。"

秦王曰："寡人闻之：毛羽不丰满者不可以高飞，文章不成者不可以诛罚，道德不厚者不可以使民，政教不顺者不可以烦大臣。今先生俨然不远千里而庭教之[9]，愿以异日[10]。"

苏秦曰："臣固疑大王之不能用也。昔者神农伐补遂[11]，黄帝伐涿鹿而禽蚩尤[12]，尧伐驩兜[13]，舜伐三苗[14]，禹伐共工[15]，汤伐有夏[16]，文王伐崇[17]，武王伐纣[18]，齐桓任战而伯天下[19]。由此观之，恶有不战者乎[20]？古者使车毂击驰[21]，言语相结，天下为一，约从连横，兵革不藏。文士并饰[22]，诸侯乱惑，万端俱起[23]，不可胜理。科条既备，民多伪态，书策稠浊[24]，百姓不足。上下相愁，民无所聊[25]，明言章理[26]，兵甲愈起。辩言伟服[27]，战攻不息，繁称文辞，天下不治。舌弊耳聋，不见成功，行义约信，天下不亲。于是乃废文任武，厚养死士，缀甲厉兵[28]，效胜于战场。夫徒处而致利[29]，安坐而广地，虽古五帝三王五伯[30]，明主贤君，常欲坐而致之，其势不能。故以战续之，宽则两军相攻，迫则杖戟相橦[31]，然后可建大功。是故兵胜于外，义强于内，威立于上，民服于下。今欲并天下，凌万乘[32]，诎敌国[33]，制海内，子元元[34]，臣诸侯，非兵不可。今之嗣主[35]，忽于至道[36]，皆惛于教[37]，乱于治，迷于言，惑于语，沈于辩，溺于辞。以此论之，王固不能行也。"

说秦王书十上而说不行[38]，黑貂之裘弊，黄金百斤尽，资用乏绝，去秦而归，羸縢履蹻[39]，负书担橐[40]，形容枯槁，面目犁黑[41]，状有归色[42]。归至家，妻不下纴[43]，嫂不为炊。父母不与言。苏秦喟叹曰："妻不以我为夫，嫂不以我为叔，父母不以我为子，是皆秦之罪也。"乃夜发书，陈箧数十，得太公阴符之谋[44]，伏而诵之，简练以为揣摩[45]。读书欲睡，引锥自刺其股，血流至足[46]，曰："安有说人主，不能出其金玉锦绣，取卿相之尊者乎？"期年，揣摩成，曰："此真可以说当世之君矣。"于是乃摩燕乌集阙[47]，见说赵王于华屋之下[48]，抵掌而谈[49]，赵王大悦，封为武安君[50]。受相印，革车百乘，锦绣千纯，白璧百双，黄金万溢[51]，以随其后，约从散横以抑强秦，故苏秦相于赵而关不通[52]。当此之时，天下之大，万民之众，王侯之威，谋臣之权，皆欲决苏秦之策。不费斗粮，未烦一兵，未战一士，未绝一弦，未折一矢，诸侯相亲，贤于兄弟。夫贤人在而天下服，一人用而天下从，故曰：式于政不式于勇[53]；式于廊庙之内[54]，不式于四境之外。当秦之隆[55]，黄金万溢为用，转毂连骑，炫熿于道，山东之国从风而服[56]，使赵大重[57]。且夫苏秦，特穷巷掘门桑户棬枢之士耳[58]，伏轼撙衔[59]，横历天下，廷说诸侯之王，杜左右之口，天下莫之能伉[60]。

将说楚王，路过洛阳，父母闻之，清宫除道，张乐设饮[61]，郊迎三十里。妻侧目而视，倾耳而听。嫂蛇行匍伏，四拜自跪而谢。苏秦曰："嫂何前倨而后卑也[62]？"嫂曰："以季子之位尊而多金[63]。"苏秦曰："嗟乎！贫穷则父母不子，富贵则亲戚畏惧。人生世上，势位富贵，盖可忽乎哉[64]？"

士礼居覆宋本《战国策》卷三

【注释】

[1] 苏秦：战国时洛阳人，著名策士。连横：战国时代，合六国抗秦，称为约从（或"合从"）；秦与六国中任何一国联合以打击别的国家，称为连横。[2] 说（shuì）：劝说，游说。秦惠王：公元前336至公元前311年在位。[3] 巴：今四川东部。蜀：今四川西部。汉中：今陕西秦岭以南一带。[4] 胡：指匈奴族所居地区。貉（hé）：一种形似狐狸的动物，毛皮可作裘。代：今河北、山西北部。以产良马闻世。[5] 巫山：在今四川巫山县东。黔中：在今湖南沅陵县西。限：屏障。[6] 殽：同"崤"，崤山在今河南洛宁县西北。函：函谷关，在今河南灵宝县西南。

[7] 奋击：奋勇进击的武士。[8] 天府：自然界的宝库。[9] 俨然：庄重矜持。[10] 愿以异日：愿改在其他时间。[11] 神农：传说中发明农业和医药的远古帝王。补遂：古国名。[12] 黄帝：姬姓，号轩辕氏，传说中中原各族的共同祖先。涿鹿：在今河北涿鹿县南。禽：通"擒"。蚩尤：神话中东方九黎族的首领。[13] 驩兜（huāndōu）：尧的大臣，传说曾与共工一起作恶。[14] 三苗：古代少数民族。[15] 共工：传为尧的大臣，与驩兜、三苗、鲧并称四凶。[16] 有夏：即夏桀。有：无义。[17] 崇：古国名，在今陕西户县东。[18] 纣：商朝末代君主，传说中的暴君。[19] 伯：同"霸"，称霸。[20] 恶：同"乌"，何。[21] 毂（gǔ）：车轮中央圆眼，以容车轴。这里代指车乘。[22] 饰：修饰文词，即巧为游说。[23] 万端俱起：群议纷起。[24] 稠浊：多而乱。[25] 聊：依靠。[26] 章：同"彰"，明显。[27] 伟服：华丽的服饰。[28] 厉：通"砺"，磨砺。[29] 徒处：白白地等待。[30] 五伯：伯同"霸"，"五伯"即春秋五霸。指春秋时先后称霸的五个诸侯：齐桓公、晋文公、楚庄王、秦穆公、宋襄公。[31] 杖：持着。橦（chōng）：冲刺。[32] 凌：凌驾于上。万乘：兵车万辆，指大国。[33] 诎：同"屈"，屈服。[34] 元元：人民。[35] 嗣主：继位的君王。[36] 至道：指用兵之道。[37] 惛：不明。[38] 说不行：指连横的主张未得实行。[39] 羸（léi）：缠绕。縢（téng）：绑腿布。蹻：草鞋。[40] 橐（tuó）：囊。[41] 犁：通"黧（lí）"：黑色。[42] 归：应作"愧"。[43] 纴（rèn）：纺织机。[44] 太公：姜太公吕尚。阴符：即《阴符经》，是托名太公的一部兵书。[45] 简：选择。练：熟习。[46] 足：应作"踵"，足跟。[47] 摩：靠近。燕乌集：宫阙名。[48] 华屋：指宫殿。[49] 抵：当作抵（zhǐ）：亦作"扺"，拍击。[50] 武安：今属河北武安县。[51] 溢：通"镒"。一镒二十四两。[52] 关：函谷关，为六国通秦要道。[53] 式：用。[54] 廊庙：谓朝廷。[55] 隆：显赫。[56] 山东：指华山以东。[57] 使赵大重：谓使赵的地位因此而提高。[58] 掘门：同"窟门"。桑户：桑木为板的门。棬枢：树枝做成的门枢。[59] 轼：车前横木。撙（zǔn）：节制。[60] 伉：通"抗"。[61] 张：设置。[62] 倨：傲慢。[63] 季子：苏秦的字。[64] 盖：同"盍"，何。

**【审美点评】**

战国时期诸侯林立，尔虞我诈，一批谋臣策士周旋其间，纵横驰骋，朝秦暮楚，以逞其智能，获取功名。本文记载的苏秦无疑是一位极具代表性的策士形象。南宋鲍彪说："秦之自刺，可谓有志矣。而志在金玉卿相，故其所成就，适足以夸嫂妇。"（《战国策注》）而文中写苏秦的说辞，铺陈夸饰，气势充盈，可视为汉赋铺张扬厉文风的滥觞。

# 邹忌讽齐王纳谏

**【题解】** 本文选自《战国策·齐策一》。记载邹忌讽劝齐威王纳谏除弊，形象地说明为君者、在上位者只有广泛吸纳意见，修明政治，才能兴利除弊。

邹忌修八尺有馀[1]，身体昳丽[2]。朝服衣冠，窥镜[3]，谓其妻曰：

"我孰与城北徐公美?"其妻曰:"君美甚,徐公何能及公也!"城北徐公,齐国之美丽者也。忌不自信,而复问其妾曰:"吾孰与徐公美?"妾曰:"徐公何能及君也!"且日[4],客从外来,与坐谈,问之客曰:"吾与徐公孰美?"客曰:"徐公不若君之美也!"

明日,徐公来。孰视之[5],自以为不如;窥镜而自视,又弗如远甚。暮寝而思之曰:"吾妻之美我者,私我也;妾之美我者,畏我也;客之美我者,欲有求于我也。"

于是入朝见威王,曰[6]:"臣诚知不如徐公美,臣之妻私臣,臣之妾畏臣,臣之客欲有求于臣,皆以美于徐公。今齐地方千里,百二十城,宫妇左右,莫不私王;朝廷之臣,莫不畏王;四境之内,莫不有求于王。由此观之,王之蔽甚矣!"王曰:"善。"乃下令:"群臣吏民,能面刺寡人之过者,受上赏;上书谏寡人者,受中赏;能谤议于市朝[7],闻寡人之耳者,受下赏。"

令初下,群臣进谏,门庭若市。数月之后,时时而间进。期年之后[8],虽欲言,无可进者。

燕、赵、韩、魏闻之,皆朝于齐。此所谓战胜于朝廷。

士礼居覆宋本《战国策》卷八

**【注释】**

[1]邹忌:齐人,齐桓公时就任大臣,威王时为相,封于下邳(今江苏邳县西南),号成侯。后又事宣王。修:长。八尺:战国时各国尺度不一,从出土文物推算,每尺约相当于今18～23公分左右不一。[2]昳(yì):通"佚",美。[3]朝(zhāo)服衣冠:早上穿戴衣帽。[4]旦日:明日。[5]孰视:注目细看。孰,通"熟"。[6]威王:齐威王婴齐,春秋五霸之一齐桓公之子。在位三十七年,知人善任,改革政治,是个较有作为的国君。[7]市朝:指众人会集的地方。[8]期(jī)年:一整年。

**【审美点评】**

这篇写齐相邹忌,有自知之明,从而领悟到一个被偏爱者、敬畏者、有求者包围的人,可能因听不到真话而导致完全错误的判断。他用切身的体会,以小喻大,劝谏齐威王,终于使威王听从。"一段问答孰美,一段暮寝自思,一段入朝自述,一段讽王蔽甚,一段下令受谏,一段进谏渐稀,段段简峭之甚。"(金圣叹《天下才子必读书》)

## 冯谖客孟尝君

**【题解】**本篇选自《战国策·齐策四》。通过冯谖帮助孟尝君营造"三窟"、稳固地位的具体事件，刻画了出身贫寒但具有深谋远虑的策士冯谖的形象，颂扬了士在政治生活中的重要作用。

　　齐人有冯谖者[1]，贫乏不能自存，使人属孟尝君[2]，愿寄食门下。孟尝君曰："客何好？"曰："客无好也。"曰："客何能？"曰："客无能也。"孟尝君笑而受之曰："诺。"

　　左右以君贱之也，食以草具[3]。居有顷，倚柱弹其剑，歌曰："长铗归来乎！食无鱼。"左右以告。孟尝君曰："食之，比门下之客[4]。"居有顷，复弹其铗，歌曰："长铗归来乎！出无车。"左右皆笑之，以告。孟尝君曰："为之驾，比门下之车客。"于是乘其车，揭其剑，过其友曰："孟尝君客我[5]。"后有顷，复弹其剑铗，歌曰："长铗归来乎！无以为家。"左右皆恶之，以为贪而不知足。孟尝君问："冯公有亲乎？"对曰："有老母。"孟尝君使人给其食用，无使乏。于是冯谖不复歌。

　　后孟尝君出记，问门下诸客："谁习计会，能为文收责于薛者乎[6]？"冯谖署曰："能。"孟尝君怪之，曰："此谁也？"左右曰："乃歌夫'长铗归来'者也。"孟尝君笑曰："客果有能也，吾负之，未尝见也。"请而见之，谢曰："文倦于事，愦于忧[7]，而性懧愚[8]，沉于国家之事，开罪于先生。先生不羞，乃有意欲为收责于薛乎？"冯谖曰："愿之。"于是约车治装[9]，载券契而行[10]，辞曰："责毕收，以何市而反[11]？"孟尝君曰："视吾家所寡有者。"

　　驱而之薛，使吏召诸民当偿者，悉来合券。券遍合，起，矫命以责赐诸民[12]，因烧其券，民称万岁。

　　长驱到齐，晨而求见。孟尝君怪其疾也，衣冠而见之，曰："责毕收乎？来何疾也？"曰："收毕矣。""以何市而反？"冯谖曰："君云'视吾家所寡有者'。臣窃计，君宫中积珍宝，狗马实外厩，美人充下陈[13]。君家所寡有者，以义耳！窃以为君市义。"孟尝君曰："市义奈何？"曰："今君有区区之薛，不拊爱子其民[14]，因而贾利之[15]。臣窃矫君命，以责赐诸民，因烧其券，民称万岁。乃臣所以为君市义也。"孟尝君不说[16]，曰："诺，先生休矣！"

　　后期年，齐王谓孟尝君曰[17]："寡人不敢以先王之臣为臣[18]。"孟尝君就国于薛，未至百里，民扶老携幼，迎君道中正日[19]。孟尝君顾谓冯谖曰："先生所为文市义者，乃今日见之。"

冯谖曰："狡兔有三窟，仅得免其死耳。今君有一窟，未得高枕而卧也。请为君复凿二窟。"孟尝君予车五十乘，金五百斤，西游于梁[20]，谓惠王曰[21]："齐放其大臣孟尝君于诸侯，诸侯先迎之者，富而兵强。"于是梁王虚上位，以故相为上将军，遣使者，黄金千斤，车百乘，往聘孟尝君。冯谖先驱，诫孟尝君曰："千金，重币也；百乘，显使也。齐其闻之矣。"梁使三反，孟尝君固辞不往也。

齐王闻之，君臣恐惧，遣太傅赍黄金千斤[22]，文车二驷，服剑一，封书谢孟尝君曰："寡人不祥[23]，被于宗庙之祟[24]，沉于谄谀之臣，开罪于君，寡人不足为也。愿君顾先王之宗庙，姑反国统万人乎?"冯谖诫孟尝君曰："愿请先王之祭器，立宗庙于薛。"庙成，还报孟尝君曰："三窟已就，君姑高枕为乐矣。"

孟尝君为相数十年，无纤介之祸者[25]，冯谖之计也。

士礼居覆宋本《战国策》卷一一

**【注释】**

[1]冯谖(xuān)：鲍彪注本作"冯煖"，音同。[2]属：通"嘱"，叮嘱，求告。孟尝君：姓田，名文，孟尝君为其号，齐威王之孙，袭其父田婴之封邑于薛，因此又称薛公。与平原、信陵、春申三公子以地名称君者同例。[3]草具：指粗劣的食物。[4]客：孟尝君分食客为上、中、下三等，下客住传舍，食菜；中客住幸舍，食鱼；上客住代舍，食肉，出有舆车，故又称车客。[5]客：用作动词。[6]责(zhài)：同"债"。薛：孟尝君的领地，今山东枣庄附近。[7]愦(kuì)：昏乱。[8]惸(nuò)：同"懦"。[9]约：缠束，这里指把马套上车。[10]券契：指放债的凭证。券分为两半，双方各执其一，履行契约时拼而相契合，即下文所说"合券"。[11]市：购买。反：同"返"。[12]矫命：假托命令。[13]下陈：下列。[14]拊：同"抚"。子：用作动词。子其民：视其民为子。[15]贾(gǔ)：以商贾手段，向人民谋取利息。[16]说：同"悦"。[17]齐王：指齐湣王田地。[18]先王：指湣王之父宣王。[19]正日：即"整日"。[20]梁：即魏国。当时都大梁（今河南开封）。[21]惠王：《古文观止》已改作梁王。按梁惠王卒于齐威王卒之次年，孟尝君和齐湣王同为齐威王之孙。故此时梁王，当是惠王之子或孙。[22]太傅：春秋时晋国始置，其职为辅弼国君。赍(jī)：送。[23]祥：不善。[24]被：遭受。宗庙：古代祭祀祖先的处所。这里借指祖先。[25]纤介：纤维草芥，喻细微。介，通"芥"。

**【审美点评】**

冯谖三次弹铗而歌的描写，抑是假，扬是真；抑是虚，扬是实。突出地展示了冯谖豪爽洒脱，大智若愚，锋芒不露，稳健持重的性格。从而使我们在由鄙夷到赞赏的转变过程中，对冯谖这一人物留下了难以忘怀的印象。"三番弹铗，想见豪士一时沦落，胸中块垒，勃不自禁。通篇写来，波澜层出，姿态横生，能使冯公须眉

浮动纸上。沦落之士，遂尔顿增气色。"（吴楚材、吴调侯《古文观止》）

# 《论语》

孔子（前551—前479），名丘，字仲尼，春秋时鲁国陬邑（今山东曲阜东南）人。是儒家学派的创始者，我国古代著名的思想家、教育家。孔子曾周游列国，宣传自己的政治主张，都不被采用。回鲁国后，从事著述和讲学，相传有弟子三千人。他编订了《诗》、《书》，修撰了《春秋》。《论语》是孔子弟子及后学记录有关孔子言行的著作，共二十篇。内容涉及政治主张、教育理论、伦理观念、品德修养等，是有关孔子思想的重要著作，也是儒家学派的经典著作。《论语》是语录体，文字简练质朴，含义很深，也有描写比较生动、具有文学价值的片段。

## 子路曾皙冉有公西华侍坐

**【题解】**本篇选自《论语·先进》。本章通过孔子问志、学生言志、孔子评志的描写，表现了孔子师徒五人各自的志趣与愿望，反映了当时儒家的政治理想。

子路、曾皙、冉有、公西华侍坐[1]。子曰："以吾一日长乎尔，毋吾以也。居则曰：'不吾知也！'如或知尔，则何以哉？"

子路率尔而对曰[2]："千乘之国[3]，摄乎大国之间[4]，加之以师旅[5]，因之以饥馑[6]；由也为之，比及三年[7]，可使有勇，且知方也[8]。"夫子哂之[9]。

"求，尔何如？"

对曰："方六七十，如五六十[10]，求也为之，比及三年，可使足民。如其礼乐，以俟君子。"

"赤，尔何如？"

对曰："非曰能之，愿学焉。宗庙之事[11]，如会同[12]，端章甫[13]，愿为小相焉。"

"点，尔何如？"

鼓瑟希[14]，铿尔[15]，舍瑟而作。对曰："异乎三子者之撰[16]。"

子曰："何伤乎？亦各言其志也。"

曰："莫春者[17]，春服既成[18]，冠者五六人[19]，童子六七人[20]，浴乎沂[21]，风乎舞雩[22]，咏而归。"

夫子喟然叹曰[23]："吾与点也[24]。"

三子者出，曾皙后[25]。曾皙曰："夫三子者之言何如？"子曰："亦各言其志也已矣！"曰："夫子何哂由也？"曰："为国以礼，其言不让，是故哂之。唯求则非邦也与？安见方六七十，如五六十而非邦也者？唯赤则非邦也与？宗庙会同，非诸侯而何？赤也为之小，孰能为之大？"

中华书局《十三经注疏》本《论语注疏》卷一一

**【注释】**

[1] 子路：姓仲，名由，字子路。曾皙：姓曾，名点，字子皙。冉有：姓冉，名求，字子有。公西华：姓公西，名赤，字子华。以上四人都是孔子的学生。侍坐：陪侍孔子闲坐。[2] 率尔：轻率地、毫不思索的样子。[3] 千乘（shèng）之国：拥有一千辆兵车的国家。古时一车四马为"一乘"。[4] 摄：迫近。进而作"夹"讲。 [5] 师旅：古时军队的编制。五百人为一"旅"，五旅为一"师"。后因以"师旅"为军队的通称。[6] 饥馑：谷的不熟为"饥"，果蔬不熟为"馑"。[7] 比及：等到。[8] 方：正道。这里指辨别是非的道理。[9] 哂（shěn）：笑。这里略含讥讽的意思。[10] 方六七十，如五六十：一个纵横六七十里，或者五六十里的小国家。方，见方，方圆。如，或者。[11] 宗庙之事：指诸侯的祭祀活动。[12] 如会同：或者是诸侯会盟，朝见天子。会同，诸侯会盟。[13] 端章甫：穿着礼服，戴着礼帽。端，礼服。章甫，礼帽。在这里都是名词活用作动词。[14] 希：通"稀"。指弹瑟的速度放慢，节奏逐渐稀疏。[15] 铿（kēng）尔：铿的一声。[16] 撰：述。[17] 莫（mù）春：指夏历三月。莫，通"暮"。[18] 春服既成：春天的衣服已经穿上了。成，定。[19] 冠者：成年人。古代男子二十岁时要举行冠礼。[20] 童子：未加冠以前的少年。[21] 浴乎沂（yí）：到沂河里去洗洗澡。沂，水名，在今山东曲阜南。[22] 风乎舞雩（yú）：到舞雩台上吹吹风。风，吹风，乘凉。名词活用作动词。舞雩，鲁国祭天求雨的地方，设有坛。[23] 喟（kuì）然：长叹的样子。[24] 与：赞许，同意。[25] 后：最后出。

**【审美点评】**

本文虽然是语录体，但人物的语言能鲜明表现其性格特征，少量的行动描写，也能表现出各自不同的神情。孔子的谦和，子路的粗豪率直，冉有和公西华的谦谨，特别是曾皙的雍容飘洒，都跃然纸上。朱熹《四书集注》引程子曰："孔子与（曾）点，盖与圣人之志同，便是尧舜气象也。"

# 阳货欲见孔子

**【题解】**本篇选自《论语·阳货》。记述了孔子与鲁国季氏家臣阳货的一段有关出仕与否的对话。

阳货欲见孔子[1]，孔子不见，归孔子豚[2]。孔子时其亡也[3]，而往拜之。遇诸涂[4]。谓孔子曰："来！予与尔言。"曰："怀其宝而迷其邦[5]，可谓仁乎？"曰："不可。""好从事而亟失时[6]，可谓知乎？"曰："不可。""日月逝矣，岁不我与[7]。"孔子曰："诺，吾将仕矣。"

中华书局《十三经注疏》本《论语注疏》卷一七

**【注释】**

[1] 阳货：又叫阳虎，季氏的家臣。[2] 归（kuì）：赠送。豚（tún）：小猪。[3] 时其亡：等他外出的时候。[4] 涂：同"途"，道路。[5] 迷其邦：听任国家迷乱。[6] 亟：屡次。[7] 与：等待。

**【审美点评】**

阳货所问多出于现实的功利目的，有其不可否认的合理性，所以，孔子亦表赞同。然而，孔子对出仕尚有更高的原则，即"邦有道，则仕；邦无道，则可卷而怀之"（《论语·卫灵公》）。这是阳货之类的篡逆者所不能领会的。

# 楚狂接舆

**【题解】** 本篇选自《论语·微子》。叙述了孔子在去楚国的途中遇到隐士接舆的情形。通过隐士接舆对孔子的讥讽，表现了孔子坚持贯彻自己的政治主张的态度。

楚狂接舆歌而过孔子曰[1]："凤兮，凤兮[2]！何德之衰[3]？往者不可谏，来者犹可追[4]。已而，已而[5]！今之从政者殆而[6]！"孔子下[7]，欲与之言。趋而辟之[8]，不得与之言。

中华书局《十三经注疏》本《论语注疏》卷一八

**【注释】**

[1] 接舆：楚人，佯狂避世。歌而过孔子：一边唱着，一边走过孔子的旁边。[2] 凤：喻孔子。[3] 何德之衰：为什么你的德行这样衰微呢？这是讥讽孔子不能隐退。[4] 往者两句：以往的事不能劝阻，未来的事还来得及防止。意劝孔子避乱隐居。谏，谏止。追，及。[5] 已而：犹言"罢了"。而，语气词。[6] 这句说，现在从事政治的人危险了！殆，危险。[7] 下：下车。[8] 辟：同"避"。这句的主语是接舆。

**【审美点评】**

楚狂把孔子比喻为"凤凰"，讥其不能隐为德衰。孔子以"圣"为先，顺"时"

而不待"时";楚狂知道孔子之"圣",但认为只能待"时"而后"圣"。孔子下车,要与楚狂交谈,这是合于情、中于礼的做法,若非如此,不见孔子之"圣";楚狂避开,而不与孔子交谈,这是只尽心而不邀名的做法,若非如此,不见楚狂之"狂"。

# 《老子》

《老子》,又称《道德经》。相传是春秋末年老子所作。老子又称老聃,中国古代著名的哲学家,道家以他为学派始祖。《道德经》分为上下两篇,共八十一章,五千字左右。全书的主要思想是阐明道德的本质。

## 第八章

【题解】选自《老子》。本章赞美水既能善利万物又具有不争的品德,也表明了老子的一种人生态度。

上善若水[1]。水善利万物而不争。处众人之所恶[2],故几于道[3]。居善地[4],心善渊[5],与善仁[6],言善信[7],正善治[8],事善能[9],动善时[10]。夫唯不争,故无尤[11]。

**中华书局《诸子集成》本《老子注》上篇**

【注释】

[1]上善:最高的善。[2]处众人之所恶:待在众人都不愿意待的地方。[3]几:靠近,接近。[4]居善地:是说水往下流,安于处在卑下之处。地,天高地低,这里取卑下的意思。[5]心善渊:是说心要如渊那样静。渊,渊深所以流缓。[6]与善仁:是说交往要善待他人。与,交往。[7]言善信:是说言谈要诚信。[8]正善治:从政要善于治理。正,同"政"。[9]事善能:是说做事要像水那样能干。[10]动善时:是说行动要像水那样顺应时机,能动则动。[11]尤:罪过。

【审美点评】

本章以水为喻,以水为道之本性的象征。儒道都曾对水进行过赞美。孔孟从水的不息的流动中感悟到其"不舍昼夜"的健行的精神;老子从水的沉寂和宁静中领悟到水之"善利万物而不争"的道的哲理。

# 第五十八章

**【题解】** 选自《老子》。本章以祸福转化的道理阐明老子的圣人为政之道。

其政闷闷[1]，其民淳淳[2]；其政察察[3]，其民缺缺[4]。祸兮，福之所倚；福兮，祸之所伏。孰知其极：其无正[5]。正复为奇，善复为妖[6]。人之迷，其日固久[7]。是以圣人方而不割[8]，廉而不刿[9]，直而不肆[10]，光而不耀[11]。

**中华书局《诸子集成》本《老子注》下篇**

**【注释】**

[1] 闷闷：昏昏昧昧的状态，有宽厚的意思。[2] 淳淳：一本作"沌沌"，淳朴厚道的意思。[3] 察察：严厉、苛刻。[4] 缺缺：狡黠、抱怨、不满足之意。[5] 其无正：它们并没有确定的标准。其，指福、祸变换。正，标准、确定。[6] 这句话意为：正的变为邪的，善的变成恶的。正，方正、端正。奇，反常、邪。善，善良。妖，邪恶。[7] 人之迷，其日固久：人的迷惑于祸、福之门，而不知其循环相生之理者，其为时日必已久矣。[8] 方而不割：方正而不伤人。[9] 廉而不刿：锐利而不伤害人。廉，锐利。刿，割伤。[10] 直而不肆：直率而不放肆。[11] 光而不耀：光亮而不刺眼。

**【审美点评】**

老子所谓"祸兮，福之所倚；福兮，祸之所伏"，是说明事物相互依存的道理。他认为由于"人之迷"，所以人对事物的看法往往固守一端，不能与世俯仰。这虽有朴素辩证法的因素，但如果不作条件的限定，亦容易使人陷入虚妄之中。

# 第八十章

**【题解】** 选自《老子》。本章集中表达了老子"小国寡民"的理想社会模式。

小国寡民[1]：使有什伯之器而不用[2]，使民重死而不远徙[3]；虽有舟舆无所乘之[4]，虽有甲兵无所陈之[5]；使人复结绳而用之[6]。甘其食，美其服，安其居，乐其俗。邻国相望，鸡犬之声相闻，民至老死不相往来。

**中华书局《诸子集成》本《老子注》下篇**

**【注释】**

[1] 小国寡民：国小人少。寡，少。[2] 什伯之器：古解为兵器。[3] 重：看重，重视。[4] 舟舆：船和车。[5] 陈：通"阵"，阵列。[6] 这句是说重新回到远古结绳而治的年代。

**【审美点评】**

"小国寡民"是老子理想的社会模式。老子厌于当时战乱频仍、社会动荡的现实，看到由于统治者大多奢侈无度、贪婪无厌，致使人民受苛政的困扰、战争的蹂躏，而处于水深火热之中。因此他设想出一个没有机巧、没有战争、人人安居乐业的农耕理想社会。

# 《墨子》

墨子（约前 468—前 376），名翟，战国初期的思想家，墨家学派的创始人。《墨子》一书，大部分是墨子的弟子或再传弟子对墨子言行记录的汇集，它是研究墨子思想的直接材料。在《墨子·鲁问》中，墨翟提出了墨家的十大主张。即"兼爱"、"非攻"、"尚贤"、"尚同"、"尊天"、"事鬼"、"非乐"、"非命"、"节用"、"节葬"。他认为，要根据不同国家的不同情况，有针对性地选择十大主张中最适合的方案。《墨子》文章的特点是逻辑性较强，语言质朴，初具议论文规模。

## 兼爱上

**【题解】**本篇选自《墨子·兼爱》。《兼爱》有上、中、下三篇，均阐述"天下兼相爱则治"的道理。这里选录其上篇。

圣人以治天下为事者也，必知乱之所自起，焉能治之[1]。不知乱之所自起，则不能治。譬之如医之攻人之疾者然，必知疾之所自起，焉能攻之；不知疾之所自起，则弗能攻。治乱者何独不然？必知乱之所自起，焉能治之。不知乱之所自起，则弗能治。圣人以治天下为事者也，不可不察乱之所自起。

当察乱何自起[2]？起不相爱。臣子之不孝君父，所谓乱也。子自爱，不爱父，故亏父而自利；弟自爱，不爱兄，故亏兄而自利。臣自爱，不爱君，故亏君而自利。此所谓乱也。虽父之不慈子，兄之不慈弟，君之不慈臣，此亦天下之所谓乱也。父自爱也，不爱子，故亏子而自利。兄自爱也，不爱弟，故亏弟而自利。君自爱也，不爱臣，故亏臣而自利。是何也？皆起不相爱。

虽至天下之为盗贼者亦然。盗爱其室，不爱其异室[3]，故窃异室以利其室。贼爱其身，不爱人，故贼人以利其身。此何也？皆起不相爱。

虽至大夫之相乱家、诸侯之相攻国者亦然。大夫各爱其家，不爱异家，故乱异家以利其家。诸侯各爱其国，不爱异国，故攻异国以利其国。天下之乱物，具此而已矣[4]！察此何自起，皆起不相爱。

若使天下兼相爱，爱人若爱其身，犹有不孝者乎？视父兄与君若其身，恶施不孝？犹有不慈者乎？视弟子与臣若其身，恶施不慈？故不孝不慈亡有。犹有盗贼乎？视人之室若其室，谁窃？视人身若其身，谁贼？故盗贼亡有。犹有大夫之相乱家、诸侯之相攻国者乎？视人家若其家，谁乱？视人国若其国，谁攻？故大夫之相乱家、诸侯之相攻国者亡有。若使天下兼相爱，国与国不相攻，家与家不相乱，盗贼无有，君臣父子皆能孝慈，若此则天下治。

故圣人以治天下为事者，恶得不禁恶而劝爱？故天下兼相爱则治，交相恶则乱。故子墨子曰"不可以不劝爱人"者[5]，此也。

中华书局《诸子集成》本《墨子闲诂》卷四

【注释】

[1] 焉：乃。[2] 当：通"尝"，尝试。[3] 异室：他人的家。[4] 乱物：混乱的事。具：同"俱"。[5] 子墨子：弟子对墨子的尊称。

【审美点评】

墨子说："凡出言谈，由文学之为道也，则不可而不先立义法。若言而无义，譬犹立朝夕于员钧之上也，则虽有巧工，必不能得正焉。"（《墨子·非命中》）墨子尚俭务实，反对浮华，为文旨在说理，不事文饰。而墨子倡导的兼爱互助，比起一般自私有限的爱，比起互相仇视攻伐，的确伟大而又善美。

# 非攻上

【题解】本篇选自《墨子·非攻上》。非攻，即反对进攻的战争，与一般的非战是有区别的。墨子对于防御性的战争则不仅不反对，而且竭力支持。

今有一人，入人园圃，窃其桃李，众闻则非之，上为政者得则罚之[1]。此何也？以亏人自利也。至攘人犬豕鸡豚者[2]，其不义，又甚入人园圃窃桃李。是何故也？以亏人愈多。苟亏人愈多，其不仁兹甚[3]，罪益厚。至入人栏厩，取人马牛者，其不仁义又甚攘人犬豕鸡豚。此何故也？以其亏人愈多。苟亏人愈多，其不仁兹甚，罪益厚。至杀不辜人也[4]，扡其衣裘、取戈剑者[5]，其不义又甚入人栏厩、取人马牛。此何故也？以其亏人愈多。苟亏人愈多，其不仁兹甚矣，罪益厚。当此天下之君子皆知而非之，谓之不义。今至大为不义，攻国，则弗知非，从而誉之，谓之义。此可谓知义与不义之别乎？

杀一人，谓之不义，必有一死罪矣。若以此说往，杀十人，十重不义，必有十死罪矣。杀百人，百重不义，必有百死罪矣。当此天下之君子皆知而非之，谓之不义。今至大为不义，攻国，则弗知非，从而誉之，谓之义。情不知其不义也[6]，故书其言以遗后世。若知其不义也，夫奚说书其不义以遗后世哉[7]？

今有人于此，少见黑曰黑，多见黑曰白，则以此人不知白黑之辩矣。少尝苦曰苦，多尝苦曰甘，则必以此人为不知甘苦之辩矣。今小为非，则知而非之；大为非攻国，则不知非，从而誉之，谓之义。此可谓知义与不义之辩乎？是以知天下之君子也，辩义与不义之乱也。

中华书局《诸子集成》本《墨子闲诂》卷五

**【注释】**

[1]得：捕获。[2]攘：偷盗。[3]兹：同"滋"，更加。[4]辜：罪。[5]扡：同"拖"，夺取。[6]情：诚，的确。[7]奚说：如何解说。奚，何。

**【审美点评】**

墨子最恨"亏人自利"的攻伐战争，因他认为这是不义的，且违背兼爱的原则。文章从偷盗行为说起，逐层推进，论证了损人越甚越不义、罪越大的道理，从而说明掠夺战争是最大的不义行为，必须坚决反对。

# 《孟子》

孟子（约前372—前289），名轲，字子舆，战国时邹（今山东邹县东南）人，战国时期儒家学派的代表人物。曾受业于子思（孔子的孙子）的门人。先后到齐、宋、滕、魏、鲁等国，游说诸侯，宣扬"仁政"、"王道"，始终不受重用。晚年返回家乡，讲学著述，与弟子万章等发挥孔子的学说，作《孟子》七篇。孟子继承了孔子的哲学、政治思想，并有所发展。他主张人性本善，认为凡人都可以为尧舜。他宣传仁政，抨击暴政，提出了一整套比较完整的儒家政治思想。

# 齐桓晋文之事

**【题解】** 本篇选自《孟子·梁惠王上》。文章通过孟子与齐宣王的对话，表现了孟子"保民而王"的王道思想和富民、教民的政治主张，也表现了孟子高超的论辩技巧。

齐宣王问曰[1]："齐桓、晋文之事，可得闻乎[2]？"

孟子对曰："仲尼之徒，无道桓文之事者[3]，是以后世无传焉，臣未之闻也。无以，则王乎[4]？"

曰："德何如，则可以王矣？"

曰："保民而王，莫之能御也[5]。"

曰："若寡人者，可以保民乎哉？"

曰："可。"

曰："何由知吾可也？"

曰："臣闻之胡龁曰[6]：王坐于堂上，有牵牛而过堂下者。王见之，曰：'牛何之[7]？'对曰：'将以衅钟[8]。'王曰：'舍之[9]！吾不忍其觳觫[10]，若无罪而就死地[11]。'对曰：'然则废衅钟与？'曰：'何可废也？以羊易之。'不识有诸[12]？"

曰："有之。"

曰："是心足以王矣！百姓皆以王为爱也[13]，臣固知王之不忍也。"

王曰："然。诚有百姓者[14]。齐国虽褊小[15]，吾何爱一牛？即不忍其觳觫，若无罪而就死地，故以羊易之也。"

曰："王无异于百姓之以王为爱也[16]。以小易大，彼恶知之[17]？王若隐其无罪而就死地，则牛羊何择焉[18]？"

王笑曰："是诚何心哉？我非爱其财而易之以羊也，宜乎百姓之谓我爱也[19]。"

曰："无伤也，是乃仁术也[20]。见牛未见羊也。君子之于禽兽也，见其生，不忍见其死；闻其声，不忍食其肉。是以君子远庖厨也。"

王说[21]，曰："诗云：'他人有心，予忖度之[22]。'夫子之谓也。夫我乃行之，反而求之，不得吾心；夫子言之，于我心有戚戚焉[23]。此心之所以合于王者，何也？”

曰：“有复于王者曰[24]：‘吾力足以举百钧[25]，而不足以举一羽；明足以察秋毫之末[26]，而不见舆薪[27]。’则王许之乎[28]？”

曰：“否。”

“今恩足以及禽兽，而功不至于百姓者，独何与[29]？然则一羽之不举，为不用力焉；舆薪之不见，为不用明焉；百姓之不见保，为不用恩焉。故王之不王，不为也，非不能也。”

曰：“不为者与不能者之形[30]，何以异？”

曰：“挟太山以超北海[31]，语人曰[32]：‘我不能。’是诚不能也。为长者折枝[33]，语人曰：‘我不能。’是不为也，非不能也。故王之不王，非挟太山以超北海之类也；王之不王，是折枝之类也。老吾老，以及人之老；幼吾幼，以及人之幼；天下可运于掌[34]。诗云：‘刑于寡妻，至于兄弟，以御于家邦[35]。’言举斯心加诸彼而已[36]。故推恩足以保四海，不推恩无以保妻子；古之人所以大过人者，无他焉，善推其所为而已矣。今恩足以及禽兽，而功不至于百姓者，独何与？权[37]，然后知轻重；度[38]，然后知长短；物皆然，心为甚。王请度之！抑王兴甲兵[39]，危士臣[40]，构怨于诸侯，然后快于心与？”

王曰：“否，吾何快于是？将以求吾所大欲也。”

曰：“王之所大欲，可得闻与？”

王笑而不言。

曰：“为肥甘不足于口与[41]？轻暖不足于体与[42]？抑为采色不足视于目与？声音不足听于耳与？便嬖不足使令于前与[43]？王之诸臣皆足以供之，而王岂为是哉？”

曰：“否，吾不为是也。”

“然则王之所大欲，可知已：欲辟土地，朝秦楚，莅中国而抚四夷也[44]。以若所为，求若所欲，犹缘木而求鱼也[45]。”

王曰：“若是其甚与？”

曰：“殆有甚焉[46]。缘木求鱼，虽不得鱼，无后灾；以若所为，求若所欲，尽心力而为之，后必有灾。”

曰：“可得闻与？”

曰：“邹人与楚人战，则王以为孰胜[47]？”

曰："楚人胜。"

曰："然则小固不可以敌大，寡固不可以敌众，弱固不可以敌强。海内之地，方千里者九[48]，齐集有其一[49]；以一服八，何以异于邹敌楚哉？盖亦反其本矣[50]！今王发政施仁，使天下仕者皆欲立于王之朝，耕者皆欲耕于王之野，商贾皆欲藏于王之市，行旅皆欲出于王之涂[51]，天下之欲疾其君者皆欲赴愬于王[52]。其若是，孰能御之？"

王曰："吾惛[53]，不能进于是矣。愿夫子辅吾志，明以教我。我虽不敏[54]，请尝试之。"

曰："无恒产而有恒心者[55]，惟士为能。若民，则无恒产，因无恒心。苟无恒心，放辟邪侈，无不为已[56]。及陷于罪，然后从而刑之，是罔民也[57]。焉有仁人在位，罔民而可为也？是故明君制民之产[58]，必使仰足以事父母，俯足以畜妻子；乐岁终身饱[59]，凶年免于死亡；然后驱而之善，故民之从之也轻[60]。今也制民之产，仰不足以事父母，俯不足以畜妻子；乐岁终身苦，凶年不免于死亡。此惟救死而恐不赡[61]，奚暇治礼义哉？王欲行之，则盍反其本矣！五亩之宅[62]，树之以桑，五十者可以衣帛矣；鸡、豚、狗、彘之畜，无失其时，七十者可以食肉矣；百亩之田[63]，勿夺其时[64]，八口之家可以无饥矣；谨庠序之教[65]，申之以孝悌之义，颁白者不负戴于道路矣[66]。老者衣帛食肉，黎民不饥不寒，然而不王者，未之有也。"

中华书局《十三经注疏》本《孟子注疏》卷一

**【注释】**

[1] 齐宣王：姓田，战国初期齐国的国君。[2] 齐桓：即齐桓公，春秋时期齐国国君；晋文：即晋文公，名重耳，春秋时晋国国君。齐桓公、晋文公与秦穆公、楚庄王、宋襄公合称"春秋五霸"。[3] 道：述说、谈论。[4] 以，同"已"，止。王（wàng）：动词，行王道以统一天下。[5] 保：安。莫：代词，没有人。[6] 胡龁（hé）：人名，齐宣王的近臣。[7] 何之：到哪里？之，往。[8] 衅（xìn）钟：古代新钟铸成，宰杀牲口，取血涂钟行祭，叫做"衅钟"。[9] 舍：释放。[10] 觳觫（húsù）：因恐惧而颤栗。[11] 就：走向。[12] 诸："之乎"的合音词。[13] 爱：吝啬。[14] 诚有百姓者：的确有这样（对我误解）的百姓。[15] 褊（biǎn）小：狭小。[16] 异：对……感到奇怪。[17] 恶：疑问代词，怎么，哪里。[18] 隐：痛惜、哀怜。择，区别。[19] 宜：合。[20] 无伤：没有妨碍，等于说没有关系。仁术：仁道，行仁政的途径。[21] 说：通"悦"，高兴。[22] 他人有心，予忖度（cǔnduó）之：别人有什么心思，我能够揣测到。见《诗经·小雅·巧言》。[23] 戚戚：内心有所触动的样子。[24] 复：禀报。[25] 钧：古代重量单位，一钧相当于现在的15公斤。[26] 明：视力。秋毫：鸟兽秋天生的羽

毛，意思是非常纤细。[27] 舆薪：整车的柴。[28] 许：相信、认可。[29] 独何与：却是为什么呢？[30] 形：情形。[31] 挟：用胳膊夹着。太山：即泰山。超：跨越。北海：渤海。[32] 语（yù）：告诉。[33] 为长者折枝：对长辈弯腰作揖。枝，通"肢"，肢体。一说，折枝，就是折树枝。[34] 天下可运于掌：天下可以在手掌上运转。比喻天下很容易治理。[35] 刑于寡妻，至于兄弟，以御于家邦：给自己的妻子作榜样，推广到兄弟，进而治理好一家一国。见《诗经·大雅·思齐》。刑，通"型"，作榜样。寡妻，正妻。御，治理。[36] 言举斯心加诸彼而已：这是说拿这样的心加在他人身上罢了。[37] 权：用秤称。[38] 度：用尺量。[39] 抑：还是。连词，表示选择。[40] 危士臣：使军士臣下受到危害。危，使动用法。[41] 肥甘：肥美香甜的食物。[42] 轻暖：轻快暖和的衣裘。[43] 便嬖（piánbì）：君主左右受宠爱的人。[44] 辟：开拓。朝秦楚：使秦楚来朝见。莅（lì）：临、统治。中国：指中原。[45] 若：如此。缘木而求鱼：爬到树上去找鱼。[46] 殆：恐怕、可能。[47] 邹：当时的一个小国。[48] 方千里者九：纵横各一千里的地方有九块。这是当时流行的说法。《礼记·王制》："凡海之内九州，州方千里。"[49] 齐集有其一：齐国的土地总算起来，也只有九分之一。集，会集。[50] 盖：通"盍"，何不。本：指王道。[51] 塗：通"途"。[52] 疾：憎恨。愬（sù）：同"诉"，控诉。[53] 惛（hūn）：不明白，糊涂。[54] 敏：聪慧、通达。[55] 恒产：长久可以维持生活的产业。恒，常、长久。[56] 放辟（pì）邪侈，无不为已：不服从约束，行为不正的事，没有不做的了。放，放荡。辟，邪僻、不老实。已，通"矣"，表示确定语气。[57] 从而刑之：接着就加以处罚。刑，动词。罔：通"网"，这里作动词，张开罗网捕捉，引申为陷害的意思。[58] 制：规定。[59] 乐岁：丰年。[60] 轻：容易。[61] 惟：只。赡：足。[62] 五亩之宅：相传古代一个男丁可分得五亩土地供建置住宅。[63] 百亩之田：相传古代井田制，每个男丁可分得一百亩耕地。[64] 时：农时。[65] 谨：重视。庠序：古代学校名称。周代叫庠，殷代叫序。[66] 颁白：指头发花白。颁，通"斑"。负：背上背东西。戴：头上顶东西。

**【审美点评】**

孟子提倡"仁政"，反对攻伐。本文记述他与齐宣王的一次谈话，为了阐明他"保民而王"的仁政思想。全篇气势磅礴，收放自如，且辞令巧妙，设喻取譬生动活泼。清代赵承谟评说："其放之也，有万斛之重；其揽之也，有千斤之力。忽纵忽擒，忽断忽续，忽离忽分，忽而细雨轻风，忽而翻江搅海，令读者几近目眩耳聋，而作者实气静神安。"（《孟子文评》）

# 齐人有一妻一妾

**【题解】**本篇选自《孟子·离娄下》。这是一则描写曲折生动而又极富讽刺意味的寓言。

齐人有一妻一妾而处室者[1]，其良人出[2]，则必餍酒肉而后反[3]。其妻问所与饮食者，则尽富贵也。其妻告其妾曰："良人出，则必餍酒肉而后反；问其与饮食者，尽富贵也，而未尝有显者来，吾将瞷良人之所之也<sup>[4]</sup>。"

蚤起<sup>[5]</sup>，施从良人之所之<sup>[6]</sup>，遍国中无与立谈者<sup>[7]</sup>。卒之东郭墦间<sup>[8]</sup>，之祭者乞其余<sup>[9]</sup>；不足，又顾而之他<sup>[10]</sup>——此其为餍足之道也。

其妻归，告其妾，曰："良人者，所仰望而终身也，今若此。"与其妾讪其良人<sup>[11]</sup>，而相泣于中庭。而良人未之知也，施施从外来<sup>[12]</sup>，骄其妻妾。

由君子观之，则人之所以求富贵利达者，其妻妾不羞也而不相泣者，几希矣<sup>[13]</sup>。

中华书局《十三经注疏》本《孟子注疏》卷八

**【注释】**

[1] 处室：居家过日子，共同生活。[2] 良人：古时妻子对丈夫的称呼。[3] 餍：满足、饱食。[4] 瞷（jiàn）：窥视，暗中看。前一个"之"是助词，后一个"之"是动词。所之，所去的地方。[5] 蚤：通"早"。[6] 施（yí）：通"迤"，逶迤斜行。这里指暗中跟踪。[7] 国中：都城内。[8] 卒：最后。东郭：城之东门外。墦（fán）间：坟墓。[9] 之祭者乞其余：向祭墓的人乞讨剩下来的食物。[10] 顾而之他：掉头到另一个坟头去。[11] 讪（shàn）：讥笑。[12] 施施（yíyí）：喜悦自得的样子。[13] 几希：很少。

**【审美点评】**

孟子为我们勾画的，是一个内心极其卑劣下贱，外表却趾高气扬，不可一世的形象。并且认为，凡天下那些追求富贵利达的人，大都如此。

# 《庄子》

庄子（约前369—前286），名周，战国中期宋国蒙（今河南商丘东北）人，是道家学派的主要代表人物。《史记·老庄申韩列传》说他做过漆园吏，曾拒绝楚威王的宰相之聘，游学于齐、魏诸国，终生不仕。据《汉书·艺文志》著录，《庄子》五十二篇，今存三十三篇，分《内篇》七、《外篇》十五、《杂篇》十一。一般认为，《内篇》为庄子自著，其余的出自门人之手。庄子继承发展了老子的思想，强调无为，一切任其自然。他对客观世界矛盾变化的认识，含有某些辩证法的因素；对当时统治阶级和社会黑暗的揭露，对礼法名教的毁弃，都有其积极的一面。

# 逍遥游

**【题解】**《逍遥游》为《庄子》的首篇，是庄子的代表作。它旨在说明：世上万物纷纭，虽有"小大之辩"，但"犹有所待者"，都要依赖客观条件。真正的逍遥者，追求的是一种超越时空限制的绝对自由，是"乘天地之正，御六气之辩，以游无穷者"，应当达到无己、无功、无名的境界。这正是庄子哲学思想的体现。

北冥有鱼，其名为鲲[1]。鲲之大，不知其几千里也；化而为鸟，其名为鹏。鹏之背，不知其几千里也；怒而飞，其翼若垂天之云[2]。是鸟也，海运则将徙于南冥[3]；南冥者，天池也[4]。

《齐谐》者，志怪者也[5]。《谐》之言曰："鹏之徙于南冥也，水击三千里，抟扶摇而上者九万里[6]，去以六月息者也[7]。"野马也，尘埃也，生物之以息相吹也[8]。天之苍苍，其正色邪？其远而无所至极邪？其视下也，亦若是则已矣[9]。且夫水之积也不厚[10]，则其负大舟也无力。覆杯水于坳堂之上，则芥为之舟[11]，置杯焉则胶，水浅而舟大也。风之积也不厚，则其负大翼也无力。故九万里则风斯在下矣，而后乃今培风[12]，背负青天而莫之夭阏者[13]，而后乃今将图南。

蜩与学鸠笑之曰[14]："我决起而飞[15]，枪榆枋[16]，时则不至[17]，而控于地而已矣[18]。奚以之九万里而南为[19]？"适莽苍者[20]，三飧而反[21]，腹犹果然[22]。适百里者，宿舂粮[23]；适千里者，三月聚粮。之二虫又何知[24]。

小知不及大知[25]，小年不及大年[26]。奚以知其然也？朝菌不知晦朔[27]，蟪蛄不知春秋[28]，此小年也。楚之南有冥灵者[29]，以五百岁为春，五百岁为秋；上古有大椿者；以八千岁为春，八千岁为秋，此大年也。而彭祖乃今以久特闻[30]，众人匹之[31]，不亦悲乎！

汤之问棘也是已[32]："穷发之北[33]，有冥海者，天池也。有鱼焉，其广数千里，未有知其修者[34]，其名为鲲。有鸟焉，其名为鹏。背若太山，翼若垂天之云；抟扶摇羊角而上者九万里[35]，绝云气[36]，负青天，然后图南，且适南冥也。斥鴳笑之曰[37]："彼且奚适也！我腾跃而上，不过数仞而下，翱翔蓬蒿之间，此亦飞之至也。而彼且奚适也。"此小大之辩也。

故夫知效一官[38]，行比一乡[39]，德合一君[40]，而征一国者[41]，其自视也亦若此矣。而宋荣子犹然笑之[42]。且举世而誉之而不加劝，举世非之而不加沮[43]，定乎内外之分[44]，辩乎荣辱之境，斯已矣[45]。彼其于世，未数数然也[46]。虽然，犹有未树也[47]。

夫列子御风而行[48]，泠然善也[49]。旬有五日而后反[50]；彼于致福者[51]，未数数然也。此虽免乎行，犹有所待者也。若夫乘天地之正[52]，而御六气之辩[53]，以游无穷者[54]，彼且恶乎待哉！故曰：至人无己，神人无功，圣人无名。

尧让天下于许由[55]，曰："日月出矣，而爝火不息[56]；其于光也，不亦难乎！时雨降矣，而犹浸灌；其于泽也，不亦劳乎！夫子立而天下治[57]，而我犹尸之[58]，吾自视缺然[59]，请致天下[60]。"许由曰："子治天下，天下既已治也；而我犹代子，吾将为名乎？名者，实之宾也[61]；吾将为宾乎？鹪鹩巢于深林[62]，不过一枝；偃鼠饮河[63]，不过满腹。归休乎君[64]，予无所用天下为！庖人虽不治庖[65]，尸祝不越樽俎而代之矣[66]！"

肩吾问于连叔曰[67]："吾闻言于接舆[68]，大而无当，往而不反；吾惊怖其言，犹河汉而无极也；大有迳庭[69]，不近人情焉。"连叔曰："其言谓何哉？"曰："藐姑射之山[70]，有神人居焉；肌肤若冰雪，淖约若处子[71]，不食五谷，吸风饮露，乘云气，御飞龙，而游乎四海之外；其神凝[72]，使物不疵疠而年谷熟[73]。吾以是狂而不信也[74]。"连叔曰："然，瞽者无以与乎文章之观[75]，聋者无以与乎钟鼓之声；岂唯形骸有聋盲哉！夫知亦有之[76]。是其言也，犹时女也[77]。之人也，之德也，将旁礴万物以为一，世蕲乎乱[78]，孰弊弊焉以天下为事[79]！之人也，物莫之伤：大浸稽天而不溺[80]，大旱金石流、土山焦而不热。是其尘垢秕糠将犹陶铸尧、舜者也[81]，孰肯以物为事！宋人资章甫而适诸越[82]，越人断发文身[83]，无所用之。尧治天下之民，平海内之政，往见四子藐姑射之山、汾水之阳[84]，窅然丧其天下焉[85]。"

惠子谓庄子曰[86]："魏王贻我大瓠之种[87]，我树之成而实五石[88]。以盛水浆，其坚不能自举也[89]。剖之以为瓢，则瓠落无所容[90]。非不呺然大也[91]，吾为其无用而掊之[92]。"庄子曰："夫子固拙于用大矣！宋人有善为不龟手之药者[93]，世世以洴澼絖为事[94]。客闻之，请买其方百金[95]。聚族而谋曰：'我世世为洴澼絖，不过数金；今一朝而鬻技百金[96]，请与之。'客得之，以说吴王。越有难，吴王使之将，冬与越人

水战，大败越人，裂地而封之。能不龟手一也；或以封，或不免于洴澼
绕，则所用之异也。今子有五石之瓠，何不虑以为大樽而浮于江湖[97]，
而忧其瓠落无所容，则夫子犹有蓬之心也夫[98]！"

惠子谓庄子曰："吾有大树，人谓之樗[99]。其大本拥肿而不中绳
墨[100]，其小枝卷曲而不中规矩[101]。立之涂[102]，匠者不顾。今子之言，
大而无用，众所同去也。"庄子曰："子独不见狸狌乎[103]？卑身而伏，以
候敖者[104]；东西跳梁[105]，不辟高下[106]，中于机辟[107]，死于罔罟[108]。
今夫斄牛[109]，其大若垂天之云。此能为大矣，而不能执鼠。今子有大
树，患其无用，何不树之于无何有之乡[110]，广莫之野，彷徨乎无为其
侧[111]，逍遥乎寝卧其下；不夭斤斧[112]，物无害者。无所可用，安所困
苦哉？"

中华书局《诸子集成》本《庄子集释》卷一

**【注释】**

[1]冥：一作溟，海水深黑为溟。鲲：鱼卵；这里借指大鱼。[2]怒：振奋。这里指鼓动翅
膀。垂天：犹言天边。垂，同"陲"，边际。[3]海运：海波翻腾。旧说海动时必有大风，这里
意为鹏乘此风而徙于南海。[4]天：自然。[5]《齐谐》：书名，内容多记怪异事物。志：同
"誌"，记载。[6]抟（tuán）：一作"搏"，拍、抟。扶摇：风名，即飙，一种从地面盘旋而上升
的暴风。[7]息：气息，指风。[8]野马：指春天野外林泽中的雾气。春天阳气发动，远望林莽
沼泽之中，水气蒸腾，有如奔马，故曰野马。相吹：向上升动。[9]视下：从高空俯视下界。
[10]且夫：表示递进的连词。[11]坳堂：堂上低洼之处。芥：小草。[12]乃今：乃即，才就。
培风：乘风。培，通"凭"，乘风。[13]夭阏（è）：阻拦。[14]蜩（tiáo）：蝉。学鸠：小鸟名。
[15]决（xuè）：急速的样子。[16]枪：一本作"抢"，突过，穿越。枋：檀树。[17]则：或。
[18]控：投，落下。[19]奚：何。以：用。为：疑问语气词。[20]莽苍：郊外林野之色，此
指近郊。[21]飡：同"餐"。反：同"返"。[22]果然：饱的样子。[23]宿舂粮：隔夜捣米准
备粮食。[24]之：此。二虫：指蜩与学鸠。[25]知：同"智"。[26]年：寿命。小年、大年，
即短寿、长寿。[27]朝菌：朝生暮死的一种菌。《列子·汤问》："朽壤之上，有菌芝者，生于
朝，死于晦。"[28]蟪蛄（huìgū）：即寒蝉。旧说它春生夏死，夏生秋死。[29]冥灵：木名。
一说指灵龟。下文"大椿"亦木名。[30]彭祖：传说中的长寿的人。曾为尧臣，封于彭城，寿
七百余岁。[31]匹：比。[32]汤：商王成汤。棘：棘子，汤时大夫。是已：犹言"是也"，表
示赞同语气。[33]穷发：不毛之地。指上古传说中的北极荒远地带。[34]修：长。[35]羊角：
风名，其风旋转而上似羊角。[36]绝：超越。[37]斥：据清郭庆藩《庄子集释》，"斥"通
"尺"。斥鴳（yàn）：犹小雀。一说斥指小池泽。斥鴳，小泽中的雀。[38]效：效能，引申作
"胜任"解。[39]比：适合。一说"比"即"庇"。[40]合：投合。[41]而：古代与"能"字
音近义同，作能力、才能解。征：信。[42]宋荣子：即宋钘，先秦思想家，思想近于墨家。犹
然：笑貌。[43]劝：勉，努力。沮：沮丧，丧气。[44]内：指自身的内在修养。外：指待人接

物。[45] 斯已矣：如此而已。[46] 数（shuò）数：常常，平常。一说是急切追求的样子。[47] 未树：指未能树立至德。[48] 列子：名御寇，战国初期郑国人，相传其曾遇仙人，习法术，故能乘风而行。[49] 泠（líng）然：轻妙的样子。善：指御风技术高超。[50] 旬有五日：十五天。有：通"又"。[51] 致福：得福。[52] 若夫：至于。乘：顺应。天地：指天地间万象万物。正：指自然界的正常现象。[53] 六气：即阴、阳、风、雨、晦、明。辩：同"变"。[54] 无穷：指时空的无始无终、无边无际。[55] 许由：字武仲，颍川人，上古传说中的高士。相传尧让天下给他，他不受，逃隐箕山，农耕而食。尧又召为九州长，他不欲闻，洗耳于颍水之滨。[56] 爝（jué）火：小火把。此指光之小者。[57] 夫子：指许由。[58] 尸：古时享祭的神主，引申为无其实而空居名位的人。[59] 缺然：不足。[60] 致：送，给予。[61] 宾：与"主"相对，指附属之物。[62] 鹪鹩（jiāoliáo）：善于筑巢的小鸟，喜居树林深处。[63] 偃鼠：即鼹鼠，常穿行耕地中，好饮河水。[64] 归休乎君：是"君归休乎"的倒装句。君：指尧。[65] 庖人：厨工。不治庖：不下厨。[66] 祝：执掌祭祀的官。因其对神主（尸）而祝，故称"尸祝"。越樽俎而代之：比喻超越权限代替别人办事。樽，酒器。俎，盛肉之器。[67] 肩吾、连叔：二人当是庄子虚构的有道之人。[68] 接舆：春秋时楚国隐士，佯狂避世，与孔子同时。[69] 迳：门外小路。庭：庭院。[70] 藐姑射（yè）之山：传说中的仙山。[71] 淖约：同"绰约"，体态柔美的样子。处子：处女。[72] 凝：精神专注。[73] 疵疠（lì）：疾病。[74] 是：此，指接舆的话。[75] 瞽者：盲人。与：参与。文章：文采。[76] 知：同"智"。[77] 时：同"是"。女：同"汝"。[78] 旁礴（bó）：形容无所不包、无所不及。蕲（qí）：同"祈"，求。乱：这里意为"治"。[79] 弊弊：惨淡经营，疲惫不堪。[80] 大浸：大水。稽：至。[81] 粃糠：亦作秕糠。谷不熟为秕，谷皮为糠。比喻琐细无用之物，犹言糟粕、渣滓。陶铸：烧制瓦器和熔铸金属的模具。这里是培植、造就的意思。[82] 资：购买。章甫：礼冠。诸：之于。[83] 断发：剪断长发。文身：身刺花纹。[84] 四子：相传指王倪、啮缺、被衣、许由。《庄子》书中视之为得道者。汾水之阳：汾水之北。指今山西平阳县，相传尧曾都于此。[85] 窅（yǎo）然：怅然。丧：忘。[86] 惠子：即惠施，宋人，战国时的思想家。曾任魏国相，与庄子同时。[87] 瓠（hù）：葫芦。[88] 树：种植。实：容纳。五石：言葫芦之大可容五石的东西。[89] 坚：坚固程度。[90] 瓠落：廓落，大而平浅。无所容：无法容纳东西。[91] 呺（xiāo）然：虚大的样子。[92] 掊（pǒu）：击破。[93] 龟（jūn）：同"皲"，皮肤因受冻而裂。不龟手之药：防止皮肤冻裂的药。[94] 洴澼（píngpì）：漂洗。絖（kuàng）：细棉絮。[95] 金：古代金大一方寸、重一斤为一金。[96] 鬻（yù）：卖、售。技：指制药的技能。[97] 虑：通"摅"，挖空。一说作结缚解。大樽：即腰舟，形如酒器缚在身上，浮于江湖。[98] 蓬：蓬蒿，茎短而曲。有蓬之心：喻指惠子见解迂曲狭隘。[99] 樗（chū）：即臭椿，树干高大而木质粗劣。[100] 拥肿：同"臃肿"，指树干多赘瘤。中（zhòng）：合。绳墨：木匠用以取直的工具。[101] 卷：同"蜷"。规：木匠用以求圆的工具。矩：木匠用以求方的工具。[102] 涂：同"途"。[103] 狸：同"貍"，野猫。狌（shēng）：俗名黄鼠狼。[104] 敖：同"遨"。敖者，即游者，指来来往往的鸡鼠之类动物。[105] 跳梁：同"跳踉"，跳跃。[106] 辟：同"避"。[107] 机：弩机。辟：陷阱。[108] 罔：同"网"。罟（gǔ）：网的通称。[109] 犛（lí）牛：即牦牛。[110] 无何有之乡：庄子所幻想的超越时空、一无所有、绝对自由的境界。[111] 无为：无所事，无所用心。[112] 斤：大斧。

**【审美点评】**

庄子此文以神话传说熔铸成篇,构思宏伟,笔墨恣肆,充满了奇特的想象;又能随时随地设譬取喻,繁复灵活,使其文更显得斑驳陆离。清代胡文英说它:"前段如烟雨迷离,龙变虎跃。后段如清风月朗,梧竹潇疏。善读者要须拨开枝叶,方见本根。千古奇文,原只是家常茶饭也。"(《庄子独见·逍遥游》)

# 秋水(节选)

**【题解】** 本篇选自《庄子·外篇》。文章主要论述人生应该回归自然,不要在意事物对立面如大小、贵贱等之间的差别,不要以世间的名利、地位等各种事物损害人天性的快乐,与庄子"逍遥游"和"齐物论"的思想相一致。

秋水时至,百川灌河,泾流之大,两涘渚崖之间[1],不辨牛马。于是焉,河伯欣然自喜,以天下之美为尽在己。顺流而东行,至于北海,东面而视,不见水端。于是焉,河伯始旋其面目[2],望洋向若而叹曰[3]:"野语有之曰[4]'闻道百[5],以为莫己若'者,我之谓也。且夫我尝闻少仲尼之闻,而轻伯夷之义者[6],始吾弗信。今我睹子之难穷也[7],吾非至子之门,则殆矣,吾长见笑于大方之家[8]。"

北海若曰:"井蛙不可以语于海者[9],拘于虚也[10];夏虫不可以语于冰者,笃于时也[11];曲士不可以语于道者[12],束于教也。今尔出于崖涘,观于大海,乃知尔丑[13],尔将可与语大理矣[14]。天下之水,莫大于海,百川归之,不知何时止而不盈;尾闾泄之[15],不知何时已而不虚。春秋不变,水旱不知,此其过江河之流,不可为量数[16],而吾未尝以此自多者,自以比形于天地[17],而受气于阴阳,吾在天地之间,犹小石小木之在大山也。方存乎见少[18],又奚以自多!计四海之在天地之间也,不似礨空之在大泽乎[19]?计中国之在海内,不似稊米之在太仓乎[20]?号物之数谓之万[21],人处一焉。人卒九州[22],谷食之所生,舟车之所通,人处一焉。此其比万物也,不似豪末之在于马体乎[23]?五帝之所连[24],三王之所争,仁人之所忧,任士之所劳[25],尽此矣。伯夷辞之以为名,仲尼语之以为博,此其自多也,不似尔向之自多于水乎?"

中华书局《诸子集成》本《庄子集释》卷一七

**【注释】**

[1]涘:水边。[2]旋:转,改变。[3]望洋:茫然抬头的样子。若:海神名,即下文北海

若。[4] 野语：俗话。[5] 百：此处泛指多的意思。[6]"且夫"句：以孔子所知学问为少，以伯夷的义举为轻。[7] 穷：穷尽。[8] 大方之家：懂得大道理的人。[9] 鼃：同"蛙"。[10] 虚：同"墟"，居住的地方。[11] 笃：固。引申为束缚、限制。[12] 曲士：乡曲之士，孤陋寡闻的人。[13] 丑：鄙陋，缺乏知识。[14] 大理：大道。[15] 尾闾：传说海底排泄海水的地方。[16] 量数：以量计算。[17] 比：通"庇"，寄托。[18] 方：正。存：存心，感到。[19] 礨 (lěi) 空：小的孔穴。礨，同"磊"，积石。[20] 稊 (tí) 米：细小的米粒。[21] 号：称。[22] 卒：尽，占尽。[23] 豪：通"毫"，指动物身上的毫毛。[24] 连：承续。[24] 任士：指以任劳以成人之所急为己任之士。

**【审美点评】**

文章论述天人关系、事物的相反相成，最后归结到任自然而无为。论辩精辟，是庄子思想的代表作之一。文章既善于用比喻和寓言故事说理，同时语言生动、造句奇崛，字里行间流露出参透人生的快乐。

# 《荀子》

荀况（约前 313—前 238），战国后期赵国人。时人尊称为荀卿，汉时称为孙卿。年五十，始游学于齐国，曾在齐国首都临淄（今山东淄博）的稷下学宫任祭酒。因遭谗而适楚国，任兰陵（今山东苍山）令。以后失官家居，著书立说，死后葬于兰陵。荀子是一位儒学大师，在吸收法家学说的同时发展了儒家思想。他尊王道，也称霸力；崇礼义，又讲法治；在"法先王"的同时，又主张"法后王"。荀子主"性恶"论，强调后天的学习。他还提出了人定胜天，反对宿命论，认为万物都循着自然规律运行变化等朴素唯物观点。《荀子》一书今存三十二篇，除少数篇章外，大部分是他自己所写。他的文章擅长说理，组织严密，分析透辟。

## 劝 学

**【题解】**本篇为今本《荀子》的第一篇。它从学习的重要性、态度、内容、方法、目的等方面全面深刻地论述了有关学习的问题，反映了荀派儒学对教育的一套系统看法。

君子曰[1]：学不可以已[2]。青，取之于蓝[3]，而青于蓝；冰，水为之，而寒于水。木直中绳[4]，𫐐以为轮[5]，其曲中规，虽有槁曝[6]，不复挺者[7]，𫐐使之然也。故木受绳则直，金就砺则利。君子博学而日参省乎己，则知明而行无过矣。

故不登高山，不知天之高也；不临深谿，不知地之厚也；不闻先王之遗言，不知学问之大也。干、越、夷、貉之子[8]，生而同声，长而异俗，教使之然也。诗曰[9]："嗟尔君子，无恒安息。靖共尔位，好是正直[10]。神之听之，介尔景福[11]。"神莫大于化道[12]，福莫长于无祸。

吾尝终日而思矣，不如须臾之所学也。吾尝跂而望矣[13]，不如登高之博见也。登高而招，臂非加长也，而见者远；顺风而呼，声非加疾也[14]，而闻者彰；假舆马者[15]，非利足也[16]，而致千里[17]；假舟楫者[18]，非能水也，而绝江河[19]。君子生非异也[20]，善假于物也。

南方有鸟焉，名曰蒙鸠[21]，以羽为巢，而编之以发，系之苇苕[22]。风至苕折，卵破子死。巢非不完也，所系者然也。西方有木焉，名曰射干，茎长四寸，生于高山之上，而临百仞之渊。木茎非能长也，所立者然也。蓬生麻中，不扶而直；白沙在涅[23]，与之俱黑。兰槐之根是为芷[24]，其渐之滫[25]，君子不近，庶人不服[26]。其质非不美也，所渐者然也。故君子居必择乡，游必就士，所以防邪僻而近中正也。

物类之起，必有所始。荣辱之来，必象其德[27]。肉腐出虫，鱼枯生蠹[28]。怠慢忘身，祸灾乃作。强自取柱[29]，柔自取束。邪秽在身，怨之所构。施薪若一[30]，火就燥也。平地若一，水就湿也。草木畴生[31]，禽兽群焉，物各从其类也。是故质的张而弓矢至焉[32]，林木茂而斧斤至焉，树成荫而众鸟息焉，醯酸而蜹聚焉[33]。故言有召祸也，行有招辱也，君子慎其所立乎！

积土成山，风雨兴焉；积水成渊，蛟龙生焉；积善成德，而神明自得[34]，圣心备焉。故不积跬步[35]，无以至千里；不积小流，无以成江海。骐骥一跃，不能十步；驽马十驾[36]，功在不舍。锲而舍之，朽木不折；锲而不舍，金石可镂。蚓无爪牙之利，筋骨之强，上食埃土，下饮黄泉，用心一也。蟹八跪而二螯[37]，非蛇鳝之穴无可寄托者，用心躁也。是故无冥冥之志者，无昭昭之明；无惛惛之事者，无赫赫之功[38]。行衢道者不至[39]，事两君者不容。目不能两视而明，耳不能两听而聪。腾蛇无足而飞[40]，梧鼠五枝而穷[41]。诗曰："尸鸠在桑，其子七兮。淑人君子，其仪一兮。其仪一兮，心如结兮[42]。"故君子结于一也。

昔者瓠巴鼓瑟而流鱼出听[43]，伯牙鼓琴而六马仰秣[44]。故声无小而不闻，行无隐而不形[45]。玉在山而草木润，渊生珠而崖不枯。为善不积邪？安有不闻者乎[46]？

学恶乎始[47]？恶乎终？曰：其数则始乎诵经，终乎读礼。其义则始乎为士，终乎为圣人。真积力久则入，学至乎没而后止也[48]。故学数有终，若其义则不可须臾舍也。为之，人也；舍之，禽兽也。故《书》者，政事之纪也。《诗》者，中声之所止也[49]。《礼》者，法之大分，类之纲纪也[50]。故学至乎《礼》而止矣。夫是之谓道德之极。《礼》之敬文也[51]，《乐》之中和也，《诗》、《书》之博也，《春秋》之微也[52]，在天地之间者毕矣。

君子之学也，入乎耳，箸乎心[53]，布乎四体[54]，形乎动静。端而言，蝡而动，一可以为法则[55]。小人之学也，入乎耳，出乎口，口耳之间则四寸耳，曷足以美七尺之躯哉！古之学者为己，今之学者为人。君子之学也，以美其身；小人之学也，以为禽犊[56]。故不问而告谓之傲[57]，问一而告二谓之囋[58]。傲，非也；囋，非也；君子如向矣[59]。

学莫便乎近其人。《礼》、《乐》法而不说[60]，《诗》、《书》故而不切[61]，《春秋》约而不速[62]。方其人之习君子之说，则尊以遍矣，周于世矣[63]。故曰：学莫便乎近其人。

学之经莫速乎好其人[64]，隆礼次之。上不能好其人，下不能隆礼，安特将学杂识志顺《诗》、《书》而已耳[65]！则末世穷年[66]，不免为陋儒而已。将原先王，本仁义，则礼正其经纬蹊径也[67]。若挈裘领，诎五指而顿之，顺者不可胜数也[68]。不道礼宪[69]，以《诗》、《书》为之，譬之犹以指测河也，以戈舂黍也，以锥飡壶也[70]，不可以得之矣。故隆礼，虽未明，法士也[71]；不隆礼，虽察辩，散儒也[72]。

问楛者[73]，勿告也。告楛者，勿问也。说楛者，勿听也。有争气者，勿与辩也。故必由其道至，然后接之[74]，非其道则避之。故礼恭，而后可与言道之方[75]；辞顺，而后可与言道之理；色从，而后可与言道之致[76]。故未可与言而言谓之傲，可与言而不言谓之隐[77]，不观气色而言谓之瞽。故君子不傲、不隐、不瞽，谨顺其身。诗曰："匪交匪舒，天子所予[78]。"此之谓也。

百发失一，不足谓善射。千里跬步不至，不足谓善御[79]。伦类不通[80]，仁义不一[81]，不足谓善学。学也者，固学一之也。一出焉，一入焉[82]，涂巷之人也[83]。其善者少，不善者多，桀纣盗跖也。全之尽之[84]，然后学者也。

君子知夫不全不粹之不足以为美也，故诵数以贯之[85]，思索以通之，为其人以处之[86]，除其害者以持养之[87]。使目非是无欲见也，使耳非是无欲闻也，使口非是无欲言也，使心非是无欲虑也。及至其致好之也，目好之五色，耳好之五声，口好之五味，心利之有天下[88]。是故权利不能倾也，群众不能移也，天下不能荡也[89]。生乎由是，死乎由是，夫是之谓德操[90]。德操然后能定[91]，能定然后能应[92]。能定能应，夫是之谓之成人。天见其明，地见其光，君子贵其全也[93]。

中华书局《诸子集成》本《荀子集解》卷一

【注释】

[1] 君子曰：古书中征引前贤名论的习惯引言。[2] 已：止。[3] 蓝：染青色的植物。[4] 中（zhòng）：合于。绳：匠人求直的工具。[5] 鞣（róu）：同"煣"，以火烤使木弯曲。[6] 槁：枯。曝：晒干。[7] 挺：直。[8] 干：国名，被吴国灭掉，后称吴为干。貉：古代东北部族名。子：孩子。[9] 语出《诗经·小雅·小明》。[10] 靖：谋。共：同"恭"。位：职位。好：爱好。[11] 听：察觉。介：助，佑。景：大。[12] 神：学问、修养的最高境界。化道：受道熏染而使气质高雅。[13] 跂（qì）：提起脚后跟。[14] 疾：壮，指声音宏壮。[15] 假：凭借，借助。[16] 利足：行走便利、迅速。[17] 致：使至，使达到。[18] 楫（jì）：同"楫"，桨。[19] 绝：渡过。[20] 生：读为"性"。[21] 蒙鸠：即鹪鹩，一种善筑巢的小鸟。[22] 苇：芦苇。苕：苇花。[23] 涅：黑泥。[24] 兰槐：香草名，其根叫芷。[25] 其：若。渐：浸渍。滫（xiǔ）：臭汁。[26] 服：佩戴。[27] 象：同"像"，依照。[28] 蠹（dù）：蛀虫。[29] 强自取柱：刚强坚硬则自取断折。柱，读作"祝"，断（依王引之说）。[30] 施：放置。[31] 畴：同"俦"或"稠"，类。畴生即丛生。[32] 质：箭靶。的：箭靶正中。[33] 醯（xī）：醋。蜹（ruì）：一种蚊类小飞虫。[34] 而：则。神明：指智慧。[35] 跬（kuǐ）步：同"跬步"，半步。[36] 驽马：劣马。十驾：十日的路程。[37] 跪：足。螯：前足。[38] 冥冥、惛（hūn）惛：均指精神不专一。昭昭：明达；赫赫：显盛。[39] 衢（qú）道：歧路。[40] 螣（téng）：传说中会飞的蛇，或龙的一种。[41] 梧鼠：即"鼫鼠"。相传它会多种技能但都不够专精。穷：困窘。[42] 语出《诗经·曹风·尸鸠》。心如结：指用心专一。[43] 瓠（hù）巴：古代善鼓琴者。流：通"游"。[44] 伯牙：楚人，古代琴师。六马：古代天子车驾用六匹马。仰秣：指马在吃草时，因听到琴声而抬起了头。[45] "故声"二句：意为声音不会因太小而不被人听到，行为不会因隐秘而不被人看到。[46] "为善"二句：意为谁说做善事不能积累呢？哪有（为善）而不被人知晓的呢？ [47] 恶（wū）：何。[48] 没：同"殁"。死亡。[49] 中声：中和之声。止：存。[50] 法：礼制、法律、政令。大分：大的原则、界限。类：指礼法以外的规则。[51] 敬：礼节上的周旋揖让。文：标志上的车服等级。[52] 微：隐微。指孔子所做的《春秋》，语言简短，而又寄托褒贬。[53] 箸：通"著"，明。[54] 布：表现。四体：四肢。[55] 端（chuǎn）：读作"喘"，喘息，指微言。蝡（ruǎn）：微动。一：皆。[56] 禽犊：小的禽兽。古人常以此为礼物。喻小人为学，不图修身，只为面子。[57] 傲：浮躁。[58] 嘬（zàn）：形容言语繁杂。[59] 向：同"响"。指答问如响的应声，不多不少不走样。[60] 法而不说：仅有成法而无详细解说。

[61] 故而不切：所载多是从前的故事，而不切近实际。[62] 约：隐约。速：迅速直接（理解）。[63] "方其"三句：意为仿效贤师益友的行为而习闻他们的言论，则可以提高自己的品格（"尊"）而丰富自己的学问（"遍"），并能通晓世务了。方，仿效。第一个"之"意为"而"。以，而。遍，普遍。周，全面。[64] 经（jīng）：径，途径。[65] 安：则。特：仅。杂识志：识是衍文，杂乱的记载。顺：训的假借字。训《诗》《书》：为《诗》、《书》做注解。[66] 末世穷年：指到老死。[67] 经纬：织布机上的经线和纬线，引申为组织。蹊径：道路、途径。[68] 挈（qiè）：提举。诎：同"屈"。顿：引。[69] 道：由，通过。礼宪：礼法。[70] "譬之"三句：喻劳而无功。飡，同"餐"。壶，食物的器具。[71] 法士：守礼法之士。[72] 散：指不检点约束。儒：儒生。[73] 问楛：不合礼仪地问。楛，同"苦"，恶。[74] 接之：指要来者合于礼仪之道，才可接待。[75] 方：方向。[76] 致：极致。[77] 隐：有意隐瞒。[78] 匪：同"非"。交：同"绞"，急切。舒：舒缓。予：赞许意。语出《诗经·小雅·采菽》。[79] "千里"句：行千里者，差半步不达终点，便不能算作善驾车的人。[80] 指不能触类旁通。[81] 一：专一。与下文的"全"、"尽"、"粹"意同。[82] 一出焉，一入焉：指学不专一。[83] 涂：同"途"，途巷之人，指普通之人。[84] 全之尽之：学得全面、彻底。[85] 诵数：诵说。[86] 为：效法。其人：指所企慕之人。[87] 除其害：排除学习的妨碍和干扰。持养：扶持培养。[88] 致：极。四个"之"字当"于"讲。[89] 荡：动。[90] 德操：有德而能操持。[91] 定：指有坚定的意志和见解。[92] 应：指应付各种事物的本领。[93] "天见"三句：天之所贵在其大，地之所贵在其广，君子的可贵在其全面完美。两个"见"字并当作"贵"讲。明：大。光：通"广"。

## 【审美点评】

荀子认为人之初性为恶，而欲使之转而向善，非有一种方法矫正之不可。其矫正之法，即从人的学习入手，始于诵经，终于读礼。教育的良善，可使人天性移易；博学多闻，能够帮助人去除陋习。

# 成相篇（节选）

【题解】成相，可能是战国时一种通俗文学的形式。荀子作此篇意含双关，既指所唱形式为"成相"歌词，又指所唱内容为贤臣如何成就治国的事业。

请成相[1]，世之殃，愚暗愚暗堕贤良[2]。人主无贤，如瞽无相[3]，何伥伥[4]！请布基[5]，慎圣人[6]，愚而自专事不治。主忌苟胜[7]，群臣莫谏，必逢灾。论臣过，反其施[8]，尊主安国尚贤义。拒谏饰非，愚而上同[9]，国必祸。曷谓罢[10]？国多私，比周还主党与施[11]。远贤近谗，忠臣蔽塞，主势移[12]。曷谓贤[13]？明君臣，上能尊主下爱民。主诚听之，天下为一，海内宾[14]。

中华书局《诸子集成》本《荀子集解》卷一八

**【注释】**

[1] 成：奏。相：一种民间歌曲名。 [2] 愚：无知，蠢笨。暗：昏暗，不明。堕：毁坏。 [3] 瞽：盲人。相：扶持瞽者的人。 [4] 伥伥：迷茫不知所措的样子。 [5] 布：陈述。基：本。此句意为陈述治国的基本原则。 [6] 慎：读作"顺"，服从。 [7] 此句意为人主最忌苟且胜过他人，亦即自以为是。 [8] 施：行为。 [9] 上同：苟且于上。 [10] 罢：同"疲"，弱不任事。 [11] 比周：结党营私。还：通"环"，围绕，引申指封闭、蒙蔽。党与：同党的人。施：施展，扩大。 [12] 势：权势。 [13] 贤：与上文的"罢"为对文。 [14] 宾：臣服归附。

**【审美点评】**

《汉书·艺文志》著录有《成相杂辞》十一卷，已佚。只有《荀子·成相篇》保留了片断。"成相"的曲调，由六句组成一章，句式为三、三、七、四、四、三，中间的四、五两句不押韵，余则有韵。全篇语言通俗，节奏明快，具有鲜明的民歌风味。

# 赋篇（节选）

**【题解】** 把赋作为一种文体的名称，即肇始于荀子的《赋篇》。本篇以君臣问答的形式，描写了"针"的形象和功能。

　　有物于此，生于山阜[1]，处于室堂。无知无巧，善治衣裳。不盗不窃，穿窬而行[2]。日夜合离，以成文章。以能合从，又善连衡[3]。下覆百姓，上饰帝王。功业甚博，不见贤良。时用则存，不用则亡。臣愚不识，敢请之王。

　　王曰：此夫始生钜、其成功小者邪[4]？长其尾而锐其剽者邪[5]？头铦达而尾赵缭者邪[6]？一往一来，结尾以为事。无羽无翼，反覆甚极。尾生而事起，尾遭而事已[7]。簪以为父，管以为母[8]。既以缝表，又以连里。夫是之谓箴理[9]。——箴。

中华书局《诸子集成》本《荀子集解》卷一八

**【注释】**

[1] 阜：土山。 [2] 穿：穿洞。窬（yú）：同"逾"，逾越。 [3] 以：通"已"，既。合从：战国时，苏秦游说山东六国诸侯联合抗秦，六国的位置呈南北向，故称合纵。连衡：战国时，秦国为了对付合纵，采纳张仪的主张，与六国分别结成联盟，以便各个击破。秦在六国之西，东西联合，故称连横。 [4] 始生钜：指制针的铁很大。成功小：指制成的针很小。 [5] 尾：指线。剽（biāo）：末梢，指针尖。 [6] 铦（xiān）：锐利。达：畅通无阻、来去自由的样子。赵：通

"掉"，摇。掉缭：摇曳而缠绕的样子，形容线的长。[7] 邅（zhān）：转，回旋，指打结。[8] 簪：可以把衣服之类别在一起的一种大针。一般的针由这种大针磨细后再打上穿线孔而成，所以说以簪为父。管：盛装针的工具。[9] 箴理：此词语义双关，既指针线缝过的纹理，又指关于针的道理。

**【审美点评】**

荀子的五篇赋都具有假物寓意的特色。文中对"针"的铺陈描画，别具深意，如"下覆百姓，上饰帝王"等，寄寓了作者的思想主张。这种托物讽谕的特点对后代"劝百讽一"的赋颂传统的形成无疑具有极大的影响。

# 《韩非子》

韩非（约前280—前233），战国末年韩国公子。他目睹韩国日趋衰弱，曾多次向韩王上书进谏，希望韩王励精图治，变法图强，但韩王置若罔闻，始终都未采纳。这使他非常悲愤和失望。他从"观往者得失之变"中探索变弱为强的道路，写了《孤愤》、《五蠹》、《内外储说》、《说林》、《说难》等十余万言的著作，全面、系统地阐述了他的法治思想，抒发了忧愤孤直而不容于时的愤懑。韩非师从荀卿，但思想观念却与荀卿大不相同。他"喜刑名法术之学，而其归本于黄老"，（《史记·老庄申韩列传》）继承并发展了法家思想，成为战国末年法家之集大成者。

## 外储说左上（节选）

**【题解】**本篇选自《韩非子·外储说左上》。储说，储存传说故事的意思。韩非为了生动、深刻地阐述法家思想，搜集了大量历史传说和民间故事，按所说明的问题，分类汇编成《内储说》上下、《外储说》左右，因篇幅过长，又把左右分左上、左下、右上、右下。

楚王谓田鸠曰："墨子者，显学也。其身体则可[1]，其言多而不辩，何也？"

曰："昔秦伯嫁其女于晋公子，令晋为之饰装，从衣文之媵七十人[2]。至晋，晋人爱其妾而贱公女。此可谓善嫁妾，而未可谓善嫁女也。楚人有卖其珠于郑者，为木兰之柜[3]，薰以桂椒[4]，缀以珠玉，饰以玫瑰，辑以翡翠[5]。郑人买其椟而还其珠[6]。此可谓善卖椟矣，未可谓善

71

鬻珠也[7]。今世之谈也，皆道辩说文辞之言，人主览其文而忘有用。墨子之说，传先王之道，论圣人之言，以宣告人。若辩其辞，则恐人怀其文忘其直，以文害用也。此与楚人鬻珠、秦伯嫁女同类，故其言多不辩。"

中华书局《诸子集成》本《韩非子集解》卷十一

**【注释】**

[1]体：行。[2]衣文：穿着文采的衣服。媵：陪嫁之妾。[3]木兰：一种有香气的落叶乔木。[4]薰：以香料涂身。桂椒：肉桂及山椒。泛指高级香料。[5]辑：集合，联结。翡翠：翠鸟的羽毛。[6]椟（dú）：小匣子，珠宝盒。[7]鬻（yù）：卖。

**【审美点评】**

本节以楚人鬻珠、秦伯嫁女为例，从反面说明墨子的学说言多不辩的原因。意思是说，当领导的人应该要求实用而不要去听巧妙的辩解，再巧妙的辩解也只是辩解，而不能实用。这就是君主的治理之道。

## 外储说右上（节选）

**【题解】** 同上。

宋人有酤酒者[1]，升概甚平[2]，遇客甚谨[3]，为酒甚美，县帜甚高，然而不售，酒酸。怪其故，问其所知闾长者杨倩[4]。倩曰："汝狗猛耶？"曰："狗猛则酒何故而不售？"曰："人畏焉！或令孺子怀钱，挈壶罋而往酤[5]，而狗迓而龁之[6]，此酒所以酸而不售也。"

夫国亦有狗。有道之士，怀其术，而欲以明万乘之主，大臣为猛狗，迎而龁之。此人主之所以蔽胁[7]，而有道之士所以不用也。

故桓公问管仲曰："治国最奚患？"对曰："最患社鼠矣[8]！"公曰："何患社鼠哉？"对曰："君亦见夫为社者乎？树木而涂之，鼠穿其间，掘穴托其中。熏之则恐焚木，灌之则恐涂阤[9]，此社鼠之所以不得也。今人君之左右，出则为势重而收利于民，入则比周而蔽恶于君[10]。内间主之情以告外[11]。外内为重[12]，诸臣百吏以为害。吏不诛则乱法，诛之则君不安。据而有之[13]，此亦国之社鼠也。"

故人臣执柄而擅禁[14]。明为己者必利，而不为己者必害，此亦猛狗也。夫大臣为猛狗而龁有道之士矣，左右又为社鼠而间主之情！人主不觉。如此，主焉得无壅，国焉得无亡乎？

中华书局《诸子集成》本《韩非子集解》卷十三

**【注释】**

[1] 酤：同"沽"，卖。[2] 升：量酒器。概：刮平斗斛的用具。这句意为分量足够。[3] 遇：待。谨：周到。[4] 闾：里门。[5] 挈（qiè）：提。罂：同"瓮"。[6] 迓：相迎。齕（hé）：咬。[7] 蔽：受蒙蔽。胁：受挟制。[8] 社：土地神。古人堆土为坛，坛上树木，涂抹泥灰，作为土地神的偶像。在树木上打洞寄身的老鼠称为社鼠。[9] 陁（tuó）：同"陀"。陀，通"堕"，脱落。[10] 比周：互相勾结。[11] 间（jiàn）：窥探。[12] 外内为重：在外在内均造成重权。[13] 据而有之：依靠国君以保有权位。[14] 执柄：掌握大权。擅禁：控制法令。

**【审美点评】**

本文通过"狗猛酒酸"的故事说明君主治国只有坚决铲除身边"猛狗"、"社鼠"一样的奸臣，有道之士才能得到重用，法令才能得以推行。作者从常见的生活现象出发并运用生动的譬喻来推演重大的道理，既深刻又有说服力。

# 屈 原

屈原（前340?—前278?），名平。战国时期楚国丹阳人，今湖北宜昌秭归人，是楚武王熊通之子屈瑕的后代。他在楚怀王时曾任左徒、三闾大夫等官职，主张联齐抗秦，提倡任用贤能、修明法度的"美政"。后因同僚上官大夫所谗，被楚怀王疏远。顷襄王时，又因令尹子兰的忌恨，被放逐到江南。最后，悲愤忧郁，自投汨罗江而死。屈原是我国已知最早的著名爱国诗人。他创立了"楚辞"这种文体，也开创了"香草美人"的比兴传统。屈原的作品，根据刘向、刘歆父子的校定和王逸的注本，有二十五篇，即《离骚》一篇，《九歌》十一篇，《天问》一篇，《九章》九篇，《远游》、《卜居》、《渔父》各一篇。根据司马迁《史记·屈原贾生列传》，还有《招魂》一篇。

## 离 骚

**【题解】** 关于《离骚》题义的解释，历来颇多异说。司马迁释为"离忧"，班固释为"遭忧"，王逸解为"别愁"。近人游国恩从音韵着眼，说"离骚"亦即"劳商"，为楚古曲之名。据两汉诸家旧说，屈原作《离骚》，乃在怀王时代遭谗被疏之时，亦即壮年时期。诗中的抒情主人公倾诉了对楚国现实政治的不满和担忧，表明了自己向往的美政理想和追求的人格情操，也展现了他可与日月争光的精神世界。

帝高阳之苗裔兮，朕皇考曰伯庸[1]。摄提贞于孟陬兮，惟庚寅吾以降[2]。皇览揆余初度兮，肇锡余以嘉名[3]：名余曰正则兮，字余曰灵均[4]。

纷吾既有此内美兮，又重之以修能[5]。扈江离与辟芷兮，纫秋兰以为佩[6]。汨余若将不及兮，恐年岁之不吾与[7]。朝搴阰之木兰兮，夕揽洲之宿莽[8]。日月忽其不淹兮，春与秋其代序[9]。惟草木之零落兮，恐美人之迟暮[10]。不抚壮而弃秽兮，何不改乎此度[11]？乘骐骥以驰骋兮，来吾道夫先路[12]！

昔三后之纯粹兮，固众芳之所在[13]。杂申椒与菌桂兮，岂维纫夫蕙茝[14]！彼尧舜之耿介兮，既遵道而得路[15]。何桀纣之昌被兮，夫唯捷径以窘步[16]。惟党人之偷乐兮，路幽昧以险隘[17]。岂余身之惮殃兮，恐皇舆之败绩[18]！忽奔走以先后兮，及前王之踵武[19]。荃不揆余之中情兮，反信谗而齌怒[20]。余固知謇謇之为患兮，忍而不能舍也[21]。指九天以为正兮，夫唯灵修之故也[22]。曰黄昏以为期兮，羌中道而改路[23]！初既与余成言兮，后悔遁而有他[24]。余既不难夫离别兮，伤灵修之数化[25]。

余既滋兰之九畹兮，又树蕙之百亩[26]。畦留夷与揭车兮，杂杜衡与芳芷[27]。冀枝叶之峻茂兮，愿俟时乎吾将刈[28]。虽萎绝其亦何伤兮，哀众芳之芜秽[29]。

众皆竞进以贪婪兮，凭不厌乎求索[30]。羌内恕己以量人兮，各兴心而嫉妒[31]。忽驰骛以追逐兮，非余心之所急[32]。老冉冉其将至兮，恐修名之不立[33]。朝饮木兰之坠露兮，夕餐秋菊之落英[34]。苟余情其信姱以练要兮，长顑颔亦何伤[35]。擥木根以结茝兮，贯薜荔之落蕊[36]。矫菌桂以纫蕙兮，索胡绳之纚纚[37]。謇吾法夫前修兮，非世俗之所服[38]。虽不周于今之人兮，愿依彭咸之遗则[39]。长太息以掩涕兮，哀民生之多艰[40]。余虽好修姱以鞿羁兮，謇朝谇而夕替[41]。既替余以蕙纕兮，又申之以揽茝[42]。亦余心之所善兮，虽九死其犹未悔[43]。怨灵修之浩荡兮，终不察夫民心[44]。众女嫉余之蛾眉兮，谣诼谓余以善淫[45]。固时俗之工巧兮，偭规矩而改错[46]。背绳墨以追曲兮，竞周容以为度[47]。忳郁邑余侘傺兮，吾独穷困乎此时也[48]。宁溘死以流亡兮，余不忍为此态也[49]。鸷鸟之不群兮，自前世而固然[50]。何方圜之能周兮，夫孰异道而相安[51]？屈心而抑志兮，忍尤而攘诟[52]。伏清白以死直兮，固前圣之所厚<sup>[53]</sup>。

悔相道之不察兮，延伫乎吾将反<sup>[54]</sup>。回朕车以复路兮，及行迷之未远<sup>[55]</sup>。步余马於兰皋兮，驰椒丘且焉止息<sup>[56]</sup>。进不入以离尤兮，退将复修吾初服<sup>[57]</sup>。制芰荷以为衣兮，集芙蓉以为裳<sup>[58]</sup>。不吾知其亦已兮，苟余情其信芳<sup>[59]</sup>。高余冠之岌岌兮，长余佩之陆离<sup>[60]</sup>。芳与泽其杂糅兮，唯昭质其犹未亏<sup>[61]</sup>。忽反顾以游目兮，将往观乎四荒<sup>[62]</sup>。佩缤纷其繁饰兮，芳菲菲其弥章<sup>[63]</sup>。民生各有所乐兮，余独好修以为常<sup>[64]</sup>。虽体解吾犹未变兮，岂余心之可惩<sup>[65]</sup>。

女嬃之婵媛兮，申申其詈予<sup>[66]</sup>，曰："鲧婞直以亡身兮，终然殀乎羽之野<sup>[67]</sup>。汝何博謇而好修兮，纷独有此姱节<sup>[68]</sup>？薋菉葹以盈室兮，判独离而不服<sup>[69]</sup>。"众不可户说兮，孰云察余之中情<sup>[70]</sup>？世并举而好朋兮，夫何茕独而不予听<sup>[71]</sup>？

依前圣以节中兮，喟凭心而历兹<sup>[72]</sup>。济沅、湘以南征兮，就重华而陈词<sup>[73]</sup>：启《九辩》与《九歌》兮，夏康娱以自纵<sup>[74]</sup>。不顾难以图后兮，五子用失乎家巷<sup>[75]</sup>。羿淫游以佚畋兮，又好射夫封狐<sup>[76]</sup>。固乱流其鲜终兮，浞又贪夫厥家<sup>[77]</sup>。浇身被服强圉兮，纵欲而不忍<sup>[78]</sup>。日康娱而自忘兮，厥首用夫颠陨<sup>[79]</sup>。夏桀之常违兮，乃遂焉而逢殃<sup>[80]</sup>。后辛之菹醢兮，殷宗用而不长<sup>[81]</sup>。汤、禹俨而祗敬兮，周论道而莫差<sup>[82]</sup>。举贤才而授能兮，循绳墨而不颇<sup>[83]</sup>。皇天无私阿兮，览民德焉错辅<sup>[84]</sup>。夫维圣哲以茂行兮，苟得用此下土<sup>[85]</sup>。瞻前而顾后兮，相观民之计极<sup>[86]</sup>。夫孰非义而可用兮？孰非善而可服<sup>[87]</sup>？阽余身而危死兮，览余初其犹未悔<sup>[88]</sup>。不量凿而正枘兮，固前修以菹醢<sup>[89]</sup>。曾歔欷余郁邑兮，哀朕时之不当<sup>[90]</sup>。揽茹蕙以掩涕兮，霑余襟之浪浪<sup>[91]</sup>。

跪敷衽以陈辞兮，耿吾既得此中正<sup>[92]</sup>。驷玉虬以乘鹥兮，溘埃风余上征<sup>[93]</sup>。朝发轫于苍梧兮，夕余至乎县圃<sup>[94]</sup>。欲少留此灵琐兮，日忽忽其将暮<sup>[95]</sup>。吾令羲和弭节兮，望崦嵫而勿迫<sup>[96]</sup>。路曼曼其修远兮，吾将上下而求索<sup>[97]</sup>。饮余马于咸池兮，总余辔乎扶桑<sup>[98]</sup>。折若木以拂日兮，聊逍遥以相羊<sup>[99]</sup>。前望舒使先驱兮，后飞廉使奔属<sup>[100]</sup>。鸾皇为余先戒兮，雷师告余以未具<sup>[101]</sup>。吾令凤鸟飞腾兮，继之以日夜。飘风屯其相离兮，帅云霓而来御<sup>[102]</sup>。纷总总其离合兮，斑陆离其上下<sup>[103]</sup>。吾令帝阍开关兮，倚阊阖而望予<sup>[104]</sup>。时暧暧其将罢兮，结幽兰而延伫<sup>[105]</sup>。世溷浊而不分兮，好蔽美而嫉妒<sup>[106]</sup>。

朝吾将济于白水兮，登阆风而绁马[107]。忽反顾以流涕兮，哀高丘之无女[108]。溘吾游此春宫兮，折琼枝以继佩[109]。及荣华之未落兮，相下女之可诒[110]。吾令丰隆乘云兮，求宓妃之所在[111]。解佩纕以结言兮，吾令蹇修以为理[112]。纷总总其离合兮，忽纬𬘓其难迁[113]。夕归次于穷石兮，朝濯发乎洧盘[114]。保厥美以骄傲兮，日康娱以淫游[115]。虽信美而无礼兮，来违弃而改求[116]。

览相观于四极兮，周流乎天余乃下[117]。望瑶台之偃蹇兮，见有娀之佚女[118]。吾令鸩为媒兮，鸩告余以不好[119]。雄鸠之鸣逝兮，余犹恶其佻巧[120]。心犹豫而狐疑兮，欲自适而不可[121]。凤皇既受诒兮，恐高辛之先我[122]。欲远集而无所止兮，聊浮游以逍遥[123]。及少康之未家兮，留有虞之二姚[124]。理弱而媒拙兮，恐导言之不固[125]。世溷浊而嫉贤兮，好蔽美而称恶[126]。闺中既以邃远兮，哲王又不寤[127]。怀朕情而不发兮，余焉能忍而与此终古[128]？

索琼茅以筳篿兮，命灵氛为余占之[129]。曰："两美其必合兮，孰信修而慕之[130]？思九州之博大兮，岂惟是其有女[131]？"曰："勉远逝而无狐疑兮，孰求美而释女[132]？何所独无芳草兮，尔何怀乎故宇[133]？"世幽昧以眩曜兮，孰云察余之善恶[134]？民好恶其不同兮，惟此党人其独异[135]！户服艾以盈要兮，谓幽兰其不可佩[136]。览察草木其犹未得兮，岂珵美之能当[137]？苏粪壤以充帏兮，谓申椒其不芳[138]。欲从灵氛之吉占兮，心犹豫而狐疑。

巫咸将夕降兮，怀椒糈而要之[139]。百神翳其备降兮，九疑缤其并迎[140]。皇剡剡其扬灵兮，告余以吉故[141]。曰："勉升降以上下兮，求矩矱之所同[142]。汤禹俨而求合兮，挚咎繇而能调[143]。苟中情其好修兮，又何必用夫行媒[144]？说操筑於傅岩兮，武丁用而不疑[145]。吕望之鼓刀兮，遭周文而得举[146]。宁戚之讴歌兮，齐桓闻以该辅[147]。及年岁之未晏兮，时亦犹其未央[148]。恐鹈鴂之先鸣兮，使夫百草为之不芳[149]。"何琼佩之偃蹇兮，众薆然而蔽之[150]。惟此党人之不谅兮，恐嫉妒而折之[151]。时缤纷其变易兮，又何可以淹留[152]？兰芷变而不芳兮，荃蕙化而为茅。何昔日之芳草兮，今直为此萧艾也[153]？岂其有他故兮，莫好修之害也[154]！余以兰为可恃兮，羌无实而容长[155]。委厥美以从俗兮，苟得列乎众芳[156]。椒专佞以慢慆兮，樧又欲充夫佩帏[157]。既干进而务入兮，又何芳之能祗[158]？固时俗之流从兮，又孰能无变化？览椒兰其若兹兮，又况揭车与江离[159]？惟兹佩之可贵兮，委厥美而历兹[160]。芳菲菲而难亏兮，芬至今犹未沫[161]。和调度以自娱兮，聊浮游而求女[162]。及余饰之方壮兮，周流观乎上下[163]。

灵氛既告余以吉占兮，历吉日乎吾将行[164]。折琼枝以为羞兮，精琼爢以为粻[165]。为余驾飞龙兮，杂瑶象以为车[166]。何离心之可同兮，吾将远逝以自疏[167]。遭吾道夫昆仑兮，路修远以周流[168]。扬云霓之晻蔼兮，鸣玉鸾之啾啾[169]。朝发轫於天津兮，夕余至乎西极[170]。凤皇翼其承旂兮，高翱翔之翼翼[171]。忽吾行此流沙兮，遵赤水而容与[172]。麾蛟龙使梁津兮，诏西皇使涉予[173]。路修远以多艰兮，腾众车使径待[174]。路不周以左转兮，指西海以为期[175]。屯余车其千乘兮，齐玉轪而并驰[176]。驾八龙之婉婉兮，载云旗之委蛇[177]。抑志而弭节兮，神高驰之邈邈[178]。奏《九歌》而舞《韶》兮，聊假日以媮乐[179]。陟升皇之赫戏兮，忽临睨夫旧乡[180]。仆夫悲余马怀兮，蜷局顾而不行[181]。

乱曰：已矣哉[182]！国无人兮，莫我知兮，又何怀乎故都[183]！既莫足与为美政兮，吾将从彭咸之所居[184]！

上海古籍出版社宋朱熹《楚辞集注》卷第一

**【注释】**

[1] 高阳：古帝颛顼，号高阳氏，相传为楚国远祖。苗裔：后代。朕：我，第一人称代词。古时无论贵贱通用，秦以后成为皇帝的专称。皇：大、美。对已故长辈的尊称。考：称已故的父亲。伯庸：已故父亲的字。[2] 摄提：即摄提格，古代纪年术语。指岁星指向寅宫的那一年，摄提格即寅年的别称。贞：正。孟陬：夏历正月。孟：开始。陬：正月为陬。正月为一年之始，故称"孟陬"。依夏历，正月是寅月。庚寅：谓庚寅这一天。降：降生。[3] 皇："皇考"的简称。览：观察。揆：揣量。初度：初生的状况。包括时日、形态、气度等。肇：始。锡：通"赐"，赐给。嘉名：美名。[4] "名余"二句：意谓赐予我美好的名字。正则：公正而有法则。灵均：美善而均平。[5] 纷：众多。内美：内在的美。重（chóng）：加上。修能：犹言杰出的才能。修，长。一说"能"通"态"。"修能"指美好的容态。[6] 扈（hù）：披。楚地方言。江离：香草名，又名蘼芜。辟芷（zhǐ）：生长在幽僻之地的白芷。辟：同"僻"。芷：香草名，即白芷。纫：联结。佩：佩饰。[7] 汩（yù）：水流迅疾的样子。这里形容时光如迅疾而逝的流水。不吾与：即"不与吾"，不等待我。[8] 搴（qiān）：拔取。阰（pí）：土山。楚地方言。木兰：香木名。皮似桂而香，状如楠树。这里指木兰花。揽：采。洲：水中可居之陆地。宿莽：香草名。木兰去皮不死，宿莽经冬不枯，喻坚持操守，忠贞不渝。[9] 日月：指时光。忽：迅速的样子。淹：停留。代：更代。序：次序。[10] 惟：思虑。美人：喻君主。一说为自喻。迟暮：指年老。[11] 抚：持，把握。壮：壮年，指年富力强之时。弃秽：抛弃污秽的行为。此度：指"不抚壮而弃秽"的态度。此句一本作"何不改乎此度也"。[12] 骐骥：骏马，喻贤臣良才。来：呼唤之

辞，犹言来吧。道夫先路：谓为王前驱，在前头带路。道，同"导"，引导。[13] 三后：三位君主，旧说指夏禹、商汤、周文王。戴震《屈原赋注》谓指楚国先君熊绎、若敖、蚡冒。纯粹：指德行完美无疵。众芳：喻群贤。在：集聚。[14] 申椒：申地所产的花椒。菌桂：香木名。桂的一种，花白蕊黄，皮卷如菌竹。维：通"唯"，独。蕙：香草名。又名蒲草。麻叶而方茎，红花而黑实。茝（chǎi）：香草名，即白芷。[15] 耿介：光明正大。遵道：指遵循正道。路：指治国的途径。[16] 昌披：衣不束带的样子。这里指放纵不检。昌，一作"猖"。捷径：偏邪的小路。窘步：谓不行正道，困窘失足。[17] 惟：一作"惟夫"，党人：结党营私的小人。偷乐：苟且偷安。路：指政治道路。幽昧：昏暗不明。险隘：危险狭窄。[18] 惮：畏惧。殃：灾祸。皇舆：君主所乘的车子，这里喻国家。败绩：倾覆，溃败。[19] 奔走以先后：指在楚王前后奔走效力。及：赶上。前王：即上文所谓"三后"。踵武：足迹。[20] 荃（quán）：香草名，喻君主。揆：一作"察"。中情：内心的真情。齌（jì）怒：盛怒，暴怒。楚地方言。[21] 謇（jiǎn）謇：忠言直谏的样子。舍：停止。[22] 九天：古人以为天有九重，故称"九天"。正：通"证"。灵修：能神明远见者。楚人称神为灵修。这里指楚王。[23] 曰：追述当初约定的话。羌：发语词。楚地方言。洪兴祖《楚辞补注》疑此二句为后人所增，理由是王逸《楚辞章句》未注此二句，至下文始释"羌"义。[24] 成言：彼此约定的话。悔遁：因后悔而回避，指背弃诺言。有他：谓心意改变，另有打算。[25] 难：惮，怕。数（shuò）化：屡次变化。[26] 滋：培植。畹：古代土地面积单位，一畹为三十亩。一说为十二亩。树：栽种。[27]"畦留夷"二句：种植香草，以喻培育贤才。畦（qí），四周有界限的一块块排列整齐的田地。这里用作动词，即一块一块种植。留夷、揭车、杜衡、芳芷都是香草名。[28] 冀：希望。峻茂：高大茂盛。俟：等待。刈（yì）：收割。[29] 萎绝：枯萎绝灭，喻贤才遭受摧折。芜秽：荒芜污秽。喻贤才变节堕落。[30]"众皆"二句：群小虽已富足而仍贪求无厌。众，指群小。竞进，争先恐后追逐私利。凭，满，楚地方言。厌，饱足。索，求。[31] 恕己以量人：犹言以小人之心度君子之腹。恕，揣度。兴，起。[32] 驰骛（wù）：奔走。骛，乱跑。追逐：指追名逐利。[33] 冉冉：慢慢地。修名：美名。立：成。[34] 落英：初开的花。一说指坠落的花。[35] 信：的确。姱（kuā）：美好。练要：精粹专一。顑颔（kǎnhàn）：面黄肌瘦的样子。[36] 擥：同"揽"，握持。木根：树木之根。一说指木兰之根。结：系结。贯：串连。薜荔：香草名。蕊：花蕊。[37] 矫：举起。索：用作动词，搓绳。胡绳：香草名，其茎叶可搓成绳索。纚纚：纠结缭绕的样子。[38] 謇：发语词，楚地方言。法：效法。前修：前贤。服：用。[39] 不周：不合。彭咸：据王逸注为殷朝贤大夫，因向君主进谏，君主不听，他便投水而死。遗则：遗留下来的法则，即榜样。[40] 太息：叹息。掩涕：掩泣，掩面涕泣。民生：指百姓的生计。一说"民生"即"人生"。多艰：多难。[41] 修姱：修洁而美好。鞿（jī）羁：牵累，束缚。鞿，马缰绳，羁，马络头。谇：谏言。替：废弃。[42] 蕙纕：用蕙草编结的佩带。纕：佩带。申：重，加上。[43] 善：爱好，崇尚。九：极言其多，非实指。[44] 浩荡：大水横流的样子。这里喻指楚王骄傲放纵。[45] 众女：指群小。蛾眉：眉如蚕蛾，形容美貌。这里指美好的品质。诼（zhuó）：诬谤。[46] 工巧：善于投机取巧。偭（miǎn）：违背。规矩：指法度、准则。错：同"措"。[47] 追曲：追随邪曲，即违背正道。周容：苟合取容。度：方法。[48] 忳（tún）：忧闷的样子。郁邑：忧思郁结。侘傺（chàchì）：失意的样子。穷困：境遇困窘。[49] 溘（kè）死：忽然死去。此态：指苟合取容之态。[50] 鸷鸟：鹰隼之类的猛禽。不群：指不与凡鸟同群。[51]"何方"二句：以方柄与圆孔不能相合，喻不同道的人不能相安。圜，同"圆"。周，合。[52] 屈：委曲。抑：压抑。忍尤而攘垢：忍受责难和诟骂。尤，指责。攘，容让。[53] 伏：通"服"，奉行。死直：死于正道。厚：重视。[54] 相：看。延伫：久久站立，彷徨迟疑的样子。反：同"返"。[55] 复路：回头走老路。及：趁着。[56] 步：慢慢地走。兰皋：长有兰草的水边高地。椒丘：长有椒木的小山。焉：于是，在这儿。[57] 进：指仕进。不入：不受信用。离尤：获罪。离，同"罹"，遭受。尤，罪过。退：指退隐。初服：当初的服饰。喻指修身洁行的情志。[58] 芰（jì）荷：荷的一种。这里指荷叶。衣：上衣。芙蓉：莲花。裳：下衣。[59] 不吾知：即不知吾。苟：只要。[60] 岌（jí）岌：高的样子。佩：指玉佩。陆离：光彩斑斓的样子。一说"佩"指佩剑，"陆离"是长的样子。[61] 芳与泽其杂糅：喻贤人与群小共处。芳，芳香，指衣裳。泽，光泽，润泽，指玉佩。杂糅，混杂。一说"泽"指腐败之物。昭质：光明清白的品质。亏：毁损。[62] 游目：放眼四望。四荒：四方边远之地。[63] 缤纷：繁盛的样子。菲菲：香气浓郁的样子。弥：更加。章：同"彰"，显著。[64] 民生：人生。乐：喜好。[65] 体解：肢解，古代一种酷刑。惩：戒惧。[66] 女嬃：相传为屈原的姐姐。一说指侍妾。婵媛：由于内心关切而牵挂难舍的样子。申申：重复，再三。詈（lì）：责备。[67] 鲧：同"鲧"，夏禹的父亲。婞（xìng）直：犹刚直。亡身：忘身，指不顾自身安危。亡，通"忘"。殀：早死。羽之野：羽山郊外。[68] 博謇：博学而好直谏。博，多。謇，忠直。姱节：美好的节操。[69] 薋（cí）：聚积。菉（lù）葹（shī）：皆为恶草。这里比喻谗佞小人。盈室：喻充满朝廷。判：区别。服：佩用。[70] 户说：挨家挨户地说明。余：犹言我们。[71] 并举：互相抬举。好朋：喜好结党营私。茕独：孤独。予：女嬃自称。[72] 依：依循，遵照。节中：犹折中。谓公平恰当、正直无私地为人处世。喟：叹息。凭心：满心愤懑。凭，愤激。历兹：至此，直到现在。[73] 济：渡过。沅、湘：水名，在今湖南境内。南征：南行。重华：舜名。传说舜死于苍梧之野，葬于九嶷山，在沅、湘之南。陈辞：陈述。[74] 启：夏启，禹之子，继禹而为夏王。九辩、九歌：神话传说为天帝乐曲，被启偷下人间。夏：指启。康娱：安逸娱乐。纵：放纵。[75] 不顾难：不念祸难。意即只图享乐，居安而不思危。图后：谋划未来，作长远打算。五子：即"五观"。《竹书纪年》作"武观"，为夏启的幼子。用：因。家巷（hòng）：犹内讧，内部争斗。巷："閧"的假借字。[76] 淫：过度。佚：放纵。畋：打猎。封狐：大狐。[77] 乱流：指荒淫佚乐，恣意放纵。鲜终：少有好结果。浞（zhuó）：即寒浞，传为羿亲信的相。羿为国君后，放纵佚乐，不理国事。寒浞使其家臣逄（páng）蒙射杀羿，强占了羿的妻子。厥：义同"其"。家：指妻室。[78] 浇（ào）：寒浞之子。被服：穿戴，装饰。这里指信奉，仗恃。强圉（yǔ）：强暴有力。[79] 自忘：谓只知佚乐，忘乎所以。用夫：因而。颠陨：坠落。这里指被杀头。传寒浞强占羿妻后，生子浇。浇强暴多力，杀死夏后相；后佚乐无度，又被夏后相的儿子少康所杀。[80] 常违：指经常违背正道，行为邪僻。遂：终究。[81] 后辛：即商末国君殷纣王，名辛，又称帝辛。菹（zū）醢（hǎi）：剁成肉酱。这里泛指其残暴虐杀。殷宗：殷商的宗祀。即指殷商政权。[82] 汤、禹：商汤、夏禹，分别为殷朝、夏朝的开国君主。俨：恭敬庄重。祗（zhī）：敬畏。指敬畏天命。周：指周朝开国君主文王、武王和周公。论道：指讲论治国之道。莫差：没有偏差。[83] 贤才：一作"贤"。颇：偏邪。[84] 私阿：偏爱，偏私。错辅：给予辅助。错，同"措"，施行。[85] 茂行：盛多的德行。茂，茂盛。苟得：才能够。用：享有。下土：指天下。[86] 相观：察看。民之计极：人民考虑事情的准则。计，计虑。极，终极，这里指准则。[87] 用：施行。服：义同"用"。[88] 阽（diàn）：临近。指面临险境。危死：险些死去。[89] 凿：木孔。枘（ruì）：木楔。枘插入木孔，必先量度准确，削正木楔。这里喻指前贤不能改变自己的原则去迎合国君，直言进谏，必然取祸。[90] 曾：屡屡。歔欷：抽泣声。不当：不值。这里哀叹生不逢时。[91]茹：柔软。霑：同"沾"，沾湿。浪浪：泪流不止的样子。[92]敷：铺开。衽（rèn）：衣的前襟。耿：光明。中正：指中正之道。[93]驷：四匹马驾的车。这里用作动词，即驾驭。玉虬（qiú）：白色的无角龙。鹥（yī）：凤凰一类的鸟，身有五彩。溘：奄忽、迅速。埃风：扬起尘埃的大风。上征：向上飞行。[94]发轫：起程，出发。轫，放在车轮前起刹车作用的横木。拿开轫木，意即出发。苍梧：即九嶷山，是舜所葬之地。县（xuán）圃：神话中山名，在昆仑之上。县，同"悬"。[95]灵琐：神灵所居之门。琐，门窗上雕绘的连环形花纹。这里代指门。[96]羲和：神话中以六龙给太阳驾车的人。弭（mí）节：停止挥鞭。谓停车不进。弭，停止。节，策，马鞭。崦嵫（yānzī）：神话中山名，太阳所入处。迫：逼近。[97]曼曼：漫长遥远的样子。求索：寻求、求取。[98]咸池：神话中的大池，传说太阳在此沐浴。总：拴。辔：马缰绳。扶桑：神话中树名，太阳所出之处。[99]若木：神话中树名，生于昆仑西极。一说即扶桑。拂：拂拭。折若木拂拭太阳，使之光明不晦。聊：姑且，暂且。相羊：通"徜徉"，漫步、徘徊。[100]望舒：神话中给月亮驾车的神。飞廉：神话中的风神。奔属：在后面追随。[101]鸾皇：凤凰。先戒：在前面警戒。雷师：神话中的雷神。未具：指准备不齐。[102]飘风：旋风。屯：聚合。离：通"丽"，依附，附丽。帅：率领。霓：与虹同时出现的彩色圆弧，又称"雌虹"。御（yà）：通"迓"，迎接。[103]纷：多的样子。总总：聚集的样子。斑：色彩错杂。[104]帝阍：天帝的守门神。阍，守门的人。开关：即开门。关，门闩。阊阖：天门。[105]暧（ài）暧：昏暗的样子。罢：完结，终了。[106]溷浊：犹混浊。[107]白水：神话中水名，出自昆仑山。阆（làng）风：神话中山名，在昆仑山上。绁（xiè）：拴，系。[108]高丘：指阆风。女：指神女。[109]春宫：神话中春神所居的宫殿。琼枝：玉树枝。继佩：增加佩饰。[110]荣华：花的通称。荣，草开的花。华，树开的花。下女：指下文所称宓妃诸人。下，下界，对高丘而言。诒：通"贻"，赠予。[111]丰隆：云神。一说雷神。宓妃：传为伏羲的女儿，溺死于洛水，为洛水之神。[112]佩纕：佩带。结言：订结盟约。蹇修：传为伏羲之臣。理：使者，媒人。[113]纬繣（huà）：乖戾，不相投合。[114]次：临时住宿。穷石：山名，弱水发源地，为羿所居处。在古代传说中，宓妃与羿有暧昧关系。濯：洗。洧（wěi）盘：神话中水名，出自崦嵫山。[115]保：仗恃。[116]来：乃。违弃：抛弃。[117]览相观：三字同义连用，即观望。周流：周游，行遍。[118]瑶台：美玉建造的高台。偃蹇：高高的样子。有娀（sōng）：古代国名。佚女：美女。传有娀氏有二美女，住高台之上，其一即简狄，嫁帝喾，生契，为商之祖先。[119]鸩（zhèn）：传说中一种有毒的鸟，其羽毛置酒中能毒死人。[120]鸠：鸟名，像山雀。鸣逝：一边叫一边飞走。佻巧：轻佻巧诈。[121]自适：亲自前往。不可：谓于礼不可。[122]受诒：致送聘礼。受，通"授"，致送。诒，指聘礼。一说"受诒"指接受高辛氏的赠礼。高辛，帝喾的别号。[123]远集：指到远处去。集，停留，与"止"同义。[124]少康：夏后相之子。未家：未成家，即未结婚。有虞：古代国名。姚姓，舜的后代。寒浞使浇杀夏后相，少康逃奔有虞。有虞国君把两个女儿嫁给他。后少康诛灭浇，中兴夏朝。[125]导言：通导之言，即媒人报告双方的话。不固：不可靠。[126]称恶：称扬可恶之事。[127]闺：宫中小门。邃远：深远。哲王：指楚王。寤：觉醒。[128]"余焉"句：一本无"而"。终古，指永久，永远。[129]索：取。琼茅：占卜用的茅草。以：义同"与"。筳（tíng）：占筮用的小竹棍。篿（zhuān）：楚人用琼茅和筳占筮叫"篿"。灵：巫师之称。巫能通神，故楚人称巫为"灵"。氛：巫师之名。[130]"两美"二句：虽说良臣必遇明君，但有谁信服你的美德来爱慕你呢？两美其必合，喻良臣必遇明君。修，指美德。[131]"岂惟"

句：难道只有这里才有美女吗？［132］勉：努力，尽力。释：舍弃。［133］故宇：故居，喻指祖国。［134］幽昧：黑暗。眩曜：迷乱的样子。［135］独异：尤为特殊。［136］户：指家家户户。艾：恶草名，即白蒿。要：古"腰"字。［137］瑾美：品鉴美玉。瑾，美玉。当：恰当，得当。［138］苏：取。帷：香囊。［139］巫咸：古代著名神巫。降：指降神。怀：揣着。椒：香物，用来降神。糈（xǔ）：精米，用来供神。要：通"邀"，迎候。［140］翳（yì）：遮蔽。备：齐。九疑：苍梧山。这里指九嶷山诸神。疑，一作"嶷"。缤：众多的样子。［141］皇：皇天，天神。剡（yǎn）剡：光闪闪的样子。扬灵：显灵，显圣。吉故：吉利的事由。［142］曰：以下是巫咸的话。升降上下：指上天入地，上下求索。矩矱（yuē）：喻指法度。矱，量长短的工具。［143］严：同"俨"，恭敬、庄重。求合：指寻求与贤臣合作。挚：商汤的贤臣伊尹，名挚。咎繇（gāoyáo）：即皋陶，禹的贤臣。调：调和，协调。［144］行媒：奔走说媒之人。［145］说（yuè）：即傅说，殷高宗的贤臣。操：拿着。筑：筑墙的木杆。傅岩：地名。武丁：殷高宗名。相传傅说是奴隶，在傅岩操杆筑墙，后被武丁举为相，殷大治。［146］吕望：即太公姜尚，周朝开国贤相。鼓刀：动刀，指做屠户。遭：遇。周文：周文王。举：提拔。相传吕望曾在朝歌做屠户，后遇周文王，被举为师。［147］甯（nìng）戚：春秋时卫国贤士。齐桓：齐桓公。该辅：备为辅佐之选。该，备。辅，辅佐。相传甯戚在喂牛时扣牛角而歌，被齐桓公听见，知道他是贤人，便用他为卿。［148］晏：晚。央：尽，完结。［149］鹈鴃（tíjué）：鸟名。即杜鹃，春夏之交鸣，鸣时百花衰歇。一说即伯劳，秋寒而鸣。［150］琼佩：玉佩，喻美德。偃蹇：众多而高贵的样子。菱（ài）然：遮蔽的样子。［151］谅：诚信。［152］缤纷：纷乱的样子。［153］直：简直。萧艾：恶草名。［154］莫：不。［155］恃：依靠。无实而容长：内心空虚，徒有美貌。容长，外表美好。［156］委：委弃，抛弃。苟：苟且。［157］专：专权。佞：巧言谄媚。慢慆：傲慢。樧（shā）：恶草名。似茱萸而无香味。佩帷：佩囊。［158］干进而务入：钻营以求进。干，求取。务，营求。祗：敬。［159］流从：一作"从流"，即随波逐流。［160］兹佩：指琼佩，自况之辞。兹，此。历兹：遭连这样的祸难。［161］沫：昏昧。［162］和：和谐。调：玉佩之节奏。度：步履之节度。［163］壮：盛。［164］历：通"遴"，遴选，选择。［165］羞：美味食品。精：用作动词，舂细。琼麋（mí）：玉屑。麋：细末。粻（zhāng）：粮。［166］为余驾飞龙：飞龙为我驾车。瑶：美玉。象：指象牙。［167］离心：心志不合。［168］邅（zhān）：转，改变方向。楚地方言。［169］云霓：指旌旗。飞行于天空，故以云霓为旌旗。晻（yǎn）蔼：昏暗的样子，形容旌旗遮天蔽日。玉鸾：用玉制鸾鸟做装饰的车铃。啾啾：车铃声。［170］天津：天河的津梁，在东极箕、斗二星之间。西极：西方的尽头。［171］翼其承旂：谓张开翅膀承载旌旗。旂（qí），古代指有铃铛的旗。此泛指旌旗。冀冀：整齐的样子。［172］流沙：指西北沙漠。赤水：神话中水名，源出昆仑山。容与：从容不迫的样子。［173］麾：指挥。梁津：在渡口上架桥。梁，用作动词，即架桥。津，渡口。诏：命令。西皇：西方的尊神。涉予：帮助我渡河。［174］腾：驰起。径待：路旁等候。一说"待"当作"侍"，侍卫。［175］不周：神话中山名，在昆仑山西北。西海：神话中西方的海。期：会。［176］玉轪：用玉作装饰的车轮。轪：包在车毂端的金属皮。这里代指车轮。［177］婉婉：形容龙飞腾时弯弯曲曲的样子。委蛇（yí）：同"逶迤"，弯弯曲曲、绵延不绝的样子。［178］抑志：垂下旗帜。志：通"帜"。邈邈：遥远无边的样子。［179］《韶》：即《九韶》，传为帝舜的舞乐。假日：借此机会。假，借。媮乐：即娱乐。媮，同"愉"，欢乐。［180］陟（zhì）：登，上升。与"升"同义。皇：指皇天。赫戏：光明的样子。临：居高临下。睨（nì）：斜看。旧乡：故乡，祖国。［181］仆夫：驾车的人。蜷局：弯曲着身子不肯前进。[182] 乱：最后总结全篇要旨的结语，也是乐曲的最后一章，即尾声。[183] 已矣哉：犹算了吧，绝望无奈之辞。[183] 莫我知：即"莫知我"，无人了解我。[184] "吾将"句：谓将效仿彭咸，投水而死。

**【审美点评】**

司马迁说："屈平正道直行，竭忠尽智以事其君，谗人间之，可谓穷矣。信而见疑，忠而被谤，能无怨乎！屈平之作《离骚》，盖自怨生也。《国风》好色而不淫，《小雅》怨诽而不乱，若《离骚》者，可谓兼之矣！上称帝喾，下道齐桓，中述汤武，以刺世事。明道德之广崇，治乱之条贯，靡不毕见。其文约，其辞微，其志洁，其行廉。其称文小而其指极大，举类迩而见义远。其志洁，故其称物芳。其行廉，故死而不容自疏。濯淖污泥之中，蝉蜕于浊秽，以浮游尘埃之外，不获世之滋垢，皭然泥而不滓者也！推此志也，虽与日月争光可也！"（《史记·屈原贾生列传》）一段话道尽了太史公对屈原悲其志、壮其行、感其情、赞其文的敬仰之意。通过他的《史记》也使屈原的道德文章光大天下、衣被百代。纵观古今评《骚》者，无出其右。

# 湘　君

**【题解】** 选自《楚辞·九歌》。这首《湘君》和下一首《湘夫人》，都是《九歌》中祭祀湘水配偶神的诗歌。湘君指湘水男神，湘夫人指湘水女神，诗人把他们描写成一对相爱而不得相会的恋人。《湘君》以湘夫人的语气写出，写她久盼湘君不来而产生的思念和怨伤。

君不行兮夷犹，蹇谁留兮中洲[1]？美要眇兮宜修，沛吾乘兮桂舟[2]。令沅湘兮无波，使江水兮安流[3]。望夫君兮未来，吹参差兮谁思[4]？

驾飞龙兮北征，邅吾道兮洞庭[5]。薜荔柏兮蕙绸，荪桡兮兰旌[6]。望涔阳兮极浦，横大江兮扬灵[7]。扬灵兮未极，女婵媛兮为余太息[8]。横流涕兮潺湲，隐思君兮陫侧[9]。

桂棹兮兰枻，斫冰兮积雪[10]。采薜荔兮水中，搴芙蓉兮木末[11]。心不同兮媒劳，恩不甚兮轻绝[12]。石濑兮浅浅，飞龙兮翩翩[13]。交不忠兮怨长，期不信兮告余以不闲[14]！

鼂骋骛兮江皋，夕弭节兮北渚[15]。鸟次兮屋上，水周兮堂下[16]。捐余玦兮江中，遗余佩兮醴浦[17]。采芳洲兮杜若，将以遗兮下女[18]。时不可兮再得，聊逍遥兮容与[19]。

上海古籍出版社宋朱熹《楚辞集注》卷第二

**【注释】**

[1]君：指湘君。夷犹：犹豫不决的样子。中洲：水中的沙洲。[2]要眇：美好的样子。宜修：修饰得体，恰到好处。宜，适宜，合适。修，修饰，打扮。沛：顺流而下、畅行无阻的样子。吾：指湘夫人自己。桂舟：桂木造的船，含有芳洁之意。[3]沅湘：沅水、湘水。无波、安流：指风平浪静，水势平稳。[4]夫：指示代词，彼。君：指湘君。参差：古乐器名，由长短不齐的竹管编成，类似于排箫。谁思：思念谁。[5]飞龙：指龙船，即上文的"桂舟"。北征：向北远行。邅：楚方言，转弯，转道。[6]柏：通"帕"，类似后来的帘子。绸：帷帐。桡：船桨。[7]涔阳：地名，在涔水北岸。涔水发源于湖南澧县。极浦：遥远的水边。极，远。横：横渡。扬灵：显神。[8]未极：未到。女：指湘夫人的侍女。婵媛：眷恋多情。[9]隐：暗暗地。陫侧：同"悱恻"，内心悲苦、伤心。[10]桂櫂：以桂木为櫂。櫂，船桨。兰枻（yì）：以木兰为枻。枻，船舵。斫：砍，打开。积：堆积。[11]搴：拔取。木末：树枝的末梢。[12]心不同：指不同心。媒劳：媒人也徒劳无用。恩不甚：指双方感情不深。甚，很，这里是很深的意思。轻绝：轻易地弃绝。[13]石濑：沙石上的浅流。浅（jiān）浅：水快速流动的样子。翩翩：轻快飞舞的样子。[14]交：交往。忠：以诚相待。怨长：怨恨深长。期：约期相会。信：守信用。[15]鼂：通"朝"，指早晨。骋骛：奔驰，这里指行船。江皋：江边。节：指行船速度。渚：水中小洲。[16]次：栖息。周：环绕。[17]捐：抛弃。玦：环形而有缺口的玉佩。遗：留下、丢下。佩：玉佩。醴浦：澧水之滨。[18]芳洲：长着芳草的水中小洲。杜若：香草名，亦名山姜。下女：指湘君的侍女。[19]聊：姑且。逍遥：优游自得的样子。容与：缓慢不前的样子。

**【审美点评】**

湘君和湘夫人虽各自成篇，但合起来则是一个整体，所表现的是一共同的主题。两篇都以"候人不来"为线索。尽管在彷徨怅惘中对对方表示深长的怨望，但自己坚贞不渝的爱情则彼此是一致的。这就从两个方面完整地体现了这一怨情故事的精神，即在这忧伤郁抑的气氛里却渗透着一种爱恋与追求的狂热。从这里可以看出诗人对美好生活和光明未来的向往。

# 湘夫人

**【题解】**本篇是《湘君》的姊妹篇。主要以湘君的语气写出对湘夫人的思念、爱慕之情。

帝子降兮北渚，目眇眇兮愁予[1]。袅袅兮秋风，洞庭波兮木叶下[2]。登白薠兮骋望，与佳期兮夕张[3]。鸟何萃兮蘋中，罾何为兮木上[4]？

沅有芷兮澧有兰，思公子兮未敢言[5]。荒忽兮远望，观流水兮潺湲[6]。麋何为兮庭中，蛟何为兮水裔[7]？朝驰余马兮江皋，夕济兮西澨[8]。闻佳人兮召予，将腾驾兮偕逝[9]。

筑室兮水中，葺之兮荷盖[10]。苏壁兮紫坛，播芳椒兮成堂[11]。桂栋兮兰橑，辛夷楣兮药房[12]。罔薜荔兮为帷，擗蕙櫋兮既张[13]。白玉兮为镇，疏石兰兮为芳[14]。芷葺兮荷屋，缭之兮杜衡[15]。合百草兮实庭，建芳馨兮庑门[16]。九嶷缤兮并迎，灵之来兮如云[17]。

捐余袂兮江中，遗余褋兮醴浦[18]。搴汀洲兮杜若，将以遗兮远者[19]。时不可兮骤得，聊逍遥兮容与[20]。

上海古籍出版社宋朱熹《楚辞集注》卷第二

**【注释】**

[1] 帝子：犹天帝之子。因舜妃是帝尧之女，故称。眇眇：望而不见的样子。愁予：使我发愁。[2] 袅（niǎo）袅：绵长不绝的样子。洞庭：洞庭湖。[3] 登：此字据《楚辞补注》引一本补。白蘋（fán）：一种近水生的秋草，或谓乃"苹"之误。骋望：放眼远眺。佳期：与佳人的约会。张：陈设。[4] 何：此字据《楚辞补注》引一本补。萃：集聚。苹：水草名。罾（zēng）：鱼网。[5] 沅、醴：沅水和澧水，均在湖南。醴，《楚辞补注》引一本作澧，下同。公子：指湘夫人。[6] 荒忽：犹"恍惚"，迷糊不清的样子。[7] 麋：一种似鹿而大的动物，俗称"四不像"。蛟：传说中的龙类动物。[8] 皋：水边高地。澨（shì）：水边。[9] 腾驾：驾着马车奔驰。偕逝：同往。[10] 葺（qì）：编结覆盖。盖：指屋顶。[11] 紫：紫贝。坛：中庭。成：一作"盈"。[12] 橑（lǎo）：屋椽。楣：门上横梁。药：即白芷。[13] 罔：同"网"，编结。帷：幕帐。擗（pǐ）：掰开。櫋（mián）：檐间木。[14] 镇：镇压坐席之物。疏：分列。石兰：香草名。[15] 荷屋：荷叶覆顶的房屋。缭：缠缭。[16] 合：会集。实：充实。馨：远传的香气。庑：走廊。[17] 九嶷：湖南九嶷山，即传说中舜的葬地。灵：神灵。如云：形容众多。[18] 袂（mèi）：扬雄《方言》释为"复襦"，也就是夹袄。高亨以为系"袾（zhì）"的传写之误，作佩囊解。遗：丢下。褋（dié）：单衣。[19] 搴：摘取。汀洲：水中或水边平地。[20] 骤：骤然，立即。

**【审美点评】**

诗人保存了民间祠神歌辞描写爱情的特点，在湘君、湘夫人爱情故事中，折射出人间的爱情生活；同时，诗人摒弃了民间祠神歌辞中渲染禳灾求福的内容，而更多地注入了诗人自己悲苦、哀怨的情绪。湘君和湘夫人，既有神的威力，更有人的风姿、人的性格、人的感情。诗人把人间生活投影到超现实的神的故事中去，使诗歌放射出更加瑰丽的光彩。

# 山 鬼

**【题解】** 选自《楚辞·九歌》。本篇是祭祀山鬼的祭歌。诗中抒写山神前去与心上人幽会，却未能如愿相见的情绪。

　　若有人兮山之阿，被薜荔兮带女萝[1]。既含睇兮又宜笑，子慕予兮善窈窕[2]。乘赤豹兮从文狸，辛夷车兮结桂旗[3]。被石兰兮带杜衡，折芳馨兮遗所思[4]。

　　余处幽篁兮终不见天，路险难兮独后来[5]。表独立兮山之上，云容容兮而在下[6]。杳冥冥兮羌昼晦，东风飘兮神灵雨[7]。留灵修兮憺忘归，岁既晏兮孰华予[8]。

　　采三秀兮於山间，石磊磊兮葛蔓蔓[9]。怨公子兮怅忘归，君思我兮不得闲[10]。山中人兮芳杜若，饮石泉兮荫松柏[11]。君思我兮然疑作[12]。雷填填兮雨冥冥，猿啾啾兮狖夜鸣[13]。风飒飒兮木萧萧，思公子兮徒离忧[14]。

上海古籍出版社宋朱熹《楚辞集注》卷第二

**【注释】**

　　[1]若：仿佛。山鬼为女神，自谓其若隐若现。阿：山中深曲的地方。被：同"披"。女萝：地衣类植物，一名松萝。带女萝：以女萝为带。[2]含睇：眼睛含情而视。睇，微视。宜笑：恰当的笑。指笑得自然。子：对意中人的尊称。[3]赤豹：皮毛为赤褐色的豹。文狸：皮毛杂色的狸。辛夷车：用辛夷木做的车。[4]石兰、杜衡：均为香草名。芳馨：泛指香花香草。[5]幽篁：幽深的竹林。后来：晚到。[6]表：特也，突出的样子。容容：同"溶溶"，云水浮动的样子。[7]冥冥：昏暗的样子。昼晦：白天而光线昏暗。神灵雨：神灵布雨。[8]留灵修：为灵修而留。憺：安。晏：晚。华予：使我保持青春年华。一说以我为美。[9]三秀：灵芝草。因一年开花三次而得名。[10]公子：即灵修。不得闲：指没有时间。[11]山中人：山鬼自称。[12]疑作：不由得产生怀疑。[13]填填：雷声。狖（yòu）：猿的一种。[14]飒飒（sà）：风声。徒：白白地。

**【审美点评】**

　　读《山鬼》，我们不仅为"山鬼"那深沉的相思、坚贞的等待、执着的追求、坦荡的胸怀而感动，更不禁为屈原对这一形象的神奇创作而赞叹。诗中的"山鬼"，其俏媚，其灵秀，其深情款款，其哀婉动人，使人爱之欲其非鬼，怜之忘其为怪。其形象魅力之大，千百年来经久不衰。

# 哀　郢

　　**【题解】**选自《楚辞·九章》。楚顷襄王二十一年（前278年），秦将白起攻破郢都（今湖北江陵），国家迁都，百姓流亡，屈原写下了这首哀悼郢都沦亡的诗篇，抒写自己对故都的眷恋之情。

皇天之不纯命兮，何百姓之震愆[1]。民离散而相失兮，方仲春而东迁[2]。去故乡而就远兮，遵江夏以流亡[3]。出国门而轸怀兮，甲之鼂吾以行[4]。发郢都而去闾兮，怊荒忽之焉极[5]。楫齐扬以容与兮，哀见君而不再得[6]。望长楸而太息兮，涕淫淫其若霰[7]。过夏首而西浮兮，顾龙门而不见[8]。心婵媛而伤怀兮，眇不知其所蹠[9]。顺风波而从流兮，焉洋洋而为客[10]。凌阳侯之泛滥兮，忽翱翔之焉薄[11]。心绲结而不解兮，思蹇产而不释[12]。

将运舟而下浮兮，上洞庭而下江[13]。去终古之所居兮，今逍遥而来东[14]。羌灵魂之欲归兮，何须臾而忘反[15]。背夏浦而西思兮，哀故都之日远[16]。登大坟以远望兮，聊以舒吾忧心[17]。哀州土之平乐兮，悲江介之遗风[18]。

当陵阳之焉至兮，淼南渡之焉如[19]。曾不知夏之为丘兮，孰两东门之可芜[20]。心不怡之长久兮，忧与忧其相接。惟郢路之辽远兮，江与夏之不可涉。忽若去不信兮，至今九年而不复[21]。惨郁郁而不通兮，蹇侘傺而含戚[22]。

外承欢之汋约兮，谌荏弱而难持[23]。忠湛湛而愿进兮，妒被离而鄣之[24]。彼尧舜之抗行兮，瞭杳杳其薄天[25]。众谗人之嫉妒兮，被以不慈之伪名[26]。憎愠惀之修美兮，好夫人之慷慨[27]。众踥蹀而日进兮，美超远而逾迈[28]。

乱曰：曼余目以流观兮，冀一反之何时[29]。鸟飞反故乡兮，狐死必首丘[30]。信非吾罪而弃逐兮，何日夜而忘之？

上海古籍出版社宋朱熹《楚辞集注》卷第四

## 【注释】

[1]纯：正；常。不纯命：无常。震：震动。愆：罪过。[2]相失：彼此失散。[3]遵：循着，沿着。江夏：长江和夏水。[4]国门：郢都城门。轸怀：内心痛苦。轸，痛。甲：甲日。鼂：古"朝"字。[5]闾：里门。怊：惆怅。荒忽：同"恍惚"，心神不定。焉极：哪里是终点。[6]楫：船桨。容与：行进缓慢。[7]楸：一种落叶乔木。长楸：指大树。淫淫：不断地流。霰：小冰粒。[8]夏首：夏水与长江合流处。顾：回望。龙门：郢都东门。[9]眇：同"渺"，渺茫遥远。蹠（zhí）：践踏。此指到达。[10]焉：乃。洋洋：无所归止的样子。[11]凌：乘上。阳侯：大波。古代传说陵阳国侯，溺死水中，其神为大波。薄：止。[12]绲（guà）：悬挂。蹇产：诘屈、郁悒。释：解开。[13]运舟：驾船。下江：顺流下行。[14]终古之所居：祖先世代所居之地。逍遥：犹飘荡。[15]反，同"返"。[16]背：背向。夏浦：夏水之滨。西思：思念西方故都。[17]坟：水边高地。[18]州土：江汉地区。平乐：土地宽广而人民富乐。江介：长

江两岸。遗风：遗留下来的风俗。[19] 当：面对。陵阳：地名，在今安徽省。一说同上文"阳侯"，指大波。[20] 曾不知：简直不能料想。夏：通"厦"，高楼。丘：废墟。[21] 若去：一本无"去"字。不信：令人难以置信。[22] 塞：发语词。侘傺：失意的样子。含戚：内心悲伤。[23] 外：外表。承欢：讨人欢喜。汋（chuò）约：姿态柔美。湛：真实。荏弱：软弱。[24] 忠：忠臣。湛湛：诚实持重。愿进：愿意进用。妒：妒忌的谗人。被离：同"披离"，众多。鄣：同"障"，壅蔽。[25] 抗行：高尚的行为。瞭：眼明。[26] 不慈：洪兴祖《楚辞补注》："尧舜与贤而不与子，故有不慈之名。《庄子》曰：'尧不慈，舜不孝。'"[27] 愠惀（wěnlǔn）：忠贤的人。夫人：那些人，指谗陷的小人。慷慨：指口头上慷慨激昂。[28] 众：众小人。踥（qiè）蹀：行走。美：修美的人。逾：越。迈：远。[29] 曼：远。流观：四望。[30] 首丘：头向着山丘。

**【审美点评】**

《哀郢》结构上最为独特者，是用了倒叙法，先从九年前秦军进攻楚国之时自己被放逐，随流亡百姓一起东行的情况写起，到后面才抒写作诗当时的心情。这就使诗人被放逐以来铭心难忘的那一幅幅悲惨画面，一幕幕夺人心魄、摧人肝肺的情景，得到突出的表现。

# 宋 玉

宋玉，生卒年不详，战国后期楚国人。好辞赋，为屈原之后辞赋家，与唐勒、景差齐名。相传所作辞赋甚多，《汉书·艺文志》录有赋16篇，今多亡佚。宋玉的作品收入《楚辞》、《文选》的有《九辩》、《招魂》、《高唐赋》、《神女赋》、《风赋》、《登徒子好色赋》、《对楚王问》等，其中除《九辩》一篇被认为是宋玉手笔外，其余各篇是否为其所作，尚难以定论。

## 九辩（节选）

**【题解】**《九辩》宋玉所作的一首感情深挚的长篇抒情诗，共有250多句。其基本思想是表达"贫士失职而志不平"的感慨，诗中对现实的黑暗也有一定的反映。

悲哉，秋之为气也！萧瑟兮，草木摇落而变衰[1]。憭栗兮，若在远行，登山临水兮，送将归[2]。泬寥兮，天高而气清，寂寥兮，收潦而水清[3]。憯凄增欷兮，薄寒之中人[4]。怆怳懭悢兮，去故而就新[5]。坎廪兮，贫士失职而志不平[6]。廓落兮，羁旅而无友生[7]。惆怅兮，而私自怜。燕翩翩其辞归兮，蝉宋漠而无声。雁廱廱而南游兮，鹍鸡啁哳而悲鸣[8]。独申旦而不寐兮，哀蟋蟀之宵征[9]。时亹亹而过中兮，蹇淹留而无成[10]。

悲忧穷戚兮独处廓，有美一人兮心不绎[11]。去乡离家兮徕远客，超逍遥兮今焉薄[12]？专思君兮不可化，君不知兮可奈何[13]！蓄怨兮积思，心烦憺兮忘食事[14]。愿一见兮道余意，君之心兮与余异。车既驾兮朅而归，不得见兮心伤悲[15]。倚结軨兮长太息，涕潺湲兮下沾轼[16]。忼慨绝兮不得，中瞀乱兮迷惑[17]。私自怜兮何极，心怦怦兮谅直[18]。

皇天平分四时兮，窃独悲此廪秋[19]。白露既下百草兮，奄离披此梧楸[20]。去白日之昭昭兮，袭长夜之悠悠[21]。离芳蔼之方壮兮，余萎约而悲愁[22]。秋既先戒以白露兮，冬又申之以严霜[23]。收恢台之孟夏兮，然欿傺而沈臧[24]。叶菸邑而无色兮，枝烦挐而交横[25]。颜淫溢而将罢兮[26]，柯彷佛而萎黄。萷櫹槮之可哀兮，形销铄而瘀伤[27]。惟其纷糅而将落兮[28]，恨其失时而无当。擥騑辔而下节兮，聊逍遥以相佯[29]。岁忽忽而遒尽兮，恐余寿之弗将[30]。悼余生之不时兮，逢此世之俇攘[31]。澹容与而独倚兮[32]，蟋蟀鸣此西堂。心怵惕而震荡兮[33]，何所忧之多方！卬明月而太息兮，步列星而极明[34]。

窃悲夫蕙华之曾敷兮，纷旖旎乎都房[35]。何曾华之无实兮[36]，从风雨而飞扬？以为君独服此蕙兮，羌无以异于众芳。闵奇思之不通兮，将去君而高翔。心闵怜之惨凄兮，愿一见而有明[37]。重无怨而生离兮，中结轸而增伤[38]。岂不郁陶而思君兮[39]，君之门以九重。猛犬狺狺而迎吠兮，关梁闭而不通[40]。皇天淫溢而秋霖兮，后土何时而得漧[41]！块独守此无泽兮[42]，仰浮云而永叹！

**上海古籍出版社宋朱熹《楚辞集注》卷第六**

**【注释】**

[1] 摇落：动摇脱落。[2] 憭栗（liáolì）：凄凉。[3] 泬（xuè）寥：空旷寥廓。宋嵺（liáo）：即“寂寥”。潦：积水。[4] 憯（cǎn）凄：同“惨凄”。欷：叹息。中：袭。[5] 怆怳（huǎng）：失意的样子。圹悢（kuànglǎng）：也是失意的样子。[6] 坎廪（lǎn）：坎坷不平。廪，同“壈（lǎn）”。[7] 廓落：空虚寂寞的样子。羁旅：滞留外乡。友生：友人。[8] 廱廱：雁鸣声。鹍鸡：一种鸟，黄白色，似鹤。啁哳（zhāozhā）：鸟鸣声繁碎。[9] 申旦：达旦。宵征：夜行。[10] 亹（wěi）亹：行进不停的样子。过中：过了中年。[11] 廓：空虚。绎：“怿”的假借，愉快。[12] 徕远客：来作远客。薄：同“迫”，接近。[13] 化：改变。[14] 烦憺（dàn）：闷，忧愁。[15] 朅（qiè）：离去。[16] 结軨（líng）：车厢。用木条构成，故称。轼：车前横

木。[17] 忼慨：同"慷慨"。瞀（mào）乱：心中烦乱。[18] 怦怦：忠诚的样子。谅直：诚实正直。[19] 凜：同"凛"，寒冷。[20] 离披：枝叶分散低垂，萎而不振的样子。[21] 袭：继续。[22] 芳蔼：芳菲繁荣。萎约：枯萎衰败。[23] 申：加上。[24] 恢台：广大昌盛的样子。欿傺（kǎnchì）：陷止。谓草木繁盛的景象停止。沈臧：潜藏。沈，同"沉"。臧，同"藏"。[25] 菸邑（yūyì）：黯淡的样子。烦挐（rú）：稀疏纷乱的样子。[26] 淫滥：过甚。[27] 萷（shāo）：同"梢"，枝条。橚槮（xiāoshēn）：枝叶光秃秃的样子。销铄：指毁伤。[28] 纷糅：枯枝败草混杂。[29] 騑（fēi）：骖马，驾在车子两边的马。下节：停下马鞭。[30] 遒：近。将：长。[31] 侹（kuāng）攘：纷扰不安。[32] 澹：同"淡"，淡漠。[33] 怵（chù）惕：惊惧。[34] 卬：一作"仰"。步：散步。极明：到天亮。[35] 敷：伸展，借指花朵开放。旖旎：此为花朵繁盛的样子。都房：花房。[36] 曾："层"的假借。[37] 有明：朱熹《楚辞集注》："有以自明也。"即自我表白。[38] 重：重复，指一次又一次地想着。结轸：郁结而沉痛。[39] 郁陶：忧思深重。[40] 狺（yín）狺：狗叫声。梁：桥。[41] 澘：与乾同，一作"乾"。[42] 块然，孤独的样子。无：通"芜"。泽：沼泽。

**【审美点评】**

《九辩》塑造出一个坎坷不遇、憔悴自怜的才士悲秋的形象。诗人把秋季万木黄落、山川萧瑟的自然现象，与诗人失意巡游、心绪飘浮的悲怆有机地结合起来。风声、落叶声、鸟啼虫鸣声，与诗人的穷愁潦倒的感叹声交织成一片；大自然萧瑟的景象与诗人孤独的身影相互映衬，具有很强的感染力。"虽驰神逞想不如《离骚》，而凄怨之情，实为独绝。"（鲁迅《汉文学史纲要》）

# 秦汉文学

## 李　斯

　　李斯（？—前208），战国时楚国上蔡（今河南上蔡）人。初为郡吏，后受学于荀子。学成后由楚入秦，得到秦王重视，拜为客卿。秦王统一六国后，李斯为丞相，助秦王嬴政统一中国。秦二世时，为赵高诬陷，被腰斩于咸阳，灭三族。李斯是秦代散文的代表作家，其文气势磅礴，说理透辟，被认为是从先秦散文到汉初散文的过渡。代表作品为《谏逐客书》等。此外传世的还有泰山、之罘等处的多篇刻石文，风格浑朴清峻，对后代碑铭文有深远的影响。

### 谏逐客书

　　**【题解】** 本文选自《史记·李斯列传》，题目为后人所加。李斯拜为秦客卿后，适逢韩国派水工郑国到秦国作间谍，企图以兴修水利的办法来消耗秦国的人力财力。此事被秦国识破后，秦国宗室大臣便借此机会排挤客卿，建议秦王采纳他们驱逐客卿的意见。李斯也在被驱逐之列，他因此上奏秦王，力陈逐客之失。秦王读后，收回成命，恢复李斯的官职。全篇紧紧围绕秦国的利害安危和统一大业展开论述，很有说服力。

　　臣闻吏议逐客[1]，窃以为过矣[2]。

　　昔缪公求士[3]，西取由余于戎[4]，东得百里奚于宛[5]，迎蹇叔于宋[6]，来丕豹、公孙支于晋[7]。此五子者，不产于秦，而缪公用之，并国二十[8]，遂霸西戎。孝公用商鞅之法[9]，移风易俗，民以殷盛，国以富强，百姓乐用，诸侯亲服，获楚、魏之师[10]，举地千里[11]，至今治强[12]。惠王用张仪之计[13]，拔三川之地[14]，西并巴、蜀[15]，北收上郡[16]，南取汉中[17]，包九夷[18]，制鄢、郢[19]，东据成皋之险[20]，割膏腴之壤，遂散六国之从[21]，使之西面事秦，功施到今[22]。昭王得范睢[23]，废穰侯[24]，逐华阳[25]，强公室，杜私门，蚕食诸侯，使秦成帝业。此四君者，皆以客之功。由此观之，客何负于秦哉！向使四君却客而不内[26]，疏士而不用，是使国无富利之实而秦无强大之名也。

今陛下致昆山之玉[27]，有随、和之宝[28]，垂明月之珠[29]，服太阿之剑[30]，乘纤离之马[31]，建翠凤之旗[32]，树灵鼍之鼓[33]。此数宝者，秦不生一焉，而陛下说之[34]，何也？必秦国之所生然后可，则是夜光之璧不饰朝廷，犀象之器不为玩好[35]，郑、卫之女不充后宫[36]，而骏良駃騠不实外厩[37]，江南金锡不为用，西蜀丹青不为采[38]。所以饰后宫、充下陈[39]、娱心意、说耳目者，必出于秦然后可，则是宛珠之簪[40]，傅玑之珥[41]，阿缟之衣[42]，锦绣之饰不进于前，而随俗雅化、佳冶窈窕赵女不立于侧也[43]。夫击瓮叩缶[44]，弹筝搏髀[45]，而歌呼呜呜快耳者，真秦之声也；郑、卫、桑间、昭虞、武、象者[46]，异国之乐也。今弃击瓮叩缶而就郑卫，退弹筝而取昭虞，若是者何也？快意当前，适观而已矣[47]。今取人则不然。不问可否，不论曲直，非秦者去，为客者逐。然则是所重者在乎色乐珠玉，而所轻者在乎人民也。此非所以跨海内制诸侯之术也[48]。

臣闻地广者粟多，国大者人众，兵强则士勇。是以太山不让土壤[49]，故能成其大；河海不择细流，故能就其深[50]；王者不却众庶[51]，故能明其德[52]。是以地无四方，民无异国[53]，四时充美[54]，鬼神降福，此五帝、三王之所以无敌也。今乃弃黔首以资敌国[55]，却宾客以业诸侯[56]，使天下之士退而不敢西向，裹足不入秦，此所谓"藉寇兵而赍盗粮"者也[57]。

夫物不产于秦，可宝者多；士不产于秦，而愿忠者众。今逐客以资敌国，损民以益仇[58]，内自虚而外树怨于诸侯[59]，求国无危，不可得也。

中华书局校点本《史记》卷八七

**【注释】**

[1] 吏：指宗室大臣。客：指客卿，当时各诸侯国授给外来人的高级官职。[2] 窃：私下，表示自谦的意思。过：错误。[3] 缪公：即秦穆公（前659—前621年在位），名任好，春秋五霸之一。缪，同"穆"。[4] 由余：其先晋人，后逃亡到西戎，穆公屡次使人设法招致他归秦，以客礼待之。入秦后，他辅佐穆公，伐戎，拓地千里。戎：我国古代西部少数民族的统称。[5] 百

里奚：原为楚国宛人（今河南南阳），曾为虞国大夫。晋灭虞后，百里奚被晋国俘去，作为晋献公女儿陪嫁奴仆入秦。百里奚从秦国逃走至楚国，被楚国边境的人所执。秦穆公闻其贤，用五张黑公羊皮赎出，任用为相，故称"五羖大夫"。[6] 蹇（jiǎn）叔：百里奚的好友，岐（今陕西岐山一带）人，寓居宋国，经百里奚推荐，秦穆公把他从宋国请来，任为上大夫。[7] 丕豹：晋国大夫丕郑之子，丕郑被晋惠公杀死后，丕豹自晋奔秦，秦穆公任用他为大将。公孙支：字子桑，岐人，曾游晋，后归秦，穆公任为大夫。[8] 并国：指并吞西戎各部落。[9] 孝公：即秦孝公（前361—前338年在位），名渠梁。商鞅：本卫之庶公子，姓公孙，名鞅，亦称卫鞅。入秦，受到秦孝公重用，佐孝公变法，使秦富强。因孝公以商於之地封鞅，故称商鞅。[10] 获楚、魏之师：意为打败了楚、魏的军队。秦孝公二十二年（前340年），商鞅用计大败魏军，俘获魏公子卬，魏割河西之地予秦，同年又攻打楚国。[11] 举：攻克，占领。[12] 治强：犹言政治安定，国家强盛。[13] 惠王：即秦惠王，也称惠文王（前337—前311在位），秦孝公之子，名驷。张仪：魏人，秦惠王时任秦相，为秦筹划连横的计策。此句以下诸事，并非都是张仪之计，因为张仪曾经为相，故皆归功于他。[14] 三川之地：原属韩，指今河南洛阳一带，因境内有黄河、洛水、伊水，故称"三川"。[15] 巴、蜀：都是古国名。巴在今四川东部一带。蜀在今四川中部一带。[16] 上郡：魏地，在今陕西北部一带。[17] 汉中：楚地，在今陕西西南部地区。秦在丹阳大败楚军，取汉中地六百里，置汉中郡。[18] 包：这里有并吞的意思。九夷：这里指楚国境内西北部的少数部族。[19] 鄢（yān）、郢：楚国先后建都的地方。鄢在今湖北宜城东南，郢在今湖北江陵北之纪南城。这里以鄢、郢代表楚国。[20] 成皋：又名虎牢。在今河南荥阳汜水镇，为古代军事重地。[21] 遂散六国之从：瓦解了六国的联合。从，同"纵"，指韩、魏、赵、齐、楚、燕六国联合抗秦的合纵策略。[22] 施（yì）：延续。[23] 昭王：即秦昭王（前306—前251在位），名则，又名稷，秦惠王之子，秦武王异母弟，继武王立。范睢：字叔，魏国人，魏国魏齐怀疑他私通外国，加以逼害。他逃往秦国，后被秦昭王任为相。他对内力主废除外戚专权，对外采取远交近攻策略，封于应，亦称应侯。[24] 穰侯：即魏冉，秦昭襄王母宣太后的异父弟，曾为秦相，封于穰。[25] 华阳：即华阳君芈戎，昭王母宣太后之同父弟，曾任将军等职，与魏冉同掌国政，先受封于华阳，故称华阳君，后封于新城，故又称新城君。后与魏冉同被免职遣归封地。[26] 向使：假使，倘若。内：同"纳"，接纳。[27] 致：获致，"使到来"的意思。昆山：即昆仑山，古时以产美玉闻名。[28] 随、和之宝：指传说中春秋时随侯所得的夜明珠和楚人卞和所得的美玉，皆是珍贵之物。[29] 明月之珠：光如明月的宝珠。[30] 太阿之剑：宝剑名，相传为春秋著名工匠欧冶子与干将所铸。[31] 纤离之马：古骏马名。[32] 翠凤之旗：用翠鸟羽毛做成凤凰形状作装饰的旗帜。[33] 灵鼍（tuó）之鼓：用鼍皮做成的大鼓。鼍，亦称扬子鳄，俗称猪婆龙，皮可制鼓。[34] 说：同"悦"。[35] 犀象之器：指用犀牛角和象牙制成的器具。[36] 郑、卫之女：郑国和卫国的女子，以能歌善舞著称。[37] 骏良駃騠（juétí）：指良马。駃騠，骏马名。[38] 丹青：丹砂和青雘（hù），可用作绘画颜料。[39] 下陈：犹下列、后列，指侍妾之类。[40] 宛珠之簪：指用宛（今河南南阳）地出产的珍珠装饰的发簪。[41] 傅玑之珥：指镶着珠子的耳环。傅，通"附"。玑，不圆的珠子。珥，耳饰。[42] 阿缟：齐国东阿（今山东阳谷东北阿城）出产的缟。缟，白色精细丝织品。[43] 随俗雅化：随着时尚的变化而打扮得雅致漂亮。佳冶窈窕：姿容娇艳，体态优美。赵女：赵地女子，古时认为燕、赵多美女。[44] 击瓮叩缶：敲打瓦罐瓦盆。瓮和缶都是瓦器，秦人作为乐器敲打，比较原始。[45] 弹筝搏髀（bì）：弹奏秦筝，拍打大腿。筝，古代秦地的一种弦乐器。搏，击打，拍打。

髀，大腿。[46] 郑、卫：指郑、卫两国当时的乐曲。桑间：卫国地名，在濮水之滨。昭虞：即
《韶》乐，相传虞舜时的乐曲。昭，通"韶"。武：周武王时的乐曲名。象：周武王时的舞名。
[47] 适观：乐于观赏。适，悦也。[48] 跨：据有。[49] 太山：即泰山。让：辞让，拒绝。
[50] 就：成。[51] 却：推辞。众庶：百姓。[52] 明其德：使自己的德望显明。[53] 无：无所
谓。[54] 四时充美：四时，四季。充美，指生活富庶美好。[55] 黔首：秦称民众为黔首。
[56] 业诸侯：使诸侯成就功业。[57] 藉寇兵而赍（jī）盗粮：借给寇贼武器，送给强盗粮食。
藉，借给。兵，兵器。赍，给予，赠送。[58] 损民：减少百姓。益：增加。仇：仇敌。[59] 内
自虚而外树怨于诸侯：对内造成自己内部的空虚，对外与诸侯国结仇。

**【审美点评】**

文中极写秦王对外来之物的宠爱，以反衬秦王用人态度的不足取。又以滔滔滚
滚之势连类设喻，以说明"王者不却众庶"之意。文章挟战国说辞之风，兼具后代
辞赋之丽，富有文学性。因此鲁迅评价说："法家大抵少文采，惟李斯奏议，尚有
华辞。"（《汉文学史纲要》）

# 贾　谊

贾谊（前200—前168），汉初洛阳（今河南洛阳）人。十八岁就以能诵诗书闻
名，二十多岁被汉文帝召为博士，不久升为太中大夫。后遭权贵忌恨排斥，被汉文
帝疏远，出为长沙王太傅，再迁为梁怀王太傅。梁怀王堕马死，贾谊自伤未尽太傅
之责，抑郁而亡。贾谊是汉初著名的政论家和辞赋家。他的政论文如《过秦论》、
《陈政事疏》、《论积贮疏》等，分析形势，陈述利害，气势纵横，为汉代文章杰作。
其赋皆为骚体，形式趋于散体化，是汉赋发展的先声，以《吊屈原赋》、《鹏鸟赋》
最有名。后人将贾谊所著辑为《新书》传世。

## 过秦论（上）

**【题解】**本文选自《史记·秦始皇本纪》，《史记·陈涉世家》、《汉书》、《文选》
亦载有此篇。今传后人搜辑贾谊所撰《新书》也有收录，与《史记·秦始皇本纪》
所载不同，语言亦略有差异。"过秦"，即指出秦的过失。本文旨在总结秦速亡的教
训，以作为汉王朝建立制度、巩固统治的借鉴。

秦孝公据殽函之固[1]，拥雍州之地[2]，君臣固守而窥周室[3]，有席
卷天下，包举宇内，囊括四海之意，并吞八荒之心[4]。当是时，商君佐

之[5]，内立法度，务耕织，修守战之备，外连衡而斗诸侯[6]，于是秦人拱手而取西河之外[7]。

孝公既没[8]，惠王、武王蒙故业[9]，因遗册，南兼汉中，西举巴、蜀[10]，东割膏腴之地，收要害之郡[11]。诸侯恐惧，会盟而谋弱秦，不爱珍器重宝肥美之地，以致天下之士，合从缔交，相与为一。当是时，齐有孟尝，赵有平原，楚有春申，魏有信陵[12]。此四君者，皆明知而忠信，宽厚而爱人，尊贤重士，约从离衡[13]，并韩、魏、燕、楚、齐、赵、宋、卫、中山之众[14]。于是六国之士有宁越、徐尚、苏秦、杜赫之属为之谋[15]，齐明、周最、陈轸、昭滑、楼缓、翟景、苏厉、乐毅之徒通其意[16]，吴起、孙膑、带佗、兒良、王廖、田忌、廉颇、赵奢之朋制其兵[17]。常以十倍之地，百万之众，叩关而攻秦。秦人开关延敌，九国之师逡巡遁逃而不敢进[18]。秦无亡矢遗镞之费[19]，而天下诸侯已困矣。于是从散约解，争割地而奉秦。秦有余力而制其敝，追亡逐北，伏尸百万，流血漂卤[20]。因利乘便，宰割天下，分裂河山，强国请服，弱国入朝。

延及孝文王、庄襄王，享国日浅，国家无事[21]。及至秦王[22]，续六世之余烈[23]，振长策而御宇内[24]，吞二周而亡诸侯[25]，履至尊而制六合[26]，执棰拊以鞭笞天下[27]，威振四海。南取百越之地，以为桂林、象郡[28]，百越之君俛首系颈[29]，委命下吏[30]。乃使蒙恬北筑长城而守藩篱[31]，却匈奴七百余里[32]，胡人不敢南下而牧马，士不敢弯弓而报怨。于是废先王之道，焚百家之言，以愚黔首[33]。堕名城[34]，杀豪俊，收天下之兵聚之咸阳[35]，销锋铸鐻，以为金人十二[36]，以弱黔首之民。然后斩华为城，因河为津[37]，据亿丈之城[38]，临不测之溪以为固[39]。良将劲弩守要害之处，信臣精卒陈利兵而谁何[40]，天下以定。秦王之心，自以为关中之固，金城千里，子孙帝王万世之业也[41]。

秦王既没，余威振于殊俗[42]。陈涉，瓮牖绳枢之子，甿隶之人，而迁徙之徒[43]，才能不及中人[44]，非有仲尼、墨翟之贤，陶朱、猗顿之富[45]，蹑足行伍之间[46]，而倔起什伯之中[47]，率罢散之卒[48]，将数百之众，而转攻秦。斩木为兵，揭竿为旗，天下云集响应，赢粮而景从[49]，山东豪俊遂并起而亡秦族矣[50]。

且夫天下非小弱也，雍州之地，殽函之固自若也[51]。陈涉之位，非尊于齐、楚、燕、赵、韩、魏、宋、卫、中山之君；锄耰棘矜[52]，非铦于句戟长铩也[53]；谪戍之众，非抗于九国之师[54]；深谋远虑，行军用兵之道，非及乡时之士也[55]。然而成败异变，功业相反也。试使山东之国与陈涉度长絜大[56]，比权量力，则不可同年而语矣。然秦以区区之地，千乘之权[57]，招八州而朝同列[58]，百有馀年矣。然后以六合为家，殽函为宫，一夫作难而七庙堕[59]，身死人手[60]，为天下笑者，何也？仁义不施而攻守之势异也。

中华书局校点本《史记》卷六

**【注释】**

[1] 秦孝公（前361—前338年在位），名渠梁。殽：殽山，一作崤山，在今河南洛宁县北。函：函谷关，在今河南灵宝东北。[2] 雍州：古九州之一。在今陕西中部北部、甘肃西北部、青海东南部及宁夏一带。[3] 窥：伺机而取之意。周室：东周王朝。[4] 有席卷天下，包举宇内，囊括四海之意，并吞八荒之心：意为（秦孝公）有并吞天下的野心。八荒，原指八方荒远的地方。[5] 商君：即商鞅。本卫之庶公子，姓公孙，名鞅，亦称卫鞅。入秦，受到秦孝公重用，佐孝公变法，使秦富强。因孝公以商於之地封鞅，故称商鞅。[6] 外连衡而斗诸侯：对外用连衡的策略使诸侯自相斗争。连衡，也作"连横"，处于西方的秦与东方齐、楚等国个别联合以打击其他国家，叫作连横。[7] 拱手：两手相合，喻毫不费力。西河：魏国在黄河以西一带的土地。[8] 没（mò）：通"殁"，死亡。[9] 惠王、武王：《汉书》所载《过秦论》作"惠文、武、昭襄"。从下文所举事例来看，当指惠文王、武王、昭襄王三世事。这里的"惠王、武王"是作者约举。[10] 因：遵循。遗策：遗留下来的策略。汉中：今陕西南部一带地方。巴、蜀：泛指今四川一带。[11] 要害之郡：指那些在军事、政治上举足轻重的城邑。[12] 孟尝：孟尝君田文，齐国贵族田婴的儿子。平原：平原君赵胜，赵惠文王弟。春申：春申君黄歇，楚国贵族。信陵：信陵君魏无忌，魏安釐王的异母弟。[13] 约从离衡：相约为合纵，离散秦国的连横策略。离，使……离散。[14] 并：联合起来。[15] 宁越、徐尚、苏秦、杜赫之属为之谋：宁越、徐尚等许多人替他们谋划。宁越，赵国人。徐尚，宋国人。苏秦，东周洛阳人。杜赫，周人。[16] 齐明、周最、陈轸、昭滑、楼缓、翟景、苏厉、乐毅之徒通其意：齐明、周最等人沟通他们的意见。齐明，东周臣。周最，东周君的儿子。陈轸，楚人。昭滑，楚臣。楼缓，魏相。翟景，魏人。苏厉，苏秦的弟弟。乐毅，燕将。[17] 吴起、孙膑、带佗、儿（ní）良、王廖、田忌、廉颇、赵奢之朋制其兵：吴起、孙膑等许多人统率他们的军队。吴起，卫国人，曾在鲁、魏为将，后为楚国的相。孙膑，齐将。带佗，楚将。倪良、王廖，都是当时的兵家。田忌，齐将。廉颇、赵奢，都是赵将。[18] 九国：就是上文所说的韩、魏、燕、楚、齐、赵、宋、卫、中山。逡巡：有所顾虑而徘徊不前。[19] 镞：箭头。[20] 流血漂卤：血流成河，可以漂浮盾牌。卤，通"橹"，大盾牌。[21] 孝文王：昭襄王的儿子，名柱，即位三日而死。庄襄王：孝文王的儿子，名子楚，在位也仅三年。日浅：在位时间短。[22] 秦王：即秦始皇。[23] 续：继承。六世：指前代秦孝公、惠文王、武王、昭襄王、孝文王、庄襄王。烈：功业。[24] 振长策而御宇内：意思是用武力来统治各国。振，举起。策，马鞭子。御，驾御，统治。[25] 二周：在东周王朝最后的周赧（nǎn）王时，东西周分治。西周都洛（今河南洛阳），东周都巩（今河南巩县）。秦昭襄王五十一年（前256）灭西周，秦庄襄王元年（前249）灭东周。二周都早在始皇即位前被消灭。作者为

行文方便而这样写。亡诸侯：消灭诸侯六国。[26] 履至尊而制六合：登上皇帝的位子控制天下。履至尊，登帝位。六合，天地四方。[27] 棰：杖。拊（fǔ）：大棒。鞭笞：抽打。[28] 百越：古代越族居住在江、浙、闽、粤各地，每个部落都有名称，而统称百越，也叫百粤。桂林、象郡：在现在广西壮族自治区一带。[29] 俛：同"俯"，即低头表示顺服。系颈：颈上系绳，表示投降。[30] 委命下吏：（百越之君）把自己的生命交给秦的下级官吏。委，付与。[31] 蒙恬：秦将。始皇时领兵三十万北逐匈奴，修筑万里长城。藩篱：喻边疆上的屏障。藩，篱笆。[32] 却：击退。[33] 黔首：秦朝时对百姓的称呼。[34] 堕（huī）：通"隳"，毁坏。[35] 兵：兵器。咸阳：秦国都城，今陕西咸阳市。[36] 销锋铸鐻（jù），以为金人十二：将兵器熔化制成乐器，又铸成十二个金人。销，熔化。锋，锋刃。鐻，钟鼓的架子。[37] 斩华为城，因河为津：据守华山以为城墙，就着黄河当做护城河。斩，《新书》作"践"，为是。津，渡口。[38] 亿丈之城：指华山。[39] 不测之溪：指黄河。固：险要。[40] 信臣：可靠的大臣。谁何：有"盘问、呵斥过往行人"的意思。[41] 关中：秦以函谷关为门户，关中指秦地。金城：坚固的城池。金，形容像金属一样坚固。[42] 殊俗：不同风俗的地方，指边远地区。[43] 牖：窗户。枢：门上的转轴。瓮牖绳枢，用破瓮做窗户，以草绳系户枢，形容房屋简陋。甿（méng）隶：指出身微贱。甿，种田之民。隶，奴隶。迁徙之徒：被征发去边地戍守的人。[44] 中人：平常的人。[45] 陶朱：即范蠡。范蠡弃官经商于陶地，号陶朱公。猗（yī）顿：鲁国人。他向陶朱公学致富之术，也是著名的富商。[46] 蹑足：用脚踏地。这里有"置身于……"的意思。[47] 倔起：突起，这里指陈涉首倡起义。什伯：军队中的小头目。十人为什，百人为伯。[48] 罢：通"疲"。[49] 揭：举。赢：担负。景：同"影"。[50] 山东：指殽山以东。[51] 自若：如故。[52] 钼：同"锄"。耰（yōu）：古代碎土平地的农具。棘矜：指伐棘以为杖。[53] 铦（xiān）：通"銛"，锋利。句戟：钩戟。铩（shā）：长矛。[54] 适（zhé）：通"谪"，这里指被征发去守边。抗：强，高。[55] 乡时之士：先前的六国贤能之士。乡，通"向"。[56] 度（duó）长絜（xié）大：比量长短大小。此言比较实力。絜，衡量。[57] 区区：小的样子。千乘：古称可出千辆兵车的国家叫"千乘之国"。权：势力。[58] 招八州而朝同列：使天下八州，诸侯六国都来朝见。招、朝，使之臣服朝拜。八州，古时天下分为九州，秦居雍州，其余八州是冀州、豫州、扬州、兖州、徐州、梁州、青州、荆州，是其他诸侯所属的地方。同列，指六国诸侯。秦与六国本来是同列诸侯。[59] 一夫作难：指陈涉起义。七庙堕：宗庙毁灭，就是政权灭亡的意思。七庙，天子祖庙。周制，天子祖庙奉祀七代祖先，因称七庙。[60] 身死人手：指秦王子婴为项羽所杀。

**【审美点评】**

文章起笔即以凌厉的气势，急促的节奏，有力的语言，描绘了秦的强大。气吞六国、不可一世的秦朝转眼间覆灭，成为中国历史上最短命的王朝，这无疑要引起时人及后人的深思。文中虽有夸张失实之处，但是所述的观点正气凛然，行文辞锋锐利，气势磅礴，堪称"西汉鸿文"。（鲁迅《汉文学史纲要》）

# 吊屈原赋

**【题解】** 本篇选自《史记·屈原贾生列传》，题目为后加。《文选》作《吊屈原文》。据《史记》记载，贾谊因遭周勃、灌婴等人的谗毁，被贬为长沙王太傅。上任途经湘水时，写下此赋凭吊屈原。此赋是汉代最早的骚体赋，对屈原自沉汨罗表现出深深的同情，抒发了自己郁郁不得志的感情。

共承嘉惠兮[1]，俟罪长沙[2]。侧闻屈原兮[3]，自沈汨罗[4]。造托湘流兮，敬吊先生[5]。遭世罔极兮[6]，乃陨厥身[7]。呜呼哀哉，逢时不祥[8]！鸾凤伏窜兮，鸱枭翱翔[9]。阘茸尊显兮[10]，谗谀得志；贤圣逆曳兮，方正倒植[11]。世谓伯夷贪兮[12]，谓盗跖廉[13]；莫邪为钝兮[14]，铅刀为铦[15]。于嗟嘿嘿兮[16]，生之无故[17]！斡弃周鼎兮宝康瓠[18]，腾驾罢牛兮骖蹇驴[19]，骥垂两耳兮服盐车[20]。章甫荐屦兮[21]，渐不可久[22]；嗟苦先生兮，独离此咎[23]！

讯曰[24]：已矣，国其莫我知，独壹郁兮其谁语[25]？凤漂漂其高遰兮，夫固自缩而远去[26]。袭九渊之神龙兮，沕深潜以自珍[27]。弥融爚以隐处兮，夫岂从蝤与蛭螾[28]？所贵圣人之神德兮[29]，远浊世而自藏。使骐骥可得系羁兮，岂云异夫犬羊[30]！般纷纷其离此尤兮[31]，亦夫子之辜也[32]！瞝九州而相君兮[33]，何必怀此都也？凤皇翔于千仞之上兮[34]，览德辉而下之[35]；见细德之险征兮[36]，摇增翮逝而去之[37]。彼寻常之污渎兮[38]，岂能容吞舟之鱼！横江湖之鳣鲟兮，固将制于蚁蝼[39]。

中华书局校点本《史记》卷八四

**【注释】**

[1] 共：通"恭"。承：秉承，受命。嘉惠：指皇帝的恩命。[2] 俟罪：待罪。长沙：郡国名，在今湖南东半部。汉高祖封吴芮为长沙王。贾谊被贬谪到长沙，当吴芮的玄孙吴差的太傅。[3] 侧闻：侧耳而听，倾听。或曰从旁听说，亦通。[4] 沈：同"沉"。汨（mì）罗：水名，湘江支流，在湖南东北部。[5] 造托湘流：到湘水边凭借湘水（吊祭屈原）。造，至，到。托，凭。[6] 遭世罔极：谓遇到不公正的世道。罔极，没有准则。极，准则。[7] 陨：通"殒"，死亡。厥：其，指屈原。[8] 祥：善，好。[9] 鸾：凤凰一类的祥鸟。伏窜：潜隐而逃避。鸱枭（chīxiāo）：古书上所说的一种猫头鹰之类的恶鸟。[10] 阘茸（tàróng）：才能低下，品格低劣者。[11] 逆曳：倒着拉，指不能顺道而行。倒植：倒置，指地位颠倒。[12] 伯夷：商末孤竹君之长子。周武王伐纣后，因不食周粟而饿死在首阳山。[13] 跖：春秋时代鲁国人，是古代著名大盗。[14] 莫邪（yé）：古代宝剑名。[15] 铦（xiān）：锋利。[16] 于嗟：叹词。于，同"吁"。嘿嘿：不得意的样子。嘿，同"默"。[17] 生：先生，指屈原。故：通"辜"，过错。[18] 斡（wò）弃：转而抛弃。周鼎：周代传国宝鼎。康瓠（hù）：破瓦壶。瓠，通"壶"。[19] 腾：驾。罢：通"疲"。骖：在车辕两旁拉车的牲畜。蹇：跛足。驴：《史记》作"鲈"，此从《文选》。[20] 骥：良马。服：驾。[21] 章甫荐屦：帽子被垫在鞋子下，喻上下颠倒。章甫，

古代的一种礼帽。荐，铺垫。屦（jù），古代的一种鞋。[22] 渐不可久：指贤才逐渐被毁掉。渐，事物发展的开端。[23] 离：通"罹"，遭受。咎：灾难。[24] 讯：告，相当于楚辞中的"乱曰"，为辞赋篇末概括全文内容的起首词。讯，一作"谇"。[25] 国：国人。莫我知：无人理解我。埋郁：义同抑郁，忧愁烦闷。[26] 漂漂：即飘飘，高飞远去的样子。遭：通"逝"。缩：退，抽身。[27] 袭：因袭，仿效。九渊：九重深渊。汨（mì）：潜藏于水中。自珍：爱护自己。[28] 弥：远。融：明。爚（yuè）：光。螘：同"蚁"。《汉书》作"虾（há）"，即蛤蟆，当从。蛭蟥（zhìyǐn）：水蛭和蚯蚓。[29] 神德：神圣崇高的德操。[30] 使：假使，如果。系羁：用绳子捆绑和用络头羁绊。岂云：何言，怎能说。[31] 般纷纷：形容小人纷纷构谗。般，纷乱的样子。尤：罪过。[32] 夫子：先生，指屈原。辜：通"故"，原因。[33] 瞡（chī）：历观。相：选择。[34] 仞：古代长度单位，八尺为一仞，一说七尺。[35] 德辉：指人君道德的光辉。[36] 细德：小人之德，即不良的德行。险征：凶险的征兆。[37] 摇：扇动，这里指拍打翅膀。增翮（cénghé）：指鸟的翅膀。增，通"层"。[38] 污（wū）：停积不流的水。渎：小沟渠。[39]"横江湖"二句：可以横行江湖的大鱼，落在小水沟之中，必定要受到蝼蚁的挟制。鳝鳣（zhānxún）：均指大鱼。鳣，古代指鳇（huáng）鱼。鳣，鲟鱼的古称。蝼蚁：蝼蛄和蚂蚁。

**【审美点评】**

吊屈原实际上是自吊。作者用"弃周鼎、驾罢牛、骖蹇驴"，比喻朝臣排挤屈原；用"骥服盐车、章甫荐屦"比喻屈原怀才不遇；用"横江湖之鳝鳣兮，固将制于蚁蝼"表达对屈原遭际的无比同情。作者借屈原以自况，强烈抒发了自己不受重用的不平和不甘屈服的心情。

# 晁 错

晁错（前200？—前154），颖川（今河南禹县）人，汉文帝时为太子家令，有辩才，号称"智囊"。曾上书言兵事，主张募兵守边，抗击匈奴，建议重农贵粟，发展农业生产。景帝时任御史大夫。他坚决主张削弱诸侯王势力，提出"削藩"的建议，因此深遭诸侯王仇恨。吴、楚七国以"诛晁错，清君侧"为名，举兵反叛。景帝恐惧，遂将晁错处死。晁错所著多为奏疏文章，立论精辟，切中时弊，冷静沉实，类似先秦法家文章的风格。有《论贵粟疏》、《举贤良对策》、《言兵事疏》及《守边劝农疏》等文流传后世。

## 论贵粟疏

**【题解】** 本文选自《汉书·食货志》，题目为后世所加。疏是臣下向皇上陈述对某事意见的一种文体。西汉初年，富商大贾兼并土地现象越来越严重，农民流离失所，生活异常穷困。针对这种现象，晁错论述了重农贵粟的重要性，提出重农抑商、入粟拜爵除罪等一系列具体措施。晁错的这些主张对当时发展农业生产和巩固边防都有一定的积极意义。文章中心明确，分析透彻，是历来公认的名篇之一。

圣王在上而民不冻饥者，非能耕而食之，织而衣之也，为开其资财之道也[1]。故尧、禹有九年之水，汤有七年之旱，而国亡捐瘠者[2]，以畜积多而备先具也[3]。今海内为一，土地人民之众不避汤、禹[4]，加以亡天灾数年之水旱，而畜积未及者，何也？地有遗利[5]，民有馀力，生谷之土未尽垦，山泽之利未尽出也，游食之民未尽归农也。民贫则奸邪生。贫生于不足，不足生于不农，不农则不地著[6]，不地著则离乡轻家，民如鸟兽，虽有高城深池，严法重刑，犹不能禁也。

夫寒之于衣，不待轻暖；饥之于食，不待甘旨；饥寒至身，不顾廉耻。人情一日不再食则饥，终岁不制衣则寒。夫腹饥不得食，肤寒不得衣，虽慈母不能保其子，君安能以有其民哉！明主知其然也，故务民于农桑，薄赋敛，广畜积，以实仓廪[7]，备水旱，故民可得而有也。

民者，在上所以牧之[8]，趋利如水走下，四方亡择也[9]。夫珠玉金银，饥不可食，寒不可衣，然而众贵之者，以上用之故也。其为物轻微易臧，在于把握，可以周海内而亡饥寒之患[10]。此令臣轻背其主，而民易去其乡，盗贼有所劝，亡逃者得轻资也[11]。粟米布帛生于地，长于时，聚于力，非可一日成也；数石之重[12]，中人弗胜[13]，不为奸邪所利，一日弗得而饥寒至。是故明君贵五谷而贱金玉。

今农夫五口之家，其服役者不下二人[14]，其能耕者不过百晦[15]，百晦之收不过百石。春耕夏耘，秋获冬臧，伐薪樵，治官府，给徭役[16]；春不得避风尘，夏不得避暑热，秋不得避阴雨，冬不得避寒冻，四时之间亡日休息；又私自送往迎来，吊死问疾，养孤长幼在其中。勤苦如此，尚复被水旱之灾，急政暴赋[17]，赋敛不时[18]，朝令而暮改。当具，有者半贾而卖，亡者取倍称之息[19]，于是有卖田宅、鬻子孙以偿责者矣[20]。而商贾大者积贮倍息[21]，小者坐列贩卖，操其奇赢[22]，日游都市，乘上之急，所卖必倍。故其男不耕耘，女不蚕织，衣必文采，食必粱肉[23]；亡农夫之苦，有仟伯之得[24]。因其富厚，交通王侯，力过吏势，以利相倾；千里游敖[25]，冠盖相望[26]，乘坚策肥[27]，履丝曳缟[28]。此商人所以兼并农人，农人所以流亡者也。今法律贱商人[29]，商人已富贵矣；尊农夫，农夫已贫贱矣。故俗之所贵，主之所贱也；吏之所卑，法之所尊也。上下相反，好恶乖迕[30]，而欲国富法立，不可得也。

方今之务，莫若使民务农而已矣。欲民务农，在于贵粟。贵粟之道，在于使民以粟为赏罚。今募天下入粟县官[31]，得以拜爵[32]，得以除罪。如此，富人有爵，农民有钱，粟有所渫[33]。夫能入粟以受爵，皆有馀者也。取于有馀，以供上用，则贫民之赋可损[34]，所谓"损有馀，补不足"[35]，令出而民利者也。顺于民心，所补者三：一曰主用足，二曰民赋少，三曰劝农功[36]。今令民有车骑马一匹者，复卒三人[37]。车骑者，天下武备也，故为复卒。神农之教曰[38]："有石城十仞，汤池百步[39]，带甲百万，而亡粟，弗能守也。"以是观之，粟者，王者大用，政之本务。令民入粟受爵，至五大夫以上，乃复一人耳，此其与骑马之功相去远矣[40]。爵者，上之所擅[41]，出于口而亡穷；粟者，民之所种，生于地而不乏。夫得高爵与免罪，人之所甚欲也。使天下人入粟于边[42]，以受爵免罪，不过三岁，塞下之粟必多矣[43]。

中华书局校点本《汉书》卷二四上

**【注释】**

[1]"圣王"四句：圣明的帝王统治天下，人民所以不受饥寒，不是因为他能耕种出粮食给人民吃，织出布给人民做衣服穿，而是因为他能给人民开辟出取得物质财富的途径。食（sì），用作动词，给东西吃。衣（yì），用作动词，给衣服穿。[2]亡：通"无"。捐：遗弃。瘠：瘦弱。[3]备先具：预先做好了准备。[4]不避：不让，不次于。[5]遗利：这里指还没有充分开发的地方。[6]地著：著于地，指长期定居一地。[7]廪：粮仓。[8]牧：养，引申为统治、管理。[9]亡择：没有选择。[10]臧：同"藏"。在于把握：拿在手里。周海内：走遍全国。[11]有所劝：受到引诱。劝，鼓励。亡逃者：逃亡的人。轻资：轻便易于携带的东西。[12]石：计量单位，十斗为一石。[13]中人：中等体力的人。弗胜：不能胜任，指拿不动。[14]服役：为官府服劳役。[15]晦：同"亩"。[16]治官府：修整官方房舍。给繇役：从事于官府的各种劳役。繇，通"徭"。[17]政：同"征"。暴赋：繁重的赋税。[18]不时：不定时候，不按照时间。[19]"当具"三句：当要交纳赋税时，有东西的就半价卖出去，没有东西的就用加倍的利息去借债。贾，通"价"。倍称（chèn）之息，加倍的利息。称，相等，相当。[20]鬻：出卖。责：通"债"。[21]贾：商人。积贮倍息：屯积货物，获取成倍的利润。[22]操其奇（jī）赢：获取利润。奇赢，赢利。[23]文采：指华丽的衣服。粱：上等粮米。[24]仟伯之得：指田地的收获。仟伯，同"阡陌"，本指田间疆界，这里指代田地。[25]游敖：遨游。敖，通"遨"。[26]冠盖相望：指富商大贾往来途中，络绎不绝。冠，指礼帽。盖，指车盖。[27]乘坚策肥：乘着坚固的车子，鞭打着肥壮的马。[28]履丝曳缟（gǎo）：脚穿丝鞋，身披丝织长衣。曳，拖着。缟，一种不染色的丝织品。[29]"今法律"句：据《史记·平准书》记

载:"天下已平,高祖乃令贾人不得衣丝乘车,重租税以困辱之。孝惠高后时,为天下初定,复驰商贾之律。"[30] 乖迕(wǔ):相违背。[31] 募:征求。入粟:缴纳粮食。县官:指朝廷、官府。[32] 拜爵:封给爵位。[33] 渫(xiè):分散、流通。[34] 损:减少。[35] 损有馀,补不足:语出《老子》"损有馀而奉不足"。[36] 劝:鼓励。农功:农业生产。[37]"今令"二句:现行法令,民户能够出车骑马一匹的,免除三个人的兵役。车骑马,指战马。复,免除。[38] 神农之教:古代农家书中的话。[39] 汤池:充满沸水的护城河,喻指防御严密,难以逾越。汤,沸水。[40] 五大夫:汉代的一种爵位,为二十级爵位中的第九级。以上四句话意为入粟受爵者入粟多而复卒少,其功绩比出战马的人大得多。[41] 擅:专有。[42] 边:边境、边防。[43] 塞下:指当时的边境一带。

**【审美点评】**

鲁迅评晁错文章为"皆疏直激切,尽所欲言",但这篇政论文又并非平实地就事论事,而是善用对比、排比等表现手法,先从古今相较中提出"务民于农桑"的观点;再以珠玉金银与粟米布帛的对照,阐明"贵五谷而贱金玉"之理;又从商农对比的角度说明应当重农抑商。在逐层论证贵粟的重要性之后,提出了"贵粟"的具体政策措施。文章论理生动透辟,文笔矫健流畅,有波澜起伏之势。

# 枚 乘

枚乘(? —约前140),字叔,淮阴(今属江苏)人。西汉辞赋家。初为吴王刘濞(bì)郎中。吴王酝酿谋反,他上书劝阻,不被采纳,于是离吴至梁,与梁孝王刘武交游。吴楚七国叛乱,他又上书,劝刘濞罢兵,由此知名。景帝时召拜弘农都尉,后因病去官,复游梁。汉武帝即位,以安车蒲轮征入京,死于途中。《汉书·艺文志》载其赋作9篇,今存《七发》等3篇。枚乘的散文作品今存《谏吴王书》及《重谏吴王书》两篇。

## 七发(节选)

**【题解】**七是七件事,发是启发。文中假设楚太子有疾,吴客往问之。以吴客陈说音乐、饮食、车马、游观、田猎、观涛、论道七事来启发楚太子,劝说楚太子摆脱腐朽奢靡的生活,听取诸子百家的要言妙道,终于治愈了楚太子的疾病。全文规模宏大,词藻繁富。采用主客问答形式,具有铺陈排比、韵散结合等特点,是汉大赋成熟的标志。本文节选文章首段及广陵观涛一节。

楚太子有疾，而吴客往问之，曰："伏闻太子玉体不安[1]，亦少间乎[2]？"太子曰："惫[3]！谨谢客。"客因称曰[4]："今时天下安宁，四宇和平，太子方富于年[5]。意者久耽安乐，日夜无极，邪气袭逆，中若结轖[6]。纷屯澹淡[7]，嘘唏烦酲[8]，惕惕怵怵[9]，卧不得瞑[10]。虚中重听[11]，恶闻人声。精神越渫[12]，百病咸生。聪明眩曜[13]，悦怒不平[14]。久执不废，大命乃倾[15]。太子岂有是乎？"太子曰："谨谢客。赖君之力，时时有之，然未至于是也[16]。"客曰："今夫贵人之子，必宫居而闺处[17]，内有保母，外有傅父，欲交无所[18]。饮食则温淳甘膬[19]，脭醲肥厚[20]；衣裳则杂遝曼暖，燀烁热暑[21]。虽有金石之坚，犹将销铄而挺解也[22]，况其在筋骨之间乎哉？故曰：纵耳目之欲，恣支体之安者，伤血脉之和[23]。且夫出舆入辇，命曰蹶痿之机[24]；洞房清宫，命曰寒热之媒[25]；皓齿娥眉，命曰伐性之斧[26]；甘脆肥脓，命曰腐肠之药[27]。今太子肤色靡曼[28]，四支委随[29]，筋骨挺解，血脉淫濯[30]，手足堕窳[31]；越女侍前，齐姬奉后；往来游醼[32]，纵恣于曲房隐间之中[33]。此甘餐毒药，戏猛兽之爪牙也[34]。所从来者至深远，淹滞永久而不废，虽令扁鹊治内，巫咸治外[35]，尚何及哉！今如太子之病者，独宜世之君子，博见强识[36]，承间语事[37]，变度易意[38]，常无离侧，以为羽翼。淹沈之乐[39]，浩唐之心[40]，遁佚之志[41]，其奚由至哉[42]！"太子曰："诺。病已，请事此言[43]。"客曰："今太子之病，可无药石针刺灸疗而已，可以要言妙道说而去也[44]。不欲闻之乎？"太子曰："仆愿闻之[45]。"

……

客曰："将以八月之望[46]，与诸侯远方交游兄弟[47]，并往观涛乎广陵之曲江[48]。至则未见涛之形也，徒观水力之所到，则卹然足以骇矣[49]。观其所驾轶者[50]，所擢拔者[51]，所扬汩者[52]，所温汾者[53]，所涤汔者[54]，虽有心略辞给[55]，固未能缕形其所由然也[56]。怳兮忽兮[57]，聊兮慄兮[58]，混汩汩兮[59]，忽兮慌兮，俶兮傥兮[60]，浩汗漾兮[61]，慌旷旷兮[62]。秉意乎南山[63]，通望乎东海[64]。虹洞兮苍天[65]，极虑乎崖涘[66]。流揽无穷，归神日母[67]。汩乘流而下降兮[68]，或不知其所止。或纷纭其流折兮，忽缪往而不来[69]。临朱汜而远逝兮[70]，中虚烦而益怠[71]。莫离散而发曙兮[72]，内存心而自持[73]。于是澡概胸中[74]，洒练五藏[75]，澹澈手足[76]，颊濯发齿[77]。揄弃恬怠[78]，输写淟浊[79]，分决狐疑，发皇耳目[80]。当是之时，虽有淹病滞疾，犹将伸伛起躄[81]，发瞽披聋而观望之也[82]，况直眇小烦懑，酲醲病酒之徒哉[83]！故曰：发蒙解惑，不足以言也[84]。"太子曰："善，然则涛何气哉[85]？"

客曰："不记也[86]。然闻于师曰，似神而非者三[87]：疾雷闻百里[88]；江水逆流，海水上潮[89]；山出内云[90]，日夜不止。衍溢漂疾[91]，波涌而涛起。其始起也，洪淋淋焉[92]，若白鹭之下翔。其少进也，浩浩澄澄[93]，如素车白马帷盖之张[94]。其波涌而云乱，扰扰焉如三军之腾装[95]。其旁作而奔起也[96]，飘飘焉如轻车之勒兵[97]。六驾蛟龙[98]，附从太白[99]。纯驰浩蜺[100]，前后骆驿[101]。颙颙卬卬[102]，椐椐强强[103]，莘莘将将[104]。壁垒重坚，沓杂似军行[105]。訇隐匈磕[106]，轧盘涌裔[107]，原不可当[108]。观其两傍，则滂渤怫郁[109]，暗漠感突[110]，上击下律[111]。有似勇壮之卒，突怒而无畏；蹈壁冲津[112]，穷曲随隈[113]，逾岸出追[114]；遇者死，当者坏。初发乎或围之津涯，荄轸谷分[115]。回翔青篾[116]，衔枚檀桓[117]。弭节伍子之山[118]，通厉骨母之场[119]。凌赤岸，篲扶桑[120]、横奔似雷行。诚奋厥武[121]，如振如怒[122]。沌沌浑浑[123]，状如奔马。混混庉庉[124]，声如雷鼓。发怒庢沓[125]，清升踰跇[126]，侯波奋振[127]，合战于藉藉之口[128]。鸟不及飞，鱼不及回，兽不及走。纷纷翼翼[129]，波涌云乱。荡取南山，背击北岸[130]。覆亏丘陵，平夷西畔[131]。险险戏戏[132]，崩坏陂池[133]，决胜乃罢。澔汋潎洌[134]，披扬流洒[135]。横暴之极，鱼鳖失势，颠倒偃侧[136]，沈沈湲湲[137]，蒲伏连延[138]。神物怪疑，不可胜言。直使人踦焉[139]，洄暗凄怆焉[140]。此天下怪异诡观也[141]，太子能强起观之乎？"

……

**中华书局 1977 年影印胡克家刻本《文选》卷三四**

**【注释】**

[1]伏闻：听说。伏，谦敬之词。[2]少间（jiàn）：稍稍痊愈。[3]惫（bèi）：疲乏。[4]因称：接着说。[5]方富于年：正当年轻，来日方长。[6]意者：想来，估计是。袭逆：侵犯。中：胸中。结轖（sè）：郁结堵塞。轖，通"塞"。[7]纷屯：纷乱。澹淡：水波动荡貌，比喻心神不定的样子。[8]嘘唏：呻吟叹息。烦酲（chéng）：烦闷如醉。[9]惕惕怵怵：惊慌不安的样子。[10]瞑：通"眠"，小睡。[11]虚中：体中虚弱。重听：耳鸣，听觉不灵。[12]越渫（xiè）：涣散。[13]聪明：指听觉和视觉，犹言耳目。眩曜：惑乱的样子。[14]悦怒不平：指喜怒失常。[15]大命：生命。倾：倒，覆灭。[16]"赖君"三句：意谓依靠国君的力量，我得以享受安乐，以至于经常有此类病状，但还未达到您说的这种程度。[17]宫居：居住在宫室。闺处：处在深闺中。闺，宫中小门。[18]保母：照管生活的妇女。傅父：负责教育辅导的师傅。欲交无所：想要外出交游也没有地方可去。[19]温淳：指味道厚美的食物。膬（cuì）：同

"脆"。[20] 腥（chéng）：肥肉。酞（nóng）：醇酒。[21] 杂逻（tà）：众多的样子。曼：轻细。燂（xún）：火热。烁：热。[22] 销铄：熔化。挺解：松散，分散。挺，也是"解"的意思。以上两句意为生活在那样安逸的环境中，即使有像金石般的躯体，也将要熔消而解散。[23] 恣：放纵。支：通"肢"。伤血脉之和：损害血脉的调和。[24] 舆辇：均为车。蹶痿（juéwěi）：都是麻痹、瘫痪的意思。机：先兆。[25] 洞房：深邃的房屋。清宫：清凉的宫室。寒热：感寒或受热。媒：媒介。[26] 皓齿娥眉：指代美女。娥眉，同蛾眉，指像蚕蛾触须一样细长的眉。性：性命。[27]"甘脆"二句：甜美食品和醇厚美酒，都是腐烂肠胃的毒药。脓，同"酞"。腐，腐蚀。[28] 靡曼：细嫩的样子。[29] 四支：即四肢。委随：麻木不灵便的样子。[30] 淫濯：过度而大。这里指血脉阻滞、不通畅。[31] 堕：懈怠。窳（yǔ）：软弱无力。[32] 醮：通"宴"。[33] 曲房：深曲的房子。隐间：暗室，密室。[34] 甘餐毒药：把毒药当美食吃。戏：玩耍。[35] 淹滞：停留，拖延。扁鹊：先秦时代的名医。治内：治疗内脏的疾病。巫咸：传说商代的神巫。治外：指用巫术进行祝祷之类。[36] 强识：记忆力强。[37] 间：机会。[38] 变度易意：改变太子的胸襟和思想。度，气度，胸襟。[39] 淹沈：沉溺。沈，同"沉"。[40] 浩唐：同"浩荡"，荒唐，放荡。[41] 逼佚：放纵过度。[42] 奚：何。这句是说以上那些不好的想法做法从何而来呢？[43] 病已：病好了。已，止。事此言：按照这话去做。[44] 以：用。要言妙道：中肯的话语和精妙的道理。去：指治好病。[45] 仆：太子自己的谦称。[46] 望：阴历每月十五日。[47] 交游：朋友。[48] 广陵：扬州。[49] 呴（xù）然：惊骇的样子。呴，恤的异体字。[50] 驾轶：超越，这里形容水力逐层推涌的样子。[51] 擢拔：指浪头高耸拔起。[52] 扬汩（yù）：指波涛速度快。[53] 温汾：指水流结聚回转。[54] 涤汔（qì）：洗荡，冲刷。[55] 心略：心智，谋略。辞给：机敏的辩才。[56] 缕形：形容，刻画。[57] 怳兮忽兮：同"恍惚"，形容江涛浩荡无际，难以辨识。[58] 聊兮慄兮：形容波涛翻滚，令人恐惧的样子。[59] 混：水势浩大。汩汩（gǔ）：水流声。[60] 俶兮傥兮：波浪突起卓异独特的样子。[61] 沉漾（wǎngyáng）：同"汪洋"，水势广大无边的样子。[62] 慌旷旷：形容江涛茫茫一片。[63] 秉意：执意，集中注意。南山：江涛发源地。[64] 通望：一直望到。东海：江涛的归向地。[65] 虹洞：水天相接貌。[66] 极虑乎崖涘：指观涛者极尽思虑。这里指极目远眺。崖涘，水的边际。[67] 流揽：同"流览"。日母：日出的地方。[68] 汨（yù）：快速的样子。[69] 缪（liáo）：同"缭"，纠结貌。[70] 朱汜：地名。[71] 中：胸中。虚烦：空虚烦扰。益怠：逐渐疲怠。[72] 莫离散而发曙：夜晚被惊涛骇浪所摄而心神散乱，一直到天又发亮。莫，同"暮"。[73] 存心：把心收起来。自持：自己把持住自己，指情绪稳定。[74] 澡概：洗濯。概，同"溉"。[75] 洒：洗。练：汰。臧：同"脏"。[76] 澹澉（gǎn）：洗涤。[77] 颒（huì）：洗脸。[78] 揄弃：抛弃。恬怠：安逸懒散。[79] 输写：排除。写，同"泻"。潫（tiǎn）浊：污垢。[80] 皇：明。[81] 伸伛（yǔ）：使伛偻者伸直驼背。起躄（bì）：使跛足者抬起跛脚。[82] 发瞽：使盲人睁开眼睛。披聋：使聋子恢复听觉。披，开。[83]"况直"二句：意思是说何况只是烦躁病酒这类小病之人。直，只。醒酲，沉醉。[84] 发蒙：变糊涂为清醒。解惑：解除迷惑。不足以言：不值得说，不在话下。[85] 气：气象，景象。[86] 不记：没有记载。[87] 似神而非：江涛似有神助然而又并非神助的地方有三点。[88] 疾雷：涛声似疾雷。[89] 上潮：涨潮。[90] 出内：出纳。[91] 衍溢漂疾：指江水涨满，流速很快。[92] 洪：大水。淋淋：大水往下奔泻的样子。[93] 澄（yí）澄：高而白的样子。[94] 帷盖：车帷和车盖。张：张开。[95] 云乱：像乱云一样翻滚。扰扰焉：乱纷纷的样子。腾装：好比盛装的军队奔腾向前。[96] 旁作：

指波涛向两旁涌起。[97] 轻车：一种兵车。这里指将帅所乘的指挥车。勒兵：统率军队。[98] 六驾蛟龙：谓江涛之来，势如六龙驾车。[99] 太白：即河伯、河神。[100] 纯：专也。浩蜺：素蜺。浩，疑为"皓"的假借字。蜺，同"霓"，就是虹。这句是说江涛来时，顶上一条白线若白虹在天，飞驰而来。[101] 骆驿：即"络绎"。[102] 颙（yóng）颙卬（áng）卬：波浪高耸的样子。[103] 椐（jū）椐强强：形容江涛前后相随的样子。[104] 莘莘将将：波涛相激荡的样子。[105] 壁垒：江涛重重叠叠如军营的坚壁。杳杂：众多的样子。军行：军队的行列。[106] 訇（hōng）隐匈磕（kē）：都是象声词，形容江涛的巨大轰鸣声。[107] 轧盘涌裔：形容波涛翻滚奔腾的样子。[108] 原：本。当：抵挡。[109] 澮渤怫郁：江涛汹涌激怒的样子。[110] 暗漠感突：江涛冲起撼击的样子。感，通"撼"。[111] 上击下律：向高空冲击，又向下坠落。律，当作"碑"，石从高处滚下。[112] 蹈壁冲津：指波涛拍打江岸和渡口。[113] 穷曲随隈（wēi）：指波涛冲击所有江岸弯曲之处。隈，水湾。[114] 出追：超出沙滩。追，古"堆"字。[115] 或围：地名，今无所考。荄："陔"的假借字，即山陇。轸：隐。这句是形容浪涛冲击的地方，高山深谷都变了样。[116] 回翔：水旋转而流。青篾：地名，一说车名。[117] 衔枚：古代行军时，士兵口中衔枚以免喧哗。这里形容水无声。檀桓：地名，一说同"盘桓"。[118] 弭节：缓慢行进。伍子之山：因纪念伍子胥而命名的山。[119] 通厉：远行。骨母：山名，在今江苏省。"骨"为"胥"之误。《论衡·书虚篇》载：吴王杀伍子胥，投于江中，子胥恚恨，驱水为涛，以溺生人。一些地方立子胥庙，以慰其恨心，以止怒涛。[120] 凌：侵逼。赤岸：地名。篲（huì）：扫帚，用作动词。扶桑：神话中的树名。[121] 诚：确实。厥武：其武，它的威武。[122] 振：同"震"。[123] 沌沌浑浑：波涛相逐的样子。[124] 庉庉：音义同"沌沌"。[125] 窒（zhì）：受阻碍。沓：激溅而出。[126] 清升：清波上扬。踰跇（yì）：超越。[127] 侯波：阳侯，传说中的大波之神，即大波。[128] 藉藉：地名。[129] 纷纷翼翼：多而乱的样子。[130] "荡取"两句：是说波涛冲荡南山，又反击北岸。[131] 覆亏：倾覆亏蚀。夷：荡平。畔：岸。[132] 险险戏戏：危险的样子。戏戏，通"巇巇"。[133] 陂池（pōtuó）：即"陂陀"，斜坡。这里是浪涛将坡形的江岸都冲坏了。池为"陁"的假借字（今通"陀"）。[134] 泲（jié）泹：水波相击声。潺湲：水流徐缓的样子。[135] 披扬流洒：形容江水汹涌，浪花四溅。[136] 偃：仰跌。侧：歪斜。[137] 沈（yóu）沈浟浟：鱼鳖东倒西歪的样子。[138] 蒲伏：同"匍匐"，爬行。连延：连续不断。[139] 踣（bó）：向前跌倒。[140] 泂暗：被吓得昏头转向的样子。[141] 诡观：奇异的景观。

**【审美点评】**

观涛广陵之曲江，无疑可以领略到江水逆流、海水上潮的壮观场面，而更让人叫绝的是作者对江涛变幻多姿的描摹："白鹭下翔"的飘逸动感、"素车白马"的观感色调，"波涌云乱"、"旁作奔起"的声势徐来，"前后络绎"、"原不可当"的奔流滔滔，"上击下律"、"蹈壁冲津"的不羁气势，……江涛尽情展现了它的风采，演绎着它的神奇。

# 司马相如

　　司马相如（约前179—前118），字长卿，蜀郡成都（今四川成都）人，西汉著名辞赋家。汉景帝时为武骑常侍。因景帝不好辞赋，称病免官。客游于梁，与枚乘等辞赋家交游。及梁孝王卒，司马相如回到蜀地。汉武帝时，因所作辞赋得到赏识，召为郎。曾奉命出使西南夷。晚年拜孝文园令，病卒于家。《汉书·艺文志》著录其赋29篇。今存著名作品有《子虚赋》、《上林赋》、《大人赋》、《长门赋》、《哀二世赋》等，司马相如的大赋作品规模宏大，辞藻富丽，对后代大赋作家影响很大。此外尚有散文《喻巴蜀檄》、《难蜀父老》等，后人辑其辞赋和散文为《司马文园集》二卷。

## 子虚赋

　　**【题解】**本篇和《上林赋》是司马相如大赋的代表作。二赋内容承接，《史记》、《汉书》均作一篇，《文选》始将其分作两篇。《子虚赋》虚构子虚和乌有两个人物的对话，分别夸耀楚王和齐王的苑囿之盛以及异乎寻常的田猎、游乐等场面，与《上林赋》夸耀汉天子在上林苑校猎的壮观，宣扬汉帝国的声威，以压倒齐楚形成对照，都极尽铺张扬厉之能事。结尾借乌有先生之口，表达尚俭抑奢的讽谏之旨。

　　楚使子虚使于齐[1]，王悉发车骑，与使者出畋[2]。畋罢，子虚过姹乌有先生[3]，亡是公存焉[4]。坐定，乌有先生问曰："今日畋乐乎？"子虚曰："乐。""获多乎[5]？"曰："少。""然则何乐？"对曰："仆乐齐王之欲夸仆以车骑之众，而仆对以云梦之事也[6]。"曰："可得闻乎？"子虚曰："可。王车驾千乘，选徒万骑，畋于海滨。列卒满泽，罘网弥山[7]，掩兔辚鹿[8]，射麇脚麟[9]。骛于盐浦[10]，割鲜染轮[11]。射中获多，矜而自功。顾谓仆曰：'楚亦有平原广泽游猎之地饶乐若此者乎？楚王之猎孰与寡人乎？'仆下车对曰：'臣，楚国之鄙人也，幸得宿卫十有余年[12]，时从出游，游于后园，览于有无[13]，然犹未能遍睹也，又焉足以言其外泽乎[14]！'齐王曰：'虽然，略以子之所闻见而言之。'"仆对曰：'唯唯[15]。

　　'臣闻楚有七泽，尝见其一，未睹其余也。臣之所见，盖特其小小者耳，名曰云梦。云梦者，方九百里，其中有山焉。其山则盘纡茀郁[16]，隆崇崒崒[17]；岑崟参差[18]，日月蔽亏[19]；交错纠纷，上干青云；罷池陂陀[20]，下属江河[21]。其土则丹青赭垩[22]，雌黄白坿[23]，锡碧金银[24]，众色炫耀，照烂龙鳞[25]。其石则赤玉玫瑰[26]，琳珉昆吾[27]，瑊玏玄厉[28]，碝石碔砆[29]。其东则有蕙圃[30]；衡兰芷若[31]，芎䓖菖蒲[32]，江蓠蘼芜[33]，诸柘巴苴[34]。其南则有平原广泽，登降陁靡[35]，案衍坛曼[36]。缘以大江，限以巫山[37]。其高燥则生葴菥苞荔[38]，薛莎青薠[39]。其埤湿则生藏莨兼葭[40]，东蘠雕胡[41]，莲藕觚卢[42]，菴闾轩于[43]，众物居之，不可胜图[44]。其西则有涌泉清池，激水推移，外发芙蓉菱华，内隐钜石白沙。其中则有神龟蛟鼍[45]，瑇瑁鳖鼋[46]。其北则有阴林[47]，其树楩柟豫章[48]，桂椒木兰[49]，檗离朱杨[50]，樝梨梬栗[51]，橘柚芬芳。其上则有鹓雏孔鸾[52]，腾远射干[53]。其下则有白虎玄豹，蟃蜒貙犴[54]。

'于是乎乃使剸诸之伦[55]，手格此兽[56]。楚王乃驾驯駮之驷[57]，乘雕玉之舆。靡鱼须之桡旃[58]，曳明月之珠旗[59]。建干将之雄戟[60]，左乌号之雕弓[61]，右夏服之劲箭[62]。阳子骖乘[63]，孅阿为御[64]，案节未舒[65]，即陵狡兽[66]。蹴蛩蛩[67]，辚距虚[68]，轶野马[69]，轊陶駼[70]，乘遗风[71]，射游骐[72]。倏眒倩浰[73]，雷动猋至[74]，星流霆击。弓不虚发，中必决眦[75]，洞胸达掖[76]，绝乎心系[77]。获若雨兽[78]，揜草蔽地[79]。于是楚王乃弭节徘徊，翱翔容与。览乎阴林，观壮士之暴怒，与猛兽之恐惧。徼𫘝受诎[80]，殚睹众物之变态[81]。

'于是郑女曼姬[82]，被阿缌[83]，揄纻缟[84]，杂纤罗[85]，垂雾縠[86]。襞积褰绉[87]，纡徐委曲，郁桡溪谷[88]。粉粉排排[89]，扬袘戌削[90]，蜚襳垂髾[91]。扶舆猗靡[92]，翕呷萃蔡[93]。下靡兰蕙[94]，上拂羽盖。错翡翠之威蕤[95]，缪绕玉绥[96]。眇眇忽忽[97]，若神仙之仿佛。

'于是乃相与獠于蕙圃[98]，媻姗教窣[99]，上乎金隄[100]。揜翡翠，射㕙鸃[101]。微矰出，孅缴施[102]。弋白鹄[103]，连驾鹅[104]。双鸧下[105]，玄鹤加。怠而后发，游于清池[106]。浮文鹢[107]，扬旌枻[108]。张翠帷，建羽盖。罔瑇瑁[109]，钩紫贝。摐金鼓[110]，吹鸣籁。榜人歌[111]，声流喝。水虫骇，波鸿沸[112]。涌泉起，奔扬会[113]。礧石相击[114]，硍硍礚礚[115]，若雷霆之声，闻乎数百里之外。将息獠者，击灵鼓[116]，起烽燧[117]。车按行，骑就队。纚乎淫淫[118]，般乎裔裔[119]。

'于是楚王乃登云阳之台[120]，怕乎无为[121]，憺乎自持[122]，勺药之和具，而后御之[123]。不若大王终日驰骋，曾不下舆，脟割轮焠[124]，自以为娱。臣窃观之，齐殆不如。'于是齐王无以应仆也。"

乌有先生曰："是何言之过也！足下不远千里，来贶齐国[125]，王悉发境内之士，备车骑之众，与使者出畋，乃欲戮力致获，以娱左右，何名为夸哉！问楚地之有无者，愿闻大国之风烈[126]，先生之余论也。今足下不称楚王之德厚，而盛推云梦以为高，奢言淫乐，而显侈靡，窃为足下不取也。必若所言，固非楚国之美也；无而言之，是害足下之信也。彰君恶[127]，伤私义，二者无一可，而先生行之，必且轻于齐而累于楚矣[128]！"且齐东陼钜海[129]，南有琅邪[130]；观乎成山[131]，射乎之罘[132]；浮渤澥[133]，游孟诸[134]；邪与肃慎为邻[135]，右以汤谷为界[136]。秋田乎青丘[137]，徬徨乎海外。吞若云梦者八九于其胸中，曾不蒂芥[138]。若乃俶傥瑰玮[139]，异方殊类，珍怪鸟兽，万端鳞崪[140]，充牣其中[141]，不可胜记。禹不能名，卨不能计[142]。然在诸侯之位，不敢言游戏之乐，苑囿之大；先生又见客[143]，是以王辞不复，何为无以应哉！"

中华书局 1977 年影印胡克家刻本《文选》卷七

## 【注释】

[1] 子虚：子虚和下文的乌有先生、亡是公都是作者虚构的人物，后世因称虚无之事为"子虚乌有"。[2] 畋：打猎。[3] 过：拜访。妭（chà）："诧"的假借字，夸耀。[4] 亡：通"无"。存：在。[5] 获：收获，指猎物的收获。[6] 仆：自我谦称。云梦：古代楚地的大泽。[7] 罘（fú）网：捕兔的网。弥：满。[8] 掩：用网掩捕。轥：用车轮辗轧。[9] 麇（mí）：麋鹿。脚麟：抓住雄鹿的一脚。脚，用作动词。麟，大雄鹿。[10] 骛（wù）：奔驰。盐浦：海滨的盐滩。[11] 割鲜染轮：杀食猎物、染红车轮。鲜，生肉。一说切割生肉，取车轮上的盐和而食之。染，即沾染的意思。[12] 宿卫：帝王宫禁中值宿守卫。[13] 有无：有什么东西，偏义复词。[14] 外泽：宫禁外面的薮泽。[15] 唯唯：恭敬的应答之辞。[16] 盘纡弗（fú）郁：山势曲折的样子。[17] 隆崇：山高峻的样子。崒崒（lùzú）：山高危的样子。[18] 岑崟（yín）：山势高峻的样子。[19] 蔽：全隐。亏：部分被遮隐。[20] 罷（pí）池：山势倾斜的样子。陂陀（pōtuó）：山势宽广。[21] 属：连。[22] 赭：赤土。垩（è）：白土。[23] 雌黄：石黄，矿物名。白坿（fú）：白石英，一说石灰。[24] 碧：青色玉石。[25] 照烂龙鳞：色彩鲜明灿烂，有如龙鳞。[26] 玫瑰：美玉名，又叫火齐珠。[27] 琳：玉名。瑉（mín）：一种次于玉的美石。昆吾：类似玉的石头。昆吾本为山名，出美石，这里即指代美石。[28] 瑊玏（jiānlè）：次于玉的美石。玄厉：黑石。[29] 碝（ruǎn）石：一种次于玉的美石，白色如冰，半有赤色。碔砆（wǔfū）：一种次于玉的美石，赤地白纹。[30] 蕙圃：种植蕙草的园圃。[31] 蘅：杜蘅。芷：白芷。若：杜若。[32] 芎藭（xiōngqióng）：一种香草。菖蒲：生于水边的一种香草，根可入药。[33] 江蓠蘪芜：生长在水中的两种香草。[34] 诸柘：甘蔗。巴苴（jū）：芭蕉。[35] 登降：地势高低起

伏。陁（yǐ）靡：倾斜连绵不断的样子。[36]案衍：地势低下的样子。坛曼：地势平坦宽阔的样子。[37]限：界。巫山：云梦泽中的巫山。[38]葴（zhēn）：马兰草。菥（xī）：形似燕麦的草。苞：草名，似茅。荔：草名，似蒲而小。[39]薛：蒿的一种。莎（suō）：也是蒿的一种。青薠（fán）：草名，似莎而大。[40]埤湿：低洼潮湿之地。埤，同"卑"。藏莨（zānglàng）：狗尾巴草，也称狼尾草。[41]东蔷：似蓬草，实如葵子，可食。雕胡：即菰米，俗名茭白。[42]觚（gū）卢：一作菰芦，菰米的嫩茎和芦笋。[43]菴闾：草名，状若蒿艾，其实可制药。轩于：即莸草，水生草本植物，味臭。[44]图：计。[45]蛟：传说中有鳞，尾如蛇的动物。鼍（tuó）：扬子鳄，俗称猪婆龙。[46]瑇瑁：即玳瑁，龟类动物，其甲壳可做装饰品。鼋（yuán）：似鳖而大。[47]阴林：茂密阴森的森林。[48]楩（pián）、枏（nán）、豫章：三种乔木名。[49]椒：花椒。木兰：皮似椒而香，俗名紫玉兰。[50]檗（bò）：即黄檗。离：山梨。朱扬：赤茎柳。[51]樝（zhā）：形似梨而味甘。梬（yǐng）：梬枣，形似柿而小。[52]鹓（yuān）雏：鸟名，形状似凤。孔：孔雀。鸾：鸾鸟，凤凰一类的鸟。[53]腾远：猿类动物。射（yè）干：兽名，似狐而小，能攀援。[54]蜒蜓（mànyán）：大兽，似狸。貙（chū）：兽名，外形似狸，比狸大。犴（àn）：野犬。一说貙犴为一物，猛兽名。[55]剸诸：即专诸，春秋时吴国的勇士，曾为吴公子光刺杀吴王僚。伦：类。[56]手格：徒手格斗。[57]驯：驯服。駮：同"驳"，毛色不纯的马。[58]靡：通"麾"，挥动。桡旃（náozhān）：曲柄的旗。[59]曳：摇。明月之珠旗：用明月珠装饰的旗子。[60]建：举起。干将：吴人，善铸剑，曾制干将、莫邪二宝剑。[61]乌号：古代良弓名，相传为黄帝所用。[62]夏服：夏后氏的箭袋。[63]阳子：即孙阳，字伯乐，春秋时秦人，以善相马著称。骖乘：陪乘的人。[64]孅（xiān）阿：古之善御者。一说为月御。[65]案节：使马走得缓慢而有节奏。未舒：指马尚未尽情奔驰。[66]陵：侵凌，此指践踏。狡兽：狡健的野兽。[67]蹴：践踏。蛩（qióng）蛩：传说中的异兽，其状如马，善奔驰。[68]距虚：一种善于奔走的野兽名，似马而小。[69]轶：冲犯，侵凌。[70]辒（wèi）：车轴头，这里是用轴头撞击之意。陶駼（táotú）：兽名，似马。一说即野马。[71]遗风：千里马名。[72]騏：野兽名，似马，无角。[73]倏眒（shēn）、倩浰（lì）：都是迅疾的样子。[74]猋（biāo）：即飙风，疾风。[75]决：裂。眦：眼眶。[76]掖：同"腋"。[77]绝：断。心系：连接心脏的血脉经络。[78]雨兽：被射中的鸟兽，像天下雨一样纷纷落地。[79]揜（yǎn）：遮蔽、覆盖。[80]徼敪（jù）受诎（qū）：拦住并收拾疲乏绝路之野兽。徼，拦截。敪，极度倦怠的样子。诎，同"屈"，力尽。[81]殚：尽。众物之变态：众兽各式各样的姿态。[82]曼姬：美女。[83]被：通"披"，此指穿衣。阿：细缯。緆（xì）：细布。[84]揄：牵曳。纻：麻布。缟：素绢。[85]纤：细。罗：质地细软纹理交错的丝织品。[86]雾縠（hú）：轻薄如雾的薄纱。[87]襞（bì）积：指女子裙上的褶子。褰（qiān）绉：指褶子折叠缩皱的样子。[88]郁桡：深曲的样子。这句是说女子衣服折叠深曲，好像溪谷。[89]衯（fēn）衯裶（fēi）裶：衣裙很长的样子。[90]扬：提起。袘（yì）：裙子下端边缘。戌削：形容裙边整齐的样子。[91]蜚：同"飞"。襳（xiān）：上衣下垂的飘带。髾（shāo）：妇人上衣的下端，形如燕尾。[92]扶舆猗靡：形容衣服合身，体态婀娜的样子。[93]翕呷、萃蔡：都是象声词，人走路时衣服飘动的声响。[94]摩：通"摩"。[95]错：杂。翡、翠：皆为鸟名，前者羽毛红色，后者羽毛绿色。威蕤（ruí）：羽毛光盛的样子。这句是说妇女用翡翠羽毛为头上装饰。[96]缪：同"缭"。绥：当作"緌（ruí）"，此指缨饰。[97]眇眇：缥缈。忽忽：飘忽不定的样子。[98]獠：夜间打猎。[99]蹙姗：同"蹒跚"，走路缓慢的样子。教窣（sū）：缓缓前行的样子。教，同

110

"勃"。[100] 金隄：堤名。隄，同"堤"。[101] 鵔鸃（jùnyí）：锦鸡。[102] 纤：同"纤"。缴：用生丝做的绳，系在矰的尾部，用以收获猎物。[103] 弋（yì）：用带丝线的箭射鸟。白鹄：白天鹅。[104] 连：牵连，此指用带丝线的箭牵连而下。驾（jiā）鹅：野鹅。[105] 鸧（cāng）：鸟名，似雁而黑。[106] 清池：指云梦西边的涌泉清池。[107] 浮：指泛舟水上。文：花纹。鹢（yì）：水鸟名，此指船头绘有鹢的图案的画船。[108] 旌枻（yì）：《史记》作"桂枻"，指用桂木制作的浆。[109] 罔：同"网"，用网捕取。[110] 枞（chuāng）：撞击。金鼓：指钲，即今铙钹或大锣一类的乐器。[111] 榜人：划船的人。[112] 波鸿沸：波涛大作。[113] 奔扬会：波涛奔腾碰撞。[114] 礧（lěi）石：众石。礧，通"磊"。[115] 硍（láng）硍礚（kē）礚：象声词，形容水石相撞击的声音。[116] 灵鼓：六面鼓。[117] 起烽燧：燃起火把。烽燧，此指火把。[118] 缅（xǐ）：接续不断的样子。淫淫：众多的样子。[119] 般（pán）：依次相连而行。裔裔：流行貌。[120] 云阳之台：楚国台榭之名，在云梦南部的巫山下。[121] 怕：同"泊"，淡泊。[122] 憺乎：安静无为的样子。憺，同"澹"。自持：保持自己宁静的心态。[123] 勺药：即芍药，药草名，古人认为芍药有和五脏、辟毒气的作用，故常用以调味。和：调和。具：备。御：用。[124] 胾（luán）割：把鲜肉切成块状。胾，同"脔"。轮焠：在车轮上烤炙。焠（cuì），烤炙。[125] 贶（kuàng）：惠赐。此处作"惠临"解。[126] 风烈：风俗功业。[127] 彰：宣扬，暴露。[128] 累于楚：指子虚回到楚国以后，将因此获罪受累。[129] 陼（zhǔ）：水边，此处用作动词。东陼钜海就是东临大海。[130] 琅邪（yá）：山名，在今山东诸城东南。[131] 成山：山名，在今山东荣城东。[132] 之罘（fú）：地名，在今山东福山东北。[133] 渤澥：渤海的港湾。澥，海边港湾。[134] 孟诸：古代大泽名，在今河南商丘东北，已淤塞。[135] 邪：同"斜"。肃慎：古代国名，在今东北三省境内。[136] 右：当是"左"之误，古人多以左为东。汤谷：日出之处。[137] 田：同"畋"，秋猎。青丘：国名，相传在大海之东三百里。[138] 蒂芥：指细小的梗塞物，此处用作动词，作梗塞解。[139] 倜傥（tìtǎng）：卓异。瑰玮：奇伟，卓异。[140] 万端鳞崒（cuì）：形容很多珍怪之物就像鱼鳞般聚集在一起。崒，同"萃"，集。[141] 充牣（rèn）：充满。[142] 禼（xiè）：同"契"，人名，尧时为司徒，商始祖。[143] 见客：被当作宾客礼遇。

## 【审美点评】

这篇大赋场面宏大，气概壮盛。"其山、其土、其石、其东、其南、其高燥、其卑湿……"的描写表现出壮阔的气势；又多用三言句夸张渲染楚王田猎的壮观，极富动感和气势美；而大量双声叠韵词的运用，则增加了这篇赋的节奏感和音乐美。不仅如此，这篇赋还善用映衬对比的手法，先声夺人，称云梦泽是楚地七泽中特其小小者耳，令读者对楚地之广大富饶产生不尽的联想。

# 司马迁

司马迁（约前145—约前93），字子长，夏阳龙门（今陕西韩城）人。先世为周代史官。父亲司马谈在武帝时为太史令，对诸子之学及天文历法均有很深的造诣。司马迁少年时在家乡从事过耕牧劳动，后随父至长安。二十岁后，多次漫游各地，足迹遍及大江南北。武帝元封三年（前108），继父任为太史令，四年后开始编写《史记》。天汉二年（前99），因替投降匈奴的李陵辩解，触怒武帝，下狱，遭受腐刑。出狱后任中书令。当时中书令大都由宦者充任，司马迁深以为耻，发愤著书，在征和二年左右，基本完成了《史记》这部巨著。《史记》原名《太史公书》，全书共130篇，记述上自传说中的黄帝，下至汉武帝时代大约三千多年的历史，是我国第一部纪传体通史，也是一部优秀的史传文学作品。《史记》善叙事理，长于写人，书中塑造了大批栩栩如生的历史人物形象，具有很强的艺术感染力。司马迁的著作除《史记》外，还有《报任安书》和《悲士不遇赋》。

# 项羽本纪 (节选)

**【题解】** 项羽，名籍，字羽，秦末起义军领袖，出身贵族。按司马迁创作《史记》的体例，项羽未践天子位，当在列传。但秦亡汉兴之际，项羽曾发号施令，权威如同帝王，司马迁即把他置于帝王之列，列入"本纪"。本篇描写项羽一生的勇敢善战，肯定项羽在反秦战争中建立的历史功绩，也指出项羽恃一己之勇，企图以武力征服天下的过错。作者歌颂项羽作战的勇猛，对其不幸的结局表现出极大的同情和惋惜。节选部分为钜鹿之战、鸿门宴、垓下之围，大体上包括了项羽一生的主要事迹。

初，宋义所遇齐使者高陵君显在楚军[1]，见楚王曰："宋义论武信君之军必败[2]，居数日，军果败。兵未战而先见败征，此可谓知兵矣。"王召宋义与计事而大说之，因置以为上将军。项羽为鲁公，为次将，范增为末将，救赵。诸别将皆属宋义，号为卿子冠军[3]。行至安阳[4]，留四十六日不进。项羽曰："吾闻秦军围赵王钜鹿，疾引兵渡河，楚击其外，赵应其内，破秦军必矣。"宋义曰："不然。夫搏牛之虻不可以破虮虱[5]。今秦攻赵，战胜则兵罢[6]，我承其敝；不胜，则我引兵鼓行而西[7]，必举秦矣[8]。故不如先斗秦赵[9]。夫被坚执锐[10]，义不如公；坐而运策[11]，公不如义。"因下令军中曰："猛如虎，很如羊[12]，贪如狼，强不可使者[13]，皆斩之。"乃遣其子宋襄相齐，身送之至无盐[14]，饮酒高会[15]。天寒大雨，士卒冻饥。项羽曰："将戮力而攻秦[16]，久留不行。今岁饥民贫，士卒食芋菽，军无见粮[17]，乃饮酒高会，不引兵渡河因赵食[18]，与赵并力攻秦，乃曰'承其敝'。夫以秦之强，攻新造之赵，其势必举赵。赵举而秦强，何敝之承！且国兵新破，王坐不安席，埽境内而专属于将军[19]，国家安危，在此一举。今不恤士卒而徇其私，非社稷之臣[20]。"项羽晨朝上将军宋义，即其帐中斩宋义头，出令军中曰："宋义与齐谋反楚，楚王阴令羽诛之。"当是时，诸将皆慑服，莫敢枝梧[21]。皆曰："首立楚者，将军家也。今将军诛乱。"乃相与共立羽为假上将军[22]。使人追宋义子，及之齐，杀之。使桓楚报命于怀王。怀王因使项羽为上将军，当阳君[23]、蒲将军皆属项羽。

项羽已杀卿子冠军，威震楚国，名闻诸侯。乃遣当阳君、蒲将军将卒二万渡河，救钜鹿。战少利，陈馀复请兵。项羽乃悉引兵渡河，皆沈船，破釜甑[24]，烧庐舍，持三日粮，以示士卒必死，无一还心。于是至则围王离，与秦军遇，九战，绝其甬道，大破之，杀苏角，虏王离。涉间不降楚，自烧杀。当是时，楚兵冠诸侯。诸侯军救钜鹿下者十余壁，莫敢纵兵。及楚击秦，诸将皆从壁上观[25]。楚战士无不一以当十，楚兵呼声动天，诸侯军无不人人惴恐。于是已破秦军，项羽召见诸侯将，入辕门，无不膝行而前，莫敢仰视。项羽由是始为诸侯上将军，诸侯皆属焉。

……

行略定秦地[26]。函谷关有兵守关，不得入。又闻沛公已破咸阳，项羽大怒，使当阳君等击关。项羽遂入，至于戏西[27]。沛公军霸上[28]，未得与项羽相见。沛公左司马曹无伤使人言于项羽曰："沛公欲王关中，使子婴为相，珍宝尽有之。"项羽大怒，曰："旦日飨士卒[29]，为击破沛公军！"当是时，项羽兵四十万，在新丰鸿门[30]，沛公兵十万，在霸上。范增说项羽曰："沛公居山东时[31]，贪于财货，好美姬。今入关，财物无所取，妇女无所幸，此其志不在小。吾令人望其气[32]，皆为龙虎，成五采，此天子气也。急击勿失！"

楚左尹项伯者[33]，项羽季父也，素善留侯张良[34]。张良是时从沛公，项伯乃夜驰之沛公军，私见张良，具告以事，欲呼张良与俱去。曰："毋从俱死也。"张良曰："臣为韩王送沛公[35]，沛公今事有急，亡去不义，不可不语。"良乃入，具告沛公。沛公大惊，曰："为之奈何？"张良曰："谁为大王为此计者？"曰："鲰生说我曰[36]：'距关[37]，毋内诸侯[38]，秦地可尽王也。'故听之。"良曰："料大王士卒足以当项王乎？"沛公默然，曰："固不如也，且为之奈何？"张良曰："请往谓项伯，言沛公不敢背项王也。"沛公曰:"君安与项伯有故?"张良曰:"秦时与臣游,项伯杀人,臣活之。今事有急,故幸来告良。"沛公曰:"孰与君少长[39]?"良曰:"长于臣。"沛公曰:"君为我呼入,吾得兄事之。"张良出,要项伯[40]。项伯即入见沛公。沛公奉卮酒为寿[41],约为婚姻,曰:"吾入关,秋豪不敢有所近[42],籍吏民[43],封府库,而待将军。所以遣将守关者,备他盗之出入与非常也[44]。日夜望将军至,岂敢反乎!愿伯具言臣之不敢倍德也。"项伯许诺。谓沛公曰:"旦日不可不蚤自来谢项王[45]。"沛公曰:"诺。"于是项伯复夜去,至军中,具以沛公言报项王。因言曰:"沛公不先破关中,公岂敢入乎?今人有大功而击之,不义也,不如因善遇之。"项王许诺。

沛公旦日从百余骑来见项王,至鸿门,谢曰:"臣与将军戮力而攻秦,将军战河北,臣战河南,然不自意能先入关破秦[46],得复见将军于此。今者有小人之言,令将军与臣有郤[47]。"项王曰:"此沛公左司马曹无伤言之。不然,籍何以至此。"项王即日因留沛公与饮。项王、项伯东向坐,亚父南向坐。亚父者,范增也。沛公北向坐,张良西向侍。范增数目项王,举所佩玉玦以示之者三[48],项王默然不应。范增起,出召项庄[49],谓曰:"君王为人不忍,若入前为寿。寿毕,请以剑舞,因击沛公于坐,杀之。不者[50],若属皆且为所虏[51]。"庄则入为寿。寿毕,曰:"君王与沛公饮,军中无以为乐,请以剑舞。"项王曰:"诺。"项庄拔剑起舞,项伯亦拔剑起舞,常以身翼蔽沛公,庄不得击。于是张良至军门,见樊哙[52]。樊哙曰:"今日之事何如?"良曰:"甚急。今者项庄拔剑舞,其意常在沛公也。"哙曰:"此迫矣,臣请入,与之同命。"哙即带剑拥盾入军门。交戟之卫士欲止不内[53],樊哙侧其盾以撞,卫士仆地,哙遂入,披帷西向立[54],瞋目视项王[55],头发上指,目眦尽裂[56]。项王按剑而跽曰[57]:"客何为者?"张良曰:"沛公之参乘樊哙者也[58]。"项王曰:"壮士,赐之卮酒。"则与斗卮酒。哙拜谢,起,立而饮之。项王曰:"赐之彘肩[59]。"则与一生彘肩。樊哙覆其盾于地,加彘肩上,拔剑切而啗之[60]。项王曰:"壮士,能复饮乎?"樊哙曰:"臣死且不避,卮酒安足辞!夫秦王有虎狼之心,杀人如不能举,刑人如恐不胜,天下皆叛之。怀王与诸将约曰:'先破秦入咸阳者王之。'今沛公先破秦入咸阳,豪毛不敢有所近,封闭宫室,还军霸上,以待大王来。故遣将守关者,备他盗出入与非常也。劳苦而功高如此,未有封侯之赏,而听细说[61],欲诛有功之人。此亡秦之续耳，窃为大王不取也。"项王未有以应，曰："坐。"樊哙从良坐。坐须臾，沛公起如厕，因招樊哙出。

沛公已出，项王使都尉陈平召沛公[62]。沛公曰："今者出，未辞也，为之奈何？"樊哙曰："大行不顾细谨，大礼不辞小让[63]。如今人方为刀俎[64]，我为鱼肉，何辞为。"于是遂去。乃令张良留谢。良问曰："大王来何操[65]？"曰："我持白璧一双，欲献项王，玉斗一双，欲与亚父，会其怒，不敢献。公为我献之。"张良曰："谨诺。"当是时，项王军在鸿门下，沛公军在霸上，相去四十里。沛公则置车骑[66]，脱身独骑，与樊哙、夏侯婴、靳强、纪信等四人持剑盾步走[67]，从郦山下，道芷阳间行[68]。沛公谓张良曰："从此道至吾军，不过二十里耳。度我至军中，公乃入。"沛公已去，间至军中，张良入谢，曰："沛公不胜桮杓[69]，不能辞。谨使臣良奉白璧一双，再拜献大王足下；玉斗一双，再拜奉大将军足下。"项王曰："沛公安在？"良曰："闻大王有意督过之[70]，脱身独去，已至军矣。"项王则受璧，置之坐上。亚父受玉斗，置之地，拔剑撞而破之，曰："唉！竖子不足与谋[71]。夺项王天下者，必沛公也，吾属今为之虏矣。"沛公至军，立诛杀曹无伤。

……

汉欲西归，张良、陈平说曰："汉有天下太半，而诸侯皆附之。楚兵罢食尽，此天亡楚之时也，不如因其机而遂取之。今释弗击，此所谓'养虎自遗患'也。"汉王听之。汉五年，汉王乃追项王至阳夏南[72]，止军，与淮阴侯韩信、建成侯彭越期会而击楚军。至固陵[73]，而信、越之兵不会。楚击汉军，大破之。汉王复入壁，深堑而自守[74]。谓张子房曰："诸侯不从约，为之奈何？"对曰："楚兵且破，信、越未有分地，其不至固宜。君王能与共分天下，今可立致也。即不能，事未可知也。君王能自陈以东傅海[75]，尽与韩信；睢阳以北至谷城[76]，以与彭越：使各自为战，则楚易败也。"汉王曰："善。"于是乃发使者告韩信、彭越曰："并力击楚。楚破，自陈以东傅海与齐王，睢阳以北至谷城与彭相国。"使者至，韩信、彭越皆报曰："请今进兵。"韩信乃从齐往，刘贾军从寿春并行[77]，屠城父[78]，至垓下[79]。大司马周殷叛楚[80]，以舒屠六[81]，举九江兵[82]，随刘贾、彭越皆会垓下，诣项王。

项王军壁垓下[83]，兵少食尽，汉军及诸侯兵围之数重。夜闻汉军四面皆楚歌，项王乃大惊曰："汉皆已得楚乎？是何楚人之多也！"项王则

115

夜起，饮帐中。有美人名虞，常幸从；骏马名骓，常骑之。于是项王乃悲歌慷慨，自为诗曰："力拔山兮气盖世，时不利兮骓不逝。骓不逝兮可奈何，虞兮虞兮奈若何！"歌数阕，美人和之。项王泣数行下，左右皆泣，莫能仰视。

于是项王乃上马骑，麾下壮士骑从者八百余人，直夜溃围南出[84]，驰走。平明[85]，汉军乃觉之，令骑将灌婴以五千骑追之。项王渡淮，骑能属者百余人耳。项王至阴陵[86]，迷失道，问一田父，田父绐曰"左"[87]。左，乃陷大泽中。以故汉追及之。项王乃复引兵而东，至东城[88]，乃有二十八骑。汉骑追者数千人。项王自度不得脱。谓其骑曰："吾起兵至今八岁矣，身七十余战，所当者破，所击者服，未尝败北，遂霸有天下。然今卒困于此，此天之亡我，非战之罪也。今日固决死，愿为诸君快战[89]，必三胜之，为诸君溃围，斩将，刈旗[90]，令诸君知天亡我，非战之罪也。"乃分其骑以为四队，四向。汉军围之数重。项王谓其骑曰："吾为公取彼一将。"令四面骑驰下，期山东为三处[91]。于是项王大呼驰下，汉军皆披靡，遂斩汉一将。是时，赤泉侯为骑将[92]，追项王，项王瞋目而叱之，赤泉侯人马俱惊，辟易数里[93]，与其骑会为三处。汉军不知项王所在，乃分军为三，复围之。项王乃驰，复斩汉一都尉，杀数十百人，复聚其骑，亡其两骑耳。乃谓其骑曰："何如？"骑皆伏曰："如大王言。"

于是项王乃欲东渡乌江[94]。乌江亭长枻船待[95]，谓项王曰："江东虽小，地方千里，众数十万人，亦足王也。愿大王急渡。今独臣有船，汉军至，无以渡。"项王笑曰："天之亡我，我何渡为！且籍与江东子弟八千人渡江而西，今无一人还，纵江东父兄怜而王我，我何面目见之？纵彼不言，籍独不愧于心乎？"乃谓亭长曰："吾知公长者。吾骑此马五岁，所当无敌，尝一日行千里，不忍杀之，以赐公。"乃令骑皆下马步行，持短兵接战。独籍所杀汉军数百人。项王身亦被十余创[96]。顾见汉骑司马吕马童[97]，曰："若非吾故人乎？"马童面之，指王翳曰："此项王也。"项王乃曰："吾闻汉购我头千金，邑万户，吾为若德。"乃自刎而死。王翳取其头，余骑相蹂践争项王，相杀者数十人。最其后，郎中骑杨喜，骑司马吕马童，郎中吕胜、杨武各得其一体。五人共会其体，皆是。故分其地为五：封吕马童为中水侯，封王翳为杜衍侯，封杨喜为赤泉侯，封杨武为吴防侯，封吕胜为涅阳侯。

项王已死，楚地皆降汉，独鲁不下。汉乃引天下兵欲屠之，为其守礼义，为主死节，乃持项王头视鲁，鲁父兄乃降。始，楚怀王初封项籍为鲁公，及其死，鲁最后下，故以鲁公礼葬项王谷城。汉王为发哀，泣之而去。

诸项氏枝属，汉王皆不诛。乃封项伯为射阳侯。桃侯、平皋侯、玄武侯皆项氏，赐姓刘。

太史公曰：吾闻之周生曰[98]"舜目盖重瞳子"[99]，又闻项羽亦重瞳子。羽岂其苗裔邪？何兴之暴也！夫秦失其政，陈涉首难，豪杰蜂起，相与并争，不可胜数。然羽非有尺寸[100]，乘势起陇亩之中[101]，三年，遂将五诸侯灭秦[102]，分裂天下，而封王侯，政由羽出，号为"霸王"，位虽不终，近古以来未尝有也。及羽背关怀楚[103]，放逐义帝而自立，怨王侯叛己，难矣。自矜功伐[104]，奋其私智而不师古，谓霸王之业，欲以力征经营天下，五年卒亡其国，身死东城，尚不觉寤而不自责[105]，过矣。乃引"天亡我，非用兵之罪也"，岂不谬哉！

中华书局校点本《史记》卷七

**【注释】**

[1] 宋义：项梁的下属，据说曾为楚国的令尹。高陵君显：封于高陵，名显。[2] 武信君：项梁起兵后的自号。[3] 卿子：当时对贵族的尊称，就如"公子"。冠军：最高统帅。[4] 安阳：地名，今山东曹县东南。[5] 搏：击，斗。虻：牛虻。[6] 罢：通"疲"。[7] 鼓行而西：击着鼓向西进军。[8] 举秦：灭秦。举，攻占。[9] 斗秦赵：使秦国、赵国争斗。斗，使动用法，使……争斗。[10] 被坚执锐：身披坚固的铠甲，手持锐利的武器。被，通"披"。[11] 运策：筹谋划策，运用谋略。[12] 很：违逆，不听从。《说文》："很，不听从也。"[13] 强：倔强。不可使：不听从命令。[14] 无盐：地名，今山东东平县东。[15] 高会：盛会，大宴宾客。[16] 戮力：合力，共同尽力。[17] 见粮：现成的粮食。见，通"现"。[18] 因：依靠，利用。[19] "埽境内"句：这句是说把楚全国的力量都交托给宋义。埽，同"扫"。[20] 社稷之臣：卫国安邦之臣。社稷，古代帝王祭祀土神和谷神的圣地，这里代指国家。[21] 枝梧：抗拒。[22] 假上将军：代理上将军。假，摄，代理。[23] 当阳军：即英布，原为项羽部将，后降刘邦，因谋反罪被诛。[24] 釜：饭锅。甑（zèng）：蒸饭的陶器。[25] 壁：营垒。[26] 行：进军。略定：占领。[27] 戏西：戏水西，戏水源出骊山，流经今陕西临潼东，注入渭水。[28] 霸上：地名，即灞水以西的白鹿原，在今陕西西安东南。[29] 旦日：第二天，即明天。飨（xiǎng）：犒赏。[30] 新丰：地名，秦时称骊邑，在今陕西临潼县东。鸿门：山坡名，在临潼县东十七里，今名项王营。[31] 山东：指崤山以东。[32] 望其气：看他头上的云气。[33] 左尹：楚官名，令尹的辅官。项伯：名缠，项羽的族叔。[34] 张良：字子房，本为韩国人，祖、父皆任韩相。韩为秦所灭，张良欲报仇，遂聚众响应陈涉起义，不久归属刘邦，为刘邦的主要谋士，

后封留侯。[35] 臣为韩王送沛公：张良曾劝说项梁立韩公子成为韩王，项梁从之。后来刘邦让韩王成留守阳翟，自己和张良一起西入武关。事见《史记·留侯世家》。[36] 鲰（zōu）生：骂人的话，意思是浅陋无知的小人。鲰，小鱼。[37] 距关：守住函谷关。距，通"拒"，这里是把守的意思。[38] 毋内：不要接纳。内，通"纳"，放进。[39] 孰与君少长：和你相比，谁的年龄大？[40] 要：通"邀"，约请。[41] 卮（zhī）：酒器。为寿：敬酒贺长寿。[42] 秋豪：秋天动物身上长出的极细的绒毛，比喻微小的事物。豪，通"毫"。[43] 籍：登记。[44] 非常：意外的变化。[45] 蚤：通"早"。谢：道歉。[46] 不自意：自己没有料到。[47] 郤（xì）：通"隙"；隙，通"隙"，裂缝，隔阂。[48] 玦（jué）：玉器名，状如玉环而缺，借以表示决断。[49] 项庄：项羽的堂弟，时为项羽的部将。[50] 不者：否者，如不这样。[51] 若属：你们。[52] 樊哙：沛人，原以屠狗为业，后随刘邦起事，屡立战功。[53] 交戟（jǐ）：持戟交叉。[54] 披帷：掀开帷帐。[55] 瞋（chēn）目：睁大眼睛，怒目而视。[56] 目眦（zì）尽裂：眼眶都裂开了。[57] 跽（jì）：跪而挺腰耸身，即长跪。[58] 参乘：陪同乘车并负责护卫的人。[59] 彘肩：猪腿。[60] 啗（dàn）：同"啖"，大口地吃。[61] 细说：小人的谗言。[62] 陈平：时为项羽手下，后为刘邦谋臣，封侯拜相。[63] 让：责备。[64] 俎（zǔ）：切肉用的砧板。[65] 何操：携带了些什么？[66] 置：弃置。[67] 夏侯婴、靳强：均为刘邦部属，二人后因功封侯。纪信：刘邦部将，项羽围荥阳时，纪信假扮刘邦出城投降，被项羽烧死。[68] 芷阳：地名，今西安市东。[69] 不胜桮杓（sháo）：不能再喝。桮杓，即杯、杓，皆为酒器，这里代指酒。[70] 督过：责备。[71] 竖子：小子，对人的鄙称。[72] 阳夏：地名，今河南太康县。[73] 固陵：地名，今河南太康南。[74] 深：深掘。堑：壕沟。[75] 陈：地名，今河南淮阳。傅：紧靠。[76] 睢阳：地名，今河南商丘南。谷城：地名，今山东东阿境内。[77] 寿春：地名，今安徽寿县。[78] 城父：地名，今安徽亳县东南。[79] 垓（gāi）下：地名，今安徽灵璧县东南。[80] 周殷：项羽的将领。[81] 舒：地名，今安徽舒城。六：地名，今安徽六安北。[82] 举九江兵：发动黥布出兵，项羽封黥布为九江王，这时黥布已背叛项羽。九江，为秦故郡，今江西及安徽淮水以南地区。[83] 壁：安营扎寨。[84] 直夜：当夜。直，通"值"。溃围：突围。[85] 平明：天刚亮。[86] 阴陵：地名，今安徽定远县西北。[87] 绐（dài）：欺骗。[88] 东城：地名，今安徽定远县东南。[89] 快战：痛痛快快地打上一仗。[90] 刈：砍倒。[91] 期：约定。[92] 赤泉侯：汉将杨喜，时为骑将，后因破项羽有功，封赤泉侯。[93] 辟易：倒退，避开。辟，同"避"。[94] 乌江：今安徽和县东北乌江浦。[95] 亭长：秦汉时，十里一亭，设亭长一人，管理乡里事务。枻（yǐ）：停船靠岸。[96] 被十余创：受伤十几处。被，受。创，伤。[97] 顾见：回头看见。骑司马：骑兵官名。吕马童：时为项羽旧部，后归刘邦。[98] 周生：与司马迁同时代的儒生，名不详。[99] 重瞳：两个瞳仁。[100] 尺寸：指尺寸之地。[101] 陇亩：田野，此指民间。[102] 五诸侯：指齐、赵、韩、魏、燕五国的起义军。[103] 背关怀楚：指项羽放弃秦地，定都彭城。[104] 自矜功伐：炫耀自己的战功。[105] 寤：通"悟"。

**【审美点评】**

这是关于楚汉战争的一幅惊心动魄的艺术画卷。掩卷之际，我们似乎仍可以看见项羽披甲持戟，瞋目而叱，大呼驰下，溃围、斩将、刈旗的神态与身影。司马迁以浓墨重彩之笔刻画了项羽这个力拔山兮气盖世、性情暴戾、优柔寡断、迷信武力至死不悟的悲剧英雄，读之令人凄恻。

# 魏公子列传

**【题解】** 魏公子无忌，封号信陵君，是战国"四公子"之一。本篇围绕信陵君窃符救赵这一事件，刻画了信陵君、侯嬴、朱亥等人物形象。突出了信陵君礼贤下士、急人之难、从谏如流的美德懿行。

魏公子无忌者[1]，魏昭王少子而魏安釐王异母弟也[2]。昭王薨[3]，安釐王即位，封公子为信陵君[4]。是时范睢亡魏相秦[5]，以怨魏齐故，秦兵围大梁[6]，破魏华阳下军[7]，走芒卯[8]。魏王及公子患之。

公子为人仁而下士[9]，士无贤不肖皆谦而礼交之[10]，不敢以其富贵骄士。士以此方数千里争往归之，致食客三千人[11]。当是时，诸侯以公子贤，多客，不敢加兵谋魏十余年。

公子与魏王博[12]，而北境传举烽[13]，言"赵寇至，且入界"。魏王释博[14]，欲召大臣谋。公子止王曰："赵王田猎耳，非为寇也。"复博如故。王恐，心不在博。居顷，复从北方来传言曰："赵王猎耳，非为寇也。"魏王大惊，曰："公子何以知之？"公子曰："臣之客有能深得赵王阴事者[15]，赵王所为，客辄以报臣，臣以此知之。"是后魏王畏公子之贤能，不敢任公子以国政。

魏有隐士曰侯嬴，年七十，家贫，为大梁夷门监者[16]。公子闻之，往请[17]，欲厚遗之。不肯受，曰："臣修身絜行数十年[18]，终不以监门困故而受公子财。"公子于是乃置酒大会宾客。坐定，公子从车骑[19]，虚左[20]，自迎夷门侯生。侯生摄敝衣冠[21]，直上载公子上坐[22]，不让，欲以观公子。公子执辔愈恭。侯生又谓公子曰："臣有客在市屠中[23]，愿枉车骑过之[24]。"公子引车入市，侯生下见其客朱亥，俾倪[25]，故久立与其客语，微察公子[26]。公子颜色愈和。当是时，魏将相宗室宾客满堂，待公子举酒。市人皆观公子执辔。从骑皆窃骂侯生。侯生视公子色终不变，乃谢客就车[27]。至家，公子引侯生坐上坐[28]，遍赞宾客[29]，宾客皆惊。酒酣，公子起，为寿侯生前[30]。侯生因谓公子曰："今日嬴之为公子亦足矣[31]。嬴乃夷门抱关者也[32]，而公子亲枉车骑，自迎嬴于众人广坐之中，不宜有所过，今公子故过之[33]。然嬴欲就公子之名[34]，故久立公子车骑市中，过客以观公子，公子愈恭。市人皆以嬴为小人，而以公子为长者能下士也。"于是罢酒，侯生遂为上客。

侯生谓公子曰："臣所过屠者朱亥，此子贤者，世莫能知，故隐屠间耳。"公子往数请之，朱亥故不复谢，公子怪之[35]。

魏安釐王二十年[36]，秦昭王已破赵长平军[37]，又进兵围邯郸。公子姊为赵惠文王弟平原君夫人[38]，数遗魏王及公子书，请救于魏。魏王使将军晋鄙将十万众救赵[39]。秦王使使者告魏王曰："吾攻赵旦暮且下，而诸侯敢救者，已拔赵，必移兵先击之。"魏王恐，使人止晋鄙，留军壁邺[40]，名为救赵，实持两端以观望。平原君使者冠盖相属于魏，让魏公子曰："胜所以自附为婚姻者[41]，以公子之高义，为能急人之困。今邯郸旦暮降秦而魏救不至，安在公子能急人之困也！且公子纵轻胜，弃之降秦，独不怜公子姊邪？"公子患之，数请魏王，及宾客辩士说王万端。魏王畏秦，终不听公子。公子自度终不能得之于王[42]，计不独生而令赵亡，乃请宾客，约车骑百余乘[43]，欲以客往赴秦军，与赵俱死。

行过夷门，见侯生，具告所以欲死秦军状。辞决而行[44]，侯生曰："公子勉之矣，老臣不能从。"公子行数里，心不快，曰："吾所以待侯生者备矣，天下莫不闻，今吾且死而侯生曾无一言半辞送我，我岂有所失哉[45]？"复引车还，问侯生。侯生笑曰："臣固知公子之还也。"曰："公子喜士，名闻天下。今有难，无他端而欲赴秦军，譬若以肉投馁虎[46]，何功之有哉？尚安事客？然公子遇臣厚，公子往而臣不送，以是知公子恨之复返也。"公子再拜，因问。侯生乃屏人间语[47]，曰："嬴闻晋鄙之兵符常在王卧内[48]，而如姬最幸，出入王卧内，力能窃之。嬴闻如姬父为人所杀，如姬资之三年[49]，自王以下欲求报其父仇，莫能得。如姬为公子泣，公子使客斩其仇头，敬进如姬。如姬之欲为公子死，无所辞，顾未有路耳。公子诚一开口请如姬，如姬必许诺，则得虎符夺晋鄙军，北救赵而西却秦，此五霸之伐也[50]。"公子从其计，请如姬。如姬果盗晋鄙兵符与公子。

公子行，侯生曰："将在外，主令有所不受，以便国家。公子即合符，而晋鄙不授公子兵而复请之[51]，事必危矣。臣客屠者朱亥可与俱，此人力士。晋鄙听，大善；不听，可使击之。"于是公子泣。侯生曰："公子畏死邪？何泣也？"公子曰："晋鄙嚄唶宿将[52]，往恐不听，必当杀之，是以泣耳，岂畏死哉？"于是公子请朱亥。朱亥笑曰："臣乃市井鼓刀屠者，而公子亲数存之[53]，所以不报谢者，以为小礼无所用。今公子有急，此乃臣效命之秋也。"遂与公子俱。公子过谢侯生。侯生曰："臣宜从，老不能。请数公子行日，以至晋鄙军之日，北乡自刭[54]，以送公子。"公子遂行。

至邺，矫魏王令代晋鄙。晋鄙合符，疑之，举手视公子曰："今吾拥十万之众，屯于境上，国之重任，今单车来代之[55]，何如哉？"欲无听。朱亥袖四十斤铁椎[56]，椎杀晋鄙，公子遂将晋鄙军。勒兵下令军中曰："父子俱在军中，父归；兄弟俱在军中，兄归；独子无兄弟，归养[57]。"得选兵八万人，进兵击秦军。秦军解去，遂救邯郸，存赵。赵王及平原君自迎公子于界，平原君负韊矢为公子先引[58]。赵王再拜曰："自古贤人未有及公子者也。"当此之时，平原君不敢自比于人[59]。公子与侯生决，至军，侯生果北乡自刭。

魏王怒公子之盗其兵符，矫杀晋鄙，公子亦自知也。已却秦存赵，使将将其军归魏，而公子独与客留赵。赵孝成王德公子之矫夺晋鄙兵而存赵，乃与平原君计，以五城封公子。公子闻之，意骄矜而有自功之色。客有说公子曰："物有不可忘[60]，或有不可不忘。夫人有德于公子，公子不可忘也；公子有德于人，愿公子忘之也。且矫魏王令，夺晋鄙兵以救赵，于赵则有功矣，于魏则未为忠臣也。公子乃自骄而功之，窃为公子不取也。"于是公子立自责，似若无所容者[61]。赵王埽除自迎[62]，执主人之礼，引公子就西阶[63]。公子侧行辞让，从东阶上。自言罪过，以负于魏，无功于赵。赵王侍酒至暮，口不忍献五城[64]，以公子退让也。公子竟留赵。赵王以鄗为公子汤沐邑[65]，魏亦复以信陵奉公子[66]。公子留赵。

公子闻赵有处士毛公藏于博徒[67]，薛公藏于卖浆家，公子欲见两人，两人自匿不肯见公子。公子闻所在，乃间步往从此两人游[68]，甚欢。平原君闻之，谓其夫人曰："始吾闻夫人弟公子天下无双，今吾闻之，乃妄从博徒卖浆者游，公子妄人耳[69]。"夫人以告公子。公子乃谢夫人去，曰："始吾闻平原君贤，故负魏王而救赵，以称平原君[70]。平原君之游，徒豪举耳[71]，不求士也。无忌自在大梁时，常闻此两人贤，至赵，恐不得见。以无忌从之游，尚恐其不我欲也，今平原君乃以为羞，其不足从游。"乃装为去[72]。夫人具以语平原君。平原君乃免冠谢，固留公子。平原君门下闻之，半去平原君归公子，天下士复往归公子，公子倾平原君客。

公子留赵十年不归。秦闻公子在赵，日夜出兵东伐魏。魏王患之，使使往请公子。公子恐其怒之，乃诫门下："有敢为魏王使通者[73]，死。"宾客皆背魏之赵，莫敢劝公子归。毛公、薛公两人往见公子曰："公子所以重于赵，名闻诸侯者，徒以有魏也。今秦攻魏，魏急而公子不恤[74]，使秦破大梁而夷先王之宗庙，公子当何面目立天下乎？"语未及卒，公子立变色，告车趣驾归救魏[75]。

魏王见公子，相与泣，而以上将军印授公子，公子遂将。魏安釐王三十年，公子使使遍告诸侯。诸侯闻公子将，各遣将将兵救魏。公子率五国之兵破秦军于河外，走蒙骜[76]。遂乘胜逐秦军至函谷关，抑秦兵，秦兵不敢出。当是时，公子威振天下，诸侯之客进兵法，公子皆名之[77]，故世俗称《魏公子兵法》。

秦王患之，乃行金万斤于魏[78]，求晋鄙客，令毁公子于魏王曰："公子亡在外十年矣，今为魏将，诸侯将皆属，诸侯徒闻魏公子，不闻魏王。公子亦欲因此时定南面而王，诸侯畏公子之威，方欲共立之。"秦数使反间，伪贺公子得立为魏王未也。魏王日闻其毁，不能不信，后果使人代公子将。公子自知再以毁废，乃谢病不朝，与宾客为长夜饮，饮醇酒，多近妇女。日夜为乐饮者四岁，竟病酒而卒。其岁，魏安釐王亦薨。

秦闻公子死，使蒙骜攻魏，拔二十城，初置东郡[79]。其后秦稍蚕食魏，十八岁而虏魏王[80]，屠大梁。

高祖始微少时[81]，数闻公子贤。及即天子位，每过大梁，常祠公子。高祖十二年，从击黥布还，为公子置守冢五家，世世岁以四时奉祠公子。

太史公曰：吾过大梁之墟[82]，求问其所谓夷门。夷门者，城之东门也。天下诸公子亦有喜士者矣，然信陵君之接岩穴隐者[83]，不耻下交，有以也[84]。名冠诸侯，不虚耳。高祖每过之而令民奉祠不绝也。

中华书局校点本《史记》卷七七

**【注释】**

[1]公子：诸侯之子。无忌：魏公子名。[2]魏昭王：名遫，魏国第五代国君，在位时间为前295—前277年。少子：小儿子。安釐（xī）王：魏昭王之子，名圉，魏国第六代国君，在位时间为前276—前243年。[3]薨（hōng）：古代诸侯之死称为"薨"。[4]信陵：古代的邑名，在今河南省宁陵县西。[5]范睢（suī）：字叔，魏国人。魏昭王时因遭受诬陷差点被魏相魏齐迫

害致死，后逃至秦国，为秦昭王所重用。此事见《史记·范睢蔡泽列传》。亡：逃亡，逃离。
[6] 大梁：魏国的国都，即今天的河南开封市。[7] 华阳：古地名，在今河南密县境内。
[8] 走：打败，赶跑。芒卯：魏国大将。[9] 仁而下士：心地仁慈并且待人谦虚。[10] 无贤不
肖：无论士人贤与不贤。[11] 食客：古代寄食于豪门贵族帮忙或出谋划策的门客。[12] 博：博
戏，古代以下棋赌输赢的一种游戏。[13] 举烽：燃起烽火示警。古代会在边境设置高架，在架
上置筐盛柴草，若有敌情则点燃柴草，这就是"举烽"。[14] 释：放下。[15] 阴事：机密之事。
[16] 夷门：魏国都城大梁的东门。监者：守门人。[17] 请：问候。[18] 絜：同"洁"。
[19] 从车骑（jì）：带着随行的车马。从，使……跟随，跟从。[20] 虚左：空出左边的位置。先
秦时，车上左位为贵。[21] 摄：整理。敝：破旧。[22] 直上：径直上车，毫不谦让。[23] 市
屠：集市上卖肉的地方。[24] 枉：劳驾，委屈。[25] 俾倪（bìnì）：同"睥睨"，斜着眼睛看。
[26] 微察：暗中观察。[27] 谢：告辞。[28] 坐上坐：坐于上首座位。[29] 赞：介绍，说明。
[30] 为寿：献酒祝福。[31] 为公子亦足矣：难为公子也足够了。[32] 关：门闩。[33] 故过：
特意拜访。[34] 就：成就，成全。[35] 怪：认为……奇怪。[36] 魏安釐王二十年：即公元前
257 年。[37] 秦昭王：秦昭襄王，名则。破赵长平军一事，在魏安釐王十七年（公元前 260），
当时秦国大将白起大败赵将赵括，坑杀赵军四十余万。[38] 赵惠文王：名何，赵武灵王之子，
为赵国第七世国君。平原君：名胜，封平原君，为战国四公子之一。平原，在今山东省平原县
南。[39] 晋鄙：魏将。[40] 邺：在今河北临漳县西南。[41] 自附：自己依托，依附，即高攀
之意。婚姻：指平原君娶信陵君姊为妻。[42] 得之于王：从魏王那里得到出兵的允诺。
[43] 约：聚集。[44] 辞决：告别，诀别。决，同"诀"。[45] 失：过失，错误。[46] 馁（něi）
虎：饿虎。[47] 屏（bǐng）人：吩咐旁人离开。间（jiàn）语：私语。[48] 兵符：古代调动军
队的凭证，一剖为二，主将和国君各持一半，国君有令时，则派使者持符前往，调动军队。
[49] 资之：指悬赏钱财寻人报杀父之仇。[50] 五霸：春秋五霸，一般指齐桓公、晋文公、宋襄
公、秦穆公、楚庄王。伐：功业。[51] 复请：重新向魏王请示核实。[52] 嚄唶（huòzè）：大呼
大笑，形容声音洪亮、英武叱咤的样子。宿将：老将。[53] 数（shuò）存：慰问，顾恤。
[54] 乡：同"向"。[55] 单车：一乘车辆。意为一人前来，没有护送的兵将。[56] 袖：动词，
藏在袖中。椎：同"锤"。[57] 归养：归家养亲。[58] 负韛（lán）矢先引：是一种极其恭敬的
礼节。韛，羊皮制的箭袋。先引，在前面引路。[59] 不敢自比于人：指不敢拿自己与人家相比。
人，特指信陵君。[60] 物：事，所作所为。[61] 无所容者：没有容身之地，形容十分惭愧。
[62] 埽：同"扫"。除：宫殿的台阶。[63] 就西阶：从西面的台阶而上。古代礼节，升堂时，
主人应当从东阶上，客人应当从西阶上。[64] 不忍：指不好意思说。[65] 汤沐邑：王公贵官的
私邑。[66] 复以信陵奉公子：重新把信陵的赋税收入送给魏公子无忌。[67] 处士：隐士。博
徒：赌徒。卖浆家：卖酒的店家。[68] 间步：悄悄步行前往。[69] 妄人：荒唐妄为的人，失去
威仪的人。[70] 称（chèn）：相称，适合。[71] 徒豪举耳：只是一种夸耀的行为罢了。
[72] 装：整顿行装。[73] 通：通报。[74] 不恤：不顾惜，不关心。[75] 告车：吩咐套车。趣
驾：驾车疾行。趣，同"促"。[76] 蒙骜（áo）：秦将。[77] 皆名之：都署上自己的名字。
[78] 行：使用。[79] 东郡：秦所置郡，辖地相当于今山东西部和河北东南部一带。[80] 十八
岁：信陵君死后的第十八年，即公元前 225 年，秦灭魏国。[81] 高祖：汉高祖刘邦。始微少时：
起初地位微贱的时候。[82] 墟：废墟，故城。[83] 岩穴隐者：泛指隐居贤士。[84] 有以也：
是很有道理的。

**【审美点评】**

礼迎侯生一节，精彩传神。文中侯生的矜持、傲慢是对魏公子信陵君进行考验，而写魏公子的"执辔愈恭"、"颜色愈和"、"色终不变"，则更加烘托出魏公子倾心结交贤士的虔诚。"盖魏公子一生大节在救赵却秦，成救赵却秦之功，全赖乎客，而所以得客之力，实本于公子之好客。故以好客为主，随路用客穿插，便成一篇绝妙之文。"（李景星《史记评议》）

# 廉颇蔺相如列传（节选）

**【题解】**本篇是廉颇、蔺相如、赵奢、李牧等人的合传。节选部分包括"完璧归赵"、"渑池会"、"廉蔺交欢"等几个故事，塑造了蔺相如顾全大局、不畏强秦、不辱使命、能言善辩的英雄形象，赞扬了廉颇忠心为国、勇于改过的磊落心态。

廉颇者，赵之良将也。赵惠文王十六年[1]，廉颇为赵将伐齐，大破之，取阳晋[2]，拜为上卿，以勇气闻于诸侯。蔺相如者，赵人也，为赵宦者令缪贤舍人[3]。

赵惠文王时，得楚和氏璧[4]。秦昭王闻之，使人遗赵王书，愿以十五城请易璧。赵王与大将军廉颇诸大臣谋：欲予秦，秦城恐不可得，徒见欺；欲勿予，即患秦兵之来。计未定，求人可使报秦者，未得。宦者令缪贤曰："臣舍人蔺相如可使。"王问："何以知之？"对曰："臣尝有罪，窃计欲亡走燕，臣舍人相如止臣，曰：'君何以知燕王？'臣语曰：'臣尝从大王与燕王会境上，燕王私握臣手，曰"愿结友"。以此知之，故欲往。'相如谓臣曰：'夫赵强而燕弱，而君幸于赵王，故燕王欲结于君。今君乃亡赵走燕，燕畏赵，其势必不敢留君，而束君归赵矣。君不如肉袒伏斧质请罪[5]，则幸得脱矣。'臣从其计，大王亦幸赦臣。臣窃以为其人勇士，有智谋，宜可使。"于是王召见，问蔺相如曰："秦王以十五城请易寡人之璧，可予不[6]？"相如曰："秦强而赵弱，不可不许。"王曰："取吾璧，不予我城，奈何？"相如曰："秦以城求璧而赵不许，曲在赵[7]。赵予璧而秦不予赵城，曲在秦。均之二策，宁许以负秦曲。"王曰："谁可使者？"相如曰："王必无人，臣愿奉璧往使。城入赵而璧留秦；城不入，臣请完璧归赵[8]。"赵王于是遂遣相如奉璧西入秦。

秦王坐章台见相如[9]，相如奉璧奏秦王[10]。秦王大喜，传以示美人及左右，左右皆呼万岁。相如视秦王无意偿赵城，乃前曰："璧有瑕[11]，请指示王。"王授璧，相如因持璧却立[12]，倚柱，怒发上冲冠[13]，谓秦王曰："大王欲得璧，使人发书至赵王，赵王悉召群臣议，皆曰'秦贪，负其强[14]，以空言求璧，偿城恐不可得'。议不欲予秦璧。臣以为布衣之交尚不相欺，况大国乎！且以一璧之故逆强秦之欢[15]，不可。于是赵王乃斋戒五日[16]，使臣奉璧，拜送书于庭。何者？严大国之威以修敬也[17]。今臣至，大王见臣列观[18]，礼节甚倨[19]；得璧，传之美人，以戏弄臣。臣观大王无意偿赵王城邑，故臣复取璧。大王必欲急臣[20]，臣头今与璧俱碎于柱矣！"相如持其璧睨柱[21]，欲以击柱。秦王恐其破璧，乃辞谢固请，召有司案图[22]，指从此以往十五都予赵。相如度秦王特以诈详为予赵城[23]，实不可得，乃谓秦王曰："和氏璧，天下所共传宝也[24]，赵王恐，不敢不献。赵王送璧时，斋戒五日，今大王亦宜斋戒五日，设九宾于廷[25]，臣乃敢上璧。"秦王度之，终不可强夺，遂许斋五日，舍相如广成传[26]。相如度秦王虽斋，决负约不偿城，乃使其从者衣褐，怀其璧，从径道亡[27]，归璧于赵。

秦王斋五日后，乃设九宾礼于廷，引赵使者蔺相如。相如至，谓秦王曰："秦自缪公以来二十余君[28]，未尝有坚明约束者也[29]。臣诚恐见欺于王而负赵，故令人持璧归，间至赵矣。且秦强而赵弱，大王遣一介之使至赵[30]，赵立奉璧来。今以秦之强而先割十五都予赵，赵岂敢留璧而得罪于大王乎？臣知欺大王之罪当诛，臣请就汤镬[31]，唯大王与群臣孰计议之[32]。"秦王与群臣相视而嘻[33]。左右或欲引相如去[34]，秦王因曰："今杀相如，终不能得璧也，而绝秦赵之欢，不如因而厚遇之，使归赵，赵王岂以一璧之故欺秦邪！"卒廷见相如，毕礼而归之。

相如既归，赵王以为贤大夫，使不辱于诸侯，拜相如为上大夫[35]。秦亦不以城予赵，赵亦终不予秦璧。

其后秦伐赵，拔石城[36]。明年，复攻赵，杀二万人。

秦王使使者告赵王，欲与王为好会于西河外渑池[37]。赵王畏秦，欲毋行。廉颇、蔺相如计曰："王不行，示赵弱且怯也。"赵王遂行，相如从。廉颇送至境，与王诀曰[38]："王行，度道里会遇之礼毕[39]，还，不过三十日。三十日不还，则请立太子为王，以绝秦望。"王许之，遂与秦王会渑池。秦王饮酒酣，曰："寡人窃闻赵王好音，请奏瑟[40]。"赵王鼓瑟。秦御史前书曰[41]"某年月日，秦王与赵王会饮，令赵王鼓瑟"。蔺相如前曰："赵王窃闻秦王善为秦声[42]，请奏盆缻秦王[43]，以相娱乐。"

秦王怒，不许。于是相如前进缶，因跪请秦王。秦王不肯击缶。相如曰：
"五步之内，相如请得以颈血溅大王矣[44]！"左右欲刃相如，相如张目叱
之，左右皆靡[45]。于是秦王不怿[46]，为一击缶。相如顾召赵御史书曰
"某年月日，秦王为赵王击缶"。秦之群臣曰："请以赵十五城为秦王
寿[47]"。蔺相如亦曰："请以秦之咸阳为赵王寿。"秦王竟酒[48]，终不能
加胜于赵[49]。赵亦盛设兵以待秦，秦不敢动。

既罢，归国，以相如功大，拜为上卿，位在廉颇之右[50]。廉颇曰：
"我为赵将，有攻城野战之大功，而蔺相如徒以口舌为劳，而位居我上，
且相如素贱人[51]，吾羞，不忍为之下。"宣言曰："我见相如，必辱之。"
相如闻，不肯与会。相如每朝时，常称病，不欲与廉颇争列[52]。已而相
如出，望见廉颇，相如引车避匿。于是舍人相与谏曰："臣所以去亲戚而
事君者，徒慕君之高义也。今君与廉颇同列，廉君宣恶言而君畏匿之，
恐惧殊甚[53]，且庸人尚羞之，况于将相乎！臣等不肖[54]，请辞去。"蔺
相如固止之[55]，曰："公之视廉将军孰与秦王[56]？"曰："不若也。"相如
曰："夫以秦王之威，而相如廷叱之，辱其群臣，相如虽驽[57]，独畏廉
将军哉？顾吾念之[58]，强秦之所以不敢加兵于赵者，徒以吾两人在也。
今两虎共斗，其势不俱生。吾所以为此者，以先国家之急而后私雠
也[59]。"廉颇闻之，肉袒负荆[60]，因宾客至蔺相如门谢罪[61]。曰："鄙
贱之人，不知将军宽之至此也。"卒相与欢，为刎颈之交[62]。

中华书局校点本《史记》卷八一

**【注释】**

[1] 赵惠文王十六年：即公元前 283 年。赵惠文王，名何，武灵王之子。[2] 阳晋：本为卫
邑，后属于齐，在今山东省菏泽市西北。[3] 宦者令：官职名，宦官之长。舍人：担任职事的门
客。[4] 和氏璧：楚人卞和献玉璞，后来用它作成玉璧，叫和氏璧，是稀世之宝。卞和献玉事见
《韩非子·和氏》。[5] 肉袒：解衣露体。斧质：古代斩人的刑具。质，同"锧"，承斧的砧板。
[6] 不：同"否"。[7] 曲：理屈，亏理。[8] 完璧：使璧完好无缺。[9] 章台：秦王离宫里的
台观名。[10] 奏：呈献。[11] 瑕：玉上的斑点。[12] 却立：退后几步站立。[13] 怒发上冲
冠：因愤怒使头发竖起，顶起帽子。[14] 负：仗恃。[15] 逆：违背。[16] 斋戒：古人在祭祀
或举行大典之前，沐浴更衣，不喝酒，不吃荤，表示诚心致敬。[17] 严：敬重。[18] 列观
（guàn）：一般的台观。[19] 倨：傲慢。[20] 急：逼迫。[21] 睨（nì）：斜眼看。[22] 案图：
按照地图。案，同"按"。[23] 特：只是。详（yáng）为：同"佯为"，假装。[24] 共传：大家
公认的。[25] 设九宾：一种外交上最隆重的仪式。由宾相九人依次传呼接引宾客上殿。[26] 广
成传（zhuàn）：传舍之名。[27] 径道：小路。[28] 缪公：指春秋时的秦穆公。缪，同"穆"。

[29] 坚明约束：坚决明确地遵守信用。[30] 一介之使：一个使者。[31] 就汤镬（huò）：接受烹刑。汤镬，煮沸水的大锅，古代烹人的刑具。[32] 孰：同"熟"，仔细。[33] 嘻：表示惊怪恨怒的声音。[34] 引相如去：拉相如去受刑。[35] 上大夫：大夫中地位最高的一级。[36] 石城：在今河南省林县西南。事在赵惠文王十八年（前281年）。[37] 好会：友好会见。西河：黄河西边。渑（miǎn）池：在今河南省渑池县东。事在赵惠文王二十年（前279年）。[38] 诀：辞别。[39] "度（duó）道"句：意为估计前往渑池的路程和会谈完毕的时间。[40] 奏瑟：弹瑟。瑟，乐器名，形似琴而大。[41] 御史：官名，战国时掌管图籍和记载国家大事的官。[42] 秦声：秦国的音乐。[43] 盆瓴（fǒu）：均为瓦器。瓴，同"缶"。[44] "相如"句：意为您若不答应，我要和您拼命。[45] 靡：倒退。[46] 怿（yì）：快乐，高兴。[47] 为秦王寿：向秦王献礼。[48] 竟酒：指直到宴会终了。[49] 加胜：占上风。[50] 在廉颇之右：即在廉颇之上。[51] 素贱人：一向是个低贱之人。相如原为太监的家臣，出身低微。[52] 争列：争位次的上下。[53] 殊甚：特别厉害。[54] 不肖：不贤。[55] 固止之：坚决地挽留他们。[56] 孰与：何如，比对方怎么样。[57] 驽：劣马，此指愚笨，拙劣。[58] 顾：但是。[59] 雠：同"仇"。[60] 负荆：背着荆条，表示领罪愿受责罚。[61] 因宾客：通过宾客。[62] 刎颈之交：指生死之交。

**【审美点评】**

蔺相如"持璧却立，倚柱，怒发上冲冠"的表现，千载之下令人想见其壮士的气概；位在廉颇之右甘于退而让颇，又是何等的胸襟！廉颇勇而知过能改，同样不失大将风度。文臣武将栩栩如生、相互映衬，生动诠释了理想的将相关系。

# 魏其武安侯列传

**【题解】** 本篇传记实是魏其侯窦婴、武安侯田蚡、灌将军灌夫三人的合传。篇中充分反映了封建王朝旧戚与新贵之间纠缠不清的关系和矛盾，暴露了当时上层社会的横暴和势利。司马迁对窦婴、灌夫的悲剧人生表现出一定程度的同情和惋惜，而对得志便猖狂的田蚡深恶痛绝。

魏其侯窦婴者[1]，孝文后从兄子也[2]。父世观津人[3]。喜宾客。孝文时，婴为吴相，病免。孝景初即位，为詹事[4]。

梁孝王者，孝景弟也，其母窦太后爱之。梁孝王朝，因昆弟燕饮[5]。是时上未立太子，酒酣，从容言曰："千秋之后传梁王[6]。"太后欢。窦婴引卮酒进上，曰："天下者，高祖天下，父子相传，此汉之约也，上何以得擅传梁王！"太后由此憎窦婴。窦婴亦薄其官，因病免。太后除窦婴门籍[7]，不得入朝请。

孝景三年，吴楚反，上察宗室诸窦毋如窦婴贤，乃召婴。婴入见，固辞谢病不足任。太后亦惭。于是上曰："天下方有急，王孙宁可以让邪[8]？"乃拜婴为大将军，赐金千斤。婴乃言袁盎、栾布诸名将贤士在家者进之。所赐金，陈之廊庑下，军吏过，辄令财取为用，金无入家者。窦婴守荥阳，监齐赵兵。七国兵已尽破，封婴为魏其侯。诸游士宾客争归魏其侯。孝景时每朝议大事，条侯、魏其侯，诸列侯莫敢与亢礼[9]。

孝景四年，立栗太子，使魏其侯为太子傅。孝景七年，栗太子废，魏其数争不能得。魏其谢病，屏居蓝田南山之下数月[10]，诸宾客辩士说之，莫能来。梁人高遂乃说魏其曰："能富贵将军者，上也；能亲将军者，太后也。今将军傅太子，太子废而不能争；争不能得，又弗能死。自引谢病，拥赵女，屏闲处而不朝。相提而论，是自明扬主上之过。有如两宫螫将军[11]，则妻子毋类矣[12]。"魏其侯然之，乃遂起，朝请如故。

桃侯免相[13]，窦太后数言魏其侯。孝景帝曰："太后岂以为臣有爱[14]，不相魏其？魏其者，沾沾自喜耳，多易[15]。难以为相持重[16]。"遂不用，用建陵侯卫绾为丞相。

武安侯田蚡者[17]，孝景后同母弟也，生长陵。魏其已为大将军后，方盛，蚡为诸郎[18]，未贵，往来侍酒魏其，跪起如子姓。及孝景晚节，蚡益贵幸，为太中大夫。蚡辩有口[19]，学《槃盂》诸书[20]，王太后贤之。孝景崩，即日太子立，称制[21]，所镇抚多有田蚡宾客计策。蚡弟田胜，皆以太后弟，孝景后三年封蚡为武安侯，胜为周阳侯。

武安侯新欲用事为相，卑下宾客，进名士家居者贵之，欲以倾魏其诸将相。建元元年，丞相绾病免，上议置丞相、太尉。籍福说武安侯曰："魏其贵久矣，天下士素归之。今将军初兴，未如魏其，即上以将军为丞相，必让魏其。魏其为丞相，将军必为太尉。太尉、丞相尊等耳，又有让贤名。"武安侯乃微言太后风上[22]，于是乃以魏其侯为丞相，武安侯为太尉。籍福贺魏其侯，因吊曰[23]："君侯资性喜善疾恶，方今善人誉君侯，故至丞相；然君侯且疾恶，恶人众，亦且毁君侯。君侯能兼容，则幸久；不能，今以毁去矣。"魏其不听。

魏其、武安俱好儒术，推毂赵绾为御史大夫[24]，王臧为郎中令。迎鲁申公，欲设明堂[25]，令列侯就国，除关[26]，以礼为服制[27]，以兴太平。举适诸窦宗室毋节行者[28]，除其属籍[29]。时诸外家为列侯[30]，列侯多尚公主，皆不欲就国，以故毁日至窦太后。太后好黄老之言[31]，而魏其、武安、赵绾、王臧等务隆推儒术，贬道家言，是以窦太后滋不说魏其等。及建元二年，御史大夫赵绾请无奏事东宫。窦太后大怒，乃罢逐赵绾、王臧等，而免丞相、太尉，以柏至侯许昌为丞相，武强侯庄青翟为御史大夫。魏其、武安由此以侯家居。

武安侯虽不任职，以王太后故，亲幸，数言事多效，天下吏士趋势利者，皆去魏其归武安。武安日益横。建元六年，窦太后崩，丞相昌、御史大夫青翟坐丧事不办，免。以武安侯蚡为丞相，以大司农韩安国为御史大夫。天下士郡诸侯愈益附武安。

武安者，貌侵[32]，生贵甚。又以为诸侯王多长，上初即位，富于春秋[33]，蚡以肺腑为京师相[34]，非痛折节以礼诎之[35]，天下不肃[36]。当是时，丞相入奏事，坐语移日[37]，所言皆听。荐人或起家至二千石，权移主上。上乃曰："君除吏已尽未[38]？吾亦欲除吏。"尝请考工地益宅[39]，上怒曰："君何不遂取武库！"是后乃退。尝召客饮，坐其兄盖侯南乡，自坐东乡，以为汉相尊，不可以兄故私桡[40]。武安由此滋骄，治宅甲诸第。田园极膏腴，而市买郡县器物相属于道。前堂罗钟鼓，立曲旃[41]；后房妇女以百数。诸侯奉金玉狗马玩好，不可胜数。

魏其失窦太后，益疏不用，无势，诸客稍稍自引而怠傲，唯灌将军独不失故。魏其日默默不得志，而独厚遇灌将军。

灌将军夫者，颍阴人也[42]。夫父张孟，尝为颍阴侯婴舍人，得幸，因进之至二千石，故蒙灌氏姓为灌孟。吴楚反时，颍阴侯灌何为将军，属太尉，请灌孟为校尉。夫以千人与父俱。灌孟年老，颍阴侯强请之，郁郁不得意，故战常陷坚，遂死吴军中。军法，父子俱从军，有死事，得与丧归。灌夫不肯随丧归，奋曰："愿取吴王若将军头[43]，以报父之仇。"于是灌夫被甲持戟，募军中壮士所善愿从者数十人。及出壁门[44]，莫敢前。独二人及从奴十数骑驰入吴军，至吴将麾下，所杀伤数十人。不得前，复驰还，走入汉壁，皆亡其奴，独与一骑归。夫身中大创十余，适有万金良药，故得无死。夫创少瘳[45]，又复请将军曰："吾益知吴壁中曲折，请复往。"将军壮义之，恐亡夫，乃言太尉，太尉乃固止之。吴已破，灌夫以此名闻天下。

颍阴侯言之上，上以夫为中郎将。数月，坐法去。后家居长安，长安中诸公莫弗称之。孝景时，至代相。孝景崩，今上初即位，以为淮阳天下交[46]，劲兵处[47]，故徙夫为淮阳太守。建元元年，入为太仆。二年，夫与长乐卫尉窦甫饮，轻重不得[48]，夫醉，搏甫。甫，窦太后昆弟也。上恐太后诛夫，徙为燕相。数岁，坐法去官，家居长安。

灌夫为人刚直使酒，不好面谀。贵戚诸有势在己之右，不欲加礼，必陵之；诸士在己之左，愈贫贱，尤益敬，与钧[49]。稠人广众，荐宠下辈。士亦以此多之[50]。

夫不喜文学，好任侠，已然诺[51]。诸所与交通，无非豪桀大猾。家累数千万，食客日数十百人。陂池田园，宗族宾客为权利，横于颍川。颍川儿乃歌之曰："颍水清，灌氏宁；颍水浊，灌氏族。"

灌夫家居虽富，然失势，卿相侍中宾客益衰。及魏其侯失势，亦欲倚灌夫引绳批根生平慕之后弃之者[52]。灌夫亦倚魏其而通列侯宗室为名高。两人相为引重，其游如父子然。相得欢甚，无厌，恨相知晚也。

灌夫有服[53]，过丞相。丞相从容曰："吾欲与仲孺过魏其侯，会仲孺有服。"灌夫曰："将军乃肯幸临况魏其侯[54]，夫安敢以服为解[55]！请语魏其侯帐具[56]，将军旦日蚤临[57]。"武安许诺。灌夫具语魏其侯，如所谓武安侯。魏其与其夫人益市牛酒，夜洒埽，早帐具至旦[58]。平明，令门下候伺。至日中，丞相不来。魏其谓灌夫曰："丞相岂忘之哉？"灌夫不怿，曰："夫以服请，宜往。"乃驾，自往迎丞相。丞相特前戏许灌夫，殊无意往。及夫至门，丞相尚卧。于是夫入见，曰："将军昨日幸许过魏其，魏其夫妻治具，自旦至今，未敢尝食。"武安鄂谢曰[59]："吾昨日醉，忽忘与仲孺言。"乃驾往，又徐行，灌夫愈益怒。及饮酒酣，夫起舞属丞相[60]，丞相不起，夫从坐上语侵之。魏其乃扶灌夫去，谢丞相。丞相卒饮至夜，极欢而去。

丞相尝使籍福请魏其城南田。魏其大望曰[61]："老仆虽弃，将军虽贵，宁可以势夺乎！"不许。灌夫闻，怒，骂籍福。籍福恶两人有郤[62]，乃谩自好谢丞相曰[63]："魏其老且死，易忍，且待之。"已而武安闻魏其、灌夫实怒不予田，亦怒曰："魏其子尝杀人，蚡活之。蚡事魏其无所不可，何爱数顷田？且灌夫何与也？吾不敢复求田。"武安由此大怨灌夫、魏其。

元光四年春，丞相言灌夫家在颍川，横甚，民苦之。请案[64]。上曰："此丞相事，何请。"灌夫亦持丞相阴事，为奸利，受淮南王金与语言。宾客居间，遂止，俱解。

夏，丞相取燕王女为夫人[65]，有太后诏，召列侯宗室皆往贺。魏其侯过灌夫，欲与俱。夫谢曰："夫数以酒失得过丞相，丞相今者又与夫有郄。"魏其曰:"事已解。"强与俱。饮酒酣,武安起为寿[66],坐皆避席伏[67]。已,魏其侯为寿,独故人避席耳,余半膝席[68]。灌夫不悦。起行酒[69],至武安,武安膝席曰:"不能满觞。"夫怒,因嘻笑曰:"将军贵人也,属之[70]!"时武安不肯。行酒次至临汝侯,临汝侯方与程不识耳语,又不避席。夫无所发怒,乃骂临汝侯曰:"生平毁程不识不直一钱,今日长者为寿,乃效女儿呫嗫耳语[71]!"武安谓灌夫曰:"程、李俱东西宫卫尉,今众辱程将军,仲孺独不为李将军地乎?"灌夫曰:"今日斩头陷匈,何知程、李乎!"坐乃起更衣[72],稍稍去。魏其侯去,麾灌夫出。武安遂怒曰:"此吾骄灌夫罪。"乃令骑留灌夫。灌夫欲出不得。籍福起为谢,案灌夫项令谢。夫愈怒,不肯谢。武安乃麾骑缚夫置传舍,召长史曰:"今日召宗室,有诏。"劾灌夫骂坐不敬,系居室[73]。遂按其前事,遣吏分曹逐捕诸灌氏支属[74],皆得弃市罪。魏其侯大愧,为资使宾客请,莫能解。武安吏皆为耳目,诸灌氏皆亡匿,夫系,遂不得告言武安阴事。

魏其锐身为救灌夫[75]。夫人谏魏其曰:"灌将军得罪丞相,与太后家忤,宁可救邪?"魏其侯曰:"侯自我得之,自我捐之[76],无所恨。且终不令灌仲孺独死,婴独生。"乃匿其家,窃出上书。立召入,具言灌夫醉饱事,不足诛。上然之,赐魏其食,曰:"东朝廷辩之。"

魏其之东朝,盛推灌夫之善,言其醉饱得过,乃丞相以他事诬罪之。武安又盛毁灌夫所为横恣,罪逆不道。魏其度不可奈何,因言丞相短。武安曰:"天下幸而安乐无事,蚡得为肺腑,所好音乐狗马田宅。蚡所爱倡优巧匠之属,不如魏其、灌夫日夜招聚天下豪桀壮士与论议,腹诽而心谤,不仰视天而俯画地[77],辟倪两宫间[78],幸天下有变,而欲有大功。臣乃不知魏其等所为。"于是上问朝臣:"两人孰是?"御史大夫韩安国曰:"魏其言灌夫父死事,身荷戟驰入不测之吴军,身被数十创,名冠三军,此天下壮士,非有大恶,争杯酒,不足引他过以诛也。魏其言是也。丞相亦言灌夫通奸猾,侵细民,家累巨万,横恣颍川,凌轹宗室[79],侵犯骨肉,此所谓'枝大于本,胫大于股,不折必披'[80],丞相言亦是。唯明主裁之。"主爵都尉汲黯是魏其。内史郑当时是魏其,后不敢坚对。余皆莫敢对。上怒内史曰:"公平生数言魏其、武安长短,今日廷论,局趣效辕下驹[81],吾并斩若属矣。"即罢起入,上食太后。太后亦已使人候伺,具以告太后。太后怒,不食,曰:"今我在也,而人皆藉吾弟[82]，令我百岁后，皆鱼肉之矣。且帝宁能为石人邪！此特帝在，即录录[83]，设百岁后，是属宁有可信者乎？"上谢曰："俱宗室外家，故廷辩之。不然，此一狱吏所决耳。"是时郎中令石建为上别言两人事。

武安已罢朝，出止车门[84]，召韩御史大夫载[85]，怒曰："与长孺共一老秃翁[86]，何为首鼠两端[87]？"韩御史良久谓丞相曰："君何不自喜[88]？夫魏其毁君，君当免冠解印绶归，曰'臣以肺腑幸得待罪[89]，固非其任，魏其言皆是'。如此，上必多君有让，不废君。魏其必内愧；杜门齰舌自杀[90]。今人毁君，君亦毁人，譬如贾竖女子争言，何其无大体也！"武安谢罪曰："争时急，不知出此。"

于是上使御史簿责魏其所言灌夫[91]，颇不雠[92]，欺谩。劾系都司空。孝景时，魏其常受遗诏[93]，曰"事有不便，以便宜论上[94]"。及系，灌夫罪至族，事日急，诸公莫敢复明言于上。魏其乃使昆弟子上书言之，幸得复召见。书奏上，而案尚书大行无遗诏[95]。诏书独藏魏其家，家丞封。乃劾魏其矫先帝诏，罪当弃市。五年十月，悉论灌夫及家属[96]。魏其良久乃闻，闻即恚，病痱[97]，不食欲死。或闻上无意杀魏其，魏其复食，治病，议定不死矣。乃有蜚语为恶言闻上，故以十二月晦论弃市渭城。

其春，武安侯病，专呼服谢罪。使巫视鬼者视之，见魏其、灌夫共守，欲杀之。竟死。子恬嗣。元朔三年，武安侯坐衣襜褕入宫[98]，不敬。

淮南王安谋反觉，治[99]。王前朝，武安侯为太尉时，迎王至霸上，谓王曰："上未有太子，大王最贤，高祖孙，即宫车晏驾[100]，非大王立当谁哉！"淮南王大喜，厚遗金财物。上自魏其时不直武安，特为太后故耳。及闻淮南王金事，上曰："使武安侯在者，族矣。"

太史公曰：魏其、武安皆以外戚重，灌夫用一时决策而名显。魏其之举以吴楚，武安之贵在日月之际[101]。然魏其诚不知时变，灌夫无术而不逊，两人相翼，乃成祸乱。武安负贵而好权，杯酒责望[102]，陷彼两贤。呜呼哀哉！迁怒及人，命亦不延。众庶不载[103]，竟被恶言。呜呼哀哉！祸所从来矣！

**中华书局校点本《史记》卷一〇七**

**【注释】**

[1] 魏其（jī）侯：窦婴的封号。魏其，汉县名，今山东临沂东南。[2] 孝文后：即窦太后，

景帝母。从兄:堂兄。[3]"父世"句:意为父辈世代为观津人。观津:今河北省武邑县东南。[4] 詹事:官名,负责皇后和太子宫中的事务。[5] 因:以……的身份。昆弟:兄弟。燕:同"宴"。[6] 千秋之后:意即死后。[7] 门籍:出入宫门的牒籍。[8] 王孙:窦婴的字。[9] 亢礼:指平起平坐,以平等礼相待。亢,通"抗"。[10] 屏(bǐng)居:隐居,闲居。[11] 有如:假如。两宫:东宫和西宫,借指窦太后和景帝。螫(shì):毒虫刺人或牲畜。这里意为恼怒。[12] 毋类:无有遗类,指全家被杀。[13] 桃侯:刘舍,封号为桃侯。景帝时丞相,因日食被罢免。[14] 爱:吝惜。[15] 多易:轻率,处事不慎重。[16] 持:担当。重:名词,重任。[17] 武安:在今河北省武安县。田蚡(fén):景帝王皇后的同母异父弟。王皇后叫王娡,其父死后,其母另嫁田氏,生子蚡、胜,故皇后与田蚡、田胜不同姓。[18] 诸郎:郎官,负责守卫宫廷、随侍皇帝等。[19] 辩有口:善于辩论,有口才。[20]《槃盂》:传说为黄帝的史官孔甲所作的铭文,刻在槃盂等器物上。槃,同"盘"。[21] 称制:代天子执政。武帝即位时十六岁,尚未成年,因此他的生母王太后代武帝临朝听政。[22] 微言:含蓄陈辞。风(fěng)上:暗示武帝。风,同"讽"。[23] 因吊:顺便警告提醒的意思。[24] 推毂(gǔ):屈身推车,这里是推荐的意思。毂,车轴。[25] 明堂:古代天子朝会诸侯之堂。[26] 除关:废除关禁。[27]"以礼"句:意为按照古礼来规定吉、凶等服饰、制度。[28] 适:同"谪",指摘,揭发。[29] 属籍:宗谱。[30] 外家:外戚。[31] 黄老:黄帝、老子。[32] 侵:即"寝",相貌难看。[33] 富于春秋:指来日方长,这里是对年轻皇帝的婉转说法。[34] 肺腑:指至戚,心腹。京师相:指朝廷丞相,和侯国的相不同。[35] 痛:狠狠地,彻底地。折节:压制,制服。诎:同"屈",使……屈服。[36] 肃:敬畏。[37] 移日:日影移动,形容时间甚久。[38] 除吏:委任官吏。尽未:完了没有。[39] 考工:指督造器械的官府。[40] 桡(náo):枉曲,屈尊。[41] 曲旃(zhān):曲柄旌幡,用整幅帛制成。[42] 颍阴:今河南省许昌市。[43] 若:或。[44] 壁门:营门。[45] 少瘳(shāochōu):稍微好转。[46] 天下交:通向四面八方的交通要道。[47] 劲兵处:需要强兵驻守的地方。[48] 轻重不得:饮酒时礼数不合适发生争执。[49] 钧:通"均",平等。[50] 多:推崇,看重。[51] 已然若:意即已经答应人的事情一定办到。[52] 引绳:木工牵引绳墨来看木料是否方正,这里指纠举。批根:砍削根枝,这里指攻击排斥。生平慕之后弃之者:指平素仰慕窦婴,与之结交,后又因其失势而弃之的人。生平,平素,平日里。[53] 有服:有丧事,逢姊丧。[54] 临况:光临。况,通"贶(kuàng)",赐。[55] 解:推辞。[56] 帐具:用为动词,指陈设帐具,备办酒宴。[57] 旦日:明朝。蚤:同"早"。[58]"早帐"句:意为早早地布置陈设直到天亮。[59] 鄂谢:装作吃惊的样子道歉。鄂,同"愕"。[60] 属(zhǔ):邀请。[61] 大望:大为怨恨。[62] 郤:通"隙",嫌隙。[63] 谩:说谎。[64] 案:调查,查办。[65] 取:通"娶"。燕王女:燕王刘泽子康王嘉之女。[66] 起为寿:起身向客人敬酒祝福。[67] 避席:离开席位。[68] 膝席:膝盖不离开席子,仅仅是直起身子。[69] 行酒:依次敬酒。[70] 属(zhǔ)之:干了这杯酒。[71] 呫嗫(chèniè):低声耳语。[72] 更衣:上厕所的委婉说法。[73] 居室:拘禁犯罪官员之处。[74] 分曹:分班,分批。[75] 锐身:挺身而出,含有不顾一切之意。[76] 捐:丢掉。[77]"不仰"句:不是仰首望天,就是俯首画地,这是说窦婴、灌夫他们阴谋造反。[78] 辟倪(bìnì):同"睥睨",窥探。[79] 凌轹(lì):欺压。[80] 披:分裂。[81] 局趣:同"局促",无所适从的样子。[82] 藉:践踏。[83] 录录:同"碌碌",平庸,没有自己主见,只知随声附和。[84] 止车门:宫禁外门,百官上朝时,到此必须下车。[85] 载:同乘一车。[86] 共:指共同对付。[87] 首鼠两端:畏首畏尾，踌躇不决。[88]何不自喜：为什么不自爱。[89]待罪：做官的谦称，言不胜任，等待惩罚。[90]齰（zé）：咬。[91]簿责：按文簿所载，加以核对查实。[92]不雠（chóu）：不符合。[93]常：通"尝"，曾经。[94]以便宜论上：可以不按一般规定论事上奏。[95]大行：指已去世的皇帝。[96]论：判罪。此处指处决。[97]病痱（féi）：即中风。[98]襜褕（chānyú）：短衣。[99]治：审理，追究。[100]宫车晏驾：皇帝死的委婉说法。[101]日月之际：指武帝初即位，王太后执政之时。日，喻武帝。月，喻太后。[102]杯酒责望：为喝酒小事而苛责怨恨。[103]载：通"戴"，拥戴。

### 【审美点评】

本来热闹的列侯宗室之会，却因杯酒相争而引发一场人命官司。失势的魏其侯敬酒，受到冷落，出于血性而骂座的灌夫，触怒了新贵田蚡，招致灭族杀身之祸。魏其侯不忍灌夫之独受刑罚，挺身相救，反被弃市。"子长深恶势力之足以移易是非，故叙之沉痛如此。"（曾国藩《求阙斋读书录》卷三）

# 报任少卿书

**【题解】** 本文选自《文选》。《汉书·司马迁传》也载有全文，文字略异。任少卿是作者的朋友，名安，字少卿，荣阳（今属河南）人。任少卿任益州刺史时曾给司马迁写信，让司马迁利用中书令的地位"推荐贤士"。司马迁没能及时回信，后任安获罪当死，司马迁才写了这封回信。在信中，司马迁说明自己不能施援的苦衷，以极其悲愤的心情，述说了自己因李陵事件而蒙受奇耻大辱的始末，表明了自己隐忍苟活以完成著述的坚韧意志。这篇书信体散文对于了解司马迁的生平和思想具有重要价值。

太史公牛马走司马迁再拜言[1]。

少卿足下：曩者辱赐书，教以顺于接物[2]，推贤进士为务，意气勤勤恳恳，若望仆不相师[3]，而用流俗人之言。仆非敢如此也。仆虽罢驽[4]，亦尝侧闻长者之遗风矣。顾自以为身残处秽[5]，动而见尤，欲益反损，是以独郁悒而与谁语。谚曰："谁为为之？孰令听之[6]？"盖钟子期死，伯牙终身不复鼓琴[7]。何则？士为知己者用，女为说己者容[8]。若仆大质已亏缺[9]，虽才怀随和[10]，行若由夷[11]，终不可以为荣，适足以见笑而自点耳[12]。书辞宜答，会东从上来[13]，又迫贱事，相见日浅，卒卒无须臾之间得竭至意[14]。今少卿抱不测之罪，涉旬月，迫季冬，仆又薄从上雍[15]，恐卒然不可为讳[16]。是仆终已不得舒愤懑以晓左右，则长逝者魂魄私恨无穷[17]。请略陈固陋。阙然久不报，幸勿为过。

仆闻之：修身者，智之符也[18]；爱施者，仁之端也；取予者，义之表也；耻辱者，勇之决也；立名者，行之极也。士有此五者，然后可以托于世，而列于君子之林矣。故祸莫憯于欲利[19]，悲莫痛于伤心，行莫丑于辱先，诟莫大于宫刑。刑余之人，无所比数[20]，非一世也，所从来远矣。昔卫灵公与雍渠同载，孔子适陈[21]；商鞅因景监见，赵良寒心[22]；同子参乘，袁丝变色[23]：自古而耻之。夫以中才之人，事有关于宦竖，莫不伤气，而况于慷慨之士乎！如今朝廷虽乏人，奈何令刀锯之余荐天下豪杰哉！

仆赖先人绪业[24]，得待罪辇毂下[25]，二十余年矣。所以自惟：上之不能纳忠效信，有奇策才力之誉，自结明主；次之又不能拾遗补阙[26]，招贤进能，显岩穴之士；外之又不能备行伍，攻城野战，有斩将搴旗之功；下之不能积日累劳，取尊官厚禄，以为宗族交游光宠。四者无一遂，苟合取容，无所短长之效，可见如此矣。向者仆常厕下大夫之列[27]，陪外廷末议[28]，不以此时引维纲，尽思虑，今以亏形为扫除之隶，在阘茸之中[29]，乃欲仰首伸眉，论列是非，不亦轻朝廷、羞当世之士邪！嗟乎！嗟乎！如仆尚何言哉！尚何言哉！

且事本末未易明也。仆少负不羁之行，长无乡曲之誉。主上幸以先人之故，使得奏薄伎，出入周卫之中[30]。仆以为戴盆何以望天，故绝宾客之知，亡室家之业，日夜思竭其不肖之才力，务一心营职，以求亲媚于主上。而事乃有大谬不然者。

夫仆与李陵，俱居门下[31]，素非能相善也。趣舍异路[32]，未尝衔杯酒、接殷勤之余欢。然仆观其为人，自守奇士，事亲孝，与士信，临财廉，取与义，分别有让，恭俭下人，常思奋不顾身，以徇国家之急。其素所蓄积也，仆以为有国士之风。夫人臣出万死不顾一生之计，赴公家之难，斯已奇矣。今举事一不当，而全躯保妻子之臣，随而媒糵其短[33]，仆诚私心痛之。且李陵提步卒不满五千，深践戎马之地，足历王庭[34]，垂饵虎口，横挑强胡，仰亿万之师，与单于连战十有余日，所杀过当[35]。虏救死扶伤不给，旃裘之君长咸震怖[36]，乃悉征其左、右贤王，举引弓之人，一国共攻而围之。转斗千里，矢尽道穷，救兵不至，士卒死伤如积。然陵一呼劳军，士无不起，躬自流涕，沫血饮泣[37]，更张空拳[38]，冒白刃，北向争死敌者。陵未没时，使有来报，汉公卿王侯皆奉觞上寿。后数日，陵败书闻，主上为之食不甘味，听朝不怡。大臣忧惧，不知所出。仆窃不自料其卑贱，见主上惨怆怛悼[39]，诚欲效其款款之愚，以为李陵素与士大夫绝甘分少[40]，能得人死力，虽古之名将，不能过也。身虽陷败，彼观其意，且欲得其当而报于汉。事已无可奈何，其所摧败，功亦足以暴于天下矣[41]。仆怀欲陈之，而未有路，适会召问，即以此指推言陵之功，欲以广主上之意[42]，塞睚眦之辞[43]。未能尽明，明主不晓，以为仆沮贰师[44]，而为李陵游说，遂下于理[45]。拳拳之忠，终不能自列。因为诬上，卒从吏议。家贫，货赂不足以自赎；交游莫救，左右亲近不为一言。身非木石，独与法吏为伍，深幽囹圄之中[46]，谁可告愬者[47]！此真少卿所亲见，仆行事岂不然乎？李陵既生降，隤其家声[48]，而仆又佴之蚕室[49]，重为天下观笑。悲夫！悲夫！事未易一二为俗人言也。

仆之先，非有剖符丹书之功[50]，文史星历，近乎卜祝之间，固主上所戏弄，倡优所畜，流俗之所轻也。假令仆伏法受诛，若九牛亡一毛，与蝼蚁何以异？而世又不与能死节者，特以为智穷罪极，不能自免，卒就死耳。何也？素所自树立使然也[51]。人固有一死，或重于泰山[52]，或轻于鸿毛，用之所趋异也。太上不辱先，其次不辱身，其次不辱理色[53]，其次不辱辞令，其次诎体受辱[54]，其次易服受辱[55]，其次关木索[56]、被箠楚受辱[57]，其次剔毛发、婴金铁受辱[58]，其次毁肌肤、断肢体受辱，最下腐刑极矣！传曰"刑不上大夫[59]。"此言士节不可不勉励也。猛虎在深山，百兽震恐，及在槛阱之中，摇尾而求食，积威约之渐也[60]。故有画地为牢，势不可入；削木为吏，议不可对，定计于鲜也[61]。今交手足，受木索，暴肌肤，受榜箠，幽于圜墙之中。当此之时，见狱吏则头枪地[62]，视徒隶则正惕息。何者？积威约之势也。及以至是，言不辱者，所谓强颜耳，曷足贵乎！且西伯[63]，伯也[64]，拘于羑里[65]；李斯，相也，具于五刑[66]；淮阴[67]，王也，受械于陈[68]；彭越[69]、张敖[70]，南面称孤，系狱抵罪；绛侯诛诸吕[71]，权倾五伯，囚于请室[72]；魏其[73]，大将也，衣赭衣，关三木[74]；季布为朱家钳奴[75]；灌夫受辱于居室[76]。此人皆身至王侯将相，声闻邻国，及罪至罔加[77]，不能引决自裁，在尘埃之中，古今一体，安在其不辱也？由此言之，勇怯，势也；强弱，形也。审矣，何足怪乎？夫人不能早自裁绳墨之外，以稍陵迟[78]，至于鞭箠之间，乃欲引节，斯不亦远乎！古人所以重施刑于大夫者，殆为此也。

夫人情莫不贪生恶死，念父母，顾妻子。至激于义理者不然，乃有所不得已也。今仆不幸，早失父母，无兄弟之亲，独身孤立，少卿视仆于妻子何如哉？且勇者不必死节，怯夫慕义，何处不勉焉！仆虽怯懦，欲苟活，亦颇识去就之分矣，何至自沈溺缧绁之辱哉[79]！且夫臧获婢妾[80]，由能引决[81]，况仆之不得已乎？所以隐忍苟活，幽于粪土之中而不辞者，恨私心有所不尽，鄙陋没世而文彩不表于后世也。

古者富贵而名摩灭[82]，不可胜记，唯倜傥非常之人称焉。盖文王拘而演《周易》；仲尼厄而作《春秋》[83]；屈原放逐，乃赋《离骚》；左丘失明，厥有《国语》；孙子膑脚[84]，《兵法》修列；不韦迁蜀，世传《吕览》；韩非囚秦，《说难》、《孤愤》；《诗》三百篇，大底圣贤发愤之所为作也[85]。此人皆意有郁结，不得通其道，故述往事、思来者。乃如左丘无目，孙子断足，终不可用，退而论书策，以舒其愤，思垂空文以自见。

仆窃不逊，近自托于无能之辞，网罗天下放失旧闻，略考其行事，综其终始，稽其成败兴坏之纪，上计轩辕[86]，下至于兹，为十表，本纪十二，书八章，世家三十，列传七十，凡百三十篇。亦欲以究天人之际[87]，通古今之变，成一家之言。草创未就，会遭此祸，惜其不成，已就极刑而无愠色。仆诚以著此书，藏诸名山，传之其人，通邑大都，则仆偿前辱之责[88]，虽万被戮，岂有悔哉？然此可为智者道，难为俗人言也。

且负下未易居，下流多谤议。仆以口语遇此祸，重为乡党所笑，以污辱先人，亦何面目复上父母丘墓乎？虽累百世，垢弥甚耳！是以肠一日而九回，居则忽忽若有所亡[89]，出则不知其所往。每念斯耻，汗未尝不发背沾衣也！身直为闺阁之臣[90]，宁得自引于深藏岩穴邪！故且从俗浮沈[91]，与时俯仰，以通其狂惑。今少卿乃教以推贤进士，无乃与仆私心刺谬乎[92]？今虽欲自雕琢，曼辞以自饰[93]，无益，于俗不信，适足取辱耳。要之死日，然后是非乃定。书不能悉意，略陈固陋。谨再拜。

中华书局 1977 年影印胡克家刻本《文选》卷四一

**【注释】**

[1] 太史公：汉代史官太史令的通称，这里是司马迁自称。牛马走：谓牛马般供人驱使的仆人，这是司马迁自谦的说法。[2] 接物：待人接物。[3] 望：怨恨。[4] 罢驽：比喻才能低下。罢，同"疲"。驽，劣马，自谦之词。[5] 身残：指已遭受宫刑，形骸残缺。处秽：处于可耻的污秽地位。[6]"谁为"二句：是说为谁去做事，又能让谁听从我的话呢？[7] 钟子期、伯牙：

皆为春秋时期楚国人。伯牙善鼓琴，钟子期最会欣赏他的琴音。钟子期死后，伯牙认为世无知音，便破琴绝弦，从此不再鼓琴。[8] 说：通"悦"。[9] 大质：指身体。[10] 随和：随侯珠与和氏璧，都是战国时期最贵重的宝物。[11] 由、夷：指许由和伯夷，传说两人都是古代品行高洁的人。[12] 点：污辱。[13] 会：适逢。上：指汉武帝。[14] 卒（cù）卒：同"猝猝"，匆忙的样子。[15] 薄：迫近。雍：今陕西凤翔南。当时雍筑有祭五帝的坛，汉武帝常到这里来祭祀。[16] 卒然：突然。不可为讳：对于死的委婉的说法。讳，避忌。[17] 长逝者：死者，指将死的任安。[18] 符：标志，凭信。[19] 憯（cǎn）：同"惨"。[20] 比：等同看待。[21] 卫灵公：卫国国君，前534年至前493年在位。他和夫人同车出游，令太监雍渠坐在旁边，让孔子坐在后面车上。孔子感到非常耻辱，就离开卫国前往陈国去了。[22] 景监：秦孝公宠信的太监景监。赵良：秦国的贤士，他对商鞅依靠景监而求见秦孝公的做法表示不满，并劝商鞅赶快引退，以免招来杀身之祸。[23] 同子：汉文帝的宦官赵谈，"子"是尊称。司马迁的父亲名谈，故避讳而改称赵谈为同子。袁丝：即袁盎，字丝。汉文帝时的大臣。当汉文帝与赵谈同车出游时，袁盎伏在车前加以劝阻。[24] 绪业：遗业，指自己继承父职为太史令。[25] 待罪辇毂下：在皇帝身边做官。待罪，等待处罚，为官的一种委婉自谦的说法。辇毂下，皇帝的车驾左右。[26] 拾遗补阙：拾遗忘，补缺漏，指向皇帝进谏。[27] 常：通"尝"。厕：混杂，置身于。下大夫：古代大夫分上、中、下三等，汉代太史令秩六百石，和下大夫相等。[28] 外廷：国君听政的地方。相对于内廷、禁中而言。末议：谦称自己的话轻微，不重要。[29] 阘（tà）茸：卑贱。[30] 周卫：指宫禁，宫禁防卫环绕，故云。[31] 门下：门庭之下，此指皇帝身边。[32] 趣舍异路：志向兴趣不同。趣，同"趋"。[33] 媒蘖（niè）：亦作"媒糵"，用于酿酒的酵母，这里用作动词，有酝酿、扩大的意思。[34] 王庭：匈奴单于居住的地方。[35] 所杀过当：原作"所杀过半当"，此从《汉书·司马迁传》。指所杀敌人人数超过李陵自己所带人数。当，相当。[36] 旃裘：匈奴人所穿的衣服，代指匈奴。旃，通"毡"。[37] 沫（huì）血：以血洗面。[38] 拳：通"弮（quān）"，强弓。[39] 惨怆怛（dá）悼：忧伤痛惜。[40] 绝甘：甘美的食物自己不吃。分少：东西很少也要和大家分享。[41] 暴（pù）：显露。[42] 广：宽慰。[43] 塞睚眦之辞：阻塞那些怨恨的说法。睚眦，怒目而视。[44] 沮：诋毁，说人坏话。贰师：即贰师将军李广利，汉武帝宠妃李夫人的哥哥。汉武帝派李广利征匈奴，以李陵为辅助。李陵被围之后，李广利未及时救援。司马迁为李陵辩护，汉武帝认为他有意诋毁李广利。[45] 理：即大理，负责诉讼刑狱之官。[46] 图圄：监狱。[47] 愬：同"诉"，诉说。[48] 隤（tuí）：败坏。[49] 佴（èr）：相次，随后。蚕室：像养蚕的房子那样严密而温暖的屋室。刚受过宫刑的人怕风寒，所以要住在这样的屋室里。[50] 剖符丹书：都是皇帝给功臣的凭证。剖符，分开两半的符信，皇帝和功臣各执其一，作为某种誓约的凭证。丹书，用朱砂把誓词写在铁券上。[51] "素所"句：指平日所从事的职业和所处的地位造成这种情况。[52] 泰山：《文选》作"太"，此从《汉书·司马迁传》。[53] 理色：道理和脸面。[54] 诎（qū）体：身体受捆绑。诎，通"屈"。[55] 易服：换上罪人的囚服。[56] 关木索：指戴上枷锁绳索等刑具。[57] 箠：同"棰"，木杖。[58] 婴：绕。[59] 传：指《礼记》。刑不上大夫：刑罚用不到大夫身上。[60] 积威约之渐也：这是威势长期为人制约，逐渐形成的结果。[61] 鲜：明，指态度鲜明，即自杀。[62] 枪地：扣头触地。枪，同"抢"。[63] 西伯：即周文王姬昌。[64] 伯：一方诸侯之长。[65] 羑（yǒu）里：今河南汤阴，姬昌曾被殷纣王囚禁于此。[66] 五刑：指劓（割鼻）、刖（斩左右趾）、笞杀（打死）、枭首（斩首）、菹（剁成肉酱），这里泛指酷刑。[67] 淮阴：汉高祖刘邦的大将淮阴侯韩信。[68] 受械于陈：

指有人诬告韩信谋反，韩信在陈被捆绑囚系。械，手铐脚镣等刑具。[69]彭越：刘邦的功臣，被封为梁王。后有人告他谋反，被捕入狱。[70]张敖：刘邦的功臣赵王张耳的儿子，因谋反罪被捕入狱。[71]绛侯：刘邦的功臣绛侯周勃，曾与陈平定计，诛灭诸吕，迎立汉文帝。后来，有人诬告周勃谋反，遂被囚禁。[72]请室：大臣待罪之室。[73]魏其：魏其侯窦婴。汉武帝时，魏其因与丞相田蚡有矛盾，被治罪，遭杀害。[74]关三木：指加在颈、手、足三处的刑具。[75]季布：项羽的将领。项羽失败后，刘邦出重金捉拿季布，季布便髡钳为奴，卖身于当时鲁地的大侠朱家为奴。[76]灌夫：景帝时为中郎将，武帝时为官太仆等职，因得罪武安侯田蚡，被弹劾，囚于居室，后灭族。[77]罔：通"网"，法网。[78]陵迟：衰败。[79]缧绁（léixiè）：捆绑罪人的绳索，这里指囚禁。[80]臧获：对于奴仆的贱称。[81]由：通"犹"，还，尚且。[82]摩灭：同"磨灭"。[83]厄：困厄，困顿。[84]孙子：孙膑。膑脚：剔去膝盖骨。[85]大底：大抵，大都。[86]轩辕：传说中的五帝之一，即黄帝，号轩辕氏。[87]究天人之际：探索天道与人事之间的关系。[88]责：通"债"，指所遭受的耻辱。[89]忽忽：恍惚。亡：失。[90]闺阁之臣：指宦官。[91]沈：同"沉"。[92]剌（là）谬：违背，乖谬。[93]曼辞：美好的言词。

## 【审美点评】

身受奇耻大辱，生不如死。然而对于司马迁来说，隐忍苟活的精神力量来自于圣贤般完成著述的巨大动力。"人固有一死，或重于泰山，或轻于鸿毛"，司马迁以满腔悲愤和不平之气表现了他深刻的生死观和价值观。这句流传后世的名言也像司马迁忍痛著书、含冤不屈的精神一样，继续激励着后人。

# 扬 雄

扬雄（前53—18），字子云，蜀郡成都（今四川成都）人。西汉著名辞赋家。扬雄为人好学恬淡，口吃不善言谈。40岁后，始游京师，以文见召，奏《甘泉》、《河东》、《羽猎》、《长杨》四赋，被任为郎，给事黄门。扬雄历成、哀、平三朝不得升进，王莽篡位后，被召为大夫。有《太玄》、《法言》、《方言》、《训纂》等著作。辞赋作品还有《反离骚》、《解嘲》、《解难》等。《隋书·经籍志》有《扬雄集》5卷，已散佚。张溥《汉魏六朝百三名家集》辑有《扬侍郎集》。

## 甘泉赋（节选）

【题解】甘泉即甘泉宫，在今陕西淳化县西北。扬雄曾随从汉成帝祭祀于甘泉宫，并作了这篇带有讽谏之意的赋作，《汉书》、《文选》见载。节选部分重在描写甘泉宫的奢华壮丽、崇高广远。赋以骚体句式为主，用夸张、想象、对比、衬托等手法对甘泉宫作了由远及近的铺陈描写，表现了扬雄善构深玮之风的辞赋创作才能。

惟汉十世[1]，将郊上玄[2]，定泰畤[3]，雍神休[4]，尊明号[5]，同符三皇[6]，录功五帝[7]，恤胤锡羡[8]，拓迹开统[9]。于是乃命群僚[10]，历吉日，协灵辰[11]，星陈而天行[12]……

是时未辍夫甘泉也[13]，乃望通天之绎绎[14]。下阴潜以惨廪兮[15]，上洪纷而相错[16]；直嶢嶢以造天兮[17]，厥高庆而不可乎弥度[18]。平原唐其坛曼兮[19]，列新雉于林薄[20]；攒并闾与茇苦兮[21]，纷被丽其亡鄂[22]。崇丘陵之驷骎兮[23]，深沟嵚岩而为谷[24]。逴逴离宫般以相烛兮[25]，封峦石关施靡乎延属[26]。

于是大夏云谲波诡[27]，摧嶉而成观[28]。仰挢首以高视兮[29]，目冥眴而亡见[30]。正浏滥以弘惝兮[31]，指东西之漫漫。徒回回以徨徨兮[32]，魂固眇眇而昏乱[33]。据轸轩而周流兮[34]，忽轶轧而亡垠[35]。翠玉树之青葱兮[36]，璧马犀之瞵珉[37]。金人仡仡其承钟虡兮[38]，嵌岩岩其龙鳞[39]。扬光曜之燎烛兮[40]，乘景炎之炘炘[41]。配帝居之县圃兮[42]，像泰壹之威神[43]。洪台掘其独出兮[44]，撇北极之嶒嶒[45]。列宿乃施于上荣兮[46]，日月才经于柍桭[47]。雷郁律而岩窔兮[48]，电倏忽于墙藩[49]。鬼魅不能自还兮[50]，半长途而下颠[51]。历倒景而绝飞梁兮[52]，浮蔑蠓而撇天[53]。

左欃枪右玄冥兮[54]，前熛阙后应门[55]。阴西海与幽都兮[56]，涌醴汩以生川[57]。蛟龙连蜷于东厓兮[58]，白虎敦圉乎昆仑[59]。览樛流于高光兮[60]，溶方皇于西清[61]。前殿崔巍兮[62]，和氏珑玲[63]。炕浮柱之飞榱兮[64]，神莫莫而扶倾[65]，闶阆阆其寥廓兮[66]，似紫宫之峥嵘[67]。骈交错而曼衍兮[68]，峾嶙嶵乎其相婴[69]。乘云阁而上下兮[70]，纷蒙笼以掍成[71]。曳红采之流离兮[72]，飐翠气之冤延[73]。袭琁室与倾宫兮[74]，若登高妙远，肃乎临渊[75]。

回猋肆其砀骇兮[76]，翍桂椒[77]，郁栘杨[78]。香芬茀以穹隆兮[79]，击薄栌而将荣[80]。芝昳肵以掍根兮[81]，声骈隐而历钟[82]。排玉户而飐金铺兮[83]，发兰蕙与穷穷[84]。惟夗蟺其拂汩兮[85]，稍暗暗而靓深[86]。阴阳清浊穆羽相和兮[87]，若夔、牙之调琴[88]。般、倕弃其剞劂兮[89]，王尔投其钩绳[90]。虽方征侨与偓佺兮[91]，犹彷佛其若梦。

……

中华书局校点本《汉书》卷八七上

**【注释】**

[1] 惟：语气词。汉十世：汉朝第十代皇帝，指汉成帝刘骜。[2] 将：欲，想要。郊：郊外祭祀天地。上玄：上天。[3] 定泰畤（zhì）：将泰畤定为祭坛，将在此祭祀上天。泰畤，甘泉宫内的祭坛名，汉武帝建。[4] 雍神休：祈求神灵保佑诸事福祥。雍，保佑。[5] 尊明号：祭祀时明称受祭之神的尊号而祭祀他。[6] 同符三皇：古说三皇五帝受命于天，符契是受命于天的凭证。这句话是说当今君主也受命于天。[7] 录功五帝：当今君王的功业与五帝相等同。录，检束，查验。[8] 恤：忧。胤（yìn）：后代。锡：赐给。羡：丰饶。[9] 开统：解决后继无人的困扰。[10] 命：告。[11] 历：选择。协：调和，配合。灵辰：良辰，吉祥的时辰。[12] 星陈而天行：天子出行，群臣伴驾，好像星之陈列。[13] 臻（zhēn）：通“臻”，至。[14] 通天：台名。绎绎：高大的样子。[15] 阴潜：阴暗，不明显。惨廪：隐晦不明的样子。一说寒凉。[16] 洪纷：通天台上部广大。相错：光彩交错。[17] 峣（yáo）峣：高意。[18] 厥：其。庆（qiāng）：语气助词。乎：原作“虖”，同“乎”，据《文选》本改，下同。弥：竟、尽。弥，原作“疆”，据《文选》本改。度：计量，测量。以上二句说通天台所在之山高达天际，高度不可测量。[19] 唐：广大，广远。坛曼：广远平坦的样子。[20] 新雉（zhì）：即辛夷，香草名。一说为木名。林薄：丛木交错而生处。[21] 攒（cuán）：聚集。并闾（lǘ）：木名，棕榈。茇（bókuò）：草名，古以为瑞草。一说为薄荷。[22] 被（pī）丽：即披离。亡鄂：无边无际。亡，通“无”。鄂，边际。[23] 丘陵：山岭。骏骁（pǒě）：高大的样子。[24] 嵚（qīn）岩：深险的样子。[25] 迠迠：古文“往”字，往往，处处。般：相连接。相烛：相互照应。[26] 封峦、石关：皆宫观名。施靡、延属：皆连绵不断之意。[27] 大夏：夏又作“厦”，宽阔的房舍。云谲波诡：用云气水波的变幻莫测来比喻甘泉宫建筑物造型的千态万状。[28] 摧嶉（zuǐzuī）：也作“崔巍”，高大雄伟的样子。[29] 挢（jiǎo）：同“矫”，举起。[30] 冥眴（xuàn）：目光昏乱。[31] 浏滥：即“浏览”，览观。弘惝（chǎng）：通“弘敞”，广大而宽敞。[32] 徒：但，只。回回、徨徨：皆是心神惊恐不安的样子。[33] 眇眇：辽远深远的样子。昏乱：迷惑，颜师古《汉书》注曰：“言骇其深博也。”[34] 据：凭，依靠。轩：栏杆。周流：遍览，向四周环望。[35] 轶轧（yǎngyà）：广大的样子。亡垠（yín）：无边无际。以上二句说凭杆远眺，四下广阔无垠。[36] 翠玉树：绿玉之树。《文选》李善注引《汉武帝故事》：“上起神屋，前庭植玉树，珊瑚为枝，碧玉为叶。”[37] 壁马犀：壁同“璧”，用璧玉刻成马或犀牛的形状。瞵瑞（línbīn）：文彩缤纷的样子。[38] 金人：指铜铸的人像。仡（yì）仡：强壮勇武的样子。虡（jù）：古代悬挂钟或磬的架子。[39] 岩岩：鳞甲张开的样子。[40] 燎（liáo）烛：火把，光焰。[41] 景：日。炘（xīn）炘：光焰炽盛的样子。一说指热气升腾的样子。[42] 县圃：即悬圃，传说中的神山，天帝所居。[43] 泰壹：即太一，天神名。[44] 洪台：高台，指通天台这样的建筑。掘：通“崛”，崛起，突出。[45] 拶（zhì）：至，达到。北极：又称北辰，指北斗星。嶟（zūn）嶟：高峻陡峭的样子。以上二句说高台独出特立，挺拔俊秀，直达北斗星。[46] 列宿：众多的星辰。荣：屋顶的飞檐。[47] 柍桭（yāngchén）：半檐。柍，通“央”。[48] 郁律：雷声。岩窔（yào）：山的深处，这里指楼观幽深处。窔，原作“突”，据《文选》本改。[49] 倏（shū）忽：突然，疾速。藩：篱笆。以上二句说雷声从山的深处响起，迅疾的闪电见于篱笆处。[50] 鬼魅：鬼怪。[51] 下颠：下落，下坠。[52] 历：过。倒景：即倒影，这里是说楼台之高，日月反在其下，倒映出楼台影子。绝：度，超越。飞梁：阁道或凌空架起的桥。[53] 蔑蠓（měng）：游尘，

尘气。一说一种小飞虫。撆：拂。[54] 欃（chán）枪：两星宿名。一说彗星的别名。玄冥：神名，水神。一说雨师。[55] 熛（biāo）阙：赤色的宫阙。应门：南向之门，即正门。[56] 阴：遮蔽，遮盖。西海：泛指西方。幽都：神话中的山名，北方极远之地。[57] 醴：醴泉。汩（yù）：迅疾的样子。以上二句说宫阙之高遮蔽了西海与幽都，其地涌出的甘泉形成川水。[58] 连蜷（quán）：长而蜷体弯曲的样子。厓：山或水的边。[59] 敦圉（yǔ）：盛怒的样子。昆仑：古代神话中的山名。以上二句借天帝所居昆仑，左青龙，右白虎，象征甘泉宫的威严壮丽。[60] 樛（jiū）流：缭绕、曲折。高光：高光宫，是甘泉宫中的宝殿名。[61] 溶：安闲。方皇：同"彷徨"，徘徊。西清：西厢清净处。[62] 前殿：泛指宫殿而言。李善注："前殿，正殿也。诸宫皆有之。《汉书》曰：'未央宫立前殿。'"[63] 和氏：和氏璧，泛指璧玉。[64] 抗：同"抗"举起。浮柱：梁上的柱子。飞榱（cuī）：高架的屋椽。[65] 莫莫：暗中，暗地里。以上二句说宫殿的房梁浮柱犹如神明暗中扶持。[66] 閌（kàng）：高大。阆（láng）阆：高大空朗的样子。寥廓：广阔，辽远。[67] 紫宫：天帝居住的宫殿。峥嵘：深邃。以上二句说宫殿高大辽阔犹如天帝居住的紫宫。[68] 骈：并列，陈列。曼衍：广为散布的样子。[69] 崕（tuǒ）：李善注引"《埤苍》曰：崕，山长貌。"嶵隗（zuǐwěi）：又作"崔巍"，高峻的样子。嬰：环绕。以上二句说檐栋陈列接连不断，台观和高峻的山岩相互掩映环绕。[70] 云阁：高耸入云的楼阁。[71] 纷：纷繁，杂乱。蒙笼：空旷深远。捆（hùn）成：即混成，自然而成，浑然一体。[72] 曳：摇荡，牵引。流离：光彩纷繁的样子。[73] 飏：飘扬。宛延：同"蜿蜒"。以上二句说宫殿极高，好像色彩缤纷的云霞雾气都在它周围飘动。[74] 袭：继承。琁（xuán）室：用美玉装饰的宫殿。倾宫：高危的宫殿，将倾倒的宫殿。[75] 肃：谨慎的样子。[76] 回猋（biāo）：同"回飙"，回风，旋风。肆：放肆，这里引申为迅疾。砀（dàng）：通"荡"，振荡。骇：动。[77] 翍（pī）：古同"披"，散开。桂椒：皆木名，即肉桂和山椒，泛指高级香料。[78] 郁：聚集。栘（yí）：木名，即棠棣。以上三句话说旋风飘荡，吹得树叶忽散忽合。[79] 芬葆（fú）：犹芬馥，香气浓盛。穹：原作"穷"，据《文选》改。[80] 薄栌（lú）：即榑栌，斗拱，柱头上承托栋梁的方形短木。荣：屋檐。[81] 芎（xiāng）：同"香"，指用以调味的紫苏之类的香草。吷肸（yìxī）：迅疾散发的样子。捆（hùn）：同"混"。[82] 驲（pēng）隐：车骑声。这里引申为声大。以上二句说香气飞散四下弥漫，吹动编钟而发出大声。[83] 排：推开。玉户：用玉装饰的门户。飏：摇动，扬举。金铺：用金属做的门环。[84] 发：散发。兰惠：同"兰蕙"，兰草和蕙草，皆香草。芎䓖：即川芎。多年生草本，根茎可入药。以上二句说香风吹开玉门，摇动门环，将兰草、蕙草与川芎的芳香混入而散发出去。[85] 弸彋（pénghóng）：风吹帷帐声。拂汩（yù）：风吹动帷帐的样子。[86] 暗暗：幽闭隐约的样子。靓（jìng）：通"静"。以上二句说风伴着幽香吹动帷帐发出响声，片刻间则幽然安静。[87] 阴阳清浊：指音乐的高低轻重之音。穆：和谐。羽，五音之一。羽声细而高。[88] 夔（kuí）：人名，精通音乐，相传为尧舜时乐官。牙：即伯牙，善鼓琴，春秋时人。[89] 般：姓公输名般，春秋时鲁国人，又称鲁班，我国古代著名工匠。倕（chuí）：人名。传说为尧时的一名巧匠。剞劂（jījué）：工匠用的工具名。《楚辞·严忌〈哀时命〉》："握剞劂而不用兮，操规矩而无所施。"洪兴祖补注引应劭曰："剞，曲刀；劂，曲凿。"[90] 钩绳：木工用以正曲直的工具。钩，圆规。绳，墨线。以上二句说看到甘泉宫宫室的建造，即使古代的能工巧匠鲁班、倕以及王尔等人看到也会自愧不如，丢弃自己的工具。[91] 征侨、偓佺：皆是仙人名。以下两句说即使征侨与偓佺这样的仙人游览甘泉宫也会觉得仿佛置身于梦中。

## 【审美点评】

扬雄状甘泉宫之壮丽威严、竦峭高峻，尤其是"洪台独出"一段，堪称神来之笔，构思新颖奇特，意境谲诡幽邃。因此刘勰称："子云属意，辞人最深，观其涯度幽远，搜选诡丽，而竭才以钻思，故能理赡而辞坚矣。"（《文心雕龙·才略》）

# 班 固

班固（32—92），字孟坚，扶风安陵（今陕西咸阳东）人。幼而能文，博学多才。其父班彪曾踵《史记》作《后传》数十篇。班固在其父《后传》基础上撰写《汉书》。明帝时为兰台令史，后迁为郎。和帝永元元年，随大将军窦宪征匈奴，为中护军。永元四年，窦宪失势自杀，班固受到牵连，下狱而死。其时《汉书》尚未写完，后由其妹班昭和马续最后完成。《汉书》是我国第一部纪传体断代史，记事上起汉高祖元年（前206），下迄王莽地皇四年（23）。《汉书》之文，疏荡不如《史记》，但叙事详密严谨，文辞典雅工饬，对后代散文有较大的影响。班固也是汉代重要的诗赋家，著有《两都赋》、《答宾戏》、《咏史》等。

## 苏武传（节选）

**【题解】** 本篇选自《汉书·李广苏建传》。苏建是苏武的父亲，《苏武传》附于《苏建传》后。节选部分主要记述苏武出使匈奴因事被扣留，面对匈奴的威逼利诱毫不屈服，被遣于北海牧羊的情况，通过苏武与卫律、张胜等的对比，热情歌颂了苏武坚贞不屈的民族气节。

武字子卿，少以父任[1]，兄弟并为郎[2]，稍迁至栘中厩监[3]。时汉连伐胡，数通使相窥观。匈奴留汉使郭吉、路充国等前后十余辈。匈奴使来，汉亦留之以相当。天汉元年[4]，且鞮侯单于初立[5]，恐汉袭之，乃曰："汉天子我丈人行也[6]。"尽归汉使路充国等。武帝嘉其义，乃遣武以中郎将使持节送匈奴使留在汉者[7]，因厚赂单于，答其善意。武与副中郎将张胜及假吏常惠等募士斥候百余人俱[8]。既至匈奴，置币遗单于。单于益骄，非汉所望也。

方欲发使送武等，会缑王与长水虞常等谋反匈奴中[9]。缑王者，昆邪王姊子也[10]，与昆邪王俱降汉，后随浞野侯没胡中[11]。及卫律所将降者[12]，阴相与谋劫单于母阏氏归汉[13]。会武等至匈奴，虞常在汉时素与副张胜相知，私候胜曰[14]：“闻汉天子甚怨卫律，常能为汉伏弩射杀之。吾母与弟在汉，幸蒙其赏赐。”张胜许之，以货物与常。后月余，单于出猎，独阏氏子弟在。虞常等七十余人欲发，其一人夜亡，告之。单于子弟发兵与战。缑王等皆死，虞常生得。

单于使卫律治其事。张胜闻之，恐前语发，以状语武。武曰：“事如此，此必及我。见犯乃死[15]，重负国[16]。”欲自杀，胜、惠共止之。虞常果引张胜。单于怒，召诸贵人议，欲杀汉使者。左伊秩訾曰[17]：“即谋单于，何以复加？宜皆降之。”单于使卫律召武受辞[18]，武谓惠等：“屈节辱命，虽生，何面目以归汉！”引佩刀自刺。卫律惊，自抱持武，驰召医[19]。凿地为坎[20]，置煴火[21]，覆武其上，蹈其背以出血[22]。武气绝，半日复息。惠等哭，舆归营[23]。单于壮其节，朝夕遣人候问武，而收系张胜。

武益愈，单于使使晓武。会论虞常[24]，欲因此时降武。剑斩虞常已，律曰：“汉使张胜谋杀单于近臣[25]，当死，单于募降者赦罪。”举剑欲击之，胜请降。律谓武曰：“副有罪，当相坐[26]。”武曰：“本无谋，又非亲属，何谓相坐？”复举剑拟之，武不动。律曰：“苏君，律前负汉归匈奴，幸蒙大恩，赐号称王，拥众数万，马畜弥山，富贵如此。苏君今日降，明日复然。空以身膏草野，谁复知之！”武不应。律曰：“君因我降，与君为兄弟。今不听吾计，后虽欲复见我，尚可得乎？”武骂律曰：“女为人臣子，不顾恩义，畔主背亲，为降虏于蛮夷，何以女为见[27]？且单于信女，使决人死生，不平心持正，反欲斗两主，观祸败。南越杀汉使者，屠为九郡[28]；宛王杀汉使者，头县北阙[29]；朝鲜杀汉使者，即时诛灭[30]。独匈奴未耳。若知我不降明，欲令两国相攻，匈奴之祸从我始矣。”

律知武终不可胁，白单于。单于愈益欲降之，乃幽武置大窖中，绝不饮食。天雨雪，武卧啮雪与旃毛并咽之，数日不死，匈奴以为神，乃徙武北海上无人处[31]，使牧羝[32]，羝乳乃得归[33]。别其官属常惠等，各置他所。

武既至海上，廪食不至[34]，掘野鼠去中实而食之[35]。杖汉节牧羊，卧起操持，节旄尽落。积五六年，单于弟於靬王弋射海上[36]。武能网纺缴，檠弓弩[37]，於靬王爱之，给其衣食。三岁余，王病，赐武马畜服匿穹庐[38]。王死后，人众徙去。其冬，丁令盗武牛羊[39]，武复穷厄。

……

昭帝即位[40]，数年，匈奴与汉和亲。汉求武等，匈奴诡言武死。后汉使复至匈奴，常惠请其守者与俱[41]，得夜见汉使，具自陈道。教使者谓单于，言天子射上林中，得雁，足有系帛书，言武等在某泽中。使者大喜，如惠语以让单于。单于视左右而惊，谢汉使曰："武等实在。"……单于召会武官属，前以降及物故，凡随武还者九人[42]。

武以始元六年春至京师[43]。……武留匈奴凡十九岁，始以强壮出，及还，须发尽白。

中华书局校点本《汉书》卷五四

### 【注释】

[1] 以父任：因为父亲职位的关系而任官。汉制，官俸二千石以上者，其子弟得以父荫为郎。[2] 郎：官名，皇帝侍卫官员。[3] 稍迁：逐渐升迁。移（yí）中厩（jiù）监：掌管皇宫移园中马厩的官。移，指汉宫廷中的移园。厩，马棚。监，官名。[4] 天汉元年：公元前100年。天汉，汉武帝年号。[5] 且鞮（jūdī）侯：当时单于即位前的封号。[6] 丈人行（háng）：指长辈。行，辈。[7] 中郎将：皇帝侍卫武官，地位仅次于将军。节，旄节，竹竿上缀以三层牦牛尾，为使臣所持信物。[8] 假吏：临时充任的官吏。斥候：侦察人员。[9] 缑（gōu）王：匈奴的一个亲王。长水：水名，在今陕西蓝田西北。虞常：长水人，原为汉官，后投降匈奴，此时欲反叛匈奴。[10] 昆邪（húnyé）王：匈奴的一位亲王，率所部居于匈奴的西方，武帝元狩二年（公元前121）降汉。[11] 浞（zhuó）野侯：汉将赵破奴的封号。太初二年（前103年），他率兵出击匈奴，兵败投降。缑王当时隶属于破奴军，亦投降匈奴。没胡中：陷入匈奴。[12] 卫律：生长于汉，任汉使，后投降匈奴，封丁灵王。所将：所统率的。[13] 阏氏（yānzhī）：匈奴王后的称号。[14] 私候：私下拜访。[15] 见犯：受到凌辱，被侵犯。[16] 重：更加。[17] 左伊秩訾（zī）：匈奴的王号，有左、右之分。[18] 受辞：接受审讯。[19] 嫛：同"医"。[20] 坎：坑。[21] 煴（yūn）火：初燃未旺、有烟无焰之火。[22] 蹈：通"搯（tāo）"，扣击，轻敲。[23] 舆：指用车载。[24] 会论：会同判决虞常之罪。[25] 近臣：亲近的大臣，这是卫律自指。[26] 相坐：相连坐，连带治罪。[27] 何以女为见：即"何以见女为"，为什么要见你。为，语气助词。[28] "南越"二句：汉武帝元鼎五年（前112年），南越王相吕嘉杀死南越王、王太后以及汉使者，武帝派兵讨伐，次年，平定南越，抓获吕嘉。汉在南越之地设置儋耳、南海、苍梧等九郡。[29] "宛王"二句：汉武帝太初元年（前104年），汉遣使臣往大宛求良马，大宛不与，并令其东边郁成截杀汉使者。武帝大怒，命李广利率兵征大宛。太初四年，大宛诸贵人杀国王毋寡，李广利携毋寡首级凯旋京师。县，同"悬"。[30] "朝鲜"二句：元封二年（前109年），武帝派遣涉何出使朝鲜，涉何派人刺死伴送自己的朝鲜人，谎称杀死了朝鲜将领，武帝封之为辽东东部都尉。朝鲜发兵袭杀涉何，汉武帝派兵攻朝鲜。次年，朝鲜尼溪相参杀朝鲜王右渠，投降汉朝。[31] 北海：当时匈奴的北界，即今贝加尔湖。[32] 羝（dī）：公羊。[33] 乳：生育，指生

145

小羊。[34] 廪（lǐn）食：官家供给的粮食。[35] 去：同"弆（jǔ）"，藏。中：这里借用作"茻"（草）字。[36] 於靬（wūjiān）王：且鞮侯单于之弟。[37]"武能"二句：意为苏武会结鱼网，纺缴丝，矫正弓弩。檠（qíng）：矫正弓弩的工具，这里有矫正的意思。[38] 服匿：盛酒酪的陶器。穹庐：圆顶大帐篷。[39] 丁令：即"丁灵"、"丁零"，匈奴的别支。[40] 昭帝：汉武帝儿子，名弗陵，于公元前87年即位。[41]"常惠"句：常惠请求和看守自己的人一起去。[42]"单于"三句：是说单于召集当初跟随苏武的僚属，除了先前投降的和死去的，随苏武回国的共有九人。以，同"已"。物故，死亡。[43] 始元六年：公元前81年。始元，汉昭帝年号。

**【审美点评】**

卫律威逼劝降，可谓软硬兼施，无所不用其极。生与死的考验，富与贵的诱惑，身膏草野的凄凉均摆在苏武面前，然而苏武镇静无畏，充满正气，始终表现出大国使节的威仪和崇高的精神境界。"李广之英风，苏武之峻节，千百世之下读其传，犹能使人寒心而销骨。"（凌稚隆《汉书评林》卷五四）

# 张　衡

张衡（78—139），字平子，南阳西鄂（今河南南阳）人。东汉安帝时曾为太史令。顺帝时任侍中、河间相、尚书等职，为官甚有政绩。他是东汉著名的科学家，精通天文、阴阳、历算之学，发明了浑天仪和候风地动仪。在文学方面，张衡也卓有建树，是汉赋史上承前启后的重要赋家。《后汉书》载其著述有诗、赋、铭、七言共32篇。其中《二京赋》、《思玄赋》、《归田赋》、《四愁诗》等是他的诗赋代表作。明人张溥辑有《张河间集》，见《汉魏六朝百三名家集》。

## 归田赋

**【题解】**本篇表达了作者弃官隐居、读书著述的愿望。作者有感于世路艰难，无法在现实政治中周旋，因此情愿归返田园、优游山林。篇中表现了他抱负无法施展而又不愿同流合污的思想矛盾，描绘了想象中的田园生活及其无限乐趣。此赋体制短小，语言清新自然，有骈偶成分，通常被看做汉代散体大赋向抒情小赋转变的标志。

游都邑以永久[1]，无明略以佐时[2]；徒临川以羡鱼[3]，俟河清乎未期[4]。感蔡子之慷慨，从唐生以决疑[5]。谅天道之微昧[6]，追渔父以同嬉[7]。超埃尘以遐逝[8]，与世事乎长辞[9]。

于是仲春令月[10]，时和气清，原隰郁茂[11]，百草滋荣。王雎鼓翼[12]，鸧鹒哀鸣[13]，交颈颉颃[14]，关关嘤嘤[15]。于焉逍遥[16]，聊以娱情。尔乃龙吟方泽，虎啸山丘[17]。仰飞纤缴[18]，俯钓长流。触矢而毙[19]，贪饵吞钩[20]。落云间之逸禽[21]，悬渊沈之鲿鳢[22]。于时曜灵俄景[23]，系以望舒[24]。极般游之至乐[25]，虽日夕而忘劬[26]。感老氏之遗诫[27]，将回驾乎蓬庐[28]。弹五弦之妙指[29]，咏周孔之图书[30]。挥翰墨以奋藻[31]，陈三皇之轨模[32]。苟纵心于物外[33]，安知荣辱之所如[34]！

中华书局 1977 年影印胡克家刻本《文选》卷一五

**【注释】**

[1] 都邑：东汉京都洛阳。永久：长久。[2] 明略：高明的谋略。佐时：辅佐当时的君主。[3] 徒：空，白白地。临川羡鱼：出自《淮南子·说林训》："临河而羡鱼，不如归家织网。"意思是空怀愿望不如采取实际行动。[4] 俟（sì）：等待。河清：黄河水清。古人认为黄河水清是政治清明的标志。未期：不可预期。[5] 蔡子：指蔡泽，战国时燕人，先不得志，去求术士唐举看相，后来到秦国代范雎为相。慷慨：不得志时的悲愤感慨。唐生：指唐举，战国时魏人，著名相士，善于看相。决疑：剖析疑虑。[6] 谅：信，确实。天道：天理。微昧：昏暗不明。[7] 追：追随。渔父：《楚辞·渔父》中假托的人物，泛指隐居避世者。嬉：乐。[8] 尘埃：指浊世。遐逝：远去。[9] 长辞：永别。[10] 仲春：农历二月。令：善，好。[11] 隰（xí）：低湿之地。[12] 王雎（jū）：即鱼鹰。[13] 鸧鹒：即黄莺。[14] 颉颃（xiéháng）：鸟上下飞翔的样子。颉，向上飞。颃，向下飞。[15] 关关嘤嘤：和鸣声。[16] 于焉：于是乎。[17]"尔乃"二句：写自己在山泽间从容吟啸，逍遥自在的生活状态。尔乃，于是乎。方泽，大泽。[18] 飞：飞射。纤：细。缴（zhuó）：系在箭上的丝绳。[19] 触矢而毙：鸟中箭而亡。[20] 贪饵吞钩：鱼贪饵而上钩。[21] 落：射落。逸禽：飞禽。[22] 悬：钓起。渊沈：深渊。鲿（shā）、鳢（liú）：皆鱼名，常伏在水底沙上的一类小鱼。[23] 曜灵：太阳。俄景：日影偏斜。俄，倾斜。景，同"影"。[24] 系：一作"继"，接续。望舒：神话中月神的御者，代指月亮。[25] 般（pán）游：同"盘游"，游乐。[26] 劬（qú）：劳苦。[27] 老氏：老子。遗诫：指《老子》十二章所说"驰骋畋猎，令人心发狂"的话。[28] 回：返。驾：车驾。蓬庐：茅屋。[29] 五弦：五弦琴，相传为舜所创。妙指：美妙的旨趣。指，同"旨"，意趣。[30] 周孔：周公和孔子。[31] 翰墨：笔墨。奋藻：发扬词藻，即作文章。[32] 陈：述说。三皇：传说中远古时代三个圣明的帝王，一般指伏羲、神农、黄帝。轨模：法度。[33] 苟：假如，只要。物外：世俗是非得失之外。[34] 如：往，归。

**【审美点评】**

赋中描写了一派欣欣向荣的美好春光。大自然的气象清新，草木滋荣，百鸟和鸣，万物各尽其兴，各得其乐，也使人感到悠然自得，逍遥自在。这种充满田园情趣的画面正是作者所向往的恬淡自然、与世无争的生活情调的反映。

# 赵 壹

赵壹（生卒年不详），字元叔，汉阳西县（今甘肃天水）人。他生活在东汉末年，为人耿直，狂傲不羁，受地方乡党所排斥，屡次抵罪，险些被处死，友人救援方得免。灵帝光和元年（178），举计吏入京，为司徒袁逢、河南尹羊陟等所器重，名动京师。后西归，十辟公府，皆不就，卒于家。《后汉书·文苑列传》有传。著有赋、颂、箴、诔、书、论及杂文 16 篇，以《刺世疾邪赋》最著名。

## 刺世疾邪赋

**【题解】** 此赋主旨是讥刺和谴责当时邪恶的社会风气。东汉末年，社会极其腐败黑暗，正直之士难以见容，势族豪族和邪恶奸佞之徒得势。篇中大胆抨击黑暗和腐败，并把批判矛头直指最高统治者，表现了作者决不愿与邪恶势力同流合污的可贵精神。

伊五帝之不同礼，三王亦又不同乐[1]。数极自然变化，非是故相反驳[2]。德政不能救世溷乱[3]，赏罚岂足惩时清浊！春秋时祸败之始[4]，战国愈复增其荼毒[5]。秦汉无以相逾越[6]，乃更加其怨酷[7]。宁计生民之命，唯利己而自足。

于兹迄今[8]，情伪万方[9]。佞谄日炽，刚克消亡[10]。舐痔结驷[11]，正色徒行。妪煦名势[12]，抚拍豪强[13]。偃蹇反俗[14]，立致咎殃。捷慑逐物[15]，日富月昌。浑然同惑，孰温孰凉[16]？邪夫显进，直士幽藏。

原斯瘼之攸兴[17]，实执政之匪贤[18]。女谒掩其视听兮[19]，近习秉其威权[20]。所好则钻皮出其毛羽，所恶则洗垢求其瘢痕。虽欲竭诚而尽忠，路绝嶮而靡缘[21]。九重既不可启，又群吠之狺狺[22]。安危亡于旦夕[23]，肆嗜欲于目前[24]。奚异涉海之失柂，积薪而待燃[25]！荣纳由于闪揄[26]，孰知辨其蚩妍[27]！故法禁屈挠于势族[28]，恩泽不逮于单门[29]。宁饥寒于尧舜之荒岁兮，不饱暖于当今之丰年。乘理虽死而非亡[30]，违义虽生而匪存[31]。

有秦客者[32]，乃为诗曰："河清不可俟[33]，人命不可延。顺风激靡草，富贵者称贤[34]。文籍虽满腹，不如一囊钱[35]。伊优北堂上[36]，抗脏依门边[37]。"

　　鲁生闻此辞，系而作歌曰[38]："势家多所宜，欬唾自成珠[39]。被褐怀金玉[40]，兰蕙化为刍[41]。贤者虽独悟，所困在群愚。且各守尔分，勿复空驰驱。哀哉复哀哉，此是命矣夫！"

中华书局校点本《后汉书》卷八〇下

**【注释】**

　　[1] 伊：发语词。五帝：黄帝、颛顼、帝喾、尧、舜。三王：夏禹、商汤、周文王和周武王。礼、乐：在这里同义，泛指典章制度。《礼记·乐记》："五帝殊时，不相沿乐；三王异代，不相袭礼。"[2] 数：气数，这里指时势。极：极限、终极。[3] 溷：同"混"。[4] 时：通"是"。[5] 荼（tú）毒：比喻苦难。荼，苦菜。毒，毒物。[6] "秦汉"句：秦汉没有超过春秋战国的地方。逾越，超出。[7] 怨酷：怨恨和惨痛。[8] "于兹"句：指从春秋时代至今。[9] 情伪：偏义复词，意为"伪"，弊端。万方：指众多。[10] 刚克：刚强正直之人。[11] 舐（shì）痔：舔痔疮。《庄子·列御寇》："秦王有病召医，破痈溃痤者得车一乘，舐痔者得车五乘。"后常用以形容极端卑鄙无耻的行为。结驷：四马所驾之车相接而行。[12] 姁媮（yǔyǔ）：即"伛偻"，这里形容卑躬屈膝。[13] 抚拍：逢迎拍马。[14] 偃蹇：高傲。[15] 捷慑：碎步急走的样子。逐物：指追逐权势名利。[16] "浑然"二句：形容是非不明，好坏不分。[17] 原：推究。瘼（mò）：病症。攸：所。[18] 匪：同"非"。[19] 女谒（yè）：指宫中得宠的女人。[20] 近习：指皇帝亲近的人。[21] 崄（xiǎn）：同"险"。靡缘：没有机会。[22] 九重：多重门，指皇帝所居之处。狺（yín）狺：狗叫声。[23] 危亡于旦夕：危亡就在早晚间。[24] 肆：放纵。[25] 柂（duò）：同"舵"。[26] 荣纳：受宠幸而被进用。闪揄：同"闪输"，邪佞的样子。[27] 蚩：同"媸"，丑陋。妍：美好。[28] 法禁：法律、法令。屈挠：屈服。势族：有权势的家族。[29] 单门：无权势的寒门。[30] 乘理：依理而行。[31] 匪存：不存在，没活着。[32] 秦客：与下文的"鲁生"都是作者假托的人物。[33] 河清：喻政治清明。河，指黄河。俟：等待。[34] "顺风"两句：意为毫无骨气的人如弱草随风倒伏，富贵人总是被称颂为贤人。激，吹动。靡草，柔弱的草。[35] 文籍：文章典籍，指代学问。囊：袋子。[36] 伊优：逢迎谄媚之貌。北堂：坐北朝南的厅堂，指富贵者所居。[37] 抗脏：高亢耿直的样子，这里指刚直的人。[38] 系：接着。[39] 欬唾自成珠：比喻势家所说的话都被奉为珠玉之言。欬唾，这里指谈吐议论。欬，同"咳"。[40] 被褐：披着短褐的人，借指贫穷的人。被，同"披"。金玉：借喻美好的才德。[41] 刍：喂牲畜的干草。

**【审美点评】**

　　"宁饥寒于尧舜之荒岁兮，不饱暖于当今之丰年"，压抑在作者胸中的愤闷和不平，在文中化为激切的言辞，表现了作者强烈的爱憎情感和决不妥协的斗争精神，表现出崇高的人格美。赋作直抒胸臆，慷慨陈辞，虽无华饰之语，却能穿越千年而铮铮作响。

# 蔡 邕

蔡邕（132—192），字伯喈，陈留圉（今河南杞县）人。少博学，好辞章、数术、天文、书法，精于音律。灵帝时，曾校书东观，迁议郎。曾奏求正定六经文字，邕自书于碑，使工镌刻，立于太学门外，世称"熹平石经"。因上书论朝政得失，几至被杀，贬徙朔方。后虽遇赦，因畏惧宦官迫害，又亡命江海，远迹吴会十余年。董卓为司空，强辟邕为侍御史，迁尚书，拜巴郡太守，未行，留为侍中。初平元年，拜左中郎将。及董卓被诛，蔡邕受牵连，死于狱中。《后汉书》本传称，邕"所著诗、赋、碑、诔、铭、赞、连珠、箴、吊、论议、《独断》、《劝学》、《释诲》、《叙乐》、《女训》、《篆势》、祝文、章表、书记，凡百四篇"。其著作后人辑为《蔡中郎集》。

## 述行赋 并序

**【题解】** 这篇赋作于延熹二年（159），是汉末抒情赋的代表作之一。据《后汉书·蔡邕列传》云："桓帝时，中常侍徐璜、左悺等五侯擅恣，闻邕善鼓琴，遂白天子，敕陈留太守督促发遣。邕不得已，行到偃师，称疾而归。"蔡邕此赋即叙述了他这次被迫赴京途中的所见所感，强烈地表达了对宦官专权、正直之士遭遇横祸和民不聊生的社会现实的强烈不满，抒发不愿与恶势力同流合污的愤慨之情。

延熹二年秋[1]，霖雨逾月。是时梁冀新诛[2]，而徐璜、左悺等五侯擅贵于其处[3]。又起显明苑于城西[4]，人徒冻饿[5]，不得其命者甚众。白马令李云以直言死[6]，鸿胪陈君以救云抵罪[7]。璜以余能鼓琴，白朝廷，敕陈留太守遣余[8]。到偃师[9]，病不前，得归。心愤此事，遂托所过，述而成赋。

余有行于京洛兮[10]，遘淫雨之经时[11]。涂屯遭其塞连兮[12]，潦污滞而为灾[13]。乘马蟠而不进兮[14]，心郁伊而愤思[15]。聊弘虑以存古兮[16]，宣幽情而属词。

久余宿于大梁兮[17]，消无忌之称神[18]。哀晋鄙之无辜兮，忽朱亥之篡军[19]。历中牟之旧城兮，憎佛肸之不臣[20]。问宁越之裔胄兮，藐仿佛而无闻[21]。经圃田而瞰北境兮，晤卫康之封疆[22]。迄管邑而增叹兮，愠叔氏之启商[23]。过汉祖之所隘兮，吊纪信于荥阳[24]。降虎牢之曲阴兮，路丘墟以盘萦[25]。勤诸侯之远戍兮，侈申子之美城。稔涛涂之愎恶兮，陷夫人以大名[26]。登长阪以凌高兮，陟葱山之崆嵘[27]；建抚体而立洪高兮，经万世而不倾[28]。回峭峻以降阻兮，小阜寥其异形[29]。岗岑纡以连属兮[30]，溪壑复其杳冥[31]。迫嵯峨以乖邪兮，廓岩壑以崝嵘[32]。攒械朴而杂榛楛兮[33]，被浣濯而罗布。蘦荄蒗与台菌兮[34]，缘增崖而结茎[35]。行游目以南望兮，览太室之威灵[36]。顾大河于北垠兮，瞰洛汭之始并[37]。追刘定之攸仪兮，美伯禹之所营[38]。悼太康之失位兮，愍五子之歌声[39]。

寻修轨以增举兮，邈悠悠之未央。山风泊以飚涌兮[40]，气懆懆而厉凉[41]。云郁术而四塞兮[42]，雨濛濛而渐唐[43]。仆夫疲而劬瘁兮[44]，我马虺隤以玄黄[45]。格莽丘而税驾兮[46]，阴曀曀而不阳[47]。

哀衰周之多故兮[48]，眺濒限而增感[49]。忿子带之淫逸兮[50]，喑襄王于坛坎。悲宠嬖之为梗兮[51]，心恻怆而怀惨。操方舟而溯湍流兮，浮清波以横厉。想宓妃之灵光兮[52]，神幽隐以潜翳。实熊耳之泉液兮，总伊瀍与涧瀍[53]。通渠源于京城兮，引职贡乎荒裔[54]。操吴榜其万艘兮[55]，充王府而纳最[56]。济西溪而容与兮[57]，息巩都而后逝[58]。愍简公之失师兮，疾子朝之为害[59]。

玄云黯以凝结兮，集零雨之溱溱。路阻败而无轨兮，涂泞溺而难遵。率陵阿以登降兮[60]，赴偃师而释勤[61]。壮田横之奉首兮，义二士之侠坟[62]。伫淹留以候霁兮[63]，感忧心之殷殷。并日夜而遥思兮，宵不寐以极晨。候风云之体势兮[64]，天牢湍而无文[65]。弥信宿而后阕兮[66]，思逶迤以东运[67]。见阳光之颢颢兮[68]，怀少弭而有欣[69]。

命仆夫其就驾兮，吾将往乎京邑。皇家赫而天居兮，万方徂而并集。贵宠扇以弥炽兮[70]，金守利而不戢[71]。前车覆而未远兮，后乘驱而竞入[72]。穷变巧于台榭兮，民露处而寝湿[73]。清嘉谷于禽兽兮，下糠秕而无粒。弘宽裕于便辟兮[74]，纠忠谏其侵急[75]。怀伊吕而黜逐兮[76]，道无因而获入。唐虞眇其既远兮[77]，常俗生于积习；周道鞠为茂草兮[78]，哀正路之日湮[79]。

观风化之得失兮，犹纷掌其多违[80]。无亮采以匡世兮，亦何为乎此畿[81]？甘衡门以宁神兮[82]，咏都人而思归[83]。爰结踪而回轨兮[84]，复邦族以自绥[85]。

乱曰：跋涉遐路，艰以阻兮。终其永怀，窘阴雨兮[86]。历观群都，寻前绪兮[87]。考之旧闻，厥事举兮[88]。登高斯赋，义有取兮[89]。则善戒恶，岂云苟兮[90]。翩翩独征，无俦与兮[91]。言旋言复，我心腹兮[92]。

《四部备要》本《蔡中郎集》

**【注释】**

[1] 延熹：东汉桓帝年号。延熹二年：即公元 159 年。[2] 梁冀：东汉外戚，桓帝梁皇后的哥哥，任大将军，专政多年。梁皇后死后，桓帝与宦官密谋诛杀梁氏，梁冀自杀。[3] 五侯：指单超、具瑗、唐衡、徐璜、左悺五人，都是宦官，因诛杀梁冀有功，被同日封侯，故称"五侯"。[4] 显明苑：宫苑名，在洛阳城西。[5] 人徒：服劳役的人。[6] 白马：东汉县名，在今河南滑县附近。李云：字行祖，因上书桓帝，指责五侯当政，下狱而死。[7] 鸿胪：即大鸿胪，掌管宣赞相礼等事。陈君：指当时任大鸿胪的陈蕃，东汉名臣，《后汉书·李云传》载，陈蕃因上疏救李云，被免归故里。[8] 敕：诏命。陈留：东汉郡名，故城在今河南开封东南，为蔡邕的籍贯。[9] 偃师：今河南偃师县。[10] 京洛：京都洛阳。[11] 遘（gòu）：遭遇。淫雨：久雨。经时：很久一段时间。[12] 涂：通"途"。屯邅（zhān）、蹇（jiǎn）连，皆指路途艰苦难行的样子。[13] 潦污：雨后的积水。[14] 乘（shèng）马：四匹马拉的车，这里指拉车的马匹。蟠：盘桓不进。[15] 郁伊：忧闷。[16] 弘虑：放开思绪。弘，大。存古：怀古。[17] 久：《全后汉文》作"夕"。大梁：战国时魏国国都，即今河南开封市。[18] 诮（qiào）：讥讽。无忌：战国时魏国公子，号信陵君，好养士。称神：指被推崇。[19] 晋鄙：魏国大将，信陵君曾使朱亥袖铁椎杀晋鄙，夺其军以救赵。忿：四库本作"愍"。[20] 中牟：晋国城邑，今属河南。佛肸（bìxī）：晋国中牟邑宰，晋国大夫赵简子以晋君命伐中牟，佛肸据中牟以叛赵。不臣：以下犯上，不守臣道。[21] 宁越：战国时中牟人，出身寒微，刻苦求学，苦学十五年，做了周威王的老师。藐：通"邈"，遥远。仿佛：模糊不清。[22] 圃田：古代薮泽名，在今河南中牟县西。晤：见。卫康：即卫康叔，周武王同母弟，受封于卫。[23] 迄：到。管邑：周武王弟管叔的封地，在今河南郑州市附近。愠：怒。叔氏：指周武王之弟管叔、蔡叔。启商：指引发殷商遗民发动叛乱。武王灭商后，封商纣之子武庚为诸侯，并令管、蔡安抚商遗民。武王死后，管、蔡、武庚作乱反周，被周公平定。[24] 汉祖：汉高祖刘邦。纪信：刘邦部将，刘邦被项羽围困在荥阳，纪信诈为刘邦投降项羽，刘邦趁机逃走，项羽怒，杀纪信。荥阳：在今河南省荥阳市东北。[25] 降：下。虎牢：在今河南荥阳市附近。曲阴：迂曲的山谷。丘墟：山丘。[26] 勤诸侯之远戍兮：意为让诸侯勤于戍守。侈：过制之意。申子：春秋时郑国大夫申侯。美城：指加宽、加固、加厚其城邑，使城邑守备设施完美。稔（rěn）：熟知。涛涂：春秋时期陈国大夫。愎恶：固执地坚持自己错误的做法。愎，执拗。夫人：指申侯。名：名声。以上四句，见《左传·僖公四～七年》齐桓公率陈、郑等国诸侯伐楚回师，将要经过陈、郑。陈国大夫涛涂为了免除陈、郑供应之苦，就与郑国大夫申侯商议，让齐师改从东道回国，申侯表示赞同，涛涂也说服了齐桓公。岂料申侯暗中告密，齐桓公大怒，扣押了涛涂，并赐虎牢给申侯。后陈齐合好，涛涂获释回国。为解申侯告密之恨，一边怂恿申侯将虎牢修得壮美以扩大声誉，一边又向郑伯诬告申侯修筑壮美城邑是有意谋反。郑伯信以为真，杀了申侯。[27] 陟：登。葱山：山名，在今河南巩义市境内。峣（yáo）崝：山势高峻。[28] "建抚体"两句：当指申侯建立的虎牢，经历万世也不会倾颓。抚，安稳。洪高，大而高。[29] 小阜：小土冈。寡：稀疏。异形：形状各异。[30] 岑：小而高的山。[31] 夐（xiòng）：幽深。[32] 峥嵘：音义同"峥嵘"。[33] 攒：杂聚。械、朴、榛、楛：丛树

名。[34] 薳（wěi）：一种野草。一说薳即门冬，植物名。荽（tǎn）：苇类植物。蓣（yù）：野葡萄。台：同"苔"，一种莎草。莔（méng）：药草名，贝母。[35] 增：通"层"。[36] 太室：即嵩山。[37] 洛汭（ruì）：洛水入黄河处，在今河南巩义市。[38] 刘定：即刘夏，谥定公。据《左传·昭公元年》载，刘定极赞美大禹之功绩，称"美哉禹功！明德远矣，微禹吾其鱼乎！"攸：所。仪：善。伯禹：即夏禹。[39] 太康：夏代国君，启之子，荒于游猎，不恤民事，最终失去君位。愍：哀伤。五子之歌声：据《史记·夏本纪》："帝太康失国，昆弟五人，须于洛汭，作《五子之歌》。"[40] 泊：通"薄"，迫近。[41] 懆（cǎo）懆：忧愁的样子。厉：很。[42] 郁术：郁积。塞：充满。[43] 唐：大。[44] 劬（qú）瘁：劳累。[45] 虺隤（huītuí）、玄黄：皆指马疲极而病。[46] 格：至。莽丘：杂草丛生的高地。税驾：卸马，止驾，即暂时住下。[47] 瞳瞳（yìyì）：阴暗的样子。不阳：不见阳光。[48] 故：事。[49] 濒隈：水边弯曲处。[50] 子带：周襄王后母之弟。周惠王死后，子带与周襄王争夺王位，子带失败而出奔。后子带返国，私通襄王后隗氏，并驱逐襄王。襄王逃到坛坎（在今河南巩义市东）。后来晋文公协助襄王，杀了子带，襄王复位。事见《左传·僖公二十四～二十五年》和《史记·周本纪》。[51] 宠嬖：指子带被惠后宠爱。梗：祸患。[52] 宓（fú）妃：传说是伏羲之女，溺死于洛水，成为洛水之神。[53] 熊耳：山名，在洛阳西南。总：合聚。伊、瀍（chán）、涧：都是洛水支流。濑：急流。这两句是说洛水发源于熊耳山，汇集了伊、瀍、涧三条河流。[54] 职贡：藩属或外国对朝廷的贡纳。荒裔：指边远地区。[55] 吴榜：船桨，这里指船。[56] 最：聚。[57] 济：渡。西溪：指巩县西有荣锜涧。[58] 巩都：在今河南巩义市附近，为巩简公的国都。[59] 简公：周卿士。子朝：周景王庶子。周景王死后，庶子朝和王子猛争王位，双方各有私党，简公属王子猛一派，被王子朝打得大败。其后赖晋支援，始逐去子朝。事见《左传·昭公二十二～二十六年》。[60] 率：沿着。阿：大土山。[61] 释勤：解除疲劳，得到休息。[62] 田横、二士：据《史记·田儋列传》，刘邦灭齐后，齐王田横逃到海岛上，刘邦召他到洛阳，田横不得已与二门客前往洛阳，行至偃师，田横自杀，令二门客奉己首级见刘邦。刘邦礼葬田横后，二门客也自杀。偃师今有田横墓。[63] 霁：雨后转晴。[64] 体势：形势。[65] 牢：阴云密布。渵：雨势盛大。无文：没有缝隙，指看不见日月星辰。文，通"纹"。[66] 弥：满。信宿：两夜，再宿为"信"。后阒：很晚才休息，即长夜不眠之意。阒，止息。[67] 逶迤：本指道路曲折漫长，这里形容思绪徘徊。东运：向东行。[68] 颢（hào）颢：阳光明媚的样子。[69] 弭：平静。[70] 扇以弥炽：指贵宠们的气焰如火遇扇扇一样，更加炽烈。[71] 佥：全、都。守利：贪利。戢（jí）：停止。[72] 前车：喻梁冀。后乘：喻五侯。[73] 露处、寝湿：均为露天居住。[74] 便辟：奸巧邪僻之人。[75] 纠：督察、参劾。侵：渐。[76] 怀伊吕：指怀有伊尹、吕尚之才。伊尹，商代贤相。吕尚，即姜尚，辅周武王灭商。[77] 唐虞：唐尧、虞舜。眇：同"渺"，极远。[78] 周道：大道。鞠：尽，全部。这句出于《诗经·小雅·小弁》："踧踧周道，鞠为茂草。"[79] 日溗（hū）：一天天坏下去。溗，水流的样子。[80] 掌：当从《全后汉文》作"挐（rú）"，纷乱。[81] 亮采：辅佐帝业的德才，典出于《尚书·舜典》："亮采惠畴。"亮，辅佐。采，事。畿：京郊，此代指京城。[82] 衡门：以横木为门，言其简陋，指隐者所居。典出于《诗经·陈风·衡门》："衡门之下，可以栖迟。"[83] 都人：《诗经·小雅》有《都人士》篇："彼都人士，狐裘黄黄。其容不改，出言有章。行归于周，万民所望。"蔡邕借以表达对时世的伤感和思归之情。[84] 结踪：结束游踪，指不再往前走。回轨：回车，沿原路往回走。[85] 复：返。邦族：邦国宗族，指家乡。绥：安。[86] 窘阴雨：为阴雨所困，语出《小雅·正月》："终其永怀，又窘阴雨."[87] 前绪：前人事业。[88] 厥事：其事，指上文所述诸史实。[89] 登高斯赋：语出《毛诗·定之方中·传》："登高能赋，可以为大夫."斯：则，乃。义：宜。[90] 则：效法。苟：随便，不审慎。[91] 俦：匹，同伴。[92] 言：语助词，无实义。旋、复：均为返回之义。胥：喜悦，快乐。

**【审美点评】**

"意气之感，士所不能忘也"（《后汉书·蔡邕列传》），这篇赋和蔡邕后来多次上书灵帝的奏文一样，真切地表现了作者作为一个正直文人的思想感情。述历史上的人和事，写沿途的山河与云雨，仿佛句句有所寄托，而对上层统治者的奢靡生活与奸佞之徒反受纵容的指斥，又真切显现了作者的反抗和血性。

# 汉乐府

汉乐府即汉代乐府诗歌，是一种合乐的歌辞。乐府原指音乐机关。汉武帝时扩大乐府规模，加强乐府职能，不仅组织文人创作朝廷所用的歌诗，还采集各地歌谣等。后来人们便把汉代音乐机关所整理的歌辞称为乐府诗，乐府便由机关的名称变为带有音乐性的诗体名称。据宋代郭茂倩所编《乐府诗集》的分类，汉乐府大多保存于郊庙歌辞、相和歌辞、杂曲歌辞和鼓吹歌辞之中。汉代乐府诗中有不少民歌，现存有数十首。它们"感于哀乐，缘事而发"，直接继承了《诗经》"国风"的现实主义精神，深刻地反映出当时的社会现实，传达了人民的呼声。这些民歌叙事成分较多，人物形象鲜明，对话生动，语言朴素而富有感情，诗体形式上多采用杂言和五言，对后世诗歌的发展深有影响。

## 战城南

**【题解】**本篇选自《乐府诗集·鼓吹曲辞·汉铙歌》，《宋书·乐志》亦载。此诗通过描写激战过后战场上的荒凉场面，揭露了战争的残酷性和穷兵黩武者的罪恶，表现出作者对死难者哀悼的心情。

战城南，死郭北[1]，野死不葬乌可食[2]。为我谓乌："且为客豪[3]，野死谅不葬[4]，腐肉安能去子逃？"水深激激[5]，蒲苇冥冥[6]。枭骑战斗死，驽马徘徊鸣[7]。梁筑室[8]，何以南，何以北[9]？禾黍不获君何食[10]？愿为忠臣安可得？思子良臣，良臣诚可思；朝行出攻，暮不夜归。

**【注释】**

[1] 郭：外城。"战城南，死郭北"为互文，指士兵们各地转战，阵亡的战士横尸城内外。[2] 乌：乌鸦，相传乌鸦喜吃死尸腐肉。[3] 客：指阵亡的士兵。死者为转战异乡之人，所以谓"客"。豪：通"嚎"，即哀嚎。古人对于新死者须行招魂之礼，招魂时边哭边说，就是嚎。[4] 谅：作"信"解，揣度之词，犹言"想必"。[5] 激激：水清澈的样子。[6] 冥冥：幽暗的样子。[7] 枭（xiāo）骑：指善战的骏马，这里比喻阵亡的勇士。枭，通"骁"，勇敢。驽马：驽钝的马。[8] 梁筑室：指构筑宫室、城堡、营垒等工事。梁，桥梁。[9] 何以北：原作"梁何北"，据丁福保辑《全汉三国晋南北朝诗》改。[10] 禾黍：泛指田野中生长的庄稼。

**【审美点评】**

尸横遍野，引来乌鸦群飞，诗人笔下那死亡的将士竟告语诗人，祈求乌鸦为之哀嚎；战场上还能听到的是驽马悲伤的嘶鸣，看到的是冥冥苍苍的蒲苇和荒野凄清的流水。诗人将战场上荒凉死寂的景象描绘得越凄惨，就越能使人感受到诗人对抛尸荒野的将士的强烈同情以及对发动战争者的不满之情。

# 上　邪

**【题解】** 本篇选自《乐府诗集·鼓吹曲辞·汉铙歌》，《宋书·乐志》亦载。这是一首主人公对天自誓的情诗，表达自己对爱情忠贞不渝的态度。

上邪[1]！我欲与君相知[2]，长命无绝衰[3]。山无陵[4]，江水为竭，冬雷震震夏雨雪[5]，天地合[6]，乃敢与君绝！

**【注释】**

[1] 上邪：犹言"天哪"。上，指天。邪，同"耶"。[2] 相知：相亲相爱。[3] 长：永远。命：令，使。[4] 陵：指山峰。这句话的意思是：高山变平地。[5] 震震：雷声。雨：动词，落、降的意思。[6] "山无陵"五句：都是假设，意为除非发生了这类不可能发生的事，我才敢和你断绝爱情。

**【审美点评】**

这是一个女子大胆真率的爱情表白。呼天为誓，直抒胸臆，有着惊心动魄的力量，而"五者皆必无之事，则我之不能绝君明矣"。（王先谦《汉铙歌释文笺证》）

# 江 南

【题解】本篇选自《乐府诗集·相和歌辞·相和曲》，《宋书·乐志》亦载。此诗描写了江南采莲的风光和采莲人愉快的心情。

江南可采莲[1]，莲叶何田田[2]！鱼戏莲叶间[3]。鱼戏莲叶东，鱼戏莲叶西，鱼戏莲叶南，鱼戏莲叶北。

中华书局本《乐府诗集》卷二六

【注释】

[1]莲：与"爱怜"的"怜"字谐音，暗示爱情的意思。[2]田田：莲叶浮在水上茂盛的样子。[3]戏：嬉戏。

【审美点评】

这首诗以相和歌唱的方式和清水出芙蓉般的语言，表现了采莲人轻舟穿梭在莲叶间的劳动场面，鱼之嬉游与人之欢愉相映成趣，韵味无穷。汉时江南民歌活泼明快的格调于此可见一斑。

# 陌上桑

【题解】本篇选自《乐府诗集·相和歌辞·相和曲》，《宋书·乐志》题作《艳歌罗敷行》，《玉台新咏》题作《日出东南隅行》。诗中叙写美丽的采桑女罗敷拒绝无耻太守调戏引诱的故事，热情歌颂了女主人公的坚贞和机智，深刻地揭露了当时上层统治者的荒淫无耻。

日出东南隅[1]，照我秦氏楼[2]。秦氏有好女，自名为罗敷[3]。罗敷喜蚕桑[4]，采桑城南隅。青丝为笼系[5]，桂枝为笼钩。头上倭堕髻[6]，耳中明月珠[7]。缃绮为下裙[8]，紫绮为上襦[9]。行者见罗敷，下担捋髭须[10]；少年见罗敷，脱帽著帩头[11]。耕者忘其犁，锄者忘其锄。来归相怨怒，但坐观罗敷[12]。

使君从南来[13]，五马立踟蹰[14]。使君遣吏往，问是谁家姝[15]？"秦氏有好女，自名为罗敷。""罗敷年几何？""二十尚不足，十五颇有余。"使君谢罗敷[16]："宁可共载不[17]？"罗敷前置辞[18]："使君一何愚[19]！使君自有妇，罗敷自有夫。"

"东方千余骑[20]，夫婿居上头。何用识夫婿？白马从骊驹[21]。青丝系马尾，黄金络马头。腰中鹿卢剑[22]，可直千万余。十五府小史[23]，二十朝大夫[24]。三十侍中郎[25]，四十专城居[26]。为人洁白皙，鬑鬑颇有须[27]。盈盈公府步[28]，冉冉府中趋[29]。坐中数千人，皆言夫婿殊[30]。"

中华书局本《乐府诗集》卷二八

**【注释】**

[1] 隅：角，指方位。[2] 我：指我们。这句用的是作者的口吻。[3] 自名：本名，名字叫做。罗敷：汉代对美女的通称。[4] 蚕桑：采桑和养蚕。[5] 青丝：青色的丝绳。笼：装桑叶的竹篮。系：竹篮上用以系物的绳子。[6] 倭堕髻（wōduòjì）：又称堕马髻，古代妇女的一种发式，发髻向额前俯偃，此发式是汉代女子的流行发式。[7] 明月珠：宝珠名，西域大秦（罗马帝国）产的一种宝珠。[8] 缃（xiāng）：浅黄色。绮：有花纹的丝织品。[9] 襦（rú）：短袄。[10] 将（lǔ）：用手指顺着抹过去。髭（zī）：嘴唇上的胡子。[11] 帩（qiào）头：束发用的巾。古人加冠之前，先以巾束发。[12] 来归：归来。坐：因为。[13] 使君：汉代对太守或刺史的称呼。[14] 五马：五匹马，汉代太守乘用五匹马拉的车。踟蹰（chíchú）：徘徊不前。[15] 姝：美女。[16] 谢：问，告。[17] 宁：问词，作"岂"或"其"字解。共载：与使君共乘，意指嫁给使君。[18] 置辞：犹致辞，答话。[19] 一何：同"何其"，何等，多么。[20] 东方：罗敷的夫婿所在地。千余骑：一千多个骑马的人，形容罗敷夫婿的随从人员之多。[21] 骊：深黑色的马。驹：两岁的马。[22] 鹿卢剑：指剑柄用玉刻成辘轳形。鹿卢，即"辘轳"，井上汲水用的圆木滑轮。[23] 府小史：太守府中的低级官员，从事文案工作。[24] 朝大夫：在朝廷上任大夫。大夫，汉代官职名。[25] 侍中郎：官名，按汉代的官制，侍中郎是加官，在原官上特加的荣衔。[26] 专城居：一城之长，如太守、刺史一类的官。[27] 鬑（lián）鬑：须发稀疏的样子。颇有须：略微有点胡须。[28] 盈盈：行步缓步轻盈的样子。公府步：官步。[29] 冉冉：意同"盈盈"。趋：走动。[30] 殊：出众。

**【审美点评】**

这首民歌俚趣横生。人们理想中的美女罗敷不仅有倾国倾城之美貌，而坚贞机智的她又像一朵带刺的玫瑰，令荒唐的使君却步，"罗敷对使君之语，只说夫婿，而自己不可犯，使君之冒昧更不必言"。（黄节《汉魏乐府风笺》卷一引费滋衡语）

# 东门行

**【题解】** 本篇选自《乐府诗集·相和歌辞·瑟调曲》，《宋书·乐志》亦载，文字略异。行：古代乐曲中的一种。叙写一位城市贫民饥寒交迫，无以为生，毅然拒绝妻子的劝阻，铤而走险的故事。

出东门[1]，不顾归[2]。来入门，怅欲悲。盎中无斗米储[3]，还视架上无悬衣。拔剑东门去，舍中儿母牵衣啼[4]："他家但愿富贵，贱妾与君共铺糜[5]。上用仓浪天故[6]，下当用此黄口儿[7]。""今非，咄[8]！行！吾去为迟，白发时下难久居[9]。"

中华书局本《乐府诗集》卷三七

**【注释】**

[1] 东门：主人公所居之处的东城门。[2] 不顾归：不考虑回家的事。顾，念。[3] 盎（àng）：一种大腹小口的陶器。斗米储：一斗米的存粮。[4] 儿母：孩子的母亲，指妻子。[5] 铺糜（būmí）：吃粥。[6] 用：为了。仓浪天：即苍天、青天。仓浪，青色。[7] 黄口儿：指幼儿。[8] 咄：呵叱声。[9] 下：脱落。难久居：难以生活下去。

**【审美点评】**

这首诗"缘事而发"，通过本已决心铤而走险，又返回家中，最后又"拔剑东门去"的这一贫民丈夫的形象，深刻反映了汉代社会为生活所迫，走投无路者内心的矛盾和痛苦。妻子淳朴真挚、软弱安分的牵衣啼哭，进一步烘染了诗的悲愤之情。

# 饮马长城窟行

**【题解】** 本篇选自《乐府诗集·相和歌辞·瑟调曲》，又名《饮马行》。最早见于《文选》卷二七，题为乐府古辞。《玉台新咏》亦收录，题为蔡邕作，不可信。本诗描写思妇对远方亲人的绵绵情意和殷切期盼之情。

青青河畔草，绵绵思远道[1]。远道不可思，宿昔梦见之[2]。梦见在我傍，忽觉在他乡。他乡各异县，展转不相见[3]。枯桑知天风，海水知天寒[4]。入门各自媚[5]，谁肯相为言[6]！

客从远方来，遗我双鲤鱼[7]。呼儿烹鲤鱼[8]，中有尺素书[9]。长跪读素书[10]，书中竟何如？上言加餐饭，下言长相忆。

中华书局本《乐府诗集》卷三八

**【注释】**

[1] 绵绵：连绵不断的样子，这里形容思念绵绵不绝。远道：远方。[2] 宿昔：昨夜。一作"夙昔"。[3] 展转：同"辗转"。[4] "枯桑"二句：枯桑无叶也能知风吹，海水无冰也能感受到天寒，离别的人又怎能不知孤凄、相思之苦。[5] 媚：爱悦。[6] 相为言：替我问讯。言，问讯。[7] 双鲤鱼：放书信的函，刻成鲤鱼形状的两块木板，一底一盖，把书信夹在里面。[8] 烹

鲤鱼：指拆开信函。烹，煮。[9] 素：生绢，古人用绢写字。尺素书：即书信。[10] 长跪：伸直了腰跪着。

**【审美点评】**

草色青青，绵延不断，思妇也在亦真亦幻亦梦中，追随着远方的丈夫。诗中巧用景物烘托、顶真等民歌常用的手法，细腻地描写了思妇内心的情感波动。尤其是"枯桑"、"海水"句的比兴，将冷暖自知的道理很自然地表达出来，带有民歌风味，令人回味。

# 妇病行

**【题解】** 本篇选自《乐府诗集·相和歌辞·瑟调曲》。诗中描述一个贫苦家庭妻死儿幼，饥寒交迫的悲惨遭遇，深刻反映了当时下层人民的痛苦生活，具有较高的思想价值。

妇病连年累岁，传呼丈人前一言[1]。当言未及得言，不知泪下一何翩翩[2]。"属累君两三孤子[3]，莫我儿饥且寒，有过慎莫笪笞[4]，行当折摇[5]，思复念之。"

乱曰：抱时无衣，襦复无里[6]。闭门塞牖[7]，舍孤儿到市，道逢亲交[8]，泣坐不能起。从乞求与孤买饵，对交啼泣，泪不可止[9]。"我欲不伤悲不能已"。探怀中钱持授交，入门见孤儿，啼索其母抱。徘徊空舍中，行复尔耳[10]，弃置勿复道！

**中华书局本《乐府诗集》卷三八**

**【注释】**

[1] 丈人：对男子的尊称，指病妇的丈夫。[2] 翩翩：这里形容泪流不断的样子。[3] 属：同"嘱"，托付。[4] 笪笞（dáchī）：皆是打人用的竹棒，这里作动词，用棍子和竹板打。[5] 行当：将要。折摇：夭折。[6] 襦：短袄。里：短袄的衬里。[7] 牖（yǒu）：窗户。[8] 亲交：亲友，亲近的朋友。[9] 对交：对着亲友。[10] 行：即将。尔：这样，指死亡。这句话是说孩子不久也会像妈妈一样死去的。

**【审美点评】**

这是一出凄婉酸楚的人间悲剧。病妇临终托孤，声泪俱下；丈夫对交泣下，一言难尽；孤儿索母，动人肺腑。诗的语言质朴无华，但言语情态毕肖，这就是汉乐府民歌魅力所在。

# 艳歌行

**【题解】** 本篇选自《乐府诗集·相和歌辞·瑟调曲》，又作《古艳歌》或《艳歌》。此诗描写流浪汉漂无定所的生活和辛酸的遭遇，表现了当时社会中流浪者的凄苦和思乡之情。

翩翩堂前燕，冬藏夏来见。兄弟两三人，流宕在他县[1]。故衣谁当补，新衣谁当绽[2]。赖得贤主人，览取为吾组[3]。夫婿从门来，斜柯西北眄[4]。语卿且勿眄，水清石自见。石见何累累，远行不如归。

中华书局本《乐府诗集》卷三九

**【注释】**

[1] 流宕：同"流荡"。他县：异乡。[2] 绽：缝。[3] 览：同"揽"，取。组（zhàn）：缝补。[4] 斜柯：歪斜，这里指侧身。眄：斜眼看。

**【审美点评】**

这首诗围绕流落在外的兄弟几人被误解和歧视的戏剧性场面，写出游子漂泊在外的凄苦和无奈。"远行不如归"一句不仅巧妙呼应开头，使全篇浑然天成，更道出了所有漂泊他乡的游子们的共同心声。

# 十五从军征

**【题解】** 本篇选自《乐府诗集·横吹曲辞·梁鼓角横吹曲》，又名《紫骝马歌》。诗中描绘了一位从军六十多年后回归故里老兵的经历，暴露了封建社会不合理的兵役制度，反映了当时劳动人民在黑暗兵役制度下的不平和痛苦。

十五从军征，八十始得归[1]。道逢乡里人，家中有阿谁[2]？遥看是君家，松柏冢累累[3]。兔从狗窦入[4]，雉从梁上飞[5]。中庭生旅谷[6]，井上生旅葵。舂谷持作饭，采葵持作羹[7]。羹饭一时熟，不知饴阿谁[8]？出门东向看，泪落沾我衣。

中华书局本《乐府诗集》卷二五

**【注释】**

[1] "十五"二句：汉代民众服兵役的年限是二十岁到五十六岁，可是诗中这位老人却服了

六十五年兵役。[2] 阿谁：谁。阿，语助词，无实意。[3] 冢：坟。累累：一个连一个，形容坟头很多。[4] 狗窦：狗洞。[5] 雉：野鸡。[6] 中庭：院里。旅谷：未经播种而野生的谷子。下句"旅葵"同此。[7] 葵：葵菜，也叫冬葵，嫩叶可食。羹：菜汤。[8] 饴：同"贻"，赠送，送给。

**【审美点评】**

这首五言诗剪裁精妙，虽只有十六句八十字，却将一个"少小离家老大回"的老兵的悲惨境况如实地展现出来。饱经兵役之苦的八旬老人返归故乡时早已物是人非，"遥看是君家，松柏冢累累"，诗中的感慨何其凄凉而沉重！

# 焦仲卿妻

**【题解】**本篇最早见于南朝（陈）徐陵编的《玉台新咏》，题为《古诗为焦仲卿妻作并序》，作者为无名氏。郭茂倩《乐府诗集》载入"杂曲歌辞"，题作《焦仲卿妻》，后人常取本诗首句，称作《孔雀东南飞》。此诗描写焦仲卿、刘兰芝双双殉情的爱情悲剧，揭露了封建礼教、封建家长制的罪恶，歌颂了青年男女忠于爱情，宁死不屈的抗争精神，表现了人们对婚姻自由与美好爱情的热烈向往。这首长篇五言叙事诗取得了很高的艺术成就，与北朝的《木兰诗》并称"乐府双璧"。

汉末建安中[1]，庐江府小吏焦仲卿妻刘氏[2]，为仲卿母所遣[3]，自誓不嫁。其家逼之，乃没水而死[4]。仲卿闻之，亦自缢于庭树。时人伤之而为此辞也。

孔雀东南飞，五里一徘徊。"十三能织素，十四学裁衣，十五弹箜篌[5]，十六诵诗书。十七为君妇，心中常苦悲。君既为府吏，守节情不移。贱妾留空房，相见常日稀。鸡鸣入机织，夜夜不得息。三日断五匹[6]，大人故嫌迟[7]。非为织作迟，君家妇难为。妾不堪驱使，徒留无所施。便可白公姥[8]，及时相遣归。"府吏得闻之，堂上启阿母："儿已薄禄相[9]，幸复得此妇。结发同枕席[10]，黄泉共为友[11]。共事二三年，始尔未为久。女行无偏斜，何意致不厚[12]？"阿母谓府吏："何乃太区区[13]！此妇无礼节，举动自专由[14]。吾意久怀忿，汝岂得自由！东家有贤女，自名秦罗敷[15]。可怜体无比[16]，阿母为汝求。便可速遣之，遣去慎莫留。"府吏长跪告，伏惟启阿母[17]："今若遣此妇，终老不复取[18]！"阿母得闻之，槌床便大怒[19]："小子无所畏，何敢助妇语！吾已失恩义，会不相从许[20]！"

府吏默无声，再拜还入户。举言谓新妇[21]，哽咽不能语。"我自不

161

驱卿[22]，逼迫有阿母。卿但暂还家，吾今且报府[23]。不久当归还，还必相迎取。以此下心意[24]，慎勿违吾语。"新妇谓府吏："勿复重纷纭[25]！往昔初阳岁[26]，谢家来贵门。奉事循公姥[27]，进止敢自专[28]？昼夜勤作息，伶俜萦苦辛[29]。谓言无罪过，供养卒大恩。仍更被驱遣，何言复来还？妾有绣腰襦[30]，葳蕤自生光[31]。红罗复斗帐[32]，四角垂香囊。箱帘六七十[33]，绿碧青丝绳。物物各自异，种种在其中。人贱物亦鄙，不足迎后人。留待作遣施[34]，于今无会因。时时为安慰，久久莫相忘。"鸡鸣外欲曙，新妇起严妆[35]。著我绣夹裙[36]，事事四五通。足下蹑丝履[37]，头上玳瑁光[38]。腰若流纨素[39]，耳著明月珰[40]。指如削葱根[41]，口如含朱丹[42]。纤纤作细步，精妙世无双。上堂谢阿母，母听去不止。"昔作女儿时，生小出野里[43]。本自无教训，兼愧贵家子。受母钱帛多[44]，不堪母驱使。今日还家去，念母劳家里。"却与小姑别[45]，泪落连珠子："新妇初来时，小姑始扶床；今日被驱遣，小姑如我长[46]。勤心养公姥，好自相扶将[47]。初七及下九[48]，嬉戏莫相忘。"出门登车去，涕落百余行。

府吏马在前，新妇车在后。隐隐何甸甸[49]，俱会大道口。下马入车中，低头共耳语："誓不相隔卿[50]。且暂还家去，吾今且赴府。不久当还归，誓天不相负。"新妇谓府吏："感君区区怀[51]。君既若见录[52]，不久望君来。君当作磐石，妾当作蒲苇。蒲苇纫如丝[53]，磐石无转移。我有亲父兄[54]，性行暴如雷。恐不任我意，逆以煎我怀。"举手长劳劳[55]，二情同依依。

入门上家堂，进退无颜仪。阿母大拊掌[56]："不图子自归[57]！十三教汝织，十四能裁衣，十五弹箜篌，十六知礼仪。十七遣汝嫁，谓言无誓违[58]。汝今无罪过，不迎而自归?"兰芝惭阿母："儿实无罪过。"阿母大悲摧[59]。

还家十余日，县令遣媒来。云"有第三郎，窈窕世无双。年始十八九，便言多令才[60]。"阿母谓阿女："汝可去应之。"阿女衔泪答[61]："兰芝初还时，府吏见丁宁[62]，结誓不别离。今日违情义，恐此事非奇[63]。自可断来信[64]，徐徐更谓之。"阿母白媒人："贫贱有此女，始适还家门[65]。不堪吏人妇，岂合令郎君?幸可广问讯，不得便相许。"媒人去数日，寻遣丞请还[66]。说"有兰家女[67]，承籍有宦官[68]"。云"有第五郎，娇逸未有婚[69]。遣丞为媒人，主簿通语言[70]。"直说"太守家，有此令郎君。既欲结大义[71]，故遣来贵门"。阿母谢媒人："女子先有誓，老姥岂敢言[72]。"阿兄得闻之，怅然心中烦。举言谓阿妹："作计何不量！先嫁得府吏，后嫁得郎君。否泰如天地，足以荣汝身。不嫁义郎体[73]，其住欲何云[74]？"兰芝仰头答："理实如兄言。谢家事夫婿，中道还兄门。处分适兄意，那得自任专。虽与府吏要[75]，渠会永无缘[76]。登即相许和[77]，便可作婚姻。"媒人下床去，诺诺复尔尔。还部白府君[78]："下官奉使命，言谈大有缘。"府君得闻之，心中大欢喜。视历复开书[79]，便利此月内，六合正相应[80]。良吉三十日，"今已二十七，卿可去成婚。"交语速装束，络绎如浮云。青雀白鹄舫[81]，四角龙子幡[82]，婀娜随风转，金车玉作轮。踯躅青骢马[83]，流苏金镂鞍[84]。赍钱三百万[85]，皆用青丝穿。杂彩三百匹[86]，交广市鲑珍[87]。从人四五百，郁郁登郡门。阿母谓阿女："适得府君书，明日来迎汝。何不作衣裳，莫令事不举。"阿女默无声，手巾掩口啼，泪落便如泻。移我琉璃榻[88]，出置前窗下。左手持刀尺，右手执绫罗。朝成绣夹裙，晚成单罗衫。晻晻日欲暝[89]，愁思出门啼。

　　府吏闻此变，因求假暂归。未至二三里，摧藏马悲哀[90]。新妇识马声，蹑履相逢迎。怅然遥相望，知是故人来。举手拍马鞍，嗟叹使心伤。"自君别我后，人事不可量。果不如先愿，又非君所详。我有亲父母，逼迫兼弟兄。以我应他人，君还何所望。"府吏谓新妇："贺卿得高迁。磐石方且厚[91]，可以卒千年。蒲苇一时纫，便作旦夕间。卿当日胜贵，吾独向黄泉。"新妇谓府吏："何意出此言！同是被逼迫，君尔妾亦然。黄泉下相见，勿违今日言！"执手分道去，各各还家门。生人作死别，恨恨那可论！念与世间辞，千万不复全。

　　府吏还家去，上堂拜阿母："今日大风寒，寒风摧树木，严霜结庭兰。儿今日冥冥[92]，令母在后单。故作不良计，勿复怨鬼神。命如南山石，四体康且直[93]。"阿母得闻之，零泪应声落。"汝是大家子，仕宦于台阁[94]。慎勿为妇死，贵贱情何薄[95]。东家有贤女，窈窕艳城郭。阿母为汝求，便复在旦夕。"府吏再拜还，长叹空房中，作计乃尔立[96]。转头向户里，渐见愁煎迫。

　　其日牛马嘶[97]，新妇入青庐[98]。奄奄黄昏后[99]，寂寂人定初[100]。我命绝今日，魂去尸长留。揽裙脱丝履，举身赴清池。府吏闻此事，心知长别离。徘徊庭树下，自挂东南枝。

两家求合葬，合葬华山傍[101]。东西植松柏，左右种梧桐。枝枝相覆盖，叶叶相交通[102]。中有双飞鸟，自名为鸳鸯，仰头相向鸣，夜夜达五更。行人驻足听，寡妇起傍徨[103]。多谢后世人[104]，戒之慎勿忘！

中华书局本《乐府诗集》卷七三

【注释】

[1] 建安：汉献帝刘协的年号（196—219）。[2] 庐江：郡治所，在今安徽省庐江县西南。府小吏：太守府中的小吏。[3] 遣：即古代女子出嫁以后被夫家休回娘家。[4] 没水：投水，指跳河自杀。[5] 箜篌（kōnghóu）：古代的一种弹拨乐器。[6] 断：截，把织成的布从织机上截下来。[7] 大人：指婆婆，即焦仲卿母。故：故意。[8] 公姥：公婆，这里是偏义复词，专指婆婆。[9] 薄禄相：没有高官厚禄的福相。古代迷信，以为从人的相貌可以看出福禄寿命。[10] 结发：束发，指成年。[11] 黄泉：指死去。[12] 意：料。厚：厚爱，厚待。[13] 区区：这里是焦母指责仲卿心胸的狭窄。一说区区为愚蠢意。[14] 自专由：自作主张。[15] 自名：名字叫做。秦罗敷：漂亮女子的代称，汉乐府中常用罗敷作美女名字。[16] 可怜：可爱。体：身材相貌。[17] 伏惟：俯身思念，古代表示对尊长的恭敬语。伏，俯伏。惟，思。[18] 终老：终身。取：同"娶"。[19] 槌：同"捶"，拍打。[20] 会不：不会，决不的意思。[21] 举言：发言，开口说话。[22] 卿：夫妻间亲昵的称呼。[23] 报府：到庐江府去办公。报，这里同"赴"，去，往。[24] 此：指"卿但暂还家"四句所言之事。下心意：低心下气，耐心忍受一些委屈。[25] 纷纭：凌乱，烦乱，此指麻烦，即焦仲卿说再娶兰芝一事。[26] 初阳：指冬末春初。[27] 奉事：行事。[28] 敢：岂敢。[29] 伶俜（língpīng）：孤单的样子。萦苦辛：为辛苦所牵绕。[30] 绣腰襦：绣花的齐腰短袄。[31] 葳蕤（wēiruí）：草木枝叶茂盛的样子，这里指短袄上的刺绣。[32] 复斗帐：双层的斗帐。斗帐，一种小帐子。[33] 箱帘：泛指大小箱子。帘，通"奁"。[34] 遗施：赠送、施与。遗，一作"遗"。[35] 严妆：郑重地梳妆打扮。[36] 绣夹裙：绣有花纹的双层的裙子。[37] 蹑（niè）：穿（鞋）。[38] 玳瑁（dàimào）光：玳瑁首饰发出光彩。[39] 纨素：洁白的绸子。[40] 明月珰（dāng）：用明月珠做的耳坠。珰，耳坠。[41] 削葱根：尖的葱白，形容手指的纤细洁白。[42] 朱丹：红色的宝石。[43] 野里：乡野，这里是谦辞。[44] 钱帛：指聘礼。[45] 却：退，指转身。[46] "新妇"四句：回忆与小姑的相处。原文无"小姑始扶床"、"今日被驱遣"两句，据《玉台新咏》改。[47] 扶将：扶持。此句意谓你也要好好照顾自己。[48] 初七：指农历七月初七，古时妇女常于这天晚上陈瓜果供祭织女以乞巧。下九：指每月的十九日，此日是古代妇女游玩戏耍之日。[49] 隐隐、甸甸：象声词，指车声。[50] 卿：原作"乡"，据《玉台新咏》改。[51] 区区怀：诚恳的心意。[52] 见：被。录：记。[53] 纫：同"韧"，柔韧，坚韧。[54] 父兄：此为偏义复词，专指兄长。[55] 举手：表示告别。劳劳：怅然忧伤的样子。[56] 拊掌：拍掌，表示惊讶。[57] 不图：没想到。[58] 愆违：过失。愆，疑为"愆（qiān）"的误字，同"愆"。[59] 悲摧：悲伤。[60] 便言：即辩言，口才好。令：美。[61] 衔泪：含着泪。[62] 丁宁：同"叮咛"，再三嘱咐。[63] 非奇：不佳。奇，嘉，美好。[64] 断：回绝。信：指县令派来的媒人。[65] 始适：刚出嫁不久。适，出嫁。[66] 寻：不久。请：请婚。还：来。[67] 说：原作"谁"，据《玉台新咏》改。兰家女：指兰芝。一说，兰家，犹某家。[68] 承籍：承继祖先仕籍，指出身。宦官：官宦，做官的人。

[69] 娇逸：娇美文雅。[70] 主薄：官名，郡县都有主薄，掌管文书薄籍。[71] 结大义：结为婚姻。[72] 老姥：老妇，兰芝母自称。[73] 义郎：这里是对太守儿子的美称。"义"是美称。郎，原作"即"，据《玉台新咏》改。[74] "其往"句：意思是长此下去打算怎么办呢？往，一作"往"。[75] 要：约定，指上文与焦仲卿的约定。[76] 渠会：与他相会。渠，他，指焦仲卿。[77] 登即：当即，立即。许和：答应。[78] 部：衙门。府君：即太守。[79] 历、书：都是指历书。古代有《六合婚嫁历》、《阴阳婚嫁书》等。[80] 六合：指月建和日辰的干支相适合。古人迷信，认为婚嫁日应选在子丑相合、寅亥相合、卯戌相合、辰酉相合、巳申相合、午未相合的日子才吉利。[81] 青雀、白鹄（hú）：指船头上画的图画。舫（fǎng）：船。[82] 龙子幡（fān）：绣龙的旗帜。船上作装饰用的旗幡，上面画有龙形。幡，挑起来竖着挂的长条旗子。[83] 踟蹰（zhízhú）：缓步行进的样子。青骢马：毛色青白相间的马。[84] 流苏：垂在马鞍下的用彩色羽毛或丝线等制成的穗状垂饰物。金镂鞍：以金属雕花为装饰的马鞍。[85] 赍（jī）钱：指太守送给刘家的聘礼。[86] 杂彩：各种绸缎。[87] 交广：交州、广州，泛指今广西、广东一带。市：购买。鲑（xié）珍：指山珍海味。鲑，鱼类菜肴的总称。[88] 琉璃榻：镶嵌着琉璃的坐具。琉璃，一种半透明的类似玻璃的东西。[89] 晻（yǎn）晻：日落渐暗的样子。日欲暝（míng）：天要黑了。[90] 摧藏：即"凄怆"，悲伤。[91] 且：原作"可"。据《诗纪》改。[92] 日冥冥：日暮，指生命就要结束了。[93] 康且直：康健硬朗。[94] 台阁：指尚书台。尚书台是汉代中央的高级权力机构，这里是焦母自夸门第之词。[95] 贵贱：指仲卿贵而兰芝贱。情何薄：离婚怎么能算是情薄呢？[96] 乃尔立：就这样决定了。[97] 其日：太守儿子迎娶兰芝那天。牛马嘶：这里是形容迎娶时车马盈门的热闹情况。[98] 青庐：用青布搭成的帐篷，供举行婚礼用。[99] 菴菴：通"晻晻"，昏暗的样子。[100] 人定初：人们刚安静下来的时候。[101] 华山：大约是庐江一带的小山，今不可考。[102] 交通：交接，交错。[103] 傍徨：同"彷徨"，心神不安的样子。[104] 多谢：敬告。

**【审美点评】**

府吏与新妇语语情真，句句意切，心心相印。磐石蒲苇之誓，凄怆马悲之哀，蹑履相迎之急，举手拍鞍之叹，如泣如诉，感人至深。"《孔雀东南飞》，质而不俚，详而有体，五言之史也。而皆浑朴自然，无一字造作，诚谓古今绝唱。"（胡应麟《诗薮》内编卷二）

# 古诗十九首

《古诗十九首》最早见于梁昭明太子萧统所编《文选》"杂诗"类。这些诗原是汉代无名氏的作品，非一人一时所作，萧统编《文选》时将这些诗合在一起，题作《古诗十九首》，后世遂沿用这一名称。《古诗十九首》大约为东汉后期桓、灵时代的一些中下层文人所作。诗歌内容主要写夫妇、朋友之间的离愁别绪，羁旅游宦之士彷徨失意的消极情绪。抒情真挚深入，语言浅近自然，风格委婉含蓄，是文人五言诗达到成熟阶段的标志。

# 行行重行行

**【题解】** 本诗是《古诗十九首》的第一首，抒发了闺妇对久行不归游子的思念。先叙生别离的痛苦，次叙路远难会，再写因相思而憔悴和因相思而生疑，最后以强为宽解之词作结。

行行重行行[1]，与君生别离。相去万余里，各在天一涯。道路阻且长，会面安可知？胡马依北风[2]，越鸟巢南枝[3]。相去日以远，衣带日以缓[4]。浮云蔽白日[5]，游子不顾反[6]。思君令人老，岁月忽已晚。弃捐勿复道，努力加餐饭。

中华书局 1977 年影印胡克家刻本《文选》卷二九

**【注释】**

[1] 重行行：行而又行。[2] 胡马：胡地之马，北方所产。古代对北方少数民族称为"胡"，后用以泛指北方。依：依恋。[3] 越鸟：南方之鸟。古代对南方少数民族称"越"，即"百越"，后用以泛指南方。[4] 缓：宽缓。[5]"浮云"句：这句当是比喻游子在外地为人所惑。白日，喻指未归的丈夫。[6] 顾：念。反：同"返"，回来。

**【审美点评】**

胡马与越鸟，北风与南枝，善用比兴。全诗抒情至此，感情由思而怨，爱怨交织，深婉含蓄地表达了对游子不知留恋故乡，不知留恋自己的哀怨，语浅情深，动人心怀。

# 涉江采芙蓉

**【题解】** 本诗是《古诗十九首》的第六首，表达了漂泊异地的游子思念故乡和亲人的思想感情。诗以采摘芳草开篇，引出主人公欲赠远方亲人的念头，但因亲人身在远方而无法如愿以偿，最后表现出同心而离居的忧伤痛苦之情。

涉江采芙蓉[1]，兰泽多芳草[2]。采之欲遗谁[3]，所思在远道。还顾望旧乡，长路漫浩浩。同心而离居[4]，忧伤以终老。

中华书局 1977 年影印胡克家刻本《文选》卷二九

**【注释】**

[1] 涉江：渡江。芙蓉：荷花。[2] 兰泽：长有兰草的低湿之地。[3] 遗（wèi）：赠送。古代有赠香草结恩情的民俗。[4] 同心：指彼此心思相同，相亲相爱。

**【审美点评】**

采摘香花香草赠与所爱之人在《诗经》、《楚辞》中多有表现，此诗的主人公也以相似的情境起兴，然而遥望长路漫浩浩，彼所思兮在远道，游子的忧愁幽思在采之而无法赠与的矛盾痛苦中表现得怊怅切情，真挚感人。

# 庭中有奇树

**【题解】** 本诗是《古诗十九首》的第九首，此诗"与《涉江采芙蓉》首意同，而前曰'望乡'，此称'路远'者，有行者居者之别。"（隋树森《古诗十九首集释》引 [清] 邵长蘅说）。

庭中有奇树[1]，绿叶发华滋[2]。攀条折其荣[3]，将以遗所思。馨香盈怀袖[4]，路远莫致之。此物何足贡[5]，但感别经时[6]！

中华书局 1977 年影印胡克家刻本《文选》卷二九

**【注释】**

[1] 奇树：指嘉树，美树。[2] 发华滋：花儿开得特别繁盛。华，同"花"。滋，繁盛。[3] 荣：花。[4] 馨香：指花香。[5] 物：一作"荣"。贡：献，一作"贵"。[6] 别经时：分别已有了一段时间。

**【审美点评】**

攀条折荣，馨香盈袖，多么典雅华美芬芳的诗句！主人公的思绪早已飞到游子身边，她似乎忘记了时空的阻隔，而不经意间，花之香气已盈满襟袖。"怀中别思，与香俱盈，不惟其物，而惟其意。"（姜任修《古诗十九首绎》）

# 迢迢牵牛星

**【题解】** 本诗是《古诗十九首》的第十首，是现存诗歌中最早以牛郎织女爱情传说为歌咏题材的诗篇。诗中借天上牵牛织女双星隔河相望而不能相聚的故事，比喻人间男女相爱而不得相守的痛苦。想象丰富，充满浪漫气息。

迢迢牵牛星[1]，皎皎河汉女[2]。纤纤擢素手[3]，札札弄机杼[4]。终日不成章[5]，泣涕零如雨[6]。河汉清且浅，相去复几许[7]？盈盈一水间[8]，脉脉不得语[9]。

**中华书局 1977 年影印胡克家刻本《文选》卷二九**

**【注释】**

[1] 迢迢：遥远的样子。牵牛星：俗称"牛郎星"，在银河南。[2] 皎皎：明亮的样子。河汉女：指织女星，在银河北，与牵牛星隔河相对。河汉，指银河，俗称"天河"。[3] 纤纤：指手的形状纤细。擢：举起。[4] 札札：象声词，织布时机杼的响声。杼：织布机上的梭子。[5] 章：布帛上的纹理，这里代表布帛。此句语本《诗经·小雅·大东》："跂彼织女，终日七襄。虽则七襄，不成报章。"[6] 零：落，坠落。[7] 几许：指不远的路程。[8] 盈盈：水清浅的样子。一水：指银河。[9] 脉脉：含情相视的样子。

**【审美点评】**

清澈的天河、莹莹的星光之下，却有咫尺天涯、离恨绵绵的痛苦笼罩于天上织女的心间，她心系牛郎，无以成章，泣涕如雨，含情脉脉，诗中句句写织女，然而比兴之意全在人间思妇。诗中清丽的语言和独特而富有情思的叠字的运用，增强了诗的节奏美感，也形成了这首诗独特的蕴藉之美。

# 客从远方来

**【题解】**本诗是《古诗十九首》的第十八首。这是一首颇具民歌风味的爱情诗。诗中铺写了一位思妇收到丈夫赠物后的情景，通过裁绮制被的细节，表现了思妇喜不自胜的心情，显示了思妇的痴情和对爱情的坚贞不渝。

客从远方来，遗我一端绮[1]。相去万余里，故人心尚尔[2]！文彩双鸳鸯，裁为合欢被[3]。著以长相思[4]，缘以结不解[5]。以胶投漆中，谁能别离此？

**中华书局 1977 年影印胡克家刻本《文选》卷二九**

**【注释】**

[1] 一端：即半匹。《左传》昭公二十六年注："二丈为一端，二端为一两，所谓匹也。"绮：有花纹的绫。[2] 故人：指丈夫。尚尔：还是如此。[3] 合欢被：又名鸳鸯被。合欢，象征和合欢乐的图案。[4] 著：在衣被中装丝绵。长相思：指丝绵，"思"与"丝"谐音。[5] 缘：沿边装饰。结不解：以丝缕为结，表示不能解开，喻夫妻永结难解。

**【审美点评】**

朝思暮想的感情得到了意外的慰藉，思妇心中的欣喜之情可想而知，而"文彩双鸳鸯"之绮丽图案，又令思妇浮想联翩。丝丝有情缘，针针有寄托，诗中以谐音双关语表现思妇对如胶似漆的爱情的痴想，爽朗活泼，韵味深长。

# 魏晋南北朝文学

## 曹　操

曹操（155—220），字孟德，沛国谯郡（今安徽亳州）人。东汉灵帝时征拜议郎，以参加镇压黄巾起义拜济南相。建安元年（196）迎献帝迁都许昌，封大将军。后削平北方割据豪强袁术、袁绍等，任丞相，封魏王。曹丕称帝后追尊为魏武帝。曹操是著名的政治家和军事家，也是建安时期承前启后的文学家，被鲁迅先生誉为"改造文章的祖师"。今存诗二十二首，全用乐府旧题，叙写汉末战乱和人民的苦难，阐发自己的政治抱负，风格慷慨悲凉。其散文直抒胸臆，清峻通脱，别具一格。有《魏武帝集》。

### 蒿里行

【题解】《蒿里行》属汉乐府《相和歌辞·相和曲》，本为送士大夫、平民出殡时唱的挽歌，曹操借旧题写时事。东汉末年，董卓专权。初平元年（190）春，关东诸州郡推举渤海太守袁绍为盟主，起兵讨伐董卓，实各挟私心，欲图扩大势力。此诗写汉末群雄混战，民遭涂炭，被誉为"汉末实录"（钟惺《古诗归》）。蒿里，传说人死后魂魄聚居之地。

关东有义士[1]，兴兵讨群凶。初期会盟津[2]，乃心在咸阳[3]。军合力不齐[4]，踌躇而雁行[5]。势利使人争，嗣还自相戕[6]。淮南弟称号[7]，刻玺于北方[8]。铠甲生虮虱，万姓以死亡。白骨露于野，千里无鸡鸣。生民百遗一，念之断人肠。

《四库全书》影印本《汉魏六朝百三家集》卷二三

【注释】

[1] 关东：函谷关以东，泛指今河南、河北、山东一带。 [2] 盟津：即孟津，今属河南洛

阳。相传周武王伐纣时曾在此大会八百诸侯。[3] 咸阳：秦都城，此借指汉长安皇室，当时献帝被挟持到长安。[4] 齐：一致。[5] 踌躇：犹豫不前。雁行：军队排列前行，如飞雁的行列。银雀山汉墓竹简《孙膑兵法·十阵》："雁行之阵者，所以接射也。"此借以形容诸军列阵观望，不肯前进。[6] 嗣还（xuán）：随即。[7] "淮南"句：指袁绍异母弟袁术于建安二年在淮南寿春（今安徽寿县）自立为帝。[8] "刻玺"句：指初平二年袁绍谋废献帝，立刘虞为帝，并刻制印玺之事。

**【审美点评】**

满目疮痍，哀鸿遍野，白骨累累，面对此惨凄之景，群雄各怀鬼胎，而曹操却哀叹"念之断人肠"，展示了一介政治家之忧民情怀。

# 苦寒行

**【题解】**《苦寒行》属汉乐府《相和歌辞·清调曲》，曹操借以写时事。此诗作于征高幹途中，描写严寒时节行军太行山的艰辛及远征将士的思乡之情。袁绍外甥高幹，先降曹操，领并州刺史，后又反叛。建安十一年春正月，曹操从邺城（今河北临漳县西南）西征据守壶关（在今山西长治市东南）的高幹，取道河内，北度太行山。

北上太行山[1]，艰哉何巍巍！羊肠坂诘屈[2]，车轮为之摧[3]。树木何萧瑟，北风声正悲。熊罴对我蹲[4]，虎豹夹路啼。溪谷少人民，雪落何霏霏[5]！延颈长叹息，远行多所怀。我心何怫郁[6]，思欲一东归[7]。水深桥梁绝，中路正徘徊。迷惑失故路，薄暮无宿栖[8]。行行日已远，人马同时饥。担囊行取薪[9]，斧冰持作糜[10]。悲彼《东山》诗[11]，悠悠使我哀。

《四库全书》影印本《汉魏六朝百三家集》卷二三

**【注释】**

[1] 太行山：起于河南北部的济源，向北经山西、河北边境入河北北部。太行山共分八支，此指第二支，在今河南沁阳境内。[2] 羊肠坂：指从沁阳经天井到晋城的道路。坂，斜坡。诘屈：迂回曲折。[3] 摧：折断。[4] 罴（pí）：熊的一种，或称人熊。[5] 霏霏：雪花繁密的样子。[6] 怫（fú）郁：忧虑不安。[7] 东归：指返回故乡。[8] 暮，原作"春"，据此本改。[9] 囊：口袋。薪：柴火。[10] 斧冰：用斧凿冰。糜：粥。[11] 《东山》：见于《诗经·豳风》，写远征士卒思念故乡。

**【审美点评】**

委曲如肠的坂道，风雪交加的征途，野兽出没的险情，食宿无依的困境，诗人尽以无华之笔呈现。直抒胸臆，古直悲凉，沉郁而不消极，尽显曹诗本色。

# 步出夏门行

【题解】《步出夏门行》，又称《陇西行》，属汉乐府《相和歌辞·瑟调曲》。此诗原题《碣石篇》，《宋书·乐志》题作《碣石步出夏门行》，共五部分，开头是"艳"辞，即序曲，下分四解：《观沧海》、《冬十月》、《土不同》、《龟虽寿》，均可独立成篇。夏门，洛阳北面西头的城门，汉代名夏门，魏晋时名大夏门。

# 观沧海

【题解】建安十二年，曹操北征乌桓，途经碣石山，作此篇，写登山观海的景象。

东临碣石[1]，以观沧海。水何澹澹[2]，山岛竦峙[3]。树木丛生，百草丰茂。秋风萧瑟，洪波涌起[4]。日月之行，若出其中；星汉灿烂，若出其里。幸甚至哉！歌以咏志[5]。

《四库全书》影印本《汉魏六朝百三家集》卷二三

【注释】

[1] 碣石：山名，指《汉书·地理志》所载右北平郡骊成县西南之大碣石山，在今河北乐亭县滦河入渤海口附近，后陷入海中。一说指今河北昌黎县西北之碣石山。[2] 澹澹：水波摇动的样子。[3] 竦峙：高高耸立。竦，通"耸"，高。峙，突起。[4] 洪：《宋书·乐志》作"涛"。涌：《曹操集·诗集》作"踊"。[5]"幸甚"二句：乐府本用以配乐歌唱，这两句是配乐时所加，与正文无关。

【审美点评】

登山临海，海之壮阔尽收眼底：茫茫大海，空蒙浑融，日月星汉，由之吐纳。言为心声，诗人吞吐宇宙之胸怀暗藏其中。沈德潜语云曹诗"时露霸气"，可谓深得其旨。

# 龟虽寿

【题解】此诗作于建安十二年，是一首颇富哲思的抒怀言志之作，表达了一种人生有限而壮志无穷的积极人生态度。

神龟虽寿[1]，犹有竟时。腾蛇乘雾[2]，终为土灰。老骥伏枥，志在千里。烈士暮年，壮心不已。盈缩之期[3]，不但在天[4]；养怡之福[5]，可得永年。幸甚至哉！歌以咏志。

《四库全书》影印本《汉魏六朝百三家集》卷二三

**【注释】**

[1] 神龟：《庄子·秋水》："吾闻楚有神龟死已三千岁矣。"古人将龟作为长寿动物的代表。[2] 腾蛇：传说中与龙同类的神物，能兴云驾雾。一作"螣（téng）蛇"，《韩非子·难势篇》："飞龙乘云，螣蛇游雾。"[3] 盈缩：指人的寿命长短。盈，长。缩，短。[4] 但：仅，只。[5] 养怡：保养身心健康。怡，原作"恬"，据别本改。

**【审美点评】**

"神龟虽寿"四句，一反庄子、韩非原意，认为当积极面对有限人生，奋发有为，尽扫汉末文人慨叹浮生若梦、劝人及时行乐的悲调。"老骥伏枥"四句笔力遒劲，韵律沉雄，腾涌着一股自强不息的豪迈气概。难怪东晋时大将军王敦每每读之，以如意击打唾壶为节，壶口尽缺。（见《世说新语》）其"梗概多气"的内在风骨，曾令无数英雄激情澎湃，当然也包括今日的你我。

# 短歌行

**【题解】**《短歌行》属汉乐府《相和歌辞·平调曲》。原诗有两首，此选第一首，其二首句是"周西伯昌"。本篇既有人生苦短的深沉感慨，又有求贤若渴以助自己成就伟业的宏大理想。

对酒当歌，人生几何[1]！譬如朝露，去日苦多。慨当以慷[2]，忧思难忘。何以解忧？唯有杜康。青青子衿，悠悠我心[3]。但为君故，沉吟至今。呦呦鹿鸣，食野之苹。我有嘉宾，鼓瑟吹笙[4]。明明如月，何时可掇[5]？忧从中来，不可断绝。越陌度阡，枉用相存[6]。契阔谈宴[7]，心念旧恩。月明星稀，乌鹊南飞。绕树三匝[8]，何枝可依？山不厌高，水不厌深。周公吐哺，天下归心[9]。

《四库全书》影印本《汉魏六朝百三家集》卷二三

**【注释】**

[1] 几何：多少，此指"少"。[2] 当以：语中助词。此句是"慷慨"的间隔用法，形容歌声激昂慷慨。[3] "青青"二句：用《诗经·郑风·子衿》成句，表达对贤才的渴慕。青衿，周

代学子穿的青色衣领服装。悠悠，长远的样子，形容思念连绵不绝。[4]"呦呦"四句：用《诗经·小雅·鹿鸣》成句，表达招纳贤才的强烈愿望。苹，艾蒿。[5]掇：取得。以月光难掇喻人才难得。一作"辍"，停止运行。[6]枉：枉驾，屈尊。用：以。存：问候。[7]契：合。阔：别。契阔犹聚散，此处指久别重逢。出自《诗经·邶风·击鼓》"死生契阔"。[8]匝：周，圈。[9]周公：周文王之子、周武王之弟。《史记·鲁周公世家》载，周公曾经自称"一沐三捉发，一饭三吐哺，起以待士，犹恐失天下之贤人"。

**【审美点评】**

其诗没有一句直接坦露自己求贤若渴之心，却又巧用《诗经》等的典故，于每句中深情款款，委婉达意。又以乌鹊南飞无枝可依，暗示贤才当择良木而栖，自己一如三吐哺的周公，恭候各位光临。

# 让县自明本志令（节选）

**【题解】**汉献帝建安元年，曹操迎献帝建都许昌，受任为大将军，封武平侯。建安十三年，因平定三郡乌桓有功拜为丞相。至建安十五年，曹操逐渐统一北方，权位日重，招致朝野谤议，不少人认为他有"不逊之志"，欲废汉自立。为平息谤议，曹操于建安十五年十二月写就此文，通告天下。文中陈述自己平定群雄，功在国家，身为丞相，乃形势所致；申明自己深受国恩，忠于汉室，绝无篡汉自代的异志。文章一如行云流水，清峻通脱。原作《述志令》，也作《自明本志令》。

……

而遭值董卓之难[1]，兴举义兵[2]。是时合兵能多得耳[3]。然常自损[4]，不欲多之。所以然者，多兵意盛，与强敌争，倘更为祸始。故汴水之战数千[5]，后还到扬州更募[6]，亦复不过三千人。此其本志有限也。

后领兖州，破降黄巾三十万众[7]。又袁术僭号于九江[8]，下皆称臣，名门曰"建号门"，衣被皆为天子之制[9]，两妇预争为皇后。志计已定，人有劝术，使遂即帝位，露布天下[10]。答言："曹公尚在，未可也。"后孤讨禽其四将[11]，获其人众，遂使术穷亡解沮[12]，发病而死。及至袁绍据河北[13]，兵势强盛。孤自度势，实不敌之。但计投死为国[14]，以义灭身，足垂于后。幸而破绍，枭其二子[15]。又刘表自以为宗室[16]，包藏奸心，乍前乍却[17]，以观世事，据有当州[18]。孤复定之，遂平天下。身为宰相，人臣之贵已极，意望已过矣。今孤言此，若为自大，欲人言尽，故无讳耳。设使国家无有孤，不知当几人称帝，几人称王。

或者人见孤强盛，又性不信天命之事，恐私心相评，言有不逊之志[19]，妄相忖度，每用耿耿[20]。齐桓、晋文所以垂称至今日者[21]，以其兵势广大，犹能奉事周室也。《论语》云："三分天下有其二，以服事殷，周之德可谓至德矣[22]！"夫能以大事小也。昔乐毅走赵[23]，赵王欲与之图燕，乐毅伏而垂泣，对曰："臣事昭王，犹事大王；臣若获戾[24]，放在他国[25]，没世然后已，不忍谋赵之徒隶[26]，况燕后嗣乎？"胡亥之杀蒙恬也[27]，恬曰："自吾先人及至子孙，积信于秦三世矣[28]。今臣将兵三十馀万，其势足以背叛，然自知必死而守义者，不敢辱先人之教以忘先王也。"孤每读此二人书，未尝不怆然流涕也。

……

然欲孤便尔委捐所典兵众以还执事[29]，归就武平侯国[30]，实不可也。何者？诚恐己离兵为人所祸也[31]。既为子孙计，又己败则国家倾危，是以不得慕虚名而处实祸，此所不得为也。前朝恩封三子为侯[32]，固辞不受，今更欲受之，非欲复以为荣，欲以为外援，为万安计。孤闻介推之避晋封[33]，申胥之逃楚赏[34]，未尝不舍书而叹，有以自省也。奉国威灵，仗钺征伐[35]，推弱以克强，处小而禽大，意之所图，动无违事，心之所虑，何向不济？遂荡平天下，不辱主命，可谓天助汉室，非人力也。然封兼四县[36]，食户三万，何德堪之！江湖未静，不可让位；至于邑土，可得而辞。今上还阳夏、柘、苦三县户二万，但食武平万户，且以分损谤议，少减孤之责也[37]。

《四库全书》影印本《汉魏六朝百三家集》卷二三

【注释】

[1] 董卓之难：中平六年（189），凉州军阀董卓率军进入洛阳，杀何太后，废少帝刘辩，立献帝刘协，自封太尉，僭位专权，各路诸侯纷纷起兵讨伐。[2] 兴举义兵：初平元年春，函谷关以东诸州郡兴兵讨伐董卓，曹操亦招募五千人加入讨卓大军。[3] 合兵：招聚兵士。[4] 损：削减，限制。[5] 汴水之战：初平元年，曹操率数千士兵西进，与董卓部将徐荣战于汴水（今河南荥阳索河），伤亡惨重。[6] "后还到"句：汴水之败后，曹操与夏侯惇曾到扬州丹阳郡（今安徽宣城）募兵。[7] "后领兖州"二句：初平三年，黄巾军攻入兖州，杀刺史刘岱。济北相鲍信迎曹操做兖州牧，大败黄巾军，从三十余万降兵中挑选精壮编成"青州兵"。兴平二年（195），曹操被正式任命为兖州牧。[8] "又袁术"句：建安二年，袁术在九江郡（治所在今安徽寿县）称帝。袁术，字公路，袁绍弟，东汉末割据九江一带。僭号，臣下冒称帝王名号。[9] 制：制度，样式。[10] 露布：宣布。[11] 禽：通"擒"。四将：建安二年九月，曹操征讨袁术，斩其大将桥蕤、李丰、梁纲、乐就。[12] 穷亡解沮：困窘逃亡，瓦解崩溃。建安四年，袁术败投青州，死于寿春江亭。[13] 袁绍：字本初，时为冀州牧，拥兵割据冀、幽、青、并四州。[14] 投死：

拼死献身。[15] 枭其二子：官渡之战后，袁绍二子袁谭和袁尚因争夺冀州互相攻杀，曹操于建安十年、十二年分别击杀。枭，斩首并悬以示众。[16] 刘表：字景升，汉宗室，据荆州。建安十三年，曹操率军南下，刘表已死，其子刘琮降曹。[17] 乍前乍却：忽前忽后。[18] 当州：所在州，指荆州。[19] 不逊之志：指篡汉的野心。[20] 耿耿：内心不安的样子。[21]"齐桓"句：齐桓公、晋文公是春秋时期的霸主，提出尊王攘夷的口号，实际上也是挟天子以令诸侯。[22]"三分天下"三句：引文见《论语·泰伯》，与今传《论语》文字略异。[23] 乐毅走赵：乐毅是战国时燕昭王的上将军，曾统率赵、楚、韩、魏、燕五国军队攻下齐国城池七十余座。昭王死，子惠王中齐将田单反间计，罢免乐毅，遂出奔赵国。（见《史记·乐毅列传》）走，出奔，逃。[24] 获戾：得罪。[25] 放：放逐。[26] 徒隶：服劳役的犯人。[27] 胡亥：秦始皇的小儿子。始皇死后即帝位，称秦二世。蒙恬：秦代名将，率军三十万防御匈奴，胡亥立，迫其自杀。（见《史记·蒙恬列传》）[28]"积信"句：蒙恬祖父蒙骜、父蒙武和他本人世为秦国名将。[29] 便尔：就这样，率尔。委捐：放弃。典：掌管。[30]"归就"句：回到武平封地。曹操于建安元年拜大将军，封武平侯。武平在今河南鹿邑县东北。[31] 离兵：放弃军权。[32]"前朝"句：建安十六年，献帝封曹操子植为平原侯、据为范阳侯、豹为饶阳侯，食邑各五千户。（事见《三国志·魏志·武帝纪》裴注引《魏书》）[33] 介推：介子推，亦称介之推。春秋时期晋国人。《左传·僖公三十四年》载，介子推随晋公子重耳流亡十九年。重耳回国即位后，赏赐随从之人，介子推未得禄位。子推不求封赏，与母隐居绵山（在今山西介休市东南），至死不出。[34] 申胥：即申包胥，春秋时楚国人。伍子胥率吴军攻破郢都，申包胥前往秦国求救，在秦宫痛哭七日，终使秦王出兵救楚。楚昭王奖赏功臣，申包胥逃而不受。（事见《左传》定公四年、五年）[35] 仗钺征伐：指凭借皇帝授予的权力征讨不臣者。钺，大斧。古时天子出征，手执黄钺，用作仪仗。建安元年，献帝把节和黄钺赏赐给曹操，由其掌管内外军事。[36] 四县：指阳夏（今河南太康）、柘（今河南柘城北）、苦（今河南鹿邑东）和武平四县。[37] 少：同"稍"。责：责难。

**【审美点评】**

"江湖未静，不可让位；至于邑土，可得而辞"，孰可舍，孰要得，泾渭分明，斩钉截铁。而一句"设使国家无有孤，不知当几人称帝，几人称王"，颇惹后人非议，然百代之下，又有几人可与之争锋？


# 徐 幹

徐幹（170—217），字伟长，北海剧县（今山东寿光）人，建安七子之一。建安中，任曹操司空军谋祭酒，后为五官中郎将文学。数年后，因病辞职。后又授以上艾长，因病不就。少时即潜心典籍，长以著述自娱。著有《中论》二卷，为时人所重。明人杨德周辑有《徐伟长集》。

## 室思（六章选一）

**【题解】**《室思》共六章，就日常所见、所感、所思反复咏叹思妇的盼望、失望和期待之情，"有十九首风骨"（钟惺《古诗归》）。室，闺室。此为第三章，写思妇面对浮云倾诉相思之苦。

　　浮云何洋洋[1]，愿因通吾辞[2]。飘飖不可寄[3]，徙倚徒相思[4]。人离皆复会，君独无还期。自君之出矣，明镜暗不治[5]。思君如流水，何有穷已时。

**中华书局版俞绍初辑校本《建安七子集》卷四**

**【注释】**

[1]洋洋：盛多的样子。或云自得之貌，或云舒卷自如的样子。[2]因：依靠。[3]飘飖（yáo）：同"飘摇"。[4]徙倚：行踪不定的样子。徒：徒然，白白地。[5]治：擦拭。

**【审美点评】**

　　"自君之出矣，明镜暗不治"，将思念之情隐隐写出，略带羞涩；"思君如流水，何有穷已时"，念夫之情倾泻而出，难以遏制。女主人公思之深，爱之切，跃然纸上，婉曲动人。

# 王　粲

　　王粲（177—217），字仲宣，山阳高平（今山东邹县西南）人，建安七子之一。少有才名，蔡邕称"有异才"。初平四年避乱荆州，依刘表，未被重用。建安时归曹操，先后任丞相掾、军谋祭酒等职。入魏，拜侍中。擅长诗赋，情调悲怆。刘勰《文心雕龙》称为"七子之冠冕"。今存诗二十余首，明人张溥辑有《王侍中集》。

## 七哀诗（三首选一）

　　**【题解】**七哀表示哀思之多，六臣注《文选》吕向说："七哀，谓痛而哀、义而哀、感而哀、怨而哀、耳目闻见而哀、口叹而哀、鼻酸而哀也。"曹植、阮瑀等也有"七哀"之作。王粲《七哀诗》三首，非一时所作。此为第一首，写汉末离乱中所看到的悲惨景象，真实反映了汉末战乱所造成的深重灾难，是一幅逼真的难民图。

西京乱无象[1]，豺虎方遘患[2]。复弃中国去[3]，远身适荆蛮[4]。亲戚对我悲，朋友相追攀[5]。出门无所见，白骨蔽平原。路有饥妇人，抱子弃草间。顾闻号泣声，挥涕独不还。"未知身死处，何能两相完[6]？"驱马弃之去，不忍听此言。南登霸陵岸[7]，回首望长安。悟彼下泉人[8]，喟然伤心肝！

中华书局版俞绍初辑校本《建安七子集》卷二

### 【注释】

[1]"西京"句：汉献帝初平三年，董卓部将李傕、郭汜等攻陷长安，大肆烧杀抢掠，长安一片混乱。西京，指长安。无象，指社会秩序混乱。[2]豺虎：指李傕、郭汜等。遘：通"构"，制造。[3]中国：指中原一带。[4]远身：托身，寄身。一作"委身"。荆蛮：指荆州。周人称南方民族为南蛮，荆州为故楚之地，故称。[5]攀：指攀拉车辕，恋恋不舍。[6]完：保全。[7]霸陵：汉文帝刘恒陵墓，在今陕西长安东。岸：高地。[8]悟：理解。下泉：《诗经·曹风》篇名，《毛诗序》云："《下泉》，思治也，曹人疾共公侵刻下民，不得其所，忧而思明王贤伯也。"

### 【审美点评】

尽管身体远离了长安，但亲戚朋友的牵挂与眷恋，白骨平原的凄惨，又何尝从目中挥去过？妇人号泣之悲切，又岂能真的从耳边驱走？灵魂的煎熬才刚刚开始。

## 登楼赋

【题解】本篇为作者避乱荆州登城楼所作，抒写客居异乡的忧伤情怀和怀才不遇的愤激之情，是建安时期抒情小赋的代表作。

登兹楼以四望兮[1]，聊暇日以销忧[2]。览斯宇之所处兮，实显敞而寡仇[3]。挟清漳之通浦兮，倚曲沮之长洲[4]。背坟衍之广陆兮[5]，临皋隰之沃流[6]。北弥陶牧[7]，西接昭丘[8]。华实蔽野，黍稷盈畴[9]。虽信美而非吾土兮[10]，曾何足以少留！

遭纷浊而迁逝兮[11]，漫逾纪以迄今[12]。情眷眷而怀归兮，孰忧思之可任[13]？凭轩槛以遥望兮[14]，向北风而开襟。平原远而极目兮，蔽荆山之高岑[15]。路逶迤而修迥兮[16]，川既漾而济深[17]。悲旧乡之壅隔兮，涕横坠而弗禁。昔尼父之在陈兮，有"归欤"之叹音[18]。钟仪幽而楚奏兮[19]，庄舄显而越吟[20]。人情同于怀土兮，岂穷达而异心[21]！

惟日月之逾迈兮[22]，俟河清其未极[23]。冀王道之一平兮，假高衢而骋力[24]。惧匏瓜之徒悬兮[25]，畏井渫之莫食[26]。步栖迟以徙倚兮[27]，白日忽其将匿。风萧瑟而并兴兮，天惨惨而无色。兽狂顾以求群兮，鸟相鸣而举翼。原野阒其无人兮[28]，征夫行而未息。心凄怆以感发兮，意忉怛而憯恻[29]。循阶除而下降兮[30]，气交愤于胸臆。夜参半而不寐兮[31]，怅盘桓以反侧。

中华书局版俞绍初辑校本《建安七子集》卷三

**【注释】**

[1] 兹楼：王粲登楼处有襄阳、江陵、当阳三说。《文选》李善注引盛弘之《荆州记》："当阳县城楼，王仲宣登之而作赋。"据郦道元《水经注》之《沮水》、《漳水》注，当是麦城城楼，故城在今湖北当阳。[2] 聊：姑且。暇：闲。或曰通"假"，借。五臣本《文选》作"假"。销忧：消除忧愁。[3] 寡仇：少有匹敌。仇，匹敌。[4] "挟清漳"二句：城楼座落在漳水的一条支流边上，靠着曲折的沮水中的一块长洲。挟，带。漳、沮，水名，二水会合南流入长江。浦，大水有小口别通他水。洲，水中陆地。[5] 坟衍：地势高起为坟，广平为衍。[6] 皋：水边高地。隰：低湿之地。沃流：可灌溉的河流。[7] 弥：极至。陶牧：指范蠡的坟墓所在地。陶，陶朱公，即春秋时越国范蠡。牧，郊外。[8] 昭丘：楚昭王的坟墓所在地。[9] 盈：充满。畴：田野。[10] 信：的确。吾土：指作者的故乡。[11] 纷浊：指董卓专权，政治混乱。纷，纷扰。迁逝：迁徙流亡，指避乱荆州。[12] 漫：长久。纪：十二年为一纪。[13] 任：当，经受。[14] 轩：有窗的长廊。槛（jiàn）：栏杆。[15] 荆山：在今湖北南漳县。岑：小而高的山。[16] 修：长。迥：远。[17] 漾：长。[18] "昔尼父"二句：据《论语·公冶长》载，孔子在陈国绝粮，叹曰"归欤！归欤！"此以孔子自比，写思乡之情。[19] "钟仪"句：春秋时，楚国乐官钟仪善弹琴。一次战争中被郑国俘虏，献给晋国，晋侯让他弹琴，他弹的仍是楚国的乐调。（见《左传·成公九年》）幽，囚禁。[20] "庄舄（xì）"句：战国时，越国人庄舄在楚国官居高位，思念故国，病中说话、唱歌仍用越国方言（见《史记·张仪列传》）。[21] 穷达：穷困和显达。异心：指改变思乡之情。[22] 惟：想。逾迈：时光流逝。[23] 河清：《左传·襄公八年》载，逸《诗》有"俟河之清，人寿几何"之语。传说黄河水一千年清一次，后以河清喻时世太平。[24] 高衢：大道，指清明政治。[25] "惧匏瓜"句：《论语·阳货》："（子曰）：'吾岂匏瓜也哉，焉能系而不食！'"意谓我岂能像匏瓜一样只挂在那儿而不为人所食，喻不被任用。匏瓜，一种葫芦。徒悬，白白地挂着。[26] "畏井渫（xiè）"句：语出《周易·井卦》九三爻辞："井渫不食，为我心恻。"井渫，把井淘干净。意谓担心淘干净了井却没人来饮水。喻自己虽才华满腹而不为世用。[27] 栖迟：游息。徙倚：徘徊。[28] 阒（qù）：寂静。[29] 忉怛（dāodá）：哀伤。憯（cǎn）恻：悲伤凄怆。憯，同"惨"。[30] 阶除：楼梯。除，台阶。[31] 夜参半：半夜。参，分。一说"及"。

**【审美点评】**

虽为怀乡之作，却被赋予了深广的内涵：慨叹时势动荡，哀鸣遭遇不幸，悲凄宏图难展。当然也不乏激昂的音符："惟日月"两句传达出作者时不我待、欲乘时而起的恢宏气势，"冀王道"两句则表达了其以天下为己任、急于建功立业的宏伟抱负。

# 蔡　琰

蔡琰（生卒年不详），字文姬，陈留圉（今河南杞县）人，东汉著名学者蔡邕之女。博学多才，妙于音律。初嫁河东卫仲道，董卓之乱时被掳至南匈奴，留十二年，嫁左贤王，生二子。建安十二年，曹操遣使以玄璧（见曹丕《蔡伯喈女赋序》）赎回中原，嫁屯田都尉董祀。作品今传《悲愤诗》二首，一为五言，一为骚体。另有琴曲歌辞《胡笳十八拍》一篇。学界对其作品均存有争议，目前学界一般认同五言《悲愤诗》确为蔡琰所作。

## 悲愤诗

**【题解】**据《后汉书·列女传·董祀妻传》，蔡琰被赎回后，"感伤离乱，追怀悲愤，作诗二章"，此为第一章。通过追述自己被劫、沦落、回归的过程，表达了对母子情深、身世坎坷的慨叹，抒写了汉末战乱给民众带来的深重灾难。该诗是我国诗史上第一首自传体的五言长篇叙事诗。

汉季失权柄，董卓乱天常。志欲图篡弑，先害诸贤良[1]。逼迫迁旧邦[2]，拥主以自强。海内兴义师[3]，欲共讨不祥。卓众来东下[4]，金甲耀日光。平土人脆弱，来兵皆胡羌[5]。猎野围城邑[6]，所向悉破亡。斩截无孑遗[7]，尸骸相撑拒[8]。马边县男头，马后载妇女。长驱西入关[9]，迥路险且阻[10]。还顾邈冥冥[11]，肝脾为烂腐。所略有万计，不得令屯聚。或有骨肉俱，欲言不敢语。失意机微间[12]，辄言毙降虏。要当以亭刃[13]，我曹不活汝。岂复惜性命，不堪其詈骂。或便加棰杖，毒痛参并下[14]。旦则号泣行，夜则悲吟坐。欲死不能得，欲生无一可。彼苍者何辜，乃遭此厄祸！

边荒与华异[15]，人俗少义理[16]。处所多霜雪，胡风春夏起。翩翩吹我衣，肃肃入我耳。感时念父母，哀叹无穷已。有客从外来，闻之常欢喜。迎问其消息，辄复非乡里。邂逅徼时愿[17]，骨肉来迎己[18]。己得自解免[19]，当复弃儿子。天属缀人心[20]，念别无会期。存亡永乖隔[21]，不忍与之辞。儿前抱我颈，问母欲何之。"人言母当去，岂复有还时。阿母常仁恻，今何更不慈？我尚未成人，奈何不顾思！"见此崩五内，恍惚生狂痴。号泣手抚摩，当发复回疑[22]。兼有同时辈[23]，相送告离别。慕我独得归，哀叫声摧裂。马为立踟蹰，车为不转辙。观者皆歔欷，行路亦呜咽。

去去割情恋，遄征日遐迈[24]。悠悠三千里，何时复交会？念我出腹子[25]，匈臆为摧败[26]。既至家人尽[27]，又复无中外[28]。城郭为山林，庭宇生荆艾。白骨不知谁，纵横莫覆盖。出门无人声，豺狼号且吠。茕茕对孤景，怛咤糜肝肺[29]。登高远眺望，魂神忽飞逝。奄若寿命尽，旁人相宽大。为复强视息[30]，虽生何聊赖！托命于新人[31]，竭心自勖厉[32]。流离成鄙贱，常恐复捐废[33]。人生几何时，怀忧终年岁！

中华书局校点本《后汉书》卷八四

**【注释】**

[1]"志欲"二句：董卓于中平六年（189）以并州牧应袁绍召入都，废汉少帝为弘农王，次年杀之，立汉献帝。初平元年春，关东州郡结盟，推袁绍为盟主，起兵讨伐董卓，督军校尉周珌(bì)、城门校尉伍琼为内应。董卓欲迁都长安以避关东诸军，周珌、伍琼等反对迁都，皆遭杀戮。[2]"逼迫"句：初平元年，董卓焚烧洛阳，逼迫献帝迁都长安。旧邦，指长安，本是西汉旧都。[3]义师：指关东各州郡讨伐董卓的盟军。[4]东下：初平三年，董卓部下李傕、郭汜等出兵关东，大掠陈留、颍川一带。蔡琰约于此时被掳。[5]胡羌：董卓部队多羌、氐族人。胡是对北方少数民族的通称。羌是东汉时分布于今甘肃东部地区的少数民族。[6]猎野：洗劫乡村。[7]截：斩杀。无孑遗：一个不剩。孑，单独，单个。[8]撑拒：支撑。形容尸骨杂乱堆积。[9]西入关：指李、郭部队返回函谷关。[10]迥：远。[11]邈：遥远。冥冥：迷茫不清的样子。[12]失意：不合掳掠者之意。机微：细微。机，一作"几"。[13]亭刃：指用刀杀。亭，或曰通"停"，或曰是"樗"的省字，或曰盖"事"之误。[14]毒：恨。参：兼。[15]边荒：边远荒凉之地，指南匈奴。[16]义理：指中原汉族人民所奉行的道德伦理等。[17]徼时愿：侥幸实现平时的愿望。徼，通"侥"。[18]骨肉：指曹操派去迎接蔡琰的使臣。[19]解免：指免除远离家乡的不幸。[20]天属：天然的亲属关系。缀：联系。[21]乖：分离。[22]回疑：迟疑不决。[23]同时辈：指同时被掳掠至匈奴者。[24]遄（chuán）征：疾行。日遐迈：一天比一天远离。[25]出腹子：亲生孩子。[26]匈：同"胸"。[27]家人尽：蔡琰初平三年春被掳，蔡邕同年死于狱中。疑蔡琰不知父亲已故，在匈奴依然"感时念父母"，回家方知家人已不存。[28]中外：指中表亲戚。中，舅父的子女，为内兄弟。外，姑母的子女，为外兄弟。[29]怛咤

(zhà)：因悲痛而惊呼。糜：烂。[30]强视息：勉强生活下去。视，看。息，呼吸。[31]托命：指再嫁董祀。[32]勖厉：勉励。[33]捐弃：遗弃。

**【审美点评】**

既言《悲愤诗》，可悲之事很多：被掠、杖骂、受侮辱、念父母、别子、亲人丧尽、再嫁后的怀忧，然最令诗人痛心的是别子。诗人声泪俱下，令人扼腕，尤其是"阿母常仁侧，今何更不慈"一句，念之断人肠。

# 曹 丕

曹丕（187—226），字子桓，曹操次子。初为五官中郎将，建安二十五年代汉称帝，国号"魏"，谥文皇帝，史称魏文帝。其诗学习汉魏乐府民歌，形式多样，清新流丽。其《典论·论文》是我国现存第一篇文学理论批评专论。明人张溥辑有《魏文帝集》。

## 燕歌行（二首选一）

**【题解】**《燕歌行》属汉乐府《相和歌辞·平调曲》。乐府诗题上冠以地名，表示乐曲的地方特点，如《燕歌行》、《齐讴行》、《吴趋行》等。后因乐声失传，便用以歌咏风土。燕乃北方边地，征戍不绝，故《燕歌行》多用以写征戍之苦和思妇征夫的离别之情。今存曹丕《燕歌行》二首，此为第一首，是我国现存最早、最完整的七言诗。写思妇在秋夜思念客居在外的丈夫，将深秋的萧瑟与思妇的感伤融为一体。

秋风萧瑟天气凉，草木摇落露为霜。群燕辞归雁南翔，念君客游思断肠。慊慊思归恋故乡[1]，何为淹留寄他方[2]？贱妾茕茕守空房，忧来思君不敢忘，不觉泪下沾衣裳。援琴鸣弦发清商[3]，短歌微吟不能长[4]。明月皎皎照我床，星汉西流夜未央[5]。牵牛织女遥相望，尔独何辜限河梁[6]。

中华书局影印李善注本《文选》卷二七

**【注释】**

[1]慊（qiàn）慊：空虚、怨恨。[2]淹留：久留。寄：羁旅。[3]援：取。清商：古乐曲

名，音节短促，声音凄凉。[4] 微吟：低声吟唱。不能长：吴淇《六朝选诗定论》云："（清商）其节极短促，其音极纤微。长讴曼殊，不能逐焉。故云。"[5] 西流：银河在不同季节方向不同，秋天转向西。央：尽。《诗经·小雅·庭燎》："夜如何其？夜未央。"[6] 独：偏偏。何辜：何故。河梁：此指银河。

**【审美点评】**

作者以其婉娈细秀之笔，描绘了秋日早晚两幅凄楚动人的图画：在一个秋风萧瑟的早晨，一位孤居独处的妇人，目睹草木零落、群燕辞归、大雁南迁，感受霜露寒冷、时光流逝、季节变化、游子不归，不免心生悲戚。由昼至夜，临风浩叹，抚琴低吟，彷徨徙倚。皎皎月色之下，仰望苍穹，牵牛织女，更添愁怀。漫漫长夜终有拂晓，心灵之夜何时天明？

# 曹 植

曹植（192—232），字子建，曹操子，曹丕同母弟。聪慧异常，才思敏捷，几为太子，终因放纵任性，失宠落败。建安十六年封平原侯，十九年徙封临淄侯。曹丕、曹睿称帝后，备受猜忌迫害，屡次徙封，终抑郁而亡。死后谥"思"，因终封陈地（今河南淮阳一带），世称"陈思王"。前期作品多描写建功立业的政治抱负及贵族公子的安逸生活，后期作品往往通过比兴寄托手法抒写怀才不遇的不平之感及对自由的渴望。其诗"骨气奇高，辞采华茂"（钟嵘《诗品》），尤以五言诗的成就和影响最为突出。现存《曹子建集》十卷。

## 白马篇

**【题解】**《白马篇》，一名《游侠篇》，属《杂曲歌辞·齐瑟行》，无古辞，以篇中首二字名篇。其诗塑造了一个武艺高强、驰骋沙场、保卫边疆、视死如归的游侠形象，抒发了诗人渴望建功立业的壮志豪情。

白马饰金羁[1]，连翩西北驰[2]。借问谁家子？幽并游侠儿[3]。少小去乡邑，扬声沙漠垂[4]。宿昔秉良弓[5]，楛矢何参差[6]。控弦破左的[7]，右发摧月支[8]。仰手接飞猱[9]，俯身散马蹄[10]。狡捷过猴猿，勇剽若豹螭[11]。边城多警急，虏骑数迁移[12]。羽檄从北来[13]，厉马登高堤[14]。长驱蹈匈奴[15]，左顾陵鲜卑[16]。弃身锋刃端，性命安可怀[17]！父母且不顾，何言子与妻！名在壮士籍[18]，不得中顾私[19]。捐躯赴国难[20]，视死忽如归[21]。

人民文学出版社版赵幼文《曹植集校注》卷三

**【注释】**

[1] 羁：马笼头。[2] 连翩：轻捷矫健的样子。此形容白马疾驰。[3] 幽并：二州名，幽州在今河北北部及辽宁西南部一带，并州在今山西、陕西北部一带。古属燕赵之地，多尚气任侠、重义轻生之士。[4] 垂：同"陲"，边疆。[5] 宿昔：向来。秉：持。[6] 楛矢：楛木制成的箭。楛，木名，可作箭。[7] 控弦：拉弓。破：射中。的：箭靶。[8] 摧：毁坏，此指射穿。月(ròu)支：又名素支，一种箭靶。[9] 接：迎射。猱：猿类，体矮小，善攀援。一说，一种箭靶。[10] 散：射碎。马蹄：一种箭靶的名称。[11] 剽：轻快。螭（chī）：传说中形状如龙的黄色猛兽。一说，传说中似虎而有麟的动物。[12] 虏骑：古时对鲜卑、匈奴骑兵的称谓。一作"胡虏"。数：屡次。迁移：指流动入侵。[13] 羽檄：插上羽毛以示紧急的文书。檄，征召的文书，情况紧急时插上羽毛，表示像鸟飞一样迅速。[14] 厉马：策马疾驰。[15] 蹈：践踏。[16] 左顾：回顾。陵：冲击。[17] 怀：顾惜。[18] 在：一作"编"。籍：簿籍，名册。[19] 中顾私：心中考虑私事。[20] 赴：奔赴。[21] 忽：轻忽。

**【审美点评】**

广褒原野之上，一匹雪白战马风驰电掣，马上侠士弓开满月，箭去流星，剽悍敏捷。急管繁弦，一气呵成之后，诗人且不忘画龙点睛：侠士不仅武艺高强，同时志存高远，救国救民，视死如归。好一曲白马少年的"理想之歌"！

# 野田黄雀行

**【题解】**《野田黄雀行》属古乐府《相和歌辞·瑟调曲》。建安二十五年，曹丕称帝，诛杀曹植好友丁仪、丁廙等。此诗约作于此时，通过黄雀投罗和少年拔剑救雀的故事，表达自己身处险境、亲友有难而无力相救的悲愤心情。

高树多悲风，海水扬其波[1]。利剑不在掌[2]，结友何须多！不见篱间雀？见鹞自投罗[3]。罗家得雀喜，少年见雀悲。拔剑捎罗网[4]，黄雀得飞飞。飞飞摩苍天[5]，来下谢少年。

人民文学出版社版赵幼文《曹植集校注》卷一

**【注释】**

[1]"高树"二句：树高多风，海大扬波。喻处境险恶。扬，掀起。[2] 利剑：喻权力。[3] 鹞：鹰类。似鹰而小，性凶猛。罗：罗网。[4] 捎：除去。一作"削"。[5] 摩：迫近。

**【审美点评】**

雀本属于天空，但罗家欲使之归于罗网。柔弱如雀，岂能逃脱？少年拔刀相助一次，能否保证其永远不再受羁縻？不让悲剧再重演，恐怕只有"利剑在掌"了。如此，弱者是让自己成为强者而拥有自由，还是凭借强者而获得自由？曹植给世人出了一道难题。

# 送应氏（二首选一）

**【题解】**建安十六年，曹植随曹操西征马超，路过洛阳，会见应玚、应璩兄弟，二人又将北征，曹植作诗送别。此为第二首，写惜别之情，又不乏对友人的慰勉之意。

清时难屡得[1]，嘉会不可常。天地无终极[2]，人命若朝霜。愿得展嬿婉[3]，我友之朔方[4]。亲昵并集送[5]，置酒此河阳[6]。中馈岂独薄[7]，宾饮不尽觞。爱至望苦深，岂不愧中肠。山川阻且远，别促会日长。愿为比翼鸟，施翮起高翔[8]。

人民文学出版社版赵幼文《曹植集校注》卷一

**【注释】**

[1] 清时：黄河变清，此指太平之时。[2] 终极：穷尽。[3] 嬿婉：欢乐。[4] 朔方：北方。[5] 亲昵：朋友。[6] 河阳：孟津渡，在河南孟县南。[7] 中馈：酒食。[8] 施翮：展翅。翮（hé），鸟翎的茎，代指鸟的翅膀。

**【审美点评】**

谁说"比翼鸟"只能用来说爱情？爱情要保鲜，需要将它洗练为友情。友情深到至点，又何尝不像纯真之爱情？此情与彼情，难分轩轾，终归于情。

# 洛神赋 并序

**【题解】**旧说曹植向甄逸女求婚，未遂，为曹丕所得，后被曹丕皇后郭氏谗死。曹植入朝回藩途经洛水，有感而作《感甄赋》，魏明帝改题为《洛神赋》。（见《文选》李善注引《记》）此为小说家言，不足信。此赋叙写人神相恋，终因神人道殊，含恨分离。何焯以为曹植"托辞宓妃，其亦屈子之志"（《义门读书记》），抒发衷情不能相通的苦闷。洛神，洛水女神，传为古帝宓羲氏女宓妃溺死洛水后所化。

　　黄初三年，余朝京师[1]，还济洛川[2]。古人有言，斯水之神名曰宓妃。感宋玉对楚王说神女之事[3]，遂作斯赋。其词曰：

　　余从京域，言归东藩[4]，背伊阙[5]，越轘辕[6]，经通谷[7]，陵景山[8]。日既西倾，车殆马烦[9]。尔乃税驾乎蘅皋[10]，秣驷乎芝田[11]，容与乎阳林[12]，流眄乎洛川[13]。于是精移神骇[14]，忽焉思散，俯则未察，仰以殊观。睹一丽人，于岩之畔。乃援御者而告之曰[15]："尔有觌于彼者乎[16]？彼何人斯，若此之艳也！"御者对曰："臣闻河洛之神，名曰宓妃。然则君王之所见也，无乃是乎！其状若何？臣愿闻之。"

　　余告之曰：其形也，翩若惊鸿，婉若游龙[17]。荣曜秋菊，华茂春松[18]。髣髴兮若轻云之蔽月，飘飖兮若流风之回雪[19]。远而望之，皎若太阳升朝霞；迫而察之，灼若芙蓉出渌波[20]。秾纤得中[21]，修短合度。肩若削成，腰如约素[22]。延颈秀项，皓质呈露。芳泽无加，铅华弗御[23]。云髻峨峨，修眉连娟[24]。丹唇外朗[25]，皓齿内鲜[26]。明眸善睐[27]，辅靥承权[28]。瓖姿艳逸[29]，仪静体闲。柔情绰态[30]，媚于语言[31]。奇服旷世，骨像应图[32]。披罗衣之璀粲兮[33]，珥瑶碧之华琚[34]。戴金翠之首饰，缀明珠以耀躯。践远游之文履[35]，曳雾绡之轻裾[36]。微幽兰之芳蔼兮，步踟蹰于山隅[37]。于是忽焉纵体[38]，以遨以嬉。左倚采旄[39]，右荫桂旗[40]。攘皓腕于神浒兮[41]，采湍濑之玄芝[42]。

　　余情悦其淑美兮，心振荡而不怡[43]。无良媒以接欢兮，托微波而通辞。愿诚素之先达兮[44]，解玉佩以要之[45]。嗟佳人之信修兮[46]，羌习礼而明诗[47]。抗琼珶以和予兮[48]，指潜渊而为期。执眷眷之款实兮[49]，惧斯灵之我欺。感交甫之弃言兮[50]，怅犹豫而狐疑。收和颜而静志兮[51]，申礼防以自持[52]。

　　于是洛灵感焉，徙倚彷徨[53]。神光离合，乍阴乍阳[54]。竦轻躯以鹤立[55]，若将飞而未翔。践椒途之郁烈[56]，步蘅薄而流芳[57]。超长吟以永慕兮[58]，声哀厉而弥长。尔乃众灵杂遝[59]，命俦啸侣，或戏清流，或翔神渚，或采明珠，或拾翠羽。从南湘之二妃[60]，携汉滨之游女[61]。叹匏瓜之无匹兮[62]，咏牵牛之独处[63]。扬轻袿之猗靡兮[64]，翳修袖以延伫[65]。体迅飞凫[66]，飘忽若神。陵波微步[67]，罗袜生尘[68]。动无常则，若危若安。进止难期，若往若还。转眄流精[69]，光润玉颜。含辞未吐，气若幽兰。华容婀娜，令我忘餐。

　　于是屏翳收风[70]，川后静波[71]。冯夷鸣鼓[72]，女娲清歌。腾文鱼以警乘[73]，鸣玉鸾以偕逝[74]。六龙俨其齐首[75]，载云车之容裔[76]。鲸鲵踊而夹毂[77]，水禽翔而为卫。于是越北沚，过南冈，纡素领，回清扬[78]。动朱唇以徐言，陈交接之大纲[79]。恨人神之道殊兮，怨盛年之莫当[80]。抗罗袂以掩涕兮，泪流襟之浪浪[81]。悼良会之永绝兮，哀一逝而异乡。无微情以效爱兮[82]，献江南之明珰。虽潜处于太阴[83]，长寄心于君王。忽不悟其所舍，怅神宵而蔽光[84]。

于是背下陵高，足往神留。遗情想像，顾望怀愁。冀灵体之复形，御轻舟而上溯。浮长川而忘反[85]，思绵绵而增慕。夜耿耿而不寐[86]，沾繁霜而至曙。命仆夫而就驾，吾将归乎东路[87]。揽騑辔以抗策[88]，怅盘桓而不能去。

**人民文学出版社版赵幼文《曹植集校注》卷二**

**【注释】**

[1] 黄初三年：应为黄初四年。李善注："此云三年，误。"因据《三国志·魏书》曹植本传及《赠白马王彪》诗序，曹植于黄初四年朝京师。[2] 洛川：洛水。源出陕西，经洛阳，至巩县入黄河。[3] 神女之事：宋玉有《高唐赋》、《神女赋》，均记载与楚襄王对答梦遇巫山神女之事。[4] 东藩：指曹植封地鄄城，在洛阳东北。[5] 背：背向。伊阙：山名，在洛阳南，又名龙门山、阙塞山。[6] 轘（huán）辕：山名，在今河南偃师东南。[7] 通谷：地名，在洛阳东南。[8] 陵：登。景山：山名，在今河南偃师。[9] 殆：通"怠"，怠惰。烦：疲倦。[10] 税驾：停车。税，舍，放置。[11] 秣驷：喂马。秣，饲。驷，一车四马，此指马。芝田：种芝草的田。一说为地名。[12] 阳林：地名，李善注："一作杨林，地名，多生杨，因名之。"[13] 流眄（miǎn）：纵目四望。[14] 骇：散。[15] 援：拉，牵。[16] 觌（dí）：看见。[17] "翩若"二句：写洛神体态轻盈宛转。翩，鸟疾飞的样子，一说轻盈的样子。[18] "荣曜"二句：比喻神女容光焕发。荣，盛。曜，光明。华茂：华美繁盛。[19] "髣髴"二句：写洛神若隐若现，如轻云笼月；飘摇不定，如风旋雪花。髣髴，同仿佛，若隐若现的样子。飘飖，动荡不定。回，旋转。[20] 灼：鲜明的样子。渌：清澈。[21] 秾：花木茂盛，此指人体丰盈。纤：细小，此指人体苗条。中：此指恰到好处。[22] 约素：一束白绢。形容腰肢纤细圆美。约，束缚。[23] 芳泽：化妆用的香脂。铅华：化妆用的粉。古代烧铅成粉，故称。[24] 峨峨：高的样子。连娟：细长弯曲的样子。[25] 朗：鲜明。[26] 鲜：鲜亮。[27] 睐：顾盼。[28] 辅靥承权：面颊上有美丽的酒窝。辅，面颊。靥，酒窝。权，颧，面颊骨。[29] 瓌：同"瑰"，美妙。[30] 绰：宽缓。[31] 媚：妩媚。[32] 骨像：骨相。一说，身材容貌。应图：与相书中骨相好的图像相合。一说，相当于图画中人。[33] 璀粲：鲜明亮丽。一说，指衣动的声音。[34] 珥：一种珠玉的耳饰，此指佩戴。瑶碧：美玉。华琚：有花纹的玉佩。[35] 践：穿着。远游：鞋名。文履：有文饰的鞋。[36] 雾绡（xiāo）：像薄雾一样的轻纱。裾：衣襟。此指衣裙。[37] 微：指香气微通。一说指隐藏。芳蔼：芳香浓郁。隅：角落。张铣说："微，犹映也。……言映幽兰徐步徘徊于山之隅角。"[38] 纵体：轻举的样子。[39] 倚：靠着。采旄：彩旗。旄，旄牛尾。此指旗杆上用牦牛

尾做的装饰品。［40］荫：遮阴。桂旗：用桂木做杆的旗。［41］攘：挽起衣袖。浒：水边。
［42］湍濑：急流。［43］怡：高兴。［44］诚：真诚。素：通"愫"，真情。［45］要：通"邀"。
［46］信：确实。修：美好。［47］羌：发语词。习礼：懂得礼法，有教养。［48］抗：举。琼琚
（dì）：美玉。［49］款实：诚恳的心意。［50］"感交甫"句：《文选》李善注引《神仙传》：郑交
甫于汉水边遇仙女，"目而挑之，女遂解佩与之。交甫行数步，空怀无佩，女亦不见"。弃言，指
仙女背弃诺言。［51］"收和颜"句：收敛笑容，镇定情志。［52］申：施展。自持：自我控制。
持，原作"恃"，误。［53］徙倚：低回徘徊。［54］神光：洛神的光彩。一说，谓照在洛神身上
的光线。光线有时照在洛神身上，使人影明亮；有时光线照不到，则人影模糊。乍阴乍阳：忽去
忽来。指神去时阴暗，神来时明亮。阴，暗。阳，明。［55］竦：同"耸"。［56］椒途：用椒泥
涂饰的道路。椒，花椒。一说是长着椒兰的道路。［57］薄：草丛生之处。［58］超：怅惘。
［59］杂遝（tà）：众多的样子。［60］南湘之二妃：据刘向《列女传》载，舜南巡，死于苍梧，
其妃娥皇、女英寻踪而至，自投湘水，遂为湘水之神。［61］汉滨之游女：汉水女神。［62］匏
瓜：星名，一名天鸡，独在河鼓星东，不与他星相接。一说，为"炮娲"（女娲）之伪。［63］牵
牛：星名，与织女星隔天河而处。［64］袿（guī）：女子上衣。猗靡：随风飘忽的样子。
［65］翳：遮蔽。延伫：久立。［66］凫：野鸭。［67］陵波微步：在水波上碎步而行。陵，踏。
［68］罗袜生尘：神行无迹而人行有迹，水雾濛濛好像脚下生起烟尘。［69］转盼：转动双眸顾
盼。流精：流光溢彩，指目光有神采。盼，一作"眄"。精，睛。［70］屏翳：风神。［71］川后：
河伯。［72］冯（píng）夷：河伯名。一说，掌管阴阳的神。［73］文鱼：传说中一种有翅会飞的
鱼。一说，一种有花纹的鱼。警乘：警卫车乘。［74］玉銮：玉制的鸾鸟形的车铃。偕逝：一起
消逝。［75］六龙：古神话中神出游以六龙驾车。俨：庄重的样子。齐首：齐头并进。［76］云
车：神以云为车。容裔：车行时起伏的样子。一说，悠闲自得的样子。［77］鲸鲵：鲸鱼，雄曰
鲸，雌曰鲵。踊：跳跃。毂：车轴，此代指车。［78］纡：回。素领：白领。清扬：眉目之间。
《诗经·郑风·野有蔓草》："有美一人，清扬婉兮。"［79］交接：结交往来。纲：指纲常礼法。
［80］当：称心。一说，遇到。［81］浪浪：泪流的样子。［82］效爱：表示爱慕。［83］太阴：众
神所居的幽深之处。此指洛神住处，即"潜渊"。［84］霄：《文选》作"宵"，通"消"。蔽光：
光彩隐去。言神女形消光隐。［85］长川：指洛水。反：同"返"。［86］耿耿：心绪不定的样子。
［87］东路：鄄城在洛阳东北，故称。［88］骓（fēi）：车旁之马，也叫骖马。古代驾车之马，中
间的叫服，两边的叫骓或骖。抗策：扬鞭。

### 【审美点评】

　　佳构之篇总会被屡屡称道，一如曹植此赋："翩若惊鸿，婉若游龙"诸句被用
来称颂王羲之书法之美，"陵波微步"也被金庸采进了小说，可见推崇之至。褒扬
言论再多，似乎终成赘笔。洛神之美，令人惊叹，而更让人惊叹的是曹植的生花妙
笔，让我们沉迷其中，流连忘返。那追求无果之痛也愈发让人心碎，无奈尘缘，空
留咏叹。

# 诸葛亮

    诸葛亮（181—234），字孔明，琅邪阳都（今山东沂南）人。早年随叔父诸葛玄避乱荆州，躬耕陇亩，自比管仲、乐毅。建安十二年，刘备三顾茅庐，诸葛亮出山，辅佐刘备，联吴抗曹，西取益州，建立蜀汉。蜀章武元年（221），刘备称帝，拜为丞相。章武三年，刘备死，受遗诏辅佐后主刘禅，封武乡侯，领益州牧。前后六出祁山，北伐曹魏，卒于军中，谥忠武。原集25卷已佚，明人辑有《诸葛丞相集》一卷，今有张澍整理本《诸葛亮集》。

## 出师表

    **【题解】**《出师表》有前、后两篇，此为前篇，选自《三国志·蜀志·诸葛亮传》，篇名为后人所加。蜀汉建兴五年（227），诸葛亮驻军汉中（今陕西汉中），准备北伐曹魏，出兵前上表后主刘禅。表中针对蜀国的具体情况，作了通盘考虑和适当安排，并劝诫刘禅继承先帝遗志，亲贤远佞，赏罚分明，励精图治，以完成刘备"兴复汉室"的未竟之业。文章不假雕琢，情感真挚，为历代所重。

    先帝创业未半而中道崩殂，今天下三分，益州疲弊[1]，此诚危急存亡之秋也。然侍卫之臣不懈于内，忠志之士忘身于外者，盖追先帝之殊遇，欲报之于陛下也。诚宜开张圣听，以光先帝遗德，恢弘志士之气，不宜妄自菲薄，引喻失义，以塞忠谏之路也。宫中府中俱为一体[2]，陟罚臧否，不宜异同。若有作奸犯科及为忠善者，宜付有司论其刑赏，以昭陛下平明之理，不宜偏私，使内外异法也。侍中、侍郎郭攸之、费祎、董允等[3]，此皆良实，志虑忠纯，是以先帝简拔以遗陛下。愚以为宫中之事，事无大小，悉以咨之，然后施行，必能裨补阙漏，有所广益。将军向宠[4]，性行淑均[5]，晓畅军事，试用于昔日，先帝称之曰能，是以众议举宠为督。愚以为营中之事，悉以咨之，必能使行阵和睦，优劣得所。亲贤臣，远小人，此先汉所以兴隆也；亲小人，远贤臣，此后汉所以倾颓也。先帝在时，每与臣论此事，未尝不叹息痛恨于桓、灵也[6]。侍中、尚书、长史、参军[7]，此悉贞良死节之臣，愿陛下亲之信之，则汉室之隆，可计日而待也。

    臣本布衣，躬耕于南阳[8]，苟全性命于乱世，不求闻达于诸侯。先帝不以臣卑鄙[9]，猥自枉屈[10]，三顾臣于草庐之中，咨臣以当世之事，由是感激，遂许先帝以驱驰。后值倾覆，受任于败军之际，奉命于危难之间，尔来二十有一年矣[11]。先帝知臣谨慎，故临崩寄臣以大事也[12]。受命以来，夙夜忧叹，恐托付不效，以伤先帝之明，故五月渡泸[13]，深入不毛。今南方已定，兵甲已足，当奖率三军，北定中原，庶竭驽钝，攘除奸凶，兴复汉室，还于旧都[14]。此臣所以报先帝，而忠陛下之职分也。

至于斟酌损益，进尽忠言，则攸之、祎、允之任也。愿陛下托臣以讨贼兴复之效；不效，则治臣之罪，以告先帝之灵。若无兴德之言，则责攸之、祎、允等之慢，以彰其咎。陛下亦宜自谋，以咨诹善道，察纳雅言，深追先帝遗诏。臣不胜受恩感激。今当远离，临表涕零，不知所言。

中华书局校点本《三国志·蜀志·诸葛亮传》

**【注释】**

[1] 益州：此指蜀汉政权所辖地区，包括今四川、重庆、贵州、云南和陕西等省的部分地区。罢弊：困乏，弱小。罢，通"疲"。[2]"宫中"句：指皇宫中的近臣和相府中的官员，皆蜀汉之臣，不应有亲疏之别。建兴元年（223），诸葛亮封武乡侯，开府治事。丞相负责国家行政工作，丞相府为国家政务机构。[3] 侍中、侍郎：皇帝的近侍之臣。郭攸之：字演长，南阳人，时任侍中。费祎：字文伟，江夏人，刘备时曾任太子舍人，刘禅即位任黄门侍郎，出使东吴归来后任侍中。董允：字休昭，南郡人，时任黄门侍郎。[4] 向宠：字巨违，襄阳人。刘备时为牙门将。刘禅时封都亭侯，后为中部督，掌管宿卫兵。诸葛亮北伐时，迁为中领军。[5] 淑：和善。均：公平。[6] 桓、灵：指东汉桓帝刘志和灵帝刘宏，宠信宦官，政治腐败，以致汉末大乱。[7] 侍中：指郭攸之、费祎、董允等。尚书：官职名，此指陈震，字孝起，南阳人。长史：官职名，此指张裔，字君嗣，成都人。参军：官职名，此指蒋琬，字公琰，湘乡人。[8]"臣本布衣"二句：《三国志·蜀志·诸葛亮传》裴松之注引《汉晋春秋》："亮家于南阳之邓县，在襄阳城（今湖北襄阳）西二十里，号曰隆中。"躬，亲自。[9] 卑鄙：地位低下，见识鄙陋。此是谦词。[10] 猥：谦词。一说发声词，相对于"乃"。枉屈：降低身份。[11]"后值"四句：建安十三年（208），曹操南征刘表，时依附于刘表的刘备于当阳为曹操所败，诸葛亮奉命出使东吴求救，后于赤壁大败曹军。[12]"故临崩"句：《三国志·蜀志·诸葛亮传》载，刘备临终时"谓亮曰：'君才十倍曹丕，必能安国，终定大事。若嗣子可辅，辅之；如其不才，君可自取。'亮涕泣曰：'臣敢竭股肱之力，效忠贞之节，继之以死。'"[13]"五月渡泸"二句：建兴元年，南中诸郡发生变乱。三年，诸葛亮南征获得成功，解除了北伐的后顾之忧。泸，今金沙江。一说金沙江支流。[14] 旧都：指长安和洛阳，两地分别为西汉和东汉的都城。蜀汉政权以汉朝正统自居，故称"还于旧都"。

### 【审美点评】

俞伯牙毁琴谢知音，百代之下，令人叹惋。孔明以一生的鞠躬尽瘁报刘备的知遇之恩，无怨无悔，自是一曲别样的《高山流水》。

# 阮　籍

阮籍（210—263），字嗣宗，陈留（今河南尉氏）人。阮瑀之子，"竹林七贤"之一。曾任步兵校尉，故称阮步兵。本怀济世宏志，然魏晋之际，天下多变故，名士少有全者，便纵酒尚玄，以求自全。其诗歌代表作《咏怀诗》八十二首，以隐曲的手法表现自己的忧生之嗟，素有"阮旨遥深"之评。明人张溥辑有《阮步兵集》。

## 咏怀诗（八十二首选三）

【题解】《咏怀诗》今存八十二首，非一时之作。主要运用比兴、寄托、象征手法，抨击社会的黑暗和礼法之士的虚伪，悲慨人生有限、祸福无常，抒发遗世高蹈的情怀。

### 其一

【题解】此为第一首，写夜深人静之时的苦闷彷徨和孤独忧伤。

夜中不能寐，起坐弹鸣琴。薄帷鉴明月[1]，清风吹我襟。孤鸿号外野[2]，翔鸟鸣北林。徘徊将何见，忧思独伤心。

中华书局版陈伯君《阮籍集校注》

### 【注释】

[1] 帷：帐幔。鉴：照。[2] 号：鸣叫。

### 【审美点评】

阮籍是孤独的，那是一种世间无知己的孤独。阮籍又是隐晦的，冷月清风，旷野孤鸿，深夜不眠，幽愤满怀，却又永远地留在襟怀之中，不能对人倾诉，只能将情绪排遣在晦涩的文字里聊以自娱。

### 其二

【题解】此为第三首，言世事风云变幻，富贵进退无常，命运忧惧凄怆，应及早隐退以避祸。

嘉树下成蹊，东园桃与李[1]。秋风吹飞藿，零落从此始[2]。繁华有憔悴，堂上生荆杞[3]。驱马舍之去，去上西山趾[4]。一身自不保，何况恋妻子。凝霜被野草[5]，岁暮亦云已[6]。

中华书局版陈伯君《阮籍集校注》

**【注释】**

[1]"嘉树"二句：《史记·李广传》赞引谚语："桃李不言，下自成蹊。"本诗化用此典喻繁盛之时。嘉树，指桃李。蹊，道路。[2]"秋风"二句：以秋风吹藿、桃李凋零喻衰败之时。《文选》李善注引沈约云："风吹飞藿之时，盖桃李零落之日，华美既尽，柯叶又雕，无复一毫可悦。"藿，豆叶。[3]"繁华"二句：繁华终有衰败之时，殿堂上也不免会长出荆杞。或以为此用语玄远。《文选》张铣注："荆杞喻奸臣。言因魏室陵迟，奸臣是生。奸臣则晋文王也。"憔悴，指衰落。[4]西山：指首阳山，相传商周之际的高士伯夷、叔齐隐于此。趾：山脚。[5]凝霜：严霜。被：覆盖。[6]已：完。《文选》李善注："繁霜已凝，岁已暮止，野草残悴，身亦当然。"

**【审美点评】**

有盛必有衰，有繁华必有憔悴。今日的高堂，总有一天也会生长荆杞。不如另寻出路：舍弃名利是非，抛妻别子，遁迹隐居。但年终严霜覆盖之时，尚有野草立足之地吗？阮籍陷于无法摆脱的深重悲哀之中，于是索性逃匿于酒。

## 其三

**【题解】**此为第三十九首。其诗语言雄浑，气势壮阔，是《咏怀诗》中最具独特风格的佳作，展示了诗人欲兼济天下、效命疆场、报效国家的雄心壮志。

壮士何慷慨，志欲威八荒[1]。驱车远行役，受命念自忘。良弓挟乌号[2]，明甲有精光[3]。临难不顾生，身死魂飞扬。岂为全躯士[4]？效命争战场。忠为百世荣，义使令名彰。垂声谢后世[5]，气节故有常。

中华书局版陈伯君《阮籍集校注》

**【注释】**

[1]八荒：指天下。《说苑·辨物》："八荒之内有四海，四海之内有九州，天子处中州而制八方。"[2]乌号：良弓名。[3]明甲：即明光铠，一种良甲。[4]全躯士：苟且保全自己的人。[5]垂声：留名。谢：告。

**【审美点评】**

　　发言玄远、旨意遥深的阮籍，竟然也有英气逼人之时。遥想阮籍曾登广武山遥望刘邦、项羽争天下的旧战场，慨叹："时无英雄，使竖子成名！"彼时的阮籍何其豪迈！一如此诗慷慨多气，不乏建安风力。

# 嵇 康

　　嵇康（223—262，一说224—263），字叔夜，谯郡铚（今安徽宿迁）人，"竹林七贤"之一，与阮籍齐名。与魏宗室通婚，拜为中散大夫，世称嵇中散。司马氏执政后，拒绝与之合作，被诬以"害时乱教"的罪名下狱。临刑奏《广陵散》，慷慨赴死。魏末玄学大兴，嵇康崇尚老、庄，越名教而任自然。其散文成就尤高，见解精辟新颖，笔锋犀利洒脱。诗四言胜，于曹操之后别开生面，风格清峻，别具神韵。今传《嵇中散集》十卷。鲁迅曾辑校《嵇康集》。

## 兄秀才公穆入军赠诗（十九首选一）

　　**【题解】** 该组诗是嵇康为其兄嵇喜从军而作，共十九首。此为第十四首，遥想嵇喜行军途中的情景，优游闲适中透着祥和与宁静，饱含了作者旷达高远的情怀。公穆，嵇喜字。

　　息徒兰圃[1]，秣马华山[2]。流磻平皋[3]，垂纶长川[4]。目送归鸿，手挥五弦[5]。俯仰自得，游心太玄[6]。嘉彼钓叟，得鱼忘筌[7]。郢人逝矣[8]，谁可尽言。

**人民文学出版社版戴明扬《嵇康集校注》**

**【注释】**

　　[1]息徒：让步卒休息。徒，随从。[2]华山：开着野花的山坡。华，通"花"。[3]磻（bō）：古代射鸟用的拴在丝绳上的石箭镞。[4]纶：钓丝。[5]"目送"二句：双手轻抚琴弦，双目远眺送走飞鸿，既抒发了兄弟分别时的依依不舍之情，又形象刻画了物我两忘的境界。五弦，指琴。《礼记·乐记》："昔者舜作五弦之琴，以歌南风。"[6]太玄：深奥玄妙的道理，此指道。[7]"得鱼"句：《庄子·外物》："筌者所以在鱼，得鱼而忘筌；蹄者所以在兔，得兔而忘蹄；言者所以在意，得意而忘言。"筌，捕鱼的竹器。[8]郢人：《庄子·徐无鬼》："郢人垩漫其鼻端，若蝇翼，使匠石斫之。匠石运斤成风，听而斫之，尽垩而鼻不伤。郢人立不失容。"郢，春秋时楚国都城。

**【审美点评】**

目光追随着高飞的鸿雁，手中弹奏着五弦琴，顺乎本性，无拘无束，心如流水行云，灵魂空明澄澈，自由遨游于天地之间。高雅飘逸的情致跃然纸上。

# 与山巨源绝交书（节选）

**【题解】** 山涛，字巨源，与嵇康皆为"竹林七贤"之一。山涛由选曹郎迁官，欲荐嵇康代其原职。嵇康断然拒绝，并作此书。文中通过"七不堪"、"二甚不可"，表明自己崇尚老庄养生避世、蔑视世俗礼法，也蕴蓄着对司马氏阴谋篡权的愤激之情，最终招致杀身之祸。

阮嗣宗口不论人过，吾每师之，而未能及；至性过人，与物无伤，唯饮酒过差耳[1]；至为礼法之士所绳[2]，疾之如雠，幸赖大将军保持之耳[3]。吾不如嗣宗之资，而有慢弛之阙[4]，又不识人情，闇于机宜[5]；无万石之慎[6]，而有好尽之累[7]，久与事接，疵衅日兴[8]，虽欲无患，其可得乎？又人伦有礼，朝廷有法，自惟至熟[9]，有必不堪者七，甚不可者二：卧喜晚起，而当关呼之不置[10]，一不堪也；抱琴行吟，弋钓草野[11]，而吏卒守之，不得妄动，二不堪也；危坐一时，痹不得摇[12]，性复多虱，把搔无已[13]，而当裹以章服[14]，揖拜上官，三不堪也；素不便书[15]，又不喜作书，而人间多事，堆案盈机[16]，不相酬答，则犯教伤义，欲自勉强，则不能久，四不堪也；不喜吊丧，而人道以此为重，已为未见恕者所怨，至欲见中伤者[17]，虽瞿然自责[18]，然性不可化，欲降心顺俗，则诡故不情[19]，亦终不能获无咎无誉，如此，五不堪也；不喜俗人，而当与之共事，或宾客盈坐，鸣声聒耳，嚣尘臭处[20]，千变百伎[21]，在人目前，六不堪也；心不耐烦，而官事鞅掌[22]，机务缠其心，世故繁其虑，七不堪也。又每非汤、武而薄周、孔[23]，在人间不止，此事会显，世教所不容[24]，此甚不可一也；刚肠疾恶，轻肆直言，遇事便发，此甚不可二也。以促中小心之性[25]，统此九患，不有外难，当有内病，宁可久处人间邪？又闻道士遗言[26]，饵术黄精[27]，令人久寿，意甚信之。游山泽，观鱼鸟，心甚乐之。一行作吏，此事便废，安能舍其所乐而从其所惧哉？

夫人之相知，贵识其天性，因而济之。禹不偪伯成子高，全其节也[28]；仲尼不假盖于子夏，护其短也[29]；近诸葛孔明不偪元直以入蜀[30]，华子鱼不强幼安以卿相[31]，此可谓能相终始，真相知者也。足下见直木必不可以为轮，曲者不可以为桷[32]，盖不欲以枉其天才，令得其所也。故四民有业[33]，各以得志为乐，唯达者为能通之，此足下度内耳[34]。不可自见好章甫，强越人以文冕也[35]；已嗜臭腐，养鸳雏以死鼠也[36]。吾顷学养生之术，方外荣华[37]，去滋味[38]，游心于寂寞[39]，以无为为贵。纵无九患[40]，尚不顾足下所好者。又有心闷疾，顷转增笃，私意自试[41]，不能堪其所不乐。自卜已审[42]，若道尽途穷则已耳，足下无事冤之，令转于沟壑也。

**人民文学出版社版戴明扬《嵇康集校注》**

### 【注释】

[1] 过差：过量。一说，过失。[2]"至为"句：《文选》李善注引孙盛《晋阳秋》云：何曾尝在司马昭面前诋毁阮籍，说他"任性放荡，败礼伤教"，应"投之四裔，以洁王道"。但司马昭却说他素来病弱，应当宽恕。礼法之士，指何曾。司马氏以虚伪的礼法统治天下，故嵇康称司马氏的党羽为"礼法之士"。绳，纠正。此指弹劾。[3] 大将军：指司马昭。《晋书·阮籍传》："礼法之士疾之若仇，而帝每保护之。"保持：保护。[4] 慢弛：傲慢懒散。阙：缺点。[5] 阍：不明。机宜：随机应变。[6] 万石：指西汉石奋，曾仕高祖、文帝、景帝。其四子亦官位显赫，父子五人皆官至二千石，共万石，故景帝称石奋为万石君。[7] 好尽：尽情直言，不避忌讳。累：毛病。[8] 疵：缺点。衅：过隙。[9] 惟：思考。熟：周详。[10] 当关：守门人。不置：不放过。[11] 弋：用拖着绳子的箭射取禽鸟。此指射禽鸟。[12] 危坐：端端正正地坐。痹：麻痹。[13] 性：指身体。把搔：用手抓痒。[14] 当：若。章服：有文采的官服。[15] 便：熟习。一说，习惯。书：信札。[16] 机：同"几"，案。[17] 至：甚至。[18] 瞿（jù）然：惊惧的样子。[19] 诡：违背。故：本性。不情：不合常情。一说，不出于真情。[20] 嚣尘：声音嘈杂，尘土飞扬。[21] 伎：一作"技"，伎俩。[22] 鞅掌：事务繁忙。[23] 每：常常。非：责难。薄：轻视。[24] 世教：指当时的正统礼教。[25] 促中小心：心地狭隘。促，促狭。中，内心。[26] 遗言：传言。[27] 饵：服食。术（zhú）、黄精：药名，古人认为久服可以轻身延年。[28]"禹不偪"二句：大禹不逼迫伯成子高出来做官，保全其节操。据《庄子·天地》，"尧治天下，伯成子高立为诸侯，尧授舜，舜授禹，伯成子高辞为诸侯而耕"，禹问他归隐的原因，子高说禹违背了尧治天下的大道，禹从其意。偪，同"逼"。[29]"仲尼"二句：孔子不向子夏借伞以掩饰其缺点。语出《孔子家语·致思》："孔子将行，雨而无盖。门人曰：'商也有之。'孔子曰：'商之为人也，甚吝于财。吾闻与人交，推其长者，违其短者，故能久也。'"假，借。盖，雨盖。子夏，卜商字。[30]"近诸葛孔明"句：徐庶本与诸葛亮同事刘备，后其母为曹操所获，徐庶便离蜀归曹，刘备、诸葛亮都未加阻拦。事见《三国志·蜀书·诸葛亮传》。元直，徐庶字。[31]"华子鱼"句：华歆字子鱼，管宁字幼安，两人为同学好友。魏文帝时华歆曾举荐管宁；魏明帝时华歆为太尉，又欲举宁自代，但管宁皆固辞不受。[32] 桷：屋上承瓦的木条，俗称椽子。[33] 四民：指士农工商。[34] 度内：度量之内，指能想得到的。[35]"不可"二句：《庄子·逍遥游》："宋人资章甫而适诸越，越人断发文身，无所用之。"章甫，商代冠名。越，今福

建、江苏、浙江一带。文冕,有文采的帽子。[36]"己嗜"二句:《庄子·秋水》:惠子在梁国为相,担心庄子取代他,庄子对他说:"南方有鸟,其名为鹓雏,……非梧桐不止,非练实不食,非醴泉不饮。于是鸱得腐鼠,鹓雏过之,仰而视之,曰:'吓!'今子欲以子之梁国而吓我耶!"[37]方:正在。外荣华:以荣华富贵为身外之物。外,疏远。[38]去:抛弃。滋味:指美味。[39]寂寞:清静无为。[40]九患:即"七不堪"和"二不甚可"。[41]自试:自己设想。[42]卜:考虑。审:明确。

**【审美点评】**

稽康旁若无人,嬉笑怒骂,滔滔不绝,涉笔成文,令人读之,如鲠在喉,慨叹其语绵里藏针,不留情面。然置于彼时的历史天幕之下,山涛劝稽康出山恐多半是出于保护之意,而稽康斩断与山涛的所有情分,恐怕亦是百虑一致之举。两人间的挚情才是最真实的:"巨源在,汝不孤矣。"此中有真意,何须妄加辨言。


# 向 秀

向秀(生卒年不详),字子期,河南内怀(今河南武陟西南)人,"竹林七贤"之一。与稽康、吕安友善,二人被杀后,被迫应征入洛,官黄门侍郎、散骑常侍。有《庄子注》等。


## 思旧赋 并序

**【题解】**稽康、吕安因反对司马氏惨遭不测,向秀被逼赴洛阳应征召。入洛归来,途经稽康的山阳旧居,有感作赋,表达对稽康之死的悲愤及对隐居生活的怀念。迫于形势,不能直抒胸臆,所以鲁迅《为了忘却的纪念》说"为什么只有寥寥的数行,刚开头却又煞了尾"。

余与稽康、吕安[1],居止接近[2],其人并有不羁之才。然稽志远而疏[3],吕心旷而放[4],其后各以事见法[5]。稽博综技艺,于丝竹特妙。临当就命,顾视日影,索琴而弹之[6]。余逝将西迈[7],经其旧庐[8]。于时日薄虞渊[9],寒冰凄然。邻人有吹笛者,发声寥亮。追思曩昔游宴之好[10],感音而叹,故作赋云:

将命适于远京兮[11],遂旋反而北徂[12]。济黄河以汎舟兮[13],经山阳之旧居。瞻旷野之萧条兮,息余驾乎城隅。践二子之遗迹兮,历穷巷之空庐[14]。叹《黍离》之愍周兮[15],悲《麦秀》于殷墟[16]。惟古昔以怀今兮[17]，心徘徊以踌躇。栋宇存而弗毁兮，形神逝其焉如。昔李斯之受罪兮，叹黄犬而长吟[18]。悼嵇生之永辞兮，顾日影而弹琴。托运遇于领会兮[19]，寄馀命于寸阴[20]。听鸣笛之慷慨兮，妙声绝而复寻[21]。停驾言其将迈兮[22]，遂援翰而写心[23]。

中华书局影印李善注本《文选》卷一六

## 【注释】

[1] 吕安：字仲悌，东平（今山东东平）人。其兄吕巽霸占安妻，反诬之不孝。吕安被囚，引嵇康为证，为钟会构陷，一同被杀。[2] 居止：住处。[3] 志远而疏：志向高远，疏于人事。[4] 心旷而放：心性旷达，游离于世俗之外。[5] 见法：被刑。[6] "临当"三句：《晋书》本传载嵇康临刑时，"顾视日影"，索琴弹奏《广陵散》，曲终谓："昔袁孝尼尝从吾学《广陵散》，吾每靳固之，《广陵散》于今绝矣。"就命，被杀。[7] 西迈：指赴洛阳。洛阳在山阳西南，故云。[8] 旧庐：嵇康的山阳旧居，在今河南修武境内。[9] 虞渊：传说为日落处。《淮南子·天文训》："日至于虞渊，是谓黄昏。"[10] 曩昔：从前。[11] 将命：奉命。适：往。远京：指洛阳。[12] 旋反：返回。北徂：北行。[13] 汎：同"泛"。[14] 穷巷：偏僻的里巷。[15] "叹黍离"句：《黍离》为《诗经·王风》篇名。此借以表达睹物思人之情。愍，同情。[16] "悲麦秀"句：《史记·宋微子世家》："箕子朝周，过故殷墟，感宫室毁坏，生禾黍，箕子伤之，欲哭则不得，欲泣为其近妇人，乃作《麦秀》之诗以歌咏之。"[17] 惟：思考。[18] "昔李斯"二句：《史记·李斯列传》载，秦丞相李斯为赵高所陷害，被腰斩于咸阳。临刑前对其子说："吾欲与若复牵黄犬，俱出上蔡东门逐狡兔，岂可得乎？"此指嵇康临刑前弹奏《广陵散》之事。[19] 运遇：命运际遇。领会：对于命运的领悟。[20] 寸阴：指临刑前的短暂时光。[21] 寻：继续。[22] 停驾：此指车夫。言：语助词。将迈：将要出发。[23] 援翰：提笔。翰，毛笔。

## 【审美点评】

寒风凛冽，往事如烟，欲言又止，却说还休。既然说出的未必都是真心话，那么不说的又何必详加探究？那千年前的一腔哀怨愤懑，如空谷传响，长啸久绝，情辞隽远。

# 李 密

李密（224—282），一名虔，字令伯，犍为武阳（今四川彭山）人。幼年丧父，母改嫁，由祖母刘氏抚养成人。曾仕蜀汉，官尚书郎。数出使东吴，颇富辩才。祖母死后，入晋为官，官至汉中太守。因怀怨免官，卒于家。

# 陈情事表

**【题解】** 一作《陈情表》，与《出师表》并为章表中的名作。蜀汉灭亡后，晋武帝司马炎为笼络蜀汉旧臣，征李密为太子洗马，诏书累下。李密上此表以奉养祖母为由，辞不应征。

　　臣密言：臣以险衅[1]，夙遭闵凶[2]。生孩六月[3]，慈父见背。行年四岁，舅夺母志。祖母刘愍臣孤弱，躬亲抚养。臣少多疾病，九岁不行，零丁孤苦，至于成立[4]。既无伯叔，终鲜兄弟[5]，门衰祚薄，晚有儿息。外无期功强近之亲[6]，内无应门五尺之童，茕茕独立，形影相吊。而刘夙婴疾病[7]，常在床蓐；臣侍汤药，未曾废离。

　　逮奉圣朝，沐浴清化。前太守臣逵察臣孝廉[8]，后刺史臣荣举臣秀才。臣以供养无主，辞不赴命。诏书特下，拜臣郎中[9]，寻蒙国恩，除臣洗马[10]。猥以微贱[11]，当侍东宫，非臣陨首所能上报[12]。臣具以表闻，辞不就职。诏书切峻[13]，责臣逋慢[14]，郡县逼迫，催臣上道；州司临门，急于星火。臣欲奉诏奔驰，则刘病日笃；欲苟顺私情，则告诉不许。臣之进退，实为狼狈。

　　伏惟圣朝以孝治天下，凡在故老，犹蒙矜育[15]，况臣孤苦，特为尤甚。且臣少仕伪朝[16]，历职郎署[17]，本图宦达，不矜名节。今臣亡国贱俘，至微至陋，过蒙拔擢，宠命优渥，岂敢盘桓，有所希冀！但以刘日薄西山[18]，气息奄奄，人命危浅，朝不虑夕。臣无祖母，无以至今日；祖母无臣，无以终馀年。母孙二人，更相为命，是以区区不能废远[19]。臣密今年四十有四，祖母刘今年九十有六，是臣尽节于陛下之日长，报养刘之日短也。乌鸟私情[20]，愿乞终养。

　　臣之辛苦，非独蜀之人士及二州牧伯所见明知，皇天后土，实所共鉴。愿陛下矜愍愚诚[21]，听臣微志，庶刘侥幸，保卒馀年。臣生当陨首，死当结草[22]。臣不胜犬马怖惧之情，谨拜表以闻。

中华书局影印李善注本《文选》卷三七

**【注释】**

　　[1] 险衅：危难祸患，指命运不好。衅，凶兆。[2] 夙：早，此指幼年。闵凶：忧患凶丧，此指丧父。[3] 生孩：刚生下来，指婴儿时期。[4] 成立：成人自立。[5] "终鲜"句：语出

《诗经·郑风·扬之水》。鲜，少。[6]期（jī）：期服，为期一年的丧服。功：功服，有大功小功之别。大功服丧九个月，小功服丧五个月。此处期、功代指关系较近的亲属。[7]婴：缠绕。[8]孝廉：汉武帝时所创的一种选拔人才的科目。每年由地方官考察当地孝于父母、品行端庄者向朝廷推荐为官。郡举孝廉，州举秀才。晋沿用此制。[9]郎中：官名，晋时为尚书曹司的官员。[10]洗马：太子的侍从。[11]猥：鄙贱，谦辞。[12]陨首：指杀头。[13]切峻：急切严厉。[14]逋慢：逃避诏令，态度怠慢。[15]矜育：哀怜供养。[16]伪朝：指蜀汉政权。[17]郎署：李密在蜀汉政权中曾做过郎中和尚书郎。[18]日薄西山：喻濒于死亡。薄，迫近。[19]区区：指私情，谦辞。一说拳拳，形容情意缱绻。[20]"乌鸟"句：传说乌鸦长大后反哺其母，喻人之孝道。[21]矜愍：怜惜。[22]结草：《左传·宣公十五年》载，春秋时，晋大夫魏武子有宠妾，武子病中嘱咐其子魏颗，死后令妾改嫁，而病危时又令妾殉葬。武子死后，魏颗遵原嘱嫁妾。后魏颗与秦将杜回作战，一老者结草绊倒杜回，杜回因此被擒。夜间老人托梦，自称武子爱妾之父，结草绊回是为了报恩。

**【审美点评】**

青年时期孜孜关注的永远是友情，深深憧憬的往往是爱情，最易忽略的却常常是亲情。读罢此文无语凝噎仅仅是心的感动，能够付诸行动孝于长辈才是真正的融于骨髓的读懂。

# 潘　岳

潘岳（247—300），字安仁，荥阳中牟（今河南中牟）人。少时号为奇童，入仕很早，为世人所忌，仕途不得意。曾任河阳令、著作郎、给事黄门侍郎等职，与石崇等谄事权贵贾谧，为贾谧"二十四友"之首。惠帝时，赵王司马伦辅政，为赵王和孙秀所杀。长于抒情，尤擅哀诔文字。其《悼亡诗》影响深远，成为诗歌创作中的一个独特主题。有《潘黄门集》一卷。

## 悼亡诗（三首选一）

**【题解】**《悼亡诗》共三首，均为追忆亡妻而作。此为第一首，写赴任前对亡妻的悼念，表达了人亡物存、触目伤怀的种种真切感受。

荏苒冬春谢[1]，寒暑忽流易[2]。之子归穷泉[3]，重壤永幽隔[4]。私怀谁克从[5]？淹留亦何益[6]。僶俛恭朝命[7]，回心反初役[8]。望庐思其人[9]，入室想所历。帷屏无髣髴[10]，翰墨有余迹。流芳未及歇[11]，遗挂犹在壁[12]。怅恍如或存，周遑忡惊惕[13]。如彼翰林鸟[14]，双栖一朝只[15]；如彼游川鱼，比目中路析[16]。春风缘隙来[17]，晨霤承檐滴[18]。寝息何时忘，沉忧日盈积。庶几有时衰[19]，庄缶犹可击[20]。

中华书局影印李善注本《文选》卷二三

**【注释】**

[1] 谢：代谢，相互交替。古代礼制，妻死，丈夫服丧一年。[2] 流易：消逝、变换。[3] 穷泉：深泉，指地下。[4] 重壤：层层土壤。幽隔：被阻隔在深邃的地下。幽，深邃。[5] 私怀：私愿，指与亡妻永不分离的愿望。一说不出去做官的愿望。克：能够。从：随。[6] 淹留：滞留在家中。[7] 俛仰：勉强。一说努力，奋勉。恭：顺从。[8] 回心：转念。初役：指妻亡返家时所任的官职。一说，原来做官的住所。[9] 庐：住所。[10] 帷屏：帷幔屏风。髣髴：同仿佛，相似的身影。典出《汉书·外戚传》："李夫人早卒，方士齐少翁言能致其神，乃夜张灯烛，设帏帐，令帝居他帐中，遥望见少女如李夫人之状，不得就视。"[11] 流芳：亡妻所用的芳香品遗物散发的香气。一说，流动在室内的亡妻的余香。[12] 遗挂：挂在墙上的遗物。[13] 周遑：惶恐。一说，心情急剧变化。忡：忧伤。惕：惧。[16] 翰林鸟：栖于林中的鸟。此指林中双栖之鸟。翰，羽毛。一说鸟飞。[17] 只：单个。[18] 比目：比目鱼。《尔雅·释地》："东方有比目鱼焉，不比不行。"析：分开。一作"拆"。[17] 隙：门窗或墙壁上的缝隙。[18] 霤：屋檐下接水的水槽。一说屋檐上流下的水。承：接。[19] 衰：减弱，指思亡妻之情。[20]"庄缶"句：典出《庄子·至乐》："庄子妻死，惠子吊之。庄子则方箕踞鼓盆而歌。"此指像庄子一样达观，为作者的自慰之辞。缶，大肚小口的瓦器，秦人用作乐器。

**【审美点评】**

这是一个充满永恒哀伤的时空。随着诗人的步履移动，庐舍、居室、帷幔、屏风、翰墨的余迹、墙上的遗挂、檐头的滴水等渐次映入眼帘，弥漫着低沉凄凉的阴霾，倾诉着诗人无尽的悲痛与孤独。冰雪消融，春风吹拂，晨溜滴沥，时节交替，诗人对亡妻的哀念非但没有因光阴流逝而淡薄，反而愈发沉重。伤痛莫解，诗人欲效法达观的庄子，从感情的重压下寻求解脱，然哀伤不仅占据了今天，也将延伸到明天、后天……

# 陆 机

陆机（261—303），字士衡，吴郡华亭（今上海松江）人。出身于江南世族，其祖陆逊、其父陆抗皆东吴名将。吴亡后闭门读书十年，太康末携弟陆云至洛阳，深得张华赏识，荐为祭酒，时人称"二陆入洛，三张减价"。八王之乱后，归附成都王司马颖，任平原内史，是以后世称陆平原。后遭诬陷，为司马颖所杀。多拟古之作，讲究排偶、词藻，对六朝文学影响很大，被誉为"太康之英"。其《文赋》中多精辟见解，在古代文学批评史上有重要地位。有《陆士衡集》十卷。

# 赴洛道中（二首选一）

**【题解】** 其诗共两首，写离家到洛阳时旅途中的所见所感。此为第二首，文词华美，对偶工稳，是较早表现游子望月思乡主题的诗歌之一。

远游越山川，山川修且广。振策陟崇丘[1]，安辔遵平莽[2]。夕息抱影寐，朝徂衔思往[3]。顿辔倚嵩岩[4]，侧听悲风响[5]。清露坠素辉[6]，明月一何朗。抚枕不能寐，振衣独长想。

**中华书局版金涛声校点本《陆机集》卷五**

**【注释】**

[1] 振：挥动。策：马鞭。陟：登。崇丘：高山。[2] 安：徐缓。一作"案"。平莽：平野。莽，杂草丛生之地。[3] 衔思：含悲。[4] 顿辔：拉住缰绳，使马停下。嵩：高。[5] 侧听：耳旁听到。[6] 素辉：洁白的月光。

**【审美点评】**

山重重，水迢迢，忽而高山，忽而平莽，既是长途跋涉的艰辛，又是诗人内心波澜起伏的真实写照。晚上孤零零抱影而寐，早晨怀着悲戚上路。倚岩休息，竟无人与语，只能聆听悲风，其孤独遥可想见。夜露下滴，明月朗朗，不能入睡，独自遐想，所思为何，戛然而止，饶有余味。

# 拟明月何皎皎

**【题解】** 陆机有《拟古诗》十二首，皆拟《古诗十九首》而作。此诗拟《明月何皎皎》，抒写游子的思乡之情。

安寝北堂上[1]，明月入我牖[2]。照之有馀辉，揽之不盈手[3]。凉风绕曲房[4]，寒蝉鸣高柳。踯躅感节物[5]，我行永已久。游宦会无成[6]，离思难常守。

**中华书局版金涛声校点本《陆机集》卷六**

**【注释】**

[1]北堂：北屋。[2]牖：窗。[3]揽：取。盈：满。[4]凉风：北风。曲房：深幽的房间。一说有曲廊之房。[5]节物：气候。此指凉风吹拂、寒蝉鸣叫的秋景。[6]游宦：在外做官。会：当。

**【审美点评】**

用明月有余辉以状相思之情绵延不绝，有唐代张九龄《望月怀远》之磅礴大气。经历风雨，方见彩虹，经得起别离的考验，更见真情永驻。宦游人虽难能长相厮守，由其满怀的相思亦可想见其绵绵情意。

# 左 思

左思（250？—305？），字太冲，临淄（今山东淄博）人。出身寒微，不好交游，官秘书郎。后齐王司马冏命为记室督，不就。《晋书》本传称其构思十年，写成《三都赋》，"豪贵之家，竞相传写，洛阳为之纸贵"。其诗今存十四首，内容多抨击门阀制度、抒写建功立业的理想，笔力劲健，素有"左思风力"之称。后人辑有《左太冲集》。

## 咏史（八首选二）

**【题解】**《咏史》诗共八首，名为咏史，实为咏怀，错综史实，融汇古今，抒写自我襟怀，充满抑郁不平之气。

### 其一

**【题解】**此为第一首，抒发了希望施展文韬武略建功立业而不受爵赏的情怀。

弱冠弄柔翰[1]，卓荦观群书[2]。著论准《过秦》[3]，作赋拟《子虚》[4]。边城苦鸣镝[5]，羽檄飞京都。虽非甲胄士[6]，畴昔览穰苴[7]。长啸激清风[8]，志若无东吴。铅刀贵一割，梦想骋良图[9]。左眄澄江湘[10]，右盼定羌胡[11]。功成不受爵，长揖归田庐[12]。

中华书局影印李善注本《文选》卷二一

**【注释】**

[1] 弄柔翰：指从事写作。柔翰，毛笔。[2] 卓荦：卓越。[3] 准：以为准则。《过秦》：指贾谊《过秦论》。[4] 拟：效仿。《子虚》：指司马相如《子虚赋》。[5] 鸣镝：响箭。[6] 甲胄士：武士。胄，头盔。[7] 畴昔：往日。穰苴：春秋时齐国人，齐景公时因拒晋、燕有功，尊为大司马。后齐威王使大夫整理古司马兵法，附穰苴于其中，称《司马穰苴兵法》。此泛指兵书。[8] 长啸：撮口成声，古人借以抒发情怀。[9]"铅刀"二句：暗喻自己虽才能低下，也希望施展才华。铅刀，铅质之刀，难以割物，喻才能低劣。据《后汉书·班超传》，班超上书："臣乘圣汉威神，出万死之志，冀立铅刀一割之用。"[10] 眄：看。一说斜视。江湘：指长江、湘水一带，当时大部分属东吴。[11] 羌胡：当时西北方的少数民族。晋时羌族常侵扰内地。[12] 长揖：拜别。

**【审美点评】**

即便是一把很钝的铅刀，都期冀能有一割之用；即便是自己才能低劣，做梦也想长剑出鞘实现"良图"：消灭东吴，平定羌胡。千年之前的长啸之声穿越时空，豪迈之情依然激荡于今朝。

# 其二

**【题解】**此诗通过对比揭示了社会痼疾：世族子弟依靠祖荫而居高位，有才华的寒门人士却只能沉没于下僚。

> 郁郁涧底松[1]，离离山上苗[2]。以彼径寸茎[3]，荫此百尺条[4]。世胄蹑高位[5]，英俊沉下僚。地势使之然，由来非一朝。金张籍旧业，七叶珥汉貂[6]。冯公岂不伟？白首不见招[7]。

**中华书局影印李善注本《文选》卷二一**

**【注释】**

[1] 郁郁：茂盛的样子。[2] 离离：下垂的样子。[3] 径寸茎：指"山上苗"。[4] 荫：遮蔽。百尺条：指"涧底松"。条：条干。[5] 世胄：世家子弟。胄，后裔。蹑：登。[6] 金张：指汉宣帝时金日磾（mìdī）、张安世两大家族，自汉武帝至汉平帝，七代为内侍。籍：依靠。旧业：先人的遗业。七叶：七世。珥：插。貂：指貂尾。汉代侍中、中常侍等官冠旁都插貂尾为饰，侍中插左，常侍插右。[7]"冯公"二句：冯唐生于汉文帝时，曾为中郎署长。至武帝时年近七十，仍居于郎署。荀悦《汉纪》："冯唐白首，屈于郎署。"伟，特异。

**【审美点评】**

"涧底松"和"山上苗"，也是天堑与通途，地势所致，由来已久。纵郁郁不平，也只能望洋兴叹。

# 刘　琨

　　刘琨（271—318），字越石，中山魏昌（今河北无极）人。晋怀帝永嘉元年（307）为并州刺史，与刘渊、刘聪对抗，失败，父母遇害。愍帝时，任大将军，都督并、冀、幽三州诸军事，捍卫北部边疆。后为石勒所败，投奔幽州鲜卑部落酋长段匹䃅，相约共扶晋室。因其子得罪段匹䃅，被杀。其诗仅存三首，洋溢着真挚的爱国情感及抗敌御侮的豪迈气概，也透露了末路英雄的悲凉情怀。后人辑有《刘越石集》。

## 重赠卢谌

　　【题解】此诗作于刘琨为段匹䃅囚禁时。悲愤时光如流而功业无成，激励卢谌能够完成救国使命。卢谌，字子谅，范阳（今河北涿县）人，曾为刘琨部下，后为段匹䃅别驾。

　　握中有悬璧[1]，本自荆山璆[2]。惟彼太公望，昔在渭滨叟[3]。邓生何感激，千里来相求[4]。白登幸曲逆[5]，鸿门赖留侯[6]。重耳任五贤[7]，小白相射钩[8]。苟能隆二伯[9]，安问党与雠[10]？中夜抚枕叹，想与数子游[11]。吾衰久矣夫，何其不梦周[12]？谁云圣达节[13]，知命故不忧[14]。宣尼悲获麟，西狩涕孔丘[15]。功业未及建，夕阳忽西流。时哉不我与，去乎若云浮。朱实陨劲风，繁英落素秋[16]。狭路倾华盖，骇驷摧双辀[17]。何意百炼刚，化为绕指柔[18]。

中华书局影印李善注本《文选》卷二五

【注释】

　　[1] 悬璧：用悬黎（美玉名）做成的璧。璧是平圆形而中间有孔的玉。一说悬璧即悬黎。[2] 荆山璆：即和氏璧，春秋时楚人卞和得于荆山（今湖北南漳）。璆（qiú），美玉。[3] "惟彼"二句：姜尚垂钓于渭水之滨，周文王姬昌出猎时偶遇，十分投契，说："自吾先君太公曰，当有圣人适周，周以兴，子真是邪？吾太公望子久矣！"因号太公望。（见《史记·齐太公世家》）[4] "邓生"二句：邓禹与东汉光武帝刘秀友善，闻刘秀安抚河北，即由南阳新野北渡黄河，在邺城追及刘秀。（见《后汉书·邓禹传》）[5] "白登"句：汉高祖刘邦曾被匈奴围于白登山，七日不得食，陈平用奇计解围。（见《史记·陈丞相世家》）白登，在今山西大同市东。曲逆，指陈平，封曲逆侯。[6] "鸿门"句：项羽在鸿门宴请刘邦，范增、项庄计谋于宴会中借舞

剑刺杀刘邦，因张良事先结交项伯，项伯拔剑与项庄对舞，刘邦得以脱险。（见《史记·项羽本纪》）鸿门，在今陕西临潼东。留侯，指张良，封留侯。[7]"重耳"句：晋文公重耳逃亡时，赖贤士赵衰、狐偃、贾佗、先轸和魏犨等五人辅佐，终成霸业。（见《史记·晋世家》）[8]"小白"句：齐桓公小白与兄公子纠争夺君位，时管仲辅佐公子纠，射中小白的带钩。后桓公即位，任管仲为相，成就霸业。（见《史记·齐太公世家》）[9]隆：使兴盛。二伯：指晋文公和齐桓公两位霸主，二人曾内辅周室、外攘夷狄。此喻指辅佐晋朝、攘除外敌的事业。伯，同"霸"。[10]党：指五贤，他们都是重耳未即位时的旧属。仇：指管仲，他与小白有射钩之仇。[11]数子：指姜尚至管仲数人。[12]"吾衰"二句：语出《论语·述而》："子曰：'甚矣吾衰也，久矣吾不复梦见周公。'"此慨叹自己年老力衰功业无成，只能像孔子一样徒留叹息。[13]达节：通达事理，不拘常礼。《左传·成公十五年》："圣达节，次守节，下失节。"[14]"知命"句：因达节知命而没有忧愁。《周易·系辞》："乐天知命故不忧。"[15]"宣尼"二句：《春秋》载，鲁哀公十四年冬，西狩获麟，孔子因麒麟非时而出，"反袂拭面，涕沾袍"，并叹道："吾道穷矣！"宣尼，西汉平帝追谥孔子为褒成宣尼公。[16]"朱实"二句：朱实陨于劲风之中，繁花落于素秋之时。陨，落。素秋，古代五行说，以金配秋，其色白，故称。[17]"狭路"二句：喻意外的灾难。华盖，华丽的车盖，此指大车。骇駟，受惊的马。辀，车辕。[18]"何意"二句：好像经过千锤百炼的坚刚之物变为可以绕指的柔弱之物一般，不曾料想自己这样经过千锤百炼的刚强之人，如今却变成了软弱无力的阶下囚。

**【审美点评】**

开篇连用姜太公垂钓渭水等六个典故，用历代名臣含辛茹苦辅佐国君兴王图霸的史实，表白自己投身报国、兴复晋室的宏伟抱负，志存高远。"吾衰久矣夫"以下六句连用三个典故，倾吐自己对国事日非、前途莫测的无限感慨，荡气回肠。用典妥帖，婉而有味。

# 郭 璞

郭璞（276—324），字景纯，河东闻喜（今山西闻喜）人。晋元帝时任著作佐郎，迁尚书郎，又为大将军王敦记室参军，因谏阻其谋反被害，后被追赐弘农太守。著名的训诂学家，曾为《尔雅》、《方言》、《山海经》等作注。郭璞是南渡之际的重要作家之一，诗赋富于文采。明人张溥辑有《郭弘农集》。

## 游仙诗（十四首选二）

**【题解】**《游仙诗》是郭璞的代表作。组诗既展现"列仙之趣"，又抒发"忧生之嗟"，钟嵘《诗品》称"坎壈咏怀"。其诗文采富艳，意境瑰奇，迥异于当时流行的玄言诗。

# 其一

【题解】此为第一首，表达对仕宦的蔑视和对隐逸生活的赞美。

　　京华游侠窟[1]，山林隐遁栖。朱门何足荣？未若托蓬莱[2]。临源挹清波[3]，陵岗掇丹荑[4]。灵溪可潜盘[5]，安事登云梯[6]？漆园有傲吏[7]，莱氏有逸妻[8]。进则保龙见，退为触藩羝[9]。高蹈风尘外，长揖谢夷齐[10]。

中华书局影印李善注本《文选》卷二一

【注释】
　　[1]京华：京都。游侠：指胸怀壮志企慕成就功业的人。窟：聚集之地。[2]蓬莱：古代方士传说中神仙所居的三座仙山（蓬莱、方丈、瀛洲）之一。一说，当作"蓬藜"，草野。藜与栖、荑等古音同属脂部，莱不协韵。[3]挹：酌取。[4]掇：拾取。丹荑：赤芝，又名丹芝，古人认为食之可以延年益寿。[5]灵溪：李善注引庾仲雍《荆州记》："大城西九里有灵溪水。"一说，泛指仙溪。潜盘：隐居盘桓。[6]登云梯：步入仕途。一说仙人升天乘云而上，故云。[7]"漆园"句：《史记·老子韩非列传》载，庄子为漆园吏，楚王使使厚币以迎，许为相。庄子笑谓使者曰："子亟去，无污我！"[8]"莱氏"句：《列女传》载，老莱子隐于蒙山之南，楚王躬请出仕，老莱子应允。其妻曰："今先生食人酒肉，受人官禄，为人所制也，能免于患乎？妾不能为人所制。"投畚而去。老莱子随而隐。[9]"进则"二句：出仕固然可以为君所用，一旦想退隐，便如羝羊触藩般陷人困境。进，仕进。龙见：语出《周易·乾卦》九二爻辞："见龙在田，利见大人。"谓隐者出仕。一说进指进向隐逸，如此可保持正中之道。退，隐退。触藩羝，语出《周易·大壮》："羝羊触藩，羸其角。不能退，不能遂。"藩，篱笆。羝，公羊。[10]谢：辞别。夷齐：伯夷、叔齐，均为商代孤竹君之子，隐居首阳山，耻食周粟而饿死。

【审美点评】
　　世人往往沉迷于"龙见"的辉煌，不知预想退而"触藩"的窘境。历史上那些大忠大贤者仍是牵绊于世网，如同羝羊触藩。远不如高蹈于尘世之外，摆脱一切世俗的羁绊。可惜现实中的郭璞也未能免俗，"游仙"的豪情最终化作刀下的哀吟。

# 其二

【题解】此原列第五，抒发怀才不遇的愤懑。

　　逸翮思拂霄，迅足羡远游[1]。清源无增澜，安得运吞舟[2]？珪璋虽特达[3]，明月难闇投[4]。潜颖怨青阳，陵苕哀素秋[5]。悲来恻丹心，零泪缘缨流[6]。

**【注释】**

[1]"逸翮"二句：喻有才能者都希望一展胸襟与抱负。逸翮，指善飞的鸟。拂霄，凌空翱翔。迅足，指善跑的兽。[2]"清源"二句：喻才华横溢之士如无适宜的环境，其才能无法施展。增澜，大的波浪。增，通"层"。吞舟，指能吞舟的大鱼。《韩诗外传》："吞舟之鱼，不居潜泽。"[3]"珪璋"句：喻才德出众者可特立独行，无需借助外力。珪璋，古代诸侯朝聘时所用之玉，可以单独送达，不需辅以货币。《礼记·聘义》："珪璋特达，德也。"[4]"明月"句：喻资质优异之人若不被称赏，一如暗中投明珠于人，必遭拒。邹阳《狱中上梁王书》："明月之珠，夜光之璧，以暗投人于道，众莫不按剑相眄者。"明月，宝珠名。阘，同"暗"。[5]"潜颖"二句：植物因所处境地高下有别，有的怨春光姗姗来迟，有的恨风霜匆匆早到，借以隐喻隐微之人怨恨不能早日平步青云，而腾达之徒又哀叹荣华难以持久。潜颖，在幽潜之处结穗的植物，喻隐微者。颖，禾穗。青阳，春光。陵苕，生长在高处的植物，喻显达者。[6]缨：系冠的带子。

**【审美点评】**

清澈见底的水中，没有重重波浪，安能游动吞舟大鱼？有才能之人，即使像珪璋明月一样秉性高洁，如若不为人所激赏，终究不过是明珠暗投，不得施展其才能。千里马需要广阔的平原，也需要伯乐。

# 王羲之

王羲之（321—379），字逸少，琅邪（今山东临沂）人，后移居会稽山阴（今浙江绍兴）。东晋杰出的书法家，善草隶，被誉为"书圣"。曾任右军将军、会稽内史等职。诗作不多，受玄言诗风影响。明人张溥辑有《王右军集》。

## 兰亭集序

**【题解】** 东晋穆帝永和九年（353）三月初三，王羲之与当时名流谢安、孙绰等四十余人在兰亭修禊雅集，流觞饮酒，感兴赋诗，畅叙幽情。事后王羲之将这些诗作汇为一帙，并作此序。序文抒发了作者对生死无常的感慨，展现了东晋士族在享受生活之际感悟人生、探寻生命真谛的昂扬情怀。

永和九年，岁在癸丑，暮春之初，会于会稽山阴之兰亭[1]，修禊事也[2]。群贤毕至，少长咸集。此地有崇山峻岭，茂林修竹，又有清流激湍，映带左右，引以为流觞曲水[3]，列坐其次，虽无丝竹管弦之盛，一觞一咏，亦足以畅叙幽情。是日也，天朗气清，惠风和畅，仰观宇宙之大，俯察品类之盛[4]，所以游目骋怀，足以极视听之娱，信可乐也。

夫人之相与[5]，俯仰一世[6]，或取诸怀抱[7]，悟言一室之内[8]，或因寄所托，放浪形骸之外[9]。虽趣舍万殊[10]，静躁不同，当其欣于所遇，暂得于己，快然自足，不知老之将至[11]。及其所之既倦，情随事迁，感慨系之矣！向之所欣，俛仰之间[12]，已为陈迹，犹不能不以之兴怀。况修短随化[13]，终期于尽[14]。古人云："死生亦大矣[15]。"岂不痛哉！

每览昔人兴感之由，若合一契[16]，未尝不临文嗟悼，不能喻之于怀[17]。固知一死生为虚诞[18]，齐彭殇为妄作[19]，后之视今，亦犹今之视昔，悲夫！故列叙时人，录其所述，虽世殊事异，所以兴怀，其致一也[20]。后之览者，亦将有感于斯文。

中华书局校点本《晋书·王羲之传》

**【注释】**

[1]兰亭：在今浙江绍兴市西南。[2]修禊（xì）：古时风俗。农历三月上旬的巳日（魏以后固定为三月初三），临水而祭，消除不祥。[3]流觞曲水：以酒杯盛酒置于环曲的溪水中，酒杯触岸停止时，坐于近处者即应取杯饮酒。觞，酒杯。[4]品类：天地万物。[5]相与：相处。[6]俯仰：俯仰之间，形容时光飞逝。[7]取诸怀抱：相互倾吐肺腑之言。一说展现抱负。[8]悟言：面对面交谈。悟，通"晤"。[9]"放浪"句：指不拘形迹。一说不拘行为小节。[10]趣舍：取舍。[11]"不知"句：语出《论语·述而》："发愤忘食，乐以忘忧，不知老之将至云尔。"[12]俛仰：同俯仰。[13]修短：指生命的长短。化：自然变化。[14]期：期限。[15]"死生"句：语出《庄子·德充符》："仲尼曰：'死生亦大矣，而不得与之变。'"[16]"若合"句：指前人的感慨与自己的感叹十分契合。契：符契，刻上文字后，剖成两半，双方各执其一，用时合对以做凭信。[17]喻：领悟，解释。[18]一死生：语出《庄子·大宗师》："孰知生死存亡之一体者，吾与之友矣。"[19]齐彭殇：语出《庄子·齐物论》："莫寿于殇子，而彭祖为夭。"妄作：虚妄的说法。[20]致：宗旨，取向。语出《周易·系辞下》："天下何思何虑，天下同归而殊途，一致而百虑。"

**【审美点评】**

天高气爽，玉宇澄清，视通万里，情满天地，展露了几许清幽与淡雅。然而，盛事不常，人生短暂，思考终极之时，不免令人忧伤垂泪，却又于倏忽间转为对于"一死生"、"齐彭殇"的批判，伤感中蕴含着对生的执着和追求，让文章平添了偌多的豪情与壮阔。

# 陶渊明

陶渊明（365？—427），字元亮，一说名潜，字渊明。浔阳柴桑（今江西九江）人。晋武帝太元十八年（393）始，断续出任江州祭酒、镇军参军、建威参军、彭泽令。义熙元年（405），辞官归隐，躬耕田园，直至终老，私谥"靖节"。今存诗歌一百二十余首，辞赋、散文十二篇。尤以田园诗的成就和影响最大，是第一个大量写作田园诗的诗人，开创了田园诗派。诗歌多描写田园风光及农村生活，也有部分表达政治理想和关心政局之作，既抒发了安贫乐道、厌恶污浊官场及不愿与之同流合污的情怀，又有对政治始终难以释怀的复杂情感。诗风冲淡隽永，"质而实绮，癯而实腴"（苏轼《与苏辙书》）。有清人陶澍编注的《靖节先生集》。

## 归园田居（五首选二）

【题解】该组诗共五首，约作于陶渊明辞彭泽令后的次年，反映其辞官归隐生活及所思所感。

### 其一

【题解】此为第一首，写归耕的原因、归耕后的恬静生活和愉快心情，同时也反省和思考自己的人生选择。

少无适俗韵，性本爱丘山。误落尘网中，一去三十年[1]。羁鸟恋旧林，池鱼思故渊。开荒南野际[2]，守拙归园田。方宅十馀亩，草屋八九间。榆柳荫后檐，桃李罗堂前。暧暧远人村[3]，依依墟里烟[4]。狗吠深巷中，鸡鸣桑树巅[5]。户庭无尘杂，虚室有馀闲[6]。久在樊笼里，复得返自然。

**中华书局版逯钦立校注本《陶渊明集》卷二**

【注释】

[1] 三十年：一说应作"十三年"，因自陶渊明为江州祭酒（393年）至弃彭泽令（405年），共十三年。一说，"三"为"已"之误，"已十年"乃举整数而言。[2] 际：间。[3] 暧暧：依稀可见的样子。[4] 依依：轻柔的样子。一说，隐约可辨的样子。墟里：村落。[5] "狗吠"两句：元代吴师道《吴礼部诗话》："古《鸡鸣行》：'鸡鸣高树颠，狗吠深巷中。'陶公全用其语。"[6] 虚室：虚空闲静的居室。一说指空明的心境。《庄子·人间世》："虚室生白。"司马彪注：

"室，比喻心。心能空虚，则纯白独生也。"

**【审美点评】**

仕与隐的矛盾，总是萦绕在世人的心头。本然之性与世俗之网毕竟是天地之隔。陶渊明困惑，矛盾，痛苦，借诗歌发胸中块垒。和陶者与爱陶者又何尝不是如此？

## 其二

**【题解】** 此为第三首，写晨出晚归的劳动生活，亲身体验劳动的快乐，远离官场的由衷喜悦。

种豆南山下[1]，草盛豆苗稀。晨兴理荒秽，带月荷锄归[2]。道狭草木长，夕露沾我衣。衣沾不足惜，但使愿无违。

中华书局版逯钦立校注本《陶渊明集》卷二

**【注释】**

[1] 南山：指庐山。一说乃用典，《汉书·杨恽传》引诗："田彼南山，芜秽不治。种一顷豆，落而为其。人生行乐耳，须富贵何时！" [2] 带：一作"戴"。

**【审美点评】**

陶渊明躬耕田亩，把劳动写得如此富有诗意，那种浪漫与惬意是多少墨客心中久远的梦想。"但使愿无违"，以真诚的态度、自然的方式，完成这一短暂的生命之旅，百代之下，又有多少人为之艳羡。

## 饮酒（二十首选二）

**【题解】**《饮酒》共二十首，非一时之作。诗前原有小序，称皆酒后所作，实借酒言怀，表达对世间喧嚣的厌恶及田园生活恬静闲适的惬意情怀。

## 其一

**【题解】** 此为第五首，借田园生活抒发悠然自得的心境。

结庐在人境，而无车马喧。问君何能尔？心远地自偏[1]。采菊东篱下，悠然见南山。山气日夕佳，飞鸟相与还。此还有真意，欲辨已忘言[2]。

中华书局版逯钦立校注本《陶渊明集》卷三

**【注释】**

[1]"心远"句：心既已远离尘俗，自然就会觉得所居之地僻静安详。陶渊明继承了玄学中归隐在心志不在形迹的观点，认为只要精神高远，不为俗羁，即使居于车马喧嚣之地，也与在僻静的山林别无二致。[2]"此还"二句：从大自然得到启发，领会到人生的真谛，但这是无法用语言表达的，也无需用言语表达的。此处化用庄子语。《庄子·渔父》："真者，所以受于天也，自然不可易也。"《庄子·齐物论》："辩也者，有不见也，夫大道不称，大辩不言。"《庄子·外物》："言者所以在意，得意而忘言。"还，一作"中"。

**【审美点评】**

诗人悠然采菊，眺望南山。夕阳之下，飞鸟结伴归林。生活如此恬静，心境如此脱俗。大美无言，至真无我。

## 其二

**【题解】** 此为第九首，设为问答，夹叙夹议，写诗人隐居之志的坚定。

清晨闻叩门，倒裳往自开[1]。问子为谁欤？田父有好怀[2]。壶浆远见候[3]，疑我与时乖[4]。褴缕茅檐下，未足为高栖[5]。一世皆尚同，愿君汩其泥[6]。深感父老言，禀气寡所谐[7]。纡辔诚可学[8]，违己讵非迷[9]！且共欢此饮，吾驾不可回。

中华书局版逯钦立校注本《陶渊明集》卷三

**【注释】**

[1]倒裳：《诗经·齐风·东方未明》："东方未明，颠倒衣裳。"裳，下衣。[2]好怀：好意。[3]浆：酒。见候：问候，探望。[4]疑：怪。乖：不合。[5]高栖：即隐居，敬辞。[6]"一世"二句：指同流合污。《楚辞·渔父》："世人皆浊，何不淈其泥而扬其波？"尚同，以与世浮沉为贵。汩（gǔ），同"淈"，浊。[7]禀气：天性。[8]纡辔：回车，指改变隐居之志重返仕途。[9]讵：岂，难道。

**【审美点评】**

"倒裳往自开"，和光同尘，情真而有味。"吾驾不可回"，斩钉截铁，劲气勃发。两相对比，可见散淡文字之下的那颗执着之心。

## 怨诗楚调示庞主簿邓治中

**【题解】** 本诗是陶渊明五十四岁时所作，写过去的艰难和现在的窘迫。怨诗楚调，汉乐府《楚调曲》中有《怨诗行》，又称《怨歌行》，此效其体。庞主簿，庞遵，字通之。主簿，官名，府县掌管文书簿籍的官吏。邓治中，不详。治中，官名，州郡掌理诸曹文书的官吏。

天道幽且远，鬼神茫昧然[1]。结发念善事，僶俛六九年[2]。弱冠逢世阻[3]，始室丧其偏[4]。炎火屡焚如[5]，螟蜮恣中田[6]。风雨纵横至，收敛不盈廛[7]。夏日抱长饥，寒夜无被眠。造夕思鸡鸣[8]，及晨愿乌迁[9]。在己何怨天，离忧凄目前[10]。吁嗟身后名，于我若浮烟。慷慨独悲歌，钟期信为贤[11]。

中华书局版逯钦立校注本《陶渊明集》卷二

**【注释】**

[1]茫昧然：渺茫不清的样子。[2]僶俛：努力不懈。六九年：指五十四岁。[3]弱冠：也称弱龄，后世亦有将二十岁上下的称为弱冠。[4]始室：指三十岁。《礼记·曲礼上》："三十曰壮，有室。"丧其偏：古代丧夫或丧妻称偏丧，此指丧妻。[5]炎火：烈火，此指旱灾。焚如：火焰炽盛，亦指火灾或战事。语出《周易·离卦》："突如其来如，焚如，死如，弃如。"[6]螟蜮：两种食农作物的害虫。[7]收敛：收获。廛：一夫所居。[8]造：至。[9]乌迁：太阳落山。乌，传说太阳中有三足乌，故称太阳为金乌。迁，移走。[10]离：通"罹"，遭受。凄：忧患。[12]"钟期"句：希望庞、邓二人理解诗中深意。钟期，钟子期。《吕氏春秋·本味》："伯牙鼓琴，钟子期听之，方鼓琴而志在泰山，钟子期曰：'善哉乎鼓琴！巍巍乎若泰山。'少时而志在流水。钟子期曰：'善哉鼓琴，洋洋乎若流水。'钟子期死，伯牙摔琴绝弦，终身不复鼓琴，以为世无足复为鼓琴者。"事亦见《列子·汤问》等。

**【审美点评】**

随着归隐时间的推移，陶渊明的农耕生活由最初的观赏性、点缀性，逐渐地变成了维持生活的基本手段，缺衣少食，忍饥挨饿，何苦没尝？但陶渊明依然执着不改。愈是如此，愈显其伟岸，愈见其傲骨。

# 读山海经（十三首选二）

**【题解】**《读山海经》共十三首，乃读《山海经》和《穆天子传》后有感而作。除第一首外，其他各篇都是分咏书中所载的奇异事物，表达对人生和政治的感慨。

## 其一

**【题解】**此为第一首，写耕种之暇的读书之乐。

孟夏草木长，绕屋树扶疏。众鸟欣有托[1]，吾亦爱吾庐。既耕亦已种，时还读我书。穷巷隔深辙[2]，颇回故人车[3]。欢然酌春酒，摘我园中蔬。微雨从东来，好风与之俱。泛览周王传[4]，流观山海图[5]。俯仰终宇宙，不乐复何如？

中华书局版逯钦立校注本《陶渊明集》卷四

**【注释】**

[1]"众鸟"句：众鸟因有树可依而欣喜。[2]隔：隔绝。深辙：显贵所乘大车的车迹。[3]回：回转。[4]周王传：指《穆天子传》，写周穆王驾八骏西征的故事。[5]山海图：即《山海经图》。

**【审美点评】**

孟夏之时，庐室笼于绿荫之中，小鸟在这里营巢欢唱，几多惬意，不容多言。农事之余，展卷而读，虽无故人"奇文共欣赏"，但可与古人神游，其中真意恐怕又要忘言了。

## 其二

**【题解】** 此为第十首，歌颂了精卫和刑天至死不屈的斗争精神，寄予了陶渊明的反抗意识。

精卫衔微木[1]，将以填沧海。刑天舞干戚[2]，猛志固常在！同物既无虑[3]，化去不复悔[4]。徒设在昔心[5]，良晨讵可待[6]？

中华书局版逯钦立校注本《陶渊明集》卷四

**【注释】**

[1]精卫：据《山海经·北山经》及《述异记》卷上载，炎帝之女女娃，溺死于东海，化为鸟，名精卫，经常衔西山木石去填东海。微木：细木。[2]刑天：兽名。传说刑天因和天帝争神，失败后被砍头，仍不甘屈服，以两乳为目，以肚脐为口，挥舞干戚相搏。(《山海经·海外西经》) 干：盾。戚：大斧。[3]同物：同乎异物，指死后化为异物。一说指精卫死而化为鸟。[4]化去：指死亡。一说指刑天被杀化为异物。[5]"徒设"句：谓空有昔日的猛志。[6]良辰：指实现猛志的时候。晨，一作"辰"。

**【审美点评】**

小小的精卫永远也填不平大海，无头的刑天永远也战胜不了皇权统治。诗人意识到，自己的抱负在黑暗统治下终将无法实现，不免悲凉与失落，高亢之中蕴含着若许凄婉。

# 杂诗（十二首选一）

【题解】《杂诗》共十二首，非一时之作，多慨叹时光易逝而壮志难酬。或以为前八首为晚年所作。此为第一首，写应珍惜易逝人生。

人生无根蒂，飘如陌上尘。分散逐风转，此已非常身[1]。落地为兄弟[2]，何必骨肉亲！得欢当作乐，斗酒聚比邻。盛年不重来，一日难再晨。及时当勉励，岁月不待人。

中华书局版逯钦立校注本《陶渊明集》卷四

【注释】

[1] 常：恒常。[2] 落地：一出生。为兄弟：《论语·颜渊》："四海之内，皆兄弟也。"

【审美点评】

人生在世，恍如无根之木，无蒂之花，没有根柢，没有依托，又如同随风飘转的纤尘，变幻莫测，漂泊无定。用语直白，饱含苍凉。结语却催人警醒：当趁年轻，珍惜光阴，积极进取，奋发有为。

# 归去来兮辞并序

【题解】本文作于晋义熙元年陶渊明辞彭泽令后不久，可谓是其脱离仕途回归田园的宣言。序文叙述出仕及归隐的经过、原因。正文是对田园生活的憧憬和描绘，表达了对官场羁绊的厌恶和对隐逸生活的向往。归去来即归去，来是语助词。

余家贫，耕植不足以自给。幼稚盈室[1]，瓶无储粟[2]，生生所资[3]，未见其术。亲故多劝余为长吏[4]，脱然有怀，求之靡途[5]。会有四方之事[6]，诸侯以惠爱为德[7]，家叔以余贫苦[8]，遂见用为小邑。于时风波未静[9]，心惮远役[10]，彭泽去家百里[11]，公田之利[12]，足以为酒[13]，故便求之。及少日[14]，眷然有归欤之情[15]。何则？质性自然，非矫励所得[16]。饥冻虽切[17]，违己交病[18]。尝从人事，皆口腹自役[19]。于是怅然慷慨，深愧平生之志。犹望一稔[20]，当敛裳宵逝[21]。寻程氏妹丧于武昌[22]，情在骏奔[23]，自免去职。仲秋至冬，在官八十余日。因事顺心，命篇曰《归去来兮》。乙巳岁十一月也[24]。

归去来兮，田园将芜胡不归？既自以心为形役[25]，奚惆怅而独悲！悟已往之不谏，知来者之可追[26]。实迷途其未远，觉今是而昨非。舟遥遥以轻飏[27]，风飘飘而吹衣。问征夫以前路，恨晨光之熹微[28]。

乃瞻衡宇[29]，载欣载奔[30]。僮仆欢迎，稚子候门。三径就荒[31]，松菊犹存。携幼入室，有酒盈樽。引壶觞以自酌[32]，眄庭柯以怡颜[33]。倚南窗以寄傲[34]，审容膝之易安[35]。园日涉以成趣[36]，门虽设而常关。策扶老以流憩[37]，时矫首而遐观[38]。云无心以出岫[39]，鸟倦飞而知还。景翳翳以将入[40]，扶孤松而盘桓。

归去来兮，请息交以绝游。世与我而相违，复驾言兮焉求[41]？悦亲戚之情话，乐琴书以消忧。农人告余以春及[42]，将有事于西畴[43]。或命巾车[44]，或棹孤舟[45]。既窈窕以寻壑[46]，亦崎岖而经丘。木欣欣以向荣，泉涓涓而始流。善万物之得时[47]，感吾生之行休[48]。

已矣乎[49]，寓形宇内复几时[50]，曷不委心任去留[51]？胡为乎遑遑兮欲何之[52]？富贵非吾愿，帝乡不可期[53]。怀良辰以孤往，或植杖而耘耔[54]。登东皋以舒啸[55]，临清流而赋诗。聊乘化以归尽[56]，乐夫天命复奚疑[57]。

中华书局版逯钦立校注本《陶渊明集》卷五

**【注释】**

[1] 幼稚：指孩子。[2] 瓶：此指盛粮器具。[3] 生生：维持生活。资：凭借。[4] 长吏：县府中丞、尉一类官吏。《汉书·百官公卿表》："县令长……皆有丞、尉，秩四百石至二百石，是为长吏。"[5] "脱然"二句：心里有作长吏的念头，却没有门路。脱然，豁然。一说舒缓的样子，一说舒畅喜欢的样子。怀，想法。此指出仕的念头。[6] 四方之事：奉使之事，语出《论语·子路》："使于四方。"指陶渊明为建威参军时奉刘敬宣之命出使京都。一说指经略四方之事，即地方势力的相互争斗。[7] 诸侯：当指建威将军。惠爱：仁爱。[8] 家叔：指其叔父陶夔，时任太常卿，掌朝廷祭祀礼乐。[9] 风波未静：指讨伐桓玄的战事。[10] 惮：怕。[11] 彭泽：县名。故城在今江西湖口东。[12] 公田：公家之田，收入归主管长官作为俸禄。[13] 足以为酒：《晋书·隐逸传》称陶渊明"在县公田悉令种秫谷，曰：'令吾常醉于酒足矣！'"[14] 少日：不多几天。[15] 眷然：心向往的样子。归欤：回去。语出《论语·公冶长》："子在陈曰：'归与，归与！'"[16] 矫：矫情。励：勉励，此指勉强。得：能够。[17] 切：急切。[18] 交病：产生各种痛苦。[19] "尝从"句：为口腹之需而役使自己出来做官。[20] 稔：谷物成熟。[21] 敛裳宵逝：收拾衣物，连夜归去，指离职。[22] 程氏妹：陶渊明同父异母妹，嫁于程家。陶渊明有《祭程氏妹文》。[23] 骏奔：快马急奔，指急赴。[24] 乙巳岁：晋义熙元年。[25] 心为形役：心神为形体所役使，此指本心不愿做官，但为口腹之故，不得不出仕。[26] "悟已往"二句：语出《论语·微子》："往者不可谏，来者犹可追。"谏，止，挽救。追，来得及弥补。[27] 遥遥：船在水上摇动的样子。飏：飞扬，形容舟行飞快。[28] 熹微：天色微明。熹，同"熙"，光明。[29] 瞻：望见。衡宇：横木为门的简陋房屋，此指旧宅。《诗经·陈风·衡门》："衡门之下，可

以栖迟。"旧注以为贤者安于贫贱，后世常用"衡门"、"衡宇"指贫贱者的居处。[30]载：助词，且。[31]三径：《文选》李善注引赵岐《三辅决录》载：汉代蒋诩隐居时，在房前竹下开三条小径，只与求仲、羊仲往来。后借以指称隐者之所。[32]引：取，拿。[33]眄：斜视。柯：树枝。怡：愉悦。[34]寄傲：寄托高傲的情志。[35]审：明白。容膝：仅可容膝的居室，喻房屋狭小。易安：容易安身。[36]日涉：每天走走。成趣：成了散步的场所。趣，同"趋"。一说指趣味。[37]策：持，扶老：指手杖。流：周游。[38]矫首：抬头。[39]岫：山峰。[40]景：日光，指太阳。翳翳：昏暗的样子。[41]驾言：出游。《诗经·邶风·泉水》："驾言出游。"言，语助词。[42]及：到。[43]事：指农事。畴：田地。[44]巾车：一种农用车，也称"巾柴车"。江淹《拟陶征君田居》："日暮巾柴车。"一说指有布篷的车。[45]棹：船桨。此指划船。[46]窈窕：山路幽深的样子。[47]善：羡慕。[48]行休：即将结束，指死亡。[49]已矣乎：算了吧。已，止。[50]寓形宇内：寄身天地间，指活着。[51]委心：随意。去留：生死。一说行止。[52]遑遑：急切的样子。[53]帝乡：仙乡。[54]植：放下。《论语·微子》："植其杖而芸。"杖：手杖。耘：锄草。籽：培土固苗。[55]皋：田边高地。[56]乘化：随顺着自然的运转变化。尽：指死亡。[57]"乐夫"句：《周易·系辞》："乐天知命故不忧。"夫，助词。

### 【审美点评】

田园将芜，意味着根的失落，自由的飘零。归去来兮，是田园的召唤，也是诗人本性的渴慕。隐居时常踏的小径业已荒凉，误入仕途的悔意不免涌上诗人心头；那傲然于荒径中的松菊，却又使诗人欣慰于本性的犹存。

# 桃花源记

### 【题解】

本文是《桃花源诗》前小记，学者多认为是陶渊明晚年所作。作品虚构了一个淳朴宁静的理想世界，表现了作者对当时社会现实的不满和否定，对田园生活和理想社会的向往与追求。

晋太元中[1]，武陵人捕鱼为业[2]。缘溪行，忘路之远近。忽逢桃花林，夹岸数百步，中无杂树，芳华鲜美[3]，落英缤纷。

渔人甚异之。复前行，欲穷其林。林尽水源，便得一山。山有小口，髣髴若有光。便舍船，从口入。初极狭，才通人。复行数十步，豁然开朗。土地平旷，屋舍俨然。有良田、美池、桑竹之属。阡陌交通，鸡犬相闻。其中往来种作，男女衣着悉如外人。黄发垂髫[4]，并怡然自乐。见渔人，乃大惊。问所从来，具答之。便要还家，为设酒杀鸡作食。村中闻有此人，咸来问讯。自云先世避秦时乱，率妻子邑人[5]，来此绝境，不复出焉，遂与外人间隔。问今是何世，乃不知有汉，无论魏晋。此人

——为具言所闻，皆叹惋。馀人各复延至其家[6]，皆出酒食。停数日，辞去。此中人语云："不足为外人道也。"

　　既出，得其船，便扶向路[7]，处处志之[8]。及郡下，诣太守说如此。太守即遣人随其往，寻向所志，遂迷不复得路。南阳刘子骥[9]，高尚士也。闻之，欣然规往，未果，寻病终。后遂无问津者。

中华书局版逯钦立校注本《陶渊明集》卷六

**【注释】**

　　[1] 太元：晋孝武帝司马曜年号（376—496）。[2] 武陵：郡名，治所在今湖南常德一带。[3] 华：花。一作"草"。[4] 黄发：指老人，因其发色由白转黄。垂髫：垂下来的头发，尚未总角，指儿童。[5] 邑：古代区域单位。《周礼·地官·小司徒》："九夫为井，四井为邑。"[6] 延：邀请。[7] 扶：沿着。[8] 志：作标记。[9] 南阳：郡名，治所在今河南南阳。刘子骥：名骥之，晋时著名隐士，好游山水。《晋书·隐逸传》有传。

**【审美点评】**

　　这里没有战争、没有贫穷、没有压迫、没有烦恼、没有痛苦，没有沽名钓誉，没有功名利禄，也没有钩心斗角，没有一切不如意。这是人间的仙境，一切都显得单纯而美好。从此之后，人们的心里也有了一个桃花源。而世外桃源更成了文人墨客的理想与梦想，成了人类永恒的追求，于是人类的灵魂也就有了栖息的家园。

# 谢灵运

　　谢灵运（385—433），原籍陈郡阳夏（今河南太康），世居会稽（今浙江绍兴）。东晋名将谢玄之孙，袭封康乐公，故世称"谢康乐"。曾任相国从事中郎、永嘉太守、侍中、临川内史等职。他身处晋宋易代之际，自恃门第高贵，希望参与权要，终死于统治集团内部的权力斗争。政治上的失意和在自然中体玄的审美趣味，使谢灵运寄情山水。他踪迹所至，辄付之吟咏。他是中国诗史上第一位大量创作山水诗的作家。他的诗作以会稽、永嘉、庐山等地的山水名胜为描写对象，擅长对景物的刻画，风格鲜丽清新，语言精工，扭转了东晋以来的玄言诗风，但诗中仍有玄言的成分，有的作品也过于繁富，流于生涩。今有明人辑本《谢康乐集》传世。

## 过始宁墅

　　**【题解】**永初三年（422）秋，谢灵运因"非毁执政"（《宋书·谢灵运传》）而被逐出京都，为偏僻的永嘉郡（今浙江温州）太守。他买舟南下赴任，途经始宁故宅，有感于先祖隐遁以避祸的睿智，故作此诗，表露了归隐的志愿。此诗起以自述、议论，继以纪行、写景，终以归隐的誓愿，有曲屈沉健之致。始宁，县名，在今浙江上虞南。据谢灵运《山居赋》自注，始宁墅是其祖谢玄为了"避君侧之乱"、"申高栖之意"而建。

束发怀耿介[1]，逐物遂推迁[2]。违志似如昨，二纪及兹年[3]。淄磷谢清旷[4]，疲苶惭贞坚[5]。拙疾相倚薄[6]，还得静者便[7]。剖竹守沧海[8]，枉帆过旧山[9]。山行穷登顿[10]，水涉尽洄沿[11]。岩峭岭稠叠[12]，洲萦渚连绵[13]。白云抱幽石，绿筱媚清涟[14]。葺宇临回江[15]，筑观基曾巅[16]。挥手告乡曲[17]，三载期归旋[18]。且为树枌槚[19]，无令孤愿言[20]。

中州古籍出版社 1987 年版顾绍柏《谢灵运集校注》

**【注释】**

[1] 束发：指童年。古代男孩成童时即束发为髻，因以束发指童年。耿介：正直。[2] 逐物：指做官。推迁：推移、迁移，指耿介之志未遂。[3] 二纪：二十四年。古人以十二年为一纪。此为概数。谢灵运二十一岁始仕，至写作此诗之时，前后十七年。兹：此。[4] 淄：通"缁（zī）"，黑色。磷（lín）：薄。《论语·阳货》："不曰坚乎，磨而不磷；不曰白乎，涅而不缁。"原意是说真正坚固的东西是磨不薄的，真正白的东西是染不黑的。作者反用其意，说染黑了、磨薄了，意指自己没能坚守耿介之志。谢：惭愧。清旷：清高、旷达，是隐者的品质。[5] 苶（nié）：疲困。[6] 拙：指自己拙于为官。疾：疾病。倚、薄：都是靠近之意。[7] 还（huán）：归。静者：《老子》："归根曰静，是曰复命。"静者即守道归隐之人。便（pián）：安适。[8] 剖竹：剖符。古代将竹分为两半，一半留在朝廷，一半付外官持以赴任，作为信物。这里有奉命赴任之意。沧海：指永嘉郡。[9] 枉帆：特意绕道。谢灵运从建康到永嘉赴任的正常路线本不经过始宁，此次回乡是他特意为之。旧山：即始宁县东山，因东山有谢氏故居，故以此来代指故乡。[10] 穷：全部，自始至终。登顿：上下。[11] 洄（huí）：逆流而上。沿：顺流而下。[12] 峭：陡峻。稠叠：稠密、重叠。[13] 洲：水中大块陆地。萦：环绕。渚：水中小块陆地。[14] 筱（xiǎo）：一种矮而细的竹子。媚：取悦。涟：风吹起的水面微波。[15] 葺（qì）：修建。宇：房屋。回江：曲折、回绕的江水。[16] 观（guàn）：楼台之类。曾：通"层"，高。[17] 乡曲：指乡里父老。[18] 三载：郡守任期一般为三年。[19] 枌（fén）：白榆树。汉高祖曾祷于家乡枌榆社，后因以枌榆指家乡。槚（jiǎ）：楸树，古代常以之为棺木。此句意谓自己任满后愿意回乡归隐至死。[20] 孤：辜负。愿言：愿望。言，助词，无义。

**【审美点评】**

"白云抱幽石，绿筱媚清涟"，洁白的云朵温柔地拥抱着山石，像一位母亲在轻抚她睡梦中的孩子。水边的绿竹随着微风俯仰起伏，似乎有情于身下荡着的清清涟漪。在山重水复、岩岭稠叠、洲渚连绵的枯燥辛苦旅途中，突现此鲜丽明净的景色，让作者眼前为之一亮，心情也随之变得愉悦轻松。云朵和绿竹似乎懂得作者的需要，出现得恰到时候。

# 登池上楼

**【题解】** 永初三年（422），谢灵运被外放为永嘉郡（今浙江温州）太守，景平元年（423）七、八月间离任。这是他第一次受到沉重的政治打击。来永嘉后的第一个冬天，他长久卧病，至明年（景平元年）春始愈。此诗即写于他久病初愈之时。诗人登楼眺望，以敏锐的感受力把握住初春景物的变化，融情入景，以情入理，表达了仕途失意的伤感抑郁情绪和归隐之志。池，在浙江温州永嘉积谷山东，后人名之为谢公池。

潜虬媚幽姿[1]，飞鸿响远音[2]。薄霄愧云浮[3]，栖川怍渊沉[4]。进德智所拙[5]，退耕力不任。徇禄及穷海[6]，卧痾对空林[7]。衾枕昧节候[8]，褰开暂窥临[9]。倾耳聆波澜，举目眺岖嵚[10]。初景革绪风[11]，新阳改故阴[12]。池塘生春草，园柳变鸣禽。祁祁伤豳歌[13]，萋萋感楚吟[14]。索居易永久[15]，离群难处心[16]。持操岂独古[17]，无闷征在今[18]。

中州古籍出版社 1987 年版顾绍柏《谢灵运集校注》

**【注释】**

[1] 潜虬（qiú）：沉潜于水中的龙，喻隐者。虬，传说中的一种无角龙。媚：爱、悦。幽姿：深藏不露的姿态。[2] 飞鸿：喻仕途腾达者。[3] 薄霄：逼近云霄，喻出仕。云浮：指"响远音"之飞鸿。[4] 栖川：喻归隐。怍（zuò）：惭愧。渊沉：指"媚幽姿"之潜虬。[5] 进德：指出仕。《周易·乾卦》："君子进德修业，欲及时也。"[6] 徇：营求。穷海：僻远的海滨，即永嘉。[7] 痾（ē）：病。[8] "衾枕"句：意为因卧病而不知季节气候的变换。[9] 褰（qiān）：开。窥临：指从高楼上临窗眺望。[10] 岖嵚（qīn）：险峻的山。[11] "初景"句：初春的阳光驱除了冬日残留的寒气。[12] 新阳：指春日。故阴：指冬日。[13] 祁祁伤豳歌："祁祁"的春景使人想起《豳风》诗歌中的悲伤。祁祁，草木繁盛的样子。豳歌，指《诗·豳风·七月》。《七月》诗云："春日迟迟，采蘩祁祁。女心伤悲，殆及公子同归。"[14] 萋萋：草木茂盛貌。《楚辞·招隐士》："王孙游兮不归，春草生兮萋萋。"感楚吟：指有感于隐士的生活。[15] "索居"句：单居独处的生活容易使人感到岁月漫长。此写归隐生活令人难以接受的一面。[16] 难处心：难以安心。[17] "持操"句：保持操守难道仅仅古人能做到？[18] 无闷：指隐居避世而无烦恼。《周易·乾卦》："龙德而隐者也，不易乎世，不成乎名，遁世无闷。"征：验证，证明。

**【审美点评】**

"初景革绪风，新阳改故阴。池塘生春草，园柳变鸣禽"，一"革"，一"改"，一"生"，一"变"，四字将季节蓦然转换的感受完全写出。特别是"生"、"变"二字，更传达出病后初愈的人较之于常人更加敏锐的感受力。另外，作者因病与自然隔离了很久，乍与自然重逢，在卧病期间大自然发生的众多细微变化，仿佛立刻累积起来，给他以强烈的冲击。

# 登江中孤屿

**【题解】** 此诗作于景平元年（423），谢灵运时在永嘉（今浙江温州）太守任上。江，即永嘉江，今名瓯江。屿，水中的小岛。此屿在永嘉江中，今名江心屿。诗人由于被排挤而出任永嘉太守，"既不得志，遂肆意游遨，遍历诸县，动逾旬朔"（《宋书》本传）。作者游遍永嘉江南之地后，又往江北寻找新的山水风景，在渡江时发现江中孤屿美景，一饱眼福。仙境般的孤屿又引发了作者用长生之术养生尽年的想法。

江南倦历览[1]，江北旷周旋[2]。怀新道转迥[3]，寻异景不延[4]。乱流趋正绝[5]，孤屿媚中川。云日相辉映，空水共澄鲜。表灵物莫赏[6]，蕴真谁为传[7]。想像昆山姿[8]，缅邈区中缘[9]。始信安期术[10]，得尽养生年[11]。

中州古籍出版社 1987 年版顾绍柏《谢灵运集校注》

**【注释】**

[1]"江南"句：江南的风景已经全部游览而厌倦。[2]"江北"句：江北已经很久没有去周游了。[3]迥：远。此句是说，因为怀着探寻新景的急切心情，觉得道路变得漫长迥远。[4]"寻异"句：因为寻找不同景色的心情太迫切，觉得时间易逝难延。景，日，指时间。[5]乱：截流横渡。趋：疾行貌。正：直。绝：截。乱流与正绝并横渡之义。[6]表灵：灵气表露。物：指人。[7]真：真人、神仙，一说为自然之道、自然之趣。[8]"想像"句：意为孤屿远尘世而独立，有仙山之姿。昆山，昆仑山，传说为西王母所居。[9]缅、邈：并远之意。区中：人间。缘：尘缘。[10]安期术：传说中仙人安期生的长生不老之术。安期生，传说居于海中蓬莱山，秦始皇、汉武帝都曾派人到海上寻安期生，求长生术。[11]"得尽"句：意为得养生尽年。

**【审美点评】**

"云日相辉映，空水共澄鲜"，洁白的云朵与光芒四射的太阳相互辉映，何等明亮耀眼；湛蓝的天空与碧绿的江水都是一尘不染，何等明净鲜亮。这样纯净的美，怎不让人产生超世之感？诗人并没有细写孤屿之上有何风景，而是将它放在一个纯净鲜亮的大背景中，从而让读者更加清楚地感受到江中孤屿之美。

## 石门岩上宿

【题解】此诗一题作《夜宿石门》，作于元嘉七年（430）秋。诗中写夜间在石门岩上的所见所闻，流露出孤高落寞的情绪。石门，山名，在今浙江嵊州西北，山上有谢灵运的居所。

朝搴苑中兰[1]，畏彼霜下歇[2]。暝还云际宿[3]，弄此石上月[4]。鸟鸣识夜栖[5]，木落知风发。异音同致听[6]，殊响俱清越[7]。妙物莫为赏[8]，芳醑谁与伐[9]？美人竟不来，阳阿徒晞发[10]。

中州古籍出版社 1987 年版顾绍柏《谢灵运集校注》

【注释】

[1]"朝搴"句：用屈原《离骚》"朝搴阰之木兰兮"之句意。搴（qiān），拔取。[2]彼：指兰。歇：凋谢。[3]暝：夜晚。[4]弄：玩。[5]识：知。[6]异音：不平常的声音。致：一作"至"。致听，极为动听。[7]殊响：与"异音"同义。清越：清脆悠扬。[8]妙物：美好的景物。[9]芳醑（xǔ）：芳香的美酒。伐：赞美。[10]"美人"二句：用屈原《九歌》典故。《少司命》："与汝沐兮咸池，晞汝发兮阳之阿。望美人兮未来，临风恍兮浩歌。"美人，此处代指友人、知音。阳阿，古代神话中太阳初升经过的地方。晞发，晒干头发。这两句表达了缺少知音和朋友的落寞情绪。

【审美点评】

"鸟鸣识夜栖，木落知风发"，"鸟鸣"、"木落"这样轻微的声音，在夜间一片空寂的山中，对人听觉的刺激显得特别强烈，所以才会被作者纳入审美范围，更勾起了作者心中某种幻觉，让他觉得这些声音是如此与众不同。但是，这一切能够发生的前提是作者心灵绝对的空寂与安静。

# 鲍　照

鲍照（414？—466），字明远，东海（今山东郯城）人，一说上党（今山西长治）人。先入宋临川王刘义庆幕，又为始兴王刘濬国侍郎，其后历任永安、秣陵、海虞诸县令，后为宋临海王荆州刺史刘子顼前军参军、掌书记，故世称鲍参军。后刘子顼参与皇权争夺，兵败，鲍照也死于乱军之中。鲍照与颜延之、谢灵运并称

"元嘉三大家"。他家世寒微，受到门阀制度的压抑，一生沉沦下僚，因此作品中多有愤懑不平之气。他的乐府诗创作继承建安诗人"梗概多气"的传统，对社会现实多有反映，往往辞采秾丽，节奏奔放，感情强烈，形象鲜明，对七言歌行体的成熟与发展有很大贡献。他的赋、骈文也有很高成就。今有《鲍参军集》传世。

# 代出自蓟北门行

**【题解】** 本篇是拟乐府。《出自蓟北门行》为乐府旧题，属"杂曲歌辞"。《乐府解题》云："其致与《从军行》同，而兼言燕、蓟风物及突骑勇悍之状。"代，是拟的意思。蓟，古地名，在今北京市西南。本篇写北方发生边警，少数民族入侵，将士不畏艰险、誓死忠君卫国。此诗借言前代战事，其中所写地理风物等不无想象成分。

羽檄起边亭[1]，烽火入咸阳[2]。征骑屯广武[3]，分兵救朔方[4]。严秋筋竿劲[5]，虏阵精且强[6]。天子按剑怒，使者遥相望[7]。雁行缘石径[8]，鱼贯度飞梁[9]。箫鼓流汉思[10]，旌甲被胡霜[11]。疾风冲塞起，沙砾自飘扬。马毛缩如猬[12]，角弓不可张[13]。时危见臣节，世乱识忠良。投躯报明主，身死为国殇[14]。

上海古籍出版社 1980 年版钱仲联《鲍参军集注》卷三

**【注释】**

[1] 羽檄（xí）：紧急军书。檄，征召文书，写在一尺二寸的木简上，情况紧急时插上鸡羽。亭：古代设在边塞观察敌情的岗亭。[2] 烽火：古代边防报警的烟火。咸阳：秦都城，在今陕西咸阳，此处指中央王朝的京都。[3] 屯：驻扎。广武：县名，在今山西代县西，为北部边防重镇。[4] 朔方：古郡名，治所在今内蒙古伊克昭盟西北。[5] 严秋：肃杀的秋天。筋：弓弦。竿：箭杆。[6] 虏：对北方少数民族的蔑称。[7] 遥相望：意为天子派出的使者络绎不绝。[8] 雁行：形容军队行进的队列像飞雁排成的行列。缘：沿着。径：小路。[9] 鱼贯：形容士兵依次通过的样子。梁：桥梁。[10]"箫鼓"句：意为军乐中流露出汉人的情思。[11] 被（pī）：覆盖着。[12] 猬：刺猬。[13] 角弓：用角装饰的弓。[14] 国殇：为国牺牲的战士。

**【审美点评】**

篇中描绘的一幅幅画面，以汉军为主角，如同采用了跳跃式镜头，多层次、多角度地呈现了一次战争的面貌。而战争的时间设定在秋末，寒风乍起，沙砾飞扬，白霜初生。战场环境越是严酷越能体现出杀气的肃冷，越能凸显出忠良之臣精神的可贵。

# 拟行路难（十八首选二）

【题解】这是一组拟乐府诗。《行路难》是乐府旧题，属"杂曲歌谣"，内容写"世路艰难及离别悲伤之意"（《乐府解题》）。鲍照《拟行路难》共十八首，形式类似组诗，内容多歌咏人世的种种忧患和不平，抒发愤懑和苦闷情绪。

## 其一

【题解】本篇原列第四，描写寒士不遇的难言苦闷。

　　泻水置平地，各自东西南北流[1]。人生亦有命，安能行叹复坐愁！酌酒以自宽[2]，举杯断绝歌《路难》[3]。心非木石岂无感？吞声踯躅不敢言[4]。

　　　　　　　　　　　上海古籍出版社 1980 年版钱仲联《鲍参军集注》卷四

【注释】

　　[1]"泻水"二句：以将水倾倒在平地上，水四处流淌，兴起下文对人生各有命运的感慨。[2]酌：斟。[3]歌《路难》：歌《行路难》。此句是说，歌声因为举杯饮酒而断绝。[4]踯躅（zhízhú）：徘徊不进貌。

【审美点评】

　　诗中始终有两种情绪相互纠结，相互斗争。一是苦闷愁情，一是自宽自解。虽然全诗绝大部分都是从自我宽解的角度落笔，但是最后却以摆脱不去的愁苦终结。这种吞吐隐曲，欲说还休的表达方式，更增强了其艺术魅力。

## 其二

【题解】此诗原为第六首，写因孤寒、正直而仕途失意、辞官还家的悲愤。

　　对案不能食[1]，拔剑击柱长叹息。丈夫生世会几时[2]？安能蹀躞垂羽翼[3]？弃置罢官去，还家自休息。朝出与亲辞，暮还在亲侧。弄儿床前戏，看妇机中织。自古圣贤尽贫贱，何况我辈孤且直[4]！

　　　　　　　　　　　上海古籍出版社 1980 年版钱仲联《鲍参军集注》卷四

【注释】

　　[1]案：放食器的小几。[2]会：当，一作"能"。[3]蹀躞（diéxiè）：小步行走貌。

［4］孤：指无势作依靠。

**【审美点评】**

"对案不能食，拔剑击柱长叹息"，几个连贯的场景和动作，劈空而来，如同巨石投江，激起万丈波澜，一下子抓住读者的心。这"不能食"与"长叹息"，绝非仅仅为了一时一事而发，也不仅仅是为了自己而发，还是因为感慨于古往今来圣贤的遭遇，因此也就具有了历史的沉重感。

# 芜城赋

**【题解】**本篇通过对广陵（故城在今江苏省江都东北）形胜和昔日繁华景象的渲染及对当前衰败景象的描绘，突出表现了兴亡之感。广陵作为淮左名都，在南北朝初期成为南北交通枢纽，十分阜盛，但是在宋文帝末年之后的十年间遭到两次严重破坏。第一次是元嘉二十七年（450），北魏军队曾在广陵地区大肆屠戮。第二次是大明三年（459），竟陵王刘诞据广陵反叛，宋孝武帝派沈庆之破城，将除五尺童子以下之外的城中士民尽数杀戮。大明三年，鲍照经过广陵，目睹名城劫后惨状，创作此赋。因为重点写荒芜了的广陵，故以"芜城"为题。

泽迤平原[1]，南驰苍梧、涨海[2]，北走紫塞、雁门[3]。柂以漕渠[4]，轴以昆岗[5]。重江复关之陕[6]，四会五达之庄[7]。当昔全盛之时，车挂辖[8]，人驾肩[9]，廛闬扑地[10]，歌吹沸天[11]。孳货盐田[12]，铲利铜山[13]。才力雄富，士马精妍[14]。故能多秦法[15]，佚周令[16]，划崇墉[17]，刳浚洫[18]，图修世以休命[19]。是以板筑雉堞之殷[20]，井干烽橹之勤[21]，格高五岳[22]，袤广三坟[23]，崒若断岸[24]，矗似长云[25]。制磁石以御冲[26]，糊赪壤以飞文[27]。观基扃之固护[28]，将万祀而一君[29]。出入三代[30]，五百余载，竟瓜剖而豆分[31]。

泽葵依井[32]，荒葛冐涂[33]。坛罗虺蜮[34]，阶斗麏鼯[35]。木魅山鬼[36]，野鼠城狐。风嗥雨啸[37]，昏见晨趋。饥鹰厉吻[38]，寒鸱吓雏[39]。伏暴藏虎[40]，乳血飧肤[41]。崩榛塞路[42]，峥嵘古馗[43]。白杨早落，塞草前衰。稜稜霜气[44]，蔌蔌风威[45]。孤蓬自振[46]，惊沙坐飞[47]。灌莽杳而无际[48]，丛薄纷其相依[49]。通池既已夷[50]，峻隅又以颓[51]。直视千里外，唯见起黄埃。凝思寂听，心伤已摧[52]。

若夫藻扃黼帐[53]，歌堂舞阁之基，璇渊碧树[54]，弋林钓渚之馆，吴蔡齐秦之声，鱼龙爵马之玩[55]，皆薰歇烬灭[56]，光沉响绝。东都妙姬，南国丽人，蕙心纨质[57]，玉貌绛唇[58]，莫不埋魂幽石，委骨穷尘[59]，岂忆同舆之愉乐[60]，离宫之苦辛哉[61]？

天道如何，吞恨者多[62]，抽琴命操[63]，为芜城之歌。歌曰：边风急兮城上寒，井径灭兮丘陇残[64]。千龄兮万代，共尽兮何言！

上海古籍出版社 1980 年版钱仲联《鲍参军集注》卷一

**【注释】**

[1] 泋池（mǐyǐ）：相连斜平之貌。平原：指广陵。[2] 苍梧：汉代郡名，治所在今广西梧州。涨海：指南海。[3] 紫塞：长城。秦长城土色皆紫，故称。雁门：郡名，三国时治所在今山西代县西北。[4] 柂（duò）：引。漕渠：运粮的河道，即邗沟，自江苏江都西北至淮安。[5]"轴以"句：昆岗像车轴的轴心一样，横贯广陵城。昆岗，一名广陵岗，广陵城即坐落其上。[6]"重江"句：意为广陵身处一道道江、一座座关的保护之中。隩（yù），深隐之处。[7] 庄：大道。[8] 挂辖（wèi）：车轴端互相碰撞，形容车辆很多。辖，车轴的顶端。[9] 人驾肩：因为人多拥挤导致肩膀被挤得抬起来。[10] 廛（chán）：居民区。闬（hàn）：里门。扑地：到处都是。扑，尽。[11] 吹：指竹乐器发出的声音。[12] 孳：繁殖。赀：货财。盐田：西汉初年吴王刘濞曾以广陵为都，煮海为盐。[13]"铲利"句：刘濞曾利用其所属豫章郡内的铜山铸钱取利。铲利，取利。[14] 妍：美好。[15] 侈（chǐ）：同"侈"，奢侈，意为超越。[16] 轶：通"轶"，超过。以上二句是说，一切规模制度超过了周、秦二代。[17] 划：开。崇墉：高峻的城墙。[18] 刳（kū）：挖。濬洫（xù）：深而宽的护城河。[19] 图：图谋。修世：永世。休命：美好的天命。[20] 板筑：指修建城墙。板，筑墙用的夹板。筑，筑墙夯土用的杵头。雉堞（dié）：城墙长三丈高一丈为一雉，城上凹凸的墙为堞。殷：盛。[21] 井干：构筑城墙时四周用作辅助的木架子，因木柱相交犹如井上栏架，故称。烽：烽火台。橹：城上守御的望楼。[22] 格：格局，指高度。五岳：泰山、恒山、华山、衡山、嵩山。[23] 袤：南北的长度。广：东西的长度。三坟：未详。一说指《禹贡》所说的兖州土黑坟、青州土白坟、徐州土赤坟而言，此三州与广陵相接。一说三坟即三分，主九州之土而言。[24] 崒（zú）：高峻。断岸：陡削的河岸。[25] 矗：高耸直上貌。[26] 磁石：相传秦阿房宫以磁石为门，以防备怀刃行刺的人。御冲：防御突然袭击。[27] 糊：粘。赪（chēng）壤：赤色的泥土。飞文：飞动的华彩图案。文，指墙上的图案。[28] 基扃（jiōng）：指城阙。扃，门闩。[29] 将：欲，打算。祀：年。一君：指一姓的统治。[30] 出入：经过。三代：指汉、魏、晋。[31]"竟瓜剖"句：喻广陵城的毁坏。[32] 泽葵：莓苔一类的植物。[33] 葛：蔓草。罥（juàn）：挂绕。涂：道路。[34] 坛：堂。虺（huǐ）：毒蛇。蜮（yù）：短狐，亦名射工，相传能含沙射人为灾。[35] 麏（jūn）：一种哺乳类动物，形似鹿而小。鼯（wú）：鼯鼠，亦名大飞鼠。[36] 魅：精怪。[37] 嗥（háo）：豺狼号叫。[38] 厉：磨。吻：嘴。[39] 鸱（chī）：鹞鹰。吓：怒呼威吓。雏：泛指小鸟。[40] 暴：指凶暴的猛兽。[41] 乳血：饮血。飧肤：食肉。[42] 榛：丛生的树木。[43] 岑嵚：阴森森的样子。逵（kuí）：同"逵"，大路。[44] 稜稜：霜气劲锐貌。[45] 蔌（sù）蔌：形容风声劲疾。[46] 孤蓬：蓬草，其花为球状，随风旋转。振：飞动。[47] 坐飞：无故而飞。[48] 灌莽：丛生的草木。杳：深远。[49] 丛薄：草木丛杂。[50] 通池：城濠。夷：平。[51] 峻隅：指高城。隅，城楼一角。

[52]摧：悲伤得厉害。[53]藻扃：彩绘的门户。黼（fǔ）帐：绣帐。[54]璇渊：玉池。碧树：玉树。 [55]鱼龙、爵马：皆古代杂技名称。 [56]薰：香气。烬：物经火烧的剩余部分。[57]蕙心纨质：形容质性芳洁。[58]绛唇：朱唇。[59]委：丢弃。[60]同舆：指受宠幸的后妃与皇帝同车。[61]离宫：皇帝的行宫。这里是指妃子被皇帝所弃而独居离宫。[62]吞恨：抱恨。[63]操：琴曲名。命操，犹谱曲。[64]井径：田间小路。丘陇：坟墓。

### 【审美点评】

篇中写广陵荒芜，主要借助两类意象，一是泽葵、荒葛、崩榛、白杨、塞草等植物，一是野鼠、城狐、饥鹰、寒鸱等动物。荒草丛莽之中，野兽出没，这就是遭到屠戮之后广陵城内的景象。相比于盛时人肩驾摩、车毂相击的热闹，这一景象何其冷落荒凉。而"孤蓬自振"、"惊沙坐飞"的描写，则多少带有了一些诡异阴森的鬼气。面对这样的场景，"凝思寂听"，仿佛能够听到群鬼发出的哀怨之声。

# 沈 约

沈约（441—513），字休文，吴兴武康（今浙江德清）人。历仕宋、齐、梁三代，官至尚书令，封建昌县侯，卒谥"隐"，故世称"隐侯"。他是齐、梁文坛的领袖。齐永明中，他与谢朓、王融开创"永明体"，倡"四声"、"八病"说，精求声律，对后世格律诗的形成有很大影响。明人张溥辑有《沈隐侯集》，又有《宋书》一百卷传世。

## 别范安成

**【题解】** 这是一首离别诗，写暮年与友人离别的伤悲。范安成，名范岫，字懋宾，南齐时任建威将军、安成内史。

生平少年日，分手易前期[1]。及尔同衰暮，非复别离时[2]。勿言一樽酒，明日难重持[3]。梦中不识路[4]，何以慰相思？

上海古籍出版社 1986 年版李善注《文选》卷二十

### 【注释】

[1]易前期：以为以后相会很容易。[2]"及尔"二句：意为与你都已经衰老，这时的分别再也不是年轻时那样了。及，与。[3]"勿言"二句：不要说一杯饯别之酒太微薄，以后我们可能很难再有这样把酒的机会了。[4]"梦中"句：化用《韩非子》典故。《文选》李善注引《韩非

子》云，战国时张敏思念友人高惠，于梦中去拜访，结果中途迷路而返。

**【审美点评】**

年少时的离别并不觉得十分伤悲，因为以后还会有相见的日子。可是在衰老的暮年离别之后，是否还能再相会，再叙友情，却是一个未知数，所以诗人对离别特别感伤。这首诗的感伤基于浓重的生命意识，并没有仅仅停留在朋友惜别的层面。

# 江　淹

江淹（444—505），字文通，济阳考城（今河南兰考）人。江淹历仕宋、齐、梁三代，官至金紫光禄大夫，封醴陵伯。他的诗文作品多作于宋之后期、齐之前期，至永明后期，即有"才尽"之讥。诗风"幽深奇丽"，善于拟古，以《杂体诗》三十首最为著名。赋则以《恨赋》、《别赋》传诵最广。其文集通行本有明张溥《江醴陵集》与《四部丛刊》影印明乌程蒋氏密韵楼翻宋本《江文通集》。

## 别　赋

**【题解】** 本篇铺写种种离别情形，涉及富贵者、侠客、从军者、去国者、宦游者、成仙者、情恋者等各种人物的离别悲伤情景。

黯然销魂者[1]，唯别而已矣！况秦吴兮绝国[2]，复燕宋兮千里[3]；或春苔兮始生，乍秋风兮暂起[4]。是以行子肠断，百感凄恻。风萧萧而异响，云漫漫而奇色。舟凝滞于水滨，车逶迟于山侧[5]。棹容与而讵前[6]，马寒鸣而不息。掩金觞而谁御[7]，横玉柱而沾轼[8]。居人愁卧，恍若有亡[9]。日下壁而沉彩[10]，月上轩而飞光。见红兰之受露，望青楸之罹霜[11]。巡层楹而空掩，抚锦幕以虚凉[12]。知离梦之踯躅[13]，意别魂之飞扬[14]。

故别虽一绪，事乃万族[15]：

至若龙马银鞍[16]，朱轩绣轴[17]，帐饮东都[18]，送客金谷[19]。琴羽张兮箫鼓陈[20]，燕赵歌兮伤美人[21]。珠与玉兮艳暮秋，罗与绮兮娇上春[22]。惊驷马之仰秣[23]，耸渊鱼之赤鳞[24]。造分手而衔涕[25]，咸寂寞而伤神。

乃有剑客惭恩[26]，少年报士[27]，韩国赵厕[28]，吴宫燕市[29]。割慈忍爱，离邦去里。沥泣共诀[30]，抆血相视[31]。驱征马而不顾，见行尘之时起。方衔感于一剑[32]，非买价于泉里[33]。金石震而色变[34]，骨肉悲而心死[35]。

或乃边郡未和，负羽从军[36]。辽水无极[37]，雁山参云[38]。闺中风暖，陌上草薰[39]。日出天而曜景[40]，露下地而腾文[41]。镜朱尘之照烂[42]，袭青气之烟煴[43]。攀桃李兮不忍别，送爱子兮沾罗裙[44]。

至如一赴绝国，讵相见期[45]。视乔木兮故里[46]，诀北梁兮永辞[47]。左右兮魂动，亲宾兮泪滋。可班荆兮增恨[48]，惟樽酒兮叙悲[49]。值秋雁兮飞日，当白露兮下时。怨复怨兮远山曲，去复去兮长河湄[50]。

又若君居淄右[51]，妾家河阳[52]。同琼珮之晨照[53]，共金炉之夕香[54]。君结绶兮千里[55]，惜瑶草之徒芳[56]。暂幽闺之琴瑟，晦高台之流黄[57]。春宫阙此青苔色[58]，秋帐含兹明月光。夏簟清兮昼不暮[59]，冬釭凝兮夜何长[60]！织锦曲兮泣已尽，回文诗兮影独伤[61]。

傥有华阴上士[62]，服食还仙[63]。术既妙而犹学，道已寂而未传[64]。守丹灶而不顾[65]，炼金鼎而方坚[66]。驾鹤上汉[67]，骖鸾腾天[68]。暂游万里，少别千年[69]。惟世间兮重别，谢主人兮依然[70]。

下有芍药之诗[71]，佳人之歌[72]，桑中卫女，上宫陈娥[73]。春草碧色，春水渌波[74]，送君南浦[75]，伤如之何！至乃秋露如珠，秋月如珪[76]，明月白露，光阴往来，与子之别，思心徘徊。

是以别方不定[77]，别理千名[78]。有别必怨，有怨必盈[79]。使人意夺神骸[80]，心折骨惊[81]。虽渊、云之墨妙[82]，严、乐之笔精[83]，金闺之诸彦[84]，兰台之群英[85]，赋有凌云之称[86]，辩有雕龙之声[87]，讵能摹暂离之状，写永诀之情者乎！

中华书局 1984 年版李长路、赵威点校本《江文通集汇注》卷一

**【注释】**

[1] 黯然：心神沮丧，形容惨戚之状。销魂：丧魂落魄。此为形容别恨之深。[2] 秦、吴：并国名。秦在今陕西一带。吴在今江浙一带。绝国：相隔极远的邦国。[3] 燕、宋：并国名。燕在今河北、北京、辽宁一带。宋在今河南一带。[4] 乍：忽然。一说，"乍"与上文"或"互文见义。[5] 逶迤：徘徊不行的样子。[6] 棹（zhào）：船桨，这里指船。容与：缓慢荡漾不进的样子。讵前：不前。讵，岂。此处化用屈原《九章·涉江》"船容与而不进兮，淹回水而疑滞"句意。[7] 掩：覆盖。觞（shāng）：酒杯。御：进用。[8] 横：搁置。玉柱：用玉做的琴瑟上的系弦之柱，这里指琴。沾：泪水浸湿。轼：车前的横木。以上两句是说行子终于覆杯舍琴挥泪登

车而去。[9] 恍：丧神失意的样子。[10] 沉彩：落日的光辉消失。[11] 楸（qiū）：落叶乔木。瞿：遭受。[12]"巡层楹"二句：写行子一去，居人徘徊旧屋的感受。层楹（yíng），高高的楼房。层，高。楹，屋前的柱子，此指房屋。锦幕，锦织的帐幕。[13]"知离梦"句：是说居人设想行子因不忍相别，在梦中也行步踟蹰不前。[14] 意：同"臆"，料想。飞扬：飞散而无着落，形容心神不安。这句也是居人设想之辞。[15] 万族：不同的种类。[16] 龙马：古代马八尺以上称"龙马"。[17] 朱轩：贵者所乘之车。绣轴：绘有彩饰的车轴。[18] 帐饮：古人设帷帐酒食于郊外以钱行。东都：指东都门，长安城门名。《汉书·疏广传》载西汉疏广告老还乡时，公卿大夫故旧为之设帐钱行于东都门外。[19] 金谷：晋石崇在洛阳西北金谷所造金谷园。《金谷诗序》："余……有别庐在河内县金谷涧中，时征西将军祭酒王诩当还长安，余与众贤共送涧中。"[20] 琴羽：指琴中弹奏出羽声。羽，古代五音之一，宜于表现悲戚之情。张：弹奏。[21] 燕赵歌：燕赵的美人唱歌。伤美人：言见此别离情况，连歌唱的美人亦为之悲伤不已。[22]"珠与玉"二句：写美人装饰华丽，在春秋美日，容光焕发。上春，初春。[23] 骊马：古时四匹马拉的车驾称骊，马称骊马。仰秣（mò）：本来正在进食的马，因听到美妙的音乐而仰起头来。秣，饲马。[24] 耸：因惊动而跃起。鳞：鱼。以上二句语出《韩诗外传》："昔伯牙鼓琴而渊鱼出听，瓠巴鼓瑟而六马仰秣。"[25] 造：等到。衔涕：含泪。[26] 惭恩：自惭于未报主人知遇之恩。[27] 报士：心怀报恩之念的侠士。[28] 韩国：指战国时侠士聂政为韩国严仲子报仇，刺杀韩相侠累一事。赵厕：指战国初期豫让因自己的主人智氏被赵襄子所灭，于是变姓名入赵襄子宫中涂厕，欲挟匕首刺死赵襄子一事。[29] 吴宫：指春秋时专诸置匕首于鱼腹，在宴席间为吴国公子光刺杀吴王僚一事。燕市：指荆轲与朋友高渐离等饮于燕国街市，因感燕太子恩遇，相继入秦谋杀秦王事。[30] 沥泣：洒泪。诀：别。[31] 抆（wěn）：擦拭。抆血，言泣血为别。[32]"方衔感"句：是说因为心里铭记知遇之恩，所以愿以剑行刺来效命。衔，怀。[33] 买价：用生命换取金钱。泉里：黄泉，地下。[34] 金石震：钟、磬等乐器齐鸣。荆轲与秦武阳入秦行刺，秦王使卫士持戟夹陛而立，鼓钟并发，群臣皆呼万岁，武阳大恐，面如死灰色。[35]"骨肉"句：语出《史记·刺客列传》。聂政刺杀韩相侠累后，即自毁容剖腹出肠自杀，以免牵累亲人。韩国当政者将其尸暴于市，下令能识其人者赏千金。其姐聂嫈悲弟身死而名不扬，即伏尸而哭，宣布聂政姓名，自杀其旁。骨肉，指死者亲人。[36] 负羽：挟带弓箭。[37] 辽水：辽河，在今辽宁省西部。无极：没有尽头。[38] 雁山：雁门山，在今山西原平县西北。参云：高插入云。[39] 薰：香。[40] 曜景：照耀的日光。[41] 腾文：指露水在阳光下反射出绚烂的色彩。[42]"镜朱尘"句：是说春日阳光照耀着明亮灿烂的红尘。镜，照。朱尘，红色的尘霭。照烂，鲜明绚烂之色。[43] 袭：侵入。青气：春天草木上腾起的烟霭。烟煴（yūn）：同"氤氲"，云气笼罩弥漫的样子。[44] 爱子：爱人，指征夫。[45] 讵相见期：岂有相见之期。[46] 乔木：高大的树木。王充《论衡·佚文》："睹乔木，知旧都。"[47]"诀北梁"句：语出《楚辞·九怀》。诀，别。北梁，北边的桥梁。永辞，永别。[48] 班：通"班"，铺设。荆：树枝条。据《左传·襄公二十六年》，楚国伍举与声子相善。伍举将奔晋，遇声子于郑郊。"班荆相与食，而言复故。"后遂以"班荆道故"喻亲旧惜别之悲痛。[49] 樽：酒器。[50] 湄：水边。[51] 淄右：淄水西面。淄水，在今山东境内。[52] 河阳：黄河北岸。[53] 琼珮：琼玉之类的佩饰。[54] 金炉：指香炉。[55] 绶：系官印的丝带。结绶，指出仕做官。[56] 瑶草：香草，少妇用此自喻。徒芳：喻虚度青春。[57]"暂幽闺"二句：是说爱人离别之后没有心思弹琴，帷帐也无心洗涤，变得晦暗不明。暂，一作"惭"。晦，昏暗不明。流黄，黄色丝绢，这里指黄绢做成的帷幕。

[58] 春宫：指闺房。阁（bì）：关闭。[59] 簟（diàn）：竹席。[60] 釭（gāng）：灯。凝：光聚集不动的样子。以上四句写居人春、夏、秋、冬四季相思之苦。[61]"织锦曲"二句：用苏蕙事。据《晋书·列女传》，苻秦时秦州刺史窦韬被徙沙漠，其妻苏蕙思之，织锦为回文诗以寄赠。织锦曲，即回文诗。回文诗原为古代一种文体，其文从正反两方读之意义皆通。苏氏的回文诗则正反、横直、旁斜皆可诵读。[62] 傥（tǎng）：同"倘"。华阴：指华山，在今陕西渭南县南。上士：道士，求仙的人。[63] 服食：道教以为服食丹药可以长生不老。还仙：成仙。[64] 寂：安静，这里指道家虚境高超的境界。传：至，指达到最高境界。[65] 丹灶：炼丹炉。不顾：不顾问尘俗之事。[66] 炼金鼎：在金鼎里炼丹。方坚：意志正坚。[67] 汉：天汉，即银河。[68] 骖（cān）：乘、驾。鸾：古代神话传说中凤凰一类的鸟。[69] 少别：小别。[70] 谢：告辞，告别。依然：谓依依不舍。以上写方外之别。[71] 下：下土、下界，与"上士"相对。芍药之诗：语出《诗经·郑风·溱洧》："维士与女，伊其相谑，赠之以芍药。"[72] 佳人之歌：指李延年之"北方有佳人，绝世而独立"歌。[73] 桑中、上宫：并卫国地名。《诗经·鄘风·桑中》："云谁之思？美孟姜矣。期我乎桑中，要我乎上宫。"卫女：恋爱中的少女。鄘属于卫地，故称诗中女子为卫女。陈娥：亦为恋爱中的少女之称。[74] 渌（lù）波：清澈的水波。[75] 南浦：《楚辞·九歌·河伯》："子交手兮东行，送美人兮南浦。"后以"南浦"泛指送别之地。[76] 珪（guī）：一种美玉。[77] 别方：别离的双方。[78] 名：种类。[79] 盈：充盈。[80] 骸：一作"骇"。[81] 心折骨惊：应是"骨折心惊"，作者故意这样运用以显示用词造语之奇。[82] 渊：王褒，字子渊。云：扬雄，字子云。二人都是汉代著名的辞赋家。[83] 严：严安。乐：徐乐。二人为汉代著名文章家。[84] 金闺：指汉代长安金马门，官署名，是聚集才识之士以备皇帝诏询的地方。彦：有学识才干的人。[85] 兰台：汉代朝廷中藏书和讨论学术的地方。[86] 凌云：据《史记·司马相如列传》载，司马相如作《大人赋》，汉武帝读后，"飘飘有凌云之气，似游天地之间"。[87] 雕龙：据《史记·孟子荀卿列传》载，驺奭作文，善谈辩。故齐人称颂他为"雕龙奭"。

## 【审美点评】

同样使人黯然销魂的离愁别情，又分为很多种类，各有自己的特点。富贵公卿之别伴随着盛大的宴会娱乐，只在临别一刻才有"感寂寞而伤神"的淡淡惆怅；侠客赴死前辞别亲人，则是风云变色，慷慨悲壮；求仙者驾鹤上天，辞别人间，则带有得道者的飘逸之风。与这三类离别相比，男女爱人之间的离别则显得缠绵悱恻，最有"黯然销魂"之感，作者在写这类离别之情时也多用典型景物和环境进行烘托，从而创造出情景交融的艺术境界。

# 孔稚珪

孔稚珪（447—501），字德璋，会稽山阴（今浙江绍兴）人。仕宋、齐两朝，累官至都官尚书，迁太子詹事，加散骑常侍。为人风韵清疏，喜文咏，爱山水、饮酒，不乐世务。今有明人辑本《孔詹事集》传世。

# 北山移文

**【题解】** 本文讽刺假隐士故作高蹈、道貌岸然，实则醉心利禄的虚伪之态。全篇拟托山灵口吻，用拟人手法写山中景物被假隐士欺骗的蒙耻发愤心情。据《文选》吕臣注，此文为讥讽周颙而作，然于史无证。本篇应为游戏文字，应是周在做某县令返建康时，作者作此文以相嘲戏。北山，即钟山，今名紫金山，在今南京市东北。移文，一种古代官府文书，主要用于申明己意，晓谕对方。

钟山之英[1]，草堂之灵[2]，驰烟驿路[3]，勒移山庭[4]。夫以耿介拔俗之标[5]，萧洒出尘之想[6]，度白雪以方洁[7]，干青云而直上[8]，吾方知之矣[9]。若其亭亭物表[10]，皎皎霞外[11]，芥千金而不眄[12]，屣万乘其如脱[13]，闻凤吹于洛浦[14]，值薪歌于延濑[15]，固亦有焉。岂期终始参差，苍黄翻覆[16]，泪翟子之悲[17]，恸朱公之哭[18]，乍回迹以心染[19]，或先贞而后黩[20]，何其谬哉[21]！呜呼！尚生不存[22]，仲氏既往[23]，山阿寂寥[24]，千载谁赏？

世有周子，隽俗之士[25]，既文既博，亦玄亦史[26]。然而学遁东鲁[27]，习隐南郭[28]，偶吹草堂[29]，滥巾北岳[30]，诱我松桂，欺我云壑，虽假容于江皋[31]，乃缨情于好爵[32]。其始至也，将欲排巢父，拉许由[33]，傲百氏[34]，蔑王侯，风情张日[35]，霜气横秋[36]。或叹幽人长往[37]，或怨王孙不游[38]。谈空空于释部[39]，核玄玄于道流[40]。务光何足比[41]，涓子不能俦[42]。

及其鸣驺入谷[43]，鹤书赴陇[44]，形驰魄散，志变神动。尔乃眉轩席次[45]，袂耸筵上[46]，焚芰制而裂荷衣[47]，抗尘容而走俗状[48]。风云凄其带愤，石泉咽而下怆[49]，望林峦而有失，顾草木而如丧[50]。

至其纽金章[51]，绾墨绶[52]，跨属城之雄[53]，冠百里之首[54]，张英风于海甸[55]，驰妙誉于浙右[56]。道帙长殡[57]，法筵久埋[58]。敲扑喧嚣犯其虑[59]，牒诉倥偬装其怀[60]。琴歌既断，酒赋无续。常绸缪于结课[61]，每纷纶于折狱[62]，笼张、赵于往图，架卓、鲁于前箓[63]，希踪三辅豪，驰声九州牧[64]。

使我高霞孤映，明月独举，青松落阴，白云谁侣[65]？磵石摧绝无与归[66]，石径荒凉徒延伫[67]。至于还飚入幕[68]，写雾出楹[69]，蕙帐空兮夜鹄怨[70]，山人去兮晓猿惊。昔闻投簪逸海岸[71]，今见解兰缚尘缨[72]。于是南岳献嘲，北垄腾笑，列壑争讥，攒峰竦诮[73]。慨游子之我欺，悲无人以赴吊[74]。故其林惭无尽，涧愧不歇，秋桂遗风，春萝罢月[75]，骋西山之逸议，驰东皋之素谒[76]。

今又促装下邑，浪拽上京[77]。虽情投于魏阙[78]，或假步于山扃[79]。岂可使芳杜厚颜[80]，薜荔无耻[81]，碧岭再辱，丹崖重滓[82]，尘游躅于蕙路[83]，污渌池以洗耳[84]？宜扃岫幌[85]，掩云关[86]，敛轻雾[87]，藏鸣湍[88]，截来辕于谷口[89]，杜妄辔于郊端[90]。于是丛条瞋胆[91]，叠颖怒魄[92]，或飞柯以折轮[93]，乍低枝而扫迹[94]。请回俗士驾[95]，为君谢逋客[96]！

上海古籍出版社 1986 年版李善注《文选》四十三

**【注释】**

[1]英：指神灵。[2]草堂：隐士在山上搭建的居所。[3]驰烟：因驱驰而尘土四起。驿路：供驿使传递文书的官道。[4]勒：刻。移：移文。山庭：山的前庭，即山前。以上四句是说，钟山之神驰骛于驿路烟尘之中，而刻此移文于山庭。[5]耿介：光明正直。拔俗：超越流俗之上。标：风度、格调。[6]萧洒：潇洒脱略无拘束之状。[7]度：度量。方：比。[8]干：犯，上冲，凌驾。以上两句形容人品的高洁。[9]"吾方"句：意为像上面所说的高洁隐者，我仅能知道，而不能见到。[10]亭亭：耸立貌。表：外。[11]皎皎：洁白貌。[12]芥千金：视千金如草芥。芥，小草。眄：斜视。[13]屣（xǐ）万乘：弃天子之位如同脱去草鞋。屣，草鞋。[14]"闻凤吹"句：用太子晋典故。据《列仙传》，周宣王太子晋好吹笙作凤鸣，常游于伊、洛之间，久之仙去。浦，水边。[15]值：碰到。濑：水流沙上。据《文选》五臣注，苏门先生游于延濑，见一人采薪，谓之曰："子以终此乎？"采薪人曰："吾闻圣人无怀，以道德为心，何怪乎而为哀也？"遂为歌二章而去。以上二句是说，常与隐居之士接触。[16]苍黄：本指青色和黄色，这里喻变化无常。以上二句是说，有人前后不一，变化无常。[17]泪：用作动词。翟子：墨翟。墨子见染丝而泣，为其可以染黄，也可以染黑。[18]朱公：杨朱。杨朱见歧路而哭，为其可以南，可以北。以上二句是说自己为某些人的无原则和善变而悲哀。[19]乍：暂时。回迹：指避迹山林。心染：心受染于仕途宠辱。[20]贞：正。黩：污浊。[21]谬：错误。[22]尚生：尚子平，西汉末隐士，入山担薪，卖之为生。[23]仲氏：仲长统，东汉末人，常不应朝廷征辟，著有《昌言》。[24]山阿：山的隐曲处，此指山林，隐者所居。[25]隽俗：卓异脱俗。隽，通"俊"，才智出众。[26]玄：玄学。[27]东鲁：代指隐士颜阖。据《庄子》，颜阖是鲁国隐士，当鲁君派使者拿着礼物向他致意时，他就逃走了。鲁国在列国之东，故称东鲁。[28]南郭：南郭子綦，得道之士，见《庄子·齐物论》。[29]偶吹：与他人一起吹奏乐器，即滥竽充数之意。[30]"滥巾"句：意为在北山中冒充隐士。滥，冒充。[31]假容：假装隐士的容态。江皋：江岸。[32]缨情：系情。爵：爵禄。[33]排：排斥。拉：摧败。巢父、许由：相传为尧时隐士。

[34] 百氏：诸子百家。[35] 风情张日：风度神情能够遮盖太阳。张，张大盖住。[36] 霜气横秋：意为他的气势凛如冰霜，充塞秋空。横，充塞。[37] 幽人：指隐逸之士。长往：指隐而不返。[38] "或怨"句：意为有时埋怨公子王孙贪图富贵而不肯隐居。《楚辞·招隐士》："王孙游兮不归。"这里反用其意。[39] 空空：指佛家奥义。佛教以空明空，故云。释部：佛经。[40] 核：仔细考究。玄玄：指道家玄理。道家义理玄之又玄，故云。道流：道家。[41] 务光：相传为夏代高士。[42] 涓子：古代隐士，隐于宕山。俦：匹敌。[43] 鸣驺（zōu）：指皇帝征召贤士的车马。鸣，车马铃声。驺，随从的骑士。[44] 鹤书：又名鹤头书。古代诏书用此书体。陇：山丘。[45] 尔乃：于是。轩：高扬。席次：座间。[46] 袂（mèi）：衣袖。耸：高举。[47] 芰（jì）：四角的菱。《离骚》："制芰荷以为衣兮，集芙蓉以为裳。"[48] "抗尘容"句：意为他张扬地表现出尘俗的状貌和举止。抗，高举。走，驱驰。都是大肆张扬、毫无顾忌的意思。[49] 咽：鸣咽。怆：悲伤。[50] "望林峦"二句：写山林草木对他的行为感到失望。[51] 纽：系。金章：铜印。[52] 绾（wǎn）：系。墨绶：黑色印带。[53] 跨：超越。属城：郡下所属各县。雄：长。[54] 百里：古代的县方圆百里左右。[55] 英风：美好的名声。海甸：海滨。[56] 浙右：浙水之右。[57] 道帙（zhì）：道家经典。帙，书套。殡（bìn）：埋葬，指抛弃。[58] 法筵（yán）：讲佛法的讲席。[59] 敲扑：鞭打罪犯。虑：思虑。[60] 牒（dié）：公文。诉：诉状。倥偬（kǒngzǒng）：事务迫切之状。[61] 绸缪：纠缠。结课：结算综核赋税。[62] 纷纶：繁忙众多貌。折狱：审案。[63] "笼张、赵"二句：是说政绩能超过历史上记载的张敞、赵广汉、卓茂、鲁恭等循吏。笼、架，超过，盖过。图、篆，指历史记载。[64] "希踪"二句：意为希求能做像治理京都三辅那样的高官，声名远播于九州长官之间。希踪，追慕、跟从。三辅，西汉称京城长安附近的京兆、左冯翊、右扶风为三辅。牧，一州之长官。[65] "使我"四句：写周子走后山林寂寞。我，山灵自指。[66] 硐：通"涧"。石，据胡克家本当作"户"。户，门户。[67] 延伫：久立等待。[68] 还飚（biāo）：旋风。[69] 写：同"泻"，吐。楹：屋柱。[70] 蕙：一种香草。[71] "昔闻"句：据《文选》李善注，是用汉代疏广弃官隐居故乡东海的典故。投簪，指弃官隐居。簪，官员用来连接冠发的簪子。逸，隐逸。[72] 解兰：指弃隐从仕。缚：系上。尘缨：尘世间的冠缨，比喻世俗之事。[73] "攒峰"句：聚在一起的山峰跳动着嘲笑。竦，动。[74] 吊：慰问。[75] "秋桂"二句：秋桂和春萝因为心情不好而罢遣风月。[76] "骋西山"二句：是说山中迅速传播着有德者指斥周子的清议。逸议，隐逸者的清议。素谒，寒素有德之士的言论。谒，告，引申为言论。[77] "今又"二句：是说假隐士又急忙离开县邑，前往京城。促装，急忙整理行装。下邑，相对京城而言的地方县邑。浪拽，鼓棹，即乘船。[78] 魏阙：宫门上高大的观楼，指朝廷。[79] 假步：借步。山扃（jiōng）：山门，指北山。[80] 杜：杜若，一种香草。[81] 薜（bì）荔：香草名。[82] 重滓（zǐ）：重又蒙受污秽。[83] "尘游躅"句：意为污尘落在长满蕙兰的路上。尘，用作动词，尘土污染。躅（zhú），足迹。[84] 渌（lù）池：清水池。洗耳：《高士传》云，尧欲召许由为九州长，许由不欲闻之，洗耳于颍水之滨。其友巢父牵牛犊饮水，见许由洗耳，问何故。许由因告之。巢父曰："污吾犊口。"牵犊上流饮之。[85] 扃：锁闭。岫幌（xiùhuǎng）：山洞居室的窗户。岫，山洞。幌，帷幕。[86] 掩云关：言以云为关键而掩蔽之。[87] 敛：收。[88] 湍：急流。[89] 辕：指车子。[90] 杜：阻断。妄辔：乱闯的车马，此指假隐士的车马。[91] 条：树枝。瞋（chēn）胆：肝胆为之发怒。瞋，怒。[92] 颖：草的尖端，指野草。[93] 柯：树枝。[94] 乍：突然。迹：车马之迹。[95] 俗士：世俗之士，指假隐士。[96] 君：指北山之神灵。谢：谢绝。逋（bū）客：逃

亡者，指放弃隐居生活的假隐士。逋，逃亡。

**【审美点评】**

文中写假隐士前后变化，穷形尽态，对其形象有夸张和漫画式的刻画。而对山中神灵和草木，则用拟人化的手法，特别写它们蒙羞垢耻和谢绝欺骗者的心理和行为表现。山灵草木发现自己被假隐士欺骗之后，先是失望，继之以孤寂和落寞，在受到其他山灵的嘲笑之后则感到十分羞耻而罢遣风月，最后在得知假隐士又要经过自己这里时，终至于愤怒。这一心理和行为变化过程很富戏剧性。

# 谢 朓

谢朓（464—499），字玄晖，陈郡阳夏（今河南太康县）人。家世显贵，与谢灵运同族，并称"大小谢"。早以文学知名，为齐竟陵王萧子良西邸"竟陵八友"之一。后曾出任宣城太守，故又称"谢宣城"。最终死于上层权力集团之争。谢朓是"永明体"的重要诗人，其诗注重音律。他又善于写景体物，诗风清新流利，流转圆美，情景交融，从而发展了晋宋以来的山水诗，使之逐渐摆脱了玄言诗的影响。有《谢宣城集》。

## 之宣城郡出新林浦向板桥

**【题解】**此诗作于齐明帝建武二年（495）春作者赴宣城太守任、初从建康出发时，前半写景，后半抒情，流露出远离尘嚣、避害全身的思想。之，到。宣城郡，在今安徽宣州市。板桥，板桥浦，在离建康不远的西南方。

江路西南永[1]，归流东北骛[2]。天际识归舟，云中辨江树。旅思倦摇摇[3]，孤游昔已屡。既欢怀禄情[4]，复协沧洲趣[5]。嚣尘自兹隔[6]，赏心于此遇[7]。虽无玄豹姿，终隐南山雾[8]。

《丛书集成三编》影印《汉魏六朝百三家集》本《谢宣城集》

**【注释】**

[1]永：长。[2]归流：作者溯江而上，身后的江水东流入海，故称归流。骛：奔驰。[3]摇摇：心情恍惚貌。[4]怀禄：怀恋官禄。[5]协：合。沧洲：水边洲渚，隐士所居。以上两句是说宣城太守的任命既满足了自己仕宦之志，又可以给自己提供一个远离政治斗争中心的避

难所。[6] 嚣尘：喧嚣的尘世。兹：此。[7] 赏心：心所欣赏的事，指归隐。[8]"虽无"二句：用《列女传》典故。据《列女传·贤明·陶答子妻》载，南山有一种玄豹，很爱惜自己的皮毛，在下雨起雾的时候，因为怕皮毛被弄坏了，它宁愿躲在洞中忍饥挨饿也不出去觅食。作者用这个典故自比，表达自己洁身自好、全身远害的想法。

**【审美点评】**

"天际识归舟，云中辨江树。"用清淡的水墨染出一幅江上行旅图。最靠近诗人的，自然是广阔的长江。虽然诗人没有刻意去写江水的宽阔，但是"天际"、"云中"已经透露出这幅画面的开阔。而"识"、"辨"二字更是写出了诗人极目远望的专注神情。

# 晚登三山还望京邑

**【题解】** 本诗作于建武二年（495）作者离开京城建康赴任宣城太守途中，写登上三山回望京城和长江的景色而引发的思乡之情。三山，山名，在今南京市西南长江南岸，上有三峰。京邑，南齐京都建康。

瀺涘望长安[1]，河阳视京县[2]。白日丽飞甍[3]，参差皆可见[4]。余霞散成绮[5]，澄江静如练[6]。喧鸟覆春洲[7]，杂英满芳甸[8]。去矣方滞淫[9]，怀哉罢欢宴[10]。佳期怅何许[11]，泪下如流霰[12]。有情知望乡，谁能鬒不变[13]。

《丛书集成三编》影印《汉魏六朝百三家集》本《谢宣城集》

**【注释】**

[1] 瀺涘（bàsì）：瀺水之岸。瀺，水名，在今陕西。涘，岸。这里用王粲故事以自况。王粲离开长安赴荆州时作《七哀诗》："南登霸陵岸，回首望长安。"[2]"河阳"句：用潘岳故事自况。潘岳任河阳（在今河南）县令时，作《河阳诗》："引领望京室。"京县，指洛阳。[3] 丽：使动用法。甍（méng）：屋檐。[4] 参差：错落不齐貌。[5] 绮：有美丽花纹的丝织品。[6] 练：白绢。[7] 洲：江中的小岛。[8] 杂英：各种花。甸：郊野。[9] 方：将。滞、淫：并有停留之意。[10] 怀哉：语出《诗经·王风·扬之水》："怀哉怀哉！曷月予还归哉！"怀，思念。[11]"佳期"句：是说自己因不知何时能还乡而惆怅。佳期，指归家的日期。怅何许，惆怅有多少？即惆怅很多的意思。[12] 霰（xiàn）：小雪粒。[13] 鬒（zhěn）：黑发。

**【审美点评】**

"余霞散成绮，澄江静如练"，白日西沉，灿烂的余霞铺满天空，犹如一匹散开的锦缎；清澄的大江伸向远方，仿佛一条明净的白绸。这两个比喻不仅色彩绚丽悦目，而且"绮"、"练"这两个喻体给人以静止柔软的直觉感受，也与黄昏时平静柔和的情调十分和谐。

## 玉阶怨

【题解】《玉阶怨》，属《相和歌辞·楚调曲》，诗题始自谢朓。本诗写宫人的愁怨。

夕殿下珠帘，流萤飞复息[1]。长夜缝罗衣，思君此何极[2]？

《丛书集成三编》影印《汉魏六朝百三家集》本《谢宣城集》

【注释】
[1] 流萤：飞来飞去的萤火虫。萤火虫多在夏秋之交出现，也往往出现在僻静无人之所。
[2] 何极：哪有尽头？

【审美点评】
萤火虫的飞舞衬托出了宫人所居之地的清冷。点点闪烁的萤火在串串晶莹的珠帘外飘流，不但融合成清幽的意境，而且使华美的殿宇和凄清的氛围形成对照。

# 吴 均

吴均（469—520），字叔庠，吴兴故鄣（今浙江安吉）人。家世寒微，好学能文。梁时历任郡主簿、建安王萧伟记室、奉朝请等职。后因私撰《齐春秋》被梁武帝免职。后奉诏撰通史，未成而卒。吴均诗文多酬赠之作，善于用典，多描写山水，风格清新挺拔，时称"吴均体"。明人辑有《吴朝请集》。

## 与朱元思书

【题解】这封书信描写了自富阳至桐庐沿途的山水景色。"朱元思"，据黎经诰《六朝文絜笺注》，应作"宋元思"。

风烟俱净，天山共色。从流飘荡，任意东西。自富阳至桐庐[1]，一百许里[2]，奇山异水，天下独绝。水皆缥碧[3]，千丈见底。游鱼细石，

237

直视无碍。急湍甚箭[4]，猛浪若奔。夹岸高山，皆生寒树[5]，负势竞上[6]，互相轩邈[7]，争高直指，千百成峰。泉水激石，泠泠作响[8]；好鸟相鸣，嘤嘤成韵[9]。蝉则千转不穷[10]，猿则百叫无绝。鸢飞戾天者[11]，望峰息心[12]；经纶世务者[13]，窥谷忘反[14]。横柯上蔽[15]，在昼犹昏；疏条交映，有时见日。

《丛书集成三编》影印《汉魏六朝百三家集》本《吴朝请集》

**【注释】**

[1] 富阳、桐庐：富春江沿岸地名，均属今浙江省。[2] 许：约计之语。[3] 缥（piāo）：淡青色。[4] 湍（tuān）：急流。甚：快过。[5] 寒树：耐寒长绿的树。[6] 负势：凭借山势。[7] 互相轩邈：意为山与山互相争高。轩，高。邈，远。[8] 泠（líng）泠：形容流水击石的清脆声。[9] 嘤嘤：鸟鸣声。[10] 转：通"啭"。[11] 鸢飞戾天者：指追逐禄位之人。鸢（yuān），鹰类猛禽。戾，至。[12] 息心：指消除仕宦竞进之心。[13] 经纶世务者：指从政做官的人。经纶，经营、处理。[14] 窥谷：看到山谷。[15] 柯：树枝。

**【审美点评】**

此篇山水，有静态之美，如开头写到的青山碧水，结尾写到的树木枝条，但以动态之美为主。在作者笔下，急湍猛浪奔涌，高山寒树争高斗势，泉水、鸟儿、蝉、猿则或作轻灵之声，或发绵长之韵，一切都是那么奔放活跃，若有生命，显示出大自然的充沛活力。

# 王 籍

王籍（480—550），字文海，琅琊临沂（今山东临沂）人。好学，有才气，然不得志。齐末为冠军行参军，累迁外兵记室。梁天监中任湘东王萧绎咨议参军，迁中散大夫。为诗慕谢灵运，今存诗仅二首。

## 入若耶溪诗

**【题解】** 本诗写若耶溪景色，并表达思归之意。《梁书·文学传》："（籍）除轻车湘东王咨议参军。随府会稽。郡境有云门、天柱山，籍尝游之，或累月不反。至若耶溪赋诗，其略云：'蝉噪林逾静，鸟鸣山更幽。'当时以为文外独绝。"若耶溪，在今浙江绍兴南若耶山下。

舻艎何泛泛[1]，空水共悠悠。阴霞生远岫[2]，阳景逐回流[3]。蝉噪林逾静，鸟鸣山更幽。此地动归念，长年悲倦游。

中华书局 1983 年版逯钦立《先秦汉魏晋南北朝诗》

### 【注释】

[1] 舻艎（yúhuáng）：船名。泛泛：漂浮貌。[2] 阴霞：色彩不鲜明的云霞。岫（xiù）：山峦。[3] 阳景：日光。回流：曲折的水流。

### 【审美点评】

"蝉噪林逾静，鸟鸣山更幽"，空山深林之中，时而响起的蝉噪鸟鸣声之所以显得更加明显，正是因为除了这些声响之外，环境大背景中再无其他声音。蝉噪和鸟鸣不仅无害于林之静、山之幽，反而凸显出了这种幽静。

# 何　逊

何逊（482？—522？），字仲言，东海郯（今山东郯城）人。天资聪颖，八岁能诗，二十岁举秀才。梁天监中，为建安王萧伟水曹行参军，兼记室。后任安成王萧秀参军事，兼尚书水部郎，卒于庐陵王萧续记室。世称"何水部"或"何记室"。何逊诗歌受永明体影响，讲求声律，锤炼词句，也善于把真切情感与自然景物结合起来，用语流畅轻巧，格调清新。今传明人辑本《何记室集》。

## 酬范记室云

### 【题解】
范云有《贻何秀才诗》，本篇为答诗，表达了作者对范云的思念与敬佩之情。此诗约作于公元 487 年前后，作者时年二十岁左右，范云时任竟陵王萧子良记室。

林密户稍阴，草滋阶欲暗[1]。风光蕊上轻，日色花中乱。相思不独欢，伫立空为叹。清谈莫共理，繁文徒可玩[2]。高唱子自轻[3]，继音予可惮[4]。

中华书局 1980 年版《何逊集》

### 【注释】

[1] 滋：长。[2] "繁文"句：是说自己不能与范云相见，只能欣赏其赠诗。繁文，美好的

来诗。[3] 高唱：范云来诗中有"布鼓诚自郠"之句，将自己的诗作谦称为"布鼓"（布蒙之鼓，无声），作者在这里称美其诗是"高唱"。[4]"继音"句：是说由于范云来诗水平高，所以使作者在作回诗时有几分畏难。继音，指作者的答诗。

**【审美点评】**

"风光蕊上轻，日色花中乱。"风光无色无味，不可称量，而曰"轻"；日色无知无觉，不解行为，而曰"乱"。诗人巧妙地将视觉印象变为了心理感觉。

## 与胡兴安夜别

**【题解】** 这是一首送别诗。一说为作者送胡兴安，一说为胡兴安送作者。兴安，南朝所置县名，在今四川成都附近。胡兴安当为在其地做官的胡某。

居人行转轼[1]，客子暂维舟[2]。念此一筵笑，分为两地愁。露湿寒塘草，月映清淮流。方抱新离恨，独守故园秋。

中华书局 1980 年版《何逊集》

**【注释】**

[1] 行转轼：行将驾车离开。[2] 维：系。

**【审美点评】**

"念此一筵笑，分为两地愁"，由一而两，由笑而愁，转换巧妙，但诗中的离情别愁并没有流为滥伤。"露湿寒塘草，月映清淮流"，月色映照下的淮水静静流淌，寒露初生，这种凄清之美正与淡淡离情相应。

# 阴 铿

阴铿，生卒年不详，字子坚，先世武威姑臧（今甘肃武威）人，后迁居南平（今湖南蓝山）。梁时任湘东王法曹行参军，入陈后，以文才被陈文帝所赏识，迁招远将军、晋陵太守、员外散骑常侍。阴铿擅长五言诗，多登临酬赠之作，写景咏物风格清新隽丽流美，与何逊并称"阴何"。今存《六朝诗集》本《阴常侍集》，又逯钦立《先秦汉魏晋南北朝诗》辑诗三十四首。

# 晚出新亭

【题解】这首诗写黄昏时分离开新亭（今南京市南），乘舟而去所见情景，表达了离开京都将要远行的悲愁，也涉及当时南北朝对峙的形势，风格低沉悲壮。

大江一浩荡，离悲足几重。潮落犹如盖[1]，云昏不作峰[2]。远戍唯闻鼓[3]，寒山但见松。九十方称半[4]，归途讵有踪[5]？

中华书局 1983 年版逯钦立《先秦汉魏晋南北朝诗》

【注释】

[1] 如盖：枚乘《七发》形容潮水"如素车白马帷盖之张"。[2]"云昏"句：晚云昏淡弥漫，不能形成峰峦。[3] 戍：边防军队驻守处。鼓：古代兵营中以鼓角报时，日出日落时都要击鼓。[4]"九十"句：用《战国策》典故："行百里者半于九十。"言长路跋涉到末后更难，一百里路程走过九十里只能算走过一半。[5]"归途"句：是说就算走完了征途，归途还不知道什么时候能踏上呢。讵，岂，难道。

【审美点评】

"潮落犹如盖，云昏不作峰。远戍唯闻鼓，寒山但见松"，江潮浩荡，阴云弥漫；戍鼓声声，寥落山松。这幅天寒孤征图，画面开阔而格调灰暗。

# 开善寺诗

【题解】本诗写开善寺和钟山春天的秀丽风光，也流露出怀古、归隐之情。开善寺，在今南京钟山独龙阜上，始建于刘宋元嘉年间，梁武帝天监十三年（514）重建，并建宝公塔。

鹫岭春光遍[1]，王城野望通[2]。登临情不极[3]，萧散趣无穷[4]。莺随入户树[5]，花逐下山风。栋里归云白[6]，窗外落晖红[7]。古石何年卧[8]，枯树几春空[9]？淹留惜未及，幽桂在芳丛。[10]

中华书局 1983 年版逯钦立《先秦汉魏晋南北朝诗》

【注释】

[1] 鹫岭：古印度灵鹫山，释迦牟尼曾在此讲《法华》等经，这里借指钟山。[2]"王城"句：是说在钟山上就可以眺望到京都。王城，指京都建康（今江苏南京）。[3] 极：尽。[4] 萧

241

散：闲散舒适。[5] 户：门。[6] 栋：房屋。[7] 落晖：夕阳余辉。[8] 古石：指开善寺附近的"定心石"。[9] "枯树"句：当指梁朝名僧宝志出生之事。据《六朝事迹编类》引《宝公实录》、《高僧传》，宝志出生在一棵古树的鹰巢里。这句是说，诞生宝志的那棵枯树孤独地空守了多少个春秋呢？[10] "淹留"二句：意为自己不能归隐，是十分遗憾的事。淹留，指归隐。未及，没有做到。幽桂，代指隐居的人。淮南小山《招隐士》："桂树丛生兮山之幽，……攀援桂枝兮聊淹留。"

**【审美点评】**

"莺随入户树，花逐下山风。栋里归云白，窗外落晖红"，前两句捕捉自然景物的动态，用拟人手法写出，十分灵动。由于莺、花的飞动比较明显，所以诗人用"随"、"逐"二字。后两句写归云和落晖，因为它们比较舒缓安静，动感不强，所以诗人将着眼点放在了对它们颜色的描写上。

# 萧　纲

萧纲（503—551），字世缵，梁武帝第三子。太清三年（549），侯景作乱，他被拥立为帝，大宝二年（551）被侯景所弑，后被追谥为简文皇帝。诗歌创作以宫体诗著称。主张吟咏性情，追求新变。有张溥辑本《梁简文集》。

## 咏内人昼眠

**【题解】** 这是一首宫体诗，描写妻子夏日午睡的场景。

北窗聊就枕[1]，南檐日未斜[2]。攀钩落绮障[3]，插捩举琵琶[4]。梦笑开娇靥[5]，眠鬟压落花。簟文生玉腕[6]，香汗浸红纱[7]。夫婿恒相伴，莫误是倡家。

**中华书局 1985 年版穆克宏点校《玉台新咏笺注》卷七**

**【注释】**

[1] 北窗：夏天在北窗下午睡是古人的习惯。[2] "南檐"句：点明是正午时分。[3] 绮障：华丽的帷帐。[4] "插捩"句：是说将拨子插好，将琵琶举起安放起来。捩（lì），琵琶的拨子。[5] 靥（yè）：酒窝。[6] 簟（diàn）：竹席。[7] 纱：轻细的丝织物。

**【审美点评】**

这是一幅活色生香的夏日睡美人图，结构严谨，刻画精工细致。其中有静态的描写，有对睡梦之中女子面容、头发、手腕和衣着的刻画，但是这些刻画无一不带有动感，而这种动感是那么细微。这不易察觉的一举一动都带有特别的慵懒，透露出美人生活的平和与满足。

# 庾　信

庾信（513—581），字子山，祖籍南阳新野（今河南新野），后迁居江陵。庾信早年先后侍奉梁昭明太子萧统、简文帝萧纲、梁元帝萧绎，颇受宠信，君臣唱和，诗歌风格以华艳为主，是宫体诗的重要作家。侯景之乱，他逃至江陵。梁元帝即位，任右卫将军，封武康县侯，加散骑侍郎。承胜三年（554），信奉命出使西魏，适值西魏大军进攻江陵，梁亡，西魏慕其文名，扣不放归，遂留仕北方。北周代魏后，官至骠骑大将军，开府仪同三司。庾信在北朝，虽以文才享高名，但政治上颇受歧视冷落，长期只授有勋官、戎号，而无职事。用世之志不伸的郁闷，加上亡国之痛、屈节之悲及乡关之思，使他写出了大量情感充沛、健笔凌云的诗赋，作品风格与前期相比有较大变化，华艳之风渐除，而沉郁之气大增，但仍然继承了前期语言清丽、用典繁富、声律和谐的优长。就艺术风格而言，庾信的诗、赋、骈文集六朝之大成，导唐人之先路。庾信作品在北周已经结集，今存以明万历中屠隆评点本为最早。

## 拟咏怀（二十七首选二）

**【题解】**《拟咏怀》诗共二十七首，为庾信羁留北周时所作，所写多是羁旅异域的乡关之思。

### 其一

本诗是第十一首。公元 554 年，西魏军队攻破江陵，梁元帝被杀，宗室大臣尽为俘虏，驱送长安，百姓男女数万口沦为奴婢，弱小者皆被杀。这首诗即是针对这一巨大变乱而写，抒发亡国之痛和对现实无可奈何的悲凉心情。

摇落秋为气[1]，凄凉多怨情。啼枯湘水竹[2]，哭坏杞梁城[3]。天亡遭愤战[4]，日蹙值愁兵[5]。直虹朝映垒[6]，长星夜落营[7]。楚歌饶恨曲<sup>[8]</sup>，南风多死声<sup>[9]</sup>。眼前一杯酒，谁论身后名<sup>[10]</sup>。

中华书局 1980 年版许逸民点校《庾子山集注》卷三

【注释】

[1]"摇落"句：用宋玉《九辩》"悲哉秋之为气也，萧瑟兮草木摇落而变衰"语意。气，节气。[2]"啼枯"句：传说舜帝死后，他的妃子娥皇、女英痛哭，泪撒竹上尽成斑点。[3]"哭坏"句：《列女传》载，春秋齐国大夫杞梁战死，其妻号哭，城墙为之崩塌。[4]天亡：灭亡是由于天意。《史记·项羽本纪》载，项羽败亡时对部下说："此天之亡我，非战之罪。"愤战：使人怨愤的战争。[5]日蹙：国土一天天缩减。《诗经·大雅·召旻》："今也日蹙国百里。"值：遇到。[6]"直虹"句：古人认为长虹映照军营预示着兵败。[7]长星：彗星，古人认为长星流落营中为主将死亡之兆。《晋书·宣帝纪》："（诸葛）亮不得进，还于五丈原。会有长星坠亮之垒。"[8]饶：多。《史记·项羽本纪》载，项羽被困垓下，"夜闻汉军四面皆楚歌，项王大惊，曰：'汉皆已得楚乎？是何楚人之多也！'"[9]南风：南方民歌。《左传·襄公十八年》："晋人闻有楚师。师旷曰：'不害。吾骤歌北风，又歌南风。南风不竞，多死声。楚必无功。'"[10]"眼前"二句：《世说新语·任诞》："张季鹰纵任不拘，时人号为'江东步兵'。或谓之曰：'卿乃可纵适一时，独不为身后名邪？'答曰：'使我有身后名，不如即时一杯酒！'"

【审美点评】

此诗用典极为出色。尤其"天亡遭愤战，日蹙值愁兵。直虹朝映垒，长星夜落营"四句，写大势已去的无可奈何，使读者的同情与项羽、诸葛亮的悲剧沟通起来。在作者眼中，故国之亡绝非是因为人事没有尽到，而是天命使然。然而正是这种在天命面前苦苦挣扎后的失败，才更具有悲剧色彩。

## 其二

【题解】本诗是第二十六首，写作者留仕北朝之后面对异域风物而起的羁旅之叹和对世事的消极悲观。

萧条亭障远，凄惨风尘多。关门临白狄<sup>[1]</sup>，城影入黄河。秋风别苏武<sup>[2]</sup>，寒水送荆轲<sup>[3]</sup>。谁言气盖世，晨起帐中歌<sup>[4]</sup>。

中华书局 1980 年版许逸民点校《庾子山集注》卷三

【注释】

[1]白狄：春秋时狄族一支，活动范围在今黄河以北，太行山两侧，这里代指北方异族。[2]"秋风"句：原作"秋风苏武别"，据《四部丛刊》本《庾子山集》改。汉武帝时苏武出使匈奴，被羁留十九年，后归汉。临别时汉降将李陵置酒为他饯行。此以李陵自喻，说明自己南人而留北的身份。[3]"寒水"句：荆轲刺秦王，燕太子丹曾在易水送别。[4]"谁言"二句：项羽被

困垓下，夜闻四面楚歌，饮于帐中，慷慨悲歌："力拔山兮气盖世。时不利兮骓不逝。骓不逝兮可奈何？虞兮虞兮奈若何？"

**【审美点评】**

"关门临白狄，城影入黄河"，于众多北方风物中，单单写关门、城影、黄河这几个高度典型化的意象，写景的线条十分疏简，也突出了关河冷落的形象。

# 寄王琳

**【题解】** 本诗写作者对故乡和友人的思念。王琳，字子珩，平侯景之乱有功。梁元帝被围江陵，王琳倾力勤王。陈霸先篡梁，王琳举兵相抗，兵败被杀。

玉关道路远[1]，金陵信使疏[2]。独下千行泪，开君万里书。

中华书局1980年版许逸民点校《庾子山集注》卷四

**【注释】**

[1] 玉关：玉门关，在今甘肃敦煌西，这里用来代指作者所居的北方之地。玉门关远离中原，也喻作者远离故土。[2] 金陵：今南京市。

**【审美点评】**

此诗对仗虽然工巧，但却如随口道出一般自然，强烈的感情正如千行眼泪直泻而下，将雕琢词句的痕迹冲刷干净，形成深挚动人的艺术境界。

# 小园赋

**【题解】** 此赋是庾信入北不久之后所作。这时他虽然被授予很高的官职，但是均为虚衔，过着不得意的生活，故发为哀怨之辞。此赋前半部分写自己对小园敝庐中闲适生活的满足之感，实为无可奈何处境之下的自我安慰之辞；后半部分则写故国之思。

若夫一枝之上，巢父得安巢之所[1]；一壶之中，壶公有容身之地[2]。况乎管宁藜床，虽穿而可坐[3]；嵇康锻灶，既暖而堪眠[4]。岂必连闼洞房，南阳樊重之第[5]；绿墀青琐，西汉王根之宅[6]。余有数亩敝庐，寂寞人外，聊以拟伏腊[7]，聊以避风霜。虽复晏婴近市，不求朝夕之利[8]；潘岳面城，且适闲居之乐[9]。况乃黄鹤戒露[10]，非有意于轮轩[11]；爰居避风[12]，本无情于钟鼓[13]。陆机则兄弟同居[14]，韩康则舅甥不别[15]。蜗角蚊睫[16]，又足相容者也。

尔乃窟室徘徊[17]，聊同凿坯[18]。桐间露落，柳下风来。琴号珠柱[19]，书名《玉杯》[20]。有棠梨而无馆[21]，足酸枣而非台[22]。犹得欹侧八九丈[23]，纵横数十步，榆柳两三行，梨桃百余树。拨蒙密兮见窗[24]，行攲斜兮得路。蝉有翳兮不惊[25]，雉无罗兮何惧[26]！草树混淆，枝格相交[27]。山为篑覆[28]，地有堂坳[29]。藏狸并窟[30]，乳鹊重巢[31]。连珠细菌[32]，长柄寒匏[33]。可以疗饥[34]，可以栖迟[35]。㟙区兮狭室[36]，穿漏兮茅茨[37]。檐直倚而妨帽，户平行而碍眉[38]。坐帐无鹤[39]，支床有龟[40]。鸟多闲暇，花随四时。心则历陵枯木[41]，发则睢阳乱丝[42]。非夏日而可畏[43]，异秋天而可悲[44]。

一寸二寸之鱼，三竿两竿之竹。云气荫于丛著[45]，金精养于秋菊[46]。枣酸梨酢[47]，桃榹李薁[48]。落叶半床，狂花满屋。名为野人之家[49]，是谓愚公之谷[50]。试偃息于茂林[51]，乃久羡于抽簪[52]。虽有门而长闭，实无水而恒沉[53]。三春负锄相识[54]，五月披裘见寻[55]。问葛洪之药性[56]，访京房之卜林[57]。草无忘忧之意[58]，花无长乐之心[59]。鸟何事而逐酒[60]？鱼何情而听琴[61]？

加以寒暑异令[62]，乖违德性[63]。崔骃以不乐损年[64]，吴质以长愁养病[65]。镇宅神以薶石[66]，厌山精而照镜[67]。屡动庄舄之吟[68]，几行魏颗之命[69]。薄晚闲闺，老幼相携[70]。蓬头王霸之子[71]，椎髻梁鸿之妻[72]。燋麦两瓮[73]，寒菜一畦[74]。风骚骚而树急[75]，天惨惨而云低。聚空仓而雀噪[76]，惊懒妇而蝉嘶[77]。

昔草滥于吹嘘[78]，藉《文言》之庆余[79]。门有通德[80]，家承赐书[81]。或陪玄武之观[82]，时参凤皇之墟[83]。观受釐于宣室[84]，赋《长杨》于直庐[85]。遂乃山崩川竭[86]，冰碎瓦裂[87]。大盗潜移[88]，长离永灭[89]。摧直辔于三危[90]，碎平途于九折[91]。荆轲有寒水之悲[92]，苏武有秋风之别[93]。关山则风月凄怆[94]，陇水则肝肠断绝[95]。龟言此地之寒[96]，鹤讶今年之雪[97]。百龄兮倏忽[98]，光华兮已晚[99]。不雪雁门之踦[100]，先念鸿陆之远[101]。非淮海兮可变[102]，非金丹兮能转[103]。不暴骨于龙门[104]，终低头于马坂[105]。谅天造兮昧昧[106]，嗟生民兮浑浑[107]！

中华书局1980年版许逸民点校《庾子山集注》卷一

**【注释】**

[1]巢父：据《高士传》，巢父为尧时隐者，年老以树为巢而寝其上，故时人号曰巢父。[2]壶公：《神仙传》："壶公常悬一壶空屋上，日入之后，公跳入壶中，人莫能见。"[3]"况乎"二句：《高士传》："管宁字幼安，北海朱虚人。常坐一木榻上，积五十五年未尝箕踞，榻上当膝皆穿。"藜床，用藜草铺的床。穿，穿破成洞。[4]"嵇康"二句：《晋书·嵇康传》："性绝巧而好锻。宅中有一柳树甚茂，乃激水圈之，每夏月，居其下以锻。"锻灶，打铁用的炉灶。[5]"岂必"二句：用东汉樊重故事。闳，门。洞，通。连闳洞房，是说门户相互连属，状其众多。樊重，东汉光武帝的舅父，好货殖，其所起庐舍皆有重堂高阁，陂池灌注。[6]"绿墀"二句：《汉书·元后传》："曲阳侯王根，骄奢僭上，赤墀青琐。"墀，阶。绿墀，用绿色涂阶。青琐，在门上刻的青色连环形花纹。两者都是皇宫用的装饰，此指豪华的装饰。以上是说自己本为长安羁旅之人，只求有一枝一壶的容身之地，不求有高堂大厦。[7]拟伏腊：考虑、打算安排伏、腊二祭，此指打算度过寒暑春秋。伏，伏日，指三伏中举行祭祀之日。腊，腊月，古人于腊月祭众神。[8]"虽复"二句：用春秋齐国大夫晏婴节俭故事。《左传·昭公三年》载，晏婴住宅靠近集市，低下嘈杂，齐景公欲为之更换。晏婴答曰："君之先臣容焉，臣不足以嗣之，于臣侈矣。且小人近市，朝夕得所求，小人之利也，敢烦里旅？"[9]"潘岳"二句：西晋潘岳居洛阳时作《闲居赋》，其中有"陪京泝伊，面郊后市"的句子。此处作"面城"，当是为切合己事而对典故的活用。[10]戒露：鹤性机警，八月露水滴在草叶上发出声音，则高鸣相警，故云戒露。[11]轮轩：车乘，贵者所乘。[12]爰居：海鸟名。《国语·鲁语》："海鸟曰爰居，止于鲁东门外三日。臧文仲使国人祭之。展禽曰：'今兹海其有灾乎？夫广川之鸟兽，恒知避其灾也。'是岁也，海多大风，冬暖。"[13]钟鼓：指祭祀用的音乐。以上四句是说北朝将禄位加在自己头上，但自己其实本无意于此。[14]陆机：字士衡，其弟为陆云，字士龙。陆氏兄弟本为吴人，吴亡后入洛，据《世说新语·赏誉》，他们在洛阳曾共居于参佐廨中。[15]韩康：西晋韩伯，字康伯，为殷浩之甥。殷浩被废为庶人，徙居东阳，韩康伯随至徙所。[16]蜗角、蚊睫：都是形容居所的狭小。蜗角，蜗牛的角。《庄子·则阳》："有国于蜗之左角者曰触氏，有国于蜗之右角者曰蛮氏，时相与争地而战。"蚊睫，蚊子的眼睫毛。《晏子春秋》："东海有虫，巢于蚊睫，飞乳去来，而蚊不为惊。"[17]窟室：本指掘地为室，这里指垒土坯为房。[18]凿坏：凿穿屋墙。语出《淮南子·齐俗训》："颜阖，鲁君欲相之而不肯，使人以币先焉，凿培而遁之。"培同坏，坏，屋后墙。[19]珠柱：琴名，琴柱用珠装饰。[20]《玉杯》：书名。汉代董仲舒说《春秋》事，有《玉杯》、《清明》、《竹林》等数十篇。[21]棠梨：馆名，在汉甘泉宫中。[22]酸枣：县名，故城在今河南省延津北，城西有台，名望气台。[23]欹（qī）：斜。[24]蒙密：茂盛貌。[25]翳（yì）：覆蔽。[26]雉：野鸡。罗：网。[27]枝格：树木的枝条。格，树木的长枝。[28]篑（kuì）：盛土的竹筐。《论语·子罕》："譬如平地，虽覆一篑，进，吾往也。"覆：倾倒。[29]堂坳（ào）：堂前可容小水的低洼处。《庄子·逍遥游》："覆杯水于坳堂之上，则芥为之舟。"[30]狸：同"貍"，哺乳类动物，形似狐而小，俗称野猫。[31]重巢：复叠为巢。[32]连珠细茵：意为细草连贯如珠，像铺茵席。茵，席。[33]匏（páo）：葫芦。《世说新语·简傲》："陆士衡初入洛，诣刘道真。刘无他言，唯问：'东吴有长柄壶卢，卿得种来不？'"[34]疗饥：止饿。与下句"栖迟"并出自《诗经·陈风·衡门》："衡门之下，可以栖迟。泌之洋洋，可以乐饥。"《韩诗外传》"乐饥"作"疗饥"。旧注以为这是赞美贤者安贫乐道。[35]栖迟：栖息。[36]敧区（qīqū）：

同"崎岖"，房屋歪斜不正。[37] 茅茨（cí）：茅屋。[38] 妨帽、碍眉：都是形容房屋的低矮。
[39] 坐帐无鹤：《神仙传》："介象，字元则，会稽人也。吴王征至武昌，甚尊敬之。称为介君。
诏令立宅供帐，皆是绮绣，遗黄金千镒，从象学隐形之术。后告言病，帝以美梨一奁赐象，象食
之，须臾便死。帝埋葬之。以日中死，晡时已至建邺，所赐梨付苑吏种之。吏后以表闻，先主即
发棺视之，惟一符耳。帝思之，与立庙，时时躬往祭之，常有白鹤来集座上，迟回复去。"这句
是说自己不能像介象一样归建康。[40] 支床有龟：《史记·龟策列传》："南方老人用龟支床足，
行二十余岁，老人死，移床，龟尚生不死。"这句是说自己久在北方，时间之长犹如龟之支床。
[41] 历陵：县名，汉时属豫章郡，在今江西省九江市。应劭《汉官仪》："豫章郡树生庭中，故
以名郡矣。此树尝中枯，逮晋永嘉中，一旦更茂，丰蔚如初。"这句是说自己心如枯木。[42] 睢
阳：县名，在今河南商丘南。墨翟尝见染素丝者而叹。这句是说自己因忧愁而发白如素丝。
[43] "非夏日"句：语出《左传·文公七年》："酆舒问于贾季曰：'赵衰、赵盾孰贤？'对曰：
'赵衰冬日之日，赵盾夏日之日也。'"杜预注："冬日可爱，夏日可畏。"[44] "异秋天"句：本
自宋玉《九辩》："悲哉，秋之为气也！"以上两句是说自己一年四季心中只有畏悲之情而无乐趣，
与古人之畏夏日、悲秋天者不同。[45] 蓍（shī）：古代卜筮用的草。《史记·龟策列传》："蓍生
满百茎者，其下必有神龟守之，其上常有青云覆之。"[46] 金精：《玉函方》："甘菊，九月上寅
日采，名曰金精。" [47] 梨酢：梨之有酸味者。酢，古"醋"字。 [48] 棬（sī）：山桃。薁
（yù）：山李。[49] 野人：《高士传》："汉滨老父者，不知何许人也。桓帝延熹中幸竟陵，过云
梦，临沔水，百姓莫不观者。有老父独耕不辍。尚书郎南阳张温异之，使问曰：'人皆来观，老
父独不辍，何也？'老父笑而不答。温下道百步，自与言。老父曰：'我野人也，不达斯语。'"
[50] 愚公之谷：《说苑·政理》："齐桓公出猎，逐鹿而走入山谷之中，见一老公而问之曰：'是
为何谷？'对曰：'为愚公之谷。'桓公曰：'何故？'对曰：'以臣名之。'桓公曰：'今视公之仪
状，非愚人也，何为以公名？'对曰：'臣请陈之。臣故畜牸牛，生子而大，卖之而买驹。少年
曰："牛不能生马。"遂持驹去。傍邻闻之，以臣为愚，故名此谷为愚公之谷。'"[51] 偃息：闲
居。茂林：深林。[52] 抽簪：散发，指弃官不仕。簪为连系冠发之物。[53] "实无水"句：语
本《庄子·则阳》："方且与世违，而心不屑与之俱，是陆沉者也。"郭象注："人中隐者，譬无水
而沉，曰陆沉。"[54] 三春负锄：出典未详，指农人。[55] 五月披裘：语出《高士传》："披裘
公者，吴人也。延陵季子出游，见道中有遗金，顾披裘公曰：'取彼金。'公投镰瞋目拂手而言
曰：'何子处之高而视人之卑！五月披裘而负薪，岂取金者哉？'"以上二句是说自己交往的人都
是农民和有道贫士。[56] 葛洪之药性：葛洪，字稚川，晋丹阳句容人，精通医术，有《金匮药
方》、《肘后备急方》等。[57] 京房之卜林：京房，字君明，汉东郡顿丘人，《易》学经师，以善
于占卜著称。[58] 忘忧：指萱草。[59] 长乐：指紫华。以上二句是说，自己因为被留长安，即
景伤情，故园中花草似亦皆带忧愁之色。[60] 鸟逐酒：《庄子·至乐》："昔者海鸟止于鲁郊，鲁
侯御而觞之于庙，奏九韶以为乐，具太牢以为膳。鸟乃眩视忧悲，不敢食一脔，不敢饮一杯，三
日而死。"[61] 鱼听琴：《韩诗外传》："昔伯牙鼓琴而渊鱼出听。"以上两句是说自己像鸟、鱼一
样之丧失故性，所以忧愁不乐。[62] 寒暑异令：指北方与南方的气候不同，时令相异。[63] 乖
违德性：违背自己的本性。[64] 崔骃：字亭伯，汉安平人。窦宪为车骑将军，辟崔骃为掾。窦
宪擅权骄恣，骃数谏不听，被任命为外地地方官。崔骃不乐远去为地方官，遂不赴任，郁郁不得
意，卒于家。[65] 吴质：字季重，与曹丕友好。《文选》卷四十载建安二十二年吴质与曹丕书
云："质已四十二矣，白发生鬓，所虑日深，实不复若平日之时也。但欲保身勅行，不蹈有过之

地，以为知己之累耳。"见《文选》卷四十。[66] 镇：镇压。宅神：住宅之神。薶石：《淮南毕万术》："埋石四隅家无鬼。"薶，同"埋"。[67] 厌：通"压"，镇压。山精：山中的精怪。据《抱朴子》，明镜中能够显露精怪原形。[68] 庄舄（xì）之吟：越人庄舄在楚国为官，病中思念故乡，发出母国的语音。事见《史记·陈轸传》。[69] 魏颗：春秋晋人。《左传·宣公十五年》："魏武子有嬖妾，无子。武子疾，命颗曰：'必嫁是。'疾病，则曰：'必以为殉。'及卒，颗嫁之，曰：'疾病则乱，吾从其治也。'"以上是说自己在北方因思念家乡而忧愁不乐、疾病以至于精神昏乱。[70] 老幼相携：是说自己全家老小都在长安。[71] 王霸：汉时隐士，其妻亦志行高洁。同郡友人为楚相，令子奉书信于霸。友人之子车马随从，神态雍容。霸子时方耕于野，闻宾至，投耒而归，见友人子，惭愧沮丧，不能仰视。事见《后汉书·列女传》。[72] 梁鸿：汉时隐士，娶同郡孟光。光始以盛装入门，七日而鸿不答。光乃更为椎髻，著布衣，鸿乃喜。事见《后汉书·逸民传》。椎髻，一撮之髻，形似椎。[73] 燋：同"焦"。[74] 畦（qí）：田一区为一畦。[75] 骚骚：形容风吹动的样子。[76] 空仓：晋苏伯玉妻《盘中诗》："空仓雀，常苦饥。"[77] 懒妇：蟋蟀。《诗经·唐风·蟋蟀》："蟋蟀在堂，岁聿其莫。"孔疏云："里语曰：'趋织鸣，懒妇惊。'"蟋蟀又名促织，因其鸣叫声似蝉。[78] 草滥：以草莽之人而滥居列位。吹嘘：指吹竽。用南郭处士"滥竽充数"典故来说自己本来没有才能而滥受禄位。此句以下是说以前仕梁时的事。[79] 藉《文言》之庆余：是说自己仕梁是凭借先世之功。《周易·乾卦·文言》："积善之家，必有余庆。"[80] 通德：《后汉书·郑玄传》："郑玄，字康成，北海高密人。国相孔融深敬于玄，告高密县曰：'昔东海于公，仅有一节，犹或戒乡人侈其门闾。矧乃郑公之德，而无驷牡之路。可广门衢，令容高车。'号曰通德门。"这句是说他的祖父在南朝也受过礼遇，如同汉之郑玄。[81] 赐书：《汉书·叙传》："班彪，字叔皮，与仲兄嗣共游学，家有赐书。"庾信的父亲与伯父均有文名，因此这里用班彪兄弟父子相比。[82] 玄武：《三辅旧事》："未央宫北有玄武阙。"[83] 凤皇：《三辅黄图》："汉宫殿有凤凰殿。"墟：处所。[84] 釐（xī）：祭余肉。宣室：未央宫前正室。《史记·屈原贾生列传》："贾生征见，孝文帝方受釐，坐宣室。上因感鬼神事，而问鬼神之本。贾生因具道所以然之状。至夜半，文帝前席。"[85] 赋《长杨》：汉代扬雄为郎，常侍从皇帝，曾作《长杨赋》。长杨，宫殿名。直庐：侍臣夜晚值班住宿之处。以上四句都以汉代京都事物来说自己过去在梁朝曾受亲用。[86] 山崩川竭：古人相信山崩川竭是亡国之征。这里指梁武帝太清二年侯景之乱。[87] 冰碎瓦裂：喻国家遭乱后破碎不全。[88] 大盗：指侯景。潜移：发生变化。[89] 长离：凤凰，指梁武帝子孙。一说长离为星名[90] 三危：山名，在西方极处。[91] 九折：坂名，在今四川邛崃山，山路艰险，登者九折乃得上。以上两句是说梁朝从此由治到乱，与自己的命运一样前途艰难。[92]"荆轲"句：据《史记·刺客列传》，荆轲入秦行刺，燕太子丹饯于易水上。荆轲歌曰："风萧萧兮易水寒，壮士一去兮不复还。"[93]"苏武"句：苏武在匈奴被扣押二十余年，后还汉朝，同在匈奴的故友李陵与之辞别，相传双方互有赠别诗。[94] 关山：古乐府有《关山月》曲，主题是伤离别。[95] 陇水：古乐府《陇头歌辞》："陇头流水，鸣声幽咽。遥望秦川，肝肠断绝。"以上两句写自己在北方的乡关之思。[96]"龟言"句：《水经注》引车频《秦书》云，前秦符坚时，高陆县民穿井得龟，大二尺六寸，背文负八卦古字。坚以石为池养之。十六年而死，取其骨以问吉凶，名为客龟。大卜佐高梦龟言："我将归江南，不遇，死于秦。"这句是说自己思归江南，不愿像龟一样客死于北方。[97]"鹤讶"句：刘敬叔《异苑》载，晋太康二年冬，大雪，有人见二白鹤语于桥下曰："今兹寒，不减尧崩年也。"于是飞去。这里用寒雪和尧崩来喻梁的灭亡和梁元帝之死。[98] 龄：一本作"灵"，误。

[99] 光华：年华。[100] 雪：洗除。雁门之踦（jī）：据《汉书·段会宗传》，段会宗为西域都护，谷永闵其老而远出，予书戒曰："愿吾子因循旧贯，毋求奇功，终更亟还，亦足以复雁门之踦。"应劭注："踦，只也。会宗从沛郡下为雁门，又坐法免，为踦只不偶也。"这句是说自己也像段会宗那样命运不济。[101] 鸿陆：《易·渐卦》："鸿渐于陆，夫征不复。"这里是说自己使北朝而不能南返。[102] 非淮海兮可变：《国语·晋语》："雀入于海为蛤，雉入于淮为蜃。鼋、鼍、鱼、鳖，莫不能化，惟人不能。悲夫！"这句是说自己无奈屈节事人，非如雀雉之能变化。[103] 非金丹兮能转：《抱朴子·金丹》："九转之丹者，封涂之于土釜中，糠火先文后武，其一转至九转，迟速各有日数。"此处是指自己不能像金丹一样能转变。[104] "不暴骨"句：《三秦记》："龙门山在河东界，禹凿山断门一里余，黄河自中流下，两岸不通车马。鱼登者化为龙，不登者点额暴腮而返。"[105] 马坂：《战国策·楚策》载有骐骥服盐车而上大坂，伯乐见之而哭。以上两句喻自己不能死节，致遭屈节之辱。[106] "谅天造"句：是说天道昧昧不可问。天造，天运。《易·屯卦》："天造草昧。"[107] 浑浑：言安于不识不知。

### 【审美点评】

此园虽小，不属于豪宅高第，也没有奇花异草、楼台馆榭，但如果有安静闲适恬淡的心境，在那"一寸二寸之鱼，三竿两竿之竹"中，自然也"可以疗饥，可以栖迟"。但是由于自己"心则历陵枯木，发则睢阳乱丝"，不仅年老体衰，而且心中更怀有家国之悲，所以也就不能在这小园之中找到"长乐"和"忘忧"之意，反而觉得这园中未经精细修治、略带荒凉颓败的风景无时无刻不在唤起自己的"可畏"、"可悲"之情了。

# 陈叔宝

陈叔宝（553—604），字元秀，小字黄奴。吴兴长城（今浙江长兴）人。南朝陈的最后一个皇帝，荒于酒色，日与文臣江总等游宴狎乐，最终导致陈朝被隋所灭。诗歌继承了齐梁以来的宫体诗风，以绮艳精工为主。明人张溥辑有《陈后主集》。

## 玉树后庭花

【题解】这是一首描写后宫女子容态姿色的宫体诗。

丽宇芳林对高阁[1]，新妆艳质本倾城。映户凝娇乍不进，出帷含态笑相迎[2]。妖姬脸似花含露[3]，玉树流光照后庭。

《丛书集成三编》影印《汉魏六朝百三家集》本《陈后主集》

**【注释】**

[1] 丽宇：华丽的宫殿。高阁：高高的楼阁。陈后主曾修筑临春、结绮、望仙三阁供妃嫔居住。[2] 帷（wéi）：帐幕。[3] 妖姬：美丽的女子。

**【审美点评】**

"妖姬脸似花含露，玉树流光照后庭"，把美人的脸比作含着露水的花，娇艳欲滴；把她们的身姿比作闪光的玉树，颇具耀眼的光彩。这样的句子之中，能够读出那位欣赏美人娇态的男子的满足，读出他拥有美人所有权的自得之意。

# 郦道元

郦道元（？—527），字善长，北魏范阳（今河北涿州）人。历任尚书主客郎、冀州镇东府长史、鲁阳太守、东荆州刺史、河南尹、御史中尉等职。治政严猛，执法峻刻，为权豪所忌惮。后因谗出为关右大使，正值雍州刺史萧宝夤反，于赴任途中被杀。著有《水经注》。《水经》是记述我国古代水道的一部地理书，相传为西汉桑钦所作，清人多疑为三国时人作，内容极简略。郦道元旁征博引，又结合游历考察，著成《水经注》四十卷。此书擅长摹写山水之美，文风清峭隽永，绚丽多姿。《水经注》较重要的版本有《永乐大典》本，清人戴震、王先谦等人的校注本。

## 水经注·龙门

**【题解】**本段文字节选自《水经注·河水》，描写黄河经过龙门这一险要之地的情形。龙门，山名，在今山西省河津西北，陕西韩城东北，分跨黄河两岸。

河水南径北屈县故城西[1]，北十里有风山[2]，上有穴如轮，风气萧瑟，习常不止。当其冲飘也，而略无生草，盖常不定，众风之门故也。风山西四十里，河水南出，孟门山与龙门山相对[3]。《山海经》曰："孟门之山，其上多苍玉、多金，其下多黄垩、涅石[4]。"《尸子》曰[5]："龙门未辟，吕梁未凿[6]，河出孟门之上，大溢逆流，无有丘陵、高阜灭之[7]，名曰洪水。大禹疏通，谓之孟门。"故《穆天子传》曰："北登盟门[8]，九河之磴[9]。"孟门，即龙门之上口也，实为河之巨阨[10]，兼孟门津之名矣[11]。

此石经始禹凿，河中漱广[12]，夹岸崇深，倾崖返捍[13]，巨石临危，若坠复倚。古之人有言："水非石凿，而能入石。"信哉！其中水流交冲，素气云浮，往来遥观者，常若雾露沾人，窥深悸魄。其水尚崩浪万寻[14]，悬流千丈，浑洪赑怒[15]，鼓若山腾[16]，浚波颓叠[17]，迄于下口。方知《慎子》"下龙门，流浮竹，非驷马之追"也[18]。

江苏古籍出版社 1989 年版杨守敬《水经注疏》卷四

**【注释】**

　[1] 径：经过。北屈县故城：在今山西省吉县东北。[2] 风山：在今山西吉县北。[3] 孟门山：在今山西吉县西北，陕西宜川东北，龙门山之北，山脉绵亘于黄河两岸。[4] 黄垩（è）：黄沙土。涅（niè）石：礬（fán）石。[5]《尸子》：先秦杂家著作，旧题为尸佼著。一作"《淮南子》"。[6] 吕梁：山名，在山西西部，黄河与汾河之间，西南与龙门山相连。[7] 阜：山。灭：淹没。[8] 盟门：孟门。"盟"、"孟"一声之转。[9] 隥（dēng）：斜坡。[10] 阨（è）：阻塞。[11] 孟门津：在今陕西宜川东南，与孟门山相连。[12] 漱广：是说河道因水冲激而非常宽阔。[13] 倾崖返捍：两岸似乎要倾倒的悬崖却又像反身捍卫着河道。[14] 寻：古代以八尺为寻。[15] 赑（bì）：猛壮貌。[16] 鼓：鼓起。[17] 浚波：大的波浪。[18]《慎子》：战国法家著作，旧题为慎到所著。

**【审美点评】**

　本篇中写河水在龙门一段河道中冲击鼓荡一节，气势雄阔，惊心动魄，描写极有章法。先以仰望的视角写夹岸倾崖之危，再以亲临者的角度写观看河水时惊悸的心理，最后以远望的视角写怒涛奔流远去，从而让人有身临其境之感。

# 水经注·三峡

**【题解】** 本文节选自《水经注·江水》，描绘了长江三峡奇壮秀丽的景色。

　自三峡七百里中，两岸连山，略无阙处[1]。重岩叠嶂[2]，隐天蔽日，自非停午夜分[3]，不见曦月[4]。至于夏水襄陵[5]，沿溯阻绝[6]。或王命急宣[7]，有时朝发白帝[8]，暮到江陵[9]。其间千二百里，虽乘奔御风[10]，不以疾也[11]。春冬之时，则素湍绿潭[12]，回清倒影[13]。绝巘多生怪柏[14]，悬泉瀑布，飞漱其间。清荣峻茂[15]，良多趣味[16]。每至晴初霜旦，林寒涧肃，常有高猿长啸，属引凄异[17]，空谷传响，哀转久绝。故渔者歌曰："巴东三峡巫峡长，猿鸣三声泪沾裳！"

江苏古籍出版社 1989 年版杨守敬《水经注疏》卷三十四

**【注释】**

[1]阙：通"缺"。[2]嶂：山峰。[3]停午：正午。夜分：半夜。[4]曦：日光，这里指太阳。[5]襄：水漫上。陵：山陵。[6]沿：顺流而下。溯：逆流而上。[7]或：有时。王命：朝廷的文告。宣：宣布、传达。[8]白帝：城名，在今重庆奉节东白帝山上。[9]江陵：今湖北江陵县。[10]奔：奔马。[11]不以：不如。[12]素湍：白色急流。[13]回清：回映着清光。[14]巘（yǎn）：山峰。柽（chēng）：一种落叶小乔木，又称三春柳或红柳。[15]清荣峻茂：水清花荣，山高树茂。[16]良多：甚多。[17]属（zhǔ）引：连续。

**【审美点评】**

连山七百里而无阙处，重岩叠嶂遮天蔽日，是为奇壮之美。朝发白帝，暮到江陵，是奔腾之美。素湍绿潭，柽柏瀑布，是为清峻秀丽之美。林寒涧肃，高猿长啸，是为凄哀之美。短短数百字而风格数变，余味悠长。

# 杨衒之

杨衒之，生卒年不详，北平（今天津蓟县）人。北魏永安中为奉朝请，历任期城太守、抚军府司马等职。北魏从平城迁都洛阳之后，大量兴建寺庙，最盛时京城里外佛寺多到一千三百六十余所。公元534年孝静帝迁都邺城之后，洛阳寺庙大半在兵火中毁灭。孝静帝武定五年（547），杨衒之因行役重游洛阳，见城郭崩毁，宫室倾覆，寺观灰烬，庙塔丘墟，有感于佛寺的兴废盛衰而撰《洛阳伽蓝记》。伽蓝是梵语音译而来，意为佛寺。此书历叙北魏洛阳佛寺兴废，寄托国家兴衰之感，语言洁净明快，描写生动精致。今有周祖谟《洛阳伽蓝记校释》。

## 洛阳伽蓝记·永宁寺

**【题解】**此文节选自《洛阳伽蓝记·永宁寺》，写永宁寺的规模、设施及其豪华气象。

永宁寺，熙平元年灵太后胡氏所立也[1]，在宫前阊阖门南一里御道西[2]。中有九层浮图一所[3]，架木为之，举高九十丈[4]。上有金刹[5]，复高十丈。合去地一千尺。去京师百里，已遥见之。初掘基至黄泉下[6]，得金像三千躯，太后以为信法之征[7]，是以营建过度也。刹上有金宝瓶，容二十五斛[8]。宝瓶下有承露金盘一十一重，周匝皆垂金铎[9]。复有铁镍四道[10]，引刹向浮图四角，镍上亦有金铎。铎大小如一石瓮子[11]。浮图有九级，角角皆悬金铎，合上下有一百三十铎。浮图有四面，面有三户六窗，户皆朱漆。扉上各有五行金铃[12]，合有五千四百枚。复有金环铺首[13]，殚土木之功[14]，穷造形之巧。佛事精妙，不可思议。绣柱金铺[15]，骇人心目。至于高风永夜[16]，宝铎和鸣，铿锵之声，闻及十余里。

浮图北有佛殿一所，形如太极殿[17]。中有丈八金像一躯，中长金像十躯，绣珠像三躯，金织成像五躯，玉像二躯。作功奇巧，冠于当世。僧房楼观一千余间，雕梁粉壁，青璅绮疏[18]，难得而言。栝柏椿松[19]，扶疏檐溜[20]。丛竹香草，布护阶墀[21]。是以常景碑云"须弥宝殿[22]，兜率净宫[23]，莫尚于斯"也。

外国所献经像，皆在此寺。寺院墙皆施短椽，以瓦覆之，若今宫墙也。四面各开一门，南门楼三重，通三阁道[24]，去地二十丈，形制似今端门[25]。图以云气，画彩仙灵，列钱青璅[26]，赫弈华丽[27]。拱门有四力士、四师子[28]，饰以金银，加之珠玉，庄严焕炳[29]，世所未闻。东西两门亦皆如之，所可异者，唯楼两重。北门一道，上不施屋，似乌头门[30]。其四门外，皆树以青槐，亘以绿水[31]，京邑行人，多庇其下[32]。路断飞尘[33]，不由淐云之润[34]；清风送凉，岂藉合欢之发[35]？

中华书局 1963 年版周祖谟《洛阳伽蓝记校释》卷一

**【注释】**

[1]熙平元年：即公元 516 年。熙平，北魏孝明帝年号。灵太后胡氏：孝明帝之母，谥"灵"，姓胡。[2]阊阖（chānghé）门：为宫城正南门。御道：专供帝王车驾通行的道路。[3]浮图：佛塔。[4]举：总共。[5]金刹：佛塔顶上涂金的装饰物。[6]基：地基。黄泉下：地下。[7]法：佛法。征：吉祥的征兆。[8]斛（hú）：量词，一斛为十斗。[9]铎（duó）：大铃。[10]镍：同"锁"，锁链。[11]一石瓮子：容一石的石瓮。[12]扉：门。[13]铺首：门上衔门环的底座，一般为兽头形状。[14]殚：尽。[15]金铺：金铺首。[16]永夜：彻夜。[17]太极殿：曹魏明帝建太极殿，晋以后宫中正殿皆称太极殿。[18]青璅（suǒ）：指门上镂刻连环花纹而用青饰之。璅，同"琐"。绮疏：指窗户上镂刻着空心花纹。[19]栝（kuò）：桧树，一种常绿乔木。[20]扶疏：形容枝叶四布。檐溜（liù）：房檐。溜，通"霤"，屋檐滴水处。[21]墀（chí）：台阶。[22]常景碑：常景撰写的碑文。常景，人名，撰写碑文时为中书舍人。须弥：须弥山，本为古印度神话中的山名，佛教用来指一个小世界的中心，此处指上天、仙界。[23]兜率（shuài）：兜率天。佛教认为天有多层，兜率天为第四层。净宫：指寺院。[24]阁道：复道，楼阁之间以木架空的通道。[25]端门：在洛阳，宫之正南门。[26]列钱：指壁间横木上镶嵌的金环排列像成串的铜钱。[27]赫弈：光彩耀人。[28]力士：佛家护法神。师子：狮子。[29]焕炳：鲜明夺目。[30]乌头门：又名乌头大门，门形如窗棂。[31]亘：横穿。

［32］庇：寻庇护。［33］断：绝。［34］渰（yǎn）云之润：谓雨水的滋润。渰，含雨之云兴起貌。［35］藉：凭借。合欢：团扇之称。

**【审美点评】**

永宁寺规模的宏大和建筑装饰的奢华自是令人咂舌，但是如果仅仅列举浮图高度、金盘、金瓶、金铎、金铃、金像、僧房楼观等的数量来描写，未免显得单调乏味、刻板呆滞。作者在如同慢镜头扫描式地铺陈列举完九层浮图之上诸物后，接着写在有大风的夜晚，塔上的金铎、金铃铿锵和鸣，声闻十余里。在写完佛殿与僧房楼观之后，又将镜头对准了穿插点缀在楼宇台阶之旁的青青松柏、翠竹和香草。在写完寺院墙和门楼之后，又以文学语言谈到四门之外的青槐。这样，整个画面就显得鲜活灵动起来。

# 乐府民歌

南朝乐府民歌现存五百首左右，北朝乐府民歌现存七十首左右，基本上都辑入宋郭茂倩《乐府诗集》。

南朝乐府民歌大多属"清商曲辞"，极少数属"杂曲歌辞"和"杂歌谣辞"。属"清商曲辞"的按其产生地域又分为"吴歌"和"西曲"两大类。"吴歌"流传于六朝故都建康（今江苏南京）一带，这一带习称吴地。"西曲"则产生于江汉流域的荆（今湖北江陵）、郢（今江陵附近）、樊（今湖北襄樊）、邓（今河南邓州）等地，它们是南朝西部的经济文化重镇。"吴歌"产生于东晋至刘宋的居多，"西曲"产生于宋、齐时期的居多。南朝乐府民歌绝大多数属情歌，多用女子口吻，形式以五言四句为主。诗风明快，情感纯真热烈。出语天然，或素朴，或鲜丽，大多清新浅易，多用双关、谐音手法。

北朝乐府民歌中被编入"横吹曲辞·梁鼓角横吹曲"的有六十六首，其他则被收在"杂曲歌辞"和"杂歌谣辞"中。北朝民歌主要反映了北方鲜卑、氐、羌等少数民族的生活。其中有很多婚恋之歌，也有反映北国风光、豪侠尚武、民生疾苦等内容的篇章。风格以刚健质朴、粗犷直率为主。五言四句的形式约占百分之六十，另外则以七言、四言居多，杂言极少。

## 子夜歌 （四十二首选一）

**【题解】**《子夜歌》现存四十二首，属《清商曲辞·吴声歌曲》。据《唐书·乐志》，此歌原为晋代一位名叫子夜的女子所创。此诗原为第三首，写女子在情郎面前的娇媚之态。

宿昔不梳头[1]，丝发被两肩[2]。婉伸郎膝上[3]，何处不可怜[4]？

中华书局 1979 年版《乐府诗集》卷四十四

**【注释】**

[1] 宿昔：晚间。[2] 被：通"披"，覆盖。[3] 婉伸：曲伸。[4] 可怜：可爱。

**【审美点评】**

盛妆的女子自然是美丽的，但是诗中这位女子，不仅未施粉黛，就连头发都没有梳理，任丝发披散在肩头，可是她在情郎膝上的娇媚婉转之态，同样美丽动人、惹人怜爱。

## 子夜四时歌（七十五首选一）

**【题解】**《子夜四时歌》共七十五首，是从《子夜歌》变化出来的一种歌唱四时的曲调，属《清商曲辞·吴声歌曲》。其中《春歌》、《夏歌》各二十首，《秋歌》十八首，《冬歌》十七首。这里选《春歌》第十首，写女子的春情。

春林花多媚，春鸟意多哀。春风复多情，吹我罗裳开。

中华书局 1979 年版《乐府诗集》卷四十四

**【审美点评】**

春花、春鸟、春风皆有情，其实源于人之有情。佳人春日正满怀情思，顾影自怜，春风偏偏在这时来撩动她的罗裙，确是有情，但却又好不识趣。

## 莫愁乐（二首选一）

**【题解】**《莫愁乐》现存二首，属《清商曲辞·西曲歌》。莫愁，古代传说中的女子名，善歌谣。这里选第二首，写女子送别情人时的难舍难分。

闻欢下扬州[1]，相送楚山头[2]。探手抱腰看，江水断不流。

中华书局 1979 年版《乐府诗集》卷四十八

**【注释】**

[1] 下：往。扬州：指南朝京都建康（今南京）。[2] 楚山：泛指楚地之山。

**【审美点评】**

"江水断不流"，如同一个特写镜头，呈现出女子眼中的奇异景色。这一景色似乎违反常理，但却符合她在那个瞬间所具有的时间停滞的感觉。

# 西洲曲

**【题解】**此诗属《杂曲歌辞》，写一位女子对情人的缠绵情思，暗用表明时序的诗句，表达了在季节流变之中，从春到秋、由早及晚的不尽思致。

忆梅下西洲[1]，折梅寄江北。单衫杏子红，双鬓鸦雏色[2]。西洲在何处？两桨桥头渡[3]。日暮伯劳飞[4]，风吹乌臼树[5]。树下即门前，门中露翠钿[6]。开门郎不至，出门采红莲。采莲南塘秋，莲花过人头。低头弄莲子，莲子青如水[7]。置莲怀袖中，莲心彻底红[8]。忆郎郎不至，仰首望飞鸿[9]。鸿飞满西洲，望郎上青楼[10]。楼高望不见，尽日栏干头。栏干十二曲[11]，垂手明如玉。卷帘天自高，海水摇空绿[12]。海水梦悠悠，君愁我亦愁。南风知我意，吹梦到西洲。

中华书局 1979 年版《乐府诗集》卷七十二

**【注释】**

[1] 梅：梅花，也是情郎的代称。下：双关，一指梅花落下，一指情郎来到。西洲：女主人公与情郎相会之处。[2] 鸦雏色：像小乌鸦羽毛般乌黑亮泽的颜色。[3]"两桨"句：意为划起两桨经过桥头、渡口就到西洲。[4] 伯劳：鸟名，仲夏始鸣，喜独栖。[5] 乌臼树：落叶乔木，夏日开花。[6] 翠钿：镶翠玉的首饰。[7] 莲子：谐音"怜子"。怜，怜爱。青如水：谐音"清如水"，兼喻情郎品格。[8] 莲心：谐音"怜心"，怜爱之心。彻底红：喻怜爱之心的纯粹、热烈。[9] 鸿：雁。古有鸿雁传书的传说。[10] 青楼：古时富贵人家女子的闺楼，因用青漆涂饰，故称"青楼"。[11] 十二：言数量多，非确数。[12] 海水：此处实为江水。

**【审美点评】**

全诗无处不点染着绿色、红色等青春的、新鲜的色调。其中有少女的青春靓丽之色，"杏子红"，"鸦雏色"，钿翠色；有莲花、莲子的新鲜充满生机的颜色，"彻底"之红，如水之青；更有江水的绿色，与天空相接。这些颜色共同涂抹成一个奇妙而恍惚的梦境。

# 陇头歌辞（三首选一）

【题解】《陇头歌辞》三首，本是汉横吹旧曲，古辞已亡，在《乐府诗集》中属《梁鼓角横吹曲》。也有人认为这三首是汉魏旧辞。陇头，即陇山，亦名陇坂、陇坻、陇首，在今陕西陇县西北。据《三秦记》："其坂九回，不知高几许。欲上者，七日乃越。高处可容百余家。"此地迫近西北边塞，为出征士卒经行之地。这里选第二首，写征役之苦。

朝发欣城[1]，暮宿陇头。寒不能语，舌卷入喉。

中华书局 1979 年版《乐府诗集》卷二十五

【注释】

[1] 欣城：其地未详，当为内地城邑。

【审美点评】

用"舌卷入喉"来写寒冷，是"奇语"（沈德潜《古诗源》）。这是基于诗人自身切肤的特殊感受而产生的夸张感觉，虽然有违常理，但十分真实地写出了人在极寒中的境况。

# 木兰诗

【题解】此诗最早著录于陈代释智匠所编的《古今乐录》，后被收入《乐府诗集》，属《横吹曲辞·梁鼓角横吹曲》。这首长篇叙事诗，写木兰女扮男装替父从军出征的传奇故事，塑造了一位孝顺父母、善良勇敢、坚韧不拔的女英雄形象。

唧唧复唧唧[1]，木兰当户织[2]。不闻机杼声[3]，唯闻女叹息。问女何所思，问女何所忆。女亦无所思，女亦无所忆。昨夜见军帖[4]，可汗大点兵[5]。军书十二卷[6]，卷卷有爷名[7]。阿爷无大儿，木兰无长兄。愿为市鞍马[8]，从此替爷征。

东市买骏马，西市买鞍鞯[9]。南市买辔头[10]，北市买长鞭。旦辞爷娘去，暮宿黄河边。不闻爷娘唤女声，但闻黄河流水鸣溅溅[11]。旦辞黄河去，暮至黑山头[12]。不闻爷娘唤女声，但闻燕山胡骑鸣啾啾[13]。

万里赴戎机[14]，关山度若飞。朔气传金柝[15]，寒光照铁衣[16]。将军百战死，壮士十年归。

归来见天子，天子坐明堂[17]。策勋十二转[18]，赏赐百千强[19]。可汗问所欲，"木兰不用尚书郎[20]。愿驰千里足[21]，送儿还故乡[22]。"

爷娘闻女来，出郭相扶将[23]。阿姊闻妹来，当户理红妆。小弟闻姊来，磨刀霍霍向猪羊[24]。开我东阁门，坐我西间床。脱我战时袍，著我旧时裳。当窗理云鬓[25]，对镜帖花黄[26]。出门看火伴[27]，火伴皆惊惶。同行十二年，不知木兰是女郎！

雄兔脚扑朔[28]，雌兔眼迷离[29]。双兔傍地走[30]，安能辨我是雄雌？

中华书局 1979 年版《乐府诗集》卷二十五

**【注释】**

[1] 唧唧：织布声，一说为叹息声。[2] 当户：对着门。[3] 杼（zhù）：织机的梭子。[4] 军帖：征兵的公文、名册。[5] 可汗（kèhán）：古代西域和北方少数民族对君主的称呼，这里指天子。大点兵：大规模征兵。[6] 十二：言数量多，非确指。[7] 爷：对父亲的称呼。[8] 市：买。[9] 鞯（jiān）：马鞍下的垫子。[10] 辔（pèi）头：马笼头。[11] 溅溅：水流迅疾声。[12] 黑山：杀虎山，在今内蒙古呼和浩特市东南。[13] 燕山：指燕然山，即今蒙古国境内的杭爱山。一说指今天津蓟县古燕山。啾（jiū）啾：马鸣声。[14] 戎机：军机，指战争。[15] 朔气：北方的寒气。金柝（tuò）：古代军用铜锅，夜间可以用来打更。[16] 铁衣：铠甲。[17] 明堂：天子用来朝会、祭祀、庆赏、选士的殿堂。[18] 策：记录。十二：言数量多，非确指。转（zhuǎn）：升迁。[19] 强：有余。[20] 不用：不做。尚书郎：中央尚书省的官员。[21] 千里足：指驼、马等代步之物。[22] 儿：木兰自称。[23] 郭：外城。将（jiāng）：扶。[24] 霍霍：磨刀声。[25] 云鬓：此以云比喻鬓发的柔美。[26] 花黄：古代妇女的面饰，用金黄色纸剪成星月花鸟等形贴在额上，或在额间点以黄色。[27] 火伴：同伍的士兵。[28] 扑朔：形容跳跃时脚扑打不齐的样子。[29] 迷离：形容眼神不定的样子。[30] 傍地：挨着。走：跑。

**【审美点评】**

木兰代父从军，十二年的传奇经历，用短短数百行云流水般的文字叙述出来，显得十分轻快。十二年女扮男装真相，也在"出门看火伴，火伴皆惊惶"和"同行十二年，不知木兰是女郎"这一喜剧性氛围中揭晓。诗中虽然也描写了这十二年边关生活的艰苦和危险，写到了木兰对父母的思念，但是总体的氛围却是轻松的。

# 敕勒歌

**【题解】** 该诗属《杂歌谣辞》。《乐府诗集》引《乐府广题》："其歌本鲜卑语，易为齐言，故其句长短不齐。"由此知这是一篇翻译作品。此诗描绘了苍茫辽阔的草原风光。敕勒，古代中国北方的少数民族部落之一，又称"铁勒"，匈奴的后裔。

北朝时居住在今山西北部一带。

敕勒川[1]，阴山下[2]。天似穹庐[3]，笼盖四野。天苍苍，野茫茫，风吹草低见牛羊。

中华书局 1979 年版《乐府诗集》卷八十六

**【注释】**

[1] 川：平原。[2] 阴山：山名，山脉起源于河套西北，绵亘于今内蒙古自治区南境一带。[3] 穹（qióng）庐：游牧民族居住的圆顶大帐篷。

**【审美点评】**

"天苍苍，野茫茫，风吹草低见牛羊"，苍茫的天地之间，风吹拂浩瀚丰茂的草原，给人以浑浑浩浩的感觉，场景虽然阔大，但未免显得单调。而时时闪现出的群群牛羊，则为这幅画面增添了鲜活的生命力。

# 《世说新语》

《世说新语》，刘义庆撰。刘义庆（403—444），彭城（今江苏徐州）人，刘宋宗室。永初元年袭封临川王。历任侍中、丹阳尹、荆州刺史、江州刺史、开府仪同三司等职。为人性简素，寡嗜欲，然而十分爱好文艺，喜欢结纳文学之士。《世说新语》本名《世说新书》。全书主要记载魏晋士族阶层的琐闻轶事，为魏晋名士精神风貌的写照。文字精练传神，意味隽永。梁刘孝标为之作注。今人余嘉锡有《世说新语笺疏》、徐震堮有《世说新语校笺》。

## 过江诸人

**【题解】**公元 316 年，西晋灭亡。317 年，东晋建立。因北方战乱，中原士族多渡江南下。本篇写西晋灭亡之后南渡士族山河破碎之感。原为《言语》第三十一则。

过江诸人，每至美日，辄相邀新亭[1]，藉卉饮宴[2]。周侯中坐而叹曰[3]："风景不殊，正自有山河之异！"皆相视流泪。唯王丞相愀然变色曰[4]："当共戮力王室[5]，克复神州[6]，何至作楚囚相对[7]？"

中华书局 1983 年版余嘉锡《世说新语笺疏》

**【注释】**

[1] 新亭：亭名，故址在今江苏省江宁县。三国时吴国所建，名临沧观，晋安帝时重修，改名新亭。[2] 藉（jiè）：坐卧在某物上。卉：草的总称。[3] 周侯：周颛（yǐ），字伯仁，汝南安城（今河南汝南）人，官至尚书仆射，后为王敦所害。侯是对州牧刺史的尊称。周曾任荆州刺史，故称。[4] 王丞相：王导，字茂弘，临沂（今山东临沂）人，东晋丞相。愀（qiǎo）然：面色突变貌。[5] 戮（lù）力：勉力。戮，通"勠（lù）"，勉。[6] 神州：古代称中原为神州。[7] 楚囚：《左传·成公九年》载，楚人钟仪被晋俘虏，晋人称他为楚囚。这里指处于困境之中的人。

**【审美点评】**

"唯王丞相愀然变色曰……"，如异峰突起，扫尽相视流泪诸辈的颓唐低落之气，一个超拔的形象跃然纸上。没有庸庸诸辈的衬托，怎能凸显出王导的卓越？

# 王子猷居山阴

**【题解】**本篇表现了名士率性任情、不同常俗的风度。原为《任诞》第四十七则。王子猷，王徽之，字子猷，王羲之子。山阴，旧县名，在今浙江绍兴市。

王子猷居山阴，夜大雪，眠觉[1]，开室，命酌酒，四望皎然。因起彷徨，咏左思《招隐诗》[2]，忽忆戴安道[3]。时戴在剡[4]，即便夜乘小船就之。经宿方至，造门不前而返。人问其故，王曰："吾本乘兴而行，兴尽而返，何必见戴？"

**中华书局** 1983 **年版余嘉锡《世说新语笺疏》**

**【注释】**

[1] 觉（jué）：醒来。[2]《招隐》：左思有《招隐诗》二首，见《文选》，内容为招寻隐士共同隐居，共享山水之乐。[3] 戴安道：戴逵，字安道，谯郡铚（zhì）（今安徽宿州）人。博学多艺，隐居不仕。[4] 剡（shàn）：今浙江嵊（shèng）州市。

**【审美点评】**

"乘兴而行，兴尽而返"，赏一路雪景，咏一路诗篇，忆一路友人；兴尽而见戴，岂不大煞向来一路之风景？不见戴，固有违于常情；雪夜而欲往见，已非常情。自始即已伏下不见戴之因了。

# 《幽明录》

　　《幽明录》，又名《幽冥录》、《幽冥记》，刘义庆撰。"幽明"取自《周易》"是故知幽明之故"，用来指冥冥之中幻化万端的神鬼灵怪。此书内容大多是鬼神怪魅灵异故事。与《搜神记》相比，此书增加了许多宣扬佛教的故事，文笔更加生动优美，细致入微，情节也较曲折完整。鲁迅《古小说钩沉》辑录二百六十五则，是诸本中较完备的辑本。

## 刘晨阮肇

　　【题解】本篇叙述了刘晨、阮肇入山遇仙女的故事。

　　汉明帝永平五年[1]，剡县刘晨、阮肇共入天台山取穀皮[2]。迷不得返，经十三日，粮乏尽，饥馁殆死。遥望山上有一桃树，大有子实，而绝岩邃涧[3]，永无登路。攀援藤葛，乃得至上。各啖数枚，而饥止体充。复下山，持杯取水，欲盥漱，见芜菁叶从山腹流出[4]，甚鲜新，复一杯流出，有胡麻糁[5]。相谓曰："此必去人径不远。"便共没水，逆流行二三里，得度山。出一大溪，溪边二女子，姿质妙绝。见二人持杯出，便笑曰："刘、阮二郎捉向所失流杯来[6]。"晨、肇既不识之，缘二女便呼其姓，如似有旧，乃相见忻喜。问："来何晚邪？"因邀还家。

　　其家筒瓦屋[7]，南壁及东壁下各有一大床，皆施绛罗帐，帐角悬铃，金银交错。床头各有十侍婢，敕云[8]："刘、阮二郎经涉山岨[9]，向虽得琼实，犹尚虚弊，可速作食。"食胡麻饭、山羊脯、牛肉，甚甘美。食毕行酒，有一群女来，各持三五桃子，笑而言："贺汝婿来。"酒酣作乐，刘、阮忻怖交并。至暮，令各就一帐宿，女往就之。言声清婉，令人忘忧。

　　至十日后，欲求还去。女云："君已来是，宿福所牵[10]，何复欲还耶？"遂停半年。气候草木是春时，百鸟啼鸣，更怀悲思，求归甚苦。女曰："罪牵君，当可如何！"遂呼前来女子，有三四十人，集会奏乐，共送刘、阮，指示还路。

　　既出，亲旧零落，邑屋改异，无相识。问讯得七世孙，传闻上世入山，迷不得归。至晋太元八年[11]，忽复去，不知何所。

上海古籍出版社 1999 年版《汉魏六朝笔记小说大观》

**【注释】**﹒

[1] 永平五年：为公元 62 年。永平是东汉明帝年号（58—75 年）。[2] 剡（shàn）县：在今浙江省嵊州。天台山：在今浙江省天台县，历代小说将它视为仙境。榖（gǔ）皮：楮（chǔ）树皮，可入药。[3] 绝岩邃涧：陡峭的山岩，幽深的溪涧。[4] 芜菁：大头菜，根如圆萝卜，可腌作咸菜。[5] 胡麻糁（sǎn）：用芝麻和米粒混合煮制的食物，道家认为食胡麻是达到绝粒境界的过渡阶段。[6] 郎：青年男子的通称。捉：握着。向：刚才。所失流杯：传说天台神女以流杯卜婿，此杯乃有意放流，非遗失。[7] 筒瓦：以竹筒当瓦。[8] 敕：吩咐。[9] 山岨（jū）：山中险峻的地方。[10] 宿福：命中注定的福分。[11] 晋太元八年：为公元 383 年，上距永平五年入山已历三百二十一年。太元是东晋孝武帝年号（376—396 年）。

**【审美点评】**

刘、阮有缘进入仙境，见美人，睹华屋，食美食，但相对于群女的宴笑酒酣欢乐，他们因为终究对这一奇遇有所疑虑，所以表现得"忻怖交并"。这一心理刻画，不仅十分符合常情，而且巧妙设置了悬念，引人入胜。而写仙女的仙姿美貌，并未过多着笔，而仅及"言声清婉，令人忘忧"一点，更是留下诸多遐想空间。

263

高等师范院校汉语言文学专业系列教材

普通高等学校中文学科通用教材

# 中国古代文学经典选读

唐宋文学

Zhongguo Gudai Wenxue

Jingdian Xuandu

分册主编　于年湖

编　　委　于年湖　吉　南　兰　翠

北京师范大学出版集团
BEIJING NORMAL UNIVERSITY PUBLISHING GROUP
北京师范大学出版社

# 目　录

## 隋唐五代文学

# 宋金文学

# 隋唐五代文学

## 卢思道

卢思道（532—586?），字子行，范阳（今河北涿州）人。北齐时，为给事黄门侍郎。北周间，官至仪同三司，迁武阳太守。入隋后，官终散骑侍郎。卢思道的诗最值得关注的是反映边塞军旅生活的题材，这类作品写出了真情实感，多贞刚之气。有《卢武阳集》。

## 从军行

**【题解】**《从军行》是汉代乐府《平调曲》名，内容多写军队的战斗生活。此诗借助勾画和品评汉时的边塞战争抒发期望和平安定的心愿。

朔方烽火照甘泉[1]，长安飞将出祁连[2]。犀渠玉剑良家子[3]，白马金羁侠少年。平明偃月屯右地[4]，薄暮鱼丽逐左贤[5]。谷中石虎经衔箭[6]，山上金人曾祭天[7]。天涯一去无穷已，蓟门迢递三千里[8]。朝见马岭黄沙合[9]，夕望龙城阵云起[10]。庭中奇树已堪攀，塞外征人殊未还。白雪初下天山外，浮云直上五原间[11]。关山万里不可越，谁能坐对芳菲月？流水本自断人肠，坚冰旧来伤马骨。边庭节物与华异[12]，冬霰秋霜春不歇。长风萧萧渡水来，归雁连连映天没。从军行，军行万里出龙庭[13]。单于渭桥今已拜，将军何处觅功名[14]？

**中华书局版逯钦立《先秦汉魏晋南北朝诗·隋诗》卷一**

**【注释】**

[1]甘泉：宫名，秦始皇筑的行宫，在陕西淳化县甘泉山上，汉武帝时有所增筑。 [2]祁连：即祁连山。 [3]犀渠：犀牛皮制作的盾。 [4]偃月：即偃月阵，古代阵法，全军呈弧形配置，形如弯月，是一种非对称的阵形。 [5]鱼丽：即鱼丽阵，古代将步卒队形环绕战车进行疏散

1

配置的一种阵法。[6] 石虎经衔箭：《史记·李将军列传》载："广出猎，见草中石，以为虎而射之，中石没镞，视之，石也。因复更射之，终不能复入石矣。广所居郡闻有虎，尝自射之。及居右北平射虎，虎腾伤广，广亦竟射杀之。"[7] 金人曾祭天：汉代元狩二年（公元前 121），霍去病击败匈奴休屠王，得其"祭天金人"。后世讹传，以此为佛像传入中国之始。[8] 蓟门：原指古蓟门关。唐代以关名置蓟州后亦泛指蓟州（今蓟县）一带。[9] 马岭：即马岭关，位于河北省邢台市西部的太行山脉，是秦汉以来中国北部边陲的一个重要关隘。[10] 龙城：汉时匈奴大会祭天之地，在今蒙古国境内，汉车骑将军卫青曾率兵到此。[11] 五原：即五原郡，汉武帝元朔二年（公元前 127）置。郡治在九原县（县治在今内蒙古包头市九原区麻池镇西北），隶属于朔方刺史部。[12] 节物：各个季节的风物景色。[13] 龙庭：匈奴单于京城。[14]"单于"二句：意即天下太平，将军已无用武之地。汉宣帝时匈奴呼韩邪单于内附，在渭桥接受拜见。

**【审美点评】**

"庭中奇树已堪攀，塞外征人殊未还。"两句构思精巧，以树之"堪攀"既写出征人"未还"时间之久，又衬托出在家留守的思妇对远方之人的深切思念，表达了"树犹如此，人何以堪"之叹。

# 杨　素

杨素（？—606），字处道，弘农华阴（今陕西华阴）人。北周时，以平定北齐功封成安县公。隋文帝时，封越国公，任内史令。杨广即位，拜司徒，改封楚国公，官至太师。卒谥景武。他的诗多描写边塞风霜行役的军旅生活，风格劲健质朴。《全隋诗》录存其诗 19 首。

## 赠薛播州（十四首选一）

**【题解】**此诗是作者病重时思念友人薛道衡的述怀之作。薛播州，即薛道衡，隋炀帝时曾任播州刺史。

北风吹故林，秋声不可听。雁飞穷海寒[1]，鹤唳霜皋净[2]。含毫心未传[3]，闻音路犹夐[4]。惟有孤城月，徘徊独临映。吊影余自怜[5]，安知我疲病。

中华书局版逯钦立《先秦汉魏晋南北朝诗·隋诗》卷二

**【注释】**

[1] 穷海：极远的瀚海。瀚海，指沙漠。[2] 皋：水边的高地。[3] 含毫：濡笔作书。[4] 夐（xiòng）：远。[5] 吊影：形影相吊，意指孤独。

**【审美点评】**

"雁飞穷海寒，鹤唳霜皋净。"两句以雁飞鹤唳渲染出一片苍茫寥廓的景象，同时以"雁飞"喻友人之离去，以"鹤唳"喻己之悲伤，文思蕴藉，韵味无穷。

# 薛道衡

薛道衡（540—609），字玄卿，河东汾阴（今山西万荣）人。历仕北齐、北周、隋。隋朝建立后，任内史侍郎，加开府仪同三司。炀帝时，官至司隶大夫。后为隋炀帝所杀。其诗颇受南方影响，风格清丽委婉。《全隋诗》录其存诗二十余首，有《薛司隶集》。

## 人日思归

**【题解】**此诗是诗人出使陈时在江南创作的，诗写思归之情。人日，古代相传农历正月初七为人日。

入春才七日，离家已二年。人归落雁后，思发在花前。
中华书局版逯钦立《先秦汉魏晋南北朝诗·隋诗》卷二

**【审美点评】**

每逢佳节倍思亲，更何况是在这传说中女娲造人的"人日"。在诗中，作者巧妙地利用辞旧迎新在时间上的跨度，又借大雁春归的物候特征，委婉而生动地表达了自己思念祖国的深情和急于北归的心愿。诗句通俗自然，意味深长，给人"清水出芙蓉"的美感。

# 王　绩

王绩（590—644），字无功，号东皋子，绛州龙门（今山西河津）人。为隋末大儒王通之弟。隋末举孝廉，授秘书省正字，未就，复授扬州六合丞。时天下大乱，弃官还乡。唐武德中，诏以前朝官待诏门下省。贞观初，以疾罢归河渚间，躬耕东皋，自号"东皋子"。王绩诗风朴素无华，以平淡自然的话语表现自己的生活情趣，创造出一种宁静淡泊而又纯朴疏野的意境。对五言律诗的成熟，也有所贡献。有《王无功文集》。

# 野　望

**【题解】** 这首诗写的是山野秋景，在闲逸的情调中，带几分彷徨和苦闷。

薄暮东皋望[1]，徙倚将何依[2]。树树皆秋色，山山唯落晖。牧人驱犊返，猎马带禽归。相顾无相识，长歌怀采薇[3]。

上海古籍出版社版韩理洲《王无功文集》卷二

**【注释】**

[1]"薄暮"句：一作"东皋薄暮望"。东皋，水边向阳高地，也泛指田野。此指作者在家乡绛州龙门隐居的地方。[2]徙倚：徘徊，来回地走。将，一作"欲"。依：归依。[3]采薇：用伯夷、叔齐事。相传周武王灭商后，伯夷、叔齐不愿做周的臣子，在首阳山上采薇而食，最后饿死。薇，一种植物。

**【审美点评】**

"树树皆秋色，山山唯落晖。"时值深秋，每一棵树都凋谢枯黄，每一座山峰都涂上落日的余晖。光与色，远景与近景，静态与动态，搭配得恰到好处。

# 骆宾王

骆宾王（627？—684？），字务光，婺州义乌（今浙江义乌）人。天姿聪颖，少负才名。七岁能诗，被称为神童。近而立之年始得入仕，先为道王李元庆府属官，又以奉礼郎从军边塞，历官武功、长安主簿，入朝为侍御史，不久因罪下狱一年多，获释后贬为临海县（今浙江天台）丞，心情郁闷，遂辞弃。光宅元年（684），徐敬业（即李敬业）在扬州起兵反对武则天，骆宾王参与其事，并作《代李敬业传檄天下文》。徐兵败，骆下落不明，或说被杀，或说跳水逃跑，或说为僧。骆宾王是"初唐四杰"之一，作诗擅长七言歌行。有《骆宾王文集》。

# 在狱咏蝉 并序

**【题解】**《在狱咏蝉》是骆宾王陷身囹圄时所作。唐高宗仪凤三年（678），屈居下僚十八年，刚升为侍御史的骆宾王因受他人诬陷而被捕入狱。这首咏物诗，名为咏蝉，实为自表心迹，抒写了因无罪被诬，无人相信自己高洁的忧愤。

　　余禁所禁垣西[1]，是法曹厅事也[2]，有古槐数株焉。虽生意可知，同殷仲文之枯树[3]；而听讼斯在，即周邵伯之甘棠[4]。每至夕照低阴[5]，秋蝉疏引[6]，发声幽息[7]，有切尝闻[8]。岂人心异于曩时[9]，将虫响悲乎前听[10]？嗟呼！声以动容[11]，德以象贤[12]。故洁其身也，禀君子达人之高行[13]；蜕其皮也，有仙都羽毛之灵姿[14]。候时而来，顺阴阳之数[15]；应节为变，审藏用之机[16]。有目斯开，不以道昏而昧其视[17]；有翼自薄，不以俗厚而易其真[18]。吟乔树之微风，韵资天纵[19]；饮高秋之坠露，清畏人知[20]。仆失路艰虞[21]，遭时徽纆[22]，不哀伤而自怨，未摇落而先衰[23]。闻蟪蛄之流声[24]，悟平反之已奏[25]；见螳螂之抱影，怯危机之未安[26]。感而缀诗[27]，贻诸知己[28]。庶情沿物应[29]，哀弱羽之飘零[30]；道寄人知，悯馀声之寂寞[31]。非谓文墨[32]，取代幽忧云尔[33]。

　　西陆蝉声唱[34]，南冠客思侵[35]。那堪玄鬓影[36]，来对白头吟。露重飞难进，风多响易沉。无人信高洁，谁为表予心？

上海古籍出版社陈熙晋《骆临海集笺注》卷四

**【注释】**

　　[1]禁所：牢房。此指御史台监狱。垣：墙。[2]法曹：指司法官署。厅事：官署视事问案的厅堂。[3]"虽生意"两句：东晋殷仲文，见大司马桓温府中老槐树，叹曰："此树婆娑，无复生意。"借此自叹其不得志。[4]"而听讼"两句：传说周代召伯巡行，听民间之讼而不烦劳百姓，就在甘棠（即棠梨）下断案，后人因相戒不要损伤此树。召伯，即召公。周代燕国始祖，名姬奭，因封邑在召（今陕西岐山西南）而得名。邵、召，古通。[5]夕照：夕阳。[6]疏引：鸣声清远。[7]幽息：指发声犹如深长的叹息。[8]切：凄切。[9]曩（nǎng）时：前时。[10]将：抑或。虫响：指蝉鸣。[11]声以动容：谓蝉之悲鸣使人听来感动。[12]德以象贤：谓蝉之德操就像贤人一样。陆云《寒蝉赋序》云："昔人称鸡有五德，而作者赋焉。至于寒蝉，才齐其美，独未之思，而莫斯述。夫头上有緌，则其文也；含气饮露，则其清也；黍稷不享，则其廉也；处不巢居，则其俭也；应候守常，则其信也；加以冠冕，取其容也。君子则其操，可以

事君，可以立身，岂非至德之虫哉？"以下皆据此而发挥。[13] 禀：禀受，具有。[14] "蜕其皮"二句：《淮南子·说林训》："蝉饮而不食，三十日而蜕。"蜕，脱皮。羽毛，一作"羽化"，较胜。羽化，指飞升成仙。《抱朴子·对俗》："古之得仙者，或身生羽翼，变化飞行。"灵姿，犹仙姿。[15] 顺：顺应。阴阳之数：自然变化的规律。[16] "应节"二句：以蝉适应节气的变化来比喻士人的进退出处。[17] 道昏：世道昏暗。昧其视：犹视而不见。昧，目不明。[18] 俗厚：指世俗看重权势利禄。真：指淡泊自守。曹植《蝉赋》："实淡泊而寡欲兮，独怡乐而长吟。声噭噭而弥厉兮，似贞士之介心。内含和而弗食兮，与众物而无求。"[19] "吟乔树"二句：《吴越春秋·夫差内传》载，太子友曰："夫秋蝉登高树，饮清露，随风执挠，长吟悲鸣，自以为安。"曹植《蝉赋》："栖乔枝而仰首兮，漱朝露之清流。"乔树，高树。天纵，谓大自然所赋予。[20] 清畏人知：《晋书·胡威传》载，威父质，以忠清著称。晋武帝谓威曰："卿孰与父清？"对曰："臣不如也。"帝曰："卿父以何胜耶？"对曰："臣父清恐人知，臣清恐人不知，是臣不及远也。"[21] 仆：自谦之词。失路：指仕途失意。艰虞：艰难忧伤。[22] 徽纆(mò)：捆绑人的绳索。此指入狱。[23] 摇落：指秋天。宋玉《九辩》："悲哉秋之为气也！萧瑟兮草木摇落而变衰。"[24] 蟪蛄(huìgū)：蝉的一种。[25] 平反：谓从轻判罚。《汉书·隽不疑传》载，不疑为京兆尹，"京师吏民敬其威信，每行县录囚徒还，其母辄问不疑：'有所平反，活几何人？'不疑多有所平反，母喜笑，为饮食语言异于他时；或亡所出，母怒，为之不食。故不疑为吏，严而不残"。颜师古注引如淳曰："反音幡。幡，奏使从轻也。"[26] "见螳螂"二句：《说苑·正谏》："园中有树，其上有蝉，蝉高居悲鸣饮露，不知螳螂在其后也！螳螂委身曲附，欲取蝉而不顾知黄雀在其傍也！"蝉将为螳螂所捕杀，故曰"危机"。[27] 缀诗：作诗。[28] 贻：赠。[29] 庶：庶几，希冀之词。物：指蝉。[30] 弱羽：指蝉。[31] 寂寞：无声静寂貌。宋玉《九辩》："蝉寂寞而无声。"[32] 文墨：文辞。[33] 幽忧：深忧。云尔：犹如此而已。[34] 西陆：指秋天。《隋书·天文志》："日循黄道东行，一日一夜行一度，三百六十五日有奇而周天。行东陆谓之春，行南陆谓之夏，行西陆谓之秋，行北陆谓之冬。"[35] 南冠：指囚犯。《左传·成公九年》："晋侯观于军府，见钟仪，问之曰：'南冠而系者谁也？'有司对曰：'郑人所献楚囚也。'"钟仪，南方楚国人，戴楚冠，故曰"南冠"。后世遂以之代指囚犯。此诗中作者以此自喻。[36] 那堪：怎能忍受得了。那，一作"不"。玄鬓影：指蝉。崔豹《古今注》："魏文帝宫人莫琼树始制蝉鬓，缥缈如蝉。"玄，黑色。

**【审美点评】**

"露重飞难进，风多响易沉。"蝉因秋露浓重而难以奋飞，秋风萧瑟又阻遏了蝉的鸣声。诗人借蝉喻己，以蝉之处境喻己之被诬入狱，真正达到了物我交融的境界。

# 卢照邻

卢照邻（634？—686？），字升之，自号幽忧子，幽州范阳（今河北涿州）人。初授邓王（李元裕）府典签，曾以横祸下狱，为友人救护得免。后迁益州新都（今属四川）尉。离蜀后染风疾，入太白山服丹养病，病反加重，且贫困交加。后转居阳翟具茨山（今河南禹县北）下。终因不堪病痛，自投颍水而死。卢照邻是"初唐四杰"之一，作诗以七言歌行见长。有《幽忧子集》。

## 长安古意

**【题解】**"古意"是六朝以来诗歌中常见的标题，表示这是拟古之作。这首长篇七言古诗描绘了当时京都长安的现实生活场景，流露出对美好生活的热爱和向往之情；揭露了权贵阶层骄奢淫逸的生活及内部倾轧的情况；同时亦抒发了怀才不遇的寂寥之感和牢骚不平之气。

长安大道连狭斜[1]，青牛白马七香车[2]。玉辇纵横过主第[3]，金鞭络绎向侯家[4]。龙衔宝盖承朝日[5]，凤吐流苏带晚霞[6]。百丈游丝争绕树[7]，一群娇鸟共啼花。啼花戏蝶千门侧[8]，碧树银台万种色。复道交窗作合欢[9]，双阙连甍垂凤翼[10]。梁家画阁天中起[11]，汉帝金茎云外直[12]。楼前相望不相知，陌上相逢讵相识[13]？借问吹箫向紫烟[14]，曾经学舞度芳年。得成比目何辞死[15]，愿作鸳鸯不羡仙。比目鸳鸯真可羡，双去双来君不见。生憎帐额绣孤鸾[16]，好取门帘帖双燕[17]。双燕双飞绕画梁，罗帏翠被郁金香[18]。片片行云着蝉翼[19]，纤纤初月上鸦黄[20]。鸦黄粉白车中出，含娇含态情非一。妖童宝马铁连钱[21]，娼妇盘龙金屈膝[22]。御史府中乌夜啼，廷尉门前雀欲栖[23]。隐隐朱城临玉道[24]，遥遥翠幰没金堤[25]。挟弹飞鹰杜陵北[26]，探丸借客渭桥西[27]。俱邀侠客芙蓉剑[28]，共宿娼家桃李蹊[29]。娼家日暮紫罗裙，清歌一啭口氛氲[30]。北堂夜夜人如月[31]，南陌朝朝骑似云[32]。南陌北堂连北里[33]，五剧三条控三市[34]。弱柳青槐拂地垂，佳气红尘暗天起[35]。汉代金吾千骑来[36]，翡翠屠苏鹦鹉杯[37]。罗襦宝带为君解[38]，燕歌赵舞为君开[39]。别有豪华称将相，转日回天不相让[40]。意气由来排灌夫[41]，专权判不容萧相[42]。专权意气本豪雄，青虬紫燕坐春风[43]。自言歌舞长千载，自谓骄奢凌五公[44]。节物风光不相待[45]，桑田碧海须臾改[46]。昔时金阶白玉堂[47]，即今惟见青松在。寂寂寥寥扬子居[48]，年年岁岁一床书[49]。独有南山桂花发，飞来飞去袭人裾[50]。

中华书局版李云逸《卢照邻集校注》卷二

**【注释】**

[1] 狭斜：指小巷。[2] 七香车：用多种香木制成的华美小车。[3] 玉辇：本指皇帝所乘的车，这里泛指一般豪门贵族的车。主第：公主府第。第，房屋。帝王赐给臣下房屋有甲乙次第，故房屋称"第"。[4] 络绎：往来不绝，前后相接。侯家：封建王侯之家。[5] 龙衔宝盖：车上张着华美的伞状车盖，支柱上端雕作龙形，如衔车盖于口。宝盖，即华盖。古时车上张有圆形伞盖，用以遮阳避雨。[6] 凤吐流苏：车盖上的立凤嘴端挂着流苏。流苏，以五彩羽毛或丝线制成的穗子。[7] 游丝：春天虫类所吐的飘扬于空中的丝。[8] 千门：指宫门。[9] 复道：又称阁道，宫苑中用木材架设在空中的通道。交窗：有花格图案的木窗。合欢：马樱花，又称夜合花。[10] 阙：宫门前的望楼。甍（méng）：屋脊。垂凤翼：双阙上饰有金凤，作垂翅状。[11] 梁家：指东汉外戚梁冀家。梁冀为顺帝梁皇后兄，以豪奢著名，曾在洛阳大兴土木，建造第宅。天中：一作"中天"。[12] 金茎：铜柱。汉武帝刘彻于建章宫内立铜柱，高二十丈，上置铜盘，名仙人掌，以承露水。[13] "楼前"两句：写士女如云，难以辨识。讵：义同"岂"。[14] 吹箫：用春秋时萧史吹箫故事。《列仙传》："萧史善吹箫，秦穆公以女弄玉妻之，一旦皆随凤凰飞去。"向紫烟：指飞入天空。[15] 比目：鱼名。相传其成双配对而行。故古人用比目鱼比喻男女相伴相爱。[16] 生憎：最恨。帐额：帐子前的横幅。孤鸾：象征独居。鸾，传说中凤凰一类的神鸟。[17] 好取：愿将。[18] 翠被：翡翠颜色的被子，或指以翡翠鸟羽毛为饰的被子。郁金香：一种名贵的香料，这里是指罗帐和被子都用郁金香熏过。[19] 行云：形容发型蓬松美丽。蝉翼：古代妇女的一种发式，类似蝉翼的式样。[20] 初月上鸦黄：额上用黄色涂成弯弯的月牙形，是当时女性面部化妆的一种样式。鸦黄，嫩黄色。[21] 妖童：泛指浮华轻薄子弟。铁连钱：指马的毛色青而斑驳，有连环的钱状花纹。[22] 娼妇：这里指上文所说的"鸦黄粉白"的豪贵之家的歌儿舞女。盘龙：钗名。此或指金屈膝上的雕纹。屈膝：铰链。用于屏风、窗、门、橱柜等物，这里是指车门上的铰链。[23] "御史"两句：写权贵骄纵恣肆，御史、廷尉都无权约束他们。御史：官名，司弹劾。廷尉：官名，掌刑法。[24] 朱城：宫城。玉道：指修筑得讲究漂亮的道路。[25] 翠轩（xiǎn）：妇女车上镶有翡翠的帷幕。金堤：坚固的河堤。[26] 挟弹飞鹰：指打猎的场面。杜陵：在长安东南，汉宣帝陵墓所在地。[27] 探丸借客：指行侠杀吏，助人报仇等蔑视法律的行为。《汉书·尹赏传》："长安闾里少年，群辈杀吏，受赇报仇，相与探丸为弹，得赤丸者斫武吏，黑丸者斫文吏，白者主治丧。"借客：助人。渭桥：在长安西北，秦始皇时所建，横跨渭水，故名。[28] 芙蓉剑：古剑名，春秋时越国所铸。这里泛指宝剑。[29] 娼家：妓女。桃李蹊：指娼家的住处。语出《史记·李将军列传》："桃李不言，下自成蹊。"此借用，一则桃李可喻美色，二则暗示这里是吸引游客纷至沓来的地方。[30] 啭：宛转歌唱。氛氲：香气浓郁。[31] 北堂：指娼家。[32] 南陌：指娼家门外。[33] 北里：即唐代长安平康里，是妓女聚居之处，因在城北，故称北里。[34] "五剧"句：长安街道纵横交错，四通八达，与市场相连接。五剧，交错的路。三条，通达的道路。三市，许多市场。控，引，连接。"五剧"、"三条"、"三市"都是用前人成语，其中数字均非实指。[35] 佳气红尘：指车马杂沓的热闹景象。[36] 金吾：即执金吾，汉代禁卫军官衔。唐代设左、右金吾卫，有金吾大将军。此泛指禁军军官。[37] "翡翠"句：写禁军军官在娼家饮酒。翡翠本为碧绿透明的美玉，这里形容美酒的颜色。屠苏，美酒名。鹦鹉杯，即海螺盏，用南洋出产的一种状如鹦鹉的海螺加工制成的酒杯。[38] 罗襦：丝绸短衣。[39] 燕赵歌舞：战国时燕、赵二国以"多佳人"著称，歌舞最盛。此借指美妙的歌舞。

[40] 转日回天：极言权势之大，可以左右皇帝的意志。天，喻皇帝。[41] 灌夫：字仲孺，汉武帝时将军，勇猛任侠，好使酒骂座，交结魏其侯窦婴，与丞相武安侯田蚡不和，终被田蚡陷害，诛族（见《史记·魏其武安侯列传》）。[42] 判：同"拚"。萧相：指萧望之，字长倩，汉宣帝朝为御史大夫、太子太傅。元帝即位，辅政，官至前将军，曾自谓"备位将相"。后被排挤，饮鸩自尽。[43] 青虬、紫燕：均指好马。屈原《九章·涉江》："驾青虬兮骖白螭。"虬，本指无角龙，这里借指良马。坐春风：在春风中骑马飞驰，极其得意。[44] 凌：超过。五公：张汤、杜周、萧望之、冯奉世、史丹。皆汉代著名权贵。[45] 节物风光：指节令、时序。[46] 桑田碧海：即沧海桑田。喻指世事变化很大。[47] 金阶白玉堂：形容豪华宅第。[48] 扬子：汉代扬雄，字子云，在长安时仕宦不得意，曾闭门著《太玄》、《法言》。左思《咏史》诗："寂寂扬子宅，门无卿相与。寥寥空宇中，所讲在玄虚。"[49] 一床书：指以诗书自娱的隐居生活。庾信《寒园即目》："隐士一床书。"[50] 裾：衣襟。

**【审美点评】**

"得成比目何辞死，愿作鸳鸯不羡仙。"两句以成比目鱼、作鸳鸯鸟为愿，"何辞死"、"不羡仙"作比衬，表达了对爱情的忠贞不渝和执着追求。比喻生动贴切，抒情大胆直率，颇易引起共鸣。

# 杜审言

杜审言（645?—708），字必简，郡望京兆（今陕西西安），祖籍襄阳（今湖北襄樊），洛州巩县（今河南巩义）人，是大诗人杜甫的祖父。唐高宗咸亨元年（670）进士，唐中宗时，因与张易之兄弟交往，被流放峰州（今越南越池东南）。曾任隰城尉、洛阳丞等小官，累官修文馆直学士，少与李峤、崔融、苏味道齐名，称"文章四友"，是唐代近体诗的奠基人之一，诗风朴素自然。其五言律诗，格律谨严。有《杜审言文集》。

## 和晋陵陆丞早春游望

**【题解】** 这是一首和诗。原唱是晋陵陆丞作的《早春游望》。晋陵即今江苏常州，唐代属江南东道毗陵郡。陆丞，作者的友人，不详其名，时在晋陵任县丞。大约武则天永昌元年（689）前后，杜审言在江阴县任职，与陆某是同郡邻县的僚友。他们同游唱和，可能即在其时。陆某原唱已不可知。杜审言这首和诗是用原唱同题抒发自己宦游江南的感慨和归思。

独有宦游人[1]，偏惊物候新[2]。云霞出海曙，梅柳渡江春。淑气催黄鸟[3]，晴光转绿蘋[4]。忽闻歌古调[5]，归思欲沾巾。

中华书局校点本《全唐诗》卷六二

**【注释】**

[1] 宦游人：离家做官的人。[2] 物候：指自然界的气象和季节变化。[3] 淑气：温馨的春的气息。黄鸟：即黄莺，又名黄鹂，亦名仓庚。[4] 晴光：明媚的春光。转绿蘋：指蘋草颜色由嫩绿转为深绿。蘋，一种水草。[5] 古调：指陆丞写的诗，即题目中的《早春游望》。

**【审美点评】**

诗歌的中间两联写出了早春的美丽，然而诗歌所表达的却是"归思欲沾巾"的感伤，这种丽景衬哀愁的写作方式使诗歌所表达的感情更加深刻。正如清人王夫之所说："以乐景写哀，以哀景写乐，一倍增其哀乐。"（《姜斋诗话》）

# 王 勃

王勃（650—676，或谓649生，或谓675卒），字子安，绛州龙门（今山西河津）人，祖父王通，叔祖王绩。王勃自幼有"神童"之誉，九岁作《指瑕》，十五岁作《上刘右相书》言政。高宗乾封元年（666）科试及第，授朝散郎。沛王李显闻其名，召为王府修撰。后因戏作《檄英王鸡》被逐出王府。二十岁入蜀漫游三四年。后任虢州（今河南灵宝）参军，不久因罪免官，父王福畤也受到牵连，由雍州司功参军贬为南海交趾（今越南境内）县令。上元二年（675）秋，王勃从洛阳赴交趾看望父亲，次岁在赴交趾渡海时，不幸溺水而卒。王勃作诗反对纤巧绮靡，提倡刚健骨气，诗歌的题材范围较前人有所扩大，闻一多称"五律到王杨的时代由台阁移至江山和塞漠"（《唐诗杂论》）。有《王子安集》。

## 送杜少府之任蜀州

**【题解】** 此诗约作于乾封元年作者游蜀之前供职长安时。杜少府，名不详。少府，唐人对县尉的尊称。《新唐书·地理志》载：蜀州，"垂拱二年析益州置"。垂拱二年为686年，其时王勃已去世十年，故当以"蜀川"为是。此诗是送别之作，诗中有深情的劝慰，却不因远别而悲伤，表现了诗人真挚的友情和旷达的胸怀。

　　城阙辅三秦[1]，风烟望五津[2]。与君离别意，同是宦游人[3]。海内存知己，天涯若比邻[4]。无为在歧路，儿女共沾巾[5]。

上海古籍出版社蒋清翊《王子安集注》卷三

**【注释】**

　　[1]辅三秦：以三秦为辅。长安位于三秦的中枢，故云。辅，护卫。三秦，今陕西省一带，古时为秦国。项羽灭秦后分秦地为雍、塞、翟三国，分封秦降将章邯等三人为王，故称"三秦"。这里泛指长安附近的关中之地。[2]风烟：风尘烟岚，指极目远望时所见到的景象。五津：蜀中长江自灌县以下至犍为一段的五个著名渡口，即白华津、万里津、江首津、涉头津、江南津。这里以五津代指蜀地。津，渡口。[3]宦游：因仕宦而漂泊。[4]比邻：近邻。古时五家相连为比。[5]"无为"二句：不要因为分别就像小儿女一样伤感流泪。无为，犹不用，不要。歧路，岔路，指分手之处。儿女沾巾，曹植《赠白马王彪》："忧思成疾疢，无乃儿女仁。"

**【审美点评】**

　　"海内存知己，天涯若比邻"两句写天下人只要彼此相知而情谊深挚，哪怕远隔天涯，亦如近在咫尺，这是一种积极乐观精神的表现。

# 滕王阁序

　　**【题解】**唐高宗上元二年（675）重阳节，洪州（今江西南昌）都督阎伯屿携文武官员欢宴于滕王阁，共庆重阳登高佳节。此时，王勃因赴交趾省亲探父，路经洪州，适逢阎都督九九重阳为滕王阁重修竣工盛宴而被邀入席，并即席作《滕王阁序》（全称《秋日登洪府滕王阁饯别序》，亦名《滕王阁诗序》）。文中铺叙滕王阁一带形势景色和宴会盛况，抒发了作者"无路请缨"之感慨。滕王阁是653年，唐高祖李渊第二十二子、唐太宗李世民之弟滕王李元婴任洪州都督时所建。贞观十三年（639）六月李元婴受封为滕王，后迁洪州任都督，据说唯一的建树就是在城西赣江之滨建起一座楼台，此楼便是"滕王阁"。

　　豫章故郡，洪都新府[1]。星分翼轸[2]，地接衡庐[3]。襟三江而带五湖[4]，控蛮荆而引瓯越[5]。物华天宝，龙光射牛斗之墟[6]；人杰地灵，徐孺下陈蕃之榻[7]。雄州雾列[8]，俊采星驰[9]，台隍枕夷夏之交[10]，宾主尽东南之美[11]。都督阎公之雅望[12]，棨戟遥临[13]；宇文新州之懿范[14]，襜帷暂驻[15]。十旬休假[16]，胜友如云；千里逢迎[17]，高朋满座。腾蛟起凤，孟学士之词宗[18]；紫电青霜，王将军之武库[19]。家君作宰[20]，路出名区[21]；童子何知[22]，躬逢胜饯[23]。

时维九月，序属三秋[24]；潦水尽而寒潭清[25]，烟光凝而暮山紫。俨骖騑于上路，访风景于崇阿[26]；临帝子之长洲，得天人之旧馆[27]。层台耸翠，上出重霄；飞阁流丹，下临无地[28]。鹤汀凫渚[29]，穷岛屿之萦回；桂殿兰宫，列冈峦之体势。披绣闼，俯雕甍[30]，山原旷其盈视，川泽纡其骇瞩[31]。闾阎扑地[32]，钟鸣鼎食之家[33]；舸舰迷津[34]，青雀黄龙之轴[35]。虹销雨霁，彩彻区明[36]。落霞与孤鹜齐飞，秋水共长天一色[37]。渔舟唱晚，响穷彭蠡之滨[38]；雁阵惊寒，声断衡阳之浦[39]。

遥襟甫畅，逸兴遄飞[40]。爽籁发而清风生[41]，纤歌凝而白云遏[42]。睢园绿竹[43]，气凌彭泽之樽[44]；邺水朱华[45]，光照临川之笔[46]。四美具[47]，二难并[48]。穷睇眄于中天[49]，极娱游于暇日。天高地迥，觉宇宙之无穷；兴尽悲来，识盈虚之有数。望长安于日下[50]，指吴会于云间[51]。地势极而南溟深，天柱高而北辰远[52]。关山难越，谁悲失路之人？萍水相逢[53]，尽是他乡之客。怀帝阍而不见[54]，奉宣室以何年[55]？嗟乎！时运不济，命途多舛[56]。冯唐易老[57]，李广难封[58]。屈贾谊于长沙[59]，非无圣主；窜梁鸿于海曲[60]，岂乏明时。所赖君子见机[61]，达人知命[62]。老当益壮[63]，宁移白首之心？穷且益坚，不坠青云之志[64]。酌贪泉而觉爽[65]，处涸辙以犹欢[66]。北海虽赊，扶摇可接[67]；东隅已逝，桑榆非晚[68]。孟尝高洁，空怀报国之心[69]；阮籍猖狂，岂效穷途之哭[70]！

勃三尺微命[71]，一介书生。无路请缨，等终军之弱冠[72]；有怀投笔[73]，爱宗悫之长风[74]。舍簪笏于百龄[75]，奉晨昏于万里[76]。非谢家之宝树[77]，接孟氏之芳邻[78]。他日趋庭，叨陪鲤对[79]；今晨捧袂，喜托龙门[80]。杨意不逢，抚凌云而自惜[81]；钟期既遇，奏流水以何惭[82]？

呜呼！胜地不常，盛筵难再。兰亭已矣[83]，梓泽丘墟[84]。临别赠言，幸承恩于伟饯；登高作赋，是所望于群公。敢竭鄙诚，恭疏短引[85]，一言均赋，四韵俱成[86]。请洒潘江，各倾陆海云尔[87]！

上海古籍出版社蒋清翊《王子安集注》卷八

**【注释】**

［1］"豫章"二句：豫章，汉代郡名，所以称为"故郡"；唐代改为"洪州"，故而称作"新府"。［2］星分翼轸：天文学家把星宿的分布与地面的区域对应划分，称为分野。翼、轸，都是星宿名，南昌在翼、轸分野之内。［3］衡庐：衡山（属衡州）、庐山（属江州）。［4］三江：长江过彭蠡湖之后，分三道入海，故称三江。五湖：泛指长江流域的鄱阳湖等大湖泊。［5］蛮荆：古

时称楚国为蛮荆，这里泛指湖北、湖南一带。瓯越：古东越王建都东瓯（今浙江永嘉县），故称瓯越，指今浙江一带。[6]"物华"二句：据《晋书·张华传》，晋初，牛、斗二星之间常有紫气照射，据说是宝剑之精，上彻于天。张华命人寻找，果然在丰城（今江西省丰城县，古属豫章郡）牢狱的地下，掘出龙泉、太阿二剑。后这对宝剑入水化为双龙。[7]"徐孺"句：据《后汉书·徐稚传》，东汉名士陈蕃为豫章太守，不接宾客，惟徐稚来访时，才设一睡榻，徐稚去后又悬置起来。徐孺，徐孺子的省称。徐孺子名稚，东汉豫章南昌人，当时隐士。[8]雄州：大州，指洪州。这里指洪州都督府管辖的大城。[9]俊采：杰出人物。[10]台隍：城池。台，此处指城楼。隍，护城河。有水叫池，无水叫隍。[11]东南之美：《世说新语·言语》："会稽贺生，体识清远，言行以礼。不徒东南之美，实为海内之秀。"[12]都督：掌管督察诸州军事的官员，唐代分上、中、下三等。阎公：名未详。[13]棨戟：兵器名，这里指官员的仪仗。[14]宇文新州：复姓宇文的新州刺史，名未详。新州，地名，唐属岭南道，在今广东省新兴县一带。[15]襜（chān）帷：车上的帷幕，借指车辆。[16]十旬休假：唐代规定，每十天为一旬日，官员在这天休假。[17]逢迎：接待。[18]"腾蛟起凤"二句：谓孟学士文章之美。《西京杂记》："董仲舒梦蛟龙入怀，乃作《春秋繁露》。"又："扬雄著《太玄经》，梦吐凤凰集《玄》之上，顷而灭。"孟学士：名未详。词宗，文章宗师。[19]"紫电青霜"二句：谓王将军韬略之富。《古今注》："吴大皇帝（孙权）有宝剑六，二曰紫电。"《西京杂记》："高祖（刘邦）斩白蛇剑，刃上带霜雪。"王将军：名未详。武库：本指储藏兵器的仓库，亦用以称颂人的学识渊博。《晋书·杜预传》："预在内七年，损益万机，不可胜数，朝野称美，号曰杜武库，言其无所不有也。"[20]家君：家父。作宰：作县令。当时王勃的父亲被贬为交趾令。[21]出：经过。名区：此指洪州。[22]童子：王勃自称，谦辞。[23]躬：亲身。胜饯：盛大的钱别宴会。[24]三秋：古人称七、八、九月为孟秋、仲秋、季秋，三秋即季秋，九月。[25]"潦（lǎo）水"句：谓川水夏浊而秋清。潦水，积水。[26]"俨骖䯂（cān fēi）"二句：俨，整齐貌。此指使整齐。骖䯂，泛指驾车的马。《礼记·曲礼上》孔颖达疏："车有一辕，而四马驾之，中央两马夹辕者名服马，两边名骖马，亦曰骖马。"[27]帝子、天人：都指滕王李元婴。长洲：指阁前的沙洲。旧馆：指滕王阁。[28]"层台耸翠"四句：语本出《头陀寺碑文》："层轩延袤，上出云霄。飞阁逶迤，下临无地。"飞阁，架空建筑的阁道。无地，极言阁之高峻。[29]汀：水边平地或水中小洲。凫（fú）：野鸭。渚：水中小洲。[30]闼（tà）：门。甍（méng）：屋脊。[31]盈视：极目而视。骇瞩，惊奇地注目而视。[32]闾阎：里门，这里代指房屋。[33]钟鸣鼎食：古代贵族鸣钟列鼎而食。[34]舸：《方言》："南楚江、湘，凡船大者谓之舸。"[35]青雀黄龙：船的装饰形状。轴：通"舳（zhú）"，船尾把舵处，这里代指船只。[36]彩：虹。彻：通贯。区：区宇，这里指天空。[37]"落霞"二句：语本庾信《马射赋》："落花与芝盖齐飞，杨柳共春旗一色。"鹜（wù），野鸭。[38]彭蠡：古大泽名，即今鄱阳湖。[39]衡阳：今属湖南省，境内有回雁峰，相传秋雁到此就不再南飞，待春而返。[40]甫：方才。遄（chuán）：急速。[41]爽籁：管子参差不齐的排箫。[42]白云遏：形容音响优美，能驻行云。《列子·汤问》："薛谭学讴于秦青，未穷青之技，自谓尽之，遂辞归。秦青弗止，饯于郊衢。抚节悲歌，声振林木，响遏行云。"[43]睢园绿竹：睢园，即汉梁孝王菟园。《水经注》："睢水又东南流，历于竹圃……世人言梁王竹园也。"[44]彭泽：县名，在今江西湖口县东。[45]邺水：在邺下（今河北省临漳县）。邺下是曹魏兴起的地方。朱华：荷花。曹植《公宴诗》："秋兰被长坂，朱华冒绿池。"[46]"光照"句：临川，郡名，治所在今江西省抚州市。这里指代谢灵运。谢曾任临川内史，《宋书》本传称他"文章之美，江左莫逮"。[47] 四美：指良辰、美景、赏心、乐事。[48] 二难：指贤主、嘉宾。[49] 穷睇眄（dì miǎn）：极目流观。睇眄。斜视，这里指流观。[50] "望长安"句：《世说新语·夙惠》："晋明帝数岁，坐元帝膝上。有人从长安来，元帝因问明帝：'汝意谓长安何如日远？'答曰：'日远，不闻人从日边来，居然可知。'元帝异之。明日集群臣宴会，告以此意，更重问之，乃答曰：'日近。'元帝失色曰：'尔何故异昨日之言邪？'答曰：'举目见日，不见长安。'"[51] 吴会：吴郡，治所在今江苏省苏州市。云间：江苏松江县（古华亭）的古称。《世说新语·排调》：陆云（字士龙）华亭人，未识荀隐，张华使其相互介绍而不作常语，"云举手曰：'云间陆士龙。'"[52] 天柱：《神异经》："昆仑之山，有铜柱焉。其高入天，所谓天柱也。"北辰：《论语·为政》："为政以德，譬如北辰，居其所而众星共（拱）之。"[53] "沟水"句：谓偶然相会，会后各自东西。古乐府《白头吟》："今日斗酒会，明旦沟水头。躞蹀御沟上，沟水东西流。"[54] 帝阍（hūn）：天帝的守门人。[55] "奉宣室"句：贾谊迁谪长沙四年后，汉文帝复召他回长安，于宣室中问鬼神之事。宣室，汉未央宫正殿，为皇帝召见大臣议事之处。[56] 舛：乖戾，不顺。[57] 冯唐易老：《史记·冯唐列传》："（冯）唐以孝著，为中郎署长，事文帝。……拜唐为车骑都尉，主中尉及郡国车士。七年，景帝立，以唐为楚相，免。武帝立，求贤良，举冯唐。唐时年九十余，不能复为官。"[58] 李广难封：李广，汉武帝时名将，多次与匈奴作战，军功卓著，却始终未获封爵。[59] "屈贾谊"句：贾谊在汉文帝时被贬为长沙王太傅。[60] "窜梁鸿"句：梁鸿，东汉人，因得罪章帝，避居齐鲁、吴中。[61] 君子见机：《易·系辞下》："君子见几（机）而作。"[62] 达人知命：《易·系辞上》："乐天知命故不忧。"[63] 老当益壮：《后汉书·马援传》："丈夫为志，穷当益坚，老当益壮。"[64] 青云之志：《续逸民传》："嵇康早有青云之志。"[65] "酌贪泉"句：据《晋书·吴隐之传》，廉官吴隐之赴广州刺史任，饮贪泉之水，并作诗说："古人云此水，一歃怀千金。试使（伯）夷（叔）齐饮，终当不易心。"贪泉，在广州附近的石门，传说饮此水会贪得无厌。[66] 处涸辙：《庄子·外物》有鲋鱼处涸辙的故事。涸辙比喻困厄的处境。[67] "北海"二句：语意本《庄子·逍遥游》："鹏之徙于南冥也，水击三千里，抟扶摇而上者九万里。"[68] "东隅"二句：《后汉书·冯异传》："失之东隅，收之桑榆。"东隅，日出处，表示早晨。桑榆，日落处，表示傍晚。[69] "孟尝"二句：孟尝字伯周，东汉会稽上虞人。曾任合浦太守，以廉洁奉公著称，后因病隐居。桓帝时，虽有人屡次荐举，终不见用。事见《后汉书·孟尝传》。[70] "阮籍"二句：阮籍，字嗣宗，晋代名士。《晋书·阮籍传》：籍"时率意独驾，不由径路。车迹所穷，辄恸哭而反。"[71] 三尺：指幼小。[72] "无路"二句：据《汉书·终军传》，终军字子云，汉代济南人。武帝时出使南越，自请"愿受长缨，必羁南越王而致之阙下"，时仅二十余岁。等，相同，用作动词。弱冠，古人二十岁行冠礼，表示成年，称"弱冠"。[73] 投笔：用汉班超投笔从戎的故事，事见《后汉书·班超传》。[74] "爱宗悫（què）"句：宗悫字元干，南朝宋南阳人，年少时向叔父自述志向，云"愿乘长风破万里浪"。事见《宋书·宗悫传》。[75] 簪笏（hù）：冠簪、手板。官吏用物，这里代指官职地位。百龄：百年，犹"一生"。[76] 奉晨昏：《礼记·曲礼上》："凡为人子之礼……昏定而晨省。"[77] "非谢家"句：《世说新语·言语》："谢太傅（安）问诸子侄'子弟亦何预人事，而正欲使其佳？'诸人莫有言者。车骑（谢玄）答曰：'譬如芝兰玉树，欲使其生于庭阶耳。'"[78] "接孟氏"句：据说孟轲的母亲为教育儿子而三迁择邻，最后定居于学宫附近。事见刘向《列女传·母仪篇》。[79] "他日"二句：《论语·季氏》："（孔子）尝独立，（孔）鲤趋而过庭。（子）曰：'学诗乎？'对曰：'未也。''不学诗，无以言。'鲤退而学诗。他日，又独立，鲤趋而过庭。（子）曰：'学礼乎？'

对曰：'未也。''不学礼，无以立。'鲤退而学礼。"鲤，孔鲤，孔子之子。[80]"今晨"二句：捧袂（mèi），举起双袖，表示恭敬的姿势。喜托龙门，《后汉书·李膺传》："膺以声名自高，士有被其容接者，名为登龙门。"[81]"杨意"二句：据《史记·司马相如列传》，司马相如经蜀人杨得意引荐，方能入朝见汉武帝。又云："相如既奏《大人》之颂，天子大悦，飘飘有凌云之气。"杨意，杨得意的省称。凌云，指司马相如作《大人赋》。[82]"钟期"二句：《列子·汤问》："伯牙善鼓琴，钟子期善听。伯牙鼓琴……志在流水，钟子期曰：'善哉！洋洋兮若江河。'"钟期，钟子期的省称。[83]兰亭：在今浙江省绍兴市附近。晋穆帝永和九年（353）三月三日上巳节，王羲之与群贤宴集于此，行修禊礼，被除不祥。[84]梓泽：即晋石崇的金谷园，故址在今河南省洛阳市西北。[85]疏：陈述。引：文体名。此处即指此序。[86]"一言"二句：意谓各分一言（字）为韵，以四韵（八句）成篇。王勃的《滕王阁》诗："滕王高阁临江渚，佩玉鸣鸾罢歌舞。画栋朝飞南浦云，珠帘暮卷西山雨。闲云潭影日悠悠，物换星移几度秋。阁中帝子今何在？槛外长江空自流。"[87]"请洒"二句：谓请大家发挥才华来写赋。钟嵘《诗品》卷上："陆（机）才如海，潘（岳）才如江。"

**【审美点评】**

"老当益壮，宁移白首之心？穷且益坚，不坠青云之志。"这是全文最富思想意义的警语，是本文的文眼。古往今来有多少有志之士，面对一切艰难险阻，总能执着地追求自己的理想，即使在郁郁不得志的逆境当中也不消沉放弃。古人的这种情怀也警示着我们，不要因年华易逝和处境困顿而自暴自弃。

# 杨 炯

杨炯（650—693?），弘农华阴（今陕西华阴）人。高宗显庆四年（659），举神童，待制弘文馆。高宗上元三年（676）又应制举及第，补秘书省校书郎。永隆二年（681）任太子李显府中的参事司直，又被任命为弘文馆学士。后因其从弟参与徐敬业叛乱事牵连，迁梓州参军。后又任盈川（今浙江衢州境内）县令。未几，死于任上。杨炯是"初唐四杰"之一，擅长边塞诗，诗中洋溢着为国立功的战斗豪情，气势雄放。有《杨盈川集》。

## 从军行

**【题解】**此诗约作于唐高宗调露、永隆年间（679—681），时吐蕃、突厥曾多次侵扰甘肃一带，唐礼部尚书裴行俭奉命出师征讨。全诗写士子从戎，征战边庭的过程和心情，从而表达了国家有难、匹夫有责的使命感和建功立业的豪迈情怀。

烽火照西京[1]，心中自不平[2]。牙璋辞凤阙[3]，铁骑绕龙城[4]。雪暗凋旗画[5]，风多杂鼓声。宁为百夫长[6]，胜作一书生。

中华书局版徐明霞《杨炯集》卷二

**【注释】**

[1]西京：指都城长安，与东都洛阳相对。[2]不平：难以平静。[3]牙璋：调兵的符牒。两块合成，朝廷和主帅各执其半，嵌合处呈齿状，故名。这里指代奉命出征的将帅。凤阙：汉武帝所建的建章宫上有铜凤，故称凤阙。[4]铁骑：精锐的骑兵，指唐军。绕：围。[5]"雪暗"句：大雪弥漫，落满军旗，使旗帜上的图案暗淡失色。[6]百夫长：泛指下级武官。

**【审美点评】**

"宁为百夫长，胜作一书生"，这是文人杨炯的志向，他不以功名利禄之事为己念，而欲展鸿鹄之志，报效国家，脚踏实地干一番保国安邦的赤诚事业。这比之那些一味投机取巧、舍义逐利，置国家民族利益于己之下的人来说，有天壤之别，不可相提并论。

# 刘希夷

刘希夷（651—678?），一名庭芝，又名挺之。汝州（今河南临汝）人。宋之问外甥。上元二年（675）进士。其诗今存一卷，多为边塞从军之作和闺情诗，其中以闺情诗成就更高。初不为人所知，开元中，孙翌撰《正声集》，以刘希夷诗为集中之最，由此为时人所称。《全唐诗》存诗35首，《全唐诗补编》补诗7首。

## 代悲白头翁

**【题解】**此诗是一首拟古乐府，题又作《代白头吟》。代，表示拟古乐府之作。《白头吟》是汉乐府《相和歌·楚调曲》旧题，古辞写女子毅然与负心男子决裂。刘希夷这首诗则从女子写到老翁，咏叹青春易逝、富贵无常。

洛阳城东桃李花，飞来飞去落谁家？洛阳女儿惜颜色[1]，行逢落花长叹息。今年落花颜色改，明年花开复谁在？已见松柏摧为薪[2]，更闻桑田变成海[3]。古人无复洛城东，今人还对落花风。年年岁岁花相似，岁岁年年人不同。寄言全盛红颜子[4]，应怜半死白头翁。此翁白头真可怜，伊昔红颜美少年[5]。公子王孙芳树下，清歌妙舞落花前[6]。光禄池台开锦绣[7]，将军楼阁画神仙[8]。一朝卧病无相识，三春行乐在谁边[9]？宛转蛾眉能几时[10]？须臾鹤发乱如丝。但看古来歌舞地，惟有黄昏鸟雀悲。

中华书局校点本《全唐诗》卷八二

**【注释】**

[1] 女儿：儿女。[2] 松柏摧为薪：松柏被砍伐作柴薪。《古诗十九首》："古墓犁为田，松柏摧为薪。"[3] 桑田变成海：《神仙传》："麻姑谓王方平曰：'接侍以来，已见东海三为桑田。'"[4] 红颜子：指年轻人。[5] 伊：句首语气词。[6] "公子"二句：谓白头翁年轻时曾和公子王孙在树下花前共赏清歌妙舞。[7] "光禄"句：《汉书·元后传》载，光禄勋曲阳侯王根，大治室第，骄奢僭上。"第中起土山，立两市，殿上赤墀，户青琐。"光禄，官名。池台，池苑楼台。开，一作"文"。[8] "将军"句：《后汉书·梁冀传》载：府第豪华，"堂寝皆有阴阳奥室，连房洞户。柱壁雕镂，加以铜漆，窗牖皆有绮疏青琐，图以云气仙灵"。[9] 三春：指春天。[10] 宛转蛾眉：本为年轻女子的面部画妆，此代指青春年华。

**【审美点评】**

"年年岁岁花相似，岁岁年年人不同"，这一千古名句告诉我们这样一个生命哲理：宇宙万物时刻在变化，人生短暂，红颜易逝，富贵难久，世事无常。

# 宋之问

宋之问（656？—713？），一名少连，字延清。汾州（今山西汾阳）人，一说虢州弘农（今河南灵宝）人。上元二年（675）进士。历任洛州参军、尚方监丞、左奉宸内供奉。神龙元年（705），因谄事张易之兄弟，贬泷州参军。逃归洛阳，因告密有功，召为鸿胪主簿，再转考功员外郎，又谄事太平公主。后以知贡举时贪贿，贬越州长史。睿宗即位，流钦州，赐死。诗与沈佺期齐名，为近体律诗定型的代表诗人。诗以应制之作为主，成就较高的是那些反映贬谪生活和抒发内心情思的作品。有《宋之问集》。

## 度大庾岭

**【题解】**神龙元年（705），宋之问因媚附武则天的宠臣张易之而获罪，被贬为泷州（今广东罗定）参军。这首诗是他前往贬所途经大庾岭时所作。诗写乡关之思，贬谪之恨。大庾岭，五岭之一，在今江西大余县和广东南雄县交界处，因岭上多梅花，也称梅岭。

度岭方辞国[1]，停轺一望家[2]。魂随南翥鸟[3]，泪尽北枝花[4]。山雨初含霁[5]，江云欲变霞。但令归有日，不敢恨长沙[6]。

中华书局版陶敏、易淑琼《沈佺期宋之问集校注》卷二

**【注释】**

[1] 国：国都，指长安。[2] 轺（yáo）：只用一马驾辕的轻便马车。[3] 翥（zhù）：飞举。[4] 北枝花：《白氏六帖·梅部》称："大庾岭上梅，南枝落，北枝开。"[5] 霁：雨（或雪）止天晴。[6] 长沙：用西汉贾谊故事。谊年少多才，文帝欲擢为公卿。因老臣谗害，谊被授长沙王太傅（汉代长沙国，今湖南长沙市一带）。《史记·屈原贾生列传》谓：贾谊"闻长沙卑湿，自以寿不得长，又以谪去，意不自得"。诗意本此。

**【审美点评】**

"魂随南翥鸟，泪尽北枝花。"庾岭北枝之梅犹知北向而开，可自己呢，心向北而身不能北，反而度岭南行，情何以堪！故不觉"泪尽"。

# 沈佺期

沈佺期（656？—713？），字云卿，相州内黄（今河南内黄）人。上元二年（675）进士。曾任协律郎，后迁通事舍人，长安元年（701），迁考功员外郎，曾因受贿入狱。出狱后复职，迁给事中。中宗即位，因谄附张易之，被流放驩州（今越南荣市）。神龙三年（707），召拜起居郎兼修文馆直学士，常侍宫中。后历中书舍人、太子少詹事。沈佺期与宋之问齐名，并称"沈宋"。所作与宋之问一样，多应制诗，写得好的亦是反映贬谪生活和抒发内心情思的作品。他们的近体诗格律谨严精密，史论以为是律诗体制定型的代表诗人。有《沈佺期集》。

## 独不见

**【题解】** 诗题原本作《古意呈乔补阙知之》，《乐府诗集》作《独不见》。《独不见》，古乐府旧题。乔知之在武则天朝曾任补阙，神功元年（697）被武承嗣杀害。据此可知，本篇作于武则天朝。全诗描写思妇孤独愁苦的情怀。

卢家少妇郁金堂[1]，海燕双栖玳瑁梁[2]。九月寒砧催木叶[3]，十年征戍忆辽阳[4]。白狼河北音书断[5]，丹凤城南秋夜长[6]。谁为含愁独不见[7]，更教明月照流黄[8]。

中华书局版陶敏、易淑琼《沈佺期宋之问集校注》卷一

**【注释】**

[1] 卢家少妇：代指长安少妇。借梁武帝《河中之水歌》诗意："河中之水向东流，洛阳女儿名莫愁。……十五嫁为卢家妇，十六生儿字阿侯。"少妇，一作"小妇"。妾亦称小妇。郁金堂：以郁金香和泥涂壁的房子。堂，一作"香"。[2] 海燕：燕的一种，又名越燕，多在梁上筑巢。玳瑁：属海龟科，这里是指以玳瑁为饰的屋梁，极言梁的名贵精美。龟甲美观可作装饰品。[3] 砧（zhēn）：捣衣石，古代捣衣多在秋晚。催木叶：指砧声至秋而起，树叶也随秋而落。[4] 辽阳：在今辽宁省境内大辽河以东之地，唐时置辽州，派重兵驻守，古时为东北边防要地。[5] 白狼河：即今辽宁境内的大凌河。[6] 丹凤城：指京城长安。[7] 谁为：即"为谁"。为，一作"谓"。[8] 更教：一作"使妾"。照：一作"对"。流黄：杂色丝绢，这里指黄紫相间的丝织品，泛指衣料。古乐府《相逢行》："大妇织绮罗，中妇织流黄。"

**【审美点评】**

"白狼河北音书断，丹凤城南秋夜长。""白狼河北"和"丹凤城南"两地相隔千里，音信断绝，漫漫秋夜，孤枕难眠。两句写尽长安少妇秋夜独居而思念远戍丈夫的孤独愁苦情怀。

# 陈子昂

陈子昂（661—702），字伯玉，一说名冕，字子昂，梓州射洪（今四川射洪）人。出身于豪富之家，文明元年（684）进士，为武则天赏识，"召见金华殿擢为麟台正字。由是海内词人，靡然向风"（赵儋《右拾遗陈公旌德碑》），世称"陈正字"。转右卫胄曹参军，升右拾遗，世因称"陈拾遗"。曾两次从军边塞，后辞官归乡。后被武三思指使酷吏县令段简罗织罪名，诬害入狱，忧愤而死。在文学上，陈子昂和"四杰"一样都不满意当时的宫体诗，提倡"汉魏风骨"、"风雅兴寄"，为诗歌走向盛唐作出了卓越贡献。但对齐梁一概排斥，未免失之偏颇。有《陈伯玉文集》。

## 登幽州台歌

**【题解】**武则天万岁通天元年（696），契丹李尽忠、孙万荣等攻陷营州。武则

天委派武攸宜率军征讨，陈子昂在武攸宜幕府担任参谋，随军出征。武攸宜为人轻率，少谋略。次年兵败，情况紧急，陈子昂请求遣万人作前驱以击敌，武不允。稍后，陈子昂又向武进言，不听，反把他降为军曹。诗人接连受到挫折，眼看报国宏愿成为泡影，因此登上蓟北楼（即幽州台、黄金台，遗址在今北京市），慷慨悲吟，写下了《登幽州台歌》以及《蓟丘览古赠卢居士藏用七首》等诗篇。此诗通过描写登楼远眺，凭今吊古所引起的无限感慨，抒发了作者抑郁已久的悲愤之情，深刻地揭示了封建社会中那些怀才不遇的知识分子遭受压抑的境遇，表达了他们在理想破灭时孤寂郁闷的心情。

前不见古人[1]，后不见来者[2]。念天地之悠悠[3]，独怆然而涕下[4]。

中华书局校点本《全唐诗》卷八三

**【注释】**

[1] 古人：指古代那些能够礼贤下士的贤明君主，如燕昭王。[2] 来者：指后世的明君贤士。[3] 悠悠：形容时间的久远和空间的广大。[4] 怆然：悲伤的样子。

**【审美点评】**

这是一首苍凉悲壮的抒情之作。诗人通过对时空的思考，揭示了自身与历史和宇宙的矛盾：宇宙无穷，人生有限，时不我待。这对于一个有理想、有抱负、有作为的人来说，该是怎样的难以忍受啊！黄周星说："胸中自有万古，眼底更无一人，古今诗人多矣，从未有道及此者。此二十二字，真可以泣鬼。"（《唐诗快》卷二）

## 感遇（三十八首选一）

**【题解】**《感遇》是陈子昂所写的以感慨身世及时政为主旨的组诗，共三十八首，此篇为其中的第二首。诗中以兰若自比，寄托了个人怀才不遇的悲身世之感。

兰若生春夏[1]，芊蔚何青青[2]。幽独空林色[3]，朱蕤冒紫茎[4]。迟迟白日晚[5]，嫋嫋秋风生[6]。岁华尽摇落[7]，芳意竟何成[8]？

中华书局校点本《全唐诗》卷八三

**【注释】**

[1] 兰若：兰草与杜若，均为香草名。[2] 芊（qiān）蔚：草木茂盛的样子。[3] 幽独：幽雅独秀。空：空绝，超群。[4] 蕤（ruí）：花下垂貌，此指花。冒：突出，此指开放。[5] 迟迟：徐行貌。[6] 嫋嫋：柔软细长貌。[7] 岁华：指兰若一年一度开的花，双关人生的青春年华。

华，同"花"。[8] 芳意：香花的美意，喻指作者的理想抱负。

**【审美点评】**

"迟迟白日晚，嫋嫋秋风生。"二句写出由夏入秋的季节变化。"迟迟"二字所表现的就是这种逐渐变化的特点。用"嫋嫋"来表现秋风乍起、寒而不冽，形象十分传神。

# 送魏大从军

**【题解】** 本篇的作年难以确指，约作于文明元年（684）至圣历元年（698）之间。这是一首赠别诗，出征者是陈子昂的友人魏大（姓魏，在兄弟中排行第一，故称）。此诗从大处着眼，激励出征者立功沙场，并抒发了作者的慷慨壮志。

匈奴犹未灭[1]，魏绛复从戎[2]。怅别三河道，言追六郡雄[3]。雁山横代北[4]，狐塞接云中[5]。勿使燕然上，惟留汉将功[6]。

中华书局校点本《全唐诗》卷八三

**【注释】**

[1]"匈奴"句：指的是汉代骠骑将军霍去病"匈奴未灭，无以家为也"的典故。[2]"魏绛"句：魏绛是春秋晋国大夫，他主张晋国与邻近少数民族联合，曾言"和戎有五利"，后来戎狄亲附，魏绛也因消除边患而受金石之赏，魏绛和魏大恰巧同姓。[3]"怅别"二句：六郡雄，原指上述地方的豪杰，这里专指西汉的赵充国。《汉书》中记载其为"六郡良家子"。[4]雁山：雁门山的简称。代：地名，代州（今山西省代县）。[5]狐塞：飞狐塞的简称，在今河北涞源县北跨蔚县界。云中：郡名，云中郡，治所在今山西大同。[6]"勿使"二句：《后汉书·窦宪传》中记载，窦宪为车骑将军，大破北单于，登燕然山，刻石纪功而还。

**【审美点评】**

"勿使燕然上，惟留汉将功。"二句激励友人不要使燕然山上只留汉将功绩，也要有我大唐将士的赫赫战功。这种奋发向上的精神，表现出诗人"感时思报国，拔剑起蒿莱"（《感遇》诗之三十五）的思想情操，洋溢着昂扬奋发的时代精神和爱国热情。

# 张若虚

张若虚（660?—720?），扬州（今属江苏）人，做过兖州（今属山东）兵曹。

中宗神龙年间（705—706）与贺知章、包融、张旭等被并称为"吴中四士"，《全唐诗》仅存诗二首。

# 春江花月夜

**【题解】**《春江花月夜》是古乐府《清商曲·吴声歌》旧题，本为吴地民歌。据宋郭茂倩《乐府诗集》卷47引《晋书·乐志》云，此曲被引入陈朝宫廷，成为陈隋以来宫体诗题之一。这首诗描绘了春江月夜之美景，引出对宇宙与人生的哲理思索，也表达了普通人世间游子思妇离别相思之情。

春江潮水连海平，海上明月共潮生。滟滟随波千万里[1]，何处春江无月明？江流宛转绕芳甸[2]，月照花林皆似霰[3]。空里流霜不觉飞[4]，汀上白沙看不见。江天一色无纤尘，皎皎空中孤月轮。江畔何人初见月？江月何年初照人？人生代代无穷已，江月年年只相似。不知江月待何人，但见长江送流水。白云一片去悠悠，青枫浦上不胜愁[5]。谁家今夜扁舟子？何处相思明月楼？可怜楼上月裴回[6]，应照离人妆镜台[7]。玉户帘中卷不去，捣衣砧上拂还来[8]。此时相望不相闻，愿逐月华流照君[9]。鸿雁长飞光不度，鱼龙潜跃水成文[10]。昨夜闲潭梦落花[11]，可怜春半不还家。江水流春去欲尽，江潭落月复西斜。斜月沉沉藏海雾，碣石潇湘无限路[12]。不知乘月几人归，落月摇情满江树[13]。

中华书局校点本《全唐诗》卷一一七

**【注释】**

[1]滟滟：水波闪耀貌。[2]芳甸：花草丛生的原野。[3]霰：细小的雪粒。[4]空里流霜：古人认为霜是从天空落下的，故云。[5]青枫：暗用《楚辞·招魂》"湛湛江水兮上有枫，目极千里兮伤春心"之意。[6]裴回：同"徘徊"。曹植《七哀诗》："明月照高楼，流光正徘徊。上有愁思妇，悲叹有余哀。"[7]妆镜台：梳妆台。[8]"玉户"二句：意谓月光时时处处引起她的相思之情。[9]逐：追随。月华：月光。[10]"鸿雁"两句：写月光普照之深远，引起人深远的相思。雁长飞也飞不出月光；江中潜游的鱼也在明月照耀下跳出水面。那么，鱼、雁是否可以传书呢？长空寥廓，大地辽远，音信难通。[11]闲潭：幽静的水潭。这句说昨夜梦见潭边落花。[12]碣石：山名，在今河北昌黎北渤海边上，现已沉没。潇湘：水名，潇水在湖南永州汇入湘江，称潇湘。[13]摇情：摇荡情思。

**【审美点评】**

"人生代代无穷已，江月年年只相似。"个人的生命是短暂的，不过"天地之一瞬"。而就整个人类而言，世代相继，绵延无穷，这就和"年年只相似"的江月得以共存，人们也就不必哀伤人生苦短了。

# 张九龄

张九龄（678—740），字子寿，一名博物，韶州曲江（今广东韶关）人。长安二年（702）进士，初任校书郎，713年应"道侔伊吕科"举，中高第。为宰相张说举荐，数年中官累迁。开元二十一年（733）任中书侍郎同中书门下平章事。张九龄为相正直贤明，不避利害，敢于谏言，曾劾安禄山野心，提醒玄宗注意。张九龄奖励后进，曾提拔王维为右拾遗，卢象为左补阙。由于李林甫等人的排挤，改任尚书右丞相，开元二十五年（737）被贬为荆州长史，召孟浩然于幕府。开元二十八年（740），在家乡曲江病逝。他尤擅五言古诗，写景抒情之作以素练质朴的语言，寄托深远的人生慨望，对扫除唐初的六朝绮靡诗风，贡献尤大。有《曲江张先生文集》。

## 感遇（十二首选一）

【题解】此诗系张九龄遭谗被贬为荆州长史时所作。开元末期，唐玄宗沉溺声色，李林甫和牛仙客结党，把持朝政，排除异己，朝政十分腐败。张九龄对此十分不满，于是采用传统的比兴手法，托物寓意，作《感遇十二首》。此诗是第一首，诗人托物言志，表达了自己守正不阿的高尚节操，抒发了自己志洁行芳，不求人知的高雅情怀。

兰叶春葳蕤[1]，桂华秋皎洁[2]。欣欣生此意[3]，自尔为佳节[4]。谁知林栖者[5]，闻风坐相悦[6]。草木有本心[7]，何求美人折[8]。

中华书局校点本《全唐诗》卷四七

【注释】

[1] 葳蕤（wēi ruí）：草木茂盛枝叶纷繁的样子。[2] 桂华：即桂花。华，同"花"。[3] 欣欣：草木旺盛生长貌。生此意：生机勃勃。[4] 自尔：自然地。佳节：美好的季节。[5] 林栖者：栖居山林的隐士。[6] 坐：因，由于。[7] "草木"句：此为双关语，草木有自然的品质，人有自己的情操志节。这些自然自在的美好品质并不是因别人的好恶而存在的。[8] 美人：指林栖者，山林高士、隐士。

**【审美点评】**

"草木有本心，何求美人折。"兰桂芬芳，本性使然，不求人知，"美人"攀折，更违"本心"。二句表现了作者美而不媚、坚贞自守的高洁情怀。

# 望月怀远

**【题解】** 此诗作年久失考。诗是作者在离乡时，望月而思念远方亲人而写的。怀远，怀念远方的亲人。

海上生明月，天涯共此时。情人怨遥夜[1]，竟夕起相思[2]。灭烛怜光满[3]，披衣觉露滋[4]。不堪盈手赠[5]，还寝梦佳期。

中华书局校点本《全唐诗》卷四八

**【注释】**

[1] 情人：指多情之人。可以指诗人自己，也可以指亲爱之人，即是亲人或是男女情人。遥夜：长夜。[2] 竟夕：终宵，即一整夜。[3] 怜光满：爱惜满屋的月光。怜，爱。[4] 滋：湿润。[5] 盈手：双手捧满之意。盈，满（指那种满荡荡的充盈的状态）。陆机《拟明月何皎皎》："照之有余辉，揽之不盈手。"

**【审美点评】**

"海上生明月，天涯共此时。"诗歌一开始就用"海上"、"天涯"两个带有壮阔色彩的词语，给人以无限广阔的空间联想，加上一轮明月冉冉升起，更渲染了宁静、空灵的气氛，营造了一种阔远的意境，表达了深挚的情意。

# 王之涣

王之涣（688—742），字季凌，并州（山西太原）人。祖籍晋阳（今山西太原），其六世祖以官迁居绛州（今山西新绛）。曾任冀州衡水主簿，不久被诬罢职，遂漫游北方，到过边塞。闲居十五年后，复出任文安县尉，唐玄宗天宝元年卒于官舍。其诗以善于描写边塞风光著称。今存诗仅数首。

## 凉州词（二首选一）

**【题解】** 凉州词，即凉州歌的歌词。郭茂倩《乐府诗集》卷七十九《近代曲词》

载有《凉州歌》，并引《乐苑》云："《凉州》，宫调曲，开元中西凉府都督郭知运进。"凉州，唐陇右道凉州，治所在姑臧县（今甘肃武威）。原题二首，此其一。诗描绘了西北边疆的壮美风光的画卷，亦表达了出征将士的思乡之情。

黄河远上白云间[1]，一片孤城万仞山[2]。羌笛何须怨杨柳[3]，春风不度玉门关[4]。

中华书局校点本《全唐诗》卷二五三

**【注释】**

[1] 远：一作"直"。[2] 仞：八尺。一说七尺。[3] 羌笛：羌族乐器，属横吹式管乐。古羌族主要分布在甘、青、川一带。杨柳：《折杨柳》曲。古诗文中常以杨柳喻送别情事。[4] 玉门关：汉武帝置，因西域输入玉石取道于此而得名。故址在今甘肃敦煌西北小方盘城。六朝时关址东移至今安西双塔堡附近。

**【审美点评】**

此诗写戍边将士不得还乡的怨情，悲中有壮，尤其是"何须怨"三字，不仅写出了戍边将士的乡愁难禁，亦流露出他们深知戍边责任重大，因此要克服乡愁而戍边报国的豪情。也许正因为《凉州词》情调悲而不失其壮，所以能成为"唐音"的典型代表。

# 孟浩然

孟浩然（689—740），名浩，字浩然，襄阳（今湖北襄阳）人，世称"孟襄阳"。早年在家乡隐居鹿门山读书，为应举入仕作准备。开元十六年（728）冬，不惑之年的孟浩然赴长安应进士举，不第，遂逗留京师，谋求仕进，亦未成功。其后漫游吴越，历时四年之久，足迹遍及吴越一带的名山胜水。正是这一时期，他写下了大量的山水诗。张九龄被贬为荆州长史后，孟浩然入其幕府一年多，后潜心归隐。740年，王昌龄在襄阳与孟浩然聚首。两人开怀畅饮，他"疾疹发背"，因"食鲜疾动"，旧病复发，辞世。孟诗以山水田园诗著称于世，所作绝大部分为五言短篇，多写山水田园和隐居的逸兴以及羁旅行役的心情。其中虽不无愤世嫉俗之词，而更多属于诗人的自我表现。有《孟浩然集》。

# 临洞庭

**【题解】** 诗题一作《望洞庭湖赠张丞相》。张丞相,一说为张九龄,一说为张说。旧注开元二十一年(733)年张九龄为相时,孟浩然西游长安,以此诗投赠张九龄,希望引荐。然有人说733年孟浩然在长安时,张九龄尚在家乡韶关丁母忧,张九龄于年底才进京就任中书侍郎。孟此次未见到张九龄。二人之相会当在张九龄贬荆州长史时。李景白《孟浩然诗集校注》云:"本诗当作于开元四年(716)左右张说任岳州刺史期间。张丞相当指张说。"这首诗前四句写出了洞庭湖磅礴的气势,壮阔的境界;后四句表露想入仕,希望张丞相引荐之意。

八月湖水平[1],涵虚混太清[2]。气蒸云梦泽[3],波撼岳阳城[4]。欲济无舟楫[5],端居耻圣明[6]。坐观垂钓者,徒有羡鱼情[7]。

人民文学出版社徐鹏《孟浩然集校注》卷三

**【注释】**

[1] 湖水平:湖水上涨,与岸齐平。[2] 涵:包含。虚:元虚,指构成天地万物的元气。太清:指天空。[3] 云梦泽:古时云、梦为二泽,长江之南为梦泽,江北为云泽,后大部分淤为平地,唯存洞庭湖,人们习惯称云梦泽。宋范致明《岳阳风土记》:"盖城据东北,湖面百里,常多西南风。夏秋水涨,涛声喧如万鼓,昼夜不息。"[4] 撼:一作"动"。[5] "欲济"句:以比喻的方式写想做官却苦无门路,无人引荐。济,渡。[6] 端居:犹独处、闲居。此指隐居。圣明:犹言太平盛世。《论语·泰伯》:"邦有道,贫且贱焉,耻也;邦无道,富且贵焉,耻也。"为此句所本。[7] "坐观"二句:意谓自己欲仕而不能。坐,因,乃。垂钓者,喻出仕者。

**【审美点评】**

"气蒸云梦泽,波撼岳阳城。"二句写洞庭湖磅礴的水势,"蒸"字写出了水势的浩瀚,"撼"字写出了水势的动荡。《西清诗话》云:"洞庭天下壮观,骚人墨客题者众矣,然终未若此诗颔联一语气象。"

# 夏日南亭怀辛大

**【题解】** 这首诗写夏夜水亭纳凉的清爽闲适,同时表达对友人的怀念。南亭,孟浩然隐居处之小亭。辛大,孟集中有四首诗提及,诗中称他为"辛居士"、"世外交"、"林中契"等,当是一位隐士。

山光忽西落[1],池月渐东上。散发乘夕凉,开轩卧闲敞[2]。荷风送香气，竹露滴清响。欲取鸣琴弹，恨无知音赏[3]。感此怀故人，中宵劳梦想[4]。

人民文学出版社徐鹏《孟浩然集校注》卷一

**【注释】**

[1] 山光：傍山的日影。[2] 轩：窗。闲敞：幽静宽敞的地方。[3] "欲取"二句：相传伯牙善弹琴，钟子期善听琴。伯牙弹到志在高山的曲调时，钟子期就说"峨峨兮若泰山"；弹到志在流水的曲调时，钟子期又说"洋洋兮若江河"。钟子期死后，伯牙不再弹琴，以为没有人能像钟子期那样懂得自己的音志。[4] 中宵：整夜。中，一作"终"。劳：苦于。

**【审美点评】**

"荷风送香气，竹露滴清响。"两句从嗅觉、听觉两方面写来自身心两方面的快感。荷花的香气清淡细微，所以"风送"时闻；竹露滴在池面其声清脆，所以是"清响"。滴水可闻，细香可嗅，使人感到此外更无声息。诗句表达的境界宜乎"一时叹为清绝"（沈德潜《唐诗别裁》）。

# 宿桐庐江寄广陵旧游

**【题解】**这首诗是作者离开长安东游时，途中寄给旧友的。前四句描绘了一幅月夜行舟图；后四句借景生情，怀念友人。桐庐江，钱塘江流经桐庐的部分。广陵，即扬州，又称维扬。

山暝听猿愁，沧江急夜流[1]。风鸣两岸叶，月照一孤舟。建德非吾土[2]，维扬忆旧游。还将两行泪，遥寄海西头[3]。

人民文学出版社徐鹏《孟浩然集校注》卷三

**【注释】**

[1] 沧江：指桐庐江。沧，同"苍"，因江色苍青，故称。[2] 建德：唐时郡名，今浙江省建德一带。非吾土：不是我的故乡。王粲《登楼赋》："虽信美而非吾土兮，曾何足以少留。" [3] 海西头：指扬州。隋炀帝《泛龙舟歌》："借问扬州在何处，淮南江北海西头。"因古扬州幅员辽阔，东临大海，故称。

**【审美点评】**

"风鸣两岸叶，月照一孤舟"，视觉与听觉，动与静，共同构成了一个深远清峭的意境，而主人公的孤独感和动荡不宁的情绪，都蕴含其中了。

# 宿建德江

**【题解】** 此诗作于开元十八年（730）诗人漫游吴越之时。诗写羁旅愁思。建德江，钱塘江流经建德的部分。

移舟泊烟渚[1]，日暮客愁新。野旷天低树[2]，江清月近人。

**人民文学出版社徐鹏《孟浩然集校注》卷四**

**【注释】**

[1] 烟渚：烟岚笼罩的江边。渚，水中小块陆地。《尔雅·释水》："水中可居者曰洲，小洲曰渚。"[2] 天低树：天幕低垂，好像和树木相连。

**【审美点评】**

"野旷天低树，江清月近人。"二句在情景相生、思与境谐的自然流露之中，构成了一种清幽旷远、孤寂凄迷的意境。《唐人绝句精华》云："诗家有情在景中之说，此诗是也。"

# 王　翰

王翰，一作王瀚，生卒年不详，字子羽，晋阳（今山西太原）人。景云元年（710）进士，历昌乐县尉、秘书省正字、通事舍人、驾部员外郎、兵部员外郎、汝州长史、仙州别驾、道州司马。其诗大多吟咏沙场少年、玲珑女子以及欢歌饮宴等，表达对人生短暂的感叹和及时行乐的旷达情怀。今存诗一卷。

## 凉州词（二首选一）

**【题解】** 诗本二首，此为第一首。此诗是咏边塞情景之名曲。全诗写艰苦荒凉的边塞的一次盛宴，描摹了出征时人们开怀痛饮、尽情酣醉的场面。

蒲萄美酒夜光杯[1]，欲饮琵琶马上催。醉卧沙场君莫笑，古来征战几人回？

**中华书局校点本《全唐诗》卷一五六**

## 【注释】

[1] 蒲萄美酒：即葡萄美酒。"蒲"与"葡"通。夜光杯：用白玉制成的酒杯，光可照明。它和葡萄酒都是西北地区的特产。

## 【审美点评】

"醉卧沙场君莫笑"，表现出来的是豪放、开朗、兴奋的感情，亦是视死如归的勇气，它给人的是一种令人激动和向往的艺术魅力，这正是盛唐边塞诗的特色。此诗被明代王世贞推为唐代七绝的压卷之作。

# 王 湾

王湾（693？—751？），号为德，洛阳人。玄宗先天年间（712—713）进士，授荥阳县主簿。开元五年（717）参与编撰官府所藏图书《群书四部录》集部书目。书成之后，因功授任洛阳尉。王湾"词翰早著"，《全唐诗》存诗10首。

## 次北固山下

【题解】唐玄宗开元元年（713），王湾出游吴地，由洛阳沿运河南下瓜州，后乘舟东渡大江抵京口（今镇江，即北固山所在地），接着东行去苏州，此诗当作于此时。诗中诗人借景抒情，细致地描绘了长江下游开阔秀丽的早春景色，表达了诗人对祖国山河的热爱，流露出诗人乡愁乡思的真挚情怀。次，住宿，此指停泊，途中暂时停宿。北固山，在今江苏镇江市北，北临长江。

客路青山外[1]，行舟绿水前[2]。潮平两岸阔，风正一帆悬[3]。海日生残夜，江春入旧年[4]。乡书何处达？归雁洛阳边[5]。

**中华书局校点本《全唐诗》卷一一五**

## 【注释】

[1] 客路：旅途。青山：指北固山。外：一作"下"。[2] 绿水：长江。[3] 风正：风顺而和。[4] "江春"句：江上春早，旧年未过，新春已到。[5] 边：唐代口语，义同"处"，泛指某处。

## 【审美点评】

"海日"一联无意说理，却在描写景物、节令之中，蕴含着一种自然的理趣。

海日生于残夜，将驱尽黑暗；江上景物所表现的"春意"，闯入旧年，将赶走严冬。不仅写景逼真，叙事确切，而且表现出具有普遍意义的生活真理，给人以乐观、积极、向上的鼓舞力量。明代胡应麟在《诗薮·内编》里评此联"形容景物，妙绝千古"。

# 李 颀

李颀（690？—754？），郡望赵郡（今河北赵县），长期居住在颍阳（今河南登封）东川，故世称"李东川"。开元二十三年（735）进士，曾任新乡（今属河南）县尉。任职多年，没有升迁，晚年隐居东川。他一生交游很广，当时著名诗人王昌龄、高适、王维等都与他关系密切。李颀性格疏放超脱，厌薄世俗。他的诗以边塞诗成就最大，奔放豪迈，慷慨悲凉。他还善于用诗歌来描写音乐和塑造人物形象。他以长歌著名，也擅长短诗，七言律诗尤为后人推崇。《全唐诗》中录存李颀诗三卷，后人辑有《李颀诗集》。

## 古从军行

【题解】"从军行"是乐府古题，属于"相和歌辞"中的"平调曲"。前加"古"字，表示拟古之意，实寓以古讽今之旨。此诗约作于玄宗天宝年间，以汉喻唐，揭露边塞战争的艰苦和罪过。

白日登山望烽火[1]，黄昏饮马傍交河[2]。行人刁斗风沙暗[3]，公主琵琶幽怨多[4]。野云万里无城郭，雨雪纷纷连大漠。胡雁哀鸣夜夜飞，胡儿眼泪双双落。闻道玉门犹被遮[5]，应将性命逐轻车[6]。年年战骨埋荒外[7]，空见蒲桃入汉家[8]。

中华书局校点本《全唐诗》卷一三三

【注释】

[1] 烽火：古代一种警报。[2] 交河：在今新疆吐鲁番西北，因河水分流绕城下而得名。[3] 行人：从军之人。刁斗：古代军中所用的铜炊具，容量一斗，夜间敲击代打更。[4] 公主琵琶：据载，汉武帝时，乌孙国王向汉朝求婚，武帝把江都王刘建的女儿细君封为公主，嫁给乌孙王。出嫁途中，公主令人在马上弹奏琵琶，以抒思乡之情。[5]"闻道"句：汉武帝命李广利攻大宛，欲至贰师城取良马，战而不利。李广利请罢兵班师，武帝大怒，命遮玉门关，曰："军有

敢入者，辄斩之！"遮，阻拦。[6]轻车：汉代有轻车将军，此处指将帅。[7]荒外：边远荒凉之地。[8]蒲桃：即葡萄。

**【审美点评】**

作品以汉喻唐的写作手法和结尾的点睛之笔都表现了其讽刺蕴藉的艺术特色。尤其是结句揭示了战争的后果却不加评判，使得诗味更加隽永，更加耐人寻味。《唐诗别裁》评曰："以人命换塞外之物，失策甚矣。为开边者垂戒，故作此诗。"

# 送魏万之京

**【题解】**此诗是作者晚年在洛阳送魏万赴长安时的作品，诗写送别，表达了对魏万的深厚情谊。魏万，又名颢，上元初进士，曾隐居王屋山，自号王屋山人。

朝闻游子唱离歌[1]，昨夜微霜初渡河[2]。鸿雁不堪愁里听，云山况是客中过[3]。关城树色催寒近[4]，御苑砧声向晚多[5]。莫见长安行乐处，空令岁月易蹉跎[6]。

中华书局校点本《全唐诗》卷一三四

**【注释】**

[1]游子：指魏万。离歌：离别的歌。[2]初渡河：刚刚渡过黄河。魏万家住王屋山，在黄河北岸，去长安必须渡河。[3]客中：即作客途中。[4]关城：指潼关。催寒近：寒气越来越重，一路上天气愈来愈冷。[5]御苑：皇宫的庭苑。这里借指京城。砧声：捣衣声。向晚多：愈接近傍晚愈多。[6]"莫见"两句：勉励魏万及时努力，不要虚度年华。

**【审美点评】**

这首诗以字句的锤炼而为后人所称道。《唐诗直解》评曰："'近'字好，'多'字工。"《诗境浅说》评曰："句中以'不堪''况是'四字相呼应，遂见生动。"

# 王昌龄

王昌龄（690？—756？一说698—757），字少伯，京兆万年（今西安）人。早年贫贱，困于农耕。开元十五年（727）进士，初任秘书省校书郎，二十二年（734）登博学宏词科，授汜水（今河南巩义东北）尉，开元二十七年（739）曾谪岭南。开元末返长安，开元二十八年（740）任江宁县（今江苏南京）丞，天宝间贬龙标（今湖南黔阳）尉，故世称"王江宁"或"王龙标"。安史乱起，避乱江淮，被太守闾丘晓杀害。王昌龄的创作生涯主要在开元前后的盛唐时期，反映了开、天之际的社会生活，代表着盛唐诗的艺术水平。王昌龄擅长七言绝句，被后世称为"七绝圣手"。有《王昌龄集》，还有《诗格》等著作。

## 出塞（二首选一）

**【题解】**《出塞》，乐府"横吹曲"旧题。唐人乐府中的《出塞》、《前出塞》、《后出塞》、《塞上曲》、《塞下曲》等均由此演变而出。此诗表现了诗人希望起任良将，早日平息边塞战事，使人民过上安定的生活的愿望。

秦时明月汉时关[1]，万里长征人未还。但使龙城飞将在，不教胡马度阴山[2]。

中华书局校点本《全唐诗》卷一四三

**【注释】**

[1]"秦时"句："秦时明月"和"汉时关"乃互文见义，意即秦汉时的明月，秦汉时的关，一切都没有改变。[2]阴山：西起河套，绵亘于今内蒙古自治区，汉时匈奴常据此犯边。

**【审美点评】**

"但使龙城飞将在，不教胡马度阴山。"两句以汉喻唐，借怀念古代名将而批评当世无良将，反映了世世代代广大人民的共同心愿。

## 从军行（七首选二）

### 其一

**【题解】**《从军行》，属于乐府"相和歌辞"中的"平调曲"，多写军队的战斗生活。这是组诗的第一首，刻画了边疆戍卒怀乡思亲的深挚感情。

烽火城西百尺楼，黄昏独坐海风秋[1]。更吹羌笛关山月[2]，无那金闺万里愁[3]。

中华书局校点本《全唐诗》卷一四三

**【注释】**

[1] 海：唐诗写西北边塞而称海者，自非海洋。或指青海湖；或指沙漠——"翰海"。[2] 羌笛：古羌族主要分布在甘、青、川一带。羌笛是羌族乐器，属横吹式管乐。关山月：乐府横吹曲名，内容多写戍边生活。[3] 无那：即无奈。金闺：古时称年轻女子的居室为闺房。

**【审美点评】**

"无那金闺万里愁"，作者所要表现的是"从军"者怀乡思亲，偏从"金闺"的万里愁怀反映出来。这一曲笔，把征人和思妇的感情完全交融在一起了。就全篇而言，这一句如画龙点睛，立刻使全诗神韵飞腾，更具动人的力量了。

## 其四

**【题解】** 这是组诗的第四首。诗描写了塞外荒凉、空旷的景致，给人以苍凉之感，写出士兵们边塞生活的艰难以及边关将士们慷慨激昂的豪迈心境。

青海长云暗雪山[1]，孤城遥望玉门关[2]。黄沙百战穿金甲，不破楼兰终不还[3]。

中华书局校点本《全唐诗》卷一四三

**【注释】**

[1] 青海：青海湖，在今青海省西宁市西。雪山：祁连山脉。[2] 孤城：当是青海地区的一座城。一说孤城即玉门关。[3] 楼兰：汉时西域的鄯善国，在今新疆维吾尔自治区鄯善东南一带。西汉时，楼兰国与匈奴联合，屡次遮杀汉朝派往西域的使臣。傅介子奉命前往，用计刺杀楼兰王，"遂持王首还诣阙，公卿、将军议者，咸嘉其功"。（《汉书·傅介子传》）此以楼兰泛指西北地区的敌人。

**【审美点评】**

"黄沙百战穿金甲"句尽管写出了战争的艰苦，但整个形象给人的实际感受是雄壮有力，而不是低沉伤感的。"不破楼兰终不还"，这是身经百战的将士豪壮的誓言，这誓言铿锵有力，掷地有声。

# 长信秋词（五首选一）

**【题解】** 题一作《长信怨》，属乐府"相和歌辞"中的"楚调曲"。长信，即长信宫，汉宫名。《汉书·外戚传》载，汉成帝时班婕妤以才学入宫，为赵飞燕所妒，乃自求供养太后于长信宫。在长信宫中苦闷寂寞，作了许多诗歌以自伤，"长信怨"由此而来。此为第三首，诗写宫廷妇女的苦闷生活和幽怨心情。

奉帚平明金殿开[1]，且将团扇共裴回[2]。玉颜不及寒鸦色，犹带昭阳日影来[3]。

中华书局校点本《全唐诗》卷一四三

**【注释】**

[1]"奉帚"句：清早殿门开时，即拿着扫帚扫地。《汉书·外戚传》载，班婕妤失宠居长信宫，作赋自伤，中云："共洒扫于帷幄兮，永终死以为期。"[2]团扇：传为班氏《怨歌行》云："新裂齐纨素，皎洁如霜雪。裁为合欢扇，团团似明月。出入君怀袖，动摇微风发。常恐秋节至，凉飚夺炎热。弃捐箧笥中，恩情中道绝。"诗以团扇为喻，写宫女受冷落被弃置的情景。裴回：同"徘徊"。[3]昭阳：汉宫殿名，《三辅黄图·未央宫》："武帝时，后宫八区，有昭阳……殿。"汉成帝时赵飞燕得宠，先为婕妤，后为皇后，居昭阳殿，平帝即位后被废为庶人，自杀。

**【审美点评】**

"玉颜不及寒鸦色，犹带昭阳日影来。"二句谓寒鸦从昭阳宫飞来，因还有日影而显得羽毛润泽，自己的美貌却因失宠而憔悴，甚至不如寒鸦润泽可人。意极曲折，语极沉痛。《唐诗别裁》评曰："优柔婉丽.含蕴无穷，使人一唱而三叹。"

# 闺 怨

**【题解】**这首诗描写了一个丈夫远征后在家留守的少妇赏春时心理的变化。

闺中少妇不知愁，春日凝妆上翠楼[1]。忽见陌头杨柳色[2]，悔教夫婿觅封侯[3]。

中华书局校点本《全唐诗》卷一四三

**【注释】**

[1]凝妆：犹言严妆，精心打扮。[2]陌头：大路边上。杨柳色：有双重含义。一、杨柳是春天的象征，杨柳色就是美好的春色；二、古人送别的时候喜欢折柳枝相赠，因为"柳"和"留"谐音。[3]觅封侯：指从军远征，谋求建功立业，封官受爵。

**【审美点评】**

"忽见陌头杨柳色，悔教夫婿觅封侯。"二句抓住闺中少妇登楼忽见春色一刹那间复杂微妙的心理变化，巧妙地传达出"悔教夫婿觅封侯"的隐微怨情。其中"忽"字生动传神。

# 王 维

王维（701？—761），字摩诘。原籍祁（今山西祁县），自其父时迁至蒲州（今山西永济），遂为河东人。出身于官僚地主家庭。其母亲崔氏，笃信佛教。王维青少年时期即富于文学才华，擅画人物、丛竹、山水。开元九年（721）中进士第一，由于精通音律，被任命为大乐丞，但不久便因受他人牵累，被贬济州司仓参军。后归至长安，擢为右拾遗。安史乱前，累官至给事中。天宝十五载（756），为安史乱军所获，署以伪官。两京收复后，降职为太子中允，后官至尚书右丞，故亦称王右丞。王维诗现存约四百首，最能代表其创作特色的是描绘山水田园等自然风景及歌咏隐居生活的诗篇。他继承和发展了谢灵运开创的写作山水诗的传统，对陶渊明田园诗的清新自然也有所吸取，使山水田园诗的成就达到了一个高峰。诗与孟浩然齐名，并称"王孟"，同为盛唐山水田园诗派的代表人物。晚年无心仕途，专诚奉佛，故后世人称其为"诗佛"。有《王右丞集》。

## 使至塞上

【题解】开元二十五年（737），河西节度副大使崔希逸战吐蕃获胜，时王维在监察御史任上，奉命出塞劳军，至凉州时作此诗。诗即记述这次出使途中所见所感。作品以简练的笔墨写了此次出使的经历，并以传神的笔墨刻画了奇特壮美的塞外风光。

单车欲问边[1]，属国过居延[2]。征蓬出汉塞[3]，归雁入胡天[4]。大漠孤烟直[5]，长河落日圆[6]。萧关逢候骑[7]，都护在燕然[8]。

中华书局版陈铁民《王维集校注》卷二

【注释】

[1] 单车：单车独行。问边：慰问边防。[2] 属国：一指少数民族附属于汉族朝廷而存其国号者。汉、唐两朝均有一些属国。二指官名，秦汉时有一种官职名为典属国，苏武归汉后即授典属国官职。唐人有时以"属国"代称出使边陲的使臣。居延：地名，汉代称居延泽，唐代称居延海，在今内蒙古额济纳旗北境。又西汉张掖郡有居延县（参《汉书·地理志》），故城在今额济纳旗东南。又东汉凉州刺史部有张掖居延属国，辖境在居延泽一带。[3] 征蓬：随风飘飞的蓬草，此处为诗人自喻。[4] "归雁"句：因季节是春天，雁北飞，故称。[5] 大漠：大沙漠，此处大约是指凉州之北的沙漠。孤烟：赵殿成注有二解：一云古代边防报警时燃狼粪，"其烟直而聚，虽风吹之不散"。二云塞外多旋风，"袅烟沙而直上"。又：孤烟也可能是唐代边防使用的平安火。

《通典》卷二一八云："及暮，平安火不至。"胡三省注："《六典》：唐镇戍烽候所至，大率相去三十里，每日初夜，放烟一炬，谓之平安火。"[6] 长河：疑指今石羊河，此河流经凉州以北的沙漠。[7] 萧关：古关名，故址在今宁夏固原东南。[8] 都护：官名。唐朝在西北置安西、安北等六大都护府，每府派大都护一人，副都护二人，负责辖区一切事务。燕然：古山名，即今蒙古国杭爱山。《后汉书·窦宪传》：宪率军大破单于军，"遂登燕然山，去塞三千余里，刻石勒功，纪汉威德，令班固作铭。"这里泛指边防前线。

**【审美点评】**

"大漠"两句以苍劲的笔力，雄浑的意境和开阔的视野，历来为人传诵。大漠广阔，长河悠远，使人既感到胸襟开阔，又惊异于宇宙之广袤和深长。因此王国维赞其为"千古壮观"的名句。

# 汉江临眺

**【题解】** 题一作《汉江临泛》。开元二十八年（740），王维调知南选，途经襄阳时作此诗。诗歌描绘了汉江烟波浩渺、雄浑壮阔的生动景象。汉江，即汉水，发源于陕西宁强，经湖北省至汉阳入长江。

楚塞三湘接[1]，荆门九派通[2]。江流天地外，山色有无中。郡邑浮前浦，波澜动远空[3]。襄阳好风日，留醉与山翁[4]。

**中华书局版陈铁民《王维集校注》卷二**

**【注释】**

[1] 楚塞：指襄阳一带的汉水，因其在古楚国之北境，故称楚塞。三湘：湘水合漓水称漓湘，合蒸水称蒸湘，合潇水称潇湘，故又称三湘。此当泛指洞庭湖南北诸流域。[2] 荆门：《水经注·江水》（卷三十四）："江水又东历荆门虎牙之间。荆门在南，上合下开，暗彻山南；有门像虎牙在北，石壁色红，间有白纹，类牙形，并以物象受名。此二山，楚之西塞也。"今湖北省荆门县城即在江南岸边，县南有荆门山，与北岸之虎牙山隔岸相对。九派：《文选》郭璞《江赋》："流九派乎浔阳。"李善注引应劭《汉书》注："江自庐江浔阳分为九。"这两句写江汉相通之广，南连三湘，西通荆门，东达九江。[3] "郡邑"两句：言水势浩瀚，波澜动荡，使人觉得眼前的郡邑好像都漂游浮动起来，远处的天空似乎也在浮荡。[4] "襄阳"二句：好风日，好风光。山翁，指晋代将军山简。据《晋书·山简传》载，山简镇襄阳，"优游卒岁，唯酒是耽。诸习氏，荆土豪族，有佳园池，简每出嬉游，多之池上，置酒辄醉，名之曰高阳池。"这里借指当时襄阳的地方长官。

**【审美点评】**

"江流天地外，山色有无中。"两句如同一幅色彩素雅、格调清新、意境优美的水墨山水画。画面布局远近相映，疏密相间；以简驭繁，以形写意；融情于景，情绪乐观。《瀛奎律髓》评曰："右丞此诗，中两联皆言景，而前联犹壮，足敌孟、杜《岳阳》之作。"

# 终南山

**【题解】** 开元二十九年（741）王维曾隐于终南山，本篇大约作于此时。诗写终南山的宏伟气势和变化万千的韵致，表现出一种隐逸情怀。终南山，在陕西长安县南五十里，秦岭主峰之一。古人又称秦岭山脉为终南山。秦岭绵延八百余里，是渭水和汉水的分水岭。

太乙近天都[1]，连山到海隅[2]。白云回望合，青霭入看无[3]。分野中峰变，阴晴众壑殊[4]。欲投人处宿[5]，隔水问樵夫。

中华书局版陈铁民《王维集校注》卷二

**【注释】**

[1] 太乙：又名太一，秦岭之一峰。天都：天帝所居，此指天。 [2] 海隅：海边，海角。[3] 霭：云气。[4] "分野"二句：言终南山高大，分隔山南山北两种景象，各山谷间的阴晴变化也有所不同。分野，我国古代占星家为了用天象变化来占卜人间的吉凶祸福，将天上星空区域与地上的国州互相对应。就天文言，称分星；就地理言，称分野。中峰，指终南山主峰太乙山。[5] 人处：有人烟处。

**【审美点评】**

"分野中峰变，阴晴众壑殊。"二句写终南山之高大，谓其一峰之隔便属不同的分野，各条山谷阴晴也有不同，写山气象阔大，尺幅而具万里之势。

# 竹里馆

**【题解】** 此诗是王维五绝组诗《辋川集》二十首之一。诗写山林幽居情趣。竹里馆，王维辋川别墅之一景。

独坐幽篁里[1]，弹琴复长啸[2]。深林人不知，明月来相照。

中华书局版陈铁民《王维集校注》卷五

**【注释】**

[1] 幽篁：深密的竹林。篁，竹。[2] 长啸：长声吟唱。魏晋名士称吹口哨为啸。

**【审美点评】**

竹林深处，绝无尘世的嘈杂，琴声清幽，歌吟舒畅，诗人此时尽情享受着独处的自由，细细品味艺术人生的高雅情趣，人与自然化而为一，亦儒亦佛亦道。《唐贤三昧集笺注》云："幽迥之思，使人神气爽然。"

## 辋川闲居赠裴秀才迪

**【题解】**此诗表达幽居山林，超然物外之志趣，抒发闲居之乐和对友人的真切情谊。辋川，水名，在今陕西蓝田南终南山下。山麓有宋之问的别墅，后归王维。裴迪，诗人，王维的好友，与王维唱和较多。

　　寒山转苍翠[1]，秋水日潺湲[2]。倚杖柴门外，临风听暮蝉。渡头余落日，墟里上孤烟。复值接舆醉，狂歌五柳前[3]。

中华书局版陈铁民《王维集校注》卷五

**【注释】**

[1] 转苍翠：一作"积苍翠"。转，转为，变为。苍翠，青绿色。[2] 潺湲（chán yuán）：水流声，这里指水流缓慢的样子。[3] "复值"二句：意谓又碰到狂放的裴迪喝醉了酒，在我面前唱歌。值，遇到。接舆，陆通先生的字。接舆是春秋时楚国人，好养性，假装疯狂，不出去做官。此以接舆比裴迪。五柳，即陶渊明。诗人以"五柳先生"自比。

**【审美点评】**

"倚杖柴门外，临风听暮蝉。"写诗人在柴门之外，倚杖临风听傍晚蝉鸣情景，生动地表现出诗人安闲的神态，是传神写意之妙笔。

## 山居秋暝

**【题解】**此诗作于王维晚年隐居辋川时。全诗描绘了秋雨初晴后傍晚时分山村的旖旎风光和山居村民的淳朴风尚，表现了诗人寄情山水田园，对隐居生活怡然自得的满足心情。

　　空山新雨后，天气晚来秋。明月松间照，清泉石上流。竹喧归浣女[1]，莲动下渔舟。随意春芳歇[2]，王孙自可留[3]。

中华书局版陈铁民《王维集校注》卷五

**【注释】**

[1] 竹喧：指竹间传来浣纱女的笑语声。浣（huàn）女：洗衣服的姑娘。浣，洗衣服。[2] 随意：任凭。春芳：春草。[3]"王孙"句：反用《楚辞·招隐士》"王孙兮归来，山中兮不可以久留"句意。王孙，原指贵族子弟，后来也泛指隐居的人，此处指诗人。

**【审美点评】**

此诗写出了清新、幽静、恬淡、优美的山中秋季的黄昏美景。诗之四联分别写感觉、视觉、听觉、感受，因象得趣，因景生情。由苍松、清泉、翠竹、青莲所构成的高洁意境，注入一种超尘绝俗的人格力量，令人向往。

## 终南别业

**【题解】** 此诗是王维于开元二十九年（741）后初居终南别业时作，表现诗人隐居山间时悠闲自得的心境。

中岁颇好道[1]，晚家南山陲[2]。兴来每独往，胜事空自知[3]。行到水穷处，坐看云起时。偶然值林叟[4]，谈笑无还期[5]。

中华书局版陈铁民《王维集校注》卷五

**【注释】**

[1] 中岁：中年。道：这里指佛理。[2] 家：安家。南山陲（chuí），指辋川别墅所在地。南山，即终南山。[3] 胜事：美好的事。[4] 值：遇见。一作"见"。[5] 无还期：没有回还的准确时间。无，一作"滞"。

**【审美点评】**

"行到水穷处，坐看云起时。"走到水的尽头就坐看行云变幻，极富禅机禅意。近人俞陛云说："行至水穷，若已到尽头，而又看云起，见妙境之无穷。可悟处世事变之无穷，求学之义理亦无穷。此二句有一片化机之妙。"（《诗境浅说》）

## 渭川田家

**【题解】** 这是王维晚年所写的田园诗。诗人描绘了一幅恬然自乐的田家归图，抒发了诗人渴望有所归依，羡慕平静悠闲的田园生活的心情，流露出诗人在官场的孤苦、郁闷。渭川，即渭水，源于甘肃鸟鼠山，经陕西流入黄河。

斜光照墟落[1]，穷巷牛羊归[2]。野老念牧童[3]，倚杖候荆扉[4]。雉雉麦苗秀[5]，蚕眠桑叶稀[6]。田夫荷锄至，相见语依依。即此羡闲逸[7]，怅然吟《式微》[8]。

中华书局版陈铁民《王维集校注》卷七

**【注释】**

[1] 斜光：斜阳。光，一作"阳"。墟落：村落。[2] 穷巷：偏僻、僻静的小巷。[3] 野老：居住在郊野的老人。[4] 荆扉：荆条编的门，即柴门。[5] 雉雊（zhì gòu）：野鸡鸣叫。雉，野鸡。雊，野鸡的鸣叫。[6] 蚕眠：蚕子的生长阶段叫"眠"，这里指吐丝前的最后一眠。[7] 闲逸：闲情逸致。[8] 怅然：心中惆怅的样子。《式微》：《诗经·邶风》里的一篇，其中反复出现"式微，式微，胡不归？"作者借以抒发急于归隐田园的心情。

**【审美点评】**

此诗选取了牛、羊、雉、蚕、麦苗、桑叶等农村中常见的禽畜和作物，墟落、穷巷、荆扉等农村的普通景物环境，野老倚仗、牧童晚归、田夫荷锄、村头絮语等农村平常的人事活动，组成了一幅充满诗情画意的田园美景，荡漾着亲切的人情味，散发出浓郁的乡土气息，自然清新，诗意盎然。

# 山中与裴迪秀才书

**【题解】** 这是王维从长安回到辋川别业后写给裴迪的一封信，约作于天宝三载（744）之后。文写寒夜山中见闻，追念昔游之乐，并约请裴迪明年春天来这里与自己同游。

近腊月下[1]，景气和畅[2]，故山殊可过[3]。足下方温经[4]，猥不敢相烦[5]，辄便往山中[6]，憩感配寺[7]，与山僧饭讫而去[8]。

北涉玄灞[9]，清月映郭。夜登华子冈[10]，辋水沦涟[11]，与月上下。寒山远火，明灭林外。深巷寒犬，吠声如豹。村墟夜舂[12]，复与疏钟相间。此时独坐，僮仆静默[13]，多思曩昔携手赋诗[14]，步仄径，临清流也。

当待春中，草木蔓发[15]，春山可望，轻鲦出水[16]，白鸥矫翼[17]，露湿青皋，麦陇朝雊[18]，斯之不远[19]，傥能从我游乎[20]？非子天机清妙者[21]，岂能以此不急之务相邀[22]。然是中有深趣矣！无忽[23]。因驮黄檗人往[24]，不一[25]。山中人王维白[26]。

上海古籍出版社版赵殿成《王右丞集笺注》卷十八

**【注释】**

[1] 腊月：农历十二月。古代在农历十二月举行"腊祭"，故称。[2] 景气：景色，气候。[3]"故山"句：旧居蓝田山很可以一游。故山，旧居的山，指王维的"辋川别业"所在地的蓝田山。[4] 方温经：正在温习经书。方，正。[5] 猥：鄙贱。自谦之词。[6] 辄便：就。[7] 憩感配寺：在感配寺休息。感配寺，疑应作"感化寺"。王维集中有《过感化寺昙兴上人山院》、《游感化寺》二诗。[8] 饭讫：吃完饭。讫，完。[9] 北涉玄灞：往北走渡过灞水。涉，渡。玄，黑色，指水深绿发黑。[10] 华子冈：王维辋川别业中的一处胜景。[11] 辋水：车轮状的湖水。[12] 夜舂：晚上用白杵捣谷（的声音）。舂，这里指捣米，即把谷物放在石臼里捣去外壳。[13] 静默：指已入睡。[14] 曩（nǎng）：从前。[15] 蔓发：蔓延生长。[16] 轻鲦（tiáo）：即白鲦鱼。身体狭长，游动轻捷。[17] 矫翼：张开翅膀。矫，举。[18] 雊（gòu）：野鸡鸣叫。[19] 斯：指春天的景色。[20] 倘：同"倘"，假使，如果。[21] 天机清妙：性情高远。天机，天性。[22] 不急之务：闲事，这里指游山玩水。[23] 无忽：不可疏忽错过。[24] 因驮黄檗（bò）人往：借驮黄檗的人前往之便（带这封信）。因，趁。黄檗，一种落叶乔木，果实和茎内皮可入药。茎内皮为黄色，也可做染料。[25] 不一：古人书信结尾常用的套语，不一一详述之意。[26] 山中人：王维晚年信佛，过着半隐的生活，故自称。

**【审美点评】**

王维夜游春山，深感"是中有深趣"。"深趣"为何？王维没有明说，但从诗人充满诗情画意的描述中，我们可以体会到"深趣"应与陶渊明《饮酒》诗中"此中有真意"的"真意"是相同的，是要从无名利之逐的大自然中寻求乐趣，是诗人"任真自得"的天性、意趣。

# 高　适

高适（700？—765），字达夫，一字仲武，渤海郡蓨县（今河北景县）人。少孤贫，爱交游，有游侠之风，并以建功立业自期。早年曾游历长安，后到过蓟门、卢龙一带，寻求进身之路，都没有成功。后客居梁、宋等地，曾与李白、杜甫结交。安史之乱爆发后，任侍御史、谏议大夫。肃宗时，历任淮南节度使，蜀、彭二州刺史，西川节度使，大都督府长史等职。代宗时官居散骑常侍，封渤海县侯。卒赠礼部尚书，谥曰忠。《旧唐书》本传称："有唐以来，诗人之达者，唯适而已。"高适为著名的边塞诗人，与岑参并称"高岑"。其边塞诗内容概括性极强，将作者个人的边塞见闻、观察思考和功名志向融为一体。风格慷慨悲壮。有《高常侍集》。

# 营州歌

**【题解】** 此诗作于开元十九年（731）诗人出塞之时，作品生动地刻画了北方少数民族青少年的形象，表现了他们的生活风貌和豪放的性格。营州，唐代东北边塞，治所在今辽宁朝阳。

营州少年厌原野[1]，狐裘蒙茸猎城下[2]。虏酒千钟不醉人[3]，胡儿十岁能骑马[4]。

中华书局版刘开扬《高适诗集编年笺注》第一部分

**【注释】**

[1] 厌：同"餍"，饱。这里作饱经、习惯于之意。[2] 狐裘：用狐狸皮毛做的比较珍贵的大衣，毛向外。蒙茸：毛乱的样子。[3] 虏酒：指当地少数民族酿造的酒。[4] 胡儿：少数民族的孩子。

**【审美点评】**

在唐人边塞诗中，这样热情赞美少数民族人民生活习尚的作品，实在不多，因而这首绝句显得可贵。

# 燕歌行 并序

**【题解】**《燕歌行》是乐府旧题，属于"相和歌辞"中的"平调曲"，多写边地征戍之事，思妇怀念征夫之情。自开元十八年（730）至二十二年（734），契丹多次侵犯唐边境，二十年春，信安王李伟率军胜契丹，二十一年春唐五将兵败，六千余唐军战死。同年十二月，张守珪为幽州节度使，胜契丹，次年受封赏。开元二十六年部下兵败，张隐瞒败绩。高适此诗所写即这场历时多年的战争。作品描写了出师、行军、接敌、激战、困守等战争各个片段，再现了官兵各方面的活动，揭示了军中深刻的矛盾，暗示了战争旷日持久的内外根源，表现了征人思妇的相思怨慕，反映了战士的豪情壮志和渴望，含蓄地批评了朝廷的用人不当和军政腐败。

开元二十六年，客有从元戎出塞而还者[1]，作《燕歌行》以示适。感征戍之事，因而和焉。

汉家烟尘在东北[2]，汉将辞家破残贼[3]。男儿本自重横行[4]，天子非常赐颜色[5]。摐金伐鼓下榆关[6]，旌旆逶迤碣石间[7]。校尉羽书飞瀚海[8]，单于猎火照狼山[9]。山川萧条极边土[10]，胡骑凭陵杂风雨[11]。战士军前半死生，美人帐下犹歌舞。大漠穷秋塞草腓[12]，孤城落日斗兵稀。身当恩遇常轻敌，力尽关山未解围[13]。铁衣远戍辛勤久[14]，玉箸应啼别离后[15]。少妇城南欲断肠[16]，征人蓟北空回首[17]。边庭飘飖那可度[18]，绝域苍茫更何有[19]？杀气三时作阵云[20]，寒声一夜传刁斗。相看白刃血纷纷，死节从来岂顾勋[21]？君不见沙场征战苦，至今犹忆李将军[22]。

**中华书局版刘开扬《高适诗集编年笺注》第一部分**

**【注释】**

[1] 元戎：军事统帅，此指张守珪。[2] 汉家：汉朝，唐人诗中经常以汉喻唐。烟尘：代指战争。[3] 残贼：残酷的敌人。[4] 横行：任意驰走，无所阻挡。[5] 非常赐颜色：破格赐予荣耀。[6] 摐金伐鼓：军中鸣金击鼓。榆关：山海关。[7] 逶迤：连绵不断。碣石：山名，在今河北昌黎县北。此借指东北沿海一带。[8] 羽书：插有羽毛的紧急军事文书。瀚海：大沙漠。[9] 猎火：狩猎时所举之火。狼山：阴山山脉西段，在今内蒙古自治区中部。此处借瀚海、狼山泛指当时战场。[10] 萧条：荒凉。极边土：边境之地。[11] 凭陵：仗势侵凌。风雨：形容胡骑来势凶猛。[12] 穷秋：深秋。腓：一作"衰"，变黄。隋虞世基《陇头吟》："穷秋塞草腓，塞外胡尘飞。"[13] "身当"二句：一写主帅受皇恩而轻敌；一写战士拼死苦战也未能冲破敌人的包围。常，一作"恒"。[14] 铁衣：铁甲，借指出征战士。《木兰辞》："寒光照铁衣。"[15] 玉箸：白色的筷子，比喻思妇的泪水如注。[16] 城南：长安城南，当时是百姓居住区。[17] 蓟北：唐蓟州，治所在渔阳（今天津蓟县）。此泛指东北战场。[18] 边庭飘飖：一作"边风飘飘"，形容边塞战场动荡不宁。飘飖，远阔。[19] 绝域：更遥远的边陲。更何有：更加荒凉不毛。[20] 三时：早、午、晚。阵云：战云。[21] 死节：为节义而死，此指为国捐躯。[22] 李将军：指汉将军李广，能征善战，在战场上常身先士卒，又体恤将士，被后世视为好将军的典范。事见《史记·李将军传》。

**【审美点评】**

"战士军前半死生，美人帐下犹歌舞。"二句将战士的英勇牺牲和将帅的流连声色形成鲜明的对比，有力地揭露了军中将士间苦乐悬殊的现实，有振聋发聩的效果，发人深省。

# 封丘县

**【题解】**题一作《封丘作》。高适早年闲散困顿，直到天宝八载（749），将近五十岁时，才因宋州刺史张九皋的推荐，中"有道科"。中第后，却只得了个封丘县尉的小官，大失所望。这首诗就作于封丘任上，作品揭示了他理想与现实的矛盾和出仕之后又强烈希望归隐的衷曲。

我本渔樵孟诸野[1]，一生自是悠悠者[2]。乍可狂歌草泽中[3]，宁堪作吏风尘下？只言小邑无所为，公门百事皆有期[4]。拜迎官长心欲碎，鞭挞黎庶令人悲[5]。归来向家问妻子，举家尽笑今如此。生事应须南亩田，世情付与东流水[6]。梦想旧山安在哉？为衔君命且迟徊[7]。乃知梅福徒为尔[8]，转忆陶潜归去来[9]。

中华书局版刘开扬《高适诗集编年笺注》第一部分

**【注释】**

[1] 渔樵：打渔砍柴。孟诸：亦作"孟猪"，亦作"孟潴"，古大泽名，位于宋国。在今河南商丘东北、虞城西北。[2] 悠悠者：无拘无束的人。[3] 乍可：义同"只可"。[4] 期：期限。[5] 黎庶：平民，老百姓。[6]"生事"二句：意谓自己之所以风尘为吏，是因为家里无田可耕；而过去的用世之情，一经接触现实，完全消失。生事，犹言生计。[7] 衔君命：即奉君命。迟徊：义同"徘徊"，欲去而又未去。[8] 梅福：字子真，九江郡寿春（今安徽寿县）人。梅福少年求学于长安，初为郡文学，后补南昌县尉。西汉末年，民怨四起。梅福忧国忧民，以一县尉之微官上书朝廷，指陈政事，险遭杀身之祸。因此梅福挂冠而去。[9] 陶潜归去来：《宋书·陶潜传》载："郡遣督邮至县，吏白应束带见之，潜叹曰：'我不能为五斗米，折腰向乡里小人！'即日解印绶去职，赋《归去来》。"

**【审美点评】**

"拜迎官长心欲碎，鞭挞黎庶令人悲。"二句表现了一个封建社会正直官吏刚正不阿和爱民如伤的高尚情操，真切感人，传诵千古。

# 塞下曲

**【题解】**《塞下曲》、《塞上曲》是由汉乐府横吹曲《出塞》、《入塞》旧题衍化出来的新乐府杂题，唐人多用以泛写边塞之事。此诗当作于高适入河西节度使哥舒翰幕府时，作品高度概括了一个青年从马背上夺取功名的艰苦路程，抒发了自己决心在边塞上建功立业的勃勃雄心。

结束浮云骏[1]，翩翩出从戎[2]。且凭天子怒，复倚将军雄[3]。万鼓雷殷地[4]，千旗火生风。日轮驻霜戈[5]，月魄悬雕弓[6]。青海阵云匝[7]，黑山兵气冲[8]。战酣太白高[9]，战罢旄头空[10]。万里不惜死，一朝得成功。画图麒麟阁[11]，入朝明光宫[12]。大笑向文士，一经何足穷[13]！古人昧此道[14]，往往成老翁。

中华书局版刘开扬《高适诗集编年笺注》第一部分

**【注释】**

[1] 结束：整顿装束。浮云骏：良马名。《西京杂记》载："汉文帝自代还，有良马九匹，皆天下骏足也。名曰浮云、赤电、绝群、逸群、紫燕骝、禄螭骢、龙子、麟驹、绝尘，号九逸。" [2] 从戎：从军。[3] 将军：指哥舒翰。[4] 殷：震动。[5] "日轮"句：兵戈挥动，使日轮为之停驶趋避。《淮南子·览冥训》："鲁阳公与韩构难，战酣，日暮，援戈而挥之，日为之反三舍。" [6] 月魄：指月初生或圆而始缺时不明亮的部分。瑂弓：装饰有雕刻花纹的强弓。[7] 匝：周，环绕。[8] 黑山：又名杀虎山，在今内蒙古自治区。兵气：杀气，战争气氛。[9] 太白：即金星，又名启明、长庚。相传太白星主战争杀伐之事。[10] 旄（máo）头：即昂星。星名。二十八宿之一。《汉书·天文志》："昂曰旄头，胡星也，为白衣会。"此处用以指代胡军。[11] "画图"句：指卓越的功勋或最高的荣誉。麒麟阁，汉朝阁名，汉武帝建于未央宫之中，主要用于藏历代记载资料和秘密历史文件。甘露三年（前51），汉宣帝因匈奴归降，回忆往昔辅佐有功之臣，乃令人画霍光、张安世、韩增、赵充国等十一名功臣图像于麒麟阁以示纪念和表扬。[12] 明光宫：汉宫名，汉武帝所建。此借指唐皇宫。[13] 一经：一部儒家经典。唐代科举有明经科，其中有学究一经之目。穷：穷究，详尽研究。[14] 昧：不明白。此道：指从戎建功之道。

**【审美点评】**

"万鼓雷殷地，千旗火生风。"二句运用比喻和夸张手法，从听觉和视觉方面，极力形容军威之雄壮。

# 李 白

李白（701—762），字太白，号青莲居士，祖籍陇西成纪。世有"李翰林"、"诗仙"之称。李白的身世、出生地、行踪、家庭等众说纷纭，明人胡应麟说："古今诗人出处，未有如太白之难定者。"（《少室山房笔丛》卷九）李白大约五岁时随家人迁居四川，居于绵州昌隆县青莲乡，这里道教气氛浓郁，环境对他的神仙道教信仰影响很大。此时李白游历了成都、峨眉山等地，还在青城山隐居了几年。大约二十五岁时，李白出蜀漫游，这一时期他几乎漫游半个中国，写出了许多优秀的诗篇，显示了高度的艺术才能。天宝元年（742），因道士吴筠的推荐，李白被召至长安，供奉翰林，文章风采，名震天下。李白初因才气为唐玄宗所赏识，后因不能见容于权贵，在京仅三年，就弃官而去，继续他那漂荡四方的浪游生活。安史之乱发生的第二年（756），他感愤时艰，参加了永王李璘的幕府。永王与肃宗争夺帝位兵败之后，李白受牵累，流放夜郎（今贵州境内），途中遇赦东归。晚年漂泊东南一带，依族叔当涂县令李阳冰，不久即病逝。李白诗歌的主题可概括为理想与现实的矛盾。他反权贵、轻王侯，傲岸不屈，狂放不羁。其诗具有强烈的主观感情色彩，以大胆的夸张、奇特的想象和豪放的语言，构成众多个性化的意象，表现了宇宙的浩渺阔大，具有典型的盛唐文化气势充沛、浩大的特点。有《李太白集》。

# 渡荆门送别

**【题解】**这首诗是开元十三年（725）李白出蜀后在荆门外所作，描写了荆门一带山尽原出、江流壮阔的雄伟景象，表现了青年李白初出巴蜀时兴致勃勃、乐观向上的精神风貌。

渡远荆门外，来从楚国游[1]。山随平野尽[2]，江入大荒流[3]。月下飞天镜[4]，云生结海楼[5]。仍怜故乡水[6]，万里送行舟。

上海古籍出版社版瞿蜕园、朱金城《李白集校注》卷十五

**【注释】**

[1]楚国：楚地，指今湖南、湖北一带。[2]平野：平坦广阔的原野。[3]江：长江。大荒：广阔无际的田野。[4]"月下"句：明月映入江水，如同飞下的天镜。下，移下。[5]海楼：海市蜃楼，这里形容江上云霞的美丽景象。[6]仍：依然。怜：爱。一本作"连"。故乡水：指从四川流来的长江水。因诗人从小生活在四川，把四川称作故乡。

**【审美点评】**

"山随平野尽，江入大荒流"，写得逼真如画，前句给人以流动感与空间感，将静止的山岭摹状出活动的趋向来。后句写出江水奔腾直泻的气势，从荆门往远处望去，仿佛流入荒漠辽远的原野，显得天空寥廓，境界高远。景中蕴藏着诗人喜悦开朗的心情和青春的蓬勃朝气。

# 长干行

**【题解】**《长干行》是乐府"杂曲歌辞"旧题。长干，地名。《文选·左思〈吴都赋〉》："长干延属，飞甍舛互。"刘逵注："江东谓山冈间为'干'。建邺之南有山，其间平地，吏民居之，故号为'干'。中有大长干、小长干，皆相属。"宋王象之《舆地纪胜》卷十七："长干是秣陵县东里巷名。江东谓山陇之间曰干。"建邺，

今南京市。据考，大长干在今南京中华门外，小长干在今南京凤凰台南，西通长江。《长干行》原二首，第二首疑为张潮作。此为第一首，约为李白开元年间初过金陵（今南京）时作。这首诗叙述了一个年轻商妇完整而动人的爱情故事，表现了她对幸福爱情生活的炽热向往和追求。

妾发初覆额[1]，折花门前剧[2]。郎骑竹马来[3]，绕床弄青梅[4]。同居长干里，两小无嫌猜[5]。十四为君妇，羞颜未尝开[6]。低头向暗壁，千唤不一回。十五始展眉[7]，愿同尘与灰[8]。常存抱柱信[9]，岂上望夫台[10]？十六君远行，瞿塘滟滪堆[11]。五月不可触[12]，猿声天上哀[13]。门前迟行迹，一一生绿苔[14]。苔深不能扫，落叶秋风早。八月胡蝶来[15]，双飞西园草。感此伤妾心，坐愁红颜老[16]。早晚下三巴[17]，预将书报家[18]。相迎不道远[19]，直至长风沙[20]。

上海古籍出版社版瞿蜕园、朱金城《李白集校注》卷四

**【注释】**

[1]妾：古代妇女自称。初覆额：指头发尚短。[2]剧：游戏。[3]骑竹马：儿童游戏时以竹竿当马骑。[4]床：指的是井边的护栏。[5]无嫌猜：指天真烂漫。[6]"羞颜"句：指结婚后，就一直含着羞意了。[7]始展眉：意谓才懂得些人事，感情也在眉宇间显现出来。[8]"愿同"句：意谓愿意永远结合在一起。尘与灰，犹至死不渝，死了化作灰尘也要在一起。[9]抱柱信：相传古代有个叫尾生的人，与一女子约会于桥下，届时女子不来，潮水却至，尾生为表示自己的信实，结果抱着桥柱，被水淹死。事见《庄子·盗跖》。[10]"岂上"句：因深信两人的情爱都是牢固的，所以自己决不会成为望夫台上的人物。望夫台，类似的望夫石、望夫山的传说有好几处。[11]瞿塘：峡名，长江三峡之一，在重庆市奉节县东。滟滪堆：瞿塘峡口的一块大礁石。[12]"五月"句：每年阴历五月，江水上涨，滟滪堆被水淹没，船只不易辨识，易触礁致祸，故下云不可触。古乐府也有"滟滪大如襆，瞿塘不可触"语。[13]"猿声"句：三峡多猿，啼声哀切。[14]"门前"二句：意谓女主人常望着丈夫出门时的踪迹而等待着，只见踪迹上都已生出青苔了。迟，等待，一作"旧"。[15]胡蝶：即蝴蝶。来，一作"黄"。[16]"坐愁"句：因相思愁苦，使得青春的容颜为之憔悴。[17]早晚：何时。三巴：指巴郡、巴东、巴西，都在今四川省东部。[18]书：家信。[19]不道远：不会嫌远。[20]长风沙：地名，在今安徽省安庆市东的江边上。据陆游《入蜀记》说，自金陵（南京）至长风沙有七百里，地极湍险。

**【审美点评】**

这首诗通过细腻缠绵的笔法，配合着徐缓和谐的音节和形象化的语言，描述了男女主人公幼小相处、结婚、远别等几个生活阶段，把叙事、写景、抒情巧妙地融为一体。诗的情调爽朗明快，真挚动人。《唐宋诗醇》云："儿女子情事，直从胸臆间流出，萦迂回折，一往情深。尝爱司空图所云'道不自器，与之圆方'，为深得

委曲之妙，此篇庶几近之。"

# 金陵酒肆留别

【题解】这是李白开元十四年（726）春离开金陵东游扬州时留赠友人的一首话别诗。全诗热情洋溢，反映了李白与金陵友人的深厚友谊及其豪放性格。

风吹柳花满店香[1]，吴姬压酒唤客尝[2]。金陵子弟来相送，欲行不行各尽觞[3]。请君试问东流水，别意与之谁短长？

上海古籍出版社版瞿蜕园、朱金城《李白集校注》卷十三

【注释】

[1] 风吹：一作"白门"。白门为金陵正西门。[2] 吴姬：吴地的女子，这里指酒店中的侍女。压酒：压糟取酒。古时新酒酿熟，临饮时方压糟取用。[3] 欲行：要走的人，指李白自己。不行：送行的人，指金陵子弟。尽觞：干杯。

【审美点评】

"请君试问东流水，别意与之谁短长？"两句兼用拟人、比喻、对比、设问等手法，构思新颖奇特，借滔滔不绝的大江流水来倾吐自己的真挚感情，亲切而且深情，有强烈的感染力。

# 蜀道难

【题解】《蜀道难》是汉乐府旧题，属于"相和歌辞"中的"瑟调曲"。郭茂倩《乐府诗集》卷四十引《乐府解题》说："《蜀道难》备言铜梁、玉垒（都是四川山名）之阻"。对这首诗的写作背景，从唐代开始人们就多有猜测，一般认为，这首诗很可能是李白于天宝元年至天宝三载（742—744）身在长安时为送友人王炎入蜀而写的，目的是规劝王炎不要羁留蜀地，早日回归长安。此篇是李白最著名的诗篇之一，它以山川之险言蜀道之难，充分显示了诗人的浪漫气质和热爱祖国河山的感情。

噫吁嚱[1]！危乎高哉！蜀道之难，难于上青天。蚕丛及鱼凫[2]，开国何茫然！尔来四万八千岁[3]，不与秦塞通人烟。西当太白有鸟道[4]，可以横绝峨眉巅。地崩山摧壮士死，然后天梯石栈相钩连[5]。上有六龙回日之高标[6]，下有冲波逆折之回川[7]。黄鹤之飞尚不得过，猿猱欲度

愁攀援[8]。青泥何盘盘[9]！百步九折萦岩峦。扪参历井仰胁息[10]，以手抚膺坐长叹[11]。问君西游何时还，畏途巉岩不可攀[12]。但见悲鸟号古木，雄飞雌从绕林间。又闻子规啼月夜[13]，愁空山。蜀道之难，难于上青天！使人听此凋朱颜。连峰去天不盈尺，枯松倒挂倚绝壁。飞湍瀑流争喧豗[14]，砯崖转石万壑雷[15]。其险也如此，嗟尔远道之人胡为乎来哉[16]？剑阁峥嵘而崔嵬[17]，一夫当关，万夫莫开[18]。所守或匪亲[19]，化为狼与豺。朝避猛虎，夕避长蛇。磨牙吮血，杀人如麻。锦城虽云乐[20]，不如早还家。蜀道之难，难于上青天，侧身西望长咨嗟[21]。

上海古籍出版社版瞿蜕园、朱金城《李白集校注》卷三

**【注释】**

[1] 噫吁嚱：蜀方言。宋庠《宋景文公笔记》卷上："蜀人见物惊异，辄曰'噫吁嚱'。" [2] 蚕丛、鱼凫：传说古蜀国两位国王的名字。《文选》卷四《三都赋》刘逵注："扬雄《蜀王本纪》曰：'蜀王之先，名蚕丛、柏濩、鱼凫、蒲泽、开明。从开明上到蚕丛，积三万四千岁。'"《华阳国志·蜀志》："蜀侯蚕丛，其目纵，始称王，死作石棺、石椁，国人从之。故俗以石棺椁为纵目人冢也。次王曰柏濩，次王曰鱼凫。鱼凫王田于湔山，忽得仙道，蜀人思之为立祠。" [3] 尔来：从那时以来。四万八千岁：夸张而大约言之。[4] 太白：太白山，又名太乙山，在长安西（今陕西眉县、太白县一带）。[5] "地崩"二句：写古蜀道之开辟。《艺文类聚》卷九引《蜀王本纪》："秦惠王欲伐蜀，乃刻五石牛，置金其后。蜀人见之，以为牛能大便金……蜀王以为然，即发卒千人，使五丁力士，拖牛成道，致三枚于成都。秦得道通，石牛力也。后遣丞相张仪等，随石牛道伐蜀。"又《华阳国志·蜀志》："秦惠王知蜀王好色，许嫁五女于蜀。蜀遣五丁迎之。还到梓潼，见一大蛇入穴中。一人揽其尾掣之，不禁，至五人相助，大呼拽蛇，山崩时压杀五人及秦五女并将从，而山分为五岭。"山即今四川江油东北近剑阁界的五华山，或称五子山。[6] 六龙回日：《初学记》卷一天部三：《淮南子》云："爰止羲和，爰息六螭，是谓悬车。"注曰："日乘车，驾以六龙。羲和御之。日至此而薄于虞渊，羲和至此而回六螭。"螭即龙。高标：指蜀山中可作一方之标识的最高峰。一说高标山又名高望山，乃嘉定府之主山。[7] 逆折：水流回旋。回川：有漩涡的河流。[8] 猿猱（náo）：蜀山中最善攀援的猴类。[9] 青泥：青泥岭，在今甘肃徽县南，陕西略阳县北。《元和郡县志》卷二十二兴州长举县："青泥岭，在县西北五十三里，接溪山东，即今通路也。悬崖万仞，山多云雨，行者屡逢泥淖，故号青泥岭。" [10] 扪参历井：参、井是二星宿名。古人把天上的星宿分别指配于地上的州国，叫做"分野"，以便通过观察天象来占卜地上所配州国的吉凶。参星为蜀之分野，井星为秦之分野。扪，用手摸。历，经过。胁息：屏气不敢呼吸。[11] 膺：胸。[12] 巉（chán）岩：险峻的山岩。[13] 子规：即杜鹃鸟，蜀地最多，鸣声悲哀。《文选》卷四左思《蜀都赋》："鸟生杜宇之魄。"刘渊林注引《蜀记》曰："昔有人姓杜名宇，王蜀，号曰望帝。宇死，俗说云宇化为子规。子规，鸟名也。蜀人闻子规鸣，皆曰望帝也。"王注："按子规即杜鹃也，蜀中最多，南方亦有之，状如雀鹞，而色惨黑，赤口，有小冠，春暮即鸣，夜啼达旦，至夏尤甚，昼夜不止，鸣必向北，若云'不如归去'，声甚哀切。" [14] 喧豗（huī）：水流轰响声。[15] 砯（pìng）崖：水撞石之声。转，转动。

[16] 胡为：为什么。[17] 剑阁：又名剑门关，在四川剑阁县北，是大、小剑山之间的一条栈道，长约三十余里。《华阳国志》、《水经注》卷二十、《元和郡县志》卷三十三均有记载。[18]"一夫"二句：《文选》卷四左思《蜀都赋》："一人守隘，万夫莫向。"《文选》卷五十六张载《剑阁铭》："一人荷戟，万夫趑趄。形胜之地，匪亲勿居。"[19] 匪：同"非"。[20] 锦城：《元和郡县志》卷三十一剑南道成都府成都县："锦城在县南十里，故锦官城也。"今四川成都市。[21] 咨嗟：叹息。

**【审美点评】**

"上有六龙回日之高标，下有冲波逆折之回川。"此以夸张的手法写出蜀道之上的山高水险。诗人不但把夸张和神话融为一体，写出山势的高危，而且衬以"回川"之险，更显想象之丰富奇异。

## 月下独酌（四首选一）

**【题解】** 这首诗约作于天宝三载（744），原诗共四首，此为第一首。诗人写自己在花间月下独酌的情景，抒发了壮志难酬、无人可与共语的极度孤独寂寞之情。

花间一壶酒，独酌无相亲。举杯邀明月，对影成三人[1]。月既不解饮[2]，影徒随我身。暂伴月将影[3]，行乐须及春[4]。我歌月徘徊[5]，我舞影零乱。醒时同交欢，醉后各分散。永结无情游[6]，相期邈云汉[7]。

上海古籍出版社版瞿蜕园、朱金城《李白集校注》卷二十一

**【注释】**

[1] 三人：指自己本身与影、月。陶渊明《杂诗十二首》（其二）："欲言无余和，挥杯劝孤影。"李白意本此。[2] 解：懂得。[3] 将：偕、带。[4]"行乐"句：意谓趁着春天好时光及时行乐。[5] 月徘徊：月亮因我歌而徘徊不进。[6] 无情游：指超乎尘世俗情的交游。无情，忘情。[7] 相期：相约。邈：高远。云汉：天河。

**【审美点评】**

"举杯邀明月，对影成三人。"诗人运用丰富的想象，把月亮和自己的身影凑合成了所谓的"三人"。又从"花"字想到"春"字，从"酌"到"歌"、"舞"，把寂寞的环境渲染得十分热闹，不仅笔墨传神，更重要的是表达了诗人善于排遣寂寞的旷达不羁个性和情感。

## 行路难（三首选一）

**【题解】**《行路难》是乐府旧题，属于"杂曲曲辞"，内容多写世路艰难和离别

悲伤之意。原题三首，此为第一首，作于天宝三载（744）作者初离朝廷之时。在诗里，他以行路艰难比喻世路的艰难，抒发了不平之感和继续追求理想的愿望。

金樽清酒斗十千[1]，玉盘珍羞直万钱[2]。停杯投箸不能食，拔剑四顾心茫然[3]。欲渡黄河冰塞川，将登太行雪满山[4]。闲来垂钓碧溪上，忽复乘舟梦日边[5]。行路难，行路难，多歧路，今安在？长风破浪会有时[6]，直挂云帆济沧海[7]。

上海古籍出版社版瞿蜕园、朱金城《李白集校注》卷三

**【注释】**

[1] 清酒：酒分清浊，清酒即美酒。斗十千：一斗酒值十千钱，即万钱。极言酒美价贵。[2] 珍羞：珍贵的菜肴。羞，通"馐"。直：通"值"。[3]"停杯"二句：鲍照《拟行路难十八首》其六："对案不能食，拔剑击柱长叹息。"二句本此。[4]"欲渡"二句：鲍照《舞鹤赋》："冰塞长河，雪满群山。"二句本此。太行，山名，绵延山西、河南、河北交界处。[5]"闲来"二句：传说吕尚（姜太公）未遇周文王时，曾一度垂钓于磻溪（今陕西宝鸡市东南）。乘舟梦日边，相传伊尹在受商汤聘请的前夕，梦见自己乘船经过日月之旁。吕尚和伊尹都曾辅佐帝王建立不朽功业，李白借此表明对自己的政治前途仍存极大的希望。[6] 长风破浪：据《宋书·宗悫传》载：宗悫少年时，叔父宗炳问他的志向，他说："愿乘长风破万里浪。"[7] 济：渡过。

**【审美点评】**

"长风破浪会有时，直挂云帆济沧海。"这是李白发自肺腑的呐喊。尽管前路障碍重重，但诗人相信自己总会有一天高挂云帆，乘风破浪，横渡沧海，到达理想的彼岸。这种积极的追求，乐观的自信，千百年来引起了无数命运坎坷、壮志难酬之士的强烈共鸣。

# 将进酒

**【题解】**《将进酒》是乐府旧题，属"鼓吹曲辞"中的"铙歌"，内容多写饮酒放歌时的情感。将（qiāng）进酒，即请饮酒。此诗作年，说法不一。一般认为这是李白天宝年间离京后，漫游梁、宋，与友人岑勋、元丹丘相会时所作。诗歌借饮酒表达了李白对生命的焦灼，对现实的怨愤，以及他的自信与傲岸，清白与飘逸。

君不见黄河之水天上来，奔流到海不复回！君不见高堂明镜悲白发，朝如青丝暮成雪[1]。人生得意须尽欢，莫使金樽空对月[2]。天生我材必有用，千金散尽还复来[3]。烹羊宰牛且为乐，会须一饮三百杯[4]。岑夫

子，丹丘生[5]，将进酒，杯莫停[6]。与君歌一曲，请君为我倾耳听。钟鼓馔玉不足贵[7]，但愿长醉不用醒。古来圣贤皆寂寞，唯有饮者留其名。陈王昔时宴平乐，斗酒十千恣欢谑[8]。主人何为言少钱？径须沽取对君酌[9]。五花马，千金裘[10]，呼儿将出换美酒[11]，与尔同销万古愁。

上海古籍出版社版瞿蜕园、朱金城《李白集校注》卷三

**【注释】**

[1] 青丝：指黑发。[2] 金樽，珍贵的酒器。[3] "天生"二句：陆时雍《诗镜总论》："太白游梁、宋间，所得数万金，一挥辄尽，故其诗曰：'天生我材必有用，千金散尽还复来。'意气凌云，何容易得。"[4] 会须：会当，应当。一饮三百杯：东汉郑玄善饮酒，相传能连饮三百余杯而不改常态。[5] 岑夫子：即岑勋，南阳人。丹丘生：即元丹丘，道士，隐居颍阳。二人都是李白的好友。[6] "将进酒"二句：原本作"进酒君莫停"，据别本改。[7] 钟鼓馔玉：泛指富贵利禄。钟鼓，古代富贵人家宴会时击鼓奏乐。馔玉，珍贵的食品。[8] "陈王"二句：陈王，指三国时魏国的诗人曹植，曹操的第三子，曾被封为陈（今河南淮阳及安徽亳州一带），故称陈王，或陈思王。他在《名都篇》中有"归来宴平乐，美酒斗十千"等句。平乐，即平乐观，汉明帝时建造，在洛阳西门外。恣欢谑，尽情地欢乐谈笑。[9] 径：直截了当。沽：买。[10] 五花马：剪马鬃为五个花瓣的马。唐代开元、天宝之间，凡有名马都把马鬃剪成花瓣的形状。一说是毛色斑驳的良马。千金裘：价值千金的狐裘。这里泛指珍贵的皮衣。[11] 将出：拿出。

**【审美点评】**

"天生我材必有用"，这是一种肯定自我、乐观向上的人生态度，它跳出了一般读书人或士大夫的顾影自怜、怀才不遇的情结，大有"君子坦荡荡"之风。

## 梦游天姥吟留别

**【题解】** 殷璠《河岳英灵集》收此诗题为《梦游天姥山别东鲁诸公》。后世版本或题为《梦游天姥吟留别诸公》，或作《别东鲁诸公》。天姥山，在今浙江新昌县东五十里，东接天台山。传说曾有登此山者听到天姥（老妇）歌谣之声，故名。唐玄宗天宝三载（744），李太白在长安受到权贵的排挤，被放出京。第二年，他将由东鲁（现在山东）南游吴越，写了这首描绘梦中游历天姥山的诗，留给在东鲁的朋友。诗歌通过梦游，抒写了对山水名区和神仙世界的热烈向往，表现了作者鄙弃尘俗、蔑视权贵、追求自由的思想。

海客谈瀛洲[1]，烟涛微茫信难求[2]。越人语天姥[3]，云霞明灭或可睹。天姥连天向天横，势拔五岳掩赤城[4]。天台四万八千丈[5]，对此欲倒东南倾[6]。我欲因之梦吴越，一夜飞度镜湖月[7]。湖月照我影，送我

至剡溪[8]。谢公宿处今尚在[9]，渌水荡漾清猿啼[10]。脚著谢公屐[11]，身登青云梯[12]。半壁见海日[13]，空中闻天鸡[14]。千岩万转路不定[15]，迷花倚石忽已暝。熊咆龙吟殷岩泉[16]，栗深林兮惊层巅[17]。云青青兮欲雨，水澹澹兮生烟[18]。列缺霹雳[19]，丘峦崩摧。洞天石扉[20]，訇然中开[21]。青冥浩荡不见底[22]，日月照耀金银台[23]。霓为衣兮风为马，云之君兮纷纷而来下[24]。虎鼓瑟兮鸾回车[25]，仙之人兮列如麻。忽魂悸以魄动[26]，怳惊起而长嗟[27]。唯觉时之枕席，失向来之烟霞[28]。世间行乐亦如此，古来万事东流水。别君去兮何时还[29]？且放白鹿青崖间[30]，须行即骑访名山。安能摧眉折腰事权贵，使我不得开心颜！

上海古籍出版社版瞿蜕园、朱金城《李白集校注》卷十五

**【注释】**

[1] 海客：浪迹海上之人。瀛洲：传说中的东海仙山。《史记·封禅书》："自威、宣、燕昭使人入海求蓬莱、方丈、瀛洲三神山者，其传在渤海中，去人不远。患且至则船风引而去。盖尝有至者，诸仙人及不死之药皆在焉。"[2] 微茫：隐约迷茫、模糊不清的样子。信：实在。[3] 越：指今浙江一带。[4] 拔：超越。赤城：山名，在今浙江天台北，为天台山的南门，土色皆赤。[5] 天台：山名，在今浙江天台北。《十道山川考》："天台山在台州天台县北十里，高万八千丈，周旋八百里，其山八重，四面如一。"[6] 此：指天姥山。倾：倾斜。天台山在天姥山东南，故云"东南倾"。[7] 镜湖：又名鉴湖，在今浙江绍兴县南。[8] 剡溪：水名，在今浙江嵊县南，曹娥江上游。[9] 谢公：指谢灵运，南朝刘宋时期的诗人，陈郡阳夏（今河南太康）人，曾任永嘉太守，后移居会稽。他游览天姥山时曾在剡溪住过，所作《登临海峤》诗有"暝投剡中宿，明登天姥岑"之句。[10] 渌水：清水。[11] 谢公屐：指谢灵运游山时穿的一种特制木鞋，鞋底下安着活动的锯齿，上山时抽去前齿，下山时抽去后齿。[12] 青云梯：形容高耸入云的山路。[13] 半壁：半山腰。[14] 天鸡：《述异记》卷下："东南有桃都山，上有大树名曰桃都，枝相去三千里，上有天鸡。日初出照此木，天鸡则鸣，天下之鸡皆随之鸣。"[15] 转：一作"壑"。[16] 殷：形容声音洪大。[17] 栗：战栗。[18] 澹澹：水波动荡貌。[19] 列缺：闪电。[20] 洞天：神仙所居的洞府，意谓洞中别有天地。石扉：即石门。[21] 訇然：形容声音很大。[22] 青冥：青天。[23] 金银台：金银筑成的宫阙，指神仙居住的地方。郭璞《游仙诗》："神仙排云出，但见金银台。"[24] "霓为衣"二句：屈原《九歌·东君》："青云衣兮白霓裳。"傅玄《吴楚歌》："云为车兮风为马。"云之君，指乘风云而降的仙人。[25] "虎鼓瑟"句：猛虎弹瑟，鸾鸟挽车。鸾，传说中凤凰一类的鸟。[26] 悸：惊动。[27] 怳（huǎng）：猛然。[28] 向来：刚才。烟霞：指梦中仙境。[29] 君：指东鲁友人。[30] 白鹿：仙人所乘。

**【审美点评】**

"安能摧眉折腰事权贵，使我不得开心颜！"这是李白对权贵的抗争，也唱出了封建社会中无数怀才不遇之人的心声。在等级森严的封建社会中，多少人屈身权

贵，多少人埋没无闻！但是敢于这样想、敢于这样说的人并不多。李白说了，也做了，这是他异乎常人的伟大之处。

# 丁都护歌

**【题解】**《丁都护歌》是乐府旧题，属"清商曲辞"中的"吴声歌曲"。据传，南北朝时期宋武帝刘裕的女婿徐逵之为鲁轨所杀，府内直督护丁旿奉旨料理丧事，后来徐逵之的妻子（刘裕的长女）向丁旿询问殓送情况，每次发问就哀叹一声"丁都护"，至为凄切。后人依声制曲，因此定名（见《宋书·乐志》）。这首诗作于天宝六载（747）六月李白游丹阳横山时，描绘了纤夫拖船的劳苦情景，揭露了统治阶级穷奢极欲、不顾人民死活的罪行，对劳动人民的苦难命运寄予了深切的同情。

云阳上征去[1]，两岸饶商贾[2]。吴牛喘月时[3]，拖船一何苦。水浊不可饮，壶浆半成土。一唱都护歌，心摧泪如雨。万人凿盘石[4]，无由达江浒[5]。君看石芒砀[6]，掩泪悲千古。

上海古籍出版社版瞿蜕园、朱金城《李白集校注》卷六

**【注释】**

[1] 云阳：即今江苏省丹阳市。[2] 饶：多，繁盛。[3]"吴牛"句：即天气炎热的时候。吴牛，指江淮间的水牛。汉代应劭《风俗通》："吴牛望月则喘；彼之苦于日，见月怖，喘矣！"[4] 凿：一作"系"。盘石：即"磐石"，厚而大的石头。[5] 江浒：江边。[6] 芒砀：形容石头大而且多。

**【审美点评】**

"水浊不可饮，壶浆半成土。"对于拖船的纤夫来说，他们的生活中最不缺的恐怕就是水了，然而他们又是缺水的，缺干净的水。在缺与不缺的对比中，纤夫的悲剧命运凸显了出来。

# 宣州谢朓楼饯别校书叔云

**【题解】**此诗《文苑英华》题作《陪侍御叔华登楼歌》，则所别者一为李云，一为李华。诸家注本多系此诗于天宝十二载（753）秋，然于"叔华"、"叔云"均含糊其辞，待考。宣州，今安徽宣城一带。谢朓楼，又名北楼、谢公楼，在陵阳山上，谢朓任宣城太守时所建。校书，官名，即校书郎，掌管朝廷的图书整理工作。全诗贯注了慷慨豪迈的情怀，抒发了诗人怀才不遇的强烈愤懑，表达了对黑暗社会

的强烈不满和对光明世界的执著追求。

弃我去者，昨日之日不可留，乱我心者，今日之日多烦忧。长风万里送秋雁，对此可以酣高楼[1]。蓬莱文章建安骨[2]，中间小谢又清发[3]。俱怀逸兴壮思飞[4]，欲上青天览明月[5]。抽刀断水水更流，举杯消愁愁更愁。人生在世不称意，明朝散发弄扁舟[6]。

上海古籍出版社版瞿蜕园、朱金城《李白集校注》卷十八

**【注释】**

[1]酣高楼：畅饮于高楼。[2]蓬莱：此指东汉时藏书之东观。《后汉书》卷二三《窦融列传》附窦章传："是时学者称东观为老氏藏室，道家蓬莱山。"李贤注："言东观经籍多也。蓬莱，海中神山，为仙府，幽经秘籍并皆在也。"建安骨：汉末建安年间，"三曹"和"七子"等作家所作之诗风骨遒上，后人称之为"建安风骨"。[3]小谢：指谢朓。后人将他和谢灵运并举，称为大谢、小谢。清发：清秀俊爽。[4]逸兴：超脱飘逸的兴致，多指山水游兴。王勃《滕王阁序》："遥襟甫畅，逸兴遄飞。"[5]览：通"揽"，摘取的意思。[6]散发：不束冠，意谓不做官。这里是形容狂放不羁。弄扁舟：乘小舟归隐江湖。春秋末年，范蠡辞别越王勾践，"乘扁舟浮于江湖"（《史记·货殖列传》）。

**【审美点评】**

尽管精神上经受着苦闷的重压，但李白并没有因此放弃对进步理想的追求，诗中仍然贯注豪迈慷慨的情怀，这就是李白的可贵之处。"长风"二句，"俱怀"二句，更像是在悲怆的乐曲中奏出高昂乐观的音调，在黑暗的云层中露出灿烂明丽的霞光。"抽刀"二句，也在抒写强烈苦闷的同时表现出倔强的性格。

# 独坐敬亭山

**【题解】** 此诗约作于于天宝十二载（753），诗表面是写独游敬亭山的情趣，而其深含之意则是诗人生命历程中旷世的孤独感。敬亭山，在今安徽宣城县北。

众鸟高飞尽，孤云独去闲[1]。相看两不厌，只有敬亭山。

上海古籍出版社版瞿蜕园、朱金城《李白集校注》卷二十一

**【注释】**

[1]孤云：陶渊明《咏贫士诗》："孤云独无依。"朱谏注："言我独坐之时，鸟飞云散，有若无情而不相亲者。独有敬亭之山，长相看而不相厌也。"

**【审美点评】**

诗人以大才自负，却怀才不遇，因感世无知音，只能与山水相亲。众鸟与孤云相对比，山与人相比况。孤云飘渺，象征人生之意孤高渺远；敬亭山自然自立，象征人格之独立不移，生存意态之自由自在。人唯与山相亲而不厌，实缘于遗世独立之情怀。

# 古风（五十九首选一）

**【题解】** 这首诗一般都认为写于天宝十五载（756），时洛阳已陷于安史叛军之手，而长安尚未陷落。诗中虚构了一个虚无缥缈的仙境，以此反衬中原地带叛军横行、人民遭难的残酷景象，表达了诗人对安史叛乱的谴责。

西上莲花山[1]，迢迢见明星[2]。素手把芙蓉[3]，虚步蹑太清[4]。霓裳曳广带[5]，飘拂升天行。邀我登云台[6]，高揖卫叔卿[7]。恍恍与之去，驾鸿凌紫冥[8]。俯视洛阳川[9]，茫茫走胡兵[10]。流血涂野草，豺狼尽冠缨[11]。

上海古籍出版社版瞿蜕园、朱金城《李白集校注》卷二

**【注释】**

[1] 莲花山：华山的最高峰莲花峰。华山在今陕西华阴县。[2] 明星：传说中的华山仙女。《太平广记》卷五九《集仙录》："明星玉女者，居华山，服玉浆，白日升天。"[3] 芙蓉：即莲花。[4] 虚步：凌空而行。蹑：行走。太清：天空。[5] 霓裳：用云霓做的衣裙。屈原《九歌·东君》："青云衣兮白霓裳。"曳广带：衣裙上拖着宽阔的飘带。[6] 云台：云台峰，是华山东北部的高峰，四面陡绝，景色秀丽。[7] 卫叔卿：传说中的仙人。《神仙传》卷八："卫叔卿者，中山人也，服云母得仙。汉元封二年……其子度世……共之华山，求寻其父……未到其岭，于绝岩之下，望见其父与数人博戏于石上，紫云郁郁于其上，白玉为床，又有数仙童执幢节立其后。"[8] 紫冥：高空。[9] 洛阳川：泛指中原一带。[10] 走：奔跑。胡兵：指安禄山的军队。[11] 豺狼：比喻安史叛军。冠缨：穿戴上官吏的衣帽。

**【审美点评】**

"西上莲花山"四句用神奇的彩笔，绘出了一幅优雅缥缈的神女飞天图，展现了一个莲峰插天、明星闪烁的神话世界，颇能体现李白诗天马行空、想象奇诡之处。

## 子夜吴歌（四首选一）

【题解】　子夜吴歌，六朝乐府吴声歌曲。《唐书·乐志》："《子夜吴歌》者，晋曲也。晋有女子名子夜，造此声，声过哀苦。"《乐府解题》："后人更为四时行乐之词，谓之《子夜四时歌》。"李白的《子夜吴歌》也是分咏四季，这是第三首《秋歌》，并由原来的五言四句扩展为五言六句。全诗写征夫之妻秋夜怀思远征边陲的良人，希望早日结束战争。

　　长安一片月，万户捣衣声[1]。秋风吹不尽，总是玉关情[2]。何日平胡虏[3]，良人罢远征[4]。

上海古籍出版社版瞿蜕园、朱金城《李白集校注》卷六

【注释】
　　[1]捣衣：洗衣时将衣服放在砧石上用棒棰打。[2]"秋风"二句：谓飒飒秋风，驱散不了内心的愁思，而是更加勾起了对远方征人的怀念。玉关，玉门关。[3]平胡虏：平定侵扰边境的敌人。[4]良人：指驻守边地的丈夫。

【审美点评】
　　此诗借助于"月"和"秋风"两个典型意象巧妙地传达出两地的相思之情。长安之月，亦是玉关之月；秋风吹到长安，亦吹到玉关。玉关之情，亦是长安之情。思妇的玉关情，亦是征夫的长安情。

## 宿五松山下荀媪家

【题解】　此诗写作者在一荀姓老妇人家住宿时的所历所感，表现了李白对普通农民的赞美之情。五松山，在今安徽铜陵南。

　　我宿五松下，寂寥无所欢[1]。田家秋作苦[2]，邻女夜舂寒[3]。跪进雕胡饭[4]，月光明素盘。令人惭漂母[5]，三谢不能餐[6]。

上海古籍出版社版瞿蜕园、朱金城《李白集校注》卷二十二

【注释】
　　[1]寂寥：寂寞不已。[2]秋作：秋天的劳作。[3]舂（chōng）：将谷物或药倒进器具进行捣碎破壳。[4]雕胡：即"菰"，俗称茭白，生在水中，秋天结实，叫菰米，可以做饭，古人当

做美餐。[5] 漂母：《史记·淮阴侯列传》载："韩信始为布衣时，贫无行，尝从人寄食，人多厌之。尝就南昌亭长食数月，亭长妻患之，乃晨炊蓐食，食时信往，不为具食。信觉其意，竟绝去。信钓于城下，诸母漂。有一母见信饥，饭信，竟漂数十日。信喜，谓漂母曰：'吾必有以重报母。'母怒曰：'大丈夫不能自食，吾哀王孙而进食，岂望报乎？'信既贵，酬以千金。"[6] 谢：推托。

**【审美点评】**

李白的性格是高傲的，在达官显贵、皇亲国戚面前，他表现得目中无人，桀骜不驯，可是在一位农民老妈妈面前，他却如此谦卑，毕恭毕敬，像孩子一样老实腼腆，这就是李白，天真可爱的李白。

# 庐山谣寄卢侍御虚舟

**【题解】** 这是上元元年（760）李白在庐山写给友人卢虚舟的一首抒情诗。诗人在湖光山色的描绘之中，寄托着历经挫折之后希望超脱现实的心情。卢虚舟，字幼真，范阳（今北京市一带）人，肃宗时曾任殿中侍御史。

我本楚狂人，凤歌笑孔丘[1]。手持绿玉杖[2]，朝别黄鹤楼。五岳寻仙不辞远，一生好入名山游。庐山秀出南斗旁[3]，屏风九叠云锦张[4]。影落明湖青黛光[5]，金阙前开二峰长[6]，银河倒挂三石梁[7]。香炉瀑布遥相望[8]，回崖沓嶂凌苍苍[9]。翠影红霞映朝日，鸟飞不到吴天长[10]。登高壮观天地间，大江茫茫去不还。黄云万里动风色，白波九道流雪山[11]。好为庐山谣，兴因庐山发。闲窥石镜清我心[12]，谢公行处苍苔没[13]。早服还丹无世情[14]，琴心三叠道初成[15]。遥见仙人彩云里，手把芙蓉朝玉京[16]。先期汗漫九垓上[17]，愿接卢敖游太清[18]。

上海古籍出版社版瞿蜕园、朱金城《李白集校注》卷十四

**【注释】**

[1]"我本"二句：以楚狂自比。楚狂人，春秋时楚国狂士，姓陆，名通，字接舆。《论语·微子》："楚狂接舆歌而过孔子，曰：'凤兮凤兮！何德之衰？往者不可谏，来者犹可追。已而已而，今之从政者殆而。'"[2] 绿玉杖：传说中仙人的手杖。[3] 秀出：突出。南斗：星宿名，二十八星宿中的斗宿，共有六星。按古代天文志，天上星分别与地上某一地区对应，南斗与浔阳对应，庐山在浔阳西北，故说"秀出南斗旁"。[4] 屏风九叠：《舆地纪胜》卷二五江南东路南康军："九叠屏，在五老峰之侧。"云锦：锦绣般的彩云。[5] 明湖：指鄱阳湖。[6] 金阙：指金阙岩，又名石门，在香炉峰西南。二峰：唐汝询《唐诗解》："二峰，即香炉、双剑也。"[7] 银河：指瀑布，这里指庐山九叠云屏附近的三叠泉。三石梁：状如桥梁的山石。《水经注》卷三九庐江

水引《浔阳记》曰："庐山上有三石梁，长数十丈，广不盈尺，杳然无底。"王琦注："今三叠泉在九叠屏之左，水势三折而下，如银河之挂石梁，与太白诗句正相吻合，非此外别有三石梁也。"［8］香炉：即香炉峰。陈舜俞《庐山记》："香炉峰……山南山北皆有，其形圆耸，常出云气，故名以象形。"［9］回崖沓嶂：犹言重崖叠嶂。沓，多，重叠绵延。凌，一作"峻"。苍苍：指天。［10］吴天：指庐山一带（春秋时属吴国）的天空。［11］九道：《尚书·禹贡》："九江孔殷。"孔安国传："江于此州界分为九道。"雪山：比喻长江卷起的白浪。［12］石镜：如镜的山石。北魏郦道元《水经注·庐江水》："山东有石镜，照水之所出。有一圆石，悬崖明净，照见人形，晨光初散，则延曜入石，毫细必察，故名石镜焉。"［13］谢公：指谢灵运。他曾游览过庐山并作诗。［14］还丹：《抱朴子》内篇第四《金丹》："凡草木烧之即烬，而丹砂烧之成水银，积变又还成丹砂，其去凡草木亦远矣，故能令人长生。"［15］琴心三叠：道家术语，意思是练功练到心和气静，三丹田和积如一。这是修道成功的标志。［16］玉京：道教称元始天尊所居之处为玉京。［17］先期：事先约好。汗漫：不可知。九垓：九天之外。［18］卢敖：传说中的仙人。《淮南子·道应训》："卢敖，燕人。秦始皇召以为博士，使求神仙，亡而不返也。"此借指卢虚舟。太清：道教谓元始天尊所化法身道德天尊所居之处，其境在玉清、上清之上，唯成仙者方能至此。此泛指仙境。

**【审美点评】**

"五岳寻仙不辞远，一生好入名山游。"这是李白喜爱求仙访道和热爱祖国山水的自我表白，颇能表达李白的浪漫情怀和喜游山览水的开放性格。

# 玉阶怨

**【题解】**《玉阶怨》是乐府旧题，属"相和歌辞"中的"楚调曲"，从所存歌辞看，主要写官怨。李白的这首绝句也表达了这一主题。

玉阶生白露，夜久侵罗袜[1]。却下水精帘[2]，玲珑望秋月[3]。
上海古籍出版社版瞿蜕园、朱金城《李白集校注》卷五

**【注释】**
[1] 罗袜：丝织的袜子。[2] 却下：放下。水精：即水晶。[3] 玲珑：形容空明凄清。

**【审美点评】**

这首诗主题是"怨"，但作者并没有直接写"怨"，而是以女子望月的行动传达出"幽怨"的信息，意境含蓄，感人至深。《分类补注李太白诗》萧士赟注："太白此篇，无一字言怨，而隐然幽怨之意见于言外，晦庵所谓'诗于圣者'，此欤！"

# 春夜宴从弟桃花园序

**【题解】** 此序约于开元二十一年（733）前后作于安陆。文章生动地记述了李白和众兄弟在春夜聚会，饮酒赋诗的情景，抒发了作者热爱生活、热爱自然的欢快心情。

　　夫天地者，万物之逆旅也<sup>[1]</sup>；光阴者，百代之过客也<sup>[2]</sup>。而浮生若梦，为欢几何？古人秉烛夜游，良有以也<sup>[3]</sup>。况阳春召我以烟景<sup>[4]</sup>，大块假我以文章<sup>[5]</sup>。会桃花之芳园，序天伦之乐事<sup>[6]</sup>。群季俊秀<sup>[7]</sup>，皆为惠连<sup>[8]</sup>；吾人咏歌，独惭康乐<sup>[9]</sup>。幽赏未已，高谈转清<sup>[10]</sup>。开琼筵以坐花<sup>[11]</sup>，飞羽觞而醉月<sup>[12]</sup>。不有佳作，何伸雅怀<sup>[13]</sup>？如诗不成，罚依金谷酒数<sup>[14]</sup>。

**上海古籍出版社版瞿蜕园、朱金城《李白集校注》卷二十七**

**【注释】**

[1] 逆旅：旅馆。逆，迎，迎止宾客的地方。[2] 过客：过路的旅客。[3] 秉烛夜游：谓及时行乐。秉，执。《古诗十九首》之十五："生年不满百，常怀千岁忧。昼短苦夜长，何不秉烛游！"良：实在，的确。以：原因，道理。[4] 阳春：温暖的春天。烟景：春天的美好景色。[5] 大块：大自然。《庄子·齐物论》："夫大块噫气，其名为风。"成玄英疏："大块者，造物之名，自然之称。"清人俞樾认为"大块"就是地。见《诸子评议》卷一。文章：错综美丽的色彩或花纹。这里指锦绣般的自然景物。[6] 序：欢叙，畅谈。天伦：旧指父子、兄弟等天然的亲属关系。[7] 群季：诸弟。古人兄弟按年龄排列，称伯、仲、叔、季。[8] 惠连：南朝宋文学家谢惠连，陈郡阳夏人。谢灵运的族弟，当时人称他们为"大小谢"。作者借以赞誉诸弟的才华。[9] 康乐：即谢灵运。他在晋时袭封康乐公，所以称谢康乐。[10] 清：清雅。[11] 琼筵：比喻珍美的筵席。南朝齐谢朓《始出尚书省》诗："既通金闺籍，复酌琼筵醴。"坐花：坐在花间。[12] 飞：形容不断举杯喝酒。羽觞：古代喝酒用的两边有耳的杯子。[13] 伸：抒发。雅怀：高雅的情怀。[14] 依：按照，根据。金谷酒数：泛指宴会上罚酒的杯数。晋朝富豪石崇家有金谷园。石崇常在园中同宾客饮宴，即席赋诗，不会做的要罚酒三杯。石崇《金谷诗序》中有"遂各赋诗，以叙中怀，或不能者，罚酒三斗"的句子。

**【审美点评】**

　　作品以豪放、旷达的笔触从对天地、光阴的思考起笔，思绪像脱缰的野马，驰骋于浩瀚广袤的时空之中，表达出李白潇洒出尘、超凡脱俗的风度。宇宙尚且如此，则人生之无常、欢娱之短暂，更当令人警醒和珍惜。作品虽然也流露出"浮生若梦，为欢几何"的感伤情绪，但其飞扬高蹈的奋发精神却流于言表，基调是积极向上的。

# 崔　颢

崔颢（704？—754），汴州（今河南开封）人，开元十一年（723）进士，曾出使河东军幕，天宝年间历任太仆寺卿、司勋员外郎。早年行为轻薄，好作艳体诗。后从军边塞，诗风大变，写军旅生活，边地风光，俱有可观。殷璠称其"晚年忽变常体，风骨凛然，一窥塞垣，说尽戎旅"。（《河岳英灵集》）部分五绝清新流丽，富有民歌情味。七律亦有传世佳作。他在当时诗名很大，与王维并称"才名之士"。（《旧唐书·韦安石传》）有《崔颢诗集》。

## 黄鹤楼

**【题解】** 这是一首吊古怀乡之作。黄鹤楼，江南三大名楼之一，因其所在之武昌黄鹤山（又名蛇山）而得名。传说古代仙人子安乘黄鹤过此（见《齐谐志》）；一说三国蜀费祎登仙驾鹤于此（见《太平寰宇记》引《图经》）。

昔人已乘黄鹤去[1]，此地空余黄鹤楼。黄鹤一去不复返，白云千载空悠悠。晴川历历汉阳树[2]，芳草萋萋鹦鹉洲[3]。日暮乡关何处是[4]？烟波江上使人愁。

**中华书局校点本《全唐诗》卷一三〇**

**【注释】**

[1] 昔人：指传说中乘黄鹤的仙人。黄鹤：一作"仙人"。[2] 晴川：指长江。历历：分明可数貌。汉阳：今武汉汉阳，与黄鹤楼隔江相望。树：一作"戍"。[3] 芳草：一作"春草"。萋萋：草盛貌。鹦鹉洲：本为汉阳西南长江中的一个沙洲，今已与汉阳陆地相连。东汉末年，祢衡在江夏（今武昌）作《鹦鹉赋》，后为黄祖所杀，葬于此洲，故得名。[4] 是：一作"在"。

**【审美点评】**

"晴川历历汉阳树，芳草萋萋鹦鹉洲。"两句写诗人登黄鹤楼所见，晴空里隔水相望的汉阳城清晰可见的树木，鹦鹉洲上长势茂盛的芳草，描绘了一个空明、悠远的画面，为引发诗人的乡愁设置了铺垫。

# 常　建

**【作者简介】**生卒年、字号不详。《唐才子传》说为长安（今陕西西安）人。开元十五年（727）进士。天宝中年为盱眙（今属江苏）尉。后隐居鄂渚西山（今湖北鄂州西）。一生沉沦失意，耿介自守，交游无显贵。他的诗以田园、山水为主要题材，风格接近王、孟一派。他善于运用凝练简洁的笔触，表达出清寂幽邃的意境。这类诗中往往流露出淡泊襟怀。有《常建集》。

## 题破山寺后禅院

**【题解】**这是一首题壁诗，当作于天宝十二载（753）以前。诗借咏禅寺幽静景象抒发隐逸闲适情怀。破山寺，即兴福寺，在今江苏常熟市西北虞山上。始建于南朝齐时，唐咸通九年（868）赐额为破山兴福寺。

清晨入古寺，初日照高林[1]。曲径通幽处[2]，禅房花木深[3]。山光悦鸟性，潭影空人心[4]。万籁此都寂[5]，但余钟磬音[6]。

中华书局校点本《全唐诗》卷一四四

**【注释】**

[1] 初日：犹旭日。[2] 曲径：一作"竹径"，一作"一径"。[3] 禅房：后禅院中僧人住房。[4] 空：有涤除、净滤意。人心：指人心中的尘世俗念。[5] 万籁：自然界中的各种声响。[6] 钟磬：寺院中乐器。僧人诵经、参禅时，开始敲钟，结束敲磬。

**【审美点评】**

"曲径通幽处，禅房花木深。"两句是千古流传的名句。"曲"字写出诗人在竹木掩翳曲折蜿蜒的小径上行走时的情景。"幽"、"深"二字把禅房所在位置的僻静凸现出来。这里静谧清幽，毫无世俗尘嚣的烦扰，令人心驰神往。

# 杜　甫

杜甫（712—770），字子美，河南巩县（今河南巩义）人，因曾居长安城南少陵，故自称少陵野老，世称杜少陵。三十五岁以前读书与游历。天宝年间到长安，仕进无门，困顿了十年，才获得右卫率府胄曹参军的小职。安史之乱开始，他流亡颠沛，竟为叛军所俘；脱险后，授官左拾遗。乾元二年（759），他弃官西行，最后到四川，定居成都。一度在剑南节度使严武幕中任检校工部员外郎，故又有"杜工部"之称。后举家东迁，途中留滞夔州二年。晚年漂泊鄂、湘一带，贫病而卒。杜甫生活在唐朝由盛转衰的历史时期，其诗多涉笔社会动荡、政治黑暗、人民疾苦，被誉为"诗史"。其人忧国忧民，人格高尚，诗艺精湛，被奉为"诗圣"。杜甫善于运用古典诗歌的许多体制，并加以创造性地发展。他是新乐府诗体的开路人；五七古长篇，亦诗亦史，展开铺叙，又着力于全篇的回旋往复，标志着我国诗歌艺术的高度成就；五七律也表现出显著的创造性，积累了关于声律、对仗、炼字炼句等完整的艺术经验，使这一体裁达到完全成熟的阶段。有《杜工部集》。

# 望　岳

【题解】　此诗是开元二十四年（736）杜甫应试落第漫游齐鲁时所作。作品既生动地描绘了泰山巍峨的雄姿和壮阔的景象，又突出地表现了青年诗人广阔的胸怀和远大的抱负。

岱宗夫如何[1]？齐鲁青未了[2]。造化钟神秀[3]，阴阳割昏晓。荡胸生层云，决眦入归鸟[4]。会当凌绝顶[5]，一览众山小！

中华书局校点本仇兆鳌《杜诗详注》卷一

【注释】
[1]岱宗：泰山别称。岱，始也；宗，长也。泰山为五岳之首，故称岱宗。[2]青：指山色。[3]造化：谓天地，大自然。钟：聚。[4]决：裂开。眦（zì）：眼角。[5]会当：定当，表示心所预期。凌：登临。

【审美点评】
"会当凌绝顶，一览众山小。"两句不仅写出了泰山的雄伟，也表现出杜甫敢于攀登人生顶峰的伟大抱负。清人浦起龙说："公集当以是为首"，"杜子心胸气魄，于斯可观。取为压卷，屹然作镇"（《读杜心解》卷一）。

# 房兵曹胡马

【题解】　此诗约作于玄宗开元二十九年（741）。诗中称赞房兵曹的大宛胡马神骏异常，堪托生死，这种骁腾万里的龙马精神，也是杜甫人格的绝好写照。房兵曹，名字不可考。兵曹是兵曹参军事的省称。唐代诸州府置兵曹参军事（下州不置），掌武官选举、兵器甲仗、门卫、烽候、驿传等事。

胡马大宛名[1]，锋棱瘦骨成[2]。竹批双耳峻[3]，风入四蹄轻[4]。所向无空阔[5]，真堪托死生[6]。骁腾有如此[7]，万里可横行。

中华书局校点本仇兆鳌《杜诗详注》卷一

### 【注释】

[1] 大宛（yuān）：汉代西域国名，其地在今乌兹别克斯坦共和国境内，盛产良马。[2] 锋棱：形容胡马神旺气锐。[3]"竹批"句：形容马之双耳像削过的竹筒。批，削。峻，尖锐。北魏贾思勰《齐民要术》卷六："（马）耳欲小而锐，如削筒。"又曰："（马）耳欲得小而促，状如斩竹筒。"[4]"风入"句：形容马在奔驰时四蹄轻快，犹如风驰电掣一般。[5] 无空阔：意谓不知有空阔，极言马之善走。 [6] 堪：胜任。托死生：意谓此马可使人临危脱险，化险为夷。[7] 骁腾：骁勇飞腾。

### 【审美点评】

此诗的第二联技艺高超。其中"批"和"入"两个动词用得极其传神，出句写双耳直竖，有一种挺拔的力度；对句不写四蹄生风，而写风入四蹄，别具神韵。而"峻"字写马的气概，"轻"字写它的疾驰，也都显示出诗人的匠心。

## 奉赠韦左丞丈二十二韵

**【题解】**此诗作于天宝七载（748）。诗中陈述了自己的才能和抱负，倾吐了仕途失意、生活潦倒的苦况，于现实之黑暗亦有所抨击。韦左丞指韦济，时任尚书省左丞。

纨袴不饿死[1]，儒冠多误身[2]。丈人试静听[3]，贱子请具陈[4]。甫昔少年日，早充观国宾[5]。读书破万卷[6]，下笔如有神[7]。赋料扬雄敌，诗看子建亲[8]。李邕求识面[9]，王翰愿卜邻[10]。自谓颇挺出[11]，立登要路津[12]。致君尧舜上，再使风俗淳[13]。此意竟萧条[14]，行歌非隐沦[15]。骑驴三十载，旅食京华春[16]。朝扣富儿门，暮随肥马尘。残杯与冷炙，到处潜悲辛[17]。主上顷见征，欻然欲求伸。青冥却垂翅，蹭蹬无纵鳞[18]。甚愧丈人厚[19]，甚知丈人真。每于百僚上，猥诵佳句新[20]。窃效贡公喜[21]，难甘原宪贫[22]。焉能心怏怏[23]，只是走踆踆[24]。今欲东入海，即将西去秦[25]。尚怜终南山，回首清渭滨[26]。常拟报一饭，况怀辞大臣[27]。白鸥没浩荡，万里谁能驯[28]。

中华书局校点本仇兆鳌《杜诗详注》卷一

**【注释】**

[1] 纨袴：华美衣着，借指富贵子弟。纨，细绢。袴，同"裤"。[2] 儒冠：古时读书人戴的帽子，这里指读书人，杜甫自谓。[3] 丈人：对年长者的尊称，此指韦济。试：与下句"请"为互文，皆有"聊且"义。[4] 贱子：年少位卑者自谦之辞，这里是杜甫自称。[5]"甫昔"二句：指开元二十四年（736）杜甫以乡贡的资格在洛阳参加进士考试的事。那时他才二十五岁，就已是"观国之光"（参观王都）的王宾了，观国宾，语出《易·观卦》："观国之光，利用宾于王。"[6]"读书"句：读书既多且透。破，其义有三：一是读书过万卷，言其多；一是万卷书读得烂熟；一是识破万卷之理，透彻领会。[7] 如有神：形容才思敏捷，运笔自如，若有神助。[8]"赋料"二句：谓自己作赋可与扬雄相匹敌，写诗可与曹植相比肩。料，差不多，估量之意。看，比，比拟。与"料"意相近。亲，接近。扬雄，字子云，西汉著名辞赋家。子建，曹植的字，三国时著名诗人。[9] 李邕：唐代文豪、著名书法家。杜甫少年在洛阳时，李邕奇其才，曾主动去结识他，所以说"求识面"。[10] 卜邻，作邻居。相传古代卜地而居。[11] 挺出：特出。[12] 要路津：比喻显要的地位。[13]"致君"二句：写自己的理想抱负。[14] 萧条：冷落。这里有落空意。[15]"行歌"句：谓自己因穷困而行歌，并非隐沦之流。行歌，且行且歌。隐沦，隐逸之士。[16]"骑驴"二句：谓自己穷困潦倒，流寓长安。旅食，寄食。京华春，形容国都长安的繁华，正与自己的"萧条"形成鲜明对比。[17]"朝扣"四句：写自己在长安干谒奔波的苦况。富儿，对达官贵人的鄙称。[18]"主上"四句：所指史实是：天宝六载（747），唐玄宗下诏征求有一艺之长者赴京应试，杜甫也参加了这次制举，宰相李林甫嫉贤妒能，使全部应试者都落选，还上表称贺"野无遗贤"。这对当时急欲施展抱负的杜甫是一次沉重的打击，使他"致君尧舜上"的理想化为泡影。欻（xū）然，忽然。欲求伸，意指希望表现自己的才能，实现致君尧舜的志愿。青冥，青天，高空。垂翅，飞鸟折翅，不能高飞。蹭蹬（cèng dèng），失意貌。无纵鳞，本指鱼不能纵身远游。[19] 厚：厚望，厚待。[20] 猥：承蒙，表示客气。[21]"窃效"句：贡公，指西汉人贡禹。他与王吉为友，闻吉贵显，高兴得弹冠相庆，以为自己也有出头之日。窃，私下。效，效法。[22] 原宪：孔子的弟子，以贫穷出名，却能安于贫困。[23] 怏怏：气愤不平貌。[24] 踆踆（qūn）：且进且退貌。[25]"今欲"二句：意谓即将离秦而避世隐居。"今欲"与"即将"意同。"今"犹"即"。东入海，指避世隐居。孔子曾说过"道不行，乘桴浮于海"。（《论语·公冶长》）[26]"尚怜"二句：谓自己不忍离开长安。怜，留恋，恋恋不舍。终南山，山名，在长安南。渭，指渭水，流经长安北。[27]"常拟"二句：谓一饭之恩，尚不忘报，何况远离对自己有知遇之恩的大臣，哪能不告而别呢？说明赠诗的原因。《后汉书·李固传》："窃感古人一饭之报。"大臣，指韦济。[28] 浩荡：广远貌，指无边波涛。

**【审美点评】**

有着"致君尧舜上，再使风俗淳"的远大理想，有着"读书破万卷，下笔如有神"的超凡才华，却过着"残杯与冷炙，到处潜悲辛"的艰苦生活，经历了"青冥却垂翅，蹭蹬无纵鳞"的巨大骗局，最后只能走"今欲东入海，即将西去秦"的无奈道路。这是杜甫的悲剧，也是时代的悲剧。

# 兵车行

【题解】史载，玄宗天宝十载（751）四月，剑南节度使鲜于仲通率兵六万讨南诏（今云南一带），全军陷没。杨国忠掩其败状，仍叙其战功。又大募两京及河南、河北兵以击南诏。人闻云南多瘴疠，士卒未战而死者十八九，莫肯应募。杨国忠遂遣御史分道捕人，连枷强征入伍。又玄宗连年用兵吐蕃，死伤甚众。杜甫亲见征人服役惨状，遂作此诗。作品真实而深刻地揭露了穷兵黩武政策给人民带来的深重苦难。

车辚辚[1]，马萧萧[2]，行人弓箭各在腰[3]。耶娘妻子走相送[4]，尘埃不见咸阳桥[5]。牵衣顿足拦道哭，哭声直上干云霄[6]。道旁过者问行人[7]，行人但云点行频[8]。或从十五北防河，便至四十西营田[9]。去时里正与裹头[10]，归来头白还戍边。边庭流血成海水[11]，武皇开边意未已[12]。君不闻汉家山东二百州[13]，千村万落生荆杞[14]。纵有健妇把锄犁，禾生陇亩无东西。况复秦兵耐苦战[15]，被驱不异犬与鸡。长者虽有问[16]，役夫敢伸恨[17]？且如今年冬，未休关西卒[18]。县官急索租[19]，租税从何出？信知生男恶，反是生女好[20]。生女犹得嫁比邻[21]，生男埋没随百草。君不见青海头[22]，古来白骨无人收[23]。新鬼烦冤旧鬼哭，天阴雨湿声啾啾[24]。

**中华书局校点本仇兆鳌《杜诗详注》卷二**

【注释】

[1] 辚辚（lín）：众车声。[2] 萧萧：马长嘶声。[3] 行人：出征之人，唐人诗中亦称征人。即后所云"役夫"。[4] 耶：同"爷"。[5] 咸阳桥：在咸阳西南渭水上，汉时名便桥。[6] 干：冲犯。[7] 道旁过者：过路人，实即杜甫自己。[8] 点行：即按丁籍强制征调。[9] 防河：是时吐蕃侵扰河右，曾征召陇右、河西、关中、朔方诸军防秋，故云"防河"。营田：屯田。[10] 里正：唐以百户为里，每里设正一人，负责里中事务。裹头：古以皂罗三尺裹头，曰头巾。因年小从军，故里正为之裹头。[11] 边庭：边疆，边境。[12] 武皇：本指汉武帝。武帝喜开边，唐玄宗亦好开边，犹似武帝，当时不便直斥，故比之武帝。唐人多如此。[13] 山东：指崤山或华山以东。亦称关东，因在函谷关以东。[14] 落：人聚居之地。[15] 秦兵：即关中之兵。[16] 长者：行人对杜甫之尊称。[17] 敢：岂敢。[18] 关西：指函谷关以西。[19] 县官：指朝廷，亦专指皇帝。《史记·绛侯周勃世家》："庸知其盗买县官器。"司马贞《索隐》："县官，谓天子也。

所以谓国家为县官者，夏官王畿内县即国都也。王者官天下，故曰县官也。"[20]"信知"二句：《水经注·河水》引杨泉《物理论》："秦始皇使蒙恬筑长城，死者相属。民歌曰：生男慎勿举，生女哺用餔。不见长城下，尸骸相支拄。"又褚少孙补《史记·外戚世家》所记民歌云："生男无喜，生女无怒，独不见卫子夫霸天下。"二句本此。信知，诚知。[21] 比邻：犹近邻。邻为当时基层组织单位之一。《旧唐书·职官志二》："四家为邻，五邻为保。"[22] 青海：古名鲜水、西海，北魏时始名青海，在今青海省境内。[23] 白骨无人收：语出梁鼓角横吹曲《企喻歌》："尸丧狭谷中，白骨无人收。"[24] 啾啾：即"唧唧"，呜咽声。

**【审美点评】**

这首诗让读者触摸到杜甫那颗同情人民的火热之心。更为重要的是，它表现了诗人反对"开边"战争的坚定立场。"边庭流血成海水，武皇开边意未已"，说明他认识到这种不义的战争是一切苦难的根源，他敢于把战争的责任加在最高统治者身上，这样的勇气是当时众多的诗人所不具有的。

# 自京赴奉先县咏怀五百字

**【题解】**天宝十四载（755）十一月间，安禄山已反，但消息尚未传至长安。杜甫就任右卫率府胄曹参军后，由长安赴奉先县（今陕西蒲城）探望家属，沿途所见所闻所感，已预感到大乱将至，忧心忡忡，遂作此诗。这一千古名篇，既反映出"山雨欲来风满楼"的社会实况，也表现出杜甫的内心矛盾和伟大人格，也是杜甫长安十年生活的总结。

杜陵有布衣[1]，老大意转拙[2]。许身一何愚[3]，窃比稷与契[4]。居然成濩落[5]，白首甘契阔[6]。盖棺事则已，此志常觊豁[7]。穷年忧黎元[8]，叹息肠内热。取笑同学翁，浩歌弥激烈[9]。非无江海志[10]，萧洒送日月[11]。生逢尧舜君[12]，不忍便永诀。当今廊庙具[13]，构厦岂云缺[14]？葵藿倾太阳，物性固难夺[15]。顾惟蝼蚁辈[16]，但自求其穴。胡为慕大鲸，辄拟偃溟渤[17]？以兹误生理，独耻事干谒[18]。兀兀遂至今[19]，忍为尘埃没[20]？终愧巢与由，未能易其节[21]。沉饮聊自遣，放歌破愁绝[22]。岁暮百草零[23]，疾风高冈裂。天衢阴峥嵘[24]，客子中夜发[25]。霜严衣带断，指直不能结[26]。凌晨过骊山[27]，御榻在嵽嵲[28]。蚩尤塞寒空[29]，蹴踏崖谷滑[30]。瑶池气郁律[31]，羽林相摩戛[32]。君臣留欢娱，乐动殷胶葛[33]。赐浴皆长缨[34]，与宴非短褐[35]。彤庭所分帛[36]，本自寒女出。鞭挞其夫家，聚敛贡城阙[37]。圣人筐篚恩[38]，实愿邦国活[39]。臣如忽至理[40]，君岂弃此物？多士盈朝廷[41]，仁者宜战栗[42]。况闻内金盘[43]，尽在卫霍室[44]。中堂舞神仙，烟雾蒙玉质[45]。暖客貂鼠裘，悲管逐清瑟[46]。劝客驼蹄羹[47]，霜橙压香橘[48]。朱门酒肉臭[49]，路有冻死骨。荣枯咫尺异[50]，惆怅难再述[51]。北辕就泾渭[52]，官渡又改辙[53]。群水从西下[54]，极目高崒兀[55]。疑是崆峒来[56]，恐触天柱折[57]。河梁幸未拆[58]，枝撑声窸窣[59]。行李相攀援[60]，川广不可越。老妻寄异县[61]，十口隔风雪。谁能久不顾？庶往共饥渴[62]。入门闻号咷[63]，幼子饿已卒[64]。吾宁舍一哀，里巷亦呜咽[65]。所愧为人父，无食致夭折[66]。岂知秋禾登[67]，贫窭有仓卒[68]？生常免租税，名不隶征伐[69]。抚迹犹酸辛[70]，平人固骚屑[71]。默思失业徒[72]，因念远戍卒。忧端齐终南[73]，澒洞不可掇[74]！

中华书局校点本仇兆鳌《杜诗详注》卷四

**【注释】**

[1] 杜陵布衣：作者自称。杜陵，地名，在长安南。杜甫祖籍杜陵，困守长安时，亦曾居此。[2] 老大：这年杜甫四十四岁。拙：笨拙，此指不通世故。[3] 许身：期望自己。[4] 稷、契（xiè）：都是传说中尧舜时代的贤臣。稷，即后稷，曾教民稼穑。契，曾佐禹治水。[5] 居然：竟然。漫（huò）落：犹言落拓。[6] 契阔：勤苦，劳苦。[7] "盖棺"二句：言死而则已，只要活着就总是希望实现自己的抱负。觊豁（jì huò），希望达到目的。[8] 穷年：一年到头。黎元：老百姓。[9] "取笑"二句：意谓别人越讥笑，自己意志越坚决。"翁"字在这里有嘲讽意味。浩歌，高歌。[10] 江海志：隐遁江海的愿望。[11] 萧洒：同"潇洒"。送日月：犹度日月。[12] 尧舜君：尧舜似的皇帝。此代指唐玄宗。[13] 廊庙具：朝廷中栋梁之臣。廊庙，朝廷。[14] 构厦：比喻成就稷、契的事业。[15] "葵藿"二句：语本曹植《求通亲亲表》："若葵藿之倾叶，太阳虽不为之回光，然终向之者，诚也。"葵，葵菜。藿，豆叶。难，一作"莫"。[16] 顾惟：自念。蝼蚁辈：喻地位低下的小人物。[17] 辄拟：总打算。偃：伏卧，休息。溟渤：指大海。[18] "以兹"二句：以此耽误了自己的生计，却仍不肯去奔走权门，营求富贵。干谒，钻营请托。[19] 兀兀：劳苦貌。又，穷困貌。[20] 忍：岂忍。尘埃没：没于尘埃，被埋没。[21] "终愧"二句：谓自己终于无法改变自己的初志而效法巢、由的避世。巢，巢父。由，许由。传说中尧时的两个隐士。[22] 愁绝：愁极。[23] 零：凋谢。[24] 天衢（qú）：天空。阴峥嵘：阴云重叠如山。峥嵘，本山高貌，这里形容云盛貌。[25] 客子：旅居在外的人。这里是作者自指。[26] 指直：手指冻得僵直。能，一作"得"。[27] 骊山：在今陕西省临潼东南，离长安六十里。骊山有温泉，唐玄宗置温泉宫。[28] "御榻"句：指皇帝住在骊山。嵽嵲（dié niè），本山高貌，此处指代骊山。[29] 蚩（chī）尤：上古神话中人物，相传蚩尤与黄帝作战时，曾作大雾以迷惑对方。此借指雾。[30] 蹴：踩，踏。[31] 瑶池：古代传说中昆仑山上的池名，西王母所居。此指骊山温泉。郁律：烟雾蒸腾貌。[32] 羽林：羽林军，皇帝的禁卫军。摩戛（jiá）：犹摩擦。[33] 殷：盛，引申为充塞。胶葛：深远广大貌，此指天空。[34] 长缨：长帽带，指权贵。[35] 短褐：粗布短衣，指平民。[36] 彤庭：朝廷。汉代宫殿以朱漆涂饰，故称。[37] 聚敛：

横征暴敛。[38] 圣人：君主时代对帝王的尊称。筐、筥：都是盛东西的竹器。古礼，皇帝宴会，以筐筥盛币帛赏赐大臣。[39] 愿：一作"欲"。邦国：国家。[40] 忽：忽视，轻视。至理：最正确的道理。[41] 多士：群臣。[42] 仁者：此指体恤民劳的官员。战栗：颤抖，引申有警惕的意思。[43] 内金盘：内廷的金盘。内：大内，皇帝的宫禁。[44] 卫霍：卫青、霍去病，都是汉武帝的外戚，这里借指杨氏家族。[45]"中堂"二句：形容杨国忠兄妹之家，姬侍众多，室中香烟缭绕，望之若神仙。神仙，唐代人常用以比喻美女、歌妓。玉质，指肌肤洁腻的美女。[46]"悲管"句：指管瑟合奏。悲、清，都是形容乐器的音色。逐，伴随。[47] 劝客：敬客。驼蹄羹：用骆驼蹄做成的肉汤，即八珍之一。[48] 霜橙：极言果品之新鲜。[49] 朱门：指贵族官僚之家。[50] 荣：指朱门的荣华。枯：指冻死骨。咫尺：形容距离近。八寸为咫。[51] 惆怅：伤感。[52] 北辕：车辕向北，即车向北行。泾渭：二河名，这里指昭应县（今陕西临潼）泾渭合流的地方。[53] 官渡：官家设的渡口。此指官府在昭应县泾渭合流处设的渡口。改辙：改道，指渡口又换了地方。[54] 群水：指泾渭诸水。[55] 崒（cù）兀：高而险貌。[56] 崆峒（kōng tóng）：山名，在甘肃平凉西，泾河发源地。[57]"恐触"句：形容水势凶猛。天柱，神话传说中支撑天的支柱。《淮南子·天文训》："昔者共工与颛顼争为帝，怒而触不周之山，天柱折，地维绝。"[58] 河梁：桥。拆：一作"坼"，裂开。[59] 枝撑：指桥的支柱。窸窣（xī sū）：象声词，形容轻微细碎之声。[60] 行李：行人。[61] 寄：寄居。异县：他县，此指奉先县。[62] 庶：庶几，表示希望和意愿的副词。[63] 号咷（táo）：放声大哭。[64] 卒：死。[65]"吾宁"二句：谓我哪能忍住悲痛呢，连邻居都呜咽流泪。[66] 夭折：人幼年死亡。[67] 登：庄稼成熟。[68] 贫窭（jù）：贫穷，指贫苦人家。窭，贫。仓卒（cù）：突然，此指幼子夭折。[69] 隶：属。征伐：征讨，此指被征从军。[70] 抚迹：犹抚事，回忆发生的事。[71] 平人：平民，一般老百姓。固：本应。骚屑：本是形容风吹的声音，这里形容人心惊慌不安。[72] 失业徒：失去产业（土地）的人。[73] 忧端：忧思的端绪。[74] 颍洞（hòng tóng）：绵延，弥漫。掇：收拾。

**【审美点评】**

"朱门酒肉臭，路有冻死骨。"二句以强烈的对比，真实地反映出了令人震撼的社会现实，反映了杜甫"穷年忧黎元，叹息肠内热"的忧患意识，这也是贯穿杜甫一生的思想精华。

# 月 夜

**【题解】**此诗作于天宝十五载（756）春，时杜甫因安史之乱爆发而困居长安，他的妻子儿女在鄜（fū）州（今陕西富县）羌村。作品表达了对离乱中妻子儿女的深切挂念。

今夜鄜州月，闺中只独看[1]。遥怜小儿女，未解忆长安[2]。香雾云鬟湿[3]，清辉玉臂寒。何时倚虚幌，双照泪痕干？

**中华书局校点本仇兆鳌《杜诗详注》卷四**

**【注释】**

[1] 闺中：指妻子。[2] 未解忆：含两层意思，一是儿女尚小，不知道想念身陷长安的父亲；二是小儿女天真无知，不懂得母亲看月是在想念他们的父亲。[3] 云鬟：指头发。

**【审美点评】**

此诗采用从对方设想的方式，"心已驰神到彼，诗从对面飞来，悲婉微至，精丽绝伦，又妙在无一字不从月色照出也"（《读杜心解》），真可谓天下第一等情诗。

# 哀江头

**【题解】** 此诗为至德二载（757）春杜甫陷贼长安时作。诗写作者春日潜行曲江而感玄宗与杨贵妃生离死别之事，痛感玄宗君臣行乐无度，以致酿成国破家亡的悲剧。曲江为唐时游赏胜地，唐玄宗与杨贵妃常游幸于此。

少陵野老吞声哭[1]，春日潜行曲江曲[2]。江头宫殿锁千门[3]，细柳新蒲为谁绿[4]？忆昔霓旌下南苑[5]，苑中万物生颜色[6]。昭阳殿里第一人[7]，同辇随君侍君侧[8]。辇前才人带弓箭[9]，白马嚼啮黄金勒[10]。翻身向天仰射云[11]，一笑正坠双飞翼。明眸皓齿今何在？血污游魂归不得[12]。清渭东流剑阁深[13]，去住彼此无消息[14]。人生有情泪沾臆，江水江花岂终极！黄昏胡骑尘满城，欲往城南望城北[15]。

中华书局校点本仇兆鳌《杜诗详注》卷四

**【注释】**

[1] 少陵野老：少陵为汉宣帝许皇后陵墓，在宣帝杜陵东南，杜甫曾住家于此，故自称"少陵野老"。[2] 潜行：秘密行走。[3] 江头宫殿：指曲江边紫云楼、芙蓉苑、杏园、慈恩寺等建筑物。[4] 细柳新蒲：据康骈《剧谈录》卷下载，曲江"花卉环周，烟水明媚"，"入夏则菰蒲葱翠，柳阴四合，碧波红蕖，湛然可爱"。时当春日，蒲新生，柳丝细，故曰"细柳新蒲"。[5] 霓旌：云霓般的彩色旗帜，指天子仪仗。南苑：指芙蓉苑，在曲江之南。[6] 生颜色：谓皇帝游幸，万物增辉。[7] 昭阳殿：汉代宫殿名。汉成帝皇后赵飞燕居昭阳殿，甚得宠幸。此以赵飞燕比杨贵妃。[8] 同辇随君：《汉书·外戚传》载："成帝游于后庭，尝欲与（班）婕妤同辇载，婕妤辞曰：'观古图画，圣贤之君皆有名臣在侧，三代末主乃有嬖女，今欲同辇，得无近似之乎？'上善其言而止。"此暗用班婕妤事以讽玄宗和贵妃。辇，皇帝乘坐的车子。[9] 才人：宫中女官名。《新唐书·百官志二》："（内官）才人七人，正四品。掌叙燕寝，理丝枲，以献岁功。"[10] 啮（niè）：咬。黄金勒：以黄金为饰的马嚼口。[11] 仰射云：仰射空中飞鸟。[12]"明眸"二句：指杨贵妃在马嵬坡被缢死事。明眸皓齿，指杨贵妃。[13] 清渭东流：指贵妃稿葬渭滨。马嵬南滨渭水，由西向东流向长安。剑阁：在今四川剑阁县北，为玄宗西行入蜀所经之地。

[14] 去住彼此：指玄宗、贵妃。去指玄宗幸蜀西去，住指贵妃死葬渭滨。[15] "欲往"句：时已黄昏，应回住处，故欲往城南。望城北者，是望官军之北来收复长安。时肃宗在灵武，地处长安西北。

**【审美点评】**

"江头宫殿锁千门，细柳新蒲为谁绿？"大自然是无情的，它不随人世的变化而变化，因此"细柳新蒲"依然。然而人是有感情的，触景伤怀，因此发出"为谁绿"的感叹。这是用无情衬有情，更见情深。

# 羌村三首（三首选一）

**【题解】** 至德二载（757）闰八月，杜甫忤肃宗意，墨敕放还，从凤翔回鄜州的羌村探望家小。这组诗是回家后所作。共三首，这里选的是第一首，写战乱中流离失散的亲人相见，悲喜交集。

峥嵘赤云西[1]，日脚下平地[2]。柴门鸟雀噪，归客千里至。妻孥怪我在[3]，惊定还拭泪。世乱遭飘荡，生还偶然遂[4]。邻人满墙头，感叹亦歔欷(5)。夜阑更秉烛，相对如梦寐。

中华书局校点本仇兆鳌《杜诗详注》卷五

**【注释】**

[1] 峥嵘：山高貌。此处形容云峰。赤云：云为落日映红，故云。[2] 日脚：云间透出的阳光。[3] 妻孥（nú）：本指妻和子，此处仅指妻。[4] 偶然遂：战乱中侥幸不死，喜与家人团聚，故曰"偶然遂"。遂，如愿。[5] 歔欷（xū xī）：哽咽，抽泣。

**【审美点评】**

"夜阑更秉烛，相对如梦寐"两句描写十分具有典型性。诗人用极为简朴的语言，将乱离人久别重逢的难以置信的奇幻感受描摹了出来。此情此景让人感动，也令人心痛。

# 北 征

**【题解】** 此诗作于至德二载（757）秋。杜甫因疏救房琯，触怒肃宗，下三司推问，赖张镐等人相救获免。放还鄜州省亲，这首诗就是归家后写的。题下原注："归至凤翔，墨制放往鄜州作。"此诗以归途中和回家后的亲身见闻为题材，以陈述时事为主，表达了诗人对政局的见解。杜甫把国家大事与个人遭遇相结合，广泛而深刻地反映了当时的社会现实，表现了深沉的忧国忧民情怀。

皇帝二载秋，闰八月初吉[1]。杜子将北征，苍茫问家室[2]。维时遭艰虞，朝野少暇日[3]。顾惭恩私被，诏许归蓬荜[4]。拜辞诣阙下，怵惕久未出[5]。虽乏谏诤姿，恐君有遗失[6]。君诚中兴主，经纬固密勿[7]。东胡反未已，臣甫愤所切[8]。挥涕恋行在，道途犹恍惚[9]。乾坤含疮痍，忧虞何时毕[10]？靡靡逾阡陌，人烟眇萧瑟[11]。所遇多被伤，呻吟更流血[12]。回首凤翔县，旌旗晚明灭[13]。前登寒山重，屡得饮马窟[14]。邠郊入地底，泾水中荡潏[15]。猛虎立我前，苍崖吼时裂[16]。菊垂今秋花，石戴古车辙[17]。青云动高兴，幽事亦可悦[18]。山果多琐细，罗生杂橡栗[19]。或红如丹砂，或黑如点漆[20]。雨露之所濡，甘苦齐结实[21]。缅思桃源内，益叹身世拙[22]。坡陀望鄜畤，岩谷互出没[23]。我行已水滨，我仆犹木末[24]。鸱鸟鸣黄桑，野鼠拱乱穴[25]。夜深经战场，寒月照白骨[26]。潼关百万师，往者散何卒[27]！遂令半秦民，残害为异物[28]。况我堕胡尘，及归尽华发[29]。经年至茅屋，妻子衣百结[30]。恸哭松声回，悲泉共幽咽[31]。平生所娇儿，颜色白胜雪[32]。见耶背面啼，垢腻脚不袜[33]。床前两小女，补绽才过膝[34]。海图坼波涛，旧绣移曲折。天吴及紫凤，颠倒在裋褐[35]。老夫情怀恶，呕泄卧数日[36]。那无囊中帛，救汝寒凛慄[37]？粉黛亦解包，衾裯稍罗列[38]。瘦妻面复光，痴女头自栉[39]。学母无不为，晓妆随手抹[40]。移时施朱铅，狼籍画眉阔[41]。生还对童稚，似欲忘饥渴。问事竞挽须，谁能即嗔喝[42]？翻思在贼愁，甘受杂乱聒[43]。新归且慰意，生理焉得说[44]？至尊尚蒙尘，几日休练卒[45]。仰观天色改，坐觉妖氛豁[46]。阴风西北来，惨澹随回纥[47]。其王愿助顺，其俗善驰突[48]。送兵五千人，驱马一万匹[49]。此辈少为贵，四方服勇决[50]。所用皆鹰腾，破敌过箭疾[51]。圣心颇虚伫，时议气欲夺[52]。伊洛指掌收，西京不足拔[53]。官军请深入，蓄锐可俱发[54]。此举开青徐，旋瞻略恒碣[55]。昊天积霜露，正气有肃杀[56]。祸转亡胡岁，势成擒胡月[57]。胡命其能久？皇纲未宜绝[58]。忆昨狼狈初，事与古先别[59]。奸臣竟菹醢，同恶随荡析[60]。不闻夏殷衰，中自诛褒妲[61]。周汉获再兴，宣光果明哲[62]。桓桓陈将军，仗钺奋忠烈[63]。微尔人尽非，于今国犹活[64]。凄凉大同殿，寂寞白兽闼[65]。都人望翠华，佳气向金阙[66]。园陵固有神，扫洒数不缺[67]。煌煌太宗业，树立甚宏达[68]。

中华书局校点本仇兆鳌《杜诗详注》卷五

**【注释】**

［1］皇帝二载：即肃宗至德二载（757）。初吉：朔日，即阴历每月初一。一说自朔日至上弦（初八日）为初吉。［2］杜子：杜甫自谓。苍茫：怅惘貌。［3］维时：犹是时，当时。艰虞：指紧张困难的局势。［4］"顾惭"二句：谓自感惭愧，皇帝的恩泽加于我个人，诏许回家探望。蓬荜，用草和树枝搭成的简陋房屋。［5］拜辞：拜别。怵惕：惶恐不安貌。久未出：言依恋而不忍去。［6］谏诤姿：谏官的品质和才干。谏诤，直言规劝。［7］中兴主：指肃宗。经纬：指治理国家。密勿：同"黾勉"，劳心勉力的意思。［8］"东胡"二句：安禄山本营州柳城（今辽宁朝阳）胡人，故称"东胡"。这年正月，其子安庆绪杀父自立，据洛阳称帝，继续作乱，故云"反未已"。［9］行在：行在所的简称，天子所居之地，指肃宗临时所在地凤翔。［10］疮痍：创伤。［11］靡靡：行步迟缓貌。《诗经·王风·黍离》："行迈靡靡，中心摇摇。"逾：跨越。眇：少。［12］"所遇"二句：谓沿途所见，多是流血受伤的人。［13］明灭：或隐或现。［14］饮马窟：饮马用的水池，正是战争遗留的痕迹。［15］邠（bīn）：邠州，今陕西省彬县。郊：郊原。邠州郊原是个盆地，从山上往下看，如在地底，故曰"入地底"。泾水：即今泾河，为渭河支流，从邠州北境流过。荡潏（yù）：水流动貌。［16］"猛虎"二句：承前写山势险峻难攀。［17］戴：印上之意。［18］幽事：指山中景物。［19］罗生：丛生。［20］丹砂：即朱砂。点漆：黑而发亮。［21］濡：滋润。［22］缅思：遥想。桃源：即陶渊明《桃花源记》所写的世外桃源。［23］坡陀：山冈起伏不平貌。鄜畤（zhì）：指鄜州。春秋时，秦文公在此筑坛以祭神，称为鄜畤。畤，祭祀天地及古代帝王的坛场。［24］木末：树梢，指山上。［25］鸱鸟：即鸱鹰。一作"鸱枭"，即猫头鹰。拱乱穴：谓野鼠乱扒洞。拱，用力扒开，用力掀开。一说山陕田野中，有一种黄鼠，见人则交其前爪而立，如人拱手作揖，称为拱鼠，又名礼鼠。［26］"寒月"句：描写夜间所见战场恐怖惨状。［27］"潼关"二句：天宝十四载十二月，安禄山陷洛阳，玄宗命哥舒翰率兵二十万守潼关。因杨国忠促战，被迫出关迎敌。十五载六月，大败于灵宝，全军溃散，死者数万。卒，同"猝"，仓促。［28］"遂令"二句：接上言哥舒翰战败后，遂使众多秦地百姓，为叛军所残杀。［29］堕胡尘：身陷贼中，指被俘至长安事。［30］经年：杜甫于去年八月离开鄜州，今年闰八月才回到家中，整整经过了一年。［31］恸哭：痛哭，大哭。［32］所娇儿：所宠爱的孩子，指宗文、宗武等。［33］耶：同"爷"，俗称父曰爷。［34］绽：补丁。［35］"海图"四句：谓用绣有海景波涛的旧衣料来缝补裋褐，所以天吴、紫凤这些图案，被"曲折"、"颠倒"得东倒西歪。坼，裂开。天吴，虎身人面，是八首八足八尾的水神。裋（shù）褐，粗布短衣。［36］情怀恶：心情不好。［37］那无：奈何没有。那，犹"奈"。［38］衾裯：被与帐。［39］栉（zhì）：梳、篦一类梳发用具。这里名词作动词用。［40］无不为：事事照着做。［41］移时：过了一段时间。朱铅：指胭脂和铅粉。［42］嗔喝：发怒呵斥。［43］翻思：回想。聒（guō）：声音嘈杂，吵闹。［44］"新归"二句：谓历尽艰难，能活着归来就已经很欣慰了，至于一家的生计又怎么谈得到呢？［45］至尊：皇帝。蒙尘：君主流亡在外，蒙受风尘之苦。几日：犹何时。休练卒：指战乱停止。［46］"仰观"二句：谓时局有好转的迹象。妖氛，指叛军气焰。豁，裂开，澄清。［47］"阴风"二句：写至德二载九月，肃宗听从郭子仪建议，借兵回纥平乱。［48］其王：指回纥怀仁可汗。助顺：李唐是正统天子，安史叛乱为逆，助唐平叛，乃顺天之意，故曰"助顺"。［49］一万匹：回纥兵善骑射，一人备二马，故曰"一万匹"。［50］此辈：指回纥兵。少为贵：人数少而战斗力强。一说杜甫认为应少借回纥兵以免难治。或谓回纥以少壮为贵。《汉书·匈奴

73

传》云："壮者食肥美，老者饮食其余。贵壮健，贱老弱。"均可参。服勇决：都服其骁勇果决。
[51]"所用"二句：言所来皆精兵。[52]"圣心"二句：写肃宗一心想倚赖回纥平定安史之乱，当时朝中虽有不赞成借兵的，但慑于皇帝威严，也不敢坚持。时议，指当时持不同意见的议论。
[53]"伊洛"二句：言收复东、西两京（洛阳和长安），易如反掌。伊、洛，二水名，均流经洛阳。[54]官军：唐朝军队。请深入：应该深入敌后。蓄锐：养精蓄锐，指精兵。可俱发：谓官军与回纥一同进击。[55]"此举"二句：谓收复两京后，要乘胜打开青、徐，然后北略恒、碣，直捣叛军老巢。此举，指上述唐军与回纥联合进攻。青、徐，青州、徐州，今山东、苏北一带。恒、碣，恒山和碣石山，指山西、河北一带。[56]"昊天"二句：杜甫认为自然界时当肃杀的秋天，平叛局势的发展应是与其相一致的，国家正宜于此时一举肃清妖氛，平定叛乱。昊天，秋天。秋于五行属金，有肃杀之气。[57]"祸转"二句：上句与下句互文见义，意谓叛军灭亡被擒，当在今年秋季。[58]其：义同"岂"。皇纲：皇朝的纲纪，指唐王朝的正统地位。绝：断绝。[59]"忆昨"二句：上句乃追忆去年潼关失守、玄宗逃往四川之事。[60]"奸臣"二句：指以下史实：至德元载六月，龙武大将军陈玄礼领禁兵扈从玄宗逃难入蜀，至马嵬驿，发动兵变，诛杀杨国忠，军士"争啖其肉且尽，枭首以徇"。韩国、虢国二夫人亦为乱兵所杀。国忠之妻裴柔与子暄、晞等，也都被杀。其余党羽或被杀，或坐诛。奸臣，指宰相杨国忠。竟，最终。菹醢（zū hǎi），剁成肉酱。荡析，扫荡，消灭。[61]"不闻"二句：谓周幽王宠爱褒姒，殷纣王宠爱妲己，招致亡国之祸。这与玄宗之宠杨贵妃引起安史之乱情况虽相似，但玄宗能从国家大局出发，同意将杨贵妃缢死，是与历史上的亡国之君不同的。此即上文所云"事与古先别"之意。夏殷：一作商周、殷周。[62]宣光：周宣王和东汉光武帝刘秀，两人都是中兴之主。[63]桓桓：勇武貌。陈将军：即陈玄礼。"仗钺"句：指陈玄礼率兵杀死杨国忠及其党羽事。钺，古代兵器，形似大斧。[64]"微尔"二句：谓假如没有你，人们已非唐朝的臣民；由于有了你，到现在国家还存在。微，没有。尔，指陈玄礼。[65]大同殿：在长安兴庆宫勤政楼北，玄宗常在此朝见群臣。白兽闼：即白兽门，长安宫中禁苑南门，在凌烟阁之北、太极殿西南。[66]翠华：以翠羽为饰的旗，为皇帝所用仪仗。[67]园陵：唐历代帝王的陵墓。固有神：言有先帝的神灵护佑。[68]煌煌：光明宏大貌。

## 【审美点评】

"乾坤含疮痍，忧虞何时毕！"痛心山河破碎，深忧民生涂炭，这是全诗反复咏叹的主题思想，也是诗人忠心耿耿、忧国忧民的封建士大夫形象的主要特征，这也是杜甫作为一个现实主义诗人的伟大之处。

# 新安吏

**【题解】** 乾元元年（758）冬至乾元二年（759）春，郭子仪、李光弼等九节度使以六十万大军围攻相州（又称邺城，今河南安阳）安史叛军，唐军溃败，洛阳一带形势紧张，唐王朝为补充兵力强行征兵，虽老幼亦难免。这时杜甫由洛阳回华州，就沿途所见所闻，怀着矛盾的心情写下《新安吏》、《石壕吏》、《潼关吏》、《新婚别》、《垂老别》、《无家别》这组传诵千载的史诗，即所谓"三吏"、"三别"。《新安吏》为组诗首篇，亦是组诗总领。题下原注："收京后作。虽收两京，贼犹充斥。"诗写官府征集未适龄青年从征的情景。新安，即今河南新安县，东临洛阳。

客行新安道[1]，喧呼闻点兵[2]。借问新安吏，县小更无丁？府帖昨夜下，次选中男行[3]。中男绝短小，何以守王城[4]？肥男有母送，瘦男独伶俜[5]。白水暮东流，青山犹哭声。莫自使眼枯[6]，收汝泪纵横。眼枯即见骨，天地终无情。我军取相州，日夕望其平。岂意贼难料，归军星散营[7]。就粮近故垒，练卒依旧京。掘壕不到水，牧马役亦轻[8]。况乃王师顺，抚养甚分明[9]。送行勿泣血，仆射如父兄[10]。

中华书局校点本仇兆鳌《杜诗详注》卷七

**【注释】**

[1]客：杜甫自谓。[2]点兵：征调丁壮。[3]"县小"句：为"客"的询问，"府帖"二句：是新安吏回答"客"的话。丁，成年男子。天宝三载规定"民十八以上为中男，二十三以上成丁"。次，因成丁已被征尽，故次征中男入伍。[4]绝：极。短小：指身材矮小，发育还不完全。王城：指洛阳。[5]伶俜：孤独貌，孤单一人。[6]眼枯：哭瞎眼睛。[7]"我军"四句：追溯相州战役失败的经过。星散营，是说溃败的唐军已不成建制，像星星一样到处散乱地屯营。[8]"就粮"四句：是进一步对"中男"及其亲人宽慰和鼓励的话。就粮，移兵到粮多的地方以取得给养。故垒，指河阳的旧营垒。[9]抚养：指将官爱护士卒。[10]泣血：形容哭得极度悲伤。仆射：官职名，在唐朝相当于宰相，这里指郭子仪。子仪至德二载（757）五月曾任左仆射。

**【审美点评】**

"青山犹哭声"，送别的哭声在山间回荡，似觉青山亦放哭声。这种移情于物的手法，加重了悲剧氛围。

# 蜀　相

**【题解】**此诗为上元元年（760）春杜甫到成都后初游诸葛亮庙时作。诗借咏丞相祠堂，深寄缅怀之思，歌颂诸葛亮的丰功伟绩。同时亦借古抒怀，抒发自己壮志未酬的愤懑。

丞相祠堂何处寻[1]？锦官城外柏森森[2]。映阶碧草自春色，隔叶黄鹂空好音[3]。三顾频烦天下计[4]，两朝开济老臣心[5]。出师未捷身先死[6]，长使英雄泪满襟。

中华书局校点本仇兆鳌《杜诗详注》卷九

**【注释】**

[1] 丞相祠堂：即武侯祠。诸葛亮于建兴元年（223）被后主刘禅封为武乡侯，故其庙又称武侯祠，在今成都南郊。[2] 锦官城：在成都西南部，汉代主管织锦业的官员居此，故称。后作为成都的别称。[3] 映：遮掩。自春色：自为春色。空好音：空作好音。[4]"三顾"句：即诸葛亮《出师表》所云："先帝（指刘备）不以臣卑鄙，猥自枉屈，三顾臣于草庐之中，谘臣以当世之事。"[5] 两朝开济：指诸葛亮辅佐先主刘备和后主刘禅成就帝业。开济，经邦济世。老臣心：即"鞠躬尽瘁，死而后已"之心。[6] 出师未捷：指"北定中原，兴复汉室，还于旧都"（《出师表》）的理想未得实现。《三国志·蜀志·诸葛亮传》载，建兴十二年（234）春，诸葛亮出师伐魏，据武功五丈原（在今陕西岐山县南），与司马懿对峙于渭南，相持百余日。其年八月，亮病死军中，时年五十四。

**【审美点评】**

"映阶"二句景中含情，碧草自绿，黄鹂空鸣，春色已与己无关。两个虚字"自"和"空"互文，是用反衬手法加倍写出诗人对诸葛亮的倾慕之情。

## 茅屋为秋风所破歌

**【题解】** 此诗作于上元二年（761）八月。诗中杜甫自伤贫困，并由个人的不幸联想到了"天下寒士"，表现出了一种民胞物与的精神。

八月秋高风怒号，卷我屋上三重茅[1]。茅飞渡江洒江郊，高者挂罥长林梢[2]，下者飘转沉塘坳[3]。南村群童欺我老无力，忍能对面为盗贼[4]，公然抱茅入竹去，唇焦口燥呼不得[5]，归来倚杖自叹息。俄顷风定云墨色[6]，秋天漠漠向昏黑[7]。布衾多年冷似铁，娇儿恶卧踏里裂[8]。床头屋漏无干处，雨脚如麻未断绝[9]。自经丧乱少睡眠[10]，长夜沾湿何由彻[11]。安得广厦千万间，大庇天下寒士俱欢颜[12]，风雨不动安如山！呜呼！何时眼前突兀见此屋[13]？吾庐独破受冻死亦足[14]！

中华书局校点本仇兆鳌《杜诗详注》卷一〇

**【注释】**

[1] 三重：三层。三，言其多。[2] 挂罥（juàn）：挂结。[3] 塘坳（ào）：低洼积水处。[4] 盗贼：气恨之词。[5] 呼不得：即呼喊不出声来。[6] 俄顷：顷刻，一会儿。[7] 漠漠：阴

沉迷濛貌。向：接近。[8] 恶卧：睡相不好，脚乱蹬，把被里子都蹬破了。一说恶卧为不愿意睡。因为被子像铁似的又硬又冷，小孩子睡在里面不舒服，把被里都蹬破了。[9] 雨脚如麻：形容密雨如麻线一样，不断倾注。[10] 丧乱：指安史之乱。[11] 长夜沾湿：指茅屋整夜漏雨。彻：彻晓，天亮。[12] 庇（bì）：遮护。寒士：贫寒之人。[13] 突兀：高耸貌。见：同"现"。[14] 庐：茅舍，即指草堂。

**【审美点评】**

诗之结句充分表现出杜甫"己饥己溺"的仁者情怀。这种崇高的精神，在当时难能可贵，对后世影响深远。吴农祥评曰："因一身而思天下，此宰相之器，仁者之怀也。中间夹说无衣受冻，故结兼言之。针线之密，不可及也。"（《杜诗集评》卷五引）

# 旅夜书怀

**【题解】** 这首诗作于永泰元年（765）秋，时杜甫乘舟由忠州（今重庆忠县）去云安（今重庆云阳）。作品表达了诗人穷愁潦倒，漂泊江湖，有志难骋的悲愤抑郁心情。

细草微风岸，危樯独夜舟[1]。星垂平野阔，月涌大江流[2]。名岂文章著？官应老病休[3]。飘飘何所似？天地一沙鸥[4]。

中华书局校点本仇兆鳌《杜诗详注》卷一四

**【注释】**

[1] 危樯：高高的船桅杆。[2] 大江：指长江。[3] "名岂"二句：反言见意，正言之则为名实因文章而著，官不为老病而休。[4] 飘飘：不定貌。沙鸥：一种水鸟，飞于江海之上，栖息沙洲。

**【审美欣赏】**

"星垂平野阔，月涌大江流。"诗人用阔大无垠的夜景衬托自身的孤微，通过天地之大和自身之小所构成的强烈反差，以慨叹自己的孤寂微贱，使人感受到诗人生命的激情正如他笔下奔涌的江流一样澎湃难平。

# 咏怀古迹五首（其三）

**【题解】** 这组诗为大历元年（766）杜甫在夔州作。诗借咏古迹以抒己怀。五诗各自成篇，每篇各咏一人。此为第三首，咏王昭君被遣远嫁匈奴，身殁异域的悲哀，亦寄寓了作者怀才不遇的深沉感慨。王昭君，名嫱，汉元帝时宫人，远嫁匈奴呼韩邪单于。

群山万壑赴荆门[1]，生长明妃尚有村[2]。一去紫台连朔漠[3]，独留青冢向黄昏[4]。画图省识春风面[5]，环珮空归夜月魂[6]。千载琵琶作胡语[7]，分明怨恨曲中论[8]。

中华书局校点本仇兆鳌《杜诗详注》卷一七

**【注释】**

[1] 荆门：山名，在今湖北宜昌市东南长江南岸。[2] 明妃：即王昭君，晋人避司马昭讳，改昭君为明君，故曰"明妃"。昭君村，在今湖北兴山县南宝坪村，唐属归州。[3] 紫台：即紫宫，天子所居。此指汉宫。朔漠：北方沙漠之地，指匈奴。[4] 青冢：王昭君墓，在今内蒙古自治区呼和浩特市南。[5] 画图：《西京杂记》卷二："元帝后宫既多，不得常见，乃使画工图形，案图召幸之。诸宫人皆赂画工，多者十万，少者亦不减五万。独王嫱不肯，遂不得见。匈奴入朝求美人为阏氏，于是上案图以昭君行。及去，召见，貌为后宫第一，善应对，举止闲雅。帝悔之，而名籍已定，帝重信于外国，故不复更人。"省识：犹不识。[6] 空归：魂归而身不得归。[7] 胡语：犹胡音。[8] 曲：指琴曲《昭君怨》。相传王昭君远嫁匈奴，心中不乐，乃作《怨旷思惟歌》，后人名为《昭君怨》。

**【审美点评】**

"群山万壑赴荆门"句用移情于物的手法表达出对王昭君的怀念之情。"赴"字形象地写出三峡地区群山相连，势若奔赴的地理特征，赋予"群山万壑"以火热的情感，表达出对昭君的凭吊之意。

# 秋兴八首（选二）

## 其一

**【题解】** 这组诗是杜甫大历元年（766）秋在夔州所作。杜甫漂泊多年，寓居夔州，往事历历，时萦胸臆。值兹秋日，见草木之凋谢，景物之萧森，触景伤情，引发了对长安的思念与回忆，写下了这组联章体七律。八首是一个有机的整体，中心思想是"故国之思"。所思之情事，广泛而又具体，有长安盛衰之变，有个人遭遇之感。然国事多而己事少，体现了杜甫忧国忧乱、忠君爱国的一贯思想。第一首，是后七首的发端，自夔州秋景起兴，写面对三峡萧森景象而引起的羁旅怀乡之思。

玉露凋伤枫树林[1]，巫山巫峡气萧森[2]。江间波浪兼天涌，塞上风云接地阴[3]。丛菊两开他日泪，孤舟一系故园心[4]。寒衣处处催刀尺，白帝城高急暮砧[5]。

中华书局校点本仇兆鳌《杜诗详注》卷一七

**【注释】**

[1] 玉露：白露。[2] 萧森：萧瑟阴森。[3] 塞：关隘险要之处，此指夔州。接地阴：指风云笼罩，地上阴暗。[4]"丛菊"二句：丛菊两开，即两见菊开，此是就去蜀时日而言。代宗永泰元年（765）五月，杜甫离开成都南下，秋居云安（今重庆云阳），是一见菊开也。大历元年夏初，自云安至夔州，至秋，是两见菊开也。[5]"寒衣"二句：谓深秋时节家家都在为游子赶制寒衣，傍晚时分白帝城高处传来阵阵捣衣声，更触动漂泊者的怀乡之情。催刀尺，赶裁寒衣。

**【审美点评】**

"江间波浪兼天涌，塞上风云接地阴。"二句对江峡秋景作展开描写。波浪兼天，风云接地，实为借写物象而传心象，表达了浓重的对时局和身世的感受。

其三

**【题解】** 本篇写独对夔城秋景，感慨自己身世落拓。

千家山郭静朝晖[1]，日日江楼坐翠微[2]。信宿渔人还泛泛[3]，清秋燕子故飞飞[4]。匡衡抗疏功名薄[5]，刘向传经心事违[6]。同学少年多不贱[7]，五陵衣马自轻肥[8]。

中华书局校点本仇兆鳌《杜诗详注》卷一七

**【注释】**

[1] 山郭：山城，指夔州。晖：日光。[2] 江楼：临江之楼，夔州临江。翠微：青翠的山色。[3] 信宿：再宿，隔夜。泛泛：形容小舟在水中漂浮，无所归依的样子。[4] 故飞飞：依旧飞来飞去。故，仍。[5] 匡衡：西汉名臣，经学家，因上疏言政，得汉元帝的赏识，迁光禄大夫、太子少傅。事迹见《汉书·匡衡传》。抗疏：上疏直言。功名薄：是说自己因上疏言事救房琯，遭受朝廷贬斥。[6] 刘向：西汉名臣，宗室，历仕宣帝、元帝、成帝三朝，屡次上书言事，以忠直闻名，为权贵所忌。心事违：指事与愿违。[7] 同学少年：指少年时代的一起读书求学的朋友。多不贱：大多作了高官。[8] 五陵：指汉代长安的五座帝王陵墓，即高帝长陵、惠帝安陵、景帝阳陵、武帝茂陵、昭帝平陵。轻肥：即轻裘肥马，比喻富贵。《论语·雍也》："乘肥马，衣轻裘。"自轻肥，有神意自得的意思。

**【审美点评】**

与古人匡衡、刘向比，与今人"多不贱"的同学少年比，杜甫的心情都无法平静，因为他们都受到了重用，而杜甫却只能独坐在夔州的江边，喟叹着"功名薄"和"心事违"。为什么偌大的世界就容不下一个小小的杜甫？

# 登 高

**【题解】**大历二年（767）九月九日杜甫作于夔州。前四句登高所见，极写暮秋夔峡惊心动魄之景色；后四句登高所感，抒发老病漂泊之苦情。

风急天高猿啸哀[1]，渚清沙白鸟飞回[2]。无边落木萧萧下[3]，不尽长江滚滚来[4]。万里悲秋常作客，百年多病独登台[5]。艰难苦恨繁霜鬓[6]，潦倒新亭浊酒杯[7]。

中华书局校点本仇兆鳌《杜诗详注》卷二〇

**【注释】**

[1]猿啸哀：巫峡多猿，鸣声甚哀，所谓"巴东三峡巫峡长，猿鸣三声泪沾裳。"（见《水经注·江水》）[2]渚：水中小洲。[3]落木：落叶。萧萧：风吹叶动之声。[4]滚滚：相继不绝，奔腾不息。[5]百年：犹言一生。多病：杜甫患有疟疾、肺病、风痹、糖尿病、耳聋等多种疾病。[6]艰难：一指个人生活多艰，一指国家世乱多难。苦恨：极恨。繁霜鬓：白发日多。[7]潦倒：犹衰颓，因多病故潦倒。新亭：最近方停。亭，通"停"。时杜甫因病戒酒。浊酒：混浊的酒，指劣酒。

**【审美点评】**

"无边落木萧萧下，不尽长江滚滚来。"二句以落叶和江涛为视点，写秋景之萧森，传感情之悲怆。"无边"、"不尽"，开拓出深广的秋境，亦写出深广的忧思。

# 又呈吴郎

**【题解】**此诗作于大历二年（767）秋。杜甫的一位亲戚吴郎从忠州搬来夔州，他就把原住的瀼西草堂让给吴郎住。西邻是一位无食无儿的寡妇，杜甫住时，任凭这位贫妇扑食堂前之枣。而吴郎搬来后，却插篱防人扑枣。杜甫即写诗委婉劝说吴郎不要这样做，同时也隐含着诗人对贫民的同情，对战争的痛恨。因前有《简吴郎司法》诗，故此题曰"又呈"。

堂前扑枣任西邻[1]，无食无儿一妇人。不为困穷宁有此？只缘恐惧转须亲[2]！即防远客虽多事[3]，便插疏篱却甚真！已诉征求贫到骨[4]，正思戎马泪盈巾[5]。

中华书局校点本仇兆鳌《杜诗详注》卷二〇

**【注释】**

[1]堂：指瀼西草堂。扑枣：打枣。任：放任，听任。[2]转：改变态度。亲：待人和蔼。[3]防：防备。远客：指吴郎。多事：多心，过虑。[4]征求：诛求，横征暴敛。贫到骨：犹一贫如洗，一无所有。

**【审美点评】**

由于拙于生计，漂泊蜀地的杜甫自己的生活需要靠别人接济。然而就是在这样的情况下，他仍能对西邻"无食无儿一妇人"给予力所能及的帮助，这种仁民之心令人感动，同时他还能照顾到吴郎的感受，这同样令人佩服。

# 登岳阳楼

**【题解】**诗写于大历三年（768）冬末，杜甫漂泊到岳州（今湖南岳阳）。诗写登楼感怀，以阔大而动荡的洞庭湖景寄托身世之悲和时局之感。岳阳楼，即岳州巴陵县（今湖南岳阳）城门西楼，俯瞰洞庭湖。

昔闻洞庭水[1]，今上岳阳楼。吴楚东南坼[2]，乾坤日夜浮[3]。亲朋无一字[4]，老病有孤舟[5]。戎马关山北[6]，凭轩涕泗流[7]。

中华书局校点本仇兆鳌《杜诗详注》卷二二

**【注释】**

[1]洞庭水：即洞庭湖。[2]"吴楚"句：大致说来，湖在楚之东，吴之南，中由湖水分开，故曰"坼"。坼，分裂。[3]"乾坤"句：谓天水相连，好像整个天地都日夜浮动在苍茫的湖面上。乾坤，天地。[4]字：指书信。[5]老病：杜甫时年五十七岁，身患多种疾病，故云。有孤舟：谓水上漂泊，只有以舟为家。[6]关山北：据史载，大历三年秋冬，吐蕃屡侵陇右、关中一带，京师戒严。因其地在岳阳西北，故云。[7]涕泗：眼泪。

**【审美点评】**

"吴楚东南坼，乾坤日夜浮。"二句写洞庭之特征，一是空阔广远，一是动荡不定。这两种特征与作者所抒感情内容是暗相关合的，即以动荡不定的湖水关合尾联的忧国家时局之动荡，而以空阔广远的湖水关合颈联的叹身世之孤微。

# 岑 参

岑参（717？—770），祖籍南阳，生于江陵（今湖北荆州）。岑参出生在一个没落的贵族家庭，父亲早逝，从兄受学。开元十七年（729）始隐居嵩阳颍阳五年，学业上打好了基础。天宝三载（744）以第二名举进士，授右内率府兵曹参军。后曾两度赴西北边塞。第一次是天宝八载（749）在安西节度使高仙芝幕府掌书记，天宝十载返长安。第二次是天宝十三载（754）夏秋之交赴庭州，在安西节度使封常清幕中任安西、北庭节度判官。大约至德二载（757）春夏之交，自北庭东归，为杜甫等举荐，授右补阙。乾元二年（759），出为虢州长史。大历二年（767），出为嘉州刺史，任满罢官，面对安史之乱后混乱的现实，豪气消磨，心情郁闷，卒于成都旅舍。岑参的诗歌成就最高的是两度出塞期间创作的 70 多首边塞诗，这些作品突破了以往征戍诗写边地苦寒和士卒劳苦的传统格局，热情地歌颂诗人印象中的军旅生活、边塞风物、异域风情。语调慷慨豪迈，艺术手法奇特，有奇伟壮丽之美。有《岑嘉州集》。

# 逢入京使

**【题解】** 此诗作于天宝八载（749）诗人赴安西途中。作品描写了诗人远涉边塞，逢入京使者，托带平安口信，以慰家人的典型场面，表达了思乡之情。

故园东望路漫漫，双袖龙钟泪不干[1]。马上相逢无纸笔，凭君传语报平安。

巴蜀书社版刘开扬《岑参诗集编年笺注》

**【注释】**
[1] 龙钟：涕泪淋漓的样子。

**【审美点评】**

"马上"二句信口而成，贴切自然，在马上相逢行色匆匆的情形下，表现了诗人复杂幽深的心曲，发千古旅人之同慨。沈德潜评曰："人人胸臆中语，却成绝唱。"（《唐诗别裁》）

# 白雪歌送武判官归京

**【题解】** 此诗作于天宝十三载（754），时岑参在轮台。作者以敏锐的观察力和浪漫奔放的笔调，描绘了祖国西北边塞的壮丽景色，以及边塞军营送别归京使臣的热烈场面，表现了诗人和边防将士的爱国热情，以及他们对战友的真挚感情。武判官，未详其人。判官，官职名。唐代节度使等朝廷派出的持节大使，可委任幕僚协助判处公事，称判官。

北风卷地白草折[1]，胡天八月即飞雪[2]。忽如一夜春风来，千树万树梨花开。散入珠帘湿罗幕，狐裘不暖锦衾薄[3]。将军角弓不得控[4]，都护铁衣冷难着[5]。瀚海阑干百丈冰[6]，愁云惨淡万里凝[7]。中军置酒饮归客[8]，胡琴琵琶与羌笛[9]。纷纷暮雪下辕门[10]，风掣红旗冻不翻[11]。轮台东门送君去[12]，去时雪满天山路。山回路转不见君，雪上空留马行处。

**巴蜀书社版刘开扬《岑参诗集编年笺注》**

**【注释】**

[1]白草：我国西北地区出产的一种牧草，枯时变白，故名。[2]胡天：泛指西北地区的天空。[3]锦衾：锦缎的被子。[4]角弓：用兽角装饰的硬弓。[5]都护：镇守边疆的长官。唐时设六都护府，各设大都护一员。唐代也往往尊称节度使为都护。[6]瀚海：大沙漠。阑干：纵横。百丈冰：形容冰层之厚。[7]惨淡：阴暗。[8]中军：本义是主帅亲自统领的军队，这里借指主帅居住的营帐。[9]胡琴、琵琶、羌笛：都是西域的乐器。[10]辕门：军营之门。古时驻军，以两车的车辕相对交叉作为营门，称为辕门。[11]"风掣"句：是说军旗上落雪结冰，冻得很硬，风吹不动。掣，牵，这里指风吹。[12]轮台：在今新疆乌鲁木齐西北，唐时属庭州，隶北庭都护府，置有静塞军。

**【审美点评】**

"忽如一夜春风来，千树万树梨花开。"二句以千树万树梨花盛开的景象，喻写塞外八月漫天飞舞的雪花，这种浪漫奇妙的想象，再现了边地瑰丽的自然风光，充满浓郁的边地生活气息。

# 走马川行奉送出师西征

**【题解】**题一作《走马川行奉送封大夫出师西征》，作于天宝十三载（754）九月，时作者在安西节度使封常清幕中。诗歌描写了出征时的恶劣环境和强敌犯境的紧急军情，表现了唐军的雄壮军威和英雄气概。走马川，未详。一说在天山主峰与伊塞克湖之间；一说即左末河，距播仙城（左末城）五百里；一说即今乌鲁木齐市西北三百里处的玛纳斯河。

君不见走马川行雪海边[1]，平沙莽莽黄入天[2]。轮台九月风夜吼，一川碎石大如斗，随风满地石乱走。匈奴草黄马正肥，金山西见烟尘飞[3]，汉家大将西出师[4]。将军金甲夜不脱，半夜行军戈相拨[5]，风头如刀面如割。马毛带雪汗气蒸，五花连钱旋作冰[6]，幕中草檄砚水凝[7]。虏骑闻之应胆慑[8]，料知短兵不敢接[9]，车师西门伫献捷[10]。

巴蜀书社版刘开扬《岑参诗集编年笺注》

**【注释】**

[1] 行：通往。雪海：未详。因经年多雪而名。按诗中走马川与雪海对举，则二者距离或不远。《新唐书·地理志》载："雪海，又三十里至碎卜戍，傍碎卜水五十里至热海。"此雪海距热海（即今伊塞克湖）不到百里。或谓可能指大雪后的古尔班通古特大沙漠。[2] 莽莽：茫无边际貌。[3] 金山：阿尔泰山，在新疆北部。[4] 汉家大将：此指封常清。唐人常借汉指唐。[5] 戈：一种兵器。拨：碰击。[6] 五花、连钱：皆承上句指马毛色。五花，谓马毛色斑驳。连钱，谓马纹点缀如连钱。[7] 幕：军帐。草檄：起草讨伐敌人的檄文。[8] 虏骑：匈奴骑兵。[9] 短兵：指刀、剑一类的兵器。[10] 车师：汉西域国名。此指安西都护府所在地。

**【审美点评】**

"轮台九月"三句极力渲染了风吹石走的险恶环境，以反衬唐军不畏艰难、英勇出征的豪迈气概。"势险节短，句句用韵，三句一转"的韵律运用也给人以耳目一新的感觉。

# 赵将军歌

**【题解】**诗写于天宝十三载（754），岑参赴北庭都护府任职于封常清军幕。作品摄取了边塞生活的一个场景，塑造了一个具有豪放气概的英雄形象。

九月天山风似刀，城南猎马缩寒毛[1]。将军纵博场场胜[2]，赌得单于貂鼠袍。

巴蜀书社版刘开扬《岑参诗集编年笺注》

**【注释】**

[1] 猎马：出猎的马。[2] 纵：纵情，尽情。博：赌博。此指军中以骑射勇力博胜负。

**【审美点评】**

作品塑造赵将军形象，却并没有写他驰骋疆场，而是写了一次纵博事件。前两句写恶劣环境，有效地衬托了赵将军的威武英勇；后两句构思巧妙，比喻新颖。诗人用赌博来比喻战斗，可以使人想象赵将军豪放的英雄气概。

# 钱　起

钱起（710？—782？），字仲文，世称“钱考功”。吴兴（今浙江湖州）人。天宝九载（750）进士及第。与王维过从甚密。历司勋员外郎、司封郎中，官终考功郎中。钱起诗各体皆工，被公认为十才子之冠，与刘长卿并称“钱刘”，与郎士元并称“钱郎”。有《钱仲文集》。

## 省试湘灵鼓瑟

**【题解】** 此诗是天宝九载（750）钱起应进士举时所作。诗人依托《楚辞·远游》，以丰富的想象将动人心弦的乐声具象化，抒写了湘水女神的哀怨之情。省试，由尚书省举行的考试，又称会试。湘灵，湘水女神。舜死于苍梧，其二妃娥皇、女英投湘水而死，成为湘灵。

善鼓云和瑟[1]，常闻帝子灵[2]。冯夷空自舞[3]，楚客不堪听[4]。苦调凄金石[5]，清音入杳冥。苍梧来怨慕，白芷动芳馨。流水传潇浦，悲风过洞庭[6]。曲终人不见，江上数峰青。

中华书局校点本《全唐诗》卷二三八

**【注释】**

[1] 鼓：弹奏。云和：山名，以产琴瑟著称。 [2] 帝子灵：即湘灵，传说是帝尧的女儿。[3] 冯（píng）夷：水神名。《楚辞·远游》：“使湘灵鼓瑟兮，令海若兮舞冯夷。”[4] 楚客：指屈原。[5]“苦调”句：瑟之愁苦使金石为之悲凄。金石，指钟、磬类乐器。[6]“苍梧”四句：言瑟声清苦，在山水间萦回着湘灵的怨慕。苍梧，山名，在今湖南宁远县。白芷，香草名。潇，水名，发源于苍梧山，至永州汇入湘江，流入洞庭湖。

**【审美点评】**

“曲终人不见，江上数峰青。”一曲既终，弹奏动人曲调的伊人却难觅芳踪，唯有眼前流水迢迢、青山点点，让人产生亦真亦幻的迷惘和挥之不去的感伤。诗作以景结情，余音袅袅。

# 元　结

元结（719—772，一说715生），字次山，自号元子、猗玕子、漫郎、漫叟。

先世为鲜卑拓跋氏，到北魏孝文帝时改姓元。世居太原（今属山西），后移居鲁山（今属河南）。天宝十三载（754）进士及第。安史乱起，逃难入猗玗洞。后历任道州、容州刺史，进授容管经略使。元结关心人民疾苦，有忧道悯世之心。诗风朴素简淡，不事雕琢。尝编选时人诗为《箧中集》。有《元次山集》。

## 春陵行 并序

**【题解】** 代宗广德元年（763），作者出任道州（今湖南道县）刺史，这年冬天，道州曾被少数民族攻占月余，序中所说"经贼已来"即指此。此诗是广德二年五月到任后所作，诗中反映了遭受变乱后道州人民的穷困境况，表现了忧时伤世的仁者情怀。春陵，汉县名，故城在今湖南宁远县附近。道州是春陵故地，故称《春陵行》。

癸卯岁[1]，漫叟授道州刺史。道州旧四万余户，经贼已来，不满四千，大半不胜赋税。到官未五十日，承诸使征求符牒二百馀封[2]，皆曰："失其限者，罪至贬削。"於戏[3]！若悉应其命，则州县破乱，刺史欲焉逃罪？若不应命，又即获罪戾[4]，必不免也。吾将守官，静以安人，待罪而已！此州是春陵故地，故作《春陵行》以达下情。

军国多所需，切责在有司[5]。有司临郡县，刑法竞欲施[6]。供给岂不忧[7]，征敛又可悲。州小经乱亡，遗人实困疲[8]。大乡无十家，大族命单羸[9]。朝餐是草根，暮食仍木皮。出言气欲绝，意速行步迟[10]。追呼尚不忍，况乃鞭扑之。郭亭传急符[11]，来往迹相追[12]。更无宽大恩，但有迫促期。欲令鬻儿女，言发恐乱随。悉使索其家，而又无生资[13]。听彼道路言，怨伤谁复知。去冬山贼来，杀夺几无遗。所愿见王官[14]，抚养以惠慈。奈何重驱逐，不使存活为[15]。安人天子命，符节我所持[16]。州县忽乱亡，得罪复是谁。逋缓违诏令，蒙责固其宜[17]。前贤重守分，恶以祸福移[18]。亦云贵守官[19]，不爱能适时[20]。顾惟屠弱者[21]，正直当不亏。何人采国风[22]，吾欲献此辞。

中华书局校点本《全唐诗》卷二四一

**【注释】**

[1]癸卯岁：广德元年（763）。[2]诸使：指朝廷的使臣。符牒：官府公文。[3]於戏：同"呜呼"。[4]戾：罪。[5]有司：有所职掌。这里指地方行政长官。[6]临：到任，治理。[7]供给：指供给军国所需。[8]遗人：战乱后幸存下的人。[9]单：孤单，指人口稀少。[10]意速：

心里想快。[11] 郭亭：一作"邮亭"，古时传送文书的驿站。急符：紧急的催征文书。[12] "来往"句：来往传送文书的人络绎不绝。[13] 生资：赖以生活的资财。[14] 王官：朝廷派来的官吏。[15] 重驱逐：更行驱赶。为，语助词。[16] 符节：古代军事或行政长官出征或出任时所持的用作凭证的诏符。[17] "逋缓"二句：逋（bū），拖欠。缓，延缓。蒙责，蒙受责罚。[18] "前贤"二句：守分，尽自己的职分。恶（wū），疑问词，怎能。[19] 守官：严守职责。[20] 适时：此指迎合时宜。[21] 顾惟：顾念。孱弱者：指穷困的人民。[22] 采国风：即采诗。相传周王朝为了了解政治得失，曾派专职人员到各地采集歌谣。据说《诗经》中的《国风》就是这样采集得来的。

**【审美点评】**

此诗不事雕琢，以白描手法描述事实。诗人用朴素古淡的笔墨，详尽地描写了自己的心理变化，字里行间显示出对百姓的深切同情，真实感人。


# 司空曙

司空曙（720—794?），字文明，一作文初，广平（今河北永年东）人，或谓京兆（今陕西西安）人。登进士第，曾官主簿、左拾遗、长林县丞，官终虞部郎中。司空曙是卢纶表兄，亦为大历十才子之一。其诗多为行旅赠别之作，长于抒情。有《司空文明诗集》。

## 喜外弟卢纶见宿

**【题解】**《唐才子传》卷四载，司空曙"磊落有奇才"，但因为"性耿介，不干权要"，所以宦途坎坷，家境清寒。此诗正是作者这种境遇的写照。外弟，表弟。见宿，留宿。

静夜四无邻，荒居旧业贫[1]。雨中黄叶树，灯下白头人[2]。以我独沉久[3]，愧君相见频。平生自有分[4]，况是蔡家亲[5]。

中华书局校点本《全唐诗》卷二九三

**【注释】**

[1] 旧业：祖上所传家业。[2] 白头人：作者自指。[3] 沉：沉沦。[4] 分：缘分，情谊。[5] 蔡家亲：表亲。晋代名将羊祜为蔡邕外孙。《晋书》本传谓："祜当讨吴贼有功，将进爵土，乞以赐舅子蔡袭。诏封袭关内侯，邑三百户。"后因称表亲为"蔡家亲"。

**【审美点评】**

"雨中黄叶树，灯下白头人"一联，兼用比兴。由室外萧瑟凄凉的景兴起下句，为室内的"白头人"烘托了伤感的氛围。另外，以树之落叶比人之衰老，恰切自然。

# 张 继

张继（725？—779？），字懿孙，襄州（今湖北襄阳）人。天宝十二载（753）进士。安史之乱时避居江南，大历年间曾任侍御史、检校祠部员外郎兼转运使判官，故世称"张祠部"、"张员外"。他的诗爽朗激越，不事雕琢，比兴幽深，事理双切，对后世颇有影响。《全唐诗》收其诗四十余首，但混有他人之作。

## 枫桥夜泊

**【题解】**诗题一作《夜泊松江》、《夜泊枫江》。此诗大约作于至德（756—758）年间或其后不久，安史之乱爆发，时张继流寓江南。此诗描写了江南水乡秋夜的清幽，写出了无眠客子的羁旅之愁。枫桥，在今江苏苏州市西阊门外。

月落乌啼霜满天，江枫渔火对愁眠[1]。姑苏城外寒山寺[2]，夜半钟声到客船。

中华书局校点本《全唐诗》卷二四二

**【注释】**

[1] 火：原作"父"，注云："一作'火'。"愁眠：因旅愁而不能入眠。此指怀着旅愁的人。
[2] 姑苏：苏州别称。寒山寺：在今苏州市西枫桥镇。传说因唐代诗僧寒山住过而得名。

**【审美点评】**

首二句意象密集，十四字写六种意象，描绘出江南夜色秋景；后二句疏朗，仅写寒山寺钟声。悠悠钟声，更衬托出夜半的静谧和旅人的寂寥，是点睛之笔。

# 刘长卿

刘长卿（726？—790？），字文房，宣州（今属安徽）人。天宝后期进士，授长洲（今江苏吴江）尉。上元元年（760），贬南巴（今广东电白东）尉。大历中，知淮西、鄂岳转运留后。又贬睦州（今浙江建德）司马。后迁随州（今属湖北）刺史，世称"刘随州"。罢官后，终老吴越。其诗内容比较广泛。有《刘随州文集》。

## 长沙过贾谊宅

【题解】刘长卿被贬南巴尉，途经长沙，过贾谊宅。此诗借凭吊贾谊，抒发迁谪之感。贾谊，西汉杰出政论家、文学家，少富才学，文帝召为博士，为大臣排挤，贬长沙王太傅，长沙有其故居。

　　三年谪宦此栖迟[1]，万古惟留楚客悲[2]。秋草独寻人去后[3]，寒林空见日斜时[4]。汉文有道恩犹薄[5]，湘水无情吊岂知[6]。寂寂江山摇落处[7]，怜君何事到天涯[8]。

中华书局校点本《全唐诗》卷一五一

【注释】

[1]三年：贾谊为长沙王太傅三年。谪宦：即贬官。[2]楚客：指贾谊。长沙古属楚地。[3]人去后：贾谊作《鵩鸟赋》，中有"野鸟入室兮，主人将去"语，此用其字面。[4]日斜时：用《鵩鸟赋》"庚子日斜兮，鵩集予舍"字面。[5]汉文：西汉文帝。文帝为有道之君，他统治的时期为汉代盛世。但文帝并未重用贾谊，故云"恩犹薄"。[6]"湘水"句：《史记·屈原贾生列传》"（贾谊）闻长沙卑湿，自以寿不得长，又以谪去，意不自得。及渡湘水，为赋以吊屈原。"即有名的《吊屈原赋》。[7]摇落：凋谢，零落。[8]君：指贾谊，也指自己。沈德潜曰："谊之迁谪，本因被谗，今云何事而来，含情不尽。"（《唐诗别裁集》卷一四）

【审美点评】

刘长卿与贾谊生虽异代，而遭遇类似，自然引起诗人同病相怜之感。追悼贾谊，实为自伤，因而诗情犹为凄怆动人。

# 顾 况

顾况（727？—815？），字逋翁，自号华阳山人，苏州人，一说海盐（今属浙江）人。肃宗至德二载（757）进士。曾任著作郎，贬饶州司户参军。晚年隐居茅山。顾况作诗长于歌行，注重诗的现实意义。有《华阳集》。

# 囝

**【题解】** 此诗是《上古之什补亡训传》十三章之一。原诗自注："囝，音蹇。闽俗呼子为囝，父为郎罢。"唐代闽中一带有掠卖奴隶的风俗，此诗写被掠卖者的痛苦。

囝，哀闽也。

囝生闽方[1]，闽吏得之，乃绝其阳[2]。为臧为获[3]，致金满屋。为髡为钳[4]，如视草木。天道无知，我罹其毒。神道无知，彼受其福。郎罢别囝，吾悔生汝。及汝既生，人劝不举[5]。不从人言，果获是苦，囝别郎罢，心摧血下。隔地绝天，乃至黄泉，不得在郎罢前。

中华书局校点本《全唐诗》卷二六四

**【注释】**

[1] 闽方：闽中。[2] 绝：阉割。[3] 臧、获：这里用作奴隶的通称。[4] 髡（kūn）：剃去头发。钳：用铁圈套在脖子上。髡钳是奴隶身上的标志。[5] 举：抚育。

**【审美点评】**

骨肉分离是人间至痛，此诗真切描写了父子被迫分别时的痛不欲生，催人泪下。

# 过山农家

**【题解】** 此诗表现了江南山乡的生活劳动场景。

板桥人渡泉声，茅檐日午鸡鸣。莫嗔焙茶烟暗，却喜晒谷天晴。

中华书局校点本《全唐诗》卷二六七

**【审美点评】**

诗以行踪为线索，将幽静的山间景色、农村的生活劳作情形和农民淳朴爽朗的性格一一展现出来，节奏轻快，萧散自然，别有情趣。

# 韩 翃

韩翃，生卒年不详。字君平，南阳（今属河南）人。天宝十三载（754）进士。德宗以其有诗名，擢为驾部郎中、知制诰，官终中书舍人。韩翃为大历十才子之一，其诗多送别唱和之作。高仲武评其诗曰："兴致繁富，一篇一咏，朝士珍之，多士之选也。"（《中兴间气集》）有《韩君平集》。

## 寒 食

【题解】诗题一作《寒食日即事》。此诗写长安寒食节的风光和风俗，含蓄而有情韵。寒食，节令名，在清明前一日或二日。南朝梁宗懔《荆楚岁时记》："去冬节（冬至）一百五日，即有疾风甚雨，谓之寒食。禁火三日。"

春城无处不飞花，寒食东风御柳斜[1]。日暮汉宫传蜡烛[2]，轻烟散入五侯家[3]。

中华书局校点本《全唐诗》卷二四五

【注释】

[1] 御柳：皇宫中的柳树。当时的风俗，寒食日折柳插门。[2] 汉宫：这里指唐朝皇宫。传蜡烛：唐代制度，到清明这天，皇帝宣旨取榆柳之火赏赐近臣，以示皇恩。[3] 五侯：泛指天子近幸之臣。

【审美点评】

寒食日家家禁火，贵臣近幸则可得皇帝特赐燃烛，特权阶层的与众不同体现在生活的各个方面。

# 韦应物

韦应物（737？—792？），京兆万年（今陕西西安）人。出身于名满长安的世族，15岁时任皇帝侍卫。安史乱起，折节读书，痛改前非。代宗广德元年（763）为洛阳丞，德宗建中三年（782）出为滁州刺史。贞元元年（785）任江州刺史，世称"韦江州"。四年出为苏州刺史，世称"韦苏州"。韦应物诗众体兼擅，尤长于五言。前后期诗歌创作风格有明显变化，前期带有刚健明朗的盛唐余韵，后期风格清雅闲淡。韦应物以写山水田园诗著名，与柳宗元并称"韦柳"。有《韦苏州集》。

## 寄全椒山中道士

**【题解】** 此诗写于滁州刺史任内，表达了对山中道士的忆念。全椒，县名，唐代属滁州，今属安徽。

今朝郡斋冷[1]，忽念山中客[2]。涧底束荆薪，归来煮白石[3]。欲持一瓢酒，远慰风雨夕[4]。落叶满空山，何处寻行迹。

中华书局校点本《全唐诗》卷一八八

**【注释】**

[1] 郡斋：郡守起居之处。[2] 山中客：指道士。[3] 煮白石：葛洪《神仙传》卷二："白石先生者，中黄丈人弟子也，尝煮白石为粮，因就白石山居，时人故号曰白石先生。"[4] "欲持"二句：陶渊明《饮酒二十首》其一："忽与一觞酒，日夕欢相持。"风雨夕，风雨之夜。

**【审美点评】**

风雨落叶的秋天气候虽"冷"，诗人对朋友的深挚关怀之情却极"热"。

## 郡斋雨中与诸文士燕集

**【题解】** 此诗是诗人在苏州刺史任内所作。诗写人文之盛，宴游之乐。燕，通"宴"。

兵卫森画戟[1]，宴寝凝清香[2]。海上风雨至，逍遥池阁凉。烦疴近消散[3]，嘉宾复满堂。自惭居处崇，未睹斯民康。理会是非遣，性达形迹忘[4]。鲜肥属时禁[5]，蔬果幸见尝。俯饮一杯酒，仰聆金玉章[6]。神欢体自轻，意欲凌风翔。吴中盛文史[7]，群彦今汪洋[8]。方知大藩地，岂曰财赋疆[9]。

中华书局校点本《全唐诗》卷一八六

**【注释】**

[1] "兵卫"句：写刺史的尊贵，州府仪仗之盛。森：密密排列。画戟：古兵器，因加彩饰，故称。常列于官府门前以为仪仗。[2] 宴寝：公余休息之室，即诗题所说的"郡斋"。[3] 烦疴：

烦闷不舒服。[4]"理会"二句：自己能够通达事理，故能遗忘行迹，不计世俗的是非毁誉。会，通。遣，排遣。[5]鲜肥：鲜鱼肥肉。时禁：古代对于杀生，除冬令外，其他三季都有所禁止。《唐会要·断屠钓》："德宗建中元年（780）五月敕：自今以后，每年五月，宜令天下州县，禁断采捕弋猎，仍令所在断屠宰，永为常式。"[6]金玉章：对与宴诸文士所作诗章的美称。[7]吴中：此指苏州。苏州本为古吴国国都所在地，故云。盛文史：文化发达。[8]群彦：众多有才之士。汪洋：喻文章气势恣肆。[9]"方知"二句：意谓吴中人文昌盛，不仅是财赋丰饶之区。大藩，大郡，大州。此指苏州。

**【审美点评】**

"自惭居处崇，未睹斯民康"，推己及人，居安思困，白居易称赞它"最为警策"（《吴郡诗石记》）。

# 卢 纶

卢纶（737？—798？），字允言，河中蒲州（今山西永济）人。数举进士不第。贞元元年（785），为奉天行营副元帅浑瑊判官。十四、五年间拜户部郎中，世因称"卢户部"。卢纶为"大历十才子"之一，其诗多送别赠答奉陪游宴之作，而边塞诗不乏盛唐之音。有《卢户部诗集》。

## 和张仆射塞下曲（六首选一）

**【题解】** 诗题一作《塞下曲》。诗共六首，此为第三首。诗写将军准备雪夜率兵追敌的行动，气概豪迈。张仆射，指张延赏，贞元初任左仆射。

月黑雁飞高[1]，单于夜遁逃[2]。欲将轻骑逐，大雪满弓刀。

中华书局校点本《全唐诗》卷二七八

**【注释】**

[1] 月黑：没有月光。[2] 单（chán）于：汉时匈奴君主之称。此泛指来犯边地的部族。

**【审美点评】**

气候苦寒，边防不易，士兵们的坚强斗志跃然纸上。此诗虽是中唐作品，但雄健挺拔，前人谓其"有盛唐之音"（贺裳《载酒园诗话又编》）。

# 张志和

张志和（743? —810?），初名龟龄，字子同，自号"烟波钓徒"，又号"玄真子"。金华（今属浙江）人。肃宗时以明经擢第，待诏翰林，授左金吾卫录事参军，唐肃宗赐名为"志和"。后因事贬南浦尉，而绝意仕进，隐居江湖。大历九年（774）游湖州刺史颜真卿幕，撰《渔歌子》词五首，广为传诵。又工诗善画。《全唐诗》存其诗词九首。

## 渔父歌（五首选一）

【题解】"渔父歌"一作"渔歌子"。约作于唐代宗大历十二年（777）以前，此为第一首。词借渔家生活写隐居江湖之乐。

西塞山前白鹭飞[1]，桃花流水鳜鱼肥[2]。青箬笠，绿蓑衣，斜风细雨不须归。

中华书局校点本《全唐诗》卷三〇八

【注释】

[1] 西塞山：有两处，一在今湖北黄石，此指今浙江省湖州市西。[2] 鳜（guì）鱼：体侧扁，口大鳞细，体青黄色，有黑色斑点，味鲜美。

【审美点评】

此词色彩明丽，犹如一幅山水画，渲染了江南的盎然春意。那斜风细雨中悠然脱俗、优游自在的渔翁，正是诗人的自我写照。

# 李 益

李益（748—827?），字君虞，陇西姑臧（今甘肃武威）人，徙居郑州（今属河南）。大历四年（769）进士及第，先后从军朔方、鄜坊、邠宁、幽州等地，任职幕府，度过了二十多年的边塞军旅生活。大和元年（827）以礼部尚书致仕。其诗题材广泛，尤以边塞诗著称，七绝凝练含蓄，韵味深长，在壮烈慷慨之中带一点伤感和悲凉，甚得后人推崇，胡应麟《诗薮·内编》卷六云："七言绝，开元之下，便当以李益为第一。"有《李益集》。

# 夜上受降城闻笛

**【题解】** 此诗作于建中元年（780），诗人随朔方（治所在今宁夏灵武）节度使崔宁巡行边地之时。诗写征人思乡之情。受降城，唐景龙二年（708）中宗命张仁愿在黄河以北所筑，分东、西、中三城，中城与东西两城相距各四百里左右，置烽火台一千八百所，首尾呼应，巩固了唐朝北部边防。此指西受降城，在今内蒙古杭锦后旗乌加河北。

回乐烽前沙似雪[1]，受降城外月如霜。不知何处吹芦管[2]，一夜征人尽望乡。

中华书局校点本《全唐诗》卷二八三

**【注释】**

[1] 回乐烽：指受降城附近的烽火台。[2] 芦管：乐器，截芦为之，与筚篥相似。一说芦管即胡笳。

**【审美点评】**

"沙似雪"、"月如霜"，勾勒出边塞苍茫凄寒的夜景，在这静谧的夜里，幽幽的乐声如泣似诉，使久戍的征人一夜无眠。李益诗惯用乐声来写思乡之情，如《从军北征》、《听晓角》、《春夜闻笛》等，但构思写法各有不同。

# 孟 郊

孟郊（751—814），字东野，湖州武康（今浙江德清）人，父亲早亡，在母亲裴氏的抚养下长大。30岁时，离家北游河南、江西、长安等地，后到苏州。德宗贞元十二年（796）进士，贞元十七年任溧阳尉，又四年辞官家居。元和元年（806）冬，郑馀庆为河南尹兼水陆转运使，奏孟郊为水陆转运从事、试协律郎。后郑为山南西道节度使，又召孟郊为其节度参谋，试大理评事。孟郊赴任途中病卒。友人私谥"贞曜先生"。孟郊潦倒一生，为诗刻意苦吟，清奇僻苦，苏轼将他与贾岛并称"郊寒岛瘦"（《祭柳子玉文》）。有《孟东野集》。

# 游终南山

**【题解】** 此诗写终南山的高深广远和万壑清风，表现了诗人对世俗的厌恶。

南山塞天地，日月石上生[1]。高峰夜留景[2]，深谷昼未明。山中人自正，路险心亦平[3]。长风驱松柏，声拂万壑清[4]。到此悔读书，朝朝近浮名。

**浙江古籍出版社版韩泉欣《孟郊集校注》卷四**

**【注释】**

[1]"南山"二句：极言山之高大，日月好像从山崖上生出。南山，即终南山。[2]夜留景：极言高峰突出，入夜尚留有余晖。景，同"影"，一作"日"。[3]"山中"二句：谓山中人心地淳正，山路虽险而心中平坦。[4]"声拂"句：万壑松声，带来了清幽的气韵。

**【审美点评】**

沈德潜评此诗"盘空出险语"，用语虽险却妥帖，写出了游终南山的独特感受。

# 秋怀（十五首选一）

**【题解】** 本诗为组诗的第二首，抒写了诗人晚境的穷困失意。

秋月颜色冰[1]，老客志气单[2]。冷露滴梦破，峭风梳骨寒。席上印病文，肠中转愁盘[3]。疑怀无所凭，虚听多无端[4]。梧桐枯峥嵘，声响如哀弹。

**浙江古籍出版社版韩泉欣《孟郊集校注》卷四**

**【注释】**

[1]冰：寒冷。[2]老客：作者自谓。单：孤怯。[3]"席上"二句：意谓久病卧床，肌肤印上了席子的花纹，愁思太深，肠在腹中转成了一个盘。即"愁肠百转"之意。[4]"疑怀"二句：写精神上极度空虚寂寞的状态。虚听无端，由于怀疑而产生的幻觉。

**【审美点评】**

苏轼《读孟郊诗二首》说孟郊"诗从肺腑出，出辄愁肺腑"。此诗写穷愁境遇、真实动人。

# 韩　愈

　　韩愈（768—825），字退之，河南河阳（今河南孟州）人，郡望昌黎，世称"韩昌黎"。三岁失父，随长兄韩会生活，兄死后，由嫂郑氏抚养。贞元八年（792）进士。入汴州董晋、徐州张建封两节度使幕府任职，十八年回京任四门博士。十九年任监察御史，因上书论天旱人饥状，请减免赋税，贬阳山令。元和元年（806）回京任国子博士，二年请调洛阳国子监，八年任史馆编修，累官至太子右庶子。十二年，从裴度征讨淮西吴元济叛乱，平叛后，韩愈因功迁刑部侍郎，其后因反对宪宗拜迎佛骨，被贬潮州刺史。穆宗时，历任国子监祭酒、兵部侍郎、吏部侍郎等职，死后赠礼部尚书。谥文，又称"韩文公"。韩愈以弘扬儒家道统为己任，反对六朝以来的骈俪文风。他和柳宗元倡导的文体文风改革，开辟了唐宋以来古文的发展道路。其文各体兼长，条理畅达，语言精练。他的诗笔力雄健，气势壮阔，奇崛险怪。有《昌黎先生集》。

## 山　石

　　【题解】方世举《韩昌黎诗集编年笺注》认为此诗是贞元十七年（801），韩愈离开徐州赴洛阳途中所作。这是一首纪游诗，诗题取自首句二字。

　　山石荦确行径微[1]，黄昏到寺蝙蝠飞。升堂坐阶新雨足，芭蕉叶大支子肥[2]。僧言古壁佛画好，以火来照所见稀。铺床拂席置羹饭[3]，疏粝亦足饱我饥[4]。夜深静卧百虫绝，清月出岭光入扉。天明独去无道路[5]，出入高下穷烟霏[6]。山红涧碧纷烂漫[7]，时见松枥皆十围[8]。当流赤足蹋涧石，水声激激风生衣[9]。人生如此自可乐，岂必局束为人靰[10]。嗟哉吾党二三子[11]，安得至老不更归！

上海古籍出版社版钱仲联《韩昌黎诗系年集释》卷二

　　【注释】

　　[1] 荦（luò）确：险峻不平。微：狭窄。　[2] 支子：茜草科常绿灌木，夏初开白花。支，一作"栀"。　[3] 羹饭：泛指菜饭。　[4] 疏粝（lì）：粗糙的食品。　[5] 无道路：晨光熹微中山路尚辨不清。　[6] 穷：尽。烟霏：山间晨雾。　[7] 山红：山花。涧碧：溪水。纷：繁盛。　[8] 枥：即栎树。　[9] 激激：水流声。　[10] 局束：拘束。为人靰（jī）：受人控制、摆布。靰，马缰绳。　[11] 吾党：志同道合的朋友。

**【审美点评】**

此诗与传统的纪游诗不同，不侧重突出景物某一方面的特点，而是按照游览的顺序依次道来，类似游记散文，是韩愈"以文为诗"的代表作。内容上精于剪裁，并非面面俱到，通过截取"黄昏到寺"、"古壁观画"、"夜深静卧"、"天明独去"几个画面，有声有色地展现了自然美和人情美，与"局束为人靰"的生活形成对照。

## 左迁至蓝关示侄孙湘

**【题解】** 元和十四年（819）正月，唐宪宗命人迎佛骨入宫，韩愈时为刑部侍郎，上《论佛骨表》谏止，触怒宪宗，被贬为潮州刺史。这首诗是南行途中所作。左迁，贬官。蓝关，即蓝田关，在今陕西蓝田东南。湘，韩湘，韩愈之侄韩老成的长子。

一封朝奏九重天，夕贬潮州路八千[1]。欲为圣明除弊事[2]，肯将衰朽惜残年[3]！云横秦岭家何在[4]？雪拥蓝关马不前。知汝远来应有意[5]，好收吾骨瘴江边[6]。

上海古籍出版社版钱仲联《韩昌黎诗系年集释》卷十一

**【注释】**

[1]"一封"二句：朝奏与夕贬相对而言，言得罪之速。九重天，借指皇帝。潮州，今广东潮阳，距长安八千里。州，一作"阳"。[2]圣明：指唐宪宗。弊事：指迎佛骨之弊。欲，一作"本"。明，一作"朝"。事，一作"政"。[3]肯：岂肯。惜残年：顾惜老年的生命。这年韩愈五十二岁。[4]秦岭：即终南山，在陕西南部。[5]应：一作"须"。[6]"好收"句：是说自己将死在潮州。瘴江边，指潮州。当时岭南一带多瘴气。

**【审美点评】**

"云横秦岭"、"雪拥蓝关"写途中之景，上句回顾，下句前瞻，大气磅礴，意象苍凉。"家何在"、"马不前"则在雄阔的景色中烘托了诗人伤怀国事、英雄失路的悲怆。整首诗凸显着韩愈的耿介风骨、义烈之气。

## 祭十二郎文

**【题解】** 此文写于贞元十九年（803），韩愈联系家庭、身世和生活琐事，抒写了对亡侄的无限哀痛之情。十二郎，即韩老成，韩愈二兄韩介的次子，后过继给长兄韩会为子。韩愈幼年丧父，由韩会夫妇抚养成人，韩愈和十二郎自小生活在一起，感情亲密。郎，即郎子，唐时称年轻男子为郎子。

年月日[1]，季父愈闻汝丧之七日[2]，乃能衔哀致诚[3]，使建中远具时羞之奠[4]，告汝十二郎之灵：

呜呼！吾少孤[5]，及长，不省所怙[6]，惟兄嫂是依。中年，兄殁南方，吾与汝俱幼，从嫂归葬河阳[7]；既又与汝就食江南[8]，零丁孤苦，未尝一日相离也。吾上有三兄，皆不幸早世[9]。承先人后者[10]，在孙惟汝，在子惟吾[11]，两世一身[12]，形单影只。嫂尝抚汝指吾而言曰："韩氏两世，惟此而已！"汝时尤小，当不复记忆；吾时虽能记忆，亦未知其言之悲也。

吾年十九，始来京城[13]。其后四年，而归视汝。又四年，吾往河阳省坟墓，遇汝从嫂丧来葬[14]。又二年，吾佐董丞相于汴州[15]，汝来省吾，止一岁，请归取其孥[16]。明年，丞相薨[17]，吾去汴州，汝不果来[18]。是年，吾佐戎徐州[19]，使取汝者始行，吾又罢去[20]，汝又不果来。吾念汝从于东[21]，东亦客也，不可以久；图久远者，莫如西归，将成家而致汝[22]。呜呼！孰谓汝遽去吾而殁乎！吾与汝俱少年，以为虽暂相别，终当久相与处，故舍汝而旅食京师[23]，以求斗斛之禄[24]；诚知其如此，虽万乘之公相[25]，吾不以一日辍汝而就也！去年，孟东野往[26]，吾书与汝曰："吾年未四十，而视茫茫[27]，而发苍苍，而齿牙动摇。念诸父与诸兄[28]，皆康强而早世，如吾之衰者，其能久存乎？吾不可去，汝不肯来，恐旦暮死，而汝抱无涯之戚也！"孰谓少者殁而长者存，强者夭而病者全乎？呜呼！其信然邪[29]？其梦邪？其传之非其真邪？信也，吾兄之盛德而夭其嗣乎？汝之纯明而不克蒙其泽乎[30]？少者强者而夭殁，长者衰者而存全乎？未可以为信也。梦也，传之非其真也？东野之书，耿兰之报[31]，何为而在吾侧也？呜呼！其信然矣！吾兄之盛德而夭其嗣矣！汝之纯明宜业其家者[32]，不克蒙其泽矣！所谓天者诚难测，而神者诚难明矣！所谓理者不可推，而寿者不可知矣！虽然，吾自今年来，苍苍者或化而为白矣[33]，动摇者或脱而落矣[34]，毛血日益衰，志气日益微，几何不从汝而死也！死而有知，其几何离[35]？其无知，悲不几时，而不悲者无穷期矣！汝之子始十岁，吾之子始五岁[36]，少而强者不可保，如此孩提者，又可冀其成立邪？呜呼哀哉！呜呼哀哉！

汝去年书云："比得软脚病[37]，往往而剧。"吾曰："是疾也，江南之人，常常有之。"未始以为忧也。呜呼！其竟以此而殒其生乎？抑别有疾而至斯极乎？汝之书，六月十七日也。东野云：汝殁以六月二日。耿兰之报无月日。盖东野之使者，不知问家人以月日，如耿兰之报，不知当言月日。东野与吾书，乃问使者，使者妄称以应之耳[38]。其然乎？其不然乎？

今吾使建中祭汝，吊汝之孤与汝之乳母，彼有食可守以待终丧[39]，则待终丧而取以来；如不能守以终丧，则遂取以来；其余奴婢，并令守汝丧。吾力能改葬[40]，终葬汝于先人之兆[41]，然后惟其所愿[42]。

呜呼！汝病吾不知时，汝殁吾不知日，生不能相养于共居，殁不能抚汝以尽哀，敛不凭其棺[43]，窆不临其穴[44]。吾行负神明，而使汝夭，不孝不慈，而不能与汝相养以生，相守以死；一在天之涯，一在地之角，生而影不与吾形相依，死而魂不与吾梦相接，吾实为之，其又何尤[45]！彼苍者天，曷其有极[46]！自今已往，吾其无意于人世矣！当求数顷之田，于伊、颍之上[47]，以待余年，教吾子与汝子幸其成[48]；长吾女与汝女待其嫁[49]，如此而已！

呜呼！言有穷而情不可终，汝其知也邪？其不知也邪？呜呼哀哉！尚飨[50]！

**人民文学出版社版高文、何法周主编《唐文选》**

【注释】

[1] 年月日：《文苑英华》作"贞元十九年（803）五月二十六日"。"五"字有误。[2] 季父：父之幼弟。[3] 衔哀致诚：以悲哀的心情表达诚挚的情意。[4] 建中：人名。和下文的"耿兰"可能都是韩愈家的仆人。时羞：时鲜的食品。[5] 少孤：幼年丧父。韩愈父韩仲卿死于大历五年（770），时韩愈三岁。[6] 省（xǐng）：知。怙：依靠。所怙：指父亲。[7] "中年"四句：代宗大历十二年（777）五月，韩会由起居舍人贬为韶州（今广东韶关）刺史，时韩愈十一岁。中年，指韩会卒于刺史任内，年四十二岁。河阳，今河南孟州，韩氏祖坟在此。[8] 既：后来。就食江南：韩氏有别业在宣州（今属安徽）。德宗建中二年（781），藩镇李希烈作乱，韩愈随嫂移家避居前往别业。[9] "吾上"二句：韩愈兄弟四人，长兄韩会，次兄韩介，三兄早夭。早世，早死。[10] 先人：死去的长辈。此指父亲韩仲卿。[11] "在孙"二句：在孙辈中只有你，在子辈中只有我。[12] 两世一身：子辈和孙辈只剩下一个男丁。[13] "吾年"二句：贞元二年（786）韩愈十九岁来到长安应进士举。此文所提到时间与韩愈其他文章记载有出入。据《答崔立之书》中说二十岁至长安。又《欧阳生哀辞》中说是贞元三年。与本篇所记，相差一年。[14] "又四年"三句：又过了四年，韩愈去河阳祭扫祖先的坟墓，遇上十二郎护送韩愈嫂郑氏的灵柩来安葬。郑氏死于贞元九年（793）。[15] 董丞相：董晋。贞元十二年（796）七月，董晋以检校尚书左仆射、同中书门下平章事任宣武军节度使，韩愈在其属下任观察推官。汴州：治所在

今河南开封。"董丞相"下一本有"幕"字。[16]请归取其孥（nú）：请求回宣州接妻子儿女来汴州同住。[17]明年丞相薨：贞元十五年（799）二月，董晋死于汴州，韩愈随丧西行。离开后不到四天，汴州发生兵变。[18]不果：未能。[19]"是年"二句：这年秋天，徐泗濠节度使张建封辟韩愈为节度推官。节度使府在徐州。佐戎，助理军务。一本"佐"上有"又"字。[20]吾又罢去：贞元十六年（800）五月，张建封去世，韩愈离开徐州。[21]东：指汴州和徐州。都在韩愈老家河阳之东。[22]成家而致汝：把家安置好再接你来。致，使至。[23]"故舍汝"句：韩愈离开徐州后，于贞元十七年（801）到长安选官，调四门博士，十九年迁监察御史。旅食，在异乡谋生。[24]斗斛（hú）之禄：微薄的俸禄。古以十斗为一斛。[25]万乘之公相：指高官。公，三公。相，宰相。战国时地方千里的大国称为万乘之国（言能出兵车万乘）。这里的万乘是形容封邑之大。[26]孟东野：孟郊。韩愈的朋友。[27]视茫茫：视力昏花。[28]诸父：伯父、叔父的统称。[29]其信然邪：难道真的是这样吗？[30]纯明：纯正贤明。不克：不能。[31]"东野之书"二句：老成死后，孟郊传信给韩愈，耿兰也有报丧信来。[32]业其家：继承先人家业。[33]苍苍者：指头发。[34]动摇者：指牙齿。[35]"死而有知"二句：死后如果有知觉，那我们的分离又会有多久呢？意谓死后仍可相会。[36]"汝子"二句：老成有二子，长韩湘，次韩滂，此指韩湘。韩愈有三子，此指长子韩昶。[37]软脚病：即脚气病。[38]"盖东野之使者"六句：孟郊来信之所以把死期说错，可能是由于他派去宣州的使者没有向家人问明日期，等到孟郊写信给自己的时候，向使者追问，这六月二日，是使者胡诌的。至于耿兰之报无日期，是因为他根本不知道报丧要报死的日期。[39]终丧（sāng）：人死三年除服，称为终丧。[40]改葬：迁葬。指从宣州迁到河阳。[41]先人之兆：祖先的墓地。[42]"然后"句：十二郎下葬后，其余奴婢或去或留，听其自便。[43]敛：同"殓（liàn）"，旧俗称给死者穿衣为小殓，尸体入棺为大殓。凭：靠近。[44]窆（biǎn）：下棺入穴。[45]其又何尤：又能怨谁呢！意谓自责。[46]"彼苍者天"二句：无可奈何的沉痛心情的表现。语本《诗经·秦风·黄鸟》："彼苍者天，歼我良人。"《诗经·唐风·鸨羽》："悠悠苍天，曷其有极！"曷，何。极，穷尽。[47]伊、颍：水名，都在河南省境内。[48]幸：希望。成：长大成人。[49]长（zhǎng）：养育。[50]尚飨（xiǎng）：希望亡灵享受祭品。古代祭文的结尾惯例。飨，通"享"。

**【审美点评】**

汉魏以来，祭文多用四言韵语或骈文来写。此文突破前人窠臼，改骈体为散体，把抒情与叙事结合在一起。作者无意用奇字生词，只是絮絮而谈，仿佛与侄儿相对促膝，真实感人。《古文观止》评论说："情之至者，自然流为至文。读此等文，须想其一面哭，一面写，字字是血，字字是泪。未尝有意为文，而文无不工。"

# 张中丞传后叙

**【题解】**本文作于唐宪宗元和二年（807）。张中丞即张巡（709—757），邓州南阳（今河南南阳）人。安禄山反，张巡领兵在雍丘、宁陵等地转战抗击。至德二载（757）正月，睢阳太守许远向张巡告急，张巡领兵进睢阳与许远共同守城，睢阳后因粮尽援绝陷落，张巡与部将等三十六人就义。张巡守睢阳时，朝廷封其为御史中丞，故称张中丞。张巡死后，有人诬其降贼，曾客居睢阳亲见当时情况的李翰因撰《张中丞传》上肃宗。韩愈这篇文章是对《张中丞传》的阐发与补充，故题为《张中丞传后叙》。文章通过补叙轶事，阐明了张巡、许远的功绩，驳斥了对他们的谣言中伤。

　　元和二年四月十三日夜[1]，愈与吴郡张籍阅家中旧书[2]，得李翰所为《张巡传》。翰以文章自名[3]，为此传颇详密，然尚恨有阙者[4]：不为许远立传[5]，又不载雷万春事首尾[6]。

　　远虽材若不及巡者，开门纳巡，位本在巡上，授之柄而处其下[7]，无所疑忌，竟与巡俱守死，成功名。城陷而虏，与巡死先后异耳[8]。两家子弟材智下，不能通知二父志[9]，以为巡死而远就虏，疑畏死而辞服于贼[10]。远诚畏死，何苦守尺寸之地，食其所爱之肉[11]，以与贼抗而不降乎？当其围守时，外无蚍蜉蚁子之援[12]，所欲忠者，国与主耳。而贼语以国亡主灭[13]。远见救援不至，而贼来益众，必以其言为信。外无待而犹死守[14]，人相食且尽，虽愚人亦能数日而知死处矣[15]。远之不畏死亦明矣。乌有城坏其徒俱死，独蒙愧耻求活？虽至愚者不忍为。呜呼！而谓远之贤而为之邪？

　　说者又谓：远与巡分城而守，城之陷，自远所分始[16]，以此诟远[17]。此又与儿童之见无异。人之将死，其藏腑必有先受其病者；引绳而绝之，其绝必有处[18]。观者见其然，从而尤之[19]，其亦不达于理矣。小人之好议论，不乐成人之美如是哉[20]！如巡、远之所成就，如此卓卓[21]，犹不得免，其他则又何说！

　　当二公之初守也，宁能知人之卒不救，弃城而逆遁[22]？苟此不能守，虽避之他处何益？及其无救而且穷也，将其创残饿羸之余[23]，虽欲去，必不达。二公之贤，其讲之精矣[24]。守一城，捍天下[25]，以千百就尽之卒，战百万日滋之师，蔽遮江淮，沮遏其势[26]，天下之不亡，其谁之功也？当是时，弃城而图存者，不可一二数[27]；擅强兵坐而观者，相环也。不追议此，而责二公以死守，亦见其自比于逆乱[28]，设淫辞而助之攻也。

　　愈尝从事于汴、徐二府[29]，屡道于两府间，亲祭于其所谓双庙者[30]。其老人往往说巡、远时事云。

　　南霁云之乞救于贺兰也[31]，贺兰嫉巡、远之声威功绩出己上，不肯出师救；爱霁云之勇且壮，不听其语，强留之。具食与乐，延霁云坐。霁云慷慨语曰："云来时，睢阳之人不食月余日矣。云虽欲独食，义不忍；虽食，且不下咽！"因拔所佩刀断一指，血淋漓，以示贺兰。一座大惊，皆感激为云泣下。云知贺兰终无为云出师意，即驰去。将出城，抽矢射佛寺浮图[32]，矢著其上砖半箭，曰："吾归破贼，必灭贺兰，此矢所以志也[33]！"愈贞元中过泗州[34]，船上人犹指以相语。城陷，贼以刃胁降巡，巡不屈，即牵去，将斩之；又降霁云，云未应。巡呼云曰："南八[35]，男儿死耳，不可为不义屈！"云笑曰："欲将以有为也。公有言，云敢不死[36]！"即不屈。

张籍曰：有于嵩者，少依于巡；及巡起事[37]，嵩常在围中[38]。籍大历中于和州乌江县见嵩[39]，嵩时年六十余矣。以巡，初尝得临涣县尉[40]。好学，无所不读。籍时尚小，粗问巡、远事，不能细也。云：巡长七尺余，须髯若神。尝见嵩读《汉书》，谓嵩曰："何为久读此？"嵩曰："未熟也。"巡曰："吾于书读不过三遍，终身不忘也。"因诵嵩所读书，尽卷，不错一字。嵩惊，以为巡偶熟此卷，因乱抽他帙以试[41]，无不尽然。嵩又取架上诸书，试以问巡，巡应口诵，无疑。嵩从巡久，亦不见巡常读书也。为文章，操纸笔立书，未尝起草。初守睢阳时，士卒仅万人[42]，城中居人户，亦且数万，巡因一见问姓名，其后无不识者。巡怒，须髯辄张。及城陷，贼缚巡等数十人，坐，且将戮。巡起旋[43]，其众见巡起，或起或泣。巡曰："汝勿怖。死，命也。"众泣不能仰视。巡就戮时，颜色不乱，阳阳如平常[44]。远宽厚长者，貌如其心[45]，与巡同年生，月日后于巡，呼巡为兄。死时年四十九。

嵩贞元初死于亳、宋间[46]。或传嵩有田在亳、宋间，武人夺而有之，嵩将诣州讼理[47]，为所杀。嵩无子。张籍云。

**人民文学出版社版高文、何法周主编《唐文选》**

**【注释】**

　　[1]元和二年：公元807年。元和，唐宪宗李纯的年号（806—820）。[2]张籍：韩愈的学生。[3]以文章自名：《旧唐书·文苑传》载，李翰"为文精密，用思苦涩。"自名，自许、自负。[4]阙：通"缺"。[5]许远：字令威，杭州盐官（今浙江省海宁县）人。安史之乱时，任睢阳太守，后与张巡合守孤城，城陷被掳往洛阳，至偃师被害。事见两唐书本传。[6]雷万春：张巡部下勇将。此当是"南霁云"之误，如此方与后文相应。[7]"开门纳巡"三句：唐肃宗至德二载（757）正月，安庆绪部将尹子奇带兵十三万赴睢阳，许远向张巡告急，张巡自宁陵率军

入睢阳城。(见《资治通鉴》卷二一九)柄,权柄。[8]"城陷"二句:至德二载(757)十月,睢阳陷落,张巡、许远被俘。张巡与部将南霁云、雷万春等三十六人被斩,许远被送往洛阳邀功。及安庆绪败,许远被害于偃师。(见《资治通鉴》卷二二〇)[9]"两家"二句:据载,大历年间(766—779),张巡之子张去疾轻信小人挑拨,上书唐代宗,说城破后张巡等被害,惟许远独存,是投降叛军,请追夺许远官爵。诏令张去疾与许远之子许岘及百官议此事。(见《新唐书·许远传》)两家子弟即指张去疾、许岘。通知,通晓。[10]辞服:请降。[11]"食其"句:尹子奇围睢阳时,城中粮尽,军民以雀鼠为食,最后只得以妇女与老弱男子充饥。当时,张巡曾杀爱妾、许远曾杀奴仆以充军粮。(见《资治通鉴》卷二二〇)[12]蚍蜉(pí fú)蚁子之援:极微小的援助。蚍蜉,黑色大蚁。蚁子,幼蚁。[13]"而贼"句:安史之乱时,玄宗逃往蜀中,长安、洛阳陷落,唐室岌岌可危。当时叛军可能以"国亡主灭"为词,招降张巡、许远。[14]外无待而犹死守:睢阳围急,河南节度使贺兰进明屯兵临淮,许叔冀、尚衡次彭城,皆观望,莫肯救。(见《新唐书·张巡传》)[15]亦能数(shǔ)日而知死处矣:也能够计算日期而知道自己的死所。意谓城破身死,已知必不可免。数,计算。[16]"说者"四句:张巡和许远分兵守城,张巡守东北,许远守西南。城破时叛军先从西南处攻入,故有此说。[17]诟(gòu):诽谤。[18]"人之将死"四句:用比喻说明睢阳城的失陷,是由于粮尽援绝,兵力不支,而不能单看某种现象,认为是防守上的疏忽。藏腑,同"脏腑"。引,拉。[19]尤之:意谓归咎于先受病的脏腑和绳断的地方。[20]不乐成人之美:《论语·颜渊篇》"子曰:'君子成人之美,不成人之恶,小人反是。'"[21]卓卓:特异的样子。[22]逆遁:事先转移。[23]创残饿羸之余:指久经战斗,受伤残废,饥饿瘦弱的士兵。[24]"二公"二句:指两人的功绩前人已有精当的评价。[25]"守一城"二句:守住一座城,捍卫了国家。李翰《进张中丞传表》:"巡退军睢阳,扼其咽领,前后拒守,自春徂冬,大战数十,小战数百,以少击众,以弱击强,出奇无穷,制胜如神,杀其凶丑凡九十余万。贼所以不敢越睢阳而取江淮,江淮所以保全者,巡之力也。"[26]沮(jǔ)遏:阻止。[27]"弃城而图存"二句:安禄山反后,谯郡太守杨万石、雍丘县令令狐潮均先后降贼。山南东道节度使鲁炅弃南阳奔襄阳,灵昌太守许叔冀奔彭城。(见《新唐书·张巡传》及《资治通鉴》卷二一九)[28]自比于逆乱:自列于逆乱之中。比,并。[29]"愈尝从事"句:韩愈曾先后在汴州(在今河南省开封市)、徐州(在今江苏省徐州市)任推官之职。唐代称幕僚为从事,此处作动词用,犹言任职。[30]双庙:张巡、许远死后,后人在睢阳立庙祭祀,称为双庙。[31]南霁云:魏州顿丘(今河南省清丰县西南)人。安禄山反叛,巨野尉张沼起兵讨贼,拔以为将。后被遣至睢阳与张巡议事,为张巡所感,遂留为部将。贺兰:指贺兰进明。[32]浮图:佛塔。[33]志:作标记。[34]贞元:唐德宗李适年号(785—805)。泗州:唐代属河南道,州治在临淮(今江苏省泗洪县东南),为贺兰进明驻节之处。[35]南八:即南霁云。八,南霁云在兄弟中的排行。[36]敢不死:犹言岂敢不死。[37]起事:指起兵讨贼。[38]常:通"尝",曾经。围中:围城之中,指睢阳。[39]大历:唐代宗李豫年号(766—779)。和州乌江县:在今安徽省和县东北乌江镇。[40]"以巡"二句:因为张巡的荐举,曾官临涣县尉。于嵩居张巡幕中,参加睢阳城守,巡死难后,叙功得官。临涣,故城在今安徽省宿县西南。[41]帙(zhì):书套,这里借指书。[42]仅万人:近万人。[43]起旋:起来小便。[44]阳阳:安详的样子。[45]貌如其心:外貌和他的性格一样宽厚老实。[46]亳(bó):亳州,治所在今安徽省亳州。宋:宋州,治所在睢阳。[47]诣:往。讼理:诉讼。

---

**【审美点评】**

本篇前半部分作者满怀对英雄人物的赞扬,夹叙夹议,依据事实,运用类比,层层分析,义正词严地驳斥了别有用心者的诽谤;后半部分将具体的事件娓娓道来,运用细节塑造了南霁云、张巡、许远忠义报国,临危不惧的英雄形象。高步瀛《唐宋文举要》引方苞云:"截然五段,不用钩连,而神气流注,章法浑成。"

# 柳子厚墓志铭

**【题解】** 此文是元和十五年(820)韩愈在袁州任刺史时所作。文章肯定了柳宗元的政治才能及在柳州的政绩,对他长期迁谪的坎坷遭遇,寄予深切同情;赞扬了柳宗元"士穷乃见节义"的操行;对其在文学上的业绩,给予应有的地位,指出其取得成就的原因在于"斥久"、"穷极"。墓志铭,是古代文体的一种,刻石纳入墓内。文章通常分两部分,前一部分叙述死者的姓氏、爵里、世系、生平及卒葬年月与子孙状况,称为志;后一部分缀以韵语,称为铭。

子厚讳宗元[1]。七世祖庆,为拓跋魏侍中,封济阴公[2]。曾伯祖奭,为唐宰相,与褚遂良、韩瑗俱得罪武后,死高宗朝[3]。皇考曰镇,以事母,弃太常博士,求为县令江南[4]。其后以不能媚权贵,失御史;权贵人死,乃复拜侍御史[5]。号为刚直[6]。所与游,皆当世名人[7]。

子厚少精敏,无不通达。逮其父时[8],虽少年已自成人,能取进士第[9],崭然见头角[10],众谓柳氏有子矣[11]。其后以博学宏词授集贤殿正字[12]。俊杰廉悍[13],议论证据今古[14],出入经史百子[15],踔厉风发[16],率常屈其座人[17],名声大振。一时皆慕与之交,诸公要人争欲令出我门下[18],交口荐誉之[19]。

贞元十九年,由蓝田尉拜监察御史[20]。顺宗即位,拜礼部员外郎[21]。遇用事者得罪[22],例出为刺史[23];未至,又例贬州司马[24]。居闲[25],益自刻苦,务记览[26],为词章,泛滥停蓄[27],为深博无涯涘,而自肆于山水间[28]。

元和中,尝例召至京师,又偕出为刺史,而子厚得柳州[29]。既至,叹曰:"是岂不足为政邪[30]!"因其土俗,为设教禁[31],州人顺赖[32]。其俗以男女质钱,约不时赎,子本相侔,则没为奴婢[33]。子厚与设方计[34],悉令赎归;其尤贫力不能者,令书其佣,足相当,则使归其质[35]。观察使下其法于他州[36],比一岁[37],免而归者且千人[38]。衡、湘以南为进士者[39]，皆以子厚为师；其经承子厚口讲指画为文词者，悉有法度可观。

其召至京师而复为刺史也，中山刘梦得禹锡亦在遣中[40]，当诣播州[41]。子厚泣曰："播州非人所居，而梦得亲在堂，吾不忍梦得之穷，无辞以白其大人[42]；且万无母子俱往理。"请于朝，将拜疏，愿以柳易播[43]，虽重得罪[44]，死不恨。遇有以梦得事白上者，梦得于是改刺连州[45]。呜呼！士穷乃见节义！今夫平居里巷相慕悦，酒食游戏相征逐[46]，诩诩强笑语以相取下[47]，握手出肝肺相示[48]，指天日涕泣，誓生死不相背负，真若可信；一旦临小利害，仅如毛发比[49]，反眼若不相识，落陷阱[50]，不一引手救，反挤之，又下石焉者，皆是也。此宜禽兽夷狄所不忍为，而其人自视以为得计。闻子厚之风，亦可以少愧矣[51]。

子厚前时少年，勇于为人[52]，不自贵重顾藉[53]，谓功业可立就[54]，故坐废退[55]。既退，又无相知有气力得位者推挽[56]，故卒死于穷裔[57]。材不为世用，道不行于时也。使子厚在台省时[58]，自持其身已能如司马、刺史时，亦自不斥；斥时，有人力能举之，且必复用不穷。然子厚斥不久，穷不极，虽有出于人，其文学辞章，必不能自力以致必传于后如今，无疑也[59]。虽使子厚得所愿，为将相于一时[60]，以彼易此，孰得孰失，必有能辨之者。

子厚以元和十四年十一月八日卒[61]，年四十七。以十五年七月十日归葬万年先人墓侧[62]。子厚有子男二人：长曰周六，始四岁；季曰周七，子厚卒乃生；女子二人，皆幼。其得归葬也，费皆出观察使河东裴君行立[63]。行立有节概[64]，重然诺[65]，与子厚结交，子厚亦为之尽[66]，竟赖其力。葬子厚于万年之墓者，舅弟卢遵[67]。遵，涿人[68]，性谨慎，学问不厌，自子厚之斥，遵从而家焉[69]，逮其死不去。既往葬子厚，又将经纪其家[70]，庶几有始终者。铭曰：

是惟子厚之室[71]，既固既安，以利其嗣人[72]。

**人民文学出版社版高文、何法周主编《唐文选》**

【注释】

[1] 子厚：柳宗元的字。古人尊敬死者，忌讳直呼其名。[2] "七世祖"三句：按《北史》及《隋书》记载，柳宗元七世祖柳庆封平齐公，六世祖柳旦封济阴公。韩愈所记有误。拓跋魏，北魏国君姓拓跋（后改姓元），故称。侍中，官名，北魏时位同宰相。[3] "曾伯祖奭（shì）"四句：柳奭，字子燕，柳旦之孙，与柳宗元高祖子夏为兄弟。当为高伯祖，此作曾伯祖误。柳奭是

唐高宗王皇后之舅,永徽三年(652)为中书令(即宰相),高宗欲废王皇后立武则天为皇后,韩瑗和褚遂良力争,武则天党人诬说柳奭要和韩、褚等谋反,被杀。褚(chǔ)遂良,字登善,杭州钱塘人。官至尚书右仆射。唐太宗临终时命他与长孙无忌一同辅助高宗。韩瑗(yuàn),字伯玉,雍州三原(今陕西省三原)人,官至侍中。两人均因劝阻高宗改立武后遭贬,卒于官。[4]"皇考"四句:皇考,对亡父的尊称。太常博士,太常寺掌宗庙礼仪的属官。柳镇在唐肃宗时授左卫率府兵曹参军,辅佐郭子仪守朔方。后调长安主簿,居母丧,服除,命为太常博士。柳镇以有尊老孤弱在吴,再三辞谢,愿为宣城(今属安徽)县令,徙宣城。这里说"以事母,弃太常博士",可能是作者的失误。[5]"其后"四句:柳镇曾迁殿中侍御史,因得罪中书侍郎、同平章事窦参,谪夔州司马。德宗贞元九年(793),窦参贬作死,复以柳镇为侍御史。权贵人,这里指窦参。侍御史,御史台的属官,职掌纠察百僚,审讯案件。[6]号为刚直:郭子仪曾表柳镇为晋州录事参军,晋州太守骄悍好杀戮,官吏不敢与他相争,而柳镇独能抗之以理,故云。[7]"所与游"二句:柳宗元《先君石表阴先友记》记与柳镇交游者计六十七人姓名于墓碑之阴。并说:"先君之所与友,凡天下善士举集焉。"[8]逮(dài)其父时:在他父亲在世的时候。柳镇卒于贞元九年(793),柳宗元时年二十一岁。逮,及、到。[9]"虽少年"二句:柳宗元十三岁即作《为崔中丞贺平李怀光表》,刘禹锡作集序说:"子厚始以童子,有奇名于贞元初。"贞元九年柳宗元进士及第。[10]崭(zhǎn)然见头角:指才能表现得很突出。崭然,高峻貌。见,同"现",显露。[11]有子:有光耀门楣之子。[12]博学宏词:柳宗元于贞元十二年(796)中博学宏词科,年二十四。集贤殿:集贤殿书院,是收藏整理图书的机构。正字:负责编校典籍、刊正文字的官。柳宗元二十六岁授集贤殿正字。[13]廉悍:峻峭精悍。[14]证据今古:引据今古事例作证。[15]出入:融会贯通,深入浅出。[16]踔(chuō)厉风发:议论纵横,言辞奋发,见识高远。踔,远。厉,高。[17]率(shuài)常屈其座人:经常使同座人为之屈服。[18]令出我门下:意谓都想叫他做自己的门生以沾光彩。[19]交口荐誉:众口一词予以推荐赞誉。[20]蓝田:今属陕西。尉:县府管理治安,缉捕盗贼的官吏。监察御史:御史台的属官,掌分察百僚,巡按郡县,纠视刑狱,整肃朝仪诸事。[21]礼部员外郎:官名,掌管辨别和拟定礼制之事及学校贡举之法。柳宗元得做此官是王叔文、韦执谊等所荐引。[22]用事者:掌权者,指王叔文。唐顺宗做太子时,王叔文任太子属官,顺宗登位后,王叔文任户部侍郎,深得顺宗信任。于是引用新进,施行改革。旧派世族和藩镇宦官拥立太子李纯为宪宗,将王叔文贬黜。[23]例出:按规定遣出。永贞元年(805),柳宗元被贬为邵州(今湖南邵阳)刺史。[24]例贬:依照"条例"贬官。州:指永州,今湖南零陵县。司马:本是州刺史属下掌管军事的副职,唐时已成为有职无权的冗员。和柳宗元同时贬作司马的共八人,号"八司马"。[25]居闲:处于闲散之地。[26]记览:记诵阅览。此喻刻苦为学。[27]泛滥:文笔汪洋恣肆。停蓄:文笔雄厚凝练。[28]自肆于山水间:犹言寄情于山水间。肆,放纵。[29]"元和中"四句:元和十年(815),柳宗元等"八司马"同时被召回长安,但又同被迁往更远的地方为刺史。柳州,唐属岭南道,即今广西柳州市。[30]是岂不足为政邪:意谓柳州地虽僻远,也可以做出政绩。是,指柳州。[31]"因其"二句:因,顺着、按照。土俗,当地的风俗。教禁,教谕和禁令。[32]顺赖:顺从信赖。[33]"其俗以男女质钱"四句:柳州风俗,穷人向富人借钱,须用人口作为质押,约定若不按时赎取,到了利息和本钱相等时,债权人就可把所质人口,没收为奴婢。子,子金,即利息。本,本金。相侔(móu),相等。[34]与设方计:替债务人想方设法。[35]"令书其佣"三句:命令将被质押的人的工资数字记下,到工资足以抵消借款本息时,就作为债务偿清,让债权人归还原质。佣，雇工。此指雇工劳动所值，即工资。质，人质。[36] 观察使：即经略观察使，是中央派往地方掌管考察州县官政绩的官。下其法：推行赎回人质的办法。[37] 比：及，等到。[38] 免而归者且千人：免为奴婢而赎回的人质将近千人。[39] 衡、湘：衡山、湘水，泛指岭南地区。[40] 中山：今河北定州。刘梦得：名禹锡，彭城（今江苏铜山）人，中山为郡望。其祖先汉景帝子刘胜曾封中山王。王叔文失败后，刘禹锡被贬为郎州司马，这次召还入京后又贬播州刺史。[41] 诣：前往。播州：今贵州遵义。[42] 大人：父母。此指刘禹锡之母。意谓这种不幸的处境难以向老母讲。[43] 以柳易播：意指柳宗元自愿到播州去，让刘禹锡去柳州。[44] 重（chóng）得罪：再加一重罪。[45] "遇有"二句：指当时御史中丞裴度、崔群上疏为刘禹锡陈情一事。刺，用作动词。连州，唐属岭南道，州治在今广东连州。[46] 征逐：交往过从。[47] 诩诩：讨好取媚的样子。取下：指采取谦下的态度。[48] 出肺肝相示：譬喻做出非常诚恳和坦白的样子。[49] 如毛发比：譬喻事情之细微。比，类似。[50] 陷阱：圈套，祸难。[51] 少：稍微。[52] 为人：助人。此处有认为柳宗元参加王叔文集团是政治上的失慎之意。所以下面说"不自贵重"。[53] 顾藉：顾惜。[54] 立就：即刻成功。[55] 坐：因他人获罪而受牵连。废退：指远谪边地，不用于朝廷。[56] 推挽：推举提携。[57] 穷裔：荒远偏僻的边地。[58] 台省：御史台和尚书省。柳宗元曾任监察御史，属御史台。后擢礼部员外郎，属尚书省。[59] "然子厚斥不久"六句：如果柳宗元的遭遇不如此穷困，虽然在功名事业上能够出人头地，但在文学上，绝不可能通过自己的努力，取得像现在这样不朽的成就，是毫无疑义的。自力，自我努力。[60] 为将相于一时：被贬"八司马"中，只有程异后来得到李巽推荐，位至宰相，但不久便死，也没有什么政绩。此处暗借程异作比。[61] 元和十四年：即 819 年。十一月八日：一作"十月五日"。[62] 万年：在今陕西临潼东北。柳宗元先人墓在万年县之栖凤原。见柳宗元《先侍御史府君神道表》。[63] 河东：今山西永济。裴行立：绛州稷山（今山西稷山）人，时任桂管观察使，是柳宗元的上司。[64] 节概：节操度量。[65] 重：一作"立"。[66] 尽：尽心，尽力。[67] 舅弟：舅父之子。[68] 涿（zhuó）：今河北涿县。[69] 从而家：跟从柳宗元以为己家。[70] 经纪：经营、料理。[71] 室：幽室，即墓穴。[72] 嗣人：子孙后代。

**【审美点评】**

本文最突出的特点在于选材精当。作者精心选择了柳宗元一生中的典型事件"赎归奴婢"、"以柳易播"突出其政绩、品格，高度评价了其文学成就。此外，作者并未隐晦自己对柳宗元不"自持其身"的批评，这与一般满溢赞美之辞的墓志铭很不相同。

# 张　籍

张籍（766？—830？），字文昌，和州乌江（今安徽和县）人。贞元十五年（799）进士。元和元年（806）补太常寺太祝，十年不调。后历国子助教、国子博士、水部郎中、主客郎中、国子司业等官。世称"张水部"、"张司业"。张籍的乐府诗与王建齐名，并称"张王乐府"。其乐府诗广泛深刻地反映了各种社会矛盾，同情人民疾苦。其近体诗追求一种平易而意蕴深厚的风格。有《张司业集》。

# 野老歌

**【题解】**《野老歌》，题一作《山农词》。诗写山中老农辛苦耕种一年却只能以橡子充饥，与商人的奢侈生活形成鲜明对比，揭示了农民的困苦现实。

老农家贫在山住[1]，耕种山田三四亩。苗疏税多不得食，输入官仓化为土[2]。岁暮锄犁傍空室，呼儿登山收橡实。西江贾客珠百斛[3]，船中养犬长食肉。

中华书局校点本《全唐诗》卷三八二

**【注释】**

[1] 农：一作"翁"。[2] 化为土：谓霉烂变质。[3] 西江：西来大江。斛（hú）：古代量器，十斗为一斛，南宋末改为五斗。

**【审美点评】**

此诗全用写实，语言平淡无奇，不露声色，结尾不用白居易乐府的"卒章显其志"，而以事实对比，读来更觉惊心动魄。

# 节妇吟

## 寄东平李司空师道

**【题解】**李师道是割据在今河北、山东等省的藩镇，因他曾任平卢淄青节度使，又冠以检校司空、同中书门下平章事的头衔，故称李司空。张籍主张统一，反对藩镇分裂，此诗是假托男女之情委婉表明立场的一首名作。

君知妾有夫，赠妾双明珠。感君缠绵意[1]，系在红罗襦[2]。妾家高楼连苑起[3]，良人执戟明光里[4]。知君用心如日月[5]，事夫誓拟同生死[6]。还君明珠双泪垂，何不相逢未嫁时[7]。

中华书局校点本《全唐诗》卷三八二

**【注释】**

[1] 缠绵意：宛曲深厚的情意。[2] 襦：短衣、短袄。[3] 高楼连苑起：连苑矗立着高楼，形容宅第崇丽。苑，园囿。[4] 良人：丈夫。执戟明光：指在朝廷供职，侍卫皇帝。秦汉时，中郎、侍郎、郎中等官，皆主执戟守卫宫门。明光，明光殿，汉代殿名。此指皇宫。[5] 用心如日月：意谓光明磊落，并没有不可告人的动机。[6] 事：服事、侍奉。拟：打算。[7] 何：一本作"恨"。

**【审美点评】**

明钟惺说此诗："节义肝肠，以情款语出之，妙妙。"（《唐诗归》）诗歌借男女之情喻君臣之情，心理描写婉曲细腻，一波三折，较《陌上桑》、《羽林郎》更为含蓄动人。

# 秋　思

**【题解】** 此诗写客居之人对家乡亲人的深切惦念。

洛阳城里见秋风[1]，欲作归书意万重[2]。忽恐匆匆说不尽[3]，行人临发又开封。

中华书局校点本《全唐诗》卷三八六

**【注释】**

[1] 见秋风：《世说新语·识鉴》："张季鹰辟齐王东曹掾，在洛，见秋风起，因思吴中莼菜羹、鲈鱼脍，曰：'人生贵得适意尔，何能羁宦数千里以要名爵！'遂命驾便归。"[2] 归：一作"家"。[3] 忽：一作"复"。

**【审美点评】**

寄家书本是日常生活中的寻常之举，此诗却能于平淡中蕴含深意，将人人心中有而笔底无的生活体验以生动鲜明的细节展现出来，真切表现游子复杂难言的思乡情怀。

# 王　建

王建（776？—829？），字仲初，关辅（今陕西）人，郡望颍川（今河南许昌）。曾与张籍同学于齐州鹊山。贞元、元和年间，曾转历淄青、幽州、岭南、荆南、魏博幕，"从军走马十三年"（《别杨校书》）。后任昭应丞、渭南尉、秘书郎，官终陕州司马。晚年退职居咸阳原上，境况贫困。王建长于乐府、宫词，作诗重写实、尚通俗。有《王建诗集》（又称《王司马集》）。

# 羽林行

**【题解】**《羽林行》，一名《羽林郎》。汉代以来，羽林军指禁卫军，负责侍卫皇帝。此诗写羽林军目无法纪，恃势横行。

长安恶少出名字[1]，楼下劫商楼上醉。天明下直明光宫[2]，散入五陵松柏中[3]。百回杀人身合死[4]，赦书尚有收城功[5]。九衢一日消息定[6]，乡吏籍中重改姓[7]。出来依旧属羽林，立在殿前射飞禽。

中华书局校点本《全唐诗》卷二九八

**【注释】**

[1] 恶少：恶少年，指羽林军。出名字：犹言著名。[2] 下直：下班。直，同"值"。明光宫：汉殿名，此指皇宫。[3]"散入"句：指进行杀人越货的罪恶活动。五陵：指长安近郊。[4] 合死：该死。指按律抵罪。[5]"赦书"句：意谓朝廷不但不治罪，反而在赦罪的诏书中叙录他们收复边城的功绩。古代战役多虚报战果，并在叙录战功时将没有参加战争的人列在其中，邀功冒赏。[6] 九衢：指长安的大街。消息定：赦罪的消息已经公布证实。[7]"乡吏"句：意谓犯罪以后，暂时更改姓名，遇赦后又重行改回。籍，户籍。

**【审美点评】**

王建和张籍一样，乐府注重写实，很少在诗中表达观点。此诗不作议论，只用简洁之语描述事实，含蓄而能引人深思。

# 宫 词

**【题解】**王建《宫词》一百首，作于宪宗元和末。此为第八十三首，写白头乐师无人过问的悲哀。

教遍宫娥唱遍词，暗中头白没人知。楼中日日歌声好，不问从初学阿谁[1]。

中华书局校点本《全唐诗》卷三〇二

**【注释】**

[1] "楼中"二句：意谓唱歌的人，早已忘掉当初教曲的人了。

**【审美点评】**

此诗语言清新平易，用重叠和对比含蓄表现了对世态炎凉的慨叹，寄予了诗人对宫廷老乐师的同情。

# 刘禹锡

刘禹锡（772—842），字梦得，洛阳人。早年与著名的诗僧皎然和灵澈有过一段师生关系。贞元九年（793）进士，永贞元年（805）参加了王叔文为首的革新集团，任屯田员外郎。革新失败后，被贬朗州（今湖南常德）司马，历连州（今广东连县）、夔州（今四川奉节）、和州（今安徽和县）刺史，直到宝历二年（826）才奉调回洛阳，为主客郎中、礼部郎中、集贤殿学士。开成元年（836）任太子宾客分司东都，世称"刘宾客"。官终检校礼部尚书。晚年闲居东都，与白居易相唱和，并称"刘白"。刘禹锡性格刚毅豪迈，其诗骨力豪劲，沉着稳练，富于哲理。其仿民歌的《竹枝词》等，别开生面，清新优美。有《刘梦得文集》。

## 西塞山怀古

**【题解】** 此诗作于唐穆宗长庆四年（824）由夔州调任和州刺史途中。诗咏晋、吴兴亡史事，慨叹山川之险不足以依恃，寓垂诫后世之深意。西塞山，在今湖北黄石市东长江边，是长江中流要塞之一。三国时西塞山一带是吴国的江防要地。

西晋楼船下益州[1]，金陵王气漠然收[2]。千寻铁锁沉江底，一片降幡出石头[3]。人世几回伤往事[4]？山形依旧枕寒流[5]。今逢四海为家日[6]，故垒萧萧芦荻秋[7]。

上海古籍出版社版瞿蜕园《刘禹锡集笺证》卷二四

**【注释】**

[1] "西晋"句：《晋书·王濬传》："武帝谋伐吴，诏濬修舟舰。濬乃作大船连舫，方百二十步，受二千余人。以木为城，起楼橹，开四出门，其上皆得驰马往来。……太康元年（280）正月，濬发自成都（攻吴）。"西晋，一作"王濬"。益州，今四川成都。[2] "金陵"句：意谓吴国

亡国之象立见。漠然，一作"黯然"。[3]"千寻"二句：写王濬水军突破吴国江防，直抵金陵，孙皓投降事。《晋书·王濬传》："吴人于江险碛要害之处，并以铁锁横截之。又作铁锥，长丈余，暗置江中，以逆距船。寻，古以八尺（一说七尺）为一寻。降幡（fān），表示投降的旗帜。石头，城名，故址在今南京市清凉山。东汉建安十六年（211），孙权治秣陵，第二年筑石头城，改秣陵为建业。[4]"人世"句：意谓建都金陵雄踞江东而终于亡国的，不止东吴一个王朝（东晋、宋、齐、梁、陈朝相继亡国）。[5]山形：山的形态，山势。此指西塞山。寒流：指长江。寒，一作"江"。[6]四海为家：意谓国家统一。《史记·高祖本纪》："天子以四海为家。"[7]故垒：六朝以来的营垒遗迹。

## 【审美点评】

此诗前四句写"西塞山怀古"之"古"，言平吴事，洗练紧凑，一气贯注；后四句写"怀"，寓鉴今意，抒情深沉。"人世几回伤往事"七字将六朝兴废纳于笔底，精练概括。

# 酬乐天扬州初逢席上见赠

**【题解】** 此诗作于宝历二年（826）冬。刘禹锡罢和州刺史归京，路过扬州时，与白居易相遇。白作《醉赠刘二十八使君》诗相赠。本诗是回赠之作，曲折表达了诗人长期远贬的无限心酸，也表现了他的坚强乐观。

巴山楚水凄凉地[1]，二十三年弃置身[2]。怀旧空吟闻笛赋[3]，到乡翻似烂柯人[4]。沉舟侧畔千帆过，病树前头万木春[5]。今日听君歌一曲，暂凭杯酒长精神[6]。

**上海古籍出版社版瞿蜕园《刘禹锡集笺证·外集》卷一**

## 【注释】

[1] 巴山楚水：刘禹锡先后被贬朗州、连州、夔州、和州等地。夔州古属巴国，朗州古属楚地。[2] 二十三年：作者从顺宗永贞元年（805）被贬为朗州司马，至敬宗宝历二年（826）罢和州刺史，共二十二年。因贬地遥远，自计到达京城在次年春，故云二十三年。[3] 闻笛赋：魏晋之间，向秀友人嵇康为司马昭所杀，向秀经嵇康旧居，闻邻人笛声，感怀故友，作《思旧赋》。这里借以抒发对死去旧友的怀念。[4] 烂柯：南朝梁任昉《述异记》卷上："信安郡石室山，晋时王质伐木至，见童子数人，棋而歌，质因听之。童子以一物与质，如枣核，质含之，不觉饥。俄顷，童子谓曰：'何不去？'质起，视斧柯烂尽，既归，无复时人。"此处作者以王质自比，意谓被贬虽只有二十余年，但人世沧桑，恍如隔世。柯，斧柄。[5]"沉舟"二句：以"沉舟"、"病树"自喻，表现了坦荡的胸怀。[6] 长（zhǎng）：增长，振作。

**【审美点评】**

"沉舟侧畔千帆过，病树前头万木春"一联，通过生动比喻和对比，概括了新与旧、充满生机和渐趋衰亡两类事物的对立和发展，富于哲理意味，表现了诗人开阔的胸怀和卓荦的见识。

## 秋词（二首选一）

**【题解】**《秋词》两首，此为第一首。约作于大和七年（833）苏州刺史任上。此诗热情赞颂了秋天的美好。

　　自古逢秋悲寂寥，我言秋日胜春朝。晴空一鹤排云上[1]，便引诗情到碧霄。

上海古籍出社版瞿蜕园《刘禹锡集笺证》卷二六

**【注释】**

[1] 排：推开。

**【审美点评】**

此诗一反文人悲秋传统，立意新颖，另辟高格。排云之鹤犹如不屈斗士的化身，引人振奋向上。

# 白居易

　　白居易（772—846），字乐天，号香山居士、醉吟先生。原籍太原，后迁居下邽（今陕西渭南），生于新郑（今属河南）。贞元十六年（800）进士。十九年中书判拔萃科，授秘书省校书郎。元和元年（806）授盩厔（今陕西周至）县尉。后任翰林学士、左拾遗等职。元和十年，被贬江州（今江西九江）司马，后任忠州、杭州、苏州等地刺史，多有政绩。大和三年（829）以太子宾客及太子少傅分司东都，定居洛阳直到去世。因晚年官太子少傅，故世称"白傅"、"白太傅"。卒谥文，又称"白文公"。白居易与元稹友善，皆以诗名，并称元、白。诗风平易浅近。有《白氏文集》。

# 长恨歌

【题解】此诗作于元和元年（806）任盩厔尉时。《长恨歌》取材于历史事实和故事传说，经过艺术加工，生动地表现了玄宗和杨贵妃的恋情与怅恨。

汉皇重色思倾国[1]，御宇多年求不得[2]。杨家有女初长成，养在深闺人未识。天生丽质难自弃，一朝选在君王侧[3]。回眸一笑百媚生，六宫粉黛无颜色[4]。春寒赐浴华清池[5]，温泉水滑洗凝脂。侍儿扶起娇无力[6]，始是新承恩泽时。云鬓花颜金步摇[7]，芙蓉帐暖度春宵。春宵苦短日高起，从此君王不早朝。承欢侍宴无闲暇，春从春游夜专夜[8]。后宫佳丽三千人，三千宠爱在一身。金屋妆成娇侍夜[9]，玉楼宴罢醉和春。姊妹弟兄皆列土，可怜光彩生门户[10]。遂令天下父母心，不重生男重生女[11]。骊宫高处入青云[12]，仙乐风飘处处闻。缓歌慢舞凝丝竹，尽日君王看不足[13]。渔阳鼙鼓动地来[14]，惊破霓裳羽衣曲[15]。九重城阙烟尘生[16]，千乘万骑西南行[17]。翠华摇摇行复止[18]，西出都门百余里[19]。六军不发无奈何，宛转蛾眉马前死[20]。花钿委地无人收，翠翘金雀玉搔头[21]。君王掩面救不得，回看血泪相和流。黄埃散漫风萧索，云栈萦纡登剑阁[22]。峨嵋山下少人行[23]，旌旗无光日色薄。蜀江水碧蜀山青，圣主朝朝暮暮情。行宫见月伤心色[24]，夜雨闻铃肠断声[25]。天旋日转回龙驭，到此踟蹰不能去[26]。马嵬坡下泥土中，不见玉颜空死处[27]。君臣相顾尽沾衣，东望都门信马归[28]。归来池苑皆依旧，太液芙蓉未央柳[29]。芙蓉如面柳如眉，对此如何不泪垂？春风桃李花开夜，秋雨梧桐叶落时。西宫南苑多秋草[30]，宫叶满阶红不扫。梨园弟子白发新[31]，椒房阿监青娥老[32]。夕殿萤飞思悄然[33]，孤灯挑尽未成眠[34]。迟迟钟鼓初长夜，耿耿星河欲曙天[35]。鸳鸯瓦冷霜华重[36]，翡翠衾寒谁与共[37]。悠悠生死别经年，魂魄不曾来入梦。临邛道士鸿都客[38]，能以精诚致魂魄。为感君王展转思，遂教方士殷勤觅。排空驭气奔如电，升天入地求之遍。上穷碧落下黄泉[39]，两处茫茫皆不见。忽闻海上有仙山，山在虚无缥缈间。楼阁玲珑五云起[40]，其中绰约多仙子[41]。中有一人字太真[42]，雪肤花貌参差是[43]。金阙西厢叩玉扃[44]，转教小玉报双成[45]。闻道汉家天子使，九华帐里梦魂惊[46]。揽衣推枕起徘徊，珠箔银屏迤逦开[47]。云鬓半偏新睡觉[48]，花冠不整下堂来。风吹仙袂飘飘举，犹似霓裳羽衣舞。玉容寂寞泪阑干[49]，梨花一枝春带雨。含情凝睇谢君王[50]，一别音容两渺茫。昭阳殿里恩爱绝[51]，蓬莱宫中日月长[52]。回头下望人寰处[53]，不见长安见尘雾。惟将旧物表深情[54]，钿合金钗寄将去[55]。钗留一股合一扇，钗擘黄金合分钿[56]。但教心似金钿坚，天上人间会相见。临别殷勤重寄词，词中有誓两心知。七月七日长生殿[57]，夜半无人私语时。在天愿作比翼鸟[58]，在地愿为连理枝[59]。天长地久有时尽，此恨绵绵无绝期！

上海古籍出版社版朱金城《白居易集笺校》卷一二

## 【注释】

[1] 汉皇：汉武帝。此处借指唐玄宗。《汉书·外戚传》载李夫人兄李延年歌曰："北方有佳人，绝世而独立。一顾倾人城，再顾倾人国。宁不知倾城与倾国，佳人难再得！"倾国：本是形容美色的迷人，后来一般用作美女的代称。《长恨歌传》谓杨贵妃"如汉武帝李夫人"。[2] 御宇：统治天下。[3] "杨家"四句：《新唐书·杨贵妃传》载玄宗贵妃杨氏："养叔父家。始为寿王妃。开元二十四年（当为二十五年）武惠妃薨，后庭无当帝意者。或言妃资质天挺，宜充掖庭。遂召内（纳）禁中，异之，即为自出妃意者，丐籍女官（请求出家入女道士籍），号太真。更为寿王聘韦昭训女，而太真得幸。"《新唐书·玄宗纪》载天宝四载（745）："立太真为贵妃。"此谓"养在深闺人未识"，何焯《白居易集笺校》卷一二引："此为尊者讳。"[4] 六宫粉黛：指后宫内所有妃嫔。[5] 华清池：在昭应县（今陕西临潼）东南骊山上。其地有温泉，唐开元中，建温泉宫，天宝六载改名华清宫。玄宗常往避寒，辟浴池十余处。[6] 侍儿：侍女。娇无力：《长恨歌传》云："别疏汤泉，诏赐澡莹。既出水，体弱力微，若不任罗绮，光彩焕发，转动照人。"[7] 金步摇：首饰，钗的一种。《新唐书·五行志》："天宝初，……妇人则簪步摇钗。"《释名·释首饰》："步摇，上有垂珠，步则摇也。"乐史《杨太真外传》卷上："是夕（定情之夕），授金钗钿合。上（玄宗）又自执丽水镇库紫磨金琢成步摇至妆阁，亲与插鬓。上喜甚，谓后宫人曰：'朕得杨贵妃如得至宝也。'"[8] "承欢"二句：《新唐书·杨贵妃传》："太真得幸。善歌舞，且智算警颖，迎意辄悟。帝大悦，遂专房宴。"专夜，指专宠。[9] 金屋：用汉武帝金屋藏娇事，典出《汉武故事》。[10] "姊妹"二句：《新唐书·杨贵妃传》："天宝初，进册贵妃。追赠父玄琰太尉、齐国公，擢叔玄珪光禄卿，宗兄铦鸿胪卿，锜侍御史，尚太华公主。……而钊亦浸显。钊，国忠也。三姊皆美劭，帝呼为姨，封韩、虢、秦三国为夫人。出入宫掖，恩宠声焰震天下。"列土，指封官进爵。可怜，可羡。[11] "遂令"二句：《长恨歌传》："当时谣咏有云：'生女勿悲酸，生男勿喜欢。'又曰：'男不封侯女作妃，看女却为门上楣。'其为人心羡慕如此。"[12] 骊宫：即华清宫。[13] 看不足：看不厌。[14] "渔阳"句：指安禄山反叛。渔阳，约今天津蓟县一带。高步瀛《唐宋诗举要》卷二曰："唐蓟州天宝时改渔阳郡，隶范阳节度。安禄山据范阳反唐，如彭宠据渔阳反汉，故不举范阳而举渔阳也。"鼙（pí）鼓，战鼓。[15] 霓裳羽衣曲：舞曲名。本名《婆罗门》，是西域乐舞的一种。开元中凉州都督杨敬述献，经玄宗润色，天宝十三载七月改为《霓裳羽衣曲》，杨贵妃善为此舞。[16] 九重城阙：指京城长安。[17] 西南行：指天宝十五载六月，安禄山攻陷潼关，玄宗离京奔蜀。[18] 翠华：用翡翠羽毛装饰的旗子，此指皇

帝仪仗。[19]百余里：指马嵬坡，在今西安西兴平县北。距京城一百一十余里。[20]"六军"二句：六军，古代天子禁军。玄宗时实为四军，即左右龙武军、左右羽林军。宛转、缠绵悱恻状。蛾眉，指杨贵妃。《旧唐书·杨贵妃传》："及潼关失守，从幸至马嵬，禁军大将陈玄礼密启太子，诛国忠父子。既而四军不散，玄宗遣力士宣问，对曰'贼本尚在'，盖指贵妃也。力士复奏，帝不获已，与妃诀，遂缢死于佛室。"二句本事指此。[21]"花钿"二句：意谓花钿、翠翘、金雀、玉搔头都散落于地无人收。花钿，即金钿，镶嵌金花的首饰。翠翘、金雀，都是钗名。玉搔头，即玉簪。[22]云栈：高入云霄的栈道。萦纡：盘旋萦绕。剑阁：即剑门关，在今四川剑阁县北，为川陕间重要通道。[23]峨嵋山：在今四川峨眉山市西南。玄宗幸蜀，只到成都，未到峨眉，此泛指蜀中的山。[24]行宫：皇帝出行时居住的地方。[25]"夜雨"句：郑处诲《明皇杂录·补遗》："明皇既幸蜀，西南行，初入斜谷，霖雨涉旬，于栈道雨中闻铃音，与山相应。上既悼念贵妃，采其声为《雨霖铃》曲以寄恨焉。"[26]"天旋"二句：天旋日转，指大局转变。龙驭，皇帝车驾。[27]玉颜：指杨贵妃。[28]信马归：意谓无心鞭马，任其前行。[29]太液：池名，在长安东北大明宫麟德殿西北。未央：汉宫名，遗址在今西安未央区马家寨。此泛指宫廷池苑。[30]西宫：即太极宫。南苑：一作"南内"，即兴庆宫。这句以下，写的是居西宫时的情况。[31]梨园弟子：指玄宗过去训练的一批艺人。[32]椒房：后妃所住的宫室。用椒和泥涂壁，取其香暖兼有多子之意。阿监：宫中女官。青娥：指年轻貌美的女子。[33]悄然：忧愁貌。[34]"孤灯"句：古代宫廷及豪门贵族，夜间燃烛，不点油灯。这里用以形容玄宗晚年生活环境的凄苦。[35]耿耿：微明貌。星河：银河。[36]鸳鸯瓦：嵌合成对的琉璃瓦。[37]翡翠衾：绣有翡翠鸟的被子。此鸟雄曰翡，雌曰翠。[38]"临邛(qióng)"句：意谓道士是临邛人，来到京城作客。临邛，今四川邛崃市。鸿都，东汉京城洛阳宫门名，此借指长安。[39]碧落：道家称天界为碧落。[40]五云起：耸立在五色彩云之中。[41]绰约：轻盈柔美貌。[42]太真：杨贵妃原名玉环，被度为女道士时道号太真。[43]参差(cēncī)：仿佛。[44]金阙：金碧辉煌的神仙宫殿。玉扃(jiōng)：玉石作的门扉。[45]转教：转托。小玉和双成都是古代神话中的女子。原注："小玉，吴王夫差女名。"双成，即董双成，传说为西王母侍女。见《汉武帝内传》。[46]九华帐：张华《博物志》卷三："汉武帝好仙道，祭祀名山大泽，以求神仙之道。时西王母遣使乘白鹿告帝当来，乃供帐九华殿以待之。"一说指绣有多种花饰图案的帷帐。[47]珠箔(bó)：用珍珠穿成的帘。银屏：嵌有银丝花纹的屏风。迤(lǐ)逦(yǐ)，一作"迤逦"，连绵貌。[48]新睡觉：刚刚睡醒。[49]寂寞：凄凉忧伤。阑干：纵横貌。[50]含情凝睇(dì)：满含深情地注视着。[51]昭阳殿：汉宫殿名，赵飞燕姐妹所居。[52]蓬莱宫：泛指仙境。蓬莱是神话中海外三山之一。[53]人寰处：意谓尘世间。[54]旧物：指生前与玄宗定情时的信物，即下云"钿合金钗"。[55]钿合：用珠宝镶嵌的一种首饰，用两片合成。一说，是用珠宝镶嵌的金盒。[56]"钗擘(bò)"句：申足上句的意思。钗擘黄金，即上句所说的"钗留一股"；合分钿，即上句所说的"合一扇"。擘，用手分开。[57]长生殿：《唐会要》卷三十"华清宫"条："天宝元年十月造长生殿，名为集灵台，以祀神。"这里可能是指华清宫内贵妃的寝殿，不一定是祀神的集灵台。[58]比翼鸟：《尔雅·释地》："南方有比翼鸟焉，不比不飞，其名谓之鹣鹣。"比，并。[59]连理枝：两树之枝或干连生在一起。

**【审美点评】**

李杨故事人所共知,《长恨歌》基于历史而能不拘泥于历史,将此故事高度艺术化。作为一首叙事诗,作者在情节安排上有详有略,有虚有实,重点描写二人的感情波澜。全诗洋溢着浓厚的抒情意味,写情悱恻缠绵,书恨杳杳无穷,宛转动人,荡气回肠。

# 井底引银瓶

**【题解】** 本篇是白居易《新乐府》组诗第四十首。诗歌以第一人称自述的手法,描写了一个多情女子追求自由爱情而遭遇的悲惨境况。

止淫奔也[1]。

井底引银瓶,银瓶欲上丝绳绝。石上磨玉簪,玉簪欲成中央折[2]。瓶沉簪折知奈何,似妾今朝与君别。忆昔在家为女时,人言举动有殊姿。婵娟两鬓秋蝉翼[3],宛转双蛾远山色[4]。笑随戏伴后园中,此时与君未相识。妾弄青梅凭短墙[5],君骑白马傍垂杨。墙头马上遥相顾,一见知君即断肠[6]。知君断肠共君语,君指南山松柏树[7]。感君松柏化为心,暗合双鬟逐君去[8]。到君家舍五六年,君家大人频有言[9]。聘则为妻奔是妾[10],不堪主祀奉蘋蘩[11]。终知君家不可住,其奈出门无去处。岂无父母在高堂,亦有亲情满故乡。潜来更不通消息[12],今日悲羞归不得。为君一日恩,误妾百年身[13]。寄言痴小人家女[14],慎勿将身轻许人。

**上海古籍出版社版朱金城《白居易集笺校》卷四**

**【注释】**

[1] 淫奔:指女子未经父母许可,没有举行正式婚礼而私自和男子结合。[2]"井底"四句:托物起兴。用"绳绝"、"簪折"兴起爱情受到摧残,婚姻中道决裂。引,拉起、提起。[3] 婵娟:美好貌。秋蝉翼:形容鬓发状如蝉翼。[4]"宛转"句:意谓双眉黛色如远山横翠。宛转,细长而弯曲貌。[5] 弄青梅:写少女嬉游时活泼的情态。化用李白《长干行》:"郎骑竹马来,绕床弄青梅。"[6]"一见"句:意谓知道对方一见就爱上了自己。[7]"君指"句:这句写对方的海誓山盟。南山松柏四季常青,用以象征坚贞的爱情永久不变。[8]"暗合"句:古时未嫁女子的发式为双鬟,结婚后绾结成髻。意谓偷偷将头发梳成已婚的式样,跟随男方潜逃。[9] 大人:指男方父母。[10]"聘则"句:《礼记·内则》:"聘则为妻,奔则为妾。"聘,婚礼中的纳征。[11]"不堪"句:封建礼法认为妻才可以作为主妇,有资格捧着祭物去祭祀祖宗,妾不能担任这种职责。蘋和蘩(fán)是两种水草名,古代祭祀祖先时所用。[12] 潜来:偷偷来,私奔。

[13] 百年身：终身。一般以百年指人的一生。[14] 痴小：指痴情而又年少天真。

**【审美点评】**

"慎勿将身轻许人"本是作者"止淫奔"的劝诫，但由于是出自女主人公的亲身教训，使人不觉其教化意味，只感到沉痛亲切。

# 轻　肥

**【题解】** 诗题一作《江南旱》，为白居易《秦中吟》组诗的第七首。组诗前有序云："贞元、元和之际，予在长安，闻见之间，有足悲者。因直歌其事，命为《秦中吟》。"约作于元和四、五年（809—810）间。诗写宦官奢侈生活，与百姓的饥饿死亡形成鲜明对比，矛头直指中唐宦官擅权的政治危机。轻肥，取自《论语·雍也》中的"乘肥马，衣轻裘"，用以概括豪奢生活。

意气骄满路，鞍马光照尘。借问何为者？人称是内臣[1]。朱绂皆大夫，紫绶或将军[2]。夸赴军中宴[3]，走马去如云。罇罍溢九酝[4]，水陆罗八珍[5]。果擘洞庭橘，脍切天池鳞[6]。食饱心自若，酒酣气益振[7]。是岁江南旱，衢州人食人[8]！

上海古籍出版社版朱金城《白居易集笺校》卷二

**【注释】**

[1] 内臣：即宦官。因为宦官在宫内服役，故称。[2] "朱绂（fú）"二句：意谓宦官窃据要职。绂，朝服。绶，系印的带子。唐制：官分九品，四品、五品衣绯（朱红），二品、三品佩紫绶（服色同）。大夫、将军，分指文职和武职。或，一作"悉"。[3] 军：指掌握在宦官手里的禁军。[4] 罇（zūn）罍（léi）：酒器。九酝：美酒名。此处泛指最醇美的酒。[5] 八珍：精美罕见的食品。[6] 脍（kuài）：切细的肉。天池：指海。[7] "食饱"二句：酒醉饭饱后，志得意满，旁若无人。[8] "是岁"二句：元和四年（809）春，南方旱饥。（见《资治通鉴》卷二百三十七）衢州，今属浙江。

**【审美点评】**

此诗前十四句将宦官的骄奢描摹得淋漓尽致，末二句笔锋陡转，展示江南百姓的苦难，苦与乐形成鲜明对比。诗虽不发议论，所要表达的意思不言自明。

# 钱塘湖春行

**【题解】** 此诗作于穆宗长庆三、四年（823—824）春任杭州刺史时。诗写早春漫步西湖所见的明媚风光，表现了白居易对充满生机的大自然的热爱。钱塘湖，即西湖，在杭州市西。

孤山寺北贾亭西[1]，水面初平云脚低[2]。几处早莺争暖树，谁家新燕啄春泥？乱花渐欲迷人眼，浅草才能没马蹄。最爱湖东行不足，绿杨阴里白沙堤[3]。

上海古籍出版社版朱金城《白居易集笺校》卷二〇

**【注释】**

[1] 孤山寺：孤山在西湖北半部外西湖和里西湖之间，因与其他山不相接连，所以称孤山。山上有孤山寺，陈文帝天嘉（560—566）初年建。贾亭：又叫贾公亭。五代王谠《唐语林》卷六："贞元（785—804）中，贾全为杭州（朝史），于西湖造亭，为贾公亭，未五六十年，废。"[2] 云脚：接近地面的云气，多见于降雨或雨初停时。[3] 白沙堤：即白堤，也称断桥堤。在西湖断桥与孤山之间，唐代以前已有。白居易在任杭州刺史时所筑白堤在钱塘门外，是另一条。

**【审美点评】**

此诗写出一派融融春意，使人仿佛看到诗人徜徉于西湖沙堤，寻觅早春消息并为之欣喜的愉悦神态。

# 问刘十九

**【题解】** 此诗当作于白居易晚年居洛阳时。诗写天阴欲雪的傍晚邀请朋友来饮酒，表现了真挚的友谊。白居易另有《刘十九同宿》诗，说刘十九是嵩阳处士。十九为排行。

绿蚁新醅酒[1]，红泥小火炉。晚来天欲雪[2]，能饮一杯无[3]？

上海古籍出版社版朱金城《白居易集笺校》卷一七

**【注释】**

[1] 绿蚁：浮在新酿的没有过滤的米酒上的绿色泡沫，因似蚁状，故名。也用作酒的代称。醅（pēi）：没有过滤的酒。[2] 晚来：傍晚。[3] 无：犹"否"，表示疑问。

**【审美点评】**

此诗如信手拈来，随意吟哦，用词浅而不俗，极富生活情趣。

# 忆江南词

**【题解】**《词谱》卷一《忆江南》："按唐段安节《乐府杂录》，此词乃李德裕为谢秋娘作，故名《谢秋娘》。因白居易词更今名，又名《江南好》。"作于唐文宗开成三年（838）在洛阳为太子少傅时。原题三首，此为第一首。此词追忆江南胜景。

江南好，风景旧曾谙[1]。日出江花红胜火[2]，春来江水绿如蓝[3]。能不忆江南？

上海古籍出版社版朱金城《白居易集笺校》卷三四

**【注释】**
[1]"江南好"二句：白居易于穆宗长庆二年（822）至敬宗宝历二年（826）先后任杭州、苏州刺史。此词所指的江南，即苏杭一带。谙（ān），熟悉。[2]胜：一作"似"。[3]蓝：蓝草，植物名。叶子可制青蓝色染料。

**【审美点评】**
江南风景佳处甚多，此首总写江南多水和气候温润的特点，从给人印象最深的春水与江花着笔，写出了鲜艳明丽的春景。

# 柳宗元

柳宗元（773—819），字子厚，河东（今山西永济）人，世称"柳河东"。柳宗元出身于官宦世家，高伯祖柳奭以上四代都曾作过宰相，其后有所衰落，但仍世代为官。贞元九年（793）进士，十四年登博学宏词科，授集贤殿正字。顺宗时与刘禹锡一起参加了王叔文革新集团的活动，擢升礼部员外郎。王叔文失败后，被贬永州（今属湖南）司马。宪宗元和十年（815）正月召回京师。三月又出为柳州（今属广西）刺史，十四年卒于任所，世称"柳柳州"。柳宗元是古文运动的倡导者，散文与韩愈齐名，并称"韩柳"。诗与韦应物并称"韦柳"。他的山水游记，刻画细微，寄托深远。诗以描写山水田园和抒写内心苦闷哀怨为主，诗风淡泊简古。有《柳河东集》。

# 渔 翁

**【题解】** 此诗作于柳宗元被贬永州期间（805—815）。诗写独来独往于湘水的渔翁，表现了作者超然物外又略有孤寂的心境。

渔翁夜傍西岩宿[1]，晓汲清湘燃楚竹[2]。烟销日出不见人，欸乃一声山水渌[3]。回看天际下中流[4]，岩上无心云相逐[5]。

中华书局校点本《柳宗元集》卷四三

**【注释】**

[1] 西岩：即西山。在今湖南永州。柳宗元有《始得西山宴游记》。[2] 清湘：澄清的湘水。此句谓早晨汲水燃竹做饭。[3] 欸乃：摇橹声。一说为渔歌。唐时湘中有《欸乃曲》。渌，一本作"绿"。[4] "回看"句：船下中流之后，回看西岩，远在天际。[5] "岩上"句：化用陶渊明《归去来兮辞》"云无心以出岫"。

**【审美点评】**

"烟销日出不见人，欸乃一声山水渌"，苏轼认为"有奇趣"。此联妙在"反常合道"："烟销日出"天地清明，本应"见人"，作者却说"不见人"，"欸乃一声"本与"山水渌"毫不相干，诗人却写得仿佛有因果关系，这是"反常"；人在舟中江上，橹声划破迷蒙的晨雾，催动日出，使山水渐显原貌，这是生活真实的艺术化，是"合道"。

# 登柳州城楼寄漳汀封连四州

**【题解】** 此诗是元和十年（815）夏柳宗元贬柳州刺史到任后作。诗写登楼所见，表达了对友人的怀念，充满着郁愤不平的情绪。漳汀封连，指漳州（今属福建）刺史韩泰、汀州（今福建长汀）刺史韩晔、封州（今广东封开）刺史陈谏、连州（今属广东）刺史刘禹锡。

城上高楼接大荒[1]，海天愁思正茫茫。惊风乱飐芙蓉水，密雨斜侵薜荔墙[2]。岭树重遮千里目[3]，江流曲似九回肠[4]。共来百越文身地[5]，犹自音书滞一乡[6]。

中华书局校点本《柳宗元集》卷四二

**【注释】**

[1] 大荒：泛指荒僻的边远之地。[2] "惊风"二句：写眺望夏天暴雨的景象。飐（zhǎn），吹动。薜（bì）荔，一种蔓生的香草。[3] 岭：五岭。柳州在五岭之南。[4] 江：即柳江。九回肠：谓江流曲折似肠之九回。此指愁思缠结。[5] 百越：即百粤，泛指南方的少数民族。文身：在身上刺花纹，是古时南方少数民族的一种习俗。《淮南子·原道训》："九疑之南，陆事寡而水事众，于是民人被发文身，以象鳞虫。"高诱注："文身，刻画其体，内默（墨）其中，为蛟龙之状以入水，蛟龙不害也。"唐时柳州、漳州、汀洲、封州、连州都是百越之地。[6] 犹自：尚自。

**【审美点评】**

此诗景语皆情语，写景苍凉阔大，抒情深广悲慨，景与情密合无间。登楼凄寂，恋阙怀人之情以曲笔写出，沉郁顿挫。

# 种树郭橐驼传

**【题解】** 本文可能作于柳宗元早年在长安任职时期。文章兼有传记文和寓言的特点，借其人其言以讽世。以种树之法喻为官之理，指出封建官吏的生事扰民使人民更加困苦，阐明养民治国的思想。橐（tuó）驼，即骆驼。这里指驼背。

郭橐驼，不知始何名。病瘘[1]，隆然伏行[2]，有类橐驼者，故乡人号之"驼"。驼闻之曰："甚善。名我固当[3]。"因舍其名，亦自谓橐驼云。其乡曰丰乐乡，在长安西。驼业种树[4]。凡长安豪富人为观游及卖果者[5]，皆争迎取养。视驼所种树，或移徙，无不活，且硕茂早实以蕃[6]。他植者虽窥伺效慕[7]，莫能如也。

有问之，对曰："橐驼非能使木寿且孳也[8]，能顺木之天，以致其性焉尔[9]。凡植木之性，其本欲舒[10]，其培欲平[11]，其土欲故[12]，其筑欲密[13]。既然已[14]，勿动勿虑，去不复顾[15]。其莳也若子[16]，其置也若弃[17]。则其天者全而其性得矣[18]。故吾不害其长而已，非有能硕茂之也[19]；不抑耗其实而已[20]，非有能早而蕃之也。他植者则不然，根拳而土易[21]，其培之也，若不过焉则不及。苟有能反是者，则又爱之太恩[22]，忧之太勤，且视而暮抚，已去而复顾。甚者爪其肤以验其生枯[23]，摇其本以观其疏密，而木之性日以离矣。虽曰爱之，其实害之；虽曰忧之，其实仇之，故不我若也[24]。吾又何能为哉！"

问者曰："以子之道，移之官理可乎[25]？"驼曰："我知种树而已，理，非吾业也。然吾居乡，见长人者好烦其令[26]，若甚怜焉，而卒以祸。且暮吏来而呼曰：'官命促尔耕，勖尔植[27]，督尔获，早缲而绪[28]，早织而缕，字而幼孩，遂而鸡豚[29]。'鸣鼓而聚之，击木而召之[30]。吾小人辍飧饔以劳吏者[31]，且不得暇，又何以蕃吾生而安吾性耶？故病且怠[32]。若是，则与吾业者其亦有类乎？"

问者曰："嘻[33]，不亦善夫！吾问养树，得养人术[34]。"传其事以为官戒[35]。

中华书局校点本《柳宗元集》卷一七

**【注释】**

[1] 病：患病。瘘（lǚ）：脊背弯曲，即佝（gōu）偻（lóu）病。[2] 隆然伏行：脊背突起而弯腰行走。[3] 名我固当：这样称呼我确实恰当。[4] 业：用作动词，以……为职业。[5] 豪：一本下有"家"字。为观游及卖果者：经营园林游览和做水果买卖的人。[6] 硕茂：高大茂盛。早实以蕃：结果实早而且多。实，结实。蕃，多。[7] 他植者：其他种树的人。效慕：羡慕模仿。[8] 孳（zī）：繁殖，滋生。[9] "能顺"二句：能依顺树木的自然本性培植它，使它按其自然本性生长。[10] 本：树根。[11] 培：培土。[12] 故：树根附近的旧土。[13] 筑：捣土。密：紧密。[14] 既然已：这样做了以后。[15] 去不复顾：离开就不再回头看。[16] 莳（shì）：移植，栽种。若子：像对孩子一样。[17] 置：放一边不管。[18] "则其"句：谓自然本性得到保全而尽得其宜。[19] 硕茂之：使之硕大茂盛。[20] 抑耗：抑制、减少。[21] 拳：拳曲不舒展。易：改变。[22] 太恩：爱得过分。[23] 爪：作动词，掐。[24] 不我若：不如我。[25] 官理：做官治民。理，治。唐人避唐高宗李治讳，改治为理。[26] 长（zhǎng）人者：指官吏。好烦其令：喜欢向老百姓发号施令。[27] 尔：你们。勖（xù）：勉励。植：种植。[28] 缲（sāo）：煮茧以抽丝。而，通"尔"。下句"而"同。绪：丝头。[29] 缕：线。字：养育。遂：成。此指喂大。豚：小猪。[30] 木：此指梆子。[31] 辍：停止。飧（sūn）：晚饭。饔（yōng）：早饭。劳：慰劳。[32] 病且怠：困苦又疲乏。病，疲病，困苦。[33] 嘻：感叹声。[34] 养人术：指管理人民的办法。人，即"民"，因避李世民讳改。[35] 传（zhuàn）：作传，即指此文。

**【审美点评】**

本文写作不以记人为目的，而是为了说明"顺天致性"之理。然而作者用寥寥数语即刻画出郭橐驼憨厚善良、质朴随和的性格特征，用语精简省净。

# 段太尉逸事状

**【题解】** 本文作于永州贬所，柳宗元选取段太尉勇服郭晞、仁愧焦令谌、节显治事堂三件逸事，刻画了一个关心人民、不畏强暴、知机于先、清廉自律的封建时代正直官吏的形象。段太尉（719—783），名秀实，字成公。汧阳（今陕西千阳）人。官至泾州刺史兼泾原郑颍节度使。唐德宗建中四年（783），因反对朱泚称帝，被害，追赠太尉（见两唐书本传）。状是旧时详记死者世系、名字、爵里、行治、寿年的一种文体。逸事状专录人物逸事，是状的一种变体。

太尉始为泾州刺史时[1]，汾阳王以副元帅居蒲[2]。王子晞为尚书[3]，领行营节度使[4]，寓军邠州[5]，纵士卒无赖[6]。邠人偷嗜暴恶者[7]，率以货窜名军伍中，则肆志[8]，吏不得问。日群行丐取于市，不嗛[9]，辄奋击折人手足，椎釜鬲瓮盎盈道上[10]，袒臂徐去[11]，至撞杀孕妇人。邠宁节度使白孝德以王故[12]，戚不敢言。

太尉自州以状白府[13]，愿计事，至则曰：“天子以生人付公理[14]，公见人被暴害，因恬然，且大乱，若何？”孝德曰：“愿奉教。”太尉曰：“某为泾州，甚适，少事，今不忍人无寇暴死，以乱天子边事。公诚以都虞候命某者[15]，能为公已乱，使公之人不得害。”孝德曰：“幸甚！”如太尉请。既署一月，晞军士十七人入市取酒，又以刃刺酒翁，坏酿器，酒流沟中。太尉列卒取十七人，皆断头注槊上[16]，植市门外[17]。晞一营大噪，尽甲。孝德震恐，召太尉曰：“将奈何？”太尉曰：“无伤也。请辞于军。”孝德使数十人从太尉，太尉尽辞去，解佩刀，选老躄者一人持马[18]，至晞门下。甲者出，太尉笑且入曰：“杀一老卒，何甲也？吾戴吾头来矣。”甲者愕。因谕曰：“尚书固负若属耶[19]？副元帅固负若属耶？奈何欲以乱败郭氏？为白尚书，出听我言。”晞出见太尉，太尉曰：“副元帅勋塞天地，当务始终。今尚书恣卒为暴，暴且乱，乱天子边，欲谁归罪？罪且及副元帅。今邠人恶子弟以货窜名军籍中，杀害人，如是不止，几日不大乱？大乱由尚书出，人皆曰，尚书倚副元帅不戢士[20]。然则郭氏功名其与存者几何[21]？”言未毕，晞再拜曰：“公幸教晞以道，恩甚大，愿奉军以从。”顾叱左右曰：“皆解甲，散还火伍中[22]，敢哗者死！”太尉曰：“吾未晡食[23]，请假设草具[24]。”既食，曰：“吾疾作，愿留宿门下。”命持马者去，旦日来。遂卧军中。晞不解衣，戒候卒击柝卫太尉[25]。旦，俱至孝德所，谢不能，请改过。邠州由是无祸。

先是太尉在泾州，为营田官[26]。泾大将焦令谌取人田，自占数十顷，给与农，曰：“且熟，归我半。”是岁大旱，野无草，农以告谌。谌曰：“我知入数而已，不知旱也。”督责益急。且饥死[27]，无以偿，即告太尉。太尉判状，辞甚巽[28]，使人求谕谌。谌盛怒，召农者曰：“我畏段某耶？何敢言我！”取判铺背上，以大杖击二十，垂死，舆来庭中。太尉大泣曰："乃我困汝!"即自取水洗去血,裂裳衣疮[29],手注善药[30],旦夕自哺农者,然后食。取骑马卖,市谷代偿,使勿知。

淮西寓军帅尹少荣[31]。刚直士也,入见谌,大骂曰："汝诚人耶?泾州野如赭[32],人且饥死,而必得谷,又用大杖击无罪者。段公,仁信大人也,而汝不知敬。今段公唯一马,贱卖市谷入汝,汝又取不耻。凡为人,傲天灾、犯大人、击无罪者,又取仁者谷,使主人出无马,汝将何以视天地[33],尚不愧奴隶耶?"谌虽暴抗[34],然闻言则大愧流汗,不能食,曰:"吾终不可以见段公!"一夕自恨死[35]。

及太尉自泾州以司农征[36],戒其族:过岐[37],朱泚幸致货币[38],慎勿纳。及过,泚固致大绫三百匹。太尉婿韦晤坚拒,不得命。至都,太尉怒曰:"果不用吾言!"晤谢曰:"处贱,无以拒也[39]。"太尉曰:"然终不以在吾第。"以如司农治事堂[40],栖之梁木上。泚反,太尉终[41],吏以告泚,泚取视,其故封识具存[42]。

太尉逸事如右[43]。

元和九年月日[44],永州司马员外置同正员柳宗元谨上史馆[45]。今之称太尉大节者出入,以为武人一时奋不虑死,以取名天下,不知太尉之所立如是。宗元尝出入岐、周、邠、鄠间[46],过真定[47],北上马岭[48],历亭障堡戍[49],窃好问老校退卒,能言其事。太尉为人姁姁[50],常低首拱手行步,言气卑弱,未尝以色待物[51],人视之儒者也。遇不可,必达其志,决非偶然者。会州刺史崔公来[52],言信行直,备得太尉遗事,覆校无疑。或恐尚逸坠,未集太史氏[53],敢以状私于执事[54]。谨状。

中华书局校点本《柳宗元集》卷八

**【注释】**

[1]太尉始为泾州刺史时:唐代宗广德二年(764),因邠宁节度使白孝德的推荐,段秀实任泾州(治所在今甘肃省泾川北)刺史。这里以段秀实死后追赠的官名称呼他,以示尊敬。[2]汾阳王:即郭子仪。郭子仪平定安史之乱有功,于唐肃宗宝应元年(762)进封汾阳王。唐代宗广德二年正月,郭子仪兼任关内、河东副元帅,河中节度、观察使,出镇河中。蒲:州名,唐曾改为河中府(治所在今山西永济)。[3]王子晞为尚书:郭晞,郭子仪第三子。随父征伐,屡建战功。任御史中丞、转御史大夫,后于大历中加兵部尚书。《资治通鉴》卷二二三胡三省注:"据《实录》,时晞官为左常侍,宗元云尚书,误也。"[4]领:兼任。[5]寓军:驻军。邠(bīn)州:治所在今陕西省彬县。[6]无赖:强横妄为。[7]偷嗜:好吃懒做。暴恶:暴戾凶恶。[8]"率以"二句:大都行使贿赂在军队里列上自己的名字,就可肆意胡为。率,大抵。货,财物,这里指贿赂。窜,列入,掺入。[9]嗛(qiè):满足。[10]釜:锅。鬲(lì):古代的三足

烹饪器，形似鼎而足中空。盎（àng）：腹大口小的瓦盆。[11] 祖臂徐去：裸着臂膀扬长而去。[12] 白孝德：安西（治所在今新疆库车）人，李光弼部将，任邠宁节度使。[13] 状：一种陈述事实的文书。[14]"天子"句：天子把百姓交给您治理。[15] 都虞候：军队中的执法官。唐中叶以后，地方多设此官，以约束军队。[16] 注：安放。槊（shuò）：长矛。[17] 植：竖立。[18] 躄（bì）：跛脚。[19] 若属：尔辈，你们。[20] 不戢（jí）士：不管束士兵。[21] 其与存者几何：犹言将所存无几。[22] 火伍：行伍、队列。《新唐书·兵志》："十人为火。"《管子·小匡》："五人为伍。"[23] 晡（bū）食：晚餐。晡，申时，下午三至五时。[24] 请假设草具：请代为备办些粗劣食物。草具，不精的餐具，借指粗劣的食物。[25] 柝（tuò）：古代巡夜打更用的梆子。[26] 营田官：掌管军队屯垦的营田副使。《新唐书·百官志》："诸军各置使一人，……万人以上有营田副使一人。"白孝德任邠宁节度使时，曾署置段秀实任支度、营田二副使。[27] 且饥死：谓农人将因饥饿而死。[28] 巽（xùn）：通"逊"，委婉。[29] 衣（yì）疮：裹扎伤处。[30] 手注善药：亲手给敷上好药。[31] 淮西寓军：暂驻扎泾州的淮西军。安史之乱后，吐蕃时时扰边，唐室常调别的军队移驻防守。[32] 赭（zhě）：赤褐色。[33] 视天地：谓仰视天，俯视地，指活在天地间。[34] 暴抗：暴戾、强横。抗，通"伉"。[35]"一夕"句：据《资治通鉴》卷二二三胡三省注："按《段公别传》：'大历八年令谌犹存'，盖宗元得于传闻，其实令谌不死也。"[36]"及太尉"句：唐德宗建中元年（780）二月，段秀实自泾原节度使被召为司农卿。司农卿，为司农寺长官，从三品，掌国家储粮用粮之事。[37] 岐：州名，治所在今陕西省凤翔县南。[38] 朱泚（cǐ）：昌平（今北京市昌平区）人。此时在岐镇守。段秀实预计经岐时他可能致送财物以相笼络。幸：幸或，可能。[39] 处贱无以拒：地位低，不能拒绝。[40] 如：送到。治事堂：处理公务的地方。[41]"泚反"二句：德宗建中四年（783）十月，泾原节度使姚令言所部兵在京师哗变，德宗出奔奉天（今陕西乾县）。泚被拥立，召段秀实议事。秀实突起夺取象笏奋击朱泚，中额，溅血洒地，泚狼狈走脱，秀实被杀。（见《资治通鉴》卷二二八）[42] 封识（zhì）：封缄并加标记。识，通"志"。[43]"太尉"句：这是表示正文结束的话。[44] 元和九年：公元814年。元和（806—820）是唐宪宗李纯年号。[45]"永州"句：当时柳宗元任永州（治所在今湖南零陵）司马，这里是他官职地位的全称。史馆：国家修史机构。[46]"宗元"句：柳宗元曾于贞元十年（794）游历邠州一带。岐，周初建国所在，故称岐周。邰（tái），同"邰"，在今陕西省武功县西。[47] 真定：不可考，或是"真宁"之误。真宁即今甘肃省正宁县。[48] 马岭：山名，在今甘肃省庆阳市西北。[49] 亭障堡戍：古代在边地，多筑亭、设障、建堡垒、置戍所，以驻扎军队，从事守望防敌。[50] 姁（xǔ）姁：和好貌。[51] 以色待物：谓以严词厉色待人。[52] 崔公：指崔能，元和九年自御史中丞调任永州刺史。[53]"或恐"二句：谓文中所叙诸事，或恐尚遗逸，未被史官采录。太史氏，指史官。[54] 私：私下送达。执事：旧时书信中对对方的敬称。这里指韩愈。

**【审美点评】**

此文剪裁精当，选取最能体现主人公品格的典型事件，通过言行刻画人物，描写生动，曲尽其妙。全文不着议论，却爱憎分明。

# 三 戒

**【题解】** 本文应为柳宗元贬永州时所作。篇中借麋、驴、鼠三种动物讽刺社会上恃宠而骄、外强中干、窃时乘势而逞意肆暴，最终覆败的人们。三戒，语出《论语·季氏》："孔子曰：'君子有三戒。'"

吾恒恶世之人[1]，不推己之本，而乘物以逞[2]，或依势以干非其类[3]，出技以怒强，窃时以肆暴，然卒迨于祸[4]。有客谈麋、驴、鼠三物，似其事，作三戒。

## 临江之麋

临江之人[5]，畋得麋麑[6]，畜之。入门，群犬垂涎，扬尾皆来。其人怒，怛之[7]。自是日抱就犬，习示之[8]，使勿动，稍使与之戏[9]。积久，犬皆如人意。麋麑稍大，忘己之麋也，以为犬良我友[10]，抵触偃仆，益狎[11]。犬畏主人，与之俯仰甚善，然时啖其舌[12]。三年，麋出门，见外犬在道甚众，走欲与为戏。外犬见而喜且怒，共杀食之，狼藉道上[13]。麋至死不悟。

## 黔之驴

黔无驴[14]，有好事者船载以入。至则无可用，放之山下。虎见之，庞然大物也，以为神。蔽林间窥之，稍出近之，慭慭然莫相知[15]。他日，驴一鸣，虎大骇，远遁，以为且噬己也，甚恐。然往来视之，觉无异能者。益习其声，又近出前后，终不敢搏。稍近，益狎，荡倚冲冒[16]，驴不胜怒，蹄之。虎因喜，计之曰："技止此耳！"因跳踉大㘎[17]，断其喉，尽其肉，乃去。噫！形之庞也类有德，声之宏也类有能。向不出其技[18]，虎虽猛，疑畏，卒不敢取。今若是焉，悲夫！

## 永某氏之鼠

永有某氏者[19]，畏日[20]，拘忌异甚。以为己生岁直子[21]，鼠，子神也。因爱鼠，不畜猫犬，禁僮勿击鼠。仓廪庖厨，悉以恣鼠不问。由是鼠相告，皆来某氏，饱食而无祸。某氏室无完器，椸无完衣[22]，饮食大率鼠之余也。昼累累与人兼行[23]，夜则窃啮斗暴[24]，其声万状，不可以寝。终不厌。数岁，某氏徙居他州。后人来居，鼠为态如故。其人曰：
"是阴类恶物也[25]，盗暴尤甚，且何以至是乎哉！"假五六猫，阖门撤
瓦，灌穴，购僮罗捕之[26]。杀鼠如丘，弃之隐处，臭数月乃已。呜呼！
彼以其饱食无祸为可恒也哉[27]！

中华书局校点本《柳宗元集》卷一九

### 【注释】

[1] 恒恶（wù）：常常憎恶。[2]"不推己"二句：不知审查自己的实际能力，仗着有所凭借而肆意横行。推，推究。乘物，指有所倚恃。即下文的"依势"、"窃时"。[3] 干：触犯。[4] 迨：及。[5] 临江：忠州临江县（今四川忠县）。[6] 畋（tián）：打猎。麋（mí）麑（ní）：幼鹿。麋，俗称四不像。[7] 怛：使惊惧。[8] 习：常。[9] 稍：渐渐。[10] 良：真。[11]"抵触"二句：犬麋嬉戏的样子。抵触，用头角相触。偃，往后倒。仆，往前倒。狎，亲昵。[12] 啖（dàn）其舌：形容犬对麋垂涎又强忍的状态。啖，咬嚼。借作舔讲。[13] 狼藉：散乱貌。指麋的皮毛骨头散落地上。[14] 黔：唐州名，治所在今四川彭水。[15] 慭（yìn）慭然：敬畏的样子。[16] 荡倚冲冒：形容虎对驴戏侮狎弄的状态。荡，游荡。倚，靠拢。冲冒，冲撞冒犯。[17] 跳踉（liáng）：跳跃。㘎（hǎn）：咆哮怒吼。[18] 向：原先。[19] 永：永州。[20] 畏日：怕犯日忌。古人迷信，认为某些年、月、日不宜做某种事情，称为日忌。[21] 生岁直子：生年正当子年。直，通"值"。[22] 椸（yí）：衣架。[23] 累累：连贯成串的样子。兼行：并行。[24] 窃啮：偷咬东西。斗暴：争斗喧闹。[25] 阴类：在阴暗处活动的动物。[26] 购僮罗捕之：出钱雇人围捉老鼠。罗，网。[27] 恒：常，永久。

### 【审美点评】

《三戒》的三个寓言主题统一，又可独立成章。篇幅短小，但情节曲折生动，含意深刻，耐人寻味。

# 钴鉧潭西小丘记

**【题解】** 此为柳宗元《永州八记》中的第三篇，作于元和四年（809）。本篇写小丘群石的奇形怪状和游览时的别有会心。对小丘"货而不售"命运的感慨，隐含着作者对自身怀才受谤、远贬僻地的不平之鸣。钴（gǔ）鉧（mǔ），熨斗，潭形如熨斗，故名。

得西山后八日，寻山口西北道二百步[1]，又得钴鉧潭。潭西二十五步，当湍而浚者为鱼梁[2]。梁之上有丘焉，生竹树。其石之突怒偃蹇[3]，负土而出，争为奇状者，殆不可数。其嵚然相累而下者[4]，若牛马之饮于溪；其冲然角列而上者[5]，若熊罴之登于山。丘之小不能一亩，可以

笼而有之。问其主，曰："唐氏之弃地，货而不售[6]。"问其价，曰："止四百。"余怜而售之[7]。李深源、元克己时同游[8]，皆大喜，出自意外。即更取器用[9]，铲刈秽草[10]，伐去恶木[11]，烈火而焚之[12]。嘉木立，美竹露，奇石显。由其中以望，则山之高，云之浮，溪之流，鸟兽之遨游，举熙熙然回巧献技，以效兹丘之下[13]。枕席而卧，则清泠之状与目谋[14]，潎潎之声与耳谋[15]，悠然而虚者与神谋[16]，渊然而静者与心谋[17]。不匝旬而得异地者二[18]，虽古好事之士，或未能至焉。

噫！以兹丘之胜，致之沣、镐、鄠、杜[19]，则贵游之士争买者，日增千金而愈不可得。今弃是州也，农夫渔父过而陋之[20]，贾四百[21]，连岁不能售。而我与深源、克己独喜得之，是其果有遭乎[22]！书于石，所以贺兹丘之遭也。

中华书局校点本《柳宗元集》卷二九

**【注释】**

[1] 寻：缘，沿着。[2]"当湍"二句：在水急而深的地方是一座鱼梁。湍，急流。浚，深。鱼梁，筑堰拦水捕鱼的一种设施。用石块或竹、木等材料筑成坝堰横截水流，中留缺口，拦捕游鱼。[3] 突怒：突起貌。偃蹇：屈曲起伏貌。[4] 嵚（qīn）然：石势耸立貌。相累：互相叠压。[5] 冲然：突起貌。角：竞争。列：排列。[6] 货而不售：作价待卖而未卖出。货，卖。售，卖出。[7] 售之：使之售出。[8] 李深源、元克己：作者友人，此时同贬居永州。[9] 器用：器具。[10] 刈（yì）：割。秽草：杂草。[11] 恶木：不成材的杂木。[12] 烈火：燃起猛火。烈，作动词用。[13]"举熙熙然"二句：都和乐地运其巧慧，献出长技，以自效于小丘之下。举，都。熙熙然，和乐貌。回，运。效，呈献。[14] 清泠（líng）：此指天空的清澈明净。谋：合。[15] 潎（yíng）潎：泉水回流声。[16] 悠然而虚者：指渺远空灵的境界。[17] 渊然而静者：指幽深清静的气氛。[18]"不匝"句：不满十天而得到两处奇境。匝，周，绕一圈。旬，十日。异地，胜地。指钴鉧潭和小丘。[19] 沣（fēng）：在今陕西户县东。镐（hào）：在今陕西西安西南。鄠（hù）：在今陕西户县北。杜：杜陵，在今西安东南。四地都是唐代帝都近郊豪贵们居住的地方。[20] 陋之：轻视它。[21] 贾：同"价"。[22] 遭：遭逢，际遇。

**【审美点评】**

西小丘的特点在于群石的奇形怪状，作者抓住这一特点，运用比喻，以细致入微的文笔将姿态万千的小丘描摹得活灵活现，如在目前。柳宗元沦落天涯久贬不迁的痛楚哀怨，通过对小丘命运的感叹得到抒发，自然而巧妙。

# 白行简

白行简（776—826），字知退。祖籍太原，徙居下邽（今陕西渭南）。白居易之弟。元和二年（807）进士，曾任秘书省校书郎、左拾遗、主客郎中。《旧唐书》本传说他"文笔有兄风，辞赋尤称精密，文士皆师法之"，"有文集二十卷"。

## 李娃传

【题解】本篇又名《汧国夫人传》，是作者在民间说唱故事《一枝花话》的基础上加工而成的，写妓女李娃与荥阳公子郑生曲折复杂最终圆满结合的爱情婚姻故事，反映了当时社会婚姻的门第问题。

汧国夫人李娃[1]，长安之倡女也[2]。节行瑰奇[3]，有足称者，故监察御史白行简为传述[4]。

天宝中[5]，有常州刺史荥阳公者，略其名氏，不书。时望甚崇，家徒甚殷。知命之年[6]，有一子，始弱冠矣，隽朗有词藻，迥然不群，深为时辈推伏。其父爱而器之，曰："此吾家千里驹也。"应乡赋秀才举[7]，将行，乃盛其服玩车马之饰，计其京师薪储之费，谓之曰："吾观尔之才，当一战而霸。今备二载之用，且丰尔之给，将为其志也。"生亦自负，视上第如指掌[8]。自毗陵发[9]，月余抵长安，居于布政里[10]。

尝游东市还[11]，自平康东门入[12]，将访友于西南。至鸣珂曲[13]，见一宅，门庭不甚广，而室宇严邃。阖一扉，有娃方凭一双鬟青衣立[14]，妖姿要妙[15]，绝代未有。生忽见之，不觉停骖久之，徘徊不能去。乃诈坠鞭于地，候其从者，敕取之[16]。累眄于娃，娃回眸凝睇，情甚相慕。竟不敢措辞而去。

生自尔意若有失，乃密征其友游长安之熟者，以讯之。友曰："此狭邪女李氏宅也[17]。"曰："娃可求乎？"对曰："李氏颇赡[18]，前与通之者多贵戚豪族，所得甚广。非累百万，不能动其志也。"生曰："苟患其不谐，虽百万，何惜！"

他日，乃洁其衣服，盛宾从而往[19]。扣其门，俄有侍儿启扃。生曰："此谁之第耶？"侍儿不答，驰走大呼曰："前时遗策郎也。"娃大悦曰："尔姑止之。吾当整妆易服而出。"生闻之私喜。乃引至萧墙间[20]，见一姥垂白上偻[21]，即娃母也。生跪拜前致词曰："闻兹地有隙院，愿税以居[22]，信乎？"姥曰："惧其浅陋湫隘[23]，不足以辱长者所处，安敢言直耶[24]？"延生于迟宾之馆[25]，馆宇甚丽。与生偶坐[26]，因曰："某有女娇小，技艺薄劣，欣见宾客，愿将见之。"乃命娃出。明眸皓腕，举步艳冶。生遽惊起，莫敢仰视。与之拜毕，叙寒燠[27]，触类妍媚[28]，目所未睹。复坐，烹茶斟酒，器用甚洁。久之，日暮，鼓声四动。姥访其居远近。生绐之曰："在延平门外数里[29]。"——冀其远而见留也。姥曰："鼓已发矣。当速归，无犯禁。"生曰："幸接欢笑，不知日之云夕。道里辽阔，城内又无亲戚。将若之何？"娃曰："不见责僻陋，方将居之，宿何害焉。"生数目姥。姥曰："唯唯。"生乃召其家僮，持双缣[30]，请以备一宵之馔。娃笑而止之曰："宾主之仪，且不然也。今夕之费，愿以贫窭之家，随其粗粝以进之。其余以俟他辰。"固辞，终不许。俄徙坐西堂，帷幕帘榻，焕然夺目；妆奁衾枕，亦皆侈丽。乃张烛进馔，品味甚盛。彻馔[31]，姥起。生娃谈话方切，诙谐调笑，无所不至。生曰："前偶过卿门，遇卿适在屏间。厥后心常勤念，虽寝与食，未尝或舍。"娃答曰："我心亦如之。"生曰："今之来，非直求居而已，愿偿平生之志。但未知命也若何？"言未终，姥至，询其故，具以告。姥笑曰："男女之际，大欲存焉[32]。情苟相得，虽父母之命，不能制也。女子固陋[33]，曷足以荐君子之枕席[34]？"生遂下阶，拜而谢之曰："愿以己为厮养[35]。"姥遂目之为郎[36]，饮酬而散。

及旦，尽徙其囊橐，因家于李之第。自是生屏迹戢身[37]，不复与亲知相闻。日会倡优侪类，狎戏游宴。囊中尽空，乃鬻骏乘，及其家童。岁余，资财仆马荡然。迩来姥意渐怠，娃情弥笃。

他日，娃谓生曰："与郎相知一年，尚无孕嗣。常闻竹林神者，报应如响[38]，将致荐酹求之[39]，可乎？"生不知其计，大喜。乃质衣于肆，以备牢醴[40]，与娃同谒祠宇而祷祝焉，信宿而返[41]。策驴而后，至里北门，娃谓生曰："此东转小曲中，某之姨宅也。将憩而觐之，可乎？"生如其言，前行不逾百步，果见一车门。窥其际，甚弘敞。其青衣自车后止之曰："至矣。"生下，适有一人出访曰："谁？"曰："李娃也。"乃入告。俄有一妪至，年可四十余，与生相迎，曰："吾甥来否？"娃下车，妪逆访之曰："何久疏绝？"相视而笑。娃引生拜之。

　　既见，遂偕入西戟门偏院[42]。中有山亭，竹树葱蒨[43]，池榭幽绝。生谓娃曰："此姨之私第耶？"笑而不答，以他语对。俄献茶果，甚珍奇。食顷，有一人控大宛[44]，汗流驰至，曰："姥遇暴疾颇甚，殆不识人。宜速归。"娃谓姨曰："方寸乱矣！某骑而前去，当令返乘，便与郎偕来。"生拟随之。其姨与侍儿偶语[45]，以手挥之，令生止于户外，曰："姥且殁矣。当与某议丧事以济其急，奈何遽相随而去？"乃止，共计其凶仪斋祭之用。日晚，乘不至。姨言曰："无复命，何也？郎骤往觇之，某当继至。"生遂往，至旧宅，门扃钥甚密，以泥缄之。生大骇，诘其邻人。邻人曰："李本税此而居，约已周矣[46]。第主自收。姥徙居，而且再宿矣。"徵徙何处，曰："不详其所。"生将驰赴宣阳[47]，以诘其姨，日已晚矣，计程不能达[48]。乃弛其装服[49]，质馔而食[50]，赁榻而寝，生恚怒方甚，自昏达旦，目不交睫。质明[51]，乃策蹇而去[52]。既至，连扣其扉，食顷无人应。生大呼数四，有宦者徐出。生遽访之："姨氏在乎？"曰："无之。"生曰："昨暮在此，何故匿之？"访其谁氏之第。曰："此崔尚书宅[53]。昨者有一人税此院，云迟中表之远至者。未暮去矣。"

　　生惶惑发狂，罔知所措，因返访布政旧邸。邸主哀而进膳。生怨懑，绝食三日，遘疾甚笃，旬余愈甚。邸主惧其不起，徙之于凶肆之中[54]。绵缀移时[55]，合肆之人共伤叹而互饲之。后稍愈，杖而能起。由是凶肆日假之，令执绋帷[56]，获其直以自给。累月，渐复壮。每听其哀歌，自叹不及逝者，辄呜咽流涕，不能自止。归则效之。生，聪敏者也。无何，曲尽其妙，虽长安无有伦比。

　　初，二肆之佣凶器者，互争胜负。其东肆车舆皆奇丽，殆不敌，唯哀挽劣焉。其东肆长知生妙绝，乃醵钱二万索顾焉[57]。其党耆旧[58]，共较其所能者，阴教生新声，而相赞和。累旬，人莫知之。其二肆长相谓曰："我欲各阅所佣之器于天门街[59]，以较优劣。不胜者罚直五万，以备酒馔之用，可乎？"二肆许诺。乃邀立符契，署以保证，然后阅之。士女大和会[60]，聚至数万。于是里胥告于贼曹[61]，贼曹闻于京尹[62]。四方之士，尽赴趋焉，巷无居人。自旦阅之，及亭午，历举辇舆威仪之具，西肆皆不胜，师有惭色。乃置层榻于南隅[63]，有长髯者，拥铎而进[64]，翊卫数人[65]。于是奋髯扬眉，扼腕顿颡而登[66]，乃歌《白马》之词[67]；恃其夙胜[68]，顾眄左右，旁若无人。齐声赞扬之；自以为独步一时，不可得而屈也。有顷，东肆长于北隅上设连榻[69]，有乌巾少年，左右五六人，秉翣而至[70]，即生也。整衣服，俯仰甚徐，申喉发调，容若不胜[71]。乃歌《薤露》之章[72]，举声清越，响振林木[73]，曲度未终，闻者歔欷掩泣。西肆长为众所诮，益惭耻。密置所输之直于前，乃潜遁焉。四坐愕眙[74]，莫之测也。

先是，天子方下诏，俾外方之牧，岁一至阙下[75]，谓之"入计"。时也适遇生之父在京师，与同列者易服章窃往观焉[76]。有老竖[77]——即生乳母婿也——见生之举措辞气，将认之而未敢，乃泫然流涕。生父惊而诘之。因告曰："歌者之貌，酷似郎之亡子[78]。"父曰："吾子以多财为盗所害，奚至是耶？"言讫，亦泣。及归，竖间驰往，访于同党曰："向歌者谁？若斯之妙欤？"皆曰："某氏之子。"征其名，且易之矣。竖凛然大惊；徐往，迫而察之。生见竖色动，回翔将匿于众中[79]。竖遂持其袂曰："岂非某乎？"相持而泣。遂载以归。至其室，父责曰："志行若此，污辱吾门！何施面目，复相见也？"乃徒行出，至曲江西杏园东[80]，去其衣服，以马鞭鞭之数百。生不胜其苦而毙。父弃之而去。

其师命相狎昵者阴随之，归告同党，共加伤叹。令二人赍苇席瘗焉[81]。至，则心下微温。举之，良久，气稍通。因共荷而归，以苇筒灌勺饮，经宿乃活。月余，手足不能自举。其楚挞之处皆溃烂，秽甚。同辈患之，一夕，弃于道周[82]。行路咸伤之，往往投其余食，得以充肠。十旬，方杖策而起。被布裘，裘有百结，褴褛如悬鹑[83]。持一破瓯，巡于闾里，以乞食为事。自秋徂冬，夜入于粪壤窟室，昼则周游廛肆[84]。

一旦大雪，生为冻馁所驱，冒雪而出，乞食之声甚苦。闻见者莫不凄恻。时雪方甚，人家外户多不发。至安邑东门[85]，循里垣北转第七八，有一门独启左扉，即娃之第也。生不知之，遂连声疾呼："饥冻之甚！"音响凄切，所不忍听。娃自阁中闻之，谓侍儿曰："此必生也。我辨其音矣。"连步而出。见生枯瘠疥疠[86]，殆非人状。娃意感焉，乃谓曰："岂非某郎也？"生愤懑绝倒，口不能言，颔颐而已[87]。娃前抱其颈，以绣襦拥而归于西厢。失声长恸曰："令子一朝及此，我之罪也！"绝而复苏。姥大骇，奔至，曰："何也？"娃曰："某郎。"姥遽曰："当逐之。奈何令至此？"娃敛容却睇曰[88]："不然。此良家子也。当昔驱高车，持金装，至某之室，不逾期而荡尽。且互设诡计，舍而逐之，殆非人。令其失志，不得齿于人伦。父子之道，天性也。使其情绝，杀而弃之，又困踬若此[89]。天下之人尽知为某也。生亲戚满朝，一旦当权者熟察其本末，祸将及矣。况欺天负人，鬼神不佑，无自贻其殃也。某为姥子，迨今有二十岁矣。计其资，不啻直千金[90]。今姥年六十余，愿计二十年衣食之用以赎身，当与此子别卜所诣[91]。所诣非遥，晨昏得以温凊[92]。某愿足矣。"姥度其志不可夺，因许之。给姥之余，有百金。北隅四五家税一隙院。乃与生沐浴，易其衣服。为汤粥，通其肠；次以酥乳润其脏；旬余，方荐水陆之馔。头巾履袜，皆取珍异者衣之。未数月，肌肤稍腴；卒岁，平愈如初。

异时，娃谓生曰："体已康矣，志已壮矣。渊思寂虑[93]，默想曩昔之艺业[94]，可温习乎？"生思之，曰："十得二三耳。"娃命车出游，生骑而从。至旗亭南偏门鬻坟典之肆[95]，令生拣而市之，计费百金，尽载以归。因令生斥弃百虑以志学，俾夜作昼，孜孜矻矻[96]。娃常偶坐，宵分乃寐[97]。伺其疲倦，即谕之缀诗赋。二岁而业大就，海内文籍，莫不该览[98]。生谓娃曰："可策名试艺矣[99]。"娃曰："未也。且令精熟，以俟百战。"更一年，曰："可行矣。"于是遂一上登甲科[100]，声振礼闱[101]。虽前辈见其文，罔不敛衽敬羡[102]，愿友之而不可得[103]。娃曰："未也。今秀士[104]，苟获擢一科第，则自谓可以取中朝之显职，擅天下之美名。子行秽迹鄙，不侔于他士。当砻淬利器[105]，以求再捷，方可以连衡多士[106]，争霸群英。"生由是益自勤苦，声价弥甚。其年，遇大比[107]，诏徵四方之隽，生应直言极谏科，策名第一[108]，授成都府参军。三事以降[109]，皆其友也。

将之官，娃谓生曰："今之复子本躯，某不相负也。愿以残年，归养老姥。君当结媛鼎族[110]，以奉蒸尝[111]。中外婚媾，无自黩也[112]。勉思自爱。某从此去矣。"生泣曰："子若弃我，当自刭以就死！"娃固辞不从，生勤请弥恳。娃曰："送子涉江，至于剑门，当令我回。"生许诺。月余，至剑门。未及发而除书至[113]，生父由常州诏入，拜成都尹，兼剑南采访使[114]。浃辰[115]，父到。生因投刺[116]，谒于邮亭[117]。父不敢认，见其祖父官讳，方大惊，命登阶，抚背恸哭移时，曰："吾与尔父子如初。"因诘其由，具陈其本末。大奇之，诘娃安在。曰："送某至此，当令复还。"父曰："不可。"翌日，命驾与生先之成都，留娃于剑门，筑别馆以处之。明日，命媒氏通二姓之好，备六礼以迎之[118]，遂如秦晋之偶。

娃既备礼，岁时伏腊[119]，妇道甚修，治家严整，极为亲所眷。向后数岁，生父母偕殁，持孝甚至。有灵芝产于倚庐，一穗三秀[120]。本道上闻[121]。又有白燕数十[122]，巢其层甍[123]。天子异之，宠锡加等。终制[124]，累迁清显之任[125]。十年间，至数郡。娃封汧国夫人。有四子，皆为大官；其卑者犹为太原尹。弟兄姻媾皆甲门[126]，内外隆盛，莫之与京[127]。

嗟乎！倡荡之姬，节行如是，虽古先烈女，不能逾也。焉得不为之叹息哉！

予伯祖尝牧晋州[128]，转户部[129]，为水陆运使[130]，三任皆与生为代[131]，故谙详其事。贞元中，予与陇西李公佐话妇人操烈之品格[132]，因遂述汧国之事。公佐拊掌竦听，命予为传。乃握管濡翰[133]，疏而存之[134]。时乙亥岁秋八月[135]，太原白行简云。

人民文学出版社版张友鹤《唐宋传奇选》

**【注释】**

[1] 汧（qiān）国夫人：汧国，汧阳郡，今陕西千阳县一带。《旧唐书·百官志一》："文武官一品、国公之母、妻，为国夫人。"[2] 倡：通"娼"。[3] 瑰奇：卓越，美好。[4] 监察御史：隋唐官名，职掌纠察百官，巡按州县。[5] 天宝：唐玄宗李隆基年号（742—756）。[6] 知命之年：五十岁。《论语·为政》："五十而知天命。"[7] 应乡赋秀才举：由州县选拔至京师应试。乡赋，乡贡。唐代科举制度，由州县选送者称乡贡，应举者通称为秀才。[8] 上第：考试取得高名次。指掌：比喻事情容易做到。[9] 毗陵：古代郡名，即常州。[10] 布政里：即布政坊。长安里坊名，在皇城西第一街第四坊。[11] 东市：唐代长安有东西二市，是商业荟萃之处。[12] 平康：长安里坊名，也称北里。为皇城东第一街第八坊。是妓女聚居之地。东门：平康里有四门，此指其东门。[13] 鸣珂曲：疑为平康里内小巷名。[14] 青衣：古时地位低下的人穿青衣，后因以称婢女。[15] 要（yāo）妙：同"要眇"，美好。[16] 敕：命令。[17] 狭邪女：妓女。狭邪，同"狭斜"。[18] 赡：富足。[19] 盛宾从：随从众多。[20] 萧墙：照壁。[21] 垂白：头发渐白。上偻：驼背。[22] 税：租借。[23] 湫（jiǎo）隘：低湿狭小。[24] 直：同"值"。[25] 迟（zhì）宾：接待宾客。[26] 偶坐：同坐。[27] 叙寒燠（yù）：问寒问暖。燠，暖。[28] 触类妍媚：举止动静，无不美丽。[29] 延平门：长安西城有三门：北曰开远门，中曰金光门，南曰延平门。[30] 缣（jiān）：浅黄色细绢。汉代以后多用为货币或赏赐酬谢的礼物。[31] 彻馔：把宴席撤下。[32] "男女"二句：《礼记·礼运》："饮食男女，人之大欲存焉。"[33] 固陋：本义为见识浅陋，此言才貌够不上。[34] 荐枕席：侍寝。[35] 厮养：奴仆。[36] 郎：妇称夫为郎。此从其女的称呼。[37] 屏迹戢（jí）身：深居不出。屏、戢，都是隐藏之意。[38] 报应如响：很灵验。如响，如声音之有回响。[39] 荐酹：洒酒于地以祭神的仪式。荐，进献。[40] 牢：祭祀用的牛羊豕三牲。醴：甜酒。[41] 信宿：连住两夜。[42] 戟门：唐制，三品以上官员可立戟于门，因此称权贵之家为戟门。[43] 葱蒨（qiàn）：形容草木苍翠茂盛。[44] 控大宛（yuān）：骑骏马。大宛，汉代西域诸国之一。因其地产名马，后也称良马为

"大宛"。[45] 偶语：两人相对私语。[46] 约已周：租约已到期。[47] 宣阳：长安里坊名，在平康里南。[48] "日已晚矣"二句：平康和宣阳里距离很近，作者说"计程不能达"，是小说家信笔漫书，不可据实。[49] 驰：解下，脱下。[50] 质馔而食：抵押了一顿饭吃。[51] 质明：天刚亮的时候。[52] 策蹇：骑驴。[53] 尚书：唐朝尚书省各部的长官称尚书。[54] 凶肆：专售丧事用品并为丧家办理殡仪葬礼的店家。[55] 绵缀：缠绵委顿的样子，指病情沉重。[56] 繐 (suì) 帷：灵帐。[57] 醵 (jù)：大家凑钱。顾，同"雇"。[58] 耆 (qí) 旧：此指老师傅。[59] 天门街：东都洛阳有天门街，或曰天街。此处当是类指长安街市。[60] 大和会：大聚会。《尚书·周书·康诰》："四方民大和会。"孔安国传："四方之民大和悦而集会。"[61] 里胥：古代乡里之职，相当于地保。贼曹：州郡负责治安的官吏。[62] 京尹："京兆尹"的简称，京师地区的行政长官。[63] 层榻：高座椅。[64] 铎：此指唱挽歌时用的大铃。[65] 翊 (yì)：辅佐、帮助。[66] 扼腕：握持手腕，表示振奋的情绪。顿颡 (sǎng)：点头。颡，额头。[67]《白马》之词：挽歌。《后汉书·范式传》载张劭死，将葬，"(式) 素车白马，号哭而来。"后人因以"素车白马"为送葬之词。[68] 夙胜：向来擅长。[69] 连榻：并坐的长椅子。[70] 翣 (shà)：羽毛做的大扇子，古代出殡时叫人拿着随在棺材两旁的一种仪物。[71] 不胜 (shēng)：不能承受，受不了。[72]《薤 (xiè) 露》之章：古代的挽歌。晋崔豹《古今注》卷中："《薤露》、《蒿里》并丧歌也。出田横门人，横自杀，门人伤之，为之悲歌，言人命如薤上之露，易晞灭也；亦谓人死，魂魄归乎蒿里。"[73] 响振林木：形容歌声美妙。《列子·汤问》：秦青"抚节悲歌，声振林木，响遏行云"。[74] 愕眙 (chì)：吃惊得呆住了。眙，直视，瞪着眼。[75] "俾 (bǐ) 外方"二句：使各州郡的行政长官，每年到京城来一次。[76] 易服章：换衣服。指脱去官服换上便服。[77] 老竖：老仆人。[78] 郎：奴仆对年轻主人的称呼。[79] 回翔：本指回旋而飞，此指迂回而行。[80] 曲江：即曲江池，在长安东南，以水流曲折得名。其地南面有紫云楼、芙蓉苑，西面有杏园、慈恩寺，北面有乐游原，唐时为都中人士游览的胜地。[81] 赍 (jī)：带着。瘗：埋葬。[82] 道周：路旁。[83] 悬鹑 (chún)：倒挂的鹑。鹑鸟尾秃，因以形容破烂的衣服。[84] 廛 (chán) 肆：市肆。亦泛指街市。[85] 安邑：长安里坊名，为皇城第二街第四坊。[86] 疥疠：生疥癞疮，毛发掉落。[87] 颔颐：点头。颐，面颊。[88] 却睇 (dì)：回头斜视。[89] 困踬 (zhì)：穷困潦倒。[90] 不啻 (chì)：不止。[91] 别卜所诣：另找住所。[92] 晨昏得以温清 (qìng)：早晚可以侍候问安。《礼记·曲礼上》："凡为人子之礼，冬温而夏清，昏定而晨省。"谓侍奉父母，冬天温被使暖，夏天扇席使凉，夜晚铺好床褥，早晨前往问安。[93] 渊思寂虑：深思默虑。[94] 艺业：指科举文章。[95] 旗亭：有二义：一为市楼，古代观察、指挥集市的所在，上立有旗。一为酒楼，悬旗为酒招。此处当指市楼。坟典：指书。古代传说有《三坟》、《五典》等古书。[96] 孜孜矻 (kū) 矻：努力勤奋貌。[97] 宵分：夜半。[98] 该览：尽览。[99] 策名：书名于策，此指报名参加科举考试。[100] 甲科：甲等。唐代科举考试，明经有甲、乙、丙、丁四科，进士有甲、乙二科。《新唐书·选举志上》："凡进士，试时务策五道、帖一大经，经策全通，为甲第；策通四、帖过四以上，为乙第。"[101] 礼闱：指礼部。古代科举考试的会试由礼部掌管。[102] 敛衽：整理衣襟，表示恭敬。[103] 女之：指把女儿许配给他为妻。女，一作"友"。[104] 秀士：应试者的通称。[105] 砻 (lóng) 淬 (cuì)：磨炼刀刃，喻刻苦锻炼。[106] 连衡：指结交。[107] 大比：周代每三年对乡吏进行考核，选择贤能，称大比。隋唐以后泛指科举考试。[108] 策名：题名，列名。[109] 三事：即三公。《新唐书·百官志》："太尉、司徒、司空各一人，是为三公，皆正一品。"[110] 结媛鼎族：与出身豪门的淑女结为婚姻。

鼎族，豪门贵族。[111] 奉蒸尝：主持祭祀。蒸尝，本指秋冬二祭，后泛指祭祀。[112] "中外"二句：谓当与高贵的门族通婚，不要降低了自己的身份。中外，内外亲戚，此指外戚。黩（dú），玷污。[113] 除书：任命和调动官吏的文书。[114] 剑南：道名，治所在益州（今四川成都）。采访使，即采访处置使，掌管监察州县官吏。[115] 浃（jiā）辰：即十二天。浃，周遍，周遭。辰，时日。自子到亥十二辰。[116] 投刺：投递名帖。[117] 邮亭：传送文书并提供住宿的驿馆。[118] 六礼：古时结婚有六礼：纳采、问名、纳吉、纳征、请期、亲迎。[119] 岁时伏腊：指过年过节。伏日在夏，腊日在冬，都是古代的节日。[120] 倚庐：守丧住的草房。一穗三秀：一根穗开三朵花。[121] 本道：成都府属剑南道，故称。[122] 白燕：古时认为代表祥瑞的鸟。[123] 层甍（méng）：高耸的屋脊。[124] 终制：三年守制期满。制，居丧的礼制。[125] 清显之任：高贵的官职。[126] 甲门：高门。[127] 莫之与京：没有人可以和他比大小。京，大。[128] 伯祖：父亲的伯父。牧晋州：做晋州刺史。晋州，治所在今山西汾阳。[129] 户部：尚书省六部之一，掌管全国土地、户籍、赋税、财政收支等事务。[130] 水陆运使：唐玄宗时置水陆运使，管理洛阳、长安间粮米运输事务，一般由刺史兼任。[131] 为代：指做前后任。[132] 李公佐：字颛蒙。约贞元末、元和初登进士第，为唐代传奇作家，所作传奇今存《南柯太守传》、《谢小娥传》、《庐江太守传》等篇。[133] 握管濡翰：持笔蘸墨。[134] 疏：详细记述。[135] 乙亥：唐德宗贞元十一年（795）。

**【审美点评】**

李娃与郑生的圆满结合，在门第观念强烈的唐代，是完全不可能的，是作者理想化的结果。虽然这个结局不符合现实真实，却符合世俗大众"善有善报"的愿望，因而能为人们接受和喜爱。就形象塑造而言，无疑是李娃的形象更具光彩；而就人物命运的波澜起伏而言，郑生的遭遇更引人关注。随着郑生的金尽被弃、凶肆竞歌、遭父鞭毙、乞食闾里，小说缓缓展开一幅生动的唐代生活画卷，鲜活而丰满。

# 元　稹

元稹（779—831），字微之，别字威明，为北魏鲜卑族拓跋部后裔，洛阳人。幼年丧父，随母投靠舅舅。贞元九年（793）明经及第。十九年登书判拔萃科，授秘书省校书郎。元和四年任监察御史，因得罪宦官，贬江陵府士曹参军。后历通州（今四川达州）司马、虢州长史、膳部员外郎，擢祠部郎中，知制诰。长庆二年（822）与裴度同时拜相。大和三年（829）为尚书左丞，五年，卒于武昌军节度使任上，赠尚书右仆射。元稹和白居易并称"元白"。元稹诗中成就最大的是乐府诗，其艳体诗和悼亡诗亦颇具特色。有《元氏长庆集》。

# 三遣悲怀（三首选一）

**【题解】** 此诗约写于元和六年（811）前，元稹以监察御史分司东都。诗为悼念亡妻韦丛所作。韦丛二十岁嫁给元稹，元和四年（809）七月去世，年仅二十七岁。此题共三首，第一首写生前，第二首写死后，第三首自悲。此为第二首，情真意切，凄婉动人。

昔日戏言身后意[1]，今朝皆到眼前来[2]。衣裳已施行看尽[3]，针线犹存未忍开。尚想旧情怜婢仆[4]，也曾因梦送钱财。诚知此恨人人有[5]，贫贱夫妻百事哀。

中华书局冀勤校点本《元稹集》卷九

**【注释】**
[1] 身后：死后。[2] 皆：一作"都"。[3] 衣裳：指妻子生前的衣服。施：施舍与人。行：快要。[4] 情：生前情分。怜婢仆：因思念妻子的贤惠而爱及奴仆。[5] 此恨：死别之恨。

**【审美点评】**
《遣悲怀》用浅近之语，写真挚之情，抒发了对亡妻的悲悼和丧妻之痛，因其真实，故而感人。

# 行　宫

**【题解】** 此诗写宫女的寂寞悲哀。行宫可能指洛阳的上阳宫。

寥落古行宫，宫花寂寞红。白头宫女在，闲坐说玄宗。

中华书局冀勤校点本《元稹集》卷一五

**【审美点评】**
此诗言约意丰，所表现的内容与作者的另一长诗《连昌宫词》及白居易《上阳白发人》类似，而体制更加简短精练，含蓄生动。

# 莺莺传

**【题解】**《莺莺传》又名《会真记》。写张生对崔莺莺"始乱终弃"的恋情故事，展示了情与礼的矛盾。

贞元中，有张生者，性温茂[1]，美风容，内秉坚孤[2]，非礼不可入。或朋从游宴，扰杂其间，他人皆汹汹拳拳，若将不及[3]，张生容顺而已[4]，终不能乱。以是年二十三，未尝近女色。知者诘之。谢而言曰："登徒子非好色者[5]，是有凶行；余真好色者，而适不我值。何以言之？大凡物之尤者[6]，未尝不留连于心，是知其非忘情者也。"诘者识之。

无几何，张生游于蒲[7]。蒲之东十馀里，有僧舍曰普救寺，张生寓焉。适有崔氏孀妇，将归长安，路出于蒲，亦止兹寺。崔氏妇，郑女也。张出于郑[8]，绪其亲，乃异派之从母[9]。是岁，浑瑊薨于蒲[10]。有中人丁文雅[11]，不善于军，军人因丧而扰，大掠蒲人。崔氏之家，财产甚厚，多奴仆。旅寓惶骇，不知所托。先是，张与蒲将之党有善，请吏护之，遂不及于难。十馀日，廉使杜确将天子命以总戎节[12]，令于军，军由是戢[13]。

郑厚张之德甚，因饰馔以命张[14]，中堂宴之。复谓张曰："姨之孤嫠未亡[15]，提携幼稚。不幸属师徒大溃，实不保其身。弱子幼女，犹君之生，岂可比常恩哉！今俾以仁兄礼奉见，冀所以报恩也。"命其子，曰欢郎，可十余岁，容甚温美。次命女："出拜尔兄，尔兄活尔。"久之，辞疾[16]。郑怒曰："张兄保尔之命，不然，尔且掳矣。能复远嫌乎[17]？"久之，乃至。常服睟容[18]，不加新饰，垂鬟接黛[19]，双脸销红而已[20]。颜色艳异，光辉动人。张惊，为之礼。因坐郑旁。以郑之抑而见也[21]，凝睇怨绝，若不胜其体者[22]。问其年纪，郑曰："今天子甲子岁之七月，终于贞元庚辰，生年十七矣[23]。"张生稍以词导之，不对。终席而罢。张自是惑之，愿致其情，无由得也。

崔之婢曰红娘。生私为之礼者数四，乘间遂道其衷。婢果惊沮，腆然而奔[24]。张生悔之。翼日[25]，婢复至。张生乃羞而谢之，不复云所求矣。婢因谓张曰："郎之言，所不敢言，亦不敢泄。然而崔之姻族，君所详也。何不因其德而求娶焉？"张曰："余始自孩提，性不苟合。或时纨绮闲居[26]，曾莫流盼。不为当年，终有所蔽[27]。昨日一席间，几不自持。数日来，行忘止，食忘饱，恐不能逾旦暮，若因媒氏而娶，纳采问名[28]，则三数月间，索我于枯鱼之肆矣[29]。尔其谓我何[30]？"婢曰："崔之贞慎自保，虽所尊不可以非语犯之[31]。下人之谋，固难入矣。然而善属文[32]，往往沉吟章句，怨慕者久之[33]。君试为喻情诗以乱之[34]，不然，则无由也。"张大喜，立缀《春词》二首以授之。是夕，红娘复至，持彩笺以授张，曰："崔所命也。"题其篇曰《明月三五夜》。其词曰："待月西厢下，迎风户半开。拂墙花影动，疑是玉人来。"张亦微喻其旨。是夕，岁二月旬有四日矣[35]。崔之东有杏花一株，攀援可逾。既望之夕[36]，张因梯其树而逾焉。达于西厢，则户半开矣。红娘寝于床上，因惊之。红娘骇曰："郎何以至?"张因绐之曰[37]："崔氏之笺召我也。尔为我告之。"无几，红娘复来，连曰："至矣!至矣!"张生且喜且骇，必谓获济[38]。及崔至，则端服严容，大数张曰[39]："兄之恩，活我之家，厚矣。是以慈母以弱子幼女见托。奈何因不令之婢[40]，致淫逸之词?始以护人之乱为义，而终掠乱以求之[41]，是以乱易乱，其去几何?诚欲寝其词[42]，则保人之奸，不义;明之于母，则背人之惠，不祥;将寄于婢仆，又惧不得发其真诚:是用托短章，愿自陈启。犹惧兄之见难[43]，是用鄙靡之词，以求其必至。非礼之动，能不愧心?特愿以礼自持，毋及于乱!"言毕，翻然而逝。张自失者久之。复逾而出，于是绝望。

　　数夕，张生临轩独寝，忽有人觉之[44]。惊骇而起，则红娘敛衾携枕而至，抚张曰："至矣!至矣!睡何为哉!"并枕重衾而去。张生拭目危坐久之[45]，犹疑梦寐;然而修谨以俟[46]。俄而红娘捧崔氏而至。至，则娇羞融冶[47]，力不能运支体[48]，曩时端庄，不复同矣。是夕，旬有八日也。斜月晶莹，幽辉半床。张生飘飘然，且疑神仙之徒，不谓从人间至矣。有顷，寺钟鸣，天将晓。红娘促去。崔氏娇啼宛转，红娘又捧之而去，终夕无一言。张生辨色而兴，自疑曰："岂其梦邪?"及明，睹妆在臂，香在衣，泪光荧荧然[49]，犹莹于茵席而已。是后又十余日，杳不复知。张生赋《会真诗》三十韵[50]，未毕，而红娘适至，因授之，以贻崔氏。自是复容之。朝隐而出，暮隐而入，同安于曩所谓西厢者，几一月矣。张生常诘郑氏之情。则曰："我不可奈何矣。"因欲就成之。

　　无何，张生将之长安，先以情谕之。崔氏宛无难词，然而愁怨之容动人矣。将行之再夕，不复可见，而张生遂西下。

　　数月，复游于蒲，会于崔氏者又累月。崔氏甚工刀札[51]，善属文。求索再三，终不可见。往往张生自以文挑，亦不甚睹览。大略崔之出人者，艺必穷极，而貌若不知;言则敏辩，而寡于酬对。待张之意甚厚，然未尝以词继之。时愁艳幽邃，恒若不识，喜愠之容，亦罕形见。异时独夜操琴，愁弄凄恻。张窃听之。求之，则终不复鼓矣。以是愈惑之。张生俄以文调及期[52]，又当西去。当去之夕，不复自言其情，愁叹于崔氏之侧。崔已阴知将诀矣，恭貌怡声，徐谓张曰："始乱之，终弃之，固其宜矣。愚不敢恨。必也君乱之，君终之，君之惠也。则没身之誓[53]，其有终矣，又何必深感于此行？然而君既不怿，无以奉宁[54]。君常谓我善鼓琴，向时羞颜，所不能及。今且往矣，既君此诚[55]。"因命拂琴，鼓《霓裳羽衣》序[56]，不数声，哀音怨乱，不复知其是曲也。左右皆歔欷。崔亦遽止之，投琴，泣下流连，趋归郑所，遂不复至。明旦而张行。

明年，文战不胜，张遂止于京。因赠书于崔，以广其意。崔氏缄报之词，粗载于此，曰："捧览来问，抚爱过深。儿女之情，悲喜交集。兼惠花胜一合[57]、口脂五寸[58]，致耀首膏唇之饰。虽荷殊恩，谁复为容？睹物增怀，但积悲叹耳。伏承使于京中就业，进修之道，固在便安[59]。但恨僻陋之人，永以遐弃。命也如此，知复何言！自去秋已来，常忽忽如有所失。于喧哗之下，或勉为语笑，闲宵自处，无不泪零。乃至梦寐之间，亦多感咽离忧之思。绸缪缱绻，暂若寻常，幽会未终，惊魂已断。虽半衾如暖，而思之甚遥。一昨拜辞，倏逾旧岁。长安行乐之地，触绪牵情。何幸不忘幽微，眷念无斁[60]，鄙薄之志，无以奉酬。至于终始之盟[61]，则固不忒[62]。鄙昔中表相因，或同宴处。婢仆见诱，遂致私诚。儿女之心，不能自固。君子有援琴之挑[63]，鄙人无投梭之拒[64]。及荐寝席[65]，义盛意深。愚陋之情，永谓终托。岂期既见君子，而不能定情，致有自献之羞，不复明侍巾帻[66]。没身永恨，含叹何言！倘仁人用心，俯遂幽眇[67]，虽死之日，犹生之年。如或达士略情，舍小从大，以先配为丑行，以要盟为可欺[68]，则当骨化形销，丹诚不泯[69]，因风委露，犹托清尘[70]。存没之诚，言尽于此。临纸呜咽，情不能申。千万珍重，珍重千万！玉环一枚，是儿婴年所弄[71]，寄充君子下体所佩。玉取其坚润不渝，环取其终始不绝。兼乱丝一绚、文竹茶碾子一枚[72]。此数物不足见珍，意者欲君子如玉之真，弊志如环不解。泪痕在竹，愁绪萦丝，因物达情，永以为好耳。心迩身遐，拜会无期。幽愤所钟，千里神合。千万珍重！春风多厉，强饭为嘉。慎言自保，无以鄙为深念。"张生发其书于所知，由是时人多闻之。

所善杨巨源好属词[73]，因为赋《崔娘》诗一绝云："清润潘郎玉不如[74]，中庭蕙草雪销初。风流才子多春思，肠断萧娘一纸书[75]。"河南元稹亦续生《会真诗》三十韵，诗曰："微月透帘栊，莹光度碧空。遥天初缥缈[76]，低树渐葱茏。龙吹过庭竹，鸾歌拂井桐[77]。罗绡垂薄雾，环佩响轻风。绛节随金母[78]，云心捧玉童。更深人悄悄，晨会雨蒙蒙。珠莹光文履[79]，花明隐绣龙。瑶钗行彩凤，罗帔掩丹虹[80]。言自瑶华浦，将朝碧玉宫[81]。因游洛城北，偶向宋家东[82]。戏调初微拒，柔情已暗通。低鬟蝉影动[83]，回步玉尘蒙。转面流花雪[84]，登床抱绮丛[85]。鸳鸯交颈舞，翡翠合欢笼。眉黛羞偏聚，唇朱暖更融。气清兰蕊馥，肤润玉肌丰。无力慵移腕，多娇爱敛躬[86]。汗流珠点点，发乱绿葱葱。方喜千年会，俄闻五夜穷。留连时有恨，缱绻意难终。慢脸含愁态[87]，芳词誓素衷。赠环明运合，留结表心同[88]。啼粉流宵镜，残灯远暗虫[89]。华光犹苒苒[90]，旭日渐瞳瞳[91]。乘鸾还归洛[92]，吹箫亦上嵩[93]。衣香犹染麝，枕腻尚残红。幂幂临塘草[94]，飘飘思渚蓬[95]。素琴鸣怨鹤[96]，清汉望归鸿[97]。海阔诚难渡，天高不易冲。行云无处所[98]，萧史在楼中[99]。"

张之友闻之者，莫不耸异之，然而张志亦绝矣。稹特与张厚，因征其词。张曰："大凡天之所命尤物也，不妖其身[100]，必妖于人。使崔氏子遇合富贵，乘宠娇，不为云为雨，则为蛟为螭[101]，吾不知其变化矣。昔殷之辛，周之幽[102]，据百万之国，其势甚厚。然而一女子败之，溃其众，屠其身，至今为天下僇笑[103]。予之德不足以胜妖孽，是用忍情。"于时坐者皆为深叹。

后岁余，崔已委身于人，张亦有所娶。适经所居，乃因其夫言于崔，求以外兄见。夫语之，而崔终不为出。张怨念之诚，动于颜色。崔知之，潜赋一章，词曰："自从消瘦减容光，万转千回懒下床。不为旁人羞不起，为郎憔悴却羞郎。"竟不之见。后数日，张生将行，又赋一章以谢绝云："弃置今何道，当时且自亲。还将旧时意，怜取眼前人。"自是，绝不复知矣。

时人多许张为善补过者。予尝于朋会之中，往往及此意者，夫使知者不为，为之者不惑[104]。贞元岁九月，执事李公垂宿于予靖安里第[105]，语及于是。公垂卓然称异，遂为《莺莺歌》以传之。崔氏小名莺莺，公垂以命篇。

人民文学出版社版张友鹤《唐宋传奇选》

## 【注释】

[1] 温茂：温和美善。[2] 坚孤：坚毅孤傲。[3]"他人"二句：别人都吵吵嚷嚷，好像不能充分表现自己似的。汹汹拳拳，喧闹欢腾貌。[4] 容顺：表面随和。[5] 登徒子：宋玉《登徒子好色赋》："其（登徒子）妻蓬头挛耳，齞（yǎn）唇历齿，旁行踽偻，又疥又痔。登徒子悦之，使有五子。"后世因称好色而不择美丑者为"登徒子"。[6] 物之尤者：尤物，特美之女。[7] 蒲：蒲州，即河中府。州治在今山西永济市。[8] 张出于郑：张生的母亲也姓郑。[9] 异派之从母：远房的姨母。[10] 浑瑊（jiān）：唐朝大将（736—799），铁勒九姓浑部人。英勇善战，屡立战功，官至中书令。兴元元年（784）为河中尹。[11] 中人：指监军的宦官。[12] 廉使：观察使。唐初于各道设按察使，开元时改设采访处置使，肃宗以后改为观察处置使。杜确：继浑瑊之后任河中尹兼河中绛州观察使。总戎节：统管军事。[13] 戢：收敛，此指安定。[14] 饰馔以命张：设宴款待张生。命，呼，引申指邀请。[15] 嫠（lí）：寡妇。未亡：未亡人，古代寡妇自称。[16] 辞疾：以疾病推辞。[17] 远嫌：远离以避免嫌疑。[18] 晬（suì）容：天然光泽的面容。晬，润泽貌。[19] 垂鬟接黛：两鬟垂到眉旁。[20] 销红：红润。销，通"绡"，丝绢。[21] 抑而见：强迫出见。[22] 若不胜其体：好像身体支持不住似的。[23]"今天子"三句：今天子甲子岁，指唐德宗兴元元年（784）。贞元庚辰，指贞元十六年（800）。莺莺生于兴元元年七月，到现在贞元十六年，已有十七岁了。[24] 腆（tiǎn）然：害羞貌。[25] 翼日：明日，次日。[26] 孩提：幼儿。纨绮闲居：指与女性在一起。纨绮，精美的丝织品。这里以女子的服饰指代妇女。[27]"不为"二句：当年不愿做那种事，现在却终于被迷惑。[28] 纳采：男方向女方送求婚礼物。问名：男家具书托媒请问女子的名字和出生的年月日，女家复书具告。[29] 枯鱼之肆：干鱼店。《庄子·外物》："鲋鱼忿然作色曰：'……吾得斗升之水然活耳，君乃言此，曾不如早索我于枯鱼之肆！'"后因以喻困境。[30] 尔其谓我何：你说我怎么办。[31] 非语：无礼的话。[32] 属（zhǔ）文：作文章。[33] 沉吟章句：低声吟咏诗文。怨慕：因不得相见而思慕。[34] 乱之：挑动她。[35] 旬有四日：十四日。有，同"又"。[36] 既望：农历十五日称"望"，十六日称"既望"。[37] 绐（dài）：欺哄。[38] 必谓获济：以为一定会成功。[39] 数（shǔ）：数落，责备。[40] 不令：不好。[41] 掠乱：乘危打劫。[42] 寝：隐藏。[43] 见难：有顾虑。[44] 觉之：叫醒他。[45] 危坐：端坐。[46] 修谨以俟：态度恭谨地等待着。[47] 融冶：温顺艳冶。[48] 支：同"肢"。[49] 荧荧：光亮微弱貌。[50] 会真：遇见神仙。三十韵：近体诗两句一押韵，三十韵是六十句。[51] 工刀札：字写得好。古代在竹简木片上刻字，错了用刀刮去。[52] 文调及期：考试的日子临近。[53] 没（mò）身：终身。没，死。[54]"然而"二句：您既然不高兴，我无法安慰您。怿（yì），喜悦。[55] 既君此诚：满足您的愿望。既，全，引申为满足。[56]《霓裳羽衣》：霓裳羽衣曲，唐代著名法曲。为开元中河西节度使杨敬述所献，经唐玄宗润色并制歌词。序：乐曲的开始部分。[57] 花胜：古代妇女的一种首饰。以剪彩为之。[58] 口脂：唇膏、口红。[59] 便（pián）安：安静。便，安逸。[60] 无斁（yì）：无厌。斁，厌弃。[61] 终始之盟：始终不渝的盟约。[62] 不忒（tè）：不变。忒，差错。[63] 援琴之挑：《史记·司马相如列传》："是时，卓王孙有女文君新寡，好音，故相如缪与令相重，而以琴心挑之。"[64] 投梭之拒：《晋书·谢鲲传》："邻家高氏女有美色，鲲尝挑之，女投梭，折其两齿。"后以此为女子拒绝调戏的典故。[65] 荐寝席：侍寝。[66] 明侍巾帻：公开地服侍。指正式结婚。帻（zé），古代的一种头巾。[67] 遂：成全，使如愿。幽眇：指隐微的心事。[68] 要盟：

泛指盟约。[69] 丹诚：赤诚的心。不泯：不灭。[70] 托清尘：追随着您。清尘，对人的敬称。不直说对方，而说托于对方脚下的尘土。[71] 儿：青年女子的自称。[72] 绚（qú）：古代量词，丝五两为一绚。茶碾子：茶磨。古时一种碾茶叶的器具。[73] 杨巨源：唐代诗人。蒲州人，贞元五年进士。[74] 潘郎：晋人潘岳，貌美，诗文中常用作美男子的代称。这里指张生。[75] 萧娘：《南史·宗室传上·临川靖惠王宏》载，萧宏貌美而柔弱，北魏将他看作女子，称作"萧娘"。后泛指美丽而多情的女子。这里指莺莺。[76] 缥缈：高远隐约。[77] "龙吹"二句：谓风吹庭中之竹、井旁梧桐，声如龙吟鸾歌。[78] 绛节：古代使者持作凭证的红色符节。这里指仙人的仪仗。金母：神话传说中的西王母，因古人以西方属金，故称。这里指崔莺莺。下句玉童指张生，皆以神仙作比。[79] 文履：绣鞋。[80] "瑶钗"二句：谓头上颤动着形如彩凤的玉钗，身上披掩着色如虹霓的罗帔。[81] "言自"二句：瑶华浦、碧玉宫都是仙人居处，这里借指莺莺和张生的住所。[82] "因游"二句：指张生因游蒲地而无意间与莺莺相识。洛城，用《洛神赋》事，此借指蒲州。宋家东，宋玉《登徒子好色赋》载宋玉东邻有一美女，登墙窥视宋玉三年，而宋玉不为所动。后以宋家东邻喻指美貌而多情的女子。[83] 低鬟蝉影动：谓低头时蝉鬟在颤动。[84] 花雪：如花之艳、雪之白。[85] 绮丛：指丝绸类的被子。[86] 敛躬：蜷曲着身子。[87] 慢：同"曼"，美好，妩媚。[88] 结：指同心结。用锦带等编成回文形状，以表示爱情。[89] "啼粉"二句：夜间对镜整妆，脸上脂粉随泪而流；天晓灯残，暗中传来远处的虫声。[90] "华光"句：谓重新梳妆后依然光彩照人。华，铅华。苒苒，草盛貌。[91] 曈（tóng）曈：太阳初出由暗而明的光景。[92] "乘鸾"句：谓莺莺从张生那里回去如洛神乘鸾回到洛水那样。鸾，水禽。[93] "吹箫"句：用王子乔的故事表示张生将去长安。汉刘向《列仙传·王子乔》："王子乔者，周灵王太子晋也。好吹笙作凤凰鸣。游伊洛间，道士浮丘公接以上嵩高山。"[94] 幂（mì）幂：浓密貌。[95] 渚蓬：小洲上的蓬草。[96] 怨鹤：指《别鹤操》。晋崔豹《古今注》："《别鹤操》，商陵牧子所作也。娶妻五年而无子，父兄将为之改娶。妻闻之，中夜起，倚户而悲啸。牧子闻之，怆然而悲，乃歌曰：'将乖比翼隔天端，山川悠远路漫漫，揽衣不寝食忘餐！'后人因为乐章焉。"后用以指夫妻分离，抒发别情。[97] "清汉"句：盼望得到消息。清汉：银河。[98] 行云：本指巫山神女。此代指莺莺。[99] 萧史：相传为春秋秦穆公时人。刘向《列仙传》卷上："（萧史）善吹箫，能致孔雀、白鹤于庭。穆公有女字弄玉，好之。公遂以女妻焉。（史）日教弄玉作凤鸣，居数年，吹似凤声，凤凰来止其屋。（穆）公为筑凤台，夫妇止其上，不下数年。一旦，皆随凤凰飞去。"此处代指张生。[100] 妖：祸害。[101] 蛟：古代传说中能发洪水的一种龙，常居深渊。螭（chī）：传说中无角的龙。[102] "昔殷之辛"二句：指殷纣王（名受辛）和周幽王。纣王宠爱妲己，幽王宠爱褒姒，最终亡国。[103] 僇（lù）笑：辱笑，耻笑。[104] "夫使知者"二句：使明智的人不去做这种事，已经做的人不迷惑沉溺。[105] 执事：有职守的人，指官员。李公垂：唐代诗人李绅，字公垂。曾任尚书右仆射、门下侍郎等职。靖安里：长安里坊名，在皇城南，元稹宅在靖安北街。

**【审美点评】**

《莺莺传》最为成功的方面在于刻画了一个教养于深闺熟知礼教而又有着强烈爱情渴望的少女形象。从理智出发，莺莺深知"自荐枕席"不容于世，终会招致不幸结局，但她仍然如飞蛾投火般大胆选择了情感需要，与张生结合，然而对于未来的隐忧又使得她在其后郁郁寡欢。小说细致描绘了多情、敏感、聪慧的莺莺形象，真实动人。

# 贾 岛

贾岛（779—843），字阆仙，自号碣石山人，范阳（今北京市西南）人。早年出家为僧，号无本。诗文受到张籍、韩愈赏识，还俗应举，然终生不第。文宗开成二年（837）始任长江县（今四川蓬溪）主簿，世称"贾长江"。任满迁普州（今四川安岳）司仓参军，转授司户参军，未受命而卒。贾岛作诗以苦吟著称，长于五律，诗歌题材狭窄，风格幽冷奇峭。有《长江集》。

## 剑 客

【题解】《剑客》题一作《述剑》。此诗应作于贾岛未仕前，写欲有所作为的政治抱负。

十年磨一剑，霜刃未曾试[1]。今日把似君[2]，谁为不平事。

上海古籍出版社版李嘉吉《长江集新校》卷一

【注释】

[1] 霜刃：形容剑刃锋利，寒光闪闪。[2] 把：拿。似，一作"示"。

【审美点评】

鲁迅评陶渊明既有"浑身静穆"的一面，也有"金刚怒目"的一面，对于贾岛来说，情况同样如此。此诗语言平易，直抒胸臆，以"剑客"自喻，表现了贾岛壮怀激烈的一面。

## 送无可上人

【题解】此诗写送别亲人的惆怅。无可，僧人，俗姓贾，是贾岛的堂弟。上人，旧时对僧人的尊称。

圭峰霁色新[1]，送此草堂人[2]。麈尾同离寺[3]，蛩鸣暂别亲[4]。独行潭底影，数息树边身。终有烟霞约，天台作近邻[5]。

上海古籍出版社版李嘉吉《长江集新校》卷三

**【注释】**

[1]圭峰：终南山之别峰，位于长安西南，其形如圭。[2]草堂人：此指无可。草堂，圭峰下有草堂寺，贾岛与无可寄居在此。[3]麈（zhǔ）尾：魏晋清谈家经常用来拂秽清暑，显示身份的一种道具。形如树叶，下部靠柄处则常为平直状，类似现代的羽扇。据说麈是一种大鹿，麈与群鹿同行，麈尾摇动，可以指挥鹿群的行向。故麈尾有领袖群伦之义。[4]蛩（qióng）：蟋蟀。[5]"终有"二句：谓与无可相约，将来仍然皈依佛门。天台，天台山，在浙江省东部，是佛教天台宗的发源地。

**【审美点评】**

"独行潭底影，数息树边身"一联对仗工整，写形单影只，寂寞孤独，从水底的倒影入手，虚处传神；写衰弱疲惫，用树映衬，更见伶仃支离之状。


# 李朝威

李朝威，陇西（今甘肃东南部）人，生卒年不详。其作品《柳毅传》约成于贞元、元和年间。


## 柳毅传

**【题解】**这是一篇爱情与侠义结合的神话小说。写洞庭龙女遭夫家虐待，幸遇书生柳毅传书得到解救，龙女叔父钱塘君强令柳毅与龙女成婚，柳毅严辞拒绝，后二人终成眷属。

仪凤中[1]，有儒生柳毅者，应举下第[2]，将还湘滨[3]。念乡人有客于泾阳者[4]，遂往告别。至六七里，鸟起马惊，疾逸道左；又六七里，乃止。

见有妇人，牧羊于道畔。毅怪视之，乃殊色也。然而蛾脸不舒[5]，巾袖无光，凝听翔立[6]，若有所伺。毅诘之曰："子何苦而自辱如是[7]？"妇始楚而谢[8]，终泣而对曰："贱妾不幸，今日见辱问于长者[9]。然而恨贯肌骨，亦何能愧避，幸一闻焉。妾，洞庭龙君小女也。父母配嫁泾川次子[10]。而夫婿乐逸[11]，为婢仆所惑，日以厌薄。既而将诉于舅姑[12]。舅姑爱其子，不能御[13]。迨诉频切[14]，又得罪舅姑。舅姑毁黜以至此[15]。"言讫，歔欷流涕，悲不自胜。又曰："洞庭于兹，相远不知其几多也？长天茫茫，信耗莫通[16]。心目断尽，无所知哀。闻君将还吴，密通洞庭[17]。或以尺书，寄托侍者[18]，未卜将以为可乎？"毅曰："吾义夫也。闻子之说，气血俱动，恨无毛羽，不能奋飞[19]。是何可否之谓乎[20]！然而洞庭，深水也。吾行尘间，宁可致意耶[21]？唯恐道途显晦[22]，不相通达，致负诚托，又乖恳愿[23]。子有何术，可导我邪？"女悲泣且谢，曰："负载珍重[24]，不复言矣。脱获回耗[25]，虽死必谢。君不许，何敢言；既许而问，则洞庭之与京邑，不足为异也。"

毅请闻之。女曰："洞庭之阴，有大橘树焉，乡人谓之'社橘[26]'。君当解去兹带，束以他物。然后叩树三发，当有应者。因而随之，无有碍矣。幸君子书叙之外，悉以心诚之话倚托，千万无渝[27]！"毅曰："敬闻命矣。"女遂于襦间解书，再拜以进，东望愁泣，若不自胜。毅深为之戚。乃置书囊中，因复问曰："吾不知子之牧羊，何所用哉，神祇岂宰杀乎？"女曰："非羊也，雨工也。""何为雨工？"曰："雷霆之类也。"毅顾视之，则皆矫顾怒步[28]，饮龁甚异[29]。而大小毛角，则无别羊焉。毅又曰："吾为使者，他日归洞庭，幸勿相避。"女曰："宁止不避，当如亲戚耳。"语竟，引别东去。不数十步，回望女与羊，俱亡所见矣。其夕，至邑而别其友。

月余，到乡。还家，乃访于洞庭。洞庭之阴，果有社橘。遂易带向树[30]，三击而止。俄有武夫出于波间，再拜请曰："贵客将自何所至也？"毅不告其实，曰："走谒大王耳。"武夫揭水指路[31]，引毅以进。谓毅曰："当闭目，数息可达矣[32]。"毅如其言，遂至其宫，始见台阁相向，门户千万，奇草珍木，无所不有。夫乃止毅，停于大室之隅，曰："客当居此以伺焉。"毅曰："此何所也？"夫曰："此灵虚殿也。"谛视之，则人间珍宝，毕尽于此。柱以白璧，砌以青玉，床以珊瑚，帘以水精，雕琉璃于翠楣[33]，饰琥珀于虹栋[34]。奇秀深杳，不可殚言。

然而王久不至。毅谓夫曰："洞庭君安在哉？"曰："吾君方幸玄珠阁，与太阳道士讲《火经》，少选当毕[35]。"毅曰："何谓《火经》？"夫曰："吾君，龙也。龙以水为神，举一滴可包陵谷。道士，乃人也。人以火为神圣，发一灯可燎阿房[36]。然而灵用不同，玄化各异[37]。太阳道士精于人理，吾君邀以听焉。"语毕而宫门辟。景从云合[38]，而见一人，披紫衣，执青玉。夫跃曰："此吾君也！"乃至前以告之。君望毅而问曰："岂非人间之人乎？"毅对曰："然。"毅遂设拜[39]，君亦拜，命坐于灵虚之下。谓毅曰："水府幽深，寡人暗昧，夫子不远千里，将有为乎？"毅曰："毅，大王之乡人也。长于楚，游学于秦[40]。昨下第，闲驱泾水之涘[41]，见大王爱女牧羊于野，风鬟雨鬓[42]，所不忍视。毅因诘之。谓毅曰：'为夫婿所薄，舅姑不念，以至于此。'悲泗淋漓，诚怛人心[43]。遂托书于毅。毅许之，今以至此。"因取书进之。洞庭君览毕，以袖掩面而泣曰："老父之罪，不能鉴听，坐贻聋瞽[44]，使闺窗孺弱，远罹构害。公，乃陌上人也，而能急之。幸被齿发，何敢负德[45]！"词毕，又哀咤良久。左右皆流涕。

时有宦人密侍君者，君以书授之，令达宫中。须臾，宫中皆恸哭。君惊，谓左右曰："疾告宫中，无使有声，恐钱塘所知。"毅曰："钱塘，何人也？"曰："寡人之爱弟。昔为钱塘长，今则致政矣[46]。"毅曰："何故不使知？"曰："以其勇过人耳。昔尧遭洪水九年者[47]，乃此子一怒也。近与天将失意，塞其五山[48]。上帝以寡人有薄德于古今，遂宽其同气之罪[49]。然犹縻系于此[50]，故钱塘之人，日日候焉。"语未毕，而大声忽发，天拆地裂。宫殿摆簸，云烟沸涌。俄有赤龙长千余尺，电目血舌，朱鳞火鬣[51]，项掣金锁，锁牵玉柱，千雷万霆，激绕其身，霰雪雨雹，一时皆下。乃擘青天而飞去[52]。毅恐蹶仆地。君亲起持之曰："无惧，固无害。"毅良久稍安，乃获自定。因告辞曰："愿得生归，以避复来。"君曰："必不如此。其去则然，其来则不然。幸为少尽缱绻[53]。"因命酌互举，以款人事[54]。

俄而祥风庆云，融融怡怡，幢节玲珑[55]，萧韶以随[56]。红妆千万，笑语熙熙。中有一人，自然蛾眉[57]，明珰满身[58]，绡縠参差[59]。迫而视之，乃前寄辞者。然若喜若悲，零泪如丝。须臾，红烟蔽其左，紫气舒其右，香气环旋，入于宫中。君笑谓毅曰："泾水之囚人至矣。"君乃辞归宫中。须臾，又闻怨苦，久而不已。

有顷，君复出，与毅饮食。又有一人，披紫裳，执青玉，貌耸神溢[60]，立于君左。君谓毅曰："此钱塘也。"毅起，趋拜之。钱塘亦尽礼相接，谓毅曰："女侄不幸，为顽童所辱。赖明君子信义昭彰[61]，致达远冤。不然者，是为泾陵之土矣[62]。飨德怀恩[63]，词不悉心。"毅揖退辞谢[64]，俯仰唯唯[65]。然后回告兄曰："向者辰发灵虚，已至泾阳，午战于彼，未还于此[66]。中间驰至九天，以告上帝。帝知其冤，而宥其失。前所遣责，因而获免。然而刚肠激发，不遑辞候[67]，惊扰宫中，复忤宾客[68]。愧惕惭惧，不知所失[69]。"因退而再拜。君曰："所杀几何?"曰："六十万。""伤稼乎?"曰："八百里。""无情郎安在?"曰："食之矣。"君忾然曰[70]："顽童之为是心也，诚不可忍。然汝亦太草草。赖上帝显圣，谅其至冤。不然者，吾何辞焉[71]。从此以去，勿复如是。"钱塘君复再拜。是夕，遂宿毅于凝光殿。

明日，又宴毅于凝碧宫。会友戚，张广乐[72]，具以醪醴[73]，罗以甘洁。初，箫角鼙鼓，旌旗剑戟，舞万夫于其右。中有一夫前曰："此《钱塘破阵乐》[74]。"旌铫杰气[75]，顾骤悍栗[76]，坐客视之，毛发皆竖。复有金石丝竹，罗绮珠翠，舞千女于其左，中有一女前进曰："此《贵主还宫乐》[77]。"清音宛转，如诉如慕，坐客听之，不觉泪下。二舞既毕，龙君大悦，锡以纨绮[78]，颁于舞人。然后密席贯坐，纵酒极娱。酒酣，洞庭君乃击席而歌曰："大天苍苍兮，大地茫茫。人各有志兮，何可思量。狐神鼠圣兮，薄社依墙[79]。雷霆一发兮，其孰敢当! 荷贞人兮信义长[80]，令骨肉兮还故乡。齐言惭愧兮何时忘[81]!"洞庭君歌罢，钱塘君再拜而歌曰："上天配合兮，生死有途。此不当妇兮，彼不当夫。腹心辛苦兮，泾水之隅。风霜满鬓兮，雨雪罗襦。赖明公兮引素书，令骨肉兮家如初。永言珍重兮无时无[82]。"钱塘君歌阕[83]，洞庭君俱起，奉觞于毅。毅踧踖而受爵[84]，饮讫，复以二觞奉二君。乃歌曰："碧云悠悠兮，泾水东流。伤美人兮，雨泣花愁。尺书远达兮，以解君忧。哀冤果雪兮，还处其休[85]。荷和雅兮感甘羞。山家寂寞兮难久留[86]。欲将辞去兮悲绸缪[87]。"歌罢，皆呼万岁。洞庭君因出碧玉箱，贮以开水犀[88]；钱塘君复出红珀盘，贮以照夜玑[89]：皆起进毅。毅辞谢而受。然后宫中之人，咸以绡彩珠璧，投于毅侧，重叠焕赫[90]，须臾埋没前后。毅笑语四顾，愧揖不暇。洎酒阑欢极[91]，毅辞起，复宿于凝光殿。

翌日[92]，又宴毅于清光阁。钱塘因酒，作色，踞谓毅曰[93]："不闻猛石可裂不可卷[94]，义士可杀不可羞耶[95]? 愚有衷曲，欲一陈于公。如可，则俱在云霄；如不可，则皆夷粪壤[96]。足下以为何如哉?"毅曰："请闻之。"钱塘曰："泾阳之妻，则洞庭君之爱女也。淑性茂质，为九姻所重[97]。不幸见辱于匪人[98]。今则绝矣。将欲求托高义[99]，世为亲戚。

使受恩者知其所归[100]，怀爱者知其所付[101]，岂不为君子始终之道者?"毅肃然而作，欤然而笑曰[102]："诚不知钱塘君屡困如是[103]！毅始闻跨九州，怀五岳[104]，泄其愤怒；复见断金锁，擘玉柱，赴其急难：毅以为刚决明直，无如君者。盖犯之者不避其死，感之者不爱其生[105]，此真丈夫之志。奈何箫管方洽，亲宾正和，不顾其道，以威加人? 岂仆之素望哉！若遇公于洪波之中，玄山之间[106]，鼓以鳞须[107]，被以云雨，将迫毅以死，毅则以禽兽视之，亦何恨哉！今体被衣冠，坐谈礼义，尽五常之志性[108]，负百行之微旨[109]，虽人世贤杰，有不如者，况江河灵类乎? 而欲以蠢然之躯，悍然之性，乘酒假气，将迫于人，岂近直哉[110]！且毅之质[111]，不足以藏王一甲之间，然而敢以不伏之心，胜王不道之气。惟王筹之[112]！"钱塘乃逡巡致谢曰[113]："寡人生长宫房，不闻正论。向者词述疏狂，妄突高明[114]。退自循顾[115]，戾不容责[116]。幸君子不为此乖间可也[117]。"其夕，复欢宴，其乐如旧。毅与钱塘，遂为知心友。

明日，毅辞归。洞庭君夫人别宴毅于潜景殿。男女仆妾等，悉出预会。夫人泣谓毅曰："骨肉受君子深恩，恨不得展愧戴[118]，遂至睽别[119]。"使前泾阳女当席拜毅以致谢。夫人又曰："此别岂有复相遇之日乎?"毅其始虽不诺钱塘之请，然当此席，殊有叹恨之色。宴罢，辞别，满宫凄然。赠遗珍宝，怪不可述。毅于是复循途出江岸，见从者十余人，担囊以随，至其家而辞去。毅因适广陵宝肆[120]，鬻其所得[121]，百未发一，财已盈兆[122]。故淮右富族[123]，咸以为莫如。遂娶于张氏，亡。又娶韩氏，数月，韩氏又亡。徙家金陵[124]。常以鳏旷多感[125]，或谋新匹。有媒氏告之曰："有卢氏女，范阳人也[126]。父名曰浩，尝为清流宰[127]。晚岁好道，独游云泉，今则不知所在矣。母曰郑氏。前年适清河张氏[128]，不幸而张夫早亡。母怜其少，惜其慧美，欲择德以配焉。不识何如?"毅乃卜日就礼[129]。既而男女二姓，俱为豪族，法用礼物[130]，尽其丰盛。金陵之士，莫不健仰[131]。

居月余，毅因晚入户，视其妻，深觉类于龙女，而逸艳丰厚，则又过之。因与话昔事。妻谓毅曰："人世岂有如是之理乎?"经岁余，有一子。毅益重之。既产，逾月，乃秾饰换服，召毅于帏室之间，笑谓毅曰："君不忆余之于昔也?"毅曰："夙非姻好，何以为忆?"妻曰："余即洞庭君之女也。泾川之冤，君使得白，衔君之恩，誓心求报。洎钱塘季父论亲不从，遂至睽违，天各一方，不能相问。父母欲配嫁于濯锦小儿某[132]。遂闭户剪发，以明无意。虽为君子弃绝，分无见期；而当初之心，死不自替。他日父母怜其志，复欲驰白于君子。值君子累娶，当娶于张，已而又娶于韩。迨张、韩继卒，君卜居于兹，故余之父母乃喜余得遂报君之意。今日获奉君子，咸善终世[133]，死无恨矣！"因呜咽，泣涕交下。对毅曰："始不言者，知君无重色之心；今乃言者，知君有爱子之意。妇人匪薄[134]，不足以确厚永心[135]，故因君爱子，以托相生[136]。未知君意如何？愁惧兼心[137]，不能自解。君附书之日，笑谓妾曰：'他日归洞庭，慎无相避。'诚不知当此之际，君岂有意于今日之事乎？其后季父请于君，君固不许。君乃诚将不可邪，抑忿然邪？君其话之！"毅曰："似有命者。仆始见君于长泾之隅，枉抑憔悴[138]，诚有不平之志。然自约其心者[139]，达君之冤，余无及也。以言慎勿相避者，偶然耳，岂有意哉。洎钱塘逼迫之际，唯理有不可直，乃激人之怒耳。夫始以义行为之志，宁有杀其婿而纳其妻者邪？一不可也。某素以操贞为志尚，宁有屈于己而伏于心者乎[140]？二不可也。且以率肆胸臆[141]，酬酢纷纶[142]，唯直是图，不遑避害。然而将别之日，见君有依然之容[143]，心甚恨之。终以人事扼束，无由报谢。吁！今日，君，卢氏也，又家于人间，则吾始心未为惑矣。从此以往，永奉欢好，心无纤虑也。"妻因深感娇泣，良久不已。有顷，谓毅曰："勿以他类，遂为无心，固当知报耳。夫龙寿万岁，今与君同之。水陆无往不适。君不以为妄也？"毅嘉之曰："吾不知国容乃复为神仙之饵[144]。"乃相与觐洞庭[145]。既至，而宾主盛礼，不可其纪。

后居南海[146]，仅四十年，其邸第、舆马、珍鲜、服玩，虽侯伯之室，无以加也。毅之族咸遂濡泽[147]。以其春秋积序[148]，容状不衰。南海之人，靡不惊异。洎开元中[149]，上方属意于神仙之事，精索道术[150]。毅不得安，遂相与归洞庭。凡十余岁，莫知其迹。

至开元末，毅之表弟薛嘏为京畿令[151]，谪官东南。经洞庭，晴昼长望，俄见碧山出于远波。舟人皆侧立[152]，曰："此本无山，恐水怪耳。"指顾之际，山与舟相逼，乃有彩船自山驰来，迎问于嘏。其中有一人呼之曰："柳公来候耳。"嘏省然记之[153]，乃促至山下，摄衣疾上。山有宫阙如人世，见毅立于宫室之中，前列丝竹，后罗珠翠，物玩之盛，殊倍人间。毅词理益玄，容颜益少。初迎嘏于砌，持嘏手曰："别来瞬息，而发毛已黄。"嘏笑曰："兄为神仙，弟为枯骨，命也。"毅因出药五十丸遗嘏，曰："此药一丸，可增一岁耳。岁满复来，无久居人世间以自苦也。"欢宴毕，嘏乃辞行。自是已后，遂绝影响[154]。嘏常以是事告于人世。殆四纪[155]，嘏亦不知所在。

陇西李朝威叙而叹曰[156]：五虫之长[157]，必以灵者，别斯见矣[158]。人，裸也，移信鳞虫[159]。洞庭含纳大直[160]，钱塘迅疾磊落，宜有承焉[161]。嘏咏而不载，独可邻其境[162]。愚义之，为斯文。

人民文学出版社版张友鹤《唐宋传奇选》

**【注释】**

[1] 仪凤：唐高宗李治年号（676—678）。[2] 应举下第：谓至京师应试没有考取。[3] 湘：湘江，源出广西，纵贯湖南，流入洞庭湖。[4] 泾阳：今属陕西。在西安北、泾河北岸。[5] 蛾：即蛾眉，形容女子美丽的眉毛。[6] 翔：止。[7] 辱：委屈。[8] 楚：悲伤。[9] 见辱问于长者：承蒙您下问。[10] 泾川：泾河，渭河的支流，在陕西中部。此指泾河龙君。[11] 乐逸：喜爱游佚、放荡的生活。[12] 舅姑：公婆。[13] 御：控制，约束。[14] 迨（dài）：等到。切：语言急切。[15] 毁黜（chù）：糟蹋，虐待。[16] 耗：消息，音信。[17] 密通：疑当作"密迩"。密，接近。[18] 尺书：即书信。古时书信写在帛上，上下长一尺，故称。寄托侍者：转托您的仆役带去，是古时的客套话。[19] 不能奋飞：《诗经·邶风·柏舟》："静言思之，不能奋飞。"谓不能如鸟奋翼而飞。[20] 何可否之谓：哪里有什么可否的问题，即表示愿意效劳。[21] "吾行"二句：尘间，尘世间。宁可，怎么能够。[22] 显晦：明暗。谓人间与神仙界幽明不同。[23] 恳愿：恳切的愿望。[24] 负载：负担。谓负担起自己所托付的事情。[25] 脱：倘若。[26] 社橘：充当社树的橘树。社，土地神，亦指祭土地神的社坛。古代封土为社（社坛），各栽种其土所宜之树，以为祀神所在，这树就称作社树。[27] 无渝：不要改变。[28] 矫顾：昂首看。矫，举起、抬起。怒步：健步。[29] 龁（hé）：咬嚼。[30] 易带：解带。[31] 揭水：分开水。[32] 数息：呼吸几次，形容时间短。[33] 楣：门上横木。[34] 虹栋：彩色的屋梁。[35] 少选：少顷、须臾。[36] 阿房：阿房宫，秦时所建，故址在今西安市西南阿房村一带。[37] 玄化：玄妙的变化。[38] 景从云合：喻侍从众多。景从，如影之从形。景，同"影"。[39] 设拜：行拜见之礼。[40] 游学于秦：指到长安应举事。长安古属秦国。[41] 涘：水边。[42] 风鬟雨鬓：形容女子头发美丽或蓬松散乱。此处指后者。[43] 怛（dá）：忧伤，悲伤。[44] "不能"二句：自己不了解情况，像聋子、瞎子一样。坐贻，因而导致。[45] "幸被"二句：谓有生之日，不敢背德。幸被齿发，指还活着。[46] 致政：即退职，不再做官。致，归。[47] 尧遭洪水九年：《史记·夏本纪》："当帝尧之时，鸿水滔天。……用鲧治水，九年而水不息。"鸿水，《尚书·尧典》作"洪水"。[48] 塞其五山：发大水淹掉五座山。[49] 同气：指同胞兄弟。[50] 系：拘禁。[51] 火鬣（liè）：火红色的鬣毛。鬣，兽类颈上的长毛。[52] 擘（bò）：分开。[53] 缱（qiǎn）绻（quǎn）：深厚缠绵的情意。[54] 以款人事：以尽款待宾客之礼。[55] 幢（chuáng）节：作为仪仗用的旗帜之类。[56] 箫韶以随：有随同演奏的乐队。箫韶，相传为虞舜时的乐曲。[57] 自然蛾眉：出自天然的美丽。[58] 明珰（dāng）：以珠玉串成

的耳饰品,此泛指珠玉装饰品。[59] 绡縠(hú):指丝绸的衣服。縠,绉纱。[60] 貌耸神溢:容貌出众,精神焕发。[61] 明君子:敬称,指柳毅。[62] 泾陵之土:谓死在泾阳。[63] 飨(xiǎng):同"享"。[64] 扬(huī)退:谦逊。[65] 俯仰唯唯:低头谦逊地应答。[66] "向者"四句:辰、巳、午、未,均为十二支之一,指时间。[67] 不遑:来不及。[68] 忤(wǔ):冒犯。[69] 不知所失:不知道犯了多大的过错。[70] 怃(wǔ)然:怅然失意貌。[71] 何辞:以何言辞卸责。[72] 张:演奏。古时称奏乐为张乐。广乐:盛大之乐。[73] 醪(láo)醴(lǐ):醇美的酒。醪,醇酒。醴,甜酒。[74]《钱塘破阵乐》:为钱塘君战胜而制的曲。《旧唐书·音乐志二》:"《破阵乐》,太宗所造也。"[75] 旌铫(tiáo)杰气:谓挥舞旗帜、武器,显出英雄之气。铫,原作"矛"。[76] 顾骤悍栗:谓舞者顾盼驰骤,威猛逼人。骤,指动作、步伐。[77]《贵主还宫乐》:为龙女还宫而制的乐曲。唐曲有《还宫乐》。[78] 纨绮:指绢绸之类。纨,细绢。[79] "狐神鼠圣"二句:以城墙洞中的狐狸、社坛里的老鼠喻有所凭依而为非作歹的人。《晋书·谢鲲传》载王敦"谓鲲曰:'刘隗奸邪,将危社稷。吾欲除君侧之恶,匡主济时,何如?'对曰:'隗诚始祸,然城狐社鼠也。'"[80] 荷:感激。贞:正直。[81] 言:助词。下文"永言珍重"句同。[82] 无时无:任何时候都是如此。[83] 阕:曲终。[84] 蹴(cù)踖(jí):恭敬而不安貌。[85] 还处其休:回家过幸福的生活。休,美善。[86] 山家:柳毅对自己家的谦称。[87] 悲绸缪(móu):悲思缠绵,表示恋恋不舍。绸缪,缠绵。[88] 开水犀:传说中可以把水分开的犀牛角。[89] 照夜玑:夜光珠。[90] 焕赫:光亮显赫。[91] 洎(jì):及,到。酒阑:酒将尽。[92] 翌(yì)日:次日。[93] 踞(jù):通"倨"。倨傲,傲慢。[94] "不闻"句:《诗经·邶风·柏舟》:"我心匪石,不可转也。我心匪席,不可卷也。"《毛传》:"石虽坚,尚可转;席虽平,尚可卷。"郑玄笺:"言己心坚平,过于石席。"此处化用其意。[95] "义士"句:出自《礼记·儒行》:"儒有可亲而不可劫也,可近而不可迫也,可杀而不可辱也。"[96] 夷粪壤:夷为粪土。夷,平。[97] 九姻:指所有的亲戚。上至高祖,下至玄孙为九族。[98] 匪人:行为不端正的人。匪,通"非"。[99] 高义:高尚重义之人。指柳毅。[100] 受恩者:指龙女。归:旧时称女子出嫁为归。[101] 怀爱者:指柳毅。付:施与。这里指纳妻。[102] 欻(xū)然:忽然。[103] 孱(chán)困:谓浅陋低劣。[104] 怀:《尚书·虞书·尧典》:"怀山襄陵。"孔安国传:"怀,包。襄,上。"五岳:《尔雅·释山》:"泰山为东岳,华山为西岳,霍山为南岳,恒山为北岳,嵩高为中岳。"[105] "犯之者"二句:谓抗击残暴不避死亡,报答恩人不惜生命。犯之者,侵犯自己的人。感之者,有恩于我的人。[106] 玄山:形容碧浪。玄,天青色。[107] 鼓:鼓动,伸张。[108] 五常:指仁、义、礼、智、信。[109] 百行:指各种德行。《诗经·卫风·氓》:"士有百行。"刘义庆《世说新语·贤媛》载,许允之妇奇丑,"许因谓曰:'妇有四德,卿有其几?'妇曰:'新妇所乏唯容尔。然士有百行,君有几?'许云:'皆备。'妇曰:'夫百行以德为首,君好色不好德,何谓皆备?'允有惭色,遂相敬重"。负:持,掌握。微旨:精义。[110] 近直:接近正理。[111] 质:指身体。[112] 筹:考虑,思量。[113] 逡(qūn)巡:恭敬地后退。[114] 妄突:唐突,冒犯。[115] 循顾:检查。[116] 戾不容责:谓罪过很大,不是责罚所能了事。[117] 乖间(jiàn):隔阂,疏远。[118] 展愧戴:谓报恩德。愧戴,惭愧、爱戴之情。[119] 睽(kuí)别:离别。睽,乖离,违背。[120] 广陵:今江苏扬州市。[121] 鬻(yù):卖。[122] 兆:百万。[123] 淮右:亦称"淮西",淮水上游地区。[124] 金陵:今江苏南京市。[125] 鳏(guān)旷:妻死无偶曰鳏,成年未娶曰旷。[126] 范阳:唐县名。治所在今河北涿州。一为唐郡名,即幽州,治所在今北京市。[127] 清流宰:清流县(安徽滁州)县令。

宰，县令。[128] 清河：郡名，治所在今河北清河县。[129] 就礼：举行婚礼。[130] 法用礼
物：结婚仪式上所用的礼物。[131] 健仰：十分仰慕。[132] 濯锦小儿：濯锦江龙君之子。濯锦
江即锦江，为岷江流经成都附近的一段。相传古时以此水濯锦，锦彩鲜润逾于常。[133] 咸善终
世：一同欢好终生。[134] 匪薄：浅陋。匪，通"菲"。[135] 确厚：坚牢，巩固。永心：永久不
变的感情。[136] "故因君"二句：谓借助于您爱子的感情而使我能与您生活在一起。[137] 愁惧
兼心：心里愁惧交并。[138] 枉抑：冤枉，委屈。[139] 约：克制。[140] "宁有"句：岂有自
己受到委曲而能心服的吗？伏，通"服"。[141] 率肆胸臆：率直地把心里的话全说出来。
[142] 酬酢（zuò）：主客相互敬酒。酬，劝酒，敬酒。酢，客人回敬酒。纷纶：众多杂乱貌。
[143] 依然：恋恋不舍貌。[144] "吾不知"句：我得到国色，也因你而成了神仙。国容，国色。
神仙之饵，成为神仙的诱饵。此指龙女，是柳毅的调侃语。[145] 觐（jìn）：朝见，拜见。
[146] 南海：今广东广州市。[147] 咸遂濡泽：都受到恩惠。[148] 春秋积序：指岁月流逝。
序，时序。[149] 开元：唐玄宗李隆基年号（713—741）。[150] "上方"二句：王谠《唐语林》
卷五："玄宗好神仙，往往诏郡国，征奇异之士。"道术，指有道术的人。[151] 薛嘏（gǔ）：虚
构人物。京畿令：京兆府所属县的县令。[152] 侧立：侧身而立。表示恐惧或恭敬。此处指前
者。[153] 省（xǐng）然：省悟貌。[154] 绝影响：再也没有柳毅的踪影。影响，影子和声响，
引申为踪迹、消息。[155] 纪：古代以十二年为一纪。[156] 陇西：唐郡名，治所在今甘肃陇西
县。[157] 五虫之长：《大戴礼记·易本命》："有羽之虫三百六十，而凤凰为之长；有毛之虫三
百六十，而麒麟为之长；有甲之虫三百六十，而神龟为之长；有鳞之虫三百六十，而蛟龙为之
长；倮（同"裸"）之虫三百六十，而圣人为之长。"[158] 别斯见矣：谓灵顽之间的区别于此可
见。意思是称为灵物非虚然也。[159] "人裸也"三句：谓人是裸虫，而能同鳞虫类的龙讲信义。
[160] 含纳：有度量。大直：非常正直。《老子》四十五章："大直若屈，大巧若拙。"[161] 宜
有承焉：应该有传承的。[162] "嘏咏"二句：薛嘏亲身经历了仙境，咏叹、传说其事，却没有
记载成文。

**【审美点评】**

此文情节波澜起伏，一波三折，主要人物柳毅的扶危济困、威武不屈及次要人
物钱塘君的暴烈鲁莽、知错即改的性格都刻画得真实鲜明，小说文辞华美，凝练生
动，骈散结合，富于节奏感和音韵美。

# 许 浑

许浑（791？—858？），字用晦，一作仲晦，郡望安陆（今属湖北），籍贯洛阳，
寓居润州丹阳（今江苏丹阳）丁卯涧，因名其集为《丁卯集》，人称"许丁卯"。大
和六年（832）进士。先后任当涂、太平县令、监察御史，以疾辞官，复出仕为润
州司马。历睦、郢二州刺史，世称"许郢州"。其诗以登临怀古见长，多写水，故

有"许浑千首湿"之称。有《许用晦文集》。

## 咸阳城东楼

**【题解】** 此诗作于宣宗大中三年（849）许浑任监察御史时。诗题一作《咸阳城西楼晚眺》。诗写登楼远眺所见所感，抒发了吊古伤今之情。

一上高城万里愁，蒹葭杨柳似汀洲[1]。溪云初起日沉阁，山雨欲来风满楼[2]。鸟下绿芜秦苑夕，蝉鸣黄叶汉宫秋[3]。行人莫问当年事[4]，故国东来渭水流[5]。

中华书局校点本《全唐诗》卷五三三

**【注释】**

[1] 汀洲：此指家乡的小洲。[2] 溪、阁：作者自注："（咸阳城）南近磻溪，西对慈福寺阁。"[3]"鸟下"二句：夕阳下，鸟儿飞落到秦苑的草丛中，秋蝉在汉宫的黄叶上鸣叫。芜，丛生的草。[4] 行人：游人，此作者自指。当年事：前朝事，指秦、汉的兴亡。当年，一作"前朝"。[5] 故国：古都，故城。此句一作"渭水寒声昼夜流"。

**【审美点评】**

"溪云初起日沉阁，山雨欲来风满楼"一联，自然流动，富于象征意义，是此篇之灵魂。

# 李 贺

李贺（790—816），字长吉。祖籍陇西，生于福昌县昌谷（今河南宜阳）。唐宗室郑王李亮后裔，自称皇孙、宗孙、唐诸王孙等。世称李长吉、鬼才、诗鬼、李昌谷、李奉礼，与李白、李商隐三人并称唐代"三李"。李贺父名晋肃，因"晋"与"进"同音，"肃"与"士"音近，不得参加进士考试。后荫举做奉礼郎，年少失意，托疾辞归，卒于故里。李贺诗歌刻意追求创新，造语奇特，想象怪异，诗境幽奇冷艳。有《李长吉歌诗》。

## 金铜仙人辞汉歌 并序

**【题解】** 此诗约为元和八年（813）李贺辞去奉礼郎离京赴洛时作。诗借金铜仙人迁离长安的故事，抒发自己离开京都的悲思。汉武帝刘彻曾在长安建章宫前造神明台，上铸铜仙人，手托承露盘以储露水。据说露水和玉屑服之可长生。魏明帝曹叡景初元年（237）曾命宫官从长安拆移铜人迁至洛阳。后因过重，留于霸城。传说铜人被拆离时曾流泪。

　　魏明帝青龙九年八月[1]，诏宫官牵车西取汉孝武捧露盘仙人[2]，欲立置前殿。宫官既拆盘，仙人临载，乃潸然泪下[3]，唐诸王孙李长吉遂作《金铜仙人辞汉歌》[4]。

　　茂陵刘郎秋风客[5]，夜闻马嘶晓无迹[6]。画栏桂树悬秋香，三十六宫土花碧[7]。魏官牵车指千里[8]，东关酸风射眸子[9]。空将汉月出宫门[10]，忆君清泪如铅水[11]。衰兰送客咸阳道[12]，天若有情天亦老！携盘独出月荒凉，渭城已远波声小[13]。

人民文学出版社版叶葱奇疏注《李贺诗集》卷二

**【注释】**

[1] 青龙：魏明帝曹叡的年号。青龙九年，误。据《魏略》记载，搬迁铜人在景初元年。[2] 牵（xiá）：同"辖"，穿在车轴两端孔内使车轮不脱落的键。此指驾驶。牵，一作"牵"。汉孝武：即汉武帝。[3] 潸（shān）然：流泪的样子。[4] 唐诸王孙：李贺自称。[5] 茂陵：汉武帝刘彻的陵墓，在今陕西兴平东北。刘郎：指刘彻。秋风客：汉武帝著有《秋风辞》，结句云："欢乐极兮哀情多，少壮几时兮奈老何！"[6] "夜闻"句：夜间似乎听到刘彻的马嘶声，早上却不见踪迹。[7] "画栏"二句：描写汉宫的荒凉景象。画栏，画有花纹图案的栏杆。三十六宫，指汉代长安的宫殿。张衡《西京赋》："离宫别馆，三十六所。"李善注："《三辅皇图》曰：'上林有建章、承光等十一宫，平乐、茧馆二十五，凡三十六所。'"土花，苔藓。[8] "魏官"句：谓魏官引车向洛阳进发。[9] 东关：东边的城门。酸风：刺眼的冷风。眸子：瞳仁。[10] "空将"句：谓铜仙人出宫门时，只有天上的明月陪伴他。将，与，和。[11] 君：指汉武帝。铅水：指铜人所流的眼泪。[12] "衰兰"句：谓从长安向东去，只有路旁衰败的兰花为他送行。客，指金铜仙人。[13] 渭城：本指秦都咸阳，汉武帝时改名渭城，在长安西北渭水北岸。波声：指渭河的水声。

**【审美点评】**

此诗写去国之痛而从铜人流泪的角度构想，别出心裁。本是铜人离别汉宫花木，却反言衰兰送客，无情之物皆化为有情，则有情人之悲凉可想而知。

157

# 苏小小墓

【题解】题一作《苏小小歌》。古乐府有《苏小小歌》："我乘油壁车，郎乘青骢马。何处结同心，西陵松柏下。"此诗借景写人，刻画出若隐若现的苏小小的鬼魂形象。苏小小，南朝齐钱塘名妓。

　　幽兰露，如啼眼[1]。无物结同心[2]，烟花不堪剪[3]。草如茵，松如盖，风为裳，水为珮。油壁车[4]，夕相待[5]。冷翠烛[6]，劳光彩[7]。西陵下[8]，风吹雨。

人民文学出版社版叶葱奇疏注《李贺诗集》卷一

【注释】

[1] 啼眼：含泪的眼。[2] 结同心：结成同心结。[3] 烟花：如烟之花。[4] 油壁车：因车壁用油涂饰，故名。[5] 夕：一作"久"。[6] 翠烛：磷火。王琦《李长吉歌诗汇解》："翠烛，鬼火也，有光而无焰，故曰冷翠烛。"[7] 劳：犹费也。[8] 西陵：横跨里西湖的西泠桥，亦称西林桥。原址是一处渡口，称西陵。苏小小墓在此桥畔。

【审美点评】

此诗将写景、拟人结合在一起，巧妙刻画出苏小小多情幽怨的形象，写出了鬼魂特有的缥缈空灵。全诗笼罩着幽冷凄凉的气氛。

# 梦　天

【题解】此诗写梦游月宫，境界奇幻，表现了李贺超乎寻常的想象力。

　　老兔寒蟾泣天色[1]，云楼半开壁斜白[2]。玉轮轧露湿团光[3]，鸾珮相逢桂香陌[4]。黄尘清水三山下，更变千年如走马[5]。遥望齐州九点烟，一泓海水杯中泻[6]。

人民文学出版社版叶葱奇疏注《李贺诗集》卷一

【注释】

[1]"老兔"句：兔、蟾，皆指月。泣天色，秋月初出，光影凄清，好像兔和蟾在哭泣似的。[2] 云楼：想象中的月中楼阁。壁斜白：月光斜照。[3]"玉轮"句：玉轮似的月亮在露水上面辗过，它发出的光都给打湿了。轧，碾。[4] 鸾珮：雕有鸾凤的玉佩。此处指代仙人。桂香陌：

桂花飘香的路。传说月中有桂树，所以路上桂花飘香。[5]"黄尘"二句：王琦《李长吉歌诗汇解》注："蓬莱、方丈、瀛洲三神山俱在海中，今视其下，有时变为黄尘，有时变为清水。千年之间，时复变换，而自天上观之，则犹走马之速也。"晋葛洪《神仙传·王远》："麻姑云：接侍以来，已见东海三为桑田；向到蓬莱，水又浅于往日会时略半耳，岂将复还为陵陆乎？"[6]"遥望"二句：谓从天上俯视，九州小得像九点烟尘；大海不过是一杯水而已。齐州，即中州，犹言中国。

**【审美点评】**

此诗前半写仙界，优美宁静，如梦似幻；后半想象由天上俯视人间，比喻新颖，抒发人事沧桑之感。

## 南园（十三首选一）

**【题解】**《南园》共十三首，此为第五首。写作者投笔从戎，建功立业的抱负。

男儿何不带吴钩[1]，收取关山五十州[2]。请君暂上凌烟阁[3]，若个书生万户侯[4]。

人民文学出版社版叶葱奇疏注《李贺诗集》卷一

**【注释】**

[1]吴钩：吴地出产的弯刀。此泛指宝刀。[2]五十州：指当时藩镇所据州郡。[3]凌烟阁：唐太宗为表彰功臣所建的殿阁，里面有功臣的画像。[4]若个：哪个。

**【审美点评】**

此诗豪迈激昂，表现了李贺的胸襟抱负，同时，也抒发了怀才不遇的愤慨不平。

## 致酒行

**【题解】**此诗写饮酒时的牢骚感慨，表现了李贺希望施展抱负的心情。

零落栖迟一杯酒[1]，主人奉觞客长寿[2]。主父西游困不归，家人折断门前柳[3]。吾闻马周昔作新丰客，天荒地老无人识，空将笺上两行书，直犯龙颜请恩泽[4]。我有迷魂招不得，雄鸡一声天下白[5]，少年心事当拏云，谁念幽寒坐呜呃[6]。

人民文学出版社版叶葱奇疏注《李贺诗集》卷三

**【注释】**

[1]"零落"句：意谓在飘零落魄的客游中，大家聚会在一起，共进一杯酒。栖迟，犹言蹭蹬。[2]奉觞：举杯敬酒。奉，同"捧"。客长寿：敬酒时的祝词，犹如现在的祝健康。以下六句，都是主人的祝勉之词。[3]"主父"二句：主父偃，汉武帝时齐人。家贫，北游燕、赵、中山，无所遇。又西至长安，客卫青门下。久不得进，困甚。后上书阙下，为武帝所信任。官至齐相。事见《史记·主父偃列传》。王琦注："'家人折断门前柳'，谓攀树而望征人之归，至于断折而犹未得归，以见迟久之意。"[4]"吾闻"四句：马周，唐太宗时人。曾在新丰（在长安附近）被旅店主人冷淡地对待。到长安，客中郎将常何家。后代常何条陈朝政得失，受到太宗赞赏。后官至中书令、摄吏部尚书，进银青光禄大夫。事见《新唐书·马周传》。[5]"我有"二句：意谓自己落魄羁旅，正期望着鸡鸣日出，天地清明，壮志得酬的一天。迷魂，指心情抑郁，彷徨不定。[6]"少年"二句：自陈将坚持高远志趣，不因目前遭遇困厄而气短。拏（ná）云，比喻高昂的志趣。拏，牵引，抉取。幽寒，喻处境困厄。坐，徒然，空。呜呃（è），悲哀气短貌。

**【审美点评】**

"雄鸡一声天下白"振聋发聩，使人有豁然开朗之感，极富象征意义，因而成为传诵千古的名句。

# 将进酒

**【题解】**此诗写及时行乐，表现了诗人对人生的深切体验。

琉璃钟[1]，琥珀浓[2]，小槽酒滴真珠红[3]。烹龙炮凤玉脂泣[4]，罗帏绣幕围香风。吹龙笛[5]，击鼍鼓[6]。皓齿歌，细腰舞[7]。况是青春日将暮，桃花乱落如红雨。劝君终日酩酊醉[8]，酒不到刘伶坟上土[9]。

**人民文学出版社版叶葱奇疏注《李贺诗集》卷四**

**【注释】**

[1]琉璃钟：用琉璃做的酒杯。[2]琥珀：酒的颜色如同琥珀。[3]槽：酒槽，酿酒的器具。真珠：即珍珠。[4]"烹龙"句：写肴馔之珍异。泣，指煎煮声。[5]龙笛：指笛。汉马融《长笛赋》："龙鸣水中不见己，截竹吹之声相似。"[6]鼍（tuó）鼓：用鼍皮制作的鼓。鼍，猪婆龙。[7]皓齿、细腰：代指歌妓舞女。[8]酩（mǐng）酊（dǐng）：大醉貌。[9]刘伶：晋人，"竹林七贤"之一，以嗜酒放旷著称，著有《酒德颂》。

**【审美点评】**

此诗用大半篇幅描写了欢歌纵饮的生之欢乐，热烈鲜艳，淋漓尽致；末二句则突然过渡到死之悲哀，花落、春暮、人生短暂，美好的事物都易于衰谢。生和死，欢乐和悲哀，奇异地交融在一起，展示了诗人善感而失意的内心世界。

# 杜　牧

杜牧（803—853），字牧之，京兆万年（今陕西西安）人。宰相杜佑之孙。祖居长安樊川，世称"杜樊川"。大和二年（828）进士。同年，考中贤良方正直言极谏科，授弘文馆教书郎、试左武卫兵曹参军，后曾参沈传师江西观察使、宣歙观察使及牛僧孺淮南节度使幕府。历监察御史，黄州、池州、睦州、湖州刺史，官终中书舍人。因中书舍人尝称紫微舍人，故又称"杜紫微"。杜牧诗、文、赋俱佳，尤长于诗。他的诗与李商隐齐名，时号"小李杜"。其诗以抒写理想抱负、关心国计民生、慨叹壮志未酬为主。艺术上豪迈不羁和情思缠绵相结合、清丽俊爽而又绰约含蓄。有《樊川文集》。

## 赠别（二首选一）

**【题解】** 诗题一作《赠别二首》。约作于大和九年（835），由淮南节度掌书记赴京任监察御史时。杜牧与一位扬州歌妓分别，作此诗相赠。此首歌咏歌妓之美。

娉娉袅袅十三余[1]，豆蔻梢头二月初[2]。春风十里扬州路，卷上珠帘总不如[3]。

上海古籍出版社版陈允吉校点本《樊川文集》卷四

**【注释】**

[1] 娉（pīng）娉袅袅：形容体态轻盈美好。[2] 豆蔻：多年生草本植物，亦名鸳鸯花，初夏开花，二月初含苞未放。借比未嫁少女。[3] "卷上"句：卷起珠帘，扬州的美女如云，但都不及这位歌妓。

**【审美点评】**

此诗妙用比喻，以含苞未放、颤袅枝头的花朵比青春少女，形象贴切。

## 题宣州开元寺水阁阁下宛溪夹溪居人

**【题解】** 此诗作于唐文宗开成三年（838），杜牧任宣州（今属安徽）团练判官时。诗写登阁览景的感慨，感情低回惆怅。开元寺，建于东晋，原名永安寺。宛溪，一名东溪，在宣州之东。

六朝文物草连空[1]，天澹云闲今古同。鸟去鸟来山色里，人歌人哭水声中[2]。深秋帘幕千家雨，落日楼台一笛风。惆怅无因见范蠡，参差烟树五湖东[3]。

上海古籍出版社版陈允吉校点本《樊川文集》卷三

**【注释】**

[1] 六朝：指吴、东晋、宋、齐、梁、陈，均以建业（今南京）为都城。文物：文化遗迹。[2]"人歌"句：谓人们世代生活在这里。《礼记·檀弓下》："晋献文子成室（新屋落成），……张老曰：'美哉轮（高大）焉！美哉奂（众多）焉！'歌于斯，哭于斯，聚国族于斯。"歌哭，喜庆吊丧，代表了由生到死的人生过程。[3]"惆怅"二句：感叹自己不能像范蠡那样建立功业，飘然身退。五湖，旧说太湖由五个湖组成。从方位上看，太湖在宣州之东。

**【审美点评】**

此诗全从景物写情，表达了人事变易而清景"今古同"的人生感慨。景色描写开阔优美，情感抒发深沉含蓄，体现了杜牧诗"豪而艳，宕而丽"的特点。

# 题乌江亭

**【题解】** 此诗作于开成四年（839）春杜牧赴浔阳经和州途中。诗写刘项争霸事，批评项羽缺乏兵家的胸襟气度。乌江亭，在今安徽和县东北的乌江浦。楚汉相争时，西楚霸王项羽在此兵败自尽。

胜败兵家事不期[1]，包羞忍耻是男儿[2]。江东子弟多才俊[3]，卷土重来未可知。

上海古籍出版社版陈允吉校点本《樊川文集》卷四

**【注释】**

[1] 事不期：谓胜败之事不能预料。[2] 包羞忍耻：意谓大丈夫应有忍受屈辱的胸襟气度。[3] 江东：古时指长江下游芜湖、南京以下的南岸地区，也泛指长江下游地区。《史记·项羽本纪》："乌江亭长谓项王曰：'江东虽小，地方千里，众数十万人，亦足王也。'"

**【审美点评】**

杜牧咏史诗善作翻案语，此诗从项羽乌江自刎兴发感慨，设想历史的不同走向，目的在于发表对战争成败的看法。

# 早 雁

【题解】此诗作于武宗会昌二年（842）八月，回纥南侵之时。诗人忧心于边地受到侵略的人民，借咏雁写边民的流散。农历八月是秋季的第二个月，北雁开始南飞，故名《早雁》。

金河秋半虏弦开[1]，云外惊飞四散哀。仙掌月明孤影过，长门灯暗数声来[2]。须知胡骑纷纷在，岂逐春风一一回[3]。莫厌潇湘少人处，水多菰米岸莓苔[4]。

上海古籍出版社版陈允吉校点本《樊川文集》卷三

【注释】

[1]"金河"句：意谓八月胡人开始出动射猎了。这里借指发动战争。金河，在今呼和浩特市南。秋半，八月是秋季中间的一个月，故云。[2]"仙掌"二句：仙掌，长安建章宫内铜铸仙人举掌托起承露盘。长门，汉宫名。孤影过、数声来，写早雁离群惊飞的悲惨。[3]"须知"二句：南飞的群雁明年春天不能飞回北方，借指在胡人铁蹄蹂躏下逃难的人们已经无家可归。[4]"莫厌"二句：意谓南方地广人稀，可以托生。潇湘，湘水在零陵县西与潇水汇合，故称。这里泛指湖南一带。相传雁飞到湖南衡山回雁峰即不再向南，春天北返。菰（gū），草本植物，秋季结实，叫做菰米。莓，苔的别称。菰米和莓苔都可以作为鸟类的食物。

【审美点评】

此诗托物寓意，写雁实为写流民。诗人对受到侵扰无家可归的流民怀有深切的同情，叹息他们四处漂泊的不幸遭遇，情致哀婉。

# 遣 怀

【题解】杜牧此诗可能作于会昌二年，写对往昔幕僚生活的追忆和感慨。

落魄江湖载酒行[1]，楚腰纤细掌中轻[2]。十年一觉扬州梦[3]，赢得青楼薄幸名[4]。

上海古籍出版社版陈允吉校点本《樊川文集·外集》

**【注释】**

［1］江湖：对庙堂而言。湖，原作"南"，一作"湖"，较胜，据改。［2］楚腰：《墨子·兼爱中》："楚灵王好士细要（腰）。"后用以赞美女子腰身纤细。此指美女。纤细，原作"肠断"，一作"纤细"，较胜，据改。掌中轻：相传汉成帝皇后赵飞燕体轻能为掌上舞（见《飞燕外传》）。此指体态轻盈。［3］"十年"句：意谓十年倏忽而过，往事好像一场大梦。［4］赢：原作"占"，一作"赢"，较胜，据改。薄幸：犹言薄情。

**【审美点评】**

此诗表面看来是对过去放荡游侠生活的自嘲和悔恨，实际上是作者借调侃抒发怀才不遇的感伤。《唐人绝句精华》说它是"才人不得见重于时之意"，可谓一语中的。

# 过华清宫绝句

**【题解】** 杜牧《过华清宫绝句》共三首，此为第一首。此诗借送荔枝事写统治者的骄奢淫逸。

长安回望绣成堆[1]，山顶千门次第开[2]。一骑红尘妃子笑，无人知是荔枝来[3]。

上海古籍出版社版陈允吉校点本《樊川文集》卷二

**【注释】**

［1］"长安"句：从长安回望骊山，景色装点得像成堆的锦绣。骊山有东西绣岭。《雍大记》："东绣岭在骊山右，西绣岭在骊山左。唐玄宗时植林木花卉如锦绣，故名。"［2］千门：指宫门。次第：一个接一个。［3］"一骑"二句：《新唐书·杨贵妃传》："妃嗜荔支，必欲生致之，乃置骑传送，走数千里，味未变已至京师。"

**【审美点评】**

"一骑红尘妃子笑，无人知是荔枝来"含蓄蕴藉，讽刺犀利，含有深刻的历史教训。"妃子笑"难免使人联想到周幽王为博褒姒一笑烽火戏诸侯的丑剧，玄宗与幽王的作为、结局何其相似。

# 阿房宫赋

**【题解】** 杜牧此文作于宝历元年（825）。敬宗即位后，广征声色，大兴土木修建宫殿。文章借古讽今，通过描写秦阿房宫的兴建和毁灭，提出历史教训，指出穷奢极欲失去民心是秦朝灭亡的原因。阿房（páng）宫，秦始皇所建，故址在今陕西西安西南阿房村、古城村、胸家庄一带。

　　六王毕，四海一[1]。蜀山兀，阿房出[2]。覆压三百余里，隔离天日[3]。骊山北构而西折，直走咸阳[4]。二川溶溶[5]，流入宫墙。五步一楼，十步一阁。廊腰缦回，檐牙高啄[6]。各抱地势，钩心斗角[7]。盘盘焉，囷囷焉[8]，蜂房水涡[9]，矗不知乎几千万落[10]。长桥卧波，未云何龙[11]？复道行空，不霁何虹[12]？高低冥迷[13]，不知东西。歌台暖响，春光融融；舞殿冷袖，风雨凄凄[14]。一日之内，一宫之间，而气候不齐。

　　妃嫔媵嫱，王子皇孙，辞楼下殿，辇来于秦，朝歌夜弦，为秦宫人[15]。明星荧荧，开妆镜也；绿云扰扰[16]，梳晓鬟也；渭流涨腻，弃脂水也；烟斜雾横，焚椒兰也。雷霆乍惊，宫车过也；辘辘远听[17]，杳不知其所之也。一肌一容，尽态极妍；缦立远视[18]，而望幸焉。有不见者，三十六年[19]。

　　燕赵之收藏，韩魏之经营，齐楚之精英[20]，几世几年，摽掠其人[21]，倚叠如山；一旦不能有[22]，输来其间。鼎铛玉石，金块珠砾，弃掷逦迤[23]，秦人视之，亦不甚惜。嗟乎！一人之心，千万人之心也。秦爱纷奢，人亦念其家。奈何取之尽锱铢[24]，用之如泥沙？使负栋之柱，多于南亩之农夫；架梁之椽，多于机上之工女；钉头磷磷[25]，多于在庾之粟粒[26]；瓦缝参差，多于周身之帛缕；直栏横槛，多于九土之城郭[27]；管弦呕哑[28]，多于市人之言语。使天下之人，不敢言而敢怒；独夫之心[29]，日益骄固。戍卒叫，函谷举[30]，楚人一炬，可怜焦土[31]。

　　灭六国者，六国也，非秦也。族秦者[32]，秦也，非天下也。嗟乎！使六国各爱其人，则足以拒秦。使秦复爱六国之人，则递三世可至万世而为君[33]，谁得而族灭也？秦人不暇自哀，而后人哀之；后人哀之而不鉴之，亦使后人而复哀后人也。

上海古籍出版社版陈允吉校点本《樊川文集》卷一

【注释】

　　[1]"六王毕"二句：六国灭亡了，天下被秦所统一。六王，指齐、楚、燕、赵、韩、魏六国国君。[2]"蜀山兀"二句：为建造阿房宫，蜀山的树木被砍光了。兀，高而上平。这里形容山的光秃。[3]"覆压"二句：在三百余里的地面上，覆压着巨大的建筑物，遮天蔽日。《三辅黄图》卷一："阿房宫，亦曰阿城，惠文王（秦孝公之子）造，宫未成而亡。始皇广其宫，规恢三

百余里。离宫别馆,弥山跨谷,辇道相属,阁道通骊山八百余里。"[4]"骊山"二句:由骊山之北建筑阁道通阿房,再往西折,直到咸阳。骊山,在今陕西临潼南。[5]二川:渭水和樊川。溶溶:水盛貌。[6]"廊腰"二句:游廊曲折,如缯缦之紫回,屋檐尖耸,像禽鸟仰首啄物。走廊环绕在房屋之间,起连接房屋的作用,故曰"廊腰"。屋檐突出在外,故曰"檐牙"。缦,无花纹的缯帛。[7]"各抱"二句:各楼阁因地势而建,彼此环抱,与宫室中心相钩连;众多屋角相互对凑,状如相斗,配合成为一个整体。[8]"盘盘"二句:盘盘、囷囷(qūn),曲折回旋貌。[9]蜂房:形容天井之多。[10]矗:耸立貌。落:屋檐上的滴水装置。[11]"长桥"二句:阿房宫有桥,横跨渭水。《周易·乾卦》:"云从龙,风从虎。"未云何龙,意谓这龙并非真龙,而是卧波的长桥。这里故设疑问,喻长桥如龙。[12]"复道"二句:同上句句法,喻复道如虹。[13]迷:深远朦胧。[14]"歌台"四句:歌舞盛时,宫中温暖如春;歌舞歇时,宫中清冷,如风雨凄凄。融融,和乐貌。[15]妃嫔(pín)媵(yìng)嫱(qiáng)"六句:六国灭亡,王族被俘虏,他们离开本国的宫殿,来到秦国,宫妃成为秦国的宫人。《左传》哀公元年:"宿有妃嫱嫔御焉。"杜预注:"妃嫱,贵者。嫔御,贱者。皆内官。"媵,随嫁女子。[16]绿云:黑发如云。扰扰:散乱貌。[17]辘辘:车声。[18]缦立:舒徐地伫立。缦,舒缓。[19]"有不见者"二句:秦始皇在位三十六年。这里是说有的宫女终身没有见到秦始皇。[20]"燕赵"三句:收藏、经营、精英,皆指六国积累起来的宝器。[21]摽(piāo)掠:抢劫掠夺。[22]一旦不能有:旦夕之间国破家亡,不能占有这些财宝,都送进了阿房宫。[23]"鼎铛(chēng)"三句:把鼎当作铛,玉当作石,金当作土块,珍珠当作碎石,随意丢弃。谓视贵如贱,肆意挥霍。鼎,古代祭祀宴宾时载牲之具。铛,平底铁锅。砾,小石。逦(lǐ)迤(yǐ),绵延貌。[24]取之尽锱(zī)铢(zhū):连锱铢都搜刮净尽。一两的二十四分之一叫铢,六铢为锱,锱铢代表极微小的数量。[25]磷磷:光彩耀目貌。[26]庾(yǔ):露天的谷仓。[27]九土:即九州。[28]呕哑:嘈杂的乐声。[29]独夫:失去人心的君主。指秦始皇。[30]"戍卒叫"二句:上句指陈涉反秦,全国响应;下句指刘邦攻破函谷关。陈涉是谪戍渔阳的戍卒,起义于大泽乡。[31]"楚人"二句:指公元前206年项羽入关后烧咸阳事。《史记·项羽本纪》:"项羽引兵西屠咸阳,杀秦降王子婴,烧秦宫室,火三月不灭。"可怜,可惜。[32]族:用作动词,灭掉秦的宗族,即亡秦。[33]"使秦"二句:倘若统治者能爱护人民,则可由二世传到三世乃至万世。《史记·秦始皇本纪》载,秦始皇统一天下后,废除谥法,说:"朕为始皇帝,后世以计数,二世三世至于万世,传之无穷。"实际秦传二世而亡。

**【审美点评】**

此文铺张排比,凭借丰富的想象,极尽夸张,描写了阿房宫的广大豪奢。文章骈散相间,辞采瑰丽,气势雄健,有很强的感染力和说服力。

# 李商隐

李商隐(813?—858),字义山,号玉溪生、樊南生,祖籍怀州河内(今河南沁阳），后迁居郑州（今属河南）。三岁左右，随父赴浙，不到十岁，父亲去世。大和三年（829）入天平军节度使令狐楚幕为巡官，甚得赏识。开成二年（837），在令狐绹的帮助下，得中进士。入泾原节度使王茂元幕为掌书记，并娶其女。先后任秘书省校书郎、弘农尉、秘书省正字等职，后辗转于桂州、徐州、梓州等地幕府中。大中十年（856）回京任盐铁推官。罢职后回乡闲居，卒于家。李商隐与温庭筠并称"温李"，其诗多写时代乱离的感慨，个人失意的心情。李商隐的诗歌给唐诗以重大的推进，对心灵世界作出了前所未有的深入表现，开拓了一个全新的艺术表现领域，在体裁方面擅长七律、七绝。有《李义山诗集》、《樊南文集》。

# 安定城楼

【题解】开成三年（838），李商隐应博学宏词科落选，寄居王茂元幕中。此诗登楼感怀，抒写政抬抱负和受到压抑的愤懑。安定，即泾州，郡名，故地在今甘肃泾川北。

迢递高城百尺楼[1]，绿杨枝外尽汀洲[2]。贾生年少虚垂泪[3]，王粲春来更远游[4]。永忆江湖归白发，欲回天地入扁舟[5]。不知腐鼠成滋味，猜意鹓雏竟未休[6]。

中华书局版刘学锴、余恕诚《李商隐诗歌集解》

【注释】

[1] 迢（tiáo）递：此处指高。[2] 汀洲：指泾水岸边沙地和水中洲渚。汀，水边平地。[3]"贾生"句：贾生，即贾谊。汉文帝时，贾谊上《治安策》，开头四句说"臣窃惟事势，可为痛哭者一，可为流涕者二，可为长太息者六。"忧国伤时，而无可奈何，故云"虚垂泪"。[4]"王粲"句：王粲，字仲宣，山阳高平人。东汉末董卓作乱，王粲避难荆州依刘表，他曾作《登楼赋》，述其进退危惧之情。[5]"永忆"二句：意谓自己时常向往做一番扭转乾坤的大事业，等到功成年老，然后乘一叶小舟归隐江湖。[6]"不知"二句：以鹓雏自喻，自谓志趣高远，却被那些追名逐利的世俗之徒嫉妒猜疑。《庄子·秋水》："惠子相梁，庄子往见之。或谓惠子曰：'庄子来，欲代子相。'于是惠子恐，搜于国中，三日三夜。庄子往见之，曰：'南方有鸟，其名为鹓（yuān）雏，子知之乎？夫鹓雏发于南海，而飞于北海，非梧桐不止，非练实不食，非醴泉不饮。于是鸱得腐鼠，鹓雏过之，仰而视之曰：嚇（hè）！今子欲以子之梁国而嚇我邪？'"鹓，同"鹓"，传说中鸾凤一类的鸟。

【审美点评】

"永忆江湖归白发，欲回天地入扁舟"表现了宏大的抱负，宽广的胸襟和高洁的志趣，在"猜意鹓雏竟未休"的现实困境中尤显难能可贵。

# 马嵬（二首选一）

**【题解】** 原题两首，此为第二首。约作于李商隐泾原幕府时。此诗讽刺唐玄宗。

海外徒闻更九州，他生未卜此生休[1]。空闻虎旅传宵柝，无复鸡人报晓筹[2]。此日六军同驻马[3]，当时七夕笑牵牛[4]。如何四纪为天子[5]，不及卢家有莫愁[6]。

**中华书局版刘学锴、余恕诚《李商隐诗歌集解》**

**【注释】**

[1]"海外"二句：意谓海外更有九州，是神仙境界，只是出于传闻。他生之约，实在是渺茫难期，马嵬一死，此生再无相见之期。九州，战国时齐人邹衍说中国的九州是海内的小九州，海外还有大九州。中国名赤县神州，仅是其中之一。（见《史记·邹衍传》）陈鸿《长恨歌传》载：唐玄宗与杨贵妃曾于七夕夜半，"密相誓心，愿世世为夫妇。"传说杨贵妃死后，有方士在海外仙山找到她。（见白居易《长恨歌》和陈鸿《长恨歌传》）[2]"空闻"二句：追述玄宗逃蜀时的情景，暗示杨贵妃中途被杀事。空闻、无复，贵妃从此长眠马嵬坡下，听不到宫中鸡人报晓了。虎旅，指跟随玄宗入蜀的禁军。鸡人，皇宫中掌管报时的卫士。宫中不得畜鸡，卫士候于宫门外，向宫中报晓。筹，计时的用具。[3]此日：杨贵妃缢死之日。六军驻马：指马嵬坡禁军哗变请诛贵妃事。[4]当时：指玄宗和贵妃在长生殿密约世世为夫妇的时候。（见白居易《长恨歌》）笑牵牛：意谓玄宗以为自己可以与贵妃长相厮守，对天上牵牛织女一年只能见一次加以嗤笑。[5]四纪：岁星十二年行天一周，称为一纪。四纪为四十八年。玄宗在位四十五年，将近四纪。[6]不及：意谓及不上民间夫妇，能够生活在一起。莫愁：萧衍《河中之水歌》："河中之水向东流，洛阳女儿名莫愁，十五嫁作卢家妇，十六生儿字阿侯。卢家兰室桂为梁，中有郁金苏合香。"

**【审美点评】**

此诗叙事错综多变，每联都形成尖锐对照，讽刺中寓有深远感慨。诗歌对仗工整流转，毫不费力。

# 蝉

**【题解】** 此诗当作于李商隐后期依人作幕期间。诗借咏蝉的处境写自身薄宦漂泊欲归不得的遭遇。

本以高难饱，徒劳恨费声[1]。五更疏欲断，一树碧无情[2]。薄宦梗犹泛[3]，故园芜已平[4]。烦君最相警[5]，我亦举家清[6]。

**中华书局版刘学锴、余恕诚《李商隐诗歌集解》**

**【注释】**

[1]"本以"句：意谓蝉声悲切，似乎在诉说自己"高难饱"的悲怨，但却得不到同情，故云"徒劳""费声"。[2]"五更"二句：蝉声到天将亮时，渐渐稀疏，似乎就要断绝，而它所栖息的高树却一片碧绿，像是对寒蝉的悲鸣无动于衷。[3]薄宦：官职卑微。梗泛：《战国策·齐策三》："有土偶人与桃梗相与语。桃梗谓土偶人曰：'子西岸之土也，挺子以为人，至岁八月，降雨下，淄水至，则汝残矣。'土偶曰：'不然，吾西岸之土也，土则复西岸耳。今子，东国之桃梗也，刻削子以为人，降雨下，淄水至，流子而去，则子漂漂者将何如耳？'"[4]芜已平：杂草丛生，长得一片平齐。[5]君：指蝉。[6]举家清：全家清贫。

**【审美点评】**

唐代咏蝉诗，以虞世南、骆宾王、李商隐之作为高。《岘佣说诗》评云："虞世南'居高声自远，非是藉秋风'是清华人语；骆宾王'露重飞难进，风多响易沉'是患难人语；李商隐'本以高难饱，徒劳恨费声'是牢骚人语。"

# 夜雨寄北

**【题解】**此诗写于李商隐梓州（今四川三台）作幕时（851—855）。诗写夜晚遥想与亲人重逢情景，表达了深长的思念。

君问归期未有期，巴山夜雨涨秋池[1]。何当共剪西窗烛，却话巴山夜雨时[2]。

**中华书局版刘学锴、余恕诚《李商隐诗歌集解》**

**【注释】**

[1]巴山：泛指东川境内的山。[2]何当：何时。却话：回过头来谈说。

**【审美点评】**

此诗章法独特，时间上今宵、他日、今宵构成回环对比，空间上巴山、西窗、巴山形成往复对照。遥想中重逢的亲切温暖反衬出今宵的寂寥萧瑟，忧伤与喜悦交织在一起。

# 隋 宫

**【题解】**此诗咏隋炀帝事，讽刺其奢侈嬉游招致国家败亡。

紫泉宫殿锁烟霞，欲取芜城作帝家[1]。玉玺不缘归日角，锦帆应是到天涯[2]。于今腐草无萤火[3]，终古垂杨有暮鸦[4]。地下若逢陈后主，岂宜重问后庭花[5]？

中华书局版刘学锴、余恕诚《李商隐诗歌集解》

**【注释】**

[1]"紫泉"二句：意谓长安宫阙壮丽，炀帝却还要另取江都作为帝都。紫泉，即紫渊，因避唐高祖李渊讳改称紫泉。司马相如《上林赋》描写长安"丹水更其南，紫渊径其北"。[2]"玉玺（xǐ）"二句：意谓隋如果不亡，炀帝的游踪将会遍于全国。隋炀帝于大业十二年（617）游江都，从此未北归，十四年（619），为宇文化及所杀。玉玺归日角，指唐朝兴起，取代了隋朝。日角，额骨中央隆起如日。古代认为这是帝王之相。《旧唐书·唐俭传》载唐俭说李渊"日角龙庭"，有帝王之相。[3]"于今"句：隋炀帝在长安、洛阳、江都等处都曾大量搜集萤火虫，夜间放出，以代灯烛之光。萤火虫在水边草根处产卵，第二年春天由蛹化为萤，所以古人认为腐草化为萤。[4]"终古"句：隋炀帝开凿运河，沿河筑堤种柳，后人称为隋堤。垂杨暮鸦，写亡国后的荒凉景象。[5]"地下"二句：隋炀帝如果死后有知，在地下和陈叔宝重逢，大概不好再提《玉树后庭花》之事了吧？陈后主，即南朝陈的亡国之君陈叔宝，他曾作《玉树后庭花》曲词。《隋遗录》卷上载：炀帝在江都曾梦见和前朝皇帝陈叔宝相遇，畅饮甚欢，席间曾请陈的宠妃张丽华表演《玉树后庭花》舞蹈。

**【审美点评】**

此诗在史事基础上生发想象，从已然推想未然，从生前设想死后，深刻揭露了隋炀帝奢侈荒淫，至死不悟的本性，冷峻的讽刺寓于轻淡的语气中。

# 锦　瑟

**【题解】**此诗约作于大中十二年（858），李商隐罢盐铁推官，回郑州闲居时。诗以锦瑟起兴，以瑰丽凄迷的意象表达了迷惘恍惚伤感之情。锦瑟，绘有锦绣般花纹的瑟。

锦瑟无端五十弦[1]，一弦一柱思华年[2]。庄生晓梦迷蝴蝶[3]，望帝春心托杜鹃[4]。沧海月明珠有泪[5]，蓝田日暖玉生烟[6]。此情可待成追忆，只是当时已惘然[7]。

中华书局版刘学锴、余恕诚《李商隐诗歌集解》

**【注释】**

[1]无端：没来由，平白无故。五十弦：《史记·封禅书》："太帝使素女鼓五十弦瑟，悲，

帝禁不止，故破其瑟为二十五弦。"[2]柱：系弦的短木柱。华年：盛年。[3]"庄生"句：《庄子·齐物论》："昔者庄周梦为蝴蝶，栩栩然蝴蝶也。……俄然觉，则蘧蘧然周也。不知周之梦为蝴蝶与？蝴蝶之梦为周与？"晓梦，言梦境之短暂。[4]"望帝"句：言望帝将心事寄托在杜鹃身上。据《华阳国志·蜀志》："杜宇称帝，号曰望帝。……其相开明，决玉垒山以除水害，帝遂委以政事，法尧舜禅授之义，遂禅位于开明。帝升西山隐焉。时适二月，子鹃鸟鸣，故蜀人悲子鹃鸟鸣也。"[5]珠有泪：《博物志》卷九："南海外有鲛人，……其眼能泣珠。"或说此乃据《新唐书·狄仁杰传》："仁杰举明经，调汴州参军，为吏诬诉黜陟，使阎立本召讯，异其才，谢曰：'仲尼称观过知仁，君可谓沧海遗珠矣。'"[6]蓝田：山名，又名玉山，在陕西蓝田县东，是著名的产玉地。玉生烟：司空图《与极浦论诗书》："戴容州（叔伦）云：'诗家之景，如蓝田日暖，良玉生烟，可望而不可置于眉睫之前也。'"[7]"此情"二句：意谓上述感慨岂待今日成为追忆时才不胜惆怅，即使在事情发生的当时就已令人惘然若失了。可待，岂待。只是，单是。

**【审美点评】**

此诗题旨，旧说有"悼亡"、"自伤"、"诗序"、"咏物"、"闺情"等，不一而足。之所以莫衷一是，是因为此诗缺乏明确的抒情对象，意象所构成的图景朦胧而富于象征意味，能引起读者丰富的联想。"一篇锦瑟解人难"，正是此诗最吸引人的艺术魅力所在。

# 无 题

**【题解】**原题二首，此为第一首。诗写女子在深夜追思与心上人的邂逅相遇，别后的相思寂寞以及深情的等待。

凤尾香罗薄几重，碧文圆顶夜深缝[1]。扇裁月魄羞难掩，车走雷声语未通[2]。曾是寂寥金烬暗，断无消息石榴红[3]。斑骓只系垂杨岸，何处西南待好风[4]。

中华书局版刘学锴、余恕诚《李商隐诗歌集解》

**【注释】**

[1]"凤尾"二句：写女子深夜缝制罗帐。凤尾香罗，一种织有凤尾花纹的薄罗。碧文圆顶，有青碧花纹的圆顶罗帐。[2]"扇裁"二句：对方驱车匆匆而过，自己则含羞以团扇掩面，没能通一言半语。扇裁月魄，裁制的扇子形如圆月。东汉班婕妤《怨歌行》："裁为合欢扇，团团似明月。"[3]"曾是"二句：意谓已经独伴黯淡下去的残灯度过无数寂寥的长夜，但对方却杳无音信，转眼间石榴花又红了。[4]斑骓：毛色青白相间的马。乐府《神弦歌》："陆郎乘斑骓，……望门不欲归。"西南风，曹植《七哀诗》："君若清路尘，妾若浊水泥。浮沉各异势，会合何时谐？愿为西南风，长逝入君怀。"

**【审美点评】**

此诗用内心独白方式，以细致笔墨描写相恋的场景。文辞优美而富于暗示性。

# 无　题

**【题解】** 此诗写与爱人别离的伤感和别后相思。

相见时难别亦难[1]，东风无力百花残。春蚕到死丝方尽，蜡炬成灰泪始干[2]。晓镜但愁云鬓改，夜吟应觉月光寒[3]。蓬山此去无多路，青鸟殷勤为探看[4]。

**中华书局版刘学锴、余恕诚《李商隐诗歌集解》**

**【注释】**

[1]"相见"句：相会固难，离别也令人难以为情。见难，言机会难得；别难，谓不忍分离。[2]"春蚕"二句：意谓人至死相思方止，泪水始干。上句以蚕丝喻情丝，下句以蜡泪喻别泪。[3]"晓镜"二句：写对方相思之情。谓晨起对镜，唯忧青春易逝，夜凉吟诗，应感月光凄寒。但愁、应觉，设想对方心理的口吻。[4]"蓬山"二句：蓬山，海中三神山之一。借指所思女子居所。青鸟，传说中为西王母传递信息的仙鸟。

**【审美点评】**

李商隐诗富于跳跃性，诗句之间的"留白"形成了丰富的想象空间。"东风无力百花残"可以理解为离别之际的环境背景，也可以看作是离别双方凄然情绪的外化，或者是触景伤情发自内心的咏叹，又或是爱情悲剧的暗示。

# 祭小侄女寄寄文

**【题解】** 李商隐弟羲叟的女儿寄寄于会昌四年（844）正月迁葬于荥阳，李商隐不能亲至，于葬期之前作此文哀悼。文章以骈文的形式，饱含深情地抒发了对这个早夭侄女的怜惜痛悼，表达了未能周到照顾寄寄的深深愧疚。

正月二十五日，伯伯以果子弄物[1]，招送寄寄体魄[2]，归大茔之旁[3]。哀哉！

尔生四年，方复本族[4]。既复数月，奄然归无。于鞠育而未申[5]，结悲伤而何极。尔来也何故？去也何缘？念当稚戏之辰，孰测死生之位？

时吾赴调京下，移家关中[6]。事故纷纶，光阴迁贸[7]。寄瘗尔骨，五年于兹[8]。白草枯荄，荒途古陌。朝饥谁抱？夜渴谁怜？尔之栖栖[9]，吾有罪矣！

今吾仲姊，返葬有期。遂迁尔灵，来复先域[10]。平原卜穴[11]，刊石书铭。明知过礼之文[12]，何忍深情所属！

自尔殁后，侄辈数人，竹马玉环[13]，绣襜文褓[14]，堂前阶下，日里风中，弄药争花[15]，纷吾左右。独尔精诚，不知何之。况吾别娶已来，胤绪未立[16]，犹子之谊[17]，倍切他人。念往抚存，五情空热[18]！

呜呼！荥水之上[19]，檀山之侧，汝乃曾乃祖，松槚森行[20]，伯姑仲姑[21]，冢坟相接。汝来往于此，勿怖勿惊。华采衣裳，甘香饮食，汝来受此，无少无多。汝伯祭汝，汝父哭汝，哀哀寄寄，汝知之耶？

中华书局版刘学锴、余恕诚《李商隐文编年校注》第二册

**【注释】**

[1] 果子：指糖果糕点。弄物：孩子玩物。[2] "招送"句：古人以为魂可游离人体之外，魄则依附于形体，故云招送体魄。[3] 大茔：指李商隐家在荥阳檀山的祖坟。[4] 复本族：指回到李姓本族。寄寄出生后不久，即寄养于外姓，故名"寄寄"。四岁才接回本家抚养。[5] "于鞠育"句：因寄寄回家不久即夭折，故云。意谓未充分展示父母鞠育之恩情。鞠，养。[6] "时吾"：指开成九年，李商隐辞弘农尉，自济源移家长安。关中：此特指长安。[7] 纷纶：忙碌，忙乱。迁贸：变迁。[8] "寄瘗"二句：寄寄死后暂埋于济源，五年后才归葬祖坟。[9] 栖(xī)栖：即"栖栖"。孤独不安貌。[10] "今吾"四句：李商隐将两个姐姐的墓迁回祖坟，也将寄寄的坟一起迁回。仲姊，李商隐的姐姐裴氏。[11] 平原：指檀山原。[12] 过礼：寄寄四岁而夭，按礼制不能刊石书铭，故云。[13] 竹马玉环：儿童的玩物。晋杜夷《幽求子》："年五岁有鸠车之乐，七岁有竹马之欢。"《明皇杂录》"天后尝召诸皇孙坐於殿上，观其嬉戏，取西国所贡玉环钗盂，纵令争取以观其志。"[14] 襜(chān)：短袄。文褓：有花纹的包被或披风。[15] 药：指芍药花。[16] 胤绪未立：意谓没有自己的儿女。当时李商隐之子衮师尚未出生。胤绪，后代。[17] 犹子：《礼记·檀弓》："兄弟之子，犹子也。"子，兼指男女。[18] 五情：指五脏。空热：都激动得热血奔腾。空，尽。[19] 荥水：在郑州境内。[20] 槚(jiǎ)：楸树。[21] 伯姑仲姑：指徐氏姐和裴氏姐。

**【审美点评】**

本文虽为骈体，但通篇不用典，不避散句，用白描手法以简省朴素之笔叙写琐事、点染景物、烘托气氛，以无尽悲慨之语道出无限低回悲苦之情，绝无矫饰，纯任自然，徐缓婉曲，感人至深。

# 罗 隐

罗隐（833—910），原名横，后因屡试不第，愤而改名为隐，字昭谏，号江东生，余杭（今属浙江）人。曾十举进士而不第。五十五岁归投杭州刺史钱镠，得到任用，历任钱塘令、著作佐郎、节度判官、司勋郎中等职。朱温代唐，以右谏议大夫征他入朝，被他拒绝。梁开平元年（907），为给事中，世称"罗给事"。罗隐诗文多愤世之作。有《甲乙集》。

## 雪

【题解】此诗从独特视角对雪为瑞兆这一普遍观点发议论，表现了诗人的愤激、讽刺和对贫苦者的同情。

尽道丰年瑞，丰年事若何[1]？长安有贫者，为瑞不宜多。

中华书局校点本《全唐诗》卷六五九

【注释】

[1]"尽道"二句：都说瑞雪兆丰年，但丰年时情况又怎么样呢？瑞，祥瑞，吉兆。此指雪。事，一作"瑞"。

【审美点评】

此诗立意新颖，将深沉的感慨和尖锐的讽刺寓于冷静从容的笔调中，风格独特。

## 英雄之言

【题解】本文见于《谗书》。《谗书》编成于唐懿宗咸通八年（867）正月，是罗隐抒写杂感的一部小品文集。此篇推衍《庄子·胠箧》"窃钩者诛，窃国者为诸侯"的观点，指出以救民为号召的"英雄"们，其真正目的不过是为了满足个人私欲。

物之所以有韬晦者，防乎盗也[1]。故人亦然。

夫盗亦人也，冠履焉[2]，衣服焉；其所以异者，退逊之心、正廉之节[3]，不常其性耳[4]。视玉帛而取之者，则曰牵于寒饿；视家国而取之者，则曰救彼涂炭[5]。牵于寒饿者，无得而言矣；救彼涂炭者，则宜以百姓心为心。而西刘则曰："居宜如是[6]！"楚籍则曰："可取而代[7]！"意彼未必无退逊之心、正廉之节[8]，盖以视其靡曼、骄崇[9]，然后生其谋耳。

为英雄者犹若是，况常人乎？是以峻宇、逸游[10]，不为人之所窥者[11]，鲜也。

人民文学出版社版高文、何法周主编《唐文选》

**【注释】**

[1]"物之"二句：谓动物在生理上之所以有隐蔽自己的特点，是为了防御敌人。韬晦，隐匿声迹。这里指动物自我保护的本能。盗，外敌。[2]履：鞋。[3]退逊：退让。[4]常：始终保持。[5]救彼涂炭：谓救彼国人民于涂炭之中。[6]"而西刘"二句：《史记·高祖本纪》："高祖常繇咸阳，纵观，观秦皇帝，喟然太息曰：'嗟乎！大丈夫当如此也！'"楚汉相争，汉在西，楚在东，故称刘邦为西刘。[7]"楚籍"二句：《史记·项羽本纪》："秦始皇帝游会稽，渡浙江，（项）梁与（项）籍俱观，籍曰：'彼可取而代也！'"项羽名籍，称西楚霸王，故称项羽为楚籍。以上刘、项之语，即所谓"英雄之言"。[8]意：推想。[9]靡曼：奢侈华美。指宫殿服饰。[10]峻宇：崇丽的屋宇。[11]窥：窥伺，打主意。

**【审美点评】**

此文借史讽今，笔锋犀利，发人深省。文章篇幅虽短小，但语言简洁明快，极富表现力。

# 皮日休

皮日休（834？—883？），字逸少，后改袭美。自号鹿门子，又号醉吟先生，襄阳（今湖北襄阳）人。唐懿宗咸通八年（867），以榜末及第，但并未获得官职。咸通十年，苏州刺史崔璞聘其为州军事判官。咸通末或僖宗乾符初，皮日休又到长安，任太常博士。黄巢起义军进长安，署为翰林学士。巢败，不知所终。皮日休与陆龟蒙并称"皮陆"，有唱和集《松陵集》。诗文多抨击时弊、同情人民疾苦之作。有《皮子文薮》。

## 橡媪叹

**【题解】**此诗是皮日休《正乐府》十首中的第二首。诗歌通过以橡子充饥的贫苦老妇的悲惨生活，揭露了官吏营私贪赃的现实，对老妇人寄予深切同情。

秋深橡子熟，散落榛芜冈[1]。伛伛黄发媪[2]，拾之践晨霜。移时始盈掬[3]，尽日方满筐。几曝复几蒸，用作三冬粮[4]。山前有熟稻，紫穗袭人香[5]。细获又精舂[6]，粒粒如玉珰[7]。持之纳于官，私室无仓箱[8]。如何一石余，只作五斗量？狡吏不畏刑，贪官不避赃。农时作私债，农毕归官仓[9]。自冬及于春，橡实诳饥肠[10]。吾闻田成子，诈仁犹自王[11]。吁嗟逢橡媪，不觉泪沾裳。

中华书局校点本《全唐诗》卷六〇八

**【注释】**

[1]榛芜冈：草树杂生的山冈。[2]伛（yǔ）伛：弯腰驼背的样子。黄发：老年人发白转黄，故曰。[3]盈掬：满把。[4]三冬：冬季的三个月。[5]袭人香：香气袭人。[6]细获：收割时仔细拣选。[7]玉珰（dāng）：古时女子的玉制耳饰。这里用以形容米粒晶莹圆润。[8]"私室"句：意谓全部纳官后，颗粒不存。仓箱，装粮食的器具。大者称仓，小者称箱。[9]"农时"二句：官吏在农时拿出官粮放私债，农毕再把本钱放回仓库。[10]诳（kuáng）饥肠：橡实只能勉强充饥，故云。诳，哄骗。[11]"吾闻"二句：意谓田成子所行的虽然是伪善，但因对老百姓有好处，所以他的后代能够自立为王。暗指贪官狡吏连假仁假义都没有。田成子，春秋时齐相田常，又称陈恒。他为了收买人心，以大斗贷出，小斗收进，齐国的百姓都歌颂他。后来他的子孙取得了齐国王位（见《史记·田敬仲完世家》）。

**【审美点评】**

此诗选取典型形象，层层叙写，通过鲜明对比，揭示了官府对农民无所不用其极的盘剥压榨，感情激切，语言质朴。

# 读司马法

**【题解】**本文写读《司马法》后的感想。作者宣扬儒家"取天下以民心"的仁政理想，强烈谴责统治者以民命换取权位的政治野心。文中所举的例证虽属史事，但作者的愤慨则是针对中晚唐藩镇割据、干戈频繁的社会现实有感而发的。《司马法》是我国最古的兵书之一。《史记·司马穰苴列传》："齐威王使大夫追论古者司马兵法，而附穰苴于其中，因号曰《司马穰苴兵法》。"后世简称《司马法》。

古之取天下也以民心，今之取天下也以民命。
唐、虞尚仁，天下之民，从而帝之[1]。不曰取天下以民心者乎？汉、魏尚权[2]，驱赤子於利刃之下[3]，争寸土於百战之内，由士为诸侯，由诸侯为天子，非兵不能威，非战不能服，不曰取天下以民命者乎？

由是编之为术[4]，术愈精而杀人愈多，法益切而害物益甚。呜呼，其亦不仁矣！

蚩蚩之类，不敢惜死者，上惧乎刑，次贪乎赏[5]。民之于君，犹子也[6]。何异乎父欲杀其子，先给以威[7]，后啖以利哉[8]？

孟子曰："'我善为阵，我善为战'，大罪也[9]！"使后之君于民有是者[10]，虽不得土，吾以为犹土焉[11]。

**人民文学出版社版高文、何法周主编《唐文选》**

**【注释】**

[1] 帝之：奉之为帝。[2] 权：权力。[3] 赤子：婴儿，比喻人民。[4] 由是编之为术：用兵和作战有了经验，就把它编成兵法。《司马法》是先秦古籍，这里是泛指兵法一类的书。[5] "蚩蚩之类"四句：士兵们之所以拼死作战，首先是害怕刑罚，其次是贪图赏赐。蚩蚩，敦厚貌。[6] 犹：好像。[7] 给（dài）以威：以威势相欺。给，欺。[8] 啖（dàn）以利：以利相诱。啖，引诱。[9] "我善"三句：出自《孟子·尽心下》。[10] 有是者：有这样的用心，指上面孟子的话。[11] "虽不"二句：即使他没有得到土地，我认为和得到土地一样。

**【审美点评】**

此文开门见山提出观点，立论尖锐，通过古今对比论证说理，针砭时弊，言简意赅，严谨而有战斗性。

# 陆龟蒙

陆龟蒙（？—881？），字鲁望，自号天随子、江湖散人、甫里先生等，吴郡（今江苏苏州）人，举进士不第，曾任湖州、苏州二郡从事，后隐居松江甫里。乾符六年（879）卧病笠泽，隐居著书，自编其诗文为《笠泽丛书》。有《甫里先生文集》。

## 白 莲

**【题解】**此为《和袭美木兰后池三咏》之三。诗借歌咏白莲的高洁淡雅，抒写内心的寥落。

素花多蒙别艳欺[1]，此花真合在瑶池[2]。还应有恨无人觉[3]，月晓风清欲堕时。

中华书局校点本《全唐诗》卷六二八

**【注释】**

[1] 素花：指白莲。别艳：其他艳丽的花。[2] 真：一作"端"。瑶池：传说中昆仑山上的池名，西王母居处。此泛指仙境。[3] 还应：一作"无情"。无，一作"何"。

**【审美点评】**

此诗不重绘形，重在描写白莲神韵。全诗托物寄兴，写出了一种孤高淡雅，不与凡俗为伍的品格境界。

# 野庙碑

**【题解】** 与一般序功纪德的碑文不同，本文借题发挥，用"悲"字贯串全篇，对作威作福、腐朽荒淫的封建官吏极尽嬉笑怒骂之能事。野庙，不知名的神庙。

碑者，悲也[1]。古者悬而窆用木，后人书之，以表其功德，因留之不忍去，碑之名由是而得[2]。自秦汉以降[3]，生而有功德政事者，亦碑之[4]；而又易之以石，失其称矣[5]。余之碑野庙也，非有政事功德可纪，直悲夫甿竭其力[6]，以奉无名之土木而已矣[7]。

瓯越间好事鬼[8]，山椒水滨多淫祀[9]。其庙貌有雄而毅、黝而硕者[10]，则曰将军；有温而愿、皙而少者[11]，则曰某郎；有媪而尊严者[12]，则曰姥[13]；有妇而容艳者，则曰姑。其居处，则敞之以庭堂，峻之以陛级[14]，左右老木，攒植森拱[15]；萝茑翳于上[16]，枭鸮室其间[17]。车马徒隶[18]，丛杂怪状。甿作之，甿怖之。大者椎牛，次者击豕，小不下犬鸡[19]。鱼菽之荐，牲酒之奠，缺于家可也，缺于神不可也[20]。一日懈息，祸亦随作，鳌孺畜牧慄慄然[21]。疾病死丧，甿不曰适丁其时耶[22]，而自惑其生[23]，悉归之于神。

虽然，若以古言之，则戾[24]；以今言之，则庶乎神之不足过也[25]。何者？岂不以生能御大灾、捍大患，其死也则血食于生人[26]。无名之土木，不当与御灾捍患者为比，是戾于古也明矣。今之雄毅而硕者有之，温愿而少者有之；升阶级，坐堂筵，耳弦匏，口粱肉[27]，载车马，拥徒隶者，皆是也。解民之悬，清民之竭，未尝贮于胸中[28]。民之当奉者，一日懈怠，则发悍吏，肆淫刑，驱之以就事。较神之祸福，孰为轻重哉？平居无事，指为贤良，一旦有大夫之忧[29]，当报国之日，则佝挠脆怯[30]，颠踬窜踏[31]，乞为囚虏之不暇。此乃缨弁言语之土木[32]，又何责其真土木耶？故曰：以今言之，则庶乎神之不足过也。

既而为诗，以纪其末[33]：

土木其形，窃吾民之酒牲，固无以名[34]；土木其智，窃吾君之禄位，如何可仪[35]！禄位顾顾，酒牲甚微，神之飨也，孰云其非[36]？视吾之碑，知斯文之孔悲[37]！

人民文学出版社版高文、何法周主编《唐文选》

**【注释】**

[1]"碑者"句：碑是用来表示悲哀的。[2]"古者"五句：悬而窆（biǎn）：用绳子把棺材吊进墓穴安葬。《礼记·檀弓下》："公室视丰碑。"郑玄注："丰碑，斫大木为之，形如石碑，于椁前后四角树之，穿中于间为鹿卢（即辘轳），下棺以绋（粗绳）绕"。《释名·释典艺》："碑，被也。此本王葬时所设也。施其辘轳，以绳被其上，引以下棺也。臣子追述君父之功美，以书其上。后人因焉，故兼建于道陌之头，显见之处，名其文，就谓之碑也。"[3]以降：以下，以后。[4]碑之：为他立碑。[5]失其称：失去"碑"这一名称的本来意义。[6]直：只是。甿（méng）：农民。[7]奉：供奉。土木：指泥塑木雕的偶像。[8]瓯越：指今浙江东南地区。越，古种族名。汉初东越王摇都东瓯（今浙江温州），地濒瓯江，世称瓯越。[9]山椒：山顶。淫祀：不载在祀典的祭祀。《礼记·曲礼下》："非其所祭而祭之，名曰淫祀。"[10]庙貌：指神像。[11]温而愿：温和而老实。[12]尊严：尊贵威严。[13]姥（mǔ）：对老妇人的尊称。[14]"其居处"三句：意谓把神像供在宽敞而高峻的庭堂上。陛，台阶。[15]攒植：密植。森拱：指树木幽森高大。[16]萝茑（niǎo）：女萝和茑，两种蔓生植物。翳：遮蔽。[17]枭鸮（xiāo）：枭和鸮鸮，两种凶鸟，猫头鹰之类。[18]徒隶：随从。指供神役使的鬼卒。[19]"大者"三句：逢重要的祭祀就要杀牛，次要的祭祀要杀猪，最普通的也要杀鸡和狗。椎（chuí），槌子，此处作动词，槌杀。[20]"鱼菽"四句：祭祀时要向鬼神进献鱼、菽、三牲、酒食等，这些祭品，祭祖可以缺少，祭神则不可缺。[21]耋（dié）孺：老人和小孩。《尔雅·释言》："耋，老也，八十曰耋。"[22]适丁其时：正好碰到这个时候。丁，当。[23]而自惑其生：意谓人生总不免有死丧疾病，而农民却不明白这个道理，认为都是神降罚所致。[24]"若以"二句：如果按照古代的情况来说，淫祀是不合事理的。戾（lì），乖戾，不合事理。[25]庶乎神之不足过也：几乎不应该对神加以责怪。意谓应该责怪的事更有甚于此。庶乎，近似之词。[26]血食于生人：为人所祭祀。血食，谓受享祭品，古代杀牲取血以祭。[27]"耳弦匏（páo）"二句：听音乐，吃美味。耳、口，用作动词。弦，指琴瑟等弦乐。匏，指笙竽类乐器。[28]"解民"三句：意谓胸中从未有过为人民解除痛苦的念头。悬，倒悬。喝（yè），中暑。解悬、清喝比喻解除痛苦。[29]大夫之忧：指国家遇到危难。大夫，人臣的通称。大夫应该以国事为念，故云。[30]佝

(huí) 挠：昏乱、屈服。[31] 颠踬（zhì）窜踣（bó）：指陷入困顿不堪的境地。颠踬，倾仆。窜踣，逃窜。[32] 缨弁言语之土木：戴着缨弁说话的土人木偶。缨，冠带。弁，冠。[33]"既而"二句：碑文之后，缀以韵语，称为诗；其意在纪念的，则称为铭。[34] 固无以名：本来没有什么可以拿来作为理由的。名，名目。[35] 如何可仪：如何可以为仪法。[36]"禄位"四句：官吏们享受的禄位高厚，而神享用的祭品很少，两者相比，神享用祭品，谁又能说不对呢。顾，长，这里引申为优厚。[37] 孔悲：甚悲。孔，很。

### 【审美点评】

本文托物寓讽，将封建官僚比作"缨弁言语之土木"，深刻揭露他们鱼肉百姓的罪恶本质，鞭辟入里。文章语言简练，一针见血，"盱作之，盱怖之"仅六字就概括了人们敬神祀鬼的愚昧无知。一方面，文章冷静严峻，讽刺辛辣；另一方面，对百姓又怀有深沉的悲悯，爱憎分明。

# 聂夷中

聂夷中（837？—907？），字坦之，河东（今山西永济）人，一说河南中都（今河南沁阳）人。出身贫寒，备尝艰辛。咸通十二年（871）进士。但因时局动乱，朝廷无暇顾及官吏铨选，他困居长安很久，后来得补华阴县尉。其诗长于五言，多关注民生和讽喻时事之作。

## 伤田家

【题解】诗题一作《咏田家》。此诗反映了唐末农民遭受惨重剥削的普遍情况。

二月卖新丝，五月粜新谷[1]。医得眼前疮，剜却心头肉[2]。我愿君王心，化作光明烛。不照绮罗筵[3]，只照逃亡屋[4]。

**中华书局校点本《全唐诗》卷六三六**

### 【注释】

[1]"二月"二句：二月养蚕还未开始，五月新谷也未登场，而穷困的农民却不得不低价预卖丝、谷，以救眼前饥寒。粜（tiào），卖出粮食。[2] 剜（wān）却：用刀挖去。心头肉：比喻新丝、新谷。[3] 绮罗筵：指富贵人家华美的宴席。[4] 逃亡屋：逃亡在外的穷人家。

**【审美点评】**

此诗语言近俗，以"挖肉补疮"之成语，比喻农民为应付官府催逼忍痛卖丝谷的惨烈现实，入木三分，深刻形象。

# 杜荀鹤

杜荀鹤（846—904），字彦之，自号九华山人，池州石埭（今安徽石台）人。他热衷于功名，但屡试不第。后因上颂德诗三十首取悦于朱温，朱温遂为他送名至礼部，使之得中大顺二年（891）进士。入梁，为翰林学士、主客员外郎。其诗能反映社会现实。有《杜荀鹤文集》。

## 山中寡妇

**【题解】** 题一作《时世行》。诗通过对一个寡妇艰难生活的具体描绘，反映了战乱和征徭给人民带来的痛苦。

夫因兵死守蓬茅[1]，麻苎衣衫鬓发焦[2]。桑柘废来犹纳税[3]，田园荒后尚征苗[4]。时挑野菜和根煮，旋斫生柴带叶烧[5]。任是深山更深处，也应无计避征徭[6]。

中华书局校点本《全唐诗》卷六九二

**【注释】**

[1] 蓬茅：蓬草和茅草。此指茅屋。[2] 麻苎（zhù）：即苎麻，皮可织麻布。[3] 柘（zhè）：落叶乔木，叶厚而尖，可以饲蚕。税：指丝税。[4] 苗：田赋。[5] 旋：便，随即。[6] 征徭：赋税和徭役。

**【审美点评】**

此诗以律体讽刺时事，流转自如。"任是深山更深处，也应无计避征徭"将无所不在的官府盘剥，受害百姓的无处藏躲，表现得淋漓尽致。

# 杜光庭

杜光庭（850—933），字宾圣（一作宾至），京兆杜陵（今陕西西安东南）人，寓居处州缙云（今属浙江）。唐懿宗咸通（860—874）间，应举不第，后避乱入蜀，事蜀主王建为谏议大夫、户部侍郎，赐号广成先生。晚年隐居青城山，自号东瀛子。著书颇多，今存《神仙感遇传》、《广成集》等。

## 虬髯客传

**【题解】** 本篇旨在宣扬"尊王"思想，小说叙述虬髯客认识到唐太宗李世民为"真命天子"，不与争夺天下，将家财赠与李靖和红拂，自己远赴海外另建王国。虬髯，鬈曲的连鬓胡须。

隋炀帝之幸江都也[1]，命司空杨素守西京[2]。素骄贵，又以时乱，天下之权重望崇者，莫我若也[3]，奢贵自奉，礼异人臣[4]。每公卿入言，宾客上谒，未尝不踞床而见[5]，令美人捧出[6]，侍婢罗列，颇僭于上[7]。末年愈甚，无复知所负荷[8]，有扶危持颠之心[9]。

一日，卫公李靖以布衣上谒[10]，献奇策。素亦踞见。公前揖曰："天下方乱，英雄竞起。公为帝室重臣，须以收罗豪杰为心，不宜踞见宾客。"素敛容而起[11]，谢公；与语，大悦，收其策而退。当公之骋辩也[12]，一妓有殊色，执红拂[13]，立于前，独目公。公既去，而执拂者临轩指吏曰："问去者处士第几[14]？住何处？"公具以对。妓诵而去。

公归逆旅[15]。其夜五更初，忽闻叩门而声低者，公起问焉。乃紫衣戴帽人，杖揭一囊[16]。公问谁。曰："妾，杨家之红拂妓也。"公遽延入。脱衣去帽，乃十八九佳丽人也。素面画衣而拜[17]。公惊答拜。曰："妾侍杨司空久，阅天下之人多矣，无如公者。丝萝非独生，愿托乔木[18]，故来奔耳。"公曰："杨司空权重京师，如何？"曰："彼尸居余气[19]，不足畏也。诸妓知其无成，去者众矣。彼亦不甚逐也。计之详矣。幸无疑焉。"问其姓。曰："张。"问其伯仲之次[20]。曰："最长。"观其肌肤、仪状、言词、气性[21]，真天人也。公不自意获之，愈喜愈惧，瞬息万虑不安。而窥户者无停履[22]。数日，亦闻追访之声，意亦非峻[23]。乃雄服乘马[24]，排闼而去[25]。将归太原[26]。

行次灵石旅舍[27]，既设床，炉中烹肉且熟。张氏以发长委地，立梳床前。公方刷马，忽有一人，中形[28]，赤髯如虬，乘蹇驴而来。投革囊于炉前，取枕欹卧[29]，看张梳头。公怒甚，未决[30]，犹亲刷马。张熟视其面，一手握发，一手映身摇示公[31]，令勿怒。急急梳头毕。裣衽前问其姓。卧客答曰："姓张。"对曰："妾亦姓张，合是妹。"遽拜之。问第几。曰："第三。"问妹第几。曰："最长。"遂喜曰："今多幸逢一妹。"张氏遥呼："李郎且来见三兄！"公骤拜之。遂环坐。曰："煮者何肉？"曰："羊肉，计已熟矣。"客曰："饥。"公出市胡饼[32]。客抽腰间匕首，切肉共食。食竟，余肉乱切送驴前食之，甚速。客曰："观李郎之行，贫士也。何以致斯异人[33]？"曰："靖虽贫，亦有心者焉。他人见问，故不言；兄之问，则不隐耳。"具言其由。曰："然则将何之？"曰："将避地太原。"曰："然吾故非君所致也[34]。"曰："有酒乎？"曰："主人西，则酒肆也。"公取酒一斗。既巡[35]，客曰："吾有少下酒物，李郎能同之乎？"曰："不敢。"于是开革囊，取一人头并心肝。却头囊中[36]，以匕首切心肝，共食之。曰："此人天下负心者，衔之十年[37]，今始获之。吾憾释矣。"又曰："观李郎仪形器宇，真丈夫也。亦闻太原有异人乎？"曰："尝识一人，愚谓之真人也[38]；其余，将帅而已。"曰："何姓？"曰："靖之同姓。"曰："年几？"曰："仅二十。"曰："今何为？"曰："州将之子[39]。"曰："似矣。亦须见之。李郎能致吾一见乎？"曰："靖之友刘文静者[40]，与之狎。因文静见之可也。然兄何为？"曰："望气者言太原有奇气[41]，使访之。李郎明发，何日到太原？"靖计之日。曰："达之明日，日方曙，候我于汾阳桥[42]。"言讫，乘驴而去，其行若飞，回顾已失。公与张氏且惊且喜，久之，曰："烈士不欺人[43]，固无畏。"促鞭而行。

及期，入太原。果复相见。大喜，偕诣刘氏。诈谓文静曰："有善相者思见郎君[44]，请迎之。"文静素奇其人，一旦闻有客善相，遽致使迎之。使回而至[45]，不衫不履，褛裘而来[46]，神气扬扬，貌与常异。虬髯默然居末坐，见之心死。饮数杯，招靖曰："真天子也！"公以告刘，刘益喜，自负。既出，而虬髯曰："吾得十八九矣。然须道兄见之。李郎宜与一妹复入京。某日午时，访我于马行东酒楼[47]。下有此驴及瘦驴，即我与道兄俱在其上矣。到即登焉。"又别而去，公与张氏复应之。

及期访焉，宛见二乘[48]。揽衣登楼，虬髯与一道士方对饮，见公惊喜，召坐。围饮十数巡，曰："楼下柜中有钱十万。择一深隐处驻一妹。某日复会我于汾阳桥。"如期至，即道士与虬髯已到矣。俱谒文静。时方弈棋，揖而话心焉。文静飞书迎文皇看棋[49]。道士对弈，虬髯与公傍侍焉。俄而文皇到来，精采惊人，长揖而坐。神气清朗，满坐风生，顾盼炜如也[50]。道士一见惨然，下棋子曰："此局全输矣！于此失却局哉！救无路矣！复奚言！"罢弈而请去。既出，谓虬髯曰："此世界非公世界，他方可也。勉之，勿以为念。"因共入京。虬髯曰："计李郎之程，某日方到。到之明日，可与一妹同诣某坊曲小宅相访。李郎相从一妹[51]，悬然如磬[52]。欲令新妇祗谒[53]，兼议从容[54]，无前却也[55]。"言毕，吁嗟而去。

公策马而归。即到京，遂与张氏同往。乃一小版门子[56]，叩之，有应者，拜曰："三郎令候李郎、一娘子久矣。"延入重门，门愈壮。婢四十人，罗列庭前。奴二十人，引公入东厅。厅之陈设，穷极珍异，巾箱妆奁冠镜首饰之盛，非人间之物。巾栉妆饰毕[57]，请更衣，衣又珍异。既毕，传云："三郎来！"乃虬髯纱帽裼裘而来，亦有龙虎之状[58]，欢然相见。催其妻出拜，盖亦天人耳。遂延中堂[59]，陈设盘筵之盛，虽王公家不侔也。四人对馔讫，陈女乐二十人[60]，列奏于前，若从天降，非人间之曲。食毕，行酒。家人自堂东舁出二十床[61]，各以锦绣帕覆之。既陈，尽去其帕，乃文簿钥匙耳。虬髯曰："此尽宝货泉贝之数[62]。吾之所有，悉以充赠。何者？欲于此世界求事，当或龙战三二十载[63]，建少功业。今既有主，住亦何为？太原李氏，真英主也。三五年内，即当太平。李郎以奇特之才，辅清平之主，竭心尽善，必极人臣。一妹以天人之姿，蕴不世之艺[64]，从夫之贵，以盛轩裳[65]。非一妹不能识李郎，非李郎不能荣一妹。起陆之贵[66]，际会如期[67]，虎啸风生，龙吟云萃，固非偶然也[68]。持余之赠，以佐真主，赞功业也，勉之哉！此后十年，当东南数千里外有异事，是吾得事之秋也。一妹与李郎可沥酒东南相贺。"因命家童列拜，曰："李郎、一妹，是汝主也！"言讫，与其妻从一奴，乘马而去。数步，遂不复见。公据其宅，乃为豪家，得以助文皇缔构之资[69]，遂匡天下[70]。

贞观十年，公以左仆射平章事[71]。适南蛮入奏曰[72]："有海船千艘，甲兵十万，入扶余国[73]，杀其主自立。国已定矣。"公心知虬髯得事也。

归告张氏，具衣拜贺[74]，沥酒东南祝拜之。

乃知真人之兴也，非英雄所冀[75]。况非英雄者乎？人臣之谬思乱者，乃螳臂之拒走轮耳[76]。我皇家垂福万叶[77]，岂虚然哉。或曰："卫公之兵法[78]，半乃虬髯所传耳。"

人民文学出版社版张友鹤《唐宋传奇选》

### 【注释】

[1]"隋炀帝"句：隋炀帝杨广在位期间（605—618）曾三次巡幸江都（今江苏扬州），此应指第一次，为大业元年（605），因为次年杨素已死。但此时李世民仅七岁，与后文称"年二十"不合。篇中多有与史事不合之处，当是小说家的附会，不能据以为实。[2]杨素：字处道，华阴（今陕西华阴）人。隋时，曾任司空，封越国公，后改楚国公，官至太师。[3]"天下"二句：杨素自以为天下掌握大权、有重望的人，没有谁比得上自己。[4]礼异人臣：礼节仪制异乎臣子所应有的。[5]踞床：两脚岔开坐在椅子上，表示傲慢的态度。[6]捧出：簇拥而出。[7]僭（jiàn）于上：指排场像皇帝。僭，超越本分。[8]负荷：担负的责任。[9]扶危持颠：拯救危险的局势。《论语·季氏》："危而不持，颠而不扶，则焉用彼相矣？"[10]李靖（571—649）：字药师。三原（今陕西三原）人，辅佐唐高祖平定天下。唐太宗时封卫国公，故称"卫公"。[11]敛容：面容转为严肃。[12]骋辩：议论滔滔不绝。[13]拂：拂尘。[14]处士：没有做官的读书人。此指李靖。第几：在兄弟辈中排行第几。六朝、隋、唐时人称谓多用排行。[15]逆旅：旅馆。[16]揭：挑举。[17]素面：脸上不施脂粉。[18]"丝萝"二句：以丝萝依附高树喻自己托身李靖。[19]尸居余气：垂死的人。[20]伯仲之次：在兄弟姐妹间的排行。[21]仪状：仪表、仪态。气性：性情、脾气。[22]窥户者无停履：不断窥察门外是否有人追踪而至。一说指窥视红拂女的人往来不绝。[23]意亦非峻：没有严厉追索之意。[24]雄服：盛服，豪华的穿戴。[25]排闼（tà）：推开门。[26]太原：隋郡名，今属山西。[27]灵石：隋县名，今属山西。[28]中形：中等身材。[29]欹（qī）卧：斜躺。[30]未决：还没有发作。[31]一手映身：一只手藏在身后。[32]胡饼：烧饼。[33]致斯异人：得到这样的美人。[34]吾故非君所致也：我不是你所要找的人。[35]既巡：斟过一遍酒。[36]却头囊中：把头放回皮袋里。[37]衔之：恨他。[38]真人：旧时俗谓真命天子。[39]州将之子：指唐太宗李世民。当时其父李渊任隋朝太原留守，故称。[40]刘文静：字肇仁，武功（今属陕西）人。隋末任晋阳（今山西太原）令，以助唐高祖起兵反隋之功，封鲁国公，后被杀。[41]望气者：通过观望云气以窥测王气所在的术士。[42]汾阳桥：在太原城东汾河上。[43]烈士：豪侠之士。[44]郎君：指李世民。[45]使回而至：使者回来（请的人）也到了。[46]裼（xī）裘：披着裘衣，露出里面的毛皮。泛指袒露里衣，形容不拘小节。[47]马行：西京中的地名。[48]宛见：宛然可见。有形貌可见者曰宛。[49]文皇：唐太宗谥号"文"，故称。[50]炜（wěi）如：有光彩貌。[51]李郎相从一妹：谓李靖有红拂相从成家。[52]悬然如磬：家中贫穷，如悬空器，一无所有。《国语·鲁语上》："室如悬磬。"[53]新妇：自称其妻。祗（zhī）谒：拜见。[54]兼议从容：顺带随便说说话。从容，此指叙谈。[55]无前却：不要推辞。[56]小版门子：小板门。[57]巾栉：包头巾、梳头发。[58]龙虎之状：形容相貌不凡。[59]延：引进。[60]女乐（yuè）：歌舞女。[61]异

（yú）：抬。[62] 泉贝：货币。[63] 龙战：《周易·坤》："龙战于野，其血玄黄。"后称群雄割据、争夺天下的战争为龙战。[64] 不世之艺：非常的才艺。[65]"从夫之贵"二句：谓随夫而贵，可以享受荣华富贵的生活。轩，车乘。裳，衣服。[66] 起陆：谓乘时而起，夺取天下。《阴符经》上篇："天发杀机，龙蛇起陆；人发杀机，天地反覆。"[67] 际会如期：君臣的遇合，如有成约在先。[68]"虎啸"三句：用比喻说明君臣遇合、声气相求的关系不是偶然的。《周易·乾文言》："云从龙，风从虎。"孔颖达疏："龙是水畜，云是水气，故龙吟则景云出，是云从龙也。虎是威猛之兽，风是震动之气，此亦是同类相感，故虎啸则谷风生，是风从虎也。"[69] 缔构：创业。[70] 匡：统一，平定。[71] 左仆射（yè）平章事：唐制，以三省长官为宰相。唐太宗以后不设尚书令，左右仆射即为尚书省长官，与中书令、侍中同为宰相。中宗后加"同中书门下平章事"为宰相，无此加衔者不为宰相。平章事，"同中书门下平章事"的简称，参预朝政的意思，是一种加衔。[72] 南蛮：古代称南方少数民族为南蛮。[73] 扶余国：古国名，在今辽宁、吉林一带。唐以前为高句丽所灭。本文谓国在东南，当是小说家故弄玄虚。[74] 具衣：穿着礼服。[75]"乃知"二句：谓真命天子的出现乃受命于天，不是所谓英雄能妄想得到的。[76] 螳臂之拒走轮：比喻不自量力，终归失败。《庄子·人间世》："汝不知夫螳螂乎，怒其臂以当车辙，不知其不胜任也。"走轮，转动的车轮。[77] 万叶：万世。[78] 卫公之兵法：李靖精通兵法。《新唐书·李靖传》："其舅韩擒虎每与论兵，辄叹曰：'可与语孙、吴者，非斯人尚谁哉？'"

**【审美点评】**

此文通过红拂夜奔、三侠聚义、观棋让贤、充赠家财、海外成事等奇事成功塑造了红拂、李靖和虬髯客三位富于个性魅力的奇人形象，但真正的主人公却是仅以寥寥数笔描绘而用"风尘三侠"烘托的"真命天子"李世民。小说人物对话简洁概括，故事情节曲折紧张，环环相扣，引人入胜。


# 敦煌词

敦煌词，是指清末在甘肃敦煌莫高窟发现的唐、五代词。写作年代大抵自唐初迄于五代，除少数几首署名外，均为无名氏作品。敦煌词内容广泛，很多作品反映了妇女的生活和情感。艺术上表现出质朴浑厚、清新刚健的民间特色。

## 菩萨蛮

**【题解】**任二北《敦煌曲校录》："此辞可能写于天宝元年，而作于开元间。就现有资料言，可能为历史上最古之《菩萨蛮》。"本篇用誓词表现深挚的爱情，质朴自然。

枕前发尽千般愿：要休且待青山烂。水面上秤锤浮，直待黄河彻底枯。　　白日参辰现[1]，北斗回南面[2]。休即未能休，且待三更见日头[3]。

中华书局版曾昭岷等编《全唐五代词》正编卷四

【注释】

[1] 参（shēn）辰：参星和辰星。此处泛指星辰。[2] 北斗：星座名，以位置在北而形如斗得名。[3] 日头：太阳。

【审美点评】

此词连用生活中常见物象作比，语气急促而热烈，表达了炽热的感情。写法上与汉乐府中的《上邪》极为类似，但《上邪》"欲相知"从正面写，本词"要休"从反面设想，更显曲折。

# 鹊踏枝

【题解】《鹊踏枝》，原题《雀踏枝》。此题咏鹊，符合词调的本意。本篇借人与鹊的对话，反映闺中思妇怨别念远的情怀。

"叵耐灵鹊多瞒语，送喜何曾有凭据[1]！几度飞来活捉取，锁上金笼休共语。"　　"比拟好心来送喜[2]，谁知锁我在金笼里。欲他征夫早归来，腾身却放我向青云里[3]。"

商务印书馆版王重民《敦煌曲子词集》上卷

【注释】

[1]"叵（pǒ）耐"二句：谓喜鹊叫是报空喜，无凭无据。叵耐，叵为"不可"两字的合音，不可耐即不可容忍。瞒语，谎话。瞒，原作"满"，误，据改。送喜，《开元天宝遗事》卷下："时人之家，闻鹊声皆为喜兆，故谓灵鹊报喜。"[2]比拟：本来打算。[3]腾身：飞身。

【审美点评】

本篇从灵鹊报喜的古老民间传说立意，颇见故事意味。手法新颖奇特，语言质实朴直，洋溢着浓郁真切的日常生活气息。

# 温庭筠

温庭筠（801—866，一说 812—870），本名岐，名一作庭云，字飞卿，太原祁（今山西祁县）人。初唐宰相温彦博的裔孙。唐宣宗大中初试进士，屡次不第。曾为方城（今河南方城附近）尉，官终国子助教，世称"温方城"、"温助教"。温庭筠诗词兼擅。其诗大多吟咏身世，感伤之中兼含幽怨隐恨。温庭筠是第一个着力为词的文人，被奉为"花间鼻祖"，内容以男女情爱为主，艺术上文采繁华，轻柔艳丽。有《温飞卿诗集》、《金荃词》。

## 商山[1]早行

【题解】此诗写行客早起赶路所见的清寒景色，抒发了怀乡之情。

晨起动征铎[2]，客行悲故乡。鸡声茅店月，人迹板桥霜。槲叶落山路[3]，枳花明驿墙[4]。因思杜陵梦[5]，凫雁满回塘[6]。

中华书局校点本《全唐诗》卷五八一

【注释】

[1] 商山：在今陕西商州市东南。[2] 征铎（duó）：车行时悬挂在马颈上的铃铛。铎，大铃。[3] 槲（hú）：落叶乔木。叶子在冬天虽枯而不落，春天树枝发芽时才落。[4] 枳（zhǐ）：也叫"臭橘"，落叶灌木或小乔木。春天开白花，果实似橘而略小，可用作中药。[5]"因思"句：意谓想起在长安时的梦境。杜陵，在长安城南（今陕西西安东南），秦置杜县，汉宣帝筑陵于东原上，因名杜陵。此指长安。[6]"凫（fú）雁"句：此句具体写"杜陵梦"的梦境。凫，野鸭。雁，一种候鸟。

【审美点评】

"鸡声茅店月，人迹板桥霜"凝练精致，意象密集，对仗工稳，将初春山中清晨的典型景象描绘得极具诗意，如在目前，因而成为脍炙人口的名句。

## 菩萨蛮

【题解】这首词细致刻画一个贵族女子晨起时的仪容情态，委婉含蓄地揭示了其孤独寂寞的内心世界，刻画精工。

小山重叠金明灭[1]，鬓云欲度香腮雪[2]。懒起画蛾眉[3]，弄妆梳洗迟。　　照花前后镜[4]，花面交相映。新帖绣罗襦[5]，双双金鹧鸪[6]。

中华书局版曾昭岷等编《全唐五代词》正编卷一

## 【注释】

[1]"小山"句：谓画屏与初日的光辉映照成彩。许昂霄《词综偶评》："小山，盖指屏山而言。"一说，小山指画眉的样式。[2]鬓云：鬓发撩乱如云。香腮雪：即香雪腮，白而香的面颊。[3]蛾眉：形容女子的眉毛弯曲细长。《诗经·卫风·硕人》："螓首蛾眉。"[4]"照花"句：用两面镜子前后对照着看头上的花。[5]帖：同"贴"。罗襦：丝绸短袄。此句《唐宋诸贤绝妙词选》作"新著绮罗襦。"[6]金鹧鸪：金线绣的鹧鸪鸟。古代文人用鹧鸪如同用鸳鸯，取其成双成对之意。

## 【审美点评】

这首词写的不过是女主人公从睡醒后到梳妆打扮完过程中的几个镜头，却能充分透露出她内心的复杂感受，做到神情毕现。

# 梦江南

**【题解】**《梦江南》，唐代教坊曲名，后用为《忆江南》词调的异名。此词写思妇倚楼怀人，表现了从希望到失望断肠的情感过程。

梳洗罢，独倚望江楼。过尽千帆皆不是，斜晖脉脉水悠悠[1]。肠断白蘋洲[2]。

中华书局版曾昭岷等编《全唐五代词》正编卷一

## 【注释】

[1]脉（mò）脉：含情欲伸貌。[2]白蘋（pín）洲：泛指开满白色苹花的水中小洲。也可用作专名。白居易《白蘋洲五亭记》："湖州城东南二百步，抵霅溪连汀洲。洲一名白蘋。梁吴兴守柳恽于此赋诗云：'汀洲采白蘋。'因以为名也。"

## 【审美点评】

此词与其他"画屏金鹧鸪"风格的温词不同，抒情真率，语言浅切，以自然清淡见长。

# 韦　庄

韦庄（836？—910），字端己，京兆杜陵（今陕西西安）人。少孤贫，屡试不第，僖宗中和三年（883），在洛阳应举作《秦妇吟》，时人称为"秦妇吟秀才"。黄巢起义时期避乱江南达十年之久。天复元年（901），入蜀为王建掌书记。王建称帝后，官至吏部侍郎兼平章事。韦庄诗词兼擅。其诗前期着重表现农民起义高潮中所暴露的统治阶级内部矛盾和唐王朝的腐败。后期以抒写个人情怀为主。其词多写男女之情，风格疏朗自然。诗集有《浣花集》，其词见于《花间集》、《尊前集》及《草堂诗余》。

## 菩萨蛮

**【题解】** 韦庄《菩萨蛮》共五首，此为第二首。此词写避乱江南时所见风物之美，委婉表达挥之不去的思乡之情。

人人尽说江南好，游人只合江南老[1]。春水碧于天，画船听雨眠。垆边人似月[2]，皓腕凝霜雪[3]。未老莫还乡，还乡须断肠[4]。

中华书局版曾昭岷等编《全唐五代词》正编卷一

**【注释】**

[1] 合：应当。[2] 垆：酒店里安放酒瓮的土台，这里指酒家。垆，原作"炉"。[3] 凝霜雪：像凝结起来的霜雪一样洁白。霜，原作"双"。[4] 须：应。

**【审美点评】**

王粲《登楼赋》曾说："虽信美而非吾土兮，曾何足以少留。""人人尽说"好的江南虽然风景人物皆美，却取代不了诗人心中的故乡。

## 思帝乡

**【题解】**《思帝乡》，唐代教坊曲名，后用为词调。此词写游春少女对爱情的热烈向往。

春日游，杏花吹满头。陌上谁家年少，足风流。妾拟将身嫁与，一生休[1]。纵被无情弃，不能羞[2]。

中华书局版曾昭岷等编《全唐五代词》正编卷一

**【注释】**

[1]"妾拟"二句：意谓我愿意嫁给他，作为一生的归宿。[2]"纵被"二句：即使被遗弃，也不感到羞耻，不后悔。

**【审美点评】**

此词纯用赋体，表现女子热情奔放的性格和殉身无悔的坚决意志，大胆直露，真率自然，极富民歌特色。

# 冯延巳

冯延巳（903？—960），又名延嗣，字正中，广陵（今江苏扬州）人。早年为吴国秘书郎，南唐代吴后曾三度入相，官终太子太傅。多才艺，尤擅写词，其词着力表现人物的心境意绪，形成多方面的启示和联想。词作数量居五代词人之首，有《阳春集》。

## 鹊踏枝

**【题解】**《鹊踏枝》，一作《雀踏枝》，唐代教坊曲名，后用作词调，即《蝶恋花》。此词写闲情春愁，表现了主人公缠绵执著的的感情。

谁道闲情抛掷久[1]，每到春来，惆怅还依旧。日日花前常病酒[2]，不辞镜里朱颜瘦。　　河畔青芜堤上柳[3]，为问新愁[4]，何事年年有？独立小桥风满袖[5]，平林新月人归后[6]。

王鹏运四印斋本《阳春集》

**【注释】**

[1]抛掷：抛却、弃置。[2]病酒：因喝酒过量而感觉身体不适。[3]青芜：形容草色碧青。[4]为问：请问。[5]桥：一作"楼"。[6]"平林"句：众人散去后，只有一弯新月悬挂在树林上空。平林，平原上的林木。新月，阴历月初的弯月。

**【审美点评】**

陈廷焯说冯延巳词"可谓沉着痛快之极，然却是从沉郁顿挫中来"。（《白雨斋词话》卷六）此词上片直抒胸臆，指出"闲情"、"惆怅"年年依旧，无从摆脱，可谓痛快；"抛掷"、"久"、"每"、"还"又作多重转折，表现盘郁挣扎的情感矛盾，可谓顿挫。

## 谒金门

**【题解】**《谒金门》，唐代教坊曲名，后用为词调。此词写闺情，通过动作、细节揭示了女主人公的内心世界。

> 风乍起，吹皱一池春水[1]。闲引鸳鸯香径里[2]，手挼红杏蕊[3]。
> 斗鸭阑干独倚[4]，碧玉搔头斜坠[5]。终日望君君不至，举头闻鹊喜。

王鹏运四印斋本《阳春集》

**【注释】**

[1]"风乍起"二句：比喻心情的波动。乍，忽然。[2]闲引：无聊地逗引。香径：花园里的小路。[3]挼（nuó）：揉搓。[4]斗鸭：以鸭相斗为戏。《三国志·吴志·陆逊传》："时建昌侯虑于堂前作斗鸭栏，颇施小巧。逊正色曰：'君侯宜勤览经典，以自新益，用此何为？'虑即时毁彻之。"[5]"碧玉"句：谓鬓发蓬松，玉簪子歪斜欲坠。形容懒散的情绪。

**【审美点评】**

"风乍起，吹皱一池春水。"写景生动形象，而又以景托情，含蓄蕴藉，寓意遥深。

# 李　璟

李璟（916—961），初名景通，字伯玉，徐州（今属江苏）人。南唐烈祖李昇长子，升元七年（943）以齐王嗣帝位，世称中主。多才艺，工诗词，词中蕴含着深厚的忧患意识，风格清新自然。存词四首。

## 浣溪沙

**【题解】**此词写秋日萧瑟之景，表现了思妇悲秋怀人之思。

菡萏香销翠叶残[1]，西风愁起绿波间。还与韶光共憔悴[2]，不堪看。细雨梦回鸡塞远[3]，小楼吹彻玉笙寒[4]。多少泪珠何限恨[5]，倚阑干。

**中华书局版曾昭岷等编《全唐五代词》正编卷三**

**【注释】**

[1] 菡（hàn）萏（dàn）：荷花的别称。翠叶：指荷叶。[2] 韶光：美好的时光。韶，一作"容"。[3] 鸡塞：即鸡鹿塞，此以指边远地区。《汉书·匈奴传下》："又发边郡士马以千数，送单于出朔方鸡鹿塞。"颜师古注："在朔方窳（yǔ）浑县西北。"即今内蒙古自治区西部磴口（巴彦高勒）西北，狼山西南段哈隆格乃峡谷南口。[4] 吹彻：即吹完最后一曲。彻，大曲中的最后一遍。[5] 何限：一作"无限"。

**【审美点评】**

"细雨梦回"两句古今称赏，王国维独爱"菡萏香销翠叶残，西风愁起绿波间"，谓其"大有众芳芜秽、美人迟暮之感"。之所以如此，大概因为荷花凋残的景象中蕴含着浓郁深沉的哀愁，象征了一切美好事物的衰落消逝，其中的思想意义超出了形象本身。

# 李 煜

李煜（937—978），中主李璟的第六子，初名从嘉，号钟隐，别号莲峰居士。961年即位时更名为煜，字重光。在位十五年，史称后主。宋太祖开宝八年（975）宋军攻破金陵（今江苏南京），出降被俘至汴京（今河南开封），封违命侯，拜左千牛卫将军。太平兴国三年（978），被赵光义赐牵机药服毒而死。李煜是第一个全力以词抒写个人生活、情感的词人。王国维说："词至李后主而眼界始大，感慨遂深，遂变伶工之词而为士大夫之词。"存词近四十首。今传《南唐二主词》。

## 乌夜啼

**【题解】**《乌夜啼》，本六朝乐府旧题，唐代教坊曲有此题，后用为词调。一名《相见欢》。此词写无可解脱的愁苦。

无言独上西楼，月如钩。寂寞梧桐深院锁清秋[1]。　　剪不断，理还乱，是离愁。别是一番滋味在心头[2]。

中华书局版曾昭岷等编《全唐五代词》正编卷三

**【注释】**

[1] 锁清秋：被秋色笼罩。[2] 别是：另是。一番，一作"一般"。

**【审美点评】**

"剪不断"三句，以丝喻离愁，将抽象的情感加以具象化，历来为人们所称道，而"别是一番滋味在心头"则写出愁之味，它非咸非苦，只可意会，不可言传，经历过离别和经受过相思之苦煎熬的人们结合自身的体验自然会产生同感，是更深一层的写法。

# 浪淘沙

**【题解】**《浪淘沙》，唐代教坊曲名，后用为词调。此词抒发亡国之痛。

帘外雨潺潺[1]，春意将阑[2]。罗衾不暖五更寒[3]。梦里不知身是客，一晌贪欢[4]。　　独自莫凭栏，无限关山[5]。别时容易见时难。流水落花归去也，天上人间[6]。

中华书局版曾昭岷等编《全唐五代词》正编卷三

**【注释】**

[1] 潺潺：雨声。[2] 将阑：一作"阑珊"。阑，尽。[3] 不暖：一作"不耐"。不耐，经受不住。[4] 一晌：片刻。[5] 关山：一作"江山"。[6] "流水"二句：美景难再，今昔有天壤之别。归，一作"春"。

**【审美点评】**

全词以春雨起，以雨中落花结，首尾照应，意境浑成。"别时容易见时难"，仿佛不假思索，冲口而出，平淡自然的语言包含了丰富的人生感受，使人不觉其浅，唯觉其真。

# 虞美人

**【题解】**《虞美人》，唐代教坊曲名，后用为词调。此词为亡国后所作，写物是人非的伤感。

春花秋月何时了[1]，往事知多少[2]。小楼昨夜又东风，故国不堪回首月明中。　　雕阑玉砌依然在，只是朱颜改[3]。问君都有几多愁[4]，恰似一江春水向东流。

中华书局版曾昭岷等编《全唐五代词》正编卷三

**【注释】**

[1]了：了结，完结。[2]知多少：不知有多少，亦即很多。[3]"雕阑"二句：谓宫殿犹在，人事已非。雕阑玉砌，雕绘的栏杆和玉一般的石阶。借指宫殿。阑，同"栏"。依然，一作"应犹"。朱颜改，面容变得憔悴。[4]问君：设问之词，实则为自问。都，一作"能"。

**【审美点评】**

"春花秋月何时了"，首句出奇。良辰美景本是人所乐见，后主却不愿见。此句看似反常，细思则合理，正写出了词人痛苦难熬的生活境遇。

## 乌夜啼

**【题解】** 此词借惜花写人生失意的怅恨。

林花谢了春红，太匆匆，常恨朝来寒雨晚来风[1]。　　胭脂泪[2]，留人醉[3]，几时重[4]？自是人生长恨水长东。

中华书局版曾昭岷等编《全唐五代词》正编卷三

**【注释】**

[1]常恨：一作"无奈"。[2]胭脂泪：本指女子的眼泪，泪水流经脸颊时沾上胭脂的红色，故云。此处胭脂是指林花着雨的鲜艳颜色，指代美好的花。杜甫《曲江对雨》有"林花著雨胭脂湿"。[3]留人醉：一作"相留醉"。[4]几时重：何时再度相逢。

**【审美点评】**

春花美丽却娇弱，最易凋残，正如人的青春、生命，美好却短暂。"人生长恨"，是后主对人生命运的深刻感悟。

# 无名氏词

这里所录《菩萨蛮》、《忆秦娥》两词，不见于唐人载集，北宋文人传为李白所作。南宋黄昇编入《唐宋诸贤绝妙词选》。但后人颇多怀疑。明胡应麟《少室山房笔丛》卷四十一《庄岳委谈下》疑为"晚唐人词，嫁名太白"。或认为北宋无名氏所作。

# 菩萨蛮

**【题解】** 此词写旅客思家的苦闷。或说为望远怀人之作。

平林漠漠烟如织[1]，寒山一带伤心碧[2]。暝色入高楼[3]，有人楼上愁。　　玉阶空伫立[4]，宿鸟归飞急[5]。何处是回程，长亭接短亭[6]。

中华书局版曾昭岷等编《全唐五代词》正编卷一

**【注释】**

[1] 漠漠：广远貌。[2] 伤心碧：极言寒山之青。伤心，极甚之词。[3] 暝色：暮色。[4] 玉阶：一作"玉梯"。[5] 宿鸟：归巢栖息的鸟。[6]"何处"二句：长亭、短亭，是古时设在大路边供行人休歇的亭舍。庾信《哀江南赋》："十里五里，长亭短亭。"谓十里一长亭，五里一短亭。回，一作"归"。接，一作"连"，一作"更"。

**【审美点评】**

此词围绕"愁"叙写，寓情于景色之中。暝色、寒山、宿鸟皆为"楼上愁人"所见之景。暮色凄寒，鸟归人未归，以哀景衬哀情，语意含蓄不尽。

# 忆秦娥

**【题解】** 此词写离别之情。秦娥，指弄玉。传说她是秦穆公的女儿，爱吹箫，嫁给仙人萧史。

箫声咽，秦娥梦断秦楼月[1]。秦楼月，年年柳色，灞桥伤别[2]。乐游原上清秋节[3]，咸阳古道音尘绝[4]。音尘绝，西风残照，汉家陵阙[5]。

中华书局版曾昭岷等编《全唐五代词》正编卷一

**【注释】**

[1]"箫声"二句：用萧史与弄玉的故事。《列仙传》卷上："萧史者，秦穆公时人也。善吹箫，能致孔雀、白鹤于庭。穆公有女字弄玉，好之。公遂妻焉。日教弄玉作凤鸣。居数年，吹似

凤声，凤凰来止其屋。公为作凤台。夫妇止其上，不下数年，一旦皆随凤凰飞去。"秦娥，此处泛指长安一带美貌的女子。[2] 灞桥：一作"霸陵"，又作"灞陵"。在今陕西西安市东，汉文帝陵附近。自汉以来就是折柳赠别之所。[3] 乐游原：在今西安市东南，唐时为游览胜地。地势较高，可眺望全城及周围景色。清秋节：农历九月九日重阳节。[4] "咸阳"句：谓远赴西北的爱人音信断绝。汉唐时由京城往西北经商或从军，咸阳（今属陕西）是必经之地。音尘，指音信。[5] 汉家陵阙：汉朝皇帝的陵墓都在长安周围。阙，陵墓前的牌楼。

**【审美点评】**

词写离情，却从弄玉萧史引入，勾起苍茫的历史感。结末又以"西风残照，汉家陵阙"回应篇首，将个人的遇合与昔盛今衰的沧桑感结合，融柔婉与雄浑为一体，意境阔大苍凉。

# 宋金文学

## 王禹偁

王禹偁（954—1001），字元之，济州巨野（今山东巨野）人。太平兴国八年（983）进士，授成武主簿，后历任右拾遗、左司谏、知制诰、翰林学士。他性格刚直，敢于直言讽谏，淳化二年（991），被贬商州团练副使，四年移解州。真宗即位，召还，复知制诰。后贬知黄州，人称"王黄州"，又迁蕲州病死。王禹偁为北宋诗文革新运动的先驱，文宗韩愈、柳宗元，诗崇杜甫、白居易，多反映社会现实，风格清新平易。有《小畜集》、《小畜外集》。

### 村 行

【题解】此诗作于淳化三年（992）年秋，作者被贬商州（今陕西商州）时。作品通过对景物亲切而充满默契的描写，表达去国怀乡的深切感受。

马穿山径菊初黄，信马悠悠野兴长[1]。万壑有声含晚籁[2]，数峰无语立斜阳。棠梨叶落胭脂色[3]，荞麦花开白雪香。何事吟余忽惆怅？村桥原树似吾乡。

《四部丛刊》本《小畜集》卷九

【注释】

[1]信：任随，听凭。[2]晚籁：傍晚时分山间的各种声响。[3]棠梨：一种落叶乔木，果实似梨而小，味酸甜，又称杜梨。叶落：原本误作"落叶"。

【审美点评】

"万壑有声含晚籁，数峰无语立斜阳。"二句从听觉和视觉两方面描绘山野风光，"有声"和"无语"两种截然不同的境界相映成趣。尤其是"数峰"句写山之宁静，不从正面着墨，而从反面出之，读来饶有情趣。

# 黄州新建小竹楼记

**【题解】**宋真宗咸平元年（998），王禹偁贬任黄州。次年于城隅建了一座小竹楼。这年中秋佳节，身在黄州的王禹偁，于竹楼赏月抚昔之际，有感而记。文章借描写小楼环境的清幽闲旷，表达超逸高洁的情怀。

　　黄冈之地多竹，大者如椽。竹工破之，刳去其节[1]，用代陶瓦，比屋皆然[2]，以其价廉而工省也。

　　子城西北隅[3]，雉堞圮毁[4]，蓁莽荒秽[5]，因作小楼二间，与月波楼通[6]。远吞山光，平挹江瀬[7]，幽间辽敻[8]，不可具状。夏宜急雨，有瀑布声；冬宜密雪，有碎玉声。宜鼓琴，琴调虚畅；宜咏诗，诗韵清绝；宜围棋，子声丁丁然；宜投壶[9]，矢声铮铮然，皆竹楼之所助也。

　　公退之暇[10]，披鹤氅[11]，戴华阳巾[12]，手执《周易》一卷，焚香默坐，销遣世虑。江山之外，第见风帆沙鸟[13]、烟云竹树而已。待其酒力醒，茶烟歇，送夕阳，迎素月，亦谪居之胜概也[14]。

　　彼齐云、落星[15]，高则高矣！井斡、丽谯[16]，华则华矣！止于贮妓女，藏歌舞，非骚人之事，吾所不取。

　　吾闻竹工云："竹之为瓦，仅十稔[17]，若重覆之，得二十稔。"噫！吾以至道乙未岁自翰林出滁上[18]；丙申，移广陵[19]；丁酉，又入西掖[20]。戊戌岁除日，有齐安之命[21]。己亥闰三月[22]，到郡。四年之间，奔走不暇；未知明年又在何处！岂惧竹楼之易朽乎？幸后之人与我同志，嗣而葺之[23]，庶斯楼之不朽也。

　　咸平二年八月十五日记。

《四部丛刊》本《小畜集》卷一七

**【注释】**

[1] 刳（kū）：剖，削。[2] 比屋：意即家家户户。比，连、并。[3] 子城：大城所附属的小城，也称"月城"或"瓮城"，附筑于内城门外，方形或半月形，用来加强城防。[4] 雉堞（dié）：城上的矮墙，呈凹凸之形。圮（pǐ）毁：坍塌。[5] 蓁莽：丛生的草木。荒秽，荒芜污秽。二字原脱，据《宋文鉴》卷七七补。[6] 月波楼：黄州的西北角城楼，即今汉川门楼。[7] 挹（yì）：汲取。江瀬：江波。瀬，流经沙石上的急水。[8] 幽间：深隔。敻：通"迥"。[9] 投壶：古人的一种游戏，在宴会间举行，宾主向一个像瓶样的壶中投矢（箭），投中的为胜。

[10] 公退：公事完毕回来。[11] 鹤氅（chǎng）：用鸟羽编织的外套。氅，外套。[12] 华阳巾：曹魏时，韦节隐居华山，自称华阳子，他所制的头巾样式，称为华阳巾。[13] 第：但，只。[14] 胜概：美景。概，景象。[15] 齐云、落星：都是楼名。齐云楼，在吴县治子城上，唐曹恭王所建。落星楼，在建邺（现在江苏南京）东北，吴嘉禾（孙权年号）元年（232）建。[16] 井幹、丽谯：都是楼名。井幹楼，在长安，汉武帝时所建。丽谯，出自《庄子·徐无鬼》："君亦必无盛鹤列于丽谯之间。"郭象注："丽谯，高楼也。"魏武帝曾筑一楼，名叫"丽谯"。[17] 稔（rěn）：谷子一熟叫做一稔，引申指一年。[18] "吾以"句：至道元年，王禹偁被召入翰林为学士，诏令有不便者，多所论奏。这一年孝章皇后卒，丧礼不够隆重，为议论此事，王禹偁被贬滁州（现安徽滁州）。至道乙未，宋太宗至道元年（995）。出，贬谪。[19] "丙申"句：王禹偁出知滁州，闽人郑褒徒步来谒，王禹偁爱其儒雅，为郑褒买一马，有人说他买马亏价，皇帝没有听信，但改派他知扬州。[20] "丁酉"句：至道三年（997），宋太宗死，真宗（赵恒）即位，因作者上疏言事，恢复知制诰之职。西掖，指中书省，中央政府的行政机构。[21] "戊戌"句：咸平元年，作者因参加编写《太祖实录》，直书赵匡胤篡夺的事，被贬知黄州。岁除日，农历腊月最后一天。齐安，即黄州。[22] 己亥：咸平二年（999）。[23] 嗣而葺（qì）之：继续修建它。嗣，继续。葺，修建。

## 【审美点评】

人活世上，究竟应该如何处世为人，众说纷纭。王禹偁通过这篇短文给予我们的回答是：竹楼虽然易朽，但居其间者的人格却是不朽的，"屈于身而不屈于道"（王禹偁《三黜赋》中语）的精神永远是不朽的。

# 林 逋

林逋（968—1028），字君复，钱塘（今浙江杭州）人。少孤力学，通晓经史百家。性孤高自好，喜恬淡，勿趋荣利。早年曾漫游江淮间，后隐居杭州西湖，结庐孤山，以种鹤养梅自娱，人称"梅妻鹤子"。卒，宋仁宗赐谥"和靖先生"。诗学贾岛、姚合，多吟咏湖山胜景和抒写隐居不仕、孤芳自赏的心情。有《林和靖先生诗集》。

## 山园小梅（二首选一）

【题解】此诗对梅花进行吟咏，寄托了作者的幽逸之趣和高洁情怀。

众芳摇落独暄妍[1]，占尽风情向小园。疏影横斜水清浅，暗香浮动月黄昏[2]。霜禽欲下先偷眼[3]，粉蝶如知合断魂[4]。幸有微吟可相狎[5]，不须檀板共金樽[6]。

《四部丛刊》本《重刊林和靖先生诗集》卷二

**【注释】**

[1] 暄妍：明媚鲜丽。[2]"疏影"二句：写月下梅花的身姿和幽芳。[3] 霜禽：一指"白鹤"；二指"冬天的禽鸟"。偷眼：不敢正视。[4] 合：应该。[5] 微吟：低声地吟唱。狎：亲近，狎玩。[6] 檀板：演唱时用的檀木拍板。

**【审美点评】**

梅花以其高雅脱俗的品格历来受到人们的钟爱，优秀的咏梅诗就应该传达出这种清雅的神韵。此诗之妙就在于脱略梅花行迹，着意于写意传神，因而用侧面描写的技法，从不同的角度来渲染出梅花清绝高洁的风骨。

# 范仲淹

范仲淹（989—1052），字希文，吴县（今江苏苏州）人。两岁而孤，随母谢氏改适淄川长山（今山东邹平）朱氏，从其姓，名说。宋真宗大中祥符八年（1015）进士。官至枢密使、参知政事。范仲淹是政治革新派领袖，他为政清廉，体恤民情，刚直不阿，屡遭奸佞诬谤，数度被贬。他曾于宋仁宗康定元年（1140）出任陕西经略安抚副使兼知延州（今陕西延安），抗击西夏。卒，谥文正，封楚国公、魏国公。他的文章诗词都有名篇传诵于世。有《范文正公集》。

## 苏幕遮

**【题解】**这首词抒写思乡之情、羁旅之思。

碧云天，黄叶地，秋色连波，波上寒烟翠。山映斜阳天接水，芳草无情，更在斜阳外。　　黯乡魂[1]，追旅思[2]。夜夜除非，好梦留人睡。明月楼高休独倚，酒入愁肠，化作相思泪。

《彊村丛书》本《范文正公诗馀》

**【注释】**

[1] 黯乡魂：用江淹《别赋》"黯然销魂者，惟别而已矣"之语。黯，形容心情忧郁。[2] 追：追随，可引申为纠缠。旅思（sī）：羁旅之思。

**【审美点评】**

"碧云天，黄叶地。"视点由上及下，由远而近，描绘出了一幅秋天特有的阔大之景，用以写哀情，气象阔大，意境深远，别有悲壮之气。

# 渔家傲

**【题解】**宋仁宗康定元年（1040），范仲淹自越州改任陕西经略副使兼知延州，词为此时所作。写边地将士生活的艰苦，表达了作者破敌立功的决心和矛盾心情。

塞下秋来风景异[1]，衡阳雁去无留意[2]。四面边声连角起[3]，千嶂里[4]，长烟落日孤城闭。　　浊酒一杯家万里，燕然未勒归无计[5]。羌管悠悠霜满地，人不寐，将军白发征夫泪。

《疆村丛书》本《范文正公诗馀》

**【注释】**

[1] 塞下：边境险要之地，此指西北边疆。[2] 衡阳雁去：即"雁去衡阳"。传说大雁飞到湖南衡阳的回雁峰即止。[3] 边声：指各种带有边地特色的声响。[4] 嶂：像屏障一样并列的山峰。[5] 燕然未勒：指边患未平、功业未成。《后汉书·窦宪传》载窦宪追北单于，"登燕然山，去塞三千余里，刻石勒功"而还。

**【审美点评】**

"浊酒一杯家万里，燕然未勒归无计。"尽管有着浓重的思乡之情，但在未破敌立功之前绝不归来。这是范仲淹的志向，也启示着我们：要有所得，必然要有所失。

# 岳阳楼记

**【题解】**此文作于庆历六年（1046）六月，时范仲淹因庆历新政失败而贬居邓州（今河南邓州）。作品表现了作者虽身居江湖，却心忧国事，虽遭迫害，仍不放弃理想的顽强意志，其中，也包含对被贬战友的鼓励和安慰。

庆历四年春，滕子京谪守巴陵郡[1]。越明年，政通人和，百废俱兴。

乃重修岳阳楼，增其旧制[2]，刻唐贤今人诗赋于其上[3]。属予作文以记之[4]。

予观夫巴陵胜状[5]，在洞庭一湖。衔远山[6]，吞长江[7]，浩浩汤汤[8]，横无际涯；朝晖夕阴，气象万千。此则岳阳楼之大观也[9]，前人之述备矣。然则北通巫峡，南极潇湘，迁客骚人[10]，多会于此。览物之情，得无异乎？

若夫霪雨霏霏[11]，连月不开；阴风怒号，浊浪排空；日星隐耀，山岳潜形；商旅不行，樯倾楫摧[12]；薄暮冥冥，虎啸猿啼。登斯楼也，则有去国怀乡[13]，忧谗畏讥，满目萧然[14]，感极而悲者矣。

至若春和景明，波澜不惊，上下天光，一碧万顷；沙鸥翔集，锦鳞游泳[15]，岸芷汀兰[16]，郁郁青青。而或长烟一空，皓月千里，浮光跃金[17]，静影沉璧[18]；渔歌互答，此乐何极！登斯楼也，则有心旷神怡，宠辱偕忘，把酒临风，其喜洋洋者矣。

嗟夫！予尝求古仁人之心，或异二者之为，何哉？不以物喜，不以己悲；居庙堂之高则忧其民；处江湖之远则忧其君。是进亦忧，退亦忧。然则何时而乐耶？其必曰"先天下之忧而忧，后天下之乐而乐"乎。噫！微斯人，吾谁与归？

时六年九月十五日。

《四部丛刊》影明翻元本《范文正公集》卷七

**【注释】**

[1]滕子京，名宗谅，子京是他的字，范仲淹的朋友。巴陵：郡名，即岳州，治所在今湖南省岳阳市。[2]旧制：原有的建筑规模。[3]"刻唐贤"句：滕宗谅在给范仲淹的求记信中提到："乃分命僚属，于韩（愈）、柳（宗元）、刘（禹锡）、白（居易）、二张（张说、张九龄）、二杜（杜甫、杜牧）逮诸大人集中，摘出登临寄咏，或古或律，歌咏并赋七十八首，暨本朝大笔如太师吕公（端）、侍郎丁公（谓）、尚书夏公（竦）之众作，榜于梁栋间。"（见《全宋文》卷三九六）[4]属：同"嘱"。[5]胜状：最出色的景致。[6]衔：衔接。[7]吞：吞纳。[8]浩浩汤（shāng）汤：水势盛大之貌。[9]大观：壮阔宏伟的景象。[10]迁客：受贬谪的官员。骚人：指失意的诗人，因屈原作《离骚》而得名。[11]霪（yín）雨：连绵不停的雨。霪，过多。[12]樯倾楫摧：指航船被摧毁。樯，桅杆。楫，船桨。[13]去国：离开国都。[14]萧然：萧条的样子。[15]锦鳞：彩色的鱼鳞，指游鱼。[16]岸芷汀兰：岸上的香草和水边的兰花。[17]浮光跃金：月光映在波动的水面上泛出金光。[18]静影沉璧：月亮映在平静的水面上像圆形的玉璧。

**【审美点评】**

感物而动，因物悲喜是人之常情，而范仲淹提出古之仁人有一种更高的理想境界，那就是"不以物喜，不以己悲"！然则仁人亦有悲有喜，所悲所喜者，"先天下之忧而忧，后天下之乐而乐"也。

# 晏 殊

晏殊（991—1055），字同叔，抚州临川（今江西抚州）人。七岁即因文章出众而被推为乡里的神童，十四岁时以神童召试，赐同进士出身。擢秘书省正字，次年召试中书，迁太常寺奉礼郎，二十八岁为知制诰，三十岁拜翰林学士，后不断擢升，宋仁宗时官至同中书省门下平章事兼枢密使。卒谥文献。他能荐拔人才，如范仲淹、欧阳修均出其门下。其词承袭五代，受冯延巳的影响较深，善于在离别相思、流连风景中表达对人生的某种感悟和体验，词风纯净雅致。有《珠玉词》。

## 浣溪沙

【题解】这首词写作者在"未尝一日不宴饮"（叶梦得《避暑录话》）的生活中所产生的对时光流逝的感伤。

一曲新词酒一杯，去年天气旧亭台。夕阳西下几时回？ 无可奈何花落去，似曾相识燕归来。小园香径独徘徊[1]。

上海古籍出版社版张草纫《二晏词笺注》珠玉词笺注

【注释】

[1] 香径：花草芳香的小径，或指落花散香的小径。因落花满径，幽香四溢，故云香径。

【审美点评】

面对花的凋落，人会产生一种无可奈何的惋惜之感，但似曾相识的燕子归来又可以给人一些欣慰。在惋惜与欣慰的交织中，蕴含着一种人生哲理：一切必然要消逝的事物都无法阻止，但在消逝的同时仍然有美好事物的重现，生活不会因消逝而变得一片虚无。

## 蝶恋花

【题解】此词以女子的口吻写闺阁的离愁别恨。

槛菊愁烟兰泣露[1]，罗幕轻寒[2]，燕子双飞去。明月不谙离恨苦[3]，斜光到晓穿朱户。　　昨夜西风凋碧树，独上高楼，望尽天涯路。欲寄彩笺兼尺素[4]，山长水阔知何处！

上海古籍出版社版张草纫《二晏词笺注》珠玉词笺注

**【注释】**

[1] 槛（jiàn）：栏杆。[2] 罗幕：丝罗的帷幕，富贵人家所用。[3] 谙：知晓，理解。[4] 兼：原本缺字，据别本补。尺素：书信的代称。古人写信用素绢，通常长约一尺，故称尺素，语出《古诗》"客从远方来，遗我双鲤鱼。呼儿烹鲤鱼，中有尺素书"。

**【审美点评】**

"昨夜西风凋碧树，独上高楼，望尽天涯路"三句被王国维借来指代"古今之成大事业大学问者，罔不经过三种之境界"的第一种境界，指的是人要树立一个远大的目标，并且要对这个目标有一个总体认识，这是成功的第一步。

# 破阵子

**【题解】**这首词描写了古代采桑女们春天生活的一个小小片段，反映了她们充满青春活力的精神面貌。

燕子来时新社[1]，梨花落后清明。池上碧苔三四点，叶底黄鹂一两声，日长飞絮轻。　　巧笑东邻女伴[2]，采桑径里逢迎。疑怪昨宵春梦好，元是今朝斗草赢[3]，笑从双脸生。

上海古籍出版社版张草纫《二晏词笺注》珠玉词笺注

**【注释】**

[1] 新社：社日是古代祭土地神的日子，以祈丰收，有春秋两社。新社即春社，时间在立春后、清明前。[2] 巧笑：形容少女美好的笑容。[3] 斗草：古代妇女的一种游戏，也叫"斗百草"。

**【审美点评】**

这首词清新活泼，散发着淳朴的乡间泥土芬芳。"池上碧苔三四点，叶底黄鹂一两声"两句，空中、地下，有声、有色，再加上简单数量的点缀，把清明时的景色形象地展示出来。

# 柳　永

柳永（987？—1053？），原名三变，字景庄。后改名永，字耆卿。因排行七，又称柳七。崇安（今福建崇安）人。柳永出生于一个封建士大夫家族，祖父柳崇，以儒学著名，父亲柳宜，官至工部侍郎。柳永文名早著，少年时便有"柳氏三绝"（与其兄三复、三接并称）和"一枝笔"之雅号。但成年后多次科举考试的失利，使得他由追求功名转而厌倦官场，耽溺于旖旎繁华的都市生活，在"倚红偎翠"、"浅斟低唱"中寻找寄托。宋仁宗景祐元年（1034）改名后中进士，官至屯田员外郎，世故称"柳屯田"。在流落中亡逝。他的词多写都市繁华景象及市民情事，有一部分作品则抒发自己漂泊江湖的感受。他大力创作慢词，发展了铺叙手法，促进了词的通俗化、口语化，在词史上产生了较大的影响。有《乐章集》。

## 望海潮

【题解】此词约作于宋真宗咸平末年，据说是柳永赠给两浙转运使孙何的。作品主要描绘了钱塘江和西湖的美丽自然风光和杭州经济的繁荣。

东南形胜[1]，三吴都会[2]，钱塘自古繁华[3]。烟柳画桥，风帘翠幕，参差十万人家。云树绕堤沙。怒涛卷霜雪，天堑无涯[4]。市列珠玑[5]，户盈罗绮，竞豪奢。　　重湖叠巘清嘉[6]。有三秋桂子，十里荷花。羌管弄晴，菱歌泛夜[7]，嬉嬉钓叟莲娃[8]。千骑拥高牙[9]。乘醉听箫鼓，吟赏烟霞[10]。异日图将好景[11]，归去凤池夸[12]。

中华书局版薛瑞生《乐章集校注》卷下

【注释】

[1]形胜：山川壮美的地区。[2]三吴：说法不一，《水经注》以吴兴（今属浙江）、吴郡（今江苏苏州）、会稽（今浙江绍兴）为"三吴"。这里泛指江浙一带。原本作"江吴"，据别本改。[3]钱塘：即现在杭州。当时属吴郡。[4]天堑：天然的壕沟，这里指钱塘江。[5]珠玑：泛指大小不同的各种珠宝。珠，形状规则的珠宝。玑，形状不规则的珠宝。[6]重湖：西湖有里湖、外湖之分，故称重湖。叠巘（yǎn）：重叠的山峰。[7]"羌管"两句：互文用法，应理解成"羌管菱歌弄晴泛夜"，意即从白天到晚上，一直都有乐器在演奏，有歌声在响起。[8]嬉嬉：游乐之貌。莲娃：采莲女。[9]高牙：古代行军有牙旗在前导引，旗很高，故称高牙。[10]烟霞：美丽的自然风景。[11]图：描绘。[12]凤池：凤凰池，对中书省的美称，这里代朝廷。

**【审美点评】**

"三秋桂子，十里荷花"两句用白描的手法高度凝练地把西湖以至整个杭州最美的特征概括出来了，具有撼动人心的艺术力量。相传后来金主完颜亮听唱"三秋桂子，十里荷花"以后，便羡慕钱塘的繁华，从而更加强了他侵吞南宋的野心。这虽是传说，但也从侧面反映了这两句词的艺术魅力。

## 雨霖铃

**【题解】**此词是作者离开汴京、告别情人时所作。词在描写难以割舍的别情时，寄寓了失去知音、远离京师而奔赴他乡的抑郁不平。

寒蝉凄切[1]，对长亭晚[2]，骤雨初歇。都门帐饮无绪[3]，留恋处、兰舟催发。执手相看泪眼，竟无语凝噎[4]。念去去，千里烟波，暮霭沉沉楚天阔[5]。　　多情自古伤离别，更那堪冷落清秋节！今宵酒醒何处？杨柳岸、晓风残月。此去经年[6]，应是良辰、好景虚设。便纵有、千种风情，更与何人说？

中华书局版薛瑞生《乐章集校注》卷中

**【注释】**

[1] 凄切：凄凉急促。[2] 长亭：古代设在路边供行人休息的场所。[3] 都门：指汴京城郊。[4] 凝噎：喉咙哽塞，欲语不出的样子。[5] 暮霭：傍晚的雾气。[6] 经年：年复一年。

**【审美点评】**

"今宵酒醒何处？杨柳岸、晓风残月"二句被东坡门客举为婉约风格的典范，二句写想象中的别后景况，言不尽意，意在言外：离人酒醒梦回，杨柳依依，晓风凄凄，残月幽幽，正与离愁之凄清孤苦交融映衬。

## 八声甘州

**【题解】**此词大约作于柳永游宦江浙时，写羁旅行役之凄苦。

对潇潇[1]、暮雨洒江天，一番洗清秋。渐霜风凄紧[2]，关河冷落[3]，残照当楼。是处红衰翠减[4]，苒苒物华休[5]。惟有长江水，无语东流。　　不忍登高临远，望故乡渺邈[6]，归思难收。叹年来踪迹，何事苦淹留[7]。想佳人、妆楼颙望[8]，误几回、天际识归舟。争知我[9]、倚阑干处，正恁凝愁[10]。

**中华书局版薛瑞生《乐章集校注》卷下**

**【注释】**

[1] 潇潇：风雨之声。[2] 凄紧：原本作"凄惨"，据别本改。[3] 关河：关山和河川。[4] 是处：处处。[5] 苒苒：渐渐。[6] 渺邈：遥远。[7] 淹留：久留。[8] 颙（yóng）望：抬头呆望。[9] 争：怎。[10] 恁：这样。

**【审美点评】**

"想佳人、妆楼颙望，误几回、天际识归舟"，这是词人由自己的思亲转到亲人思己的深一层写法。两句纯出于想象，词人虚处实写，将佳人的深情动作刻画得细腻动人。

## 凤栖梧

**【题解】**《凤栖梧》词调又作《蝶恋花》。词写伤春怀远之情。

伫倚危楼风细细[1]，望极春愁，黯黯生天际[2]。草色烟光残照里，无言谁会凭阑意。　　拟把疏狂图一醉，对酒当歌，强乐还无味[3]。衣带渐宽终不悔，为伊消得人憔悴[4]。

**中华书局版薛瑞生《乐章集校注》卷中**

**【注释】**

[1] 伫：久立。危楼：高楼。[2] 黯黯：心情沮丧忧愁的样子。[3] 强（qiǎng）乐：强颜欢笑。[4] 伊：她，指思念之人。消得：须得，值得。

**【审美点评】**

"衣带渐宽终不悔，为伊消得人憔悴"二句被王国维借来指代"古今之成大事业大学问者，罔不经过三种之境界"的第二种境界，指的是要实现目标，就要进行执着的追求和忘我的奋斗，这是成功的关键。

# 张　先

张先（990—1078），字子野，乌程（今浙江湖州）人。宋仁宗天圣八年

（1030）进士。历任宿州掾、吴江知县、嘉禾（今浙江嘉兴）判官。皇祐二年（1050），晏殊知永兴军（今陕西西安），辟为通判。后以屯田员外郎知渝州，又知虢州。以尝知安陆，故人称"张安陆"。治平元年（1064）以尚书都官郎中致仕。张先诗、词、文都很擅长，尤以词为著。其词多写闺阁恋情和羁旅乡思，风格蕴藉含蓄。有《安陆集》，单行词集有《张子野词》。

## 天仙子

【题解】此词是作者任嘉禾（今浙江嘉兴）判官时所作。词在刻意伤春之中兼寓伤别之意。

时为嘉禾小倅[1]，以病眠，不赴府会。

《水调》数声持酒听[2]，午醉醒来愁未醒。送春春去几时回？临晚镜，伤流景[3]，往事后期空记省[4]。　　沙上并禽池上暝[5]，云破月来花弄影。重重帘幕密遮灯，风不定，人初静，明日落红应满径。

《彊村丛书》本《张子野词》卷二

【注释】

[1] 小倅（cuì）：即小官。这里指判官。[2]《水调》：曲调名，相传为隋炀帝开凿汴河时所制，其音悲苦感伤。唐宋时颇为流行，大曲有《新水调》，词有《水调歌头》。[3] 流景：如流水般逝去的光阴。[4] 后期：后会之期。[5] 并禽：成对的鸟儿。暝：闭眼小憩。

【审美点评】

"云破月来花弄影"，历来被称为佳句。杨慎《词品》评曰："'云破月来花弄影'，景物如画，画亦不能至此，绝倒绝倒！"王国维《人间词话》评此句曰："着一'弄'字而境界全出矣。"

# 宋　祁

宋祁（998—1061），字子京，安州安陆（今湖北安陆）人，后徙居开封雍丘（今河南杞县）。宋仁宗天圣二年（1024）进士，官翰林学士、史馆修撰。与欧阳修等合修《新唐书》，书成，进工部尚书，拜翰林学士承旨。卒谥景文，与兄宋庠并有文名，时称"二宋"、"大小宋"。诗词语言工丽，文集今已散佚，近人辑有《宋景文长短句》，今存六首。

## 玉楼春

【题解】《玉楼春》词调又作《木兰花》。词写初春泛舟的感受，表现了词人对春天的珍视，对光阴的爱惜。

东城渐觉风光好，縠皱波纹迎客棹[1]。绿杨烟外晓寒轻，红杏枝头春意闹。　　浮生长恨欢娱少，肯爱千金轻一笑[2]。为君持酒劝斜阳，且向花间留晚照。

《四部丛刊》本《唐宋诸贤绝妙词选》卷三

【注释】

[1] 縠（hú）皱：即皱纱，有皱褶的纱。[2] 肯爱：岂肯吝惜，即不吝惜。一笑：特指美人之笑。

【审美点评】

可以用来象征春天的事物比比皆是，但最具代表性的无疑是春花，在众多的花中，作者对杏花情有独钟，创造出了"红杏枝头春意闹"这一千古名句。"闹"字不仅写出了红杏的纷繁，而且把生机勃勃的大好春光全都点染出来了，有色有声。王国维在《人间词话》中说："着一'闹'字而境界全出。"

# 梅尧臣

梅尧臣（1002—1060），字圣俞，宣州宣城（今属安徽）人。宣城古称宛陵，世称宛陵先生。早有诗名，但未能考取进士，26岁时以荫补河南主簿。皇祐三年（1051）得宋仁宗召试，赐同进士出身，为太常博士。以欧阳修荐，为国子监直讲，累迁尚书都官员外郎，故世称"梅直讲"、"梅都官"。梅尧臣工于诗，被奉为宋诗的"开山祖师"，（刘克庄《后村诗话》）其诗内容多反映社会现实，具有较深刻的社会意义。风格平淡。曾参与编撰《新唐书》，并为《孙子兵法》作注，所注为孙子十家注（或十一家注）之一。有《宛陵先生集》。

# 田家语

**【题解】**诗作于宋仁宗康定元年（1140），梅尧臣时知襄城。作品描写了因西夏进犯而给普通百姓带来的深重灾难。

庚辰诏书[1]：凡民三丁籍一[2]，立校与长[3]，号"弓箭手"[4]，用备不虞[5]。主司欲以多媚上[6]，急责郡吏；郡吏畏，不敢辨，遂以属县令[7]。互搜民口，虽老幼不得免。上下愁怨，天雨淫淫[8]，岂助圣上抚育之意耶！因录田家之言，次为文[9]，以俟采诗者云[10]。

谁道田家乐？春税秋未足！里胥扣我门[11]，日夕苦煎促。盛夏流潦多[12]，白水高于屋。水既害我菽，蝗又食我粟。前月诏书来，生齿复板录[13]；三丁籍一壮，恶使操弓韣[14]。州符今又严[15]，老吏持鞭扑。搜索稚与艾[16]，惟存跛无目。田间敢怨嗟[17]，父子各悲哭。南亩焉可事[18]？买箭卖牛犊[19]。愁气变久雨，铛缶空无粥[20]；盲跛不能耕，死亡在迟速！我闻诚所惭，徒尔叨君禄[21]；却咏《归去来》[22]，刈薪向深谷。

**上海古籍出版社版朱东润《梅尧臣集编年校注》卷十**

**【注释】**

[1] 庚辰：即宋仁宗康定元年。[2] 籍：征集。[3] 校与长：都是军职名。校，将帅手下的统兵官。长，队长。[4] 弓箭手：简称弓手，宋时乡兵的名称之一。[5] 不虞：意外。指突然发生的战事。[6] 主司：即各路所设置的提举弓箭手司，主管征集弓箭手的官署。[7] 属：交付，命令。[8] 淫淫：久雨貌。[9] 次：编排，整理。[10] 采诗者：采诗官。相传周朝有此设置，负责采集各地诗歌。[11] 里胥：地保一类的公差。[12] 潦：同"涝"，指积水。[13] 生齿：人口。板录：同"版录"。在簿册上登记人口，称版录。版，簿册。[14] 恶：凶恶。此指强迫。弓韣（dú）：弓和弓套。[15] 州符：衙门的公文。[16] 稚与艾：年少的和年老的。艾，古代对老年人的尊称。[17] 敢：岂敢。[18] 南亩：指田亩。《诗经·豳风·七月》有"馌彼南亩"句。[19] "买箭"句：《汉书·龚遂传》载龚遂为渤海太守，劝民务农桑。"民有带持刀剑者，使卖剑买牛，卖刀买犊。"此处反其事而言。[20] 铛（chēng）缶：锅和罐。[21] 叨：不配享受的待遇而享受了。[22]《归去来》：指陶渊明的《归去来兮辞》。

**【审美点评】**

因为战争，田家"买箭卖牛犊"，没有了牛，田家又该如何生存呢？梅尧臣回答不了，因此只能无奈的叹息，从中我们看到一个关心民生疾苦的好官形象。

# 汝坟贫女

**【题解】** 这首诗与《田家语》作于同时。诗里通过汝河边上一位贫家女子的悲怆控诉，反映了宋仁宗时期人民在兵役中所遭受的苦难。汝坟，汝水边。坟的本义为大堤，引申为水边。

时再点弓手，老幼俱集。大雨甚寒，道死者百余人；自壤河至昆阳老牛陂[1]，僵尸相继。

汝坟贫家女，行哭音凄怆[2]。自言有老父，孤独无丁壮。郡吏来何暴，官家不敢抗。督遣勿稽留[3]，龙钟去携杖[4]。勤勤嘱四邻[5]，幸愿相依傍。适闻闾里归[6]，问讯疑犹强[7]。果然寒雨中，僵死壤河上。弱质无以托[8]，横尸无以葬。生女不如男，虽存何所当[9]。抚膺呼苍天[10]，生死将奈向[11]。

上海古籍出版社版朱东润《梅尧臣集编年校注》卷十

**【注释】**

[1] 壤河：不详。疑即襄河，流经鲁山县入沙河。昆阳：古县名，北齐曾改名为汝坟，今河南叶县。[2] 行哭：边走边哭。[3] 稽留：停留，拖延。[4] 龙钟：老人行动迟缓疲惫的样子。[5] 勤勤：殷勤地，反复地。[6] 闾里：乡里人。[7] "问讯"句：一面疑惧着，一面还勉强去询问。[8] 弱质：贫女自指。[9] 何所当：顶什么用。[10] 抚膺：捶胸。[11] 奈向：奈何，怎么办。向，助词，无实义。

**【审美点评】**

"弱质无以托，横尸无以葬。"这是汝坟贫女的命运悲剧，这一典型很好地把当年兵役过滥，人民不堪其苦的真实社会状况揭示出来了，具有发人深省的效果。

# 鲁山山行

**【题解】** 此诗为宋仁宗康定元年（1140）作者知襄城时所作。诗中描写了宁静恬然的山野景象，表达了作者对大自然的喜爱和对隐逸生活的向往。

适与野情惬[1]，千山高复低。好峰随处改，幽径独行迷。霜落熊升树，林空鹿饮溪。人家在何许？云外一声鸡。

上海古籍出版社版朱东润《梅尧臣集编年校注》卷十

【注释】

[1] 野情：喜爱山野之情。

【审美点评】

"霜落熊升树，林空鹿饮溪。"两句以动中有静的手法勾画出了一幅动人的秋日山林熊鹿图。表面上看，这是一幅动态的图画，熊在爬树，鹿在饮水，可创造出的却是一种静态的诗意，表现了山中人迹罕至、非常幽静的境界。

# 苏舜钦

苏舜钦（1008—1048），字子美，梓州铜山（今四川中江）人，迁居开封（今属河南）。景祐元年（1034）进士，授光禄寺主簿，历任亳州蒙城（今属安徽）、长垣（今属河南）县令、大理评事、集贤殿校理、监进奏院等职。因支持范仲淹的庆历革新，为守旧派所忌，御史中丞王拱辰让其属官劾奏苏舜钦，结果苏被削职为民。罢职闲居苏州。后复起为湖州长史，未及赴任而病逝。他的诗与梅尧臣齐名，人称"梅苏"，风格雄豪奔放。有《苏学士文集》。

## 庆州败

【题解】景祐元年（1034）秋，西夏兵犯庆州（今甘肃庆阳），宋兵迎战于龙马岭，败退。宋援兵途中遇敌埋伏，又惨败，士卒被俘无数，主将齐宗矩被活捉。苏舜钦得知，愤然作此诗。诗中对朝廷忽视边防、将帅骄惰无能的状况做了尖锐的批判。

无战王者师[1]，有备军之志[2]。天下承平数十年，此语虽存人所弃。今岁西戎背世盟[3]，直随秋风寇边城。屠杀熟户烧障堡[4]，十万驰骋山岳倾[5]。国家防塞今有谁？官为承制乳臭儿[6]。醋醨大嚼乃事业[7]，何尝识会兵之机[8]？符移火急蒐卒乘[9]，意谓就戮如缚尸[10]。未成一军已出战[11]，驱逐急使缘崄巇[12]。马肥甲重士饱喘，虽有弓剑何所施。连颠自欲堕深谷[13]，虏骑笑指声嘻嘻。一麾发伏雁行出[14]，山下掩截成重围[15]。我军免胄乞死所[16]，承制面缚交涕洟[17]。逡巡下令艺者全[18]，争献小技歌且吹。其余劓馘放之去[19]，东走矢液皆淋漓[20]。首无耳准若怪兽[21]，不自愧耻犹生归！守者沮气陷者苦[22]，尽由主将之所为。地机不见欲侥胜[23]，羞辱中国堪伤悲。

上海古籍出版社版沈文倬《苏舜钦集》卷一

**【注释】**

[1]"无战"句：君王的军队是不战而胜的。《荀子·议兵》："王者有诛而无战。"[2]军之志：兵书上记载的。志，记录，记载。[3]西戎：指西夏。[4]熟户：指边境地区已经和汉族人民融合的少数民族居民。障堡：碉堡。[5]山岳倾：形容西夏军的威势之盛。[6]承制：武官名，即内殿承制。[7]酣觞：狂饮。[8]兵之机：用兵之道。[9]符移：调兵文书。蒐（sōu）卒乘：聚集军队。[10]就戮如缚尸：以为敌人就等着被缚受刑，杀之如捆绑尸体一样容易。[11]一军：古代以一万二千五百人为一军。[12]崄巇（xiǎn xī）：艰险崎岖。[13]连颠：行走不稳，歪歪倒倒。[14]一麾发伏：一声令下，伏兵齐发。麾，通"挥"。发伏，出动伏兵。[15]掩截：突然截击包围。[16]免胄：摘下头盔示降。[17]面缚：两手缚于后面而面向前，表示投降。[18]逡（qūn）巡：顷刻，一会儿。[19]劓馘（yì guó）：割鼻和截耳，都是古代的酷刑。[20]矢液：指大小便。[21]准：鼻子。[22]沮气：丧气。[23]地机：地形上的机宜。

**【审美点评】**

"无战王者师，有备军之志。"这是战争之理，然而在"天下承平数十年"的情形下，"此语虽存人所弃"。因此造成了"羞辱中国堪伤悲"的结局。战争如此，其他事情亦如此，有备才能无患。

# 淮中晚泊犊头

**【题解】**庆历二年（1042），苏舜钦有山阳（今江苏淮安）之行，此诗即旅途中作。诗写泊船淮河一渡口所见的景色，在宁静孤寂的境界里，寓含了强烈的不平和激情。犊头，淮河边的一个地名。犊头镇，在今江苏淮阴境内。

春阴垂野草青青[1]，时有幽花一树明[2]。晚泊孤舟古祠下，满川风雨看潮生。

上海古籍出版社版沈文倬《苏舜钦集》卷七

**【注释】**

[1]春阴垂野：春天的阴云笼罩原野。[2]幽花：幽静偏暗之处的花。

**【审美点评】**

作为一个关心国事、胸怀大志的诗人，政治理想的不能实现和对自身遭遇的愤慨不平使他在行旅之中的心情也不能平静，这满川春潮正是诗人心潮澎湃的写照。刘克庄说此诗"极似韦苏州"（《后村诗话前集》），翁方纲说此诗"妙处不减唐人"（《石洲诗话》卷三）。

# 欧阳修

欧阳修（1007—1072），字永叔，号醉翁，又号六一居士，庐陵（今江西吉安）人。天圣八年（1030）进士，任西京留守推官。景祐元年（1034）任镇南军节度掌书记、馆言事，得罪宰相被贬，欧阳修写信斥责司谏高若讷不主持正义，被降知峡州夷陵（今湖北宜昌），后迁为乾德（今湖北光化）县令。康定元年（1040）复任馆阁校勘，编修崇文总目。庆历三年（1043）被贬知滁州，后又改知扬州、颍州。皇祐元年（1049）回朝，先后任翰林学士、史馆修撰等职，和宋祁等一同编修《新唐书》，又自修《五代史记》（即《新五代史》）。晚年官至枢密副使、参知政事太子少师。神宗熙宁五年（1072）卒于家，谥文忠。欧阳修是北宋诗文革新运动的领导者。诗、词、文兼擅。其散文说理畅达，抒情委婉，平易自然；诗风与散文近似，重气势而能流畅自然；其词深婉清丽，承袭南唐余风。有《欧阳文忠公集》、《六一词》。

## 戏答元珍

**【题解】** 仁宗景祐三年（1036），欧阳修被贬为峡州夷陵县令，此诗乃次年春在夷陵作，一本题为《戏答元珍花时久雨之什》。诗中表现迁谪山乡的寂寞心情及其自为宽解之意。元珍，丁宝臣，字元珍，时为峡州军事判官。

春风疑不到天涯[1]，二月山城未见花[2]。残雪压枝犹有橘，冻雷惊笋欲抽芽[3]。夜闻归雁生乡思，病入新年感物华。曾是洛阳花下客[4]，野芳虽晚不须嗟。

上海古籍出版社版洪本健《欧阳修诗文集校笺》卷十一

**【注释】**

[1] 天涯：极边远的地方。诗人贬官夷陵，距京城已远，故云。[2] 山城：亦指夷陵。

［3］冻雷：寒日之雷。［4］"曾是"句：宋仁宗天圣八年（1030）至景祐元年（1034），欧阳修曾任西京（洛阳）留守推官。洛阳以花著称，作者《洛阳牡丹记·风俗记》："洛阳之俗，大抵好花。春时，城中无贵贱皆插花，虽负担者亦然。花开时，士庶竞为游遨。"

**【审美点评】**

"残雪"二句为诗中名句。前句赞美橘的坚韧，后句暗示万象更新，表达了不屈不挠的昂扬之志，道出了作者的人生思考，也体现了宋诗注重理趣的革新特征。

# 食糟民

**【题解】** 此诗作于皇祐（1049—1053）初年。诗中揭露和谴责了官府垄断酒榷、对农民残酷剥削，造成官饮酒、民食糟的现象，反映了作者对民生疾苦的关注。

田家种糯官酿酒[1]，榷利秋毫升与斗[2]。酒沽得钱糟弃物[3]，大屋经年堆欲朽。酒醅瀺灂如沸汤[4]，东风来吹酒瓮香。累累罂与瓶[5]，惟恐不得尝。官沽味醲村酒薄[6]，日饮官酒诚可乐。不见甲中种糯人[7]，釜无糜粥度冬春[8]。还来就官买糟食，官吏散糟以为德。嗟彼官吏者，其职称长民[9]。衣食不蚕耕，所学义与仁。仁当养人义适宜[10]，言可闻达力可施[11]。上不能宽国之利，下不能饱尔之饥。我饮酒，尔食糟，尔虽不我责，我责何由逃。

上海古籍出版社版洪本健《欧阳修诗文集校笺》卷四

**【注释】**

［1］糯：糯稻，米粒富于黏性的稻子。［2］榷（què）利：专卖，专利。［3］沽：卖。［4］醅（pēi）：未经过滤的酒。瀺灂（chán zhuó）：酒醅发酵时泛起的泡沫声。［5］罂：大腹小口的瓶子。［6］醲：同"浓"。［7］甲：旧时的一种户口编制，若干家编作一甲。［8］糜：糊状的食物。［9］长民：人民的官长。［10］适宜：办事恰当，合乎情理。［11］闻达：将下层的情况反映上去。力可施：用权力去实行对国家、人民有利的措施。

**【审美点评】**

作为封建社会的"长民"，应当做到"仁当养人义适宜，言可闻达力可施"，以及"宽国之利"和"饱尔之饥"，这是欧阳修对封建官僚职责的认识，这也应该是当代社会的"长民"应该做到的。

# 再和明妃曲

**【题解】** 嘉祐四年（1059），王安石作了两首《明妃曲》，欧阳修和作了两篇，这是其中的第二篇。诗表达了作者对王昭君命运的同情，对昏庸误国统治者的谴责。

汉宫有佳人[1]，天子初未识。一朝随汉使，远嫁单于国。绝色天下无，一失难再得。虽能杀画工[2]，于事竟何益。耳目所及尚如此[3]，万里安能制夷狄[4]。汉计诚已拙[5]，女色难自夸。明妃去时泪，洒向枝上花。狂风日暮起，飘泊落谁家。红颜胜人多薄命，莫怨春风当自嗟。

上海古籍出版社版洪本健《欧阳修诗文集校笺》卷八

**【注释】**

[1] 佳人：指王昭君。[2] 杀画工：指汉元帝怒而杀毛延寿之事。[3] 耳目所及：指身边近处。[4] 夷狄：古称东方部族为夷，北方部族为狄。常用以泛称除华夏族以外的各族。[5] 拙：拙劣。

**【审美点评】**

本篇是欧阳修自许为"太白不能为，唯杜子美能之"（马一浮《蠲戏斋诗话》）的得意之作。"耳目所及尚如此，万里安能制夷狄"两句，见解高明，议论新警，有很强的现实启发意义。

# 踏莎行

**【题解】** 此词写离情别恨。

候馆梅残[1]，溪桥柳细，草薰风暖摇征辔[2]。离愁渐远渐无穷，迢迢不断如春水。　　寸寸柔肠，盈盈粉泪，楼高莫近危阑倚。平芜尽处是春山，行人更在春山外。

中华书局版黄畲《欧阳修词笺注》卷一

**【注释】**

[1] 候馆：迎候、接待宾客的旅舍。《周礼·地官·遗人》："五十里有市，市有候馆。"注云："候馆，楼可观望者也。"[2] 草薰风暖：江淹《别赋》："闺中风暖，陌上草薰。"薰，指草香。

【审美点评】

"春山"是女主人公登楼远眺目力所及之极致，然而"春山"挡住的只是她的视线，挡不住她对"山外"的远行人的思念。"春山"这一意象有力地渲染出了男女主人公感情的深厚和离别的苦痛。

# 蝶恋花

【题解】此词内容写闺怨，表达了少妇感情上的孤苦无依与青春将逝的哀愁。

庭院深几许[1]，杨柳堆烟，帘幕无重数。玉勒雕鞍游冶处[2]，楼高不见章台路[3]。　　雨横风狂三月暮，门掩黄昏，无计留春住。泪眼问花花不语，乱红飞过秋千去。

中华书局版黄畲《欧阳修词笺注》卷二

【注释】

[1] 几许：多少。许，估计数量之词。[2] 玉勒：玉制的马衔。雕鞍：精雕的马鞍。游冶处：指歌楼妓院。[3] 章台：汉长安街名。《汉书·张敞传》有"走马章台街"语。唐许尧佐《章台柳传》，记妓女柳氏事。后因以章台为歌妓聚居之地。

【审美点评】

少妇被封锁在不知"深几许"的庭院里，而她的丈夫却在"游冶处"寻欢作乐，面对如此不堪的境地，少妇却只能"泪眼问花"，这让读者不由得对少妇的命运发出深深的叹息。

# 采桑子

【题解】此词写西湖的美丽景色。西湖，指颍州西湖，在今安徽省太和县东南，是颍水和其他河流汇合处，宋时属颍州。欧阳修晚年退休后住在颍州，写了一组《采桑子》（十首），这是其中的第一首。

轻舟短棹西湖好，绿水逶迤[1]，芳草长堤，隐隐笙歌处处随[2]。无风水面琉璃滑，不觉船移，微动涟漪，惊起沙禽掠岸飞。

中华书局版黄畲《欧阳修词笺注》卷一

**【注释】**

[1] 逶迤：曲折绵延。[2] 笙歌：合笙之歌。亦谓吹笙唱歌；泛指奏乐唱歌。

**【审美点评】**

船、水、人、鸟，构成了一幅有声有色、动静结合的美丽图画，而这幅图画最大的特点是人与自然的和谐，这种和谐怎能不令人向往呢？

# 朋党论

**【题解】** 李焘《续资治通鉴长编》卷一四八载：宋仁宗庆历四年（1044），"初，吕夷简罢相，夏竦授枢密使，复夺之，代以杜衍，同时进用富弼、韩琦、范仲淹在二府，欧阳修等为谏官。石介作《庆历圣德诗》，言进贤退奸之不易。奸，盖斥夏竦也，竦衔之。而仲淹等皆修素所厚善，修言事一意径行，略不以形迹嫌疑顾避。竦因与其党造为党论，目衍、仲淹及修为党人。修乃作《朋党论》上之。"欧阳修在文中提出统治者应"退小人之伪朋，用君子之真朋"，只有这样，才会出现"天下治矣"的太平局面。

臣闻朋党之说，自古有之[1]，惟幸人君辨其君子小人而已[2]。大凡君子与君子以同道为朋[3]，小人与小人以同利为朋，此自然之理也。

然臣谓小人无朋，惟君子则有之。其故何哉？小人所好者禄利也，所贪者财货也。当其同利之时，暂相党引以为朋者[4]，伪也；及其见利而争先，或利尽而交疏，则反相贼害，虽其兄弟亲戚，不能自保。故臣谓小人无朋，其暂为朋者，伪也。君子则不然。所守者道义，所行者忠信，所惜者名节。以之修身，则同道而相益；以之事国，则同心而共济[5]；终始如一，此君子之朋也。故为人君者，但当退小人之伪朋，用君子之真朋，则天下治矣。

尧之时，小人共工、驩兜等四人为一朋[6]，君子八元、八恺十六人为一朋[7]。舜佐尧，退四凶小人之朋，而进元、恺君子之朋[8]，尧之天下大治。及舜自为天子，而皋、夔、稷、契等二十二人并列于朝[9]，更相称美，更相推让，凡二十二人为一朋，而舜皆用之，天下亦大治。《书》曰："纣有臣亿万，惟亿万心；周有臣三千，惟一心。"[10]纣之时，亿万人各异心，可谓不为朋矣，然纣以亡国。周武王之臣，三千人为一大朋，而周用以兴。后汉献帝时，尽取天下名士囚禁之，目为党人[11]。及黄巾贼起[12]，汉室大乱，后方悔悟，尽解党人而释之，然已无救矣[13]。唐之晚年，渐起朋党之论[14]。及昭宗时，尽杀朝之名士[15]，或投之黄河，曰："此辈清流，可投浊流。"[16]而唐遂亡矣。

夫前世之主，能使人人异心不为朋，莫如纣；能禁绝善人为朋，莫如汉献帝；能诛戮清流之朋，莫如唐昭宗之世；然皆乱亡其国。更相称美推让而不自疑，莫如舜之二十二臣，舜亦不疑而皆用之[17]；然而后世不诮舜为二十二人朋党所欺，而称舜为聪明之圣者，以能辨君子与小人也[18]。周武之世，举其国之臣三千人共为一朋，自古为朋之多且大，莫如周；然周用此以兴者，善人虽多而不厌也。

夫兴亡治乱之迹，为人君者，可以鉴矣。

**上海古籍出版社版洪本健《欧阳修诗文集校笺》卷十七**

## 【注释】

[1]"臣闻"二句：《韩非子·孤愤》："朋党比周以弊主。"《史记·蔡泽列传》载"吴起为楚悼王立法"，"禁朋党以励百姓"。王禹偁《朋党论》："夫朋党之来远矣，自尧舜时有之。八元、八凯，君子之党也；四凶族，小人之党也。"[2]幸：希望。[3]同道：志同道合。[4]党引：结为私党，互相援引。[5]共济：共图事功（这里有同舟共济、患难相扶助之意）。[6]共工、驩兜等四人：旧传共工（古代的世族官）、驩兜（人名）、三苗（古族名，这里指其族首领）、鲧（人名）为尧时的四凶。《尚书·虞书·舜典》载舜"流共工于幽州，放驩兜于崇山，窜三苗于三危，殛鲧于羽山"。驩，原本作"谨"，据别本改。[7]君子八元、八恺十六人：《左传·文公十八年》载："昔高阳氏有才子八人，苍舒、隤敱、梼戭、大临、尨降、庭坚、仲容、叔达，齐圣广渊，明允笃诚，天下之民谓之'八恺'。高辛氏有才子八人，伯奋、仲堪、叔献、季仲、伯虎、仲熊、叔豹、季狸，忠肃共懿，宣慈惠和，天下之民谓之'八元'。"恺，原本作"凯"，据别本改。[8]"舜佐尧"三句：《左传·文公十八年》载："舜臣尧，举八恺，使主后土"，"举八元，使布五教于四方"，"流四凶族"，据别本改。[9]皋、夔、稷、契等二十二人：《尚书·虞书·舜典》载皋陶作士（掌管刑法），夔典乐（掌管音乐），稷主后稷（掌管农事），契作司徒（掌管教育）。二十二人皆舜臣。《史记·五帝本纪》引舜曰："嗟！女（汝）二十有二人。"裴骃《集解》引马融曰："稷、契、皋陶皆居官久有成功，但述而美之，无所复敕。禹及垂已下皆初命，凡六人，与上十二牧四岳，凡二十二人。"[10]"《书》曰"五句：《尚书·周书·泰誓上》："受有臣亿万，惟亿万心；予有臣三千，惟一心。"纣王，名受，商朝最后的君主，为周所灭。[11]"后汉献帝时"三句：《后汉书·党锢列传》载桓帝时宦官专权，李膺等二百余名人士被目为党人，遭受逮捕。灵帝时李膺、范滂等"百余人皆死狱中"。各州郡"死、徙、废、禁者六七百人"。历史上称为党锢之祸。本文误作献帝时事。[12]黄巾贼起：指后汉灵帝中平元年（184）张角为首的农民大起义。[13]"后方悔悟"三句：《后汉书·党锢列传》载："中平元年，黄巾贼起，中常侍吕强言于帝曰：'党锢久积，人情多怨。若久不赦宥，轻与张角合谋，为变滋大，悔之无救。'帝惧其言，乃大赦党人，诛徙之家，皆归故郡。"[14]"唐之晚年"二句：唐朝穆宗至宣宗年间，统治阶级内部产生了牛、李两党互相倾轧的斗争。牛党以牛僧孺、李宗闵为首，李党以李德裕为

首。[15]"及昭宗时"二句：《新五代史·唐六臣传》："初，唐天祐三年，梁王（朱全忠）欲以嬖吏张廷范为太常卿，唐宰相裴枢以谓太常卿唐常以清流为之，廷范乃梁客将，不可。梁王由此大怒，曰：'吾常语裴枢纯厚不陷浮薄，今亦为此邪！'是岁四月，彗出西北，扫文昌、轩辕、天市，宰相柳璨希梁王旨，归其谴于大臣，于是左仆射裴枢、独孤损、右仆射崔远、守太保致仕赵崇、兵部侍郎王赞、工部尚书王溥、吏部尚书陆扆，皆以无罪贬，同日赐死于白马驿。凡搢绅之士，与唐而不与梁者，皆诬以朋党，坐贬死者数百人，而朝廷为之空。"[16]"或投之黄河"三句：《新五代史·梁书·李振列传》："天祐中，唐宰相柳璨希太祖旨，潜杀大臣裴枢、陆扆等七人于滑州白马驿。时（李）振自以咸通、乾符中尝应进士举，累上不第，尤愤愤，乃谓太祖曰：'此辈自谓清流，宜投于黄河，永为浊流。'太祖笑而从之。"或，一作"咸"。[17]皆：一本下有"以"字。[18]能：原本无此字，据别本补。

**【审美点评】**

我们究竟应该如何交友？欧阳修告诉我们："君子与君子以同道为朋，小人与小人以同利为朋。"同道者，真而久；同利者，伪且短。

# 醉翁亭记

**【题解】**此文作于庆历六年（1045），时欧阳修被贬为滁州（今安徽滁州）太守，文中描写滁州山间的朝暮变化和四时景色，以及作者和滁人的游乐，表现出他"乐民之乐"的胸怀，充满了士大夫悠闲自适的情调，并从侧面显示了作者自己治理滁州的政绩。醉翁亭，在滁州西南七里。

环滁皆山也[1]。其西南诸峰，林壑尤美，望之蔚然而深秀者[2]，琅琊也[3]。山行六七里，渐闻水声潺潺，而泻出于两峰之间者，酿泉也[4]。峰回路转，有亭翼然临于泉上者[5]，醉翁亭也。作亭者谁？山之僧智仙也[6]。名之者谁？太守自谓也[7]。太守与客来饮于此，饮少辄醉，而年又最高，故自号曰"醉翁"也。醉翁之意不在酒，在乎山水之间也。山水之乐，得之心而寓之酒也。

若夫日出而林霏开[8]，云归而岩穴暝[9]，晦明变化者，山间之朝暮也。野芳发而幽香，佳木秀而繁阴[10]，风霜高洁[11]，水落而石出者，山间之四时也。朝而往，暮而归，四时之景不同，而乐亦无穷也。

至于负者歌于途，行者休于树，前者呼，后者应，伛偻提携[12]，往来而不绝者，滁人游也。临溪而渔，溪深而鱼肥，酿泉为酒，泉香而酒洌[13]，山肴野蔌[14]，杂然而前陈者，太守宴也。宴酣之乐，非丝非竹[15]，射者中[16]，弈者胜，觥筹交错[17]，起坐而喧哗者，众宾欢也。

苍颜白发，颓然乎其间者，太守醉也。

已而夕阳在山，人影散乱，太守归而宾客从也。树林阴翳[18]，鸣声上下，游人去而禽鸟乐也。然而禽鸟知山林之乐，而不知人之乐；人知从太守游而乐，而不知太守之乐其乐也[19]。醉能同其乐，醒能述以文者，太守也。太守谓谁？庐陵欧阳修也。

上海古籍出版社版洪本健《欧阳修诗文集校笺》卷三十九

**【注释】**

[1] 环滁皆山也：《朱子语类》卷一百三十九："欧公文亦多是修改到妙处。顷有人买得他的《醉翁亭记》稿，初说'滁州四周山'，凡数十字；末后改定，只曰'环滁皆山也'五字而已。" [2] 蔚然：茂盛的样子。 [3] 琅琊（yá）：山名，在滁县西南十里。 [4] 酿泉：即琅琊泉，因水清适合酿酒而得名。酿，原本作"让"，据别本改。 [5] 翼然：像鸟张开翅膀一样。 [6] 智仙：琅琊寺的僧人。 [7] 太守：汉代一郡长官的称号。宋代有州无郡，长官称知州，二者地位相近。这里是泛称。 [8] 林霏：树林里的雾气。 [9] 云归：古人以为云气出自山中，傍晚又回到山里，故云。 [10] 繁阴：浓阴。 [11] 风霜高洁：天高气爽，露寒霜白。 [12] 伛（yǔ）偻（lǚ）：驼背，老则背微驼，故"伛偻"指老人。提携：被挽领着走，指小孩。 [13] 洌：清澈貌。 [14] 山肴：指山猎获的野味。野蔌（sù）：野菜。 [15] 丝：弦乐器，琴、瑟之类。竹：管乐器，箫管之类。 [16] 射：这里指宴饮时的一种游戏，即以箭投壶中，以能否投中决胜负，叫做投壶。 [17] 觥筹交错：酒杯和酒筹交互错杂。觥，酒杯。筹，酒筹，宴会上行令或游戏时饮酒记数用的签子。 [18] 阴翳：形容枝叶茂密成荫。翳，遮盖。 [19] 乐其乐：乐其所乐。谓太守有其自己的快乐，它既包括与宾客同游之乐，又有不为众人所知的快乐。

**【审美点评】**

"四时之景不同，而乐亦无穷也"，这是欧阳修在滁州的所见所感，而这亦是现实生活的一个真谛。只要我们愿意用自己的眼去寻找，用自己的心去体会，就会发现生活中随时随地都有可以给人带来快乐的事物。

# 秋声赋

**【题解】** 本文写于嘉祐四年（1059）。作品借赋秋声告诫世人：不必悲秋恨秋，怨天尤人，而应自我反省。这一立意，抒发了作者难有所为的郁闷心情，以及自我超脱的愿望。

欧阳子方夜读书[1]，闻有声自西南来者，悚然而听之[2]，曰："异哉！"初淅沥以萧飒[3]，忽奔腾而砰湃[4]；如波涛夜惊，风雨骤至。其触于物也，鏦鏦铮铮[5]，金铁皆鸣；又如赴敌之兵，衔枚疾走[6]，不闻号令，但闻人马之行声。余谓童子："此何声也？汝出视之。"童子曰："星月皎洁，明河在天[7]，四无人声，声在树间。"

余曰："噫嘻悲哉！此秋声也。胡为乎来哉？盖夫秋之为状也，其色惨淡[8]，烟霏云敛[9]；其容清明，天高日晶[10]；其气慄冽[11]，砭人肌骨[12]；其意萧条，山川寂寥。故其为声也，凄凄切切，呼号愤发。丰草绿缛而争茂[13]，佳木葱茏而可悦。草拂之而色变，木遭之而叶脱。其所以摧败零落者，乃一气之余烈[14]。夫秋，刑官也[15]，于时为阴[16]；又兵象也[17]，于行用金[18]。是谓天地之义气，常以肃杀而为心[19]。天之于物，春生秋实。故其在乐也，商声主西方之音[20]，夷则为七月之律[21]。商，伤也，物既老而悲伤；夷，戮也，物过盛而当杀。"

"嗟夫！草木无情，有时飘零。人为动物，惟物之灵[22]。百忧感其心，万物劳其形，有动于中，必摇其精[23]。而况思其力之所不及，忧其智之所不能，宜其渥然丹者为槁木[24]，黟然黑者为星星[25]。奈何非金石之质，欲与草木而争荣？念谁为之戕贼[26]，亦何恨乎秋声！"

童子莫对，垂头而睡。但闻四壁虫声唧唧，如助余之叹息。

上海古籍出版社版洪本健《欧阳修诗文集校笺》卷十五

**【注释】**

[1] 欧阳子：作者自称。[2] 悚（sǒng）然：惊惧的样子。[3] 淅沥：细雨声。萧飒：形容风声。[4] 砰湃：同"澎湃"，波涛汹涌的声音。[5] 鏦鏦（cōng）铮铮：金属相击的声音。[6] 衔枚：古时行军或袭击敌军时，让士兵衔枚以防出声。枚，形似竹筷，衔于口中，两端有带，系于脖上。[7] 明河：银河。[8] 惨淡：黯然无色。[9] 烟霏云敛：烟云密聚（阴晦的天气）。[10] 日晶：日光明亮。[11] 慄冽：寒冷。[12] 砭（biān）：古代用来治病的石针，这里引用为刺的意思。[13] 绿缛：碧绿繁茂。[14] 一气：这里指秋气。余烈：余威。[15] 刑官：执掌刑狱的官。《周礼》把官职与天、地、春、夏、秋、冬相配，称为六官。秋天肃杀万物，所以司寇为秋官，执掌刑法，称刑官。[16] 于时为阴：古以阴阳配合四时，春夏属阳，秋冬属阴。[17] 兵象：古代征伐，多在秋天，故云。[18] 于行用金：以五行（金木水火土）分配四时。旧说谓秋天属金。见《礼记·月令》。[19] "是谓"二句：《礼记·乡饮酒义》："天地严凝之气，始于西南，而盛于西北，此天地之尊严气也，此天地之义气也。"孔颖达疏："西南，象秋始。"[20] "商声"句：古代以宫商角徵羽五声分配四时，商属秋。西方，秋天的方位。[21] "夷则"句：古时以十二音律分配十二月，七月为夷则。[22] "人为动物"二句：谓人在万物中特别具有灵性，不同于草木之无情。《尚书·周书·泰誓上》："惟人万物之灵。"[23] 精：精神。[24] "宜其渥然"句：红润的容颜变为枯槁。渥然，湿润的样子。[25] "黟然"句：黑发变白。黟然，黑色的样子。星星，形容鬓发花白。[26] 戕（qiāng）贼：残害。

**【审美点评】**

人为"物之灵",因而会"百忧感其心,万物劳其形",最终导致红颜变枯槁,黑发变白发。既然人为"物之灵",亦应做到"其心"不被"百忧"所"感","其形"不被"万物"所"劳"。

# 苏 洵

苏洵(1009—1066),字明允,号老泉,人称"老苏",眉州眉山(今属四川眉山)人。与其子苏轼、苏辙合称"三苏",均被列入"唐宋八大家"。据说 27 岁才发愤读书,经过十多年的闭门苦读,学业大进。嘉祐元年(1056),他带领苏轼、苏辙到汴京,深得欧阳修赏识。嘉祐三年,宋仁宗召他到舍人院参加考试,他推托有病,不肯应诏。嘉祐五年,任为秘书省校书郎。后与陈州项城(今属河南)县令姚同修礼书《太常因革礼》。书成不久,即去世,追赠光禄寺丞。苏洵长于散文,尤擅政论,议论明畅,笔势雄健。有《嘉祐集》。

## 六国论

**【题解】**本文作于宋仁宗嘉祐元年(1056)。文章论述六国破灭的原因在于赂秦,意在借古喻今,讽诫宋代统治者对辽国、西夏岁输银绢,屈辱妥协的政策。

六国破灭,非兵不利[1],战不善,弊在赂秦[2]。赂秦而力亏,破灭之道也。或曰:六国互丧,率赂秦耶[3]?曰:不赂者以赂者丧,盖失强援,不能独完[4]。故曰:弊在赂秦也。

秦以攻取之外,小则获邑,大则得城。较秦之所得,与战胜而得者,其实百倍;诸侯之所亡,与战败而亡者,其实亦百倍。则秦之所大欲,诸侯之所大患,固不在战矣。思厥先祖父[5],暴霜露,斩荆棘[6],以有尺寸之地。子孙视之不甚惜,举以予人,如弃草芥[7]。今日割五城,明日割十城,然后得一夕安寝。起视四境,而秦兵又至矣。然则诸侯之地有限,暴秦之欲无厌[8],奉之弥繁[9],侵之愈急。故不战而强弱胜负已判矣[10]。至于颠覆,理固宜然。古人云:"以地事秦,犹抱薪救火,薪不尽,火不灭。"[11]此言得之。

齐人未尝赂秦,终继五国迁灭[12],何哉?与嬴而不助五国也[13]。五国既丧，齐亦不免矣。燕赵之君，始有远略，能守其土，义不赂秦。是故燕虽小国而后亡，斯用兵之效也。至丹以荆卿为计，始速祸焉[14]。赵尝五战于秦，二败而三胜[15]。后秦击赵者再，李牧连却之。洎牧以谗诛[16]，邯郸为郡，惜其用武而不终也。且燕赵处秦革灭殆尽之际[17]，可谓智力孤危，战败而亡，诚不得已。向使三国各爱其地[18]，齐人勿附于秦，刺客不行[19]，良将犹在[20]，则胜负之数，存亡之理[21]，当与秦相较，或未易量。

呜呼！以赂秦之地封天下之谋臣，以事秦之心礼天下之奇才，并力西向，则吾恐秦人食之不得下咽也。悲夫！有如此之势，而为秦人积威之所劫，日削月割，以趋于亡。为国者，无使为积威之所劫哉！

夫六国与秦皆诸侯，其势弱于秦，而犹有可以不赂而胜之之势。苟以天下之大，下而从六国破亡之故事，是又在六国下矣。

《四部丛刊》影宋本《嘉祐集》卷三

**【注释】**

[1] 兵：兵器。[2] 赂秦：指割地奉秦以求自安。[3] 率：一律，一概。[4] 独完：独自保全。[5] 厥：其，他们。[6] "暴霜露"二句：暴身霜露，砍伐荆棘，经历辛勤，以开辟土地。[7] 草芥：小草，比喻轻微而无价值的东西。[8] 厌：通"餍"，满足。[9] 弥：越，更加。[10] 判：确定，断定。[11] "古人云"五句：语见《史记·魏世家》和《战国策·魏策》。[12] 迁灭：晚遭灭亡。迁，迁移。[13] 与嬴：亲附秦国。与，亲附、亲近。嬴，秦王的姓。[14] "至丹"句：指太子丹密遣剑侠荆轲入秦，以献燕国地图为名，谋刺秦王一事。后因谋刺失败，荆轲被杀。[15] "赵尝"句：语意出自《战国策·燕策》，苏秦说燕文公有云："秦赵五战，秦再胜而赵三胜。"[16] "洎牧"句：赵王迁七年（前229），秦派王翦攻赵，赵使李牧、司马尚御之。秦以重金买通赵王宠姬郭开，使之进谗言，谓李牧等谋反，赵王遂派人捕杀李牧，废司马尚。王翦由此得破赵军，虏赵王迁，赵亡。事见《史记》之《廉颇蔺相如列传》和《赵世家》。洎，及，等到。[17] 革灭殆尽之际：消灭得差不多的时候，邯郸陷落后，赵国大夫又拥立赵公子嘉为王，六年后才与燕国同被灭，此时韩、魏、楚已亡。[18] 向使：假如。三国：指韩、魏、楚。[19] 刺客不行：指燕不使荆轲行刺。[20] 良将犹在：指赵国李牧不被杀。[21] 胜负之数，存亡之理：胜负存亡的命运。

**【审美点评】**

创业者"暴霜露，斩荆棘，以有尺寸之地"，何其艰难，何其可敬！而守业者"视之不甚惜，举以予人，如弃草芥"，何其草率，何其可恨！殊不知创业难、守业更难，要珍惜辛辛苦苦得到的成果，珍惜现在的拥有。

# 曾 巩

曾巩（1019—1083），字子固，建昌南丰（今江西南丰）人，世称南丰先生。嘉祐二年（1057）进士。历任太平州司法参军、馆阁校勘、集贤校理、实录检讨官，官至中书舍人。元丰五年（1082）遭母丧去职，次年病逝于江宁。卒后追谥文定。曾巩是唐宋八大家之一，其文温醇典重，雍容平易，能穷尽事理，具有平易周详的风格。有《元丰类稿》、《隆平集》。

## 墨池记

【题解】本文是作者应抚州州学教授王盛之请而写的一篇叙记。文章先由墨池的传闻推出王羲之书法系由苦练造就的结论，然后引申到为学修身要靠后天勤奋深造的普遍道理。

临川之城东[1]，有地隐然而高[2]，以临于溪，曰新城。新城之上，有池洼然而方以长[3]，曰王羲之之墨池者[4]。荀伯子《临川记》云也[5]。羲之尝慕张芝[6]，临池学书，池水尽黑，此为其故迹，岂信然邪[7]？

方羲之之不可强以仕[8]，而尝极东方[9]，出沧海[10]，以娱其意于山水之间。岂其徜徉肆恣[11]，而又尝自休于此邪？羲之之书晚乃善[12]，则其所能，盖亦以精力自致者，非天成也。然后世未有能及者，岂其学不如彼邪[13]？则学固岂可以少哉！况欲深造道德者邪[14]？

墨池之上，今为州学舍[15]。教授王君盛恐其不章也[16]，书"晋王右军墨池"之六字于楹间以揭之[17]，又告于巩曰："愿有记。"推王君之心，岂爱人之善，虽一能不以废[18]，而因以及乎其迹邪[19]？其亦欲推其事，以勉其学者邪？夫人之有一能，而使后人尚之如此[20]，况仁人庄士之遗风余思[21]，被于来世者如何哉！

庆历八年九月十二日[22]，曾巩记。

中华书局版陈杏珍、晁继周点校《曾巩集》卷一七

【注释】

[1] 临川：宋抚州临川郡，即今江西抚州市。[2] 隐然：缓缓高起的样子。[3] 洼然：低陷的样子。[4] 王羲之：字逸少，东晋著名书法家，世称王右军，后人号为"书圣"。[5] 荀伯子：

南朝宋人，曾任临川内史，有《临川记》。《太平寰宇记》卷一一○载其记叙王羲之官临川及墨池之事。[6] 张芝：字伯英，东汉著名书法家，善草书，人称"草圣"。[7] 岂信然邪：难道是真的吗？[8]"方羲之"句：王羲之当时与王述齐名，羲之任会稽内史，朝廷又命王述为扬州刺史，会稽属扬州，羲之耻位于王述下，便辞职隐居，誓不再仕。事见《晋书·王羲之传》。[9] 极：穷尽。[10] 出沧海：泛舟东海。据《晋书·王羲之传》载："羲之既去官，与东土人士尽山水之游，弋钓为娱。又与道士许迈共修服食，采药石不远千里，遍游东中诸郡，穷诸名山，泛沧海。"[11] 徜徉（chángyáng）肆恣：纵情遨游。[12]"羲之"句：王羲之的书法初不如同时庾翼、郗愔，晚年才臻于精妙之境。见《晋书·王羲之传》。[13] 彼：指王羲之。[14] 深造道德：指在道德修养上有很高造诣。造，至，诣。[15] 州学舍：指抚州州府的学舍。[16] 教授：官名，主管学政和教育所属生员。章：同"彰"显著。[17] 楹：厅堂前部的柱子。揭：举以标示。[18] 不以废：不肯让它埋没。[19]"而因"句：因而爱及到他的遗迹吗？[20] 尚：尊重，推崇。[21] 仁人庄士：有道德修养、为人楷模的人。遗风余思：留下来的风范，传下来的思想。[22] 庆历八年：公元 1048 年。

**【审美点评】**

"临池学书，池水尽黑"，这是王羲之之所以成为一个大书法家的原因所在。学书法如此，做其他事情亦如此，成就并非天成，要靠艰辛的努力。

# 王安石

王安石（1021—1086），字介甫，号半山，抚州临川人（今江西临川），世称临川先生。庆历二年（1042）进士，授签书淮南判官，历任扬州、鄞县、舒州、常州、饶州等地方州县官，达十余年之久。治平四年（1067）神宗初即位，诏安石知江宁府，旋召为翰林学士。熙宁二年（1069）提为参知政事，从熙宁三年起，两度任同中书门下平章事，推行新法。熙宁九年罢相后，退居江宁（今江苏南京），封荆国公，世人又称王荆公，病死于江宁钟山，谥文。崇宁间追封舒王。王安石的文学成就卓著，散文直陈己见，不枝不蔓，简洁峻切，短小精悍。诗歌长于说理，精于修辞，晚年作品具有丰神远韵的风格，被称为"王荆公体"。词作不多，但颇具开创性，有一定的历史感和现实感。有《临川集》、《临川先生歌曲》。

## 河北民

**【题解】** 诗作于宋仁宗庆历六年（1046）。通过描写河北民的悲惨境遇，反映了当时在辽和西夏的侵扰之下，广大人民所受压榨的深重和生活的悲惨，揭露了宋朝的积弱和政治黑暗，也抨击了宋朝妥协苟安的政策。河北，指黄河以北。

河北民，生近二边长苦辛[1]。家家养子学耕织，输与官家事夷狄[2]。今年大旱千里赤[3]，州县仍催给河役[4]。老小相携来就南[5]，南人丰年自无食。悲愁白日天地昏，路旁过者无颜色[6]。汝生不及贞观中[7]，斗粟数钱无兵戎[8]。

巴蜀书社版李之亮《王荆公诗注补笺》卷第二十一

**【注释】**

[1] 二边：指北宋与辽、西夏交界的地区。[2] 输：缴纳，特指纳税。夷狄：东方和北方的少数民族，这里指辽和西夏。[3] 赤：一无所有。[4] 给河役：做河工。[5] 就南：到黄河以南就食。[6] 无颜色：谓饥饿愁苦，面无人色。[7] 贞观：唐太宗年号（627—649）。贞观年间，政治开明，天下太平，百姓安居乐业，经济繁荣，史称"贞观之治"。[8] 斗粟数钱：言粮食便宜，一斗粟才数文钱。

**【审美欣赏】**

"河北民"之"长苦辛"缘于"输与官家事夷狄"，而"南人"在"丰年"何以"自无食"呢？诗人没有解释原因，但原因显而易见，那就是：战争给人民带来的灾难是不分"南""北"的。因此，和平就显得弥足珍贵。

# 登飞来峰

**【题解】** 皇祐二年（1050）夏，王安石在浙江鄞县知县任满回江西临川故里时，途经杭州，写下此诗。这首诗发抒胸臆，寄托壮怀。飞来峰，即浙江绍兴城外的宝林山。唐宋时其上有应天塔，俗称塔山。古代传说此山自琅琊郡东武县（今山东诸城）飞来，故名。

飞来山上千寻塔[1]，闻说鸡鸣见日升。不畏浮云遮望眼[2]，自缘身在最高层。

巴蜀书社版李之亮《王荆公诗注补笺》卷第四十八

**【注释】**

[1] 千寻：极言塔高。古以八尺为一寻，形容高耸。[2] 浮云：暗喻奸佞的小人。汉陆贾《新语》："邪臣蔽贤，犹浮云之障白日也。"

---

**【审美点评】**

"不畏浮云遮望眼，自缘身在最高层"两句极具哲理性，它告诉人们：掌握了正确的观点和方法，认识达到了一定的高度，就能透过现象看到本质，就不会被事物的假象迷惑。

## 明妃曲（二首选一）

**【题解】**此诗是宋仁宗嘉祐四年（1059）王安石提点江东刑狱时作。诗咏王昭君事，表达了对王昭君命运的同情，并借此抒发自己怀才不遇的愤懑。

明妃初出汉宫时，泪湿春风鬓脚垂。低徊顾影无颜色，尚得君王不自持[1]。归来却怪丹青手[2]，入眼平生几曾有；意态由来画不成[3]，当时枉杀毛延寿。一去心知更不归，可怜着尽汉宫衣；寄声欲问塞南事[4]，只有年年鸿雁飞。家人万里传消息，好在毡城莫相忆[5]；君不见咫尺长门闭阿娇[6]，人生失意无南北。

巴蜀书社版李之亮《王荆公诗注补笺》卷第六

**【注释】**

[1] 不自持：不能自我控制而失态。[2] 丹青手：指画工。[3] 意态：人的风采神态。[4] 塞南：边塞以南，指汉王朝统治的区域。[5] 毡城：匈奴单于所居之地。匈奴以毡帐为居所，故云。[6] 长门闭阿娇：指汉武帝时陈皇后事。阿娇，陈皇后的小名。《汉武故事》载，汉武帝幼时便许下诺言："若得阿娇作妇，当作金屋贮之。"后来汉武帝履行了自己的诺言，让阿娇成为了陈皇后。但后来陈皇后失宠了，被幽闭在长门宫。

**【审美点评】**

这首诗对王昭君形象的刻画极为成功。描绘其美貌，不在其面容、体态上穷尽笔力，而是着重写昭君的风度、情态之美，以及这种美的感染力，并从中宣泄她内心悲苦之情。这样就写出了呼吸可闻、音容毕现的活生生古代美女形象。

## 北陂杏花

**【题解】**这首绝句写于王安石贬居江宁（今南京）之后。全诗以水边的杏花自况，表现出诗人坚持自己的理想和情操，不愿同流合污的精神。陂（bēi），池塘，这里指的是池边或池中小洲。

一陂春水绕花身，身影妖娆各占春[1]。纵被春风吹作雪，绝胜南陌碾成尘。

巴蜀书社版李之亮《王荆公诗注补笺》卷第四十二

**【注释】**

[1] 身影：指岸上的杏花和水中的倒影。妖娆：娇美。原本作"饶"，据别本改。

**【审美点评】**

这首小诗寓意于物，辞浅而味永。尤其是后两句以"作雪"和"成尘"分别作为高尚和污浊的象喻，表现了诗人为坚持自己的理想而献身的精神，故前人曾说："末二语恰是自己身份。"（《宋诗精华录》）

# 桂枝香

**【题解】**这首词当作于王安石出任江宁知府期间。作品通过对六朝历史教训的认识，表达了他对北宋社会现实的不满，透露出居安思危的忧患意识。

登临送目，正故国晚秋，天气初肃。千里澄江似练[1]，翠峰如簇[2]。征帆去棹残阳里，背西风，酒旗斜矗。彩舟云淡，星河鹭起[3]，画图难足。　　念往昔、繁华竞逐[4]，叹门外楼头[5]，悲恨相续。千古凭高，对此谩嗟荣辱。六朝旧事随流水，但寒烟芳草凝绿。至今商女[6]，时时犹唱，《后庭》遗曲[7]。

《四部丛刊》本《乐府雅词》卷上

**【注释】**

[1]"千里"句：语出谢朓《晚登三山还望京邑》："余霞散成绮，澄江静如练。"[2]簇：箭头。[3]星河鹭起：白鹭从水中沙洲上飞起。星河，指长江。[4]繁华竞逐：（六朝的达官贵人）争着过豪华的生活。[5]门外楼头：指南朝陈亡国惨剧。语出杜牧《台城曲》："门外韩擒虎，楼头张丽华。"韩擒虎是隋朝开国大将，他已带兵来到金陵朱雀门（南门）外，陈后主尚与他的宠妃张丽华于结绮阁上寻欢作乐。[6]商女：歌女。[7]《后庭》遗曲：指歌曲《玉树后庭花》，传为陈后主所作。杜牧《泊秦淮》："商女不知亡国恨，隔江犹唱《后庭花》。"

**【审美点评】**

"画图难足"的美景令人赞叹，"繁华竞逐"的辉煌往事让人怀念，而在赞叹和怀念的同时又有词人深深的叹息，这叹息是一种忧患意识，是一种大无畏的气概，更是一种时不我待的使命感。

# 游褒禅山记

【题解】本文是王安石于至和元年（1054）在舒州（今安徽安庆）通判任上的作品。作品以记游的内容为喻，以探幽寻胜比喻学人治学，入之愈深，则所获益精，只有不屈不挠地深入探索，才能获得成功，达到"世之奇伟、瑰怪、非常之观"的至高境界。褒禅山，在今安徽含山北。

褒禅山亦谓之华山，唐浮图慧褒始舍于其址[1]，而卒葬之；以故，其后名之曰褒禅。今所谓慧空禅院者[2]，褒之庐冢也[3]。距其院东五里，所谓华山洞者，以其乃华山之阳名之也[4]。距洞百余步，有碑仆道[5]，其文漫灭[6]，独其为文犹可识，曰"花山"。今言"华"如"华实"之"华"者，盖音谬也[7]。

其下平旷，有泉侧出，而记游者甚众[8]，所谓前洞也。由山以上五六里，有穴窈然[9]，入之甚寒，问其深[10]，则其好游者不能穷也，谓之后洞。余与四人拥火以入[11]，入之愈深，其进愈难，而其见愈奇。有怠而欲出者[12]，曰："不出，火且尽[13]。"遂与之俱出。盖余所至，比好游者尚不能十一[14]，然视其左右，来而记之者已少。盖其又深，则其至又加少矣[15]。方是时[16]，余之力尚足以入，火尚足以明也。既其出，则或咎其欲出者[17]，而余亦悔其随之[18]，而不得极夫游之乐也[19]。

于是余有叹焉。古人之观于天地、山川、草木、虫鱼、鸟兽，往往有得，以其求思之深而无不在也[20]。夫夷以近[21]，则游者众；险以远，则至者少。而世之奇伟、瑰怪、非常之观，常在于险远，而人之所罕至焉，故非有志者不能至也。有志矣，不随以止也[22]，然力不足者，亦不能至也。有志与力，而又不随以怠，至于幽暗昏惑而无物以相之[23]，亦不能至也。然力足以至焉，于人为可讥，而在己为有悔；尽吾志也[24]，而不能至者，可以无悔矣，其孰能讥之乎？此余之所得也！

余于仆碑，又以悲夫古书之不存，后世之谬其传而莫能名者[25]，何可胜道也哉[26]！此所以学者不可以不深思而慎取之也。四人者：庐陵萧君圭君玉[27]，长乐王回深父[28]，余弟安国平父、安上纯父[29]。至和元年七月某日，临川王某记。

中华书局上海编辑所点校本《临川先生文集》卷八三

## 【注释】

[1] 浮图：梵语（古印度语）音译词，也写作"浮屠"或"佛图"，本意是佛或佛教徒，这里指和尚。慧褒：唐代高僧。址：地基，基部，基址，这里指山脚。[2] 慧空禅院：即华阳寺。[3] 庐冢：古时为了表示孝敬父母或尊敬师长，在他们死后的服丧期间，为守护坟墓而盖的屋舍，也称"庐墓"。这里指慧褒弟子在慧褒墓旁盖的屋舍。一说指慧褒生前的屋舍。冢，坟墓。[4] 阳：山的南面。古代称山南为"阳"，山北为"阴"。[5] 仆道："仆（于）道"的省略，倒在路旁。[6] 漫灭：模糊，磨灭。[7]"今言"二句：汉字最初只有"花"字，没有"华"字，后来有了"华"字，二字才分开。王安石认为碑文上的"花"是按照"华"的古音而写的今字，今人读"华山"为"华实"的"华"是把音读错了。[8] 记游：指在洞壁上题诗文留念。[9] 窈（yǎo）然：深远幽暗的样子。[10] 问：探究，追究。[11] 拥火：拿着火把。[12] 怠：懈怠。[13] 且：副词，将，将要。[14] 尚：还。不能十一：不及十分之一。[15] 加：更，更加。[16] 方是时：正当这个时候。[17] 咎：责怪。[18] 其：第一人称代词，指自己。[19] 极：尽，这里有尽情享受的意思。[20]"以其"句：因为他们探究、思考得非常深刻，没有触及不到的地方。[21] 夷以近：平坦而且近的地方。[22] 不随以止：不跟随别人而停止。[23] 物：外物，外力。[24] 尽吾志：尽到自己最大的努力。[25] 谬其传：以讹传讹。名：正确地指称、说明。[26] 胜道：说完。胜，尽。[27] 庐陵：现在江西吉安。萧君圭：字君玉。[28] 长乐：现在福建长乐。王回：字深父。父，通"甫"，下文的"平父"、"纯父"的"父"同。[29] 安国：字平父；安上：字纯父。两人都是作者的弟弟。

## 【审美点评】

"尽吾志也，而不能至者，可以无悔矣。"人的能力有高有低，不是人人都可以揽得天上之明月，只要是尽了自己最大的努力，就可以无怨无悔了。

# 答司马谏议书

【题解】本文是熙宁三年（1070）王安石主持朝政推行变法时的作品。文章逐条驳斥司马光认为新法"侵官、生事、征利、拒谏、致怨"的谬论，揭露出他们保守、腐朽的本质，表示出作者坚持改革，决不为流言俗语所动的决心。司马谏议，指司马光，字君实，北宋政治家、史学家，时任翰林学士、右谏议大夫。

　　某启[1]：昨日蒙教[2]，窃以为与君实游处相好之日久[3]，而议事每不合，所操之术多异故也[4]。虽欲强聒[5]，终必不蒙见察[6]，故略上报[7]，不复一一自辨[8]。重念蒙君实视遇厚[9]，于反复不宜卤莽[10]，故今具道所以[11]，冀君实或见恕也。

　　盖儒者所争，尤在于名实[12]，名实已明，而天下之理得矣。今君实所以见教者，以为侵官、生事、征利、拒谏[13]，以致天下怨谤也。某则以谓受命于人主[14]，议法度而修之于朝廷[15]，以授之于有司[16]，不为侵官；举先王之政[17]，以兴利除弊，不为生事；为天下理财，不为征利；辟邪说[18]，难壬人[19]，不为拒谏。至于怨诽之多，则固前知其如此也[20]。人习于苟且非一日[21]，士大夫多以不恤国事、同俗自媚于众为善[22]。上乃欲变此[23]，而某不量敌之众寡，欲出力助上以抗之，则众何为而不汹汹然[24]？盘庚之迁[25]，胥怨者民也[26]，非特朝廷士大夫而已[27]。盘庚不为怨者故改其度[28]，度义而后动[29]，是而不见可悔故也。

如君实责我以在位久，未能助上大有为，以膏泽斯民[30]，则某知罪矣；如曰今日当一切不事事[31]，守前所为而已，则非某之所敢知。

无由会晤，不任区区向往之至[32]。

中华书局上海编辑所点校本《临川先生文集》卷八三

**【注释】**

[1]某：作者自称。[2]蒙教：承蒙来信赐教。[3]游处：交游相处。[4]所操之术：所持的主张和方法。[5]强聒：硬啰唆。聒，语声嘈杂。[6]见察：被理解。[7]略上报：简单地回复。[8]辨：同"辩"，辩解。[9]视遇：看待。[10]反复：指书信往来。[11]所以：这样做的理由。[12]名实：名义和实际。[13]侵官、生事、征利、拒谏：这是司马光信中指责王安石变法的四条罪状。侵官，增设新官，侵犯原来官吏的职权。生事，废旧立新，名目繁多，生事扰民。征利，设法生财，与民争利。拒谏，拒绝接受意见。[14]人主：皇帝。这里指宋神宗。[15]"议法度"句：议定法律，然后在朝廷上加以修改、制定。[16]有司：各部门负专责的官吏。[17]举：兴办，实施。[18]辟：排斥，抨击。[19]难壬（rén）人：批驳巧言献媚的人。壬人，巧言献媚的坏人。[20]前知：事先已料到。[21]苟且：苟且偷安，得过且过。[22]恤：顾念，关心。同俗自媚于众：迎合世俗，讨好众人。[23]上：皇帝。指宋仁宗。[24]何为：怎么，怎会。汹汹然：大声吵闹的样子。[25]盘庚之迁：商朝君主盘庚即位后，认为国都设在商地（今河南商丘），不适宜实行教化，决定迁都亳（今河南偃师），改国号为殷。见《尚书·盘庚》。[26]胥：齐，都。[27]非特：不仅仅，不只。[28]度：计划，主张。[29]度（duó）：考虑，权衡。义：适宜，适当。[30]膏泽：恩惠。[31]事事：做事。[32]不任：不胜。区区：情意诚挚。

**【审美点评】**

明明是"议事每不合"的政敌，却偏要说与对方"游处相好之日久"，不合的原因也只是"所操之术多异"，这不是虚伪，而是策略，这种策略有助于淡化矛盾，有助于问题的解决。

# 苏　轼

　　苏轼（1036—1101），字子瞻，又字和仲，号"东坡居士"，世称"苏东坡"。眉州眉山（今四川眉山）人。嘉祐元年（1056），21 岁的苏轼随父苏洵进京，次年与弟苏辙同登进士。嘉祐六年（1061），经欧阳修推荐，苏轼参加了秘阁的制科考试，入优等，授大理评事、凤翔府签判，1065 年回京任职。但因与变法派政见不合，主动要求外放，先出为杭州通判，后调任密州、徐州、湖州知州。元丰三年（1080），因"乌台诗案"受诬陷被贬黄州任团练副使。哲宗即位后，曾任翰林学士、侍读学士、礼部尚书等职，并出知杭州、颍州、扬州、定州等地，晚年被贬惠州、儋州。宋徽宗即位后遇赦北还，途中病死在常州，葬于河南郏县，追谥文忠公。他在文学方面堪称全才。其文气势雄放，语言却平易自然；其诗具有翻新出奇的艺术技巧，无与伦比的表现能力和刚柔兼济的清雄风格；词开豪放一派，对后代很有影响，与辛弃疾并称"苏辛"。诗文有《东坡七集》等，词有《东坡乐府》。

## 和子由渑池怀旧

　　**【题解】** 嘉祐元年（1056），苏轼、苏辙兄弟进京赴考，路过渑池（今河南渑池）时，曾在县中寺庙内借宿，并在室内壁上题诗。嘉祐六年（1061），苏轼被派到凤翔府（今陕西凤翔）任职。十一月，兄弟二人在郑州分手。苏辙作《怀渑池寄子瞻兄》一诗。当苏轼路过渑池旧地重游时，写下此诗，作为苏辙一诗的应和。诗中表达了对人生来去无定的怅惘和对往事旧迹的深情眷念。

　　人生到处知何似？应似飞鸿踏雪泥。泥上偶然留指爪，鸿飞那复计东西。老僧已死成新塔[1]，坏壁无由见旧题[2]。往日崎岖还记否，路长人困蹇驴嘶[3]。

中华书局版孔凡礼点校《苏轼诗集》卷三

**【注释】**

　　[1]老僧：即指奉闲。据苏辙原诗自注："昔与子瞻应举，过宿县中寺舍，题老僧奉闲之壁。"[2]坏壁：指奉闲僧舍。嘉祐三年（1056），苏轼与苏辙赴京应举途中曾寄宿奉贤僧舍并题诗僧壁。[3]蹇（jiǎn）驴：跛脚的驴。苏轼自注："往岁，马死于二陵（即崤山，在渑池西），骑驴至渑池。"

**【审美点评】**

在该诗中，苏轼创造了一个"雪泥鸿爪"的著名比喻，它启示人们：人生就是悠悠长途，所经所历不过是鸿飞千里行程中的暂时歇脚，而不是终点和目的地。

# 游金山寺

**【题解】**此诗作于熙宁四年（1071）苏轼赴杭州通判任途经镇江时。作品写游金山寺的所思、所见、所感，表达了诗人对于故乡的思念，以及对于仕途奔波的厌倦。

我家江水初发源[1]，宦游直送江入海[2]。闻道潮头一丈高，天寒尚有沙痕在。中泠南畔石盘陀[3]，古来出没随涛波。试登绝顶望乡国[4]，江南江北青山多。羁愁畏晚寻归楫[5]，山僧苦留看落日。微风万顷靴纹细[6]，断霞半空鱼尾赤[7]。是时江月初生魄[8]，二更月落天深黑。江心似有炬火明[9]，飞焰照山栖乌惊。怅然归卧心莫识，非鬼非人竟何物？江山如此不归山，江神见怪惊我顽。我谢江神岂得已，有田不归如江水。

中华书局版孔凡礼点校《苏轼诗集》卷七

**【注释】**

[1]"我家"句：古人认为长江的源头是岷山，苏轼的家乡眉山正在岷江边。[2]"宦游"句：镇江一带的江面较宽，古称海门。[3]中泠（líng）：泉名，在金山西。石盘陀：形容石块巨大。[4]乡国：家乡。[5]归楫：归船。这里指欲归镇江住所。[6]靴纹：形容水波细而密。[7]断霞：残霞。鱼尾赤：晚霞鲜艳得像赤色的鱼尾。[8]初生魄：新月初生。魄，月缺时光线暗淡模糊的部分。苏轼游金山在农历十一月初三。[9]"江心"句：苏轼自注："是夜所见如此。"指浮现于水面上的某种亮光，古人称为"阴火"。

**【审美点评】**

"闻道"四句，以丰富的想象描述了登临所见的壮丽景色，亦蕴含人生之哲理。尽管时令变迁，可是巨浪卷起的沙痕依然历历可见。尽管古来涛波不断，但中泠南畔的石盘陀依然出没。人生何尝不是如此，所走的每一步都会像沙痕一样在人生中留下印记，而人又应该像石盘陀，无论遇到多少冲击，都应始终屹立。

# 饮湖上初晴后雨（二首选一）

**【题解】**熙宁六年（1073）苏轼任杭州通判时作。原作有两首，此为第二首。

诗写西湖美景，表达了作者对大自然的热爱。

　　水光潋滟晴方好[1]，山色空濛雨亦奇[2]。欲把西湖比西子[3]，淡妆浓抹总相宜。

**中华书局版孔凡礼点校《苏轼诗集》卷九**

**【注释】**

　　[1] 潋滟（liàn yàn）：水面波光闪动的样子。[2] 空濛：细雨迷茫，若隐若现的样子。[3] 西子：西施，春秋时代越国有名的美女。

**【审美点评】**

　　西湖的"晴方好"和"雨亦奇"与西施的"淡妆浓抹总相宜"一样，是因为她们都有一种本质的美，这就给人以追求本质之美的哲理启示。

## 新城道中（二首选一）

　　**【题解】**此诗作于熙宁六年（1073）春苏轼在杭州通判任上出巡属县期间。原作有两首，此为第一首。诗歌描绘了出巡途中见到的美景和在这次山行中感受到的乐趣。新城，位于杭州西南，今属浙江桐庐。

　　东风知我欲山行，吹断檐间积雨声。岭上晴云披絮帽[1]，树头初日挂铜钲[2]。野桃含笑竹篱短，溪柳自摇沙水清。西崦人家应最乐[3]，煮芹烧笋饷春耕[4]。

**中华书局版孔凡礼点校《苏轼诗集》卷九**

**【注释】**

　　[1] 絮帽：丝绵帽子，喻晴云。[2] 铜钲：铜锣。钲，古代乐器。[3] 西崦（yān）：西山。[4] 饷：给在田间劳动的人送饭。

**【审美点评】**

　　山岭披着絮帽般的白云，树梢挂着铜钲般的初日，山间有含笑的野桃，溪边有摇曳的杨柳，这是一幅充满生机的景色，这种景色与西山人家煮芹烧笋、喜闹春耕的生动场面以及诗人欢快的心情交织在一起，组成一幅诗意盎然的山村风物画。

## 荔支叹

　　**【题解】**绍圣二年（1095）作，时苏轼被贬惠州。荔支，同荔枝。作品抨击历代向皇帝进献贡品的弊政，斥责统治者穷奢极欲、祸害百姓的行为；同时也讽刺了当时一些只顾讨好皇帝、不管人民死活的官僚。

十里一置飞尘灰[1]，五里一堠兵火催[2]。颠阬仆谷相枕藉[3]，知是荔支龙眼来。飞车跨山鹘横海[4]，风枝露叶如新采。宫中美人一破颜[5]，惊尘溅血流千载。永元荔支来交州[6]，天宝岁贡取之涪[7]。至今欲食林甫肉[8]，无人举觞酹伯游。我愿天公怜赤子[9]，莫生尤物为疮痏[10]。雨顺风调百谷登，民不饥寒为上瑞[11]。君不见武夷溪边粟粒芽[12]，前丁后蔡相笼加[13]。争新买宠各出意，今年斗品充官茶[14]。吾君所乏岂此物，致养口体何陋耶！洛阳相君忠孝家[15]，可怜亦进姚黄花[16]。

中华书局版孔凡礼点校《苏轼诗集》卷三九

**【注释】**

[1] 置：古代驿站。[2] 堠（hòu）：古人驿道上记里程的土堆，这里借指驿站。[3] 阬：同"坑"。[4] 鹘（hú）：一种凶猛的禽鸟，又叫隼，古时常刻在船上，此处借指快船。[5] 宫中美人：指杨贵妃。[6] 永元：汉和帝年号。交州：古地名，今我国广东、广西及越南的一部分。[7] 涪（fú）：涪州，今重庆涪陵。作者自注："汉永元中，交州进荔支，龙眼，十里一置，五里一堠，奔腾死亡，猛兽毒中之害者无数。唐羌，字伯游，为临武长，上书言状，和帝罢之。唐天宝中，盖取涪州荔支，自子午谷路进入。"[8] 林甫：李林甫，唐天宝年间任宰相，善谄媚求宠。[9] 赤子：原指婴儿，引申为子民百姓。[10] 尤物：优异的人或物，此指荔支，也指下文提及的茶、牡丹。疮痏（wěi）：疮疤，借指祸害。[11] 上瑞：最好的祥瑞。[12] 粟粒芽：茶名。茶芽嫩如粟粒，为武夷茶中的最上等品种。[13] 丁：指丁谓。宋真宗时任参加政事，封晋国公。蔡：指蔡襄，字君谟，宋代大书法家，亦精通茶事。曾官知制诰，知开封府，知杭州。笼加：笼装加封。作者自注："大小龙茶，始于丁晋公，而成于蔡君谟、欧阳永叔闻君谟进小龙团，惊叹曰：'君谟，士人也，何至作此事邪？'"[14] 今年：指绍圣二年（1095）。作者自注："今年闽中监司乞进斗茶，许之。"斗品：参加斗茶的上品佳茗。宋人有赛茶习俗，称之为"斗茶"。[15] 洛阳相君：指钱惟演，字希圣。曾以使用带"同中书门下平章事"的官衔出任洛阳留守，故称"洛阳相君"。他在洛阳首开选贡牡丹之例。作者自注："洛阳贡花自钱惟演始。"忠孝家：钱惟演是吴越王钱俶之子。钱俶不战而降宋，死后，宋太宗称他"以忠孝保社稷"。故称钱惟演是"忠孝人家"之弟。[16] 姚黄花：牡丹极品之一。据说是由姚姓人家培育出来的一种黄色牡丹，故称。

**【审美点评】**

大千世界中有许许多多的"尤物"，如果合理利用，它们会为这个世界增光添彩。但它们一旦成了别有用心之人利用的工具，就变成"疮痏"了。

# 六月二十日夜渡海

【题解】此诗作于元符三年（1100）苏轼在儋州（今属海南）遇赦渡海北返之时。诗中表现了作者高尚磊落的人格和百折不挠的乐观精神。

参横斗转欲三更[1]，苦雨终风也解晴[2]。云散月明谁点缀？天容海色本澄清[3]。空余鲁叟乘桴意[4]，粗识轩辕奏乐声[5]。九死南荒吾不恨，兹游奇绝冠平生。

中华书局版孔凡礼点校《苏轼诗集》卷四三

【注释】

[1] 参横斗转：参星横斜，北斗星转向，说明时值夜深。[2] 苦雨终风：久雨不停，终日刮大风。[3]"天容"句：青天碧海本来就是澄清明净的。比喻自己本来清白，政乱诬陷如蔽月的浮云，终会消散。[4] 鲁叟：指孔子。乘桴（fú）：乘船。桴，小筏子。据《论语·公冶长》载，孔子曾说："道（王道）不行，乘桴浮于海。"[5] 奏乐声：这里形容涛声。也隐指老庄玄理。《庄子·天运》中说，黄帝在洞庭湖边演奏《咸池》乐曲，并借音乐说了一番玄理。轩辕，即黄帝。

【审美点评】

由于政敌的迫害，致使苏轼"九死南荒"，然而，诗人对此非但不悔，反而视为平生最为奇妙的经历，如此怡然坦荡，无怨无怒，恰与诗人艰难坎坷的遭遇形成鲜明的对照。这种反差，正显示出诗人超然旷达、高尚磊落的人品修养。

# 江神子

乙卯正月二十日夜记梦

【题解】《江神子》，词调一名《江城子》，此词作于宋神宗熙宁八年（1075），时苏轼知密州。作品以朴素的语言表达了对亡妻王弗的深挚悼念。

十年生死两茫茫[1]，不思量，自难忘。千里孤坟，无处话凄凉。纵使相逢应不识，尘满面，鬓如霜。　　夜来幽梦忽还乡，小轩窗[2]，正梳妆。相顾无言，惟有泪千行。料得年年肠断处，明月夜。短松冈[3]。

三秦出版社版薛瑞生《东坡词编年笺证》卷一

**【注释】**

[1] 十年：指结发妻子王弗去世已十年。[2] 小轩窗：指小室的窗前，轩，门窗。[3] 短松冈：苏轼葬妻之地，古人葬地多种松柏。

**【审美点评】**

作品语言平淡，却让读者深深感受到了苏轼对亡妻真挚而深沉的爱。它启示我们：真正的爱不是挂在嘴边的甜言蜜语，而是发自心底感情的自然流露。

# 江神子

## 密州出猎

**【题解】** 这首词作于熙宁八年（1075），时作者在密州（今山东诸城）任知州。作品描写出猎的盛况，并借此表达了保卫边疆、建立功业的雄心壮志。

老夫聊发少年狂，左牵黄[1]，右擎苍[2]，锦帽貂裘[3]，千骑卷平冈[4]。为报倾城随太守[5]，亲射虎，看孙郎[6]。　　酒酣胸胆尚开张，鬓微霜，又何妨？持节云中，何日遣冯唐[7]？会挽雕弓如满月，西北望，射天狼[8]。

**三秦出版社版薛瑞生《东坡词编年笺证》卷一**

**【注释】**

[1] 黄：黄犬。[2] 苍：苍鹰。[3] 锦帽貂裘：锦蒙帽，貂鼠裘，古代贵族服饰。这里指打猎武士们的装束。[4] 卷：形容飞马疾驰的样子。[5] 太守：作者自指。宋时知州的职权等于汉时的太守，故称。[6]"亲射虎"两句：效仿当年孙权的榜样，亲自射虎。这里苏轼是以孙权自比。孙郎即孙权，《三国志·吴志·孙权传》载："二十三年十月，权将如吴，亲乘马射虎于亭。马为虎所伤，权投以双戟，虎却废，常从张世击以戈获之。"[7]"持节云中"两句：用汉文帝刘恒与冯唐故事。据《汉书·冯唐传》记载：云中太守魏尚治军有方，"使匈奴远避，不近云中之塞"，一旦入侵，必所杀甚众。后因报功时"虏差六级"多报了六颗首级，被文帝"下之吏，削其爵"。冯唐竭力为魏尚辩白，认为文帝"赏太轻，罚太重"，颇失人心。文帝幡然醒悟，当日便令冯唐持节赦免魏尚，官复原职，并拜冯唐为车骑都尉。云中，在今内蒙古托克托县境内，包括山西省西北一部分地区。[8] 天狼：星名。《楚辞·九歌·东君》："长矢兮射天狼。"《晋书·天文志》云："狼一星在东井南，为野将，主侵掠。"词中以之比喻为对北宋边境屡有侵犯的西夏等国。

**【审美点评】**

人生短暂，青春易逝，人的身体无法保持永远年轻，但人的心态却可以保持永远年轻，年轻的心态可以为人扬起成功的风帆，就像成为"老夫"的苏轼仍然可以"亲射虎"、"射天狼"一样。

# 水调歌头

**【题解】** 这首词是熙宁九年（1076）作者在密州时所作。词中抒幻想而留恋人世，伤离别而处以达观，反映了作者由超脱尘世的思想转化为喜爱人间生活的过程。

丙辰中秋，欢饮达旦，大醉。作此篇，兼怀子由。

明月几时有？把酒问青天[1]。不知天上宫阙，今夕是何年[2]？我欲乘风归去[3]，又恐琼楼玉宇[4]，高处不胜寒[5]。起舞弄清影，何似在人间[6]。　　转朱阁，低绮户，照无眠。不应有恨，何事长向别时圆[7]？人有悲欢离合，月有阴晴圆缺，此事古难全。但愿人长久，千里共婵娟[8]。

三秦出版社版薛瑞生《东坡词编年笺证》卷一

**【注释】**

[1]"明月"二句：李白《把酒问月》诗："青天有月来几时，我欲停杯一问之。"此用其语。[2]"不知"二句：古代神话传说，天上方一日，世间已千年。古人认为天上神仙世界年月的编排与人间是不相同的。所以作者有此一问。[3]乘风归去：驾着风，回到天上去。作者在这里浪漫地认为自己是下凡的神仙。[4]琼楼玉宇：美玉砌成的楼宇。指想象中的仙宫。[5]不胜：经受不住。[6]何似：哪里比得上。[7]何事：为什么。[8]婵娟：美丽的月光，代指月亮。

**【审美点评】**

在苏轼的眼中，人间的悲欢离合与月亮的阴晴圆缺一样，都是一种自然规律，人无法改变，既然如此，人又何必为无法改变的事而悲伤呢？

# 浣溪沙

**【题解】** 此词是元丰五年（1082）三月苏轼游蕲（qí）水清泉寺时所作。作品通过对清泉寺和兰溪美景的描绘，表现了作者热爱生活、乐观旷达的性格。蕲水清泉寺，在今湖北浠水县。

游蕲水清泉寺，寺临兰溪，溪水西流。

山下兰芽短浸溪[1]，松间沙路净无泥，萧萧暮雨子规啼。　谁道人生无再少？门前流水尚能西，休将白发唱黄鸡[2]。

三秦出版社版薛瑞生《东坡词编年笺证》卷二

**【注释】**

[1] 兰芽：兰草的嫩芽。[2]"休将"句：反用白居易的诗句，意为不要叹息年华易逝。白居易在《醉歌示妓人商玲珑》一诗中，称"黄鸡催晓"，"白日催年"，白发，指年老。黄鸡，指代白居易诗中的年华易逝的感慨。

**【审美点评】**

"门前"二句于字里行间流露出一种积极向上的乐观精神，散发着永恒的青春活力。它似普照心灵的温暖阳光，使人对人生抱着热望和期冀，时刻鼓舞着人们前行。

# 定风波

**【题解】**此词作于元丰五年（1082），时苏轼贬谪黄州。词表现了作者面对逆境坦然乐观的态度。

三月七日，沙湖道中遇雨[1]。雨具先去，同行皆狼狈，余独不觉。已而遂晴，故作此。

莫听穿林打叶声，何妨吟啸且徐行。竹杖芒鞋轻胜马[2]，谁怕？一蓑烟雨任平生[3]。　料峭春风吹酒醒[4]，微冷，山头斜照却相迎。回首向来萧瑟处[5]，归去，也无风雨也无晴。

三秦出版社版薛瑞生《东坡词编年笺证》卷二

**【注释】**

[1] 沙湖：在黄冈县东三十里处。[2] 芒鞋：草鞋。[3] 蓑：蓑衣，用草或棕编织的雨衣。[4] 料峭：风寒着肌战栗貌，多形容春寒。[5] 萧瑟处：适才遇雨的地方。瑟，原本作"洒"，据别本改。

**【审美点评】**

"回首向来萧瑟处，归去，也无风雨也无晴。"这是饱含人生哲理意味的点睛之笔，道出了苏轼通过大自然的阴晴变换所获得的顿悟和启示：回首往事，失意不必悲，辉煌不足喜。

# 卜算子

## 黄州定惠院寓居作[1]

**【题解】** 此词为元丰六年（1083）作于黄州，定惠院在今湖北黄冈县东南，词中描绘了荒凉冷落的环境，刻画了孤雁夜飞的形象，暗喻了词人政治失意的孤寂之情，反映出作者不同流俗，清高自守的品格。

缺月挂疏桐，漏断人初静[2]。谁见幽人独往来[3]？缥缈孤鸿影。惊起却回头，有恨无人省[4]。拣尽寒枝不肯栖，寂寞沙洲冷[5]。

三秦出版社版薛瑞生《东坡词编年笺证》卷二

**【注释】**

[1]定惠院：在黄冈县东南。惠，一作"慧"。[2]漏断：即指深夜。漏，指古人计时用的漏壶。[3]谁：原本作"时"，据别本改。幽人：幽居之人，指作者自己，也指孤鸿。[4]省：理解，领悟。[5]"寂寞"句：原本作"枫落吴江冷"，据别本改。

**【审美点评】**

身处险境的苏轼以"拣尽寒枝不肯栖"的逃避态度和寂寞生活换来了生命的安全，也等到了人生的下一次辉煌，这是不是应了一句俗话"退一步海阔天空"呢？

# 念奴娇

## 赤壁怀古[1]

**【题解】** 此词写于元丰五年（1082）七月，是苏轼贬居黄州时游黄冈城外的赤壁矶时所作。词借对往昔英雄豪杰的钦慕，表达自己功业未成的感慨。

大江东去，浪淘尽，千古风流人物。故垒西边[2]，人道是，三国周郎赤壁[3]。乱石穿空，惊涛拍岸，卷起千堆雪。江山如画，一时多少豪杰。　　　遥想公瑾当年，小乔初嫁了[4]，雄姿英发[5]。羽扇纶巾[6]，谈笑间，樯橹灰飞烟灭[7]。故国神游[8]，多情应笑我，早生华发。人生如梦，一尊还酹江月[9]。

三秦出版社版薛瑞生《东坡词编年笺证》卷二

**【注释】**

[1] 赤壁：这里指黄州的赤鼻矶，在今湖北黄冈西面，临长江。周瑜破曹操的赤壁，在今湖北浦圻县西北、长江南岸。[2] 故垒：黄州古老的城堡，推测可能是古战场的陈迹。[3] 周郎：名瑜，字公瑾，庐江舒县（今安徽庐江西）人，东汉末年东吴名将。[4] 小乔：乔玄的小女儿，周瑜之妻。[5] 英发：英俊勃发。[6] 羽扇纶（guān）巾：这是古代儒将的装束，词中形容周瑜从容娴雅。纶巾，古代配有青丝带的头巾。[7] 樯橹：这里代指曹操的水军战船。樯，挂帆的桅杆。橹，摇船的桨。[8] 故国：这里指旧地，当年的赤壁战场。[9] 尊：同"樽"，酒杯。酹：（古人祭奠）以酒浇在地上祭奠。这里指洒酒酬月，寄托自己的感情。

**【审美点评】**

苏轼是个旷达之人，尽管写词时正身处逆境，他却从未对生活失去信心。词中虽然抒写失意，然而格调是豪壮的，这种豪壮情调表现在对赤壁景物的描写上，也表现在周瑜形象的塑造上。这种豪壮的格调也是此词永世不衰的艺术魅力之所在。

# 蝶恋花

## 春　景

**【题解】** 本篇作年难定。词写由晚春景色及佳人欢笑引起的感触，隐含着人生的哲理。

花褪残红青杏小。燕子飞时，绿水人家绕。枝上柳绵吹又少[1]，天涯何处无芳草。　　　墙里秋千墙外道。墙外行人，墙里佳人笑。笑渐不闻声渐悄，多情却被无情恼。

三秦出版社版薛瑞生《东坡词编年笺证》卷四

**【注释】**

[1] 柳绵：柳絮。

**【审美点评】**

　　花落絮飞之后，有青杏长出，有燕子在天空展翅，有绿水在环绕着人家。一种美丽逝去的同时又有别样的美丽出现。生活也是这样，失去的同时往往也有收获，因此我们不必为曾经的失去而伤感，应以豁达的心胸去善待人生。

# 赤壁赋

　　**【题解】** 这篇散文是元丰五年（1082）苏轼贬谪黄州时所作。因后来还写过一篇同题的赋，故称此篇为《前赤壁赋》。此文记叙月夜泛舟江上的经历和感受，表达了内心深沉的苦闷，以及排遣这种苦闷，最终达到旷达、解脱境界的过程。

　　壬戌之秋[1]，七月既望[2]，苏子与客泛舟，游于赤壁之下。清风徐来，水波不兴。举酒属客[3]，诵明月之诗[4]，歌窈窕之章[5]。少焉，月出于东山之上，徘徊于斗牛之间[6]。白露横江，水光接天。纵一苇之所如，凌万顷之茫然[7]。浩浩乎如冯虚御风[8]，而不知其所止；飘飘乎如遗世独立[9]，羽化而登仙[10]。

　　于是饮酒乐甚，扣舷而歌之。歌曰："桂棹兮兰桨[11]，击空明兮泝流光[12]。渺渺兮予怀[13]，望美人兮天一方[14]。"客有吹洞箫者[15]，倚歌而和之[16]。其声呜呜然，如怨如慕，如泣如诉；余音袅袅[17]，不绝如缕。舞幽壑之潜蛟，泣孤舟之嫠妇[18]。

　　苏子愀然[19]，正襟危坐[20]，而问客曰："何为其然也[21]？"客曰："'月明星稀，乌鹊南飞。'此非曹孟德之诗乎？西望夏口[22]，东望武昌[23]，山川相缪[24]，郁乎苍苍[25]，此非孟德之困于周郎者乎[26]？方其破荆州，下江陵[27]，顺流而东也，舳舻千里[28]，旌旗蔽空，酾酒临江[29]，横槊赋诗[30]，固一世之雄也，而今安在哉？况吾与子渔樵于江渚之上，侣鱼虾而友麋鹿[31]，驾一叶之扁舟，举匏樽以相属[32]。寄蜉蝣于天地[33]，渺沧海之一粟。哀吾生之须臾，羡长江之无穷。挟飞仙以遨游，抱明月而长终。知不可乎骤得，托遗响于悲风。"

　　苏子曰："客亦知夫水与月乎？逝者如斯[34]，而未尝往也；盈虚者如彼[35]，而卒莫消长也。盖将自其变者而观之，则天地曾不能以一瞬[36]；自其不变者而观之，则物与我皆无尽也，而又何羡乎？且夫天地之间，物各有主，苟非吾之所有，虽一毫而莫取。惟江上之清风，与山间之明月，耳得之而为声，目遇之而成色，取之无尽，用之不竭。是造物者之无尽藏也<sup>[37]</sup>，而吾与子之所共适。"

客喜而笑，洗盏更酌。肴核既尽，杯盘狼籍。相与枕藉乎舟中，不知东方之既白。

中华书局版孔凡礼点校《苏轼文集》第一卷

**【注释】**

[1] 壬戌：即宋神宗元丰五年（1085）。[2] 既望：望日的后一日。望，月满为望，农历每月十五日为"望日"，十六日为"既望"。[3] 属（zhǔ）：致意，引申为劝酒。[4] 明月之诗：指曹操的《短歌行》，诗中有"明明如月，何时可掇"和"月明星稀，乌鹊南飞"之句。[5] 窈窕之章：指《诗经·周南·关雎》，诗中有"窈窕淑女，君子好逑"之句。一说，此与上句均指《诗经·陈风·月出》，诗中有"月出皎兮，佼人僚兮，舒窈纠兮，劳心悄兮"之句。[6] 斗牛：星座名，即斗宿（南斗）、牛宿。[7] "纵一苇"二句：任凭小船在宽广的江面上漂荡。一苇，比喻极小的船。《诗经·卫风·河广》："谁谓河广，一苇杭（航）之。"[8] 冯虚御风：乘风腾空而遨游。冯虚，凭空，凌空。冯，通"凭"。[9] 遗世：遗弃尘世。[10] 羽化：道教把成仙叫作"羽化"，认为成仙后能够飞升。[11] 桂棹、兰桨：用桂、兰香木制成的船桨。[12] 空明：月亮倒映水中的澄明之色。泝：通"溯"，逆流而上。[13] 渺渺：悠远的样子。[14] 美人：比喻内心思慕的人。[15] 客：指杨世昌，字子京，绵竹道士，善吹箫。[16] 倚歌：按照歌曲的声调节拍。[17] 袅袅：形容声音婉转悠长。[18] 嫠（lí）妇：寡妇。[19] 愀（qiǎo）然：忧愁凄怆的样子。[20] 正襟危坐：整理衣襟，（严肃地）端坐着。[21] 何为其然也：箫声为什么会这么悲凉呢？[22] 夏口：故城在今湖北武昌。[23] 武昌：今湖北鄂城县。[24] 缪（liáo）：通"缭"，盘绕。[25] 郁：茂盛的样子。[26] 孟德之困于周郎：指汉献帝建安十三年（208），吴将周瑜在赤壁之战中击溃曹操号称八十万大军。[27] "方其破荆州"二句：指建安十三年刘琮率众向曹操投降，曹军不战而占领荆州、江陵。[28] 舳舻（zhú lú）：战船前后相接，这里指战船。[29] 酾（shī）酒：滤酒，这里指斟酒。[30] 横槊（shuò）：横执长矛。[31] 侣：以……为友。[32] 匏樽：酒葫芦。[33] "寄蜉蝣"句：比喻人生之短暂。蜉蝣：一种朝生暮死的昆虫。[34] 逝者如斯：语出《论语·子罕》："子在川上曰：'逝者如斯夫，不舍昼夜。'"[35] 盈虚者如彼：指月亮的圆缺。[36] 曾：乃。[37] 造物者：天地自然。无尽藏：无穷无尽的宝藏。

**【审美点评】**

"天地之间，物各有主，苟非吾之所有，虽一毫而莫取。"苏轼一生的为官之路始终遵循这一原则，因此深受百姓的爱戴，留得百世之芳名。而这也应该是世世代代所有为官者共同遵守的原则。

# 石钟山记

**【题解】**此文写于元丰七年（1084）夏，苏轼送长子苏迈赴任汝州。文章通过记叙作者对石钟山得名由来的探究，说明要认识事物的真相必须"目见耳闻"，切忌主观臆断的道理。

《水经》云[1]："彭蠡之口有石钟山焉[2]。"郦元以为下临深潭[3]，微风鼓浪[4]，水石相搏，声如洪钟。是说也，人常疑之。今以钟磬置水中[5]，虽大风浪不能鸣也，而况石乎！至唐李渤始访其遗踪[6]，得双石于潭上，扣而聆之，南声函胡[7]，北音清越[8]，枹止响腾[9]，余韵徐歇，自以为得之矣。然是说也，余尤疑之。石之铿然[10]有声者，所在皆是也，而此独以钟名，何哉？

元丰七年六月丁丑[11]，余自齐安舟行适临汝[12]，而长子迈将赴饶之德兴尉[13]，送之至湖口[14]，因得观所谓石钟者。寺僧使小童持斧，于乱石间择其一二扣之，硿硿焉[15]。余固笑而不信也。至暮夜月明，独与迈乘小舟，至绝壁下。大石侧立千尺，如猛兽奇鬼，森然欲搏人；而山上栖鹘[16]，闻人声亦惊起，磔磔云霄间[17]；又有若老人欬且笑于山谷中者[18]，或曰，此鹳鹤也[19]。余方心动欲还，而大声发于水上，噌吰如钟鼓不绝[20]。舟人大恐[21]。徐而察之，则山下皆石穴罅[22]，不知其浅深，微波入焉，涵澹澎湃而为此也[23]。舟回至两山间，将入港口，有大石当中流，可坐百人，空中而多窍[24]，与风水相吞吐，有窾坎镗鞳之声[25]，与向之噌吰者相应，如乐作焉。

因笑谓迈曰："汝识之乎？噌吰者，周景王之无射也[26]；窾坎镗鞳者，魏庄子之歌钟也[27]。古之人不余欺也！事不目见耳闻，而臆断其有无，可乎？"郦元之所见闻，殆与余同，而言之不详；士大夫终不肯以小舟夜泊绝壁之下，故莫能知；而渔工水师，虽知而不能言。此世所以不传也。而陋者乃以斧斤考击而求之，自以为得其实。余是以记之，盖叹郦元之简，而笑李渤之陋也。

中华书局版孔凡礼点校《苏轼文集》第十一卷

**【注释】**

[1]《水经》：我国第一部记述河道源流的地理著作，相传为汉朝人桑钦所著，或说晋人郭璞著。北魏郦道元为该书作注，称《水经注》。[2]彭蠡：鄱阳湖的又一名称。[3]郦元：就是郦道元。[4]鼓：振动。[5]磬（qìng）：古代打击乐器，形状像曲尺，用玉或石制成。[6]李渤：唐朝洛阳人，写过一篇《辨石钟山记》。[7]南声函胡：南边（那座山石）的声音重浊而模糊。函胡，同含糊。[8]北音清越：北边（那座山石）的声音清脆而响亮。越，高扬。[9]枹（fú）止响腾：鼓槌停止了（敲击），声音还在传播。腾，传播。[10]铿（kēng）然：形容敲击金石所发出的响亮的声音。[11]六月丁丑：农历六月初九。[12]齐安：即黄州，今湖北黄冈。临汝：

即汝州（今河南临汝）。[13] 迈：苏迈，字伯达，苏轼长子。饶之德兴尉：饶州德兴县（今江西德兴）的县尉。[14] 湖口：今江西湖口。[15] 硿硿（kōng）焉：硿硿地（发出响声）。[16] 栖鹘：宿巢的老鹰。鹘，鹰的一种。[17] 磔磔（zhé）：鸟鸣声。[18] 欸：咳嗽。[19] 鹳鹤：水鸟名，似鹤而顶不红，颈和嘴都比鹤长。[20] 噌（chēng）吰（hóng）：这里形容钟声洪亮。[21] 舟人：船夫。[22] 罅（xià）：裂缝。[23] 涵澹澎湃：波浪激荡。[24] 窍：窟窿。[25] 窾坎（kuǎn kǎn）镗鞳（tāng tà）：窾坎，击物声。镗鞳，钟鼓声。[26] 周景王之无射（yì）：《国语》记载，周景王二十三年（前522）铸成"无射"钟。[27] 魏庄子之歌钟：《左传》记载，鲁襄公十一年（前561）郑人以歌钟和其他乐器献给晋侯，晋侯分一半赐给晋大夫魏绛。庄子，魏绛的谥号。歌钟，古乐器。

**【审美点评】**

现代社会中，真真假假的说法充斥于各种媒体中，而我们该如何认识事物的真相呢？苏轼给予了我们回答："事不目见耳闻，而臆断其有无，可乎？"

# 晏几道

晏几道（1038—1110），字叔原，号小山，抚州临川（今江西抚州）人。晏殊第七子。以恩荫为太常寺太祝，历任颖昌府许田镇监、乾宁军通判、开封府判官等。性格耿介孤傲，晚年家境中落。晏几道善词，与其父齐名，时称"二晏"。其词多写男女离合之情，创造出如梦如幻的境界，形成语淡情深的风格。有《小山词》。

## 临江仙

**【题解】** 这首词抒发作者对歌女小蘋的怀念之情。

梦后楼台高锁，酒醒帘幕低垂。去年春恨却来时，落花人独立，微雨燕双飞[1]。　　记得小蘋初见，两重心字罗衣[2]，琵琶弦上说相思。当时明月在，曾照彩云归。

上海古籍出版社版张草纫《二晏词笺注》珠玉词笺注

**【注释】**

[1]"落花"二句：唐翁宏《春残》诗："又是春残也，如何出翠帏？落花人独立，微雨燕双飞。"（见《全唐诗》卷七六二）这里是借用。[2] 心字罗衣：杨慎《词品》卷二"心字香"条：

"所谓心字香者，以香末萦篆成心字也。'心字罗衣'，则谓心字香熏之尔。或谓女人衣曲领如心字，又与此别。"这里"心字"还含有深情密意的双关之意。

**【审美点评】**

同样的句子，在创用者翁宏那里不传，而在袭用者晏几道这里却成了"千古不能有二"的名句，这主要在于晏几道所赋予它的语言环境达到了沈祖棻所说的"和谐融贯"（《宋词赏析》）的境界。

## 鹧鸪天

**【题解】** 这是一首恋情词。上片追怀欢乐的往事，下片写久别难忘及重逢后的悲喜交集之情。

彩袖殷勤捧玉钟[1]。当年拚却醉颜红[2]。舞低杨柳楼心月，歌尽桃花扇底风[3]。　　从别后，忆相逢。几回魂梦与君同。今宵剩把银釭照[4]，犹恐相逢是梦中。

**上海古籍出版社版张草纫《二晏词笺注》珠玉词笺注**

**【注释】**

[1] 彩袖：代指穿彩衣的歌女。玉钟：珍贵的酒杯。[2] 拚（pàn）却：甘愿，不顾惜。[3]"舞低"二句：歌女舞姿曼妙，直舞到挂在杨柳树梢照到楼心的一轮明月低沉下去；歌女清歌婉转，直唱到扇底儿风消歇。[4] 剩把：尽把，只把。银釭（gāng）：银灯。釭，灯。

**【审美点评】**

"舞低"二句极为精妙，词人用夸张式的渲染巧妙地表现出了歌舞的优美。歌女舞姿曼妙，让明月为之低沉；歌女清歌婉转，令扇底风为之停歇。晁无咎言："叔原不蹈袭人语，而风调闲雅，自是一家。如'舞低杨柳楼心月，歌尽桃花扇底风'，自可知此人不生在三家村中也。"（《侯鲭录》卷七）

# 黄庭坚

黄庭坚（1045—1105），字鲁直，自号山谷道人，晚号涪翁，又称豫章黄先生，洪州分宁（今江西修水）人。英宗治平四年（1067）进士。历官叶县尉、北京国子监教授、校书郎、著作佐郎、秘书丞、涪州别驾、黔州安置等。早年受知于苏轼，与张耒、晁补之、秦观并称"苏门四学士"。诗与苏轼并称"苏黄"，为江西诗派宗师，诗歌的文人气和书卷气浓厚，人文意象密集，艺术上求新求变，具有生新峭拔的特征。有《山谷集》。

# 登快阁

**【题解】** 此诗作于元丰五年（1082）黄庭坚知太和县（今江西泰和）时。描写登临时所见秋季壮美的江山景致，流露出清高傲俗的思想感情。快阁，在吉州太和县东澄江（赣江）之上，以江山广远、景物清华著称。

痴儿了却公家事[1]，快阁东西倚晚晴。落木千山天远大，澄江一道月分明。朱弦已为佳人绝[2]，青眼聊因美酒横[3]。万里归船弄长笛，此心吾与白鸥盟[4]。

中华书局版刘尚荣校点《黄庭坚诗集注》之《山谷外集诗注》第十一卷

**【注释】**

[1] 痴儿：作者自指。《晋书·傅咸传》载杨济与傅咸书云："天下大器，非可稍了，而相观每事欲了。生子痴，了官事，官事未易了也，了事正作痴，复为快耳。"[2] "朱弦"句：《吕氏春秋·本味》："钟子期死，伯牙破琴绝弦，终身不复鼓琴，以为世无足复为鼓琴者。"朱弦，这里指琴。佳人，美人，引申为知己、知音。[3] "青眼"句：《晋书·阮籍传》："（阮）籍又能为青白眼，见礼俗之士，以白眼对之。及嵇喜来吊，籍作白眼，喜不怿而退。喜弟康闻之，乃赍酒挟琴造焉，籍大悦，乃见青眼。"青眼，即黑眼珠，指正眼看人。[4] 与白鸥盟：据《列子·黄帝》："海上之人有好沤（鸥）鸟者，每旦之海上从沤鸟游，沤鸟之至者，百住而不止。其父曰：'吾闻沤鸟皆从汝游，汝取来吾玩之。'明日之海上，沤鸟舞而不下也。"后人以与鸥鸟盟誓表示毫无机心，这里是指无利禄之心，借指归隐。

**【审美点评】**

"落木"二句被誉为千古传颂之佳句。这两句诗分别化用了杜甫的"无边落木萧萧下，不尽长江滚滚来"（《登高》）和谢朓的"余霞散成绮，澄江净如练"（《晚登三山还望京邑》），并赋予它们新的境界。清人张宗泰曾评此二句道："其意境天开，则实能劈古今未泄之奥妙。"（《鲁斋所学集》）

# 寄黄几复

**【题解】** 此诗作于元丰八年（1085），时黄庭坚监德州（今属山东）德平镇。诗中表达了他对黄几复的思念，以及对人生聚散的感叹。黄几复，名介，南昌人，与黄庭坚少年交游，此时知四会县（今广东四会）。

　　我居北海君南海[1]，寄雁传书谢不能[2]。桃李春风一杯酒，江湖夜雨十年灯[3]。持家但有四立壁[4]，治病不蕲三折肱[5]。想得读书头已白，隔溪猿哭瘴溪[6]藤。

中华书局版刘尚荣校点《黄庭坚诗集注》之《山谷集诗注》第二卷

**【注释】**

　　[1]"我居"句：用《左传·僖公四年》语："君处北海，寡人处南海，惟是风马牛不相及也。"作者在"跋"中说："几复在广州四会，予在德州德平镇，皆海滨也。"[2]"寄雁"句：传说雁南飞时不过衡阳回雁峰，更不用说岭南了。谢，辞谢，推辞。[3]"桃李"二句：前句追忆两人往时交游之乐，情谊之深；后句写今日双方漂泊江湖，互相思念之苦。[4]四立壁：即家徒四壁，一无所有。《史记·司马相如传》："文君夜奔相如，相如驰归成都，家徒四壁立。"[5]"治病"句：古代有"三折肱而为良医"（见《左传·定公十三年》）的说法，此句意为黄几复不必经过挫折就能把政事办好。蕲（qí），祈求。肱，上臂，手臂由肘到肩的部分。[6]瘴溪：染有瘴气的溪水。旧传岭南边远之地多瘴气。

**【审美点评】**

　　此诗的颔联在当时就很有名。《王直方诗话》云："张文潜谓余曰：黄九云：'桃李春风一杯酒，江湖夜雨十年灯。'真奇语。"此联之奇在于它仅用名词或名词性词组构成，而其中的每一个词或词组，都能使人想象出特定的景象、特定的情境，展现了耐人寻味的艺术天地。

# 题落星寺（四首选一）

　　**【题解】**《题落星寺》共有四首，这是第三首。诗题另作《题落星寺岚漪轩》。作品描写山中幽静的生活，表达了超脱尘俗的情趣。落星寺在鄱阳湖北部，传说天上偶然陨落下一颗巨星，触地即化作一座小岛，那便是星子县境内著名的落星石，落星寺也因此得名。

　　落星开士深结屋[1]，龙阁老翁来赋诗[2]。小雨藏山客坐久，长江接天帆到迟。宴寝清香与世隔[3]，画图妙绝无人知[4]。蜂房各自开户牖[5]，处处煮茶藤一枝。

中华书局版刘尚荣校点《黄庭坚诗集注》之《山谷外集诗注》第八卷

**【注释】**

[1] 开士：菩萨，亦为和尚的尊称。[2] 龙阁老翁：指的是诗人的舅父李公择，官至龙图阁直学士。[3] 宴寝：闲居寝息。宴，安闲。[4] 画图：作者自注："醽隆画甚富，而寒山、拾得画最妙。"寒山和拾得均是唐代的诗僧兼画家。[5] 蜂房：靠山建造的僧人房舍紧挨在一起，像蜂巢一样。

**【审美点评】**

这首诗非常出色地写出了一个幽僻清绝的境界。与瘦硬的字面风格对应，作者又有意识地追求声调的拗峭奇崛。《瀛奎律髓》卷二十五方回评曰："此学老杜所谓拗字吴体格。"纪昀批云："意境奇恣，此种是山谷独辟。"

# 题竹石牧牛

**【题解】**此诗作于元祐三年（1088），当时作者在京师任秘书省著作佐郎。作品主要表现了作者对大自然的热爱和对破坏自然美的痛心。

子瞻画丛竹怪石，伯时增前坡牧儿骑牛[1]，甚有意态，戏咏。

野次小峥嵘[2]，幽篁相倚绿。阿童三尺箠[3]，御此老觳觫[4]。石吾甚爱之，勿遣牛砺角[5]。牛砺角尚可，牛斗残我竹。

中华书局版刘尚荣校点《黄庭坚诗集注》之《山谷集诗注》第九卷

**【注释】**

[1] 伯时：宋著名画家李公麟的字。[2] 野次：郊野。峥嵘：险峻的样子，这里指画中的怪石。[3] 箠：鞭子。[4] 觳觫（hú sù）：恐惧颤抖的样子，这里指画中的牛。典出《孟子·梁惠王上》："王曰：'舍之，吾不忍其（指将被宰杀而用其血来衅钟的牛）觳觫，若无罪而就死地。'"[5] 砺角：在石头上磨角。

**【审美点评】**

此诗写法与众不同，新奇别致，诗中无一字表示对画艺的称赞，而赞赏喜爱之情却溢于言表。

# 秦　观

秦观（1049—1100），字少游，一字太虚，号淮海居士。扬州高邮（今江苏高邮）人。元丰八年（1085）进士，初为定海主簿、蔡州教授，元祐初苏轼荐为秘书省正字，兼国史院编修官。哲宗时"新党"执政，被贬为监处州酒税，徙郴州，编管横州，又徙雷州，至藤州而卒。秦观以文章受知于苏轼，与黄庭坚、张耒、晁补之合称"苏门四学士"。秦观最擅长的是词，其词大多描写男女情爱和抒发仕途失意的哀怨，语言优雅，音律谐美，情韵兼胜。有《淮海集》。

## 满庭芳

【题解】这首词据胡仔《苕溪渔隐丛话》后集卷三十三引《艺苑雌黄》之语，当作于元丰二年（1079），少游时年三十一岁。词写与一歌妓的眷眷恋情，并寄寓了功名上的失意。

山抹微云，天粘衰草[1]，画角声断谯门[2]。暂停征棹，聊共引离尊[3]。多少蓬莱旧事[4]，空回首，烟霭纷纷。斜阳外，寒鸦万点，流水绕孤村。　销魂，当此际，香囊暗解[5]，罗带轻分[6]。谩赢得、青楼薄幸名存[7]。此去何时见也，襟袖上、空惹啼痕。伤情处，高城望断，灯火已黄昏。

上海古籍出版社版徐培均笺注《淮海居士长短句》卷上

【注释】

[1]粘：粘连。粘，原本作"连"，据别本改。[2]画角：古管乐器，源出西羌。形如竹筒，本细末大，发声哀厉高亢。谯门：即谯楼之门，可以眺望远方。[3]引：举、持。[4]蓬莱旧事：指少游与歌妓的往日恋情。蓬莱阁旧址在今浙江省绍兴市龙山下。[5]香囊暗解：悄悄解下香囊以作赠别。[6]罗带轻分：轻轻解下罗带以作赠别。罗带，即丝带，古时常以之作为男女定情之物，有的还打上"同心结"，以示相爱不渝。[7]"谩赢"句：杜牧《遣怀》诗有"十年一觉扬州梦，赢得青楼薄幸名"句，这是对自己不得已而离别的一种自谴和解释。

【审美点评】

"山抹微云，天粘衰草。"两句中的"抹"和"粘"字生动描画出"微云"和"衰草"的神态，写出了季节和黄昏的特点，同时也渲染出离情之悲。

## 鹊桥仙

【题解】词一题作"七夕"。作者紧紧围绕牛郎织女的神话传说，表现出被迫分居两地的牛郎、织女真诚不渝的爱情，并以丰富的想象，形象地反映出牛郎织女悲欢离合的复杂心情，同时也体现出秦观理想的爱情观。

纤云弄巧[1]，飞星传恨[2]，银汉迢迢暗度[3]。金风玉露一相逢[4]，便胜却人间无数。　　柔情似水，佳期如梦，忍顾鹊桥归路[5]。两情若是久长时，又岂在朝朝暮暮！

上海古籍出版社版徐培均笺注《淮海居士长短句》卷上

**【注释】**

[1] 纤云弄巧：纤柔的云彩编织出巧妙的花样。词中暗喻七夕。古时七夕有乞巧的风俗，女子们是夕（阴历七月初七）向织女星祈祷，请求传授有关女红的技巧。[2] 飞星：流星。一说指牵牛、织女二星。[3] 银汉：银河。[4] 金风：秋在五行中属金，故称金风。[5] 忍顾：怎忍回视。

**【审美点评】**

"两情若是久长时，又岂在朝朝暮暮！"这两句词对古今有志气的男女青年是莫大的激励和勉进，为了伟大的事业，哪能只顾儿女私情！只要永远不移的爱情是真实的，也不在乎朝暮聚首。

## 踏莎行

**【题解】** 这首词一题作"郴州旅舍"，作于宋哲宗绍圣四年（1097），时秦观被削秩郴州。词形象地刻画了词人被贬时的孤独心境和因此产生的强烈不满和绝望。

雾失楼台，月迷津渡[1]，桃源望断无寻处[2]。可堪孤馆闭春寒，杜鹃声里斜阳暮。　　驿寄梅花[3]，鱼传尺素[4]，砌成此恨无重数。郴江幸自绕郴山[5]，为谁流下潇湘去？

上海古籍出版社版徐培均笺注《淮海居士长短句》卷上

**【注释】**

[1] 津渡：渡口。[2] 桃源：即桃花源，喻理想国之所在。典出陶渊明《桃花源记》。[3] 驿寄梅花：典出《荆州记》："吴陆凯与范晔善，自江南寄梅花诣长安与晔，并赠诗曰：'折梅逢驿使，寄与陇头人。江南无所有，聊赠一枝春。'"[4] 鱼传尺素：语出古乐府诗《饮马长城窟行》："客从远方来，遗我双鲤鱼。呼儿烹鲤鱼，中有尺素书。"[5] 郴江：即郴水在郴州东一里。幸自：本自。

**【审美点评】**

此词借景言情，指物喻事，在运用比兴手法上很见功力。特别是结尾"郴江幸自绕郴山，为谁流下潇湘去"两句以愁山怨水写羁旅之思，可谓刻意生新。《冷斋夜话》记载苏轼绝爱其结尾两句，并在秦观殁后自书于扇，叹云："少游已矣，虽万人何赎！"

# 陈师道

陈师道（1053—1101），字履常，一字无己，号后山居士，彭城（今江苏徐州）人。受业于曾巩。元祐初苏轼等荐其文行，起为徐州教授，历仕太学博士、颍州教授、秘书省正字。陈师道为苏门六君子之一，江西诗派"三宗"之一。其诗题材内容比较狭窄，主要写个人的生活经历与人生感慨，风格朴拙。有《后山集》。

## 别三子

**【题解】** 元丰七年（1084）五月，陈师道岳父郭概提点成都府路刑狱。陈寓居汴京，因家贫，其妻儿皆随郭入蜀就养。陈因母老，不能同往，故作。此诗写夫妇、父子被迫分离的沉痛场面。

夫妇死同穴[1]，父子贫贱离。天下宁有此？昔闻今见之。母前三子后，熟视不得追。嗟乎胡不仁[2]，使我至于斯。有女初束发[3]，已知生离悲；枕我不肯起，畏我从此辞。大儿学语言，拜揖未胜衣[4]。唤爷我欲去，此语那可思[5]。小儿襁褓间，抱负有母慈。汝哭犹在耳，我怀人得知[6]。

中华书局版冒广生《后山诗集补笺》第一卷

**【注释】**

[1]"夫妇"句：语出《诗经·王风·大车》："穀则异室，死则同穴。"此句是说夫妻因贫困被迫分离，只有死后才能埋在一起。[2]胡不仁：为何这样残酷。[3]束发：男孩成童时将头发束成一髻。后遂用以代指成童，这里用指女孩。[4]"拜揖"句：指不能穿起成人的衣服行礼。[5]那可思：怎忍思、不忍思，极言其痛心。[6]人得知：别人怎能知道。

**【审美点评】**

"悲莫悲兮伤别离"，更何况这是夫妇之别加上父子之别，这让诗人情何以堪！

潘德舆《养一斋诗话》卷六说此诗是"沛然至性中流出，而笔沉挚又足以副之"。

# 春怀示邻里

**【题解】** 元符三年（1100），作者家居徐州，生活清贫，以读书作诗自遣。这首七律是他当时写给邻里的作品，表现作者贫居闲静的心境，也委婉地流露出世路艰辛的愤慨。

断墙着雨蜗成字[1]，老屋无僧燕作家。剩欲出门追语笑[2]，却嫌归鬓着尘沙[3]。风翻珠网开三面[4]，雷动蜂窠趁两衙[5]。屡失南邻春事约[6]，只今容有未开花[7]。

中华书局版冒广生《后山诗集补笺》第十卷

**【注释】**

[1] 蜗成字：蜗牛爬过之处留下的黏液，如同篆文，称为蜗篆。[2] 剩：颇。很。[3] 着：原本作"逐"，据别本改。[4] 网开三面：语出商汤故事。《史记·殷本纪》记载："汤出，见野张网四面，祝曰：'自天下四方皆入吾网。'汤曰：'嘻，尽之矣！'乃去其三面。"[5] 趁：赶。两衙：众蜂簇拥蜂王，如朝拜时两旁站着的侍卫，称为蜂衙。任渊注引《坤雅》称："蜂有两衙应潮。"蜂在排衙时，是海潮将涨的征兆。[6] 南邻：作者此时经常和邻人寇十一来往。南邻，指寇十一。[7] 容有：或许有。

**【审美点评】**

诗人有意避开人们常写的旖旎春光，而是选取断墙、老屋、蛛网等破败的景物入诗，着力表现贫寒生活中的春意，故而风格古朴老健、枯淡瘦硬，体现了诗人"宁拙毋巧，宁朴毋华，宁粗毋弱，宁僻毋俗"（《后山诗话》）的作诗主张。

# 贺　铸

贺铸（1052—1125），字方回，自号庆湖遗老，雅号"贺梅子"，卫州共城（今河南卫辉）人。孝惠皇后族孙，以门荫入仕，授右班殿直。元祐中曾任泗州、太平州通判。晚年退居苏州，杜门校书。贺铸不附权贵，喜论天下事。能诗文，尤长于词。其词英雄豪气与儿女柔情并存，风格深婉密丽。有《庆湖遗老集》、《东山词》。

# 六州歌头

**【题解】**此词作于元祐三年（1088）秋，词人在和州管界巡检任上。词中回忆作者少年时代任侠侠气的豪侠生活，抒发自己仕途失意，爱国壮志难得一酬的愤激之情。

　　少年侠气，交结五都雄[1]。肝胆洞[2]，毛发耸[3]。立谈中[4]，死生同。一诺千金重。推翘勇[5]，矜豪纵[6]，轻盖拥[7]，联飞鞚[8]，斗城东[9]。轰饮酒垆[10]，春色浮寒瓮[11]，吸海垂虹[12]。闲呼鹰嗾犬[13]，白羽摘雕弓[14]，狡穴俄空[15]。乐匆匆。　　似黄粱梦[16]。辞丹凤[17]，明月共，漾孤篷[18]。官冗从[19]，怀倥偬[20]，落尘笼[21]，簿书丛[22]。鹖弁如云众[23]。供粗用，忽奇功。笳鼓动，渔阳弄[24]，思悲翁[25]。不请长缨[26]，系取天骄种[27]，剑吼西风。恨登山临水，手寄七弦桐[28]，目送归鸿。

上海古籍出版社版钟振振校注《东山词》卷四

**【注释】**

　　[1] 五都：具体所指，历代各有不同，汉代以洛阳、邯郸、临淄、宛、成都为五都；三国魏时以长安、谯、许昌、邺、洛阳为五都；唐代以长安、洛阳、凤翔、江陵、太原为五都。词中盖泛指北宋北方的各大都市。[2] 肝胆洞：肝胆相照。洞，洞察，透彻可见。[3] 毛发耸：有血性，富于正义感。[4] 立谈中：须臾而谈即意气相投。扬雄《解嘲》："或七十说而不遇，或立谈间而封侯。"[5] 翘勇：勇敢。翘，突出于一般之中。[6] 矜豪纵：狂放不羁。矜，自负。[7] 轻盖拥：形容车马随从很多。[8] 联飞鞚：联辔并驰之意。鞚，有嚼口的马络头。[9] 斗城：原指汉代长安故城。《三辅黄图》卷一载："长安城……城南为南斗形，北为北斗形，至今人呼汉旧京为斗城是也。"词中借指北宋东京汴京。[10] 轰饮：大声喧哗地聚饮。[11] 春色：酒的泛称。古人酿酒，一般从入冬开始，经春始成，故多称春酒。[12] 吸海垂虹：极喻狂饮之态。相传垂虹能饮。[13] 嗾（sǒu）：唆使犬的声音。[14] 白羽：箭名。[15] 俄：片刻。[16] 黄粱梦：比喻虚幻不实的事和欲望的破灭犹如一梦。唐朝沈既济《枕中记》载，卢生在梦中享尽富贵荣华，等到醒来，主人蒸的黄粱还没有成熟，所以称黄粱梦。[17] 丹凤：指京城。唐时长安有丹凤门。[18] 漾孤篷：就像一条孤独的小船在水中漂泊。[19] 冗从：散职侍从官，汉代时设置。词中盖指方回自熙宁元年至元佑六年前后二十三年间，官阶由右班殿直而磨勘迁升至西头供奉，皆属禁廷侍卫武官，性质与汉之"冗从"相似。[20] 倥偬（kǒng zǒng）：因匆忙而困苦。[21] 尘笼：世俗之笼，主要指污浊之仕途。[22] 簿书丛：担任烦琐的公文事务。簿书，官署之簿籍文书。[23] 鹖（hé）弁：即鹖冠，古代武冠，左右各加一鹖尾，故名鹖冠。词中代指武官。[24] 笳鼓：指北方少数民族政权挑起战事。笳、鼓，皆为军乐器。渔阳：鼓曲，属军乐。弄：

小曲名。也有解作弄兵讲的。[25] 思悲翁：为汉乐府短箫铙歌之曲，列于鼓吹，多序战阵之事。也可与前一句合参，解为借唐时安禄山兵起渔阳，喻指北宋与周边少数民族的频繁战争。[26] 请长缨：即请战之意。用终军故事，《汉书·终军传》："军自请：'愿受长缨，必羁南越王而致之阙下。'"[27] 天骄种：原指胡族（如匈奴等），《汉书·匈奴传》："南有大汉，北有强胡。胡者，天之骄子也。"词中盖泛指外寇。[28] 七弦桐：乐器之一，指琴，多以桐木制成，或五弦或七弦，故名。

**【审美点评】**

当侠气快乐的少年生活"似黄粱梦"般匆匆逝去，词人的心中充满了悲与恨。然而一味地悲与恨解决不了任何问题，不如从悲愤中走出来，去追寻一种新的快乐。

# 青玉案

**【题解】** 这首词一名"横塘路"，作于词人寓居苏州时。作品抒写了主人公追恋理想中的美人，可望而不可即的怅惘凄愁。

凌波不过横塘路[1]，但目送，芳尘去[2]。锦瑟华年谁与度[3]？月桥花院[4]，琐窗朱户[5]，只有春知处。　　碧云冉冉蘅皋暮[6]，彩笔新题断肠句[7]。试问闲愁都几许？一川烟草[8]，满城风絮，梅子黄时雨。

上海古籍出版社版钟振振校注《东山词》卷一

**【注释】**

[1] 凌波：形容女子步态轻盈。横塘：在苏州城南十里处。[2] 芳尘：美人经过时所扬起的尘土。此处用代指美人。[3] 锦瑟华年：指美好的青春时期。[4] 月桥花院：一作"月台花榭"。[5] 琐窗：雕绘连琐花纹的窗子。[6] 碧：原本作"飞"，据别本改。冉冉：流动貌。蘅皋：长着香草的沼泽中的高地。[7] 彩笔：比喻有写作的才华。传说南朝江淹曾梦有五色笔。[8] 一川：遍地。

**【审美点评】**

词的结尾处用博喻的修辞手法来描述"闲愁"：似满地轻烟缭绕的无边青草，像满城到处随风乱舞的柳絮，如梅雨季节无休无止的阴雨。这一串新颖恰当的比喻，十分形象有力地刻画出词人的心态。

# 鹧鸪天

**【题解】** 这首词一名"半死桐"。词写贺铸对妻子的悼念之情。

重过阊门万事非[1]，同来何事不同归[2]！梧桐半死清霜后[3]，头白鸳鸯失伴飞。　　原上草，露初晞[4]。旧栖新垅两依依[5]。空床卧听南窗雨，谁复挑灯夜补衣。

上海古籍出版社版钟振振校注《东山词》卷一

**【注释】**

[1] 阊（chāng）门：苏州城西门，此处代指苏州。[2] 何事：为什么。[3] 梧桐半死：出自枚乘《七发》："龙门之桐，高百尺而无枝……其根半死半生"，后来以此比喻丧偶。[4] "原上草"二句：形容人生短促，如草上露水易干。晞（xī），干。[5] 旧栖：旧居，指生者所居处。新垅：新坟，指死者葬所。

**【审美点评】**

词以一个十分普通的生活细节作结，与那些轰轰烈烈的爱情故事相比，这种描写能更真切地表达出贺铸对妻子深厚的感情，也揭示出夫妻深情是在平日里琐碎的生活细事中积累而成这一爱情的真谛。

# 周邦彦

周邦彦（1056—1121），字美成，号清真居士，钱塘（今浙江杭州）人。少时疏隽少俭，元丰七年（1084），因献《汴都赋》而"声名一日震耀海内"（《清真先生文集序》），擢太学正。元祐二年（1087）出庐州（今安徽合肥）教授，次年徙荆州，元祐八年（1093）知溧水县，绍圣四年（1097）还朝，任国子监住簿，次年，哲宗召见崇政殿，使诵前赋，除秘书省正字。徽宗朝，历校书郎、考功员外郎、卫尉宗正少卿兼议礼局检讨。其后受他人牵连而外任，辗转顺昌、处州、南京等地。其间于政和六年（1116），入为秘书监，进徽猷阁待制提举大晟府。卒，赠宣奉大夫。周邦彦精通音律，创作了不少新词调。作品多写闺情、羁旅，也有咏物之作。格律谨严，语言典丽精雅，长调尤善铺叙，为后来格律派词人所宗。旧时词论称他为"词家之冠"。有《片玉集》（又名《清真集》）。

## 兰陵王

### 柳

**【题解】**这是一首送别词，名为咏柳，实写别情，其中还寄托了词人官宦失意与身世飘零的喟叹。

　　柳阴直，烟里丝丝弄碧。隋堤上[1]、曾见几番，拂水飘绵送行色[2]。登临望故国，谁识京华倦客[3]？长亭路，年去岁来，应折柔条过千尺。

　　闲寻旧踪迹，又酒趁哀弦[4]，灯照离席。梨花榆火催寒食[5]。愁一箭风快，半篙波暖，回头迢递便数驿，望人在天北。　　凄恻，恨堆积！渐别浦萦回[6]，津堠岑寂[7]，斜阳冉冉春无极。念月榭携手[8]，露桥闻笛。沉思前事，似梦里，泪暗滴。

**中华书局孙虹校注薛瑞生订补本《清真集校注》卷上**

**【注释】**

　　[1] 隋堤：汴河之堤，隋炀帝时所修。[2] 飘绵：指柳絮随风飘扬。[3] 京华：京师。[4] 趁：逐，追随。[5] 榆火：朝廷于清明节取榆、柳之火以赐百官。[6] 别浦：水流分支的地方。[7] 津堠：码头上守望的地方。津，渡口。堠，哨所。[8] 月榭：月光下的楼台。

**【审美点评】**

　　弄碧的烟柳（"柳"与"留"谐音）、催寒食的梨花（"梨"与"离"谐音）所构成的无极之春，与冉冉的斜阳一起形成了一种凄美的意境。

# 苏幕遮

　　**【题解】** 此词作于词人在京任职时。词以写雨后风荷为中心，引入故乡归梦，表达思乡之情。

　　燎沉香[1]，消溽暑[2]。鸟雀呼晴，侵晓窥檐语[3]。叶上初阳干宿雨[4]，水面清圆[5]，一一风荷举[6]。　　故乡遥，何日去？家住吴门[7]，久作长安旅[8]。五月渔郎相忆否。小楫轻舟，梦入芙蓉浦[9]。

**中华书局孙虹校注薛瑞生订补本《清真集校注》卷上**

**【注释】**

　　[1] 燎：烧。沉香：一种名贵香料，置水中则下沉，故又名沉水香，其香味可辟恶气。[2] 溽（rù）暑：潮湿的暑气。溽，湿润潮湿。[3] 侵晓：快天亮的时候。侵，渐近。窥檐语：在屋檐下窥伺着，互作鸣答。[4] 宿雨：昨夜下的雨。[5] 清圆：清润圆正。[6] 举：擎起。[7] 吴门：古吴县城亦称吴门，即今之江苏苏州，此处以吴门泛指江南一带。[8] 长安：原指今西安，

唐以前此地久作都城，故后世每借指京都。词中借指汴京。[9] 芙蓉浦：有荷花的水边。词中指杭州西湖。

**【审美点评】**

"叶上"三句为词中名句，国学大师王国维评："此真能得荷之神理者。"（《人间词话》）词人之所以睹荷生情，把荷花写得如此逼真形象，玲珑可爱，是因为他的故乡江南就是芙蓉遍地。

# 六 丑

落花[1]

**【题解】** 此词咏写对蔷薇的怜惜并表现伤春之情，寄寓了作者的身世飘零之感。

正单衣试酒[2]，怅客里[3]、光阴虚掷。愿春暂留，春归如过翼[4]，一去无迹。为问家何在[5]？夜来风雨，葬楚宫倾国[6]。钗钿堕处遗香泽[7]，乱点桃蹊，轻翻柳陌。多情为谁追惜[8]？但蜂媒蝶使，时叩窗隔[9]。 　　东园岑寂，渐蒙笼暗碧[10]。静绕珍丛底[11]，成叹息。长条故惹行客，似牵衣待话，别情无极。残英小、强簪巾帻[12]。终不似一朵，钗头颤袅，向人欹侧[13]。漂流处、莫趁潮汐[14]。恐断红、尚有相思字[15]，何由见得？

**中华书局孙虹校注薛瑞生订补本《清真集校注》卷上**

**【注释】**

[1] 落花：一名"蔷薇谢后作"。[2] 试酒：唐宋时夏历三四月间有品尝新酒的习俗。[3] 怅：原本作"恨"，据别本改。[4] 过翼：掠过的飞鸟。[5] 家：原本作"花"，据别本改。[6] 楚宫倾国：楚王宫里的美女。词中代指蔷薇花。[7] 钗钿：妇女头上的装饰物，此处比喻掉落的花瓣。[8] 为谁：有谁。为，原本作"最"，据别本改。[9] 窗隔：指作者的窗子。隔，一作槅。[10] 蒙笼暗碧：树叶成荫，一片深绿。[11] 珍丛：凋零的蔷薇花丛。[12] 强簪巾帻：勉强插在头巾上。[13] 欹侧：原本作"倚侧"，据别本改，倾斜之意。[14] 漂流处、莫趁潮汐：劝落花不要随水而去。[15] 恐断红、尚有相思字：唐卢渥到长安应试，拾得御沟漂出的红叶，上有宫女题诗。后娶遣放宫女为妻，恰好是题诗者。见范摅《云溪友议》卷下。

**【审美点评】**

春天就像天空中掠过的飞鸟，一去无迹，人的青春又何尝不是如此？在感伤的同时作者又在词的结尾对落花发出"莫趁潮汐"的殷勤嘱咐，这种嘱咐似乎也在告诫着世人：不必为青春逝去而惋惜，华年不再的未来亦可以有美好的生活，就像红叶题诗的主人公一样。

## 蝶恋花

秋思[1]

【题解】此词写离情，描述了行者在秋季离家时与女主人公难舍难分的情景。

月皎惊乌栖不定，更漏将残[2]，辘轳牵金井[3]。唤起两眸清炯炯[4]，泪花落枕红绵冷[5]。　　执手霜风吹鬓影，去意徊徨，别语愁难听。楼上阑干横斗柄[6]，露寒人远鸡相应。

中华书局孙虹校注薛瑞生订补本《清真集校注》卷上

【注释】

[1] 秋思：一题作"早行"。[2] 残：原本作"阑"，据别本改。[3] 辘轳：用于井上汲水之具。一作"轳辘（lì lù）"，义同。金井：井的美称。[4] 炯炯：明亮闪光貌。[5] 红绵：作枕心用的红色丝绵。[6] 斗柄：北斗七星的第五至第七的三颗星像古代酌酒所用的斗把，叫作斗柄。

【审美点评】

眼睛是心灵的窗户，女主人公"双眸"的"清炯炯"暗示出其通宵不眠流泪不已的情态，渲染出离别之苦。

# 朱敦儒

朱敦儒（1081—1159），字希真，号岩壑老人，又称伊水老人、洛川先生，洛阳人。早年隐居故里，过着自由自在、放纵不羁的生活。高宗绍兴二年（1132），始应召入朝，赐进士出身，为秘书省正字，擢兵部郎中，迁两浙东路提点刑狱。秦桧为相时，任鸿胪少卿；桧死，遭罢免。其词表现出一生行藏出处、心态情感变化。早年生活放荡，词风婉丽明快。中年逢北方沦陷，国破家亡，多感怀忧愤之作，词风悲壮慷慨。晚年隐居山林，词多描写自然景色与自己闲适的生活，词风清疏晓畅。有词集《樵歌》（一名《太平樵唱》）。

# 鹧鸪天

西都作[1]

【题解】此词当是他由汴京返回洛阳后写下的明志之作，抒写了作者放浪山水，傲视王侯的情怀。

我是清都山水郎[2]，天教懒慢带疏狂。曾批给露支风敕[3]，累奏留云借月章。　诗万首，醉千场，几曾著眼看侯王。玉楼金阙慵归去[4]，且插梅花醉洛阳。

上海古籍出版社版邓子勉校注《樵歌》卷上

【注释】

[1] 西都：指北宋的西京洛阳。[2] 清都：道家传谓紫薇天帝的居所，《列子·周穆王》："王实以为清都紫薇，均天广乐，帝之所居"。山水郎：作者虚构出来管理山水的神官。[3] 敕：皇帝的诏令。[4] 玉楼金阙：指神仙居住的楼阁宫殿。

【审美点评】

"几曾著眼看侯王"，这是词人鄙夷权贵的傲人风骨，令人敬佩；"且插梅花醉洛阳"，这是词人悠闲自在的潇洒风神，令人艳羡。

# 相见欢

【题解】这首词作于作者南下避乱、途经金陵时，词中抒发了对国家丧乱的感伤。

金陵城上西楼[1]，倚清秋。万里夕阳垂地、大江流。　中原乱[2]，簪缨散[3]。几时收？试倩悲风吹泪、过扬州[4]。

上海古籍出版社版邓子勉校注《樵歌》卷下

【注释】

[1] 金陵：即南京。[2] 中原乱：指1127年，金兵南侵，汴京陷落，徽、钦二帝被掳北上事。[3] 簪缨散：指仕族逃散流亡。簪缨，指仕宦冠服。[4] 倩（qiàn）：请托。扬州：时处于宋金对峙前方，屡受金兵进犯，建炎三年（1130）几被焚烧破坏殆尽。

**【审美点评】**

词以"万里夕阳垂地"为背景，以"大江流"为中心，描绘出一幅带有悲壮色彩的黄昏之景。这种景色与词人伤世念乱、慷慨无限的情感相呼应，形成悲壮慷慨的风格。

# 好事近

## 渔父词

**【题解】** 此词作于绍兴十九年（1149）朱敦儒致仕后，作品描写自己世外桃源般的生活，反映其远离现实的思想。

摇首出红尘[1]，醒醉更无时节。活计绿蓑青笠[2]，惯披霜冲雪[3]。晚来风定钓丝闲，上下是新月。千里水天一色，看孤鸿明灭。

上海古籍出版社版邓子勉校注《樵歌》卷中

**【注释】**

[1] 红尘：尘世，此处指官场。[2] 活计：一作"生计"，义同。[3] "惯披霜"句：意即在风霜雪雨中垂钓，语出柳宗元《江雪》："孤舟蓑笠翁，独钓寒江雪。"

**【审美点评】**

在"千里水天一色"的大背景下，一只"孤鸿"时隐时现，构成了一幅动静结合、有声有色的画面。而这只孤鸿亦是词人自我的象征，孤鸿的明灭代表词人已完全融入到了自然之中，从而产生出人与自然的和谐之美。

# 李清照

李清照（1084—1155?），济南章丘（今属山东）人，号易安居士。父亲李格非是著名散文家，苏门后四学士之一。早期生活优裕，18岁时，与吏部侍郎赵挺之幼子赵明诚结婚。婚后二人共同致力于书画金石的搜集整理。金灭北宋，李清照举家南渡，两年之后，赵明诚病逝于金陵。李清照晚年孤独一身，漂泊各地，境况悲惨。李清照工诗能文，词为宋代一大家，其词前期多写其悠闲生活，后期多悲叹身世，情调感伤，也流露出对中原的怀念。词论强调协律，崇尚典雅，提出词"别是一家"之说。有《漱玉词》。

# 渔家傲

**【题解】** 这是李清照早期的一首词。作品赞美梅花秀丽、高洁、孤傲的品格，也是少女李清照卓然独立、桀骜不驯性格的写照。

雪里已知春信至[1]，寒梅点缀琼枝腻[2]。香脸半开娇旖旎[3]，当庭际，玉人浴出新妆洗[4]。　　造化可能偏有意，故教明月玲珑地。共赏金尊沉绿蚁[5]，莫辞醉，此花不与群花比。

**人民文学出版社版王仲闻《李清照集校注》卷一**

**【注释】**
[2] 春信：春天的信息。[2] 琼枝：覆雪悬冰的梅枝。[3] 旖旎（yǐ nǐ）：柔美、婀娜多姿的样子。[4] 玉人：美人。[5] 绿蚁：酒面的浮沫。白居易《问刘十九》："绿蚁新醅酒，红泥小火炉。"

**【审美点评】**
"此花不与群花比"，这是李清照非凡的自信，它也启示后人：要时刻保持自信的人生态度。自信是一种积极的自我评价，也是成功的基石。

# 一剪梅

**【题解】** 这首词一题作"秋别"或"闺思"。伊世珍《琅嬛记》载："易安结缡未久，明诚即负笈远游，易安殊不忍别，觅锦帕，书一剪梅词以送之。"词为怀人之作，写对远在他乡的丈夫赵明诚的思念之情。

红藕香残玉簟秋[1]，轻解罗裳，独上兰舟。云中谁寄锦书来[2]？雁字回时[3]，月满西楼[4]。　　花自飘零水自流。一种相思，两处闲愁。此情无计可消除，才下眉头，却上心头。

**人民文学出版社版王仲闻《李清照集校注》卷一**

**【注释】**
[1] 红藕：红色的荷花。玉簟：精美的竹席。[2] 锦书：书信的美称。[3] 雁字：雁在空中

飞行时常排成"一"或"人"字形,故称。

**【审美点评】**

"此情无计可消除,才下眉头,却上心头"几句构思精巧,用动态的描绘,把深藏在心中、总是放不下的思念之情,形象生动地表达了出来。

# 醉花阴

**【题解】** 这首词一题作"重阳",当作于南下之前。词人叙写重阳当日的情事,抒发佳节怀人的情思。

薄雾浓云愁永昼,瑞脑消金兽[1]。佳节又重阳,玉枕纱厨[2],半夜凉初透。　　东篱把酒黄昏后[3],有暗香盈袖。莫道不销魂,帘卷西风,人比黄花瘦[4]。

人民文学出版社版王仲闻《李清照集校注》卷一

**【注释】**

[1] 瑞脑:一种香料,俗称冰片。金兽:兽形的铜香炉。[2] 纱厨:纱帐。[3] 东篱:泛指采菊之地,取自陶渊明《饮酒》诗:"采菊东篱下。"[4] 比:原本作"似",据别本改。

**【审美点评】**

词最后三句运用比喻,巧妙地表达了思念之情,成为千古名句。伊世珍《琅嬛记》载:"易安以重阳《醉花阴》词函致赵明诚。明诚叹赏,自愧弗逮,务欲胜之。一切谢客,忘食忘寝者三日夜,得五十阕,杂易安作以示友人陆德夫。德夫玩之再三,曰:'只三句绝佳。'明诚诘之。答曰:'莫道不销魂,帘卷西风,人比黄花瘦。'正易安作也。"

# 武陵春

**【题解】** 此词当作于绍兴五年(1135)三月。抒发作者在经历了国破家亡之后,哀莫大于心死之叹。

风住尘香花已尽,日晚倦梳头。物是人非事事休,欲语泪先流。闻说双溪春尚好[1],也拟泛轻舟。只恐双溪舴艋舟[2],载不动、许多愁。

人民文学出版社版王仲闻《李清照集校注》卷一

**【注释】**

[1] 双溪：江名，在浙江金华。原为两条江，至金华合而为一，故名。[2] 舴艋（zé měng）舟：舴艋形的小舟。唐张志和《渔父》词："舴艋为舟力几多，江头雪雨半相和。"

**【审美点评】**

经历了国破家亡的李清照此时内心的愁绪已不再是为赋新词而强说之愁，它发自心底，无比巨大，无比沉重，可以说任何有形的事物都无法完全表达出这种愁绪。"只恐"三句以有形之物作比，同时又突破了有形，巧妙地表达出了这种愁绪。

# 声声慢

**【题解】**此词一题作"秋情"，当作于赵明诚去世后。作品形象地描绘出残秋的萧瑟景象，抒发了词人饱经忧患、家破人亡之后的悲痛。

寻寻觅觅，冷冷清清，凄凄惨惨戚戚[1]。乍暖还寒时候[2]，最难将息[3]。三杯两盏淡酒，怎敌他、晚来风急！雁过也，正伤心，却是旧时相识。　　满地黄花堆积。憔悴损，如今有谁堪摘？守着窗儿，独自怎生得黑[4]。梧桐更兼细雨，到黄昏，点点滴滴。这次第[5]，怎一个愁字了得。

人民文学出版社版王仲闻《李清照集校注》卷一

**【注释】**

[1] 凄凄惨惨戚戚：凄凉，悲伤，忧愁。[2] 乍暖还寒：天气初返暖，又归于寒冷，指天气变化无常。[3] 将息：调养，休息，唐宋方言。唐王建《留别张广文》："千万求方好将息，杏花寒食约同行。"[4] 怎生：怎么。生，语助词。[5] 次第：情形，光景。

**【审美点评】**

开篇十四个叠字，堪称妙笔。"寻寻觅觅"是人的动作、神态；"冷冷清清"是环境的凄凉；"凄凄惨惨戚戚"是内心巨大的伤痛。这三句由表及里，层层递进，传神地表达了李清照遭遇国破家亡的无限悲愁。

# 永遇乐

## 元　宵

**【题解】**此词一题作"秋情"，当为李清照晚年作品，作品抒写了词人饱经忧患和离乱的晚年生活，隐含着历史的兴衰巨变和个人身世沉浮之感。

　　落日熔金[1]，暮云合璧[2]，人在何处？染柳烟浓，吹梅笛怨[3]，春意知几许？元宵佳节，融和天气，次第岂无风雨[4]？来相召、香车宝马，谢他酒朋诗侣。　　中州盛日[5]，闺门多暇[6]，记得偏重三五[7]。铺翠冠儿[8]，捻金雪柳[9]，簇带争济楚[10]。如今憔悴，风鬟雾鬓[11]，怕见夜间出去[12]。不如向、帘儿底下，听人笑语。

人民文学出版社版王仲闻《李清照集校注》卷一

**【注释】**

[1] 落日熔金：夕阳带着一抹金黄，那耀眼的光芒就像正在燃烧的金子一样。[2] 暮云合璧：黄昏时的云彩连成一片，就像是一块块璧玉连缀成的。璧，圆形而中间有孔的玉。[3] 吹梅笛怨：笛吹奏出《梅花落》的凄凉悲怨的曲调。[4] 次第：这里指接连而来的事情。[5] 中州：古代中国有九州，河南地处九州的中心，故称中州。这里指北宋都城汴京。[6] 闺门：这里指代妇女们。[7] 三五：阴历正月十五日，为元宵节。[8] 铺翠冠儿：用翡翠装饰帽子。[9] 捻金雪柳：用捻成的金线装饰雪柳。雪柳，用素绢白纸搓成的柳枝状装饰物。[10] 簇带：插戴很多。宋代俗语。带，通"戴"。济楚：整齐漂亮。[11] 风鬟雾鬓：形容头发凌乱。[12] 怕见：懒得。

**【审美点评】**

一幅"夕阳无限好"的图景却蕴含了词人欲说还休的悲愤和哀痛，昔时元宵佳节的繁盛映衬着今时之凄惶落寞，这怎能不令人黯然神伤！宋末刘辰翁就曾说："余自乙亥上元，诵李易安《永遇乐》，为之涕下。今三年，每闻此词，辄不自堪。"（《须溪词》）

# 陈与义

　　陈与义（1090—1138），字去非，号简斋，洛阳人。宋徽宗政和三年（1113）以太学上舍甲科入仕，任开德府教授、太学博士等职。南渡后历任吏部侍郎、翰林学士等职，官至参知政事。陈与义是江西诗派"三宗"之一，诗尊杜甫，又推重苏轼、黄庭坚及陈师道。其诗较成功的是爱国主题的作品，诗风雄浑深沉。有《简斋集》。

# 伤 春

**【题解】** 此诗作于建炎三年（1129）冬，当时诗人因金兵入侵而流落在湖南。作品表达了对国家命运的深重忧患。

庙堂无策可平戎，坐使甘泉照夕烽[1]。初怪上都闻战马[2]，岂知穷海看飞龙[3]。孤臣霜发三千丈，每岁烟花一万重[4]。稍喜长沙向延阁[5]，疲兵敢犯犬羊锋[6]。

上海古籍出版社白敦仁《陈与义集校笺》卷二六

**【注释】**

[1] 夕烽：夜里报警的烽火。[2] 上都：指南京（商丘），这时南宋还没有建都临安。[3] 穷海：偏远的海外。飞龙：指皇帝。[4] 烟花：春花烂漫。[5] 向延阁：名子諲，当时做长沙太守。金兵南下时，曾率领军民抵抗，阻止了金兵的攻势。延阁原是宫廷藏书之所。子諲曾做过秘阁直学士，汉朝史官称为延阁，所以借来称呼他。[6] 犬羊：对金兵的鄙称。

**【审美点评】**

"孤臣"二句，出句写伤，对句写春，由"每岁烟花一万重"的春，引起"孤臣霜发三千丈"的伤。这种乐景写哀的方式，使哀愁加倍。

# 牡 丹

**【题解】** 此诗作于绍兴六年（1136）。作品抒写因看牡丹引起的思乡之情，表达自己真挚强烈的伤时忧国之情。

一自胡尘入汉关[1]，十年伊洛路漫漫[2]。青墩溪畔龙钟客[3]，独立东风看牡丹。

上海古籍出版社白敦仁《陈与义集校笺》卷三○

**【注释】**

[1] 一自：自从。胡尘：指金兵。入汉关：指入侵中原。[2] 十年：从靖康二年（1126）金兵攻陷汴京到诗人作此诗时整整十年。伊洛：河南的伊水和洛水。《国语·周语》云："昔伊洛竭而复之。"[3] 青墩溪：在浙江桐乡北的青墩镇边，到宋光宗赵惇时，因避"惇"字讳，乃称青镇。龙钟客：诗人自称。龙钟，老态。时诗人四十七岁，却有老态之感。

**【审美点评】**

迟暮之年，身在异乡，却看到了十分熟悉的故乡名花，心中的感慨可以想见，对故乡的怀念，对金兵的仇恨，亦成为强烈的弦外之音。"用诗深隐处，读者抚卷茫然、不暇究索。"（楼钥《简斋诗笺叙》）

# 张元干

张元干（1091—1161），字仲宗，号芦川居士，又号真隐山人，永福（今福建永泰）人，一说长乐（今福建长乐）人。政和初，为太学上舍生。靖康元年，金人入侵，张元干为李纲幕府的僚属，积极支持李纲抗金，反对朝廷议和，也因此而获罪。绍兴元年（1131），因不愿与奸臣秦桧同朝，致仕还乡，先后闲居二十多年。绍兴二十一年，遭秦桧迫害，下狱被削籍。秦桧死后，张元干又出山，来到临安官舍。后客死异乡。张元干以词著称，早年多流连光景、相思怨别之类；南渡后词的内容阔大，多对国事发表见解和感触。有《芦川归来集》和《芦川词》。

## 贺新郎

### 送胡邦衡待制谪新州[1]

**【题解】** 这首词作于绍兴十二年（1142）七月。绍兴八年（1138），秦桧决策主和，向金屈膝投降。枢密院编修官胡铨上书反对和议，请斩秦桧等三人，并要求拘留金使，兴师问罪。结果，胡铨除名编观昭州，改监广州都盐仓。四年后，秦桧又策动谏官弹劾胡铨"饰非横议"，胡铨因之除名编管新州（今广东新兴）。途过福州时，张元干写下这首词为他送行。作品表现了作者对祖国山河沦陷的悲痛，对投降的愤怒，以及对友人不幸遭遇的深切同情。

梦绕神州路[2]，怅秋风，连营画角，故宫离黍[3]。底事昆仑倾砥柱，九地黄流乱注[4]，聚万落千村狐兔[5]？天意从来高难问，况人情、老易悲难诉[6]。更南浦[7]，送君去。　　凉生岸柳催残暑，耿斜河[8]，疏星淡月，断云微度。万里江山知何处？回首对床夜语[9]。雁不到，书成谁与。目尽青天怀今古，肯儿曹、恩怨相尔汝[10]！举大白[11]，听《金缕》[12]。

上海古籍出版社点校本《芦川归来集》卷五

**【注释】**

[1] 胡邦衡：胡铨，字邦衡，南宋主战派官员。待制：皇帝备以顾问的侍从官。[2] 神州：古时称中国为赤县神州。[3] 故宫离黍：指汴京城已经荒芜。故宫，指北宋故都汴京的宫殿。离黍，语出《诗经·王风》中《黍离》篇，诗中哀叹西周故都遍地都是禾黍，一片废弃的景象。[4]"底事"二句：暗示北宋王朝崩溃，金兵入侵给国家和人民带来了灾难。《神异经》："昆仑之山，有铜柱焉。其高入天，所谓天柱也。"《淮南子·天文训》："昔者共工与颛顼争为帝，怒而触不周之山，天柱折，地维绝。"底事，为什么。九地，遍地。黄流乱注，黄河水乱流，泛滥成灾。九地，一作"九陌"。[5] 狐兔：比喻金兵。[6]"天意"二句：是对南宋统治集团推行投降主义路线，逐渐丧失抗敌热情表示不满。杜甫《暮春江陵送马大卿公恩命追赴阙下》诗："天意高难问，人情老易悲。"这里化用其意。难诉，原本作"如许"，据别本改。[7] 南浦：泛指送别的地方。浦，水滨。[8] 耿：明亮。斜河：银河斜转，表示深夜。[9] 对床夜语：指知己朋友深夜谈心。白居易《雨中招张司业宿》诗："能来同宿否，听雨对床眠。"[10] 儿曹：小儿女辈。尔汝：彼此以你我相称，表示亲密，叫作尔汝交。韩愈《听颖师弹琴》诗："昵昵儿女语，恩怨相尔汝。"[11] 大白：酒杯名。[12] 金缕：即《贺新郎》。《贺新郎》词调又名《金缕曲》、《金缕衣》、《金缕词》、《金缕歌》。

**【审美点评】**

这首词打破了历来送别词的旧格调，把个人友情放在了民族危亡这样一个大背景中来咏叹，特别是词的结尾所表白的与友人共勉的磊落胸襟和远大的抱负，在当时的艰难困境中，是十分可贵的。清朝才子纪晓岚读后，把这首词视为《芦川词》的压卷之作，认为"慷慨悲凉，数百年后，尚想其抑塞磊落之气"。（《四库全书提要·集部·词曲类》）

# 岳 飞

岳飞（1103—1141），字鹏举，相州汤阴（今河南汤阴）人。岳飞出身农家，宣和四年（1122）应募入伍。南渡后，屡立战功，官至枢密副使。绍兴十一年（1142）十二月二十九日，秦桧以"莫须有"的罪名将岳飞毒死于临安大理寺狱中。1162年，宋孝宗时诏复官，谥武穆，宁宗时追封为鄂王，改谥忠武。岳飞留下的文学作品不多，却充满爱国激情，为人千古传诵。有《岳武穆集》。

## 满江红

**【题解】**这首词当作于绍兴初年，以直抒胸臆的形式表达了岳飞精忠报国、一腔热血的英雄气概。

怒发冲冠[1]，凭栏处、潇潇[2]雨歇。抬望眼，仰天长啸[3]，壮怀激烈。三十功名尘与土[4]，八千里路云和月[5]。莫等闲[6]，白了少年头，空悲切。　　靖康耻[7]，犹未雪；臣子恨，何时灭？驾长车，踏破贺兰山缺[8]。壮志饥餐胡虏肉，笑谈渴饮匈奴血。待从头，收拾旧山河，朝天阙。

商务印书馆版王云五主编《岳忠武王集》

**【注释】**

[1] 怒发冲冠：形容愤怒至极，头发竖了起来。[2] 潇潇：形容雨势急骤。[3] 长啸：感情激动时撮口发出清而长的声音，为古人的一种抒情举动。[4]"三十"句：年已三十，建立了一些功名，不过很微不足道。[5]"八千"句：形容南征北战、路途遥远、披星戴月。[6] 等闲：轻易，随便。[7] 靖康耻：宋钦宗靖康二年（1127 年），金兵攻陷汴京，掳走徽、钦二帝。[8] 贺兰山：贺兰山脉位于宁夏回族自治区与内蒙古自治区交界处，这里乃泛指北方的山岭。

**【审美点评】**

这是一首传诵千古的爱国名篇，通篇为爱国英雄真诚、壮烈的剖白，绝非大言书生的欺世之谈，因而感人至深。陈廷焯赞云："何等气概，何等志向！千载下读之，凛凛有生气焉"（《白雨斋词话》）。

# 张孝祥

张孝祥（1132—1170），字安国，号于湖居士，历阳乌江（今安徽和县）人，唐代诗人张继的七世孙。绍兴二十四年（1154）举进士第一，授承事郎，签书镇东军节度判官。历任秘书省正字、校书郎、尚书礼部员外郎、集英殿修撰、中书舍人、建康留守、荆南湖北路安抚使等职。张孝祥刚正不阿，力主北伐，曾因此被落职。张孝祥以词著称，兼擅诗文。其词早期多清丽婉约之作，南渡后转为慷慨悲凉，多抒发爱国思想，激昂奔放，风格骏发踔厉，自成一家。有《于湖居士文集》、《于湖词》。

## 六州歌头

**【题解】**宋孝宗隆兴元年（1163），南宋北伐失败，朝廷主和派得势，通使与金议和。在建康留守的张孝祥愤慨时事，写下了这首词。作品描写了中原沦陷区的凄凉景象和敌人的骄纵横行，抒发了自己报国之志抑郁不得实现的感慨，同时对盼望南宋北伐的中原父老给予了深切的同情。

长淮[1]望断，关塞莽然平[2]。征尘暗，霜风劲，悄边声。黯销凝[3]。追想当年事[4]，殆天数，非人力，洙泗上，弦歌地，亦膻腥[5]。隔水毡乡[6]，落日牛羊下，区脱纵横[7]。看名王宵猎[8]，骑火一川明。笳鼓悲鸣，遣人惊。　　念腰间箭，匣中剑，空埃蠹[9]，竟何成。时易失，心徒壮，岁将零。渺神京[10]。干羽方怀远[11]，静烽燧[12]，且休兵。冠盖使[13]，纷驰骛[14]，若为情[15]？闻道中原遗老，常南望、翠葆霓旌[16]。使行人到此，忠愤气填膺，有泪如倾。

上海古籍出版社版聂世美校点《于湖词》卷一

**【注释】**

[1] 长淮：即淮河。宋、金隔淮水相持，故以淮水为关塞。[2] 莽然：苍莽，广远貌。[3] 黯销凝：伤感出神。[4] 当年事：指1127年中原沦陷，宋徽宗、钦宗被掳之事。[5] “洙泗上”三句：感慨礼乐之邦陷于敌手。洙泗，洙、泗二水在山东境内，孔子设教于曲阜，故有“弦歌地”之语。膻腥，牛羊的腥膻气。喻指金人已占领洙泗之地。[6] 毡乡：北方少数民族居住在毡毛帐篷里，故称为“毡乡”。[7] 区（ōu）脱：汉时匈奴筑以守边的土塞。此指金人边境防守的房子。[8] 名王：匈奴王，此借指金主。宵猎：夜间打猎。[9] 埃蠹：指宝剑长期不用，积满灰尘，剑鞘也被虫蛀蚀了。[10] 神京：指京城汴京。[11] 干羽：干、羽都是古代舞者手拿的舞具。干，木盾。羽，旗帜。[12] 烽燧：古代边境上用来报告紧急敌情的烽火。[13] 冠盖使：指朝廷派遣向金求和的使臣。[14] 驰骛：奔走。[15] 若为情：何以为情。[16] 翠葆霓旌：帝王用的仪仗。

**【审美点评】**

全词语调短促，多三字句，表现出激越悲壮的风格。陈廷焯《白雨斋词话》称其“淋漓痛快，笔饱墨酣，读之令人起舞”。相传此词是在一个宴会上作的，当时都督江、淮兵马的主战派将领张浚读后深为感动，竟为之罢席而入（宋无名氏《朝野遗记》）。

# 念奴娇

## 过洞庭

**【题解】**这首词是宋孝宗乾道二年（1166）张孝祥被谗言落职，从桂林北归，在中秋前夕途经洞庭湖时所作。词的上阕写湖光月色交相辉映的壮丽自然景色，下阕借月光抒写词人怡然心会的坦荡胸怀和高洁情操。

　　洞庭青草[1]，近中秋、更无一点风色。玉鉴琼田三万顷[2]，着我扁舟一叶。素月分辉，明河共影[3]，表里俱澄澈[4]。悠然心会，妙处难与君说。　　应念岭表经年[5]，孤光自照[6]，肝肺皆冰雪。短发萧骚襟袖冷[7]，稳泛沧浪空阔。尽挹西江[8]，细斟北斗[9]，万象为宾客[10]。扣舷独啸[11]，不知今夕何夕。

上海古籍出版社版聂世美校点《于湖词》卷一

**【注释】**

[1] 青草：湖名。在洞庭湖南，与洞庭湖相连。[2] 玉鉴琼田：指月光照耀下的洞庭湖像玉铺成的三万顷田地。[3] 明河：银河。[4] 表里：这里指上下。[5] 岭表经年：张孝祥于宋乾道元年（1165）七月至桂林知静江府，次年六月罢静江府，离桂林回北方，正好一年。表，原本作"海"，据别本改。[6] 孤光：此指月亮。[7] 萧骚：一作"萧疏"，象声词，这里指寒风吹动稀疏的头发作响。[8] 尽挹（yì）西江：把长江的水当作酒来喝。挹，原本作"吸"，据别本改。西江，长江来自西边，故称。[9] 细斟北斗：把北斗星当作舀酒勺子。[10] 万象：指天上的星辰。[11] 啸：原本作"笑"，据别本改。

**【审美点评】**

　　词人以"肝肺皆冰雪"来表示自己的高洁忠贞；用吸江酌斗，宾客万象的豪迈气概来回答小人的谗害，显示了高尚的品格，也使词作具有浓厚的浪漫主义色彩。南宋的学者魏了翁为此词作跋云："张于湖有英姿奇气，著之湖湘间，未为不遇。洞庭所赋，在集中最为奇特。"（《跋张于湖念奴娇词真迹》）

# 范成大

　　范成大（1126—1193），字致能，号石湖居士，吴郡（今江苏苏州）人。绍兴二十四年（1154）进士，历任处州知府、知静江府兼广南西道安抚使、四川制置使、参知政事等职。宋孝宗乾道六年（1170）曾奉命使金，坚强不屈，险遭杀害。晚年退居故乡石湖。范成大是南宋"中兴四大家"之一，其诗题材广泛，其中价值最高的是使金纪行诗和田园诗。有《石湖居士诗集》。

# 州 桥

【题解】孝宗乾道六年，范成大奉命出使金国，将沿途所见所感写成 72 首绝句，《州桥》是其中一首。作者以白描手法，撷取了一个特写镜头，表现了沦陷区人民盼望光复的殷切心情，委婉地流露了作者对议和政策的不满。州桥，正名天汉桥，在汴梁（今河南开封）宣德门和朱雀门之间，横跨汴河。

南望朱雀门[1]，北望宣德楼[2]，皆旧御路也。

州桥南北是天街[3]，父老年年等驾回[4]。忍泪失声询使者[5]："几时真有六军来[6]?"

人民文学出版社版周汝昌选注《范成大诗选》

【注释】

[1] 朱雀门：汴京的正南门。[2] 宣德楼：宫城的正门楼。[3] 天街：京城的街道叫天街，这里说州桥南北街，是指当年北宋皇帝车驾行经的御道。[4] 父老：指汴梁的百姓。[5] 失声：哭不成声。[6] 六军：古时规定，一军为一万二千五百人，王者有六军。这里说的是宋朝官军。

【审美点评】

诗抓住了"等"和"询"两个典型细节，将感情倾注于其中。父老强烈的愿望和痛苦的心情融于"等"字中。而含泪失声的"询"则惟妙惟肖地描绘出父老的神情。

## 四时田园杂兴（六十首选四）

【题解】《四时田园杂兴》是作者于孝宗淳熙十三年（1186）在石湖养病时创作的一组田家诗，分春日、晚春、夏日、秋日、冬日五部分，每部分各十二首，共六十首。诗歌描写了农村春、夏、秋、冬四个季节的景色和农民的生活，同时也反映了农民遭受的剥削以及生活的困苦。

淳熙丙午[1]，沉疴少纾[2]，复至石湖旧隐，野外即事，辄书一绝，终岁得六十篇，号《四时田园杂兴》。

土膏欲动雨频催[3]，万草千花一饷开[4]。舍后荒畦犹绿秀[5]，邻家鞭笋过墙来[6]。

昼出耘田夜绩麻[7]，村庄儿女各当家[8]。童孙未解供耕织[9]，也傍桑阴学种瓜。

采菱辛苦废犁锄，血指流丹鬼质枯[10]。无力买田聊种水[11]，近来湖面亦收租。

新筑场泥镜面平，家家打稻趁霜晴。笑歌声里轻雷动，一夜连枷响到明[12]。

人民文学出版社版周汝昌选注《范成大诗选》

**【注释】**

[1] 淳熙丙午：即淳熙十三年。[2] 沉疴（kē）少纾：重病略轻。[3] 土膏：土地中的膏泽，即土地的肥力。[4] 一饷：片刻。饷，通"晌"。[5] 绿秀：此句是说屋后的荒地里也增添了新的绿意。[6] 鞭笋：竹根上的新芽。《本草纲目》："土人于竹根行鞭时掘取嫩者，谓之鞭笋。"[7] 绩麻：把麻搓成线。[8] 各当家：各人都担任一定的工作。[9] 供：从事，参加。[10] 流丹：流血，指整天采菱，双手被扎得鲜血淋淋。鬼质枯：瘦得不像人了。[11] 种水：种菱。[12] 连枷：打稻脱粒的农具。

**【审美点评】**

"也傍桑阴学种瓜"，这是农村儿童的天真情趣，表现了农村生活恬然舒适的一面。但这并不是农村生活的全部，"采菱辛苦废犁锄"一诗就写出了农民的苦难，尤其是"近来湖面亦收租"一句，把这种苦难渲染到了极致。

# 杨万里

杨万里（1127—1206），字廷秀，号诚斋，吉水（今属江西）人。绍兴二十四年（1154）进士，授赣州司户，后调任永州零陵县丞，历任太常博士、秘书监、江东转运副使等职，后出知漳州、常州。宋光宗时（1187）召为秘书少监。晚年家居15年，朝廷几次召他赴京，均辞而不往。因不满韩侂胄专权，幽愤成疾而死。诗与尤袤、范成大、陆游齐名，称"中兴四大诗人"。其诗活泼自然，饶有谐趣，自成一家，当时称为杨诚斋体。有《诚斋集》。

## 插秧歌

**【题解】**此词作于淳熙六年（1179），作品描绘了一幅农家总动员、雨中抢插秧苗的风俗图画。

　　田夫抛秧田妇接[1]，小儿拔秧大儿插。笠是兜鍪蓑是甲[2]，雨从头上湿到胛[3]。唤渠朝餐歇半霎[4]，低头折腰只不答。秧根未牢莳未匝[5]，照管鹅儿与雏鸭。

中华书局版辛更儒《杨万里集笺校》卷一三

**【注释】**

　　[1] 抛秧：插秧前，须将秧苗从秧畦拔出，捆成小捆，扔进稻田，叫作抛秧。[2] 兜鍪(móu)：古代打仗所用的头盔。[3] 胛：肩胛骨。这里指肩膀。[4] 渠：他，代词。半霎：很短的时间。[5] 莳(shì)：移栽植物。这里指插秧。匝：满。未匝，指这块田里还没有栽插完毕。

**【审美点评】**

　　这首诗是从农村普遍存在的景物环境中，从农民丰富多彩的劳动生活气息里撷取来的镜头，用通俗、质朴的语言写出，却又不失耐人寻味的新鲜之意和活泼之趣，这正是杨万里诗的一大特色。

# 初入淮河四绝句 （选二）

　　**【题解】** 淳熙十六年（1189）冬，杨万里奉命北上迎接金朝使者，行到作为宋金分界线的淮河时，感慨而作。诗歌写山河被割裂、人民被隔离的现实，抒发心头的沉痛之情。这里是第一、四两首。

　　船离洪泽岸头沙[1]，人到淮河意不佳。何必桑乾方是远[2]，中流以北即天涯[3]。

　　中原父老莫空谈[4]，逢着王人诉不堪[5]。却是归鸿不能语，一年一度到江南。

中华书局版辛更儒《杨万里集笺校》卷二七

**【注释】**

　　[1] 洪泽：湖名，在今江苏与安徽之间，与淮河相通。[2] 桑乾：永定河上游。桑乾河流域已沦入金人之手。[3] 中流：指淮河的中流线，为宋、金的分界线。[4]"中原"句：此为反话，意谓中原父老不要向宋朝使臣诉说盼望恢复的话，因为南宋朝廷并无北上抗金的决心，这些诉说只能成为空谈。[5] 王人：皇帝的使者。

**【审美点评】**

"却是归鸿不能语，一年一度到江南。"两句借羡慕鸿雁之南归，含蓄地表达出遗民们对故国的眷恋，真是含不尽之意于言外，体现了诗歌语言的蕴藉美。

## 桑茶坑道中

**【题解】**此诗作于诗人任职江东期间，原作有八首，所选为其中的第七首。诗歌写出了乡村生活恬然淳朴的情趣。桑茶坑，在安徽泾县。

晴明风日雨干时，草满花堤水满溪。童子柳阴眠正着，一牛吃过柳阴西。

中华书局版辛更儒《杨万里集笺校》卷三四

**【审美点评】**

"童子柳阴眠正着，一牛吃过柳阴西。"牧童的静和牛儿的动构成了一幅和谐自然的图画，有一种原始朴素的美感。

# 陆　游

陆游（1125—1210），字务观，号放翁，山阴（今浙江绍兴）人。生当北宋灭亡之际，早年过着颠沛流离的生活。绍兴二十三年（1153），赴临安应锁厅试，名列第一，因居于秦桧孙子之前，又喜论恢复，为秦桧所黜。孝宗即位，赐进士出身，曾任镇江、隆兴通判。乾道六年（1170）入蜀，任夔州通判。乾道八年，入四川宣抚使王炎幕府，投身军旅生活。后为四川制置使范成大幕僚，因人讥其颓放，便自号放翁。淳熙五年（1178）起，到福州、江西去做了两任提举常平茶盐公事。不久便因触犯当道，以"擅权"罪名罢职还乡。62岁时，被重新起用为严州（今浙江建德）知州。晚年退居家乡，收复中原之信念始终不渝。陆游是"中兴四大家"之一，其诗内容极为广泛，几乎涵盖了当时生活的各个方面，其中最重要的是爱国主题和日常生活情景的吟咏。风格雄浑豪健。亦能词。有《剑南诗稿》、《渭南文集》。

## 游山西村

**【题解】**此诗写于乾道二年（1166），时诗人罢官闲居。"山西村"，指三山乡西边的村落。诗中赞美乡村优美的风景、古朴的习俗及村民的淳厚热诚，在赞美中也表达了对生活的反省和体悟，暗寓着对前途的乐观和信心。

莫笑农家腊酒浑[1]，丰年留客足鸡豚[2]。山重水复疑无路，柳暗花明又一村。箫鼓追随春社近[3]，衣冠简朴古风存[4]。从今若许闲乘月[5]，拄杖无时夜叩门[6]。

上海古籍出版社版钱仲联《剑南诗稿校注》卷一

**【注释】**

[1] 腊酒：腊月里酿造的酒。浑：浑浊，表示酒的质地不纯。[2] 足鸡豚（tún）：意思是准备了丰盛的菜肴。[3] 箫鼓：吹箫打鼓。春社：古代把立春后第五个戊日作为春社日，拜祭社公（土地神）和五谷神，祈求丰收。[4] 古风存：保留着淳朴古代风俗。[5] 若许：如果这样。闲乘月：有空闲时趁着月光前来。[6] 无时：没有一定的时间，即随时。

**【审美点评】**

"山重"二句写景中蕴含哲理，用来说明困境中仍然蕴含着希望。这不仅反映了诗人对前途的乐观，也道出了世间事物消长变化的哲理，体现了宋诗特有的理趣。

# 剑门道中遇微雨

**【题解】** 乾道八年（1172）冬。陆游由南郑（今陕西汉中）调回成都，途经剑门山而作。作品表达了作者不甘心仅仅成为一名诗人而壮志未酬的心情。

衣上征尘杂酒痕，远游无处不消魂[1]。此身合是诗人未？细雨骑驴入剑门[2]。

上海古籍出版社版钱仲联《剑南诗稿校注》卷三

**【注释】**

[1] 消魂：心怀沮丧得好像丢了魂似的。形容非常悲伤或愁苦。[2] "此身"二句：唐代流传不少诗人骑驴的故事，如李白、杜甫、孟浩然、李贺、贾岛等，诗人郑綮说"诗思在灞桥风雪中驴子背上"（见计有功《唐诗纪事》卷六五引）。陆游自己在雨中骑驴，便自然而然地联想起了这些故事，于是向自己发问。合，应该。未，表示发问。

**【审美点评】**

作为一个诗人，陆游是成功的，他的许多作品至今仍广为传颂，然而这并不是陆游的至高理想，他更希望自己的才华体现在"征尘"上。这也启示着后人：一个人的理想只有和国家、民族的命运联系在一起才更具有价值。

# 金错刀行

【题解】此诗是陆游从军后于乾道九年（1173）任职于嘉州（今四川乐山）时所作。诗歌借金错刀来述怀言志，抒发了誓死抗金、"中国"必胜的壮烈情怀。金错刀，把和刀鞘镶嵌着黄金、白玉等纹饰的名贵的刀。

　　黄金错刀白玉装，夜穿窗扉出光芒。丈夫五十功未立，提刀独立顾八荒。京华结交尽奇士，意气相期共生死。千年史册耻无名，一片丹心报天子。尔来从军天汉滨[1]，南山晓雪玉嶙峋[2]。呜呼！楚虽三户能亡秦[3]，岂有堂堂中国空无人。

上海古籍出版社版钱仲联《剑南诗稿校注》卷四

【注释】
[1] 天汉：指汉水。[2] 南山：终南山。玉嶙峋：形容山石被雪覆盖，像玉一样洁白又重叠不平。[3] 楚虽三户：战国时秦以狡诈手段骗楚国割让土地，又骗楚怀王入关再割让土地，楚王拒绝，被扣留客死在秦。楚人愤慨，发誓报仇，当时有民谣："楚虽三户，亡秦必楚。"

【审美点评】
　　"楚虽三户能亡秦"，这一名言一方面代表了一种情绪化了的坚定信念，另一方面又不可思议地与历史演进的过程吻合。它先验而无比正确地预言了亡秦的真谛：即亡秦这一事业乃起于楚，又终成于楚。

# 长歌行

【题解】此诗作于淳熙元年（1174）秋，当时诗人在四川成都，表现杀敌立功的渴望，充满报国不遂的苦闷。

　　人生不作安期生[1]，醉入东海骑长鲸[2]；犹当出作李西平[3]，手枭逆贼清旧京[4]。金印煌煌未入手，白发种种来无情[5]。成都古寺卧秋晚，落日偏傍僧窗明。岂其马上破贼手，哦诗长作寒螿鸣[6]？兴来买尽市桥酒，大车磊落堆长瓶[7]；哀丝豪竹助剧饮[8]，如巨野受黄河倾[9]。平时一滴不入口，意气顿使千人惊。国仇未报壮士老，匣中宝剑夜有声[10]。

何当凯还宴将士，三更雪压飞狐城[11]！

上海古籍出版社版钱仲联《剑南诗稿校注》卷五

**【注释】**

[1] 安期生：传说中的古代仙人，住蓬莱山，卖药于东海边，秦始皇东游时曾和他交谈。[2] 骑长鲸：李白曾自称"海上骑鲸客"。[3] 李西平：即唐朝的李晟，曾远征吐蕃，骁勇有"万人敌"之称。德宗时因平定朱泚的叛乱、收复京师有功，封为西平王。[4] 枭：斩首。逆贼：指朱泚。[5] 种种：形容头发短。[6] 寒螿：寒蝉。[7] 磊落：众多错杂貌。[8] 哀思豪竹：悲壮的音乐。[9] 巨野：古大泽名，在今山东巨野县东北。[10]"匣中"句：古时候传说宝剑不安寂寞，自己会发响声。匣，剑鞘。[11] 飞狐城：旧县名，在今河北省涞源县，县北有飞狐口，是太行山上的一个要隘。

**【审美点评】**

人生有不同的价值取向，有志者应积极地投身于社会变革中，在奋斗中搏击风雨，在进取中建功立业。人生在世，不要期冀过安期生那样神仙般的生活，只有迎难而进，展骑长鲸之勇，主宰命运，才会不虚此生。

# 关山月

**【题解】**《关山月》属汉乐府《横吹曲》篇名。此诗作于淳熙四年（1177），陆游在成都任上时。诗人假托守边士兵之口，谴责了统治者的妥协投降政策及其造成的严重后果，倾诉了爱国将士报国无门的满腔悲愤，表达了中原遗民盼望光复的迫切心情，具有强烈的时代精神。

和戎诏下十五年[1]，将军不战空临边。朱门沉沉按歌舞[2]，厩马肥死弓断弦。戍楼刁斗催落月[3]，三十从军今白发。笛里谁知壮士心[4]，沙头空照征人骨[5]。中原干戈古亦闻，岂有逆胡传子孙[6]！遗民忍死望恢复[7]，几处今宵垂泪痕！

上海古籍出版社版钱仲联《剑南诗稿校注》卷八

**【注释】**

[1] 和戎诏：指宋王室与金人讲和的命令。戎，指金人。[2] 沉沉：深沉。按歌舞：依照乐曲的节奏歌舞。[3] 戍楼：边境上的岗楼。[4] 笛里：指笛中吹出的曲调。《关山月》本是笛曲。[5] 沙头：沙原上，沙场上。[6] 逆胡：对北方少数民族之蔑称。[7] 遗民：指金占领区的原宋朝百姓。

**【审美点评】**

此诗构思非常巧妙，以月夜统摄全篇，将三个场景融成一个整体，构成一幅关山月夜的全景图。可以说，这是当时南宋社会的一个缩影。诗人还选取了一些典型事物，如朱门、厩马、断弓、白发、征人骨、遗民泪等，表现了诗人鲜明的爱憎感情。

## 临安春雨初霁

**【题解】** 淳熙十三年（1186），陆游被授命权知严州（今浙江建德），此诗即作于逗留京师期间。诗中表达了厌倦官场生活和急于归乡的心情。

世味年来薄似纱[1]，谁令骑马客京华[2]？小楼一夜听春雨，深巷明朝卖杏花。矮纸斜行闲作草，晴窗细乳戏分茶[3]。素衣莫起风尘叹，犹及清明可到家[4]。

上海古籍出版社版钱仲联《剑南诗稿校注》卷一七

**【注释】**

[1] 世味：人情世味。薄似纱：比喻人情淡薄如纱。[2] 京华：京城，指临安。[3]"矮纸"二句：闲居无聊，以写草书、品茶来消遣。矮纸，即短纸。草，即草书。细乳，沏茶时所起的白色泡沫。分茶，即品茶。[4]"素衣"二句：客居京华不会很久，清明即可回家。陆游于此年的三月由临安返回山阴，七月赴严州上任。

**【审美点评】**

诗人对世味似纱的京城似乎很有反感，想很快离开此地。但对春雨后满街卖杏花的叫卖声颇有兴趣。"小楼一夜听春雨，深巷明朝卖杏花"二句写得春色怡人，令人神往。有了这两句，使此诗增加了几分亮彩。

## 书　愤

**【题解】** 此诗是淳熙十三年（1186）春陆游赋闲家乡山阴时所作。

早岁那知世事艰[1]，中原北望气如山[2]。楼船夜雪瓜洲渡[3]，铁马秋风大散关[4]。塞上长城空自许[5]，镜中衰鬓已先斑。《出师》一表真名世，千载谁堪伯仲间！

上海古籍出版社版钱仲联《剑南诗稿校注》卷一七

**【注释】**

[1] 世事：人世间的事情，此指恢复中原之事。[2] 中原：指淮河以北沦陷在金人手中的地区。气如山：豪气像山一样。一说指胸中愤恨之气积郁如山。[3] 楼船：高大的战船。公元 1161 年冬天，完颜亮（金国的君主）南侵，一度占领瓜洲，准备由此处渡江，虞允文等造战舰而拒，金兵因此而败退。瓜洲：在今江苏扬州市南面，处于运河流入长江处，是当时的军事要地。[4] 铁马：披甲的军马。大散关：在今陕西省宝鸡市西南大散岭上，当时是南宋与金交界的边防重镇。公元 1161 年秋天，金兵侵占大散关，吴璘部队与之激战，次年金兵败退，大散关再度收复。[5] 塞上长城：南朝宋时名将檀道济伐北魏有功，自诩"万里长城"。这里作者引以自表心迹。

**【审美点评】**

"楼船夜雪瓜洲渡，铁马秋风大散关。"这两句诗营造了一种浓重的战争氛围，"楼船"与"夜雪"，"铁马"与"秋风"，意象两两相合，形成了两幅开阔、壮盛的战场画卷，亦写出了诗人的"如山"之气。

## 秋夜将晓出篱门迎凉有感 （二首选一）

**【题解】** 此诗写于绍兴三年（1192），陆游已退居山阴家中，而北方领土仍在金人统治下。诗歌表现了诗人魂系中原，时刻不忘北方人民的拳拳爱国之心。

三万里河东入海[1]，五千仞岳上摩天[2]。遗民泪尽胡尘里[3]，南望王师又一年。

上海古籍出版社版钱仲联《剑南诗稿校注》卷二五

**【注释】**

[1] 三万里：极言中原地区河流之长。[2] 五千仞：极言中原地区山峰之高。[3] 遗民：指金政权统治下的汉族人民。

**【审美点评】**

此诗用"丽景衬哀愁"的艺术手法，以歌颂高山大河的奇观美景来衬托神州陆沉的悲痛，这种情与景之间的巨大反差使得所要抒发的感情显得更加浓烈。

## 沈 园

**【题解】** 陆游初与表妹唐琬结婚，夫妻感情甚笃，然其母却不喜欢唐氏，硬逼他们夫妻离散。后陆游经沈园（今浙江绍兴）时，偶见再婚的唐琬夫妇，陆游在沈园墙上写下《钗头凤》词以寄深情，唐氏读后悲痛欲绝，和了一首《钗头凤》，不久便去世了。《沈园》二首是宋宁宗庆元五年（1199）陆游在山阴时重经旧地，感伤往事之作。

## 其一

城上斜阳画角哀，沈园非复旧池台。伤心桥下春波绿，曾是惊鸿照影来[1]。

## 其二

梦断香销四十年[2]，沈园柳老不吹绵。此身行作稽山土[3]，犹吊遗踪一泫然[4]。

**上海古籍出版社版钱仲联《剑南诗稿校注》卷三八**

### 【注释】

[1] 惊鸿：曹植《洛神赋》："翩若惊鸿"，这里用来比喻唐琬的美丽身姿。[2]"梦断"句：陆游与唐琬在沈园会面后不久，唐琬便在抑郁中死去，故云"梦断香销"。四十年，从两人的会见到陆游写此诗时，其间有四十四年，这里说"四十年"，是举其成数。[3] 稽山：即会稽山，在今浙江省绍兴市东南。[4] 泫然：流泪貌。

### 【审美点评】

晚年陆游曾多次到沈园悼亡，这两首诗是他悼亡诗中最深婉动人的。近人陈衍曾评曰："无此绝等伤心之事，亦无此绝等伤心之诗。就百年论，谁愿有此事？就千秋论，不可无此诗。"（《宋诗精华录》）

## 钗头凤

**【题解】**此词是绍兴二十五年（1115）春天，陆游在沈园游玩巧遇唐琬后，题在沈园墙壁上的作品。词在极尽感伤的同时，对破坏美满婚姻的封建家长制度，表示了极度的愤慨和抗议。据传唐琬也以血泪相和一首《钗头凤》："世情薄，人情恶。雨送黄昏花易落。晓风干，泪痕残。欲笺心事，独语斜阑，难，难，难！人成各，今非昨。病魂常似秋千索。角声寒，夜阑珊。怕人寻问，咽泪装欢。瞒，瞒，瞒！"未几忧郁而卒（见《古今词统》卷十）。

红酥手，黄滕酒[1]，满城春色宫墙柳[2]。东风恶，欢情薄，一怀愁绪，几年离索[3]。错！错！错！　　春如旧，人空瘦。泪痕红浥鲛绡透[4]。桃花落，闲池阁。山盟虽在，锦书难托。莫！莫！莫！

上海古籍出版社版夏承焘、吴熊和《放翁词编年笺注》上卷

**【注释】**

[1]"红酥手"二句：写唐琬以酒肴款待陆游。酥，柔软，这里形容皮肤的滋润细腻。黄縢酒，即黄封酒，古代官家酿酒以黄纸封口。[2]宫墙柳：南宋以山阴为陪都，故有宫墙。这里指沈园内一片嫩绿的柳树。[3]离索："离群索居"的略语，这里指离散。[4]红浥：指泪水浸湿胭脂而染红。鲛绡，传说神话中人鱼（鲛人）所织的纱绢，见梁任昉《述异记》，这里指手帕。

**【审美点评】**

这是一个足以令人肝肠寸断的爱情悲剧。对于这一悲剧的形成，很多人把矛头指向了陆游，怨他没有勇敢地抵御"东风"（陆母）。但也有一种为陆游辩解的观点值得读者深思：妻子可以选择，母亲是不能选择的。

# 诉衷情

**【题解】**这首词大概作于陆游晚年退隐山阴以后。词中回顾了作者当时慷慨从戎的英雄气概，为壮志未酬、被迫退隐而深感痛心。

当年万里觅封侯，匹马戍梁州[1]。关河梦断何处[2]，尘暗旧貂裘[3]。胡未灭，鬓先秋[4]，泪空流。此生谁料，心在天山[5]，身老沧州[6]。

上海古籍出版社版夏承焘、吴熊和《放翁词编年笺注》下卷

**【注释】**

[1]梁州：今陕西南郑一带，因梁山而得名。[2]关河：关塞与河防。[3]"尘暗"句：谓自己的貂皮衣服破旧不堪。意谓自己不受重用，未能施展才华。[4]秋：这里形容鬓发斑白疏落，如植物在秋天凋零。[5]天山：在新疆，为汉唐时的边疆。这里指南宋的抗金前线。[6]沧州：滨水之地，指隐者的居处。这里指绍兴镜湖边，作者退隐之地。

**【审美点评】**

"身老沧洲"，这是饱含热泪的感叹，它融汇了对祖国炽热的感情，有很强的艺术感染力。

# 卜算子

## 咏　梅

**【题解】**这是一首咏梅词。词人借梅自况，表现自己高雅的情怀和坚强不屈的

性格。

　　驿外断桥边[1]，寂寞开无主。已是黄昏独自愁，更着风和雨[2]。
无意苦争春，一任群芳妒。零落成泥碾作尘，只有香如故。

**上海古籍出版社版夏承焘、吴熊和《放翁词编年笺注》不编年**

**【注释】**

　　[1] 驿：驿站，古代设在路边供旅人休息、住宿的地方。[2] 着：添、加。

**【审美点评】**

　　"零落成泥碾作尘，只有香如故。"这是对梅花品格的赞美，亦是陆游人格的体现。这两句亦可给读者启示：生命有限，但精神可以永恒。

# 辛弃疾

　　辛弃疾（1140—1207），初字坦夫，后改幼安，号稼轩，历城（今山东济南）人。出生时山东已为金兵所占，绍兴三十一年（1161）辛弃疾聚众两千参加耿京抗金义军，不久即归南宋。历任江阴签判、建康通判、江西提点刑狱、湖北转运副使，及湖南、江西安抚使等。任职期间，招集流亡，训练军队，奖励耕战，打击贪污豪强，注意安定民生。辛弃疾一生坚决主张抗金，提出不少恢复失地的建议。《美芹十论》、《九议》等奏疏中，具体分析当时的政治军事形势，反对夸大金兵力量、鼓吹妥协投降之论；要求加强战备，激励士气，恢复中原，统一中国。所提抗金建议，均未被采纳，并遭主和派打击，曾长期落职闲居于江西上饶一带。辛弃疾是宋代词坛大家，他与苏轼并称为"苏辛"。其词吟咏祖国河山，抒写力图恢复国家统一的爱国怀抱，倾诉壮志难酬的悲愤，对南宋上层统治集团的屈辱投降深为痛心。艺术风格多样，尤以豪放为主调，慷慨悲壮，笔力雄厚。有《稼轩长短句》和《稼轩词》。

## 青玉案

### 元夕[1]

　　**【题解】** 这是一首元宵词，表面上是写元宵之夜的盛况，写对一位理想美人的追觅，实际上是用象征手法写自己的理想人格。

东风夜放花千树[2]，更吹落，星如雨[3]。宝马雕车香满路[4]。凤箫声动[5]，玉壶光转[6]，一夜鱼龙舞[7]。　　蛾儿雪柳黄金缕[8]，笑语盈盈暗香去[9]。众里寻他千百度[10]，蓦然回首[11]，那人却在，灯火阑珊处[12]。

上海古籍出版社版邓广铭《稼轩词编年笺注》卷一

**【注释】**

[1] 元夕：夏历正月十五日为上元节，元宵节，此夜称元夕或元夜。[2] 花千树：花灯之多如千树开花。[3] 星如雨：指焰火纷纷，乱落如雨。星，指焰火。形容满天的烟花。[4] 宝马雕车：豪华的马车。[5] 凤箫：箫的美称。[6] 玉壶：比喻明月。[7] 鱼龙舞：指舞动鱼形、龙形的彩灯，即舞鱼舞龙，是元宵节的表演节目。[8] 蛾儿、雪柳、黄金缕：皆古代妇女元宵节时头上佩戴的各种装饰品。这里指盛装的妇女。[9] 盈盈：声音轻盈悦耳，亦指仪态娇美的样子。[10] 他：泛指，当时就包括了"她"。千百度：千百遍。[11] 蓦然：突然，猛然。[12] 阑珊：零落稀疏的样子。

**【审美点评】**

"众里寻他千百度，蓦然回首，那人却在，灯火阑珊处"被王国维借来指代"古今之成大事业大学问者，罔不经过三种之境界"的第三种境界，指的是经过不断的磨炼、多次的失败，忽然灵犀一点，参透真谛，到达了成功的彼岸。

# 水龙吟

## 登建康赏心亭[1]

**【题解】**该词作于乾道四至六年（1168—1170），时作者在建康通判任上。作品抒发了自己英雄失意，功业难成的抑郁之情。

楚天千里清秋，水随天去秋无际。遥岑远目，献愁供恨，玉簪螺髻[2]。落日楼头，断鸿声里，江南游子[3]。把吴钩看了，栏干拍遍，无人会、登临意[4]。　　休说鲈鱼堪脍，尽西风、季鹰归未[5]？求田问舍，怕应羞见，刘郎才气[6]。可惜流年，忧愁风雨，树犹如此[7]！倩何人、唤取红巾翠袖，揾英雄泪[8]！

上海古籍出版社版邓广铭《稼轩词编年笺注》卷一

**【注释】**

[1] 赏心亭：《景定建康志》："赏心亭在（城西）下水门城上，下临秦淮，尽观览之盛。"
[2] "遥岑远目"三句：意指远山看起来像是美人插戴的玉簪和螺旋形的发髻，却处处触发自己的愁恨。遥岑，远山。[3] 断鸿：失了群的孤雁。[4] 吴钩：宝刀名。看吴钩，是希望有机会用它立功。[5] "休说"三句：《晋书·张翰传》云："（张）翰因见秋风起，乃思吴中菰菜、莼羹、鲈鱼鲙，曰：'人生贵得适志，何能羁宦数千里以要名爵乎？'遂命驾而归。"季鹰，张翰字。[6] "求田"三句：意谓在国难当头时购置田产，经营安乐窝，当为天下英雄耻笑。刘郎，指刘备。《三国志·魏志·陈登传》记载，刘备批评许汜说："君有国士之名，今天下大乱，帝主失所，望君忧国忘家，有救世之意，而君求田问舍，言无可采。"[7] 树犹如此：《世说新语·言语》："桓公北征，经金城，前为琅琊王时种柳，皆已十围，慨然曰：'木犹如此，人何以堪？'攀枝执条，泫然流泪。"[8] 揾（wèn）：擦拭。

**【审美点评】**

拥有一把"吴钩"，理应去"收取关山五十州"，然而如今却只能是"栏干拍遍"，这是辛弃疾英雄无用武之地的悲剧，也是那个时代众多英雄人物的悲剧。

# 菩萨蛮

## 书江西造口壁[1]

**【题解】** 此词作于淳熙三年（1176），时词人任江西提点刑狱、驻节赣州。作品感慨实现恢复大计的艰难，对现实流露出深深的忧虑。

郁孤台下清江水[2]，中间多少行人泪[3]。西北望长安，可怜无数山。
青山遮不住，毕竟东流去。江晚正愁余，山深闻鹧鸪。

上海古籍出版社版邓广铭《稼轩词编年笺注》卷一

**【注释】**

[1] 造口：即皂口，镇名。在今江西省万安县西南六十里处。[2] 郁孤台：古台名，在今江西赣州市西南的贺兰山上。清江：赣江与袁江合流处旧称清江。[3] 行人：指逃难的人。

**【审美点评】**

"青山遮不住，毕竟东流去"，满含人民血泪的江水滚滚东流而去，是重重的青山所无法阻挡的。从深层次理解，这两句词含蓄地传达了词人对抵抗外敌、光复山河的坚定意志。现在人们常用它来说明历史的发展是不以人的意志为转移的真理。

# 摸鱼儿

**【题解】** 此词作于淳熙六年（1179），时辛弃疾由湖北转运副使改调湖南转运副使。作品借春意阑珊和美人遭妒来暗喻自己政治上的不得意。

淳熙己亥，自湖北漕移湖南，同官王正之置酒小山亭[1]，为赋。

更能消[2]几番风雨，匆匆春又归去。惜春常怕花开早，何况落红无数。春且住，见说道[3]，天涯芳草无归路。怨春不语，算只有殷勤，画檐蛛网，尽日惹飞絮[4]。　　长门事，准拟佳期又误。娥眉曾有人妒。千金纵买相如赋，脉脉此情谁诉[5]？君莫舞，君不见，玉环飞燕皆尘土[6]。闲愁最苦，休去倚危栏，斜阳正在，烟柳断肠处。

上海古籍出版社版邓广铭《稼轩词编年笺注》卷一

**【注释】**

[1] 同官王正之：据楼钥《攻媿集》卷九十九《王正之墓志铭》，王正之淳熙六年任湖北转运判官，故称"同官"。[2] 消：消受，经受。[3] 见说：听说，据说。[4]"算只有"三句：想来只有檐下蛛网还殷勤地沾惹飞絮，留住春色。[5]"长门事"五句：《长门赋序》："孝武皇帝陈皇后时得幸，颇妒。别在长门宫，愁闷悲思。闻蜀郡成都司马相如天下工为文，奉黄金百斤为相如、文君取酒，因求解悲愁之辞。而相如为文以悟上，陈皇后复得亲幸。"[6] 玉环：杨贵妃的小名，唐玄宗最宠爱的妃子。安禄山叛变后，赐死于马嵬坡。飞燕：汉成帝宠爱的妃子，后来被废为庶人，自杀。两人皆以善妒著名。

**【审美点评】**

"算只有殷勤，画檐蛛网，尽日惹飞絮"，蜘蛛在靠自己微不足道的力量挽留春天，虽然只能"惹飞絮"，但它确实留下了春天美好的痕迹。现实中的我们，也可以像蜘蛛，靠我们微弱的力量去追寻属于我们的美好。

# 清平乐

**【题解】** 此词一作"村居"，作于词人退居江西上饶时。作品描绘了一家五口在乡村的生活情态，表现了生活之美和人情之美，体现了作者对田园生活的羡慕与向往。

茅檐低小，溪上青青草。醉里吴音相媚好[1]，白发谁家翁媪[2]？
大儿锄豆溪东，中儿正织鸡笼。最喜小儿亡赖[3]，溪头卧剥莲蓬。

上海古籍出版社版邓广铭《稼轩词编年笺注》卷二

**【注释】**

[1] 吴音：作者当时住在江西东部的上饶，这一带古时是吴国的领土，所以称这一带的方言为吴音。相媚好：这里指互相逗趣，取乐。[2] 媪（ǎo）：对古代老妇的敬称。[3] 亡赖：顽皮、淘气。亡，同"无"。

**【审美点评】**

这是一幅充满清新和谐气息的图画，画面中的农家气氛祥和，各自的忙碌，显得和熙明快，农家小孩"溪头卧剥莲蓬"的天真无邪，更为画面增添了一份纯真。

# 破阵子

### 为陈同甫赋壮语以寄[1]

**【题解】** 这首词作于淳熙十五年（1188）辛弃疾与陈亮二人在上饶相会之后。词中抒写了作者梦寐以求的抗敌救国理想，以及壮志不酬的悲愤心情。

醉里挑灯看剑，梦回吹角连营。八百里分麾下炙，五十弦翻塞外声[2]。沙场秋点兵。　　马作的卢飞快[3]，弓如霹雳弦惊[4]。了却君王天下事[5]，赢得生前身后名。可怜白发生。

上海古籍出版社版邓广铭《稼轩词编年笺注》卷二

**【注释】**

[1] 陈同甫：即陈亮。[2] "八百里"两句：谓军营里奏乐啖肉，生活极为豪迈热烈。八百里，牛名。据《世说新语·汰侈》载，晋王恺有牛名"八百里"。王济与恺比射，以此牛为赌物。恺输，于是杀牛作炙。[3] 的卢：额有白斑的烈马。《三国志·蜀书·先主传》引《世说新语》："备屯樊城，刘表礼焉，惮其为人，西檀溪水中，溺不得出。备急曰：'的卢，今日厄矣！可努力。'的卢乃一踊三丈，遂得过。"《相马经》："马白额入口至齿者，名曰榆雁，一名的卢。" [4] "弓如"句：《梁书·曹景宗传》："我昔在乡里，骑快马如龙，与年少辈数十骑，拓弓弦作霹雳声，箭如饿鸱叫，平泽中逐麋数肋射之。"又《北史·长孙晟传》："晟为秦州行军总管，突厥大畏长孙总管，闻其弓三声谓为霹雳。" [5] 天下事：指统一江山的大业。

**【审美点评】**

有着"的卢马"和"霹雳弓"般的才能，有着"了却君王天下事，赢得生前身后名"的远大志向，到头来却只换得一个"可怜白发生"的悲剧结局，这无法不令辛弃疾悲叹。梁启超一语点破："无限感慨，哀同父，亦自哀也。"（《艺蘅馆词选》）

# 西江月

## 夜行黄沙道中[1]

**【题解】** 这首词作于辛弃疾退居上饶期间，描绘了江南山乡夏夜优美动人的画面，表现了作者对大自然的热爱和丰收的喜悦。

明月别枝惊鹊[2]，清风半夜鸣蝉。稻花香里说丰年，听取蛙声一片。七八个星天外，两三点雨山前。旧时茅店社林边[3]，路转溪桥忽见。

**上海古籍出版社版邓广铭《稼轩词编年笺注》卷二**

**【注释】**

[1] 黄沙：黄沙岭，在信州上饶之西，作者闲居带湖时，常常往来经过此岭。[2] 别枝：旁枝。[3] 旧时茅店：过去很熟悉的那一所茅草店。茆，通"茅"。社林：土地庙周围的树林。

**【审美点评】**

"明月"和"七八个星"给人带来视觉的享受，"鸣蝉"和"蛙声"给人带来听觉的享受，"清风"和"两三点雨"给人带来触觉的享受，"稻花"给人带来嗅觉的享受，众多不同的感觉加在一起，给人带来生活的享受。

# 沁园春

**【题解】** 这首词大约作于宋宁宗庆元二年（1196）辛弃疾落职闲居之时，表现上饶西部的灵山风景。

灵山齐庵赋，时筑偃湖未成[1]。

叠嶂西驰，万马回旋，众山欲东[2]。正惊湍直下，跳珠倒溅；小桥横截，缺月初弓。老合投闲，天教多事，检校长身十万松[3]。吾庐小，在龙蛇影外[4]，风雨声中。　　争先见面重重，看爽气朝来三数峰[5]。

似谢家子弟，衣冠磊落[6]；相如庭户，车骑雍容[7]。我觉其间，雄深雅健，如对文章太史公[8]。新堤路，问偃湖何日，烟水濛濛？

上海古籍出版社版邓广铭《稼轩词编年笺注》卷四

**【注释】**

[1] 灵山：在上饶境内，是一座绵延百余里的大山。[2] "叠嶂"三句：重叠的山峰朝西奔驰，忽然掉头东向，有如万马回旋之势。[3] 检校：巡视。[4] 龙蛇：指松树，因其枝干屈曲如龙蛇。[5] 爽气朝来：《世说新语·简傲》》："王子猷作桓车骑参军。桓谓王曰：'卿在府久，比当相料理。'初不答，直高视，以手版拄颊云：'西山朝来，致有爽气。'"[6] "似谢家"二句：《晋书·谢玄传》："安尝戒约子侄，因曰：'子弟亦何豫人事，而正欲使其佳？'玄曰：'譬如芝兰玉树，欲使其生于庭阶耳。'"[7] "相如"二句：《史记·司马相如列传》："相如之临邛，从车骑，雍容闲雅甚都。"[8] "雄深"二句：《新唐书·柳宗元传》："宗元少时嗜进，谓功业可就。既坐废，遂不振。然其才实离，名盖一时。韩愈评其文曰：'雄深雅健，似司马子长，崔、蔡不足多也。'"司马迁，字子长，所作《史记》自称《太史公书》。

**【审美点评】**

"检校长身十万松"，辛弃疾像检阅士兵一样巡视着眼前的松树。这种比喻符合他作为一个军事家的身份，显得生动形象，但也让人心痛，因为此时的辛弃疾只是一个闲居者。

# 永遇乐

## 京口北固亭怀古[1]

**【题解】** 此词写于宋宁宗开禧元年（1205），辛弃疾时受命担任镇江知府，戍守江防要地京口（今江苏镇江）。作品抒发了老当益壮的英雄情怀，同时也对当权者的轻率冒进表示了忧虑。

千古江山，英雄无觅，孙仲谋处[2]。舞榭歌台[3]，风流总被、雨打风吹去。斜阳草树，寻常巷陌，人道寄奴曾住[4]。想当年，金戈铁马，气吞万里如虎[5]。　　元嘉草草，封狼居胥，赢得仓皇北顾[6]。四十三年，望中犹记，烽火扬州路[7]。可堪回首，佛狸祠下[8]，一片神鸦社鼓。凭谁问：廉颇老矣，尚能饭否[9]？

上海古籍出版社版邓广铭《稼轩词编年笺注》卷五

**【注释】**

[1] 北固亭：在镇江城北北固山上，又名"北顾亭"，晋代蔡谟始建。北固山下临长江，三面滨水，形势险要。[2] 孙仲谋：孙权，曾居于晋陵郡丹徒县之京口里，后建都于此。[3] 舞榭歌台：歌舞的台馆。[4] 寄奴：南朝开国宋武帝刘裕小字。刘裕先祖随晋室南渡，世居京口，刘裕早年于此起事，率兵北伐，收复大片失地，并平定桓玄叛乱，代晋而称帝。[5] "想当年"三句：承上遥想当年刘裕两度挥戈，气吞胡虏的英雄气概。[6] "元嘉草草"三句：元嘉是刘裕子刘义隆年号。刘义隆好大喜功，自称有"封狼居胥意"，命王玄谟仓促北伐，却反而让北魏主拓跋焘抓住机会，以骑兵集团南下，兵抵长江北岸。封狼居胥，汉武帝元狩四年（公元前119），霍去病远征匈奴，歼敌七万余，封狼居胥山而还。狼居胥山，在今蒙古境内。词中用"元嘉北伐"失利事，以影射南宋"隆兴北伐"。[7] "四十三年"三句：稼轩自绍兴三十二年（1162）奉表南渡至作此词时正是四十三年。烽火扬州路，初次南渡时扬州路上战火燃烧，词人曾率众与金兵浴血奋战。[8] 佛（bì）狸祠：北魏太武帝拓跋焘小名佛狸。450年，他曾反击刘宋，两个月的时间里，兵锋南下，五路远征军分道并进，从黄河北岸一路穿插到长江北岸。在长江北岸瓜步山建立行宫，即后来的佛狸祠。[9] "凭谁问"三句：《史记·廉颇蔺相如列传》记载，廉颇被免职后，跑到魏国，赵王想再用他，派人去看他的身体情况，廉颇之仇郭开贿赂使者，使者看到廉颇，廉颇为之米饭一斗，肉十斤，被甲上马，以示尚可用。使者回来报告赵王说："廉颇将军虽老，尚善饭，然与臣坐，顷之三遗矢（通假字，即屎）矣。"赵王以为廉颇已老，遂不用。

**【审美点评】**

"凭谁问：廉颇老矣，尚能饭否？"老当益壮的辛弃疾和"尚能饭"的廉颇一样，都有着英雄无用武之地的悲叹，但在他们身上放射出的却是爱国主义的思想光辉，这种精神激励着他们自己，也激励着后人。

# 陈 亮

陈亮（1143—1194），初名汝能，改名亮，字同甫，世称龙川先生，婺州永康（今属浙江）人。乾道五年（1169）试吏部，被黜。孝宗时曾多次上书朝廷，反对和议，力主恢复，因触怒当权者，三次被诬入狱，遂愤而归家治学十年。光宗绍熙四年（1193）擢进士第一，授签书建康府官厅公事，未之官而卒。陈亮是辛派词人之一，其词多表现抗战复仇、救国安民的思想怀抱，风格雄放恣肆。有《龙川文集》、《龙川词》。

# 水调歌头

## 送章德茂大卿使虏

【题解】淳熙十二年（1185），宋朝命章森（字德茂）以大理少卿试户部尚书衔为贺万春节（金世宗完颜雍生辰）正使，陈亮作这首《水调歌头》为章德茂送行。作品表达了不甘屈辱的正气与誓雪国耻的豪情。

不见南师久，谩说北群空[1]。当场只手，毕竟还我万夫雄[2]。自笑堂堂汉使，得似洋洋河水，依旧只流东[3]？且复穹庐拜[4]，会向藁街逢[5]。　　尧之都，舜之壤，禹之封。于中应有，一个半个耻臣戎[6]。万里腥膻如许[7]，千古英灵安在，磅礴几时通[8]？胡运何须问，赫日自当中！

上海古籍出版社版夏承焘《龙川词校笺》上卷

【注释】

[1]北群空：韩愈《送温处士赴河阳序》："伯乐一过冀北之野，而马群遂空。"本指良马都被选光，这里比喻缺乏人才。[2]"当场"二句：颂扬章森有胆有识，能独当一面。只手，独自出手，单枪匹马，指章森出使。[3]"自笑"三句：古代用江河东流归海比喻诸侯朝见天子，这里喻指章森出使金国的屈辱使命。[4]穹庐：北方游牧民族居住的圆顶毡帐，即蒙古包。这里用来借指金国朝廷。[5]藁街：汉代京城长安街名，专供外国使者居住。[6]"尧之都"五句：意谓中原地区是华夏始祖所居之地，总有一天会复仇雪耻。[7]腥：生肉。膻：羊臊臭。南宋人常用此指代金国统治者。[8]"千古"二句：谓英烈们的磅礴之气何时才能得到伸张。磅礴，指浩然的正气。

【审美点评】

"尧之都，舜之壤，禹之封。"中华民族有着悠久的历史，有着尧舜禹这样的有道明君，这是陈亮感受到的民族自豪感，这也应是我们现代人引以自豪的地方。陈亮因这种自豪感而产生"赫日自当中"的信心，我们也应因此而产生对祖国强盛的信心。

# 刘　过

刘过（1154—1206），字改之，自号龙洲道人，吉州太和（今江西泰和）人，一说庐陵（今江西吉安）人。终身不仕，以布衣身份来往于荆襄、淮庐、金陵、京口等战略要地，结交各地帅臣、幕僚，并曾经上书朝廷，陈述恢复中原的计划，未被采用。晚年居昆山（今江苏昆山）。刘过以词著名。其词效辛体而自成一家。有《龙洲集》、《龙洲词》。

# 沁园春

【题解】本词作于宁宗嘉泰三年（1203），时辛弃疾被起用知绍兴府兼浙东安抚使，招刘过和他相会。刘过在杭州寄此词给他。说明自己为西湖的景色所留住，暂时不能前往相会，同时也寄寓了自己怀才不遇、身不由己的情怀。

寄辛承旨[1]，时承旨招，不赴。

斗酒彘肩[2]，风雨渡江[3]，岂不快哉。被香山居士[4]，约林和靖[5]，与坡仙老[6]，驾勒吾回[7]。坡谓"西湖，正如西子，浓抹淡妆临镜台[8]"。二公者，皆掉头不顾，只管传杯。　　白云"天竺飞来。图画里、峥嵘楼阁开。爱东西二涧，纵横水绕，两峰南北，高下云堆[9]"。逋曰"不然，暗香浮动[10]，争似孤山先访梅[11]。须晴去，访稼轩未晚，且此徘徊"。

上海古籍出版社版王从仁校点《龙洲词》卷上

【注释】

[1] 辛承旨：即辛弃疾。宁宗开禧三年（1207），朝廷进辛弃疾为枢密都承旨，辛未受命，不久即去世。此题恐为后人误加。[2] 斗酒彘肩：《史记·项羽本纪》载樊哙见项王，项王赐予斗卮酒与彘肩。[3] 渡江：由杭州渡过钱塘江到绍兴。[4] 香山居士：白居易晚年自号香山居士。[5] 林和靖：林逋字君复，死后谥和靖先生。杭州人，隐居孤山二十年。[6] 坡仙：苏轼自号东坡居士，后人称为坡仙，曾两次于杭州为官。[7] 驾勒吾回：强拉着我回去。[8] "西湖"三句：苏轼《饮湖上初晴后雨》诗："欲把西湖比西子，淡妆浓抹总相宜。"[9] "天竺飞来"六句：白居易为官杭州时，有《西湖》诗云："湖上春来似图画。"《寄韬光禅师》诗："东涧水流西涧水，南山云起北山云。"西湖灵隐有东西两涧。西湖附近有南高峰北高峰。[10] 暗香浮动：林逋《山园小梅》诗："疏影横斜水清浅，暗香浮动月黄昏。"[11] 孤山：在西湖的后湖与外湖之间，孤峰耸起，林逋曾隐居于此，山上多植梅树。

【审美点评】

不得赴约明明是身不由己，刘过却搬出了三位历史名人为自己请假，让人不得不佩服词人惊人的想象力，佩服词人的幽默。然而我们亦应看到，这幽默背后是饱含着泪水的，是"黑色幽默"。

# 姜　夔

姜夔（1155?—1221?），字尧章，号白石道人，饶州鄱阳（今江西波阳）人。自幼随父宦居汉阳，成年后曾出游扬州，旅食江淮，来往湘、鄂等地。后姜夔依诗人萧德藻寓居湖州（今属浙江），卜居弁山白石洞下。其后谒见杨万里、范成大，杨称其"文无所不工"。绍熙四年（1190）结识贵胄张鉴，依附十年，"情甚骨肉"。张氏兄弟去世后，姜夔失却依傍，晚年贫困，以布衣终。姜夔是一位艺术全才，诗、词、骈文皆为时人称许，兼善书法，通晓音律。其词尤为著名，艺术上对传统婉约词进行了改造，下字运意，都力求醇雅，被奉为雅词的典范。有《白石道人诗集》、《白石道人歌曲》。

## 扬州慢

**【题解】**此词作于淳熙三年（1176）。作品描写了词人路经扬州所看到的金兵劫掠后的残破荒败景象，抒发了感乱伤时的情怀。

淳熙丙申至日[1]，予过维扬[2]。夜雪初霁，荠麦弥望[3]。入其城，则四顾萧条，寒水自碧，暮色渐起，戍角悲吟[4]。予怀怆然，感慨今昔，因自度此曲。千岩老人以为有"黍离"之悲也[5]。

淮左名都[6]，竹西佳处[7]，解鞍少驻初程。过春风十里[8]，尽荠麦青青。自胡马窥江去后[9]，废池乔木[10]，犹厌言兵。渐黄昏，清角吹寒[11]，都在空城。　　杜郎俊赏[12]，算而今、重到须惊。纵豆蔻词工[13]，青楼梦好[14]，难赋深情。二十四桥仍在[15]，波心荡、冷月无声。念桥边红药，年年知为谁生？

上海古籍出版社版夏承焘《姜白石词编年笺校》卷一

**【注释】**

[1]淳熙丙申：宋孝宗淳熙三年。至日：冬至。[2]维扬：即扬州。[3]荠麦：荠菜和野麦。弥望：满眼。[4]戍角：军中号角。[5]千岩老人：南宋诗人萧德藻，字东夫，自号千岩老

人。[6] 淮左：淮东。扬州是宋代淮南东路的首府，故称。[7] 竹西佳处：扬州城东禅智寺附近有竹西亭。杜牧《题扬州禅智寺》："谁知竹西路，歌吹是扬州。"[8] 春风十里：形容昔日扬州的繁华。杜牧《赠别》："春风十里扬州路，卷上珠帘总不如。"[9] 胡马窥江：指1161年金主完颜亮南侵，攻破扬州，直抵长江边的瓜洲渡，到淳熙三年姜夔过扬州已十六年。[10] 废池：废毁的池台。[11] 清角：凄清的号角声。[12] 杜郎：杜牧。唐文宗大和七年到九年，杜牧在扬州任淮南节度使掌书记。俊赏：俊逸清赏。[13] 豆蔻词工：杜牧《赠别》："娉娉袅袅十三余，豆蔻梢头二月初。"豆蔻，形容少女美艳。[14] 青楼梦好：杜牧《遣怀》："十年一觉扬州梦，赢得青楼薄幸名。"青楼，妓院。[15] 二十四桥：杜牧《寄扬州韩绰判官》："二十四桥明月夜，玉人何处教吹箫。"二十四桥，一说唐时扬州城内有桥二十四座，皆为可纪之名胜。见沈括《梦溪笔谈·补笔谈》。一说专指扬州西郊的吴家砖桥（一名红药桥）。"因古之二十四美人吹箫于此，故名。"（见《扬州画舫录》）

**【审美点评】**

"波心荡、冷月无声"，冰冷的月光沉浸在水中，水波空自荡漾，显得十分清冷空寂。"荡"字，以响亮的声音来体现水波荡漾、冷月无声的境界，既具神韵又添音韵之谐婉。

# 踏莎行

**【题解】**此词作于淳熙十四年（1187），据夏承焘先生考证，姜夔在合肥有过一位恋人，他的许多词都是写给这位恋人的。词表达了对恋人的相思之情。

自沔东来[1]，丁未元日至金陵[2]，江上感梦而作。

燕燕轻盈，莺莺娇软。分明又向华胥见[3]。夜长争得薄情知？春初早被相思染。　　别后书辞，别时针线。离魂暗逐郎行远。淮南皓月冷千山[4]，冥冥归去无人管。

**上海古籍出版社版夏承焘《姜白石词编年笺校》卷二**

**【注释】**

[1] 沔东：唐、宋州名，今湖北汉阳。[2] 丁未：孝宗淳熙十四年（1187）。元日：农历正月初一日。[3] 华胥：传说中的国名，此代指梦境。[4] 淮南：指安徽合肥，宋时合肥属淮南路。白石恋人正在合肥。

**【审美点评】**

词的最后两句以景作结，想象美人离魂乘着皎洁月色，独自越过淮南的千重山岭，在冥冥之中飘然而去，意境空远，缥缈孤清。尤其是着一"冷"字，使自然界的静态物景与词人缠绵悱恻的情意相合，更见词境凄冷奇绝。

# 点绛唇

## 丁未冬过吴松作[1]

**【题解】** 此词作于淳熙十四年（1187），作品表达了词人厌倦漂泊干谒，欲归隐而不得的苦闷心情。

燕雁无心，太湖西畔随云去。数峰清苦，商略黄昏雨[2]。　　第四桥边[3]，拟共天随住[4]。今何许[5]，凭栏怀古，残柳参差舞。

上海古籍出版社版夏承焘《姜白石词编年笺校》卷二

**【注释】**

[1] 丁未：宋孝宗淳熙十四年，即 1187 年。吴松：即今吴县，属江苏省。[2] 商略：商量、酝酿。[3] 第四桥：即吴松城外的甘泉桥。[4] 天随：唐代陆龟蒙，自号天随子。曾隐居松江甫里，常放舟游于江湖间。[5] 何许：何处，何时。

**【审美点评】**

"数峰清苦，商略黄昏雨。"无情之物却有"清苦"之感，并"商略"云雨之事，这种移情和拟人的手法使作者的描写由荒诞而生妙趣。

# 暗 香

**【题解】** 本篇为作者咏梅名作之一，作于光宗绍熙二年（1191），时作者载雪访范成大于石湖。此词借物咏怀，在咏梅同时抒发了怀念故人的情怀，并寄寓个人身世飘零和昔盛今衰的慨叹。

辛亥之冬[1]，予载雪诣石湖[2]。止既月[3]，授简索句[4]，且征新声[5]，作此两曲。石湖把玩不已[6]，使工妓隶习之[7]，音节谐婉，乃名之曰《暗香》、《疏影》[8]。

旧时月色，算几番照我，梅边吹笛？唤起玉人，不管清寒与攀摘[9]。何逊而今渐老，都忘却、春风词笔[10]。但怪得、竹外疏花，香冷入瑶席<sup>[11]</sup>。　江国<sup>[12]</sup>，正寂寂。叹寄与路遥<sup>[13]</sup>，夜雪初积。翠尊易泣<sup>[14]</sup>，红萼无言耿相忆<sup>[15]</sup>。长记曾携手处，千树压、西湖寒碧。又片片、吹尽也，几时见得？

上海古籍出版社版夏承焘《姜白石词编年笺校》卷三

**【注释】**

[1] 辛亥：宋光宗绍熙二年（1191）。[2] 载雪：冒雪乘船。石湖：在苏州西南，与太湖通。[3] 止既月：指刚住满一个月。[4] 授简：授予纸笔。[5] 征新声：征求新的词调。[6] 把玩：指反复欣赏。[7] 工妓：乐工和歌妓。隶（yì）习：学习。隶，通"肄"，学习。[8]《暗香》、《疏影》：语出北宋诗人林逋《山园小梅》："疏影横斜水清浅，暗香浮动月黄昏。"[9] 玉人：美人，指作者过去的恋人。[10]"何逊"二句：何逊为南朝梁诗人，早年曾任南平王萧伟的记室。任扬州法曹时，廨舍有梅花。[11] 瑶席：坐席的美称。[12] 江国：江畔之乡。[13] 寄与路遥：表示音讯隔绝。这里暗用陆凯寄给范晔的诗："折梅逢驿使，寄与陇头人。"[14] 翠尊：翠绿色的酒杯，这里指酒。[15] 红萼：红色的花，这里指红梅。耿：耿然于心，不能忘怀。

**【审美点评】**

"千树压、西湖寒碧"，写寒冬时千树红梅映在西湖碧水之中的美丽景色，境界幽美，词语精工，冷峻之中透露出热烈的气氛，也渲染出爱情的浓烈。

# 史达祖

史达祖（1163?—1220?），字邦卿，号梅溪，原籍开封，寓居杭州。屡试不第，早年任过幕僚。后被韩侂胄赏识，随李壁出使金廷，任中书省堂吏，负责撰拟文书。韩败，史受黥刑，死于贫困中。史达祖的词以咏物为长，其中不乏身世之感。艺术上注重炼句。有《梅溪词》。

## 双双燕

咏　燕

**【题解】**这是作者的一首自度曲，以春燕的成双成对反衬女主人公的孤单影只。

过春社了<sup>[1]</sup>，度帘幕中间<sup>[2]</sup>，去年尘冷<sup>[3]</sup>。差池欲住<sup>[4]</sup>，试入旧巢

相并。还相雕梁藻井[5]，又软语、商量不定[6]。飘然快拂花梢，翠尾分开红影[7]。　　芳径，芹泥雨润[8]，爱贴地争飞，竞夸轻俊。红楼归晚，看足柳昏花暝。应自栖香正稳，便忘了、天涯芳信[9]。愁损翠黛双蛾[10]，日日画阑独凭。

上海古籍出版社版雷履平、罗焕章校注《梅溪词》

**【注释】**

[1] 春社：古俗，农村于立春后、清明前祭神祈福，称"春社"。[2]"度帘幕"句：燕子飞入垂下帘幕的屋子里去。[3]"去年"句：去年的旧巢布满灰尘，十分冷清。[4] 差池：燕子飞行时，有先有后，尾翼舒张貌。《诗经·风·燕燕》："燕燕于飞，差池其羽。"[5] 相（xiàng）：端看、仔细看。雕梁：雕有或绘有图案的屋梁。藻井：用彩色图案装饰的天花板，形状似井栏，故称藻井。[6] 软语：燕子的呢喃声。[7] 翠尾：燕尾。红影：花影。[8] 芹泥：水边长芹草的泥土。[9]"应自"二句：意谓燕子在巢中睡得香甜，忘了给相思的人们传达讯息。[10] 翠黛双蛾：指闺中少妇。

**【审美点评】**

"红楼归晚，看足柳昏花暝。"二句在动与静、张与弛、明与暗、红与绿的对照变化中形成很强的节奏感，而由此美景引出的"应自栖香正稳，便忘了、天涯芳信"，以燕子之欢乐近于无情而衬起人之苦情，创造出一种言在此而意在彼的含蓄美。

# 刘克庄

刘克庄（1187—1269），初名灼，字潜夫，号后村居士，莆田（今属福建）人，以荫入仕，淳祐六年（1246），赐同进士出身，官至工部尚书兼侍读，以龙图阁学士致仕。刘克庄诗词兼擅，在诗歌创作方面，他崇尚晚唐，后学陆游，是"江湖派"中的代表作家。在词的创作方面，他是南宋后期重要的辛派词人。词的内容以关怀国家大事，抒发个人抱负为主。风格雄肆疏放。有《后村先生大全集》。

## 贺新郎

送陈真州子华[1]

**【题解】**这首词作于理宗宝庆三年（1227），表达了作者渴望收复中原的抱负，并叹息自己不受朝廷重用，壮志难酬。

北望神州路[2]，试平章、这场公事[3]，怎生分付[4]。记得太行山百万[5]，曾入宗爷驾驭[6]，今把作握蛇骑虎[7]。君去京东豪杰喜[8]，想投戈下拜真吾父[9]。谈笑里，定齐鲁。　　两河萧瑟惟狐兔[10]，问当年祖生去后[11]，有人来否？多少新亭挥泪客，谁梦中原块土[12]？算事业须由人做。应笑书生心胆怯，向车中、闭置如新妇[13]。空目送，塞鸿去。

上海古籍出版社版章谷校点《后村长短句》卷四

**【注释】**

[1] 送陈真州子华：词题一作《送陈子华赴真州》。陈真州子华即陈韡，子华是他的字，曾以仓部员外郎知真州（今江苏仪征）。[2] 神州路：指中原沦陷地区。古时称中国为赤县神州。[3] 平章：评论。公事：指经略中原，收复失地。[4] 分付：处置。[5] 太行山：即今之太行山。熊克《中兴小纪》卷十九："康以来，中原之民不从金者，于太行山相保聚。"[6] 宗爷：指宗泽，北宋末年抗金名将。他知磁州时，曾募集义勇抗击金兵。后任东京留守，招募王善等义军百万人协助防守，屡败金兵。宗泽威名日振，金人对他畏惧而又尊敬，称"宗爷爷"。见《宋史·宗泽传》。驾驭：统率。[7]"今把作"句：写南宋统治集团对义军的不信任与疑惧。把作，当作。握蛇骑虎，比喻处于危险的境地，就像手拿毒蛇、骑在猛虎背上一样。[8] 京东：宋代路名。辖境包括今河南东部、山东南部、江苏北部一带。豪杰：抗金的义军将士。[9] 真吾父：南宋初，张用在江西造反，岳飞以书信晓喻利害，张得书叹服曰："果吾父也！"（参见《宋史·岳飞传》）。此句谓陈韡定会受到中原豪杰的拥戴。[10] 两河：两河路，即河北东路和河北西路，也即中原地区。[11] 祖生：指祖逖，东晋著名的将领，曾率兵北伐收复豫州地区。[12]"多少"二句：指责南宋士大夫官僚对于收复失地，只有空言而没有实际行动。新亭，刘义庆《世说新语·言语》说："过江诸人，每至美日，辄相邀新亭（三国吴时所建，在今南京市南），籍卉饮宴，周侯中坐而叹曰：'风景不殊，举目有河山之异。'皆相视流泪。惟王丞相愀然变色曰：'当共戮力王室，克复神州，何至作楚囚相对！'"谁梦，一作"不梦"。[13]"应笑"二句：自嘲不能上前线抗敌，并对对方表示羡慕和勉励。书生，作者自指。闭置如新妇，《梁书·曹景宗传》中曹景宗对亲近者说："今来扬州做贵人，动转不得，路行开车幰，小人辄言不可。闭置车中，如三日新妇。"

**【审美点评】**

历史上昏聩的统治者，都是敌视人民的力量，勇于对内，怯于对外。在这首词中，作者要陈子华正确对待义军，招抚义军，思想是进步的。这首词气势磅礴，立意高远，杨慎《词品》卷五称："壮语可以起懦。"

# 吴文英

吴文英（1212？—1272？），字君特，号梦窗，又号觉翁，四明（今浙江宁波）人。一生未入科举，所与交游则颇多权贵，往来江浙间，曾为浙东安抚使吴潜幕僚，权贵史宅之、贾似道门客。晚年境遇艰难，最后困踬而死。其词以忧怀国事和表现个人爱情悲剧的作品最值得关注。艺术上学周邦彦，但又另具面目，以密丽深幽为特征。有《梦窗词》。

## 八声甘州

### 灵岩陪庾幕诸公游[1]

**【题解】** 这是一首怀古词，作于词人在苏州任仓台幕僚期间。词通过凭吊吴宫古迹，叙述吴越争霸往事，叹古今兴亡之感和白发无成之恨。

渺空烟四远[2]，是何年、青天坠长星[3]？幻苍崖云树，名娃金屋，残霸宫城[4]。箭径酸风射眼[5]，腻水染花腥[6]。时靸双鸳响，廊叶秋声[7]。　　宫里吴王沉醉[8]，倩五湖倦客，独钓醒醒[9]。问苍波无语[10]，华发奈山青[11]。水涵空[12]，阑干高处，送乱鸦斜日落渔汀。连呼酒，上琴台去[13]，秋与云平。

**上海古籍出版社版陈邦炎校点《梦窗词》上编**

**【注释】**

[1] 灵岩：山名，在苏州市西，上有春秋时吴国的遗迹馆娃宫、琴台等。庾幕：幕府僚属的美称。一说即仓幕，提举常平仓司的幕僚，作者曾入苏州仓幕。[2] "渺空烟"句：极目远望，天空烟云一扫，渺无边际。[3] 长星：指灵岩山。[4] "幻苍崖"三句：谓长星落地，幻化出青山丛林，以及吴国的一段兴衰历史。名娃，此指西施，为越王勾践献给吴王夫差的美女。金屋，用汉武帝金屋藏娇的故事。借指吴王在灵岩山上为西施修建的馆娃宫。[5] 箭径：即采香径。《苏州府志》："采香径在香山之旁，小溪也。吴王种香于香山，使美人泛舟于溪水采香。今自灵岩山望之，一水直如矣，故俗名箭径。"酸风射眼：化用李贺《金铜仙人辞汉歌》"魏官牵牛指千里，东关酸风射眸子"句意。[6] 腻水：宫女濯妆的脂粉水。语出杜牧《阿房宫赋》："渭水涨腻，弃脂粉矣。"[7] "时靸（sǎ）"二句：意谓长廊上秋叶的坠地声使人联想起西施步履的声响。靸，没有后跟的拖鞋，此作动词，指穿着拖鞋。双鸳，指女鞋。廊，响屐廊。《吴郡志·古迹》：

"响屧廊在灵岩山寺，相传吴王令西施辈步屧。廊虚而响，故名。"[8]"宫里"句：指吴王夫差沉溺酒色，不修国政。[9]"倩五湖"二句：谓只有范蠡一个人是清醒的，所以他能够独保其身。五湖倦客，指范蠡。[10]苍波：一作"苍天"。[11]"华发"句：伤时且自伤之语。人不能长存世间，而历史却像青山，依旧一幕一幕地重复。[12]水涵空：天空倒映在水中。灵岩山上有涵空阁，下临太湖。[13]琴台：在灵岩山上，相传西施弹琴之处。

**【审美点评】**

"腻水染花腥"，"腥"写花气，生新怪异，吴宫美女，脂粉成河，流出宫墙，使所浇溉之山花不独染着脂粉之香气，亦且带有人体之"腥"味。

# 风入松

**【题解】**这首词一题作"春晚感怀"，是一首清明怀人之作，写对一位离去恋人的思念。

听风听雨过清明，愁草《瘗花铭》[1]。楼前绿暗分携路[2]，一丝柳，一寸柔情。料峭春寒中酒[3]，交加晓梦啼莺[4]。　　西园日日扫林亭，依旧赏新晴。黄蜂频扑秋千索，有当时、纤手香凝。惆怅双鸳不到，幽阶一夜苔生。

上海古籍出版社版陈邦炎校点《梦窗词》上编

**【注释】**

[1]草：起草，拟写。瘗：埋葬。铭：文体的一种。古代常把铭文刻在墓碑或者器物上，内容多为歌功颂德，表示哀悼，申述鉴戒。[2]绿暗：绿枝成荫。分携：分手，分别。[3]中酒：因饮酒过多而成病。[4]交加：纷纷交错。晓梦啼莺：用唐代金昌绪《闺怨》诗意，"打起黄莺儿，莫教枝上啼。啼时惊妾梦，不得到辽西"。

**【审美点评】**

"黄蜂频扑秋千索，有当时、纤手香凝"两句，用细微观察与奇特想象生动表达出词人的一片痴情。谭献评此二语"是痴语，是深语"。（《谭评词辨》）

# 莺啼序

## 春晓感怀

**【题解】**《莺啼序》长达二百四十字，是吴文英的自度曲，也是词史上最长的词调。是词人悼念杭州亡妾之作。

残寒正欺病酒[1]，掩沉香绣户[2]。燕来晚，飞入西城，似说春事迟暮。画船载、清明过却，晴烟冉冉吴宫树[3]。念羁情游荡[4]，随风化为轻絮。　　十载西湖，傍柳系马，趁娇尘软雾[5]。溯红渐、招入仙溪[6]，锦儿偷寄幽素[7]。倚银屏、春宽梦窄，断红湿、歌纨金缕[8]。暝堤空，轻把斜阳，总还鸥鹭。　　幽兰旋老，杜若还生[9]，水乡尚寄旅[10]。别后访、六桥无信[11]。事往花委[12]，瘗玉埋香，几番风雨。长波妒盼，遥山羞黛[13]，渔灯分影春江宿。记当时、短楫桃根渡[14]，青楼仿佛，临分败壁题诗，泪墨惨淡尘土。　　危亭望极，草色天涯，叹鬓侵半苎[15]。暗检点、离痕欢唾，尚染鲛绡，亸凤迷归[16]，破鸾慵舞[17]。殷勤待写，书中长恨，蓝霞辽海沉过雁[18]，漫相思、弹入哀筝柱。伤心千里江南，怨曲重招，断魂在否？

**上海古籍出版社版陈邦炎校点《梦窗词》上编**

### 【注释】

[1] 残寒：指春寒。[2] 沉香绣户：指书香门第、富雅的人家。[3] 吴宫：指南宋都城的宫苑。南宋都城临安在五代时为吴越国都，并曾在凤凰山一带建有王宫，南宋时扩为行宫。[4] 羁情：客居异地、旅居的情怀。[5] 娇尘软雾：这里形容西湖热闹情景。娇、软，均是形容怡人的修饰词。[6] 溯红：隐用红叶题诗典故。据《云溪友议》：唐时有宫女题诗于红叶上，诗云："柳树何太急，深宫竟日闲。殷勤谢红叶，好去到人间。"红叶顺御沟流出，被人捡到而结成佳偶。仙溪：指桃源。用刘晨、阮肇到天台山采药迷路遇到两位仙女的故事。[7] 锦儿：钱塘妓杨爱爱的侍女。泛指侍婢。幽素：泛指情书。[8] 断红：古代女子脸上常涂擦胭脂，一经流泪，便将脸上胭脂冲断成一道泪痕，故称。歌纨：歌唱时手中执拿的绢帕。[9] 杜若：香草名，可入药。多泛指香草。[10] 寄旅：客居他乡。[11] 六桥：浙江省杭州西湖的堤桥，内湖、外湖各有六座。外湖苏堤上六桥：映波、锁澜、望山、压堤、东浦、跨虹，宋苏轼所建。亦指西湖内湖六桥：环璧、流金、卧龙、隐秀、景行、濬源。[12] 委：凋萎。[13] "长波"二句：湖水长波嫉妒女子顾盼的眼神，远山为此女子的秀丽鬓发而羞惭。[14] 短楫：短小的船桨，此指短舟。桃根渡：即桃叶渡。在南京秦淮河与青溪合流处。传说东晋王献之有爱妾名桃叶，献之常在此迎送桃叶，并作《桃叶歌》，因名其地为桃叶渡。此指送别情人之处。[15] 半苎：此指头发一半已经斑白。苎，苎麻，此处喻指白色。[16] 亸凤：指失伴孤凤。亸，于此同"堕"。[17] 破鸾慵舞：破鸾，已经破碎的镜子。古人称镜为鸾。慵舞，犹指面对破镜之鸾，不堪起舞。[18] 蓝霞辽海，天远海阔。沉过雁，指音书断绝。

### 【审美点评】

"残寒正欺病酒，掩沉香绣户。"借畏寒病酒烘托词人伤逝悼亡之情，使全篇笼罩在寒气逼人的气氛之中。"念羁情游荡，随风化为轻絮。"承上启下，羁情共轻絮飞扬，情思绵邈。

# 文天祥

文天祥（1236—1283），原名孙，字天，后改名天祥，字履善，又字宋瑞，自号文山、浮休道人，吉州庐陵（今江西吉安）人。宋理宗宝祐四年（1256）状元。官至丞相，封信国公。临安危急时，他在家乡招集义军，坚决抵抗元兵的入侵。后不幸被俘，在拘囚中，大义凛然，终以不屈被害。他的文学成就主要在诗歌方面，以临安陷落为界分前后两期。后期创作反映了他坚贞的民族气节和顽强的战斗精神。有《文山先生全集》。

## 过零丁洋

【题解】文天祥于宋末帝赵昺祥兴元年（1278）十二月被元军所俘，囚于零丁洋的战船中。次年正月，元军都元帅张弘范攻打崖山，逼迫文天祥招降坚守崖山的宋军统帅张世杰。文天祥因有此作。诗中表现了慷慨激昂的爱国热情和视死如归的高风亮节，舍生取义的人生观。零丁洋，在今广东中山南的珠江口。

辛苦遭逢起一经[1]，干戈寥落四周星[2]。山河破碎风飘絮，身世浮沉雨打萍[3]。惶恐滩头说惶恐[4]，零丁洋里叹零丁[5]。人生自古谁无死，留取丹心照汗青[6]。

《四部丛刊》本《文山先生全集》卷一四

【注释】

[1]"辛苦"句：追述早年身世及为官以来的种种辛苦。遭逢，遭遇到朝廷选拔。起一经，指因精通某一经籍而通过科举考试得官。文天祥在宋理宗宝祐四年（1256）以状元及第。[2]干戈寥落：指宋元间的战事已经接近尾声。南宋亡于本年（1279），此时已无力反抗。四周星：周星即岁星，岁星十二年在天空循环一周，故又以周星借指十二年。四周星即四十八年，文天祥作此诗时四十四岁，这里四周星用整数。[3]"山河"二句：指国家局势和个人命运都已经难以挽回。[4]惶恐滩：在今江西万安县，水流湍急，为赣江十八滩之一。宋瑞宗景炎二年（1277），文天祥在江西空阬兵败，经惶恐滩退往福建。[5]"零丁"句：慨诗人被俘后，被囚禁于零丁洋的战船中。[6]汗青：史册。纸张发明之前，用竹简记事。制作竹简时，须用火烤去竹汗（水分），故称汗青。

**【审美点评】**

"人生自古谁无死，留取丹心照汗青。"这是身陷敌手的文天祥对自身命运毫不犹豫的选择。具有悲壮激昂的力量和底气，表现出独特的崇高美。这既是诗人人格魅力的体现，也表现了中华民族独特的精神美，其感人之处远远超出了语言文字的范围。

# 金陵驿

**【题解】**此诗写于文天祥兵败被俘的第二年秋天，诗人在被送往大都（今北京）的途中经过金陵，抚今忆昔，触景生情，留下了这首沉郁苍凉寄托亡国之恨的著名诗篇。

草合离宫转夕晖[1]，孤云飘泊复何依！山河风景元无异，城郭人民半已非。满地芦花和我老，旧家燕子傍谁飞[2]？从今别却江南路[3]，化作啼鹃带血归。

《四部丛刊》本《文山先生全集》卷一四

**【注释】**

[1] 草合：草已长满。离宫：即行宫，皇帝出巡时临时居住的地方。金陵是宋朝的陪都，所以有离宫。[2] 旧家燕子：引用刘禹锡《乌衣巷》"旧时王谢堂前燕，飞入寻常百姓家"两句含义。[3] 别却：离开。路：原本作"日"，据别本改。

**【审美点评】**

"从今别却江南路，化作啼鹃带血归。"两句表现了文天祥视死如归的英雄气概和坚定不渝的民族气节，感染与激励着后人。他以鲜血和生命写出此诗，其意则悲，其志则壮，其耿耿爱国之心，拳拳报国情，催人泪下。

# 正气歌

**【题解】**祥兴元年（1278），文天祥在广东海丰兵败被俘。次年被押解至元大都。文天祥在狱中三年，受尽各种威逼利诱，但始终坚贞不屈。1281 年夏，在湿热、腐臭的牢房中，文天祥写下此诗。

余囚北庭[1]，坐一土室，室广八尺，深可四寻[2]，单扉低小[3]，白间短窄[4]，污下而幽暗[5]。当此夏日，诸气萃然[6]：雨潦四集[7]，浮动床几，时则为水气；涂泥半朝[8]，蒸沤历澜[9]，时则为土气；乍晴暴热[10]，风道四塞[11]，时则为日气；檐阴薪爨[12]，助长炎虐[13]，时则为火气；仓腐寄顿[14]，陈陈逼人[15]，时则为米气；骈肩杂沓[16]，腥臊污垢[17]，时则为人气；或圊溷[18]，或毁尸[19]，或腐鼠，恶气杂出，时则为秽气[20]。叠是数气[21]，当侵沴[22]，鲜不为厉[23]。而予以孱弱[24]，俯仰其间[25]，于兹二年矣[26]，无恙[27]。是殆有养致然[28]。然尔亦安知所养何哉[29]？孟子曰[30]："我善养吾浩然之气[31]。"彼气有七，吾气有一，以一敌七，吾何患焉[32]。况浩然者，乃天地之正气也。作《正气歌》一首。

天地有正气，杂然赋流形[33]。下则为河岳，上则为日星[34]；于人曰浩然，沛乎塞苍冥[35]。皇路当清夷[36]，含和吐明庭[37]。时穷节乃见[38]。一一垂丹青[39]：在齐太史简[40]，在晋董狐笔[41]，在秦张良椎[42]，在汉苏武节[43]；为严将军头[44]。为嵇侍中血[45]，为张睢阳齿[46]，为颜常山舌[47]；或为辽东帽[48]，清操厉冰雪[49]；或为《出师表》[50]，鬼神泣壮烈[51]；或为渡江楫[52]，慷慨吞胡羯[53]；或为击贼笏[54]，逆竖头破裂[55]。是气所磅礴[56]。凛烈万古存[57]。当其贯日月，生死安足论[58]！地维赖以立，天柱赖以尊[59]。三纲实系命[60]，道义为之根[61]。嗟予遘阳九[62]，隶也实不力[63]。楚囚缨其冠[64]，传车送穷北[65]。鼎镬甘如饴[66]，求之不可得。阴房阗鬼火[67]，春院闷天黑[68]。牛骥同一皂，鸡栖凤凰食[69]。一朝蒙雾露[70]，分作沟中瘠[71]。如此再寒暑[72]，百沴自辟易[73]。哀哉沮洳场[74]，为我安乐国。岂有他谬巧，阴阳不能贼[75]？顾此耿耿在[76]，仰视浮云白[77]。悠悠我心悲，苍天曷有极[78]！哲人日以远[79]，典刑在夙昔[80]。风檐展书读[81]，古道照颜色。

《四部丛刊》本《文山先生全集》卷一四

**【注释】**

[1] 北庭：指元朝首都燕京（今北京）。[2] 寻：古时八尺为一寻。[3] 单扉：单扇门。[4] 白间：窗户。[2] 污下：低下。[6] 萃（cuì）然：聚集的样子。[7] 雨潦：下雨形成的地上积水。[8] 半朝：半个屋子。朝，本指官府的大堂，这里泛指屋子。或解为"潮"，亦通。[9] 蒸沤历澜：热气蒸，积水沤，到处都杂乱不堪。澜，澜漫，杂乱。[10] 乍晴：刚晴，初晴。[11] 风道四塞：四面的风道都堵塞了。[12] 薪爨（cuàn）：烧柴做饭。[13] 炎虐：炎热的暴虐。[14] 仓腐寄顿：仓库里贮存的米谷腐烂了。[15] 陈陈逼人：陈旧的粮食年年相加，霉烂的气味使人难以忍受。陈陈，指积压陈久而生的霉烂之气。语出《史记·平准书》："太仓之粟，陈

陈相因。"[16] 骈肩杂沓：肩挨肩，拥挤杂乱的样子。[17] 腥臊：鱼肉发臭的气味，此指囚徒身上发出的酸臭气味。[18] 圂溷（qīng hùn）：厕所。[19] 毁尸：毁坏的尸体。[20] 秽：肮脏。[21] 叠是数气：这些气加在一起。[22] 侵沴（lì）：恶气侵入。[23] 鲜不为厉：很少有不生病的。厉，病。[24] 孱弱：虚弱。[25] 俯仰其间：生活在那里。[26] 于兹：至今。[27] 无恙：没有生病。[28] 是殆有养致然：殆，大概。有养，保有正气。语本《孟子·公孙丑》："我善养吾浩然之气。"[29] "然尔"句：然而又怎么知道所保养的内容是什么呢？[30] 孟子：名轲，战国时代的思想家。[31] 浩然之气：纯正博大而又刚强之气。见《孟子·公孙丑》。[32] 吾何患焉：我还怕什么呢。[33] "天地"二句：天地之间充满正气，它赋予各种事物以不同形态。[34] "下则"二句：是说地上的山岳河流，天上的日月星辰，都是由正气形成的。[35] "于人"二句：赋予人的正气叫浩然之气，它充满天地之间。沛乎，旺盛的样子。苍冥，天地之间。[36] 皇路当清夷：当国家太平的时候。[37] 含和吐明庭：正气和谐地表露在政事修明的朝廷里。[38] 时穷节乃见：国家危难之际，气节便表现了出来。见，同"现"。[39] 垂丹青：见于画册，传之后世。垂，留存，流传。[40] 在齐太史简：《左传·襄公二十五年》载：春秋时，齐国大夫崔杼把国君杀了，齐国的太史在史册写道："崔杼弑其君。"崔杼怒，把太史杀了。太史的两个弟弟继续写，都被杀，第三个弟弟仍这样写，崔杼没有办法，只好让他写在上。[41] 在晋董狐笔：《左传·宣公二年》载：春秋时，晋灵公被赵穿杀死，晋大夫赵盾没有处置赵穿，太史董狐在史册上写道："赵盾弑其君。"孔子称赞这样写是"良史"笔法。[42] 张良椎：《史记·留侯传》载：张良祖上五代人都做韩国的丞相，韩国被秦始皇灭掉后，他一心要替韩国报仇，找到一个大力士，持一百二十斤的大椎，在博浪沙（今河南新乡南）伏击出巡的秦始皇，未击中。后来张良辅佐刘邦建立汉朝，封留侯。[43] 苏武节：《汉书·李广苏建传》载：汉武帝时，苏武出使匈奴，匈奴人要他投降，他坚决拒绝，被流放到北海（今西伯利亚贝加尔湖）边牧羊。始终坚贞不屈，后来终于回到汉朝。[44] 严将军：《三国志·蜀志·张飞传》载：严颜在刘璋手下做将军，镇守巴郡，被张飞捉住，要他投降，他回答说："我州但有断头将军，无降将军！"张飞见其威武不屈，把他释放了。[45] 嵇侍中：嵇绍，嵇康之子，晋惠帝时做侍中（官名）。《晋书·嵇绍传》载：晋惠帝永兴元年（304），皇室内乱，惠帝的侍卫都被打垮了，嵇绍用自己的身体遮住惠帝，被杀死，血溅到惠帝的衣服上。战争结束后，有人要洗去惠帝衣服上的血，惠帝说："此嵇侍中血，勿去！"[46] 张睢阳：即唐朝的张巡。《旧唐书·张巡传》载：安禄山叛乱，张巡固守睢阳（今河南商丘），每次上阵督战，大声呼喊，牙齿都咬碎了。城破被俘，拒不投降，敌将问他："闻君每战，皆目裂，嚼齿皆碎，何至此耶？"张巡回答说："吾欲气吞逆贼，但力不遂耳"。"敌将视其齿，存者不过三数"。[47] 颜常山：即唐朝的颜杲卿，任常山太守。《新唐书·颜杲卿传》载：安禄山叛乱时，他起兵讨伐，后城破被俘，当面大骂安禄山，被钩断舌头，仍不屈，被杀死。[48] 辽东帽：东汉末年的管宁有高节，是在野的名士，避乱居辽东（今辽宁东南部），一再拒绝朝廷的征召，他常戴一顶黑色帽子，安贫讲学，名闻于世。[49] 清操厉冰雪：是说管宁严格奉守清廉的节操，凛如冰雪。[50] 《出师表》：诸葛亮出师伐魏之前，上表给蜀后主刘禅，表明自己为统一事业奋斗到底的决心。表文中有"鞠躬尽力，死而后已"的名言。[51] 鬼神泣壮烈：鬼神也被诸葛亮的壮烈精神感得流泪。[52] 渡江楫：东晋爱国志士祖逖率兵北伐，渡长江时，敲着船桨发誓北定中原，后来终于收复黄河以南失地。[53] 胡羯：古代对北方少数民族的称呼。过去史书上曾称匈奴、鲜卑、羯、氐、羌为五胡。[54] 击贼笏：唐德宗时，朱泚谋反，召段秀实议事，段不肯同流合污，以笏猛击朱泚的头。[55] 逆竖：叛乱的贼子，指朱泚。[56] 是气所磅礴：正气所充塞、遍及的地方。指上述的英烈人物。气，原本作"随"，据别本改。[57] 凛烈：庄严、令人敬畏的样子。[58] "当其"二句：当正气激昂起来直冲日月的时候，个人的生死还有什么值得计较的。[59] "地维"二句：是说地和天都依靠正气支撑着。地维，古代人认为地是方的，四角有四根支柱撑着。天柱，古代传说，昆仑山有铜柱，高入云天，称为天柱，又说天有人山为柱。[60] 三纲实系命：是说三纲实际系命于正气，即靠正气支撑着。[61] 道义为之根：道义以正气为根本。[62] 嗟予遘（gòu）阳九：可叹我遇上了恶运。遘，遭逢，遇到。阳九，即百六阳九，古人用以指灾难年头，此指国势的危亡。[63] 隶也实不力：谓我实在无力改变这种危亡的国势。隶，地位低的官吏，此为作者谦称。[64] 楚囚缨其冠：《左传·成公九年》载：春秋时，楚子重攻陈以救赵，楚国被俘的人戴着一种楚国帽子。[65] 传车：官办交通站的车辆。穷北：极远的北方。[66] 鼎镬甘如饴：身受鼎镬那样的酷刑，也感到像吃糖一样甜，表示不怕牺牲。鼎镬，大锅。古代一种酷刑，把人放在鼎镬里活活煮死。[67] 阴房阒（qù）鬼火：囚室阴暗寂静，只有鬼火出没。杜甫《玉华宫》："阴房鬼火青。"[68] 春院闷（bì）天黑：虽在春天里，院门关得紧紧的，照样是一片漆黑。闷，关闭。[69] "牛骥"二句：牛和骏马同槽，鸡和凤凰共处，比喻贤愚不分，杰出的人和平庸的人都关在一起。[70] 一朝蒙雾露：一旦受雾露风寒所侵。[71] 分作沟中瘠：料到自己一定成为沟中的枯骨。沟中瘠，弃于沟中的枯骨。[72] 如此再寒暑：在这种环境里过了两年了。[73] 百沴自辟易：各种病害都自行退避了。[74] 沮洳（jù rù）场：低下阴湿的地方。[75] "岂有"二句：哪有什么妙法奇术，使得寒暑都不能伤害自己。谬巧，智谋，机巧。贼，害。[76] 顾此耿耿在：只因心中充满正气。[77] 仰视浮云白：对富贵不屑一顾，视若浮云。《论语·述而》："不义而富且贵，于我如浮云。"[78] "悠悠"二句：我心中亡国之痛的忧思，像苍天一样，哪有尽头。曷，何，哪。[79] 哲人日以远：古代的圣贤一天比一天远了。[80] 典刑：榜样，模范。夙昔：同"宿昔"，从前，过去。[81] 风檐展书读：在临风的廊檐下展开史册阅读。

### 【审美点评】

这首诗作为文天祥的述志之作，融汇了他的血肉生命，故说理之中，充满情感，贯充信念，显得气势磅礴。从而显示了人类精神的崇高与伟大，体现了人的尊严。也因此激励了后代无数的仁人志士，对铸造中华民族的性格起了很大的作用。

# 刘辰翁

刘辰翁（1232—1297），字会孟，号须溪，吉州庐陵（今江西吉安）人。宋理宗景定三年（1262）进士。廷试对策时，因触犯贾似道，置于丙等。曾任濂溪书院山长、临安府学教授。入元不仕。其词承辛弃疾一派，与刘过、刘克庄并称辛派"三刘"。宋亡前后，多感伤时事的篇章。风格遒劲绚烂。又能诗文，曾评点杜甫、王维、李贺、王安石、陆游诸家之作。有《须溪词》。

# 永遇乐

**【题解】**此词写于宋德宗景炎三年（1278），即帝昺祥光元年。当时临安已沦陷，南宋政权也濒临灭亡，作者在旅途中写成，抒发了眷念故国故都的情怀。

余自乙亥上元[1]，诵李易安《永遇乐》[2]，为之涕下，今三年矣。每闻此词，辄不自堪，遂依其声，又托之易安自喻。虽辞情不及，而悲苦过之。

璧月初晴[3]，黛云远澹，春事谁主？禁苑娇寒[4]，湖堤倦暖，前度遽如许[5]！香尘暗陌[6]，华灯明昼，长是懒携手去。谁知道，断烟禁夜[7]，满城似愁风雨！　　宣和旧日，临安南渡，芳景犹自如故。缃帙流离[8]，风鬟三五[9]，能赋词最苦。江南无路，鄜州今夜[10]，此苦又谁知否？空相对，残釭无寐[11]，满村社鼓[12]。

《彊村丛书》本《须溪词》卷二

**【注释】**

[1] 乙亥上元：宋恭帝德祐元年（1175）元宵节。[2] 李易安《永遇乐》：李清照号易安居士，《永遇乐》有"落日熔金，暮云合璧"句。[3] 璧月：以圆形的玉比喻明月。南朝宋何偃《月赋》："满月如璧。"[4] 禁苑：帝王园囿，禁百姓入内，故称。娇寒：微寒。[5] 前度：再次来到临安，局势竟发生了如此急遽的变化。[6] 香尘暗陌：街道上车马络绎不绝，尘土飞扬。[7] 断烟禁夜：炊烟断绝，城里还实行宵禁。禁夜，实行军事戒严，禁止夜行。[8] 缃帙（xiāng zhì）流离：指北宋覆亡，李清照追随小朝廷南渡，与其夫赵明诚共同搜集珍藏的珍本古籍书画大多丧失遗落，见李清照《金石录后序》。缃帙，包在书卷外的浅黄色封套，也作书卷的代称。"流离"，原本作"离离"，据别本改。[9] 风鬟：李清照《永遇乐》："如今憔悴，风鬟雾鬓，怕见夜间出去。"[10] 鄜州今夜：杜甫《月夜》诗，有云："今夜鄜州月，闺中只独看。"[11] 釭（gāng）：油灯。[12] 社鼓：指社日祭祀土地神的鼓声。此句意为天已将晓。

**【审美点评】**

李清照和刘辰翁，前者经历了北宋的灭亡，感慨时事写下了《永遇乐》；后者看到了南宋的沦陷，眷恋故国仿写了《永遇乐》。两人虽不同时，却成为了异代知音。从他们两个人身上，我们看到了相同的爱国情怀。

# 周 密

周密（1232—1298），字公谨，号草窗、苹洲、四水潜夫等，祖籍山东济南，曾祖辈南渡，寓居吴兴（今属浙江）。宋末曾任临安府幕属、奉礼郎、义乌令等职，宋亡不仕。其词讲求格律，风格在姜夔、吴文英两家之间，与吴文英（梦窗）并称"二窗"。并能诗，也能书画。有《𬭚洲渔笛谱》（又名《草窗词》）。

## 一萼红

### 登蓬莱阁有感[1]

**【题解】** 这首词作于宋端宗景炎元年（1276）冬。元军破临安后，周密在绍兴登蓬莱阁抒发国破家亡之痛。

步深幽。正云黄天淡，雪意未全休。鉴曲寒沙[2]，茂林烟草[3]，俯仰千古悠悠。岁华晚、漂零渐远，谁念我、同载五湖舟？磴古松斜，崖阴苔老，一片清愁。 回首天涯归梦，几魂飞西浦，泪洒东州[4]。故国山川，故园心眼，还似王粲登楼。最负他、秦鬟妆镜[5]，好江山、何事此时游！为唤狂吟老监[6]，共赋消忧。

上海古籍出版社版邓乔彬校点《𬭚洲渔笛谱》集外词

**【注释】**

[1] 蓬莱阁：在今浙江绍兴秦望山上。[2] 鉴曲：鉴湖之滨。鉴湖，又名镜湖，在绍兴市南。[3] 茂林：即绍兴之兰亭。东晋王羲之《兰亭集序》有"此地有崇山峻岭，茂林修竹"之句。[4] 西浦、东州：皆绍兴地名。[5] 秦鬟妆镜：秦望山倒影鉴湖，如美人临镜秀丽可爱。[6] 狂吟老监：贺知章曾任秘书监，自号四明狂客，晚居鉴湖。

**【审美点评】**

"最负他、秦鬟妆镜，好江山、何事此时游！"最为沉痛。有着"秦鬟妆镜"般的"好江山"，却偏在她惨遭蹂躏之后才来游赏，词人不由地发出"何事"的感叹，国破家亡之感就此巧妙地抒发出来了。

# 王沂孙

　　王沂孙（1233—1293），字圣与，号碧山，又号中仙，因家住玉笥山，又号玉笥山人，会稽（今浙江绍兴）人。其生平事迹多不可考。袁桷《延祐四明志》载其入元后曾任庆元路（今浙江宁波一带）学正。其词多以咏物的方式委婉曲折地表达亡国之痛和故国之思。联想丰富，构思奇特。有《碧山乐府》，又称《花外集》。

## 眉　妩

### 新　月

　　**【题解】** 此词摹写新月初升时的情景，寄托对故国的深沉怀念，对恢复团圆的希望。

　　渐新痕悬柳[1]，澹彩穿花[2]，依约破初暝[3]。便有团圆意[4]，深深拜[5]，相逢谁在香径。画眉未稳[6]。料素娥[7]、犹带离恨。最堪爱、一曲银钩小[8]，宝帘挂秋冷。　　千古盈亏休问[9]。叹谩磨玉斧，难补金镜[10]。太液池犹在[11]，凄凉处、何人重赋清景。故山夜永，试待他、窥户端正[12]。看云外山河，还老尽、桂花影。

上海古籍出版社版吴则虞笺注《花外集》

　　**【注释】**

　　[1] 新痕：指初露的新月。[2] 澹彩：微光。[3] 初暝：夜幕刚刚降临。[4] 团圆意：唐牛希济《生查子》："新月曲如眉，未有团圆意。"此处反用其意。[5] 深深拜：古代妇女有拜新月之风俗，以祈求团圆。[6] 未稳：未完，未妥。[7] 素娥：嫦娥。[8] 银钩：泛指新月。[9] 盈亏：满损，圆缺。[10] "叹谩磨"二句：古代传说月亮由七宝合成，日受侵损，有人常年用斧凿修理之。（见《酉阳杂俎·天咫》）谩，徒然。此句意谓缺月难补，暗喻山河残破，难以收复。[11] 太液池：汉唐均有太液池在宫禁中。[12] 窥户：月光照临窗户。端正：指月圆。

　　**【审美点评】**

　　"最堪爱、一曲银钩小，宝帘挂秋冷。"一轮如"银钩"似的"小"之新月挂于"冷"之秋空，形成一种幽渺的意境，令人由衷地产生对新月的怜爱之情。

# 蒋 捷

蒋捷（1245？—1310？），字胜欲，号竹山，阳羡（今江苏宜兴）人。宋度宗咸淳十年（1274）进士。南宋亡，深怀亡国之痛，隐居不仕，人称"竹山先生"、"樱桃进士"，其气节为时人所重。长于词，与周密、王沂孙、张炎并称"宋末四大家"。其词多抒发故国之思、山河之痛。风格以悲凉清俊、萧寥疏爽为主。有《竹山词》。

## 贺新郎

### 兵后寓吴

【题解】宋恭帝德祐元年（1275），元兵南侵，陷岳州，下苏常。翌年春日，兵进临安。这年秋天，蒋捷正在吴门流寓，兵荒马乱之中，衣食成为困扰词人的最大问题。词写于此时，是词人流浪生活的真实写照。

深阁帘垂绣，记家人、软语灯边，笑涡红透[1]。万叠城头哀怨角[2]，吹落霜花满袖。影厮伴、东奔西走[3]。望断乡关知何处？羡寒鸦、到着黄昏后，一点点，归杨柳。 相看只有山如旧。叹浮云、本是无心，也成苍狗[4]。明日枯荷包冷饭，又过前头小阜[5]。趁未发，且尝村酒。醉探枵囊毛锥在[6]，问邻翁、要写《牛经》否[7]？翁不应，但摇手。

上海古籍出版社版黄明校点《竹山词》

【注释】

[1]"深阁"三句：回忆过去家人团聚时的情景。帘垂绣，即垂绣帘。软语，充满亲情的对话。[2]万叠：反复吹奏同一支曲子。乐曲演奏一遍称一叠。哀怨角：城头上驻防军队奏出哀怨的号角声。[3]厮伴：相伴。[4]"叹浮云"二句：感叹时局变化得不可思议。杜甫《可叹》："天上浮云似白衣，斯须改变如苍狗。"[5]阜：土山。[6]枵（xiāo）囊：空囊。毛锥：毛笔。[7]《牛经》：有关牛的知识的书。此句谓想代人抄书混口饭吃。

【审美点评】

回忆过去，是家人团聚时的无比幸福；看看现在，是漂泊流离的无限伤感。两相对比，感慨尤深，而这只因战争而起。这也足以告诫人们：社会的长治久安才是幸福。

# 虞美人

## 听　雨

【题解】这首词是作者晚年的作品，为作者一生的写照。从少年到壮年，再到晚年，以听雨为线索，用寥寥几笔，写出了对人生、岁月不寻常的感受。

　　少年听雨歌楼上，红烛昏罗帐。壮年听雨客舟中，江阔云低，断雁叫西风[1]。　　而今听雨僧庐下，鬓已星星也[2]。悲欢离合总无情，一任阶前点滴到天明。

上海古籍出版社版黄明校点《竹山词》

【注释】

[1] 断雁：失群的孤雁。[2] 星星：形容鬓发斑白。

【审美点评】

　　经过了激情澎湃的少年，熬过了焦头烂额的中年，终于历练到了晚年的淡定超脱。这是词人蒋捷走过的道路，也是几乎所有人生命的轨迹。人生既然本来如此，我们是不是应该坦然地面对人生的坎坎坷坷呢？

# 张　炎

　　张炎（1248—1323?），字叔夏，号玉田，又号乐笑翁，临安（今浙江杭州）人。名将张俊后裔，早年生活优裕。宋亡，落魄纵饮。居于杭，游于山阴、台州，往来于江阴、义兴，前后漂泊达三十年之久。晚境凄凉。其词早年多反映贵公子优游生活，宋亡后则多追怀往昔之作。词风清雅疏朗。从事词学研究，对词的音律、技巧、风格，皆有论述。有《山中白云词》，另有词学论著《词源》。

## 解连环

## 孤　雁

【题解】此词借咏叹离群的孤雁，抒发作者亡国后虽流落不偶，却不愿归附新朝的种种复杂感受。

楚江空晚[1]，怅离群万里，恍然惊散[2]。自顾影、欲下寒塘，正沙净草枯，水平天远。写不成书，只寄得、相思一点[3]。料因循误了[4]，残毡拥雪[5]，故人心眼。　　谁怜旅愁荏苒[6]？谩长门夜悄[7]，锦筝弹怨[8]。相伴侣、犹宿芦花，也曾念春前，去程应转[9]。暮雨相呼，怕蓦地、玉关重见[10]。未羞他、双燕归来，画帘半卷[11]。

中华书局版吴则虞校辑《山中白云词》卷一

**【注释】**

[1] 楚江：指今天湘鄂洞庭湖一带。[2] 恍然：即恍然，惆怅失意的样子。[3]"写不成书"二句：雁群飞行时排成的队形，宛如字样，古人有鸿雁传书的说法。孤雁排不成字，故云。[4] 因循：原指沿用旧习而不改，这里指孤雁因为离群而耽搁。[5] 残毡拥雪：用苏武宁北地牧羊而不屈服匈奴的典故。见《汉书·苏武传》。[6] 旅：原本作"施"，据别本改。荏苒：时间消逝。[7] 长门：汉代宫殿名，汉武帝时陈皇后被弃置幽居的冷宫。杜牧《早雁》："仙掌月明孤影过，长门灯暗数声来。"[8] 锦筝：筝的美称。古筝有十二或十三弦，斜列如雁行，称雁筝，其声凄清哀怨，故又称哀筝。《晋书·桓伊传》有"抚哀筝而歌怨诗"。[9]"也曾念"二句：意谓孤雁也曾想到春前飞回北方去，与伙伴们团聚。[10]"暮雨"二句：设想与伙伴重逢时又惊又喜的心情。[11]"未羞他"二句：意谓孤雁的生活虽然艰辛，但决不羡慕附在贵人堂前成双的燕子。

**【审美点评】**

"写不成书，只寄得、相思一点。"二句设想新奇，把孤雁排不成雁阵和雁足传书的故事融化为一，"一点"既指孤雁孤独的身影，又关合"一点"相思，造语巧妙。

# 元好问

元好问（1190—1257），字裕之，号遗山，世称遗山先生。山西秀容（今山西忻州）人。金宣宗兴定五年（1221）进士，历任内乡令、南阳令、尚书省掾、左司都事、行尚书省左司员外郎，金亡不仕。文学才能全面，诗、文、词、曲，各体皆工。诗作成就最高，"丧乱诗"尤为有名；其词为金代一朝之冠，可与两宋名家媲美；其散曲虽传世不多，但当时影响很大，有倡导之功。有《遗山集》。

# 岐阳（三首选一）

**【题解】** 此诗写于金哀宗正大八年（1231），时作者任南阳令。这年正月，蒙古军围攻岐阳（今陕西省凤翔）。二月，岐阳城破。作者闻讯，写下此诗。原诗三首，这是其中的第二首。诗歌描写了凤翔城被蒙古军攻陷时人民流离失所和金兵横尸野草的惨状，表现了诗人对侵略战争的谴责。

百二关河草不横[1]，十年戎马暗秦京[2]。岐阳西望无来信[3]，陇水东流闻哭声[4]。野蔓有情萦战骨[5]，残阳何意照空城[6]！从谁细向苍苍问[7]，争遣蚩尤作五兵[8]？

人民文学出版社版施国祁《元遗山诗集笺注》卷八

**【注释】**

[1] 百二关河：以二敌百的险要地方。关，指函谷关。河，指黄河。草不横：草未经车马践踏偃倒。[2] "十年"句：金兴定五年（1221）元军进攻陕北，到凤翔陷落，共计十一年。秦京，咸阳，这里泛指秦地。[3] "岐阳"句：意谓凤翔失陷，消息断绝。[4] "陇水"句：写当时十余万难民东迁，情形悲惨。[5] 蔓：草。[6] 空城：指凤翔。[7] 苍苍：苍天。[8] 争：怎。蚩（chī）尤：传说中兵器的始创者。这里代指元军。五兵：各种兵器，这里指发动战争。

**【审美点评】**

陇水哭声、野蔓战骨、残阳空城，组成了一幅用血泪绘制的三秦战乱图，图中之景足以震撼每一个观者的心灵，在谴责战争罪恶的同时，亦启示我们应珍惜现在的和平生活。

## 壬辰十二月车驾东狩后即事（五首选一）

**【题解】** 此诗作于壬辰即金哀宗天兴元年（1232）。时蒙古军队围金南京（今开封），城中粮绝。同年十二月，金哀宗被迫东走，行至黄河北岸，被元军追击，退到归德（今河南商丘南）。"车驾东狩"即指此。当时元好问任左司都事，正在城内。原诗五首，此为第二首。诗中表达了对生民涂炭的悲愤和濒临绝境的痛苦。

惨淡龙蛇日斗争[1]，干戈直欲尽生灵[2]。高原水出山河改[3]，战地风来草木腥。精卫有冤填瀚海，包胥无泪哭秦庭[4]。并州豪杰知谁在，莫拟分军下井陉[5]。

人民文学出版社版施国祁《元遗山诗集笺注》卷八

**【注释】**

[1]惨淡龙蛇：古人认为岁在龙蛇（即辰年和巳年），贤人有厄。（见《后汉书·郑玄传》）这年纪年的干支为壬辰，故有此句。[2]直欲：犹言简直要。[3]高原水出：天兴元年，金曾遣民丁万人决黄河以护京城。（参见《金史·哀宗本纪》）[4]"精卫"二句：精卫，神话中的鸟名，传说是炎帝之女溺海冤魂所化，常衔西山木石以填东海。（见《山海经·北山经》及《述异记》）包胥，春秋时楚国的大夫申包胥。吴伐楚，破郢。申包胥求救于秦。秦不许。包胥哭于秦庭，七日七夜不绝声。秦哀公为之感动，遂发兵救楚。（见《史记·伍子胥列传》）[5]"并州"二句：感叹没有援军前来保驾、解围，用刘知远出兵井陉事。《资治通鉴》卷二百八十六载：刘知远"闻晋主（少帝）北迁（被契丹所掳），声言欲出兵井陉，迎归晋阳"。后自将往迎，不及而还。时刘知远为河东节度使，驻节并州（治所在今山西太原），故称为并州豪杰。井陉，在今河北省井陉县西，山势险阻，是古代军事上争夺的要地。

**【审美点评】**

"精卫有冤填瀚海，包胥无泪哭秦庭。"两句借用两个典故抒发国破家亡之感，于严整工炼之中别有肝肠迸裂之痛，一字字如血泪写成。

# 外家南寺

**【题解】**此诗作于宋理宗嘉熙元年（1237）。诗中因眼前景物，勾起儿时回忆，抚今追昔，充满着家国兴亡的身世之感。外家，指外祖父母家。

郁郁秋梧动晚烟[1]，一庭风露觉秋偏[2]。眼中高岸移深谷[3]，愁里残阳更乱蝉。去国衣冠有今日[4]，外家梨栗记当年[5]。白头来往人间遍，依旧僧窗借榻眠。

人民文学出版社版施国祁《元遗山诗集笺注》卷九

**【注释】**

[1]郁郁：树木茂密貌。[2]秋偏：意谓秋意不平均偏在这儿。[3]"眼中"句：意谓曾亲身阅历巨大的人事变迁。《诗·小雅·十月之交》："高岸为谷，深谷为陵。"比喻世事变迁，高下易位。移深谷，即变为深谷。[4]"去国"句：元好问于金宣宗贞祐四年（1216）因避蒙古兵逃难南行，遂应试入仕，金哀宗天兴三年（1234）金亡，被拘管聊城，三年后，即以移民的身份回到太原，故云。[5]梨栗：陶潜《责子》："通子垂九龄，但觅梨与栗。"因以梨栗为儿童时代生活的象征。

**【审美点评】**

儿时的无忧无虑被如今的满腔幽愤所取代，这是元好问的不幸，归根结底是国家和时代的不幸。

高等师范院校汉语言文学专业系列教材

普通高等学校中文学科通用教材

# 中国古代文学经典选读

## 元明清文学

Zhongguo Gudai Wenxue
**Jingdian Xuandu**

分册主编　刘淑丽

编　委　陈庆纪　刘淑丽　郑世华

北京师范大学出版集团
BEIJING NORMAL UNIVERSITY PUBLISHING GROUP
北京师范大学出版社

# 目 录

## 元代文学

1

## 明代文学

# 清代文学

# 元代文学

## 刘 因

刘因（1249—1293），初名骃，字梦骥，改字梦吉，号静修，雄州容城（今河北容城）人。元世祖至元十九年（1282）应召入朝，授承德郎、右赞善大夫，不久以母病辞归。至元二十八年（1291），又征召为集贤殿学士，不就。刘因是元初较有影响的北方诗人，平生以讲学授徒为业，习程朱理学，四十五岁卒于家。他论诗讲究风骨，诗宗宋代欧、苏、黄，颇有理致，诗风接近元好问，不少诗作反映遗民思想，曲折地表达了对宋朝的追忆和悼念。著有《静修先生文集》。

### 白 沟

【题解】白沟，在今河北省，本指巨马河上游一小水，五代后用以泛指巨马河，宋辽以此为界，故亦称界河。此诗以地取名，但它并不吟咏山川地理，而是咏叹历史，总结了北宋覆灭的根本原因，表现了作者敏锐的历史批判意识和进步的历史观。

宝符藏山自可攻[1]，儿孙谁是出群雄？幽燕不照中天月[2]，丰沛空歌海内风。赵普元无四方志[3]，澶渊堪笑百年功[4]。白沟移向江淮去，止罪宣和恐未平[5]。

《四部丛刊》本《静修先生文集》卷一〇

【注释】

[1]宝符藏山：借指宋太祖曾图谋收取幽燕。宝符，旧时所谓代表天命的符节。语出《史记·赵世家》："简子乃告诸子曰：'吾藏宝符于常山上，先得者赏。'"[2]幽燕：指今北京市、河北北部及辽宁一带，古属幽州，战国时属燕国，故称幽燕。自五代晋石敬瑭割取燕云十六州给契丹以来，后汉、后周及宋朝历代皇帝都未能从契丹手中收回这些地方。[3]赵普：北宋初大臣，

乾德二年（964）起任宰相，历任太祖、太宗两朝，主张对辽采取防御政策，反对出兵收复燕云。元：即"原"，本来。[4] 澶渊：古湖泊名，故址在今河南省濮阳县西。宋真宗景德元年（1004），辽萧太后与圣宗亲率大军南下攻宋，宰相寇准力劝真宗亲征，战于澶州。宋军小胜，反而与辽订立和约，每年输银十万两、绢二十万匹，史称"澶渊之盟"。[5] 止：只，仅。罪：归罪，谴责。宣和：宋徽宗年号，此处指宋徽宗。平，一作"公"。

**【审美点评】**

此诗言简意赅，集叙事、抒情、议论于一炉，特别是尾联"白沟移向江淮去，止罪宣和恐未平"这一番宏论，更是发前人所未发，表现了作者清醒的历史批判意识。

# 赵孟頫

赵孟頫（1254—1322），字子昂，号松雪道人，湖州（今浙江）人。系宋太祖子秦王赵德芳的后代。宋朝灭亡后，元世祖派人到江南搜罗遗逸时被推荐入朝，历仕元世祖、成宗、仁宗数朝，累官至翰林学士承旨，卒封魏国公，谥文敏。他善书画，亦工诗文，有《松雪斋文集》。

## 岳鄂王墓

**【题解】**这首七律诗是作者凭吊民族英雄岳飞而作，通过叹惜岳飞的屈死，斥责南宋君臣醉生梦死、苟且偷安的现状，慨叹中原父老急盼早日收复失地的沉痛心情。

鄂王坟上草离离[1]，秋日荒凉石兽危[2]。南渡君臣轻社稷，中原父老望旌旗[3]。英雄已死嗟何及，天下中分遂不支[4]。莫向西湖歌此曲，水光山色不胜悲。

《四部丛刊》本《松雪斋文集》卷四

**【注释】**

[1] 鄂王：指南宋抗金名将岳飞（1103—1142），力主抗金，为高宗、秦桧所忌恨，于高宗绍兴十二年（1142）被秦桧以"莫须有"的罪名害死。宁宗时被追封为鄂王。[2] 石兽：墓前石雕的石马、石象等兽类。[3] 旌旗：此处指南宋的北伐军。[4] 不支：不能支撑、支持。

**【审美点评】**

鄂王墓的凄凉与西湖歌舞的繁华，对比鲜明，诗人的悲愤之情，溢于言表。元陶宗仪《南村辍耕录》说："岳王墓诗不下数十百篇，其脍炙人口者，莫如赵魏公作。"

# 虞 集

虞集（1272—1348），字伯生，号道园，书斋名邵庵，世人称邵庵先生。祖籍仁寿（今四川仁寿），南宋抗金名臣虞允文五世孙，宋亡侨居崇仁（今江西崇仁）。元成宗大德六年（1302），授大都路儒学教授，累官集贤修撰、奎章阁侍书学士。他与杨载、范梈、揭傒斯并称为"延祐四大家"。其诗以典雅精切著称，内容多应酬、题画之作。有《道园学古录》、《道园遗稿》。

## 至正改元辛巳寒食日示弟及诸子侄（二首选一）

**【题解】**此诗是虞集在元顺帝至正元年（1341）寒食节祭扫祖墓时写给其弟及子侄的。作者时年七十岁，正谢病在乡。本诗通过对故乡的殷切怀念，含蓄曲折地表达了兴亡之感。

江山信美非吾土[1]，飘泊栖迟近百年[2]。山舍墓田同水曲[3]，不堪梦觉听啼鹃[4]。

《四部丛刊》本《道园学古录》卷三〇

**【注释】**

[1] 信：确实。语出王粲《登楼赋》。[2]"飘泊"句：由作者写作此诗时算起，上距其父由蜀迁赣，历时近百年，故有"飘泊栖迟"之叹。[3] 同水曲：同在濒临江岸之处。[4] 啼鹃：《华阳国志·蜀志》载蜀国国君杜宇，号望帝，被逼逊位后隐居山中，死后其魂化为子规鸟，日夜悲啼，其泪如血染红杜鹃花。诗词中常用"鹃啼"来寄托国家兴亡。

**【审美点评】**

客居他乡，难免有飘泊之感，"每逢佳节倍思亲"是很自然的，对故乡的怀念之情自然也非常真挚。"不堪梦觉听啼鹃"一句，巧妙化用典故，语短意长，蕴藉深沉，给人留下广阔的想象空间。

# 挽文山丞相

**【题解】** 这是作者哀悼宋末民族英雄文天祥的诗。文天祥在宋末曾任右丞相，并组织多次抗元斗争，后来被捕遇害。本诗歌颂了文天祥力图恢复宋室，至死不渝的精神，流露出作者缅怀故宋的心情。

徒把金戈挽落晖[1]，南冠无奈北风吹[2]。子房本为韩仇出[3]，诸葛宁知汉祚移[4]。云暗鼎湖龙去远[5]，月明华表鹤归迟[6]。不须更上新亭望[7]，大不如前洒泪时。

中华书局版顾嗣立《元诗选》初集丁集《道园遗稿》

**【注释】**

[1] 金戈挽落晖：《淮南子·览冥训》："鲁阳公与韩构难，战酣，日暮援戈而挥之，日为之反三舍。"此处指文天祥已无力挽回南宋败局。[2] 南冠：春秋时楚人戴的帽子，比喻囚犯。《左传·成公九年》："晋侯观于军府，见钟仪，问之曰：'南冠而絷者谁也？'有司对曰：'郑人所献楚囚也。'"此处指文天祥，他曾两次被元军拘囚。北风：喻指元军。[3] 子房：张良，字子房，家相韩五世。秦灭韩，张良力图为韩报仇，招募刺客于博浪沙（今河南省原阳县东南）行刺秦始皇，误中副车。[4] 诸葛：即诸葛亮，辅佐刘备，力图恢复汉室。祚（zuò）：国运。[5] 鼎湖：传说黄帝铸鼎荆山下，鼎成，有龙下接他上天，后人因名其地曰鼎湖。事见《史记·封禅书》。后世遂以"鼎湖龙去"言皇帝之死。此处兼指南宋末代皇帝之死及南宋政权的灭亡。[6] 华表鹤归：据《搜神后记》载，汉代辽东人丁令威于灵虚山学仙，后化鹤归辽，立于城门华表柱上，"时有少年举弓欲射之，鹤乃飞，徘徊空中有言曰：'有鸟有鸟丁令威，去家千年今始归，城郭如故人民非'"，此处借喻文天祥之魂迟迟不归。[7] 新亭：故址在今江苏省南京市南。《世说新语·言语》载："过江诸人，每至美日，辄相邀新亭，藉卉饮宴。周侯（周顗）中坐而叹曰：'风景不殊，正自有山河之异！'皆相视流泪。唯王丞相（王导）愀然变色曰：'当共戮力王室，克复神州，何至作楚囚相对！'"借此典说明南宋之亡尚不如晋室偏安。

**【审美点评】**

"人生自古谁无死"，文天祥之死却与众不同。他力挽宋室颓势，至死不渝，死于国事，死得崇高，死得壮烈，这未尝不是一种人生之美。

# 杨 载

杨载（1271—1323），字仲弘，建宁浦城（今属福建）人，后徙居杭州。少孤，博涉群书。年四十，不仕。后以布衣被举荐为国史院编修官。延祐二年（1315）进士，官至宁国路总管府推官。为文有跌宕气，因受到赵孟頫的赞赏而闻名文坛。他作诗讲究法度。有《杨仲弘集》。

## 宗阳宫望月分韵得声字

**【题解】** 此首七言律诗是作者与友人在宗阳宫赏月时所写。

老君台上凉如水[1]，坐看冰轮转二更[2]。大地山河微有影，九天风露寂无声。蛟龙并起承金榜，鸾凤双飞载玉笙。不信弱流三万里[3]，此身今夕到蓬瀛[4]。

《四部丛刊》本《翰林杨仲弘诗集》卷六

**【注释】**

[1] 老君台：据《西湖游览志》，"宗阳宫"本宋德寿宫后圃，内有"老君台"、"得月楼"。[2] 冰轮：形容月亮清澈明亮。[3] 弱流：即弱水。《海内十洲记·凤麟洲》载："凤麟洲在西海之中央……洲四面有弱水绕之，鸿毛不浮，不可越也。"[4] 蓬瀛：蓬莱、瀛洲，神话传说中渤海里的仙山。

**【审美点评】**

月光朦胧，凉爽侵肌，一泻如水，充塞了大地山河、万里长空，何不乘着月色到蓬莱、瀛洲仙境一游呢？诗作由月景到仙境，境界奇特，美不胜收。"大地山河微有影"一联历来为人所称道。

# 萨都剌

萨都剌（1272？—?），字天锡，号直斋，本姓答失蛮氏，先世为西域回族，其祖、父两代因军功留镇云、代，遂定居雁门（今山西代县）。泰定四年（1327）进士，官至江南行台侍御史。晚年辞官后，流寓江南。其诗清新绮丽，自成一家。虞集称赞其诗"最长于情，流丽清婉"（《傅若金诗序》）。有《雁门集》、《萨天锡诗集》等。

## 上京即事（十首选二）

**【题解】** 元顺帝元统元年（1333），作者赴上都公干，看到沿途景象，有感而发，遂以生动的笔触描绘了塞外的草原风光以及蒙古人民的生活景况。上京，即元朝上都，故址在今内蒙古自治区正蓝旗东闪电河北岸，与大都并称为元代的两都。原诗共十首，本书选录的是第八、第九首。

牛羊散漫落日下，野草生香乳酪酣[1]。卷地朔风沙似雪[2]，家家行帐下毡帘[3]。

紫塞风高弓力强[4]，王孙走马猎沙场[5]。呼鹰腰箭归来晚[6]，马上倒悬双白狼[7]。

《四部丛刊》本《萨天锡诗集》前集

**【注释】**

[1] 酣：一作"甜"。[2] 朔风：北风。[3] 行（xíng）帐：帐幕，俗称蒙古包，是一种可以拆卸迁移的帐篷。[4] 紫塞：原指长城。晋崔豹《古今注·都邑》云："秦筑长城，土色皆紫，汉塞亦然，故称紫塞焉。"这里泛指塞北地区。[5] 王孙：指蒙古族的贵族子弟。[6] 呼鹰：呼鹰逐兽，指打猎。腰箭：腰间挂着箭袋。腰，此处用作动词。[7] 白狼：象征祥瑞的猎物。梁孙柔之《瑞应图》云："白狼，王者仁德明哲则见。"

**【审美点评】**

"卷地朔风沙似雪"一句，比喻巧妙，从风势、沙势两方面突出了塞外草原的气候特征。"紫塞风高弓力强"一句，内涵丰富，交代了王孙走马打猎的地点、氛围等要素，是非常必要的铺垫。

# 杨维桢

杨维桢（1296—1370），字廉夫，号铁崖，又号铁笛道人，晚号东维子，诸暨（今浙江诸暨）人。泰定四年（1327）进士，官至建德路总管府推官，元亡不仕。明洪武二年（1369），召修礼乐书，赐安车诣阙，留百二十日，以白衣乞骸骨，放还。其诗纵横奇诡、秾丽妖冶，自成一格，人称"铁崖体"。以古乐府和竹枝词最著名。著有《铁崖古乐府》、《东维子集》。

## 西湖竹枝歌 并序（九首选二）

**【题解】**杨维桢的竹枝词享有盛名，王士禛《渔阳诗话》谓"竹枝故称刘梦得、杨廉夫"，诚非虚誉。原诗九首，此处选第四、第八首。

予闲居西湖者七八年，与茅山外史张贞居、苕溪郯九成辈为唱和交[1]。水光山色，浸沈胸次，洗一时尊俎粉黛之习，于是乎有《竹枝》之声。好事者流布南北，名人韵士属和者无虑百家。道扬讽谕，古人之教广矣。是风一变，贤妃贞妇，兴国显家，而《烈女传》作矣。采风谣者，其可忽诸？至正八年秋七月，会稽杨维桢书于玉山草堂。

湖口楼船湖日阴[2]，湖中断桥湖水深。楼船无柁是郎意[3]，断桥无柱是侬心[4]。

石新妇下水连空[5]，飞来峰前山万重[6]。不辞妾作望夫石[7]，望来或似飞来峰[8]。

**中华书局版顾嗣立《元诗选》初集辛集**

【注释】

[1] 张贞居：张雨，字伯雨，别号贞居子，钱塘人。弃家入道，又号茅山外史、句曲外史，诗词书法俱佳，声名达于馆阁。郯九成：郯韶，字九成，号苕溪渔者，吴兴人。为诗追踪盛唐。二人颇为杨维桢所推重。[2] 楼船：一作"行云"，下同。[3] 柁：一作"心"。[4] 无：一作"有"。侬：一作"奴"。[5] 石新妇：即新妇矶。杭州天目山西峰有巨石，高五丈，名新妇矶，隔水与对面东目新郎石相对。[6] 飞来峰：又名灵鹫峰，在杭州西湖灵隐寺前，相传东晋时自天竺国飞来，故名。[7] 不辞妾作望夫石：一作"妾死甘为石新妇"。望夫石：《初学记》卷五引刘义庆《幽明录》："武昌北山上有望夫石，状若人立。古传云昔有贞妇，其夫从役，远赴国难。携弱子饯送此山，立望夫而化为立石，因以为名焉。"[8] 望来：一作"萧郎"。或，一作"忽"。

【审美点评】

采用比兴方式，模拟女性口吻大胆直露地来写她们的爱情生活是竹枝词的一大特色。"楼船无柁是郎意，断桥无柱是侬心"两句，比喻贴切、新奇。"望夫石"典故的运用，恰当而巧妙，写出了女子对丈夫归来的期盼。轻松活泼的外表下，实则蕴含着许多女性的隐忧。

# 王　冕

王冕（1300?—1359），字元章，别号煮石山农，诸暨人。幼年家贫，牧牛苦学，后被学者韩性收为弟子，遂成通儒。但屡试进士不第，见天下大乱，遂绝意仕进。晚年避居会稽（今浙江绍兴）九里山，以种植粟豆、灌园养鱼为活。他工墨梅，亦擅竹石，兼能刻印。他的诗质朴自然，多描写隐逸生活，与元末纤细柔弱的文风有所不同。著有《竹斋诗集》。

## 墨梅（四首选一）

【题解】这是一首题画诗，诗既是咏梅，也是作者自我清高人格的写照。墨梅，画梅的一种手法，以墨为主，不施他色。原作四首，此是第三首。

我家洗研池头树[1]，朵朵花开淡墨痕[2]。不要人夸好颜色，只留清气满乾坤[3]。

《四库全书》本《竹斋诗集》

【注释】

[1] 洗研池：即洗砚池。研，通"砚"。相传晋代书法家王羲之宅旁有洗砚池，他"临池学书，池水尽黑"。王冕家绍兴，又与王羲之同姓，故称"我家"。头：一作"边"。[2] 朵朵：底本为"个个"，据民国邵武徐氏本《竹斋诗集》改。[3] 清气：梅花的清香之气。这里暗喻作者高尚的人格精神。

【审美点评】

这首题画诗"活化"了画中梅花，使人闻之有清香之气。若以梅喻人，做人就不仅要像梅花一样美丽，还要有梅花般的高尚节操。

# 杜仁杰

杜仁杰（1201？—1283？），字仲梁，号止轩，原名之元，字善夫，济南长清人。金正大中，隐居内乡山中。元世祖至元中，屡征不应，有"愿学陆龟蒙，拜赐江湖散人之号"的话，世称杜散人。其子仕元，为福建闽海道廉访使，杜仁杰以子贵，卒赠翰林承旨，资善大夫，谥文穆。散曲仅存套数三套，小令一首。有《善夫先生集》。

## 般涉调·耍孩儿

### 庄家不识构阑

【题解】这个套数描写了元代戏剧演出的实况。它通过描写一个庄稼汉第一次到勾栏看戏的经过，把当时的戏剧演出，包括招徕观众的情形、剧场的模样、观众的情况、角色的装扮以及精彩的表演等，都真实而生动地再现出来。本文对我们了解元代都市生活，研究元杂剧演出情况，具有重要的史料价值。

【耍孩儿】风调雨顺民安乐，都不似俺庄家快活。桑蚕五谷十分收[1]，官司无甚差科[2]。当村许下还心愿，来到城中买些纸火[3]。正打街头过，见吊个花碌碌纸榜[4]，不似那答儿闹穰穰人多[5]。

【六煞】见一个人手撑着椽做的门[6]，高声的叫"请请"，道"迟来的满了无处停坐"。说道：前截儿院本《调风月》，背后么末敷演《刘耍和》[7]。高声叫：赶散易得[8]，难得的妆哈[9]。

【五】要了二百钱放过咱，入得门上个木坡[10]，见层层叠叠团圞坐[11]。抬头觑是个钟楼模样[12]，往下觑却是人旋窝。见几个妇女向台儿上坐，又不是迎神赛社，不住的擂鼓筛锣[13]。

【四】一个女孩儿转了几遭，不多时引出一伙，中间里一个央人货[14]，裹着枚皂头巾顶门上插一管笔[15]，满脸石灰更着些黑道儿抹。知他待是如何过[16]？浑身上下，则穿领花布直裰[17]。

【三】念了会诗共词，说了会赋与歌，无差错。唇天口地无高下，巧语花言记许多。临绝末[18]，道了低头撮脚[19]，爨罢将么拨[20]。

【二】一个妆做张太公，他改做小二哥，行、行、行，说向城中过。见个年少的妇女向帘儿下立，那老子用意铺谋待取做老婆[21]。教小二哥相说合，但要的豆谷米麦，问甚布绢纱罗[22]。

【一】教太公往前那不敢往后那[23]，抬左脚不敢抬右脚，翻来复去由他一个。太公心下实焦懆[24]，把一个皮棒槌则一下打做两半个[25]。我则道脑袋天灵破，则道兴词告状，划地大笑呵呵[26]。

【尾】则被一胞尿，爆的我没奈何。刚捱刚忍更待看些儿个[27]，枉被这驴颓笑杀我。

**中华书局版隋树森编《全元散曲》**

【注释】

[1] 十分收：大丰收。[2] 官司：官府。差科：差役和租税。[3] 纸火：拜神还愿所用的香烛纸马等。[4] 花碌碌：五颜六色。纸榜：用纸做的幌子，即今天的海报。[5] 那答儿：那里，那块儿。[6] 椽做的门：当指栅栏门。椽，木条。[7] 前截儿：前段时间。么末：元时对杂剧的称呼。据《辍耕录》及《录鬼簿》载，刘耍和是金元间著名的演员，在金朝教坊里担任过色长（领班之类）。他的故事后来被编为杂剧。高文秀有《黑旋风敷演刘耍和》杂剧，今已不传。

[8] 赶散：指一般赶场中的散乐（民间歌舞及杂耍）。[9] 妆哈：又称妆呵、装呵，指勾栏里的精彩演出。[10] 木坡：当指木搭的阶梯式看台。[11] 团圞：围成圆形。[12] 钟楼：指戏台。[13] 筛锣：敲锣。[14] 央人货：即殃人祸，犹言害人精。这里可能是指开场的一个角色副末。[15] 皂头巾：黑头巾。一管笔：指翎毛之类的饰物。[16] 过：过日子，生活。[17] 直裰（duō）：长袍。[18] 绝末：最后。[19] 撺脚：并脚。[20] 爨（cuàn）：指开场时的一段小演唱，即"艳段"。么：即"幺末"，指杂剧。《梦粱录》载："先做寻常熟事一段，名曰艳段，次做正杂剧。"[21] 铺谋：谋划。[22] 布绢纱罗：指布匹丝罗一类的彩礼。[23] 那：同"挪"。[24] 焦懆（cǎo）：焦急不安的样子。懆，忧愁不安的样子。[25] 皮棒槌：又叫磕瓜，是副末打诨时用的道具，槌头用皮包棉絮做成，打时不会疼。[26] 划（chǎn）地：平白无故之意，此处作反而解。[27] 刚捱刚忍：意思是强忍硬憋着。

**【审美点评】**

　　这套曲子描写了庄稼人进城看戏的经过，紧扣"不识"二字，从庄稼人特有的生活阅历、艺术趣味、欣赏水平出发，形成一种间离效果，把庄稼人初次看戏时的神态、心理，活灵活现地表现出来了。

# 关汉卿

　　关汉卿，号已斋叟，大都（今北京）人。一说他原籍是山西解州（今山西运城）；一说是河北祁州（今河北安国）伍仁村人。生卒年代不可确考。《录鬼簿》将其列为"前辈已死名公才人有所编传奇行于世者"之首。他"生而倜傥，博学能文，滑稽多智，蕴藉风流，为一时之冠"（元熊自得《析津志·名宦传》）。在大都梨园界，他是"驱梨园领袖"、"总编修帅首"、"捻杂剧班头"，被推为"元曲四大家"之首。所作杂剧六十余种，今存十八种。

## 南吕·一枝花

### 不伏老（节录）

　　**【题解】** 这支套曲写于作者晚年，是带有自述性质的一篇套曲，流露出关汉卿的思想性格、才华技艺和生活情趣。这是一篇对研究作者生平思想很有价值的套曲。

　　**【梁州】** 我是个普天下郎君领袖[1]，盖世界浪子班头[2]。愿朱颜不改常依旧，花中消遣，酒内忘忧；分茶攧竹[3]，打马藏阄[4]，通五音六律滑熟[5]，甚闲愁到我心头！伴的是银筝女银台前理银筝笑倚银屏，伴的是玉天仙携玉手并玉肩同登玉楼，伴的是金钗客歌金缕捧金樽满泛金瓯[6]。你道我老也，暂休，占排场风月功名首[7]，更玲珑又剔透。我是个锦阵花营都帅头[8]，曾玩府游州。

【尾】我是个蒸不烂煮不熟捶不匾炒不爆响珰珰一粒铜豌豆[9]，恁子弟每谁教你钻入他锄不断斫不下解不开顿不脱慢腾腾千层锦套头[10]。我玩的是梁园月[11]，饮的是东京酒[12]，赏的是洛阳花[13]，攀的是章台柳[14]。我也会围棋、会蹴踘、会打围、会插科[15]、会歌舞、会吹弹、会咽作、会吟诗、会双陆[16]。你便是落了我牙，歪了我嘴，瘸了我腿，折了我手，天赐与我这几般儿歹症候[17]，尚兀自不肯休[18]。则除是阎王亲自唤，神鬼自来勾，三魂归地府，七魄丧冥幽[19]，天哪，那其间才不向烟花路儿上走[20]！

**中华书局版隋树森编《全元散曲》**

**【注释】**

[1] 郎君：这里指浪荡公子，嫖客。[2] 盖世界：即全世界。班头：社会各行各业人物的头领，与上句中的"领袖"互文。[3] 分茶攧竹：当时勾栏中的两种技艺。分茶，指泡茶的一种技巧。攧竹，一说为画竹，或谓是赌博性质的抽签。[4] 打马藏阄（jiū）：古代的两种游戏。打马，一种棋艺，因棋子称作马而得名。藏阄，又名藏钩，一种猜别人手中藏物决定胜负的游戏。[5] 六律：即黄钟、太簇、姑洗、蕤宾、夷则、无射，属十二律中的阳律。滑熟：熟悉，熟练。[6] 金钗客：戴金钗的人，指妓女。唐代李贺《残丝曲》："绿鬓金钗客。"《金缕》：唐代曲牌名，即《金缕衣》。金樽、金瓯：皆指名贵酒杯。金瓯，也可能是一种酒的名称。[7] 排场：宋元时称戏剧或其他技艺表演为"做场"或"做排场"。风月：指勾栏、妓院等场所。[8] 锦阵、花营：指妓女优伶集中的场所。都帅头：总头目。[9] 匾：同"扁"。铜豌豆：元代市井语，原是青楼勾栏中对老狎客的昵称。[10] 恁：你们。每：通"们"。锦套头：用锦做成的圈套，比喻妓女笼络嫖客的手段。[11] 梁园：也作"梁苑"或"兔园"，汉代梁孝王刘武好营造宫室苑囿，曾于大梁（今河南开封）筑兔园以馆宾客，日与游乐其中。司马相如、枚乘等名赋家曾被延引其中。[12] 东京：五代至宋，皆以汴州为东京。[13] 洛阳花：洛阳自唐宋以来就以产花名扬天下，尤以牡丹花为最，所谓"洛阳牡丹甲天下"。此处用牡丹来比喻妓女。[14] 章台柳：章台，汉代长安章台下街名，娼妓集中居住之地，旧时用为妓院的代称。此处比喻妓女。[15] 蹴踘（cùjū）：我国古代的一种球类游戏，略近于现在的踢足球。《汉书·枚乘传》："蹴鞠刻镂。"打围：古代指打猎时的合围，后泛称打猎。插科："插科打诨"的简称，指戏曲演员在表演中穿插进诙谐滑稽的语言、动作以引人发笑。[16] 咽作：即歌唱。明风月友《金陵六院市语》："唱曰咽作。"[17] 歹症候：恶疾，坏毛病。[18] 尚兀自：尚且，仍然。[19] 冥幽：阴间。[20] 烟花路儿：指通往勾栏妓院的道路。

**【审美点评】**

本篇可以看作是关汉卿的"浪子宣言",他豪放不羁,赤裸裸地暴露自我,反映出当时社会对有个性作家的压抑。【尾】曲连用排比手法,一气呵成,极有气势。特别是"响珰珰一粒铜豌豆"的比喻,突显其硬汉本色,更令人有荡气回肠之感。

# 南吕·四块玉

## 别　情

**【题解】** 这是一首少妇送别情人之作,紧紧围绕"别"与"情"两字来写,层层深入,淋漓尽致地表达了别离的痛苦。

自送别,心难舍,一点相思几时绝[1]?凭阑袖拂杨花雪[2]。溪又斜,山又遮,人去也!

中华书局版隋树森编《全元散曲》

**【注释】**

[1]绝:断。[2]阑:同"栏",栏杆。杨花雪:柳絮像雪一样纷纷飘落。杨,杨柳。

**【审美点评】**

关汉卿虽以泼辣豪放见长,但他的这首小令却写得很温婉,耐人寻味。"凭阑袖拂杨花雪",点出伫立送别的时间之长。"杨花雪"的比喻,暗示了离别季节。"溪又斜,山又遮",阻隔了送别人的视线,此时应是恨山恨水。作者描摹女性心理,自然率真,不着痕迹。

# 感天动地窦娥冤

## 第一折

**【题解】** 蔡婆婆去赛卢医处讨债,赛卢医竟将蔡婆婆引诱到偏僻处欲行杀害,却被恶棍张驴儿父子无意中撞破。张驴儿父子乘机搬进蔡家。张驴儿妄图霸占窦娥,遭到窦娥的严词拒绝。窦娥的反抗性格,在这一折中初露锋芒。

(净扮赛卢医上[1],诗云)行医有斟酌,下药依《本草》[2];死的医不活,活的医死了。自家姓卢,人道我一手好医,都叫做赛卢医,在这山阳县南门开着生药局[3]。在城有个蔡婆婆[4]，我问他借了十两银子，本利该还他二十两，数次来讨这银子，我又无的还他。若不来便罢，若来呵我自有个主意。我且在这药铺中坐下，看有甚么人来？（卜儿上，云）老身蔡婆婆。我一向搬在山阳县居住，尽也静办[5]。自十三年前窦天章秀才留下端云孩儿与我做儿媳妇，改了他小名，唤做窦娥。自成亲之后，不上二年，不想我这孩儿害弱症死了[6]。媳妇儿守寡又早三个年头[7]，服孝将除了也。我和媳妇儿说知，我往城外赛卢医家索钱去也。（做行科，云）蓦过隅头[8]，转过屋角，早来到他家门首。赛卢医在家么？（卢医云）婆婆，家里来。（卜儿云）我这两个银子长远了[9]，你还了我罢。（卢医云）婆婆，我家里无银子，你跟我庄上去取银子还你。（卜儿云）我跟你去。（做行科）（卢医云）来到此处，东也无人，西也无人，这里不下手等甚么？我随身带的有绳子。兀那婆婆[10]，谁唤你哩？（卜儿云）在那里？（做勒卜儿科。孛老同副净张驴儿冲上[11]，赛卢医慌走下。孛老救卜儿科。张驴儿云）爹，是个婆婆，争些勒杀了[12]。（孛老云）兀那婆婆，你是那里人氏？姓甚名谁？因甚着这个人将你勒死？（卜儿云）老身姓蔡，在城人氏，止有个寡媳妇儿相守过日。因为赛卢医少我二十两银子，今日与他取讨，谁想他赚我到无人去处[13]，要勒死我，赖这银子。若不是遇着老的和哥哥呵，那得老身性命来。（张驴儿云）爹，你听的他说么？他家还有个媳妇哩。救了他性命，他少不得要谢我，不若你要这婆子，我要他媳妇儿，何等两便？你和他说去。（孛老云）兀那婆婆，你无丈夫，我无浑家，你肯与我做个老婆，意下如何？（卜儿云）是何言语！待我回家多备些钱钞相谢。（张驴儿云）你敢是不肯，故意将钱钞哄我？赛卢医的绳子还在，我仍旧勒死了你罢。（做拿绳科）（卜儿云）哥哥，待我慢慢地寻思咱。（张驴儿云）你寻思些甚么？你随我老子，我便要你媳妇儿。（卜儿背云）我不依他，他又勒杀我。罢罢罢，你爷儿两个随我到家中去来。（同下）（正旦上，云）妾身姓窦，小字端云，祖居楚州人氏。我三岁上亡了母亲，七岁上离了父亲，俺父亲将我嫁与蔡婆婆为儿媳妇，改名窦娥。至十七岁与夫成亲，不幸丈夫亡化，可早三年光景，我今二十岁也。这南门外有个赛卢医，他少俺婆婆银子，本利该二十两，数次索取不还，今日俺婆婆亲自索取去了。窦娥也，你这命好苦也呵！（唱）

【仙吕点绛唇】满腹闲愁，数年禁受[14]，天知否？天若是知我情由，怕不待和天瘦。

【混江龙】则问那黄昏白昼，两般儿忘餐废寝几时休？大都来昨宵梦里[15]，和着这今日心头。催人泪的是锦烂熳花枝横绣闼，断人肠的是剔团圞月色挂妆楼[16]。长则是急煎煎按不住意中焦[17]，闷沉沉展不彻眉尖皱。越觉的情怀冗冗[18]，心绪悠悠。

（云）似这等忧愁，不知几时是了也呵！（唱）

【油葫芦】莫不是八字儿该载着一世忧[19]，谁似我无尽头。须知道人心不似水长流。我从三岁母亲身亡后，到七岁与父分离久，嫁的个同住人，他可又拔着短筹[20]；撇的俺婆妇每都把空房守[21]，端的个有谁问[22]，有谁偢[23]？

【天下乐】莫不是前世里烧香不到头[24]，今也波生招祸尤[25]，劝今人早将来世修。我将这婆侍养，我将这服孝守，我言词须应口[26]。

（云）婆婆索钱去了，怎生这早晚不见回来？（卜儿同孛老、张驴儿上）（卜儿云）你爷儿两个且在门首，等我先进去。（张驴儿云）奶奶[27]，你先进去，就说女婿在门首哩。（卜儿见正旦科）（正旦云）奶奶回来了，你吃饭么？（卜儿做哭科，云）孩儿也，你教我怎生说波[28]！（正旦唱）

【一半儿】为甚么泪漫漫不住点儿流？莫不是为索债与人家惹争斗？我这里连忙迎接慌问候，他那里要说缘由。（卜儿云）羞人答答的[29]，教我怎生说波！（正旦唱）则见他一半儿徘徊一半儿丑。

（云）婆婆，你为甚么烦恼啼哭那[30]？（卜儿云）我问赛卢医讨银子去，他赚我到无人去处，行起凶来，要勒死我。亏了一个张老并他儿子张驴儿，救得我性命。那张老就要我招他做丈夫，因这等烦恼。（正旦云）婆婆，这个怕不中[31]？你再寻思咱：俺家里又不是没有饭吃，没有衣穿，又不是少欠钱债，被人催逼不过，况你年纪高大，六十以外的人，怎生又招丈夫那？（卜儿云）孩儿也，你说的岂不是？但是我的性命全亏他这爷儿两个救的，我也曾说道：待我到家，多将些钱物酬谢你救命之恩。不知他怎生知道我家里有个媳妇儿，道我婆媳妇又没老公，他爷儿两个又没老婆，正是天缘天对。若不随顺他，依旧要勒死我。那时节我就慌张了，莫说自己许了他，连你也许了他。儿也，这也是出于无奈。（正旦云）婆婆，你听我说波。（唱）

【后庭花】避凶神要择好日头，拜家堂要将香火修；梳着个霜雪般白鬏髻[32]，怎将这云霞般锦帕兜[33]？怪不的女大不中留。你如今六旬左右，可不道到中年万事休！旧恩爱一笔勾，新夫妻两意投，枉教人笑破口。

（卜儿云）我的性命都是他爷儿两个救的，事到如今，也顾不得别人笑话了。（正旦唱）

【青哥儿】你虽然是得他得他营救，须不是笋条笋条年幼[34]，划的便巧画蛾眉成配偶[35]。想当初你夫主遗留，替你图谋，置下田畴，蚤晚羹粥，寒暑衣裘，满望你鳏寡孤独，无捱无靠，母子每到白头。公公也，则落得干生受[36]。

（卜儿云）孩儿也，他如今只待过门，喜事匆匆的，教我怎生回得他去？（正旦唱）

**【寄生草】**你道他匆匆喜，我替你倒细细愁：愁则愁兴阑删咽不下交欢酒[37]，愁则愁眼昏腾扭不上同心扣[38]，愁则愁意朦胧睡不稳芙蓉褥。你待要笙歌引至画堂前[39]，我道这姻缘敢落在他人后。

（卜儿云）孩儿也，再不要说我了，他爷儿两个都在门首等候，事已至此，不若连你也招了女婿罢。（正旦云）婆婆，你要招你自招，我并然不要女婿。（卜儿云）那个是要女婿的？争奈他爷儿两个自家捱过门来，教我如何是好？（张驴儿云）我们今日招过门去也。帽儿光光，今日做个新郎；袖儿窄窄，今日做个娇客[40]。好女婿，好女婿，不枉了[41]，不枉了。（同孛老入拜科）（正旦做不礼科，云）兀那厮[42]，靠后！（唱）

**【赚煞】**我想这妇人每休信那男儿口，婆婆也怕没的贞心儿自守，到今日招着个村老子[43]，领着个半死囚。（张驴儿做嘴脸科，云）你看我爷儿两个这等身段，尽也选得女婿过。你不要错过了好时辰，我和你早些儿拜堂罢。（正旦不礼科，唱）则被你坑杀人燕侣莺俦。婆婆也你岂不知羞！俺公公撞府冲州，阐阅的铜斗儿家缘百事有[44]。想着俺公公置就，怎忍教张驴儿情受[45]？（张驴儿做扯正旦拜科，正旦推跌科，唱）兀的不是俺没丈夫的妇女下场头。（下）

（卜儿云）你老人家不要恼燥[46]，难道你有活命之恩，我岂不思量报你？只是我那媳妇儿气性最不好惹的[47]，既是他不肯招你儿子，教我怎好招你老人家？我如今挤的好酒好饭[48]，养你爷儿两个在家，待我慢慢的劝化俺媳妇儿，待他有个回心转意，再作区处[49]。（张驴儿云）这歪刺骨[50]！便是黄花女儿，刚刚扯的一把，也不消这等使性[51]，平空的推了我一交[52]，我肯干罢！就当面赌个誓与你：我今生今世不要他做老婆，我也不算好男子！（词云）美妇人我见过万千向外，不似这小妮子生得十分惫赖[53]；我救了你老性命死里重生，怎割舍得不肯把肉身陪待？（同下）

**中华书局版明臧晋叔编《元曲选》**

**【注释】**

[1] 赛卢医：元剧中对庸医及卖药人的讽刺性的通称。春秋时名医扁鹊系卢国人，故有"卢医"、"卢扁"之称。此处云"赛"，实系反语。[2]《本草》：即《神农本草经》，成书于东汉时期，是现存最早的药物学专著。[3] 生药局：药材铺。[4] 在城：本城。[5] 静办：清静，安静。[6] 弱症：即肺痨。[7] 早：先。此处与后文"早来到他家门首"、"可早三年光景"均作"已经"解。[8] 蓦：同"迈"，跨越。隅头：角落。[9] 两个银子：银子通常以十两为一个，两个即二十两。[10] 兀那：犹"那"，"兀"为语助词。[11] 孛（bó）老：杂剧角色名，属"杂"类，意即老头儿。[12] 争些：险些，差一点。[13] 赚：骗。[14] 禁受：忍受。[15] 大都来：亦作"待都来"，不过、大抵之意。[16] 剔团圞：意谓滴溜儿圆。剔，表程度的副词。[17] 急

煎煎：心情焦灼貌。[18] 冗冗：谓心事烦多。[19] 八字儿：用干支排列的生辰年月，一般用作命运的代词。[20] 拔着短筹：喻指短命。古人计数用竹筹，上刻数字，数字小者亦称"短筹"。[21] 婆妇：即婆媳。[22] 端的：究竟。[23] 偢（chǒu）：理睬。[24] 前世里烧香不到头：佛教认为人有前世、今生、来世三世，今生做事不顺利，系因前世烧香没烧好的缘故。[25] 也波：曲语中的衬字，无义。[26] 言词须应口：亦即说到做到，自己的许诺必须兑现。[27] 奶：对女人的尊称，有时也指祖母或奶娘。[28] 波：语尾助词，同"啊"、"吧"。用于句子中间时，为衬字，无义。[29] 羞人答答的：害羞，难为情。[30] 那：同"哪"。[31] 不中（zhōng）：不行，使不得。[32] 髢（dí）髻（jì）：假发盘成的髻。[33] 锦帕兜：古代新娘的妆饰，蒙覆锦帕。[34] 笋条：竹根上生长的幼芽，非常脆嫩。这里借喻年轻。[35] 画蛾眉：古代妇女多用黛色画眉，略似蚕蛾触须，细长弯曲。汉张敞曾为其妻画眉，后人以此隐喻夫妻恩爱。此处是窦娥讽刺婆婆甘心再嫁。[36] 干：枉自，白白地。生受：吃苦、受罪。[37] 阑删：一作"阑珊"，零落衰颓之意。[38] 昏腾：模糊不清。[39] 笙歌：指音乐。画堂：堂舍的泛称，指装饰得很华丽的客堂。"笙歌引至画堂前"，是古人结婚时的仪式，在乐声中引新人到堂前参拜。[40] "帽儿光光"四句：宋元民间谚语。光光，言新郎衣帽整洁；窄窄，犹谓漂亮时新，均为赞贺之辞。[41] 不枉了：没有白做。指救蔡婆婆一事。[42] 厮：古代对男子的贱称，犹言"小子"、"家伙"。[43] 村老子：粗俗的老头。村，粗俗。老子，此处作老年人的通称。[44] 阐踹（zhèng chuài）：犹言挣揣，挣扎。铜斗儿家缘：谓家境非常富有。斗，古代的一种量具。家缘，即家产。[45] 情受：承受，继承。[46] 恼懆：烦恼急躁。[47] 气性：脾气，性格。[48] 挤（pīn）：同"拼"。[49] 区处：处理，处置。[50] 歪剌（là）骨：指性格乖戾、乖张之人。剌，乖戾，乖张。[51] 使性：发脾气。[52] 交：同"跤"。[53] 怠赖：泼赖，调皮。

**【审美点评】**

窦娥立志守节，遇到张驴儿父子逼婚，幻想破灭，窦娥宁愿玉碎不愿瓦全的反抗性格开始一步步展现。窦娥的决绝与蔡婆的妥协形成鲜明对比。

# 第三折

**【题解】** 窦娥不得不屈招后，被判处死刑。在赴法场途中，窦娥指斥天地鬼神，哭诉自己的冤情，对黑暗的社会现实进行强烈的控诉。在与婆婆的哭别中，窦娥说明冤案真相，并劝慰婆婆。临刑前，窦娥发下三桩誓愿：血溅素练、六月飞雪、楚州大旱三年，结果一一应验。此折是全剧的高潮，塑造了一个善良正直、至死不屈的妇女形象。

（外扮监斩官上[1]，云）下官监斩官是也。今日处决犯人，着做公的把住巷口[2]，休放往来人闲走。（净扮公人，鼓三通，锣三下科，刽子磨旗[3]、提刀、押正旦带枷上，刽子云）行动些，行动些，监斩官去法场上多时了。（正旦唱）

**【正宫端正好】** 没来由犯王法[4]，不堤防遭刑宪[5]，叫声屈动地惊天。顷刻间游魂先赴森罗殿[6]，怎不将天地也生埋怨。

【滚绣球】有日月朝暮悬，有鬼神掌著生死权。天地也只合把清浊分辨，可怎生糊突了盗跖颜渊[7]？为善的受贫穷更命短，造恶的享富贵又寿延。天地也，做得个怕硬欺软，却元来也这般顺水推船[8]。地也，你不分好歹何为地。天也，你错勘贤愚枉做天[9]！哎，只落得两泪涟涟。

（刽子云）快行动些，误了时辰也。（正旦唱）

【倘秀才】则被这枷纽的我左侧右偏，人拥的我前合后偃。我窦娥向哥哥行有句言[10]。（刽子云）你有甚么话说？（正旦唱）前街里去心怀恨，后街里去死无冤，休推辞路远。

（刽子云）你如今到法场上面，有甚么亲眷要见的，可教他过来见你一面也好。（正旦唱）

【叨叨令】可怜我孤身只影无亲眷，则落的吞声忍气空嗟怨。（刽子云）难道你爷娘家也没的？（正旦云）止有个爹爹，十三年前上朝取应去了，至今杳无音信。（唱）早已是十年多不睹爹爹面。（刽子云）你适才要我往后街里去，是什么主意？（正旦唱）怕则怕前街里被我婆婆见。（刽子云）你的性命也顾不得，怕他见怎的？（正旦云）俺婆婆若见我披枷带锁赴法场餐刀去呵[11]，（唱）枉将他气杀也么哥[12]！枉将他气杀也么哥！告哥哥，临危好与人行方便。

（卜儿哭上科，云）天那，兀的不是我媳妇儿！（刽子云）婆子靠后。（正旦云）既是俺婆婆来了，叫他来，待我嘱付他几句话咱。（刽子云）那婆子，近前来，你媳妇要嘱付你话哩。（卜儿云）孩儿，痛杀我也。（正旦云）婆婆，那张驴儿把毒药放在羊肚儿汤里，实指望药死了你，要霸占我为妻。不想婆婆让与他老子吃，倒把他老子药死了。我怕连累婆婆，屈招了药死公公，今日赴法场典刑。婆婆，此后遇着冬时年节，月一十五，有瀽不了的浆水饭[13]，瀽半碗儿与我吃；烧不了的纸钱，与窦娥烧一陌儿[14]，则是看你死的孩儿面上。（唱）

【快活三】念窦娥葫芦提当罪愆[15]，念窦娥身首不完全，念窦娥从前已往干家缘；婆婆也，你只看窦娥少爷无娘面。

【鲍老儿】念窦娥伏侍婆婆这几年，遇时节将碗凉浆奠；你去那受刑法尸骸上烈些纸钱[16]，只当把你亡化的孩儿荐[17]。（卜儿哭科，云）孩儿放心，这个老身都记得。天那，兀的不痛杀我也！（正旦唱）婆婆也，再也不要啼啼哭哭，烦烦恼恼，怨气冲天。这都是我做窦娥的没时没运，不明不暗，负屈衔冤。

（刽子做喝科，云）兀那婆子靠后[18]，时辰到了也。（正旦跪科）（刽子开枷科）（正旦云）窦娥告监斩大人，有一事肯依，窦娥便死而无怨。（监斩官云）你有什么事？你说。（正旦云）要一领净席，等我窦娥站立，又要丈二白练，挂在旗枪上[19]。若是我窦娥委实冤枉，刀过处头落，一腔热血休半点儿沾在地下，都飞在白练上者。（监斩官云）这个就依你，打甚么不紧[20]。（刽子做取席站科，又取白练挂旗上科）（正旦唱）

【耍孩儿】不是我窦娥罚下这等无头愿[21]，委实的冤情不浅。若没些儿灵圣与世人传，也不见得湛湛青天。我不要半星热血红尘洒，都只在八尺旗枪素练悬。等他四下里皆瞧见，这就是咱苌弘化碧[22]，望帝啼鹃。

（刽子云）你还有甚的说话，此时不对监斩大人说，几时说那？（正旦再跪科，云）大人，如今是三伏天道，若窦娥委实冤枉，身死之后，天降三尺瑞雪，遮掩了窦娥尸首。（监斩官云）这等三伏天道，你便有冲天的怨气，也召不得一片雪来，可不胡说！（正旦唱）

【二煞】你道是暑气暄[23]，不是那下雪天；岂不闻飞霜六月因邹衍[24]？若果有一腔怨气喷如火，定要感的六出冰花滚似绵[25]，免着我尸骸现。要什么素车白马[26]，断送出古陌荒阡[27]？

（正旦再跪科，云）大人，我窦娥死的委实冤枉，从今以后，着这楚州亢旱三年。（监斩官云）打嘴！那有这等说话！（正旦唱）

【一煞】你道是天公不可期，人心不可怜，不知皇天也肯从人愿。做甚么三年不见甘霖降？也只为东海曾经孝妇冤[28]。如今轮到你山阳县。这都是官吏每无心正法，使百姓有口难言。

（刽子做磨旗科，云）怎么这一会儿天色阴了也？（内做风科，刽子云）好冷风也！（正旦唱）

【煞尾】浮云为我阴，悲风为我旋，三桩儿誓愿明题遍。（做哭科，云）婆婆也，直等待雪飞六月，亢旱三年呵，（唱）那其间才把你个屈死的冤魂这窦娥显！

（刽子做开刀，正旦倒科）（监斩官惊云）呀，真个下雪了，有这等异事！（刽子云）我也道平日杀人，满地都是鲜血，这个窦娥的血，都飞在那丈二白练上，并无半点落地，委实奇怪。（监斩官云）这死罪必有冤枉，早两桩儿应验了，不知亢旱三年的说话，准也不准？且看后来如何。左右，也不必等待雪晴，便与我抬他尸首，还了那蔡婆婆去罢。（众应科，抬尸下）

中华书局版明臧晋叔编《元曲选》

**【注释】**

[1] 外：杂剧角色名。多为"外末"的省称，有时也作"外旦"、"外净"的省称。[2] 做公

的：衙役皂隶的通称。亦即下文所说的"公人"。[3] 磨旗：摇旗，挥旗。[4] 没来由：无缘无故，平白无端。[5] 刑宪：刑法，刑律。[6] 森罗殿：即阎罗殿，阴间阎王爷审案的厅堂。[7] 糊突：即糊涂。盗跖（zhí）：即柳下跖，春秋时奴隶起义的领袖，被统治者诬之为盗，故称为盗跖。颜渊：孔子的弟子，贫而好学，古代誉称为贤者。常用他们作为坏人和好人的典型。[8] 顺水推船：比喻乘便行事，此处作趋炎附势解。[9] 勘：审查，核实。[10] 哥哥行（háng）：即哥哥那里。行，表示处所、方位的词，用在人称名词之后。[11] 餐刀：吃刀，被杀。[12] 也么哥：宋元时口语，用作语尾助词，表声无义。[13] 灡（jiǎn）：泼，倒。[14] 一陌儿："陌"通"百"，又作"佰"。古时钱一百叫做一陌。一陌儿，就是一百张或一串、一挂之意。[15] 葫芦提：糊里糊涂，不明不白。罪愆（qiān）：罪过。[16] 烈：烧化。[17] 荐：祭奠。[18] 兀：发音词，无义。[19] 旗枪：古代旗杆顶端有一个枪（扎枪）形的金属饰物，称作旗枪。此处指旗杆。[20] 打甚么不紧：有什么要紧，即不要紧。[21] 罚下：即发下。无头愿：使人摸不着头脑的誓愿。[22] 苌（cháng）弘化碧：苌弘，又叫苌叔，周朝的忠臣，传说他蒙冤被害后，蜀人把他的血藏起来，过了三年，血变成碧玉。事见《庄子·外物》篇。[23] 暄（xuān）：蒸腾，温暖。[24] 飞霜六月因邹衍：邹衍，战国时燕国的忠臣，相传他被诬下狱，曾仰天大哭，时值夏天，竟然降霜。后人遂以"六月飞霜"喻冤狱。[25] 六出冰花：即雪花。[26] 素车白马：东汉时，范式和张劭交好，张劭病死，范式全身缟素，乘白车白马，远道去吊丧。后人遂以借指吊丧和送葬。[27] 断送：发送，打发。古陌荒阡：荒凉的原野。[28] 东海曾经孝妇冤：民间传说，汉代东海有寡妇周青，为侍奉婆婆矢志不嫁，婆婆年老不愿拖累她，遂自缢而死。其小姑诬告周青逼死婆婆，昏官不察，竟把她处死。临刑时，她指着车上的长竹竿说：我若真有罪，被斩后，血往下流，否则，血往上流。行刑时，血果然逆流而上。而东海一带乃大旱三年。后任官员查问就里，有于公者代为申雪，天方降雨。事见刘向《说苑·贵德》、《汉书·于定国传》和晋人干宝《搜神记·东海孝妇》。

**【审美点评】**

无辜蒙冤行将屈死的窦娥对"天"、"地"的埋怨、指斥，以及所发下的三桩无头誓愿，深刻控诉了社会的黑暗、吏治的腐败，的确是"词调快爽，神情悲吊"（孟称舜《古今名剧合选·酹江集》眉批）。其撼人心魄的悲剧之美，足以激发起人们的悲愤与同情。

# 赵盼儿风月救风尘

## 第三折

**【题解】**此剧是关汉卿喜剧的代表作，写妓女赵盼儿以"风月"手段拯救同行姐妹宋引章，同恶棍商人周舍斗智斗勇的故事。本书所选的第三折，是喜剧性最强烈的一折，为救宋引章，赵盼儿巧施美人计，智赚周舍，并成全了宋引章与秀才安秀实的婚姻。

（周舍同店小二上，诗云）万事分已定，浮生空自忙。无非花共酒，恼乱我心肠。店小二，我着你开着这个客店，我那里希罕你那房钱养家？不问官妓私科子[1]，只等有好的来你客店里，你便来叫我。（小二云）我知道。只是你脚头乱[2]，一时间那里寻你去？（周舍云）你来粉房里寻我[3]。（小二云）粉房里没有呵？（周舍云）赌房里来寻。（小二云）赌房里没有呵？（周舍云）牢房里来寻。（下）（丑扮小闲[4]，挑笼上）（诗云）钉靴雨伞为活计，偷寒送暖作营生[5]。不是闲人闲不得，及至得闲时又闲不成。自家张小闲的便是。平生做不的买卖，止是与歌者姐姐每叫些人，两头往来，传消寄信都是我。这里有个大姐赵盼儿，着我收拾两箱子衣服行李，往郑州去。都收拾停当了，请姐姐上马。（正旦上，云）小闲，我这等打扮，可冲动得那厮么[6]？（小闲做倒科）（正旦云）你做甚么哩？（小闲云）休道冲动那厮，这一会儿连小闲也酥倒了。（正旦唱）

【正宫端正好】则为他满怀愁，心间闷，做的个进退无门[7]。那婆娘家一涌性无思忖[8]，我可也强打入迷魂阵。

【滚绣球】我这里微微的把气喷，输个姓因[9]，怎不教那厮背槽抛粪[10]！更做道普天下无他这等郎君[11]。想着容易情，忒献勤，几番家待要不问；第一来我则是可怜见无主娘亲[12]，第二来是我"惯曾为旅偏怜客"，第三来也是我"自己贪杯惜醉人"[13]。到那里呵，也索费些精神。

（云）说话之间，早来到郑州地方了。小闲，接了马者，且在柳阴下歇一歇咱。（小闲云）我知道。（正旦云）小闲，咱闲口论闲话[14]：这好人家好举止，恶人家恶家法[15]。（小闲云）姐姐，你说我听。（正旦唱）

【倘秀才】县君的则是县君[16]，妓人的则是妓人。怕不扭捏着身子蓦入他门[17]；怎禁他使数的到支分[18]，背地里暗忍。

【滚绣球】那好人家将粉扑儿浅淡匀[19]，那里像咱干茨腊手抢着粉[20]；好人家将那篦梳儿慢慢地铺鬓[21]，那里像咱解了那襻胸带[22]，下颏上勒一道深痕。好人家知个远近，觑个向顺[23]，衔一味良人家风韵[24]，那里像咱们恰便似空房中锁定个猢狲。有那千般不实乔躯老[25]，有万种虚嚣歹议论[26]，断不了风尘。

（小闲云）这里一个客店，姐姐好住下罢。（正旦云）叫店家来。（店小二见科）（正旦云）小二哥，你打扫一间干净房儿，放下行李。你与我请将周舍来，说我在这里久等多时也。（小二云）我知道。（做行叫科，云）小哥在那里？（周舍上，云）店小二，有甚么事？（小二云）店里有个好女子请你哩。（周舍云）咱和你就去来。（做见科，云）是好一个科子也。（正旦云）周舍你来了也。（唱）

【幺篇】俺那妹子儿有见闻，可有福分，抬举的个丈夫俊上添俊[27]，年纪儿恰正青春。（周舍云）我那里曾见你来？我在客火里[28]，你弹着一架筝，我不与了你个褐色绸段儿？（正旦云）小的，你可见来？（小闲云）不曾见他有甚么褐色绸段儿。（周舍云）哦，早起杭州散了，赶到陕西客火里吃酒，我不与了大姐一分饭来？（正旦云）小的每，你可见来？（小闲云）我不曾见。（正旦唱）你则是忒现新[29]，忒忘昏[30]，更做道你眼钝[31]。那唱词话的有两句留文：咱也曾"武陵溪畔曾相识，今日佯推不认人"。我为你断梦劳魂。

（周舍云）我想起来了，你敢是赵盼儿么？（正旦云）然也。（周舍云）你是赵盼儿，好，好！当初破亲也是你来！小二，关了店门，则打这小闲。（小闲云）你休要打我。俺姐姐将着锦绣衣服，一房一卧来嫁你[32]，你倒打我？（正旦云）周舍，你坐下，你听我说。你在南京时[33]，人说你周舍名字，说的我耳满鼻满的，则是不曾见你。后得见你呵，害的我不茶不饭，只是思想着你。听的你娶了宋引章，教我如何不恼？周舍，我待嫁你，你却着我保亲！（唱）

【倘秀才】我当初倚大呵妆偎主婚[34]？怎知我嫉妒呵特故里破亲[35]？你这厮外相儿通疏就里村[36]！你今日结婚姻，咱就肯罢论。

（云）我好意将着车辆鞍马佥房来寻你[37]，你划地将我打骂。小闲，拦回车儿，咱家去来！（周舍云）早知姐姐来嫁我，我怎肯打舅舅？（正旦云）你真个不知道？你既不知，你休出店门，只守着我坐下。（周舍云）休说一两日，就是一两年[38]，您儿也坐的将去。（外旦上，云）周舍两三日不家去，我寻到这店门首。我试看咱，原来是赵盼儿和周舍坐哩！兀那老弟子不识羞，直赶到这里来！周舍，你再不要来家，等你来时，我拿一把刀子，你拿一把刀子，和你一递一刀子截哩[39]。（下）（周舍取棍科，云）我和你抢生吃哩[40]！不是奶奶在这里，我打杀你！（正旦唱）

【脱布衫】我更是的不待饶人，我为甚不敢明闻；肋底下插柴自稳[41]，怎见你便打他一顿？

【小梁州】可不道一夜夫妻百夜恩！你可便息怒停嗔。你村时节背地里使些村，对着我合思忖：那一个双同叔打杀俏红裙[42]？

【幺篇】则见他恶哏哏摸按着无情棍[43]，便有火性的不似你个郎君。（云）你拿着偌粗的棍棒，倘或打杀他呵，可怎了？（周舍云）丈夫打杀老婆，不该偿命。（正旦云）这等说，谁敢嫁你？（背唱）我假意儿瞒，虚科儿喷[44]，着这厮有家难奔。妹子也，你试看咱风月救风尘。

（云）周舍，你好道儿[45]！你这里坐着，点的你媳妇来骂我这一场[46]。小闲，拦回车儿，咱回去来！（周舍云）好奶奶，请坐，我不知道他来；我若知道他来，我就该死。（正旦云）你真个不曾使他来？这妮子不贤惠，打一棒快球子[47]。你舍的宋引章，我一发嫁你。（周舍云）我到家里就休了他。（背云）且慢着，那个妇人是我平日间打怕的，若与了一纸休书，那妇人就一道烟去了。这婆娘他若是不嫁我呵，可不弄的尖担两头脱[48]？休的造次[49]，把这婆娘摇撼的实着[50]。（向旦云）奶奶，您孩儿肚肠是驴马的见识，我今家去把媳妇休了呵，奶奶，你把肉吊窗儿放下来[51]，可不嫁我，做的个尖担两头脱。奶奶，你说下个誓着。（正旦云）周舍，你真个要我赌咒？你若休了媳妇，我不嫁你呵，我着堂子里马踏杀，灯草打折臁儿骨[52]。你逼的我赌这般重咒哩！（周舍云）小二，将酒来。（正旦云）休买酒，我车儿上有十瓶酒哩。（周舍云）还要买羊。（正旦云）休买羊，我车上有个熟羊哩。（周舍云）好、好、好，待我买红去。（正旦云）休买红，我箱子里有一对大红罗[53]。周舍，你争甚么那！你的便是我的，我的就是你的。（唱）

【二煞】则这紧的到头终是紧[54]，亲的原来只是亲。凭着我花朵儿身躯、笋条儿年纪，为这锦片儿前程，倒赔了几锭儿花银。挤着个十米九糠[55]，问甚么两妇三妻，受了些万苦千辛。我着人头上气忍[56]，不枉了一世做郎君。

【黄钟尾】你穷杀呵甘心守分捱贫困；你富呵休笑我饱暖生淫惹议论。您心中觑个意顺[57]，但休了你这眼下人，不要你钱财使半文。早是我走将来自上门。家业家私待你六亲，肥马轻裘待你一身，倒贴了奁房和你为眷姻[58]。（云）我若还嫁了你，我不比那宋引章，针指油面，刺绣铺房，大裁小剪，都不晓得一些儿的。（唱）我将你写了的休书正了本[59]。（同下）

中华书局版明臧晋叔编《元曲选》

【注释】

[1]私科子：指私娼。[2]脚头乱：到处跑，没有准地方。[3]粉房：妓女集中之处，代指妓院。[4]小闲：专为妓女或纨绔子弟帮闲跑腿的年轻男子，是"小帮闲"的省称。[5]偷寒送暖：往来于男女之间，传书带信，进行撮合。[6]冲动：打动，迷惑。[7]无门：没路儿。[8]一涌性：一时冲动。[9]输个姓因：给个消息。输，给，送。姓因，疑为"信音"的借字。[10]背槽抛粪：宋元时俗语，以牲口为喻，骂人忘恩负义。[11]更做道：就是，即使。[12]娘亲：指宋引章的母亲。[13]"惯曾为旅偏怜客"、"自己贪杯惜醉人"：同病相怜之意。[14]闲口论闲话：犹云闲谈。[15]家法：与上句"举止"互文见义。[16]县君：古代封赠制度，政府官员的妻子可以有封号。元代五品官的妻子可以封"县君"。《辍耕录》卷一九载："国朝品官母妻：四品赠郡君，五品赠县君。"[17]怕不：尽管，就让。[18]使数：指奴婢、仆役。使，役。数，计也。支分：支使，吩咐。[19]粉扑儿：涂粉的用具。[20]干茨腊：干枯、干瘪。抢着粉：指因面皮发干，搽不上粉，而勉强涂上去的意思。抢，有勉强加上、堆上去的意思。[21]铺髻(bìn)：梳理鬓发。[22]襻(pàn)：联缀，结系。[23]向顺：指远近亲疏，和上文"远近"互文见义。[24]衠(zhūn)一味：真是一派。衠，真，纯粹。[25]乔躯老：指姿态说，就是坏样子。乔，本是做假、装模作样，这里引申为坏之意。躯老，指身子、身段。老，语助词，无义。[26]虚嚣：虚假，不老实。[27]抬举：此处是打扮的意思。[28]客火：客店。[29]忒现新：太喜欢新人。[30]忘昏：健忘，糊涂。[31]眼钝：眼拙。钝，指视觉不灵。[32]一房一卧：

一套妆奁（嫁妆）。[33]南京：即今河南开封市，金主完颜亮曾改汴梁作南京。[34]倚大：倚老卖老。妆儇（xuān）：即装假、装腔作势。[35]特故里：特意地。[36]通疏：聪明，灵巧。[37]奁房：指嫁妆。奁，女子梳妆用的镜匣。[38]一两年：底本为"一个年"，据《脉望馆钞校本古今杂剧》本改。[39]一递一刀子：你给我一刀，我给你一刀，即拼命之意。[40]抢生吃：不等食物熟就抢着吃，表明性情很急躁，此处是反诘语气，即不着急。[41]稳：同"隐"，稳、隐音相近，古时多通用。[42]双同叔打杀俏红裙：双同叔指双渐，北宋熙宁、元丰间人，官至豫章县令，在元曲中还有双生、双郎、双同叔、双通叔、双县令等称呼。红裙，指歌舞妓女。因旧时妇女多穿红色，故以衣着作为青年妇女的代称。[43]恶哏（hěn）哏：极端凶恶的样子。哏，同"狠"。[44]虚科儿喷：装模作样地哄骗、逗弄。喷，哄骗、遮掩。[45]道儿：圈套、诡计。[46]点的：指使。[47]打一棒快球子：是当时球戏术语，就是用棒子打个快球。此处比喻用手段快速解决问题。[48]两头脱：两头落空、什么也捞不到的意思。[49]造次：莽撞，大意。[50]摇撼的实着：弄得十分可靠、稳稳当当的意思。[51]肉吊窗儿：喻指眼皮儿。[52]"我着堂子里"二句：这是赵盼儿用两件不可能的事来发誓骗周舍，也是戏剧中故意打诨取笑的话。堂子，指屋子。臁（qiǎn）儿骨，身体两旁肋骨和胯骨之间的部分（多指兽类的）。臁，同"肷（qiǎn）"。[53]罗：一种精细的丝织品。[54]紧：疑为"近"。[55]十米九糠：十成米里九成是糠。比喻嫖客中好的少坏的多。[56]气忍：欺凌。[57]意顺：称心如意。一说"意顺"当"主意"讲，"觑个意顺"，是拿个主意的意思。[58]眷姻：亲眷。[59]正了本：够了本。本，本钱。

**【审美点评】**

赵盼儿虽为卑贱的社会底层人物，但是智勇兼备，面对狡猾奸诈的浮浪子弟周舍，她甘冒风险，巧设计谋，让周舍鸡飞蛋打，终于成功救出宋引章。风尘女，侠骨香，成人之美令人钦仰。

# 白 朴

白朴（1226—1306?），字仁甫，一字太素，号兰谷，祖籍隩州（今山西河曲），生于汴梁（今河南开封），出身于一个有文化修养的官僚家庭，父亲白华曾任金朝枢密院判官。金哀宗天兴元年（1232），蒙古军围攻汴梁，白朴的母亲死于战乱之中，年仅八岁的白朴，被其父好友元好问携归真定（今河北正定）抚育。元灭南宋后，他徙家金陵，纵情山水，"放浪形骸，期于适意"（《天籁集序》）。以杂剧著称，为"元曲四大家"之一。现存剧目十六种，剧作三种。词有《天籁集》。

# 唐明皇秋夜梧桐雨

## 第四折

【题解】此剧是白朴的代表作，取材于白居易的《长恨歌》。此处所选的第四折，是全剧的高潮部分，连用二十三支曲子浓墨重彩地表现了安史之乱后唐明皇的孤寂落寞、哀伤幻灭之感。

（高力士上，云）自家高力士是也。自幼供奉内宫，蒙主上抬举，加为六官提督太监。往年主上悦杨氏容貌，命某取入宫中，宠爱无比，封为贵妃，赐号太真。后来逆胡称兵[1]，伪诛杨国忠为名，逼的主上幸蜀[2]。行至中途，六军不进。右龙武将军陈玄礼奏过，杀了国忠，祸连贵妃。主上无可奈何，只得从之，缢死马嵬驿中。今日贼平无事，主上还国，太子做了皇帝。主上养老，退居西宫，昼夜只是想贵妃娘娘。今日教某挂起真容[3]，朝夕哭奠。不免收拾停当，在此伺候咱。（正末上，云）寡人自幸蜀还京，太子破了逆贼，即了帝位。寡人退居西宫养老，每日只是思量妃子。教画工画了一轴真容供养着，每日相对，越增烦恼也呵！（作哭科）（唱）

【正宫端正好】自从幸西川还京兆[4]，甚的是月夜花朝[5]！这半年来白发添多少，怎打叠愁容貌[6]！

【幺篇】瘦岩岩不避群臣笑，玉叉儿将画轴高挑。荔枝花果香檀卓[7]，目觑了伤怀抱。

（做看真容科）（唱）

【滚绣球】险些把我气冲倒，身谩靠，把太真妃放声高叫；叫不应雨泪嚎咷。这待诏手段高[8]，画的来没半星儿差错。虽然是快染能描，画不出沉香亭畔回鸾舞[9]，花萼楼前上马娇[10]，一段儿妖娆。

【倘秀才】妃子呵，常记得千秋节华清宫宴乐[11]，七夕会长生殿乞巧。誓愿学连理枝比翼鸟，谁想你乘彩凤，返丹霄，命夭！

（带云）寡人越看越添伤感，怎生是好？（唱）

【呆骨朵】寡人有心待盖一座杨妃庙，争奈无权柄谢位辞朝。则俺这孤辰限难熬[12]，更打着离恨天最高[13]。在生时同衾枕，不能勾死后也同棺椁。谁承望马嵬坡尘土中，可惜把一朵海棠花零落了。

（带云）一会儿身子因乏，且下这亭子，去闲行一会咱。（唱）

【白鹤子】那身离殿宇，信步下亭皋[14]。见杨柳袅翠蓝丝[15]，芙蓉拆胭脂萼[16]。

【幺】见芙蓉怀媚脸，遇杨柳忆纤腰。依旧的两般儿点缀上阳宫，他管一灵儿潇洒长安道[17]。

【幺】常记得碧梧桐阴下立，红牙筯手中敲[18]。他笑整缕金衣，舞按霓裳乐。

【幺】到如今翠盘中荒草满[19]，芳树下暗香消。空对井梧阴，不见倾城貌。

（做叹科，云）寡人也怕闲行，不如回去来。（唱）

【倘秀才】本待闲散心追欢取乐，倒惹的感旧恨天荒地老。快快归来凤帏悄，甚法儿捱今宵，懊恼！

（带云）回到这寝殿中，一弄儿助人愁也[20]。（唱）

【芙蓉花】淡氤氲串烟袅，昏惨剌银灯照。玉漏迢迢，才是初更报。暗觑清霄，盼梦里他来到。却不道口是心苗[21]，不住的频频叫。

（带云）不觉一阵昏迷上来，寡人试睡些儿。（唱）

【伴读书】一会家心焦燥，四壁厢秋虫闹。忽见掀帘西风恶，遥观满地阴云罩。俺这里披衣闷把帏屏靠，业眼难交[22]。

【笑和尚】原来是滴溜溜绕闲阶败叶飘，疏刺刺刷落叶被西风扫，忽鲁鲁风闪得银灯爆。厮琅琅鸣殿铎[23]，扑簌簌动朱箔[24]，吉丁当玉马儿向檐间闹[25]。

（做睡科，唱）

【倘秀才】闷打颏和衣卧倒[26]，软兀剌方才睡着[27]。（旦上，云）妾身贵妃是也。今日殿中设宴，宫娥，请主上赴席咱。（正末唱）忽见青衣走来报，道太真妃将寡人邀，宴乐。

（正末见旦科，云）妃子，你在那里来？（旦云）今日长生殿排宴，请主上赴席。（正末云）分付梨园子弟齐备着。（旦下）（正末做惊醒科，云）呀！元来是一梦。分明梦见妃子，却又不见了。（唱）

【双鸳鸯】斜軃翠鸾翘[28]，浑一似出浴的旧风标，映着云屏一半儿娇。好梦将成还惊觉，半襟情泪湿鲛绡[29]。

【蛮姑儿】懊恼，窨约[30]。惊我来的又不是楼头过雁，砌下寒蛩，檐前玉马，架上金鸡，是兀那窗儿外梧桐上雨潇潇。一声声洒残叶，一点点滴寒梢，会把愁人定虐[31]。

【滚绣球】这雨呵，又不是救旱苗，润枯草，洒开花萼，谁望道秋雨如膏。向青翠条，碧玉梢，碎声儿刬剥，增百十倍歇和芭蕉[32]。子管里珠连玉散飘千颗[33]，平白地瀽瓮番盆下一宵[34]，惹的人心焦。

【叨叨令】一会价紧呵，似玉盘中万颗珍珠落；一会价响呵，似玳筵前几簇笙歌闹；一会价清呵，似翠岩头一派寒泉瀑；一会价猛呵，似绣旗下数面征鼙操[35]。兀的不恼杀人也么哥！兀的不恼杀人也么哥！则被他诸般儿雨声相聒噪。

【倘秀才】这雨一阵阵打梧桐叶凋，一点点滴人心碎了。枉着金井银床紧围绕[36]，只好把泼枝叶做柴烧，锯倒。

（带云）当初妃子舞翠盘时，在此树下；寡人与妃子盟誓时，亦对此树。今日梦境相寻，又被他惊觉了。（唱）

【滚绣球】生长殿那一宵，转回廊，说誓约，不合对梧桐并肩斜靠，尽言词絮絮叨叨。沉香亭那一朝，按霓裳，舞六幺[37]，红牙箸击成腔调，乱宫商闹闹炒炒。是兀那当时欢会栽排下，今日凄凉厮辏着[38]，暗地量度。

（高力士云）主上，这诸样草木，皆有雨声，岂独梧桐？（正末云）你那里知道，我说与你听者。（唱）

【三煞】润濛濛杨柳雨，凄凄院宇侵帘幕。细丝丝梅子雨，妆点江干满楼阁。杏花雨红湿阑干，梨花雨玉容寂寞。荷花雨翠盖翩翩，豆花雨绿叶潇条。都不似你惊魂破梦，助恨添愁，彻夜连宵。莫不是水仙弄娇[39]，蘸杨柳洒风飘？

【二煞】咪咪似喷泉瑞兽临双沼[40]，刷刷似食叶春蚕散满箔。乱洒琼阶，水传宫漏，飞上雕檐，酒滴新槽。直下的更残漏断，枕冷衾寒，烛灭香消。可知道夏天不觉，把高凤麦来漂[41]。

【黄钟煞】顺西风低把纱窗哨，送寒气频将绣户敲。莫不是天故将人愁闷搅？度铃声响栈道[42]，似花奴羯鼓调[43]，如伯牙《水仙操》[44]。洗黄花润篱落，渍苍苔倒墙角。渲湖山漱石窍，浸枯荷溢池沼。沾残蝶粉渐消，洒流萤焰不着。绿窗前促织叫，声相近雁影高。催邻砧处处捣，助新凉分外早。斟量来这一宵，雨和人紧厮熬。伴铜壶点点敲，雨更多泪不少。雨湿寒梢，泪染龙袍，不肯相饶，共隔着一树梧桐直滴到晓。

题目　安禄山反叛兵戈举　陈玄礼拆散鸾凰侣
正名　杨贵妃晓日荔枝香　唐明皇秋夜梧桐雨

中华书局版明臧晋叔编《元曲选》

**【注释】**

[1] 逆胡称兵：指安禄山举兵反叛。剧中安禄山自称"积祖以来，为营州杂胡"。[2] 幸蜀：指安史之乱爆发后，唐玄宗仓惶逃到蜀地避难一事。[3] 真容：画像。[4] 京兆：古都长安及其附近地区，此处指京都长安。[5] 甚的是：意谓何曾度过。[6] 打叠：收拾。[7] 卓：通"桌"。[8] 待诏：唐代翰林院设有待诏所，蓄备词学、经术、僧道、医卜、艺术等人才，称翰林待诏，此处指画工。[9] 回鸾舞：六朝舞曲名。元许有孚《侍饮圭塘和桢韵》："风吹杨柳回鸾舞，雨浥芙蕖堕马妆。"此处代指《霓裳羽衣舞》。[10] 上马娇：宋元时有《杨妃上马娇图》，这里形容杨贵妃娇美的身姿。[11] 千秋节：唐开元十七年（729），百官上表以玄宗八月五日的诞辰为"千秋节"。唐杜牧《华清宫三十韵》："歌吹千秋节，楼台八月凉。"[12] 孤辰限：孤寡不吉的岁月。[13] 离恨天：佛经谓须弥山，正中有一天，四方各有八天，共三十三天。民间传说三十三天中，最高者是离恨天。后比喻男女生离，抱恨终身的境地。[14] 亭皋：高地上的亭子。皋，水边高地。[15] 袅：轻柔地摆动。[16] 拆：绽开。[17] 一灵儿：指魂灵。潇洒：凄凉、冷落之意。[18] 红牙筋：用红檀木做的形似筷子的打击乐器。[19] 翠盘：用碧玉砌成的舞盘。[20] 一弄儿：一切。[21] 口是心苗：言为心声之意。[22] 业眼：造孽的眼，多于自怨自詈时用之。[23] 殿铎：殿中的铃铎。[24] 朱箔（bó）：红色的帘子。宋代贺铸《秦淮夜泊》："隔岸开朱箔，临风弄紫箫。"箔，门帘。[25] 玉马儿：又称"铁马"，古代檐间悬挂的风铃，以玉片或铁片制成，风吹互相撞击出声以惊鸟雀。[26] 闷打颏（hái）：闷得慌。打颏，语助词。[27] 软兀刺：软搭搭地无力貌。兀刺，语助词。[28] 躲（duǒ）：下垂。翠鸾翘：妇女的首饰。[29] 鲛（jiāo）绡：丝织的手帕。鲛，鲛人，即神话传说中的人鱼，据说能织绡。[30] 窨（yìn）约：忧愁。[31] 定虐：又作"定害"，打搅，扰乱。[32] 歃和：聚合，协合。[33] 子管里：只管，一味地。[34] 灒（jiǎn）：倾，倒。[35] 征鼙（pí）：军鼓。[36] 金井银床：指有雕饰的井架及井栏。[37] 六幺：又称绿腰，唐代舞曲名。[38] 厮辏：聚集。[39] 水仙：天上司掌降雨的神仙。[40] 咻（chuáng）咻：象声词，形容雨声。[41] 高凤：《后汉书·逸民传》载东汉时隐士高凤读书十分专心，他家晒的麦子被大雨漂走了也不知道。[42] "度铃声"句：唐玄宗在蜀地避难时，雨中闻栈道铃声，勾起对贵妃的思念之情，因采其声为《雨霖铃》曲。[43] 花奴：唐玄宗时汝南王李琏的小名，善击羯鼓。宋范成大《题〈开元天宝遗事〉》之一："御前羯鼓透春空，笑觉花奴手未工。"[44] 伯牙：春秋时精于琴艺的人。琴曲《水仙操》、《高山流水》相传均为他所作。

**【审美点评】**

自古红颜多薄命。杨玉环虽为贵妃，备受宠爱，历经繁华，但是风流总被雨打风吹去，最终命丧马嵬坡。白朴把唐明皇对杨贵妃的思念之情，借助于梧桐和雨等意象，抒发得悲壮感人。其中《叨叨令》一曲，对雨的描绘形象而细致，颇有美感。

# 裴少俊墙头马上

## 第三折

**【题解】**《墙头马上》是一部具有浓厚喜剧色彩的爱情戏。它取材于白居易的《新乐府·井底引银瓶》，该诗原是悲剧结局，白朴把它改写成喜剧。此处所选第三折，写李千金母子藏身裴家后花园的秘密被裴尚书发现，双方经过一番唇枪舌战，最终李千金被逐出裴家的经过。

（裴尚书上，云）自从少俊去洛阳买花栽子回来，今经七年。老夫常是公差，多在外，少在里。且喜少俊颇有大志，每日只在后花园中看书，直等功名成就，方才娶妻。今日是清明节令，老夫待亲自上坟去，奈畏风寒，教夫人和少俊替祭祖去咱。（下）（裴舍引院公上[1]，云）自离洛阳，同小姐到长安七年也。得了一双儿女，小厮儿叫做端端[2]，女儿唤做重阳。端端六岁，重阳四岁，只在后花园中隐藏，不曾参见父母。皆是院公伏侍，连宅里人也不知道。今日清明节令，父亲畏风寒，我与母亲郊外坟茔中祭奠去。院公在意照顾，怕老相公撞见。（院公云）哥哥，一岁使长百岁奴[3]。这宅中谁敢提起个李字！若有一些差失，如同那赵盾便有灾难，老汉就是灵辄扶轮[4]，王伯当与李密叠尸[5]，为人须为彻。休道老相公不来，便来呵，老汉凭四方口[6]，调三寸舌，也说将回去。我这是蒯文通、李左车[7]。哥哥，你放心，倚着我呵，万丈水不教泄漏了一点儿。（裴舍云）若无疏失，回家多多赏你。（下）（正旦引端端、重阳上，云）自从跟了舍人来此呵，早又七年光景，得了一双儿女。日月好疾也呵！（唱）

**【双调新水令】**数年一枕梦庄蝶[8]，过了些不明白好天良夜。想父母关山途路远，鱼雁信音绝。为甚感叹咨嗟，甚日得离书舍？

**【驻马听】**凭男子豪杰，平步上万里龙庭双凤阙；妻儿真烈[9]，合该得五花官诰七香车[10]，也强如带满头花向午门左右把状元接[11]，也强如挂拖地红两头来往交媒谢[12]。今日个改换别，成就了一天锦绣佳风月[13]。

（云）我掩上这门，看有甚人来此。（院公持扫帚上，云）哥哥祭奠去了，嫂嫂根前回复去咱[14]。（见科，云）嫂嫂，舍人祭奠去了。院公特地说与嫂嫂得知。（正旦云）院公可要在意者，则怕老相公撞将来。（院公云）老汉有句话敢说么？今日清明节，有甚节令酒果，把些与老汉吃饱了，只在门首坐着，看有甚的人来。（旦与酒肉吃科，院公云）夜来两个小使长把墙头上花都折坏了，今日休教出来，只教书房中耍，则怕老相公撞见。（正旦唱）

【乔牌儿】当拦的便去拦，我把你个院公谢。想昨日被棘针都把衣袂扯，将孩儿指尖儿都挝破也。

（端端云）奶奶，我接爹爹去来。（正旦云）还未来哩！（唱）

【幺篇】便将球棒儿撇，不把胆瓶藉[15]。你哥哥这其间未是他来时节[16]，怎抵死的要去接？

（院公云）我门口去吃了一瓶酒，一分节食，觉一阵昏沉。倚着湖山睡些儿咱[17]！（端端打科）（院公云）谑杀人也。小爷爷！你要到房里要去。（又睡科，重阳打科）（院公云）小奶奶，女孩家这般劣！（又睡科，二人齐打介）（院公云）我告你去也，快书房里去！（装尚书引张千上，云）夫人共少俊祭奠去了，老夫心中闷倦，后花园内走一遭去，看孩儿做下的功课咱。（见院公云）这老子睡着了。（做打科，院公做醒、着扫帚打科，云）打你娘，那小厮。（做见慌科，尚书云）这两个小的是谁家？（端端云）是裴家。（尚书云）是那个裴家？（重阳云）是裴尚书家。（院公云）谁道不是裴尚书家花园，小弟子还不去[18]！（重阳云）告我爹爹、奶奶说去。（院公云）你两个采了花木，还道告你爹爹、奶奶去？跳起恁公公来也打你娘！（两人走科，院公云）你两个不投前面走，便往后头去？（二人见旦科，云）我两人接爹爹去，见一老爹，问是谁家的。（正旦云）孩儿也，我教你休出去，兀的怎了！（尚书做意科，云）这两个小的不是寻常之家。这老子其中有诈，我且到堂上看来。（正旦唱）

【豆叶儿】接不着你哥哥，正撞见你爷爷。魄散魂消，肠慌腹热，手脚獐狂去不迭[19]。相公把拄杖据详[20]，院公把扫帚支吾，孩儿把衣袂掀者。

（尚书云）咱房里去来。（到书房。正旦掩门科）（尚书云）更有谁家个妇人？（院公云）这妇人折了俺花，在这房内藏来。（正旦唱）

【挂玉钩】小业种把拢门掩上些，道不的跳天撅地十分劣[21]。被老相公亲向园中撞见者，谑的我死临侵地难分说[22]。（尚书云）拿的芙蓉亭上来。（正旦唱）氲氲的脸上羞[23]，扑扑的心头怯；喘似雷轰，烈似风车[24]。

（院公云）这妇人折了两朵儿花，怕相公见，躲在这里。合当饶过教家去。（正旦云）相公可怜见，妾身是少俊的妻室。（尚书云）谁是媒人？下了多少钱财？谁主婚来？（旦做低头科）（尚书云）这两个小的是谁家？（院公云）相公不合烦恼合欢喜。这的是不曾使一分财礼，得这等花枝般媳妇儿，一双好儿女，合做一个大筵席。老汉买羊去，大嫂，请回书房里去者。（尚书怒科，云）这妇人决是娼优酒肆之家！（正旦云）妾是官宦人家，不是下贱之人。（尚书云）嗻声！妇人家共人淫奔，私情来往，这罪过逢赦不赦[25]。送与官司问去，打下你下半截来。（正旦唱）

【沽美酒】本是好人家女艳冶，便待要兴词讼，发文牒，送到官司遭痛决[26]。人心非铁，逢赦不该赦。

【太平令】随汉走怎说三贞九烈[27]，勘奸情八棒十挟[28]。谁识他歌台舞榭，甚的是茶房酒舍。相公便把贱妾，栲折下截，并不是风尘烟月。

（尚书云）则打这老汉，他知情。（张千云）这个老子，从来会勾大引小。（院公云）相公，七年前舍人哥哥买花栽子时，都是这厮搬大引小[29]，着舍人刁将来的[30]。（张千云）老子攀下我来也。（尚书云）是了，敢这厮也知情？（正旦唱）

【川拨棹】赛灵辄、蒯文通、李左车，都不似季布喉舌[31]，王伯当尸叠。更做道向人处无过背说[32]，是和非须辩别。

（尚书云）唤的夫人和少俊来者。（夫人裴舍上，见科）（尚书云）你与孩儿通同作弊，乱我家法。（夫人云）老相公，我可怎生知道？（尚书云）这的是你后园中七年做下功课！我送到官司，依律施行者。（裴舍云）少俊是卿相之子，怎好为一妇人，受官司凌辱，情愿写与休书便了。告父亲宽恕。（正旦唱）

【七弟兄】是那些劣懒[33]，痛伤嗟也，时乖运蹇遭磨灭[34]，冰清玉洁肯随邪，怎生的拆开我连理同心结！

（尚书云）我便似八烈周公[35]，俺夫人似三移孟母[36]。都因为你个淫妇，枉坏了我少俊前程，辱没了我裴家上祖。兀那妇人，你听者：你既为官宦人家，如何与人私奔？昔日无盐采桑于村野[37]，齐王车过，见了欲纳为后。同车，而无盐曰："不可，禀知父母，方可成婚；不见父母，即是私奔。"呸！你比无盐败坏风俗，做的个男游九郡[38]，女嫁三夫。（正旦云）我则是裴少俊一个。（尚书怒云）可不道"女慕贞洁，男效才良[39]；聘则为妻，奔则为妾"。你还不归家去！（正旦云）这姻缘也是天赐的。（尚书云）夫人，将你头上玉簪来。你若天赐的姻缘，问天买卦，将玉簪向石上磨做了针儿一般细[40]。不折了，便是天赐姻缘；若折了，便归家去也。（正旦唱）

【梅花酒】他毒肠狠切，丈夫又软揣些些[41]，相公又恶噷噷乖劣[42]，夫人又叫丫丫似蝎蜇。你不去望夫石上变化身，筑坟台上立个碑碣[43]。待教我谩懒懒[44]，愁万缕，闷千叠；心似醉，意如呆；眼似瞎，手如瘸；轻拈掇[45]，慢拿捻。

【收江南】呀！琭叮珰掂做了两三截，有鸾胶难续玉簪折[46]，则他这夫妻儿女两离别。总是我业彻[47]，也强如参辰日月不交接。

（尚书云）可知道玉簪折了也，你还不肯归家去？再取一个银壶瓶来[48]，将着游丝儿系住，到金井内汲水。不断了便是夫妻；瓶坠簪折，便归家去。（正旦云）可怎了也！（唱）

【雁儿落】似陷人坑千丈穴，胜滚浪千堆雪。恰才石头上损玉簪，又教我水底捞明月。

【得胜令】冰弦断便情绝，银瓶坠永离别，把几口儿分两处。(尚书云)随你再嫁别人去。(正旦唱)谁更待双轮碾四辙[49]。恋酒色淫邪，那犯七出的应挤舍[50]；享富贵豪奢，这守三从的谁似妾！

(尚书云)既然簪折瓶坠，是天着你夫妻分离。着这贼丑生与你一纸休书[51]，便着你归家去。少俊，你只今日便与我收拾琴剑书箱，上朝求官应举去。将这一儿一女收留在我家。张千，便与我赶离了门者！(下)(裴舍与旦休书科)(正旦云)少俊，端端，重阳，则被你痛杀我也！(唱)

【沉醉东风】梦惊破情缘万结，路迢遥烟水千叠。常言道有亲娘有后爷，无亲娘无疼热。他要送我到官司，逞尽豪杰。多谢你把一双幼女痴儿好觑者，我待信拖拖去也[52]。

(云)端端，重阳，儿也！你晓事些儿个，我也不能勾见你了也！(唱)

【甜水令】端端共重阳，他须是你裴家枝叶。孩儿也啼哭的似痴呆，这须是我子母情肠厮牵厮惹[53]，兀的不痛杀人也！

【折桂令】果然人生最苦是离别，方信道花发风筛，月满云遮。谁更敢倒凤颠鸾，撩蜂剔蝎，打草惊蛇？坏了咱墙头上传情简帖，拆开咱柳阴中莺燕蜂蝶[54]。儿也咨嗟，女又拦截，既瓶坠簪折，咱义断恩绝！

(张千云)娘子，你去了罢！老相公便着我回话哩。(正旦云)少俊，你也须送我归家去来。(唱)

【鸳鸯煞】休把似残花败柳冤仇结，我与你生男长女填还彻。指望生则同衾，死则共穴。唱道题柱胸襟，当垆的志节[55]，也是前世前缘，今生今业。少俊呵，与你干驾了会香车[56]，把这个没气性的文君送了也！(下)

(裴舍云)父亲，你好下的也。一时间将俺夫妻子父分离，怎生是好？张千，与我收拾琴剑书箱，我就上朝取应去。一面瞒着父亲，悄悄送小姐回到家中，料也不妨。(诗云)正是：石上磨玉簪，欲成中央折。井底引银瓶，欲上丝绳绝。两者可奈何，似我今朝别。果若有天缘，终当做瓜葛[57]。(下)

中华书局版明臧晋叔编《元曲选》

**【注释】**

[1]裴舍：是裴舍人的简称，即裴少俊。宋元时代俗称显贵子弟为舍人，犹如"公子"。[2]小厮儿：此处指男孩。[3]使长(zhǎng)：主人。[4]赵盾：事见《左传·宣公二年》，晋灵公要谋杀赵盾，赵盾避祸外逃。灵公手下武士灵辄为报答赵盾的救命之恩，助他逃逸。后来民间流传灵辄曾为赵盾推车出逃，故说"灵辄扶轮"。[5]王伯当：隋末农民起义领袖李密的手下大将，李密降唐后又叛唐。王伯当誓不降唐，跳涧自杀。[6]四方口：能说会道。[7]蒯文通、

李左车:均为秦汉时有名的辩士和谋臣。蒯文通,即蒯通,曾为韩信出谋划策。事见《史记·淮阴侯列传》。[8]梦庄蝶:借用《庄子·齐物论》中庄周梦中化为蝴蝶的典故,形容婚后生活光阴迅速。[9]真烈:即贞烈。[10]五花官诰:指皇帝颁赠给命妇册封的诏书。五花,用来书写官诰的五色金花绫纸。七香车:古代贵妇人所乘之车,用多种香木制成。[11]满头花:古代贵族妇女外出时头饰上插满珠宝。[12]拖地红:古代妇女结婚时身上披的红帔子。[13]风月:此处指男女间的风流韵事。[14]根前:即跟前。[15]胆瓶:长颈大肚呈胆状的花瓶。藉(jí):顾。[16]哥哥:此处指父亲。下文几处意同。宋元风俗,母亲对子女称他们的父亲为哥哥。[17]湖山:太湖石堆砌的假山。[18]小弟子:小弟子孩儿。宋元时骂人语。[19]獐狂:即张皇,慌乱。去不迭:来不及躲开。[20]掂详:端详,估量。[21]道不的:说不完,数不尽。跳天撅地:形容儿童十分顽劣、淘气。[22]死临侵地:死僵僵地。临侵,词缀,无义。[23]氲氲:脸因害羞而发热。氲,脸色变红的样子。[24]烈似风车:紧张得团团转,如同风车一般。[25]罪:底本为"非",据《柳枝集》本改。[26]痛决:严厉处分。[27]三贞九烈:极言妇女的贞烈。[28]八棒十挟:指多次拷打、审讯。棒,是指打棍子。挟,是指拶(zǎn)夹棍。[29]搬大引小:即勾引这个、那个。[30]刁将来的:指用不正当手段弄来的。刁,意同拐骗,宋元市井语。[31]都不似季布喉舌:都不像季布那样信守誓言。季布,楚汉时游侠,信守诺言,当时谚语称"得黄金百斤,不如得季布一诺"。语出《史记·季布栾布列传》。此处是李千金埋怨院公未守承诺保护好自己。[32]无过:不过,至多。[33]劣懒(biē):粗暴,鲁莽。[34]磨灭:折磨。[35]八烈周公:意不详,或指功烈卓著的周公旦。[36]三移孟母:孟子的母亲为教育孟子成人,曾三次择邻而居。事见刘向《列女传》。[37]无盐:即钟离春,貌丑却极有才德,曾自谒齐宣王,面责其淫奢腐败,宣王感动,立其王后。事见《战国策·齐策》。元剧有《钟离春智勇定齐》。[38]男游九郡:与下句"女嫁三夫",元人杂剧中的习用语,指男女行为不端,不守礼法。此处是裴父指责李千金不贞洁。[39]女慕贞洁,男效才良:语出《千字文》。[40]磨玉簪:典出白居易《井底引银瓶》:"石上磨玉簪,玉簪欲成中央折。"[41]软揣:懦弱无能。[42]乖劣:乖戾凶狠。[43]筑坟台:传说贤孝之赵贞女,丈夫赴京赶考后,自己在家尽心侍奉公婆,公婆死后,无钱殡葬,就用麻裙包土,修筑坟台。元人高明《琵琶记》传其事。碑碣:石碑。碣,圆顶的碑石。[44]谩懒懒:小心谨慎的样子。以下数句曲词均是配合李千金磨簪动作唱的。[45]掂掇:又作"掂揣",凭手感估量东西的轻重。[46]鸾胶:用鸾鸟的喙熬成的胶,常用来黏接已断的弓弦,结实耐用。后往往以鸾胶比喻续弦。[47]业彻:业缘到了尽头,指与裴少俊的夫妻缘分到了头。[48]再取一个银壶瓶来:此句及以下数句,出自白居易《井底引银瓶》:"井底引银瓶,银瓶欲上丝绳绝。"[49]双轮碾四辙:喻指一女嫁二夫。[50]七出:封建时代女子出嫁后,凡有无子、淫佚、不敬公婆、好口角、盗窃、妒忌、有恶疾七种情形之一者,丈夫就有理由休弃她。见《唐律义疏》一四和《元典章》一八等。[51]贼丑生:贼畜生。[52]信拖拖:慢吞吞、慢慢地。[53]厮牵厮惹:相牵挂。[54]拆:底本为"折",据《柳枝集》本改。[55]"唱道题柱"二句:用司马相如、卓文君比喻裴少俊与自己。题柱,传说相如经过成都升仙桥时在桥柱上题字发誓:"不乘高车驷马,不过此桥。"当垆的志节,卓文君私奔司马相如后,夫妇曾在临邛当垆卖酒。[56]干(gān):徒然,白白地。香车:指卓文君与司马相如私奔时曾同坐香车。[57]瓜葛:此处指夫妻缘分。瓜和葛都是蔓生植物,以其相互缠绕牵连常用来比喻复杂的关系。

**【审美点评】**

李千金无媒自婚，背负着"私奔"的名声，看似名不正言不顺，实则是封建时代婚姻自主的大胆表现。面对裴尚书的责骂和"问天买卦"的磨难，她"愁万缕，闷千叠；心似醉，意如呆；眼似瞎，手如瘸；轻拈掇，慢拿捻"，这些描写非常准确地表现出了她的内心感受。

# 王实甫

王实甫，名德信，字实甫；一说名信，字实父。大都人，生平事迹不详。贾仲明作《凌波仙》曲吊王实甫说："风月营密匝匝列旌旗，莺花寨明飚飚排剑戟，翠红乡雄赳赳施谋智。作词章风韵美，士林中等辈伏低。新杂剧，旧传奇，《西厢记》天下夺魁。"这意味着王实甫是教坊勾栏的落拓文人，擅长写"儿女风情"一类的戏。他的代表作《西厢记》是蜚声于当时剧坛的作品。

## 崔莺莺待月西厢记

### 第三本第二折

**【题解】**《西厢记》长达五本二十一折，在前人基础上将崔、张爱情故事加以细致渲染，从而使主题更积极，人物形象更鲜明，戏剧冲突更集中，情节结构更合情理，曲辞也更加华丽优美。此折写老夫人赖婚后，张生心情郁愤，竟卧病书斋。红娘见义勇为，甘冒风险，为张生与莺莺传书寄简，互通情愫。莺莺由于封建礼教的压抑和对红娘的提防，造成许多戏剧冲突。

（旦上云）红娘伏侍老夫人，不得空，偌早晚敢待来也[1]。困思上来，再睡些儿咱。（睡科）（红上云）奉小姐言语，去看张生，因伏侍老夫人，未曾回小姐话去。不听得声音，敢又睡哩。我入去看一遭。（唱）

**【中吕粉蝶儿】**风静帘闲，透纱窗麝兰香散，启朱扉摇响双环。绛台高[2]，金荷小[3]，银钉犹灿[4]。比及将暖帐轻弹，先揭起这梅红罗软帘偷看[5]。

**【醉春风】**则见他钗嚲玉横斜，髻偏云乱挽。日高犹自不明眸[6]，畅好是懒、懒[7]。（旦做起身长叹科）（红唱）半晌抬身，几回搔耳，一声长叹。（红云）我待便将这简帖儿与他，恐俺小姐有许多假处哩。我则将这简帖儿放

在妆盒儿上，看他见了说甚么。（旦做照镜科，见帖看科）（红唱）

【普天乐】晚妆残[8]，乌云軃，轻匀了粉脸，乱挽起云鬟。将简帖儿拈[9]，把妆盒儿按，开拆封皮孜孜看，颠来倒去不害心烦。（旦怒叫）红娘！（红做意云）呀，决撒了也[10]！厌的早搁皱了黛眉[11]。（旦云）小贱人，不来怎么！（红唱）忽的波低垂了粉颈，蓦的呵改变了朱颜[12]。（旦云）小贱人，这东西那里将来的？我是相国的小姐，谁敢将这简帖来戏弄我？我几曾惯看这等东西？告过夫人，打下你个小贱人下截来。（红云）小姐使将我去，他著我将来，我不识字，知他写著甚么？（唱）

【快活三】分明是你过犯，没来由把我摧残；使别人颠倒恶心烦[13]。你不惯，谁曾惯？姐姐休闹，比及你对夫人说呵，我将这简帖儿，去夫人行出首去来！（旦做揪住科）我逗你耍来。（红云）放手，看打下下截来！（旦云）张生两日如何？（红云）我则不说。（旦云）好姐姐，你说与我听咱！（红唱）

【朝天子】张生近间，面颜，瘦得来实难看。不思量茶饭，怕见动弹[14]；晓夜将佳期盼，废寝忘餐。黄昏清旦，望东墙淹泪眼。（旦云）请个好太医看他证候咱[15]。（红云）他证候吃药不济。病患、要安，则除是出几点风流汗。（旦云）红娘，不看你面时，我将与老夫人看，看他有何面目见夫人！虽然我家亏他，只是兄妹之情，焉有外事。红娘，早是你口稳哩，若别人知呵，甚么模样！（红云）你哄著谁哩！你把这个饿鬼，弄的他七死八活，却要怎么？

【四边静】怕人家调犯[16]，"早共晚夫人见些破绽，你我何安"[17]。问甚么他遭危难？撺断得上竿，掇了梯儿看[18]。（旦云）将描笔儿过来[19]，我写将去回他，著他下次休是这般！（旦做写科）（起身科，云）红娘，你将去，说："小姐看望先生，相待兄妹之礼如此，非有他意。再一遭儿是这般呵，必告夫人知道。"和你个小贱人都有说话！（旦掷书下）（红唱）

【脱布衫】小孩儿家口没遮拦，一迷的将言语摧残[20]。把似你使性子[21]，休思量秀才，做多少好人家风范。（红做拾书科）

【小梁州】他为你梦里成双觉后单，废寝忘餐。罗衣不奈五更寒，愁无限，寂寞泪阑干[22]。

【幺篇】似这等辰勾空把佳期盼[23]，我将这角门儿世不曾牢拴[24]，则愿你做夫妻无危难。我向这筵席头上整扮[25]，做一个缝了口的撮合山[26]。（红云）我若不去来，道我违拗他，那生又等我回报，我须索走一遭。（下）（末上云）那书倩红娘将去，未见回话。我这封书去，必定成事。这早晚敢待来也。（红上）须索回张生话去。小姐，你性儿忒惯得娇了！有前日的心，那得今日的心来？（唱）

【石榴花】当日个晚妆楼上杏花残[27]，犹自怯衣单；那一片听琴心清露月明间。昨日个向晚，不怕春寒，几乎险被先生馔[28]。那其间岂不胡颜[29]？为一个不酸不醋风魔汉，隔墙儿险化做了望夫山。

【斗鹌鹑】你用心儿拨雨撩云，我好意儿传书寄简。不肯搜自己狂为，则待要觅别人破绽。受艾焙权时忍这番[30]，畅好是奸！"张生是兄妹之礼，焉敢如此！"对人前巧语花言；没人处便想张生，背地里愁眉泪眼。（红见末科）（末云）小娘子来了，擎天柱，大事如何了也？（红云）不济事了，先生休傻。（末云）小生简帖儿是一道会亲的符篆[31]，则是小娘子不用心，故意如此。（红云）我不用心？有天理！你那简帖儿好听！（唱）

【上小楼】这的是先生命悭[32]，须不是红娘违慢。那简帖儿到做了你的招状，他的勾头[33]，我的公案。若不是觑面颜，厮顾盼，担饶轻慢[34]。先生受罪，礼之当然。贱妾何辜？争些儿把你娘拖犯[35]！

【幺篇】从今后相会少，见面难。月暗西厢，风去秦楼[36]，云敛巫山。你也赸[37]，我也赸，请先生休讪[38]，早寻个酒阑人散。（红云）只此再不必申诉足下肺腑，怕夫人寻我，回去也。（末云）小娘子此一遭去，再著谁与小生分剖？必索做一个道理，方可救得小生一命。（末跪下，揪住红科）（红云）张先生是读书人，岂不知此意，其事可知矣。（唱）

【满庭芳】你休要呆里撒奸[39]。你待要恩情美满，却教我骨肉摧残。老夫人手执著棍儿摩娑看[40]，粗麻线怎透得针关？直待我挂著拐帮闲钻懒[41]，缝合唇送暖偷寒。待去呵，小姐性儿撮盐入火[42]，消息儿踏著泛[43]；待不去呵，（末跪哭云）小生这一个性命，都在小娘子身上。（红唱）禁不得你甜话儿热趱[44]，好著我两下里做人难。我没来由分说，小姐回与你的书，你自看者。（末接科，开读科）呀，有这场喜事！撮土焚香，三拜礼毕。早知小姐简至，理合远接；接待不及，勿令见罪。小娘子，和你也欢喜。（红云）怎么？（末云）小姐骂我都是假，书中之意，著我今夜花园里来，和他"哩也波，哩也啰"哩[45]！（红云）你读书我听。（末云）"待月西厢下，迎风户半开。隔墙花影动，疑是玉人来。"（红云）怎见得他著你来？你解与我听咱。（末云）"待月西厢下"，著我月上来；"迎风户半开"，他开门待我；"隔墙花影动，疑是玉人来"，著我跳过墙来。（红笑云）他著你跳过墙来，你做下来[46]。端的有此说么？（末云）俺是个猜诗谜的社家[47]，风流隋何[48]，浪子陆贾。我那里有差的勾当？（红云）你看姐姐，在我行也使这般道儿。（唱）

【耍孩儿】几曾见寄书的颠倒瞒著鱼雁[49]，小则小心肠儿转关。写著道"西厢待月"等得更阑，著你跳东墙"女"字边"干"。元来那诗句儿里包笼著三更枣[50]，简帖儿里埋伏著九里山[51]。他著紧处将人慢。恁会云雨闹中取静，我寄音书忙里偷闲。

【四煞】纸光明玉板[52]，字香喷麝兰，行儿边湮透非春汗？一缄情泪红犹湿[53]，满纸春愁墨未干。从今后休疑难，放心波玉堂学士[54]，稳情取金雀鸦鬟[55]。

【三煞】他人行别样的亲，俺根前取次看[56]，更做道孟光接了梁鸿案[57]。别人行甜言美语三冬暖，我根前恶语伤人六月寒。我为头儿看[58]，看你个离魂倩女[59]，怎发付掷果潘安[60]。（末云）小生读书人，怎跳得那花园过也？（红唱）

【二煞】隔墙花又低，迎风户半拴，偷香手段今番按[61]。怕墙高怎把龙门跳？嫌花密难将仙桂攀。放心去，休辞惮。你若不去呵，望穿他盈盈秋水[62]，蹙损了淡淡春山[63]。

（末云）小生曾到那花园里，已经两遭，不见那好处。这一遭知他又怎么？（红云）如今不比往常。（唱）

【煞尾】你虽是去了两遭，我敢道不如这番。你那隔墙酬和都胡侃[64]，证果的是今番这一简[65]。（红下）（末云）万事自有分定，谁想小姐有此一场好处。小生是猜诗谜的社家，风流隋何，浪子陆贾，到那里扒扎帮便倒地[66]。今日颩天百般的难得晚。天，你有万物于人，何故争此一日？疾下去波！读书继晷怕黄昏，不觉西沈强掩门。欲赴海棠花下约，太阳何苦又生根？（看天云）呀，才晌午也，再等一等。（又看科）[67]今日万般的难得下去也呵！碧天万里无云，空劳倦客身心。恨杀鲁阳贪战[68]，不教红日西沈。呀，却早倒西也，再等一等咱。无端三足乌[69]，团团光烁烁。安得后羿弓，射此一轮落！谢天地，却早日下去也。呀，却早发擂也[70]！呀，却早撞钟也！拽上书房门，到得那里，手挽著垂杨，滴流扑跳过墙去[71]。（下）

中华书局版隋树森编《元曲选外编》

**【注释】**

[1]偺早晚：这时候。[2]绛台：红色的烛台。[3]金荷：烛台上盛蜡油的状如荷叶的铜盘。[4]银釭（gāng）：灯烛。[5]梅红罗软帘：深红色的罗帐。[6]明眸：睁眼。[7]畅好是：简直是，真正是。[8]晚：底本为"晓"，据《古本戏曲丛刊初集》收弘治本改。[9]简帖儿：书信。[10]决撒：拆穿，败露。[11]扢（gē）皱了黛眉：皱起了眉头。[12]氲（yūn）：恼怒，脸变色。[13]恶心烦：烦恼。[14]弹：底本为"惮"，据《全元戏曲》本改。[15]证候：即症候。[16]调犯：说闲话、讥刺之意。[17]你：底本为"他"，据弘治本改。[18]揎断：怂恿，揎掇。掇（duō）：拿，搬走。[19]描笔儿：妇女用以描图刺绣之笔，与一般书信用笔不同。[20]一迷的：一味地。[21]把似：若是，与其。[22]阑干：纵横散乱的样子。[23]辰勾：指

36

水星。因肉眼不易见到，故古人往往把盼佳期比作看到水星一样困难。[24] 角门儿：旁门。世不曾：从来不曾。[25] 整扮：装扮。[26] 撮合山：即媒人。[27] "当日个"句：与下文"昨日个"句，均指本剧第二本中莺莺夜听张生弹琴的情节。[28] 先生馔：语出《论语·为政》："有酒食，先生馔。"原意是学生应取酒食奉养老师，此处借作调侃。[29] 胡颜：无颜，丢脸。[30] 艾焙（bèi）：中医治疗方法，用艾草熏灼人体患处。此处是红娘借以形容莺莺假意训斥张生之语。[31] 符箓：道教的符咒。这是张生喻指自己所写之简极有效力。[32] 命悭：命运不佳。悭，穷困，乖舛。[33] 勾头：逮捕犯人的拘票。[34] 担饶：宽恕。[35] 争些儿：险些儿，差一点。你娘：红娘自指，调侃语。[36] 凤去秦楼：古代传说萧史善吹箫，秦穆公爱女弄玉嫁给他。尝教弄玉吹箫，群凤毕集，二人乃双双乘之仙去。事见刘向《列仙传·萧史》。[37] 趴（shàn）：跳跃，此处为走开、散伙之意。[38] 讪：羞惭。此处作埋怨解。[39] 呆里撒奸：表面卖傻，内里藏奸。[40] 摩娑：抚摸。[41] 直待我：谓简直要我。挂着拐：意谓被打得跛了脚。帮闲钻懒：帮着去传递信息之意。[42] 撮盐入火：盐入火即爆，比喻性情急躁。[43] 消息儿：又名转关儿、泛子或泛，一种能够转动的机关，误踏上便会被暗器所伤。此处比喻莺莺要计谋捉弄人。[44] 热趱（zǎn）：急忙地奔走。热，形容催逼得紧。趱，快走。[45] 哩也波，哩也啰：用歌曲腔调隐指男女交合之意，犹如说"如此这般"。[46] 做下来：指男女幽会。[47] 社家：即行家、老手之意。[48] 隋何：与下句陆贾，都是汉初谋士，多才而善辩。[49] 鱼雁：代指传递书信的人。古代有鱼腹藏书、鸿雁传书之说。[50] 三更枣：又作三粳枣，是"三更早来"的隐语。语出《传灯录》，禅宗五祖弘忍欲传法于六祖慧能，给他三粒粳米、一枚枣，慧能即悟："师令我三更早来也。"此处比喻莺莺以诗句藏谜，暗约张生。[51] 九里山：在彭城（今江苏徐州），原系韩信设伏布阵击破项羽之处，借喻莺莺简帖里打了埋伏，骗过了红娘。[52] 玉板：又作玉版，一种宣纸名，光洁而匀厚。[53] 情泪：底本为"满泪"，据弘治本改。[54] 玉堂学士：即翰林学士。翰林院又称"玉堂"。此指张生。[55] 稳情：十拿九稳。金雀鸦鬟：指莺莺。李绅《莺莺歌》有"金雀鸦鬟年十七"之句。[56] 取次看：意谓小看了他。取次，等闲、随便之意。[57] 孟光接了梁鸿案：事见《后汉书·逸民传》："（鸿）每归，妻为具食，不敢于鸿前仰视，举案齐眉。"此处用以取笑崔、张二人自结良缘。[58] 为头儿看：从头看。[59] 离魂倩女：元代郑光祖有杂剧《倩女离魂》，事本唐代陈玄祐的传奇小说《离魂记》。此处以张倩女喻指莺莺。[60] 掷果潘安：《晋书·潘岳传》载晋代诗人潘岳英俊风雅，每次乘车外出，妇女们为表爱慕，都争着以果掷之。此处指张生。[61] 按：实行。[62] 秋水：指眼睛，喻眼睛清澈如同秋水。[63] 春山：指眉毛，谓双眉若春山之秀。[64] 胡侃：胡调，扯淡。[65] 证果：佛家语，意谓苦修必能成佛、成菩萨、成正果。此处比喻达到目的，取得成功。证，证实。[66] 扢（gē）扎帮：形容动作快捷、利落。[67] 又看科：底本为"又看咱"。据《全元戏曲》本改。[68] 鲁阳贪战：见虞集《挽文山丞相》注[1]。此处谓太阳迟迟不落。[69] 三足乌：指太阳。古代传说太阳中有三只脚的金色乌鸦。[70] 发擂：击鼓。[71] 滴流扑：跌倒、摔下的声音。

**【审美点评】**

红娘身为婢女，但颇富智慧，伶牙俐齿，既要为崔、张爱情穿针引线，又受到莺莺的猜疑误解，同时还要防着老夫人。崔、张爱情的成功，全赖红娘之力。红娘之美，美在仗义，美在心灵。

## 第四本第三折

【题解】老夫人得知崔、张私自结合后，严厉"拷红"，反被红娘将了一军，只好被迫承认这门婚事。但是，她又以相国之家三辈不招"白衣女婿"为由，逼迫张生赴京应试，得官回来才能成亲。此折写崔、张暮秋长亭离别，营造出悲凉的氛围，尤其是对莺莺内心情感的描摹细腻入微，一向为人们所称道。

（夫人、长老上，云）今日送张生赴京，十里长亭，安排下筵席。我和长老先行，不见张生、小姐来到。（旦、末、红同上）（旦云）今日送张生上朝取应，早是离人伤感，况值那暮秋天气，好烦恼人也呵！悲欢聚散一杯酒，南北东西万里程。（唱）

【正宫端正好】碧云天，黄花地，西风紧，北雁南飞。晓来谁染霜林醉？总是离人泪。

【滚绣球】恨相见得迟，怨归去得疾。柳丝长玉骢难系[1]，恨不情疏林挂住斜晖。马儿迍迍的行[2]，车儿快快的随，却告了相思回避[3]，破题儿又早别离[4]。听得一声"去也"，松了金钏；遥望见十里长亭[5]，减了玉肌[6]。此恨谁知！（红云）姐姐，今日怎么不打扮？（旦云）你那知我的心里呵！（唱）

【叨叨令】见安排著车儿、马儿，不由人熬熬煎煎的气；有甚么心情花儿、靥儿[7]，打扮的娇娇滴滴的媚；准备著被儿、枕儿，则索昏昏沈沈的睡[8]；从今后衫儿、袖儿，都揾湿做重重叠叠的泪[9]。兀的不闷杀人也么哥，兀的不闷杀人也么哥！久已后书儿、信儿，索与我恓恓惶惶的寄[10]。（做到）（见夫人科）（夫人云）张生和长老坐，小姐这壁坐，红娘将酒来。张生，你向前来，是自家亲眷，不要回避。俺今日将莺莺与你，到京师休辱末了俺孩儿，挣揣一个状元回来者[11]。（末云）小生托夫人余荫[12]，凭著胸中之才，视官如拾芥耳。（洁云[13]）夫人主见不差，张生不是落后的人。（把酒了，坐）（旦长吁科）（唱）

【脱布衫】下西风黄叶纷飞，染寒烟衰草萋迷[14]。酒席上斜签著坐的[15]，蹙愁眉死临侵地[16]。

【小梁州】我见他阁泪汪汪不敢垂[17]，恐怕人知；猛然见了把头低，长吁气，推整素罗衣。

【幺篇】虽然久后成佳配，奈时间怎不悲啼[18]。意似痴，心如醉，昨宵今日，清减了小腰围。（夫人云）小姐把盏者。（红递酒，旦把盏长吁科，云）请吃酒。（唱）

【上小楼】合欢未已，离愁相继。想著俺前暮私情，昨夜成亲，今日别离。我谂知这几日相思滋味[19]，却元来此别离情更增十倍。

【幺篇】年少呵轻远别，情薄呵易弃掷。全不想腿儿相挨，脸儿相偎，手儿相携。你与俺崔相国做女婿，妻荣夫贵[20]，但得一个并头莲[21]，煞强如状元及第。（红云）姐姐，不曾吃早饭，饮一口儿汤水。（旦云）红娘，甚么汤水咽得下。（唱）

【满庭芳】供食太急，须臾对面，顷刻别离。若不是酒席间子母每当回避，有心待与他举案齐眉。虽然是厮守得一时半刻[22]，也合著俺夫妻每共桌而食。眼底空留意，寻思起就里，险化做望夫石。

（夫人云）红娘把盏者。（红把酒科）（旦唱）

【快活三】将来的酒共食，尝著似土和泥；假若便是土和泥，也有些土气息，泥滋味。

【朝天子】暖溶溶玉醅[23]，白泠泠似水[24]，多半是相思泪。眼面前茶饭怕不待要吃，恨塞满愁肠胃。"蜗角虚名，蝇头微利"[25]，拆鸳鸯在两下里。一个这壁，一个那壁，一递一声长吁气[26]。（夫人云）辆起车儿[27]，俺先回去，小姐随后和红娘来。（下）（末辞洁科）（洁云）此一行别无话儿，贫僧准备买登科录看[28]，做亲的茶饭，少不得贫僧的。先生在意，鞍马上保重者。从今经忏无心礼[29]，专听春雷第一声。（下）（旦唱）

【四边静】霎时间杯盘狼藉，车儿投东，马儿向西，两意徘徊，落日山横翠。知他今宵宿在那里？有梦也难寻觅。（旦云）张生，此一行得官不得官，疾便回来。（末云）小生这一去，白夺一个状元。正是：青霄有路终须到，金榜无名誓不归。（旦云）君行别无所赠，口占一绝，为君送行：弃掷今何在，当时且自亲。还将旧来意，怜取眼前人[30]。（末云）小姐之意差矣，张珙更敢怜谁？谨赓一绝[31]，以剖寸心：人生长远别，孰与最关情？不遇知音者，谁怜长叹人？（旦唱）

【耍孩儿】淋漓襟袖啼红泪[32]，比司马青衫更湿。伯劳东去燕西飞[33]，未登程先问归期。虽然眼底人千里，且尽生前酒一杯。未饮心先醉[34]，眼中流血，心里成灰。

【五煞】到京师服水土，趁程途节饮食，顺时自保揣身体[35]。荒村雨露宜眠早，野店风霜要起迟。鞍马秋风里，最难调护，最要扶持。

【四煞】这忧愁诉与谁？相思只自知，老天不管人憔悴。泪添九曲黄河溢[36]，恨压三峰华岳低[37]。到晚来闷把西楼倚，见了些夕阳古道，衰柳长堤。

【三煞】笑吟吟一处来，哭啼啼独自归。归家若到罗帏里，昨宵个绣衾香暖留春住[38]，今夜个翠被生寒有梦知。留恋你别无意，见据鞍上马，阁不住泪眼愁眉。（末云）有甚言语，嘱咐小生咱？（旦唱）

【二煞】你休忧文齐福不齐[39]，我则怕你停妻再娶妻[40]。休要一春鱼雁无消息[41]，我这里青鸾有信频须寄[42]，你却休金榜无名誓不归。此一节君须记：若见了那异乡花草，再休似此处栖迟。（末云）再谁似小姐，小生又生此念？（旦唱）

【一煞】青山隔送行，疏林不做美，淡烟暮霭相遮蔽。夕阳古道无人语，禾黍秋风听马嘶。我为甚么懒上车儿内？来时甚急，去后何迟！

（红云）夫人去好一会，姐姐，咱家去。（旦唱）

【收尾】四围山色中，一鞭残照里。遍人间烦恼填胸臆，量这些大小车儿如何载得起[43]？（旦、红下）（末云）仆童，赶早行一程儿，早寻个宿处。泪随流水急，愁逐野云飞。（下）

中华书局版隋树森编《元曲选外编》

### 【注释】

［1］玉骢（cōng）：毛色青白相杂的骏马。［2］迍（tún）迍：行动迟缓的样子。［3］却：才。回避：告退，躲避，这里是结束的意思。［4］破题儿：诗赋的开头叫破题，用以比喻事情的开端。［5］遥：底本为"迤"，据弘治本改。［6］减了玉肌：身体立即消瘦的意思。［7］靥（yè）儿：原指嘴边的酒窝，此处是指妇女贴在额部或两颊的花饰。［8］沈：同"沉"。［9］揾（wèn）：揩抹。［10］索：须。恓（xī）恓惶惶：悲伤不安的样子。［11］挣揣：也作挣闶，夺取、努力谋取的意思。［12］余荫：荫庇，恩德。［13］洁：元代民间呼和尚为洁郎，简称"洁"。此处指普救寺长老法本。［14］衰草萋迷：谓枯草遍地。萋迷，草茂盛的样子。［15］"酒席上"句：指张生侧身而坐。古代礼俗晚辈在长辈面前不能正坐。签，插。［16］蹙：皱起。［17］阁泪：含泪。阁，通"搁"，本义是放置，此处是含着、忍着的意思。［18］奈：无奈。时间：时下，眼前。［19］谂（shěn）知：深知。［20］妻荣夫贵：夫荣妻贵本是社会常理，此处反其意而用之，意谓妻出相门本已高贵，张生不需再入京考取功名了。［21］并头莲：也作并蒂莲，是并排长在同一茎上的两朵莲花，常用来比喻恩爱夫妻。［22］厮守：相聚。［23］玉醅（pēi）：美酒。［24］泠泠：清凉。［25］"蜗角虚名"二句：比喻空虚而微小的名利。"蜗角"的寓言，出自《庄子·则阳》。［26］一递一声：两个人互相轮替着发声。递，接连不断。［27］辆起：套起。辆，用作动词，有驾、套的意思。［28］登科录：科举考试的录取名册。［29］经忏：佛教徒念的经文。［30］"弃掷今何在"四句：出自元稹《会真记》，这里借以表达莺莺离别时的复杂心情。［31］赓（gēng）：继续，此处是续作的意思。［32］红泪：《拾遗记》载魏文帝时薛灵芸被选入宫，离开父母上车就路时，以玉壶接泪，到了京城，壶中泪水竟凝得如血一样。后来称女子的眼泪为红泪。［33］伯劳东去燕西飞：比喻离别。《玉台新咏·东飞伯劳歌》："东飞伯劳西飞燕，黄姑（牵牛）织女时相见。"伯劳，鸟名。［34］未饮心先醉：用刘禹锡《酬令狐相公杏园花下饮有

怀见寄》诗句。[35]揣：揣量，估量。[36]九曲黄河：形容黄河河道的曲折。唐高适《九曲词序》引《河图》曰："黄河出昆仑山东北……河水九曲，长九千里，入于渤海。"[37]三峰华岳：指华山的三座高峰，莲花峰、毛女峰、松桧峰。[38]衾（qīn）：被子。[39]文齐福不齐：此处指考不中，是针对张生"金榜无名誓不归"而发的。[40]停妻再娶妻：封建时代有停妻再娶条例，士人金榜题名后，尤多再婚权贵之家。[41]一春鱼雁无消息：语出秦少游《鹧鸪天》词。鱼雁，代指书信。[42]青鸾：古代传说中的神鸟，曾为西王母传信。[43]大小：偏义复合词，指小。

**【审美点评】**

秋日长亭，离别在即，莺莺心事重重。作者不仅巧妙化用了大量优美的古代诗词描绘了她复杂的内心活动，而且还使用了大量的叠音词，使得曲词情景相生，缠绵悱恻，充满诗情画意，具有强烈的艺术感染力。

# 马致远

马致远（1250？—1321？），号东篱，大都（今北京）人。早年在大都参加过元贞书会。中年曾一度出任江浙行省务官，不久辞职。晚年归隐田园，求仙慕道，淡泊名利，过着"红尘不向门前惹"的闲散生活。现存剧目十五种，今存七种，《汉宫秋》是其代表作。散曲作品被辑为《东篱乐府》传世。贾仲明称其为"曲状元"。

## 般涉调·耍孩儿

### 借 马

**【题解】**这篇套曲运用夸张手法，成功塑造了一个爱马、惜马的吝啬人形象，特别是对他在别人向他借马时"难以说不借"的内心活动，作了酣畅淋漓的描绘。

**【耍孩儿】**近来时买得匹蒲梢骑[1]，气命儿般看承爱惜[2]。逐宵上草料数十番，喂饲得膘息胖肥。但有些秽污却早忙刷洗，微有些辛勤便下骑[3]。有那等无知辈，出言要借，对面难推。

**【七煞】**懒设设牵下槽，意迟迟背后随，气忿忿懒把鞍来鞴。我沉吟了半晌语不语，不晓事颇人知不知？他又不是不精细，道不得"他人弓莫挽，他人马休骑"[4]。

41

【六】不骑呵,西棚下凉处拴,骑时节拣地皮平处骑,将青青嫩草频频的喂。歇时节肚带松松放,怕坐的困尻包儿款款移[5]。勤觑着鞍和辔,牢踏着宝镫,前口儿休提。

【五】饥时节喂些草,渴时节饮些水。着皮肤休使粗毡屈[6],三山骨休使鞭来打[7],砖瓦上休教稳着蹄。有口话你明明的记:饱时休走,饮了休驰。

【四】抛粪时教干处抛,尿绰时教净处尿,拴时节拣个牢固桩橛上系。路途上休要踏砖块,过水处不教践起泥。这马知人义,似云长赤兔,如益德乌骓[8]。

【三】有汗时休去檐下拴,渲时休教侵着颏[9],软煮料草铡底细[10]。上坡时款把身来耸,下坡时休教走得疾。休道人忒寒碎[11],休教鞭飐着马眼[12],休教鞭擦损毛衣。

【二】不借时恶了弟兄,不借时反了面皮。马儿行嘱付叮咛记:鞍心马户将伊打,刷子去刀莫作疑。则叹的一声长吁气,哀哀怨怨,切切悲悲。

【一】早晨间借与他,日平西盼望你,倚门专等来家内。柔肠寸寸因他断,侧耳频频听你嘶。道一声"好去",早两泪双垂。

【尾】没道理没道理,忒下的忒下的[13]。恰才说来的话君专记,一口气不违借与了你。

**中华书局版隋树森编《全元散曲》**

**【注释】**

[1]蒲梢:古大宛名马。《史记·乐书》载:汉武帝时,"伐大宛得千里马,马名蒲梢,次作以为歌"。[2]气命儿般:性命似的。[3]辛勤:辛苦,劳累。[4]"他人弓莫挽"二句:元代时俗语。[5]尻(kāo)包儿:指骑马人的屁股。[6]屈:同"曲",不平貌。[7]三山骨:指马屁股上的骨骼。[8]"似云长赤兔"二句:传说三国时,关羽坐骑名赤兔,张飞所乘之马名乌骓,都是当时良马。[9]渲:此处指给马刷洗。颏:此处指马的生殖器官。[10]铡底细:把草料切细碎。铡,用来碎草的刀具。[11]寒碎:寒酸,琐碎。[12]飐(biāo):挥击。[13]忒下的:下手太狠之意。

**【审美点评】**

吝啬心理,人皆有之。本文所刻画的马主人欲借又不想借的两难心理,实出于对爱马的珍惜,是可以理解的。俗语"他人弓莫挽,他人马休骑",是很有道理的。

# 破幽梦孤雁汉宫秋

## 第三折

【题解】《汉宫秋》叙写汉元帝时王昭君出塞和亲的故事，此剧以汉元帝为主角，以民族矛盾为背景，细腻地描写了汉元帝与王昭君的爱情悲剧。王昭君本事载《汉书》中《元帝纪》和《匈奴传》，剧中所写与史实有很大出入。第三折是全剧的高潮，叙写汉元帝送别昭君的惆怅情绪。王昭君在番汉交界处留下"汉家衣服"，举酒往南浇奠后，投江殉国。

（番使拥旦上，奏胡乐科，旦云）妾身王昭君，自从选入宫中，被毛延寿将美人图点破，送入冷宫，甫能得蒙恩幸[1]，又被他献与番王形像[2]。今拥兵来索，待不去，又怕江山有失，没奈何将妾身出塞和番。这一去，胡地风霜，怎生消受也！自古道："红颜胜人多薄命，莫怨春风当自嗟[3]。"（驾引文武内官上[4]，云）今日灞桥饯送明妃[5]，却早来到也。（唱）

【双调新水令】锦貂裘生改尽汉宫妆[6]，我则索看昭君画图模样。旧恩金勒短[7]，新恨玉鞭长。本是对金殿鸳鸯，分飞翼，怎承望！

（云）您文武百官，计议怎生退了番兵，免明妃和番者。（唱）

【驻马听】宰相每商量，大国使还朝多赐赏。早是俺夫妻悒怏[8]，小家儿出外也摇装[9]。尚兀自渭城衰柳助凄凉[10]，共那灞桥流水添惆怅。偏您不断肠，想娘娘那一天愁都撮在琵琶上。

（做下马科）（与旦打悲科[11]）（驾云）左右慢慢唱者，我与明妃饯一杯酒。（唱）

【步步娇】您将那一曲阳关休轻放，俺咫尺如天样，慢慢的捧玉觞。朕本意待尊前捱些时光，且休问劣了宫商[12]，您则与我半句儿俄延着唱[13]。

（番使云）请娘娘早行，天色晚了也。（驾唱）

【落梅风】可怜俺别离重，你好是归去的忙。寡人心先到他李陵台上[14]。回头儿却才魂梦里想，便休题贵人多忘。

（旦云）妾这一去，再何时得见陛下？把我汉家衣服都留下者。（诗云）正是：今日汉宫人，明朝胡地妾；忍着主衣裳，为人作春色[15]！（留衣服科）（驾唱）

【殿前欢】则甚么留下舞衣裳，被西风吹散旧时香。我委实怕宫车再过青苔巷[16]，猛到椒房，那一会想菱花镜里妆，风流相，兜的又横心上<sup>[17]</sup>。看今日昭君出塞,几时似苏武还乡<sup>[18]</sup>?

(番使云)请娘娘行罢,臣等来多时了也。(驾云)罢罢罢!明妃,你这一去,休怨朕躬也。(做别科,驾云)我那里是大汉皇帝!(唱)

【雁儿落】我做了别虞姬楚霸王,全不见守玉关征西将<sup>[19]</sup>。那里取保亲的李左车,送女客的萧丞相<sup>[20]</sup>?

(尚书云)陛下不必挂念。(驾唱)

【得胜令】那里也架海紫金梁<sup>[21]</sup>,枉养着那边庭上铁衣郎。您也要左右人扶侍,俺可甚糟糠妻下堂<sup>[22]</sup>!您但提起刀枪,却早小鹿儿心头撞<sup>[23]</sup>。今日央及煞娘娘,怎做的男儿当自强!

(尚书云)陛下,咱回朝去罢。(驾唱)

【川拨棹】怕不待放丝缰,咱可甚鞭敲金镫响<sup>[24]</sup>。你管燮理阴阳<sup>[25]</sup>,掌握朝纲,治国安邦,展土开疆;假若俺高皇,差你个梅香<sup>[26]</sup>,背井离乡,卧雪眠霜,若是他不恋恁春风画堂,我便官封你一字王<sup>[27]</sup>。

(尚书云)陛下,不必苦死留他,着他去了罢。(驾唱)

【七弟兄】说甚么大王、不当、恋王嫱,兀良<sup>[28]</sup>,怎禁他临去也回头望。那堪这散风雪旌节影悠扬,动关山鼓角声悲壮。

【梅花酒】呀!俺向着这迥野悲凉<sup>[29]</sup>。草已添黄,兔早迎霜<sup>[30]</sup>,犬褪得毛苍,人搋起缨枪,马负着行装,车运着饻粮<sup>[31]</sup>,打猎起围场。他他他,伤心辞汉主;我我我,携手上河梁<sup>[32]</sup>。他部从入穷荒,我銮舆返咸阳<sup>[33]</sup>。返咸阳,过宫墙;过宫墙,绕回廊;绕回廊,近椒房;近椒房,月昏黄;月昏黄,夜生凉;夜生凉,泣寒螀<sup>[34]</sup>;泣寒螀,绿纱窗;绿纱窗,不思量!

【收江南】呀!不思量,除是铁心肠!铁心肠也愁泪滴千行。美人图今夜挂昭阳<sup>[35]</sup>,我那里供养,便是我高烧银烛照红妆<sup>[36]</sup>。

(尚书云)陛下,回銮罢,娘娘去远了也。(驾唱)

【鸳鸯煞】我煞大臣行说一个推辞谎,又则怕笔尖儿那火编修讲<sup>[37]</sup>。不见他花朵儿精神,怎趁那草地里风光<sup>[38]</sup>?唱道伫立多时<sup>[39]</sup>,徘徊半响,猛听的塞雁南翔,呀呀的声嘹亮,却原来满目牛羊,是兀那载离恨的毡车半坡里响。(下)

(番王引部落拥昭君上,云)今日汉朝不弃旧盟,将王昭君与俺番家和亲。我将昭君封为宁胡阏氏<sup>[40]</sup>,坐我正宫。两国息兵,多少是好。众将士,传下号令,大众起行,望北而去。(做行科)(旦问云)这里甚地面了?(番使云)这是黑龙江,番汉交界去处。南边属汉家,北边属我番国。(旦云)大王,借一杯酒,望南浇奠,辞了汉家，长行去罢。（做奠酒科，云）汉朝皇帝，妾身今生已矣，尚待来生也。（做跳江科）（番王惊救不及，叹科，云）嗨！可惜，可惜！昭君不肯入番，投江而死。罢罢罢！就葬在此江边，号为青冢者。我想来，人也死了，枉与汉朝结下这般仇隙，都是毛延寿那厮搬弄出来的。把都儿[41]，将毛延寿拿下，解送汉朝处治，我依旧与汉朝结和，永为甥舅，却不是好？（诗云）则为他丹青画误了昭君，背汉主暗地私奔；将美人图又来哄我，要索取出塞和亲。岂知道投江而死，空落的一见消魂。似这等奸邪逆贼，留着他终是祸根，不如送他去汉朝哈喇[42]，依还的甥舅礼，两国长存。（下）

**中华书局版明臧晋叔编《元曲选》**

### 【注释】

[1] 甫能：刚刚，方才。[2] 形像：指王昭君的画像。[3]"红颜"二句：语出欧阳修《明妃曲》。[4] 驾：元杂剧中扮演皇帝的角色。此处指正末所扮演的汉元帝。[5] 灞桥：在长安东灞水之上，古人多在这里送别。[6] 生：生硬，勉强。[7] 勒：套马口的笼辔。[8] 悒（yì）怏：忧愁不安。[9] 摇装：或作"遥装"。我国古代习俗，将要远行之人，于离家前先选一吉日出门，亲友送至江边，被送者上船，稍后再返回来，改日再正式出发。[10] 渭城衰柳：用唐代王维《送元二使安西》"渭城朝雨浥轻尘，客舍青青柳色新"二句诗意。[11] 打悲科：做出极为悲伤的样子。打，装。[12] 宫商：我国古代五音宫、商、角、徵、羽的简称。此处指音调。[13] 俄延：慢慢地。[14] 李陵台：在今内蒙古自治区波罗城。《旧唐书·地理志》载云中都护府燕然山有李陵台。李陵是汉武帝时名将，因兵败投降匈奴。[15]"今日汉宫人"四句：前二句出于李白《王昭君》诗，后二句出于宋陈师道《妾薄命》诗。[16] 青苔巷：当是王昭君以前所住的冷宫清巷。下句"椒房"，则指汉代皇后所居住的宫殿。[17] 兜的：即陡的，突然的意思。[18] 苏武还乡：苏武是汉代出使匈奴的使臣，被匈奴扣留十九年，始终不屈，后终于还国。[19] 玉关：玉门关。[20] 送女客：即送亲，女子出嫁时由亲戚陪送到夫家。萧丞相：即萧何。史书上没有李左车和萧何做媒送亲的记载，这里是汉元帝讽刺文武大臣们，对外束手无策，只会主张派昭君和番。[21] 那里也架海紫金梁：底本作"他去也不沙架海紫金梁"，据《酹江集》及《古今名剧合选》本改。意思说哪里有架海紫金梁？元杂剧常以"擎天白玉柱，架海紫金梁"比喻名臣重将。[22] 可甚：算什么，为什么。下堂：旧指妻子被丈夫休退。语出《后汉书·宋弘传》："贫贱之交不可忘，糟糠之妻不下堂。"[23] 早小鹿儿心头撞：比喻心跳得厉害。[24] 鞭敲金镫响：元剧常以"鞭敲金镫响，人唱凯歌还"形容得胜归来。[25] 燮（xiè）理阴阳：指协调治理国家大事。[26] 梅香：宋元戏曲、话本中对婢女的通称，这里汉元帝借以指大臣们的侍妾。[27] 一字王：辽代封王用一个字的，如赵王、魏王之类地位最尊。两个字的如兰陵郡王之类，地位次之。元代也有一字王、二字王的差别。汉代没有这种制度，这里是借用。[28] 兀良：语气词，这里表感叹，犹言"天哪"。[29] 迥野：广阔的原野。[30] 兔早迎霜：指兔褪去了黄灰色的毛，换上了又白又厚的毛。元人惯称白兔为迎霜兔。兔，底本作"色"，据《雍熙乐府》、《词林摘艳》所引曲文改。[31] 餱（hóu）粮：干粮。[32] 河梁：语出《文选·李少卿与苏武诗》："携手上河梁，游子暮何之。"古人多于河梁处惜别。[33] 銮舆：皇帝的车驾。[34] 寒蛩

45

(jiāng)：寒蝉。[35] 昭阳：即昭阳宫，汉代后宫殿名，后世戏曲、小说多用以指皇后居住的宫殿。[36] 高烧银烛照红妆：语出宋苏轼《海棠》："只恐夜深花睡去，高烧银烛照红妆。"[37] 火：通"伙"。编修：官名，掌管编修国史。[38] 趁：追随。[39] 唱道：又作"畅道"，犹言正是。[40] 阏氏（yānzhī）：汉代匈奴单于、诸王正妻的称号。[41] 把都儿：蒙古语，又译为巴都儿、拔都，意为勇士。[42] 哈喇：蒙古语，意为杀头、杀掉。

**【审美点评】**

帝妃之恋常常是悲剧性的，大都与国家的内政外交密切关联。王昭君慷慨离国，投江自尽，的确崇高伟大。汉元帝的一曲【梅花酒】，情景交融，回环往复，非常富有感染力。

# 西华山陈抟高卧

## 第三折

**【题解】** 陈抟是五代宋初时著名隐士，其事迹见于《宋史·隐逸传》和庞觉《希夷先生传》。此剧突出揭示了陈抟鄙弃功名富贵，绝意仕途的心态。本篇所选第三折叙写陈抟拒绝宋太祖的征聘，表现了官场的险恶，颂扬了山林隐逸的乐趣。

（赵改扮驾引侍臣上，诗云）两手揩摩新日月，一番整理旧乾坤。殿廷聚会风云气，华夏沾濡雨露恩。寡人宋太祖是也。数年之前，曾与汝南王兄弟在竹桥边买卦，遇见陈抟先生，被他拨开混沌乾坤，指出太平天子。寡人临御以来，好生想他。昨差使臣物色访问，喜的他不弃寡人而来，今在寅宾馆中，尚未朝见。寡人欲拟其官爵，然后召他入朝，他又百般不受。且先加他道号希夷先生，赐鹤氅金冠玉圭，待朝会间，那时再作计较。黄门官领旨，去寅宾馆请那先生来者。（侍臣领旨科，下）（正末上，诗云）家舍久从方外地，布袍重惹陌头尘。道人原不求名利，名利何曾系道人？贫道陈抟，下的西岳华山，来到东京汴国，见了尘世纷纷，浮生攘攘。想我此行，实非本意也呵。（唱）

**【正宫端正好】** 下云台[1]，来朝会，不听的华山里鹤唳猿啼。道人非为苍生起，只是报圣主招贤意。

**【滚绣球】** 俺便是那闲云自在飞，心情与世违。可又不贪名利，怎生来教天子闻知？是未发迹，卦铺里，那时节相识，曾算着它南面登基。（使臣上，云）陈先生恭喜，官里赐来衣冠道号，望阙谢恩。（正末拜谢科，唱）因此上将龙庭御宝皇宣诏，赐与我鹤氅金冠碧玉圭，道号希夷。

（使臣云）先生在那隐居处，山野荒凉，得如俺这朝署中这般富贵么？（正末

唱)

【倘秀才】俺那里草舍花栏药畦，石洞松窗竹几；您这里玉殿朱楼未为贵。您那人间千古事，俺只松下一盘棋，把富贵做浮云可比。

（使臣云）官里一心等着先生，请先生早些入朝者。兀的又有使命到也！（驾上，立住科）（正末唱）

【滚绣球】不住的使命催，奉御逼；便教咱早趋朝内，只是野人般不知个远近高低。至禁帏，上凤池[2]；近临宝砌，列鹓鸾帘卷班齐。玉阶前风摆龙蛇影，金殿上风吹日月旗，天仗朝衣。

（见驾打稽首科[3]，唱）

【倘秀才】无那舞蹈扬尘体例，只打个稽首权充拜礼。（驾云）故人别来无恙？今蒙不弃，喜慰平生，就在殿廷赐坐，好叙间阔。（正末唱）愿陛下圣寿齐天万万岁。如今黄阁功臣在[4]，白发故人稀，见贫道自喜。

（驾云）希夷先生，今日得见仙颜，寡人喜不自胜。愿待同朝，以为臣民之望，不知先生意下如何？（正末云）贫道山野懒人，不愿为官。（唱）

【叨叨令】向那华山中已觅下终焉计，怎生都堂内才看旁州例[5]。议公事枉损了元阳气，理朝纲怕搅了安眠睡。贫道做不的官也么哥，做不的官也么哥！不要紫罗袍，只乞黄绸被。

（驾云）先生如何做不的官？（正末云）听贫道说来便见。（唱）

【倘秀才】我但睡呵[6]，十万根更筹转刻，七八瓮铜壶漏水，恨不的生扭死窗前报晓鸡。休想我惜花春起早，爱月夜眠迟[7]，这般的道理。

（驾云）先生若肯做官，寡人与先生选一个闲散衙门，除一个清要的官职。无案牍劳形，必不妨于政事。（正末云）贫道怎做得官也呵。（唱）

【滚绣球】贫道呵爱穿的蔀落衣[8]，爱吃的藜藿食；睡时节幕天席地，黑喽喽鼻息如雷，二三年唤不起。若在那省部里，敢每日画不着卯历[9]。有句话对圣主先题，贫道呵贪闲身外全无事，除睡人间总不知，空教人眨眼舒眉[10]。

（驾云）先生为己则是矣，但未知大人之道。大人以四海为家，万物一体，无我无人，勿固勿必，所谓君子周而不比[11]。先生当扩其独乐之怀，普其兼善之量也，替寡人整理些朝纲，可不是好？（正末唱）

【倘秀才】陛下道君子周而不比，贫道呵小人穷斯滥矣。俺须索志于道，依于仁，据于德，本待用贤退不肖，怎倒做举枉错诸直[12]，更是不宜。

（驾云）先生休要推辞。似这朝中为官，却不强如山中学道也？（正末云）这为

官的好处，贫道也尽知了。（唱）

【滚绣球】三千贯两千石，一品官二品职，只落的故纸上两行史记，无过是重裀卧列鼎而食。虽然道臣事君以忠，君使臣以礼[13]。哎，这便是死无葬身之地，敢向那云阳市血染朝衣[14]。（带云）贫道呵，（唱）本居林下绝名利，自不合划下山来惹是非，不如归去来兮[15]。

（驾云）你说为官不好，可说那学仙的好处，与朕听者。（正末唱）

【倘秀才】道有个治家治国，索分个为人为己[16]，不患人之不己知[17]。石床绵被暖，瓦钵菜羹肥，是山人乐矣。

【三煞】身安静宇蝉初蜕，梦绕南华蝶正飞。卧一榻清风，看一轮明月，盖一片白云，枕一块顽石。直睡的陵迁谷变，石烂松枯，斗转星移。长则是抱元守一[18]，穷妙理，造玄机。

【二煞】鸡虫得失何须计[19]，鹏鹢逍遥各自知[20]。看蚁阵蜂衙，龙争虎斗，燕去鸿来，兔走乌飞。浮生似争穴聚蚁，光阴似过隙白驹，世人似舞瓮醯鸡[21]。便博得一阶半职，何足算，不堪题。

（驾云）先生，你有甚么便宜处，也说来者。（正末唱）

【煞尾】俺那里云间太华烟霞细，鼎内还丹日月迟；山上高眠梦寐稀，殿下朝元剑佩齐；玉阙仙阶我曾履[22]，王母蟠桃我曾吃，欲醉不醉酒数杯，上天下天鹤一只；有客相逢问浮世，无事登临叹落晖；危坐谈玄讲《道德》，静室焚香诵《秋水》[23]；滴露研硃点《周易》，散诞逍遥不拘系。赴召离山到朝里，央及陈抟受宣勒。送上都堂入八位[24]，掌管台衡总百揆。御史台纲索省会[25]，六部当该各详细[26]；攘攘垓垓不伶俐[27]，是是非非无尽期。好教我战战兢兢睡不美。（下）

中华书局版明臧晋叔编《元曲选》

【注释】

[1] 云台：云中楼台。此处指仙人居处。[2] 凤池：唐以前指中书省，后指宰相。此处指皇宫禁苑。[3] 见驾：面见皇帝。打稽首：行跪拜礼。[4] 黄阁：汉代丞相听事阁与汉以后三公官署厅门皆涂黄色，故称。此处指朝廷。[5] 旁州例：别处州县所判案例，引申为榜样、例子。[6] 但：只要。[7]"休想我"二句：语出宋人林希逸《竹溪十一稿》省题诗，其中有"惜花春起早"、"爱月夜眠迟"长律各一首。[8] 蔀（bù）落衣：草席编制的衣服。蔀，席棚，小席。[9] 卯历：即签到簿。旧时官署于卯时（早晨5点到7点）办公，胥吏差役必须按时签到，称"点卯"或"画卯"。[10] 眙（diān）眼舒眉：佯装不睬的样子。[11] 君子周而不比：意谓君子泛爱众人而不结党营私。语出《论语·为政》。[12] 举枉错诸直：擢用不正直的人，置于正直的人之上。语出《论语·为政》。[13]"虽然道"二句：语出《论语·八佾》。[14] 云阳市：在今

陕西淳化县西北。《史记·秦始皇本纪》载秦始皇十四年（前233），"韩非使秦，秦用李斯谋，留非。非死云阳"。后世诗词曲文中，常以云阳代指行刑之地。[15] 归去来兮：语出陶渊明《归去来兮辞》。[16] 索：须。[17] 不患人之不己知：语出《论语·学而》。[18] 抱元守一：道家认为道生于一，故称精思固守为抱元守一。元，本源，根本。[19] 鸡虫得失：比喻细微之得失。杜甫《缚鸡行》有"鸡虫得失无了时，注目寒江倚山阁"之句。[20] 鹏鷃逍遥：典出《庄子·逍遥游》。[21] 舞瓮醯（xī）鸡：醯鸡，即蠛（miè）蠓，酒瓮中的小虫。醯，醋。常用以比喻人生命的渺小。宋代朱松《久旱新岁乃雨》有"此身群万生，扰扰舞瓮鸡"之句。[22] 履：踩、走。[23]《秋水》：指《庄子·秋水》。[24] 八位：即八座。东汉以六曹尚书、令、仆射为八座，隋唐以左右仆射、六尚书为八座。此处泛指高级官员。[25] 御史台：汉代开始设立的专司监察弹劾的机构。[26] 当该：当值，值班。[27] 攘攘垓（gāi）垓：事物繁多，难以措手的样子。

**【审美点评】**

陈抟淡泊明志，不慕名利，喜欢山野隐居，是很明智的。他深知"狡兔死，走狗烹"的历史事实，为了避免自己成为刀俎之肉，他选择了归隐。

# 纪君祥

纪君祥，一作天祥，大都人。元代早期杂剧作家，《录鬼簿》将其列于"前辈已死名公才人"，生平事迹不详。所作杂剧六种，今仅存《赵氏孤儿》一种。

## 赵氏孤儿大报仇

### 第三折

**【题解】** 程婴携带赵氏孤儿投奔赵盾老友公孙杵臼后，屠岸贾假传晋灵公之命，限三日之内交出孤儿，否则要将全国半岁以下一月以上的婴儿斩尽杀绝。程婴与公孙杵臼定计：程婴献出未满月的独生子，向屠岸贾告发公孙杵臼私藏赵氏孤儿。屠岸贾信以为真，派人搜出婴儿，三剑剁死。公孙杵臼大骂屠岸贾后触阶而死。屠岸贾收程婴为门客，将其子（赵氏孤儿）当作义子，教他武功。

（屠岸贾领卒子上[1]，云）兀的不走了赵氏孤儿也。某已曾张挂榜文，限三日之内，不将孤儿出首，即将晋国内小儿但是半岁以下，一月以上，都拘刷到我帅府中[2]，尽行诛戮。令人，门首觑者，若有首告之人[3]，报复某家知道。（程婴上，云）自家程婴是也。昨日将我的孩儿送与公孙杵臼去了，我今日到屠岸贾根前首告去来。令人报复去：道有了赵氏孤儿也！（卒子云）你则在这里，等我报复去。（报科，云）报的元帅得知，有人来报赵氏孤儿有了也。（屠岸贾云）在那里？（卒子云）现在门首哩。（屠岸贾云）着他过来。（卒子云）着过来。（做见科，屠岸贾云）兀那厮，你是何人？（程婴云）小人是个草泽医士程婴。（屠岸贾云）赵氏孤儿今在何处？（程婴云）在吕吕太平庄上公孙杵臼家藏着哩。（屠岸贾云）你怎生知道来？（程婴云）小人与公孙杵臼曾有一面之交。我去探望他，谁想卧房中锦绷绣褥上，躺着一个小孩儿。我想公孙杵臼年纪七十，从来没儿没女，这个是那里来的？我说道这小的莫非是赵氏孤儿么？只见他登时变色不能答应。以此知孤儿在公孙杵臼家里。（屠岸贾云）咄！你这匹夫，你怎瞒的过我？你和公孙杵臼往日无仇，近日无冤，你因何告他藏着赵氏孤儿？你敢是知情么！说的是万事全休；说的不是，令人，磨的剑快，先杀了这个匹夫者！（程婴云）告元帅暂息雷霆之怒，略罢虎狼之威，听小人诉说一遍咱。我小人与公孙杵臼原无仇隙，只因元帅传下榜文，要将晋国内小儿拘刷到帅府，尽行杀坏。我一来为救普国内小儿之命，二来小人四旬有五，近生一子，尚未满月，元帅军令，不敢不献出来，可不小人也绝后了？我想有了赵氏孤儿，便不损坏一国生灵，连小人的孩儿也得无事，所以出首。（诗云）告大人暂停嗔怒，这便是首告缘故。虽然救普国生灵，其实怕程家绝户。（屠岸贾笑科，云）哦，是了。公孙杵臼元与赵盾一殿之臣，可知有这事来[4]。令人，则今日点就本部下人马，同程婴到太平庄上拿公孙杵臼走一遭去。（同下）（正末公孙杵臼上，云）老夫公孙杵臼是也。想昨日与程婴商议救赵氏孤儿一事，今日他到屠岸贾府中首告去了。这早晚屠岸贾这厮必然来也呵！（唱）

**【双调新水令】**我则见荡征尘飞过小溪桥，多管是损忠良贼徒来到。齐臻臻摆着士卒，明晃晃列着枪刀。眼见的我死在今朝，更避甚痛答掠。

（屠岸贾同程婴领卒子上，云）来到这吕吕太平庄上也。令人，与我围了太平庄者！程婴，那里是公孙杵臼宅院？（程婴云）则这个便是。（屠岸贾云）拿过那老匹夫来。公孙杵臼，你知罪么？（正末云）我不知罪。（屠岸贾云）我知你个老匹夫和赵盾是一殿之臣，你怎敢掩藏着赵氏孤儿？（正末云）老元帅，我有熊心豹胆？怎敢掩藏着赵氏孤儿！（屠岸贾云）不打不招。令人，与我拣大棒子，着实打者！（卒子做打科。正末唱）

**【驻马听】**想着我罢职辞朝，曾与赵盾名为刎颈交。（云）这事是谁见来？（屠岸贾云）现有程婴首告着你哩。（正末唱）是那个埋情出告[5]？元来这程婴舌是斩身刀！（云）你杀了赵家满门良贱三百余口，则剩下这孩儿，你又要伤他性命！（唱）你正是狂风偏纵扑天雕，严霜故打枯根草。不争把孤儿又杀坏了[6]，可着他三百口冤仇甚人来报。

（屠岸贾云）老匹夫，你把孤儿藏在那里？快招出来，免受刑法。（正末云）我有甚么孤儿藏在那里，谁见来？（屠岸贾云）你不招？令人，与我采下去着实打者！

（做打科。屠岸贾云）这老匹夫赖肉顽皮，不肯招承，可恼可恼！程婴，这原是你出首的，就着你替我行杖者！（程婴云）元帅，小人是个草泽医士，撮药尚然腕弱，怎生行的杖？（屠岸贾云）程婴，你不行杖，敢怕指攀出你么？（程婴云）元帅，小人行杖便了。（做拿杖子科。屠岸贾云）程婴，我见你把棍子拣了又拣，只拣着那细棍子，敢怕打的他疼了，要指攀下你来。（程婴云）我就拿大棍子打者。（屠岸贾云）住者。你头里只拣着那细棍子打，如今你却拿起大棍子来，三两下打死了呵，你就做的个死无招对。（程婴云）着我拿细棍子又不是，拿大棍子又不是，好教我两下做人难也。（屠岸贾云）程婴，你只拿着那中等棍子打。公孙杵臼老匹夫，你可知道行杖的就是程婴么？（程婴行杖科，云）快招了者！（三科了[7]）（正末云）哎哟！打了这一日，不似这几棍子打的我疼。是谁打我来？（屠岸贾云）是程婴打你来。（正末云）程婴，你划的打我那？（程婴云）元帅，打的这老头儿兀的不胡说哩。（正末唱）

【雁儿落】是那一个实不不将着粗棍敲[8]？打的来痛杀杀精皮掉。我和你狠程婴有甚的仇？却教我老公孙受这般虐！

（程婴云）快招了者！（正末云）我招我招。（唱）

【得胜令】打的我无缝可能逃，有口屈成招。莫不是那孤儿他知道，故意的把咱家指定了？（程婴做慌科）（正末唱）我委实的难熬，尚兀自强着牙根儿闹；暗地里偷瞧，只见他早谎得腿脡儿摇[9]。

（程婴云）你快招罢，省得打杀你。（正末云）有有有。（唱）

【水仙子】俺二人商议要救这小儿曹。（屠岸贾云）可知道指攀下来也。你说二人，一个是你了，那一个是谁？你实说将出来，我饶你的性命。（正末云）你要我说那一个？我说我说。（唱）哎，一句话来到我舌尖上却咽了。（屠岸贾云）程婴，这桩事敢有你么？（程婴云）兀那老头儿，你休妄指平人！（正末云）程婴，你慌怎么？（唱）我怎生把你程婴道，似这般有上梢无下梢[10]。（屠岸贾云）你头里说两个，你怎生这一会儿可说无了？（正末唱）只被你打的来不知一个颠倒。（屠岸贾云）你还不说，我就打死你个老匹夫！（正末唱）遮莫便打的我皮都绽[11]，肉尽销，休想我有半字儿攀着。

（卒子抱俫儿上科，云）元帅爷贺喜，土洞中搜出个赵氏孤儿来了也。（屠岸贾笑科，云）将那小的拿近前来，我亲自下手，剁做三段！兀那老匹夫，你道无有赵氏孤儿，这个是谁？（正末唱）

【川拨棹】你当日演神獒[12]，把忠臣来扑咬。逼的他走死荒郊，刎死钢刀[13]，缢死裙腰[14]，将三百口全家老小尽行诛剿，并没那半个儿剩落，还不厌你心苗[15]？

（屠岸贾云）我见了这孤儿，就不由我不恼也！（正末唱）

【七弟兄】我只见他左瞧、右瞧、怒咆哮，火不腾改变了狰狞貌[16]，按狮蛮拽札起锦征袍[17]，把龙泉扯离出沙鱼鞘。

（屠岸贾怒云）我拔出这剑来，一剑、两剑、三剑。（程婴做惊疼科。屠岸贾云）把这一个小业种剁了三剑，兀的不称了我平生所愿也。（正末唱）

【梅花酒】呀！见孩儿卧血泊，那一个哭哭号号，这一个怨怨焦焦，连我也战战摇摇。直恁般歹做作，只除是没天道。呀！想孩儿离褥草[18]，到今日恰十朝，刀下处怎耽饶，空生长枉劬劳，还说甚要防老。

【收江南】呀！兀的不是家富小儿骄。（程婴掩泪科）（正末唱）见程婴心似热油浇，泪珠儿不敢对人抛，背地里揾了，没来由割舍的亲生骨肉吃三刀。

（云）屠岸贾那贼，你试觑者，上有天哩，怎肯饶过的你？我死打甚么不紧！（唱）

【鸳鸯煞】我七旬死后偏何老，这孩儿一岁死后偏知小。俺两个一处身亡，落的个万代名标。我嘱付你个后死的程婴，休别了横亡的赵朔[19]。畅道是光阴过去的疾，冤仇报复的早。将那厮万剐千刀，切莫要轻轻的素放了。

（正末撞科，云）我撞阶基，觅个死处。（下）（卒子报科，云）公孙杵臼撞阶基身死了也。（屠岸贾笑科）那老匹夫既然撞死，可也罢了。（做笑科，云）程婴，这一桩里多亏了你。若不是你呵，如何杀的赵氏孤儿。（程婴云）元帅，小人原与赵氏无仇。一来救晋国内众生，二来小人跟前也有个孩儿，未曾满月，若不搜的那赵氏孤儿出来，我这孩儿也无活的人也。（屠岸贾云）程婴，你是我心腹之人，不如只在我家中做个门客，抬举你那孩儿成人长大，在你根前习文，送在我根前演武。我也年近五旬，尚无子嗣，就将你的孩儿与我做个义儿。我倘大年纪了，后来我的官位，也等你的孩儿讨个应袭。你意下如何？（程婴云）多谢元帅抬举。（屠岸贾诗云）则为朝纲中独显赵盾，不由我心中生忿，如今削除了这点萌芽，方才是永无后衅。（同下）

**中华书局版明臧晋叔编《元曲选》**

【注释】

[1] 屠岸贾：晋国大将，因与赵盾不合，遂设计诛杀赵家三百余口，甚至连未满月的赵氏孤儿也要斩草除根。见《史记·赵世家》。[2] 拘刷：拘捕，扣留。[3] 首告：出首告发。[4] 可知：可以想象。[5] 埋情：昧情。[6] 不争：倘若，一旦。[7] 三科了：戏剧动作做完三次。[8] 实丕丕：实实在在。[9] 腿脡（tǐng）儿：腿肚子。[10] 有上梢无下梢：有头无尾，有始无终。[11] 遮莫：即便，任凭。[12] 獒（áo）：高大凶猛的犬。[13] 刎死钢刀：屠岸贾矫旨逼赵盾之子赵朔饮刃自杀，见本剧楔子。[14] 缢死裙腰：赵朔妻晋公主生下赵氏孤儿，将其托付给

程婴后，自缢身死。事见本剧第一折。[15]心苗：心意、心思。[16]火不腾：发怒时面红耳赤的样子。[17]狮蛮：古代武将腰带钩用狮子、蛮王作图案，故称武官腰带为狮蛮带。[18]褥草：产妇的垫褥垫席。[19]休别了：休忘记。

**【审美点评】**

赵氏孤儿能够成功复仇，功在公孙杵臼、程婴等义士们。他们为赵家存孤，甘心抛头颅，洒热血，正是义气使然。

# 康进之

康进之，棣州（今属山东）人，元代前期杂剧作家，生年事迹无考。贾仲明为其所作挽词云："编集《鬼簿》治安时，收得贤人康进之，偕朋携友莺花市。编《老收心》李黑厮，《负荆》是小斧头儿。行于世，写上纸，费骚人，和曲填词。"他写有两种李逵的"水浒戏"，《黑旋风老收心》已佚，现仅存《李逵负荆》。

## 梁山泊李逵负荆

### 第一折

**【题解】**《李逵负荆》是元剧中最著名的水浒戏，写梁山义军清明放假，李逵下山饮酒。听说酒店主人王林之女满堂娇被"宋江"所抢，勃然大怒，径到山寨斧砍杏黄旗，大闹聚义堂。经宋江、鲁智深亲自下山对质，才发现抢满堂娇的是冒名强盗宋刚、鲁智恩。李逵非常懊悔，向宋江负荆请罪，并同鲁智深一起下山捉拿了两个强盗，义军内部和好如初。

（冲末扮宋江、同外扮吴学究、净扮鲁智深领卒子上[1]。宋江诗云）涧水潺潺绕寨门，野花斜插渗青巾[2]。杏黄旗上七个字，替天行道救生民。某姓宋名江，字公明，绰号顺天呼保义者是也。曾为郓州郓城县把笔司吏，因带酒杀了阎婆惜，送配江州牢城[3]。路经这梁山过，遇见晁盖哥哥，救某上山。后来哥哥三打祝家庄身亡，众兄弟推某为头领。某聚三十六大伙，七十二小伙，半坡来的小偻㑩[4]，威镇山东，令行河北。某喜的是两个节令，清明三月三，重阳九月九。如今遇这清明三月三，放众弟兄下山上坟祭扫。三日已了，都要上山，若违令者，必当斩首。（诗云）俺威令谁人不怕，只放你三日严假。若违了半个时辰，上山来决无干罢。（下）

（老王林上，云）曲律竿头悬草稕[5]，绿杨影里拨琵琶。高阳公子休空过[6]，不比寻常卖酒家。老汉姓王名林，在这杏花庄居住，开着一个小酒务儿[7]，做些生意。嫡亲的三口儿家属，婆婆早年亡化过了，止有一个女孩儿，年长十八岁，唤做满堂娇，未曾许聘他人。俺这里靠着这梁山较近，但是山上头领都在俺家买酒吃。今日烧的镟锅儿热着[8]，看有甚么人来。（净扮宋刚、丑扮鲁智恩上）（宋刚云）柴又不贵，米又不贵。两个油嘴，正是一对。某乃宋刚，这个兄弟叫做鲁智恩。俺与这梁山泊较近，俺两个则是假名托姓，我便认做宋江，兄弟便认做鲁智深，来到这杏花庄老王林家，买一钟酒吃。（见王林科，云）老王林，有酒么？（王林云）哥哥，有酒有酒，家里请坐。（宋刚云）打五百长钱酒来[9]。老王林，你认得我两人么？（王林云）我老汉眼花，不认的哥哥们。（宋刚云）俺便是宋江，这个兄弟便是鲁智深。俺那山上头领，多有来你这里打搅。若有欺负你的，你上梁山来告我，我与你做主。（王林云）你山上头领，都是替天行道的好汉，并没有这事。只是老汉不认的太仆[10]，休怪休怪。早知太仆来到，只合远接。接待不及，勿令见罪。老汉在这里，多亏了头领哥哥照顾老汉。（做递酒科，云）太仆请满饮此杯。（宋刚饮科）（王林云）再将酒来。（鲁智恩饮酒科，云）哥哥，好酒。（宋刚云）老王，你家里还有甚么人？（王林云）老汉家中并无甚么人，有个女孩儿，唤做满堂娇，年长一十八岁，未曾许聘他人。老汉别无甚么孝顺，着孩儿出来与太仆递钟酒儿，也表老汉一点心。（宋刚云）既是闺女，不要他出来罢。（鲁智恩云）哥哥怕甚么？着他出来。（王林云）满堂娇孩儿，你出来。（旦儿扮满堂娇云）父亲唤我做甚么？（王林云）孩儿，你不知道，如今有梁山上宋公明亲身在此，你出来递他一钟儿酒。（旦儿云）父亲，则怕不中么？（王林云）不妨事。（旦儿做见科）（宋刚云）我一生怕闻脂粉气，靠后些。（王林云）孩儿，与二位太仆递一钟儿酒。（旦做递酒科）（宋刚云）我也递老王一钟酒。（做与王林酒科）（宋刚云）你这老人家，这衣服怎么破了？把我这红绢褡膊与你补这破处[11]。（老王林接衣科）（鲁智恩云）你还不知道，才此这杯酒是肯酒[12]，这褡膊是红定[13]。把你这女孩儿与俺宋公明哥哥做压寨夫人。只借你女孩儿去三日，第四日便送来还你。俺回山去也。（领旦下）（王林云）老汉眼睛一对，臂膊一双，只看着这个女孩儿，似这般可怎么了也？（做哭科）（正末扮李逵做带醉上，云）吃酒不醉，不如醒也。俺梁山泊上山儿李逵的便是。人见我生得黑，起个绰号叫俺做黑旋风。奉宋公明哥哥将令，放俺三日假限，踏青赏玩，不免下山，去老王林家再买几壶酒，吃个烂醉也呵。（唱）

【仙吕点绛唇】饮兴难酬，醉魂依旧。寻村酒，恰问罢王留[14]。（云）俺问王留道：那里有酒？那厮不说便走。俺喝道：走那里去？被俺赶上，一把揪住张口毛[15]，恰待要打，那王留道：休打休打，爹爹，有。（唱）王留道兀那里人家有。

【混江龙】可正是清明时候，却言风雨替花愁。和风渐起，暮雨初收。俺则见杨柳半藏沽酒市，桃花深映钓鱼舟。更和这碧粼粼春水波纹绉，有往来社燕，远近沙鸥。

（云）人道我梁山泊无有景致，俺打那厮的嘴！（唱）

【醉中天】俺这里雾锁着青山秀，烟罩定绿杨洲。（云）那桃树上一个黄莺儿，将那桃花瓣儿啖阿啖阿[16]，啖的下来，落在水中，是好看也。我曾听的谁说来？我试想咱。哦！想起来了也。俺学究哥哥道来，（唱）他道是轻薄桃花逐水流[17]。（云）俺绰起这桃花瓣儿来，我试看咱，好红红的桃花瓣儿。（做笑科，云）你看我好黑指头也！（唱）恰便是粉衬的这胭脂透。（云）可惜了你这瓣儿，俺放你趁那一般的瓣儿去。我与你赶，与你赶，贪赶桃花瓣儿。（唱）早来到这草桥店垂杨的渡口。（云）不中，则怕误了俺哥哥的将令，我索回去也。（唱）待不吃呵，又被这酒旗儿将我来相迤逗[18]，他他他舞东风在曲律杆头。

（云）兀那王林，有酒么？不则这般白吃你的，与你一抄碎金子[19]，与你做酒钱。（王林做采泪科，云）要他那碎金子做甚么？（正末笑科，云）他口里说不要，可揣在怀里。老王将酒来。（王林云）有酒，有酒。（做筛酒科）（正末云）我吃这酒在肚里，则是翻也翻的，不吃更待干罢。（唱）

【油葫芦】往常时酒债寻常行处有，十欠着九。（带云）老王也，（唱）则你这杏花庄压尽他谢家楼[20]。你与我便熟油般造下春醅酒，你与我花羔般煮下肥羊肉。一壁厢肉又熟，一壁厢酒正笃[21]。抵多少锦封未拆香先透，我则待乘兴饮两三瓯。

【天下乐】可正是一盏能消万种愁。（云）老王也，咱吃了这酒呵，（唱）把烦恼都也波丢，都丢在脑背后，这些时吃一个没了休。（带云）我醉了呵。（唱）遮莫我倒在路边，遮莫我卧在瓮头。（做吐科，云）老王俫，（唱）直醉的来在这搭里呕。

（云）老王，这酒寒，快镟热酒来。（王林云）老汉知道。（做换酒科，哭云）我那满堂娇儿也！（正末云）快酾热酒来[22]。（王林又哭，云）我那满堂娇儿也！（正末云）老王，我不曾与你酒钱来？你怎么这般烦恼？（王林云）哥哥，不干你事，我自有撇不下的烦恼哩，你则吃酒。（正末唱）

【赏花时】咱两个每日尊前语话投，今日呵为甚将咱伴不俅？（王林云）你不知道，我自嫁我的女孩儿，为此着恼。（正末唱）哎！你个呆老子畅好是忒抅搜[23]，（云）比似你这般烦恼，休嫁他不的。（王林哭科，云）哎哟！我那满堂娇儿也。（正末唱）你何不养着他到苍颜皓首？（云）你晓的世上有三不留么？（王林云）哥，是那三不留？（正末云）蚕老不中留，人老不中留，（唱）呆老子，常言道女大不中留。

（云）我问你，那女孩儿嫁了个甚么人？（王林云）哥，我那女孩儿嫁人，我怎么烦恼？则是悔气[24]，被一个贼汉夺将去了！（正末做打科，云）你道是贼汉，是我夺了你女孩儿来？（唱）

**【金盏儿】** 我这里猛睁眸，他那里巧舌头，是非只为多开口。但半星儿虚谬，恼翻我，怎干休！一把火将你那草团瓢烧成为腐炭[25]，盛酒瓮摔做碎瓷瓯。（带云）绰起俺两把板斧来，（唱）砍折你那蟠根桑枣树，活杀您那阔角水黄牛。

（云）兀那老王，你说的是，万事皆休；说的不是，我不道的饶你哩。（王林云）太仆停嗔息怒，听老汉漫漫的说与你听。有两个人来吃酒，他说我一个是宋江，一个是鲁智深。老汉便道：正是梁山泊上太仆，我无甚孝顺，我只一个十八岁女孩儿，叫做满堂娇，着他出来拜见，与太仆递一杯儿酒，也表老汉的一点心。我叫出我那女孩儿来，与那宋江、鲁智深递了三杯酒。那宋江也回递了我三钟酒，他又把红褡膊揣在我怀里。那鲁智深说：这三钟酒是肯酒，这红褡膊是红定。俺宋江哥哥有一百八个头领，单只少一个人哩。你将这十八岁的满堂娇，与俺哥哥做个压寨夫人，则今日好日辰，俺两个便上梁山泊去也。许我三日之后，便送女孩儿来家。他两个说罢，就将女孩儿领去了。老汉偌大年纪，眼睛一对，臂膊一双，则觑着我那女孩儿。他平白地把我女孩儿强抢将去，哥，教我怎么不烦恼？（正末云）有甚么见证？（王林云）有红绢褡膊便是见证。（正末云）我待不信来，那个士大夫有这东西！老王，你做下一瓮好酒，宰下一个好牛犊儿。只等三日之后，我轻轻的把着手儿，送将你那满堂娇孩儿来家，你意下如何？（王林云）哥，你若送将我那女孩儿来家，老汉莫要说一瓮酒，一个牛犊儿，便杀身也报答大恩不尽。（正末唱）

**【赚煞】** 管着你目下见仇人，则不要口似无梁斗[26]，一句句言如劈竹。（带云）宋江傒，（唱）不争你这一度风流，倒出了一度丑。誓今番泼水难收，到那里问缘由，怎敢便信口胡哼[27]？则要你肚囊里揣着状本熟，不要你将无来作有，则要你依前来依后[28]。（云）我如今回去见俺宋公明，数说他这罪过，就着他辞了三十六大伙，七十二小伙，半坹来小偻㑩，同鲁智深一径离了山寨，到你庄上。那时节我若叫你出来，你可休似乌龟一般，缩了头再也不肯出来。（王林云）老汉若不见他，万事休论。我若见了他，我认的他两个，恨不的咬掉他一块肉来，我怎么肯不出见他？（正末云）老王，兀的不是俺宋江哥哥，他道没也。老儿，俺逗你耍哩。（唱）你可也休翻做了镢枪头[29]！（下）

（王林云）李逵哥哥去了。我也收拾过铺面，专等三日之后，送满堂娇孩儿来家。满堂娇孩儿，则被你痛杀我也。（下）

中华书局版明臧晋叔编《元曲选》

**【注释】**

[1] 冲末：元杂剧角色名，扮演剧中最先出场的男性次要人物。净：扮演性格粗犷，具有一定喜剧色彩的男性人物，或者扮演反面人物。[2] 渗青巾：青色头巾。[3] 迭配：发配，充军。[4] 半垓（gāi）：数词，指五千万。《太平御览》卷七五〇引汉代应劭《风俗通》云："十万谓之亿，十亿谓之兆，十兆谓之经，十经谓之垓。"此处是夸张说法，极言其多。[5] 曲律：弯曲的样子。草稕（zhùn）：酒招，古代酒店的一种标志。[6] 高阳公子：即高阳酒徒。汉初郦食其自称"高阳酒徒"。后人以此作为好酒者的代称。[7] 酒务：古代民间用以称酒店。宋代执掌酒税的官员称酒务官，故人们称酒店为酒务。[8] 镟锅儿：烫酒用的小锅。[9] 长钱：古代有长钱、短钱之分，以不足百文而当百文使用的钱为短陌，又称短钱；十足的一百文为足陌，又称长钱。陌，通"百"。晋葛洪《抱朴子·微旨》："取人长钱，还人短陌。"[10] 太仆：古代官名，旧时多用作对绿林好汉的尊称。[11] 褡（dā）膊：长方形的布袋，一般搭在肩上。[12] 肯酒：定婚酒。[13] 红定：旧时订婚时男方所下的聘礼。[14] 王留：元代乡佬名，元剧中常出现。[15] 张口毛：即胡须。[16] 啖：吃，咬。[17] 轻薄桃花逐水流：语出杜甫《绝句漫兴九首》："颠狂柳絮随风去，轻薄桃花逐水流。"[18] 迤（tuō）逗：挑逗，招惹。[19] 抄：量词。《孙子·算经》载："十撮为一抄，十抄为一勺，十勺为一合，十合为一升。"[20] 谢家楼：指谢朓楼。李白《宣城谢朓楼饯别校书叔云》诗中有"长风万里送秋雁，对此可以酣高楼"之句。后用来代指酒楼。[21] 笞（chōu）：滤酒的器具，此处用作动词，过滤。[22] 酾（shāi）：斟酒。[23] 拁（chōu）搜：固执，呆板。[24] 悔气：即晦气。[25] 团瓢：一种低矮的尖顶圆形草屋，俗称团瓢。[26] 口似无梁斗：比喻说话没有凭据。斗，古代盛酒器具，上有提梁方便提用。[27] 胡吣：即胡呫，胡说。[28] 依前来依后：指说话前后一致。[29] 镴（là）枪头：比喻表面好看实际不中用的东西。镴，铅和锡的合金，也叫锡镴，通常称焊锡。

**【审美点评】**

扶危济困，除暴安良，嫉恶如仇，在李逵身上体现得很鲜明，其侠义精神值得肯定。但是，李逵不做调查研究就盲目定性的急躁脾气，又难免会使他自己吃亏上当。

# 郑光祖

郑光祖，字德辉，生卒年不详，平阳襄陵（今山西临汾）人，晚年亡故于杭州，火葬于西湖灵芝寺。《录鬼簿》言其"以儒补杭州路吏。为人方直，不妄与人交，故诸公多鄙之。"常与文人歌伎来往，"名香天下，声振闺阁，伶伦辈称郑老先生。"他是古杭书会的领袖人物，所作杂剧共十八种，今存《王粲登楼》、《倩女离魂》等八种。

# 迷青琐倩女离魂

## 第二折

**【题解】**《倩女离魂》取材于唐代陈玄祐的传奇小说《离魂记》，写张倩女和王文举自幼订有婚约，但张母嫌王文举功名未就，不准他与倩女成亲。王文举被迫上京应试，倩女忧思成疾，其魂魄追随文举，与之一同进京，而其躯体在家卧病不起。后王文举状元及第，携倩女衣锦还乡，魂魄始得与躯体合二为一。本书所选第二折，写张倩女的灵魂一路追赶王生的所见所闻所感。

（夫人慌上，云）欢喜未尽，烦恼又来。自从倩女孩儿在折柳亭与王秀才送路，辞别回家，得其疾病，一卧不起。请的医人看治，不得痊可，十分沉重，如之奈何？则怕孩儿思想汤水吃，老身亲自去绣房中探望一遭去来。（下）（正末上，云）小生王文举，自与小姐在折柳亭相别，使小生切切于怀，放心不下。今舣舟江岸[1]，小生横琴于膝，操一曲以适闷咱。（做抚琴科）（正旦别扮离魂上，云）妾身倩女，自与王生相别，思想的无奈，不如跟他同去。背着母亲，一径的赶来。王生也，你只管去了，争知我如何过遣也呵[2]！（唱）

**【越调斗鹌鹑】**人去阳台[3]，云归楚峡[4]，不争他江渚停舟，几时得门庭过马。悄悄冥冥，潇潇洒洒，我这里踏岸沙，步月华。我觑这万水千山，都只在一时半霎[5]。

**【紫花儿序】**想倩女心间离恨，赶王生柳外兰舟，似盼张骞天上浮槎[6]。汗溶溶琼珠莹脸，乱松松云髻堆鸦，走的我筋力疲乏。你莫不夜泊秦淮卖酒家，向断桥西下，疏剌剌秋水菰蒲[7]，冷清清明月芦花。

（云）走了半日，来到江边，听的人语喧闹，我试觑咱。（唱）

**【小桃红】**我蓦听得马嘶人语闹喧哗，掩映在垂杨下。谤的我心头丕丕那惊怕，原来是响珰珰鸣榔板捕鱼虾[8]。我这里顺西风悄悄听沉罢，趁着这厌厌露华[9]，对着这澄澄月下，惊的那呀呀呀寒雁起平沙。

**【调笑令】**向沙堤款踏，莎草带霜滑。掠湿湘裙翡翠纱，抵多少苍苔露冷凌波袜[10]。看江上晚来堪画，玩冰壶激滟天上下[11]，似一片碧玉无瑕。

**【秃厮儿】**我觑远浦孤鹜落霞，枯藤老树昏鸦。听长笛一声何处发，歌欸乃[12]，橹咿哑。

（云）兀那船头上琴声响，敢是王生？我试听咱。（唱）

【圣药王】近蓼洼[13]，缆钓槎，有折蒲衰柳老兼葭。傍水凹，折藕芽，见烟笼寒水月笼沙，茅舍两三家。

（正末云）这等夜深，只听得岸上女人音声，好似我倩女小姐，我试问一声波。（做问科，云）那壁不是倩女小姐么？这早晚来此怎的？（魂旦相见科，云）王生也，我背着母亲，一径的赶将你来，咱同上京去罢。（正末云）小姐，你怎生直赶到这里来？（魂旦唱）

【麻郎儿】你好是舒心的伯牙，我做了没路的浑家。你道我为甚么私离绣榻？待和伊同走天涯。

（正末云）小姐是车儿来，是马儿来？（魂旦唱[14]）

【幺】险把咱家、走乏。比及你远赴京华，薄命妾为伊牵挂，思量心几时撇下。

【络丝娘】你抛闪咱，比及见咱，我不瘦杀多应害杀[15]。（正末云）若老夫人知道怎了也？（魂旦唱）他若是赶上咱待怎么？常言道做着不怕！

（正末做怒科，云）古人云：聘则为妻，奔则为妾。老夫人许了亲事，待小生得官回来，谐两姓之好，却不名正言顺？你今私自赶来，有玷风化，是何道理？（魂旦云）王生！（唱）

【雪里梅】你振色怒增加，我凝睇不归家。我本真情，非为相谑，已主定心猿意马[16]。

（正末云）小姐，你快回去罢！（魂旦唱）

【紫花儿序】只道你急煎煎趱登程路，元来是闷沉沉困倚琴书，怎不教我痛煞煞泪湿琵琶。有甚心着雾鬓轻笼蝉翅[17]，双眉淡扫宫鸦[18]。情愿似落絮飞花[19]，谁待问出外争如只在家。更无多话，愿秋风驾百尺高帆，尽春光付一树铅华[20]。

（云）王秀才，赶你不为别，我只防你一件。（正末云）小姐防我那一件来？（魂旦唱）

【东原乐】你若是赴御宴琼林罢[21]，媒人每拦住马，高挑起染渲佳人丹青画，卖弄他生长在王侯宰相家。你恋着那奢华，你敢新婚燕尔在他门下？

（正末云）小生此行，一举及第，怎敢忘了小姐！（魂旦云）你若得登第呵，（唱）

【绵搭絮】你做了贵门娇客，一样矜夸。那相府荣华，锦绣堆压，你还想飞入寻常百姓家？那时节似鱼跃龙门播海涯[22]，饮御酒插宫花，那其间占鳌头占鳌头登上甲。

（正末云）小生倘不中呵，却是怎生？（魂旦云）你若不中呵，妾身荆钗裙布，愿同甘苦。（唱）

【拙鲁速】你若是似贾谊困在长沙[23]，我敢似孟光般显贤达。休想我半星儿意差，一分儿抹搭[24]。我情愿举案齐眉傍书榻，任粗粝，淡薄生涯，遮莫戴荆钗，穿布麻。

（正末云）小姐既如此真诚志意，就与小生同上京去如何？（魂旦云）秀才肯带妾身去呵，（唱）

【幺篇】把稍公快唤咱，恐家中厮捉拿。只见远树寒鸦，岸草汀沙，满目黄花，几缕残霞。快先把云帆高挂，月明直下，便东风刮，莫消停，疾进发。

（正末云）小姐，则今日同我上京应举去来。我若得了官，你便是夫人县君也。（魂旦唱）

【收尾】各刺刺向长安道上把车儿驾，但愿得文苑客当时奋发[25]。则我这临邛市沽酒卓文君，甘伏侍你濯锦江题桥汉司马[26]。（同下）

**中华书局版明臧晋叔编《元曲选》**

**【注释】**

[1] 舣（yǐ）：使船靠岸。[2] 过遣：消遣，打发时光。[3] 阳台：传说中楚怀王在高唐和巫山神女相会之处。[4] 楚峡：巫峡。见宋玉《高唐赋序》。[5] "我觑这"二句：形容倩女魂魄步履飘忽、迅疾。[6] 张骞天上浮槎：《荆楚岁时记》载汉朝张骞乘木筏寻找黄河源，漂流经月，竟到了天河。[7] 菰蒲：菰、蒲均为水边生长的草本植物。[8] 鸣榔板：用长木棍敲击船帮或船板，使鱼群受惊进入网中的捕鱼方式。[9] 厌厌：浓重的。[10] 凌波袜：形容女子步态轻盈。出自曹植《洛神赋》："凌波微步，罗袜生尘。"[11] 冰壶：形容月光水色交相辉映，上下澄澈。[12] 欸（ǎi）乃：本为摇橹声，后成为棹歌名。[13] 蓼洼：长满水草的池塘。蓼，蓼科部分植物的泛称。[14] 唱：底本作"云"，据《全元戏曲》本改。[15] 害杀：指害相思病。杀，同"煞"。[16] 心猿意马：佛教语，意谓人的心神如猿马般难以控制。[17] 雾鬓轻笼蝉翅：古代妇女一种如蝉翼般的发式。鬓，同"鬟"。[18] 宫鸦：宫中女子以青黑色描画的一种眉式。[19] 情愿："情愿"二字原本缺失，据孟称舜《柳枝集》本补。[20] 铅华：原指妇女化妆用的铅粉，此处喻美丽的花朵。[21] 琼林：琼林苑，宋代皇帝赐宴新科进士的地方。[22] 鱼跃龙门：此处比喻科举及第。语出《辛氏三秦记》："每逢春之际，有黄鲤鱼逆流而上，得过者便化为龙。"播：逃亡，迁徙。[23] 贾谊：汉代政治家、文学家，因受人排挤，被贬为长沙王太傅。[24] 抹搭：怠慢。[25] 当时：正当时运。[26] "则我这"二句：此处以卓文君和司马相如比喻自己和王文举。

**【审美点评】**

倩女为追赶意中人灵魂出窍，是至情所致。然而家中倩女缠绵病榻，真实地写出封建社会女性在没有婚恋自由的时代痛苦煎熬的现实。

# 张养浩

张养浩（1270—1329），字希孟，号云庄，山东历城（今济南）人。曾任监察御史、礼部尚书等职。英宗至治元年（1321），因上《谏灯山疏》，被罪弃官归隐。文宗天历二年（1329），关中大旱，他被召为陕西行台中丞，致力于抗旱赈灾，在官四个月，劳瘁而死。至顺间追封滨国公，谥文忠。他的散曲多写于归隐之后，故名《云庄休居自适小乐府》。

## 中吕·朱履曲

【题解】这支曲子是写作者在官场的痛苦体验，由于上层统治者的喜怒无常，下层官员随时可能遭到杀身之祸，或成为替罪羊。作者在曲中流露出对官场风险的担忧和厌恶。

才上马齐声儿喝道[1]，只这的便是送了人的根苗[2]，直引到深坑里恰心焦。祸来也何处躲？天怒也怎生饶[3]？把旧来时威风不见了。

中华书局版隋树森编《全元散曲》

【注释】

[1] 喝道：封建时代高级官员出行时，前导吏役高声吆喝，让百姓禁行或回避。《古今注》云："两汉京兆河南尹及执金吾司隶校尉，皆使人导引传呼，使行者止，坐者起。"[2] 的便是：即"确是"、"确便是"。的，犹"确"。[3] 怎生：怎样。

【审美点评】

官场险恶，如履薄冰，张养浩的宦海沉浮使他感触很深。这支曲子意在警世，警醒那些达官贵人：在任时耀武扬威摆官架、耍威风，殊不知已挖下了陷阱，将来会自食其果。

# 睢景臣

睢景臣，一作舜臣，字景贤，扬州人。生卒年不详。自幼勤奋读书，而仕途不得志。《录鬼簿》言其"心性聪明，酷嗜音律"。元成宗大德七年（1303），移居杭州，与钟嗣成相识。著有杂剧《屈原投江》等三种，今不传。散曲现只存三个套数和残句四句。

# 般涉调·哨遍

## 高祖还乡

【题解】《高祖还乡》取材于《史记·高祖本纪》，通过村民嘲讽汉高祖刘邦还乡时的装腔作势，揭露他的丑恶老底，表现出对封建皇权的极度蔑视。实际上是借古讽今，曲折地反映了作者的民族情绪。被时人推为绝唱。

【哨遍】社长排门告示[1]，但有的差使无推故[2]。这差使不寻俗[3]，一壁厢纳草除根[4]，一边又要差夫，索应付[5]。又言是车驾[6]，都说是銮舆，今日还乡故。王乡老执定瓦台盘[7]，赵忙郎抱着酒葫芦[8]。新刷来的头巾[9]，恰糨来的绸衫[10]，畅好是妆么大户[11]。

【耍孩儿】瞎王留引定火乔男女[12]，胡踢蹬吹笛擂鼓[13]。见一彪人马到庄门，匹头里几面旗舒[14]：一面旗白胡阑套住个迎霜兔[15]，一面旗红曲连打着个毕月乌[16]，一面旗鸡学舞[17]，一面旗狗生双翅[18]，一面旗蛇缠葫芦[19]。

【五煞】红漆了叉，银铮了斧[20]，甜瓜苦瓜黄金镀[21]。明晃晃马镫枪尖上挑[22]，白雪雪鹅毛扇上铺[23]。这几个乔人物，拿着些不曾见的器仗，穿着些大作怪衣服[24]。

【四】辕条上都是马，套顶上不见驴[25]，黄罗伞柄天生曲[26]。车前八个天曹判[27]，车后若干递送夫[28]。更几个多娇女[29]，一般穿着，一样妆梳。

【三】那大汉下的车，众人施礼数，那大汉觑得人如无物。众乡老展脚舒腰拜，那大汉那身着手扶[30]。猛可里抬头觑[31]，觑多时认得，险气破我胸脯。

【二】你须身姓刘[32]，你妻须姓吕[33]，把你两家儿根脚从头数[34]。你本身做亭长耽几盏酒[35]，你丈人教村学读几卷书。曾在俺庄东住，也曾与我喂牛切草，拽杷扶锄[36]。

【一】春采了桑，冬借了俺粟，零支了米麦无重数。换田契强秤了麻三秤[37]，还酒债偷量了豆几斛。有甚胡突处[38]？明标着册历[39]，见放着文书。

【尾】少我的钱差发内旋拨还[40]；欠我的粟税粮中私准除[41]。只道刘三谁肯把你揪摔住[42]？白甚么改了姓更了名唤做"汉高祖"[43]！

中华书局版隋树森编《全元散曲》

**【注释】**

[1] 社长：元代地方乡村组织的小头目，一般由当地乡绅担任，以五十家为一社。排门：挨家挨户。[2] 推故：借故推托。[3] 寻俗：寻常，平常。[4] 一壁厢：一边，一面。纳草除根：缴纳草料，并且要去掉草根。底本原为"纳草也根"，今据《雍熙乐府》改。[5] 应付：应对。[6] 车驾与下句"銮舆"，均为皇帝的车马，此代指皇帝。[7] 乡老：年长有地位的乡绅。瓦台盘：陶制托盘。[8] 忙郎：又作"芒郎"，指村里年青人，是宋元时俗语。[9] 新刷来的：刚洗刷过的。[10] 糨（jiāng）：同"浆"，用米汁或豆汁给洗净的衣服上浆，使之显得平整、挺括。[11] 妆么大户：装模作样地冒充大富户。[12] 乔男女：指不三不四的家伙。男女，为偏义词，指男性。[13] 胡踢蹬：胡乱地，乱七八糟地。[14] 匹头：当头，劈头里。舒：展开。[15] "白胡阑"句：指月旗。胡阑，"环"字的复音，圆圈的意思，指旗上所画的月亮。迎霜兔，白兔。传说中月亮上有玉兔捣药。[16] "红曲连"句：指日旗。曲连，"圈"字的复音，指旗上所画的太阳。毕月乌，即乌鸦。传说太阳里有三足乌。[17] 鸡学舞：指凤凰旗。[18] 狗生双翅：指飞虎旗。[19] 蛇缠胡芦：即龙戏珠，指蟠龙旗。[20] 银铮了斧：指镀了银的斧钺。[21] "甜瓜苦瓜"句：指仪仗队中的金瓜锤。[22] "明晃晃"句：指朝天镫，形如倒置的马镫，下有长柄，故云。[23] "白雪雪"句：指鹅毛宫扇，也叫障扇。[24] 大作怪：极为古怪。[25] "辕条"二句：意谓拉车的都是马。乡佬们少见多怪，以为不寻常，因乡间多驴少马之故。辕，车前驾牲畜的两根直木。[26] "黄罗伞柄"句：指皇帝銮舆的顶盖，其形状像一把弯柄大伞。[27] 天曹判：天界的判官。此处指车前导驾的侍臣像判官一样威严。[28] 递送夫：给皇帝传递物品的侍从人员。[29] 多娇女：指娇艳的宫女。[30] 那身：即挪身，"挪"，移动。[31] 猛可里：猛然间，突然间。[32] 须：本来。[33] 你妻须姓吕：汉高祖刘邦的妻子叫吕雉。[34] 根脚：根底，身世。[35] 亭长：秦时十里为一亭，十亭为一乡，亭有亭长。刘邦在秦末曾做过沛县泗水亭长。耽：嗜好，沉溺。[36] 拽杷扶锄：此处泛指种地。杷：底本作"琶"，据《雍熙乐府》改。一种碎土的农具。[37] 换田契强秤（chēng）了麻三秤（chèng）：借换田契的机会强行秤了三秤麻。[38] 胡突：即糊涂。[39] 册历：账簿，账本。[40] 差发内旋拨还：从官差钱里抵偿。差发，官差。当时百姓被征发官差，可以出钱雇人来代替。旋，立即，马上。[41] 私准除：暗中扣除。[42] 刘三：刘邦排行第三，故称刘三。揪摔（zuó）住：揪住，抓住。[43] 白甚么：为什么平白无故地。

**【审美点评】**

这套散曲运用了大量俗语，粗俗中别有一番风味。曲辞妙在以乡人眼光来铺叙刘邦回乡的庞大仪仗阵容，意在嘲讽其大肆炫耀的庸俗心态。

# 刘时中

刘时中，元末人，生平事迹不详，古洪（今江西南昌）人。约生活于元末，其散曲今存只有杨朝英《阳春白雪》所收的两篇套曲。

## 正宫·端正好

### 上高监司（前套）

【题解】《上高监司》分前后两套，此为前套，当作于1351年红巾军起义以后。这套散曲包括十五支曲子，真实形象地描绘了江西旱灾实况，老百姓的悲惨境遇，以及富豪奸商从中渔利的丑恶行为，并歌颂了高监司救济饥荒的功德。

【端正好】众生灵遭磨障[1]，正值着时岁饥荒。谢恩光拯济皆无恙[2]，编做本词儿唱。

【滚绣球】去年时正插秧，天反常，那里取若时雨降[3]？旱魃生四野灾伤[4]。谷不登[5]，麦不长，因此万民失望。一日日物价高涨，十分料钞加三倒[6]，一斗粗粮折四量[7]，煞是凄凉。

【倘秀才】殷实户欺心不良，停塌户瞒天不当[8]。吞象心肠歹伎俩[9]，谷中添秕屑[10]，米内插粗糠，怎指望他儿孙久长。

【滚绣球】甑生尘老弱饥[11]，米如珠少壮荒。有金银那里每典当[12]？尽枵腹高卧斜阳[13]。剥榆树餐，挑野菜尝。吃黄不老胜如熊掌[14]，蕨根粉以代饣念粮[15]。鹅肠苦菜连根煮[16]，荻笋芦蒿带叶噇[17]，则留下杞柳株樟。

【倘秀才】或是捶麻柘稠调豆浆[18]，或是煮麦麸稀和细糠，他每早合掌擎拳谢上苍。一个个黄如经纸[19]，一个个瘦似豺狼，填街卧巷。

【滚绣球】偷宰了些阔角牛[20]，盗斫了些大叶桑。遭时疫无棺活葬，贱卖了些家业田庄。嫡亲儿共女，等闲参与商[21]，痛分离是何情况！乳哺儿没人要撇入长江。那里取厨中剩饭杯中酒，看了些河里孩儿岸上娘，不由我不哽咽悲伤！

【倘秀才】私牙子船湾外港[22]，行过河中宵月朗，则发迹了些无徒米麦行[23]。牙钱加倍解[24]，卖面处两般装[25]，昏钞早先除了四两[26]。

【滚绣球】江乡相，有义仓[27]，积年系税户掌[28]。借贷数补答得十分停当[29]，都侵用过将官府行唐[30]。那近日劝粜到江乡[31]，按户口给月粮。富户都用钱买放，无实惠尽是虚桩[32]。充饥画饼诚堪笑，印信凭由却是谎[33]，快活了些社长知房[34]。

【伴读书】磨灭尽诸豪壮，断送了些闲浮浪。抱子携男扶筇杖[35]，尪羸伛偻如虾样[36]。一丝好气沿途创[37]，阁泪汪汪。

【货郎】见饿莩成行街上[38]，乞出拦门斗抢，便财主每也怀金鹄立待其亡[39]。感谢这监司主张[40]，似汲黯开仓[41]。披星带月热中肠，济与粜亲临发放。见孤孀疾病无皈向[42]，差医煮粥分厢巷。更把赃输钱分例米多般儿区处的最优长[43]。众饥民共仰，似枯木逢春，萌芽再长。

【叨叨令】有钱的贩米谷置田庄添生放[44]，无钱的少过活分骨肉无承望；有钱的纳宠妾买人口偏兴旺，无钱的受饥馁填沟壑遭灾障。小民好苦也么哥，小民好苦也么哥！便秋收鬻妻卖子家私丧。

【三煞】这相公爱民忧国无偏党[45]，发政施仁有激昂。恤老怜贫，视民如子，起死回生，扶弱摧强。万万人感恩知德，刻骨铭心，恨不得展草垂缰[46]。覆盆之下，同受太阳光[47]。

【二】天生社稷真卿相，才称朝廷作栋梁。这相公主见宏深，秉心仁恕，治政公平，莅事慈祥[48]。可与萧曹比并[49]，伊傅齐肩[50]，周召班行[51]。紫泥宣诏[52]，花衬马蹄忙[53]。

【一】愿得早居玉笋朝班上[54]，伫看金瓯姓字香[55]。入阙朝京，攀龙附凤，和鼎调羹[56]，论道兴邦。受用取貂蝉济楚[57]，衮绣峥嵘[58]，珂珮丁当[59]。普天下万民乐业，都知是前任绣衣郎[60]。

【尾声】相门出相前人奖，官上加官后代昌。活被生灵恩不忘，粒我烝民德怎偿[61]？父老儿童细较量，樵叟渔夫曹论讲[62]。共说东湖柳岸旁，那里清幽更舒畅。靠着云卿苏圃场[63]，与徐孺子流芳挹清况[64]。盖一座祠堂人供养，立一统碑碣字数行[65]。将德政因由都载上，使万万代官民见时节想。

中华书局版隋树森编《全元散曲》

【注释】

[1] 磨障：一作"魔障"，本佛家语，此处指灾难。[2] 恙：病，引申为受苦。[3] 取：得到。若：那样。[4] 旱魃（bá）：传说中的旱魔。《神异经》载："魃所见之国大旱，赤地千里。"

［5］登：成熟。［6］料钞：元代发行的钞票。加三倒：加三成倒换。［7］折四量：打个四折量给，即一斗要扣去四升。［8］停塌户：囤积粮食的人家。［9］吞象心肠：意谓贪心至极。俗语有"人心不足蛇吞象"之说。［10］秕屑：谷皮。［11］甑（zèng）生尘：意谓饥民断炊已久。甑，古人做饭用的瓦器。［12］那里每：即哪里，"每"为语气词，无义。［13］枵（xiāo）腹：空着肚子。［14］黄不老：即黄柏，又作黄檗，树皮与果实都是药材，也可食用。［15］蕨根粉：蕨菜根磨成的粉，可食用。［16］鹅肠：野草，又称繁缕。《本草纲目·菜二》云："此草茎蔓甚繁，中有一缕，故名。俗呼鹅儿肠菜，象形也。"［17］荻笋：野生植物荻的嫩芽。芦莴（wō）：芦苇的嫩茎。哐（chuáng）：吞咽。［18］"捶麻柘（zhè）"句：把麻籽和柘树的果实捣碎了调在豆浆里，使之稠厚。［19］经纸：抄印佛经所用的纸，俗称黄表纸。［20］偷宰：元代有禁令不许私宰耕牛。阔角牛：犄角宽大的水牛。［21］参（shēn）与商：参星在西，商星在东，两星此出彼入，不同时出现。古人常以此比喻亲友难得相会。［22］私牙子：私商，私贩。此处指粮食贩子。湾：停泊，用作动词。［23］无徒：无赖之徒。［24］牙钱：佣钱，即经纪人在卖主和买主之间抽取的佣金。解：送交。［25］两般装：表里不一。［26］昏钞：破烂的钞票。除了四两：对一斤（十六两）而言，扣除四分之一。［27］义仓：地方上为备荒年而建的粮仓。［28］积年：多年，历年。税户：纳税大户，实际是豪绅富户掌管。［29］补答：填补。［30］行唐：蒙蔽，搪塞。唐，同"搪"。［31］劝粜（tiào）：官府派人劝导义仓卖粮食。［32］虚桩：往虚空中钉入木桩，意谓落空。［33］印信凭由：盖有官府图章的文书。［34］知房：负责仓房的人。一说是族长。［35］筇（qióng）杖：筇竹做的拄杖。［36］尪（wāng）羸：身体瘦弱。尪，行走歪斜。［37］创：同"闯"。［38］饿莩（piǎo）：饿死的人。［39］鹄：天鹅。［40］监司：指高监司。［41］汲黯开仓：汲黯是汉武帝时名臣，曾奉命巡视河内，发现当地灾情严重，不等皇帝下旨，就开仓放粮，救济百姓。事见《史记·汲郑列传》。［42］皈向：归依，依靠。［43］赃输钱：因贪赃而充公的钱财。分例米：按规定每位饥民应分得的粮食。多般儿区处：用多种方式和手段处理。［44］生放：放债。［45］无偏党：公正无私，不偏向。［46］展草垂缰：意谓效犬马之劳。展草，相传三国时李信纯醉卧草地，恰逢起火，所养之犬跳入水中，将身湿透，滚灭主人周围烈火，主人因而得救。事见《搜神记》。垂缰，传说前秦苻坚被慕容冲打败，逃奔时跌入涧中，其马垂缰入涧，导苻坚援缰登岸，得以脱险。事见《异苑》。［47］"覆盆之下"句：元代有"覆盆不照太阳辉"的成语，此处用以赞扬高监司的恩德如同阳光。［48］莅（lì）事：临事。［49］萧曹：指汉初名相萧何、曹参。［50］伊傅：指商代名相伊尹、傅说。［51］周召：指周朝名相周公旦、召公奭。班行：同列，并列。［52］紫泥宣诏：皇帝的书札用紫泥加封盖印。［53］花衬马蹄忙：形容春风得意，驿马在花丛道上奔驰。［54］玉笋朝班：即玉笋班，英才济济的朝班。玉笋，比喻人才出众。［55］金瓯：指国家。［56］和鼎调羹：调和好鼎中的美味。以此比喻宰相处理政事得宜。［57］貂蝉：汉代侍中、中常侍所戴之帽，以貂尾为饰。济楚：整齐，华丽。［58］衮绣：绣着龙纹的朝服。衮，古代帝王或三公穿的礼服。峥嵘：这里指华贵，有气派。［59］珂珮：古代官员礼服及所乘马车上配挂的玉饰。［60］绣衣郎：汉代的绣衣直使，监司是肃政廉访使，职务与之相类。［61］粒：粮食，此处用作使动，使……吃上饭。烝民：百姓。偿：酬报。［62］曹论讲：共同讨论。曹，群，引申为共同。［63］云卿苏圃场：南宋隐士苏云卿，在豫章（今江西南昌）东湖隐居，开园圃种菜，拒不出仕。圃场，菜园。［64］徐孺子：东汉徐稚，字孺子，豫章高士，甘于清贫，屡征不就。把：引，接。清况：清幽的景况。［65］一统：一座。

**【审美点评】**

饥荒年景造成老百姓饿殍遍地、妻离子散，这在很多朝代都发生过。但是很少有作家写得如此形象逼真。"一个个黄如经纸，一个个瘦似豺狼，填街卧巷"，多么惊心动魄。缺乏正义感、同情心的作家，是写不出这样有深度的文章的。

# 贯云石

贯云石（1286—1324），字浮岑，号酸斋、疏仙、芦花道人，维吾尔族，祖籍西域北庭（今属新疆）。出身将门，文武双全，弱冠袭任两淮万户府达鲁花赤，二十七岁拜为翰林侍读学士、知制诰。翌年便称病辞官南下，隐居钱塘。所作小令七十九首，套数七套，内容以恋情和隐逸为主，曲风爽朗豪放，与嘉兴散曲家徐再思（号甜斋）齐名，后人将其散曲合辑为《酸甜乐府》。

## 双调·殿前欢

**【题解】** 此曲爽朗豪放，表达了作者淡泊名利、向往隐逸的情怀，也流露出壮志难酬的无奈，以及不得不故作达观豁达的心态。

畅幽哉[1]，春风无处不楼台。一时怀抱俱无奈[2]，总对天开。就渊明归去来[3]，怕鹤怨山禽怪，问甚功名在？酸斋是我[4]，我是酸斋。

**中华书局版隋树森编《全元散曲》**

**【注释】**

[1] 畅幽：把郁结在内心深处的情绪抒发出来。畅，尽情地。 [2] 怀抱：指心中的种种烦恼。[3] 就：接近，靠近。渊明：东晋诗人陶渊明，在官八十余日，不愿为五斗米折腰权贵，写了《归去来辞》，遁世归隐。[4] 酸斋：贯云石的号。

**【审美点评】**

"酸斋是我，我是酸斋"，多么豪放质朴、掷地有声的豪言壮语。将门之子可以视功名如粪土，强调个性自由、心情舒畅，这是难能可贵的。

# 无名氏

## 正宫·醉太平

**【题解】** 这是一首广为流传的民间名曲，它像锐利的檄文，深刻揭露和批判了元蒙贵族的黑暗统治，控诉了统治者的一桩桩罪恶，具有强烈的战斗精神。《辍耕录》载："《醉太平》小令一阕，不知谁所造，自京师以至江南，人人能道之。"可见影响之大。

堂堂大元，奸佞专权。开河变钞祸根源[1]，惹红巾万千[2]。官法滥，刑法重，黎民怨。人吃人，钞买钞[3]，何曾见？贼做官，官做贼，混愚贤，哀哉可怜。

**中华书局版隋树森编《全元散曲》**

**【注释】**

[1] 开河：元顺帝至正十一年（1351）统治者征发民夫十五万，戍卒二万，治理黄河，官吏乘机搜刮钱粮。在元蒙暴政统治下的人民，平时被禁止聚集，这次开河便成为民众集会反抗的机会。红巾军首领韩山童、刘福通等乘机策动起义。变钞：元统治者滥发钞票，纸币不断贬值，于是又发新币，以旧换新，从中剥削人民，以致物价暴涨，民不聊生。[2] 红巾：即红巾军。元末刘福通、徐寿辉等领导的农民起义军，皆以红巾裹头。[3] 钞买钞：即以旧币换新币，倒换时要贴工料费，故云。

**【审美点评】**

此曲揭露抨击现实大胆直露，情辞激切。"贼做官，官做贼"，一语破的，何等精辟。"哀哉可怜"，不是叹息，而是愤怒。

# 高　明

高明（1307？—1359），字则诚，号菜根道人，浙江瑞安（今温州）人。出身书香世家，曾师从理学家黄溍。至正五年（1345）考中进士，曾在浙江、福建等地任职，为官清廉。曾参与征讨元末起义军，后避乱隐居明州（今宁波），以词曲自娱。作品有南戏《琵琶记》、《闵子骞单衣记》（已佚）。另有诗文集《柔克斋集》（已佚）。

# 琵琶记

## 五娘吃糠

**【题解】**《琵琶记》是高明根据民间流传的宋代南戏《赵贞女蔡二郎》改编的，从主题到人物都有重大改造：将蔡伯喈弃亲背妇、遭雷击的负心故事，改变为全忠全孝、大团圆结局的故事，使剧作的主题由谴责变成歌颂，宣传"忠孝节烈"的封建伦理道德色彩浓厚。本书所选是第二十出。叙蔡伯喈赴京应试后，其妻赵五娘在家侍奉公婆，家乡闹饥荒，五娘典尽衣服首饰，籴来粮米，供奉公婆，自己却背地里吃米糠充饥。

（旦上，唱）

【山坡羊】乱荒荒不丰稔的年岁[1]，远迢迢不回来的夫婿。急煎煎不耐烦的二亲，软怯怯不济事的孤身己[2]。衣尽典，寸丝不挂体。几番要卖了奴身己，争奈没主公婆教谁看取[3]？（合[4]）思之，虚飘飘命怎期？难捱，实丕丕灾共危[5]。

【前腔】滴溜溜难穷尽的珠泪，乱纷纷难宽解的愁绪。骨崖崖难扶持的病体[6]，战钦钦难捱过的时和岁[7]。这糠呵，我待不吃你，教奴怎忍饥？我待吃呵，怎吃得？（介[8]）苦！思量起来不如奴先死，图得不知他亲死时。（合前）

（白）奴家早上安排些饭与公婆，非不欲买些鲑菜[9]，争奈无钱可买。不想婆婆抵死埋冤[10]，只道奴家背地吃了甚么。不知奴家吃的却是细米皮糠，吃时不敢教他知道，只得回避。便埋冤杀了，也不敢分说。苦！真实这糠怎的吃得。（吃介，唱）

【孝顺歌】呕得我肝肠痛，珠泪垂，喉咙尚兀自牢嗄住[11]。糠！遭砻被舂杵[12]，筛你簸扬你，吃尽控持[13]。悄似奴家身狼狈[14]，千辛万苦皆经历。苦人吃着苦味，两苦相逢，可知道欲吞不去。（吃吐介）（唱）

【前腔】糠和米，本是两倚依，谁人簸扬你作两处飞？一贱与一贵，好似奴家共夫婿，终无见期。丈夫，你便是米么，米在他方没寻处。奴便是糠么，怎的把糠救得人饥馁？好似儿夫出去，怎的教奴，供给得公婆甘旨[15]？（不吃放碗介）（唱）

【前腔】思量我生无益，死又值甚的！不如忍饥为怨鬼。公婆年纪老，靠着奴家相依倚，只得苟活片时。片时苟活虽容易，到底日久也难相聚。谩把糠米来相比，这糠尚兀自有人吃，奴家骨头，知他埋在何处？

（外、净上探[16]，白）媳妇，你在这里说甚么？（旦遮糠介）（净搜出，打旦介）（白）公公，你看么？真个背后自逼逻东西吃[17]，这贱人好打！（外白）你把他吃了，看是什么物事？（净荒吃介）（吐介）（外白）媳妇，你逼逻的是甚么东西？（旦介）（唱）

【前腔】这是谷中膜，米上皮，将来逼逻堪疗饥。（外、净白）这是糠，你却怎的吃得？（旦唱）尝闻古贤书，狗彘食人食[18]，公公，婆婆，须强如草根树皮。（外、净白）这的不嗄杀了你？（旦唱）嚼雪餐毡苏卿犹健[19]，餐松食柏到做得神仙侣[20]，纵然吃些何虑？（白）公公，婆婆，别人吃不得，奴家须是吃得。（外、净白）胡说！偏你如何吃得？（旦唱）爹妈休疑，奴须是你孩儿的糟糠妻室[21]！（外、净哭介，白）元来错埋冤了人，兀的不痛杀了我！（倒介。旦叫介）（唱）

【雁过沙】他沉沉向迷途，空教我耳边呼。公公，婆婆，我不能尽心相奉事，番教你为我归黄土[22]。公公，婆婆，人道你死缘何故？公公，婆婆，你怎生割舍抛弃了奴？（白）公公，婆婆。（外醒介）（唱）

【前腔】媳妇，你耽饥事公姑[23]。媳妇，你耽饥怎生度？错埋冤你也不肯辞，我如今始信有糟糠妇。媳妇，我料应不久归阴府。媳妇，你休便为我死的把生的受苦。（旦叫婆婆介）（唱）

【前腔】婆婆，你还死教奴家怎支吾[24]？你若死教我怎生度？我千辛万苦回护丈夫[25]，如今到此难回护。我只愁母死难留父，况衣衫尽解，囊箧又无[26]。（外叫净介）（唱）

【前腔】婆婆，我当初不寻思，教孩儿往皇都。把媳妇闪得苦又孤，把婆婆送入黄泉路，只怨是我相耽误。我骨头未知埋在何处所？

（旦白）婆婆都不省人事了，且扶入里面去。正是：青龙共白虎同行[27]，吉凶事全然未保。（并下）（末上，白）福无双至犹难信，祸不单行却是真。自家为甚说这两句？为邻家蔡伯喈妻房，名唤做赵氏五娘子，嫁得伯喈秀才，方才两月，丈夫便出去赴选。自去之后，连年饥荒，家里只有公婆两口，年纪八十之上，甘旨之奉，亏杀这赵五娘子，把些衣服首饰之类尽皆典卖，籴些粮米做饭与公婆吃[28]，他却背地里把些细米皮糠逼逻充饥。唧唧[29]，这般荒年饥岁，少什么有三五个孩儿的人家，供膳不得爹娘。这个小娘子，真个今人中少有，古人中难得。那公婆不知道，颠倒把他埋冤[30]；今来听得他公婆知道[31]，却又痛心都害了病。俺如今去他家里探取消息则个。（看介）这个来的却是蔡小娘子，怎生恁地走得慌？（旦慌走上介，白）天有不测风云，人有旦夕祸福。（见末介）公公，我的婆婆死了。（末介）我却要来。（旦白）公公，我衣衫首饰尽行典卖，今日婆婆又死，教我如何区处？公公可怜见，相济则个。（末白）不妨，婆婆衣衾棺椁之费，皆出于我，你但尽心承值公公便了[32]。（旦哭介，唱）

【玉包肚】千般生受[33]，教奴家如何措手？终不然把他骸骨[34]，没棺椁送在荒丘？（合）相看到此，不由人不珠泪流，正是不是冤家不聚头[35]。（末唱）

【前腔】不须多忧，送婆婆是我身上有。你但小心承直公公，莫教又成不救。（合前）（旦白）如此，谢得公公！只为无钱送老娘。（末白）娘子放心，须知此事有商量。（合）正是：归家不敢高声哭，只恐人闻也断肠。（并下）

《古本戏曲丛刊初集》影印《新刊元本蔡伯喈琵琶记》

**【注释】**

[1] 不丰稔（rěn）：即荒歉年景。稔，庄稼成熟。[2] 身己：指自己的身体。《广韵》："己，身也。"[3] 争奈：怎奈，无奈。看取：照顾。[4] 合：南戏中的"合"字有二种含义：一指合唱，一指合头。同一曲牌连续使用两支以上而最后几句曲词相同的称为合头。在上曲合头上注一"合"字，下曲不再重出曲文，仅注"合前"二字，意即"合头同前"。合头往往合唱时多用，也有独唱的。此处的"合"即是指合头，下支曲子的"合前"即指合头同前，曲文不再出现，唱则为独唱。[5] 实丕丕：实实在在。[6] 骨崖崖：瘦削的样子。[7] 战钦钦：战战兢兢。[8] 介：南戏里关于动作、表情、效果等的舞台提示。与杂剧中的"科"相同。此应为"吃介"。[9] 鲑（xié）菜：泛指鱼菜。鲑，即鱼类菜肴。[10] 埋冤：即埋怨。[11] 尚兀自：还，还是。牢嗄（shà）住：紧紧地噎住。[12] 砻（lóng）：磨去稻壳。春：用杵臼捣去谷物的皮壳。[13] 控持：折磨，磨难。[14] 悄似：恰似，完全如同。[15] 甘旨：美味。此处特指供养父母的食物。[16] 外：南戏中的"外"有两种含义：一为外生，扮演老年男子；一为外旦，扮演老年妇女。南戏中的"净"可扮男，也可扮女。剧中扮演蔡伯喈母亲蔡婆。[17] 逼逻：安排，张罗。[18] 狗彘食人食：语出《孟子·梁惠王》。原意是说狗彘吃人的食物。此处意思相反，是说人吃狗彘的食物。彘，猪。[19]"嚼雪餐毡"一句：汉朝苏武出使匈奴，匈奴逼他投降，他宁死不从，被关在大窖中，他嚼雪餐毡，得以不死。事见《汉书·苏武传》。[20]"餐松食柏"一句：相传神仙不吃人间烟火食，以松柏的果实为粮。[21] 糟糠妻室：指贫贱时共患难的妻子。语见《后汉书·宋弘传》。[22] 番：反而。[23] 耽饥：忍饥。[24] 支吾：应付。[25] 回护：曲为辩护，袒护。[26] 囊箧：口袋和箱子。[27] 青龙共白虎：古代星宿名，星相家以青龙为吉星，白虎为凶星。[28] 籴（dí）：买进粮食。[29] 唧唧：即啧啧，赞叹之声。[30] 颠倒：反而。[31] 今来：当时口语，犹云近来。[32] 承值：即侍奉，看护。[33] 生受：受苦。[34] 终不然：难道。[35] 不是冤家不聚头：一般指夫妻关系，此处泛指一家骨肉。

【审美点评】

赵五娘籴米供奉公婆，自己却"糟糠自餍"，这种孝道在封建时代很有代表性。她与公婆的关系是"孝"字当先，百依百顺。与丈夫的关系则是"糠和米，本是两倚依，谁人簸扬你作两处飞？"以糠、米来比拟夫妻分离，新颖、形象、贴切。

# 元话本

## 快嘴李翠莲记

【题解】本篇选自《清平山堂话本》。通过李翠莲这个市井女性"快嘴"的特点，表现出对传统社会观念的叛逆意识，同时也表明当时社会市民力量的成长壮大。李翠莲的快人快语形象，给人耳目一新之感。

入话：

出口成章不可轻，开言作对动人情[1]；

虽无子路才能智，单取人前一笑声。

此四句单道：昔日东京有一员外，姓张名俊，家中颇有金银。所生二子，长曰张虎，次曰张狼。大子已有妻室，次子尚未婚配。本处有个李吉员外，所生一女，小字翠莲，年方二八。姿容出众，女红针指[2]，书史百家，无所不通。只是口嘴快些，凡向人前，说成篇，道成溜[3]，问一答十，问十道百。有诗为证：

问一答十古来难，问十答百岂非凡。

能言快语真奇异，莫作寻常当等闲。

话说本地有一王妈妈，与二边说合，门当户对，结为姻眷，选择吉日良时娶亲。

三日前，李员外与妈妈论议，道："女儿诸般好了，只是口快，我和你放心不下。打紧他公公难理会[4]，不比等闲的，婆婆又兜答[5]，人家又大，伯伯、姆姆[6]，手下许多人，如何是好？"婆婆道："我和你也须分付他一场。"只见翠莲走到爹妈面前，观见二亲满面忧愁，双眉不展，就道：

爹是天，娘是地，今朝与儿成婚配。男成双，女成对，大家欢喜要吉利。人人说道好女婿：有财有宝又豪贵；又聪明，又伶俐，双六、象棋通六艺[7]；吟得诗，做得对，经商买卖诸般会。这门女婿要如何？愁得苦水儿滴滴地。

员外与妈妈听翠莲说罢，大怒曰："因为你口快如刀，怕到人家多言多语，失了礼节，公婆人人不欢喜，被人笑耻，在此不乐。叫你出来，分付你少则声[8]，颠倒说出一篇来，这个苦恁的好！"翠莲道：

爷开怀，娘放意。哥宽心，嫂莫虑。女儿不是夸伶俐，从小生得有志气。纺得纱，绩得苎，能裁、能补、能绣刺[9]；做得粗，整得细，三茶、六饭一时备[10]；推得磨，捣得碓，受得辛苦吃得累。烧卖、匾食有何难[11]，三汤两割我也会[12]。到晚来，能仔细，大门关了小门闭；刷净锅儿掩厨柜，前后收拾自用意。铺了床，伸开被，点上灯，请婆睡，叫声安置进房内[13]。如此伏侍二公婆，他家有甚不欢喜？爹娘且请放心宽，舍此之外值个屁！

翠莲说罢，员外便起身去打。妈妈劝住，叫道："孩儿，爹娘只因你口快了愁！今番只是少说些。古人云：'多言众所忌。'到人家只是谨慎言语，千万记着！"翠莲曰："晓得。如今只闭着口儿罢。"

妈妈道："隔壁张大公是老邻舍[14]，从小儿看你大，你可过去作别一声。"员外道："也是。"翠莲便走将过去，进得门槛，高声便道：

张公道，张婆道，两个老的听禀告：明日寅时我上轿[15]，今朝特来说知道。年老爹娘无倚靠，早起晚些望顾照。哥嫂倘有失礼处，父母分上休计较。待我满月回门来，亲自上门叫聒噪[16]。

张大公道："小娘子放心，令尊与我是老兄弟，当得早晚照管。令堂亦当着老妻过去倍伴[17]，不须挂意！"

作别回家，员外与妈妈道："我儿，可收拾早睡休，明日须半夜起来打点。"翠莲便道：

爹先睡，娘先睡，爹娘不比我班辈[18]。哥哥嫂嫂相傍我，前后收拾自理会。后生家熬夜有精神，老人家熬了打盹睡。

翠莲道罢，爹妈大恼曰："罢，罢，说你不改了！我两口自去睡也。你与哥嫂自收拾，早睡早起。"翠莲见爹妈睡了，连忙走到哥嫂房门口高叫：

哥哥嫂嫂休推醉，思量你们忒没意。我是你的亲妹妹，止有今晚在家中，亏你两口下着得[19]，诸般事儿都不理，关上房门便要睡。嫂嫂你好不贤惠，我在家，不多时，相帮做些道怎地？巴不得打发我出门，你们两口得零利[20]。

翠莲道罢，做哥哥的便道："你怎生还是这等的？有父母在前，我不好说你。你自去安歇，明日早起，凡百事我自和嫂嫂收拾打点。"翠莲进房去睡。兄嫂二人，无多时，前后俱收拾停当，一家都安歇了。

员外、妈妈一觉睡醒，便唤翠莲问道："我儿，不知甚么时节了？不知天晴天雨？"翠莲便道：

爹慢起，娘慢起，不知天晴是下雨。更不闻[21]，鸡不语，街坊寂静无人语。只听得隔壁白嫂起来磨豆腐，对门黄公春糕米。若非四更时，便是五更矣。且待奴家先起，烧火劈柴打下水，且把锅儿刷洗起，烧些脸汤洗一洗，梳个头儿光光地。大家也是早起些，娶亲的若来慌了腿。

员外妈妈并哥嫂一齐起来，大怒曰："这早晚[22]，东方将亮了，还不梳妆完，尚兀子调嘴弄舌[23]！"翠莲又道：

爹休骂，娘休骂，看我房中巧妆画。铺两鬓，黑似鸦，调和脂粉把脸搽。点朱唇，将眉画，一对金环坠耳下。金银珠翠插满头，宝石禁步身边挂[24]。今日你们将我嫁，想起爹娘撇不下；细思乳哺养育恩，泪珠儿滴湿了香罗帕。猛听得外面人说话，不由我不心中怕；今朝是个好日头，只管都噜都噜说甚么！

翠莲道罢，妆办停儅[25]，直来到父母根前[26]，说道：

爹拜禀，娘拜禀，蒸了馒头索了粉[27]，果盒看馔件件整。收拾停儅慢慢等[28]，看看打得五更紧。我家鸡儿叫得准，送亲从头再去请。姨娘不来不打紧，舅母不来不打紧，可耐姑娘没道理[29]，说的话儿全不准。昨日许我五更来，今日鸡鸣不见影。歇歇进门没得说，赏他个漏风的巴掌当邀请[30]。

员外与妈妈敢怒而不敢言。妈妈道："我儿，你去叫你哥嫂及早起来，前后打点。娶亲的将次来了。[31]"翠莲见说，慌忙走去哥嫂房门口前，叫曰：

哥哥嫂嫂你不小，我今在家时候少。算来也用起个早，如何睡到天大晓？前后门窗须开了，点些蜡烛香花草。里外地下扫一扫，娶亲轿子将来了。误了时辰公婆恼，你两口儿讨分晓[32]！

哥嫂两个忍气吞声，前后俱收拾停儅[33]。员外道："我儿，家堂并祖宗面前[34]，可去拜一拜，作别一声。我已点下香烛了。趁娶亲的未来，保你过门平安！"翠莲见说，拿了一炷，走到家堂面前，一边拜，一边道：

家堂，一家之主；祖宗，满门先贤：今朝我嫁，未敢自专。四时八节，不段香烟[35]。告知神圣，万望垂怜！男婚女嫁，理之自然。有吉有庆，夫妇双全。无灾无难，永保百年。如鱼似水，胜蜜糖甜。五男二女，七子团圆。二个女婿，答礼通贤；五房媳妇，孝顺无边。孙男孙女，代代相传。金珠无数，米麦成仓。蚕桑茂胜[36]，牛马捱眉[37]。鸡鹅鸭鸟，满荡鱼鲜。丈夫惧怕，公婆爱怜。妯娌和气，伯叔忻然。奴仆敬重，小姑有缘。不上三年之内，死得一家干净，家财都是我掌管，那时翠莲快活几年！

翠莲祝罢，只听得门前鼓乐喧天，笙歌聒耳[38]，娶亲车马，来到门首。张宅先生念诗曰[39]：

高卷珠帘挂玉钩，香车宝马到门头。

花红利市多多赏[40]，富贵荣华过百秋。

李员外便叫妈妈将钞来，赏赐先生和媒妈妈，并车马一干人。只见妈妈拿出钞来，翠莲接过手，便道："等我分！"

爹不惯，娘不惯，哥哥嫂嫂也不惯。众人都来面前站，合多合少等我散。抬轿的合五贯，先生媒人两贯半。收好些，休嚷乱，帛下了时休埋怨[41]！这里多得一贯文，与你这媒人婆买个烧饼，到家哄你呆老汉。

先生与轿夫一干人听了，无不吃惊，曰："我们见千见万，不曾见这样口快的。"大家张口吐舌，忍气吞声，簇拥翠莲上轿。

一路上，媒妈妈分付："小娘子，你到公婆门首，千万不要开口！"不多时，车马一到张家前门，歇下轿子，先生念诗曰：

鼓乐喧天响汴州，今朝织女配牵牛。

本宅亲人来接宝，添妆含饭古来留[42]。

且说媒人婆拿着一碗饭，叫道："小娘子，开口接饭。"只见翠莲在轿中大怒，便道：

老泼狗，老泼狗，交我闭口又开口。正是媒人之口无量斗，怎当你没的番做有[43]。你又不曾吃早酒，嚼舌嚼黄胡张口。方才跟着轿子走，分付交我休开口。甫能住轿到门首，如何又叫我开口？莫怪我今骂得丑，真是白面老母狗！

先生道："新娘子息怒。他是个媒人，出言不可大甚[44]。自古新人无有此等道理！"翠莲便道：

先生你是读书人，如何这等不聪明？当言不言谓之讷，信这虔婆弄死人<sup>[45]</sup>。说我婆家多富贵，有财有宝有金银，杀牛宰马做茶饭，苏木檀香做大门<sup>[46]</sup>，绫罗段匹无算数，猪羊牛马赶成群。当门与我冷饭吃，这等富贵不如贫。可耐伊家忒恁村<sup>[47]</sup>，冷饭将来与我吞。若不看我公婆面，打得你眼里鬼火生！

翠莲说罢，恼得那媒婆一点酒也没<sup>[48]</sup>，一道烟先进去了；也不管他下轿，也不管他拜堂。

本宅众亲簇拥新人到了堂前，朝西站定。先生曰："请新人转身向东，今日福禄喜神在东。"翠莲便道：

才向西来又向东，休将新妇便牵笼<sup>[49]</sup>。转来转去无定相，恼得心头火气冲。不知那个是妈妈？不知那个是公公？诸亲九眷闹丛丛，姑娘小叔乱哄哄。红纸牌儿在当中，点着几对满堂红<sup>[50]</sup>。我家公婆又未死，如何点盏随身灯<sup>[51]</sup>？

张员外与妈妈听得，大怒曰："当初只说娶这良善人家女子<sup>[52]</sup>，谁想娶这个没规矩、没家法、长舌顽皮村妇！"诸亲九眷面面相睹，无不失惊。先生曰："人家孩儿在家中惯了，今日初来，须慢慢的调理他。且请拜香案，拜诸亲。"合家大小俱相见毕。先生念诗赋，请新人入房，坐床撒帐<sup>[53]</sup>：

新人那步过高堂<sup>[54]</sup>，神女仙郎入洞房。

花红利市多多赏，五方撒帐盛阴阳。

张狼在前，翠莲在后，先生捧着五谷，随进房中。新人坐床，先生拿起五谷，念道：

撒帐东，帘幕深围烛影红。佳气郁葱长不散，画堂日日是春风。

撒帐西，锦带流苏四角垂<sup>[55]</sup>。揭开便见姮娥面，输却仙郎捉带枝。

撒帐南，好合情怀乐且耽。凉月好风庭户爽，双双绣带佩宜男<sup>[56]</sup>。

撒帐北，津津一点眉间色。芙蓉帐暖度春宵，月娥苦邀蟾宫客<sup>[57]</sup>。

撒帐上，交颈鸳鸯成两两。从今好梦叶维熊<sup>[58]</sup>，行见蠙珠来入掌<sup>[59]</sup>。

撒帐中，一双月里玉芙蓉。恍若今宵遇神女，红云簇拥下巫峰[60]。

撒帐下，见说黄金光照社[61]。今宵吉梦便相随，来岁生男定声价。

撒帐前，沉沉非雾亦非烟。香里金虬相隐快[62]，文箫金遇彩鸾仙[63]。

撒帐后，夫妇和谐长保守。从来夫唱妇相随，莫作河东狮子吼[64]。

说那先生撒帐未完，只见翠莲跳起身来，摸着一条面杖，将先生夹腰两面杖，便骂道："你娘的臭屁！你家老婆便是河东狮子！"一顿直赶出房门外去，道：

撒甚帐？撒甚帐？东边撒了西边样[65]。豆儿米麦满床上，仔细思量像甚样？公婆性儿又莽撞[66]，只道新妇不打当[67]。丈夫若是假乖张，又道娘子垃圾相[68]。你可急急走出门，饶你几下捍面杖。

那先生被打，自出门去了。张狼大怒曰："千不幸，万不幸，娶了这个村姑儿！撒帐之事，古来有之。"翠莲便道：

丈夫丈夫你休气，听奴说得是不是。多想那人没好气，故将豆麦撒满地。到不叫人扫出去，反说奴家不贤惠。若还恼了我心儿，连你一顿赶出去，闭了门，独自睡，晏起早眠随心意[69]。阿弥陀佛念几声，耳伴清宁到零利。

张狼也无可奈何，只得出去参筵劝酒。

至晚席散，众亲都去了。翠莲坐在房中自思道："少刻丈夫进房来，必定手之舞之的，我须做个准备。"起身除了首饰，脱了衣服，上得床，将一条绵被裹得紧紧地，自睡了。

且说张狼进得房，就脱衣服，正要上床，被翠莲喝一声，便道：

堪笑乔才你好差，端的是个野庄家[70]。你是男儿我是女，尔自尔来咱自咱。你道我是你媳妇，莫言就是你浑家。那个媒人那个主？行甚么财礼，下甚么茶[71]？多少猪羊鸡鹅酒？甚么花红到我家？多少宝石金头面？几匹绫罗几匹纱？镯缠冠钗有几副？将甚插戴我奴家？黄昏半夜三更鼓，来我床前做甚？及早出去连忙走，休要恼了我们家！若是恼咱性儿起，揪住耳朵采头发。扯破了衣裳，抓碎了脸，漏风的巴掌顺脸括。扯碎了网巾你休要怪[72]，擒了你四鬓怨不得咱。这里不是烟花巷，又不是小娘儿家[73]，不管三七二十一，我一顿拳头打得你满地瓜[74]。

那张狼见妻子说这一篇，并不敢近前，声也不则，远远地坐在半边。将近三更时分，且说翠莲自思："我今嫁了他家，活是他家人，死是他家鬼。今晚若不与丈夫同睡，明日公婆若知，必然要怪。罢，罢，叫他上床睡罢。"便道：

痴乔子，休推醉，过来与你一床睡。近前来，分付你，叉手站着莫弄嘴。除网巾，摘帽子，靴袜布衫收拾起。关了门，下幔子[75]，添些油在晏灯里[76]。上床来，悄悄地，同效鸳鸯偕连理。休则声，慎言语，雨散云消脚后睡。束着脚，拳着腿，合着眼儿闭着嘴。若还蹬着我些儿，那时你就是个死！

那张狼果然一夜不敢则声。

睡至天明。婆婆叫言："张狼。你可交娘子早起些梳妆，外面收拾。"翠莲便道：

不要慌，不要忙，等我换了旧衣裳。菜自菜，姜自姜，各样果子各样妆；肉自肉，羊自羊，莫把鲜鱼搅白肠；酒自酒，汤自汤，腌鸡不要混腊獐。日下天色且是凉，便放五日也不妨。待我留些整齐的，三朝点茶请姨娘[77]。总然亲戚吃不了[78]，剩与公婆慢慢噇[79]。

婆婆听得，半晌无言，欲待要骂，恐怕人知笑话，只得忍气吞声。耐到第三日，亲家母来完饭[80]。两亲家相见毕[81]，婆婆耐不过，从头将打先生、骂媒人、触夫主、毁公婆，一一告诉一遍。李妈妈听得，羞惭无地，径到女儿房中，对翠莲道："你在家中，我怎生分付你来？交你到人家，休要多言多语，全不听我。今朝方才三日光景，适间婆婆说你许多不是，使我惶恐千万，无言可答。"翠莲道：

母亲你且休炒闹[82]，听我一一细禀告。女儿不是材天乐[83]，有些话你不知道。三日媳妇要上灶，说起之时被人笑。两碗稀粥把盐蘸，吃饭无茶将水泡。今日亲家初走到，就把话儿来诉告，不问青红与白皂，一迷将奴胡厮闹[84]。婆婆性儿忒急燥[85]，说的话儿不大妙。我的心性也不弱，不要着了我圈套。寻条绳儿只一吊，这条性命问他要！

妈妈见说，又不好骂得，茶也不吃，酒也不尝，别了亲家，上轿回家去了。

再说张虎在家叫道："成甚人家？当初只说娶个良善女子，不想讨了个五量店中过卖来家[86]，终朝四言八句[87]，弄嘴弄舌，成何以看[88]！"

翠莲闻说，便道：

大伯说话不知礼，我又不曾惹着你。顶天立地男子汉，骂我是个过卖嘴！

张虎便叫张狼道："你不闻古人云：'教妇初来。'虽然不致乎打他，也须早晚训诲；再不然，去告诉他那老虔婆知道！"翠莲就道：

阿伯三个鼻子管[89]，不曾捻着你的碗[90]。媳妇虽是话儿多，自有丈夫与婆婆。亲家不曾惹着你，如何骂他老虔婆？等我满月回门去，到家告诉我哥哥。我哥性儿烈如火，那时交你认得我。巴掌拳头一齐上，着你旱地乌龟没处躲！

张虎听了大怒，就去扯住张狼要打。只见张虎的妻施氏跑出来，道："各人妻小各自管，干你甚事？自古道：'好鞋不踏臭粪'！"翠莲便道：

姆姆休得要惹祸[91]，这样为人做不过。□自伯伯和我嚷[92]，你又走来添些言。自古妻贤夫祸少，做出事来比天大。快快夹了里面去，窝风所在坐一坐[93]。阿姆我又不惹你，如何将我比臭污？左右百岁也要死，和你两个做一做[94]。我若有些长和短，阎罗殿前也不放过！

女儿听得，来到母亲房中，说道："你是婆婆，如何不管？尽着他放泼，像甚模样？被人家笑话！"翠莲见姑娘与婆婆说，就道：

小姑你好不贤良，便去房中唆调娘[95]。若是婆婆打杀我，活捉你去见阎王！我爷平素性儿强，不和你们善商量。和尚、道士一百个，七日七夜做道场。沙板棺材罗木底[96]，公婆与我烧钱纸。小姑姆姆戴盖头[97]，伯伯替我做孝子。诸亲九眷抬灵车，出了殡儿从新起。大小衙门齐下状，拿着银子无处使。任你家财万万贯，弄得你钱也无来人也死！

妈妈听得，走出来道："早是你才来得三日的媳妇[98]，若做了二三年媳妇，我一家大小俱不要开口了！"翠莲便道：

婆婆休得要水性[99]，做大不尊小不敬。小姑不要忕侥幸，母亲面前少言论。訾些轻事重重报[100]，老蠢听得便就信。言三语四把吾伤，说的话儿不中听。我要有些长和短，不怕婆婆不偿命！

妈妈听了，径到房中，对员外道："你看那新媳妇，口快如刀，一家大小，逐个个都伤过。你是个阿公，便叫将出来，说他几句，怕甚么！"员外道："我是他公公，怎么好说他？也罢，待我问他讨茶吃，且看怎的。"妈妈道："他见你，一定不敢调嘴。"只见员外分付："交张狼娘子烧中茶吃！"那翠莲听得公公讨茶，慌忙走到厨下，刷洗锅儿，煎滚了茶，复到房中，打点各样果子，泡了一盘茶，托至堂前，摆下椅子，走到公婆面前，道："请公公、婆婆堂前吃茶。"又到姆姆房中道："请伯伯、姆姆堂前吃茶。"员外道："你们只说新媳妇口快，如今我唤他，却怎地又不敢说甚么？"妈妈道："这番只是你使唤他便了。"

少刻，一家儿俱到堂前，分大小坐下，只见翠莲捧着一盘茶，口中道：

公吃茶，婆吃茶，伯伯、姆姆来吃茶。姑娘、小叔若要吃，灶上两碗自去拿。两个拿着慢慢走，泡了手时哭喳喳[101]。此茶唤作阿婆茶，名实虽村趣味佳。两个初煨黄栗子[102]，半抄新炒白芝麻[103]。江南橄榄连皮核，塞北胡桃去壳楂[104]。二位大人慢慢吃，休得坏了你们牙！

员外见说，大怒曰："女人家须要温柔稳重，说话安详，方是做媳妇的道理。那曾见这样长舌妇人！"翠莲应曰：

公是大，婆是大，伯伯、姆姆且坐下。两个老的休得骂，且听媳妇来禀话：你儿媳妇也不村，你儿媳妇也不诈。从小生来性刚直，说儿说了必无挂[105]。公婆不必苦憎嫌，十分不然休了罢。也不愁，也不怕，搭搭凤子回去罢[106]。也不招[107]，也不嫁，不搽胭粉不妆画。上下穿件缟素衣，侍奉双亲过了罢[108]。记得几个古贤人：张良、蒯文通说话，陆贾、萧何快调文，子建、杨修也不亚，苏秦、张仪说六国，吴婴[109]、管仲说五霸，六计陈平、李左车，十二干罗并子夏[110]。这些古人能说话，齐家治国平天下。公公要奴不说话，将我口儿缝住罢！

张员外道："罢，罢，这样媳妇，久后必被败坏门风，估辱上祖！[111]"便叫张狼曰："孩儿，你将妻子休了罢！我别替你娶一个好的。"张狼口虽应承，心有不舍之意。张虎并妻俱劝员外道："且从容教训。"翠莲听得，便曰：

公休怨，婆休怨，伯伯、姆姆都休劝。丈夫不必苦留恋，大家各自寻方便。快将纸墨和笔砚，写了休书随我便。不曾殴公婆，不曾骂亲眷，不曾欺丈夫，不曾打良善，不曾走东家，不曾西邻串，不曾偷人财，不曾被人骗，不曾说张三，不与李四乱，不盗不妒与不淫，身无恶疾能书算，亲操井臼与炮厨[112]，纺织桑麻拈针线。今朝随你写休书，搬去妆奁莫要怨。手印缝中七个字："永不相逢不见面。"恩爱绝，情意断，多写几个弘誓愿。鬼门关上若相逢，别转了脸儿不厮见[113]！

张狼因父母作主，只得含泪写了休书，两边搭了手印，随即讨乘轿子，交人抬了嫁妆，将翠莲并休书送至李员外家。父母并兄嫂都埋怨翠莲嘴快的不是。翠莲道：

爹休嚷，娘休嚷，哥哥、嫂嫂也休嚷。奴奴不是自夸奖，从小生来志气广。今日离了他门儿，是非曲直俱休讲。不是奴家牙齿痒，挑描刺绣能绩纺。大裁小剪我都会，浆洗缝联不说谎。擗柴挑水与炮厨[114]，就有蚕儿也会养。我今年小正当时，眼明手快精神爽。若有闲人把眼观，就是巴掌脸上响。

李员外和妈妈道："罢，罢，我两口也老了，管你不得，只怕有些一差二误，被人耻笑，可怜！可怜！"翠莲便道：

孩儿生得命里孤，嫁了无知村丈夫。公婆利害由自可[115]，怎当姆姆与姑姑？我若略略开得口，便去搬唆与舅姑[116]。且是骂人不吐核，动脚动手便来拖。生出许多情切话，就写离书休了奴。止望回家图自在[117]，岂料爹娘也怪吾。夫家、娘家着不得，剃了头发做师姑[118]。身披直裰挂葫芦，手中拿个大木鱼。白日沿门化饭吃，黄昏寺里称念佛祖念南无，吃斋把素用工夫。头儿剃得光光地，那个不叫一声小师姑。

说罢，卸下浓妆，换了一套绵布衣服，向父母前合掌闷信拜别[119]，转身向哥嫂也别了。

哥哥曰："你既要出家，我二人送你到前街明音寺去。"翠莲便道：

哥嫂休送我自去，去了你们得伶俐。曾见古人说得好："此处不留有留处。"离了俗家门，便把头来剃。是处便为家，何但明音寺[120]？散旦又逍遥[121]，却不到伶俐！

不恋荣华富贵，一心情愿出家。

身披一领锦袈裟，常把数珠悬挂。

每日持斋把素[122]，终朝酌水献花。

纵然不做得菩萨，修得个小佛儿也罢。

江苏古籍出版社版洪楩编辑、石昌渝校点《清平山堂话本》

**【注释】**

[1] 作对：作对子。[2] 女红（gōng）针指：妇女所干的针线活计。红，通"工"。[3] 溜：顺口溜。[4] 打紧：要紧。理会：应付，对付。[5] 兜答：不直率。亦作"兜搭"。[6] 伯伯、姆姆：宋元时妇女对丈夫的兄、嫂的称呼。[7] 双六：又称双陆，古代的一种棋类游戏。六艺：原指礼、乐、射、御、书、数六种才能，此处泛指各种技艺。[8] 则声：作声，出声。[9] 刺：当为"刺"字之误。[10] 三茶、六饭：泛指各种各样的饭食。[11] 匾食：即饺子。[12] 三汤

两割：泛指宴席上的菜肴、汤羹。[13] 安置：安歇。[14] 大公：大伯。[15] 寅时：早晨三点到五点。[16] 聒噪：宋元时方言，打扰，麻烦。[17] 倍：当为"陪"字之误。[18] 班辈：同辈。[19] 下着得：即"下得"，忍心。[20] 零利：即"伶俐"，清静，畅快。[21] 更：打更声。[22] 早晚：时候。[23] 子：当为"自"字之误。[24] 禁步：古代妇女挂在裙边或鞋上的小铃铛。[25] 儅：当作"当"字。[26] 根：当为"跟"字之误。[27] 粉：用淀粉制造的粉条。[28] 同注 [25]。[29] 可耐：可恨，怎耐。姑娘：此处指姑妈。[30] 漏风的巴掌：张开五指的巴掌，意即扇耳光。[31] 将次：将要，就要。[32] 讨：要。分晓：清楚，明白。[33] 同注 [25]。[34] 家堂：家中供神祭祖的地方。[35] 段：当为"断"字之误。[36] 胜：当为"盛"字之误。[37] 眉，当为"肩"字之误。捱肩，宋元方言，一个接一个，意即牛羊繁多。[38] 咭：当为"聒"字之误。[39] 张宅先生：懂阴阳、会看风水的人。[40] 花红利市：喜庆时节赏赐的钱物。[41] 帛：当为"吊"字之误。[42] 含饭：古时结婚的一种仪式。[43] 番：当为"翻"字之误。[44] 大：当为"太"字之误。[45] 虔婆：贼婆，骂人的话。[46] 苏木檀香：两种木质坚硬的名贵木材。[47] 恁村：这么粗俗。[48] 没："没"下有脱字。[49] 牵笼：牵牲口。笼，笼头，代指牲口。[50] 满堂红：用红彩绢做成的灯笼。[51] 随身灯：旧时风俗人死后要在其棺材里点一盏长明灯。[52] 这：当为"个"字之误。[53] 撒帐：旧时结婚的一种仪式。[54] 那：当为"挪"字之误。[55] 流苏：用丝线结成的穗子。[56] 宜男：即萱草。旧时传说孕妇佩戴萱草花则生男孩，故名。[57] 蟾宫客：指新郎。[58] 好梦叶（xié）维熊：《诗经·小雅·斯干》："吉梦维何？……大人占之：维熊维罴，男子之祥。"叶，相合。意即梦见熊罴是生男的征兆。[59] 蠙（pín）珠来入掌：喻指妇女怀孕。蠙珠，蚌珠。[60]"红云"句：用楚怀王梦见巫山神女的典故比喻新婚之喜。[61] 黄金光照社：古代"非凡人物"的降生往往伴有异兆，或"金光照室"，或"奇香满屋"。此处"社"、"室"音近，社当为"室"之误。[62] 快：当为"映"字之误。[63]"文箫"句：此处借用了唐传奇中进士文箫遇见仙女吴彩鸾并结成夫妻的故事。金，当为"今"字之误。[64] 河东狮子：比喻强悍的妇女。[65] 样：即"扬"，抛撒。[66] 叉：当为"又"字之误。[67] 打当：打扫，清理。[68] 垃圾相：恶俗不堪的样子。[69] 晏：晚。[70] 野庄家：粗俗的庄家汉。[71] 茶：茶礼。古时男婚女嫁有行茶礼一项。[72] 网巾：用蚕丝编织的用来裹头发的网状巾。[73] 小娘儿：妓女。[74] 瓜：当作"爬"字。[75] 幔子：帐子。[76] 晏灯：彻夜不息的灯。[77] 点茶：泡茶，此处指办理茶饭。[78] 总然：即使，纵然。[79] 噇（chuáng）：无节制地狂吃狂喝。[80] 完饭：婚后第三天，女家送"三朝礼"到男家。[81] 亲家："家"系脱字。[82] 炒：当为"吵"字之误。[83] 材天乐：当为"村夫乐"之误，粗俗鄙陋的意思。[84] 迷：当作"味"字。[85] 燥：当为"躁"字之误。[86] 五量店：售卖油、盐、酱、醋、茶的店铺。过卖：店铺的伙计。[87] 终朝：整天。[88] 成何以看：成什么样子。[89] 三个鼻子管：意谓多管闲事。[90] 捻：端。[91] 禍：当作"祸"字。[92] □：此字模糊，似为"谨"字。[93] 窝风所在：风吹不到的地方。[94] 做一做：斗一斗、拼命的意思。[95] 唆调：挑拨。[96] 罗木：名贵木材。[97] 盖头：头巾，此处指顶在头上的孝布。[98] 早是：幸亏，多亏。[99] 要：当为"耍"字之误。水性：无主见，易改变。[100] 訾（zǐ）：诋毁。[101] 泡：烫。[102] 煨：慢慢烤。[103] 半抄：半把。[104] 胡桃去壳粗（zhā）：去壳皮的胡桃仁。粗，即山楂，此处借指胡桃的果仁。[105] 说：当为"话"字之误。必：疑为"心"字之误。[106] 搭搭凤子：疑指盖手印。[107] 招：招婿。[108] 过了：过世，死去。[109] 吴晏：疑为"晏婴"之误。[110] 干罗：疑为"甘罗"之误。甘罗是战国时秦国人，十二岁在秦相吕不韦手下任职，出使赵国，说服赵王割地与秦。[111] 估：当为"玷"字之误。[112] 炮：当为"庖"字之误。[113] 厮见：相见。[114] 擗（pǐ）：剖。炮，同注 [112]。[115] 由：当为"犹"字之误。 [116] 搬唆：挑唆，挑拨。舅姑：此处指公婆。[117] 止望：指望。回：原为墨丁。 [118] 师姑：尼姑。 [119] 闷信：当为"问讯"之误。[120] 何但：何只。[121] 散旦：当为"散淡"之误。[122] 持斋把素：信佛的人要守戒律，不能吃荤。

**【审美点评】**

李翠莲的"快嘴"，遭到父母哥嫂及公婆家诸成员的强烈反对，实际上是叛逆者与守旧者之间的较量。李翠莲的快嘴虽然有点尖刻，但是出语天然，真正是心直口快，出口成章。

# 明代文学

## 罗贯中

罗贯中（1315？—1385？），名本，字贯中，籍贯一说太原，还有东原（今山东东平）、钱塘（今浙江杭州）、庐陵（今江西吉安）的说法。据王圻《稗史汇编》谓罗贯中和葛可久"皆有志图王者"，"而葛寄神医工，罗传神稗史"。现存署名罗贯中的小说有《隋唐志传》、《残唐五代史演义》、《三遂平妖传》和《三国志通俗演义》。另外，他也参与了《水浒传》的创作。

### 劫乌巢孟德烧粮（节选）

**【题解】**本文节选自《三国演义》第三十回。袁绍与曹操的北方之争，袁强曹弱。袁绍起七十万大军进击官渡，曹操以七万人马拒敌。曹操信任许攸，故在极度不利的条件下，一举击败了袁绍，平定了北方。本篇展示了官渡之战制胜致败的根由。

且说曹操军粮告竭，急发使往许昌，教荀彧作速措办粮草，星夜解赴军前接济。使者赍书而往，行不止三十里，被袁军捉住，缚见谋士许攸。那许攸字子远，少时曾与曹操为友，此时却在袁绍处为谋士。当下搜得使者所赍曹操催粮书信，径来见绍，曰："曹操屯军官渡，与我相持已久，许昌必空虚。若分一军星夜掩袭许昌，则许昌可拔，而曹操可擒也。今操粮草已尽，正可乘此机会，两路击之。"绍曰："曹操诡计极多，此书乃诱敌之计也。"攸曰："今若不取，后将反受其害。"正话间，忽有使者自邺郡来，呈上审配书。书中先说运粮事，后言："许攸在冀州时，尝滥受民间财物，且纵令子侄辈多科税，钱粮入己。今已收其子侄下狱矣。"绍见书大怒曰："滥行匹夫，尚有面目于吾前献计耶！汝与曹操有旧，想今亦受他财贿，为他作奸细啜赚吾军耳！本当斩首，今权且寄头在项。可速退出，今后不许相见。"许攸出，仰天叹曰："忠言逆耳，竖子不足与谋！吾子侄已遭审配之害，吾何颜复见冀州之人乎？"遂欲拔剑自刎。左右夺剑劝曰："公何轻生至此！袁绍不纳直言，后必为曹操所擒。公既与曹公有旧，何不弃暗投明？"只这两句言语，点醒许攸，于是许攸径投曹操。后人有诗叹曰：

本初豪气盖中华，官渡相持枉叹嗟。若使许攸谋见用，山河争得属曹家？

却说许攸暗步出营，径投曹寨，伏路军人拿住。攸曰："我是曹丞相故友，快与我通报，说南阳许攸来见。"军士忙报入寨中。时操方解衣歇息，闻说许攸私奔到寨，大喜，不及穿履，跣足出迎。遥见许攸，抚掌欢笑，携手共入。操先拜于地，攸慌扶起曰："公乃汉相，吾乃布衣，何谦恭如此！"操曰："公乃操故友，岂敢以名爵相上下乎！"攸曰："某不能择主，屈身袁绍，言不听，计不从。今特弃之，来见故人，愿赐收录。"操曰："子远肯来，吾事济矣。愿即教我以破绍之计。"攸曰："吾曾教袁绍以轻骑乘虚袭许都，首尾相攻。"操大惊曰："若袁绍用子言，吾事败矣！"攸曰："公今军粮尚有几何？"操曰："可支一年。"攸笑曰："恐未必。"操曰："有半年耳。"攸拂袖而起，趋步出帐曰："吾以诚相投，而公见欺如是，岂吾所望哉！"操挽留曰："子远勿嗔，尚容实诉：军中粮实可支三月耳。"攸笑曰："世人皆言孟德奸雄，今果然也。"操亦笑曰："岂不闻'兵不厌诈'！"遂附耳低言曰："军中止有此月之粮。"攸大声曰："休瞒我，粮已尽矣。"操愕然曰："何以知之？"攸乃出操与荀彧之书以示之曰："此书何人所写？"操惊问曰："何处得之？"攸以获使之事相告。操执其手曰："子远既念旧交而来，愿即有以教我。"攸曰："明公以孤军抗大敌，而不求急胜之方，此取死之道也。攸有一策，不过三日，使袁绍百万之众，不战自破。明公还肯听否？"操喜曰："愿闻良策。"攸曰："袁绍军粮辎重，尽积乌巢，今拨淳于琼守把。琼嗜酒无备。公可选精兵，诈称袁将蒋奇领兵到彼护粮，乘间烧其粮草辎重，则绍军不三日将自乱矣。"操大喜，重待许攸，留于寨中。

次日，操自选马步军士五千，准备往乌巢劫粮。张辽曰："袁绍屯粮之所，安得无备？丞相未可轻往，恐许攸有诈。"操曰："不然。许攸此来，天败袁绍。今吾军粮不给，难以久持，若不用许攸之计，是坐而待困也。彼若有诈，安肯留我寨中？且吾亦欲劫寨久矣。今劫粮之举，计在必行，君请勿疑。"辽曰："亦须防袁绍乘虚来袭。"操笑曰："吾已筹之熟矣。"便教荀攸、贾诩、曹洪同许攸守大寨，夏侯惇、夏侯渊领一军伏于左，曹仁、李典领一军伏于右，以备不虞。教张辽、许褚在前，徐晃、于禁在后，操自引诸将居中，共五千人马，尽打着袁绍旗号。军士皆束草负薪，人衔枚，马勒口，黄昏时望乌巢进发。是夜星光满天。

上海古籍出版社版清毛宗岗评改《三国演义》

**【审美点评】**

官渡之战的关键人物是许攸，许攸的叛逃凸显了袁绍外宽内忌、好谋无断的弱点，使他坐失了挫败曹操最好的机会；而曹操却能在关键时刻，力排众议、毫无疑忌地采纳许攸的策略，突袭袁绍的战略要地乌巢，足见其机智果断和深谋远虑。

# 施耐庵

施耐庵（1296？—1371？），生平事迹，尚无可靠材料。明人高儒《百川书志》云："《忠义水浒传》一百卷，钱塘施耐庵的本，罗贯中编次。"

## 景阳冈武松打虎（节选）

**【题解】** 本篇节选自《水浒传》第二十二回。写武松在返乡途中，路经阳谷县。凭着勇力和神力，赤手空拳打死了老虎。

这武松提了哨棒，大着步，自过景阳冈来。约行了四五里路，来到冈子下，见一大树，刮去了皮，一片白，上写两行字。武松也颇识几字，抬头看时，上面写道："近因景阳冈大虫伤人，但有过往客商，可于巳、午、未三个时辰，结伙成队过冈，请勿自误。"武松看了，笑道："这是酒家诡诈，惊吓那等客人，便去那厮家里宿歇。我却怕甚么鸟！"横拖着哨棒，便上冈子来。那时已有申牌时分，这轮红日，厌厌地相傍下山。

武松乘着酒兴，只管走上冈子来。走不到半里多路，见一个败落的山神庙。行到庙前，见这庙门上贴着一张印信榜文。武松住了脚读时，上面写道：

阳谷县示：为景阳冈上新有一只大虫，伤害人命，见今杖限各乡里正并猎户人等行捕，未获。如有过往客商人等，可于巳、午、未三个时辰，结伴过冈；其余时分，及单身客人，不许过冈，恐被伤害性命。各宜知悉。政和　年　月　日。

武松读了印信榜文，方知端的有虎，欲待转身再回酒店里来，寻思道："我回去时，须吃他耻笑，不是好汉，难以转去。"存想了一回，说道："怕甚么鸟！且只顾上去看怎地！"

武松正走，看看酒涌上来，便把毡笠儿掀在脊梁上，将哨棒缩在肋下，一步步上那冈子来。回头看这日色时，渐渐地坠下去了。此时正是十月间天气，日短夜长，容易得晚。武松自言自说道："那得甚么大虫？人自怕了，不敢上山。"武松走了一直，酒力发作，焦热起来。一只手提着哨棒，一只手把胸膛前袒开，蹒蹒跄跄，直奔过乱树林来。见一块光挞挞大青石，把那哨棒倚在一边，放翻身体，却待要睡，只见发起一阵狂风。那一阵风过了，只听得乱树背后扑地一声响，跳出一只吊睛白额大虫来。

武松见了，叫声："阿呀！"从青石上翻将下来，便拿那条哨棒在手里，闪在青石边。那个大虫又饥又渴，把两只爪在地下略按一按，和身望上一扑，从半空里撺将下来。武松被那一惊，酒都做冷汗出了。说时迟，那时快，武松见大虫扑来，只一闪，闪在大虫背后。那大虫背后看人最难，便把前爪搭在地下，把腰胯一掀，掀将起来。武松只一闪，闪在一边。大虫见掀他不着，吼一声，却似半天里起个霹雳，振得那山冈也动，把这铁棒也似虎尾，倒竖起来只一剪，武松却又闪在一边。原来那大虫拿人只是一扑、一掀、一剪，三般提不着时，气性先自没了一半。那大虫又剪不着，再吼了一声，一兜兜将回来。武松见那大虫复翻身回来，双手轮起哨棒，尽平生气力，只一棒，从半空劈将下来。只听得一声响，簌簌地将那树连枝带叶劈脸打将下来。定睛看时，一棒劈不着大虫。原来打急了，正打在枯树上，把那条哨棒折做两截，只拿得一半在手里。那大虫咆哮，性发起来，翻身又只一扑，扑将来。武松又只一跳，却退了十步远。那大虫恰好把两只前爪搭在武松面前。武松将半截棒丢在一边，两只手就势把大虫顶花皮胳瘩地揪住，一按按将下来。那只大虫急要挣扎，被武松尽气力捺定，那里肯放半点儿松宽。武松把只脚望大虫面门上、眼睛里，只顾乱踢。那大虫咆哮起来，把身底下爬起两堆黄泥，做了一个土坑。武松把那大虫嘴直按下黄泥坑里去，那大虫吃武松奈何得没了些气力。武松把左手紧紧地揪住顶花皮，偷出右手来，提起铁锤般大小拳头，尽平生之力，只顾打。打到五七十拳，那大虫眼里、口里、鼻子里、耳朵里，都迸出鲜血来，更动掸不得，只剩口里兀自气喘。武松放了手，来松树边寻那打折的哨棒拿在手里。只怕大虫不死，把棒撅又打了一回。眼见气都没了，方才丢了棒。寻思道："我就地拖得这死大虫下冈子去。"就血泊里双手来提时，那里提得动？原来使尽了气力，手脚都苏软了。

中华书局版金圣叹、李卓吾点评《水浒传》

## 【审美点评】

"武松打虎"历来是脍炙人口的故事。"打虎"本为特异事，作者不可能亲历亲见，但却写得活灵活现，给人十分真实的感受。其原因在于细致入微的场景、动作、心理等描写。

# 宋　濂

宋濂（1310—1381），字景濂，号潜溪。先祖潜溪（今属浙江金华）人，至宋濂时迁到浦江（今浙江浦江）。宋濂早年曾从元末名儒吴莱、柳贯、黄溍等人学习，以文章名天下。元顺帝至正时被荐为翰林编修，以亲老固辞不就，隐居龙门山著书十余年。朱元璋起兵取婺州（今金华），召见宋濂，征为郡学五经师。朱元璋称帝后又命他为文学顾问、江南儒学提举，授太子经。洪武二年（1369）奉命修《元史》，为总裁官，累官至学士承旨兼太子赞善大夫。洪武十年（1377）因年老辞官还家。洪武十三年（1380）因长孙宋慎犯法，又牵涉胡惟庸案，全家谪茂州（今四川茂县），中途病故于夔州（今四川奉节）。正德时追谥文宪。宋濂被誉为"开国文臣之首"，明初典章制诰、碑记刻石多出其手。传记小品和记叙性散文最为出色，写景散文亦有佳作。其文笔法生动，雍容宏放。其歌功颂德的论说文，对后来台阁体产生很大影响。有《宋文宪公全集》。

## 送东阳马生序

**【题解】**本文是一篇赠序。洪武十年（1377）宋濂辞官回乡，第二年（1378）又从家乡到南京入朝，同乡后辈马君则来拜访他，他遂写此文以赠。前半部分作者回忆了自己求学时的艰辛，后半部分列举当今太学的优越条件，从正反两方面点明主旨，即读书是否专心致志是学习成败的关键。篇末勉励后辈应珍惜良好的条件，专心求学、刻苦自励，以期有成。

　　余幼时即嗜学，家贫，无从致书以观[1]，每假借于藏书之家[2]，手自笔录，计日以还。天大寒，砚冰坚，手指不可屈伸，弗之怠[3]。录毕，走送之[4]，不敢稍逾约。以是人多以书假余，余因得遍观群书。

　　既加冠[5]，益慕圣贤之道，又患无硕师名人与游[6]，尝趋百里外[7]，从乡之先达执经叩问[8]。先达德隆望尊[9]，门人弟子填其室，未尝稍降辞色[10]。余立侍左右，援疑质理[11]，俯身倾耳以请[12]。或遇其叱咄[13]，色愈恭，礼愈至，不敢出一言以复。俟其欣悦[14]，则又请焉。故余虽愚，卒获有所闻。

　　当余之从师也，负箧曳屣[15]，行深山巨谷中。穷冬烈风[16]，大雪深数尺，足肤皲裂而不知[17]。至舍[18]，四支僵劲不能动[19]，媵人持汤沃灌[20]，以衾拥覆，久而乃和。寓逆旅[21]，主人日再食[22]，无鲜肥滋味之享[23]。同舍生皆被绮绣[24]，戴朱缨宝饰之帽[25]，腰白玉之环，左佩刀，右佩容臭[26]，烨然若神人[27]。余则缊袍敝衣处其间[28]，略无慕艳意，以中有足乐者[29]，不知口体之奉不若人也[30]。盖余之勤且艰若此。今虽耄老[31]，未有所成，犹幸预君子之列[32]，而承天子之宠光，缀公卿之后[33]，日侍坐备顾问[34]，四海亦谬称其氏名[35]，况才之过于余者乎？

　　今诸生学于太学[36]，县官日有廪稍之供，父母岁有裘葛之遗[37]，无冻馁之患矣；坐大厦之下而诵诗书，无奔走之劳矣；有司业、博士为之师[38]，未有问而不告，求而不得者也；凡所宜有之书，皆集于此，不必若余之手录，假诸人而后见也。其业有不精、德有不成者，非天质之卑[39]，则心不若余之专耳，岂他人之过哉！

　　东阳马生君则，在太学已二年，流辈甚称其贤[40]。余朝京师[41]，生以乡人子谒余[42]，撰长书以为贽[43]，辞甚畅达；与之论辨[44]，言和而色夷[45]。自谓少时用心于学甚劳，是可谓善学者矣。其将归见其亲也，余故道为学之难以告之[46]。谓余勉乡人以学者，余之志也；诋我夸际遇之盛而骄乡人者[47]，岂知余者哉！

《四部备要》本《宋文宪公全集》卷三二

**【注释】**

[1] 致：求得，取得。此指买书。[2] 假（jiǎ）借：借。假，借、贷。[3] 弗之怠：即"弗怠之"，不停止抄写。[4] 走：跑，疾趋。此指赶快去还书。[5] 加冠：古代男子年二十行加冠礼（结发戴帽），表示成年。[6] 硕师：学识渊博的老师。[7] 趋（qū）：奔赴。[8] 执经叩问：拿着经书去请教。叩，探问，询问。[9] 先达：有学问有声望的前辈。德隆望尊：德高望重。[10] 稍降：稍微表示一点客气。[11] 援疑质理：提出疑问，询问道理。[12] 倾耳：侧耳静听。[13] 叱咄（chìduō）：斥责，呵斥。咄，呵叱。[14] 欣（xīn）：喜悦，欢欣。[15] 负箧（qiè）曳（yè）屣（xǐ）：背着书箱，拖着行李。箧，小箱。大者叫箱，小者叫箧。屣，鞋子，代指行囊。[16] 穷冬：深冬。[17] 皲（jūn）裂：皮肤受冻破裂。[18] 舍：客舍。[19] 支：通"肢"。僵劲：僵硬。[20] 媵（yìng）人：本指随嫁的女子与男子，后多指婢仆，这里泛指服侍的人。汤：热水。沃灌：即沃盥，洗浴之意。沃，灌，浇。[21] 寓逆旅：指住在客舍。逆旅，客舍。逆，迎接。[22] 日再食（sì）：每天供给两餐。食，动词，给人东西吃。[23] 鲜肥：指代好鱼好肉。鲜，鱼类。肥，肉类。[24] 同舍生：同学。被（pī）绮绣：穿着华丽的丝绸衣服。被，覆盖，后作"披"。[25] 朱缨宝饰之帽：有红色的帽带并装饰着珠宝的帽子。缨，系帽的带子。[26] 容臭（xiù）：香囊。[27] 煜（yù）然：光彩照耀的样子。[28] 缊（yùn）袍：以乱麻为絮的袍子。缊，乱麻，旧絮。《论语·子罕》："衣敝缊袍，与衣狐貉者立，而不耻者，其由来也与？"[29] 中：心中，内心。[30] 口体之奉：衣食享受。[31] 耄（mào）老：年老，高龄。《释名·释长幼》："七十曰耄。"《礼记·曲礼》："八十、九十曰耄。"[32] 预：参预，列入。[33] 缀公卿之后：追随于朝廷大臣之后。[34] 备顾问：准备皇帝的询问，指作者任翰林学士承旨知制诰的官职。[35] 谬称：是作者自谦的说法。谬，谬误。氏名：姓名。[36] 诸生：入太学的生员，这里指太学生。太学：西周已有太学之名，汉武帝设立五经博士，为西汉太学建立之始。本为汉代由国家设立的最高学府，明清称国子监。[37] "县官"两句：指四时衣服饮食之类馈赠。县官，指朝廷、官府。古代称皇帝所治之地为县，在京都周围千里以内，即王畿。晁错《论贵粟疏》："今募天下入粟县官，得以拜爵，得以除罪。"廪（lǐn）稍，廪食，由官府按月供给的粮米。稍，俸禄、廪食。裘葛，冬天穿的毛皮衣服和夏天穿的葛布衣服。遗（wèi），给予。[38] 司业、博士：均为太学的学官名。明清国子监以祭酒为总负责，下设司业、博士、助教等各级学官，担任教学工作。[39] 天质：天生资质。[40] 流辈：同辈。[41] 朝京师：入京朝见皇帝。[42] 乡人子：同乡晚辈。宋濂是浦江人，与东阳为邻县，同属金华府，故曰。[43] 贽：古人初次进见尊者时所持的礼物。[44] 辨：通"辩"。[45] 言和而色夷：言语平和，脸色愉快。夷，愉快。[46] 道：讲述。[47] 诋（dǐ）：毁谤，诬蔑。际遇：遭遇，多指得到好的机遇。

**【审美点评】**

全文结构严谨，衔接自然，由己及人，层层推进，夹叙夹议，委婉迂回。明人刘士鏻《明文霱（yù）》卷五评"或遇其叱咄"三句："堪作进学箴"，指出"前辈虚心攻苦，乃尔今人稍解呀唔，便栩栩意满，学问安能有进？"作者虚己敛容的好学精神值得后人学习。

# 刘 基

刘基（1311—1375），字伯温，处州青田（今浙江青田）人。元至顺年间进士，曾任江西高安县丞、江浙儒学副提举等职。刘基为官正直，因受到排挤，愤而弃官归隐。元末应朱元璋之邀，为其充当谋士，辅佐平定天下，参与了明初各种典章制度的建立，是明开国功臣。入明任太史令，至御史中丞，封诚意伯，后被猜疑构陷，洪武四年（1371）辞官回乡，忧愤而死。一说被左丞相胡惟庸毒死。谥文成。刘基诗文皆闻名，佳作多作于元末，哀时愤世，入明后多悲穷叹老。《明史》言其"所为文章，气昌而奇，与宋濂并为一代之宗"。其诗沉郁顿挫，文章闳深朴茂。著有《诚意伯刘文成公文集》。

## 卖柑者言

**【题解】**文章借卖柑者之口，辛辣地讽刺了那些身居高位的文臣武将不过是一群"金玉其外，败絮其中"的朽物，表现出作者哀时愤世之情。

杭有卖果者，善藏柑，涉寒暑不溃[1]，出之烨然[2]，玉质而金色[3]。置于市，贾十倍[4]，人争鬻之[5]。予贸得其一[6]，剖之，如有烟扑口鼻；视其中，则干若败絮。予怪而问之曰："若所市于人者[7]，将以实笾豆[8]，奉祭祀，供宾客乎？将衒外以惑愚瞽也[9]？甚矣哉为欺也[10]！"

卖者笑曰："吾业是有年矣[11]，吾赖是以食吾躯[12]。吾售之，人取之，未尝有言，而独不足子所乎[13]？世之为欺者不寡矣，而独我也乎？吾子未之思也[14]。今夫佩虎符、坐皋比者[15]，洸洸乎干城之具也[16]，果能授孙吴之略耶[17]？峨大冠、拖长绅者[18]，昂昂乎庙堂之器也[19]，果能建伊皋之业耶[20]？盗起而不知御，民困而不知救，吏奸而不知禁，法斁而不知理[21]，坐糜廪粟而不知耻[22]。观其坐高堂，骑大马，醉醇醴而饫肥鲜者[23]，孰不巍巍乎可畏[24]，赫赫乎可象也[25]？又何往而不金玉其外、败絮其中也哉[26]！今子是之不察[27]，而以察吾柑！"

予默默无以应。退而思其言，类东方生滑稽之流[28]。岂其愤世疾邪者耶？而托于柑以讽耶？

《四部丛刊》本《诚意伯刘文成公文集》卷七

**【注释】**

[1] 涉：经历，度过。溃（kuì）：腐烂。[2] 烨然：色彩耀目的样子。[3] 玉质而金色：柑子的表皮质地滋润如玉，色泽黄亮如金。[4] 贾（jià）：同"价"，即价钱。[5] 鬻（yù）：卖，此处指购买。[6] 贸：买。[7] 若：你。市：卖。[8] 实笾（biān）豆：盛在祭祀或宴会时用的容器里。笾，古代祭祀或宴会用的盛干食品的竹器。豆，古代食器，形似高足盘，或有盖，用以盛食物。[9] 衒：同"炫"，炫耀。[10] 甚矣哉为欺也：这样欺骗人也太过分了呀！[11] 业是：以此为职业，即做这样的买卖。[12] 食（sì）吾躯：养活我自己。[13] 不足子所：不能满足你的需要。所，意愿，心意。《汉书·周亚夫传》："此非不足君所乎？"杨树达《古书疑义举例续补》卷二："所者，意也；不足君所者，于君意有不足也。"[14] 吾子：对对方的尊称。[15] 佩虎符、坐皋比（pí）者：指武将。虎符，古代调兵遣将的凭证，虎形，多用铜铸成，背有铭文，分为两半，右半留中，左半授予统兵将帅，调兵时由使臣持符验证，两半相合才能生效。皋比，披在椅子上的虎皮，这里指武将的座席。[16] 洸（guāng）洸：威武貌。《尔雅·释训》："洸洸，武也。"干城之具：喻保卫国家的将才。《诗经·周南·兔罝（jū）》："纠纠武夫，公侯干城。"[17] 授：传授。孙吴：指春秋时孙武和战国时吴起，二人都是军事家。二人事迹见《史记·孙子吴起列传》。[18] 峨大冠：戴着高耸的帽子。峨，高，耸起，此用作动词。拖长绅：垂挂着长长的衣带。绅，古代官员在衣外束腰的带子。[19] 昂昂：高傲的样子。庙堂之器：朝廷重臣。庙堂，宗庙和明堂，指代朝廷。古代天子、诸侯设置祖先的牌位以供祭祀的处所称宗庙；帝王宣明政教行礼、理政、祀神的处所称明堂。器，喻人才。[20] 伊皋：伊尹和皋陶（yáo），贤臣的代表。伊尹，名挚，商汤名臣。相传生于伊水，故名，是汤妻陪嫁的奴隶，后助汤讨伐夏桀，被尊为阿衡（宰相）。皋陶，姓偃，虞舜时刑官。[21] 法敦（dù）：法律、法令败坏。[22] 坐縻廪粟：白白地耗费国家的俸禄。廪粟，官府给官吏与在学生员的粮食。[23] 醇醴（lǐ）：味道醇厚的美酒。饫（yù）肥鲜：饱食鱼肉。[24] 巍巍：高大的样子。[25] 赫赫：显赫。象：效法。[26] 何往而不：哪里不是，即到处都是。[27] 是之不察：不细究这些人和事。[28] 东方生：即东方朔，字曼倩，汉武帝时为金马门侍中，常以滑稽的言谈讽谏皇帝，褚少孙把他的事迹补入《史记·滑稽列传》。滑（gǔ）稽：诙谐多智。滑，古代的流酒器，能"转注吐酒，终日不已"。

**【审美点评】**

本文比喻贴切，运用设辞问答、反诘推理的艺术手段，由远及近、由表及里地不断深化主旨。反诘句、排比句的大量使用，增加了文章的气势。《古文观止》卷一二篇末评语曰："青田此言，为世人盗名者发，而借卖柑影喻。满腔愤世之心，而以痛哭流涕出之。士之金玉其外、而败絮其中者，闻卖柑者之言，亦可以少愧矣。"

# 高　启

高启（1336—1374），字季迪，号槎轩，长洲（今江苏苏州）人。明洪武二年

(1369)受诏修《元史》，次年授翰林院国史编修。洪武三年（1370）擢户部右侍郎，固辞不赴，返青丘授徒自给。曾作诗讽刺后宫，引朱元璋不满。洪武七年（1374），苏州知府魏观改修府治获罪，高启曾为之作《郡治上梁文》，被腰斩于南京。高启与杨基、张羽、徐贲合称"吴中四杰"。其诗兼师众长，雄健有力，开始改变元末以来缛丽的诗风，赵翼《瓯北诗话》称其"一涉笔即有博大昌明气象"。有《高太史大全集》。清金檀辑注《高青丘诗集注》，并附文集《凫藻集》与词集《扣舷集》。

# 青丘子歌

【题解】本诗作于元至正十八年（1358），是高启长篇歌行的代表作。高启元末避兵乱曾隐居吴淞江畔之青丘（今江苏吴县东），自号青丘子。他闲居无事，沉迷于吟诗，受到一些人的嘲讽，于是作此诗以解嘲。

江上有青丘，予徙家其南，因自号青丘子。闲居无事，终日苦吟，间作《青丘子歌》言其意，以解"诗淫"之嘲[1]。

青丘子，癯而清[2]，本是五云阁下之仙卿[3]。何年降谪在世间[4]，向人不道姓与名。蹑屩厌远游[5]，荷锄懒躬耕。有剑任锈涩，有书任纵横。不肯折腰为五斗米[6]，不肯掉舌下七十城[7]。但好觅诗句[8]，自吟自酬赓[9]。田间曳杖复带索[10]，旁人不识笑且轻，谓是鲁迂儒[11]、楚狂生[12]。青丘子，闻之不介意，吟声出吻不绝咿咿鸣[13]。朝吟忘其饥，暮吟散不平。当其苦吟时，兀兀如被醒[14]。头发不暇栉[15]，家事不及营。儿啼不知怜，客至不果迎[16]。不忧回也空[17]，不慕猗氏盈[18]。不惭被宽褐[19]，不羡垂华缨[20]。不问龙虎苦战斗[21]，不管乌兔忙奔倾[22]。向水际独坐，林中独行。斫元气，搜元精[23]，造化万物难隐情，冥茫八极游心兵[24]，坐令无象作有声[25]。微如破悬虱，壮若屠长鲸[26]，清同吸沆瀣，险比排峥嵘[27]。霭霭晴云披，轧轧冻草萌[28]。高攀天根探月窟[29]，犀照牛渚万怪呈[30]。妙意俄同鬼神会[31]，佳景每与江山争。星虹助光气，烟露滋华英[32]，听音谐《韶》乐，咀味得大羹[33]。世间无物为我娱，自出金石相轰铿[34]。江边茅屋风雨晴，闭门睡足诗初成。叩壶自高歌[35]，不顾俗耳惊。欲呼君山老父携诸仙所弄之长笛，和我此歌吹月明[36]。但愁欻忽波浪起[37]，鸟兽骇叫山摇崩。天帝闻之怒，下遣白鹤迎。不容在世作狡狯[38]，复结飞珮还瑶京[39]。

《四部丛刊》本《高太史大全集》卷一一

**【注释】**

[1] 诗淫：即诗迷，过于爱好作诗者。淫，沉溺。[2] 臞（qú）而清：清瘦貌。臞，消瘦。[3] 五云阁：仙人居住的宫殿楼阁，有五色祥云缭绕。仙卿：仙官。[4] 降谪：贬官、降职。此指从仙卿降为凡人。[5] 蹑屩（nièjuē）：脚穿草鞋，谓远行。蹑，踩。屩，用麻、草做的鞋。[6] 五斗米：低级官吏的薪俸，语出《晋书·陶潜传》。[7] 掉舌：摇唇鼓舌，指游说。《史记·淮阴侯列传》载蒯通尝谓韩信曰："郦生（郦食其）一士，伏轼掉三寸之舌，下齐七十余城。"此指自己不肯卖弄口才以博取功名。[8] 但好：只喜欢。觅诗句：寻找诗句。[9] 酬赓（gēng）：作诗词酬唱应和。[10]"田间"句：在田野里拄拐垂衣，边走边吟。《列子·天瑞》载："孔子游于太山，见荣启期行乎郕（chéng）之野，鹿裘带索，鼓琴而歌。"[11] 鲁迂儒：鲁地见解陈旧的儒生。《史记·刘敬叔孙通列传》载，汉初叔孙通征鲁诸生三十余人制定朝仪，鲁有两生不肯行，叔孙通笑曰："若真鄙儒也，不知时变。"[12] 楚生狂：指佯狂避世的隐者。语出《论语·微子》："楚狂接舆歌而过孔子，曰：'凤兮凤兮，何德之衰！'"邢昺疏："接舆，楚人，姓陆名通。昭王时政令无常，乃披发佯狂不仕，时人谓之楚狂。"[13] 呻呻：形容吟咏声。[14] 兀兀如被酲（chéng）：昏昏沉沉如同醉酒。兀兀，昏沉貌。酲，酒醉。[15] 栉（zhì）：梳理。[16] 果：竟然。[17] 不忧回也空：不会像颜回那样因贫穷而忧愁。《论语·先进》："子曰：'回也其庶乎，屡空。'"[18] 猗氏盈：猗顿那样的巨富。猗氏，指春秋时鲁人猗顿，在猗地（今山西临猗南）大畜牛羊并盐（gǔ）盐致富，故以地名为氏。见《史记·货殖列传》及裴骃集解。[19] 被宽褐：穿着宽大的粗布衣服。[20] 垂华缨：华缨，彩色的冠缨，古代仕宦者的冠带，此指作官。[21] 龙虎苦战斗：喻元末战乱。[22]"不管"句：喻时光流逝。乌兔，金乌与玉兔，指日月。[23]"斫元气"二句：采天地万物之精华而为诗。元气、元精，指天地间的精气。王充《论衡·超奇》："天禀元气，人受元精。"[24] 冥茫：指茫无边际。八极：八方极远之地。晋陆机《文赋》："精骛八极，心游万仞。"心兵：人心感物而动，如应外敌，故曰心兵。此指为文为诗的神思。韩愈《秋怀》："诘屈避语穽（jǐng），冥茫触心兵。"[25]"坐令"句：使难以形容的情景用有声有色的文字加以表现。坐令，致使。[26]"微如"二句：极言作诗的功力很深。破悬虱，击中空中悬挂的微如虱样的东西。《列子·汤问》载：纪昌学射于飞卫，"昌以牦悬虱于牖，南面而望之。旬日之间，浸大也。三年之后，如车轮焉。以睹余物，皆丘山也。乃以燕角之弧、朔蓬之簳射之，贯虱之心而悬不绝"。[27]"清同"二句：形容作诗的效果。沆瀣（hàngxiè），夜间的露气。屈原《楚辞·远游》："飡六气而饮沆瀣兮，漱正阳而含朝霞。"排峥嵘，推开高峻的山峰。[28]"霭霭"二句：指诗歌构思的过程。霭霭，云气聚散的样子。披，分散。轧轧，草木生机始发貌。[29]"高攀"句：指诗歌创作要将天上水底各种奇异之景清楚、完整地表现出来。天根，星名，即氐宿。月窟，月宫。[30] 犀照：燃烧犀牛角照明。《晋书·温峤传》："至牛渚矶，水深不可测，世云其下多怪物，峤遂毁犀角而照之。须臾，见水族覆火，奇形异状。"牛渚，山名，在安徽当涂县西北。[31] 妙意：灵感。俄：瞬间。[32]"星虹"二句：指星、虹、烟、露都能为诗增添文采。[33]"听音"二句：诗歌的音韵犹如《韶》乐一样和谐优美，味道如同大羹那样纯正。《韶》，相传为虞舜时的乐曲名。《论语·述而》："子在齐闻《韶》，三月不知肉味。"大羹，古代祭祀时所用的不加调料的肉汁。[34]"世间"二句：指世间无可消遣，只能作诗自娱，写出的诗掷地有金石声，响亮而和谐。金石，钟磬类乐器。轰铿，发出轰鸣铿锵的声音。《世说新语·文学》载：晋孙绰写成《天台山赋》，对友人说："卿试掷地，当作金石声也。"

后世用来称赞文章文辞优美、声调铿锵。[35] 叩壶自高歌：《晋书·王敦传》："每酒后辄咏魏武帝乐府歌曰：'老骥伏枥，志在千里。烈士暮年，壮心不已。'以如意打唾壶为节，壶边尽缺。"此用其事表示作者对自己的诗歌颇为赞许。[36] "欲呼"二句：据《博异志》载，贾客吕乡筠善吹笛，月夜泊君山侧，饮酒吹笛。忽有老父舟至，袖出笛三管，其一大如合拱，次如常，其一绝小，如细笔管。乡筠请老父一吹，老父曰大者合上天之乐而吹之，次合仙乐而吹之，小者老身与朋侪所乐者，庶类杂而听之，未知可终曲否。言毕，抽笛吹三声，湖上风动，波涛沉澹，鱼鳖跳喷。五声六声，君山上鸟兽叫噪，月色昏昧，舟人大恐。老父遂止。引满数杯，棹舟而去，没于波间。[37] 欻（xū）忽：忽然，形容迅急。[38] 狡狯（kuài）：嬉戏。陆游《示子遹》："诗为六艺一，岂用资狡狯。"自注："晋人谓戏为狡狯，今闽语尚尔。"[39] 瑶京：传说中天帝的京城。

**【审美点评】**

全诗充满浪漫主义的奇思幻想，运笔矫健纵肆，大量使用排比句，酣畅淋漓。高启对诗歌创作中的形象思维过程进行了生动的描述。在创作过程中，诗人活跃的心灵凌驾于万物之上，心与物游，感到极大的精神自由，遂将其作为人生中最大的乐趣，不羡仙人，只愿作一个疏狂豪放的纯粹的诗人。像作者这样郑重其事地表达对于诗歌执著的热爱在诗史上颇为少见。

# 登金陵雨花台望大江

**【题解】** 此诗作于明太祖洪武二年（1369），作者入金陵（今南京）修《元史》。全诗由眼前如画江山，感慨历史兴亡，篇末抒发了入明后对祖国统一的喜悦心情。

大江来从万山中，山势尽与江流东。钟山如龙独西上[1]，欲破巨浪乘长风。江山相雄不相让，形胜争夸天下壮。秦皇空此瘗黄金，佳气葱葱至今王[2]。我怀郁塞何由开？酒酣走上城南台[3]。坐觉苍茫万古意[4]，远自荒烟落日之中来。石头城下涛声怒[5]，武骑千群谁敢渡[6]？黄旗入洛竟何祥[7]，铁锁横江未为固[8]。前三国[9]，后六朝[10]，草生宫阙何萧萧！英雄乘时务割据，几度战血流寒潮。我生幸逢圣人起南国[11]，祸乱初平事休息[12]。从今四海永为家，不用长江限南北[13]。

《四部丛刊》本《高太史大全集》卷一一

**【注释】**

[1] 钟山：一名紫金山，在南京市中山门外。独西上：钟山山势由东向西，与众不同，似逆江流而上。[2] "秦皇"二句：指秦始皇埋金于此企图镇压王气，但徒劳无益。《太平御览》卷一七〇引《金陵图》云："秦并天下，望气者言江东有天子气，凿地断连岗，因改金陵为秣陵。"

《后汉书·光武帝纪》："后望气者苏伯阿为王莽使至南阳，遥望见舂陵郭，唶曰：'气佳哉！郁郁葱葱然！'"瘗（yì），掩埋。王（wàng），通"旺"。[3] 城南台：即雨花台。[4] 坐：因，遂。[5] 石头城：故址在今南京市清凉山。原为楚金陵邑，孙权由京口迁于此后重建改名。[6]"武骑"句：南朝陈末，贺若弼、韩擒虎率领数十万大军准备渡江，群臣请求备防，陈后主未决，佞臣孔范却说："长江天堑，古来限隔。虏军岂能飞渡？边将欲作功劳，妄言事急。"陈后主深信不疑，故不戒备，陈因此灭亡。事见《南史·孔范传》。[7]"黄旗"句：写孙皓听信"黄旗紫盖见于东南，终有天下者，荆、扬之君乎！"载母、妻、子及后宫数千人从牛渚陆道西上入洛阳以顺天命，但路遇大雪，道路陷坏，士兵寒冻几死，曰若遇敌则倒戈，孙皓无奈引军还。见《三国志·吴书·孙皓传》裴松之注引《江表传》。祥，吉凶的预兆。[8]"铁锁"句：见《晋书·王濬传》。晋太康元年（280），王濬率水军攻吴。吴在长江险要处以铁锁横截，并于江中暗置铁椎，又于船前作火炬，但都被王濬攻破，船行无碍。孙皓投降。[9] 三国：本指魏、蜀、吴，诗中专指吴。[10] 六朝：本指吴、东晋、宋、齐、梁、陈六个以金陵为都的朝代。诗中专指南朝宋、齐、梁、陈四代，与吴对举。[11] 圣人：指朱元璋。南国：指朱元璋起义的濠州（今安徽凤阳一带）。[12] 祸乱：指元末大乱。休息：休养生息。[13]"从今"二句：用刘禹锡《西塞山怀古》"从今四海为家日"诗意，指全国统一，长江不再用作南北的界限。

**【审美点评】**

这首诗是以七言为主的杂言古诗，跌宕起伏，音节响亮。"钟山如龙独西上，欲破巨浪乘长风。"用拟人的手法写山势如奔，化静为动。清赵翼《瓯北诗话》评道："李青莲诗，从未有能学之者，惟青丘与之相上下，不惟形似，而且神似。"

# 袁 凯

袁凯，生卒年不详，字景文，号海叟，松江华亭（今上海松江）人。元末为府吏，博学有才辩。洪武三年（1370）荐授监察御史。朱元璋认为他猾持两端而恶之。性恢谐，归乡后，常背戴乌巾，倒骑黑牛，游行于九峰之间，好事者绘为图画。有《海叟集》。

## 白 燕

**【题解】** 本诗是袁凯最负盛名之作。据杨仪《骊珠杂录》载，袁凯在杨维桢家见常熟时大本赋《白燕诗》，认为"诗虽佳，未尽体物之妙"。别作一篇，杨维桢大为惊赏，一时人呼"袁白燕"。全诗紧扣白燕征事用典，传神地烘托出白燕的风采。

故国飘零事已非，旧时王谢见应稀[1]。月明汉水初无影，雪满梁园尚未归[2]。柳絮池塘香入梦，梨花庭院冷侵衣[3]。赵家姐妹多相忌，莫向昭阳殿里飞[4]。

《四库全书》本《海叟集》卷三

**【注释】**

[1]"故国"二句：化用刘禹锡《乌衣巷》诗句："旧时王谢堂前燕，飞入寻常百姓家。"见应稀，指此次飞回的燕子非乌燕，而是少见的白燕。[2]"月明"二句：化用谢庄《月赋》和谢惠连《雪赋》的意境，以月光、白雪来喻燕之洁白。梁园是西汉梁孝王刘武游赏之处，与枚乘、司马相如在此赋雪。唐人谢观《白赋》："晓入梁王之苑，雪满群山；夜登庾亮之楼，月明千里。"[3]"柳絮"二句：用晏殊《寓意》诗"梨花院落溶溶月，柳絮池塘淡淡风"。[4]"赵家"二句：指汉成帝时赵飞燕姊妹，生性多妒，居住在昭阳殿。事见《汉书·外戚传》。

**【审美点评】**

诗歌用了大量的典故，驰骋想象，以雪满梁园、柳絮、梨花等景色打造出典型意境，衬托燕之洁白。字面上无一"燕"字，但句句都暗扣"燕"，用笔空灵蕴藉。

# 于 谦

于谦（1398—1457），字廷益，钱塘（今杭州）人。明永乐十九年（1421）进士，历官山西、河南、江西等地巡抚，为官清正。正统十四年（1449），土木堡之变中英宗被掳，蒙古瓦剌进逼北京。于谦力主调兵勤王，迁兵部尚书。英宗复辟后，他为徐有贞、石亨所诬，以"大逆不道，迎立外藩"罪处死。至成化时昭雪，谥肃愍。万历中，改谥忠肃。《四库全书总目提要》评其诗："风格遒上，兴象深远。虽志存开济，未尝于吟咏求工，而品格乃转出文士上。"有《于忠肃集》。

## 咏煤炭

**【题解】** 这是一首咏物诗，作者以煤炭自喻，借煤炭来表现自己为国为民献身的抱负。

凿开混沌得乌金[1]，蓄藏阳和意最深[2]。爝火燃回春浩浩，洪炉照破夜沉沉[3]。鼎彝元赖生成力[4]，铁石犹存死后心。但愿苍生俱饱暖，不辞辛苦出山林。

《四库全书》本《于忠肃集》卷一一

**【注释】**

[1] 混沌：指天地形成以前的原始状态。乌金：喻煤炭。[2] 阳和：春天的暖气。《史记·秦始皇本纪》："维二十九年，时在中春，阳和方起。"[3] 爝（jué）火：炬火，小火。《庄子·逍遥游》："日月出矣，而爝火不息；其于光也，不亦难乎！"洪炉：大火炉。[4] 鼎彝：古代祭器，往往刻有铭文，有时成为国家朝廷的象征。鼎，古代铜铸的烹饪器。彝，古代铜铸的酒器。元，通"原"。

**【审美点评】**

本诗托物明志，不用高雅的物象而用平凡无奇的煤炭自喻，出人意外。"但愿苍生俱饱暖，不辞辛苦出山林"两句双关、拟人，表达了鞠躬尽瘁、死而后已的自我牺牲精神，与《石灰吟》中"粉骨碎身全不怕，要留清白在人间"诗句异曲同工。

# 李东阳

李东阳（1447—1516），字宾之，号西涯，湖南茶陵人。天顺八年（1464）进士，授翰林院庶吉士，成化元年（1465）授编修。入仕四十余年，入内阁十八年，历代宗、英宗、宪宗、孝宗、武宗五朝，累官少师兼太子太师、吏部尚书、华盖殿大学士，正德七年（1512）致仕。李东阳既是台阁大臣，又是茶陵诗派的领袖，奖掖后学，出其门者甚众。他论诗强调宗法杜甫，对诗歌的声律、音节等语言艺术颇为重视。诗歌格律严整，散文典雅流丽，不逾法度。有《怀麓堂集》。

## 寄彭民望

**【题解】**彭民望，名泽，湖南攸县人，景泰间举人，曾任应天府通判，后落魄。彭民望失志归家后生计艰难，李东阳作诗相寄，以表达同情与不平。《麓堂诗话》记载彭民望看到此诗，"潸然泪下，为之悲歌数十遍不休"。

斫地哀歌兴未阑[1]，归来长铗尚须弹[2]。秋风布褐衣犹短，夜雨江湖梦亦寒。木叶下时惊岁晚[3]，人情阅尽见交难。长安旅食淹留地[4]，惭愧先生苜蓿盘[5]。

《四库全书》本《怀麓堂集》卷一二

**【注释】**

[1] 斫地哀歌：语本杜甫《短歌行赠王郎司直》"王郎酒酣拔剑斫地歌莫哀"句。斫地，砍地，舞剑的一种动作，表示激愤。阑：残，尽。[2] "归来"句：典出《战国策·齐策四》，冯谖为孟尝君食客，未受重用。他三次倚柱弹剑，歌曰："长铗归来乎，食无鱼。"后受到善待。铗（jiá），剑把，也代指长剑。[3] 木叶下：指秋季。屈原《楚辞·九歌·湘夫人》："袅袅兮秋风，洞庭波兮木叶下。"[4] 长安：汉、唐的都城，后代指京城。诗中指明代都城北京。[5] 苜蓿（mùxu）盘：形容清苦冷落的生活。王定保《唐摭言·闽中进士》："薛令之……累迁左庶子。时开元东宫官僚清淡，令之以诗自悼，复纪于公署，曰：'朝旭上团团，照见先生盘。盘中何所有？苜蓿长阑干。'"苜蓿，一种多年生草本植物，原产西域，嫩芽可食。

**【审美点评】**

颔联"秋风布褐衣犹短，夜雨江湖梦亦寒"对偶极工。生计本自艰难，又遇秋风夜雨，将气候之严寒与人处境之孤寒自然地联系在一起，于深沉的情怀中透露出诗作之工巧。

# 唐　寅

唐寅（1470—1523），字伯虎，一字子畏，自号六如居士，别号桃花庵主、鲁国唐生、逃禅仙吏等。吴县（今江苏苏州）人。唐寅家资颇富，少年颖悟，狂放不羁，年二十八始闭门攻制义文。弘治十一年（1498）乡试第一，世称"唐解元"。唐寅受到科场舞弊案牵涉下狱，罢黜为吏，耻不就。正德二年（1507）于苏州金阊门外筑桃花庵别业，并效司马迁经历名山大川。正德九年（1514），宁王朱宸濠曾重金相聘。唐寅察其有异志，佯狂放还。回乡后以卖诗画度日，卒于桃花庵。与祝允明、文征明、徐祯卿相往还，人称"吴中四才子"。作诗敢于突破格律限制，喜用俚语、俗语入诗，语浅意隽。唐寅诗、书、文、画皆有名。著有《唐伯虎全集》。

## 把酒对月歌

**【题解】** 作者以李白自拟，在对月、诗、酒的共同爱好中，蔑视权贵、放诞不羁的二人于广袤的时空中产生了共鸣。

李白前时原有月，惟有李白诗能说[1]；李白如今已仙去，月在青天几圆缺。今人犹歌李白诗，明月还如李白时；我学李白对明月[2]，月与李白安能知？李白能诗复能酒，我今百杯复千首[3]；我愧虽无李白才，料应月不嫌我丑？我也不登天子船，我也不上长安眠[4]；姑苏城外一茅屋[5]，万树桃花月满天。

北京市中国书店据大道书局 1925 年版影印《唐伯虎全集》卷一

**【注释】**

[1]"李白前时"二句：指李白吟咏月亮的诗篇非常有名。李白有许多以月为题的诗，如《月下独酌》、《望月有怀》、《静夜思》、《峨眉山月歌》等。[2] 对明月：李白《把酒问月》有"青天有月来几时，我今停杯一问之"句，《月下独酌》有"举杯邀明月，对影成三人"句。[3]"李白能诗"二句：李白好酒能诗。杜甫《不见》诗称李白"敏捷诗千首，飘零酒一杯"。[4]"我也"二句：杜甫《饮中八仙歌》云："李白一斗诗百篇，长安市上酒家眠。天子呼来不上船，自称臣是酒中仙。"[5] 姑苏：苏州。因其地有姑苏山，故苏州别称姑苏。一茅屋：此指桃花坞。《明史·唐寅传》载其"筑室桃花坞，与客日般饮其中"。唐寅有《桃花庵歌》："清醒只在花前坐，酒醉还来花下眠。半醒半醉日复日，花落花开年复年。但愿老死花酒间，不愿鞠躬车马前。"

**【审美点评】**

全诗突出诗人与李白的呼应共鸣。"我也不登天子船"四句表明自己比诗仙更洒脱，无须既要求官，又要骄傲。诗人只以平凡自由的生活为乐，展示了"江南第一风流才子"的疏狂与真率。

# 李梦阳

李梦阳（1473—1530），字天赐，又字献吉，号空同子，庆阳（今属甘肃）人，后徙家河南开封。弘治六年（1493）举陕西乡试第一，次年中进士。因连丧父母，在家守制。直到弘治十一年（1498）出任户部主事，后迁郎中。弘治十八年（1505）四月，因弹劾外戚张鹤龄下狱，不久宥出。正德元年（1506），因替尚书韩文写弹劾刘瑾奏章，被谪山西布政司经历，不久又因他事下狱，赖康海说情得释。刘瑾败，复起任原官，迁江西提学副使。后因替宁王朱宸濠写《阳春书院记》受牵连下狱，被救出卒于家中。李梦阳与何景明、徐祯卿、边贡、康海、王九思、王廷相号称"前七子"，他主张"文必秦汉，诗必盛唐"（《明史·李梦阳传》），对打击台阁体"啴缓冗沓，千篇一律"的文风、扫除八股文的恶劣影响起过积极作用，但有泥古不化的流弊。李梦阳重真情，承认"真诗乃在民间"。著有《空同集》。

# 秋　望

**【题解】**此诗题目，钱谦益《列朝诗集》作《出使云中》，汪端《明三十家诗选》作《出塞》。李梦阳在弘治十三年（1500）为户部主事时曾奉命犒榆林军，诗作于此时。诗作描写了秋天塞外风光，抒发了忧国伤时之情及对安边定国良将的向往。

　　黄河水绕汉宫墙[1]，河上秋风雁几行。客子过壕追野马[2]，将军韬箭射天狼[3]。黄尘古渡迷飞輓[4]，白月横空冷战场。闻道朔方多勇略[5]，只今谁是郭汾阳[6]。

《四库全书》本《空同集》卷三二

**【注释】**

　　[1] 汉宫墙：一本作"汉边墙"，指明代为防鞑靼入侵修筑的九边长城，在大同府西北。[2] 壕：护城河。追野马：与"射天狼"对举。野马，田野上空蒸腾的水汽。《庄子·逍遥游》："野马也，尘埃也，生物之以息相吹也。"此处借指飞扬之沙尘。[3] 韬（tāo）箭：把箭盛在袋子里。韬，弓袋。射天狼：喻出兵讨伐。天狼，星名，古主侵掠。《楚辞·九歌·东君》："青云衣兮白霓裳，举长矢兮射天狼。"[4] 飞輓（wǎn）："飞刍（草）輓粟（粮）"的省语，即用车船急运粮草。《汉书·主父偃传》："又使天下飞刍輓粟，起于黄、腄、琅邪负海之郡，转输北河，率三十钟而致一石。"颜师古注："运载刍藁，令其疾至，故曰飞刍也。輓谓引车船也。"輓，牵，拉。[5] 朔方：郡名，西汉元朔二年（公元前127）置，治所在朔方，今内蒙古自治区杭锦旗北，东汉末废。此处泛指北方。[6] 郭汾阳：唐朝名将郭子仪，曾任朔方节度使。安史之乱后被封为汾阳郡王。

**【审美点评】**

　　本诗紧扣"秋望"二字落笔，雄迈遒劲，慷慨悲凉。"闻道朔方多勇略，只今谁是郭汾阳"，既表达了诗人对英雄人物的呼唤，又传达出对朝廷用人不当的不满。

## 林良画两角鹰歌

**【题解】**这是一首颇具特色的题画诗。角鹰即鹰，头面有毛角故名。林良（1416？—1480？），明代画家，字以善，南海人，是明代院体花鸟画的代表作家。天顺中供奉内廷，任锦衣卫指挥。诗歌前半部分极力赞美林良的绘画技巧，后半部分以宋徽宗擅画却被俘而死的历史，抨击统治者玩物丧志，得出绘画是"小人艺"，劝诫人们不要沉湎于淫巧之事。

百余年来画禽鸟[1]，后有吕纪前边昭[2]。二子工似不工意[3]，呿笔决眦分毫毛[4]。林良写鸟只用墨[5]，开缣半扫风云黑[6]。水禽陆禽各臻妙，挂出满堂皆动色。空山古林江怒涛，两鹰突出霜崖高[7]。整骨刷羽意势动[8]，四壁六月生秋飔[9]。一鹰下视睛不转，已知两眼无秋毫[10]。一鹰掉头复欲下，渐觉振翮风萧萧[11]。匹绡虽惨淡[12]，杀气不可灭。戴角森森爪拳铁[13]，迥如愁胡眦欲裂[14]。朔风吹沙秋草黄[15]，安得臂尔骑骊骎[16]。草间妖鸟尽击死，万里晴空洒毛血[17]。我闻宋徽宗[18]，亦善貌此鹰[19]，后来失天子，饿死五国城。乃知图画小人艺[20]，工意工似皆虚名。校猎驰骋亦末事[21]，外作禽荒古有经[22]。今王恭默罢游晏[23]，讲经日御文华殿[24]。南海西湖驰道荒[25]，猎师虞长皆贫贱[26]。吕纪白首金炉边，日暮还家无酒钱。从来上智不贵物[27]，淫巧岂敢陈王前[28]！良乎，良乎，宁使尔画不直钱，无令后世好画兼好畋。

中华书局版清沈德潜《明诗别裁集》卷四

**【注释】**

[1]百余年：指明建国以来的一百多年。[2]吕纪：（1477—?）明画家，字廷振，号乐愚，浙江鄞县（今宁波）人。弘治中官锦衣卫指挥。擅画花鸟。边昭：即边景昭，明初花鸟画家，字文进，福建沙县人。永乐间任武英殿待诏。[3]工似不工意：指求形似而不重神似。工似，即工笔。工意，即写意。[4]呿笔决眦：含毫张目。呿笔，以口呿笔作画。分毫毛：喻作画工细，鸟身上的毫毛都分辨得出。[5]只用墨：纯用水墨，不设色填彩。[6]缣（jiān）：细绢。[7]崖：水边、山边。[8]动：生动。[9]秋飔（tāo）：秋天的狂风。飔，风，大风。[10]秋毫：鸟兽在秋天新长出的细毛。[11]振翮（hé）：振动翅膀。翮，鸟翅。《四库全书》本此句为"渐觉飒飒开风毛"。[12]匹绡：生绢织成的一匹薄绢。绡，丝织物，此指画绢。[13]森森：羽毛繁密貌。[14]愁胡：形容鹰眼光深锐。孙楚《鹰赋》："深目娥眉，状如愁胡。"杜甫《画鹰》："侧目似愁胡。"[15]《四库全书》本此句为"朔云吹沙秋草黄"。[16]臂尔：打猎时置鹰于臂鞲上。尔，指鹰。骊骎（tiě）：骏马。骎，赤黑色的马。[17]"草间"二句：化用杜甫《画鹰》"何当击凡鸟，毛血洒平芜"诗意。[18]宋徽宗：即赵佶（1082—1135），北宋皇帝，书画家。靖康二年（1127）与其子钦宗赵桓一起被金兵所俘，客死他乡。[19]貌：描摹。[20]小人：原指统治者对体力劳动者的称谓，此处指下等人。《四库全书》本此句为"乃知图写小人艺"。[21]校（jiào）猎：即围猎，用木栏遮挡，猎取禽兽。校，遮拦禽兽的木栏。[22]外作禽荒：《尚书·五子之歌》："内作色荒，外作禽荒。"蔡沈集传："禽荒，耽游畋也；荒者，迷乱之谓。"禽荒，耽于田猎。古有经：自古以来经典上就有告诫。[23]今王：指明孝宗。恭默：恭敬宁静。游晏：游乐宴饮。《四库全书》本此句为"今皇恭默罢游燕"。[24]"讲经"句：颂当朝天子崇儒好学。弘治元年（1488）用吏部侍郎杨守陈言："遵祖制开大小经筵，日再御朝。"设经筵讲官，在紫禁城东门内文华殿为皇帝讲解经传。[25]南海：指南苑，是元、明、清三代皇家苑囿旧址。西湖：即西苑，指北京的三海，北海、中海、南海，明代御苑在紫禁城西，故称。驰道：秦代专供帝王行驰马车的大道。[26]虞长：即虞人之长。虞人是古代掌管山林水泽官员。《四库全书》本此句

为"猎师虞长俱贫贱"。[27]上智:此指皇帝。[28]淫巧:过度奇巧。

**【审美点评】**

全诗谋篇布局、描写议论极见功力。沈德潜《明诗别裁集》评此诗:"从画说到猎,从猎开出议论,后画猎双收,何等章法!笔力亦如神龙蜿蜒,捕捉不住。"作品形神毕肖地再现出角鹰的雄姿,"一鹰下视睛不转"四句巧用通感手法,从视觉、幻觉的角度写出林良画鹰的逼真传神。汪端誉此诗为"空同七古压卷"(《明三十家诗选》)。

# 何景明

何景明(1483—1521),字仲默,初号白坡,改号大复山人,信阳(今属河南)人。弘治十五年(1502)中进士,授中书舍人。因上书指控刘瑾被免官。正德六年(1511)复职,十二年(1517)升吏部员外郎,十三年(1518)迁陕西提学副使,十六年(1521)病故。何景明为"前七子"之一,他的地位仅次于李梦阳,"天下语诗文,必并称何、李"(《明史·何景明传》)。他提倡复古,但反对刻意模仿,强调"舍筏登岸",主张"领会精神,临景构造,不仿行迹"(《与李空同论诗书》)。其诗歌近体取法李、杜及盛唐诗人,古体取法汉魏,诗格秀逸,较少模拟之迹。著有《大复集》。

## 鲥 鱼

**【题解】** 鲥(shí)鱼产于长江下游,肉味鲜美。《类篇》言其出有时,故名鲥。明清朝廷征鲥鱼供御,上市伊始便作为贡品运至北京。此诗为讽刺封建帝王亲昵阉宦而作。

五月鲥鱼已至燕[1],荔枝卢橘未应先[2]。赐鲜遍及中珰第[3],荐熟谁开寝庙筵[4]。白日风尘驰驿骑[5],炎天冰雪护江船。银鳞细骨堪怜汝,玉箸金盘敢望传[6]!

《四库全书》本《大复集》卷二六

**【注释】**

[1]"五月"句:旧历五月是鲥鱼捕捞的旺季,五月鲥鱼入京意谓贡入京城非常及时。《广

韵·之韵》："鲥，鱼名，似鲂，肥美，江东四月有之。"燕（yān），燕京，即北京。[2] 卢橘：
金橘。卢，黑色，金橘未熟时为青黑色。《广州记》载："卢橘，皮厚大如柑，酢多，至夏熟。"
[3] 赐鲜：帝王赏赐时鲜食品给朝臣。中珰（dāng）：宦官的代称。汉代宦官称中人、中官，以
貂尾金珰为冠饰，后以貂珰代称宦官。[4] 荐熟：也叫荐新，以初熟五谷或时鲜果物祭献。寝
庙：宗庙。国君的宗庙分庙与寝，庙在前，是接神处；寝在后，是藏衣冠处。《礼记·月令》注：
"凡庙，前曰庙，后曰寝。"[5] 骑（jì）：骑兵，此指驿卒。[6] 玉箸金盘：指皇帝赐鲜的器皿。
传：传赐。

**【审美点评】**

此诗咏物讽世。"白日风尘驰驿骑，炎天冰雪护江船"，不动声色地指斥统治者
劳民伤财，极易令人想到"一骑红尘妃子笑，无人知是荔枝来"两句诗（杜牧《过
华清宫》）。沈德潜曾将此诗与杜甫《野人送朱樱》相比，认为是"少陵'西蜀樱
桃'一种作法"（《明诗别裁集》卷五）。

# 杨 慎

杨慎（1488—1559），字用修，号升庵，四川新都人，为宰辅杨廷和之子。正
德六年（1511）殿试第一，授翰林院修撰。杨慎入京后授业于大学士李东阳门下，
曾参与修撰《武宗实录》。嘉靖三年（1524）"大礼"案中坚持不可尊世宗生父为皇
帝，杨慎惨遭廷杖，削籍贬戍云南永昌（今云南保山），卒于贬所。杨慎文、词及
散曲皆佳。著作达百余种，后人选辑为《升庵集》。

## 临江仙

**【题解】**杨慎流放期间写过《廿一史弹词》，《临江仙》是其中第三段"说秦汉"
的开场词。清初毛宗岗父子修订《三国演义》时，将此词置于卷首作为开篇词，从
而广为流传。这首词为咏史之作，借叙述历史兴亡抒发人生感慨。

滚滚长江东逝水，浪花淘尽英雄[1]。是非成败转头空。青山依旧在，
几度夕阳红。　　白发渔樵江渚上[2]，惯看秋月春风。一壶浊酒喜相逢。
古今多少事，都付笑谈中。

中华书局印行清张三异增订张仲璜注《廿一史弹词注》

**【注释】**

[1] 淘尽：荡涤一空。[2] 渚（zhǔ）：水中的小块陆地。

**【审美点评】**

全词怀古。开篇从大处落笔，切入历史的洪流，四、五句在景语中寓哲理，意境深邃。末二句表现出一种大彻大悟的历史观和人生观，既慷慨悲壮又回味无穷。

# 李开先

李开先（1502—1568），字伯华，号中麓，别署中麓子、中麓山人、中麓放客，世称中麓先生，山东济南章丘人。嘉靖八年（1592）进士，后调任吏部考功主事等职，官至太常寺少卿提督四夷馆。他为官清正严明，不满政治腐败，抨击执政夏言及严嵩。嘉靖二十年（1541）太庙失火，按例上疏自请乞休，被罢职，时年四十岁。此后闲居家乡二十余年，修建亭园，度曲征歌。所藏元杂剧剧本即有千余种，有"词山曲海"之称，曾精选元剧十六种刊为《改定元贤传奇》。李开先戏剧创作有院本六种，总名《一笑散》。传奇有《宝剑记》与《断发记》。尚有《登坛记》，已佚。散曲有《中麓小令》（又名《南曲次韵》或《傍妆台百曲》）、《卧病江皋》、《四时悼内》。论曲著作有《词谑》。诗文有《闲居集》。

## 宝剑记

### 夜 奔

**【题解】**《宝剑记》截取了《水浒传》中《豹子头误入白虎堂》、《林教头刺配沧州道》、《林教头风雪山神庙》、《林冲雪夜上梁山》诸回内容，改变了故事的主旨、结局与人物性格。《宝剑记》中的林冲采取主动与奸臣斗争的姿态，屡次上本弹劾奸臣引来杀身之祸，不再是小说中那个隐忍的林冲形象。《夜奔》是第三十七出，写林冲被奸臣迫害雪夜上梁山。

**【点绛唇】**（生上唱）数尽更筹，听残银漏[1]。逃秦寇[2]，好教我有国难投，那搭儿相求救？

（白）欲送登高千里目，愁云低锁衡阳路[3]。鱼书不至雁无凭[4]，几番欲作悲秋赋[5]。回首西山日又斜，天涯孤客真难度。丈夫有泪不轻弹，只因未到伤心处。

念我一时忿怒，杀死奸细[6]，幸得深夜无人知觉，密投柴大官人庄上隐藏[7]。昨闻故人公孙胜使人报知：今遣指挥徐宁领兵，沧州地界捉拿。亏承柴大官人[8]，怜我孤穷，写书荐达[9]，径往梁山逃命。日里不敢前行，今夜路经济州地界[10]。恰才天明月朗，霎时雾暗云迷，况山路崎岖，高低不辨，教我怎生行蓦[11]。那前边黑洞洞的，想是村店，只得紧行几步。呀，原来是一座禅林[12]。夜深无人，我向伽蓝殿前暂憩片时[13]。（生作睡介）（净扮神上白）生前能护国，没世号伽蓝[14]。眼观十万里，日赴九千坛。吾乃本庙护法之神。今有上界武曲星受难[15]，官兵追急，恐伤他性命。兀那林冲[16]，休推睡梦，今有官兵过了黄河，咫尺赶上，急急起来逃命去罢！吾神去也。凡人心不昧，处处有灵神。但愿人行早，神天不负人。（生醒白）谑死我也[17]！刚才合眼，忽见神像指着道："林冲急急起来，官兵到了！"想是伽蓝神圣指引迷途。我林冲若得一步之地[18]，重修宝殿，再塑金身。撒开脚步去也！（唱）

【新水令】按龙泉血泪洒征袍[19]，恨天涯一身流落。专心投水浒，回首望天朝。急走忙逃，顾不的忠和孝。

【驻马听】良夜迢迢[20]，投宿休将门户敲。遥瞻残月，暗度重关，急步荒郊。身轻不惮路迢遥，心忙只恐人惊觉。魄散魂消，魄散魂消，红尘误了武陵年少[21]。

【水仙子】一朝谏净触权豪[22]，百战勋名做草茅[23]，半生勤苦无功效，名不将青史标[24]。为家国总是徒劳，再不得倒金樽杯盘欢笑，再不得歌金缕筝琵络索[25]，再不得谒金门环珮逍遥[26]！

【折桂令】封侯万里班超[27]，生逼做叛国的红巾[28]，背主的黄巢。恰便似脱扣苍鹰[29]，离笼狡兔，摘网腾蛟[30]。救急难谁诛正卯[31]？掌刑罚难得皋陶[32]！鬓发萧骚[33]，行李萧条[34]。这一去，博得个斗转天回[35]，须教他海沸山摇。

【雁儿落】望家乡去路遥，想妻母将谁靠？我这里吉凶未可知，他那里生死应难料。

【得胜令】呀！谑的我汗浸浸身上似汤浇，急煎煎心内类油调[36]。幼妻室今何在？老尊堂恐丧了[37]！劬劳[38]，父母恩难报；悲嚎，英雄气怎消。

【沽美酒】怀揣着雪刃刀，行一步哭号咷。拽长裾急急蓦羊肠路绕[39]，且喜这灿灿明星下照。忽然间昏惨惨云迷雾罩，疏喇喇风吹叶落，振山林声声虎啸，绕溪涧哀哀猿叫。吓的我魂飘胆消，百忙里走不出山前古庙。

【收江南】呀！又只见乌鸦阵阵起松梢，数声残角断渔樵[40]。忙投村店伴寂寥。想亲帏梦杳，空随风雨度良宵！

故国徒劳梦，思归未得归。

此身无所托，空有泪沾衣。

中华书局版路工辑校《李开先集》

### 【注释】

[1]"数尽"二句：五更已尽，漏壶已残。指天快亮时。更筹，古代夜间报更用的竹签。银漏，银制的计时器，底部穿有一孔，可以滴水或漏沙，壶中插一根标记时刻的筹，有刻度标志以计时间，水下漏则显现度数，因此知道时间的变化，简称"漏"。[2]秦寇：指高俅辈奸臣。因秦始皇残暴，古代常用秦比暴政。[3]衡阳：相传雁南飞至湖南衡阳而止。此代指通往家乡的路。[4]鱼书：书信。典出《乐府诗集·相和歌辞十三·饮马长城窟行》："客从远方来，遗我双鲤鱼。呼儿烹鲤鱼，中有尺素书。"雁无凭：没有鸿雁可以传书。典出《汉书·苏武传》。[5]悲秋赋：楚宋玉作《九辩》以悲称秋之肃杀，后世以"悲秋赋"称伤感的文字。[6]奸细：指第三十三出高俅派去杀林冲的虞侯陆谦、傅安。[7]柴大官人：《水浒传》中柴进。[8]承：受到。[9]荐达：推荐、引进。[10]济州：今山东巨野县。[11]行鬃：快速行进。[12]禅林：指佛教寺院。《智度论》："僧聚居处得名丛林。"[13]伽蓝：伽蓝神的略称，禅宗寺院多以之为守护神。《敕修清规念诵》："伽蓝土地，护法护人。"[14]没世：死后。[15]武曲星：星名，主管人间武事。某将英勇则认为是天上武曲星宿下凡。此指林冲。[16]兀那：指示代词，那，那个。[17]谑（xià）：同"吓"，下文同。[18]一步之地：意指有一点出路、地位。[19]征袍：旅人穿的长衣。[20]迢迢：远。此处形容夜色已深。[21]武陵：即五陵，汉代五个皇帝的陵墓，即长陵、安陵、阳陵、茂陵、平陵，在长安附近。剧中林冲父亲为成都太守，自己也曾任统制官，故称"武陵年少"。[22]"一朝"句：指林冲弹劾朱勔进花石纲媚主害民，遭到童贯、高俅等人陷害。谏净（zhèng），直言规劝君主或尊长，使改正错误。[23]草茅：指没有官职的平民。《仪礼·士相见礼》："在野则曰草茅之臣。"[24]青史：古代以竹简纪事，称史籍为青史。[25]"再不得"句：指再也不能听伶工奏乐唱曲了。歌金缕，唱《金缕曲》。络索，筝琶等乐器上的链饰。[26]谒金门：进宫上朝。金门，金马门的省称，此指朝堂或富贵人家。[27]班超：东汉大将，曾随窦固出击北匈奴获胜。又出使西域，后被任命为西域都护、定远侯。此借班超喻林冲有安邦定远的雄心壮志。[28]红巾：指北宋末年抗金义军红巾军，头裹红巾。[29]脱扣苍鹰：摆脱了脚环扣的鹰。[30]摘网腾蛟：挣脱了网罗的蛟龙。[31]正卯：少正卯，春秋时鲁国大夫，孔子因其有惑众造反的能力而将其杀死。这里以少正卯喻高俅、童贯等奸党。[32]皋陶（yáo）：传说是虞舜时的司法官，后世以其称公正的法官。[33]萧骚：形容自己鬓发稀疏。[34]萧条：少。[35]博得：获得。斗转天回：北斗转向，喻天将明。此指天子被奸臣蒙蔽的情势将发生转化。[36]调（diào）：转动。[37]尊堂：指母亲。[38]劬（qú）劳：劳累、劳苦。《诗·小雅·蓼莪》："哀哀父母，生我劬劳。"[39]拽（yè）长裾（jū）：拉起衣襟。[40]残角：远处隐约的角声。角，古代军中乐器。断渔樵：渔人和樵夫都停止了劳作。

**【审美点评】**

　　林冲一夜奔走，内心经历了天人交战："专心投水浒，回首望天朝。"他既激愤，又对皇帝眷恋不舍，心情很矛盾。作品赋予林冲的忠良以忧国忧民的内容，突出了反对封建专制统治的时代主题，"足以寒奸雄之胆而坚善良之心"（雪蓑隐者《宝剑记序》）。

# 唐顺之

　　唐顺之（1507—1560），字应德，又字义修，号荆川，武进（今江苏常州）人。嘉靖八年（1529）会试第一，授兵部武选主事，改任翰林院编修。后起任右春坊司谏，因上疏请朝太子，被削职为民。嘉靖三十三年（1554）倭患严重时，被朝廷重新起用，初授职方郎中巡视蓟镇，后升右佥都御史于东南督师平倭，以疾卒于广陵舟中。唐顺之与王慎中、茅坤、归有光等同称"唐宋派"，他是唐宋派的代表人物，倡言学习唐宋古文。局限在于对文章内容要求以"六艺"为旨归。中年以后受阳明心学影响，文学主张亦有变化。其文汪洋恣肆，散文能遵循其"直据胸臆，信手写出"的主张。有《荆川先生文集》传世。

## 答茅鹿门知县二

　　**【题解】** 茅鹿门，即茅坤（1512—1601），字顺甫，号鹿门，归安（今浙江湖州）人。嘉靖十七年（1538）进士，官至大名兵备副使，后罢归。唐顺之有《答茅鹿门知县》两篇，此为第二篇。本文围绕着"文章工拙在本色"层层展开论述，主要论述了境界说和本色说。

　　熟观鹿门之文，及鹿门与人论文之书，门庭路径[1]，与鄙意殊有契合[2]，虽中间小小异同，异日当自融释[3]，不待喋喋也[4]。至如鹿门所疑于我本是欲工文字之人，而不语人以求工文字者，此则有说[5]。

　　鹿门所见于吾者，殆故吾也[6]，而未尝见夫槁形灰心之吾乎[7]？吾岂欺鹿门者哉！其不语人以求工文字者，非谓一切抹煞，以文字绝不足为也[8]。盖谓学者先务[9]，有源委本末之别耳[10]！文莫犹人，躬行未得[11]，此一段公案[12]，姑不敢论。只就文章家论之，虽其绳墨布置[13]，奇正转折[14]，自有专门师法[15]，至于中一段精神命脉骨髓[16]，则非洗涤心源[17]，独立物表[18]，具今古只眼者[19]，不足以与此[20]。今有两人：其一人心地超然，所谓具千古只眼人也，即使未尝操纸笔、呻吟学为文章[21]，但直据胸臆[22]，信手写出，如写家书，虽或疏卤[23]，然绝无烟火酸馅习气[24]，便是宇宙间一样绝好文章；其一人犹然尘中人也，虽其专专学为文章[25]，其于所谓绳墨布置，则尽是矣，然翻来覆去，不过是这几句婆子舌头语[26]，索其所谓真精神[27]，与千古不可磨灭之见，绝无有也，则文虽工而不免为下格[28]。此文章本色也。即如以诗为谕[29]，陶彭泽未尝较声律[30]，雕句文，但信手写出，便是宇宙间第一等好诗。何则？其本色高也。自有诗以来，其较声律、雕句文、用心最苦而立说最严者[31]，无如沈约[32]，苦却一生精力，使人读其诗，只见其捆缚龌龊[33]，满卷累牍，竟不曾道出一两句好话。何则？其本色卑也[34]。本色卑，文不能工也，而况非其本色者哉！且夫两汉而下，文之不如古者，岂其所谓绳墨转折之精之不尽如哉？秦、汉以前，儒家者有儒家本色，至如老庄家，有老庄本色，纵横家有纵横本色[35]，名家[36]、墨家、阴阳家皆有本色[37]。虽其为术也驳[38]，而莫不皆有一段千古不可磨灭之见。是以老家必不肯剿儒家之说[39]，纵横必不肯借墨家之谈，各自其本色而鸣之为言。其所言者，其本色也，是以精光注焉[40]，而其言遂不泯于世。唐、宋而下，文人莫不语性命[41]，谈治道[42]，满纸炫然[43]，一切自托于儒家。然非其涵养畜聚之素[44]，非真有一段千古不可磨灭之见，而影响剿说[45]，盖头窃尾[46]，如贫人借富人之衣，庄农作大贾之饰[47]，极力装做，丑态尽露，是以精光枵焉[48]，而其言遂不久湮废[49]。然则秦汉而上，虽其老、墨、名、法、杂家之说而犹传，今诸子之书是也；唐、宋而下，虽其一切语性命、谈治道之说而亦不传，欧阳永叔所见唐四库书目百不存一焉者是也[50]。后之文人，欲以立言为不朽计者[51]，可以知所用心矣。

　　然则吾之不语人以求工文字者，乃其语人以求工文字者也，鹿门其可以信我矣。虽然，吾槁形而灰心焉久矣，而又敢与知文乎[52]？今复纵言至此[53]，吾过矣！吾过矣！此后鹿门更见我之文，其谓我之求工于文者耶，非求工于文者耶？鹿门当自知我矣。一笑。

　　鹿门东归后，正欲待使节西上时[54]，得一面晤，倾倒十年衷曲[55]；乃乘夜过此，不已急乎？仆三年积下二十余篇文字债，许诺在前，不可负约，欲待秋冬间病体稍苏，一切涂抹[56]，更不敢计较工拙，只是了债。此后便得烧却毛颖[57]，碎却端溪[58]，兀然作一不识字人矣[59]。而鹿门之文，方将日进，而与古人为徒未艾也[60]。异日吾倘得而观之，老耄尚能识其用意处否耶？并附一笑。

《四部丛刊》本《唐荆川文集》卷七

## 【注释】

[1] 门庭路径：指文学主张、路线。[2] 殊：表程度，极、甚。[3] 融释：化解消释，即归于一家。[4] 喋（dié）喋：说话多，语言烦琐。[5] 有说：有所解释说明。[6] 故吾：过去的我。[7] 槁（gǎo）形：形体如枯木。灰心：心意如死灰。语本《庄子·齐物论》。[8] 不足为：不值得讲求。[9] 先务：首先着手的地方。[10] 源委：本末。源，水流起头的地方，引申为来源，根源。委，水流的聚合之处，引申为结尾，结果。[11]"文莫"二句：自谦之语。文，文章。莫，大约。躬行，亲身实践。语本《论语·述而》："子曰：文，莫吾犹人也；躬行君子，则吾未之有得。"[12] 公案：疑难案件。[13] 绳墨布置：文章的规矩、法度。绳墨，木匠用浸墨打直线的工具，后常用以比喻规矩或法度。[14] 奇正转折：指写文章的布局变化。奇正，兵法术语。正面对阵交锋为正，设计阻截袭击为奇。[15] 师法：老师传授的学问和技能。[16] 精神命脉骨髓：指文章表现出的精神实质。[17] 洗涤心源：排除头脑中的束缚与陈腐观念。[18] 独立物表：超出事物表象之外。[19] 具今古只眼者：具有与古人今人都不同见解的人。只眼，喻有见识。[20] 不足以与此：不能使文章具有这种精神实质。[21] 呻吟：指写文章时的吟哦声。《庄子·列御寇》："郑人缓也，呻吟裘氏之地。"[22] 直据胸臆：直接凭据自己的思想感情。[23] 疏卤（lǔ）：粗疏草率。[24] 烟火酸馅习气：世俗迂腐寒酸之气。烟火，指人间烟火气。道家修道辟谷绝粒，不食人间烟火，将尘俗的气氛称为烟火气。酸馅，本为僧人素食，因以酸馅气讽刺僧人诗文特有的腔调和习气。苏轼《赠诗僧道通》诗曰："气含蔬笋到公无。"自注说："谓无酸馅气也。"[25] 专专：专一。韩愈《复志赋》："始专专于讲习兮，非古训为无所用其心。"[26] 婆子舌头语：形容说话琐碎啰唆，没有新意。[27] 索：寻求。[28] 下格：下等。格，法式，标准。[29] 谕：同"喻"，比喻。[30] 陶彭泽：指陶渊明，曾为彭泽令。较声律：追求声律。[31] 苦：深。[32] 沈约：南北朝时梁朝诗人，字休文，曾官至尚书令。精通音韵，著有《宋书》、《四声韵谱》等。[33] 龌龊（wòchuò）：琐碎、局促。[34] 卑：低下。[35] 纵横家：战国学派之一，以审察时势、游说活动为主。主要人物有苏秦、张仪等人。[36] 名家：战国学派之一，讲求名与实的关系，代表人物是惠施、公孙龙等。[37] 阴阳家：战国学派之一，提倡阴阳五行说，代表人物有邹衍。[38] 驳：混杂。[39] 老家：即老庄一派。剿：抄袭。[40] 精光注焉：精华光彩贯注到文章中。精光，日月之光，此指人的思想感情与见解。[41] 语性命：谈论性命之学。此指宋元理学。[42] 谈治道：谈论致治之道。治道，使天下得到安定的途径。[43] 炫然：光彩耀人的样子。[44] 涵养畜聚之素：滋育积聚的素养。畜聚，指学问的蕴结积聚。[45] 影响剿说：捕风捉影，沿袭他人的学说主张。[46] 盖头窃尾：指略加修饰，摹拟剽窃。[47] 大贾（gǔ）：大商人。[48] 枵（xiāo）：中空的木根，引申为空虚。[49] 湮（yān）废：埋没，废弃。[50] 欧阳永叔：即欧阳修，字永叔。《新唐书》作者之一。所见唐四库书目百不存一：语见《新唐书·艺文志序》："至唐，始分为四类，曰经、史、子、集。而藏书之盛，莫盛于开元。……然凋零磨灭，不可胜数……今著于篇（指《新唐书·艺文志》），有其名而亡其书

者，十盖五六也。可不惜哉!"四库，唐代宫廷中收藏图书的地方。[51] 立言为不朽：著书立说。《左传·襄公二十四年》："太上有立德，其次有立功，其次有立言。"曹丕《典论·论文》："盖文章经国之大业，不朽之盛事。"[52] 敢：岂敢。[53] 纵言：放纵地谈论。[54] 使节：古代指使者所持的符节，此为奉使之意。[55] 倾倒：倾吐，畅谈。[56] 一切：权且。涂抹：随意地写，此为自谦之辞。[57] 毛颖：毛笔。韩愈《毛颖传》，以笔拟人，为笔作传，故称。[58] 端溪：本为溪名，在广东高要，所产砚石，坚实细润，世称端砚，为砚中上品。此处以端溪代砚台。[59] 兀（wù）然：浑然无知的样子。[60] 未艾：未止。艾，尽，停止。

**【审美点评】**

文章采用对比的手法，将陶渊明与沈约的诗、秦汉以前和唐宋以后的文章作比，层层推进，以说明文章工拙在于本色。作者对摹拟剽窃进行了尖锐的抨击，将其文章比为"婆子舌头语"，"如贫人借富人之衣，庄农作大贾之饰"等，语言形象而犀利。

# 归有光

归有光（1506—1571），字熙甫，号震川，昆山（今属江苏）人。嘉靖十九年（1540）中举人，其后二十余年，八次会试不第。嘉靖二十一年（1542）移居嘉定安亭江上，读书讲学。嘉靖四十四年（1565）始中进士，授长兴知县，转为顺德府通判，管理马政。隆庆四年（1570）为南京太仆寺丞，留掌内阁制敕房，参与撰修《世宗实录》，以劳瘁致疾卒。黄宗羲在《明文案序》中说："议者以震川为明文第一，似也。"归有光文章博采唐宋诸大家之长又有所发展。他的作品以散文为主，十之八九为经解、题跋、议论、赠序、寿序、墓志、碑铭、祭文、行状以及制义之作。记叙、抒情散文能做到"无意于感人，而欢愉惨恻之思，溢于言语之外"（王锡爵《归公墓志铭》）。不足之处是缺乏深广的社会内容。有《震川先生集》。

## 项脊轩志

**【题解】** 项脊轩是作者青年时的书斋。归有光祖父归隆道，曾居住太仓县之项脊泾，故以项脊名轩，以纪念远祖。"志"是记事的书或文章，同"记"。本文是一篇抒情散文，叙写了项脊轩前后的变化与家庭盛衰、人事变迁。睹物怀人，表现了对祖母、母亲、妻子的怀念。

项脊轩，旧南阁子也。室仅方丈[1]，可容一人居。百年老屋，尘泥渗漉[2]，雨泽下注[3]，每移案，顾视无可置者[4]。又北向[5]，不能得日，日过午已昏。余稍为修葺，使不上漏；前辟四窗，垣墙周庭[6]，以当南日；日影反照，室始洞然[7]。又杂植兰桂竹木于庭，旧时栏楯[8]，亦遂增胜[9]。借书满架[10]，偃仰啸歌[11]，冥然兀坐[12]，万籁有声[13]，而庭阶寂寂，小鸟时来啄食，人至不去。三五之夜[14]，明月半墙，桂影斑驳[15]，风移影动，珊珊可爱[16]。然予居于此，多可喜，亦多可悲。

先是，庭中通南北为一，迨诸父异爨[17]，内外多置小门墙，往往而是[18]。东犬西吠[19]，客逾庖而宴[20]，鸡栖于厅。庭中始为篱，已为墙，凡再变矣[21]。家有老妪，尝居于此。妪，先大母婢也[22]。乳二世[23]，先妣抚之甚厚[24]。室西连于中闺[25]，先妣尝一至。妪每谓予曰："某所，而母立于兹。[26]"妪又曰："汝姊在吾怀，呱呱而泣[27]；娘以指扣门扉，曰：'儿寒乎？欲食乎？'吾从板外相为应答[28]。"语未毕，余泣，妪亦泣。

余自束发读书轩中[29]。一日，大母过余曰："吾儿，久不见若影，何竟日默默在此，大类女郎也？"比去[30]，以手阖门，自语曰："吾家读书久不效，儿之成，则可待乎？"顷之，持一象笏至[31]，曰："此吾祖太常公宣德间执此以朝[32]，他日汝当用之。"瞻顾遗迹，如在昨日，令人长号不自禁。

轩东故尝为厨。人往[33]，从轩前过。余扃牖而居[34]，久之能以足音辨人。

轩凡四遭火，得不焚，殆有神护者。

项脊生曰[35]：蜀清守丹穴，利甲天下，其后秦皇帝筑女怀清台[36]。刘玄德与曹操争天下，诸葛孔明起陇中[37]，方二人之昧昧于一隅也[38]，世何足以知之？余区区处败屋中[39]，方扬眉瞬目[40]，谓有奇景；人知之者，其谓与坎井之蛙何异[41]？

余既为此志[42]，后五年，吾妻来归[43]。时至轩中从余问古事，或凭几学书。吾妻归宁[44]，述诸小妹语曰："闻姊家有阁子，且何谓阁子也？"其后六年，吾妻死，室坏不修。其后二年，余久卧病无聊，乃使人复葺南阁子，其制稍异于前[45]。然自后余多在外，不常居。

庭有枇杷树，吾妻死之年所手植也，今已亭亭如盖矣。

《四部丛刊》本《震川先生集》卷一七

**【注释】**

[1] 方丈：一丈见方。[2] 渗漉（lù）：即渗漏，水从孔隙漏下。漉，水慢慢地渗下。[3] 雨泽下注：雨水如注而下。[4] 无可置者：没有可以安放的地方。[5] 北向：坐南朝北。[6] 垣墙周庭：在庭院的四周筑起围墙。垣，墙，矮墙。[7] 洞然：豁然明亮的样子。[8] 栏楯（shǔn）：栏杆。纵的为栏，横的叫楯。[9] 胜：美好，佳妙。[10] 借书：积书。借，同"积"。[11] 偃仰：俯仰，形容生活悠然自得。啸歌：大声吟唱。[12] 冥然兀坐：静静地独自坐着。[13] 万籁有声：一切声音都可以听到。籁，从孔穴发出的声音，也指一般的声响。[14] 三五之夜：农历每月十五日夜晚。[15] 桂影斑驳：桂树的影子错落成斑。斑驳，错杂。[16] 珊珊：亦作姗姗，女子缓缓行动的样子，此形容树影摇曳多姿。[17] 诸父：几位伯父叔父。异爨（cuàn）：各自立起灶烧火做饭，指分家而居。[18] 往往而是：指到处都是门墙。[19] 东犬西吠：东家的狗，对着西家叫。[20] 逾庖而宴：穿过厨房去赴宴。[21] 再变：变两次。[22] 先大母：已故的祖母。先，称呼已去世的尊长。[23] 乳二世：喂养过两代人。[24] 先妣（bǐ）：已故的母亲。抚：爱护、对待。[25] 中闺：妇女住的内室。[26] 而：同"尔"，你。[27] 呱（gū）：小儿哭声。[28] 板外：门外。[29] 束发：成童。或说八岁，或说十五岁，古代成童时把头发束于头顶盘为髻，因以束发为成童的代称。[30] 比去：临走。比，及，等到。[31] 象笏（hù）：象牙笏板。笏，笏板，亦称手板。[32] 吾祖太常公：归有光祖母的祖父夏昶，永乐进士，官至太常寺卿，故称太常公。宣德：（1426—1435），明宣宗朱瞻基年号。[33] 往：指到厨房去。[34] 扃牖（jiōngyǒu）：关着窗户。扃，从外面关门的门闩或门环。这里用作动词，关闭。[35] 项脊生：作者自称。[36]"蜀清"三句：《史记·货殖列传》："巴蜀寡妇清，其先得丹穴，而擅其利数世，家亦不訾。清，寡妇也，能守其业，用财自卫，不见侵犯。秦始皇以为贞妇而客之，为筑女怀清台。"丹穴，丹砂矿。客之，待以宾客之礼。[37] 陇中：陇，同"垄"，田界、土埂。诸葛亮曾亲自躬耕，故曰起于陇中。一说当作"隆中"，山名，在今湖北襄樊市西。诸葛亮未遇到刘备前，在此隐居。[38] 昧昧：不明，指不出名。一隅：一个角落。[39] 区区：渺小的样子。这里是自称的谦词。[40] 瞬：眼珠转动，眨眼。[41] 埳（kǎn）井之蛙：《庄子·秋水篇》中说埳井之蛙向东海之鳖夸耀它所处的水坑很宽广，后来比喻见识浅陋的人。埳井，小水洼。埳，同"坎"。[42] 此志：即这篇《项脊轩志》。自此以下是补写。[43] 吾妻：即作者妻魏氏。来归：嫁过来。归，女子出嫁。[44] 归宁：妻子回娘家探亲。[45] 制：形制，式样。

**【审美点评】**

黄宗羲认为归有光涉及女性的文章"一往情深，每以一二细事见之，使人欲涕"（《张节母叶孺人墓志铭》）。本文选用亲旧人细微的回忆片断，善于捕捉细节，如老妪回忆其母扣门扉一段，慈母心肠想来令人潸然泪下。

# 李攀龙

李攀龙（1514—1570），字于鳞，号沧溟，历城（今山东济南）人。嘉靖二十三年（1544）进士，授刑部广东司主事，晋员外郎、郎中。嘉靖三十二年（1553）迁顺德（今河北邢台）知府，有善政，三年后擢陕西提学副使，不堪上司颐使，托病归。还乡后，建白雪楼赋闲近十年。隆庆元年（1567），荐起浙江副使，改参政，又擢为河南按察使。因母丧返乡，过哀以病卒。李攀龙与王世贞、谢榛、宗臣、梁有誉、吴国伦、徐中行等相唱和，继承"前七子"复古理论，史称"后七子"。李攀龙与王世贞同为"后七子"的领袖，他主张"文自西京，诗自天宝而下，俱无足观，于本朝独推李梦阳"（《明史·李攀龙传》），提倡宗汉崇唐。其诗多模拟古人，乐府、五古模拟之弊甚重，七古、五律等则被格调所拘少新法。诸体中以七言律绝被人称道。有《沧溟集》、《古今诗删》等。

## 于郡城送明卿之江西（四首选一）

**【题解】** 明卿指"后七子"成员吴国伦。吴国伦（1524—1593），字明卿，号川楼子、南岳山人。兴国（今属湖北）人。嘉靖三十四年（1555），兵部员外郎杨继盛因弹劾严嵩"十大罪"、"五大奸"，被严嵩构陷处死。吴国伦激于义愤倡众为其送葬，触怒严嵩，被谪为江西按察司知事。吴国伦途经顺德，李攀龙为之送行，写下此诗。

青枫飒飒雨凄凄[1]，秋色遥看入楚迷[2]。谁向孤舟怜逐客[3]，白云相送大江西。

《四库全书》本《沧溟集》卷一二

**【注释】**
[1] 青枫：长江夹岸山上的枫树。《楚辞·招魂》："湛湛江水兮上有枫。"[2] 楚：泛指长江中下游一带。[3] 逐客：被迁谪之人，指吴国伦。

**【审美点评】**
此绝句以景语写别情，高华又情深。"谁向孤舟怜逐客，白云相送大江西"，前句写逐客之凄凉、寂寞，后句情绪一转，无人相送的友人自有白云相伴，意境洒脱。

## 杪秋登太华山绝顶（四首选一）

**【题解】** 明世宗嘉靖三十七年（1558）秋，李攀龙游览华山，作七律四首，此选其二。"杪（miǎo）秋"即晚秋。华山南峰落雁峰是华山最高峰，素有"太华绝顶"之称。诗中描绘了宏丽秋色，抒写了探究自然、人生奥秘的情怀。

缥缈真探白帝宫[1]，三峰此日为谁雄[2]？苍龙半挂秦川雨[3]，石马长嘶汉苑风[4]。地敞中原秋色尽，天开万里夕阳空。平生突兀看人意，容尔深知造化功。

《四库全书》本《沧溟集》卷八

**【注释】**

[1] 缥缈：形容山高，隐于云雾中。白帝：古神话中五天帝之一，主西方之神。供奉、祭祀西方之神的白帝宫即白帝祠在华山顶上。[2] 三峰：指华山西峰莲花峰、东峰朝阳峰、南峰落雁峰三大主峰。[3] 苍龙：本指二十八宿中东方七宿，即角、亢、氐、房、心、尾、箕的合称。这里指华山之苍龙岭。秦川：古地区名，泛指今陕西、甘肃秦岭以北平原地带，因春秋、战国时地属秦国而得名。[4] 汉苑：指关中平原，因是汉帝国的发源地，多皇家林苑，故称。

**【审美点评】**

此诗风格沉着雄浑，尾联"平生突兀看人意，容尔深知造化功"是作者自勉之词，由眼前之景转而思索人生：生平睥睨世人，但登上华山绝顶，则又为造化折服。

# 宗　臣

宗臣（1525—1560），字子相，号方城山人。扬州兴化（今属江苏）人。嘉靖二十九年（1550）进士，授刑部主事，改吏部考功司主事。嘉靖三十一年（1552）因不满朝政，加之染疾，辞官归里。嘉靖三十四年（1555）回京，初补考功，继迁吏部稽勋司员外郎。杨继盛被害死后，宗臣撰文哭祭。因得罪严嵩，外调为福建参议，后以御倭有功，擢福建提学副使，以劳疾卒于官。在"后七子"中，宗臣的少数散文突破了七子模拟剽窃的习气，较畅达流利。著有《宗子相集》。

## 报刘一丈书

**【题解】** 刘一丈即刘玠，字国珍，号墀（chí）石，扬州兴化人，是宗臣父亲友人。"一"是其排行，"丈"是对长辈的尊称。此文是作者第二次在京任职期间答复刘玠的信。其时严嵩纳贿招权，名利之徒丧失廉耻气节，奔走于其门下。宗臣深以为耻，不愿同流合污。作者抓住刘一丈信中"上下相孚"展开叙述，描摹以严嵩为首的权者之倨傲贪婪及为虎作伥之看门人的敲诈，重点写了钻营谄媚之人的无耻丑态，对明代上层官场作了生动而深刻的揭露。

数千里外，得长者时赐一书，以慰长想[1]，即亦甚幸矣，何至更辱馈遗[2]，则不才益将何以报焉？

书中情意甚殷，即长者之不忘老父[3]，知老父之念长者深也。至以"上下相孚，才德称位"语不才[4]，则不才有深感焉。夫才德不称，固自知之矣；至于不孚之病，则尤不才为甚。

且今世之所谓孚者何哉[5]？日夕策马候权者之门，门者故不入[6]，则甘言媚词作妇人状，袖金以私之[7]。即门者持刺入[8]，而主者又不即出见，立厩中仆马之间[9]，恶气袭衣裾，即饥寒毒热不可忍，不去也。抵暮，则前所受赠金者出，报客曰："相公倦[10]，谢客矣。客请明日来。"即明日，又不敢不来。夜披衣坐，闻鸡鸣即起盥栉[11]，走马抵门[12]。门者怒曰："为谁？"则曰："昨日之客来。"则又怒曰："何客之勤也！岂有相公此时出见客乎？"客心耻之，强忍而与言曰："亡奈何矣[13]，姑容我入。"门者又得所赠金，则起而入之，又立向所立厩中[14]。幸主者出，南面召见[15]，则惊走匍匐阶下[16]。主者曰："进。"则再拜，故迟不起，起则上所上寿金[17]。主者故不受，则固请。主者故固不受，则又固请；然后命吏内之。则又再拜，又故迟不起，起则五六揖始出。出揖门者曰："官人幸顾我[18]，他日来，幸亡阻我也。"门者答揖。大喜，奔出。马上遇所交识，即扬鞭语曰："适自相公家来[19]，相公厚我，厚我！"且虚言状[20]。即所交识，亦心畏相公厚之矣。相公又稍稍语人曰："某也贤，某也贤。"闻者亦心计交赞之[21]。此世所谓上下相孚也。长者谓仆能之乎？

前所谓权门者，自岁时伏腊一刺之外[22]，即经年不往也。间道经其门[23]，则亦掩耳闭目，跃马疾走过之，若有所追逐者。斯则仆之褊哉[24]。以此常不见悦于长吏，仆则愈益不顾也。每大言曰："人生有命，吾惟守分尔矣[25]！"长者闻此，得无厌其为迂乎[26]？

乡园多故[27]，不能不动客子之愁。至于长者之抱才而困[28]，则又令我怆然有感。天之与先生者甚厚，亡论长者不欲轻弃之[29]，即天意亦不欲长者之轻弃之也，幸宁心哉[30]！

《四库全书》本《宗子相集》卷一四

**【注释】**

[1] 长（cháng）想：长时间的思念。[2] 辱：谦词，表示承蒙。馈遗（kuìwèi）：赠送礼物。[3] 老父：宗臣父宗周，字维翰，号履庵。嘉靖时举人，初仕山东金乡，官至四川马湖府太守。[4] 上下相孚，才德称（chèn）位：当为刘一丈信中勉励作者的话。上下相孚，上下级之间互相信任。孚，信用。[5] 何哉：什么情况呢？[6] 门者：看门的仆役。[7]"袖金"句：意谓向门者行贿。古人携带小物品、少数银钱都装在袖子里，故称。[8] 即：即使。刺（cì）：名帖。古代削木以书姓名，供相互拜见时投送用，称刺。明代改用红纸书写，叫名帖。[9] 仆马：仆从与马。[10] 相公：旧时对宰相的敬称。这里指宰相严嵩。顾炎武《日知录》卷二四："前代拜相者必封公，故称之曰相公。"[11] 盥（guàn）：洗手，此指洗面。栉（zhì）：梳头。[12] 走马：骑马奔跑。[13] 亡奈何矣：没有办法。亡，通"无"。[14] 向：从前。[15] 南面召见：古时以面南为尊位，尊者接见卑者皆坐北朝南。[16] 惊走：惶恐地小跑。[17] 上所上寿金：奉上所送的银两。上寿金，以祝寿为名进献金钱或财物。[18] 官人：唐时称做官的人为官人，宋以后引申为有地位的人。这里是尊称门者。幸顾：幸而垂顾。后文"幸亡阻我"之"幸"为希望之义。[19] 适：刚才。[20] 虚言状：虚夸地讲述被权贵接见的情形。[21] 心计交赞：心领神会地交口称赞。交，齐声。[22]"自岁时"句：除了节日去投递名帖外。岁时，年节。伏腊，指伏祭和腊祭之日，或泛指节日。[23] 间（jiàn）：偶或，有时。[24] 褊（biǎn）：心胸狭隘，作者自言其孤傲。[25] 守分：守本分。[26] 得无：该不会。迂：迂腐。[27] 多故：多变故。[28] 抱才而困：有才能却陷入艰难的处境。[29] 亡（wú）论：不用说，且不说。[30] 幸宁心：希望安心等待时机。

**【审美点评】**

本文是一篇书信体散文，以叙代议，用漫画的笔法，描摹了几种人的形象：干谒权臣者逢迎乞怜之状，权者的骄横、门人的奸猾，种种丑形恶态，逼真至极。语言犀利、讽刺入骨。明刘士麟《古今文致》卷五引李九我评语："子相书中图形画影处，令此辈何处生活。"

# 王世贞

王世贞（1526—1590），字元美，号凤洲，又号弇（yǎn）州山人。太仓（今属江苏）人。嘉靖二十六年（1547）进士，初任刑部主事、山东青州兵备副使等职。其父王忬以兵部侍郎兼副都御史总督蓟辽军务，以滦河失守被严嵩处死，王世贞也因而解官。隆庆初年，严嵩父子倒台，其父平反，王世贞复起为大名兵备副使，并先后任山西、湖广按察使、广西布政使、太仆寺卿等职，最后官至刑部尚书。李攀龙死后，王世贞又为文坛领袖20年。王世贞仍然主张"文必秦汉，诗必盛唐，大历以后书勿读"（《明史·文苑传》），晚年见解有所改变，诗歌创作渐趋平淡。他反对一味模仿古人，主张博采众长。王世贞诗风以高华秀逸为主，各体自有特色。缺点在于创作驳杂。有《弇州山人四部稿》及《弇州山人续稿》。诗文评论有《艺苑卮言》。

# 戚将军赠宝剑歌（十首选一）

**【题解】** 戚继光（1528—1587），字符敬，号南塘，明代抗倭名将。诗人父亲王忬任提督掌管浙江军务抵御倭寇时，戚继光为参将，二人为莫逆之交。戚继光将一柄宝剑赠与诗人，诗人以此作答。原诗共十首，此为其五。作者借歌咏宝剑，抒发志不获骋的感慨。

戚将军逐贼至闽海中[1]，夜半见赤光起波际，使善没者探之[2]，乃一古铁锚也，重可二百斤，纯绿透莹。将军素有中散之技[3]，因合闽中铁丝鬒炼之，凡百余火，以其半为刀八。又重炼其半百余火，为剑三，俱作青色，烂烂射眼。一以自佩，一赠汪中丞[4]，一以遗余[5]。许为十绝句以谢，挥笔便就，文不加点。酒间歌之，此剑当铿然和我矣。

　　曾向沧流刲怒鲸[6]，酒阑分手赠书生[7]。芙蓉涩尽鱼鳞老[8]，总为人间事渐平[9]。

《四库全书》本《弇州四部稿》卷五〇

**【注释】**
　　[1] 首句至"此剑当铿然和我矣"为诗前小序。[2] 善没（mò）者：善于潜水的人。没，隐在水中。[3] 中散：中散大夫的省称。三国魏嵇康曾任中散大夫。《晋书·嵇康传》载嵇康"性绝巧而好锻，宅中有一柳树甚茂，乃激水环之，每夏月，居其下以锻"。此指戚继光与嵇康一样好冶炼锻造。[4] 汪中丞：指安徽歙县人汪道昆，与戚继光配合，训练义乌兵与倭寇作战。[5] 遗（wèi）：送。[6] 沧流：沧海，大海。此指东南沿海海域。怒鲸：指倭寇。刲（tuán）：割，截断。[7] 书生：指诗人自己。[8] 芙蓉：指刻在剑上的雕饰。宝剑旧有莲花之名。涩：指生锈了。鱼鳞老：鱼皮制作的剑鞘都破旧了。鱼鳞，指剑匣上鱼鳞状密集的纹彩。[9] 人间事渐平：这里指东南倭乱渐渐平息。

**【审美点评】**
　　诗作音调铿锵，气韵沉郁。"芙蓉涩尽鱼鳞老，总为人间事渐平"写戚继光虽于社稷有功，但其功勋并未受到朝廷重视。时局还隐含着危机，倭寇并未完全肃清，但英雄却已受到疏远与诽谤。诗中充满了悲愤之情。

# 钦𫛸行

【题解】钦𫛸（pí）是古代神话中不祥的恶鸟，《山海经·西山经》载"钦𫛸化为大鹗，其状如雕而黑文白首，赤喙而虎爪，其音如晨鹄，见则有大兵"。当时严嵩父子把持朝政，正直的士大夫无不切齿痛恨。诗中写钦𫛸冒充凤凰，意在讥刺严嵩。

　　飞来五色鸟[1]，自名为凤凰[2]，千秋不一见，见者国祚昌[3]。飨以钟鼓坐明堂[4]，明堂饶梧竹[5]，三日不鸣意何长[6]。晨不见凤凰，凤凰乃在东门之阴啄腐鼠[7]，啾啾唧唧不得哺[8]。夕不见凤凰，凤凰乃在西门之阴媚苍鹰："愿尔肉攫分遗腥[9]。梧桐长苦寒，竹实长苦饥。"众鸟惊相顾，不知凤凰是钦𫛸。

《四库全书》本《弇州四部稿》卷六

【注释】

[1] 五色鸟：相传凤凰备五色，见则天下太平。《说文》："凤，神鸟也。五色备举。"此处指假冒凤凰的钦𫛸。[2] 凤皇：即凤凰。[3] 国祚：国运。沈德潜《明诗别裁集》说：严嵩"读书时，天下以姚（崇）、宋（璟）目之，故有'千秋不一见，见者国祚昌'之语"。这里写出了严嵩未出仕之前欺世盗名的嘴脸。[4] "飨以"句：奏着鼓乐把假凤凰请到明堂上。飨，供奉、款待。[5] 饶：富有。梧竹：相传凤凰非梧桐不栖，非竹实不食。《庄子·秋水》："夫鹓雏发于南海而飞于北海，非梧桐不止，非练食不食，非醴泉不饮。"[6] 三日不鸣：此指严嵩窃居要位后没有给国家带来益处。《史记·滑稽列传》载淳于髡以隐语说："国中有大鸟，止王之庭，三年不飞又不鸣，王知此鸟何也？"王曰："此鸟不飞则已，一飞冲天；不鸣则已，一鸣惊人。"[7] 腐鼠：《庄子·秋水》："鸱得腐鼠，鹓雏过之，（鸱）仰而视之曰：'吓！'"用此典讥刺假冒的凤凰。[8] 啾啾：细小的叫声。《北史·王晧传》："大鹏始欲举，燕雀何啾唧。"[9] 肉攫：抓捕到的禽兽。遗腥：吃剩的荤腥食物。

【审美点评】

　　这是一首寓言诗。全诗以乐府赋体，巧用典故，言辞激切，表达了对奸相强烈的憎恨。"晨不见凤凰"五句，语气尖利地写出钦𫛸最喜欢做的事恰恰是凤凰绝不会去做的，充分刻画了它的低贱无耻。

# 陈 铎

陈铎（1488？—1521？），字大声，号秋碧，别署七一居士，下邳（今江苏邳州）人，后徙居南京。其曾祖父陈文辅佐朱元璋开国，封睢宁伯。他于正德初年世袭济州卫指挥。陈铎家世优渥，工诗画，精通音律，擅长制曲，时人称为"乐王"（见顾起元《客座赘语》卷八）。散曲集有《梨云寄傲》、《秋碧乐府》、《月香亭稿》、《可雪斋稿》、《公余漫兴》、《滑稽余韵》、《秋碧轩稿》、《词林要韵》等，另有戏曲作品数种。有《陈大声乐府全集》。

## 北双调·水仙子

### 瓦 匠

**【题解】** 此曲选自《滑稽余韵》。《滑稽余韵》题材广泛，对于奔走于市井的小人物，困顿的读书人、各行各业的手艺人、杂役人员、三教九流、三姑六婆之类人物进行了描绘，对明代市井生活作了全景式的描述。

东家壁土恰涂交[1]，西舍厅堂初瓦了[2]，南邻屋宇重修造。弄泥浆直到老，数十年用尽勤劳。金张第游麋鹿[3]，王谢宅长野蒿[4]，都不如手镘坚牢[5]。

**齐鲁书社版谢伯阳编《全明散曲》**

**【注释】**

[1] 涂交：涂椒。富家常以花椒子和泥涂壁，取其温暖而芬芳之义。[2] 瓦（wà）：盖瓦。[3] 金张第：指权贵之家。汉朝金日磾、张安世二人的并称，二氏七世荣显，后作为显宦的代称。[4] 王谢宅：指显贵之家。王导、王湛、谢安是南朝望族。[5] 手镘（màn）：用手涂抹。

**【审美点评】**

此曲使用白描的手法，用简练的笔墨勾画出人物的主要特征，描述了城市手工业者瓦匠的辛苦生活，紧扣其行业特征，生动逼真。"金张第游麋鹿，王谢宅长野蒿"则隐含着人生无常之感。

# 王 磐

王磐（1470？—1530？），字鸿渐，号西楼，江苏高邮人。少有俊才，好读书，厌弃科举考试，纵情于山水。工诗能画，精通音律，善俳谐。有《王西楼乐府》一卷，存长短散曲七十余首。

## 北中吕·朝天子

### 咏喇叭

**【题解】** 蒋一葵《尧山堂外纪》载："正德间，阉寺当权，往来河下者无虚日。每到，辄吹号头，齐丁夫，民不堪命。"此曲以喇叭为题，讽刺宦官作威作福，扰害百姓，以致民不聊生。

喇叭，锁哪[1]，曲儿小腔儿大[2]，官船来往乱如麻，全仗你抬声价。军听了军愁，民听了民怕。那里去辨甚么真共假[3]？眼见的吹翻了这家，吹伤了那家，只吹的水尽鹅飞罢[4]！

齐鲁书社版谢伯阳编《全明散曲》

**【注释】**

[1] 锁哪：即唢呐，木管铜口管乐器。[2]"曲儿"句：喇叭、唢呐吹奏的乐曲很简短，但声响却很大。[3]"那里"句：无法辨别是皇帝的旨意，还是宦官矫诏，搜刮民财。[4]水尽鹅飞：指百姓倾家荡产。罢：停歇。

**【审美点评】**

江盈科《雪涛诗话》评王磐散曲"材料取诸眼前，句调得诸口头。朗诵一过，殊可解颐"。这首散曲借物抒怀，成功地运用了双关的手法，用喇叭、唢呐来比喻宦官的狐假虎威，幽默而富于嘲讽意味。

# 冯惟敏

冯惟敏（1511—1580？），字汝行，号海浮，山东临朐人。明嘉靖十六年

（1537）乡试中举。嘉靖四十一年（1562）进京谒选，授涞水县令，以严惩豪强致忤权贵，谪为镇江府学教授，后迁保定通判。隆庆六年（1572），拒受鲁王府审理官，辞官而去。冯惟敏擅散曲，作品豪放洒脱，有辛稼轩风。散曲集有《海浮山堂词稿》。诗文有《冯海浮集》、《石门集》。杂剧有《不伏老》、《僧尼共犯》两种。

# 南正宫·玉芙蓉

## 喜雨（二首）

【题解】冯惟敏有着积极入世的思想，他写农村现实和农民生计的散曲开辟了新的散曲题材，在归隐、咏史、爱情、山水之外独辟蹊径。他很关注与农业丰欠有密切关系的天气旱涝，这组散曲即写农家久旱逢甘霖后的喜悦心情，富有生活气息。

村城井水干，远近河流断，近新来好雨连绵。田家接口蜀秫饭[1]，书馆充肠苜蓿盘。年成变，欢颜笑颜，到秋来纳稼满场园[2]。

初添野水涯[3]，细滴茅檐下，喜芃芃遍地桑麻[4]。消灾不数千金价[5]，救苦重生八口家。都开罢，乔花豆花，眼见的葫芦棚结了个赤金瓜。

**齐鲁书社版谢伯阳编《全明散曲》**

【注释】

[1]"田家"句：农家都吃到了蜀黍米饭。蜀秫（shú），即蜀黍，一种高粱。[2]纳稼：即纳禾稼，收藏谷物。[3]野水涯：雨水积成的水洼。野水，天然水流。[4]芃（péng）芃：形容草木茂盛。[5]不数：无法计算。

【审美点评】

这两支曲子体现了冯惟敏散曲的特点，以本色著称，质朴自然。"年成变"、"欢颜笑颜"、"喜芃芃"、"救苦重生"等词语写出了百姓的喜悦之情。

# 薛论道

薛论道（1531？—1600？），字谈德（一作谭德），号莲溪，别署莲溪居士。定兴（今河北易县）人。少时多病，一足跛。八岁能文，尚未成年父死家贫，遂中止学业，抚养幼弟。喜读兵书，中年从军西北，戍边三十年，屡建奇功，官至指挥金事。曾遭忌免职，不久复起用，以神枢参将加副将终老。散曲集有《林石逸兴》。

# 南商调·山坡羊

## 吊战场

**【题解】** 明代边患严重，薛论道把军旅生活和边塞风光写入散曲，扩大了散曲的题材范围。此曲写凭吊战场时所见，既表达了对守边将士战死沙场的同情和悲愤，又传达出谴责战争的态度。

拥旌麾鳞鳞队队[1]，度胡天昏昏昧昧。战场一吊多少征人泪，英魂归未归？黄泉谁是谁？森森白骨塞月常常会。冢冢碛堆朔风日日吹[2]。云迷，惊沙带雪飞；风催，人随战角悲。

齐鲁书社版谢伯阳编《全明散曲》

**【注释】**

[1] 旌麾（huī）：指挥军队的旗帜。鳞鳞队队：形容多。[2] 碛（qì）：沙漠，不生草木的沙石地。

**【审美点评】**

薛论道的散曲以现实生活为主，对社会黑暗作了深刻的揭露与抨击。这支曲子从死难将士的角度写出战争的残酷，悲凉凄楚。"多少征人泪"、"森森白骨"、"冢冢碛堆"凸显出战争给个人带来极为深重的灾难。

# 施绍莘

施绍莘（1588—1630?），字子野，号峰泖（mǎo）浪仙。华亭（今上海松江）人。少补诸生，然屡试不第，遂放浪，不乐仕进，建园林，置丝竹。他通音律，长于套数，有"套曲巨擘"之誉，是晚明重要的散曲作家。著有《花影集》。

# 南仙吕入双调·步步娇

## 泖上新居

**【题解】** 据曲后跋文介绍，施绍莘于万历四十七年（1620）秋由西畲别业迁居泖水之滨，该曲即写于次年春天。套曲描写自己隐居之处的幽静环境与垂钓种菜、赋诗下棋的闲适生活，诗酒风流，如梦如画。

**【步步娇】** 水际幽居疑浮岛[1]，结构多精巧。垂杨隐画桥，转过湾儿，竹屋风花扫。门僻是谁敲？卖鱼人带雨提鱼到。

**【醉扶归】** 淡茫茫水镜推窗晓，点疏疏渔灯夜候潮，暗昏昏鸠雨过平皋[2]，白微微鹭雪销残照[3]。蓼汀秋水乍添篙[4]，只觉的地浮天涨乾坤小。

**【皂罗袍】** 闲则扳罾把钓[5]，将鱼篮一个，背月而挑。巨螯紫蟹带生糟[6]，晚潮压酒宾堪召。围棋赌胜，猜拳赛高；共联白社[7]，约会青苗。更有闲中交际山阴棹[8]。

**【好姐姐】** 种花儿不低不高，恰教他水流花照。芙蓉五色，夹过水西桥。更荷花绕，每逢秋夏香难了，透着衣裾不可销。

**【香柳娘】** 更春风岸桃，更春风岸桃，水肥花少[9]，痴肥恰是村妆貌[10]。种篱边野菜，种篱边野菜，夜雨带泥挑，滋味新鲜好。向池边联句，向池边联句，不用甚推敲，别是山林调。

**【尾文】** 常常浊酒沉酣倒，高卧时闻拍枕潮，自起推窗正月上了。

**齐鲁书社版谢伯阳编《全明散曲》**

**【注释】**

[1] 水际幽居：指居于水边。泖湖在今上海青浦西南。[2] 鸠雨：下雨时节，俗谓鸠鸣为雨候。平皋（gāo）：水边平地。[3] 鹭雪：如鹭鸶般洁白的雪。[4] 蓼汀（liǎotīng）：生长着蓼草的小洲。汀，水边平滩。[5] 扳罾（bānzēng）：拉罾网捕鱼。罾，古时一种用棍或竹竿做支架的方形渔网。[6] 螯（áo）：螃蟹等节肢动物第一对形状像钳子的大脚。糟：用酒或酒糟腌制食物。[7] 白社：与下句"青苗"，指隐士或隐士所居之处。[8] 棹（zhào）：划船。[9] 水肥花少：指只有少数桃花盛开。[10] 痴肥：指桃花彻底开放。

**【审美点评】**

该套曲的用词优美自然，作者连用"淡茫茫"、"点疏疏"、"暗昏昏"、"白微微"四个叠词有力地表现出环境的幽静与生活的诗意。明沈士麟《秋水庵花影集序》赞其："不雕琢而工，不磨涤而净，不粉泽而艳，不穿凿而奇，不拂拭而新，不揉摘而韵。"

# 时调小曲

## 泥 人

**【题解】** 明代时调小曲蓬勃发展。卓人月说："我明诗让唐，词让宋，曲让元，庶几《吴歌》、《挂枝儿》、《罗江怨》、《打枣竿》、《银纽丝》之类，为我明一绝耳。"（陈鸿绪《寒夜录》引）流传下来的时调小曲集，有《新编四季五更驻云飞》，冯梦龙选辑的《挂枝儿》、《山歌》等。明代小曲的内容多写市民生活。这支曲子以捏泥人为喻，写出一对情侣坚贞不渝的爱情。

泥人儿，好一似咱两个。捻一个你[1]，塑一个我[2]，看两下里如何。将他来揉和了重新做，重捻一个你，重塑一个我。我身上有你也，你身上有了我。

上海古籍出版社版明冯梦龙、清王廷绍、华广生<br>编述《明清民歌时调集·挂枝儿》

**【注释】**

[1] 捻（niē）：捏，握持。[2] 塑（sù）：用泥土等造成人、物形象。

**【审美点评】**

《挂枝儿》此曲后有评语曰："此赵承旨赠管夫人语，增添数字，便成绝调。赵云：'我泥里有你，你泥里有我'，此改'身上'二字，可谓青出于蓝矣。"这支曲子用白描的手法，新颖、鲜活的比喻，写出情侣间亲密无间、水乳交融的关系。

# 山坡羊

## 说大话

**【题解】** 作者朱载堉（1536—1611），字伯勤，号句曲山人。是明宗室郑王厚烷世子。父殁后不愿承袭王位，专心研究乐律，发现了十二平均律，著有《乐律全书》。此是一首醒世词，在河南、山西一带民间流传广远。

我平生好说实话，我养个鸡儿，赛过人家马价；我家老鼠，大似人家细狗[1]；避鼠猫儿，比猛虎还大。头戴一个珍珠，大似一个西瓜；贯头簪儿[2]，长似一根象牙。我昨日在岳阳楼上饮酒，昭君娘娘与我弹了一曲琵琶。我家下还养了麒麟，十二个麒麟下了二十四匹战马。实话！手拿凤凰与孔雀厮打。实话！喜欢我慌了，跰一跰[3]，跰到天上，摸了摸轰雷，几乎把我吓杀。

**中华书局版路工编《明代歌曲选》**

**【注释】**

[1] 细狗：指小狗。[2] 贯头簪儿：指穿过头发的簪子。[3] 跰（bèng）：奔走貌。此义同"蹦"。

**【审美点评】**

郑振铎在《中国俗文学史》中评价明代民歌说："民歌的清新、活泼、直白、谐趣，较之散曲，尤胜一筹。它来自民间，有浓郁的生活气息，本色当行。"此曲语言通俗，运用夸张的手法营造出幽默诙谐的效果。通篇都在吹牛皮，但却自诩"实话"，令人忍俊不禁。

# 徐 渭

徐渭（1521—1593），字文清，改字文长，号天池山人、青藤道士、田水月等。山阴（今浙江绍兴）人。嘉靖十九年（1540）为诸生，后屡应乡试不第。嘉靖三十七年（1558）入浙闽总督胡宗宪幕佐其平定倭乱，大受胡氏信任。后胡宗宪因严嵩倒台而下狱，徐渭受牵连，发狂自残，又杀其继妻，被下狱论死。获救出狱后漫游南北，晚年以卖书画为生，忧愤而卒。徐渭诗歌凄清幽渺，散文自然流畅、议论通达。戏曲有《四声猿》杂剧。今人辑有《徐渭集》。

# 狂鼓史渔阳三弄

**【题解】**组剧《四声猿》包括《狂鼓史渔阳三弄》、《玉禅师翠乡一梦》、《雌木兰替父从军》、《女状元辞凰得凤》。清顾公燮《消夏闲记》解释曰："盖猿丧子，啼四声而肠断，文长有感而发焉，皆不得意于时之所为也。""狂鼓史"此指祢衡。"渔阳三弄"即渔阳参挝（cànzhuā），鼓曲名，击鼓三次。剧作写祢衡死后到阴间，奉判官之请重演当日击鼓骂曹之事，揭露权臣的狠毒虚伪，借以抒发作者自己愤世嫉俗的如火激情，此剧俗称"阴骂曹"。

（外扮判官引鬼上[1]）咱这里算子忒明白[2]，善恶到头来撒不得赖，就如那少债的，会躲也躲不得几多时，却从来没有不还的债。咱家姓察名幽，字能平，别号火珠道人。平生以善断持公，在第五殿阎罗天子殿下，做一个明白洒落的好判官[3]。当日，祢正平先生与曹操老瞒对讦[4]，那一宗案卷是咱家所掌。俺殿主向来以祢先生气概超群，才华出众，凡一应文字，皆属他起草，待以上宾。昨日晚衙[5]，殿主对咱家说："上帝旧用一伙修文郎[6]，并皆迁次别用[7]。今拟召劫满应补之人，祢生亦在数中。汝可预备装送之资[8]，万一来召，不得有误时刻。"我想起来，当时曹瞒召客，令祢生奏鼓为欢，却被他横瞋裸体，掉板掀槌，翻古调作《渔阳三弄》，借狂发愤，推哑妆聋，数落得他一个有地皮没躲闪。此乃岂不是踢弄乾坤、提大傀儡的一场奇观[9]。他如今不久要上天去了，俺待要请将他来，一并放出曹瞒，把旧日骂座的情状，两下里演述一番，留在阴司中做个千古的话靶，又见得善恶到头，就是少债还债一般，有何不可。手下，与我请过祢先生，就一面放出曹操，并他旧使唤的一两个人，在左壁厢伺候指挥。（鬼）领台旨[10]。（下）（引生扮祢，净扮曹从二人上）（曹从留左边）（鬼）禀上爷，祢先生请到了。（相见介）（祢上座，判下陪云）先生当日借打鼓骂曹操，此乃天下大奇。下官虽从鞫问时左证得闻一二[11]，终以未曾亲睹为歉[12]。（判立云）又一件，而今恭喜先生为上帝所知，有请召修文的消息，不久当行，而此事缺然[13]，终为一生耿耿[14]。这一件尚是小事。阴司僚属，并那些诸鬼众，传流激劝[15]，更是少此一桩不可。下官斗胆，敢请先生权做旧日行径，把曹操也扮做旧日规模[16]，演述那旧日骂座的光景，了此凤愿。先生意下如何？（祢）这个有何不可。只是一件，小生骂座之时，那曹瞒罪恶尚未如此之多，骂将来冷淡寂寥，不甚好听。今日要骂呵，须直捣到铜雀台分香卖履[17]，方痛快人心。（判）更妙，更妙！手下，带曹操与他的从人过来。曹操，今日要你仍旧扮做丞相，与祢先生演述旧日打鼓骂座那一桩事。你若是乔做那等小心畏惧，藏过了那狠恶的模样，手下就与他一百铁鞭，再从头做起。（曹众扮介）（祢）判翁大人，你一向谦厚，必不肯坐观，就不成一场戏耍。当日骂座，原有宾客在座，今日就权屈大人为曹瞒之宾，坐以观之，方成一个体面。（判）这也见教得是。（揖云）先生告罪，却斗胆了也。（判左曹右举酒坐，祢以常衣进前将鼓）（曹喝云）野生！你为鼓史，自有本等服色，怎么不穿？快换！（校喝云）还不快换！（祢脱旧衣，裸体向曹立）（校喝云）禽兽！丞相跟前，可是你裸体赤身的所在？却不道驴朦子朝东，马朦子朝西[18]。（祢）你那颗丞相朦子朝南[19]，我的朦子朝北。（校喝云）还不换上衣服，买甚么嘴！（祢换锦巾绣服扁绦介）

【点绛唇】俺本是避乱辞家，遨游许下[20]，登楼罢[21]，回首天涯，不想道屈身躯扒出他们胯[22]。

【混江龙】他那里开筵下榻[23]，教俺操槌按板把鼓来挝[24]。正好俺借槌来打落，又合着鸣鼓攻他。俺这骂一句句锋芒飞剑戟，俺这鼓一声声霹雳卷风沙。曹操！这皮是你身儿上躯壳，这槌是你肘儿下肋巴，这钉孔儿是你心窝里毛窍，这板杖儿是你嘴儿上獠牙，两头蒙总打得你泼皮穿，一时间也爵不尽你亏心大[25]。且从头数起，洗耳听咱[26]。

（鼓一通）（曹）狂生！我教你打鼓，你怎么指东话西，将人比畜？我这里铜槌铁刃，好不利害！你仔细你那舌头和那牙齿！（判）这生果是无礼。（祢）

【油葫芦】第一来逼献帝迁都[27]，又将伏后来杀[28]，使郗虑去拿。唉！可怜那九重天子救不得一浑家。帝道：后，少不得你先行，咱也只在目下。更有那两个儿，又不是别树上花，都总是姓刘的亲骨血，在宫中长大，却怎生把龙雏凤种做一瓮鲊鱼虾[29]。

（鼓一通）（曹）说着我那一桩事了。（祢）

【天下乐】有一个董贵人[30]，是汉天子第二位美娇娃。他该甚么刑罚？你差也不差！他肚子里又怀着两三月小娃娃[31]。既杀了他的娘，又连着胞一搭，把娘儿们两口砍做血虾蟆[32]。

（鼓一通）（曹）狂生！自古道：风来树动。人害虎，虎也要害人。伏后与董承等阴谋害俺，我故有此举。终不然是俺先怀歹意害他？（判）丞相说得是。（祢）你也想着，他们要害你为着甚么来？你把汉天子逼迁来许昌，禁得就是这里的鬼一般，要穿没有，要吃没有，要使用的没有，要传三指大一块纸条儿，鬼也没得理他。你又先杀了董贵人，他们极了[33]，不谋你待几时？你且说，就是天子无故要杀一个臣下，那臣下可好就去当面一把手采将他妈妈过来，一刀就砍做两段，世上可有这等事么？（判）这又是狂生说得有理。且请一杯解嘲。（祢）

【那吒令[34]】他若讨吃么，你与他几块歪剌。他若讨穿么，你与他一匹苘麻[35]。他有时传旨么，教鬼来与拿。是石人也动心，总痴人也害怕，羊也咬人家。

（鼓一通）（判）丞相，这却说他不过。（曹）说得他过，我倒不到这田地了。（祢）

【鹊踏枝】袁公那两家[36]，不留他片甲。刘琮那一答[37]，又逼他来献纳。那孙权呵几遍几乎[38]。玄德呵两遍价抢他妈妈[39]。是处儿城空战马，递年来尸满啼鸦。

（鼓一通）（曹）大人，那时节乱纷纷，非只我曹操一人如此。（判）这个俺阴司各衙门也都有案卷。（祢）

【寄生草】仗威风只自假，进官爵不由他。一个女孩儿竟坐中宫驾[40]，骑中郎直做了侯王霸[41]，铜雀台直把那云烟架[42]，僭车旗直按倒朝廷胯[43]。在当时险夺了玉皇尊，到如今还使得阎罗怕。

（鼓一通）（判低声分付小鬼，令扮女乐鼓吹介）（判）丞相女儿嫁做皇后，造房子大了些，这还较不妨。打鼓的且停了鼓，俺闻得丞相有好女乐，请出来劳一劳[44]。（曹）这是往事，如今那里讨？（判）你莫管，叫就有，只要你好生纵放着使用他。（曹）领台命，分付手下，叫我那女乐出来。（二女持乌悲词乐器上[45]）（曹）你两人今日却要自造一个小令，好生弹唱着，劝俺们三杯酒。（祢对曹蹲地坐介[46]）（女唱[47]）

那里一个大鹈鹕[48]，呀一个低都，呀一个低都。变一个花猪低打都，打低都，唱鹧鸪。呀一个低都，呀一个低都。唱得好时犹自可，呀一个低都，呀一个低都；不好之时低打都，打低都，唤王屠。呀一个低都，呀一个低都。

（曹）怎说唤王屠？（女）王屠杀猪。（进判酒）（又一女唱）

丞相做事太心欺，呀一个跷蹊[49]，呀一个跷蹊。引惹得旁人跷打蹊，打跷蹊，说是非。呀一个跷蹊，呀一个跷蹊。雪隐鹭鸶飞始见，呀一个跷蹊，呀一个跷蹊；柳藏鹦鹉跷打蹊，打跷蹊，语方知。呀一个跷蹊，呀一个跷蹊。

（曹）这两句是旧话。（女）虽是旧话，却贴题。（曹）这妮子朝外叫[50]。（女）也是道其实，我先首免罪[51]。（进曹酒）（一女又唱）

抹粉搽脂只一会而红[52]，呀一个冬烘[53]，呀一个冬烘。（又一女唱）报恩结怨烘打冬，打冬烘，落花的风。呀一个冬烘，呀一个冬烘。（二女合唱）万事不由人计较，呀一个冬烘，呀一个冬烘；算来都是烘打冬，打冬烘，一场空。呀一个冬烘，呀一个冬烘。

（二女各进酒）（判）这一曲才妙，合着咱们天机。（曹）女乐且退，我倦了。

（判笑介）（祢起立云）你倦了，我的鼓儿骂儿可还不了。

【六幺序】哄他人口似蜜，害贤良只当耍。把一个杨德祖立断在辕门下[54]，碜可可血唬零喇[55]。孔先生是丹鼎灵砂[56]，月邸金蟆，仙观琼花。《易》奇而法，《诗》正而葩[57]。他两人嫌隙于你只有针尖大，不过是口唠噪，有甚争差！一个为忒聪明参透了"鸡肋"话[58]，一个则是一言不洽[59]，都双双命掩黄沙。

（鼓一通）（判）丞相，这一桩却去不得。（曹）俺醉了，要睡了。（打顿介）（判）手下采将下去，与他一百铁鞭，再从头做起。（曹慌介。云）我醒我醒。（判）你才省得哩。（祢）

【幺】哎，我的根芽也没大兜搭[60]，都则为文字儿奇拔，气概儿豪达，拜帖儿长拿，没处儿投纳[61]。绣斧金挝，东阁西华[62]，世不曾挂齿沾牙。唉，那孔北海没来由也。说有些缘法，送在他家[63]。井底虾蟆也一言不洽，怒气相加。早难道投机少话，因此上暗藏刀，把我送与黄江夏[64]。又逢着鹦鹉撩咱，彩毫端满纸高声价，竞躬身持觞劝酒，俺掷笔还未了杯茶[65]。

（鼓一通）（判）这祸从这上头起。咳！仔细《鹦鹉赋》害事。（祢）

【青哥儿】日影移窗楞，窗楞一罅[66]。赋草掷金声[67]，金声一下。黄祖的心肠忒狠辣，陡起鳞甲，放出槎枒[68]。香怕风刮，粉怪娟搽，士忌才华，女妒娇娃。昨日菩萨，顷刻罗刹[69]。哎！可怜俺祢衡的头呵，似秋尽壶瓜[70]，断藤无计再生发，霜檐挂。

（鼓一通）（判）这贼元来这每巧弄了这生[71]。（曹）大人，这也听他不得。俺前日也是屈招的。（判）这般说，这生的头也是自家掉下来的？（曹）祢的爷饶了罢么！（判）还要这等虚小心，手下！铁鞭在那里？（曹慌作怒介）狂生！俺也有好处来。俺下令求贤，让还三州县[72]，也埋没了俺。（祢）

【寄生草】你狠求贤为自家，让三州直甚么大！缸中去几粒芝麻罢，馋猫哭一会慈悲诈，饥鹰饶半截肝肠挂，凶屠放片刻猪羊假。你如今还要哄谁人？就还魂改不过精油滑。

（鼓一通）（判）痛快，痛快！大杯来一杯，先生尽着说。（祢）

【葫芦草混】你害生灵呵，有百万来的还添上七八。杀公卿呵，那里查？借廒仓的大斗来斛芝麻[73]，恶心肝生就在刀枪上挂，狠规模描不出丹青的画[74]，狡机关我也拈不尽仓猝里骂[75]。曹操，你怎生不再来牵犬上东门，闲听唳鹤华亭坝[76]？却出乖弄丑，带锁披枷？

（鼓一通）（判）老瞒，就教你自家处此，也饶自家不过了。先生尽着说。（祢）

【赚煞】你造铜雀要锁二乔[77]，谁想道梦巫峡羞杀[78]，靠赤壁那火烧一把。你临死时和些歪剌们活离别，又卖履分香待怎么？亏你不害羞，初一十五教望着西陵[79]，月月的哭他。不想这些歪剌们呵，带衣麻就搂别家[80]。曹操，你自说么，且休提你一世的贤达，只临了这一桩呵，也该几管笔题跋[81]。咳，俺且饶你罢，争奈我渔阳三弄的鼓槌儿乏。

（末扮阎罗鬼使上）（判）手下！快把曹操等收监！（鬼）禀上老爹，玉帝差人召祢先生。殿主爷说刻限甚急，教老爹这里径自厚赍远伐，记在殿主爷的支应簿上。爷呵，会勘事忙，不得亲送，教老爹多上覆先生，他日朝天，自当谢过。（判）知道了，你自去回话。（鬼应下）（判）叫掌簿的，快备第一号的金帛与伐送果酒伺候。（内应介）（小生扮童，旦扮女，捧书节上云）汉阳江草摇春日，天帝亲闻《鹦鹉》笔。可知昨夜玉楼成，不用陇西李长吉[82]。咱两人奉玉帝符命[83]，到此召请祢衡，不免径入宣旨。那一个是第五殿判官？（判跪介）玉帝有旨，召祢衡先生。你请他过来，待俺好宣旨。（祢同判跪，二使付书介）祢先生，上帝有旨召你，你可受了这符册自看[84]，临到却要拜还。就此起行，不得有违时刻。（童唱）

【耍孩儿】文章自古真无价，动天廷玉皇亲迓[85]，飞凫降鹤踏红霞[86]。请先生即便登遐[87]。修葺了旧衔螭首黄金阁[88]，准办着新鲊麟羔白玉叉[89]，倒琼浆三奏钧天罢[90]。校书郎侍玉京香案[91]，支机女倚银汉仙槎[92]。

（内作细乐[93]）（女唱）

【三煞】祢先生，你挟鸿名懒去投[94]，赋鹦哥点不加，文光直透俺三台下[95]。奇禽瑞兽虽嘉兆，倚马雕龙却祸芽[96]。祢先生，谁似你这般前凶后吉，这好花样谁能搦[97]？待枣儿甜口，已橄榄酸牙。（祢）

【二煞】向天门渐不遥，辞地主痛愈加，几时再得陪清话[98]？叹风波满狱君为主，已后呵，倘裘马朝天我即家。小生有一句说话。（判）愿闻。（祢）大包容，饶了曹瞒罢。（判）这个可凭下官不得。（祢）我想眼前业景[99]，尽雨后春花。（判）

【一煞】谅先生本太山，如电目一似瞎[100]。俺此后呵，扫清斋图一幅尊容挂[101]。你那里飞仙作队游春圃，俺这里押鬼成群闹晚衙，怎再得邀文驾[102]？又一件，倘三彭诬枉[103]，望一笔涂抹。

这里已到阴阳交界之处，下官不敢越境再送。（祢）就请回。（判）俺殿主有薄赆[104]，令下官奉上，伏望俯纳。下官自有一个小果酒，也要仰屈三杯，表一向侍教的薄意。（祢）小生叨向天廷[105]，要赆物何用。仰烦带回，多多拜上殿主，携楮该领[106]，却不敢稽留天使[107]。（判）这等就此拜别了。（各磕头共唱）

【尾】自古道：胜读十年书，与君一夕话。提醒人多因指驴说马<sup>[108]</sup>，方信道曼倩诙谐不是耍<sup>[109]</sup>。（祢下）

看了这祢正平渔阳三弄，

笑得我察判官眼睛一缝。

若没有狠阎罗刑法千条，

都只道曹丞相神仙八洞<sup>[110]</sup>。（下）

**明沈泰《盛明杂剧》本《四声猿》**

**【注释】**

[1]判官：指地府阎王手下掌管生死簿的官员。[2]算子：竹制的筹，这里指谋划、计算。[3]洒落：洒脱，不拘束。[4]祢正平：祢衡（173—198），字正平，平原般（今山东临邑东北）人。少有才辩，性刚傲物。曹操召为鼓史，欲当众辱之，反为衡所辱。曹操怒，遣送荆州刘表，又被转送江夏太守黄祖，终被杀。事见《后汉书·文苑传》。老瞒：曹操小名阿瞒。讦（jié）：揭发、攻击对方的隐私、过错或短处。[5]晚衙：旧时官署长官一日早晚两次坐衙治事。傍晚申时（下午三点至五点）坐衙称为晚衙。[6]修文郎：指传说中在天廷或阴曹起草文书的官吏。传说晋苏韶死后现形对其兄弟说："颜渊、卜商，今见在为修文郎，修文郎凡有八人，鬼之圣者。"见《太平广记》卷三一九引晋王隐《晋书》。[7]迁次：依次升迁。[8]装送：嫁妆，此指送给祢衡的物品。[9]踢弄乾坤、提大傀儡：意谓不能自主，受人操纵、摆弄。提大傀儡，指演傀儡戏，要用手提着木偶身上的线来演出。[10]领台旨：敬称领旨。宋代以后称太守以下官员的意旨为台旨。台，汉有御史台，晋宋朝廷禁省为台，明有藩台、臬台。[11]鞫（jú）问：审问。[12]歉：不足。[13]缺然：有所不足，缺失。[14]耿耿：烦躁不安。[15]激劝：激发鼓励。[16]规模：场面、气势。[17]铜雀台：曹操于建安十五年（210）所建，铸大孔雀于楼顶，故址在今河北临漳西南古邺城的西北隅，与金虎、冰井合称三台。分香卖履：曹操临死前遗令，"余香可分与诸夫人。诸舍中无所为，可学作组履卖也"。诸舍中，指众妾。组履，指做鞋。后以"分香卖履"喻临死不忘妻妾。事见陆机《吊魏武帝文》。[18]"却不道"二句：浙东民间谚语，意指各人要守本分。下面祢衡答语，表示要与曹操对抗。膫（liáo），男子或雄性动物的生殖器。[19]颓：詈辞，恶劣之意。[20]许下：即河南省许昌市。[21]登楼：暗用汉末王粲避难荆州作《登楼赋》典故，表达身处乱世怀才不遇、思念乡土之情。[22]"不想道"句：暗用秦末韩信少年时受胯下之辱典故。见《史记·淮阴侯列传》。[23]下榻：礼遇宾客。后汉陈蕃为乐安太守时，有郡人周璆前后太守招之不至，唯蕃能致之。特为置一榻，去则悬之。后蕃为豫章太守，在郡不接待客客，只有徐稺来时特设一榻，去则悬之。见《后汉书·陈蕃传》及《徐稺传》。榻，狭长而矮的坐卧用具。[24]挝（zhuā）：击，敲打。[25]酹：以酒浇地表示祭奠。此反用其意，表讥讽。[26]洗耳：形容专心、恭敬地倾听。《高士传·许由》载尧请许由治理天下，许由恶闻其声，洗耳于颍水之滨。[27]逼献帝迁都：指建安元年（196）曹操挟献帝刘协迁都许昌事。[28]将伏后来杀：曹操杀董贵人后，伏后写密信与其父伏完，要伏完密谋对策。事泄，曹操派郗（xī）虑等人入宫废伏后，不久杀伏后与其二子。事见《后汉书·皇后纪下》。[29]鲊（zhǎ）：用盐、米粉腌制的鱼。[30]董贵人：董承之女。车骑将军董承为汉献帝舅，受献帝密诏

诛曹操，事泄被曹操所杀，并夷三族。事见《后汉书·皇后纪下》。[31] 娃娃：底本为"哇哇"。[32] 虾（há）蟆：青蛙和蟾蜍的总称。[33] 极：急。[34] 那吒令：底本为"那叱令"，据《暖红室汇刻传剧》本改。[35] 苘（qǐng）麻：指一种一年生草本植物，茎皮纤维可织麻布、做绳子。此指粗麻布。[36] 袁公那两家：指东汉末地方割据势力的首领袁绍、袁术兄弟。[37] 刘琮：荆州刺史刘表幼子，后被迫投降曹操。[38] 几乎：差点儿遭难之意。[39] 两遍价：两遍。价，语尾助词。妈妈：对年长已婚妇女的称呼，此指刘备的两个夫人。[40] "一个"句：指曹操杀伏皇后之后的第二年把自己的女儿嫁给汉献帝做了皇后。中宫驾，皇后乘坐的车。中宫是皇后居住之处，借指皇后。[41] "骑中郎"句：指曹丕以五官中郎将袭封魏王。骑中郎，指皇帝的侍卫官。[42] "铜雀台"句：形容铜雀台高耸入云。[43] "僭车旗"句：指曹操的车乘、旌旗等仪仗超越等级规定。[44] 劳：烦劳，麻烦。[45] 乌悲词：即火不思，一种类似琵琶的乐器。或云指琴曲名《乌啼引》。[46] 蹋地：席地而坐时两膝拱起，以足着地。[47] 女唱：女乐以下所唱的三支曲子，每支都只有四句诗，第一支为："那里一个大鹈鹕，变一个花猪唱鹧鸪。唱得好时犹自可，不好之时唤王屠。"其余都是帮腔。第二、第三支同例。[48] 鹈鹕（tíhú）：水鸟名。此处暗喻曹操篡权而不称其位。[49] 蹺蹊（qiāoqī）：奇怪，可疑。[50] 朝外叫：胳膊朝外弯，不袒护曹操之意。[51] 先首：先行出首，率先承认。[52] "抹粉"句：指曹操的威风只是一时。[53] 冬烘：糊涂。[54] 杨德祖：杨修，字德祖，有俊才，任曹操主簿，曹操忌其才，将其杀害。[55] 磣（chěn）可可：凄惨可怕的样子。血唬零喇：亦作"血糊淋剌"，鲜血淋漓的样子。[56] 孔先生：孔融，建安七子之一。曾任北海相，时称孔北海。为曹操所忌，被杀。丹鼎灵砂：与下句"月邸金蟆，仙观琼花"都是形容孔融气质高贵。月邸金蟆，月宫中的金蛤蟆。仙观，道观的美称。一说指扬州的蕃厘观。琼花，泛指仙界珍贵的花。[57] "《易》奇"二句：形容孔融品质才学出众。语见韩愈《进学解》，意思说《周易》变易多奇而有法则，《诗经》思想纯正而辞藻华美。[58] 参透了"鸡肋"话：据《三国志·魏志·武帝纪》裴松之注引《九州岛春秋》载：曹操与刘备相拒于汉中，久而无功，欲返，出令曰"鸡肋"，官属皆不知所谓。只有主簿杨修便自严装，人问其故，他答："夫鸡肋，弃之如可惜，食之无所得，以比汉中，知王欲还也。"曹操忌恨他猜出自己无心恋战的心理，借口杨修扰乱军心而杀之。[59] "一个则是"句：孔融负有高气，对曹操的行径多次进行抨击，曹操对其素积嫌忌，后都虑构成其罪，奏融大逆不道，孔融被下狱弃市，妻、子皆被诛。[60] 根芽：喻事物的根源、根由。兜搭：亦作"兜答"，周折。[61] "拜帖儿"二句：《后汉书·祢衡传》说祢衡初到许昌时，怀中藏一名刺，想去拜见名人。可直到名刺上字迹都模糊了，仍觉得没有人值得拜见。拜帖儿，推荐信。[62] 绣斧金挝、东阁西华：均代指官贵人。《汉书·武帝纪》：天汉二年（公元前99），武帝"遣直指使者暴胜之等衣绣衣，仗斧铖，分部逐捕，刺史、郡守以下皆伏诛"。后以"绣斧"指皇帝特派的执法大员。挝，兵器名。东阁，古代称皇帝招待宾客的地方。西华，皇城西门谓西华。[63] "那孔北海"三句：指孔融向曹操推荐祢衡事。[64] 黄江夏：即黄祖，汉末任江夏大守，故称。[65] "又逢着"四句：指黄祖长子黄射大宴宾客时，有献鹦鹉者，请祢衡作《鹦鹉赋》，祢衡笔不停辍，文不加点而成。下文"鹦鹉笔"即指称祢衡才情。[66] "日影"二句：喻时间过得飞快。罅（xià），缝隙。[67] 掷金声：用晋孙绰作《天台赋》典故，见《世说新语·文学》。[68] "陡起"二句：形容被触怒而发作的样子。鳞甲，喻人机心深沉，不可逆犯。《三国志·陈震传》："诸葛亮与长史蒋琬、侍中董允书曰：'孝起（陈震）前临至吴，为吾说正方（李严）腹中有鳞甲，乡党以为不可近。'"槎枒（cháyá），树木枝杈歧出貌，此指露杀机。[69] 罗刹（chà）：梵语，佛教中吃人的恶鬼。[70] 壶瓜：葫芦。[71] 这每：这么。巧弄：欺诈、戏弄。[72]"俺下令"二句：指曹操于建安十五年、十九年、二十二年三次下令求贤及让还阳夏、柘、苦三县事。见曹操《让县自明本志令》。[73] 廒（áo）仓：秦汉魏时，在敖山（今河南荥阳）修谷仓，名廒仓，后用来称国家粮仓。斛：古代量器，古时以十斗或五斗为一斛。此用作动词。[74] 狠规模：凶狠的模样。[75] 机关：计谋、心机。[76]"你怎生"二句：这两句话是说曹操死后再不能恣意妄为。牵犬上东门，李斯临刑时对他儿子说："吾欲与若复牵黄犬，俱出上蔡东门逐狡兔，岂可得乎？"表现对生命与自由的渴望。见《史记·李斯传》。"闲听"句，晋陆机被害前感叹说："华亭鹤唳，岂可复闻乎！"表现对故土的怀念之情。见《晋书·陆机传》。华亭：陆机故乡，即今上海市松江区。[77]"你造"句：用杜牧《赤壁》"东风不与周郎便，铜雀春深锁二乔"诗意。二乔，乔玄之女大乔、小乔。大乔嫁给孙策，小乔嫁给周瑜。见《三国志·周瑜传》。[78] 梦巫峡：谓楚襄王游高唐，与巫山神女幽会事。后以"巫峡"称男女幽会之事。见宋玉《高唐赋》。[79]"初一"句：晋陆机《吊魏武帝文并序》载曹操遗令："月朝十五，辄向帐作妓。汝等时时登铜爵台，望吾西陵墓田。"[80]"带衣麻"句：曹操死后，他遗留的宫人均归曹丕。见《世说新语·贤媛》："魏武帝崩，文帝悉取武帝宫人自侍。"[81] 题跋：品评。[82]"可知"二句：据李商隐《李贺小传》载李贺将死时，昼见绯衣人传玉帝诏令，谓"帝成白玉楼，立召君为记，天上差乐，不苦也"。李贺遂卒。[83] 符命：玉帝旨意的凭证。[84] 符册：即符命。[85] 亲迓（yà）：亲自迎接。[86] 飞凫：飞翔的野鸭。《后汉书·方士传上·王乔》载，传说东汉时叶县令王乔有神术，每月朔望自县至京师朝拜，不见车骑，汉显宗颇奇之，密令太史伺望之。王乔临至，必有双凫从东南飞来，举网得之，则为王乔所穿之鞋。[87] 登遐：登仙远去。《墨子·节葬下》："其亲戚死，聚柴薪而焚之，熏上，谓之登遐。"[88] 螭（chī）首：古代彝器、碑额、殿柱、殿阶、屋脊及印章上所刻的龙首形纹饰。螭，古代传说中龙的一种。[89] 准办：备办，准备。新鲊麟羔：新做好的嫩麟。此处形容玉皇招待祢衡的宴席尽是奇珍。白玉叉：白玉做成的叉筷之类。[90] 钧天：钧天广乐的简称，神话中天上的音乐。[91]"校书郎"句：指侍奉玉帝左右。校书郎，校勘宫中所藏典籍诸事的官，此泛指前文提到的修文郎。玉京，道家称天帝所居之处。香案，放香炉烛台的条桌，此处是指天帝的御案。[92] 支机女：即织女。槎：木筏。据南朝梁宗懔《荆楚岁时记》载，汉代张骞为寻河源，曾乘槎到达天河，见到牛郎、织女。[93] 细乐：指管弦之乐，与锣鼓等音响大的音乐相对而言。[94] 挟鸿名：拥有大名。[95] 三台：本指星名，此指天庭。《晋书·天文志上》："三台六星，两两而居。"《初学记》卷二四引许慎《五经异义》："天子有三台，灵台以观天文，时台以观四时施化，囿台以观鸟兽鱼鳖。"[96] 倚马：语本刘义庆《世说新语·文学》："桓宣武北征，袁虎时从，被责免官。会须露布文，唤袁倚马前令作，手不辍笔，俄得七纸，殊可观。"后常以"倚马"形容才思敏捷。雕龙：雕镂龙纹，比喻善于修饰文辞，撰写华美的文字。语出《史记·孟子荀卿列传》："驺衍之术迂大而闳辩，奭也文具难施；淳于髡久与处，时有得善言。故齐人颂曰：'谈天衍，雕龙奭，炙毂过髡。'"裴骃集解引刘向《别录》："驺奭修衍之文，饰若雕镂龙文，故曰'雕龙'。"[97] 搨（tà）：拓印，把石碑或器物上文字或图画摹印在纸上。[98] 清话：高雅不俗的言谈。陶渊明《与殷晋安别》："信宿酬清话，益复知为亲。"[99] 业景：即"业影"，指恶业、善业随身如影，为佛教语。此指作孽的景象。[100]"谅先生"二句：称赞祢衡宽宏大量，自己有眼却不能像祢衡那样明辨。太，通"泰"。[101] 清斋：此指清静斋房。[102] 邀文驾：约请您的大驾光临。邀，招引，约请。[103] 三彭：即三尸神。道家谓在人体内作祟的三神：上尸名彭倨，在头中；中尸名彭质，在腹中；下尸名彭矫，在足中。三尸窥伺人的过失，每于庚申日报告给天帝。[104] 薄赆（jìn）：薄礼。赆，临别时赠送的礼物。[105] 叩：叩光，谦词。[106] 榼（kē）：古代盛酒或水的器皿。[107] 稽留：延迟、停留。[108] 指驴说马：指用比喻的方法使人了悟。[109] 曼倩：西汉东方朔，字曼倩，性格诙谐滑稽，汉武帝时任常侍郎，常以寓言劝谏武帝，得武帝赏识。[110]"若没有"二句：意谓如果没有阴司惩罚，人们会误认为曹操死后像神仙一样快活。八洞，道教谓神仙所居的洞府，有上八洞、中八洞、下八洞诸称，后以"八洞"泛指神仙或修道者的住所。

**【审美点评】**

徐渭是一个天才文人，一生受尽压迫、报国无门，他将个体在强大的社会势力挤压下怒极恨极痛极的愤慨一寓之戏剧之中。《狂鼓史》不以情节取胜，而以情感的浓烈、个性的张扬动人心魄。汤显祖说道："《四声猿》乃词场飞将，辄为之唱演数通。安得生致文长，自拔其舌！"（王思任《批点玉茗堂〈牡丹亭〉叙》）陈栋评此曲"如怒龙挟雨，腾跃霄汉"（陈栋《关泷舆中偶忆编》）。

# 李 贽

李贽（1527—1602），原姓林，名载贽，字宏甫，号卓吾，别号温陵居士、百泉居士、秃翁。泉州晋江（今属福建）人。嘉靖三十一年（1552）中福建乡试举人。历任南京国子监教官、北京国子监博士、礼部司务、南京刑部主事、云南姚安知府。万历八年（1580）辞官，于湖北黄安耿家讲学，后因与耿定向学术论争而关系破裂，迁至麻城龙潭湖芝佛院，并剃发出家，继续读书、著述、讲学。万历二十八年（1600）被官府驱逐，万历二十九年（1601）受马经纶请，赴北京通州。万历三十年（1602）以"敢倡乱道、惑世诬民"罪名系狱，自刎身死。李贽在文学上提倡"童心说"，他又热烈赞赏"百姓日用之迩言"（《明灯道古录》）。他的诗文别出手眼，语言犀利。李贽著述甚富，但因明清两代数次被禁毁，故多有亡佚。现存较可信者主要有《焚书》、《续焚书》、《藏书》、《续藏书》、《明灯道古录》等。

## 题孔子像于芝佛院

**【题解】**本文写于万历十六年（1588）。芝佛院是湖北麻城龙潭湖北岸的一座寺院，李贽辞官后，曾在此著书讲学达十余年之久。李贽被目为"异端"，礼部给事中张问达弹劾他"以孔子之是非为不足据"，其实他只是不满儒家学者盲目尊孔，只知"从众"而不能独立思考的风气。

人皆以孔子为大圣[1]，吾亦以为大圣；皆以老、佛为异端[2]，吾亦以为异端。人人非真知大圣与异端也，以所闻于父师之教者熟也；父师非真知大圣与异端也，以所闻于儒先之教者熟也[3]；儒先亦非真知大圣与异端也，以孔子有是言也。其曰"圣则吾不能"[4]，是居谦也[5]。其曰"攻乎异端"[6]，是必为老与佛也。

儒先亿度而言之[7]，父师沿袭而诵之，小子矇聋而听之[8]。万口一词，不可破也；千年一律[9]，不自知也。不曰"徒诵其言"，而曰"已知其人"[10]；不曰"强不知以为知"，而曰"知之为知之"[11]。至今日，虽有目[12]，无所用矣。

余何人也，敢谓有目？亦从众耳[13]。既从众而圣之[14]，亦从众而事之[15]，是故吾从众事孔子于芝佛之院。

中华书局版《续焚书》卷四

**【注释】**

[1] 大圣：古谓道德最完善、智能最超绝、通晓万物之道的人。《荀子·哀公》："孔子曰：'人有五仪：有庸人，有士，有君子，有贤人，有大圣。……所谓大圣者，知通乎大道，应变而不穷，辨乎万物之情性者也。'"[2] 老：本指老聃，俗称老子，春秋时期道家学说的创始人，此指道家学派。佛：指佛教。异端：儒家称其他思想派别为异端。[3] 儒先：即先儒，儒家的先辈。[4] 圣则吾不能：圣人，我做不到。语见《孟子·公孙丑上》："昔者子贡问于孔子曰：'夫子圣矣乎？'孔子曰：'圣则吾不能，我学不厌而教不倦也。'"[5] 居谦：表示自己谦虚。[6] 攻乎异端：批评、抨击不合正道的思想。语见《论语·为政》："子曰：'攻乎异端，斯害也已。'"[7] 亿度（duó）：预料、猜测。亿，通"臆"，猜测。[8] 小子：后生晚辈。矇聋：蒙昧无知。矇，指看不见。此指道学家一派后学只知听信儒先师父的讲述而不会独立思考，如同瞎子、聋子。[9] 律：规则。[10] "不曰"二句：《孟子·万章下》："诵其诗，读其书，不知其人，可乎？"此处"不曰徒诵其言，而曰已知其人"，指儒家后学只背诵重复孔子的话却说已经了解了他这个人。[11] 知之为知之：此指道学家们不承认自己是不懂装懂，却说懂得就是懂得，装作一切都知道，其实是割裂孔子的原意，"强不知以为知"。语见《论语·为政》："子曰：'由，诲女知之乎？知之为知之，不知为不知，是知也。'"[12] 目：指辨别是非的能力。[13] 从众：追随于众人之后。语见《论语·子罕》："俭，吾从众。"[14] 圣之：以之为圣，把孔子当作圣人。[15] 事之：敬奉，指敬奉孔子像。

**【审美点评】**

李贽的才、胆、识在其文章中得到充分展现。他写了大量"毁圣叛道"的文章，本文即采用逆向思维方式，表面声称自己不敢"有目"，只能"从众"供奉孔子像，但这是以反讽的口吻表现自己对"万口一词，不可破也；千年一律，不自知也"的"从众"习气的不满与愤慨。

# 汤显祖

汤显祖（1550—1616），字义仍，号海若、若士、茧翁，别署清远道人，所居玉茗堂、清远楼。临川（今江西抚州）人。明隆庆四年（1570）举于乡，文名震天下。因多次拒绝权相张居正的延揽而屡次会试不第。万历十一年（1583）张居正死后次年始中进士。又因拒绝时相申时行、张四维的结纳，未能居显宦，做了南京太常寺博士。后历任南京詹事府主簿、南京礼部祠祭司主事。万历十九年（1591）因上《论辅臣科臣疏》被贬为广东徐闻县典史。万历二十一年（1593）升浙江遂昌知县，颇有政绩。二十六年（1598）赴京述职，弃官回乡。此后十余年致力于创作。二十九年（1601）被正式免职。少年时师事罗汝芳，在哲学思想上受王学左派及李贽的影响，文学思想上反对七子的复古模拟，与徐渭、公安派同调，倡导独抒性灵。传奇有《紫箫记》、《紫钗记》、《牡丹亭》、《南柯记》、《邯郸记》，后四种合称"临川四梦"。有《玉茗堂集》收录其诗文。今人辑《汤显祖全集》。

## 牡丹亭

### 惊 梦

**【题解】**《惊梦》是《牡丹亭》第十出。写杜丽娘与丫头春香趁父亲下乡劝农之机游赏花园，被园中美景唤醒春情，做梦与一青年书生幽欢，后母亲到来惊醒美梦。本出戏细致地表现了杜丽娘青春觉醒的过程，写出封建时代女性情感被禁锢的现状与对爱情的渴望。清代演出本《缀白裘》将其分为《游园》与《惊梦》两出上演，后昆曲演出全出称为《游园惊梦》。

**【绕地游】**（旦上）梦回莺啭，乱煞年光遍[1]。人立小庭深院。（贴）炷尽沉烟[2]，抛残绣线，恁今春关情似去年[3]？［乌夜啼］（旦）晓来望断梅关[4]，宿妆残[5]。（贴）你侧著宜春髻子恰凭栏[6]。（旦）剪不断，理还乱[7]，闷无端。（贴）已分付催花莺燕借春看。（旦）春香，可曾叫人扫除花径？（贴）分付了。（旦）取镜台衣服来。（贴取镜台衣服上）"云髻罢梳还对镜，罗衣欲换更添香[8]。"镜台衣服在此。

**【步步娇】**（旦）袅晴丝吹来闲庭院，摇漾春如线[9]。停半晌、整花钿[10]。没揣菱花[11]，偷人半面，迤逗的彩云偏[12]。（行介）步香闺怎便把全身现！（贴）今日穿插的好[13]。

【醉扶归】（旦）你道翠生生出落的裙衫儿茜[14]，艳晶晶花簪八宝填[15]，可知我常一生儿爱好是天然[16]。恰三春好处无人见[17]。不堤防沉鱼落雁鸟惊喧，则怕的羞花闭月花愁颤[18]。（贴）早茶时了，请行。（行介）你看："画廊金粉半零星，池馆苍苔一片青。踏草怕泥新绣袜[19]，惜花疼煞小金铃[20]。"（旦）不到园林，怎知春色如许[21]！

【皂罗袍】原来姹紫嫣红开遍[22]，似这般都付与断井颓垣[23]。良辰美景奈何天，赏心乐事谁家院[24]！恁般景致，我老爷和奶奶再不提起。（合）朝飞暮卷，云霞翠轩[25]；雨丝风片，烟波画船——锦屏人忒看的这韶光贱[26]！（贴）是花都放了[27]，那牡丹还早。

【好姐姐】（旦）遍青山啼红了杜鹃[28]，荼蘼外烟丝醉软[29]。春香呵，牡丹虽好，他春归怎占的先[30]！（贴）成对儿莺燕呵。（合）闲凝眄[31]，生生燕语明如翦[32]，呖呖莺歌溜的圆[33]。（旦）去罢。（贴）这园子委是观之不足也[34]。（旦）提他怎的！（行介）

【隔尾】观之不足由他缱[35]，便赏遍了十二亭台是枉然[36]。到不如兴尽回家闲过遣[37]。（作到介）（贴）"开我西阁门，展我东阁床[38]。瓶插映山紫[39]，炉添沉水香。"小姐，你歇息片时，俺瞧老夫人去也。（下）（旦叹介）"默地游春转，小试宜春面。[40]"春呵，得和你两留连[41]，春去如何遣？咳，恁般天气，好困人也。春香那里？（作左右瞧介）（又低首沉吟介）天呵，春色恼人，信有之乎！常观诗词乐府，古之女子，因春感情，遇秋成恨，诚不谬矣。吾今年已二八，未逢折桂之夫[42]；忽慕春情，怎得蟾宫之客？昔日韩夫人得遇于郎[43]，张生偶逢崔氏[44]，曾有《题红记》[45]、《崔徽传》二书[46]。此佳人才子，前以密约偷期[47]，后皆得成秦晋[48]。（长叹介）吾生于宦族，长在名门。年已及笄[49]，不得早成佳配，诚为虚度青春，光阴如过隙耳。（泪介）可惜妾身颜色如花，岂料命如一叶乎！

【山坡羊】没乱里春情难遣[50]，蓦地里怀人幽怨。则为俺生小婵娟[51]，拣名门一例、一例里神仙眷[52]。甚良缘，把青春抛的远！俺的睡情谁见[53]？则索因循腼腆[54]。想幽梦谁边，和春光暗流转？迁延[55]，这衷怀那处言！淹煎[56]，泼残生[57]，除问天！身子困乏了，且自隐几而眠[58]。（睡介）（梦生介）（生持柳枝上）"莺逢日暖歌声滑，人遇风情笑口开。一径落花随水入，今朝阮肇到天台[59]。"小生顺路儿跟着杜小姐回来，怎生不见？（回看介）呀，小姐，小姐！（旦作惊起介）（相见介）（生）小生那一处不寻访小姐来，却在这里！（旦作斜视不语介）（生）恰好花园内，折取垂柳半枝。姐姐，你既淹通书史[60]，可作诗以赏此柳枝乎？（旦作惊喜，欲言又止介）（背想）这生素昧平生，何因到此？（生笑介）小姐，咱爱杀你哩！

【山桃红】则为你如花美眷，似水流年，是答儿闲寻遍[61]。在幽闺自怜。小姐，和你那答儿讲话去。（旦作含笑不行）（生作牵衣介）（旦低问）那边去？（生）转过这芍药栏前，紧靠著湖山石边。（旦低问）秀才，去怎的？（生低答）和你把领扣松，衣带宽，袖梢儿揾著牙儿苫也[62]，则待你忍耐温存一响眠[63]。（旦作羞）（生前抱）（旦推介）（合）是那处曾相见，相看俨然[64]，早难道这好处相逢无一言[65]？（生强抱旦下）（末扮花神束发冠，红衣插花上）"催花御史惜花天[66]，检点春工又一年[67]。蘸客伤心红雨下[68]，勾人悬梦彩云边。"吾乃掌管南安府后花园花神是也。因杜知府小姐丽娘，与柳梦梅秀才，后日有姻缘之分。杜小姐游春感伤，致使柳秀才入梦。咱花神专掌惜玉怜香，竟来保护他，要他云雨十分欢幸也。

【鲍老催】（末）单则是混阳蒸变，看他似虫儿般蠢动把风情搧。一般儿娇凝翠绽魂儿颤[69]。这是景上缘，想内成，因中见[70]。呀！淫邪展污了花台殿[71]。咱待拈片落花儿惊醒他。（向鬼门丢花介[72]）他梦酣春透了怎留连？拈花闪碎的红如片。秀才才到的半梦儿；梦毕之时，好送杜小姐仍归香阁。吾神去也。（下）

【山桃红】（生、旦携手上）（生）这一霎天留人便，草藉花眠[73]。小姐可好？（旦低头介）（生）则把云鬟点，红松翠偏[74]。小姐休忘了呵，见了你紧相偎，慢厮连，恨不得肉儿般团成片也，逗的个日下胭脂雨上鲜[75]。（旦）秀才，你可去呵？（合）是那处曾相见，相看俨然，早难道这好处相逢无一言？（生）姐姐，你身子乏了，将息，将息[76]。（送旦依前作睡介）（轻拍旦介）姐姐，俺去了。（作回顾介）姐姐，你可十分将息，我再来瞧你那。"行来春色三分雨，睡去巫山一片云。"（下）（旦作惊醒，低叫介）秀才，秀才，你去了也？（又作痴睡介）（老旦上）"夫婿坐黄堂[77]，娇娃立绣窗。怪他裙衩上，花鸟绣双双。"孩儿，孩儿，你为甚瞌睡在此？（旦作醒，叫秀才介）咳也。（老旦）孩儿怎的来？（旦作惊起介）奶奶到此！（老旦）我儿，何不做些针指[78]，或观玩书史[79]，舒展情怀？因何昼寝于此？（旦）孩儿适花园中闲玩，忽值春喧恼人[80]，故此回房。无可消遣，不觉困倦少息。有失迎接，望母亲恕儿之罪。（老旦）孩儿，这后花园中冷静，少去闲行。（旦）领母亲严命。（老旦）孩儿，学堂看书去。（旦）先生不在，且自消停[81]。（老旦叹介）女孩儿长成，自有许多情态，且自由他。正是："宛转随儿女，辛勤做老娘。"（下）（旦长叹介）（看老旦下介）哎也，天那，今日杜丽娘有些侥倖也。偶到后花园中，百花开遍，睹景伤情。没兴而回，昼眠香阁。忽见一生，年可弱冠[82]，丰姿俊妍。于园中折得柳丝一枝，笑对奴家说："姐姐既淹通书史，何不将柳枝题赏一篇？"那时待要应他一声，心中自忖，素昧平生，不知名姓，何得轻与交言。正如此想间，只见那生向前说了几句伤心话儿，将奴搂抱去牡丹亭畔，芍药阑边，共成云雨之欢。两情和合，真个是千般爱惜，万种温存。欢毕之时，又送我睡眠，几声"将息"。正待自送那生出门，忽值母亲来到，唤醒将来。我一身冷汗，乃是南柯一梦[83]。忙身参礼母亲，又被母亲絮了许多闲话。奴家口虽无言答应，心内思想梦中之事，何曾放怀。行坐不宁，自觉如有所失。娘呵，你教我学堂看书去，知他看那一种书消闷也。（作掩泪介）

【绵搭絮】雨香云片[84]，才到梦儿边。无奈高堂，唤醒纱窗睡不便。泼新鲜冷汗粘煎，闪的俺心悠步嚲[85]，意软鬟偏。不争多费尽神情[86]，坐起谁忺[87]？则待去眠。（贴上）"晚妆销粉印，春润费香篝。[88]"小姐，熏了被窝睡罢。

【尾声】（旦）困春心游赏倦，也不索香熏绣被眠。天呵，有心情那梦儿还去不远。

　　　　春望逍遥出画堂，张说　　间梅遮柳不胜芳。罗隐
　　　　可知刘阮逢人处？许浑　　回首东风一断肠。韦庄[89]

人民文学出版社版徐朔方、杨笑梅校注《牡丹亭》

**【注释】**

[1]"乱煞"句：到处都是令人眼花缭乱的春光。年光，春光。[2]"炷（zhù）尽"句：沉香要烧尽了。沉烟，一种熏香，叫沉香、沉水香。[3]恁（rèn）：如此，这般。关情：牵动情怀。[4]梅关：在广东、江西交界的大庾岭上。因山多梅，故称梅岭。又因是著名关塞之地，又称梅关。[5]宿妆：前一夜的梳妆。[6]宜春髻子：古代妇女于立春日梳的一种发髻。《荆楚岁时记》载："立春之日，悉剪彩为燕，戴之，贴'宜春'二字。"[7]"剪不断"二句：语出李煜《相见欢》词，形容愁思如丝如缕。[8]"云髻"二句：借用唐人薛逢《宫词》"十二楼中尽晓妆"中的五、六句。[9]"袅（niǎo）晴丝"二句：指春天晴空中游丝软美如同春情荡漾。晴丝，春秋季节晴日空中飘动的游丝，古人云是虫蚁所吐之丝，谐情丝之意。[10]花钿（diàn）：指嵌有金花珠宝的妇女首饰，贴在鬓颊上的花形的薄金片。[11]没（mò）揣：没料到。[12]彩云：形容美丽的发髻。[13]穿插：穿戴打扮。[14]翠生生：喻色彩艳丽、明亮。出落：显出，衬托。茜（qiàn）：茜草，此指绛红色。因茜草根可作红色染料，故常用以指称红色。[15]花簪八宝填：指嵌着各种宝石的簪子。八宝，各种宝物。填，嵌饰。[16]爱好（hǎo）：爱美。《紫箫记》第十一出李十郎曾云："小生从来带一种爱好的性子。"[17]三春好处：用美丽的春光来比喻女子之青春美貌。[18]"不堤防"二句：形容自己的美貌。沉鱼落雁，《庄子·齐物论》："毛嫱、丽姬，人之所美也；鱼见之深入，鸟见之高飞，麋鹿见之决骤，四者孰知天下之正色哉?"[19]泥（nì）：污，沾污。[20]惜花疼煞小金铃：《开元天宝遗事》："天宝初，宁王至春日，于后园中纫红丝为绳，密缀金铃，系于花梢之上，每有鸟鹊翔集，则令园吏掣铃索以惊之。盖惜花之故也。"此句指惜花逐鸟而于花上系铃，小金铃常被拉响而感疼煞。[21]如许：像这样。[22]姹（chà）紫嫣红：形容各色灿烂美丽的鲜花。[23]断井颓垣：断了栏的井，坍塌的墙，指破败荒凉的园林。[24]"良辰美景"二句：语本谢灵运《拟魏太子邺中集诗序》："天下良辰、美景、赏心、乐事，四者难并。"[25]"朝飞"三句：用唐王勃《滕王阁》诗："画栋朝飞南浦

141

云，珠帘暮卷西山雨。"描写楼台亭阁的高旷。云霞翠轩，指云彩与霞光辉映下的亭台楼阁。这三句是指杜丽娘想象中的美景。[26] 锦屏人：指幽居深闺，不能领略自然美景的人，此指杜丽娘的父母。[27] 是：凡是。张相《诗词曲语辞汇释》卷一："是，该括词，犹凡也。习见者为是处、是人、是事、是物等语。"[28] 啼红了杜鹃：言杜鹃花盛开，十分艳丽。[29] 荼蘼(túmí)：落叶小灌木，晚春开白花。烟丝：晴丝，游丝。醉软：柔弱多姿。[30] "牡丹虽好"二句：牡丹虽美，但开花太迟，怎能占春花中的第一呢？唐皮日休《咏牡丹》诗有"独占人间第一春"句，这里反其意用之，杜丽娘用以表达青春美貌被耽误的忧伤怨抑。[31] 凝眄(miǎn)：凝视。眄，斜视，不正面看。[32] 生生：形容燕子叫声清脆动听很有活力。明如翦：形容燕子的叫声明快如剪。[33] 呖呖：形容鸟类清脆的叫声。溜的圆：形容莺声圆润婉转。[34] 委是：实在是。[35] 缱：留恋，牵住。[36] 十二亭台：指园中所有景物。十二，犹言所有，形容数量多。[37] 遣：消磨时光。[38] "开我"二句：用《木兰词》"开我东阁门，坐我西阁床"两句，互文手法。[39] 映山紫：即映山红的别名。[40] 宜春面：立春时节所化的有宜春发髻的新妆。[41] 留连：即留恋不舍。[42] 折桂之夫：指科举及第之夫婿。《晋书·郄诜传》："武帝于东堂会送，问诜曰：'卿自以为何如？'诜对曰：'臣举贤良对策，为天下第一，犹桂林之一枝，昆山之片玉。'帝笑。"后以"折桂"喻科举及第。下句"蟾宫之客"意同。蟾宫，即月宫，相传月中有桂树。[43] 韩夫人得遇于郎：刘斧《青琐高议》收张子京《流红记》，记唐僖宗时宫女韩氏于红叶上题思春之诗，红叶从御沟流出，被书生于佑发现，也以红叶题诗从御沟上游流入宫中，恰又被韩氏拾到。后僖宗释宫女出宫，韩、于二人结为夫妻。[44] 张生偶逢崔氏：指张生与崔莺莺的故事。见唐元稹《会真记》，元代王实甫有《西厢记》敷衍其故事。[45]《题红记》：明代王骥德所作传奇，系据唐传奇《流红记》改编。[46]《崔徽传》：元稹撰，写妓女崔徽与御史裴敬中相从数月，别后不复相见，崔徽思之成疾，后卒。此处《崔徽传》疑为《莺莺传》之误。[47] 偷期：幽会。[48] 得成秦晋：谓结成夫妻。春秋时秦晋两国世代联姻，后以秦晋指两姓联姻。[49] 及笄(jī)：女子年满十五岁开始束发，以笄总之。笄，发簪。[50] 没(mò)乱里：心绪烦乱。[51] 小婵娟：美貌的少女。[52] 一例里：一律。神仙眷：名门姻缘。[53] 睡情：梦中春情。[54] "则索"句：只得照旧羞怯。则索，只得。[55] 迁延：徘徊。[56] 淹煎：受煎熬。[57] 泼残生：犹言苦命。泼，詈语。[58] 隐(yìn)几而眠：靠着几案睡去。隐，凭倚，依据。[59] "今朝"句：指遇见情人。南朝刘义庆《幽明录》写东汉刘晨与阮肇到天台山采药，于桃源洞遇二仙女，邀至家中。半年归家，人间已入晋，已历七代。[60] 淹通：精通、贯通。淹，精、深。[61] 是答儿：到处。答，用同"搭"，处。[62] 揾(wèn)：按住，此指咬住。苦(shān)：遮盖。[63] 一晌：指较短的时间。[64] 俨然：庄重的样子，引申为一本正经、煞有介事的模样。[65] 早难道：难道，语气加重。[66] 催花御史惜花天：《说郛》卷二七《云仙散录》引《玉尘集》说唐穆宗时"每宫中花开，则以重顶帐篷蒙蔽栏槛，置惜花御史掌之"。此指花神的身份。[67] 检点：查点。春工：春季造化万物之工。[68] "蘸客"句：落红如雨，让沾染落花的客人无限伤情。蘸，沾。[69] "单则是"三句：从花神的眼中来形容杜柳二人的梦中欢会。[70] "这是景上缘"三句：采用佛教的说法，情爱虚幻而短暂，这是因缘所造成的。景，即"影"。见，通"现"。[71] 展污：玷污，弄脏。[72] 鬼门：古代戏曲舞台上的上下场门。[73] 草藉(jiè)花眠：谓眠于花草之上。藉，垫着。[74] 红松翠偏：指女子头上的珠宝饰物都疏松、偏斜了。[75] 胭脂：本指用于化妆的红色颜料，此泛指鲜艳的红色。[76] 将息：休息、保重。[77] 黄堂：古代太守衙中的正堂，借指太守。[78] 针指：指缝纫、刺绣等针线活儿。[79] 观玩：观赏玩味。[80] 春暄：春暖。[81] 消停：停止，停歇，此指休息。[82] 弱冠：古代男子二十岁行冠礼，表示成人，但因其体未壮故称弱冠。《礼记·曲礼上》："二十曰弱，冠。"[83] 南柯一梦：《太平广记》引李公佐《淳于梦》，写淳于梦梦见自己做了大槐安国的驸马，并出任南柯太守。在梦中历尽繁华，醒后方知是梦。大槐安国是一蚁穴，南柯郡是其旁边的另一蚁穴。"南柯"后来成为梦的代称。汤显祖《南柯记》即取自于这个故事。[84] 雨香云片：指梦中幽会欢情。[85] 闪的俺：害得我。心悠步荤：指心绪缠绵，脚步无力。悠，摇荡。荤，慵倦，软弱无力。[86] 不争多：差不多。[87] 忺（xiān）：适意，高兴。[88] 香篝（gōu）：熏香用的香笼。[89] 四句下场诗分别出自唐代张说《奉和圣制春日出苑应制》、唐代罗隐《桃花》、唐代许浑《早发天台中岩寺度关岭次天姥岑》、罗隐《桃花》。末句"回首东风一断肠"实出自罗隐的《桃花》，而非韦庄《春陌二首》，韦诗"断肠东风各回首"，与"回首东风一断肠"句式不同。

**【审美点评】**

万紫千红的花园引发了杜丽娘青春的觉醒，她对春光的惊叹、对自身情境的感伤、对梦中男子的眷恋读来哀感缠绵。吕天成《曲品》评曰："杜丽娘事甚奇，而着意发挥，怀春慕色之情，惊心动魄，且巧妙迭出，无境不新，真堪千古矣。"

# 袁宏道

袁宏道（1568—1610），字中郎，号石公，湖北公安人。明万历二十年（1592）进士，三年后任吴县知县。二十六年（1598）为顺天府教授，迁国子监助教，补礼部主事，有政声。居官五、六年，多次辞官遍游吴、会山水。三十四年（1606）迫于父命，入京补吏部封验司主事，转吏部考功员外郎，升吏部稽勋郎中。与兄宗道、弟中道并称"三袁"，开创了"公安派"。他受李贽影响，反对前后七子的摹拟之风，主张"独抒性灵，不拘格套"（《叙小修诗》）。他还将民歌视为"真声"。作品真率自然，但"机锋侧出，矫枉过正"（钱谦益《列朝诗集小传》）。有《袁中郎集》。

## 显灵宫集诸公，以城市山林为韵 （四首选一）

**【题解】** 本诗作于明万历二十七年（1599），时作者在北京任国子监助教。他与兄长袁宗道、友人黄辉等人是年在京西崇国寺结"葡萄社"，聚会讲学，研究禅学，经常游览山水。本题诗共四首，这是其中第二首，用"市"字韵。显灵宫祀王灵官，在北京皇城西，是避暑佳处。诗中看似对政治漠不关心，但消极的情绪背后是对朝政日非的深深忧虑。

野花遮眼酒沾涕[1]，塞耳愁听新朝事。邸报束作一筐灰[2]，朝衣典与栽花市。新诗日日千余言，诗中无一忧民字。旁人道我真聩聩[3]，口不能答指山翠。自从老杜得诗名，忧君爱国成儿戏。言既无庸默不可[4]，阮家那得不沉醉[5]？眼底浓浓一杯春，恸于洛阳年少泪[6]！

上海古籍出版社版钱伯城笺校《袁宏道集笺校》卷一六

**【注释】**

[1]"野花"句：指在显灵宫聚会置酒赏花，借酒浇愁。[2]邸报：古代抄发皇帝诏令、臣子奏议，以报于诸藩，因称之为邸报。[3]聩（kuì）聩：昏聩糊涂。聩，聋。[4]无庸：无用。[5]"阮家"句：用阮籍事。司马氏当权，阮籍为避祸，日日沉醉酒乡。[6]洛阳年少：指贾谊，洛阳人。《史记·屈原贾生列传》载其曾上书陈述政事，"可为痛哭者一，可为流涕者二，可为长太息者六"。

**【审美点评】**

"自从老杜得诗名，忧君爱国成儿戏"二句发人深思，杜甫以忧国忧民的诗作而闻名，后世的人便将忠君爱国视为口头的套话，真正在行为上践行的很少。作者表面上是无所作为的，但实际上将忧国忧民深植于心，感于时事不可为，而采取了这样颓废的方式。

# 虎 丘

**【题解】**此文作于万历二十四年（1596），时袁宏道已辞去吴县县令职。自任职至卸职，作者于两年中六游虎丘，本文不是单记某次游览，而是追记几次虎丘之游。文章生动描写了苏州中秋虎丘游人如织的情景及斗歌的传统。同时表达了自己鄙弃官场而愿与民同乐、自然任性的心情。

虎丘去城可七八里[1]，其山无高岩邃壑，独以近城故，箫鼓楼船[2]，无日无之。凡月之夜，花之晨，雪之夕，游人往来，纷错如织，而中秋为尤胜。每至是日，倾城阖户[3]，连臂而至，衣冠士女[4]，下迨蔀屋[5]，莫不靓妆丽服，重茵累席[6]，置酒交衢间[7]。从千人石上至山门[8]，栉比如鳞[9]，檀板丘积[10]，樽罍云泻[11]，远而望之，如雁落平沙，霞铺江上，雷辊电霍[12]，无得而状。

布席之初，唱者千百，声若聚蚊，不可辨识。分曹部署[13]，竞以歌喉相斗，雅俗既陈，妍媸自别[14]。未几而摇头顿足者[15]，得数十人而已。已而明月浮空，石光如练，一切瓦釜[16]，寂然停声，属而和者[17]，才三四辈。一箫，一寸管，一人缓板而歌[18]，竹肉相发[19]，清声亮彻，听者魂销。比至夜深，月影横斜，荇藻凌乱[20]，则箫板亦不复用。一夫登场，四座屏息，音若细发，响彻云际，每度一字[21]，几尽一刻[22]，飞鸟为之徘徊，壮士听而下泪矣。

剑泉深不可测[23]，飞岩如削。千顷云得天池诸山作案[24]，峦壑竞秀，最可觞客[25]。但过午则日光射人，不堪久坐耳。文昌阁亦佳，晚树尤可观。面北为平远堂旧址，空旷无际，仅虞山一点在望[26]。堂废已久，余与江进之谋所以复之[27]，欲祠韦苏州、白乐天诸公于其中[28]，而病寻作；余既乞归，恐进之兴亦阑矣。山川兴废，信有时哉！吏吴两载[29]，登虎丘者六。最后与江进之、方子公同登[30]，迟月生公石上[31]，歌者闻令来，皆避匿去。余因谓进之曰："甚矣，乌纱之横[32]，皂隶之俗哉[33]！他日去官，有不听曲此石上者如月。[34]"今余幸得解官，称"吴客"矣，虎丘之月，不知尚识余言否耶[35]？

**上海古籍出版社版钱伯城笺校《袁宏道集笺校》卷四**

**【注释】**

[1]虎丘：也叫海涌山，位于苏州市西北，有虎丘塔、千人石、剑池等名胜古迹。汉袁康《越绝书》云吴王阖闾葬于此，第三日，有虎居其上，故号为虎丘。[2]箫鼓：吹箫击鼓。[3]阖户：全家。[4]衣冠：用衣帽代指士大夫、乡绅。[5]蔀（bù）屋：本指穷苦人家昏暗的房屋，这里指代平民百姓。蔀，幽暗。[6]重茵累席：重叠地铺着垫子和席子。茵，铺垫的东西，垫子、褥子、毯子的通称。[7]交衢：指道路交错的要冲之处。[8]千人石：居于虎丘剑池旁，石面巨大平坦。传说梁高僧竺道生曾于此说法。[9]栉（zhì）比：比喻象梳齿那样密集地排列。栉，梳子和篦子的总称。[10]檀板：檀木制成的拍板。[11]樽罍（léi）：樽、罍都是古代盛酒的器具。罍也可用于盥洗。[12]雷辊（gǔn）电霍：形容各种声音和光彩如同电闪雷鸣。辊，像车轮般很快转动。霍，象闪电快速闪动。[13]分曹：分班，分批。曹，辈。[14]妍媸（yánchī）：同"妍蚩"。妍，美丽。媸，相貌丑陋，与"妍"相对。此指唱得好与坏。[15]摇手顿足：摆动手跺着脚，形容按节而歌的样子。[16]瓦釜（fǔ）：简单的乐器，指粗俗、平庸的音乐。[17]属（zhǔ）而和（hè）者：跟随着唱的人。属，连接。[18]缓板：缓慢地拍打着檀板。[19]竹肉：竹指箫管，肉指人的歌喉。泛指器乐与歌唱。《晋书·孟嘉传》："丝不如竹，竹不如肉。"[20]荇（xìng）藻：生长在水中的植物。此处比喻月下树影零乱。[21]度（duó）：按曲谱歌唱。[22]一刻：时间单位，古时分一昼夜为百刻，清初改为九十六刻，每刻相当于今天十五分钟。[23]剑泉：即千人石之北的剑池。[24]千顷云：山名，在虎丘山上。天池：山名，又名华山，在苏州阊门外三十里。[25]最可觞客：指最宜游人在那儿饮酒。觞，酒器，此是劝人欢饮的意思。[26]虞山：在江苏常熟县西北。[27]江进之：名盛科，字进之，常德桃源人。万历年间进士，曾任长洲县令。著有《雪涛阁集》。[28]欲祠：想要建祠祭祀。韦苏州、白乐天：指唐代诗人韦应物与白居易，二人都做过苏州刺史。[29]吏吴：在吴县做官。[30]方子公：方文

僕，字子公，新安人。[31] 迟：等候。生公石：在千人石之北。[32] 乌纱：乌纱帽，代指官吏。[33] 皂隶：衙门里的差役。[34] 如月：以月为证，指月发誓语。[35] 识（zhì）：记得。

**【审美点评】**

明陆人龙评曰："虎丘之胜，已尽于笔端矣，观绘事不如读此之灵活。"（《翠娱阁评选十六名家小品》）同时，这一小品文成为昆曲艺术的绝好注解。中秋夜人们豪饮斗歌，歌者由多至少，歌声由粗至精，至深夜最后的决胜者一展歌喉。"音若细发，响彻云际，每度一字，几尽一刻。"这里概括了昆曲唱腔的特点与效果，因要求唱口轻圆、启口轻细故"音若细发"；因将字分为字头、字腹、字尾三段切音唱出故唱一字要"几尽一刻"。

# 吴承恩

吴承恩（1500？—1582？），字汝忠，号射阳山人，山阳（今江苏淮安）人。自幼聪慧，好搜奇闻，以文鸣于淮。希冀以科举出身，却屡困场屋，四十余岁才补岁贡生。至六十余岁，因母老家贫，进京候选，做了正八品的长兴县县丞。大约一年半后，为征粮事得罪长兴大豪，被撤职罢官。后又补为"荆府纪善"，古稀之年离开家乡，到湖北蕲州荆王府上任，几年后，归居乡里，贫老而终。吴承恩无子，逝世后遗稿多散佚，后由其表外孙丘正纲"收拾残缺，分为四卷，刊布于世"，即《射阳先生存稿》。今有刘修业辑校本，易名为《吴承恩诗文集》，由中华书局出版。

## 唐三藏初试紧箍咒（节选）

**【题解】**本篇节选自《西游记》第十四回。孙悟空做了唐僧的大弟子后，野性难驯，遇到六个剪径的毛贼，轻易就把他们全部打死。被唐僧唠叨得心烦，纵身离去。唐僧在孤凄无奈之际，得到观音菩萨赐予的金箍儿，并暗暗记下咒语。再次回到唐僧身边的孙悟空，被哄骗戴上了金箍儿。此篇即写孙悟空戴金箍儿的过程。

却说那悟空别了师父，一筋斗云，径转东洋大海。按住云头，分开水道，径至水晶宫前。早惊动龙王出来迎接。接至宫里坐下，礼毕。龙王道："近闻得大圣难满，失贺！想必是重整仙山，复归古洞矣。"悟空道："我也有此心性；只是又做了和尚了。"龙王道："做甚和尚？"行者道："我亏了南海菩萨劝善，教我正果，随东土唐僧，上西方拜佛，皈依沙门，又唤为行者了。"龙王道："这等真是可贺！可贺！这才叫做改邪归正，惩创善心。既如此，怎么不西去，复东回何也？"行者笑道："那是唐僧不识人性。有几个毛贼剪径，是我将他打死，唐僧就绪绪叨叨，说了我若干的不是。你想老孙，可是受得闷气的？是我撇了他，欲回本山，故此先来望你一望，求钟茶吃。"龙王道："承降！承降！"当时龙子、龙孙即捧香茶来献。

茶毕，行者回头一看，见后壁上挂著一幅"圯桥进履"的画儿。行者道："这是甚么景致？"龙王道："大圣在先，此事在后，故你不认得。这叫做'圯桥三进履'。"行者道："怎的是'三进履'？"龙王道："此仙乃是黄石公。此子乃是汉世张良。石公坐在圯桥上，忽然失履于桥下，遂唤张良取来。此子即忙取来，跪献于前。如此三度，张良略无一毫倨傲怠慢之心，石公遂爱他勤谨，夜授天书，着他扶汉。后果然运筹帷幄之中，决胜千里之外。太平后，弃职归山，从赤松子游，悟成仙道。大圣，你若不保唐僧，不尽勤劳，不受教诲，到底是个妖仙，休想得成正果。"悟空闻言，沉吟半晌不语。龙王道："大圣自当裁处，不可图自在，误了前程。"悟空道："莫多话，老孙还去保他便了。"龙王欣喜道："既如此，不敢久留，请大圣早发慈悲，莫要疏久了你师父。"行者见他催促请行，急耸身，出离海藏，驾着云，别了龙王。

正走，却遇着南海菩萨。菩萨道："孙悟空，你怎么不受教诲，不保唐僧，来此处何干？"慌得个行者在云端里施礼道："向蒙菩萨善言，果有唐朝僧到，揭了压帖，救了我命，跟他做了徒弟。他却怪我凶顽，我才子闪了他一闪，如今就去保他也。"菩萨道："赶早去，莫错过了念头。"言毕，各回。

这行者，须臾间看见唐僧在路旁闷坐。他上前道："师父！怎么不走路？还在此做甚？"三藏抬头道："你往那里去来？教我行又不敢行，动又不敢动，只管在此等你。"行者道："我往东洋大海老龙王家讨茶吃吃。"三藏道："徒弟啊，出家人不要说谎。你离了我，没多一个时辰，就说到龙王家吃茶？"行者笑道："不瞒师父说：我会驾筋斗云，一个筋斗，有十万八千里路，故此得即去即来。"三藏道："我略略的言语重了些儿，你就怪我，使个性子丢了我去。像你这有本事的，讨得茶吃；像我这去不得的，只管在此忍饿。你也过意不去呀！"行者道："师父，你若饿了，我便去与你化些斋吃。"三藏道："不用化斋。我那包袱里，还有些干粮，是刘太保母亲送的，你去拿钵盂寻些水来，等我吃些儿走路罢。"

　　行者去解开包袱，在那包裹中间见有几个粗面烧饼，拿出来递与师父。又见那光艳艳的一领绵布直裰，一顶嵌金花帽，行者道："这衣帽是东土带来的？"三藏就顺口儿答应道："是我小时穿戴的。这帽子若戴了，不用教经，就会念经；这衣服若穿了，不用演礼，就会行礼。"行者道："好师父，把与我穿戴了罢。"三藏道："只怕长短不一，你若穿得，就穿了罢。"行者遂脱下旧白布直裰，将绵布直裰穿上，也就是比量着身体裁的一般，把帽儿戴上。三藏见他戴上帽子，就不吃干粮，却默默的念那《紧箍咒》一遍。行者叫道："头痛！头痛！"那师父不住的又念了几遍，把个行者痛得打滚，抓破了嵌金的花帽。三藏又恐怕扯断金箍，住了口不念。不念时，他就不痛了。伸手去头上摸摸，似一条金线儿模样，紧紧的勒在上面，取不下，揪不断，已此生了根了。他就耳里取出针儿来，插入箍里，往外乱捎。三藏又恐怕他捎断了，口中又念起来，他依旧生痛，痛得竖蜻蜓，翻筋斗，耳红面赤，眼胀身麻。那师父见他这等，又不忍不舍，复住了口，他的头又不痛了。行者道："我这头，原来是师父咒我的。"三藏道："我念得是《紧箍经》，何曾咒你？"行者道："你再念念看。"三藏真个又念，行者真个又痛，只教："莫念！莫念！念动我就痛了！这是怎么说？"三藏道："你今番可听我教诲了？"行者道："听教了！"——"你再可无礼了？"行者道："不敢了！"

人民文学出版社版《西游记》

**【审美点评】**

　　孙悟空戴金箍儿的情节富于哲理性，内涵深刻而严肃。作者以幽默的笔法出之，整个过程如两个孩子斗法一般，发人一笑，体现了《西游记》"以戏言寓诸幻笔"（任蛟《西游记叙言》）的独特风格。


# 兰陵笑笑生

　　《金瓶梅词话》的作者题名为"兰陵笑笑生"，作者的真实姓名及生平事迹不详。"兰陵"一说山东，一说江苏。沈德符《万历野获编》谓《金瓶梅词话》的作者是嘉靖间大名士，袁中道《游居柿录》认为是"绍兴老儒"，又有"金吾戚里"门客（谢肇淛《金瓶梅跋》）等说法，但都未有确指。《金瓶梅》的作者较有影响的说法有王世贞、李开先、贾三近、屠龙、汤显祖、冯梦龙等，但都缺乏确凿的证据。

# 争闲气雪娥挨打（节选）

**【题解】** 本篇节选自《金瓶梅》第十一回。孙雪娥原是西门庆正妻陈氏的陪房丫头，陈氏死后，被西门庆收为妾。在西门庆的众多妻妾中，孙雪娥的境遇是最凄惨的，她既没有孟玉楼那样富足的钱财，也没有潘金莲的心机和美貌，在家庭中的地位相当于奴仆。雪娥挨打，都是由于潘金莲的挑拨。本篇揭示了西门庆复杂混乱的家庭关系。

次日，也是合当有事，西门庆许下金莲，要往庙上替他买珠子穿箍儿戴。早起来，等着要吃荷花饼，银丝鲊汤，使春梅往厨下说去，那春梅只顾不动身。金莲道："你休使他。有人说我纵容他，教你收了，俏成一帮儿哄汉子。百般指猪骂狗，欺负俺娘儿们。你又使他后面做甚么去？"西门庆便问："是谁说的？你对我说。"妇人道："说怎的？盆罐都有耳朵。你只不叫他后边去，另使秋菊去便了。"西门庆遂叫过秋菊，分付他往厨下对雪娥说去。约有两顿饭时，妇人已是把桌儿放了，白不见拿来，急的西门庆只是暴跳。妇人见秋菊不来，使春梅："你去后边瞧瞧，那奴才只顾生根长苗的，不见来。"春梅有几分不顺，使性子走到厨下。只见秋菊正在那里等着哩，便骂道："贼奴才！娘要卸你那腿哩！说你怎的就不去了。爹等着吃了饼，要往庙上去，急得爹在前边暴跳，叫我采了你去哩！"这孙雪娥不听便罢，听了心中大怒，骂道："怪小淫妇儿！'马回子拜节——来到的就是'。锅儿是铁打的，也等慢慢儿的来。预备下熬的粥儿，又不吃；忽剌八新兴出来要烙饼做汤。那个是肚里蛔虫？"春梅不忿他，骂说道："没的扯屁淡？主子不使了来，那个好来问你要？有与没，俺们到前边只说的一声儿，有那些声气的？"一只手揪住秋菊的耳朵，一直往前边来。雪娥道："主子、奴才，常远是这等硬气！有时道着！"春梅道："有时道没时道，没的把俺娘儿两个别变了罢！"于是气狠狠走来。妇人见他脸气得黄黄的，拉着秋菊进门，便问："怎的来了？"春梅道："你问他。我去时，还在厨房里雌着，等他慢条斯礼儿才和面儿，我自不是。说了一句爹在前边等着，娘说你怎的就不去了，到被那小院儿里的千奴才、万奴才骂了我恁一顿。说爹'马回子拜节——走到的就是'，只像那个调唆了爹一般，预备了粥儿不吃，平白地生发起要甚饼和汤。只顾在厨房里骂人，不肯做哩！"妇人在旁便道："我说别要使他去，人自恁和他合气，说俺娘儿两个把拦你在这屋里，只当吃人骂将来。"

西门庆听了大怒，走到后边厨房里，不由分说，向雪娥踢了几脚，骂道："贼歪刺骨！我使他来要饼，你如何骂他？你骂他'奴才'，你如何不溺胞尿，把自己照照！"雪娥被西门庆踢骂了一顿，敢怒而不敢言。西门庆刚走到厨房门外，孙雪娥对着来昭妻一丈青说道："你看，我今日悔气！早是你在旁听，我又没曾说甚么。他走将来凶神也一般，大吆小喝，把丫头采的去了。反对主子面前轻事重报，惹的走来平白地恁一场儿——我洗着眼儿看着，主子奴才长远恁硬气着，只休要错了脚儿！"不想被西门庆听见了，复回来，又打了几拳，骂道："贼奴才，淫妇！你还说不欺负他，亲耳朵听见你还骂他。"打的雪娥疼痛难忍，西门庆便往前边去了。那雪娥，气的在厨房里两泪悲流，放声大哭。吴月娘正在上房，才起来梳头，因问小玉："厨房里乱些什么？"小玉回道："爹要饼，吃了往庙上去，说姑娘骂五娘房里春梅来，被爹听见了，踢了姑娘几脚，哭起来。"月娘道："也没见，他要饼吃，连忙做了与他去，就罢了。平白又骂他房里丫头怎的？"于是使小玉走到厨房，撺掇雪娥和家人媳妇忙造汤水，打发西门庆吃了，往庙上去，不题。

这雪娥气愤不过，正走到月娘房里告诉此事。不防金莲蓦然走来，立于窗下潜听。见雪娥在房里，对月娘、李娇儿说他怎的把拦汉子背地无所不为："娘你还不知，淫妇说起来，比养汉老婆还浪，一夜没汉子也成不的。背地干的那茧儿，人干不出，他干出来。当初在家，把亲汉子用毒药摆死了，跟了来，如今把俺们也吃他活埋了。弄的汉子乌眼鸡一般，见了俺们便不待见。"月娘道："也没见你，他前边使了丫头要饼，你好好打发与他去便了，平白又骂他怎的？"孙雪娥道："我骂他秃也瞎也来？那顷，这丫头在娘房里，着紧不听手，俺没曾在灶上把刀背打他？娘尚且不言语。可可今日轮到他手里，便骄贵的这等的了。"正说着，只见小玉走到说："五娘在外边。"少顷，金莲进房，望着雪娥说道："比如我当初摆死亲夫，你就不消叫汉子娶我来家，省得我把拦着他，撑了你的窝儿。论起春梅,又不是我的丫头,你气不愤,还叫他伏侍大娘就是了。省得你和他合气,把我扯在里头。那个好意死了汉子嫁人?如今也不难的勾当,等他来家,与我一纸休书,我去就是了。"月娘道:"我也不晓的你们底事,你们大家省言一句儿便了。"孙雪娥道:"娘你看他嘴似淮洪也一般,随问谁也辩他不过。明在汉子跟前戳舌儿,转过眼就不认了。依你说起来,除了娘,把俺们都撵了,只留着你罢!"那吴月娘坐着,由他两个你一句我一句,只不言语。后来见骂起来,雪娥道:"你骂我奴才?你便是真奴才。"险些儿不曾打起来。月娘看不上,使小玉把雪娥拉往后边去。这潘金莲一直归到前边,卸了浓妆,洗了脂粉,乌云散乱,花容不整,哭得两眼如桃,倘在床上。

到日西时分,西门庆庙上来,袖着四两珠子,进入房中。一见,便问:"怎的来?"妇人放声号哭起来,问西门庆要休书。如此这般,告诉一遍:"我当初又不图你钱财,自恁跟了你来,如何今日教人这等欺负?千也说我摆杀汉子,万也说我摆杀汉子!没丫头便罢了,如何要人房里丫头伏侍?吃人指骂!"这西门庆不听便罢,听了时,三尸神暴跳,五脏气冲天,一阵风走到后边,采过雪娥头发来,尽力拿短棍打了几下。多亏吴月娘向前扯住了,说道:"没的大家省事些儿罢了!好交你主子惹气。"西门庆道:"好贼歪剌骨!我亲自听见你在厨房里骂,你还搅缠别人。我不把你下截打下来也不算。"看官听说,不争今日打了孙雪娥,管教潘金莲从前作过事,没兴一齐来。正是:

惟有感恩并积恨,万年千载不生尘。

当下西门庆打了雪娥,走到前边,窝盘住了金莲,袖中取出庙上买的四两珠子,递与他。妇人见汉子与他做主,出了气,如何不喜?由是要一奉十,宠爱愈深。

**齐鲁书社版清张道深评《金瓶梅》**

**【审美点评】**

雪娥挨打的最根本原因是其失宠。虽然名义上是西门庆的妾,位置排在潘金莲之前,但连大丫鬟春梅都瞧不起她。西门庆家的女人们围绕着一个男人展开形式各样的争斗,其目的都是巩固自己的地位。本篇通过这场小风波,把孙雪娥的愚钝、潘金莲的骄横、春梅的霸道、吴月娘的息事宁人的个性都充分地表现出来了。

# 冯梦龙

冯梦龙（1574—1646），字犹龙，别署墨憨斋主人、顾曲散人等，长洲（今江苏苏州）人。少有才气，狂放不羁，一生功名蹭蹬，五十七岁才补岁贡生，任丹徒县训导。四年后升福建寿宁知县。崇祯十一年（1638）秩满离任，归隐乡里，明朝覆亡后忧愤而卒。冯梦龙思想受李卓吾的影响，敢于冲破传统束缚，有离经叛道的色彩，特别重视通俗文学涵蕴的真挚情感与巨大教化作用，毕生从事通俗文学的搜集、整理和编辑工作。他编纂了白话小说集"三言"。增补、改编了长篇小说《平妖传》、《新列国志》，创作了传奇《双雄记》、《万事足》，改编了他人传奇十余种，合刊为《墨憨斋定本传奇》。他还编纂过文言小说杂著《情史》、《古今谭概》、《智囊》及散曲选集《太霞新奏》等，还搜集、编印两部民歌集《挂枝儿》和《山歌》。

## 杜十娘怒沉百宝箱（节选）

**【题解】** 本篇收入《警世通言》卷三二，有删节。杜十娘是京都名妓，美貌、聪慧，有阅历，有才智。与在京坐监的太学生李甲相遇并产生恋情。赎身后带着百宝箱和对幸福生活的向往随李甲返乡。但途中李甲受惑于盐商孙富的危言，出卖了十娘。杜十娘闻讯后痛斥李甲，怒沉百宝箱，投河自尽，并对负情者作出彻底的谴责。

却说杜十娘在舟中，摆设酒果，欲与公子小酌，竟日未回，挑灯以待。公子下船，十娘起迎。见公子颜色匆匆，似有不乐之意，乃满斟热酒劝之。公子摇首不饮，一言不发，竟自床上睡了。十娘心中不悦，乃收拾杯盘，为公子解衣就枕，问道："今日有何见闻，而怀抱郁郁如此？"公子叹息而已，终不启口。问了三四次，公子已睡去了。十娘委决不下，坐于床头而不能寐。到夜半，公子醒来，又叹一口气。十娘道："郎君有何难言之事，频频叹息？"公子拥被而起，欲言不语者几次，扑簌簌掉下泪来。十娘抱持公子于怀间，软言抚慰道："妾与郎君情好，已及二载，千辛万苦，历尽艰难，得有今日。然相从数千里，未曾哀戚。今将渡江，方图百年欢笑，如何反起悲伤，必有其故。夫妇之间，死生相共，有事尽可商量，万勿讳也。"公子再四被逼不过，只得含泪而言道："仆天涯穷困，蒙恩卿不弃，委曲相从，诚乃莫大之德也。但反覆思之，老父位居方面，拘于礼法，况素性方严，恐添嗔怒，必加黜逐。你我流荡，将何底止？夫妇之欢难保，父子之伦又绝。日间蒙新安孙友邀饮，为我筹及此事，寸心如割。"十娘大惊道："郎君意将如何？"公子道："仆事内之人，当局而迷。孙友为我画一计颇善，但恐恩卿不从耳！"十娘道："孙友者何人？计如果善，何不可从？"公子道："孙友名富，新安盐商，少年风流之士也。夜间闻子清歌，因而问及。仆告以来历，并谈及难归之故，渠意欲以千金聘汝。我得千金，可藉口以见吾父母；而恩卿亦得所天[1]。但情不能舍，是以悲泣。"说罢，泪如雨下。十娘放开两手，冷笑一声道："为郎君画此计者，此人乃大英雄也。郎君千金之资，既得恢复，而妾归他姓，又不致为行李之累，发乎情，止乎礼，诚两便之策也。那千金在那里？"公子收泪道："未得恩卿之诺，金尚留彼处，未曾过手。"十娘道："明早快快应承了他，不可挫过机会。但千金重事，须得兑足交付郎君之手，妾始过舟，勿为贾竖子所欺。[2]"时已四鼓，十娘即起身挑灯梳洗道："今日之妆，乃迎新送旧，非比寻常。"于是脂粉香泽，用意修饰，花钿绣袄，极其华艳，香风拂拂，光采照人。装束方完，天色已晓。孙富差家童到船头候信。十娘微窥公子，欣欣似有喜色，乃催公子快去回话，及早兑足银子。公子亲到孙富船中，回复依允。孙富道："兑银易事，须得丽人妆台为信。"公子又回复了十娘，十娘即指描金文具道："可便抬去。"孙富喜甚。即将白银一千两，送到公子船中。十娘亲自检看，足色足数，分毫无爽。乃手把船舷，以手招孙富。孙富一见，魂不附体。十娘启朱唇，开皓齿道："方才箱子可暂发来，内有李郎路引一纸[3]，可检还之也。"孙富视十娘已为瓮中之鳖，即命家童送那描金文具，安放船头之上。十娘取钥开锁，内皆抽替小箱[4]。十娘叫公子抽第一层来看，只见翠羽明珰，瑶簪宝珥，充牣于中[5]，约值数百金。十娘遽投之江中。李甲与孙富及两船之人，无不惊诧。又命公子再抽一箱，乃玉箫金管。又抽一箱，尽古玉紫金玩器，约值数千金。十娘尽投之于大江中。岸上之人，观者如堵。齐声道："可惜可惜！"正不知什么缘故。最后又抽一箱，箱中复有一匣。开匣视之，夜明之珠，约有盈把。其他祖母绿，猫儿眼[6]，诸般异宝，目所未睹，莫能定其价之多少。众人齐声喝采，喧声如雷。十娘又欲投之于江。李甲不觉大悔，抱持十娘恸哭，那孙富也来劝解。十娘推开公子在一边，向孙富骂道："我与李郎备尝艰苦，不是容易到此，汝以奸淫之意，巧为谗说，一旦破人姻缘，断人恩爱，乃我之仇人。我死而有知，必当诉之神明，尚妄想枕席之欢乎！"又对李甲道："妾风尘数年，私有所积，本为终身之计。自遇郎君，山盟海誓，白首不渝。前出都之际，假托众姊妹相赠，箱中韫藏百宝[7]，不下万金。将润色郎君之装，归见父母，或怜妾有心，收佐中馈[8]，得终委托，生死无憾。谁知郎君相信不深，惑于浮议[9]，中道见弃，负妾一片真心。今日当众目之前，开箱出视，使郎君知区区千金，未为难事。妾椟中有玉，恨郎眼内无珠。命之不辰[10]，风尘困瘁，甫得脱离，又遭弃捐。今众人各有耳目，共作证明，妾不负郎君，郎君自负妾耳！"于是众人聚观者，无不流涕，都唾骂李公子负心薄幸。公子又羞又苦，且悔且泣，方欲向十娘谢罪。十娘抱持宝匣，向江心一跳。众人急呼捞救。但见云暗江心，波涛滚滚，杳无踪影。可惜一个如花似玉的名姬，一旦葬于江鱼之腹。

人民文学出版社版《警世通言》下

**【注释】**

[1] 所天：旧称所依靠的人，包括君王、父亲、丈夫。此指丈夫。晋潘岳《寡妇赋》："少丧父母，适人而所天又殒。"[2] 贾竖子：骂人语，指做买卖的市侩。[3] 路引：即是离乡证明。此指国子监准许太学生回籍的证件。[4] 抽替：即抽屉。[5] 充牣：充满。[6] 祖母绿：宝石名，也叫绿柱玉，通体透明，较名贵。猫儿眼：矿物名，亦称猫眼石、猫睛石，以光亮晶莹为佳品，用作宝石。[7] 韫（yùn）藏：蕴藏。韫，《广雅》："韫，裹也。"[8] 中馈：古时指妇女在家主持饮食之事，后多指妻室。《易·家人》："无攸遂，在中馈。"孔颖达疏："妇人之道……其所职，主在于家中馈食供祭而已。"[9] 浮议：没有根据的议论。[10] 不辰：不得其时。《诗·大雅·桑柔》："我生不辰，逢天僤怒。"此指命运不好。

**【审美点评】**

杜十娘是中国文学史上最光辉的女性形象之一。她的悲剧，表面上看是所托非人和偶然因素促成的，而深层原因是她的美好愿望与社会价值取向的激烈冲突。在一定程度上说，这是无可避免的。作为被侮辱、被损害的风尘女子，杜十娘的悲剧完全出于其意志的自主选择，因此震撼人心。

# 凌濛初

凌濛初（1580—1644），字玄房，号初成，别号即空观主人，乌程（今浙江吴

兴）人。先祖世代为官，十二岁入学补弟子员，十八岁补廪膳生，屡试不中。崇祯
七年（1634），以优贡选上海县丞，任职期间颇有政声。后擢徐州通判并分署房村，
时值李自成起义，积极抗御。崇祯十七年（1644），被李自成军包围，拒绝投降，
忧愤呕血而卒。凌濛初才华横溢，一生著作极多，小说、诗歌、戏剧、文学评论、
史传都有所涉及，成就最高的当属"二拍"。

# 转运汉巧遇洞庭红（节选）

【题解】本篇收入《初刻拍案惊奇》卷一《转运汉巧遇洞庭红 波斯胡指破鼍龙
壳》，有删节。文若虚本是倒运汉，百事无成，在无聊之际随做贸易的朋友去海外
散心，从此转运。先是把一两银子购得的"洞庭红"，卖出了千两的高价；后又在
孤岛上拾得鼍龙壳，内竟藏惊人的财富，因而大富。这个故事极富传奇色彩。文若
虚的转运，不关乎品德、经营、机遇等因素，完全是时来运转。正所谓"命若穷，
掘得黄金化作铜；命若富，拾着白纸变成布"。小说津津乐道地描写文若虚发家的
过程，显示出明代社会舆论对金钱的企慕。

　　主人撤了酒席，收拾睡了。明日起个清早，先走到海岸船边，来拜
这伙客人。主人登舟，一眼瞅去，那舱里狼狼犺犺这件东西早先看见
了[1]，吃了一惊道："这是那一位客人的宝货？昨日席上并不曾见说起。
莫不是不要卖的？"众人都笑指道："此敝友文兄的宝货。"中有一人衬
道："又是滞货。"主人看了文若虚一看，满面挣得通红，带了怒色，埋
怨众人道："我与诸公相处多年，如何恁地作弄我？教我得罪于新客，把
一个末座屈了他，是何道理？"一把扯住文若虚，对众客道："且慢发货，
容我上岸谢过罪着。"众人不知其故，有几个与文若虚相知些的，又有几
个喜事的，觉得有些古怪，共十余人赶了上来，重到店中，看是如何。

　　只见主人拉了文若虚，把交椅整一整，不管众人好歹，纳他头一位
坐下了，道："适间得罪得罪，且请坐一坐。"文若虚也心中镬铎[2]，忖
道："不信此物是宝贝，这等造化不成？"主人走了进去，须臾出来，又
拱众人到先前吃酒去处，又早摆下几桌酒，为首一桌比先更齐整。把盏
向文若虚一揖，就对众人道："此公正该坐头一席。你每枉自一船的货，
也还赶他不来。先前失敬失敬。"众人看见，又好笑，又好怪，半信不信
的，一带儿坐了。

　　酒过三杯，主人就开口道："敢问客长，适间此宝可肯卖否？"文若
虚是个乖人，趁口答应道："只要有好价钱，为甚不卖？"那主人听得肯

卖，不觉喜从天降，笑逐颜开，起身道："果然肯卖，但凭分付价钱，不敢吝惜。"文若虚其实不知值多少，讨少了怕不在行，讨多了怕吃笑，忖了一忖，面红耳热，颠倒讨不出价钱来。

张大便与文若虚丢个眼色，将手放在椅子背后，竖着三个指头，再把第二个指空中一撇，道："索性讨他这些。"文若虚摇头，竖一指道："这些我还讨不出口在这里。"却被主人看见道："果是多少价钱？"张大搊一个鬼道："依文先生手势，敢象要一万哩。"主人呵呵大笑道："这是不要卖，哄我而已，此等宝物岂止此价钱？"众人见说，大家目睁口呆，都立起了身来，扯文若虚去商议道："造化，造化。想是值得多哩！我们实实不知如何定价，文先生不如开个大口，凭他还罢。"文若虚终是碍口识羞，待说又止。众人道："不要不老气。[3]"主人又催道："实说说何妨？"文若虚只得讨了五万两。主人还摇头道："罪过罪过，没有此话。"

扯着张大，私问他道："老客长们海外往来，不是一番了，人都叫你是张识货，岂有不知此物就里的？必是无心卖他，奚落小肆罢了。"张大道："实不瞒你说，这个是我的好朋友，同了海外顽耍的，故此不曾置货。适间此物，乃是避风海岛，偶然得来，不是出价置办的，故此不识得价钱。若果有这五万与他，勾他富贵一生，他也心满意足了。"主人道："如此说，要你做个大大保人，当有重谢，万万不可翻悔。"遂叫店小二拿出文房四宝来，主人家将一张供单绵料纸折了一折，拿笔递与张大道："有烦老客长做主，写个合同文书，好成交易。"张大指着同来一人道："此位客人褚中颖写得好。"把纸笔让与他。

褚客磨得墨浓，展好纸，提起笔来写道：

> 立合同议单张乘运等。今有苏州客人文实，海外带来大龟壳一个，投至波斯玛宝哈店；愿出银五万两买成。议定立契之后，一家交货，一家交银，各无翻悔。有翻悔者罚契上加一，合同为照。

一样两纸。后边写了年月日，下写张乘运为头，一连把在坐客人十来个写去。褚中颖因自己执笔，写了落末。年月前边空行中间，将两纸凑着，写了骑缝一行，两边各半，乃是"合同议约"四字。下写"客人文实，主人玛宝哈"，各押了花押。单上有名，从后头写起，写到张乘运，道："我们押字钱重些，这买卖才弄得成。"主人笑道："不敢轻，不敢轻。"

写毕，主人进内，先将银一箱抬出来道："我先交明白了用钱[4]，还有说话。"众人攒将拢来。主人开箱，却是五十两一包，共总二十包，整整一千两，双手交与张乘运道："凭老客长收明，分与众位罢。"众人初然吃酒、写合同，大家撺哄鸟乱，心下还有些不信的意思，如今见他拿出精晃晃白银来做用钱，方知是实。文若虚恰象梦里醉里，话都说不出来，呆呆地看。张大扯他一把道："这用钱如何分散，也要文兄主张。"文若虚方说一句道："且完了正事慢处。"

上海古籍出版社版章培恒整理《拍案惊奇》上

**【注释】**

[1] 狼狠犺（kàng）犺：粗拙，笨重。此指鼍龙壳的形状极其巨大笨拙。[2] 镬铎（huò duó）：吴中俗语用"聪明面孔，镬铎肚肠"讽刺外表精灵、脑筋糊涂的人。镬铎，糊涂。[3] 不老气：不好意思、害羞的意思。[4] 用钱：即佣钱，古代用来给作中人和保人的费用。

**【审美点评】**

小说善于在不经意间设置悬念。文若虚拾得鼍龙壳看似自然平常，以商行主人初见到它"吃了一惊"、"满面挣得通红，带了怒色"、"埋怨众人"等举动，以及后来五万两银子还认为是不诚心出卖的情节，层层点染烘托，来暗示它的非凡。但作者并不急于宣布谜底，小说在悬念中推动着情节的发展，增强了故事的趣味性。

# 张 岱

张岱（1597—1689?），字宗子，改字石公，号陶庵，又自号蝶庵居士。山阴（今浙江绍兴）人，侨寓杭州。张岱生于仕宦之家，高祖、曾祖均为显官。年轻时生活优渥，明亡后隐居于浙江剡溪山中，生活困顿，著书多表达对故国乡土的追忆。张岱反对前后七子的复古，沿袭公安派与竟陵派，但又不囿于二派，其散文题材广泛，文笔清新，时杂诙谐，趣味盎然。著作有《琅嬛文集》、《陶庵梦忆》、《西湖梦寻》等。此外，还有《石匮书》、《史阙》、《夜航船》等大量学术著作。

## 湖心亭看雪

**【题解】**张岱对西湖情有独钟，他在《西湖梦寻》中说："西湖无日不入吾梦中，而梦中之西湖，未尝一日别余也。"湖心亭在西湖外湖中央的绿洲上，明弘治间（1488—1505）被毁，嘉靖三十一年（1552）重建。文章描写了湖山雪景与作者清高的趣味。

崇祯五年十二月[1]，余住西湖。大雪三日，湖中人鸟声俱绝。是日更定矣[2]，余挐一小舟[3]，拥毳衣炉火[4]，独往湖心亭看雪。雾凇沆砀[5]，天与云、与山、与水，上下一白，湖上影子，惟长堤一痕[6]、湖心亭一点、与余舟一芥[7]、舟中人两三粒而已。到亭上，有两人铺毡对坐，一童子烧酒炉正沸。见余大喜曰："湖中焉得更有此人！"拉余同饮。余强饮三大白而别[8]。问其姓氏，是金陵人，客此。及下船，舟子喃喃曰："莫说相公痴，更有痴似相公者。"

上海古籍出版社版马兴荣点校《陶庵梦忆》卷三

**【注释】**

[1] 崇祯五年：明思宗朱由检年号，即1632年。[2] 更定：夜深人静后。古人把一夜分为五更，一更约为两小时。一更入夜，五更天亮。[3] 挐（ná）：牵引，此指乘船。[4] 毳（cuì）衣：皮毛衣。毳，鸟兽的细毛、绒毛。[5] 雾凇：寒冷天气中，雾落在树上，凝结成白色的松散冰晶，也叫树挂。沆砀（hàngdàng）：白色雾气弥漫貌。《汉书·礼乐志》："西颢沆砀，秋气肃杀。"颜师古注："沆砀，白气之貌也。"[6] 长堤：西湖中的苏堤。[7] 一芥：形容船细小。《庄子·逍遥游》："覆杯水于坳堂之上，则芥为之舟，置杯焉则胶，水浅而舟大也。"陆德明释文："芥，小草也。"后因以"芥舟"比喻小舟。[8] 大白：大酒杯。

**【审美点评】**

本文用语精巧，如"痕"、"点"、"芥"、"粒"等量词的使用新人耳目，衬托出雪中天地之浑然与人物之微小。文章短小简洁而韵味无穷。

# 柳敬亭说书

**【题解】**本篇选自《陶庵梦忆》卷五。柳敬亭，本名曹逢春，后因避仇家迫害改变名姓逃亡。江苏泰州人，明末清初著名说书艺人。曾以其才识为左良玉所赏识，留置幕中。明亡，仍以说书为生，晚年潦倒而死。钱谦益、黄宗羲、吴伟业、周容等人都为其写过文章。本文没有交代他完整的生平，而是通过柳敬亭讲武松打虎绘声绘色地描绘了其精湛的说书技艺。

南京柳麻子[1]，黧黑[2]，满面疤瘰[3]，悠悠忽忽，土木形骸[4]。善说书，一日说书一回，定价一两。十日前先送书帕下定[5]，常不得空。南京一时有两行情人[6]，王月生、柳麻子是也[7]。余听其说"景阳冈武松打虎"白文[8]，与本传大异[9]。其描写刻画，微入毫发，然又找截干净[10]，并不唠叨。哱夬声如巨钟[11]。说至筋节处[12]，叱咤叫喊，汹汹崩屋[13]。武松到店沽酒，店内无人，暴地一吼[14]，店中空缸空甓皆瓮瓮有声[15]。闲中著色[16]，细微至此。主人必屏息静坐，倾耳听之，彼方掉舌，稍见下人咕哔耳语[17]，听者欠伸有倦色[18]，辄不言，故不得强。每至丙夜[19]，拭桌剪灯，素瓷静递[20]，款款言之[21]，其疾徐轻重，吞吐抑扬，入情入理，入筋入骨，摘世上说书之耳，而使之谛听，不怕其不龁舌死也[22]。柳麻子貌奇丑，然其口角波俏[23]，眼目流利[24]，衣服恬静，直与王月生同其婉娈[25]，故其行情正等。

上海古籍出版社版马兴荣点校《陶庵梦忆》卷五

**【注释】**

[1] 柳麻子：即柳敬亭，面黑有麻，故称。[2] 黧（lí）黑：黑中带黄的颜色。[3] 疤瘰（lěi）：天花疤痕。疤，同"疤"。瘰，皮肤上的小疙瘩。[4]"悠悠"二句：形容柳敬亭的举止随便，不受拘束，不加修饰，保持本来的面目。《世说新语·容止》："刘伶身长六尺，貌甚丑悴，而悠悠忽忽，土木形骸。"[5] 书帕：请柬和聘金。用帕子包裹聘金和礼物，连带聘书送去，叫送书帕。明代习俗，奉旨出差回京，必刻一书，以一书一帕作为馈赠的礼物，叫书帕。后改以金银珠宝送礼，仍以绢帕包裹，依旧称为书帕。下定：约定。[6] 两行情人：指两个卖得出大价钱的红人。行（háng）情：商业用语，市价。此指有行市。[7] 王月生：当时南京名妓。《陶庵梦忆》卷八《王月生》写其身价之贵："富商权胥得其主席半晌，先一日送书帕，非十金则五金，不敢亵订。"[8] 白文：南方说书分"大书"、"小书"。"大书"全是白文，不带弹唱，以醒木、扇子作道具；"小书"则说唱兼有，以唱为主，以弦索为伴奏乐器。[9] 本传：指《水浒传》。[10] 找截干净：补充照应，干净利落。找，指插叙补叙。截，停止，引而不发。指情节告一段落时的收结。[11] 呦夬（bóguài）：指昂扬果绝处。呦，气势昂扬貌。夬，分绝。[12] 筋节处：关键的地方。[13] 汹汹：形容声响大、声势壮。[14] 暴（pò）：痛极喊叫，此指因恼怒而吼叫。[15] 甓（pì）：砖，此指陶瓷类容器。[16] 闲中著色：在不紧张处从容加以渲染。[17] 咕哔（chèbì）：诵读，此指小声说话。咕，附耳低语声。哔，象声词。[18] 欠伸：打哈欠、伸懒腰的样子。[19] 丙夜：夜晚三更时，即半夜十一点至一点。[20] 素瓷：雅致的茶碗。[21] 款款：从容缓慢地。[22]"不怕"句：指其他说书人听了柳敬亭的说书恐怕会惭愧地咬舌。龁（zé）舌，咬舌。[23] 波俏：形容口齿伶俐。[24] 眼目流利：指目光闪烁，很有神彩。[25] 婉娈（luán）：美好。《诗经·齐风·甫田》："婉兮娈兮，总角丱兮。"

**【审美点评】**

　　文章善于通过渲染气氛来烘托人物性格，对柳敬亭说书时的动作、语态描写十分细致。用语生动诙谐，甚至将柳敬亭与名妓王月生相提并论。明人祁彪佳称张岱小品文"笔具化工，其所记游，有郦道元之博奥，有刘同人之生辣，有袁中郎之倩丽，有王季重之诙谐，无所不有"（《西湖梦寻序》）。

# 张 溥

张溥（1602—1641），字天如，号西铭，太仓（今江苏太仓）人。崇祯四年（1631）进士，后改庶吉士。为官一年后乞归不仕。与同里张采号称"娄东二张"，同为"复社"领袖。张溥推崇前后七子的复古理论，复社的口号是"兴复古学，将使异日者务为有用"（《复社纪略》）。张溥写过不少抨击时政的文章，风格质朴，慷慨激昂。有《七录斋诗文合集》，编有《汉魏六朝百三名家集》。

## 五人墓碑记

**【题解】**明天启七年（1627），苏州市民反抗魏忠贤党羽逮捕曾任吏部主事、文选员外郎的东林党人周顺昌，爆发市民起义，数万群众走上街头。有五位义士挺身而出，打死缇骑一名。随后，江苏巡抚毛一鹭逮捕了颜佩韦、杨念如、马杰、沈扬、周文元五名市民领袖，以"倡乱"罪名加以杀害。一年后，明思宗继位，魏忠贤被诛，苏州人民重修五人墓。此文是为五位义士写的碑文，围绕"激于义而死"，抒发了作者的愤慨，说明"匹夫之有重于社稷"。

五人者，盖当蓼洲周公之被逮[1]，激于义而死焉者也。至于今，郡之贤士大夫请于当道[2]，即除逆阉废祠之址以葬之，且立石于其墓之门以旌其所为[3]。呜呼，亦盛矣哉！

夫五人之死，去今之墓而葬焉[4]，其为时止十有一月尔[5]。夫十有一月之中，凡富贵之子，慷慨得志之徒，其疾病而死，死而湮没不足道者亦已众矣，况草野之无闻者与？独五人之皦皦[6]，何也？

予犹记周公之被逮，在丁卯三月之望[7]。吾社之行为士先者[8]，为之声义[9]，敛赀财以送其行，哭声震动天地。缇骑按剑而前[10]，问："谁为哀者？"众不能堪，抶而仆之[11]。是时以大中丞抚吴者为魏之私人[12]，周公之逮所由使也；吴之民方痛心焉，于是乘其厉声以呵[13]，则噪而相逐。中丞匿于溷藩以免[14]。既而以吴民之乱请于朝，按诛五人[15]，曰颜佩韦、杨念如、马杰、沈扬、周文元[16]，即今之傫然在墓者也[17]。

然五人之当刑也，意气扬扬，呼中丞之名而詈之，谈笑以死。断头置城上，颜色不少变。有贤士大夫发五十金，买五人之脰而函之[18]，卒与尸合，故今之墓中，全乎为五人也。

嗟乎！大阉之乱[19]，缙绅而能不易其志者[20]，四海之大，有几人欤？而五人生于编伍之间[21]，素不闻诗书之训，激昂大义，蹈死不顾，亦曷故哉[22]？且矫诏纷出[23]，钩党之捕遍于天下[24]，卒以吾郡之发愤一击，不敢复有株治[25]。大阉亦逡巡畏义[26]，非常之谋[27]，难于猝发[28]，待圣人之出而投环道路[29]，不可谓非五人之力也。

由是观之，则今之高爵显位，一旦抵罪[30]，或脱身以逃，不能容于远近，而又有剪发杜门，佯狂不知所之者，其辱人贱行[31]，视五人之死，轻重固何如哉？是以蓼洲周公忠义暴于朝廷[32]，赠谥美显[33]，荣于身后；而五人亦得以加其土封[34]，列其姓名于大堤之上。凡四方之士，无不有过而拜且泣者，斯固百世之遇也。不然，令五人者保其首领以老于户牖之下[35]，则尽其天年，人皆得以隶使之，安能屈豪杰之流[36]，扼腕墓道，发其志士之悲哉！故余与同社诸君子，哀斯墓之徒有其石也而为之记，亦以明死生之大[37]，匹夫之有重于社稷也[38]。

贤士大夫者，冏卿因之吴公[39]，太史文起文公[40]，孟长姚公也[41]。

《续修四库全书》本《七录斋诗文合集·存稿》卷三

**【注释】**

[1] 蓼（liǎo）洲周公：周顺昌（1584—1626），字景文，号蓼洲，吴县人。万历四十一年（1613）进士，曾官福州推官、吏部主事、文选员外郎等职，居官清廉，因不满朝政，辞职归家。因触怒魏忠贤，被捕遇害。[2] 郡：指吴郡，即今苏州市。[3] 旌（jīng）：表彰。[4] 去：距离。墓：用作动词，即修墓。[5] 有：同"又"。[6] 皦（jiǎo）皦：明亮，显赫。[7] 丁卯三月之望：天启七年（1627）农历三月十五日。望，天文学指月圆的那一天，通常指夏历每月十五日。[8] 吾社：指复社。行为士先者：品行能够成为读书人表率的人。[9] 声义：伸张正义。[10] 缇骑（tíjì）：本指穿橘红色衣服的骑士，汉执金吾手下骑士称缇骑，巡察京城，捕捉人犯。明清逮治犯人也用缇骑，后世用为禁卫捕役的通称，此指明代的锦衣卫。[11] 抶（chì）而仆之：将其打倒在地。抶，击，鞭打。仆，使跌倒。[12] 大中丞：古代官职名，汉御史大夫的属官有中丞，掌管接受公卿奏事、荐举、弹劾官员的事务。明御史台置左右中丞为台长，后改御史台为都察院，设左右副都御史和佥都御史，并以副都御史、佥都御史为巡抚，故称巡抚为中丞。抚：担任巡抚。[13] 其：指毛一鹭。[14] 溷（hùn）藩：厕所。[15] 按诛五人：追究案情杀了五人。按，审查，考察。[16] 颜佩韦：商人之子。杨念如：估衣商。马杰：市民。沈扬：经纪人。周文元：周顺昌的轿夫。[17] 傫（lěi）然：重叠堆积的样子。[18] 脰（dòu）：颈项。函：匣子。此为动词，把头颅装在木匣里。[19] 大阉之乱：指魏忠贤乱政。[20] 缙绅：原意是将笏插在大带里，后转为官员的代称。缙，插。[21] 编伍：平民。明代户口编制平民以五户为一个单位，称为"伍"。[22] 曷：同"何"。[23] 矫诏：伪托皇帝的名义发诏书。[24] 钩党之捕：

即"捕钩党",搜捕东林党及与其相关的人。钩党,相互牵引钩连为同党。[25]株治:以一人之罪株连惩治他人之罪。[26]逡(qūn)巡:有所顾虑而徘徊不前。[27]非常:不同寻常的。[28]猝(cù)发:突然发动。[29]圣人之出:指崇祯皇帝朱由检即位。投環(huán)道路:在路上吊死。崇祯即位后,魏忠贤被放逐到凤阳去守皇陵,行至河北阜城时畏罪吊死在路上。環,此处为"缳",绳圈。[30]抵罪:抵偿所犯罪责,接受惩罚。[31]辱人贱行:可耻之人与卑贱行为。[32]暴(pù):显露。[33]赠谥(shì)美显:指崇祯年间追赠周顺昌为太常卿,谥号"忠介"。美显,美好而荣耀。[34]加其土封:扩大坟上封土,指重修坟墓。[35]首领:头颈,生命。户牖(yǒu):指家里。户,门。牖,窗子。[36]屈:使……折腰。[37]明死生之大:说明生和死的关系之重大。[38]"匹夫"句:指五人之死是关系国家兴亡的重大事情。[39]冏(jiǒng)卿:太仆寺卿,掌管御马、畜牧等事。这里指吴默,字因之。姚希孟《开读始末》:"乡先生吴默收佩韦等遗骸,瘗于逆祠之旁,题曰五人墓。"[40]太史:翰林担任修史之职,故以太史指翰林院修撰、编修、检讨等官。文起文公:文震孟,字文起,文征明曾孙。[41]孟长姚公:姚希孟,字孟长,长洲人。万历年间进士,曾官翰林院编修。

## 【审美点评】

文章夹叙夹议,运用了多层对比的手法反衬五市民的磊落胸襟。先用"富贵之子"、"慷慨得志之徒"病死无闻反衬五人"激于义而死"浩气长存;第二层用改节变志的士大夫来反衬五人"激昂大义,蹈死不顾";第三层用"高爵显位"者的逃亡与佯狂来反衬五人的视死如归;第四层用魏忠贤的不敢株治和"投環道路"来反衬五人之死有重于社稷;第五层假设五人不死而受奴役,反衬其现今牺牲"能屈豪杰之流"。本文感慨激昂,极富感染力。

# 陈子龙

陈子龙(1608—1647),字卧子,一字懋中,号轶符,晚年自号大樽。松江华亭(今属上海市)人。崇祯十年(1637)进士,初任绍兴推官,擢兵科给事中。明亡后,积极参与抗清复明活动,在松江起兵,事败。清顺治三年(1646),与钱旃、夏完淳再谋起义,事泄被逮,在押往南京途中投水殉国。陈子龙与夏允彝等以复兴古学相号召,组织几社。文学主张与前后七子相近,倾向复古。其诗各体皆工,入清之后诗风发生变化,忧时念乱,苍凉遒劲。其词开启清词中兴的帷幕,是云间词派的代表。有《陈忠裕公全集》,又曾编纂《皇明经世文编》、《皇明诗选》。

# 秋日杂感（十首选一）

## 客吴中作

【题解】本诗约作于顺治三年（1646）。当时苏州一带已被清兵占领，作者抗清兵败后避居在嘉兴武塘一带，触景生情，作诗抒写明亡后无所归依的哀愁，表达抗清之志。诗共十首，这里选的是第二首。

行吟坐啸独悲秋[1]，海雾江云引暮愁。不信有天常似醉[2]，最怜无地可埋忧[3]。荒荒葵井多新鬼[4]，寂寂瓜田识故侯[5]。见说五湖供饮马[6]，沧浪何处着渔舟[7]？

上海古籍出版社版施蛰存、马祖熙标校《陈子龙诗集》卷一五

【注释】
[1] 行吟：边走边吟咏。《楚辞·渔父》："屈原既放，游于江潭，行吟泽畔。"坐啸：闲坐清吟。吟啸合起来即悲叹。[2]"不信"句：不相信天帝会长久昏聩沉醉，不相信时局会一直混乱下去。语本张衡《西京赋》："帝有醉焉，乃为金策，锡用此土，而翦诸鹑首。"写春秋时代，秦穆公梦朝天帝，天帝沉醉，将鹑首之地（今湖北襄阳、安陆诸地）赐秦。[3] 无地可埋忧：仲长统《述志》诗："寄愁天上，无地埋忧。"此指目前江山被清兵占领，没有一个地方可以埋葬自己的忧愁。[4]"荒荒"句：言抗清义士们惨遭杀害。葵井：生满野葵的井，表现战乱后景象之荒凉。[5]"寂寂"句：写明朝的贵族在新朝隐居田野的落魄情形。瓜田故侯，秦亡后，秦东陵侯邵平沦为庶民，曾隐居于长安城东，以种瓜为生，史称"瓜田故侯"。事见《史记·萧相国世家》。[6] 见说：据说，听说。五湖：指太湖及其附近四湖。供饮马：指被清兵占领。[7] 沧浪：水青色。《孟子·离娄上》："沧浪之水清兮，可以濯我缨；沧浪之水浊兮，可以濯我足。"此指代江湖。着渔舟：指隐身之地。出自《楚辞·渔父》。

【审美点评】
陈田《明诗纪事》评陈子龙诗："早岁少过浮艳，中年骨干老成，殿残明一代诗，当首屈一指。"此诗代表其后期诗风，全诗首尾呼应，结构谨严，运用典故，巧夺天工。"不信有天常似醉，最怜无地可埋忧"二句写出对国家命运的极度忧虑与对时局的愤慨与无力，深沉哀楚。

# 易水歌

【题解】《易水歌》本题《送别歌》，此诗则意在哀悼。诗后案语："或云：为左

萝石奉使求成而作。"左萝石即左懋第，山东莱阳人。崇祯四年（1631）进士，官至太常卿，福王弘光朝任右佥都御史。出使满洲议和，被清兵羁留。明亡后拒不降清被杀，时人誉之为"南文天祥"。诗借荆轲刺秦之事，歌颂左萝石为代表的诸多为救国不惜己身的忠义之士及其抗清复明的决心。

赵北燕南之古道[1]，水流汤汤沙皓皓[2]。送君迢遥西入秦，天风萧条吹白草[3]。车骑衣冠满路旁[4]，骊驹一唱心茫茫[5]。手持玉觞不能饮，羽声飒沓飞清霜[6]。白虹照天光未灭[7]，七尺屏风袖将绝[8]。督亢图中不杀人[9]，咸阳殿上空流血。可怜六合归一家，美人钟鼓如云霞[10]。庆卿成尘渐离死[11]，异日还逢博浪沙[12]。

**上海古籍出版社版施蛰存、马祖熙标校《陈子龙诗集》卷一〇**

**【注释】**

[1] 赵北燕南：指易水所在之地，在河北省西部一带。[2] 汤（shāng）汤：水大急流的样子。[3] 白草：北方特产的草，干熟后变成白色。唐岑参《白雪歌送武判官归京》："北风卷地白草折"。[4] 衣冠：《史记·刺客列传》载荆轲欲刺秦王，"太子宾客知其事者，皆白衣冠以送之至易水之上"。[5] 骊驹：送别之歌，传为《诗经》逸诗。[6] 羽声：古代五音之一，相当于简谱"6"。飒沓：盘旋貌。清霜：寒霜，白霜，此喻乐音冷峻。《史记·刺客列传》："高渐离击筑，荆轲和而歌，为变徵之声，士皆垂泪涕泣。又前而为歌曰：'风萧萧兮易水寒，壮士一去兮不复还！'复为羽声慷慨，士皆瞋目，发尽上指冠。"此处借以称颂左萝石北上议和之举。[7] 白虹照天：白虹贯日，古人认为有非常之事发生时，精诚感天，白色长虹穿日而过。《史记·鲁仲连邹阳列传》："昔者荆轲慕燕丹之义，白虹贯日，太子畏之。"[8] 七尺屏风：应为"八尺屏风"。《燕丹子》记荆轲左手把秦王袖，右手持剑击之。秦王求听一曲琴而死，姬鼓琴，琴声曰："罗縠（hú）单衣，可裂而绝；八尺屏风，可超而越；鹿卢之剑，可负而拔。"秦王受启示，负剑拔之，越屏风而逃。此句指左萝石遇害如荆轲悲剧重演。[9] 督亢图：荆轲入秦假托献督亢地图求和，其内暗藏匕首。督亢，在今河北涿县东。[10]"可怜"二句：指天下一统，宝物、美人都齐集秦宫。六合，指上下四方。云霞，言美人、钟鼓之多。[11]"庆卿"句：指左萝石被杀。庆卿，指荆轲。《史记·刺客列传》："荆轲者，卫人也。其先乃齐人，徙于卫，卫人谓之庆卿。而之燕，燕人谓之荆卿。"渐离，高渐离，燕人，善击筑。《史记·刺客列传》："高渐离乃以铅置筑中，复进，得近，举筑扑秦皇帝，不中。于是，遂诛高渐离。"[12] 博浪沙：地名，在今河南省阳武县东南。张良为韩报仇，寻力士举铁椎于此狙击秦始皇。《史记·留侯世家》："良与客狙击秦始皇帝博浪沙中。"此指荆轲、渐离虽亡，但一心要杀秦始皇的张良再度出世。意指左萝石虽死，但救明抗清的志士依然未绝。

**【审美点评】**

吴伟业《梅村诗话》曰："（卧子）诗特高华雄浑，睥睨一世。"本诗采用歌行体，四句一换韵，语言古朴雄健。"汤汤"、"浩浩"、"萧条"、"白草"这些意象为全诗铺垫了慷慨悲凉的基调。

# 夏完淳

夏完淳（1631—1647），原名复，字存古，号玉樊。松江华亭（今上海松江）人。幼年聪敏，九岁善词赋古文，十二岁时已"博极群书，为文千言立就，如风发泉涌。谈军国事，凿凿奇中"（王弘《夏孝子传》）。清兵南下后，与其父夏允彝、老师陈子龙参加抗清斗争。顺治四年（1647）被捕，洪承畴亲自审问，他拒绝诱降，不屈被杀，年仅十七岁。有《夏完淳集》。

## 别云间

**【题解】**顺治四年（1647）秋，夏完淳因倡议反清，上表鲁王，事泄在家乡被捕。此诗是他拜别故乡（松江古称"云间"）、被押解南京路上时吟成的。诗歌写离别家乡、慷慨赴死的壮烈别情，既有山河沦丧的悲愤，对人世的依恋，又有终要复仇的昂扬精神。

三年羁旅客[1]，今日又南冠。无限河山泪，谁言天地宽！已知泉路近，欲别故乡难。毅魄归来日，灵旗空际看[2]。

上海古籍出版社版白坚笺校《夏完淳集笺校》卷五

**【注释】**

[1] 三年：诗人自弘光元年（1645）参加抗清运动至被捕已三年。羁旅客：指自己。[2] "毅魄"二句：指死后不屈的灵魂回到家乡，自己将在空中高举征伐之旗横扫敌寇。《楚辞·九歌·国殇》："身既死兮神以灵，魂魄毅兮为鬼雄。"灵旗，《汉书·礼乐志》"招摇灵旗"注："画招摇于旗，以征伐，故称灵旗。"

**【审美点评】**

陈田《明诗纪事》评夏完淳诗："赴义之时，语气纵横淋漓，读之令人悲歌起舞。"颔联写出诗人在遭遇一连串失败后的悲愤心情。颈联在抑制的语气中隐含着对亲人的酸楚与不舍。尾联则一扫之前的低沉、不舍，表明反清复国之志至死不泯。结语悲壮，激人愤起。

# 细林野哭

**【题解】** 夏完淳在押往南京的路上，经过细林山（今上海青浦南），这里是他老师陈子龙的避居之地。此时，距离陈子龙殉国不久，夏完淳因作此诗以悼念陈子龙。诗中深情回忆了与先生亲密交往、共赴国难的经历，在缅怀师长的同时也抒发自己不能再为抗清救国而战的凄怆恸哭与必死的决心。

细林山上夜乌啼，细林山下秋草齐。有客扁舟不系缆[1]，乘风直下松江西[2]。却忆当年细林客[3]，孟公四海文章伯[4]。昔日曾来访白云，落叶满山寻不得。始知孟公湖海人[5]，荒台古月水粼粼[6]。相逢对哭天下事，酒酣睥睨意气亲[7]。去岁平陵鼓声死，与公同渡吴江水[8]。今年梦断九峰云，旌旗犹映暮山紫[9]。潇洒秦庭泪已挥[10]，仿佛聊城矢更飞[11]。黄鹄欲举六翮折[12]，茫茫四海将安归[13]！天地蹐踏日月促[14]，气如长虹葬鱼腹[15]。肠断当年国士恩[16]，剪纸招魂为公哭。烈皇乘云御六龙[17]，攀髯控驭先文忠[18]。君臣地下会相见，泪洒阊阖生悲风[19]。我欲归来振羽翼，谁知一举入罗弋[20]！家世堪怜赵氏孤[21]，到今竟作田横客[22]。呜呼！抚膺一声江云开，身在罗网且莫哀。公乎，公乎！为我筑室傍夜台[23]，霜寒月苦行当来[24]！

上海古籍出版社版白坚笺校《夏完淳集笺校》卷四

**【注释】**

[1] 有客：指作者自己。不系缆：夏完淳被押，系清廷要犯，船只不能停留。[2] 松江：吴淞江。[3] 细林客：指陈子龙。陈子龙于松江起兵失败后，往来于细林、畲山之间。[4] 孟公：陈子龙晚号於陵孟公。文章伯：谓文坛领袖。伯，老大。[5] 湖海人：性格豪迈的人。《三国志·陈登传》："陈元龙湖海之士，豪气不除。"[6] 粼粼：形容水流清澈。[7] 睥睨（pìnì）：斜视，表示傲视一切。[8]"去岁"二句：指顺治三年（1646），吴江人吴易、周瑞在长白荡再次起义，陈子龙、夏完淳皆参预其事。同年秋，起义失败。平陵，即乐府曲名《平陵东》。《乐府解题》云东郡太守翟义因王莽篡汉而举兵讨伐，失败后被害。门人作此歌以寄怨，表示要以武力推翻官府。鼓声死，指起义失败。[9]"今年"二句：指顺治四年（1647），松江提督吴胜兆反正，事泄被杀。九峰，指松江九峰。即凤凰山、陆宝山、畲山、细林山、薛山、机山、横云山、干山、昆山，皆位于城之西北。[10] 秦庭泪：春秋时吴破楚，楚人申包胥入秦乞师，哀哭七日，终于使秦出兵。事见《左传·定公四年》。这里喻陈子龙密约海岛义帅黄斌卿共举大义之事。[11] 聊城矢：战国时田单破燕复齐，唯聊城久攻不下。齐人鲁仲连写了劝说守城燕将撤兵的书信，以箭射入城中，燕将果弃城去。事见《战国策·齐策》。这里指策反吴胜兆反正归明事。

[12] 黄鹄：传说中的大鸟。六翮（hé）：鸟类一般有六根大羽毛，故称六翮。此处代指鸟的双翼。[13]"茫茫"句：吴易兵败后，陈子龙曾慨叹："茫茫天地，将安之乎？"（见王澐撰《年谱》）[14] 天地蹐踭（jújí）：狭窄而无从伸背举足貌，形容环境恶劣。《诗经·小雅·正月》："谓天盖高，不敢不局；谓地盖厚，不敢不蹐。"[15] 葬鱼腹：指陈子龙被捕后投水自尽。[16] 国士恩：指当年陈子龙以国士来称许作者，很器重他。国士，国中最优秀的人。《战国策·赵策一》：豫让为智伯刺赵襄子，说："智伯国士遇我，臣故国士报之。"[17] 烈皇：指崇祯皇帝朱由检，谥庄烈愍皇帝。乘云御六龙：《史记·封禅书》载有黄帝乘龙升天的传说。《周易·乾卦·彖辞》："时乘六龙以御天。"本指天子车驾，这里指崇祯皇帝驾龙升天而去。[18] 攀髯控驭：黄帝乘龙升天，小臣攀持龙髯。见《史记·封禅书》。先文忠：指作者父夏允彝。他死后南明鲁王赠谥文忠。[19] 阊阖：天门。[20] 入罗弋：这里指被捕。罗弋，捕鸟用具。罗，捕鸟的网。弋，带绳子的箭。[21] 赵氏孤：春秋时，晋灵公宠臣屠岸贾杀害赵盾全家，程婴、公孙杵臼冒死救抚孤儿赵武成人，后报仇雪恨。事见《史记·赵世家》。这里以赵氏孤儿自比。[22] 田横客：田横，秦末汉初人。韩信破秦，田横自立为齐王。汉高祖刘邦即位，田横率五百壮士逃亡入海。高祖招降，田横与二门客赴洛阳，未至自杀，门客也全部自杀。见《史记·田横传》。此处以陈子龙比田横，自比为其门客。[23] 室：墓室。《诗经·唐风·葛生》："百岁之后，归于其室。"夜台：指墓穴。陆机《挽歌》："送子长夜台。"这里指陈子龙的坟墓。[24] 行当：即将，将要。

### 【审美点评】

陈均在《夏节愍全集序》中评夏完淳诗："故其忠肝义胆，发为文章，无非点点碧血所化。"本诗结尾突破了七言句式的束缚，以长短错综的语句将家国沦亡之悲化为长声恸哭的浩歌，震撼人心。

# 清代文学

## 钱谦益

钱谦益（1582—1664），字受之，号牧斋，晚号蒙叟、降云老人、东涧遗老等，世称虞山先生，江苏常熟人。明万历三十八年（1610）进士，授翰林院编修。崇祯初官礼部右侍郎兼翰林院侍读学士，后于党争中被革职。南明弘光朝起用为礼部尚书。清破南京，出而迎降，授礼部右侍郎管秘书院事，任修《明史》副总裁。任职六月，告病归里，读书著述，并秘密参与抗清复明活动，康熙三年（1664）卒。他广泛吸取唐宋元明诸大家的艺术经验，对明诗之得失作出建设性的批评，强调诗歌应表现"真性情"，并主张灵心、世运、学养并举，为清代文风的转变起了先导作用。著有《初学集》、《有学集》、《投笔集》等。辑有《列朝诗集》。

### 金陵秋兴八首次草堂韵（八首选一）

【题解】草堂，指杜甫。杜甫在成都时的居所名浣花草堂，故以草堂称之。作者于清顺治十六年（1659）至康熙二年（1663），相继依杜甫《秋兴八首》韵作诗，共一百零八首。本诗诗题自注："己亥七月初一日作"，即顺治十六年。是年五月，抗清名将郑成功联合在浙江抗清的张煌言，率兵十七万，分作八十三营，从海道进入长江，直逼南京，占领镇江、芜湖等四府三州二十四县。作者讴歌义军的强大威势，表达出欢欣鼓舞之情。

龙虎新军旧羽林[1]，八公草木气森森[2]。楼船荡日三江涌[3]，石马嘶风九域阴[4]。扫穴金陵还地肺[5]，埋胡紫塞慰天心。长干女唱平辽曲[6]，万户秋声息捣砧[7]。

邓氏风雨楼刻本《钱牧斋投笔集笺注》卷上

## 【注释】

[1] 龙虎、羽林：均为禁军的称谓。龙武，唐睿宗时龙武军，"龙武者，龙虎也，言其人材质、服饰，有似龙虎"（南宋程大昌《雍录》）。[2] 八公草木：八公，指八公山，今安徽寿县北。汉淮南王刘安的主要活动地，传其于此遇门客"八公"，后白日升天（见《水经注·淝水》）。此句指草木皆兵。《晋书·苻坚载记下》："坚与苻融登城而望王师，见部阵齐整，将士精锐，又北望八公山上草木皆类人形，顾谓融曰：'此亦勍敌也，何谓少乎？'怃然有惧色。"[3] 荡日：震动人天。三江：说法不一，此指长江。[4] 石马：唐太宗昭陵有六匹石马。传安史之乱中，有一石马曾助唐军激战叛军（唐姚汝能《安禄山事迹》）。九域：犹九州，指全国。阴：谓肃杀之气。[5] 扫穴：扫除敌方巢穴，指彻底消灭清军。地肺：大地之灵秀处，古称金陵。[6] 长干：南京里巷名，此指代南京。左思《吴都赋》有"长干延属"句。刘渊林注："建邺之南有山，其间平地，吏民居之，故号为干。中有大长干，小长干，皆相属，疑是居称干也。"平辽曲：清王朝兴起于辽东，故拟此曲名，表达对灭清复明的歌颂。[7] 捣砧（zhēn）：捣衣石。古人咏捣衣多为表达闺妇思夫之意。

## 【审美点评】

吹起进军的号角，让人无比激动。"龙虎新军"、"八公草木"、"楼船荡日"、"石马嘶风"，随诗人任意驱驰，事典贴切，信手拈来，深具"才大学博"之特征。

# 后秋兴之十三 （选一）

**【题解】** 顺治十六年（1659），郑成功与张煌言合兵入长江攻南京失利，于顺治十八年（1661）退据台湾，同年南明永历帝朱由榔被吴三桂杀于缅甸，南明王朝灭亡，次年郑成功于台湾逝世。作者于康熙二年（1663）写了此诗。自注云："自壬寅（1662）七月至癸卯（1663）五月，讹言繁兴，鼠忧泣血，感恸而作，犹冀其言之或诬也。""讹言"，当指永历帝被杀、郑成功退守和逝世等事，本诗抒发故国沦亡、复国无望之悲。为《后秋兴之十三》的第二首。

海角崖山一线斜[1]，从今也不属中华。更无鱼腹捐躯地[2]，况有龙涎泛海槎[3]。望断关河非汉帜[4]，吹残日月是胡笳[5]。嫦娥老大无归处[6]，独倚银轮哭桂花[7]。

**邓氏风雨楼刻本《钱牧斋投笔集笺注》卷下**

## 【注释】

[1] 崖山：亦名厓门山，在广东新会县海中，为扼守南海的门户。此地为南宋末陆秀夫负帝赵昺跳海处。[2] 鱼腹：《楚辞·渔父》："宁赴湘流，葬于江鱼之腹中。"[3] 龙涎：龙涎香，一种产于鲸鱼内的名贵香料，此为岛屿名，喻指海外。钱曾笺注引元汪大渊《岛夷志略》："龙涎

屿，值天气清和，群龙游戏，时吐涎于其上，故以得名。"海槎（chá）：用来渡海的木筏。[4]关河：山河。[5]日月：喻天地，合之则为"明"。胡笳：古代胡地乐器，清是满族，故以代清。[6]嫦娥：此为自喻，意谓像嫦娥一样无处依归。[7]桂花：隐指桂王朱由榔。

**【审美点评】**

满目胡帜，满耳胡笳，故园何在？家国何在？中原海外竟都无处容身，人臣能做的，唯有无可奈何地哭泣。钱谦益早年仕清，一失足成千古恨，遭人訾议，晚年忏悔，此组诗可为明证。

## 西湖杂感（二十首选一）

**【题解】**钱谦益的远祖是吴越王钱镠，西湖就成了他的精神家园。他于顺治七年（1650）创作了组诗《西湖杂感》。原诗序中曰："想湖山之佳丽，数都会之繁华。旧梦依然，新吾安往？""嗟地是而人非，忍凭今而吊古"，诗歌借西湖抒发其浓郁的物是人非之感。

版荡凄凉忍再闻[1]，烟峦如赭水如焚[2]。白沙堤下唐时草，鄂国坟边宋代云[3]。树上黄鹂今作友，枝头杜宇昔为君。昆明劫后钟声在[4]，依恋湖山报夕曛[5]。

《续修四库全书》本《牧斋有学集》卷三

**【注释】**

[1]版荡：即"板荡"。《诗经·大雅》中有《板》、《荡》两篇，内容为讥刺周厉王无道，后以"板荡"称时局动荡。[2]赭（zhě）：赤色。[3]鄂国坟：岳飞墓。[4]昆明劫：指易代之乱。[5]夕曛（xūn）：落日余光。

**【审美点评】**

诗选取意义绝然相反的两组词来表达浓厚的历史沧桑感，"白沙堤下唐时草，鄂国坟边宋代云。树上黄鹂今作友，枝头杜宇昔为君"，用典与写景融合无间，风格沉郁凄怆，体现了钱谦益灵心、世运、学问并举的作诗原则。

# 吴伟业

吴伟业（1609—1671），字骏公，号梅村，别署鹿樵生、灌隐主人、大云道人，江苏太仓人。崇祯四年（1631）中会试第一，殿试一甲第二名进士，授翰林院编修。

后任南京国子监司业等官职。弘光朝，官少詹士，因与马士英、阮大铖不合，假归。入清，初不仕，居乡十余年，从事文社活动，声名颇重。顺治十年（1653）被强荐入京，授弘文院秘书侍讲，后升国子监祭酒。后四年，以丁嗣母忧归乡，再未出仕。失节仕清给吴伟业带来了巨大的精神负担，抒写内心痛苦是其晚年诗文的重要内容。吴伟业诗、词、曲、文、书俱佳，而以诗名世。其诗宗法唐人，成就最高的是七言歌行，在继承元白诗歌的基础上创新，后人称之为"梅村体"。有《梅村家藏稿》。

## 鸳湖曲 为竹亭作

**【题解】** 鸳湖即鸳鸯湖，嘉兴南湖。清顺治六年（1649）吴伟业过嘉兴游鸳湖，重游明末吴昌时建在湖畔之湖墅，有感而作。吴昌时，嘉兴人，崇祯年间攀附首相周延儒为吏部文选郎，结交宦官，把持朝官，后被处斩。作者同时还有吟咏同一内容的七律《鸳湖感旧》，其小序云："予曾过吴来之（昌时）竹亭湖墅。出家乐张饮。后来之以事见法，重游，感赋此诗。"可视为《鸳湖曲》的内容提要。诗由鸳湖景物引出对往事的回忆，在今昔对比中，抒发感慨，表达心志。

鸳鸯湖畔草粘天，二月春深好放船。柳叶乱飘千尺雨[1]，桃花斜带一溪烟。烟雨迷离不知处，旧堤却认门前树。树上流莺三两声，十年此地扁舟住[2]。

主人爱客锦筵开[3]，水阁风吹笑语来。画鼓队催桃叶伎[4]，玉箫声出柘枝台[5]。轻靴窄袖娇妆束，脆管繁弦竞追逐[6]。云鬟子弟按霓裳[7]，雪面参军舞鸲鹆[8]。酒尽移船曲树西[9]，满湖灯火醉人归。朝来别奏新翻曲，更出红妆向柳堤。

欢乐朝朝兼暮暮，七贵三公何足数[10]。十幅蒲帆几尺风，吹君直上长安路[11]。长安富贵玉骢骄，侍女薰香护早朝[12]。分付南湖旧花柳，好留烟月伴归桡[13]。那知转眼浮生梦，萧萧日影悲风动。中散弹琴竟未终[14]，山公启事成何用[15]！东市朝衣一旦休[16]，北邙坯土亦难留[17]。白杨尚作他人树，红粉知非旧日楼[18]。烽火名园窜狐兔[19]，画阁偷窥老兵怒[20]。宁使当时没县官[21]，不堪朝市都非故[22]！

我来倚棹向湖边，烟雨台空倍惘然。芳草乍疑歌扇绿，落英错认舞衣鲜[23]。人生苦乐皆陈迹，年去年来堪痛惜。闻笛休嗟石季伦[24]，衔杯且效陶彭泽。君不见白浪掀天一叶危，收竿还怕转船迟。世人无限风波苦，输与江湖钓叟知[25]。

**【注释】**

[1] 雨：底本作"语"。[2] "十年"句：谓作者十年前曾乘扁舟来游。其时概在崇祯十五年（1642）前后，吴昌时刚从北京回来。[3] 主人：指吴昌时。锦筵：丰盛的宴席。[4] 画鼓队：即乐队。画鼓，画有彩色图案的鼓。桃叶伎：即家伎。桃叶，晋王献之爱妾。[5] 柘枝台：即舞台。柘枝，古乐舞名，唐教坊有《柘枝舞》舞曲。《词谱·柘枝引》："此舞因曲为名，用二女童，帽施金铃，抃（biàn）转有声。"[6] 竞追逐：竞相比赛，指管弦等乐器竞相演奏。[7] 云鬟子弟：即女伎。子弟，旧指戏曲艺人。[8] 参军：即唐代参军戏。有两个主要演员，一个是参军，一个是苍鹘。鸜鹆（qúyù）：鸟名，此为舞蹈名。[9] 树：一作"榭"。[10] 七贵三公：指权贵显宦。七贵，指西汉时七个把持朝政的外戚家族。《文选》潘岳《西征赋》："窥七贵于汉庭。"李周翰注："汉庭七贵：吕、霍、上官、丁、赵、傅、王，并后族也。"三公，古官名，朝廷中最尊显的三个官职的合称。有太师、太傅、太保和司马、司徒、司空的说法。[11] "十幅"二句：谓吴昌时崇祯十五年（1642）重新授为礼部主事，高挂蒲帆，春风进京。蒲帆，编蒲为帆，此指帆船。[12] 侍女薰香：汉代尚书郎入值郎廨，有侍女熏香的说法（见应劭《汉官仪》）。此言吴昌时之显贵。[13] 归桡（ráo）：犹"归帆"。桡，桨。此句谓吴昌时有归乡享乐之想。[14] 中散：指嵇康，官中散大夫。《晋书·嵇康传》载他临刑时，复索琴弹奏。[15] 山公启事：《晋书·山涛传》："涛所奏甄拔人物，各为题目，时称山公启事。"此指周延儒擢拔吴昌时。[16] 东市朝衣：汉景帝时，御史大夫晁错被谗，"衣朝衣斩东市"（《史记·吴王濞列传》、《汉书·晁错传》均有记）。后成为朝臣被杀之典。[17] 北邙：即邙山，也称芒山，在今洛阳市东北，自东汉城阳王祉葬于此后，遂成三侯公卿葬地。后泛称墓地。[18] "白杨"二句：唐白居易有"今春有客洛阳回，曾到尚书墓上来。闻说白杨堪作柱，争教红粉不成灰"的诗句（见《和关盼盼燕子楼感事诗》）。此化用其意，谓竹亭湖墅易主，往事已非。[19] "烽火"句：指明末清初之战火，使湖墅荒废，狐兔出没。[20] "画阁"句：谓湖墅驻扎老兵（清兵），因被人偷窥发怒。[21] 没县官：指罪人家产被没入官府。[22] 朝市都非故：谓改朝换代。[23] "芳草"二句：以眼前景物的错觉回顾往日歌舞，写物是人非之感。[24] 闻笛：即山阳闻笛，向秀闻笛思亡友嵇康事，比喻怀念故友。石季伦：石崇，晋大富豪，穷奢极欲，为赵王伦所杀（见《晋书·石崇传》）。[25] 输：传送。江湖钓叟：指隐者。

**【审美点评】**

　　十年不过是历史的一瞬，在人生也不算悠长，却足以让命运转折。荣华与悲凉，富贵与贫寒相依并行，河东河西何须三十年。吴伟业的感慨还不仅限于往昔的对比，他更把感伤立于朝代变异的大背景下，使个体生命之悲与世事变幻之悲相互映衬，故更深邃沉重。

# 圆圆曲

　　**【题解】**《圆圆曲》是《梅村集》中最著名的一首七言歌行。陈圆圆原名陈沅，又字畹芬，苏州名妓，被外戚携往北京，于宴席上为吴三桂所识，并订约聘娶。后吴三桂驻守关外，在清军入关之时，闻听在北京的陈圆圆为李自成军俘掠，大怒，倒戈开关降清，使起义军的战况发生逆转，清军从而问鼎中国，这就是著名的"甲申事变"。此诗约作于顺治八年（1651）前后，时吴伟业正蛰居家乡太仓梅花庵，闻吴三桂从汉中入觐，备极宠荣的消息有感后作。

鼎湖当日弃人间，破敌收京下玉关[1]；恸哭六军俱缟素[2]，冲冠一怒为红颜。红颜流落非吾恋，逆贼天亡自荒宴[3]；电扫黄巾定黑山，哭罢君亲再相见。

相见初经田窦家[4]，侯门歌舞出如花。许将戚里箜篌伎[5]，等取将军油壁车[6]。家本姑苏浣花里[7]，圆圆小字娇罗绮[8]；梦向夫差苑里游[9]，宫娥拥入君王起。前身合是采莲人，门前一片横塘水[10]。横塘双桨去如飞，何处豪家强载归[11]？此际岂知非薄命，此时只有泪沾衣。熏天意气连宫掖[12]，明眸皓齿无人惜。夺归永巷闭良家[13]，教就新声倾坐客。坐客飞觞红日暮，一曲哀弦向谁诉？白皙通侯最少年[14]，拣取花枝屡回顾[15]。早携娇鸟出樊笼[16]，待得银河几时渡[17]？恨杀军书底死催，苦留后约将人误[18]。相约恩深相见难，一朝蚁贼满长安[19]；可怜思妇楼头柳，认作天边粉絮看[20]；遍索绿珠围内第[21]，强呼绛树出雕栏[22]。若非壮士全师胜[23]，争得蛾眉匹马还[24]？蛾眉马上传呼进，云鬟不整惊魂定；蜡炬迎来在战场，啼妆满面残红印[25]。专征箫鼓向秦川，金牛道上车千乘[26]；斜谷云深起画楼，散关月落开妆镜[27]。

传来消息满江乡[28]，乌桕红经十度霜[29]。教曲妓师怜尚在，浣纱女伴忆同行。旧巢共是衔泥燕[30]，飞上枝头变凤凰。长向尊前悲老大[31]，有人夫婿擅侯王[32]。

当时只受声名累，贵戚名豪竞延致；一斛明珠万斛愁，关山漂泊腰支细[33]。错怨狂风扬落花，无边春色来天地[34]。常闻倾国与倾城，翻使周郎受重名[35]。妻子岂应关大计[36]，英雄无奈是多情；全家白骨成灰土，一代红妆照汗青[37]。

君不见，馆娃初起鸳鸯宿[38]，越女如花看不足[39]。香径尘生鸟自啼[40]，屧廊人去苔空绿[41]。换羽移宫万里愁，珠歌翠舞古梁州[42]。为君别唱吴宫曲[43]，汉水东南日夜流[44]！

**【注释】**

[1]"破敌"句：指吴三桂引清兵入关攻北京，在一片石大战中，李自成义军败走。玉关，此指山海关。[2]"恸哭"句：指明朝将士为明思宗服丧志哀。[3]逆贼：对李自成的蔑称。下句"黄巾"、"黑山"，此均指代李自成的起义军。荒宴：耽于宴乐。[4]田窦：指汉代田蚡和窦婴，二人均为外戚。此指明思宗田贵妃之父田弘遇。[5]戚里：汉代长安城中外戚居住处，此指田弘遇家。箜篌伎：弹箜篌的乐伎，此指陈圆圆。[6]油壁车：古代的一种车子。因车壁用油涂饰，故名。[7]浣花里：唐代蜀中名妓薛涛居处名，此指陈圆圆身份为歌妓。[8]娇罗绮：指陈圆圆貌美华服。[9]夫差苑：春秋吴王宫苑。夫差宠爱西施，以此喻指吴三桂宠爱陈圆圆。[10]采莲人：即西施。横塘：位于苏州西南。[11]"何处"句：指崇祯十五年（1642）田弘遇物色到陈圆圆，载其北上事。[12]宫掖：指后宫。[13]"夺归"句：指陈圆圆重新回到贵戚家。永巷，宫中嫔妃居住处。[14]通侯：指吴三桂。[15]花枝：喻陈圆圆。[16]樊笼：喻指陈圆圆在贵戚家的处境不佳。[17]银河：用牛郎织女的故事，以渡银河喻结婚。[18]"恨杀"二句：以陈圆圆的口吻，怨恨军情紧急迫使吴三桂出师山海关，他们的婚约只能延后。底死催，拼命地催促。[19]蚁：形容极多。[20]"可怜"二句：指李自成部下掠获陈圆圆，把陈圆圆当成无主的风尘女子。思归楼头柳，唐王昌龄《闺怨》："闺中少妇不知愁，春日凝妆上翠楼。忽见陌头杨柳色，悔教夫婿觅封侯。"此以征人妇代陈圆圆已为吴三桂所聘。天边粉絮，喻风尘女子。[21]绿珠：晋石崇爱妾。内第：大家内宅。[22]绛树：魏文帝曹丕之宠伎。绿珠、绛树均代指陈圆圆。[23]壮士：指吴三桂。[24]蛾眉：指陈圆圆。[25]"蛾眉"四句：写吴三桂迎娶陈圆圆事。残红印，指妆容。具体事实，各持异说。清况周颐《陈圆圆事辑》记吴三桂一片石大战胜后，夺回陈圆圆。而《觚剩》记吴三桂追李自成至山西，未得陈圆圆。部下于北京访得，飞骑传送。吴三桂结彩楼，箫鼓三十里，亲往迎接。从诗中的语气看，况周颐所言似确。[26]金牛道：川陕间栈道之一段，由陕西沔县至四川剑阁。[27]斜谷：即褒斜谷，在今陕西眉县西南。散关：即大散关，在今陕西宝鸡市西南大散岭上。[28]江乡：指苏州。[29]乌桕：乌桕树，落叶乔木，秋叶经霜变红。[30]衔泥燕：喻指地位低贱。[31]尊前："尊"同"樽"，指饮酒时。[32]擅侯王：据有侯王之爵位。[33]腰支：即腰肢。[34]"错怨"二句：喻指陈圆圆虽经历坎坷，但终得显荣。[35]周郎：即周瑜，其妻小乔，以貌美著称。[36]关大计：关系军国大事。[37]"全家"句：指吴三桂为了陈圆圆，不惜以家人的生命作代价。据史载，李自成攻陷北京，获吴三桂父亲吴襄，迫其劝吴三桂投降，劝降不成，吴襄全家被杀。[38]馆娃：宫名，西施由越至吴，夫差为之筑馆娃宫。[39]越女：指西施。[40]香径：采香径，又名箭径，在苏州香山上。[41]屧（xiè）廊：即响屧廊，吴宫中长廊，传说西施着屧在此行走，远远的就可听到声响。屧，一种空心木底鞋。[42]古梁州：包括陕西西南部和四川。顺治五年（1648），吴三桂移驻汉中，汉中古属梁州。[43]别唱吴宫曲：指作本诗。此以吴王夫差比拟吴三桂。[44]"汉水"句：谓功名富贵无常。唐李白《白头江上吟》："功名富贵若长在，汉水亦应西北流。"

**【审美点评】**

吴三桂"冲冠一怒为红颜"，为美人开关纳降，成为千古罪人，他为此也付出"全家白骨成灰土"的沉重代价，这恋情沾染了浓浓的血腥气和沉重的负罪感，又能有多少欢悦，会有几许美好？吴伟业对此既有婉曲的嘲讽，也有深切的同情，吴三桂与陈圆圆进退两难的悲剧性命运，表现了个体在时代巨变中的无奈与痛苦。

## 过淮阴有感 （二首选一）

**【题解】**《过淮阴有感》共有二首，此为其二。淮阴即今江苏省淮安。本诗作于顺治十年（1653），作者被迫应诏赴京途中。诗借淮南王刘安升天的故事，抒写无奈出仕新朝痛苦、愧疚和忏悔的心情。

登高怅望八公山，琪树丹崖未可攀[1]。莫想《阴符》遇黄石[2]，好将《鸿宝》驻朱颜[3]。浮生所欠止一死[4]，尘世无由识九还[5]。我本淮王旧鸡犬，不随仙去落人间[6]。

诵芬室刊《梅村家藏稿》卷一五

**【注释】**

[1] 琪树：玉树。丹崖：朱红色的崖石。[2]《阴符》：即《阴符经》，古代论兵法的书。遇黄石：据《史记·留侯世家》载，汉张良在下邳（今属江苏省）圯（yí）桥上遇黄石公，传授《太公兵法》。《阴符》即指《太公兵法》。此句谓再起兵抗清已不可能。[3]《鸿宝》：道教修仙炼丹之书。《汉书·刘向传》："上复兴神仙方术之事，而淮南有《枕中鸿宝苑秘书》。"[4] 浮生：人生，因人生在世，漂浮不定，故称。语本《庄子·刻意》："其生若浮，其死若休。"所欠止一死：指不能为明帝死节。语出《宋史·范质传》："惜其欠（周）世宗一死耳！"[5] 九还：九还丹。道家炼丹，循环九次而成丹中最珍贵者。[6]"我本"句：葛洪《神仙传》："淮南王好道，白日升天，时药置庭下，鸡犬舐之，尽得升天。"这里反用其意，谓自己原是明帝旧臣，为世家所累，不能以身殉国。

**【审美点评】**

解脱痛苦有两种途径：成仙或者死亡。吴伟业都无法选择，他深感绝望。诗用"我本淮王旧鸡犬，不随仙去落人间"表达对故国旧君之思，对仕新朝的厌倦，哀婉动人，"尤一字一泪也"（清杨际昌《国朝诗话》卷一）。

# 黄宗羲

黄宗羲（1610—1695），字太冲，号南雷，浙江余姚人。父黄尊素为著名东林党人，因弹劾阉党魏忠贤被害。崇祯继位后惩治阉党，黄宗羲北上赴京为父鸣冤，力挫诸逆，名声遂起。返乡后致力于学，经史子集，无不毕览。崇祯末年，继续抨击阉党余孽阮大铖，弘光朝几遭其害。清兵南下，毁家纾难，招募兵勇，积极抗清。兵败后，隐居不仕，闭门著书，终老余年。黄宗羲博学通达，在政治学、经济学、思想史、学术史都有颇多建树。其治学立足于社会现实，主张学问与事功合一。为文内容质实，论辩犀利，风格浑朴，纵横恣肆；为诗力主表现个性，推崇宋诗，追求峭拔深邃之美。著有《明夷待访录》、《明儒学案》、《宋元学案》、《南雷集》。

# 山居杂咏（六首选一）

**【题解】** 顺治十六年（1659），郑成功、张煌言水师沿长江反攻，连破镇江、芜湖，旋即失败退入海岛。当时作者避居四明山中，深感复明无望，作组诗以排解苦闷。此诗为第一首，诗写作者身处险恶环境而衷心不改，贫穷终老亦不屈服的心境。

锋镝牢囚取次过[1]，依然不废我弦歌[2]。死犹未肯输心去，贫亦其能奈我何[3]！廿两棉花装破被，三根松木煮空锅。一冬也是堂堂地[4]，岂信人间胜著多[5]！

《四部丛刊》本《南雷集·南雷诗历》卷一

**【注释】**
[1] 锋镝（dí）：刀锋和箭镞，喻战争。牢囚：被囚禁。取次：次第，一个接一个。[2] 弦歌：歌咏，诵读。《孔子家语·在厄》："绝粮七日，外无所通，藜羹不充，从者皆病。孔子愈慷慨讲诵，弦歌不绝。"[3] 其：岂。[4] 一冬：一死，终其身。《说文》："冬，古'终'字。"段玉裁注："冬之谓终也。"[5] 胜著（zhāo）：高明的手段。

**【审美点评】**
人最恐惧的是死亡，最害怕的是贫穷，最难耐的是失去自由，黄宗羲都坦然接受，安贫乐道，弦歌不废，情绪昂扬。百代之下，又有几人能及？

# 周公谨砚（四首选二）

**【题解】** 诗作于康熙十七年（1678）。时作者于旧井中发现周密之遗砚，感慨其事，遂作诗以明心志。周公谨，宋末周密，字公谨，号草窗，曾居吴兴，号弁阳翁。入元未仕，专事著述，有《癸辛杂识》、《武林旧事》、《草窗词》等。作者作为明代遗民，在清初隐居著述，类乎周密，诗乃有感而发。此为第一、第二首。

弁阳片石出塘栖[1]，余墨犹然积水湄[2]。一半已书亡宋事，更留一半写今时。

剩水残山字句饶[3]，剡源仁近共推敲[4]。砚中斑驳遗民泪，井底千年尚未销。

《四部丛刊》本《南雷集·南雷诗历》卷二

**【注释】**

[1] 弁阳片石：即周密砚石。塘栖：镇名，在杭州北。[2] 余墨：残留之墨汁。[3] 剩水残山：残破之山河，多形容亡国后的景物，此喻亡宋遗事。饶：丰赡。[4] 剡（shàn）源、仁近：二人均为周密之密友。剡源，戴表元，字帅初，浙江鄞（yín）县人，因鄞县为剡溪发源地，故人称其剡源戴先生，著名文章家。仁近，仇远，字仁近，杭州人，以诗名。

**【审美点评】**

"一半已书亡宋事，更留一半写今时"，"砚中斑驳遗民泪，井底千年尚未销"，把不言的砚台拟人化，它可书可写，可记可传，存留久远，千年不消。黄宗羲借此传达遗民之恨，形象贴切，深邃悠远。

# 原 君

**【题解】**本文是《明夷待访录》之开宗明义篇。《明夷待访录》是作者晚年写的一部政论集，包括《原君》、《原臣》、《原法》等二十多篇政论文，阐发民主、平等等思想，第一次把批判的矛头指向君主专制，见解大胆独到。原，推究根源。后世单篇文字，以"原"字命题，成为论文的一种。原君，即推究为君之道。作者对君主制作了历史性的阐释，指出后世君主制的流弊，期望他们以上古明君为楷模，律己救世。

有生之初，人各自私也，人各自利也；天下有公利而莫或兴之，有公害而莫或除之。有人者出，不以一己之利为利，而使天下受其利；不以一己之害为害，而使天下释其害，此其人之勤劳，必千万于天下之人。夫以千万倍之勤劳，而己又不享其利，必非天下之人情所欲居也[1]。故古之人君，量而不欲入者[2]，许由、务光是也[3]；入而又去之者，尧、舜是也；初不欲入而不得去者，禹是也。岂古之人有所异哉？好逸恶劳，亦犹夫人之情也。

后之为人君者不然。以为天下利害之权皆出于我，我以天下之利尽归于己，以天下之害尽归于人，亦无不可；使天下之人不敢自私，不敢自利，以我之大私为天下之大公。始而惭焉，久而安焉。视天下为莫大之产业，传之子孙，受享无穷。汉高帝所谓"某业所就，孰与仲多"者[4]，其逐利之情，不觉溢之于辞矣。此无他，古者以天下为主，君为客，凡君之所毕世而经营者[5]，为天下也。今也以君为主，天下为客，凡天下之无地而得安宁者，为君也。是以其未得之也，屠毒天下之肝脑[6]，离散天下之子女，以博我一人之产业，曾不惨然[7]，曰："我固为子孙创业也。"其既得之也，敲剥天下之骨髓，离散天下之子女，以奉我一人之淫乐，视为当然，曰："此我产业之花息也。"然则为天下之大害者，君而已矣！向使无君，人各得自私也，人各得自利也。呜呼！岂设君之道固如是乎？

古者天下之人爱戴其君，比之如父，拟之如天，诚不为过也。今也天下之人怨恶其君，视之如寇仇[8]，名之为独夫[9]，固其所也[10]。而小儒规规焉[11]，以君臣之义无所逃于天地之间[12]，至桀、纣之暴，犹谓汤、武不当诛之[13]，而妄传伯夷、叔齐无稽之事[14]，乃兆人万姓崩溃之血肉[15]，曾不异夫腐鼠！岂天地之大，于兆人万姓之中，独私其一人一姓乎？是故，武王，圣人也；孟子之言[16]，圣人之言也。后世之君，欲以如父如天之空名，禁人之窥伺者[17]，皆不便于其言[18]，至废孟子而不立[19]，非导源于小儒乎？

虽然，使后之为君者，果能保此产业，传之无穷，亦无怪乎其私之也。既以产业视之，人之欲得产业，谁不如我？摄缄縢，固扃鐍[20]，一人之智力，不能胜天下欲得之者之众，远者数世，近者及身，其血肉之崩溃在其子孙矣。昔人愿世世无生帝王家[21]，而毅宗之语公主[22]，亦曰："若何为生我家！"痛哉斯言！回思创业时，其欲得天下之心，有不废然摧沮者乎[23]？是故，明乎为君之职分，则唐、虞之世[24]，人人能让，许由、务光非绝尘也[25]；不明乎为君之职分，则市井之间，人人可欲，许由、务光所以旷后世而不闻也[26]。然君之职分难明，以俄顷淫乐不易无穷之悲，虽愚者亦明之矣。

《四部备要》本《明夷待访录》

**【注释】**

[1] 居：处。引申为担任。[2] 量：衡量，考虑。入：指为君。[3] 许由、务光：传说中的高士。许由，相传尧欲让天下于他，他拒隐居箕山，自耕而食（见《高士传》）。务光，传说商汤

欲让天下于他，力辞后负石自沉于廖水（见《列仙传》）。[4] 汉高帝：刘邦。《史记·高祖本纪》载汉高祖刘邦登帝位后，曾对其父说："始，大人常以臣无赖，不能治产业，不如仲（其兄刘仲）力，今某之业所就，孰与仲多？"[5] 毕世：终生。[6] 屠毒：即荼毒，残害。肝脑：指人的身体和生命。[7] 曾：竟，从来。惨：羞惭。[8] 视之如寇仇：语出《孟子·离娄下》："君之视臣如土芥，则臣视君如寇仇。"[9] 独夫：残害民众、众叛亲离的国君。《尚书·秦誓》："独夫受（商纣），洪惟作威，乃汝世仇。"[10] 固其所也：本是其所应该得到的。所，宜，适当。[11] 规规焉：浅薄拘束貌。《庄子·秋水》："子乃规规然而求之以察，索之以辨，是直用管窥天，用锥指地也。"[12] 以君臣之义：君臣之间的伦理关系是天经地义的。[13] 汤、武：成汤与周武王。[14] 伯夷、叔齐：传说为商朝孤竹君之子，曾谏阻武王伐纣，商灭后，耻食周粟，饿死于首阳山（见《史记·伯夷列传》）。[15] 兆人万姓：千万百姓。兆，一百万。崩溃之血肉：指被残害之臣民。[16] 孟子之言：见《孟子·梁惠王下》："贼人者谓之贼，残义者谓之残。残贼之人，谓之一夫。闻诛一夫纣矣，未闻弑君也。"[17] 窥伺：即觊觎。[18] 皆不便于其言：都认为孟子的话对自己不利。[19] 至废孟子而不立：《孟子·尽心下》中有"民为贵，社稷次之，君为轻"的话，明太祖朱元璋见而下诏废除祭祀孟子（见《南雍志》卷一《事纪》）。[20] 摄缄縢（téng）、固扃鐍（jiōngjué）：语出《庄子·胠箧》："将为胠箧探囊发匮之盗，而为守备，则必摄缄縢，固扃鐍，此世俗之所谓知也。"摄，收紧。缄，结。縢，绳子。扃鐍，门窗、箱子的锁、钥。[21] "昔人"句：南朝宋顺帝被逼退位有言："唯愿后身生生世世不复天王作因缘"（见《南史·王敬则传》）。[22] 毅宗：明崇祯帝，南明初谥思宗，后改毅宗，李自成军攻入北京后，崇祯帝以剑砍长平公主，断左臂，说："汝奈何生我家！"然后自缢（见《明史·公主列传》）。[23] 废然：灰心貌。摧沮：沮丧。[24] 唐、虞之世：尧、舜时代。唐，尧之国号。虞，舜之国号。[25] 绝尘：超越世俗。[26] 旷：空缺。

**【审美点评】**

有生之初，人各自私自利。天下大权、百姓祸福系于一人，就很危险。上古明君的出现是偶然的，后世更多的是暴君。黄宗羲提出"明乎为君之职分"的社会理想显得软弱无力。黄宗羲的价值在于，他生活在君主强权的时代，对君权神授的君主从道德角度提出批评，其卓见和胆识令人起敬。

# 顾炎武

顾炎武（1613—1682），原名绛，明亡后改名炎武，字宁人，学者尊为亭林先生，江苏昆山人。崇祯十二年（1639）乡试落第后，绝意于科举。清兵入关，应昆山知县杨永言号召，组织义兵守城，失败后仍积极抗清，奔走于大江南北、长城内外，同时在实地考察中研究经史。顾炎武治学主张经世致用，他学识渊博，于经史百家、音韵训诂、历朝典制、郡邑掌故、河漕兵农都悉心研讨，开有清一代学术风

180

气。论文主张"文须有益于天下",论诗主张"诗主性情,不贵奇巧"。有《日知录》、《天下郡国利病书》、《亭林诗文集》等。

# 海上（四首选一）

**【题解】**《海上》四首是一组史诗,此为第一首。诗作于顺治三年(1646)秋,叙述乙酉、丙戌两年的东南大事。乙酉(1645)六月,南明福王(弘光帝)朱由崧、潞王朱常涝相继降清;驻守浙江的鲁王和驻守福建的唐王亦无所作为。作者嗟叹明王朝的覆亡,复国前景渺茫,交织着忧国忧民的沉郁心情。

日入空山海气侵,秋光千里自登临。十年天地干戈老,四海苍生痛哭深[1]。水涌神山来白鸟,云浮仙阙见黄金[2]。此中何处无人世,只恐难酬烈士心[3]!

《四部丛刊》本《亭林诗文集·亭林诗集》卷一

**【注释】**

[1]"十年"二句:指自崇祯初年清兵入关以来,干戈不息,百姓涂炭。天地干戈老,言天地因多年的战争而衰老。[2]"水涌"二句:写望海时的想象。《史记·封禅书》:"此三神山(方丈、蓬莱、瀛洲)者,其传在渤海中……诸仙人及长生不死之药,其物禽兽尽白,而黄金银为宫阙。"[3]"此中"二句:疑指海上弹丸之地,恐难作为依托实现抗清的大业。《顾亭林诗集汇注》引黄节注:"《南疆逸史》:鲁王之出海也,富平将军张名振弃石浦,以舟师扈王至舟山,黄斌卿(舟山守将)不纳,漂泊外洋。诗所谓'难酬烈士心'也。"可作参考。

**【审美点评】**

以高山、大海、天地、浮云等广阔旷远的意象,以千里、十年、四海等词句,抒写无立足之地的悲哀。此悲哀非关一己之痛,更是山河破碎带来的普遍感受,故沉痛感尤甚。

# 淄川行

**【题解】**顺治三年(1646)冬,山东农民谢迁等在高苑(今高青)起义,破城略地,处置清朝地方官,并于次年抵淄川城下(今淄博),处死乡绅孙之獬。孙之獬是明天启间进士,属魏忠贤一党。入清后,立刻投靠新主,官礼部侍郎,顺治二年(1645),又升兵部尚书,总督军务。他力主剃发满服,引起汉人的愤怒。顾炎武听到义军处死孙之獬的消息后,极为兴奋,作诗以志贺。

张伯松，巧为奏，大纛高牙拥前后[1]。罢将印，归里中，东国有兵鼓逄逄[2]。鼓逄逄，旗猎猎[3]，淄川城下围三匝。围三匝，开城门，取汝一头谢元元[4]。

《四部丛刊》本《亭林诗文集·亭林诗集》卷一

【注释】

[1]"张伯松"三句：张伯松，即汉张竦，字伯松。他曾为刘嘉作奏，请灭安众侯刘崇，王莽封刘嘉为师礼侯，其七子皆赐爵关内侯。又封张竦为淑德侯。长安为之语曰："欲求封，过张伯松。力战斗，不如巧为奏。"（见《汉书·王莽传》）此讽刺孙之獬。纛（dào），军中大旗。牙，牙旗。猛兽以爪牙自卫，故军前大旗曰牙旗。[2]东国：指山东。逄（péng）逄：象声词，鼓的声音。[3]猎猎：象声词，风吹动大旗的声音。[4]元元：庶民百姓。

【审美点评】

这是一首儿歌体讽刺诗。作者以朴素、大方、遒劲的笔力，将一件曲折的政治事件轻松地叙述出来，语言浅显，含义明确。运用反复手法，读来朗朗上口，富有音乐美感，符合"诗主性情，不贵奇巧"的主张。

# 精　卫

【题解】精卫是古代神话中的一种鸟，相传是炎帝的少女，《山海经·北山经》有记载。此诗作于顺治四年（1647）。当时清军在南方顺利推进，南明势力在各地相继失败。作者以精卫自喻，表达自己力图恢复明室的坚定决心，抒发对那些贪图一己之富贵而屈节仕清者的鄙薄之情。

万事有不平，尔何空自苦[1]？长将一寸身，衔木到终古[2]。我愿平东海，身沈心不改[3]。大海无平期，我心无绝时。呜呼！君不见，西山衔木众鸟多，鹊来燕去自成窠[4]！

《四部丛刊》本《亭林诗文集·亭林诗集》卷一

【注释】

[1]尔：指精卫。[2]终古：永远，没有尽头的时期。[3]沈：通"沉"。[4]鹊、燕：比喻无远见、大志，只关心个人利害的人。窠（kē）：鸟巢。

【审美点评】

诗以精卫自喻，内蕴自现。既表露了诗人决意复明的决心，也渗透了只有一人的身单势孤，同时对那些只顾一己之利益的仕清者表示不满和无奈。语言精练，态度鲜明。

# 酬王处士九日见怀之作

【题解】王处士即王炜暨，是作者好友。处士，旧时指有才德而不出来做官的人。

是日惊秋老[1]，相望各一涯[2]。离怀销浊酒[3]，愁眼见黄花[4]。天地存肝胆，江山阅鬓华[5]。多蒙千里讯[6]，逐客已无家[7]。

《四部丛刊》本《亭林诗文集·亭林诗集》卷二

【注释】

[1]秋老：指暮秋时节。[2]相望：互相怀念。[3]离杯：以"离杯"暗喻"离人"。浊酒：新酿的酒。[4]黄花：菊花。[5]阅：经历，见证。华：同"花"，此为斑白。[6]讯：问讯。[7]逐客：作者自比，国破之后自我放逐。

【审美点评】

酬赠之作多抒写离情别愫，本诗亦然，却又不止于此，还交织着"逐客已无家"的亡国之悲。正所谓"皮之不存，毛将焉附?"在亡国的背景下，面对友人的问讯，美好的感受都成了奢谈。

# 与友人论学书

【题解】这是一封给友人的信，谈的是为学之道。明末清初，受宋明理学及王阳明"心学"的影响，一般士人多空谈心性，抄袭语录文字为口头禅，游谈无根，甚者以结社讲学为名，标榜学问，互争门户，而真正讲实学者，反受冷落。作者作此书，力斥时弊。他对比古今治学之态度，站在经世致用的高度，提出"博学于文"、"行己有耻"的主张，号召学者要以穷研经史为务，以潜修躬行为本，以有用于时为守。把治学和培养道德情操联系起来。此既是作者治学处世宗旨，又可视为其全部学术思想的纲领，具有历久弥新的意义。

比往来南北[1]，颇承友朋推一日之长[2]，问道于盲[3]。窃叹夫百余年以来之为学者，往往言心言性[4]，而茫乎不得其解也。

命与仁，夫子之所罕言也[5]；性与天道，子贡之所未得闻也[6]。性命之理，著之《易传》[7]，未尝数以语人[8]。其答问士也，则曰："行己有耻[9]"；其为学，则曰："好古敏求[10]"；其与门弟子言，举尧、舜相传所谓"危微精一"之说[11]，一切不道，而但曰："允执其中，四海困穷，天禄永终。[12]"呜呼！圣人之所以为学者，何其平易而可循也[13]！故曰："下学而上达。[14]"颜子之几乎圣也[15]，犹曰："博我以文。[16]"其告哀公也，明善之功，先之以博学[17]。自曾子而下[18]，笃实无若子夏[19]；而其言仁也，则曰："博学而笃志，切问而近思。[20]"

今之君子则不然。聚宾客门人之学者数十百人，"譬诸草木，区以别矣[21]"，而一皆与之言心言性，舍多学而识，以求一贯之方[22]；置四海之困穷不言，而终日讲"危微精一"之说。是必其道之高于夫子，而其门弟子之贤于子贡，桃东鲁而直接二帝之心传者也[23]。我弗敢知也。

《孟子》一书，言心言性，亦谆谆矣[24]。乃至万章、公孙丑、陈代、陈臻、周霄、彭更之所问，与孟子之所答者[25]，常在乎出处、去就、辞受、取与之间[26]。以伊尹之元圣[27]，尧、舜其君其民之盛德大功[28]，而其本乃在乎千驷、一介之不视不取[29]。伯夷、伊尹之不同于孔子也，而其同者，则以"行一不义，杀一不辜，而得天下不为"[30]。是故性也，命也，天也，夫子之所罕言，而今之君子之所恒言也；出处、去就、辞受、取与之辨，孔子、孟子之所恒言，而今之君子所罕言也。谓忠与清之未至于仁，而不知不忠与清而可以言仁者，未之有也[31]。谓不伎不求之不足以尽道[32]，而不知终身于伎且求而可以言道者，未之有也。我弗敢知也。

愚所谓圣人之道者如之何？曰："博学于文"。曰："行己有耻"。自一身以至于天下国家，皆学之事也；自子臣弟友以至出入、往来、辞受、取与之间，皆有耻之事也。耻之于人大矣[33]！不耻恶衣恶食[34]，而耻匹夫匹妇之不被其泽[35]。故曰："万物皆备于我矣，反身而诚。[36]"

呜呼！士而不先言耻，则为无本之人；非好古而多闻，则为空虚之学；以无本之人，而讲空虚之学，吾见其日从事于圣人而去之弥远也。虽然，非愚之所敢言也。且以区区之见，私诸同志，而求起予[37]。

《四部丛刊》本《亭林诗文集·亭林文集》卷三

【注释】

　　[1] 比：近来。往来南北：指作者之行踪。作者曾长期居住江南，清兵南下时，参加了昆山、嘉定等地的抗清斗争，失败后，遍游北方诸省。[2] 推一日之长（zhǎng）：因年纪稍大而受

到尊重。[3] 问道于盲：向盲人问路。此喻向无知少识的人求教，是自谦之语。[4] 言心言性：指理学。心与性是理学家最重要的讨论课题。[5] "命与仁"二句：意谓孔子很少谈论性命与仁德。《论语·子罕》："子罕言利与命与仁。"[6] "性与天道"二句：语出《论语·公冶长》："子贡曰：'夫子之文章，可得而闻也；夫子之言性与天道，不可得而闻也。'"[7] "性命之理"二句：《易传》，《周易》中解释经的部分，《易传》中多有讲性命的话。[8] 数（shuò）以语人：屡次用性命之理告诉别人。[9] 行己有耻：行事要知廉耻。《论语·子路》："子贡问曰：'何如斯可谓之士矣？'子曰：'行己有耻，使于四方，不辱君命。可谓士矣。'"[10] 好古敏求：爱好古道，勉力探求。《论语·述而》："子曰：'我非生而知之者，好古敏以求之者也。'"敏，勤勉。[11] "危微精一"之说：语出《尚书·大禹谟》"人心惟危，道心惟微，惟精惟一，允执厥中"，据孔颖达疏，大意谓：人心是危险的，道心是微妙的，只能正心诚意，不偏不倚，执守中正之道。宋儒把它当作十六字心传，看成尧、舜、禹心心相传的个人修养和治理国家的原则。[12] "允执其中"三句：语出《论语·尧曰》："尧曰：'咨！尔舜！天之历数在尔躬，允执其中。四海困穷，天禄永终。'"朱熹注："允，信也；中者，无过不及之名。四海之人困穷，则君禄亦永绝矣。"允，确实。天禄，天赐的福禄。[13] 循：依循，遵从。[14] 下学而上达：语出《论语·宪问》："子曰：'不怨天，不尤人，下学而上达。知我者其天乎？'"[15] "颜子"句：意谓颜渊近于圣人。[16] 博我以文：语出《论语·子罕》："颜渊喟然叹曰：'夫子循循然善诱人，博我以文，约我以礼，欲罢不能。'"博，广博，用为动词。文，全部知识。[17] "其告哀公"三句：其，指孔子。哀公，鲁哀公。明善，辨明善恶。《礼记·中庸》："哀公问政。子曰：'诚身有道，不明乎善，不诚乎身矣。'"又谈到明善的步骤时云："博学之，审问之，慎思之，明辨之，笃行之。"五者之中，博学居首。[18] 曾子：孔子弟子曾参。[19] 笃实：忠厚朴实。子夏：孔子弟子卜商。[20] "博学而志笃"二句：笃志，坚定志向。切问，恳切地发问。近思，考虑当前切实的问题。语出《论语·子张》："子夏曰：'博学而笃志，切问而近思，仁在其中矣！'"[21] "譬诸草木"二句：见《论语·子张》：子夏反驳子游说："君子之道，孰先传？孰后倦焉？譬诸草木，区以别矣。"大意谓学习的人情况不同，就象草木分类各别，不能齐一。[22] "舍多学"二句：语出《论语·卫灵公》："子曰：'赐也，女以予为多学而识之者与？'对曰：'然，非与？'曰：'非也，予一以贯之。'"识（zhì），记住。一贯，融会贯通。[23] 祧（tiāo）：超越。东鲁：借指孔子。二帝：指尧舜。心传：指心法的传授。[24] 谆谆：耐心教诲的样子。[25] "乃至万章"二句：万章、公孙丑、陈代、陈臻、彭更是孟子的弟子。周霄是魏国人，他们都向孟子问难过。[26] 出处：出仕和隐居。《易经·系辞上》："君子之道，或出或处。"去就：去职和就官。《荀子·乐论》："君子慎其所去就也。"取与：取财和施财。[27] 元圣：大圣。[28] "尧舜其君"句：使其国君如同尧舜，使其百姓如同尧舜时的百姓。《孟子·万章上》："孟子曰：'汤三使往聘之（伊尹），既而幡然改曰：'与我处畎亩之中，由是以乐尧舜之道。吾岂若使是君为尧舜之君哉！吾岂若使是民为尧舜之民哉！吾岂若于吾身亲见之哉？'"[29] "而其本"句：意谓事无大小，在取上都不能苟且。《孟子·万章上》："伊尹耕于有莘之野，而乐尧舜之道焉。其非义也，其非道也，禄之以天下弗顾也；系马千驷弗视也。非其义也，非其道也，一介不以与人，一介不以取诸人。"驷，古代一车套四马，称为一乘。介，同"芥"，小草，比喻细小的事物。[30] "则以"三句：语出《孟子·公孙丑》："行一不义，杀一不辜，而得天下，皆不为也。"不辜，无罪的人。[31] "谓忠与清"三句：《论语·公冶长》：子张问曰："令尹子文三仕为令尹，无喜色；三已之，无愠色。旧令尹之政，必以告新令尹，何如？"子曰："忠矣。"曰："仁矣乎？"曰："未知，焉得仁？""崔子弑齐君，陈文子有马十乘，弃而违之。至于他邦，则曰：'犹吾大夫崔子也。'违之。之一邦，则曰：'犹吾大夫崔子也。'违之。何如？"子曰："清矣。"曰："仁矣乎？"曰："未知，焉得仁？"清，谓洁身自好。[32]"谓不忮（zhì）"句：语出《诗经·邶风·雄雉》："不忮不求，何用不臧？"忮，嫉妒。求：贪求。[33]耻之于人大矣：大意谓：羞耻之心是人们所固有的，存之则可成圣贤，失之则如同禽兽，所以它对人的影响很大。见《孟子·尽心上》。[34]不耻恶衣恶食：不以穿粗衣食劣食为耻。《论语·里仁》："士志于道，而耻恶衣恶食者，未足与议也。"[35]"而耻"句：《孟子·万章上》："（伊尹）思天下之民，匹夫匹妇，有不被尧舜之泽者，若己推而内（纳）之沟中。"被，受到。[36]"万物"二句：《孟子·尽心上》："万物皆备于我矣，反身而诚，乐莫大焉。"原意谓：一切事物我都具备了，反躬自问，我是忠实的，便是最大的快乐。此借以说明，一切事业，都发端于"行己有耻"。[37]起予：启发我。《论语·八佾》："子曰：'起予者商也！'"

### 【审美点评】

虽言论学，实则谈做人的道理。"博学"、"有耻"是立行的基础和根本，顾炎武针对的是夸夸其谈者，沽名钓誉者。他尤其看重"有耻"。在另一篇《廉耻》文中，把士大夫是否有廉耻感与国运联系在一起，"盖不廉则无所不取，不耻则无所不为"，"士大夫之无耻，是谓国耻"，这些言论，可百代共勉。

# 王夫之

王夫之（1619—1692），字而农，号姜斋，又有一瓢道人、双髻外史等二十多个名号。晚居船山，学者称船山先生，湖南衡阳人。自幼颖悟，崇祯十五年（1642）举人。清兵入关，于衡阳起兵抗清，战败退肇庆，任南明桂王政府行人司行人，桂林陷没，此后隐遁。顺治七年（1650），潜身湘西石船山土屋中，著书四十年。王夫之学识渊博，举凡经学、小学、子学、史学、文学、政法、伦理等各门学术，造诣无不精深，天文、历数、医理、兵法乃至卜筮、星象，亦旁涉兼通，且留心当时传入的"西学"。思想、志节、文章与黄宗羲、顾炎武并立。论诗"以意为主"，以"导性情"为核心，诗宗楚辞，寄托遥深。后人辑其著作为《船山遗书》。

## 正落花诗（十首选一）

【题解】作者有数组咏落花诗，其中包括《正落花诗》十首、《续落花诗》三十首、《广落花诗》三十首、《寄咏落花》十首、《落花诗体》十首、《补落花诗》九首，共九十九首，仿效屈原《九章》，以抒写自己亡国之痛。此为第一组第一首。据题后小序，诗作于顺治十七年（1660）冬。"正"即"雅正"之意，以落花的多种境遇，抒写作者强烈的故国之思和崇高气节。

弱羽殷勤亢谷风[1]，息肩迟暮委墙东[2]。销魂万里生前果[3]，化血三年死后功[4]。香老但邀南国颂[5]，青留长伴小山丛[6]。堂堂背我随余子[7]，微许知音一叶桐[8]。

《四部丛刊》本《姜斋先生诗文集》

**【注释】**

[1] 弱羽：即飞行疲惫的鸟。宋苏轼《次韵答子由》："平生弱羽寄冲风。"这里喻力量单薄，指落花。亢：通"抗"。谷风：语本《诗经·邶风·谷风》："习习谷风，以阴以雨。"意为山谷之风。[2] 息肩：栖止。委：弃置。墙东：《后汉书·逸民传》："君公遭乱独不去，侩牛自隐。时人谓之论曰：'避世墙东王君公。'"后用以指隐居之地。[3] 生前果：命中注定。[4] 化血：见《窦娥冤》注[22]。后用"苌弘化碧"的典故喻为国牺牲的精神。死后功：为国牺牲的精神虽死不渝。[5] 南国颂：语自屈原《橘颂》："受命不迁，生南国兮。深固难徙，更壹志兮。"[6]"青留"句：谓花落而树犹青。[7]"堂堂背我"：语自唐薛能《春日使府寓怀》："青春堂堂背我去。"堂堂，公然貌。我，落花自指。余子：《后汉书·祢衡传》载，祢衡尝称曰："大儿孔文举，小儿杨德祖。余子碌碌，莫足数也。"此指碌碌无为之人。[8] 一叶：宋唐庚《文录》云："山僧不解甲子数，一叶落知天下秋。"

**【审美点评】**

本诗一反落花悲时伤春的内蕴，一扫这类诗歌感伤低沉的基调。以落花的顽强牺牲喻一己的志节，句句写落花，处处见自我，洋溢着一种自强不息的感人情怀。

# 读通鉴论

**【题解】**《读通鉴论》作于康熙二十六年（1687），完成于康熙三十年（1691），是作者阅读司马光的历史巨著《资治通鉴》的笔记，也是其晚年的历史沉思录。在本书中，作者对历史上的治乱兴衰作出总结式的评论，并结合社会现实，总结历史经验。它集中反映了作者进步的历史观，是反映其政治思想的一部重要著作。全书三十卷，另附《叙论》四篇为卷末。此篇为叙论一，作者辨析了"正统"观念，提出"公天下"的主张。

论之不及正统者[1]，何也？曰：正统之说，不知其所自昉也[2]。自汉之亡，曹氏、司马氏乘之以窃天下，而为之名曰禅[3]。于是为之说

187

曰：[4]"必有所承以为统，而后可以为天子。"义不相授受[5]，而强相缀系以掩篡夺之迹[6]；抑假邹衍五德之邪说与刘歆历家之绪论[7]，文其诐辞[8]；要岂事理之实然哉？

统之为言，合而并之之谓也，因而续之之谓也。而天下之不合与不续也多矣！盖尝上推数千年中国之治乱以迄于今，凡三变矣。当其未变，固不知后之变也奚若[9]，虽圣人弗能知也。商、周以上，有不可考者。而据三代以言之[10]，其时万国各有其君，而天子特为之长，王畿之外，刑赏不听命，赋税不上供，天下虽合而固未合也。王者以义正名而合之。此一变也。而汤之代夏，武之代殷，未尝一日无共主焉。及乎春秋之世，齐、晋、秦、楚各据所属之从诸侯以分裂天下；至战国而强秦、六国交相为从衡，帗王朝秦[11]，而天下并无共主之号，岂复有所谓统哉？此一合一离之始也。汉亡，而蜀汉、魏、吴三分；晋东渡，而十六国与拓拔、高氏、宇文裂土以自帝；唐亡，而汴、晋、江南、吴越、蜀、粤、楚、闽、荆南、河东各帝制以自崇[12]。土其土，民其民，或迹示臣属而终不相维系也[13]，无所统也。六国离[14]，而秦苟合以及汉；三国离，而晋乍合之；非固合也[15]。五胡起，南北离，而隋苟合之以及唐；五代离，而宋乃合之。此一合离之局，一变也。至于宋亡以迄于今，则当其治也，则中国有共主；当其乱也，中国并无一隅分据之主。盖所谓统者绝而不续[16]，此又一变也。夫统者，合而不离、续而不绝之谓也。离矣，而恶乎统之[17]？绝矣，而固不相承以为统。崛起以一中夏者[18]，奚用承彼不连之系乎[19]？

天下之生[20]，一治一乱。当其治，无不正者以相干[21]，而何有于正？当其乱，既不正矣，而又孰为正？有离，有绝，固无统也，而又何正不正邪？以天下论者，必循天下之公，天下（非夷狄盗逆之所可尸[22]，而抑）非一姓之私也。惟为其臣子者，必私其君父[23]，则宗社已亡，而必不忍戴异姓异族以为君。若夫立乎百世以后，持百世以上大公之论，则五帝、三王之大德，天命已改，不能强系之以存[24]。故杞不足以延夏[25]，宋不足以延商[26]。夫岂忘禹、汤之大泽哉[27]？非五子不能为夏而歌雒汭[28]，非箕子不能为商而吟麦秀也[29]。故昭烈亦自君其国于蜀[30]，可为汉之余裔，而拟诸光武[31]，为九州兆姓之大君[32]，不亦诬乎？充其义类[33]，将欲使汉至今存而后快，则又何以处三王之明德，降苗裔于编氓邪[34]？

蜀汉正矣，已亡而统在晋。晋自篡魏，岂承汉而兴者？唐承隋，而隋抑何承？承之陈，则隋不因灭陈而始为君；承之宇文氏，则天下之大防已乱，何统之足云乎？无所承，无所统，正不正存乎其人而已矣。正不正，人也；一治一乱，天也[35]；犹日之有昼夜，月之有朔、弦、望、晦也[36]。非其臣子以德之顺逆，定天命之去留；而詹詹然为已亡无道之国延消谢之运[37]，何为者邪[38]？宋亡而天下无统，又奚说焉？

近世有李槃者，以宇文氏所臣属之萧岿，为篡弑之萧衍延苟全之祀[39]，而使之统陈[40]。沙陀夷族之朱邪存勖[41]，不知所出之徐知诰[42]，冒李唐之宗，而使之统分据之天下。父子君臣之伦大斁，而自矜为义，有识者一唡而已[43]。若邹衍五德之说，尤妖妄而不经，君子辟之[44]，断断如也[45]。

中华书局版《读通鉴论》

## 【注释】

[1] 正统：旧称一脉相传、合法继承的王朝为正统。反之则是僭窃。[2] 昉（fǎng）：起始。[3] 禅：禅让。上古的禅让是把帝位给有德行的人，而曹氏、司马氏是谋篡，故称"窃天下"。[4] 说：言说，找根据。[5] 义不相授受：从道义上不能把地位授给篡权者。[6] 缀：点缀。迹：痕迹。[7] 邹衍：战国末齐国临淄人，阴阳家代表人物，提出"五德终始"说，以金、木、水、火、土五行相生相克的道理来附会王朝的命运。刘歆：字子骏，西汉末古文经学派的开创者。[8] 文：文饰。诐（bì）：偏颇不正。[9] 奚若：若何，如何。[10] 三代：指夏、商、周。[11] 赧王：东周最后一个君王。公元前 256 年，秦攻周，赧王入秦，周灭。[12]"唐亡"二句：唐灭亡后，出现十国，它们都标榜自己为正统。[13] 迹：遵循。[14] 六国：指战国时的齐、楚、燕、韩、赵、魏六国。[15] 固：永久。[16] 绝：断。[17] 恶乎：疑问词，犹言何所。[18] 中夏：即中华、华夏。[19] 奚用：何用。[20] 天下之生：一个朝代的建立。[21] 干：干扰，干涉。[22] 夷狄：泛指少数民族。尸：神像。代死者受祭的人，后世逐渐改为神主、画像。此处谓主持，代指统治国家。[23] 私：偏爱。此引申为忠于、效忠。[24] 五帝：指炎帝、黄帝、尧、虞、舜。三王：指夏、商、周三代之君。强：硬要。[25] 杞：古国名。据《史记·周本纪》及《史记·六国年表》，周武王封夏禹后人东楼公于杞。地在今河南杞县。[26] 宋：古国名。据《史记·殷本纪》及《史记·宋微子世家》，周武王灭商，封商王纣子武庚于旧都（今河南商丘）。武庚叛乱被杀，又以其地封与纣之庶兄微子，号宋公，为宋国。[27] 大泽：大的恩德。泽，水积聚的地方，引申为恩惠、恩德。[28] 五子：太康的昆弟五人。此指五子之歌，是中国最早的叹息帝王亡国的诗歌。按《书序》："太康失邦，昆弟五人，须于洛汭（luòruì），作五子之歌。"洛汭，古地域名，在今河南巩县。[29] 箕子：商纣诸父，封国于箕，故称箕子。[30] 昭烈：刘备，逝后尊谥昭烈皇帝。[31] 光武：后汉开国皇帝刘秀。[32] 九州：古代将全国划分为九个区域，即所谓的"九州"。兆姓：百姓。诬：荒谬。[33] 充其义类：假充义的名义。[34] 降：贬。编氓（méng）：编入户籍的普通民众。[35] 天：天命。[36] 朔、弦、望、

晦：月亮圆缺的四种状态。农历每月初一为朔日。月半圆为弦，大概在农历每月的初七、八或廿二、廿三。月圆为望，在农历的每月十五。月亏为晦，在农历每月的末一天，朔日的前一天。此以月的圆缺说明治乱是天命决定的。[37] 詹詹然：喋喋不休的样子。《庄子·齐物论》："大言炎炎，小言詹詹。"[38] 何为者邪：为何还这样做呢？[39] 延苟全之祀：即延续国祚。[40] 使之统陈：使他成为陈的正统。[41] 朱邪存勗：五代后唐的建立者，沙陀族，姓朱邪，其祖父在唐为振武军节度使，因军功赐姓李。袭父亲李克用晋王的爵位后，在河北发展势力，在 923 年于魏州（今河北大名）称帝，建国号唐，史称后唐。[42] 徐知诰：十国南唐的建立者。海州（今徐州）人，少孤，被大将徐温收为养子，在唐末的藩镇割据中，逐渐壮大自己，在吴天祚三年（937），登上皇位，国号大齐，年号昇元。次年，改姓名为李昇，改国号为唐。在乱世中，以继承唐祚的名号登上了历史的舞台。[43] 映（xuè）：口吹物发出小声。《庄子·则阳》："吹剑首者，映而已矣。"[44] 辟：驳斥。[45] 断断：确实，无疑。

**【审美点评】**

对正统的追逐是希望江山永固，长治久安。然而现实却是"鼎足三分半腰折，魏耶？晋耶？"没有永远的胜利者。王夫之考察千年的中国历史，以无可争辩的事实告诉我们，安天下的根本是"天下为公"，这种启蒙思想对今人亦有借鉴意义。

# 吴嘉纪

吴嘉纪（1618—1684），字宾贤，号野人，江苏泰州人。出身清贫，长期生活在盐民中。亲历朝代更换，民生多艰。入清后绝意仕进，隐居泰州安丰盐场，生齿日艰，居所杂草丛生，蓬蒿遍地，却终日苦吟不倦，不与外人往还，时人称之为"野人"。工于诗，其诗法孟郊、贾岛，语言简朴通俗，内容表现人生之苦，得周亮工、王士禛赏识。有《陋轩集》。

## 临场歌

**【题解】** 这是作者《盐场新乐府》中的一首。诗人对官府向灶户进行残酷剥削的行为作了具体生动的描述，对灶户的生存处境极为同情。

虽曰穷灶户[1]，往岁折价[2]，何曾少逋[3]！胥役谓其逋也，趣官长沿场征比[4]，春秋两巡[5]，迤来竟成额例。兵荒之余，呜呼！谁怜此穷灶户？

掾豺隶狼[6]，新例临场；十日东淘[7]，五日南梁[8]。趋役少迟，场吏大怒，骑马入草[9]，鞭出灶户。东家贳醪[10]，西家割彘；殚力供给，负却公税[11]。后乐前钲[12]，鬼咤人惊；少年大贾，币帛将迎。帛高者止，与笑月下，来日相过[13]，归比折价。笞挞未歇，优人喧阗；危笠次第[14]，宾客登筵。堂上高会，门前卖子。盐丁多言[15]，箠折牙齿[16]。

上海古籍出版社版杨积庆笺校《吴嘉纪诗笺校》卷一

**【注释】**

[1] 灶户：煎盐的民户。《清会典·户部三·尚书侍郎职掌五》"凡户之别"，"有灶户"。原注："各盐场，井灶丁，是为灶户。" [2] 折价：灶户将盐卖给行商，官方征收盐税。 [3] 逋（bū）：逃欠。 [4] 趣（cù）：催促。场：盐场。征比：征收钱粮税额比较其多寡。 [5] 巡：视察。 [6] 掾（yuàn）：掾属，管理下级官吏。隶：差役。 [7] 东淘：一名安丰，今在江苏省东台县南。 [8] 南梁：今位于江苏省东台县南。 [9] 草：指草田。明清盐法，灶户除在场煎盐外，照例得按丁配给场外近地的耕田，名曰草田。其用意是在于供给灶户煎盐所需要的柴薪，但因灶户穷困，此种草田，后来多被有钱人以低价买去，成为私田。 [10] 贳（shì）：赊欠。醪（láo）：醇酒。 [11] 负却：拖欠下。 [12] 后乐前钲（zhēng）：鸣锣开道，鼓吹于后。钲，锣。 [13] 相：看，考察。 [14] 危笠：高耸的帽子，此指官吏。 [15] 盐丁：灶户。 [16] 箠（chuí）：同"棰"，杖刑。

**【审美点评】**

吴嘉纪长期与灶户杂居，生活穷困，苦吟不倦。本诗运用白描手法和通俗的语言，形象地描绘了灶户艰辛的生活，展示出一片区域性历史画卷，丰富了清初诗坛的内容，别具一格。

# 绝　句

**【题解】** 这是一首描写盐民苦难生活的诗。诗中通过一位煎盐老人在烈日下片刻休息的感受，反衬其生存状态的苦况。

白头灶户低草房[1]，六月煎盐烈火旁。走出门前炎日里，偷闲一刻是乘凉。

上海古籍出版社版杨积庆笺校《吴嘉纪诗笺校》卷一

**【注释】**
[1] 白头：老年。

**【审美点评】**
六月炎日，"公子王孙把扇摇"尚觉难耐；灶户贫苦，仍要煎盐烈火旁。两相比照，"偷闲一刻是乘凉"的刹那欢愉便越发可怜了。

# 屈大均

屈大均（1630—1696），字翁山、介子，号莱圃，广东番禺人。明诸生。清兵入粤，曾参加武装抗清。后为僧，奔走图恢复。中年始蓄发归儒，北游各地，联络志士，曾结识顾炎武。康熙十二年（1673），入吴三桂桂林军，督军反清，旋即失望而归，隐居乡里，以著述终。屈大均存诗六千多首。其诗有屈原、李白、杜甫遗风，多写民间疾苦，抒发爱国情怀，风格高浑雄肆，慷慨矫健。与陈恭尹、梁佩兰并称为"岭南三大家"。有《翁山诗外》、《翁山文外》、《翁山易外》、《广东新语》及《四朝成仁录》，合称"屈沱五书"。

## 壬戌清明作

【题解】壬戌即康熙二十一年（1682）。此时三藩已先后败亡，退据台湾的郑成功政权亦行将倾覆，清王朝的统治已经巩固。作者在这年清明节作此诗，寄托其复国无望、无所归依的情怀。

朝作轻寒暮作阴，愁中不觉已春深。落花有泪因风雨，啼鸟无情自古今[1]。故国江山徒梦寐，中华人物又销沉。龙蛇四海归无所[2]，寒食年年怆客心[3]。

《续修四库全书》本《翁山诗外》卷九

【注释】

[1]"落花"二句：化自杜甫《春望》："感时花溅泪，恨别鸟惊心。"[2]龙蛇：比喻待时而出的志士。《易·系辞下》："龙蛇之蛰，以存身也。"[3]寒食：在农历清明前一日，一说在前二日，也有清明即寒食说。《荆楚岁时记》："冬至后一百五日，谓之寒食，禁火三日。"相传后人为纪念春秋时晋国介子推，相沿成俗，称寒食节。（见《史记·晋世家》）

【审美点评】

清明是缅怀亲人、寄托哀思的日子。屈大均在壬戌清明寄托的是对国家的哀思："故国江山徒梦寐，中华人物又销沉"，这种回天无力的沉痛感贯串全诗，感人至深。

## 读陈胜传

**【题解】** 此诗是作者读《史记·陈涉世家》后，对陈胜给予的高度评价。

闾左称雄日[1]，渔阳谪戍人[2]。王侯宁有种[3]？竿木足亡秦[4]。大义呼豪杰，先声仗鬼神[5]。驱除功第一，汉将可谁伦[6]？

《续修四库全书》本《翁山诗外》卷六

**【注释】**

[1] 闾左：《史记·陈涉世家》："发闾左，谪戍渔阳九百人。"司马贞索隐："闾左谓居闾里之左也。又云，凡居以富强为右，贫弱为左。秦役戍多，富者役尽，兼取贫弱者也。"此指陈涉。[2] 渔阳：古郡名，秦时辖地跨长城内外，为边防要地，在今北京密云西南。谪，底本误为"適"。[3] "王侯"句：语出《史记·陈涉世家》："王侯将相宁有种乎？"[4] "竿木"句：指起义。贾谊《过秦论》："斩木为兵，揭竿为旗。"[5] "先声"句：指陈胜在起义行事之前假托鬼神以正其名、凝聚众人事（见《史记·陈涉世家》）。[6] "驱除"二句：《史记·秦楚之际月表序》："乡秦之禁，适足以资贤者为驱除难耳。"司马贞索隐："言驱除患难耳。"此用其意，言陈胜起义，为汉高祖清除道路，其首事之功，汉将无人能和他相提并论。

**【审美点评】**

在君主制时代，陈胜、吴广起义一直受到贬斥，屈大均能摒弃陈见，对陈胜的历史功绩作出"驱除功第一"的正面肯定，眼光独到，胆气可嘉。

# 侯方域

侯方域（1618—1654），字朝宗，号学苑，河南商丘人。少有才名，参加复社，与东南名士交游，时人以他和方以智、冒襄、陈贞慧为四公子。弘光朝，因抨击阮大铖、马士英遭迫害，逃奔史可法避难。入清，顺治八年（1651）被迫参加河南乡试，中副榜，不久抑郁而死。侯方域诗文俱佳，尤擅散文。时人以侯方域、魏禧、汪琬为国初三大家。为文师法唐宋八大家，转益多师，形成流畅恣肆的风格。其传记文尤具特色，"以小说为古文"为人称道。有《壮悔堂文集》、《四忆堂诗集》。

# 李姬传

**【题解】** 李姬即李香，明末秦淮名妓。崇祯末，作者以世家子游学南京，遇合李香。后作者加入复社，参与反阉党阮大铖的活动，介入弘光朝的政治争斗，李香也卷入其中。本篇是作者缅怀往事，感其品行志节，特为此传。孔尚任《桃花扇》亦敷演其故事。

　　李姬者，名香，母曰贞丽[1]。贞丽有侠气，尝一夜博，输千金立尽；所交接皆当世豪杰，尤与阳羡陈贞慧善也[2]。姬为其养女，亦侠而慧，略知书，能辨别士大夫贤否。张学士溥、夏吏部允彝急称之[3]。少风调皎爽不群[4]；十三岁从吴人周如松受歌《玉茗堂四传奇》[5]，皆能尽其音节。尤工《琵琶词》，然不轻发也。

　　雪苑侯生[6]，己卯来金陵[7]，与相识。姬尝邀侯生为诗，而自歌以偿之。初，皖人阮大铖者[8]，以阿附魏忠贤论城旦[9]，屏居金陵[10]，为清议所斥[11]。阳羡陈贞慧、贵池吴应箕实首其事[12]，持之力。大铖不得已，欲侯生为解之，乃假所善王将军[13]，日载酒食与侯生游。姬曰："王将军贫，非结客者[14]，公子盍叩之？"侯生三问，将军乃屏人述大铖意。姬私语侯生曰："妾少从假母识阳羡君[15]，其人有高义，闻吴君尤铮铮[16]，今皆与公子善，奈何以阮公负至交乎？且以公子之世望[17]，安事阮公！公子读万卷书，所见岂后于贱妾耶？"侯生大呼称善，醉而卧。王将军者殊怏怏，因辞去，不复通。

　　未几，侯生下第[18]。姬置酒桃叶渡[19]，歌《琵琶词》以送之，曰："公子才名文藻，雅不减中郎[20]。中郎学不补行[21]，今《琵琶》所传词固妄，然尝昵董卓[22]，不可掩也。公子豪迈不羁，又失意，此去相见未可期，愿终自爱，无忘妾所歌《琵琶词》也，妾亦不复歌矣！

　　侯生去后，而故开府田仰者[23]，以金三百锾邀姬一见[24]。姬固却之。开府惭且怒，且有以中伤姬[25]。姬叹曰："田公岂异于阮公乎？吾向之所赞于侯公子者谓何？今乃利其金而赴之，是妾卖公子矣！[26]"卒不往。

《四部备要》本《壮悔堂文集》卷五

**【注释】**

[1] 贞丽：李贞丽，字淡如，秦淮名妓，是李香假母。[2] 阳羡：江苏宜兴旧名。陈贞慧：字定生，宜兴人，复社重要成员。[3] 张学士溥：张溥，字天如，江苏太仓人。复社发起人之一。夏吏部允彝：夏允彝，字彝仲，江苏松江人。与陈子龙创立"几社"，与"复社"相呼应。因曾在吏部任职，故称。[4] 风调皎爽：风度格调，开朗豪迈。[5] 周如松：苏昆生原名，本河南固始人，精通昆曲。明亡流落苏州。[6] 雪苑侯生：作者自称。侯方域自号雪苑，故称。[7] 己卯：明崇祯十二年（1639）。[8] 阮大铖：字圆海，安徽怀宁（今安庆市）人。明天启朝为京官，依附权阉魏忠贤。后被废为民，流寓南京。南明弘光朝，依附马士英，官至兵部尚书，清兵渡江，出降，助清兵南侵，死于仙霞关。（见《明史·奸臣传》）。[9] 论城旦：指阮大铖因阉党逆案，被废为民。城旦，古代刑罚名。《墨子·号令》："以令为除死罪二人，城旦四人。"孙诒让《墨子闲诂》引应劭语："城旦者，旦起行治城，四岁刑也。"后指徒刑或流放。[10] 屏（bǐng）居：退居，屏客独居。[11] "为清议所斥"句：此句指陈贞慧、吴应箕等人在南京联合发布《留都防乱揭帖》，揭发阮大铖为阉党余孽之事。清议，在野之人对时政的评议。贵池，今安徽省贵池县。吴应箕，字次尾，复社领导人之一。抗清被俘，不屈而死。[12] 首其事：与下句"持之力"，首先发起那事，态度坚决地坚持下去。[13] 所善：所喜欢的人。王将军：事迹不详。[14] 非结客者：不是善于交往的人。[15] 阳羡君：指陈贞慧。[16] 吴君：指吴应箕。铮铮：为人正直刚强。[17] 世望：世家名望。侯方域的祖父、父亲在明朝为官，均立身正直，为人敬仰。[18] 下第：指侯方域应江南乡试未中。[19] 桃叶渡：在南京城内秦淮河与清溪合流处。相传东晋王献之曾于此送其爱妾桃叶渡河，故名。[20] 中郎：指蔡邕，曾官左中郎将，故称。[21] 学不补行：学问虽好却不能弥补品性上的缺陷。[22] 尝昵董卓：董卓擅政，征蔡邕为侍中，再拜中郎将，封高阳乡侯，官职累升。董卓被诛，独蔡邕前往哭之，被下狱而死（见《后汉书·蔡邕传》）。[23] 开府：明清时各省巡抚、总督的称谓。田仰：字百源，贵州人，马士英的亲戚，弘光朝官淮扬巡抚。[24] 三百锾（huán）：即三百金。锾，古代重量单位，用于货币量词。《尚书·吕刑》："其罚百锾。"孙星衍《尚书今古文注疏》："一说为六两，一说为十铢二十五分之十三。"后借用钱币数。[25] 有以中伤姬：因此诬陷李香。侯方域有《答田中丞书》，驳斥田仰声称李香却金拒招是受他指使。[26] 卖公子：负心于公子。

**【审美点评】**

文章短小精悍，写了李香的三件事，突出她的见识和品格；结构十分严谨，从"定情"到"分别"，再到"别后"，时间贯连，脉络清晰；把明末政治斗争与侯、李两人爱情的发展，交互结合在一起，别具特色。

# 马伶传

**【题解】** 崇祯十二年（1639），作者游历南方，居留南京，参加复社，与魏党余孽阮大铖进行过斗争。这篇人物小传，是他寓居南京时所作。文章采录了南京当时的传说，叙写马伶其人其事，一方面说明艺人观察生活才能提高技艺的道理，另一方面则将讽刺的矛头指向与严嵩相似的顾秉谦之类的奸臣。

马伶者，金陵梨园部也[1]。金陵为明之留都，社稷百官皆在[2]；而又当太平盛时，人易为乐，其士女之问桃叶渡、游雨花台者，趾相错也[3]。梨园以技鸣者[4]，无论数十辈[5]，而其最著者二：曰兴化部，曰华林部。

一日，新安贾合两部为大会[6]，遍征金陵之贵客文人，与夫妖姬静女[7]，莫不毕集。列兴化于东肆[8]，华林于西肆，两肆皆奏《鸣凤》，所谓椒山先生者[9]。迨半奏[10]，引商刻羽[11]，抗坠疾徐[12]，并称善也。当两相国论河套[13]，而西肆之为严嵩相国者曰李伶，东肆则马伶。坐客乃西顾而叹，或大呼命酒，或移座更近之，首不复东。未几更进[14]，则东肆不复能终曲。询其故，盖马伶耻出李伶下，已易衣遁矣[15]。

马伶者，金陵之善歌者也。既去，而兴化部又不肯辄以易之[16]，乃竟辍其技不奏，而华林部独著。

去后且三年[17]，而马伶归，遍告其故侣，请于新安贾曰："今日幸为开宴，招前日宾客，愿与华林部更奏《鸣凤》，奉一日欢。"既奏，已而论河套，马伶复为严嵩相国以出，李伶忽失声，匍匐前称弟子。兴化部是日遂凌出华林部远甚。

其夜，华林部过马伶曰：[18]"子，天下之善技也，然无以易李伶[19]。李伶之为严相国至矣[20]，子又安从授之而掩其上哉？"马伶曰："固然[21]，天下无以易李伶；李伶即又不肯授我。我闻今相国昆山顾秉谦者[22]，严相国俦也[23]。我走京师，求为其门卒三年，日侍昆山相国于朝房，察其举止，聆其语言，久乃得之。此吾之所为师也。"华林部相与罗拜而去[24]。

马伶名锦，字云将，其先西域人，当时犹称马回回云。

侯方域曰：异哉！马伶之自得师也。夫其以李伶为绝技，无所于求[25]，乃走事昆山[26]，见昆山犹之见分宜也；以分宜教分宜，安得不工哉！呜乎！耻其技之不若，而去数千里为卒三年，倘三年犹不得，即犹不归尔。其志如此，技之工，又须问耶？

《四部备要》本《壮悔堂文集》卷五

【注释】

[1] 梨园部：指戏班。部，行业的组织。梨园，唐玄宗在宫廷内设立的教练伶人的机构，后

世将戏曲界称为梨园，戏曲演员称为梨园弟子。[2]"金陵"二句：明代开国时建都金陵，成祖朱棣迁都北京，以金陵为留都，改名南京，也留有一套朝廷机构。[3]趾相错：脚印相交错，形容游人之多。[4]以技鸣：因技艺精湛而出名。[5]无论：大概，约计。[6]新安：今安徽歙(shè)县。[7]静女：指少女。语出《诗经·邶风·静女》："静女其姝。"[8]肆：店铺，此指戏场。[9]《鸣凤》：指明代传奇《鸣凤记》，演夏言、杨继盛诸人与权相严嵩斗争故事。椒山先生：杨继盛，字仲芳，号椒山，容城（今属河北）人，官至南京兵部右侍郎，因弹劾严嵩被害。[10]半奏：演到中间。[11]引商刻羽：演奏音乐。商、羽，古五音名。[12]抗坠疾徐：声音高低快慢。[13]两相国论河套：指《鸣凤记》第六出《两相争朝》，情节是宰相夏言和严嵩争论收复河套事。严嵩：字惟中，分宜（今属江西）人，弘治年间中进士，得到明世宗信任，弄权纳贿，陷害忠良。[14]更进：演出继续。[15]易衣：指卸装。[16]辄："即"，引申为随便。[17]且：将近。[18]过：拜访。[19]易：轻慢，引申为胜过。[20]至：极。此指扮演的技巧高。[21]固然：确实。[22]顾秉谦：昆山人，明熹宗天启年间为首辅，是阉党中人。[23]俦：同类。[24]罗拜：多人环列行礼。[25]无所于求：没有办法得到。[26]昆山：即指顾秉谦，古人习惯以籍贯指代人。下句"分宜"，即指严嵩。

**【审美点评】**

马伶的成功揭示一个简单而又朴素的道理：生活是艺术的源泉。在此文中，生活的源泉竟然是奸臣，讽刺绝妙而又辛辣。在章法上设置了一个悬念，紧紧地吸引着读者的注意力，典型地体现了侯方域"以小说为古文"的特色。

# 魏 禧

魏禧（1624—1681），字叔子，一字冰叔，号裕斋，世称勺庭先生，江西宁都人。明末诸生，明亡后隐居翠微峰。与兄际瑞、弟礼等研读经史，均以古文见长，时人谓之"宁都三魏"，以魏禧最为知名。康熙间，举博学鸿词科，不应。中年出游江南，以文会友，结纳贤豪，以图恢复。其文重有用于世，作文重"酝酿积蓄，沉浸而不轻发"。有《魏叔子文集》、《魏叔子诗集》。

## 大铁椎传

**【题解】**铁椎，古兵器名。作者因不详传主真实姓名，因其勇武，故以其使用兵器名之。文章主体部分采用特定人物的视点，塑造了一位隐身民间的豪侠形象，寄托了作者诸多的感慨。

庚戌十一月[1]，予自广陵归[2]，与陈子灿同舟[3]。子灿年二十八，好武事，予授以《左氏》兵谋兵法[4]。因问数游南北，逢异人乎？子灿为述大铁椎，作《大铁椎传》。

大铁椎，不知何许人，北平陈子灿省兄河南，与遇宋将军家。宋，怀庆青华镇人[5]，工技击，七省好事者皆来学[6]，人以其雄健，呼宋将军云。宋弟子高信之亦怀庆人，多力善射。长子灿七岁，少同学，故尝与过宋将军。时座上有健啖客[7]，貌甚寝[8]；右胁夹大铁椎，重四五十斤，饮食拱揖不暂去[9]。柄铁折叠环复如锁上练，引之，长丈许[10]。与人罕言语，语类楚声[11]。扣其乡及姓字皆不答[12]。既同寝，夜半，客曰："吾去矣！"言讫不见。子灿见窗户皆闭，惊问信之。信之曰："客初至，不冠不袜，以蓝手巾裹头，足缠白布。大铁椎外一物无所持，而腰多白金[13]。吾与将军俱不敢问也。"子灿寐而醒，客则鼾睡炕上矣。

一日，辞宋将军曰："吾始闻汝名，以为豪；然皆不足用。吾去矣！"将军强留之，乃曰："吾尝夺取诸响马物[14]，不顺者，辄击杀之；众魁请长其群[15]，吾又不许，是以雠我[16]。久居此，祸必及汝。今夜半，方期我决斗某所。"宋将军欣然曰："吾骑马挟矢以助战。"客曰："止！贼能且众，吾欲护汝，则不快吾意。[17]"宋将军故自负，且欲观客所为，力请客。客不得已，与偕行。将至斗处，送将军登空堡上，曰："但观之，慎弗声，令贼知汝也。"时鸡鸣月落，星光照旷野，百步见人。客驰下，吹觱篥数声[18]。顷之，贼二十余骑四面集，步行负弓矢从者百许人。一贼提刀纵马奔客，曰："奈何杀我兄？"言未毕，客呼曰："椎！"贼应声落马，马首尽裂。众贼环而进，客从容挥椎，人马四面仆地下，杀三十许人。宋将军屏息观之，股栗欲堕[19]。忽闻客大呼曰："吾去矣！"地尘且起，黑烟滚滚东向驰。去，后遂不复至。

魏禧论曰：子房得力士椎秦皇帝博狼沙中[20]，大铁椎其人与？天生异人，必有所用之。予读陈同甫《中兴遗传》[21]，豪俊侠烈魁奇之士，泯泯然不见功名于世者[22]，又何多也！岂天之生才不必为人用与？抑用之自有时与？子灿遇大铁椎为壬寅岁[23]，视其貌，当年三十，然则大铁椎今四十耳。子灿又尝见其写市物帖子[24]，甚工楷书也。

**中华书局版胡守仁、姚品文、王能宪校点《魏叔子文集》**

**【注释】**

[1] 庚戌：康熙九年（1670）。[2] 广陵：今扬州。[3] 陈子灿：生平不详。[4] 左氏兵谋兵

法：指《左传》，其中有不少论述军事的文字。[5] 怀庆：府名，今河南沁阳。[6] 七省：指河南及其邻近的河北、山东、山西、陕西、安徽、湖北七省。[7] 健啖（dàn）：食量很大。[8] 寝：貌丑。[9] 不暂去：一会儿也不离身。[10] "柄铁"三句：椎之铁柄可折叠环绕，伸开有一丈多长。练，通"链"。引，伸开。[11] 语类楚声：说话像楚地的口音。楚地，现在湖南、湖北一带，古为楚地。[12] 扣：通"叩"，询问。[13] 白金：银子。[14] 响马：结伙拦路抢劫的强盗。[15] 魁：领头人。[16] 雠：同"仇"。[17] 快：痛快。[18] 觱篥（bìlì）：古簧管乐器，又名羌管。[19] 股栗：两腿发抖。[20] "子房"句：谓大铁椎与汉代张良所得力士为一类人。此写"博狼沙"疑为笔误。[21] 陈同甫：南宋陈亮，字同甫，文学家。其所著《中兴遗传》，为宋朝南渡前后大臣、大将、死节、能臣、能将各类人物立传，其中有侠士、义勇两门。[22] 泯泯然：形容纷纷消亡。[23] 壬寅岁：康熙元年（1662）。[24] 市物帖子：买东西的单子。

### 【审美点评】

本篇星夜决斗一段颇为精彩。大铁椎面对环围进攻的响马贼，从容作战，应对自如，转眼击败敌方。文章又以"工技击"、有虚名、颇自负的宋将军的惊吓和胆怯，反衬他的果敢和勇猛。一个内秀外刚的布衣豪侠呼之欲出。

# 汪 琬

汪琬（1624—1690），字苕文，号钝庵，世称尧峰先生，江苏长洲（今苏州）人。顺治十二年（1655）进士，官刑部郎中、户部主事。康熙十八年（1679），举博学鸿词科，授编修，修《明史》，仅六十余日即乞病归，隐居撰述。汪琬生于世宦之家，性情耿介，倡言朴学，文风雅正，合乎经旨。与侯方域、魏禧齐名，并称为"国初三大家"。有《钝翁类稿》，晚年自订为《尧峰文钞》。

## 江天一传

**【题解】** 作者为明清鼎革之际抗清义士江天一立传，表现了江天一不计贫贱的秉性以及以读书为乐的超然心态。重点叙其智谋和失败被捕、慷慨就义的经过。

江天一，字文石，徽州歙县人[1]。少丧父，事其母及抚弟天表，具有至性[2]。尝语人曰："士不立品者，必无文章。"前明崇祯间，县令傅岩奇其才[3]，每试辄拔置第一[4]。年三十六，始得补诸生[5]。家贫屋败，躬畚土筑垣以居[6]。覆瓦不完，盛暑则暴酷日中[7]。雨至，淋漓蛇伏，或张敝盖自蔽[8]。家人且怨且叹，而天一挟书吟诵自若也。

天一虽以文士知名，而深沉多智，尤为同郡金金事公声所知[9]。当是时，徽人多盗，天一方佐金事公，用军法团结乡人子弟，为守御计。而会张献忠破武昌[10]，总兵官左良玉东遁[11]，麾下狼兵哗于途[12]，所过焚掠。将抵徽，徽人震恐，金事公谋往拒之，以委天一。天一腰刀袜首[13]，黑夜跨马，率壮士驰数十里，与狼兵鏖战祁门，斩馘大半[14]，悉夺其马牛器械，徽赖以安。

顺治二年夏五月，江南大乱[15]，州县望风内附[16]，而徽人犹为明拒守。六月，唐藩自立于福州[17]，闻天一名，授监纪推官[18]。先是，天一言于金事公曰："徽为形胜之地[19]，诸县皆有阻隘可恃，而绩溪一面当孔道[20]，其地独平迤[21]，是宜筑关于此，多用兵据之，以与他县相掎角。[22]"遂筑丛山关[23]。已而清师攻绩溪，天一日夜援兵登陴不少怠[24]，间出逆战[25]，所杀伤略相当。于是，清师以少骑缀天一于绩溪[26]，而别从新岭入[27]，守岭者先溃，城遂陷。

大帅购天一甚急[28]。天一知事不可为，遽归，属其母于天表，出门大呼："我江天一也。"遂被执。有知天一者，欲释之，天一曰："若以我畏死邪？我不死，祸且族矣。[29]"遇金事公于营门，公目之曰："文石，女有老母在[30]，不可死。"笑谢曰："焉有与人共事而逃其难者乎？公幸勿为我母虑也。"至江宁[31]，总督者欲不问[32]，天一昂首曰："我为若计，若不如杀我；我不死，必复起兵。"遂牵诣通济门[33]。既至，大呼高皇帝者三[34]，南向再拜讫，坐而受刑。观者无不叹息泣下。越数日，天表往收其尸，瘗之。而金事公亦于是日死矣。

当狼兵之被杀也，凤阳督马士英怒[35]，疏劾徽人杀官军状[36]，将致金事公于死。天一为赍辨疏[37]，诣阙上之[38]，复作《吁天说》[39]，流涕诉诸贵人[40]，其事始得白。自兵兴以来，先后治乡兵三年，皆在金事公幕。是时幕中诸侠客号知兵者以百数，而公独推重天一，凡内外机事悉取决焉。其后竟与公同死，虽古义烈之士无以尚也[41]。予得其始末于翁君汉津，遂为之传。

汪琬曰：方胜国之末[42]，新安士大夫死忠者[43]，有汪公伟、凌公駉与金事公三人[44]，而天一独以诸生殉国。予闻天一游淮安，淮安民妇冯氏者，刲肝活其姑[45]，天一征诸名士作诗文表章之[46]，欲疏于朝，不果。盖其人好奇尚气类如此。天一本名景，别自号石嫁樵夫，翁君汉津云。

**【注释】**

[1] 徽州：清代徽州府，辖歙县、休宁、祁门、绩溪等六县，府治在歙县。[2] 具：通"俱"。至性：本指天赋卓绝的本性，此指善良孝悌的本性。[3] 傅岩：字野清，浙江义乌人，崇祯初年曾为歙县令，后官至监察御史。[4] 试：指童生岁试。[5] 补诸生：考取秀才。[6] 躬畚（běn）土筑垣：亲自取土筑墙。畚，即畚箕。此作动词用。[7] 暴（pù）：通"曝"，晒。[8] 敝盖：破伞。[9] 金金事：金声，字正希，号赤壁，休宁人，擅画马。崇祯进士，清兵南下，与门生江天一于家乡起兵守御，相持累月，失败被俘，被杀于南京。休宁与歙县同属徽州府，故称"同郡"。[10] 会：逢。破武昌：指张献忠在崇祯十六年（1643）五月破武昌。[11] 左良玉：字昆山，山东临清人。初在辽东与清军作战，在镇压农民起义军时，壮大军队，明末升为总兵，驻军武昌，崇祯十六年移兵九江，沿途掳掠，事载《明史》本传。但据《明史·金声传》、温睿临《南疆逸史》载，金声率徽州民众抗击的是凤阳总督马士英的黔军。此传所记，可能是传闻之误。[12] 狼兵：明代组建的非正规军。专指广西东兰、那地、南丹等地出身的兵勇，彪悍武勇，在"剿贼"、"御倭"中战绩不俗。但由于军纪混乱，扰民不断，百姓有惧狼兵甚于贼之说（见《明史·兵志三》、清代陆次云《洞溪纤志·狼人》）。[13] 帓（mò）首：以巾裹头。帓，头巾。[14] 斩馘（guó）：杀死杀伤。馘，原意为作战时割下所杀敌人的左耳，用以计功。[15] 江南大乱：指清兵渡江，南明覆灭。[16] 内附：归附自己这一方，指降清。[17] 唐藩：指明唐王朱聿键，其八世祖为朱元璋第二十二子，分封于南阳，藩号为唐。南明覆灭后，原礼部尚书黄道周等在福州拥唐王为帝，改元隆武。[18] 监纪推官：明代无此官名，从名称上看，似掌监察司法之官职。[19] 形胜之地：地势险要的地方。[20] 孔道：通道。[21] 平迤（yí）：平坦。[22] 掎（jǐ）角：原指从两方面夹攻敌人，此指互相牵制。掎，牵制。[23] 丛山关：在绩溪县北。[24] 援兵：引兵。陴（pí）：城上矮墙，也叫女墙，俗称"城垛子"。[25] 逆战：迎战。[26] 少骑：少数骑兵。缀：牵制。[27] 新岭：在休宁县南。[28] 大帅：指总兵张天禄，前往攻击金声义军。购：悬赏捉拿。[29] 祸且族：将遭灭族之祸。族，灭族。[30] 女：通"汝"。[31] 江宁：顺治二年（1645），南京应天府改为江宁府。[32] 总督：指洪承畴。洪承畴，字彦演，号亨九，万历四十四年（1616）进士，官至三边总督。崇祯十二年（1639）任蓟辽总督，防守关外。时清军入侵，明军不利，洪据守松山（今辽宁锦州南）。崇祯十五年（1642）清军破松山，洪承畴被俘降清。顺治二年，以内阁学士、兵部尚书总督军务，招抚江南各省。当时或传洪承畴已死难，崇祯帝甚表哀悼，下令建坛，准备亲自奠祭，后闻其已降清，于是停止。不问：不问罪。[33] 通济门：南京城南面偏西之门，当时为刑场。[34] 高皇帝：明太祖朱元璋。[35] 马士英：字瑶草，贵州贵阳人。明末天启进士，官至庐州凤阳总督，弘光朝内阁首辅。曾遣使者征调贵州兵抵抗农民军。[36] 疏劾：上疏弹劾。状：情状、罪状。[37] 赍（jī）：携带。[38] 诣阙：到朝廷上。[39]《吁（yù）天说》：江天一为说明真相作的奏疏。吁天，向天呼吁。吁，呼吁。[40] 贵人：指朝廷中权贵。[41] 无以尚也：没有人超过他。尚，通"上"。[42] 胜国：已灭亡之国，此指明朝。《周礼·地官·媒氏》："凡男女之阴讼，听之于胜国之社。"郑玄注："胜国，亡国也。"[43] 死忠者：为国家而死者。[44] 汪公伟：汪伟，字叔度，休宁人，崇祯元年进士，崇祯末年官翰林院检讨。李自成破北京，自缢死。凌公駧（jiōng）：凌駧，字龙翰，歙县人，崇祯末年进士，官兵部主事。福王时授监察御史，巡抚河南，守归德，清兵南下破城，自缢死。[45] 刲（kuí）肝活其姑：割下（她的）肝（为药），使婆母活下来。刲，割取。[46] 征：征集。表章：表彰。章，通"彰"。

**【审美点评】**

明清易代之际可歌可泣的仁人志士何其多也！江天一仅为一书生，深得读书立品之精髓，安贫乐道，好奇尚气，勇于担当。其慷慨赴死的过程尤其令人感叹，成为杀身成仁的典范，人格魅力足以光照千秋。

# 廖 燕

廖燕（1644—1705），初名燕生，字柴舟，广东曲江（今韶关）人。弱冠即放弃举业，终身未仕。中年后家益贫，以设馆教书维持生计。他对传统思想提出大胆的质疑，对程朱理学加以责难，对科举制度和八股文予以攻击，认为以制义取士与秦焚书坑儒无异。工古文辞，又善草书。有《二十七松堂集》。

## 金圣叹先生传

**【题解】** 金圣叹（1608—1661），本姓张，名采，后改名金人瑞，号圣叹。以评点《水浒传》、《西厢记》名世。后因"哭庙案"被冤杀。传中叙金圣叹生平甚简，主要赞其学问广博，文章妙秘，慧眼评点，在取字、讲学及生活诸事上显其性情，突出其标新立异的特点。对于杀身之祸，言辞隐晦，有所避忌。

先生金姓，采名，若采字，吴县诸生也。为人倜傥高奇，俯视一切，好饮酒，善衡文评书，议论皆发前人所未发。时有以讲学闻者，先生辄起而排之[1]。于所居贯华堂设高座，召徒讲经，经名《圣自觉三昧》[2]，稿本自携自阅，秘不示人。每升座开讲，声音宏亮，顾盼伟然。凡一切经史子集，笺疏训诂，与夫释道内外诸典[3]，以及稗官野史，九彝八蛮之所记载[4]，无不供其齿颊[5]，纵横颠倒，一以贯之，毫无剩义[6]。座下缁白四众[7]，顶礼膜拜，叹未曾有。先生则抚掌自豪，虽向时讲学者闻之攒眉浩叹，不顾也。

生平与王斫山交最善[8]，斫山固侠者流，一日以三千金与先生曰："君以此权子母[9]，母后仍归我，子则为君助灯火可乎？"先生应诺。甫越月，已挥霍殆尽，乃语斫山曰：此物在君家，适增守财奴名，吾已为君遣之矣。斫山一笑置之。

鼎革后，绝意仕进，更名人瑞，字圣叹，除朋从谈笑外，惟兀坐贯华堂中，读书著述为务。或问圣叹二字何义，先生曰："《论语》有两喟然叹曰，在颜渊为叹圣[10]，在与点则为圣叹[11]，予其为点之流亚欤[12]？"所评《离骚》、《南华》、《史记》、杜诗、《西厢》、《水浒》[13]，以次序定为六才子书，俱别出手眼，尤喜讲《易》乾坤两卦，多至十万余言。其余评论尚多[14]，兹行世者，独《西厢》、《水浒》、《唐诗制艺》、《唱经堂杂评》诸刻本[15]。

传先生解杜诗时，自言有人从梦中语云：诸诗皆可说，惟不可说《古诗十九首》。先生遂以为戒。后因醉纵谈"青青河畔草"一章，未几遂罹惨祸。临刑叹曰："斫头最是苦事，不意于无意中得之。"先生没，效先生所评书如长洲毛序始、徐而庵，武进吴见思、许庶庵为最著[16]，至今学者称焉。

曲江廖燕曰：予读先生所评诸书，领异标新，迥出意表[17]。觉作者千百年来至此始开生面。呜呼！何其贤哉。虽罹惨祸，而非其罪，君子伤之。而说者谓文章妙秘，即天地妙秘，一旦发泄无余[18]，不无犯鬼神所忌，则先生之祸，其亦有以致之欤？然画龙点睛，金针随度[19]，使天下后学悉悟作文用笔墨法者，先生力也，又乌可少乎哉！其祸虽冤屈一时，而功实开拓万世，顾不伟耶！予过吴门，访先生故居而莫知其处，因为诗吊之，并传其略如此云[20]。

上海古籍出版社版林子雄点校《廖燕全集》卷一四

**【注释】**

[1] 排：排斥，批驳。[2]《圣自觉三昧》：金圣叹未刊文稿。[3] 内外诸典：佛教、道教徒称本教经书为内典，本教以外的典籍为外典。[4] 九彝八蛮：指边远地区的少数民族。[5] 供其齿颊：供他品评。齿颊，引申为谈论。[6] 毫无剩义：极其透彻，不留疑问。[7] 缁白：僧俗人士。缁，指僧徒，白，指俗人。僧衣缁，故称僧为缁徒。四众：四部众的省称。佛教指比丘、比丘尼、优婆塞、优婆夷为四部众。这里泛指大众。[8] 王斫山：金圣叹《第五才子书水浒传》、《第六才子书西厢记》多处提到自己的友人王斫山，是王鏊远孙，多才艺，为人慷慨，晚年落拓。[9] 权子母：古代国家铸钱，以重币为母，轻币为子，权衡轻重铸之，以利通行（见《国语·周语下》）。后称以资本经营或借贷生息为"权子母"。[10] 在颜渊为叹圣：指颜渊赞叹孔子。《论语·子罕》："颜渊喟然叹曰：'仰之弥高，钻之弥坚。瞻之在前，忽焉在后。'"即颜渊感叹孔子的伟大，是"叹圣"。[11] 在与点则为圣叹：《论语·先进》："夫子喟然叹曰：'吾与点也。'"点，指曾点，孔子弟子。与，此为赞许之意。曾点答孔子问志曰："暮春者，春服既成，冠者五六人，童子六七人，浴乎沂，风乎舞雩，咏而归。"即孔子赞叹曾点的志向，是"圣叹"。可见金圣叹自负的性情。[12] 流亚：同类人物。[13]《南华》：即《庄子》，道家称为《南华真经》。[14] 其余评论尚多：详见邓实《风雨楼丛书·贯华堂才子书汇稿》所列《唱经堂外书总目》。

[15]《唐诗》：金圣叹生前有《选批唐才子诗》。制艺：即制义，八股文。[16]"效先生"二句：长洲毛序始，毛宗岗，字序始，其评点之《三国演义》，风行清代。徐而庵，名增，江苏长洲人，著有《而庵诗话》。吴见思，监生，江苏武进人，著有《杜诗论文》、《杜诗论事》、《史记论文》（《武进阳湖合志·艺文志》）。许庶庵，不详。[17]迥出意表：超乎常人所想。[18]发泄：表露，阐明。[19]金针：比喻作诗文秘法。元好问《论诗》其三："鸳鸯绣了从教看，莫把金针度与人。"后以教人作诗文方法为"金针度人"。度：授与。[20]略：行略、事略，即生平大概。

**【审美点评】**

金圣叹以怪和狂著称于世，然而本篇并不言其传奇轶闻，而是以极其严肃的口吻、恭敬的态度陈述他在文学上的成就和对文学史的贡献。以他对金钱的态度、讲学的方式、取字的内涵展现其独特的个性。取材简洁得当，细节传神生动，形象鲜明突出。

# 宋 琬

宋琬（1614—1673），字玉叔，号荔裳，山东莱阳人。宋琬少能诗，有才名，顺治四年（1647）进士，官户部主事，累迁吏部郎中。顺治十八年（1661）擢浙江按察使，因山东于七起义，受牵连坐罪，系禁三年，几死狱中。获释后，长期流寓吴、越，至康熙十一年（1672）授四川按察使。次年入京觐见，适逢吴三桂举兵占领成都，因返北京，于惊悸忧愁中离世。宋琬以诗名，与施闰章齐名，并称为"南施北宋"。诗宗杜甫、陆游，内容多抒写个人的穷愁与哀伤，风格"以雄健磊落胜"（《清诗别裁集》）。有《安雅堂全集》。

## 清水道中

**【题解】**清水，秦州所辖县名，清水河发源于境内。顺治十三年（1656），作者时任甘肃分巡陇右道佥事，驻守秦州（今甘肃天水），得与当地百姓接触，了解民情，发而为诗。诗中所写之风土人情，极具地方特色。

陇阪高无极[1]，清秋望更赊[2]。石林千叠水[3]，板屋几人家[4]。古驿羊酥饭[5]，空山燕麦花。停骖问耆旧[6]，井税说频加[7]。

上海古籍出版社版马祖熙标校《安雅堂全集·安雅堂诗》

**【注释】**

[1] 陇阪：亦作"陇坂"，甘肃陇山，以高见称。《秦州记》曰："陇坂九曲，不知高几里。"[2] 赊：远。[3] 千叠水：形容水势盛而曲折。叠，重叠，多而弯貌。[4] 板屋：一作"版屋"，用木板搭盖的房屋。《汉书·地理志下》："天水、陇西，山多林木，民以板为室屋……故《秦诗》曰'在其板屋'。"[5] 羊酥饭：用羊奶制成酥油糌粑。[6] 骖（cān）：指驾在车两边的马。耆旧：老人。[7] 井税：田税。

**【审美点评】**

清秋遥望，陇阪高极，石林重叠，流水曲折，古驿道口，板屋人家，食用羊酥饭，若没有"井税说频加"，该是一幅多么和谐诗意的西部画卷。

# 舟中无事忽忆故乡海错之美因疏其状戏为俳体（五首选一）

## 刀 鱼

**【题解】** 康熙十二年（1673）春，作者赴四川任职，离乡日远，思念日甚，于途中作此组诗，以家乡特产寄托情思。海错，海产品。俳体，俳谐体，以内容诙谐见长。诗借歌咏带鱼，赞扬战国专诸刺杀王僚事。

银花烂漫委筼筐[1]，锦带吴钩总擅场[2]。千载专诸留侠骨[3]，至今匕箸尚飞霜。

上海古籍出版社版马祖熙标校《安雅堂全集·入蜀集（安雅堂未刻稿）》

**【注释】**

[1] 银花烂漫：形容鱼聚在一起身体的颜色和光亮。委：置放。筼（yún）筐：竹筐。[2] 吴钩：古代吴地产的一种钢刀。擅场：压倒全场，超群出众。[3] 专诸：战国吴国人，受命公子光刺杀吴王僚，藏匕首于鱼腹之中进献，当场刺杀了吴王僚，但也被其侍卫所杀。公子光遂得立为齐王（见《史记·刺客列传》）。

**【审美点评】**

"锦带吴钩总擅场"一句，符合带鱼的特征，想象丰富奇特，作为过渡句，引起对历史事件的评价，巧妙无痕。

# 施闰章

施闰章（1618—1683），字尚白，一字纪云，号愚山，晚号矩斋，又号蠖斋，安徽宣城人。顺治六年（1649）进士，授刑部主事，后擢山东提学佥事。顺治十八年（1661），调任江西布政司参议，分守湖西道，有政声。清廷裁撤道使，被罢官。康熙十八年（1679）举博学鸿词科，授翰林院编修，纂修《明史》。以诗名噪清初，与宋琬、王士禛、朱彝尊、赵执信、查慎行，合称为"清初六家"。他主张学术与文学水乳交融，以"醇厚"为原则，追求"清深"的诗境和"朴秀"的风貌，呈现出独具一格"清真雅正"的艺术特色。创作关注现实，多叹民间疾苦，以五言律诗尤佳。有《施愚山先生全集》。

## 钱塘观潮

【题解】钱塘江潮被誉为"天下第一潮"、"壮观天下无"。每年农历的八月中旬，钱塘江口形成涌潮，波涛之盛可达数米，气势磅礴，蔚为壮观。此盛景吸引了无数的文人墨客，自古以来，吟咏不绝，留下了不少传世诗篇，本篇即为其一。

海色雨中开，涛飞江上台。声驱千骑疾，气卷万山来。绝岸愁倾覆[1]，轻舟故溯洄[2]。鸱夷有遗恨[3]，终古使人哀。

《四库全书》本《学余堂诗集》卷二八

【注释】

[1] 绝岸：陡峭的岸。[2] 轻舟：借指弄潮儿。宋周密《观潮》文有关于弄潮儿的描写："吴儿善泅者数百，皆披发文身，手持十幅大彩旗，争先鼓勇，溯迎而上，出没于鲸波万仞中，腾身百变，而旗尾略不沾湿，以此夸能。"[3] 鸱（chī）夷：革囊，代指伍子胥。春秋时楚人伍子胥之父伍奢、兄伍尚都被楚平王杀害，伍子胥逃奔吴国，辅佐吴王阖闾打败楚国，又佐其子夫差打败越国。而夫差听信伯嚭的谗言迫伍子胥自杀，并下令把其尸首装入"鸱夷革"抛入江中。传说伍子胥怨恨夫差，死后驱水为涛，形成钱塘奔涌壮观之大潮。故钱塘江潮又有"子胥潮"之称（见《史记·伍子胥列传》及《吴越春秋·勾践伐吴外传》）。

【审美点评】

涛飞江台，气卷万山，波声震天，绝岸愁倾，钱塘大潮可谓骇人至极。但弄潮儿竟无所畏惧，轻舟溯洄。诗作巧用比喻与典故，传神地写出雨中观潮之所见、所闻、所感。

# 太白祠

【题解】 太白祠，亦称谪仙楼。位于安徽当涂采石矶西南，面临长江，背依翠螺山。唐代宗宝应元年，李白病逝于当涂。传说李白醉酒入江捉月溺死于水中，遂于此建祠。作者游历至此，驻足太白祠中，望祠外之远山近水，追念古人。

太白骑鲸去[1]，空留采石祠。当轩千里水[2]，绕屋万松枝。山月长清夜，江云无尽时。谁将一尊酒，把臂共论诗[3]。

《四库全书》本《学余堂诗集》卷二四

【注释】

[1]"太白"句：谓李白仙逝。骑鲸，亦作"骑京鱼"。《文选》扬雄《羽猎赋》："乘巨鳞，骑京鱼。"李善注："京鱼，大鱼也，字或为鲸。鲸亦大鱼也。"[2] 千里水：指长江。[3] 把臂：手拉手。

【审美点评】

诗仙李白永远给人轻灵飘逸的感受，他喷薄而出的才气最令人企慕。当诗人面对太白祠时，"把臂共论诗"的奇想也就自然产生了。诗用"山月"、"江云"等亘古不变的意象，把悠长绵远的古事拉到近前，贯通古今，巧妙自然。

# 陈维崧

陈维崧（1625—1682），字其年，号迦陵，江苏宜兴人。明左都御史陈于廷之孙，名士陈贞慧之子。年十七补诸生，曾从陈子龙学诗。入清后，长期不仕，游食四方。因文名与吴伟业、冒襄、龚鼎孳、王士禛等有交。康熙十八年（1679）举博学鸿词科，授翰林院检讨，参修《明史》，四年后卒于任所。陈维崧性情豪迈，品性真诚，才情卓越，诗、古文俱佳，骈文堪称大家，词学苏、辛，与朱彝尊并称，名声卓著，开阳羡一派。平生作词一千八百余首，数量之多，古今罕见。有《湖海楼全集》。

# 点绛唇

## 夜宿临洺驿

【题解】临洺（míng）驿，在今河北永平临洺镇，临近洺水，地处要冲，为古代兵家必争之地。康熙七年（1668），作者旅京不得志，返乡途经临洺驿投宿所作。

　　晴髻离离[1]，太行山势如蜾蚪[2]。稗花盈亩[3]，一寸霜皮厚[4]。赵魏燕韩[5]，历历堪回首。悲风吼，临洺驿口，黄叶中原走。

《四部丛刊》本《迦陵词全集》卷一

【注释】

[1] 晴：此指月光笼罩下的景物如同晴日。髻：发髻，此喻山峰的形状。离离：明亮可辨貌。[2] 蜾蚪：描摹山势连续的样子。[3] 稗（bài）：一种杂草。[4] 霜皮：此指稗花雪白如霜。[5] 赵魏燕韩：战国四个诸侯国，在今河南、河北北部一带，即作者经过的地方。

【审美点评】

"稗花"、"霜皮"、"悲风"、"黄叶"，衰败凄凉的意象组接在一起，在太行山的背景下，愈发粗犷雄浑，寓词人沉痛无依的身世之感。

# 贺新郎

## 赠苏昆生

【题解】作者在词题下自注云："苏，固始人，南曲为当今第一。曾与说书叟柳敬亭同客左宁南幕下，梅村先生为赋《楚两生行》。"吴伟业《楚两生行》序云，苏昆生自明亡后，从武林汪然明。汪然明逝后，至吴中。汪然明，名汝谦，安徽休宁人，死于顺治十二年（1655）。此词大约作于康熙初年，故作者自称野老。此词亦是自寓其寥落之感和故国之思。

　　吴苑春如绣[1]。笑野老花颠酒恼[2]，百无不有。沦落半生知己少，除却吹箫屠狗[3]。算此外谁欤吾友？忽听一声《河满子》[4]，也非关雨湿青衫透[5]，是鹃血，凝罗袖。　　武昌万叠戈船吼[6]，记当日征帆一片，乱遮樊口[7]。隐隐柂楼歌吹响[8]，月下六军搔首[9]，正乌鹊南飞时候[10]。今日华清风景换[11]，剩凄凉鹤发开元叟[12]！我亦是，中年后。

**【注释】**

[1] 吴苑：即春秋时吴国长洲苑，在今苏州太湖北岸。后人因称苏州为吴苑。[2] 野老：村野老人。此为作者自称。花颠酒恼：花酒让人癫狂、恼乱。[3] 吹箫：用伍子胥吴市吹箫乞食典故，代指生活穷困。屠狗：《史记·刺客列传》："荆轲既至燕，爱燕之狗屠及善击筑者高渐离。"又据说西汉初大将樊哙亦尝屠狗为业。此喻指沦落市井的奇人。[4] 河满子：本作《何满子》，乐曲名。唐张祜《宫词》云："故国三千里，深宫二十年。一声《何满子》，双泪落君前。"此指苏昆生的歌声。[5] 雨湿青衫透：用唐白居易《琵琶行》"座中泣下谁最多，江州司马青衫湿"的诗意。雨，一作"泪"。[6] 戈船：战船的一种。[7] 樊口：今湖北鄂城县西北。崇祯十五年（1642）左良玉造战舰于此。[8] 柁（duò）楼：战船上掌舵之所。柁，同"舵"。[9] 搔首：愁思之状。[10] 乌鹊南飞：曹操《短歌行》"月明星稀，乌鹊南飞"。此叙苏昆生在左良玉军中，月下高歌，军兵无不感动。[11] 华清：即华清宫。唐华清宫在今陕西省临潼县南骊山上，地有温泉，唐玄宗每年十月幸骊山，安史之乱后荒废。[12] 鹤发：白发。开元叟即经历过繁华时代的老翁，此指苏昆生。

**【审美点评】**

此词最为感人处在结语"我亦是，中年后"。当年叱咤风云的"你"垂垂老矣，而"我"也到了中年，更主要是时代更迭造成彼此内心的衰飒。有此一结，意蕴倍感沉厚。

# 南乡子

## 江南杂咏（六首选一）

**【题解】**《江南杂咏》共六首，均体制短小，描写真实的农村生活状况，突出清人入关后江南农村的苦难。此选第一首。

天水沦涟[1]，穿篱一只撅头船[2]。万灶炊烟都不起，芒履[3]。落日捞虾水田里。

**【注释】**

[1] 天水：水天相接。沦涟：风吹水面出现的波纹。[2] 撅头船：一种小划子船，通常用来捕鱼。[3] 芒履：草鞋。

**【审美点评】**

人们栖息的家园竟成了天水沦涟的世界。在万灶无烟的沉寂下，仍有一只掀头船穿篱而过；落日的余晖里，人们到水田里捞虾。生命还在，希望还在。

# 朱彝尊

朱彝尊（1629—1709），字锡鬯，号竹垞，晚号小长芦钓鱼师，又号金风亭长，浙江秀水（今嘉兴）人。早年谋抗清复明事，事败出游以避祸。康熙十八年（1679）举博学鸿词科，以布衣授翰林院检讨，入值南书房，参与纂修《明史》，不久罢归，著述以终。朱彝尊博学多识，诗词兼修。词宗南宋姜夔、张炎，空灵醇雅，开浙西词派。有《曝书亭集》、《日下旧闻》、《经义考》等专著；编有《明诗综》、《词综》等选辑。

## 桂殿秋

**【题解】** 此词可能是追忆过去的一次难以忘怀的恋情，写与恋人同舟共载却又不得亲近的苦衷，含蓄委婉地表达了自己的深情厚意。

思往事，渡江干[1]，青蛾低映越山看[2]。共眠一舸听秋雨[3]，小簟轻衾各自寒[4]。

《四部丛刊》本《曝书亭集》卷二四

**【注释】**

[1] 江干：江边。[2] 青蛾：古代女子用青黛画的眉，眉形细长弯曲如蚕蛾的触须，故称青蛾。越山：地处浙江绍兴，古属越国，故称越山。[3] 舸（gě）：此为大船。[4] 簟（diàn）：指供坐卧铺垫用的苇席或竹席。

**【审美点评】**

谁说相恋就一定是欢愉和美好的？"共眠一舸听秋雨，小簟轻衾各自寒"，这种近在咫尺却隔若天涯，相思相望却不能相亲的苦况，实比失恋更折磨人。

# 解珮令

## 自题词集

**【题解】** 本词见于康熙十一年（1672）所编《江湖载酒集》中，"自题词集"仅指此词集，时作者四十四岁。作者自述平生，表达不得用世的苦闷，抒写以填词寄托心曲的缘由，也阐明了自己的词学主张。

十年磨剑[1]，五陵结客[2]，把平生涕泪都飘尽。老去填词，一半是空中传恨，几曾围燕钗蝉鬓[3]？　　不师秦七，不师黄九[4]，倚新声玉田差近[5]。落拓江湖，且分付歌筵红粉，料封侯白头无分！

《四部丛刊》本《曝书亭集》卷二五

**【注释】**

[1] 十年磨剑：语出唐贾岛《剑客》："十年磨一剑，霜刃未曾试。今日把似君，谁为不平事。"[2] 五陵结客：结交豪杰。[3] "一半是"二句：意谓填词多是抒愤，并非都是艳情。燕钗蝉鬓，指艳丽女子。[4] "不师"二句：不学秦观，不学黄庭坚。宋陈师道《后山诗话》："今代词手，惟秦七、黄九耳。"[5] 玉田：张炎，号玉田。论词尚清空，词作多身世之感、故国之思。差近：约略相近。

**【审美点评】**

这首词既激愤又内敛。"老去填词"，本质依然是"才子词人，自是白衣卿相"式的自慰，所不同的，词人还明确地探讨了填词的方式，用"一半是空中传恨"写其态度和风格，用语不凡，形象贴切。

# 卖花声

## 雨花台

**【题解】** 词叙写作者登临雨花台远眺南京萧条衰败的景象，流露出吊古伤今的情愫。

衰柳白门湾[1]，潮打城还[2]。小长干接大长干[3]。歌板酒旗零落尽，剩有渔竿。　　秋草六朝寒[4]，花雨空坛[5]。更无人处一凭栏。燕子斜阳来又去[6]，如此江山。

《四部丛刊》本《曝书亭集》卷二四

**【注释】**

[1] 白门湾：南京临江处。白门，《南齐书·王俭传》："南朝宋都城建康西门。西方金，金气白，故称白门。"后为金陵之别称。[2]"潮打"句：化用刘禹锡《石头城》："潮打空城寂寞回"的诗意。城，指南京石头城。[3] 小长干、大长干：南京旧里巷名。此泛指大街小巷。[4] 寒：荒凉。[5] 花雨空坛：雨花台空无所有。"花雨"即"雨花"。[6] 燕子斜阳：化用刘禹锡《乌衣巷》"旧时王谢堂前燕，飞入寻常百姓家"的诗意。

**【审美点评】**

"歌板酒旗零落尽，剩有渔竿"，渔竿取代酒旗，沉寂消弭歌板，六朝的繁华已成过眼烟云。全词借景抒情，巧用典故，用衰柳、秋草、空坛、斜阳等萧索的意象传达出物是人非之感。

# 王士禛

王士禛（1634—1711），字子真，一字贻上，号阮亭，别号渔洋山人，山东新城（今山东桓台）人。顺治十五年（1658）进士，授扬州推官。康熙朝官至刑部尚书。康熙四十三年（1704）罢官回乡，又七年，卒于家中。王士禛为康熙诗坛盟主，被称为"一代正宗"，与朱彝尊并称为"南朱北王"。论诗标举"神韵"，发挥司空图"不著一字，尽得风流"和严羽"羚羊挂角，无迹可求"的宗旨，题材多吟咏文人生活雅事，其中清微淡远的七言绝句山水诗，最能体现"神韵"的特色。有《带经堂集》、《渔洋山人精华录》、《唐贤三昧集》、《池北偶谈》等。

## 秋柳（四首选一）

**【题解】**作者在《菜根堂诗集序》中云："顺治丁酉秋，予客济南，诸名士云集明湖。一日会饮水面亭，亭下杨柳千余株，披拂水际，叶始微黄，乍染秋色，若有摇落之态。予怅然有感，赋诗四首。"顺治丁酉秋即顺治十四年（1657）秋，时作者二十三岁，尚未入仕。此诗以高超的艺术感染力和悠远绵长的感伤情绪引起极大的反响，"一时和者甚众。后三年官扬州，则江南北和者前此已数十家，闺秀亦多和作"（王士禛《渔洋诗话》），遂为"艺苑口实"。故可视为作者的成名之作。

秋来何处最销魂？残照西风白下门[1]。他日差池春燕影，只今憔悴晚烟痕[2]。愁生陌上黄骢曲，梦远江南乌夜村[3]。莫听临风三弄笛，玉关哀怨总难论。

《续修四库全书》本《带经堂集·渔洋诗》卷三

**【注释】**

[1] 白下：旧时南京的别称，因沿江旧有白石陂，晋陶侃于此筑白石垒，后人又筑白下城，故名。古诗中，柳树和白门常一起出现，如乐府清商曲《杨叛儿》："暂出白门前，杨柳可藏乌。"故此以"白下门"代指柳树。[2]"他日"二句：杨柳在春天身影像燕子一样活泼可爱，秋天却憔悴不堪，满身斑痕。差（cī）池，高低不齐貌。《诗经·邶风·燕燕》："燕燕于飞，差池其羽。"春燕，喻指柳树。乐府诗《阳春曲》："杨柳垂地燕差池。"[3]"愁生"二句：柳树听忧伤的《黄骢曲》，好像也在陌上发愁。黄骢曲，《乐府杂录》："黄骢叠，唐太宗定中原所乘马，征辽马毙，上叹息，命乐工撰此曲。"乌夜村，地名，在今苏州附近，宋范成大《吴郡志》载，晋穆宗何皇后诞生时，有群鸟聚集鸣叫，遂命名所居之村为乌夜村。

**【审美点评】**

题写"秋柳"，诗中却不见一"柳"字。诗中巧用各种典故，抒写柳之丰富内涵。兼用时空转换，把历史与现实，此处和彼处衔接在一起，抒写憔悴凄凉的哀婉之情，寄托遥深。

# 秦淮杂诗二十首（选二）

**【题解】**这组诗是作者在顺治辛丑（1661）客居金陵，馆于布衣友人丁继之家中所作。丁家离秦淮河甚近，丁继之深谙明末秦淮掌故，少时曾习声伎，经常出入南曲（明末南京歌伎聚居处），曾向王士禛"缕述曲中遗事，娓娓不倦"（王士禛《自撰年谱》）。明亡后，秦淮无复往日之繁华。作者掇拾丁氏所述及耳目所见，分别写成这组吊古伤今、寓沧桑之感的诗篇，题为《秦淮杂诗》，此选第一与第十首。原作二十首，《渔阳精华录》删六首。

年来肠断秣陵舟，梦绕秦淮水上楼。十日雨丝风片里[1]，浓春烟景似残秋[2]。

新歌细字写冰纨[3]，小部君王带笑看[4]。千载秦淮呜咽水，不应仍恨孔都官[5]。

《续修四库全书》本《带经堂集·渔洋诗》卷一〇

**【注释】**

[1] 雨丝风片:细雨轻风,指春景。[2]"浓春"句:春天的秦淮河竟似残秋那样冷落荒凉。[3] 新歌:指明末阮大铖《燕子笺》、《春灯谜》等传奇。福王时,阮大铖用吴绫作朱丝线,将《燕子笺》等传奇抄在上面,进呈宫中。冰纨:洁白如冰的丝织品。[4] 小部:唐玄宗时,梨园设置的乐队,共三十人,年龄都在十五岁以下,在长生殿演奏新曲。此处指福王沉溺于声色。[5]"千载秦淮"二句:谓阮大铖以声色诱惑福王,与孔范之于陈后主如出一辙。孔都官,孔范。

**【审美点评】**

赵翼《瓯北诗话》评论说:"阮亭专以神韵为主,如《秦淮杂诗》……蕴藉含蓄,实是千古绝唱。""神韵"让人颇有感悟却又难以指实,给人以丰富的遐想,此二诗深具此味。

# 查慎行

查慎行(1650—1727),初名嗣琏,字夏重,又字悔余,号他山,浙江海宁人。少时曾为太学生,在纳兰性德府上教授其幼子。康熙二十八年(1689)因在国丧期间观演《长生殿》,被革去太学生籍。康熙四十一年(1702),康熙皇帝东巡,因大学士陈廷敬等推荐,诏随入都,入值南书房,次年赐进士,特授翰林院编修。康熙五十二年(1713),乞休归里,家居十余年。雍正四年(1726),坐弟查嗣庭讪谤案,以家长失教获罪,被逮入京,次年放归,不久去世。查慎行幼时曾就学于黄宗羲,研究经学,诗宗法苏轼、陆游,尝注苏诗。有《敬业堂诗集》、《苏诗补注》。

## 村家四月词(十首选三)

**【题解】** 这组诗表现作者于夏历四月在农村的见闻和感想。此选三首,分别列第四、第五和第十。

小满初过上簇迟[1],落山肥茧白于脂。费他三幼占风色[2],二月前头早卖丝。

野老篱边独一家,卧闻隔竹响缫车[3]。开窗自起看风雨,日在墙头苦楝花[4]。

山妻赤脚子蓬头,从此劳劳直过秋。海角为农知更苦[5],合家筋力替耕牛。

《四部丛刊》本《敬业堂诗集》卷四三

**【注释】**

[1] 小满：二十四节气之第八节气。上簇：即"上山"。簇，蚕簇，供蚕结茧的用具，一般用禾杆、草绳或竹片做成。[2] 三幼：作者自注："三幼，即三眠也。"按，蚕由卵孵化到结茧，共经过四次蚕眠。蚕眠时处于休眠状态。[3] 缫（sāo）车：又名缫车，缫丝用具。因有轮旋转以收丝，故谓之车。[4] 苦楝：即楝树，楝科落叶乔木。[5] 海角：荒僻的海边。

**【审美点评】**

田园并非只是自然和诗意，更多的是劳作的忙碌和艰辛。诗作的语言十分简洁，体现了"诗之厚，在意不在辞"（查为仁《莲坡诗话》）的特征。

## 自湘东驿遵陆至芦溪

**【题解】**湘东驿在江西萍乡西南。芦溪在萍乡东部。遵陆，即沿着陆路。康熙五十七年（1718 年）仲春三月，作者游广东归故里，经萍乡，写一路的所见所感。

黄花古渡接芦溪[1]，行过萍乡路渐低。吠犬鸣鸡村远近，乳鹅新鸭岸东西[2]。丝缫细雨沾衣润[3]，刀剪良苗出水齐。犹与湖南风土近，春深无处不耕犁。

《四部丛刊》本《敬业堂诗集》卷四八

**【注释】**

[1] 黄花：疑古渡口名。[2] 乳鹅新鸭：小鹅小鸭。[3] 丝缫细雨：如抽丝一般的细雨。润：潮湿。

**【审美点评】**

如丝的细雨，出水的良苗，乳鹅新鸭，犬吠鸡鸣，处处犁耕，好一派生机盎然的春天图景，久别归乡的游子怎能不欢悦呢！

# 赵执信

赵执信（1662—1744），字伸符，号秋谷，晚号饴山老人、知如老人，青州颜神镇（山东淄博博山）人。少年早慧，康熙十八年（1679）进士，选翰林院庶吉士，散馆授编修。此间还担任了山西乡试正考官，康熙二十八年（1689），因观演《长生殿》，被劾革职。其后开始了长达四十五年的江南漫游生活，未再出仕。他论诗主张写实求真，反对脱离现实、无病呻吟，强调内容质实，与主盟诗坛的王士禛大异其趣。为诗深沉峭拔，不乏反映民生疾苦的篇目。有《饴山诗文集》、《谈龙录》。

# 萤　火

**【题解】**诗作于康熙二十七年（1688），时作者居北京为右赞善。诗借萤火自喻，抒写其虽出身卑微，也要有所作为的襟怀。

　　和雨还穿户[1]，经风忽过墙。虽缘草成质[2]，不借月为光。解识幽人意[3]，请今聊处囊[4]。君看落空阔，何异大星芒。

　　　　　　　　　　　《四部备要》本《饴山诗文集·饴山诗集》卷二

**【注释】**

[1] 和雨：细雨。[2] 缘草成质：《礼记·月令》云："季夏三月……腐草为萤。"崔豹《古今注》："萤火，腐草为之。"缘，由。[3] 解识：了解、懂得。[4] 处囊：《晋书·车胤传》："（胤）博学多通，家贫不常得油，夏月则练囊盛数十萤火以照书，以夜继日焉。"

**【审美点评】**

　　缘草成质的萤火，在黑暗的夜晚，给寒士多少帮助和安慰！在空阔的天宇之间，又如星辰为人引路。本诗虽句句写萤火，但处处可见诗人的追求。

# 道傍碑

**【题解】**作者于康熙二十三年（1684）任山西乡试正考官，途见道旁多有称赞卸职官员的"去思碑"，有感而发，揭露与讽刺了那些沽名钓誉的官员。

　　道傍碑石何累累[1]，十里五里行相追。细观文字未磨灭，其词如出一手为。盛称长吏有惠政，遗爱想像千秋垂[2]。就中行事极琐细，龃龉不顾识者嗤[3]。征输早毕盗终获，黉宫既葺城堞随[4]。先圣且为要名具[5]，下此黎庶吁可悲。居人遇者聊借问[6]，姓名恍惚云不知。住时于我本无恩，去后遣我如何思？去者不思来者怒，后车恐蹈前车危。深山凿石秋雨滑，耕时牛力劳辇推。里社合钱乞作记，兔园老叟颐指挥[7]。请看碑石俱砖甃[8]，身及妻子无完衣。但愿太行山上石，化为滹沱水中泥[9]。不然道傍隙地正无限，那免年年常立碑！

《四部备要》本《饴山诗文集·饴山诗集》卷一

**【注释】**

[1] 累累：重叠，极言其多。[2] 遗爱：本指遗留仁爱于后世。《左传·昭公二十年》：“及子产卒，仲尼闻之，出涕曰：‘古之遗爱也。’”杜预注：“子产见爱，有古人之遗风。”后引申为官员有被人追怀的德政、恩惠等。此指虚假的称颂。[3] 龃龉（jǔyǔ）：上下牙齿不合，比喻意见不一致。[4] 黉宫：学宫，学校。城堞：城上的矮墙。也泛指城墙。[5] 要：同“邀”。意谓供奉在学宫中的孔子也成了官吏追名逐利的工具。[6] 居人：当地居民。[7] 兔园老叟：指浅陋迂腐的乡间塾师。兔园，指《兔园册》，本是唐五代时私塾教授学童的课本，内容极为肤浅。颐指挥：用面颊示意，指挥干活。[8] 砖甃（zhòu）：用砖砌成的碑亭。此言石碑上还盖着碑亭。[9] 滹（hū）沱水：滹沱河，在山西省境内。

**【审美点评】**

懂得有口皆碑的道理，何用再去立碑？口碑与立碑相左，使立碑者的行为显得十分荒诞可笑。立碑本身也是一次劳民和搜刮，难怪太行山上的石头，都宁愿化为滹沱河的泥水了。

# 顾贞观

顾贞观（1637—1714），字华峰，号梁汾，江苏无锡人。康熙五年（1666）举人，官内阁中书，擢秘书院典籍，后因事辞职。馆纳兰相国家，与其子纳兰性德交契。此后虽几度返乡，但大部分时间仍在京师盘桓。晚年还里，购积书岩，读书终老。善填词，重白描，与陈维崧、朱彝尊称“词家三绝”。有《弹指词》、《积书岩集》。

## 金缕曲

**【题解】** 吴汉槎即吴兆骞，江苏吴江人，少有诗名，与作者交厚。顺治十四年（1657）以“南闱科场案”受牵连，流放宁古塔（今黑龙江宁安）。作者曾尽力施救，未果。康熙十四年（1675）冬，作者以词代书，寄寓对好友的关切。词后有附注曰：“容若见之，为泣下数行”，并允诺施救。吴兆骞于康熙二十年（1681）得释归里。纳兰性德后来在祭吴兆骞的文中说：“《金缕》一章，声与泣随，我誓返子，实由此词。"(《通志堂集》卷一四）传为佳话。

寄吴汉槎宁古塔，以词代书。丙辰冬，寓京师千佛寺，冰雪中作。

季子平安否[1]？便归来、平生万事，那堪回首！行路悠悠谁慰籍[2]？母老家贫子幼[3]。记不起、从前杯酒。魑魅择人应见惯[4]，总输他、覆雨翻云手。冰与雪，周旋久[5]。　　泪痕莫滴牛衣透[6]。数天涯、依然骨肉[7]，几家能够？比似红颜多命薄，更不如今还有[8]。只绝塞、苦寒难受。廿载包胥承一诺[9]，盼乌头、马角终相救[10]。置此札，君怀袖[11]。

《四部备要》本《弹指词》卷下

**【注释】**

[1]季子：春秋时吴王寿梦第四子，称公子札，有贤名，封于延陵，世称延陵季子，（见《史记·吴太伯世家》）。此借指吴兆骞。[2]悠悠：形容路人众多。[3]"母老"句：吴兆骞尚有老母在家。他流放后，妻子与之同往，康熙十三年（1664）生子振臣，这一年才十三岁，故云。[4]"魑魅（chīmèi）"句：指吴兆骞被流放，是被仇人所陷。吴振臣《秋笳》称其父"为仇家所中，遂至遣戍"。择，抓。[5]"冰与雪"二句：喻与吴兆骞交往已久，二人皆有冰雪之操。[6]牛衣：牛畜御寒遮雨之覆盖物。《汉书·王章传》："初，章为诸生，学长安，独与妻居。章疾病无被，卧牛衣中，与妻诀，涕泣。"[7]依然骨肉：指吴兆骞在流放荒远之地，尚可骨肉团聚。[8]"比似"二句：比起同案中人还算幸运者。[9]廿载：自"南闱科场案"至今，恰二十年。包胥承一诺：春秋时，伍子胥避害从楚逃吴，对申包胥说："我必覆楚。"申包胥答："我必存之。"后伍子胥引吴兵围陷楚国郢都，申包胥入秦求兵，终复楚国（见《史记·伍子胥列传》）。此借指作者重视曾对吴兆骞许救的诺言。[10]乌头马角：战国燕太子丹质于秦，求归，秦王说："乌头白，马生角，乃许归！"太子丹仰天长叹，乌头变白，马亦生角（见《史记·刺客列传》荆轲传赞"索引"）。作者以此喻施救好友的决心。[11]怀袖：《古诗十九首·孟冬寒气至》："置君怀袖中，三岁字不灭。"

**【审美点评】**

一句平实的"季子平安否"真情全出，顾贞观能以布衣的身份救助困境中的友人，实赖此情。词中有同情，有安慰，有然诺。友情的珍贵，不是锦上添花，而是雪中送炭。

# 纳兰性德

纳兰性德（1655—1685），字容若，号楞伽山人，满洲正黄旗籍，大学士明珠长子。生性聪敏，少好读书，博通经史。康熙十五年（1676）进士，得帝恩宠，官一等侍卫。喜结交朝野文士，与徐乾学、姜宸英、严绳孙、陈维崧、秦松龄等交游契厚。能诗文，尤以词为佳，长于小令。词多写护驾出巡之感及夫妻离情别绪，善用白描，不事雕琢，情真意挚，自然超逸。况周颐《惠风词话》推为"国初第一词人"。有《通志堂集》、《纳兰词》（又名《饮水词》）。

# 长相思

**【题解】** 作者于康熙二十一年（1682）二月作为御前侍卫扈从康熙皇帝东巡，出山海关祭祀，于长白山途中作。词写夜宿营中的感受，含蓄蕴藉，语淡情深，流露出对扈从生涯的厌倦感。

　　山一程，水一程，身向榆关那畔行[1]，夜深千帐灯[2]。　　风一更，雪一更，聒碎乡心梦不成[3]，故园无此声。

《四部备要》本《纳兰词》卷一

**【注释】**

[1] 榆关：山海关。那畔：那边，指关外。[2] 千帐灯：极言扈从卫军营帐之多。灯：底本为"鐙"。[3] 聒：聒噪，此指大风雪声。

**【审美点评】**

"山一程，水一程"，故乡日远；"风一更，雪一更"，思乡日切。以"故园无此声"戛然而止，内蕴深远，余味不尽。

# 如梦令

**【题解】** 作者曾扈从康熙北巡，此令盖北巡期间作。词写远行在外孤寂无聊的生活和深沉的思乡之情。

　　万帐穹庐人醉[1]，星影摇摇欲坠。归梦隔狼河[2]，又被河声搅碎。还睡，还睡，解道醒来无味[3]。

《四部备要》本《纳兰词》补遗

**【注释】**

[1] 穹庐：圆形的毡帐。[2] 狼河：白浪河，即大凌河，在今辽宁省境内。[3] 解道：知道。

# 金缕曲

## 赠梁汾

**【题解】** 梁汾，顾贞观号。顾贞观曾作《金缕曲·酬容若见赠次原韵》，附注曰："岁丙辰（1676），容若年二十有二，乃一见即恨识余之晚。阅数日，填此曲为余题照。"时顾梁汾年四十岁，馆纳兰相国府，不得志。年龄地位的悬殊，未能阻隔彼此的欣赏，互相唱和，成为佳话。

德也狂生耳[1]，偶然间、淄尘京国[2]，乌衣门第[3]。有酒惟浇赵州土[4]，谁会成生此意[5]！不信道、竟逢知己[6]。青眼高歌俱未老[7]，向尊前、拭尽英雄泪[8]。君不见，月如水。　　共君此夜须沈醉[9]。且由他、蛾眉谣诼[10]，古今同忌。身世悠悠何足问，冷笑置之而已。寻思起、从头翻悔。一日心期千劫在[11]。后身缘[12]、恐结他生里。然诺重[13]，君须记。

《四部备要》本《纳兰词》卷四

**【注释】**

[1] 德：作者自称。[2] 淄尘京国：淄尘，黑尘。淄，通"缁"，黑色。京国，京城。[3] 乌衣门第：东晋王、谢大族多居金陵乌衣巷，后世遂以该巷名指称世家大族。[4]"有酒"句：用唐李贺《浩歌》："买丝绣作平原君，有酒唯浇赵州土"句意，表示要以平原君为榜样，虚己纳士。赵州土，平原君墓土。[5] 成生：作者原名成德，后避太子讳改成性德。此为自称。[6] 竟逢：一作"遂成"。[7] 青眼：据说阮籍善能作"青白眼"，见《晋书·阮籍传》。青眼高：一作"痛饮狂"。[8]"向尊前"句：为二人均不得志而感伤。顾贞观这年未第；作者虽中进士，却授三等侍卫，不得志，故有此语。[9] 共：一作"与"。[10] 蛾眉谣诼：语出屈原《离骚》："众女嫉余之蛾眉兮，谣诼谓余以善淫。"谣诼，造谣毁谤。[11] 心期：心心相许，情意相投。千劫：佛教语。唐太宗《圣教序》："无灭无生历千劫。"此指经久历险而心不变。[12] 身：一作"生"。[13] 然诺重：即重然诺，守信用。此指作者许诺会竭力救吴兆骞之事。

**【审美点评】**

首句"德也狂生耳"，自陈性情，直率，磊落，瞬间拉近与顾贞观彼此的距离。对于至性至情纳兰来说，千金易得，知己难求，结识顾贞观，让他无比欣慰。此词一扫纳兰词常有的沉郁之气，字里行间透出一种欢悦之情。

# 蝶恋花

**【题解】**作者于康熙十三年（1674）与卢氏结婚，婚后伉俪情深。遗憾的是，他们仅一起生活了三年，卢氏就因病去世。这给纳兰性德以沉重的打击，他先后作了三十多首悼亡词表达对妻子的怀念，此为其一。

辛苦最怜天上月，一昔如环[1]，昔昔长如玦[2]。但似月轮终皎洁[3]，不辞冰雪为卿热[4]。　　无奈钟情容易绝[5]，燕子依然，软踏帘钩说。唱罢秋坟愁未歇[6]，春丛认取双栖蝶。

《四部备要》本《纳兰词》卷三

**【注释】**

[1] 昔：同"夕"。[2] 长如：一作"都成"。玦（jué）：玉玦，半环形之玉，有缺口，借喻不满的月亮。[3] 但：一作"若"。[4]"不辞"句：《世说新语·惑溺》："荀奉倩与妇至笃，冬月妇病热，乃出中庭自取冷，还以身熨之。"[5] 无奈（nuò）：无奈，无可奈何。奈钟情：一作"那尘缘"。[6] 歇：消除。

**【审美点评】**

悼亡之作，让人倍觉心酸、感伤、凄惶，"但似月轮终皎洁，不辞冰雪为卿热"，若能永久长相依，宁肯化为双飞蝶。可惜，一切都是假设和一厢情愿，现实不由人的意愿而改变。人生是由各种缺憾组成，渴望圆满是痛苦的根源。命运弄人，越在乎就越易于失去，也就越受折磨。

# 蒲松龄

蒲松龄（1640—1715），字留仙，一字剑臣，号柳泉，"聊斋"是其书斋名。淄川（今山东淄博）人。顺治十五年（1658）应童子试，以县、府、道三试第一进学，其后却屡试不第。康熙十年（1671），应好友孙蕙之聘，南游扬州府宝应县做了幕僚，一年后毅然辞归。其后开始了长达近40年的坐馆生涯，并一直积极地参加科举。康熙四十九年（1710），才援例补为岁贡生。一生著述丰富，诗作有九百余首，散文近五百篇，词百余阕，合编为《聊斋文集》，此外还有戏曲、俚曲及科普读物。影响最大的还是文言小说集《聊斋志异》，张友鹤汇集多种版本整理的"三会本"是目前最全的版本。

# 阿 宝

**【题解】** 本篇出自《聊斋志异》卷二，是一个书生求婚的故事。孙子楚性格痴拙且贫寒，偶然遇到貌美又富贵的阿宝，被其深深地吸引，对她展开苦苦的追求。经过去枝指、离魂、变鹦鹉等情节，"深情已篆中心"，终于感动阿宝，有情人终成眷属。孙子楚改变了寒士窘迫的状况，又拥有了功名富贵。本篇中的孙子楚是作者的自况，表达他寒士的理想期待。结尾对孙子楚"痴"的描写和议论，带有一定的哲理韵味。

粤西孙子楚[1]，名士也。生有枝指[2]。性迂讷，人诳之，辄信为真。或值座有歌妓[3]，则必遥望却走。或知其然[4]，诱之来，使妓狎逼之，则赪颜彻颈[5]，汗珠珠下滴。因共为笑。遂貌其呆状[6]，相邮传作丑语[7]，而名之"孙痴"。

邑大贾某翁，与王侯埒富[8]。姻戚皆贵胄。有女阿宝，绝色也。日择良匹，大家儿争委禽妆[9]，皆不当翁意。生时失俪[10]，有戏之者，劝其通媒。生殊不自揣，果从其教。翁素耳其名，而贫之。媒媪将出，适遇宝，问之，以告。女戏曰："渠去其枝指[11]，余当归之。[12]"媪告生。生曰："不难。"媒去，生以斧自断其指，大痛彻心，血益倾注，滨死。过数日，始能起，往见媒而示之。媪惊，奔告女。女亦奇之。戏请再去其痴。生闻而哗辨，自谓不痴；然无由见而自剖。转念阿宝未必美如天人，何遂高自位置如此？由是曩念顿冷[13]。

会值清明，俗于是日，妇女出游，轻薄少年，亦结队随行，恣其月旦[14]。有同社数人，强邀生去。或嘲之曰："莫欲一观可人否？[15]"生亦知其戏己；然以受女揶揄故，亦思一见其人，忻然随众物色之。遥见有女子憩树下[16]，恶少年环如墙堵。众曰："此必阿宝也。"趋之，果宝。审谛之[17]，娟丽无双。少倾，人益稠。女起，遽去[18]。众情颠倒，品头题足，纷纷若狂；生独默然。及众他适，回视，生犹痴立故所，呼之不应。群曳之曰：[19]"魂随阿宝去耶？"亦不答。众以其素讷，故不为怪，或推之，或挽之，以归。至家，直上床卧，终日不起，冥如醉，唤之不醒。家人疑其失魂，招于旷野，莫能效。强拍问之，则瞢眬应云：[20]

"我在阿宝家。"及细诘之,又默不语。家人惶惑莫解。

初,生见女去,意不忍舍,觉身已从之行,渐傍其衿带间,人无呵者。遂从女归,坐卧依之,夜辄与狎,甚相得;然觉腹中奇馁,思欲一返家门,而迷不知路。女每梦与人交,问其名,曰:"我孙子楚也。"心异之,而不可以告人。生卧三日,气休休若将渐灭[21]。家人大恐,托人婉告翁,欲一招魂其家。翁笑曰:"平昔不相往还,何由遗魂吾家?"家人固哀之,翁始允。巫执故服、草荐以往[22]。女诘得其故,骇极,不听他往[23],直导入室,任招呼而去。巫归至门,生榻上已呻。既醒,女室之香奁什具,何色何名,历言不爽[24]。女闻之,益骇,阴感其情之深。

生既离床寝,坐立凝思,忽忽若忘。每伺察阿宝,希幸一再遘之[25]。浴佛节[26],闻将降香水月寺,遂早旦往候道左,目眩睛劳。日涉午,女始至。自车中窥见生,以掺手搴帘[27],凝睇不转。生益动,尾从之。女忽命青衣来诘姓字。生殷勤自展[28],魂益摇。车去,始归。归复病,冥然绝食[29],梦中辄呼宝名。每自恨魂不复灵。家旧养一鹦鹉,忽毙,小儿持弄于床。生自念倘得身为鹦鹉,振翼可达女室。心方注想,身已翩然鹦鹉,遽飞而去,直达宝所。女喜而扑之,锁其肘,饲以麻子。大呼曰:"姐姐勿锁!我孙子楚也!"女大骇,解其缚,亦不去。女祝曰:[30]"深情已篆中心[31]。今已人禽异类,姻好何可复圆?"鸟云:"得近芳泽,于愿已足。"他人饲之不食,女自饲之则食。女坐,则集其膝;卧,则依其床。如是三日。女甚怜之。阴使人瞷生[32],生则僵卧气绝,已三日,但心头未冰耳。女又祝曰:"君能复为人,当誓死相从。"鸟云:"诳我。"女乃自矢[33]。鸟侧目若有所思。少间,女束双弯[34],解履床下,鹦鹉骤下,衔履飞去。女急呼之,飞已远矣。女使妪往探,则生已寤[35]。家人见鹦鹉衔绣履来,堕地死,方共异之。生既苏,即索履。众莫知故。适妪至,入视生,问履所在。生曰:"是阿宝信誓物。借口相覆:小生不忘金诺也。[36]"妪反命。女益奇之,故使婢泄其情于母。母审之确,乃曰:"此子才名亦不恶,但有相如之贫。择数年得婿若此,恐将为显者笑。"女以履故,矢不他[37]。翁媪从之。驰报生。生喜,疾顿瘳[38]。翁议赘诸家。女曰:"婿不可久处岳家;况郎又贫,久益为人贱。儿既诺之,处蓬茆而甘藜藿[39],不怨也。"生乃亲迎成礼,相逢如隔世欢。自是家得奁妆,小阜[40],颇增物产。而生痴于书,不知理家人生业;女善居积,亦不以他事累生。

居三年，家益富。生忽病消渴[41]，卒。女哭之痛，泪眼不晴，至绝眠食。劝之不纳，乘夜自经[42]。婢觉之，急救而醒，终亦不食。三日，集亲党，将以殓生。闻棺中呻以息，启之，已复活。自言："见冥王，以生平朴诚，命作部曹[43]。忽有人白：'孙部曹之妻将至。'王稽鬼录[44]，言：'此未应便死。'又白：'不食三日矣。'王顾谓：'感汝妻节义，姑赐再生。'因使驭卒控马送余还。[45]"由此体渐平[46]。

值岁大比[47]，入闱之前，诸少年玩弄之，共拟隐僻之题七，引生僻处与语，言："此某家关节[48]，敬秘相授。"生信之，昼夜揣摩，制成七艺[49]。众隐笑之。时典试者虑熟题有蹈袭弊，力反常经[50]，题纸下，七艺皆符。生以是抡魁[51]。明年，举进士，授词林。上闻异，召问之。生具启奏。上大嘉悦。后召见阿宝，赏赉有加焉。

异史氏曰："性痴则其志凝，故书痴者文必工，艺痴者技必良；世之落拓而无成者，皆自谓不痴者也。且如粉花荡产[52]，卢雉倾家[53]，顾痴人事哉！以是知慧黠而过，乃是真痴；彼孙子何痴乎！"

上海古籍出版社版张友鹤辑校《聊斋志异（会校会注会评本）》卷二

**【注释】**

[1]粤西：今广西一带。古粤地包括今广东、广西地区。[2]枝（qí）指：即歧指，俗称"六指儿"。枝，古同"歧"，岔。[3]或：有时。[4]或：有的人。[5]赪（chēng）颜彻颈：脸红一直到脖子。赪，红色。[6]貌：描述。[7]相邮传作丑语：相互传播说难听的话。[8]埒（liè）：同等。[9]委禽妆：送聘礼。委，送。禽，大雁。古代定亲的彩礼用大雁，故以"禽妆"指彩礼。[10]失俪（lì）：失去配偶。[11]渠：他。[12]归之：嫁给他。[13]曩（nǎng）念：从前的想法。曩，过去的，从前的。[14]恣其月旦：任意加以评论。月旦，即月旦评。东汉汝南地区，名士许劭和许靖善品评人物，每月初一换品题，故曰"月旦评"。后来泛指品评人物。[15]可人：有才德的人。引申为可爱的人或称心如意的人。[16]憨：俗"憨"字。[17]审谛之：仔细看她。[18]遽（jù）去：快速离去。[19]曳（yè）：牵引，拉。[20]矇眬：同"朦胧"。[21]休休：同"咻咻"，喘气声。[22]故服、草荐：旧的衣服、草席垫子，是巫师招魂时的用具。[23]不听他往：不让（巫师）去别的地方。听，任凭。[24]历言不爽：一一说来，毫无差错。[25]遘（gòu）：相遇。[26]浴佛节：即佛诞节，在农历四月初八，释迦牟尼的诞辰日。届时，寺庙以香汤洗浴佛像，信徒则入寺祭拜。[27]掺（shān）：女子手纤美的样子。搴（qiān）帘：掀起轿帘。[28]展：一一说明。[29]冥然：昏迷貌。[30]祝：祈祷。[31]篆：铭刻。[32]睍（jiàn）：窥探，偷看。[33]自矢：犹自誓，立志不移。矢，誓。[34]束双弯：指缠足。[35]寤（wù）：醒来，此指苏醒。[36]金诺：对他人诺言的尊称。金，表示尊贵。[37]矢不他：立誓不嫁他人。[38]瘳（chōu）：病愈。[39]处蓬茆（máo）而甘藜藿（líhuò）：甘心于住茅屋吃粗饭。蓬茆，茅屋。茆，同"茅"。[40]小阜：稍稍富裕。[41]消渴：糖尿病。

[42] 自经：上吊自杀。[43] 部曹：汉代尚书分曹治事，魏晋以后，渐改吏曹为吏部。到明清时代，部曹就成为各部司官之称。此泛指官职。[44] 稽：考察，核实。[45] 控马：驾驭马匹。[46] 平：康复。[47] 大比：明清时，三年一次乡试，称为"大比"，考中为举人。[48] 关节：即打通关节。此指行贿得到试题。[49] 七艺：七篇应试文章。明清制度，乡试考七个题目，都从"四书"、"五经"中命题。[50] 力反常经：尽力违反常规。[51] 抡魁：选取第一名。抡，选拔。[52] 粉花荡产：狎邪、嫖妓荡尽家产。[53] 卢雉倾家：赌博而倾家荡产。卢雉，赌博。

**【审美点评】**

本篇故事离奇又含蕴深远。由于孙子楚"痴"，诸少年三番五次地戏弄他，其结果被戏者却成了最大的赢家。孙子楚的成功在于其"痴"，作者有经典的评论："性痴则其志凝"，"志凝"即对目标的追求达到痴迷的状态，自然易于成功。孙子楚的离魂、起死复生与《牡丹亭》中的杜丽娘还魂都可视为"至情"的表现。

# 李　玉

李玉（1591？—1671？），字玄玉，一作元玉，号苏门啸侣，又号一笠庵主人。吴县（今属江苏）人，生卒年不详。吴伟业《北词广正谱序》称其"好奇学古之士也，其才足以上下千载，其学足以囊括艺林"，晚年曾中乡试副榜，入清后绝意仕进。清焦循《剧说》载其做过万历年间内阁首辅申时行的家人。李玉是苏州派的主将，著有传奇约四十二种，总题为《一笠庵传奇》，有十八种存世。"一笠庵四种曲"与《清忠谱》最负盛名。他曾以徐于室《北词九宫谱》为基础编订《北词广正谱》。

## 清忠谱

### 闹　诏

**【题解】** 本篇选自《清忠谱》第十一出。《清忠谱》现存最早刊本清顺治本卷首题："苏门啸侣李玉元甫著，同里毕魏万后、叶时章雉斐、朱㿬素臣同编。"本剧是集体编写而成，是苏州派的代表作。《清忠谱》是时事剧，吴伟业《〈清忠谱〉序》云："事俱按实，其言亦雅驯，虽云填词，目之信史可也。"此折叙演以市民颜佩韦为首的苏州人民反对阉党抓走东林党人周顺昌，与魏忠贤的干儿作斗争的情节。揭露了魏忠贤一派的贪婪与凶残，赞扬了清廉正直的周顺昌和敢于为了正义斗争的市民英雄。

（贴青衣、小帽上）苦差合县有，惟我独充当。自家吴县青带便是[1]。北京校尉来捉周乡宦[2]，该应吴县承值[3]。校尉坐在西察院[4]，本县老爷要拨人去听差，这些大阿哥[5]，都叮嘱了书房里[6]，不开名字进去。竟拿我新着役、苦恼子公人[7]，点去承值，关在西察院内。那些校尉动不动叫差人。叫差人要长要短，偶然迟了，轻则靴尖乱踢，重则皮鞭乱打。一个钱也没处去赚，倒受了无数的打骂！方才攛了一肚子烧酒[8]，如今在里边吆吆喝喝，又走出来了。不免躲在厢房[9]，听他说些什么。（暗下）（付扮差官[10]，丑、小生扮二校，喝上）

【梨花儿】（付）驾上差来天也塌，推托穷官没钱刮[11]，恼得咱家心性发，嗏[12]！拿到京中活打杀。李老爷呢？（小生）李老爷睡在那里。（付）快请出来。（校向内介）张老爷请李老爷。（净内应介）来了！（净扮差官上）

【前腔】（净）久惯拿人手段滑，这番差使差了瞎[13]。自家干儿不设法，嗏！一把松香便决撒[14]。（付）李老爷，咱们奉了驾帖，差千差万，到处拿人，不知赚了多少银子。如今差到苏州，又拿一个吏部[15]。自古道：上说天堂，下说苏、杭。岂不晓得苏州是个富饶的所在？况且吏部是个美官，值不得拿万把银子，送与咱们？开口说是个穷官，一个钱也没有，你道恼也不恼！难道咱们三千七百里路来到这里，白白回去了不成？（净）可笑那毛一鹭[16]，做了咱家的官儿，咱们到来，他也该竭力设法，怎么丢咱们住在冷屋里边，自己来也不来？哥阿！若是周顺昌弄不出，咱们定要倒毛一鹭的包哩[17]！（付）李老爷说的是！差人那里？（连叫介）（丑）差人！差人！（贴走出跪介）老爷有何分付？（付）差你在这里伺候，脸面子也不见，不知躲在那里？（净）连连叫唤，才走出来，要你这里做什么！（付）李老爷不要与他说，只是打便了。（净）拿皮鞭来！（贴磕头介）小的在这里伺候，求老爷饶打。（付）你快去与毛一鹭说：俺老爷们，奉了皇爷的圣旨，厂爷的钧旨[18]，到此拿人，你做那一家的官儿，不值得在犯官身上弄万把银子送俺们！若有银子，快快抬来，若没有银子，咱们也不要周顺昌了。咱们自上去，教他自己送周顺昌到京便了。快去说！就来回复。（贴）小的是个县差，怎敢去见都老爷[19]？怎敢把许多言语去禀[20]？（净、付大怒介）咦[20]！你这狗头不走么？（贴拜介）小的委实不敢说[21]。（付）要你这狗头何用？（将皮鞭乱打介）（净乱踢介）（贴在地乱滚，叫痛哀求介）（付）这样狗攛的，不中用。（贴爬下）（付向丑介）你照方才的言语，快去与毛一鹭说！俺们立等回话。（内众声喧喊介）（丑望介）呀！门外人山人海，想是来看开读的[22]。这般挨挤，如何走得！（付又与小生说介）你把皮鞭打开了路，送他出去便了。（向净介）咱家到里边喝杯凉酒。少不得毛一鹭定然自来回覆。（净）有理。（付）只等飞廉传信去[23]，（净）管教贯索就擒来[24]。（同下）（小生）咄！百姓们闪开，闪开！咱家奉旨来拿犯官，什么好看！什么好看！（丑）闪开，闪开！让咱走路！（将皮鞭乱打下）（旦、贴扮二皂喝上）（外，黑三髯，冠带，扮寇太守上[25]）

【西地锦】（外）民愤雷呼辕下[26]，泪飞血洒尘沙。（内众乱喊介）周吏部第一清廉乡宦，地方仰赖，众百姓专候太老爷做主，鼎言救援哩[27]！（大哭介）（末，短胡髯、冠带，扮陈知县急上[28]）（向内摇手介）众百姓休得啼哭，休得啼哭！上司自有公平话。且从容，莫用喧哗。（内众又喊介）陈老爷是周乡宦第一门生，益发坐视不得的呢！爷爷嘎[29]！（又哭介）（末见外介）老大人，众百姓执香号泣者，塞巷填街，哀声震地，这却怎么处？（外）足见周老先生平日深得人心，所以致此。贵县且去分付士民中一二老成的上前讲话。（末）是！（向内介）众百姓听着！寇太爷分付，士民中老成的，止唤一二人上前讲话。（小生、老旦，扮生员上）（作仓惶状介）（小生）生……生……生员王节[30]。（老旦）生……生员刘羽仪[31]。（小生、老旦）老……老……老公祖[32]，老……老……老父母在上。周……周……周铨部居官侃侃[33]，居乡表表[34]。如此品行，卓然千古，蓦罹奇冤[35]，实实万姓怨恫[36]。老公祖，老父母，在地方亲炙高风[37]，若无一言主持公道，何以安慰民心？（净急上跪介）青天爷爷阿！周乡宦若果得罪朝廷，小的们情愿入京代死。（丑喊上）不是这样讲，不是这样讲！让我来说。青天爷爷阿！今日若是真正圣旨来拿周乡宦，就冤枉了周乡宦，小的们也不敢说了。今日是魏太监假传圣旨，杀害忠良，众百姓其实不服。就杀尽了满城百姓，再不放周乡宦去的。（大哭介）（内齐声号哭介）（外）众百姓听着！这桩事，非府县所能主张。少刻都老爷到了，你百姓齐声叩求，本府与吴县自然极力周旋。（内齐声应介）太爷是真正青天了。（内敲锣、喝道声介）（净、丑）都老爷来了！列位，大家上前号哭去！（喊介）（小生、老旦）全赖老公祖、老父母鼎力挽回。（外、末）自然，自然！（小生、老下）（外、末在场角伺候，打躬迎接介）（内喊介）（付，胡髯、冠带，扮毛抚台，歪戴纱帽，脱带撒袍，众百姓乱拥上）（众喊介）求宪天爷爷做主[38]，出疏保留周乡宦呢！（外、末喝退众下介）（付作大怒，乱喘乱喘大叫介）反了，反了！有这等事！皇上拿人，百姓抗拒，地方大变了，大变了！罢了，罢了！做官不成了！（外、末跪介）老大人请息怒。周宦深得民心，也是平日正气所感。或者有一线可生之路，还望老大人挽回。（付大怒介）咳！逆党聚众，抗提钦犯，叛逆显然了。有什么挽回？有什么挽回？（作怒状，冷笑介）

【风入松】呼群鼓噪闹官衙，圣旨公然不怕。你府县有地方干系[39]，可晓得官旗是那一家差来的[40]？天家缇骑魂惊唬，（作手势介）若抗拒，一齐搭咤[41]。（外、末拱介）是！（付低说介）且住了！逆了朝廷，还好弥缝。今日逆了厂公，（皱眉介）咦！比着抗圣旨，题目倍加。头颅上，怎好戴乌纱！（内众又乱喊介）宪天爷爷，若不题疏力救周乡宦，众百姓情愿一个个死在宪天台下。（外、末又跪介）老大人，卑职不敢多言。民情汹汹如此，还求老大人一言抚慰才是。（付）抚慰些什么来？抚慰些什么来？拿几个进来打罢了！（外、末又跪介）老大人息怒。众百姓呵，

【前腔】（外、末）哭声震地惨嗟呀！卑职呵，不敢施威喝打。倘一言激变难禁架[42]，定弄出祸来天大。（末又跪介）老大人若无一言抚慰，就是周宫在外，卑职也不敢解进辕门。（付）为何？（末）**人儿拥，纷如乱麻，就有几皂隶，也难拿。**（付沉思介）嘎！也罢！既如此，快去传谕百姓且散。若要保留周宫，且具一公呈进来[43]，或者另有商量。（外、末起介）是！领命！（即下）（付）哈哈哈！好个骁官儿[44]。苦苦要本院保留，这本儿怎么样写？怎么样写？且待犯官进来，再作道理。（向内叫介）张爷那里？李爷那里？（叫下）（小生扮校尉上，扯住付立定介）毛老爷，不要乱叫。我们的心事，怎么样了？到京去，还要咱们在厂爷面前讲些好话的哩！（付）知道了！知道了！自然从厚。（携手下）（生青衣、小帽，旦、贴扮皂押上）（生）平生尽忠孝，今日任风波。（净、丑、末拥上）周老爷且慢。我们众百姓已禀过都爷，出疏保留了。（生拱谢介）列位素昧平生，多蒙过爱。我周顺昌自矢无他[45]，料到京师，决不殒命。列位请回。（净、丑、末）当今魏太监弄权，有天无日，决不放周爷去的。（哭，唱）

【前腔】（净、丑、末）权珰势焰把人挝[46]，到口便成肉鲊[47]。周老爷阿，死生交界应非耍，怎容向鬼门占卦？（老旦、小生急上）周老先生，好了！好了！晚生辈三学朋友[48]，已具公呈保留，台驾且回尊府。晚生辈静候抚公批允便了。（生）多谢诸兄盛情。咳！诸兄，小弟与兄俱读圣书，君命召，驾且不俟。今日奉旨来提，敢不趋赴。顺昌此去，有日还苏，再与诸兄相聚，万分有幸了。（小生、老旦）老先生说出此言，晚生辈愈觉心痛了。（大哭介）（净、丑、末，各抱生哭介）（小生、老旦）老先生，你看被逮诸君，那一个保全的？还是不去的是。**投坑阱都成浪花，见那个得还家。**（生）列位休得悲哀。我周顺昌呵，

【前腔】（生）打成草稿在唇牙，指佞庭前拼骂[49]。叠成满腹东林话[50]，苦挣着正人声价。诸兄日后将我周顺昌呵，**姑苏志休教谬夸[51]。我只是完臣节，死非差。**（外扮中军上）都老爷分付开读且缓，传请周爷快进商议。（净、丑、小生、老旦、末）有何商量？（外）列位且具公呈，自然要议妥出本的。（众）出本保留，是士民公事，何消周爷自议？不要听他！（生）列位还是放学生进去的是。（众）不妨，料没后门走了。（外扶生入介）（内）分付掩门。（内付掩门介）（众）奇怪！为何掩门起来？列位，大家守定大门，听着里边声息便了。（作互相窥听介）（内念诏介）跪听开读。（众惊介）列位，不是了！为何开读起来？（又听介）（内高声喊介）犯官上刑具。（众怒介）益发不是了！列位，拼着性命，大家打进去！（打门介）（付扮差官执械上）咄！砍头的，皇帝也不怕；敢来抢犯么？叫手下拿几个来，一并解京去砍头！

【前腔】（付）妖民结党起波查[52]，倡乱苏城独霸。抢咱钦犯思逆驾，擒将去千刀万剐。（众）咳！你传假旨，思量吓咱！（拍胸介）我众好汉，怎

饶他！（付）嗄！你这班狗头，这等放肆，都拿来砍！都拿来砍！（作拔刀介）（净）你这狗头，不知死活！可晓得苏州第一个好汉颜佩韦么？（末）可晓得真正杨家将杨念如么？（丑、旦、贴）可晓得十三太保周老男、马杰、沈扬么？（付）真正是一班强盗！杀！杀！杀！（将刀砍介）（净）众兄弟，大家动手！（打倒付介）（付奔进介）（众赶入打介）天花板上还有一个。（众打进打出三次介）（二旦扛一个死尸上）打得好快活！这样不经打的，把尸骸抛在城脚下喂狗便了。（下）（外扮寇太守扶生上）（生）老公祖，此番大闹，我周顺昌到无生路了。怎么处？怎么处？（外）老先生休虑。且到本府衙内，再有商量。（扶生下）（末扮陈知县扶付上）（付）这等放肆。快走！快走！各执事不知那里了[53]，怎么处？（末）执事都在前面。只得步行前去。知县护送老大人。（付）走，走，走！（同末下）（净、丑、旦、贴内大喊。众复上）还有几个狗头，再去打！再去打！（作赶入介）（即出介）一个人也不见了，官府也去了，连周乡宦也不知那里去了。怎么处？快寻，快寻。（各奔介）

【前腔】（合）凶徒打得尽成粗[54]，倒地翻天无那。逋逃没影真奇诧[55]，空察院止堪养马。周乡宦，深藏那家？细详察，觅根芽[56]。（共奔下）

**《古本戏曲丛刊三集》影印清顺治刊本**

**【注释】**

[1] 青带：旧时衙役所用物，代指下等衙役。[2] 校尉：明清指卫兵。周乡宦：即周顺昌。乡宦，旧称做过官又闲居乡里的人。[3] 承值：当值，听候支使。[4] 西察院：御史的衙署叫察院，因位于苏州府衙门之西故叫西察院。[5] 大阿哥：吴语兄弟称大哥为大阿哥。这里指上等衙役。[6] 书房里：指书办，明代衙门里管理文书的属吏。[7] 苦恼子：可怜、辛苦。子，虚词。[8] 攮（nǎng）：常与贬义词合成骂人的话，此指灌，拼命吃喝。[9] 厢房：正房前面两旁的房屋。[10] 差官：听候差遣的小官吏。[11] "推托"句：殷献臣《周吏部年谱》："缇骑索金颇奢，公曰：'七尺之躯，今日已委若辈，即不送一文，奈我何！'"[12] 嗏（chā）：戏曲中常用的表声语气词，有警醒作用。[13] 差了瞎：落空，白干。[14] "一把"句：指毛一鹭是魏忠贤的干儿子，如不设法送给差官钱的话就大闹一场，让他很快完蛋。松香，旧时舞台上燃烧松香以造成烟火效果，火光一闪一灭，借指快速。决撒，败露。[15] 吏部：此指周顺昌，原任吏部员外郎。[16] 毛一鹭：字儒初，遂安（今属浙江）人。天启末为应天府巡抚兼副都御史。他是魏忠贤干儿，曾于苏州虎丘建魏忠贤生祠。[17] 倒毛一鹭的包：指讹诈他。[18] 厂爷：指魏忠贤，明天启间任司礼秉笔太监，并掌管特务组织东厂。下文"厂公"也指魏忠贤。[19] 都老爷：明清对都察院长官的俗称，此指毛一鹭。[20] 哣（dōu）：叹词，戏曲中表示喝斥或唾弃。[21] 委实：确实，实在。[22] 开读：钦差大臣宣读圣旨。[23] 飞廉：传说中的神鸟名，或云神兽，能传信。这里指传话的吴县差役。[24] 贯索：牢狱，此指周顺昌。原为星名，《晋书·天文志》："贯索九星，在其（七公）前，贱人之牢也。"[25] 寇太守：即寇慎，字礼亭，陕西人，天启三年

（1623）任苏州太守，为官清正。[26] 辕下：辕门之下。古时地方官署或军营外门作木栅围护，称辕门。[27] 鼎言：有分量的话。常用于请人帮忙说话时的恭维之辞。[28] 陈知县：即陈文瑞，字应萃，福建人，天启五年（1625）进士，是周顺昌的门生。时任吴县县令。[29] 嘎（á）：叹词，同"啊"，表示疑问或反问。[30] 王节：字贞明，吴县人，诸生。魏忠贤党徒逮捕周顺昌时，王节抗言斥责毛一鹭说："明公父子之情何笃也！"[31] 刘羽仪：字渐子，吴县人，诸生。魏忠贤党徒逮捕周顺昌，他与毛一鹭抗争，言辞激烈。[32] 老公祖：对太守的尊称。[33] 铨部：主管选拔官员的部门，明代文官由吏部铨选，武官由兵部铨选。历代吏部的职掌都很重要，故常以"铨部"指吏部。侃侃：正直的样子。[34] 表表：卓立特出的样子。唐韩愈《昌黎集》卷二三《祭柳子厚文》："富贵无能，磨灭谁记，子之自著，表表愈伟。"[35] 蓦罹（lí）：突然遭遇不幸的事情。罹，遭受苦难或不幸。[36] 恫（tōng）：哀痛，痛苦。[37] 亲炙（zhì）：亲承教导。《孟子·尽心下》："非圣人而能若是乎？而况于亲炙之者乎？"朱熹《集注》："亲近而熏炙之也。"[38] 宪天：对御史官的尊称，此指毛一鹭。[39] 干系：责任。[40] 官旗：指官府派来抓人的人马。[41] 搕（ké）咤（zhà）：象声词，形容砍头的声音。[42] 难禁架：难招架，担当不起。禁架，控制，把握。[43] 公呈：公众联名呈递官府的一种公文。[44] 骏（ái）：痴呆，傻。[45] 无他：无二心，专一。[46] 珰（dāng）：汉代武职宦官的服饰，后世作为宦官的代称。[47] 肉鲊（zhǎ）：肉酱。[48] 三学：唐时称国子学、太学、四门学为三学；宋代称太学之外舍、内舍、上舍为三学。这里泛指经过考试进入州、府、县学习的生员。[49] 指佞（nìng）：指摘邪佞。本是草名，晋张华《博物志》卷四："尧时有屈轶草生于庭。佞人入朝，则屈而指之，一名指佞草。"[50] 东林：即东林党。明朝后期在一些中小地主、中下级官吏中形成的一个政治集团。明万历二十二年（1594），吏部郎中顾宪成革职还乡，与高攀龙、钱一本等在无锡东林书院讲学，议论朝政，得到进步知识分子与士大夫的支持，故称"东林党"。[51] 姑苏志：苏州地方志。因其地有姑苏山，故苏州别称姑苏。[52] 波查：本指困苦，危害，此指风波，事端。[53] 执事：指衙役。[54] 粗（zhā）：通"渣"，渣滓。[55] 逋（bū）逃：逃亡的罪人。[56] 根芽：结果、迹象。

## 【审美点评】

本篇剧作生动形象地展现了群情激愤的斗争场面。将群众斗争的场面搬上舞台是本剧的创举。作者或是通过人物的介绍营造人多势众的效果，或是运用科介说明渲染，因此舞台性强，戏剧效果强烈，体现了苏州派作家戏曲创作的鲜明特征。

# 洪　昇

洪昇（1645—1704），字昉思，号稗畦、稗村，别署南屏樵者。钱塘（今浙江杭州）人。康熙七年（1668）入京为国子监生。因"家难"与父母失和，自康熙十年（1671）始旅居北京 17 年，卖文为生。康熙二十七年（1688）《长生殿》脱稿，剧本传演一时。翌年八月，因为在佟皇后丧期观演《长生殿》，被御史弹劾，革国子生籍。康熙三十年（1671）归乡，四十三年（1704）六月出游江宁，途经乌镇，因酒后失足堕水而死。所作今存传奇《长生殿》，杂剧《四婵娟》。诗集《啸月楼集》、《稗畦集》和《稗畦续集》，并存韵书《诗骚韵注》残稿。

# 长生殿

## 惊 变

【题解】《长生殿》是演绎唐明皇、杨贵妃故事的集大成之作。前半部分写李、杨将个人享受置于国家大政之上，"逞侈心而穷人欲，祸败随之"。后半部分写他们对之前奢侈生活的忏悔，国家倾而复平，他们也获得爱情的圆满。本出戏写李、杨于御园中吹笛歌《清平调》，贵妃酒醉。唐明皇得知安禄山破了潼关，决定带贵妃一同幸蜀。《惊变》一出是李、杨爱情故事的分水岭。

（丑上）"玉楼天半起笙歌，风送宫嫔笑语和[1]。月殿影开闻夜漏，水晶帘卷近秋河。[2]"咱家高力士[3]，奉万岁爷之命，着咱在御花园中安排小宴，要与贵妃娘娘同来游赏，只得在此伺候。（生、旦乘辇[4]，老旦、贴随后，二内侍引，行上）

【北中吕粉蝶儿】天淡云闲，列长空数行新雁。御园中秋色斓斑：柳添黄，蘋减绿，红莲脱瓣。一抹雕阑[5]，喷清香桂花初绽。

（到介）（丑）请万岁爷、娘娘下辇。（生、旦下辇介）（丑同内侍暗下）（生）妃子，朕与你散步一回者。（旦）陛下请。（生携旦手介）（旦）

【南泣颜回】携手向花间，暂把幽怀同散。凉生亭下，风荷映水翩翩。爱桐阴静悄，碧沉沉并绕回廊看。恋香巢秋燕依人，睡银塘鸳鸯蘸眼[6]。

（生）高力士，将酒过来[7]，朕与娘娘小饮数杯。（丑）宴已排在亭上，请万岁爷、娘娘上宴。（旦作把盏，生止住介）妃子坐了。

【北石榴花】不劳你玉纤纤高捧礼仪烦，子待借小饮对眉山[8]。俺与你浅斟低唱互更番，三杯两盏，遣兴消闲。妃子，今日虽是小宴，倒也清雅。回避了御厨中、回避了御厨中烹龙炰凤堆盘案[9]，咿咿哑哑乐声催趱[10]。只几味脆生生，只几味脆生生蔬和果清肴馔[11]，雅称你仙肌玉骨美人餐[12]。

妃子，朕与你清游小饮，那些梨园旧曲，都不耐烦听他。记得那年在沉香亭上赏牡丹，召翰林李白草《清平调》三章，令李龟年度成新谱[13]，其词甚佳。不知妃子还记得么？（旦）妾还记得。（生）妃子可为朕歌之，朕当亲倚玉笛以和[14]。

（旦）领旨。（老旦进玉笛，生吹介）（旦按板介[15]）

【南泣颜回】花繁秾艳想容颜。云想衣裳光璨。新妆谁似，可怜飞燕娇懒[16]。名花国色[17]，笑微微常得君王看。向春风解释春愁，沉香亭同倚阑干。

（生）妙哉，李白锦心[18]，妃子绣口，真双绝矣。宫娥，取巨觞来，朕与妃子对饮。（老旦、贴送酒介）（生）

【北斗鹌鹑】畅好是喜孜孜驻拍停歌[19]，喜孜孜驻拍停歌，笑吟吟传杯送盏。妃子干一杯！（作照干介[20]）不须他絮烦烦射覆藏钩[21]，闹纷纷弹丝弄板[22]。（又作照杯介）妃子，再干一杯。（旦）妾不能饮了。（生）宫娥每，跪劝。（老旦、贴）领旨。（跪旦介）娘娘，请上这一杯。（旦勉饮介）（老旦、贴作连劝介）（生）我这里无语持觞仔细看，早子见花一朵上腮间[23]。（旦作醉介）妾真醉矣。（生）一会价软咍咍柳軃花欹[24]，软咍咍柳軃花欹，困腾腾莺娇燕懒。

妃子醉了，宫娥每，扶娘娘上辇进宫去者。（老旦、贴）领旨。（作扶旦起介）（旦作醉态呼介）万岁！（老旦、贴扶旦行）（旦作醉态介）

【南扑灯蛾】态恹恹轻云软四肢[25]，影濛濛空花乱双眼[26]，娇怯怯柳腰扶难起，困沉沉强抬娇腕，软设设金莲倒褪[27]，乱松松香肩軃云鬟，美甘甘思寻凤枕，步迟迟倩宫娥搀入绣帏间[28]。

（老旦、贴扶旦下）（丑同内侍暗上）（内击鼓介）（生惊介）何处鼓声骤发？（副净急上）"渔阳鼙鼓动地来，惊破霓裳羽衣曲。[29]"（问丑介）万岁爷在那里？（丑）在御花园内。（副净）军情紧急，不免径入。（进见介）陛下，不好了。安禄山起兵造反，杀过潼关[30]，不日就到长安了。（生大惊介）守关将士何在？（副净）哥舒翰兵败[31]，已降贼了。（生）

【北上小楼】呀，你道失机的哥舒翰，称兵的安禄山，赤紧的离了渔阳[32]，陷了东京[33]，破了潼关。唬得人胆战心摇，唬得人胆战心摇，肠慌腹热，魂飞魄散，早惊破月明花粲[34]。

卿有何策，可退贼兵？（副净）当日臣曾再三启奏，禄山必反，陛下不听，今日果应臣言。事起仓卒，怎生抵敌？不若权时幸蜀，以待天下勤王[35]。（生）依卿所奏。快传旨，诸王百官，即时随驾幸蜀便了。（副净）领旨。（急下）（生）高力士，快些整备军马。传旨令右龙武将军陈元礼，统领羽林军士三千，扈驾前行[36]。（丑）领旨。（下）（内侍）请万岁爷回宫。（生转行叹介）唉，正尔欢娱，不想忽有此变，怎生是了也！

【南扑灯蛾】稳稳的宫庭宴安，扰扰的边廷造反。冬冬的鼙鼓喧，腾腾的烽火㸌[37]。的溜扑碌臣民儿逃散[38]，黑漫漫乾坤覆翻，碜磕磕社稷摧残[39]，磣磕磕社稷摧残。当不得萧萧飒飒西风送晚，黯黯的，一轮落日冷长安。

（向内问介）宫娥每，杨娘娘可曾安寝？（老旦、贴内应介）已睡熟了。（生）不要惊他，且待明早五鼓同行。（泣介）天那！寡人不幸，遭此播迁[40]，累他玉貌花容，驱驰道路。好不痛心也！

**【南尾声】** 在深宫兀自娇慵惯，怎样支吾蜀道难！（哭介）我那妃子呵，愁杀你玉软花柔要将途路趱。

宫殿参差落照间[41]，卢纶　渔阳烽火照函关[42]。吴融

遏云声绝悲风起[43]，胡曾　何处黄云是陇山[44]。武元衡

**《古本戏曲丛刊五集》影印康熙稗畦草堂刊本**

**【注释】**

[1] 嫔：宫中女官。[2]"月殿"二句：闻夜漏，夜间寂静，可以听到受水器具承漏之声。近秋河，形容楼高。秋河，即银河。[3] 高力士：本名冯元一（684—762），是唐代著名宦官之一。深得玄宗宠信，累官至骠骑大将军、进开府仪同三司。[4] 乘辇：坐车。[5] 一抹：一带。[6] 银塘：水色银白的池塘。蘸（zhàn）眼：耀眼，引人注目。[7] 将酒：拿酒。[8] 子待：只待、只要。眉山：用青色画过的眉毛，与远山颜色相似，故名。此处用眉山代指杨贵妃。与前句玉手高捧，暗合"举案齐眉"的典故。[9]"烹龙炰（páo）凤"句：指烹制各种山珍海味。炰，古同"炮"，把带毛的肉用泥包好放在火上烧烤。盘案，盛食器皿盘和案的统称。[10] 催趱（zǎn）：催促。此指各种乐器竞相演奏。[11] 脆生生：很脆。清肴馔（zhuàn）：清淡的食物。[12] 雅称（chèn）：非常适合。雅，甚。[13]"记得那年"三句：《杨太真外传》载兴庆池东沉香亭前牡丹花开，命龟年持金花笺，宣赐翰林学士李白进《清平乐》词三篇。李龟年，唐玄宗时著名的宫廷乐师。《清平调》是唐代大曲名，后用为词牌。李白在长安供奉翰林时，奉命写了三首《清平调》词。剧中贵妃所唱【南泣颜回】曲即据李白词句变化而成。[14] 倚玉笛以和：用玉笛来伴奏。倚，指以歌合乐或以乐伴歌，或按调填词等。[15] 按板：拍击板眼。板，拍板，是我国民族乐器中用来打拍子的板片，也指音乐的节奏。[16] 飞燕：指汉成帝的皇后赵飞燕。[17] 名花：指牡丹。国色：指杨贵妃。[18] 锦心：与下句"绣口"，形容文思优美和歌喉动听。[19] 畅好是：正好是。[20] 照：干杯后倾杯示人。[21] 射覆藏钩：古代的两种饮宴上的游戏。射覆，类似猜字谜，猜不中者喝酒。《汉书·东方朔传》："上尝使诸数家射覆。"颜师古注："数家，术数之家也。于覆器之下而置诸物，令暗射之，故云射覆。"藏钩，猜东西藏在哪里的一种游戏。《艺经》："腊日饮祭之后，叟姬儿童为藏钩之戏，分为二曹（两队），以较胜负。"钩，泛指物品。[22] 弹丝弄板：弹奏乐器。[23] 早子见：早见。[24] 一会价：一会儿。价，语助词。软哈哈（hāi）：软绵绵。柳軃（duǒ）花敧（qī）：形容酒醉娇软无力的神态。軃，低垂。敧，倾斜。[25] 态恹恹（yān）：娇软欲睡的样子。[26] 影濛濛：形容醉眼蒙眬。空花：佛教语，隐现于病眼者视觉中的繁花状虚影，比喻纷繁的妄想和假象。[27] 软设设：无力的样子。[28] 倩：请。[29]"渔阳鼙鼓"二句：白居易《长恨歌》中诗句。[30] 潼关：后汉建安中所建关名，在今陕西省潼关县北，形势险要，历来为兵家必争之地。[31] 哥舒翰：唐开元年间名将，因破吐

蕃有功，封为平西郡王。李隆基委命其驻守潼关，战败，投降安禄山后被杀。[32]赤紧的：迅猛，短促。渔阳：唐朝郡名，辖境相当今北京市平谷县、天津蓟县。[33]东京：指今洛阳。汉高祖都长安，光武帝都洛阳，汉时即有西京、东京之称。[34]月明花粲：比喻环境安乐。粲，鲜明、美好。[35]勤王：朝廷有难，起兵救援。[36]扈驾：跟随、保护帝王车驾。扈，同"护"。[37]黫（yān）：黑色，指战时烽火的颜色。[38]的溜扑碌：形容逃难时慌乱的样子。[39]磣（chěn）磕磕：凄惨可怕。磕磕，又作"可可"，语助词，无义。[40]播迁：迁徙，流离。[41]"宫殿"句：摘自卢纶《长安春望》，原诗"宫殿"作"宫阙"。[42]"渔阳"句：摘自吴融《华清宫四首》其二。[43]遏云：形容歌声响亮而阻止了云彩流动。遏，阻止。此句摘自胡曾《咏史诗·铜雀台》。《列子·汤问》："秦青善歌，能使声振林木，响遏行云。"[44]"何处"句：摘自武元衡《摩诃池送李侍御之凤翔》诗。黄云，指天子之气。陇山，陕西、甘肃一带，是从长安入蜀的必经之地。

### 【审美点评】

《惊变》是第二十四出，由"小宴"和"惊变"两部分组成。从开头至第一支【南扑灯蛾】曲终为"小宴"，后半部分为"惊变"。《长生殿》曲辞清丽流畅，韵律动人。此出【北中吕·粉蝶儿】（天淡云闲）一曲更是脍炙人口。

# 弹 词

**【题解】**《弹词》是《长生殿》第三十八出。唐郑处晦《明皇杂录》载安史之乱后李龟年流落江南，"每遇良辰胜赏，为人歌数阕，座中闻之，莫不掩泣罢酒"。此出据此敷衍。通过流落江南的李龟年的弹唱，演述了天宝遗事，借李、杨悲欢离合抒唐王朝兴亡之感。既抒发了李龟年在安史之乱后漂泊沦落的悲怀，又对唐明皇沉溺情场疏于朝政进行了委婉的讽刺。

（末白须、旧衣帽，抱琵琶上）"一从鼙鼓起渔阳，宫禁俄看蔓草荒[1]。留得白头遗老在，谱将残恨说兴亡[2]。"老汉李龟年，昔为内苑伶工[3]，供奉梨园，蒙万岁爷十分恩宠。自从朝元阁教演《霓裳》[4]，曲成奏上，龙颜大悦，与贵妃娘娘，各赐缠头[5]，不下数万。谁想禄山造反，破了长安，圣驾西巡[6]，万民逃窜。俺每梨园部中，也都七零八落，各自奔逃。老汉来到江南地方，盘缠都使尽了。只得抱着这面琵琶，唱个曲儿馌口。今日乃青溪鹫峰寺大会[7]，游人甚多，不免到彼卖唱。（叹科）哎，想起当日天上清歌，今日沿门鼓板，好不颏气人也[8]。（行科）

**【南吕一枝花】**不堤防余年值乱离[9]，逼拶得岐路遭穷败[10]。受奔波风尘颜面黑，叹衰残霜雪鬓须白。今日个流落天涯，只留得琵琶在。揣羞脸上长街又过短街[11]。那里是高渐离击筑悲歌，倒做了伍子胥吹箫也那乞丐。

**【梁州第七】**想当日奏清歌趋承金殿，度新声供应瑶阶[12]。说不尽九重天上恩如海：幸温泉骊山雪霁，泛仙舟兴庆莲开[13]，玩婵娟华清宫殿[14]，赏芳菲花萼楼台[15]。正担承雨露深泽，蓦遭逢天地奇灾[16]：剑门关尘蒙了凤辇鸾舆[17]，马嵬坡血污了天姿国色[18]。江南路哭杀了瘦骨穷骸[19]。可哀落魄，只得把《霓裳》御谱沿门卖[20]，有谁人喝声采！空对着六代园陵草树埋[21]，满目兴衰。

（虚下）（小生巾服上）“花动游人眼，春伤故国心。《霓裳》人去后[22]，无复有知音。”小生李暮[23]，向在西京留滞[24]，乱后方回。自从宫墙之外，偷按《霓裳》数叠，未能得其全谱。昨闻有一老者，抱着琵琶卖唱。人人都说手法不同，像个梨园旧人。今日鹫峰寺大会，想他必在那里，不免前去寻访一番。一路行来，你看游人好不盛也。（外巾服，副净衣帽，净长帽、帕子包首[25]，扮山西客，携丑扮妓上）（外）“闲步寻芳惜好春。”（副净）“且看胜会逐游人。”（净）大姐，咱和你“及时行乐休空过”。（丑）客官，“好听琵琶一曲新”。（小生向副净科）老兄请了。动问这位大姐，说甚么“琵琶一曲新”？（副净）老兄不知，这里新到一个老者，弹得一手好琵琶。今日在鹫峰寺赶会，因此大家同去一听。（小生）小生正要去寻他，同行何如？（众）如此极好。（同行科）行行去去，去去行行，已到鹫峰寺了。就此进去。（同进科）（副净）那边一个圈子，四围板凳，想必是波。我每一齐捱进去，坐下听者。（众作坐科）（末上见科）列位请了，想都是听曲的。请坐了，待在下唱来请教波。（众）正要领教。（末弹琵琶唱科）

【转调货郎儿】唱不尽兴亡梦幻，弹不尽悲伤感叹，大古里凄凉满眼对江山[26]。我只待拨繁弦传幽怨，翻别调写愁烦[27]，慢慢的把天宝当年遗事弹。

（外）“天宝遗事”，好题目波。（净）大姐，他唱的是甚么曲儿，可就是咱家的西调么[28]？（丑）也差不多儿。（小生）老丈，天宝年间遗事，一时那里唱得尽者。请先把杨贵妃娘娘，当时怎生进宫，唱来听波。（末弹唱科）

【二转】想当初庆皇唐太平天下，访丽色把蛾眉选刷。有佳人生长在弘农杨氏家[29]，深闺内端的玉无瑕。那君王一见了欢无那[30]，把钿盒金钗亲纳，评跋做昭阳第一花[31]。

（丑）那贵妃娘娘，怎生模样波？（净）可有咱家大姐这样标致么？（副净）且听唱出来者。（末弹唱科）

【三转】那娘娘生得来仙姿佚貌[32]，说不尽幽闲窈窕[33]。真个是花输双颊柳输腰[34]，比昭君增妍丽，较西子倍风标，似观音飞来海峤[35]，恍嫦娥偷离碧霄。更春情韵饶，春酣态娇，春眠梦悄。总有好丹青[36]，那百样娉婷难画描。

（副净笑科）听这老翁说的杨娘娘标致，恁般活现，倒像是亲眼见的，敢则谎

也。（净）只要唱得好听，管他谎不谎。那时皇帝怎么样看待他来，快唱下去者。（末弹唱科）

【四转】那君王看承得似明珠没两[37]，镇日里高擎在掌[38]。赛过那汉宫飞燕倚新妆[39]，可正是玉楼中巢翡翠，金殿上锁着鸳鸯[40]，宵偎昼傍。直弄得个伶俐的官家颠不刺懵不刺撇不下心儿上[41]。弛了朝纲，占了情场，百支支写不了风流帐[42]。行厮并，坐厮当[43]。双，赤紧的倚了御床，博得个月夜花朝同受享。

（净倒科）哎呀，好快活，听的咱似雪狮子向火哩[44]。（丑扶科）怎么说？（净）化了。（众笑科）（小生）当日宫中有《霓裳羽衣》一曲，闻说出自御制，又说是贵妃娘娘所作，老丈可知其详？请唱与小生听咱。（末弹唱科）

【五转】当日呵，那娘娘在荷庭把宫商细按，谱新声将《霓裳》调翻。昼长时亲自教双鬟[45]。舒素手拍香檀[46]，一字字都吐自朱唇皓齿间。恰便似一串骊珠[47]，声和韵闲[48]，恰便似莺与燕弄关关，恰便似鸣泉花底流溪涧[49]，恰便似明月下泠泠清梵[50]，恰便似缑岭上鹤唳高寒[51]，恰便似步虚仙珮夜珊珊[52]。传集了梨园部、教坊班，向翠盘中高簇拥着个娘娘[53]，引得那君王带笑看[54]。

（小生）一派仙音，宛然在耳，好形容波。（外叹科）哎，只可惜当日天子宠爱了贵妃，朝欢暮乐，致使渔阳兵起。说起来令人痛心也！（小生）老丈，休只埋怨贵妃娘娘。当日只为误任边将[55]，委政权奸[56]，以致庙谟颠倒[57]，四海动摇。若使姚、宋犹存[58]，那见得有此。（外）这也说的是波。（末）嗨，若说起渔阳兵起一事，真是天翻地覆，惨目伤心。列位不嫌絮烦，待老汉再慢慢弹唱出来者。（众）愿闻。（末弹唱科）

【六转】恰正好呕呕哑哑《霓裳》歌舞，不提防扑扑突突渔阳战鼓。划地里出出律律纷纷攘攘奏边书[59]，急得个上上下下都无措。早则是喧喧嗾嗾[60]，惊惊遽遽，仓仓卒卒，挨挨拶拶出延秋西路[61]，銮舆后携着个娇娇滴滴贵妃同去。又只见密密匝匝的兵，恶恶狠狠的语，闹闹炒炒、轰轰刮刮四下喳呼[62]，生逼散恩恩爱爱疼疼热热帝王夫妇。霎时间画就了这一幅惨惨凄凄绝代佳人绝命图。

（外、副净同叹科）（小生泪科）哎，天生丽质，遭此惨毒。真可怜也！（净笑科）这是说唱，老兄怎么认真掉下泪来！（丑）那贵妃娘娘死后，葬在何处？（末弹唱科）

【七转】破不刺马嵬驿舍，冷清清佛堂倒斜。一代红颜为君绝，千秋遗恨滴罗巾血。半棵树是薄命碑碣，一抔土是断肠墓穴。再无人过荒凉野，莽天涯谁吊梨花谢！可怜那抱幽怨的孤魂，只伴着呜咽咽的望帝悲声啼夜月。

（外）长安兵火之后，不知光景如何？（末）哎呀！列位，好端端一座锦绣长安，自被安禄山破陷，光景十分不堪了。听我再弹波。（弹唱科）

【八转】自銮舆西巡蜀道，长安内兵戈肆扰。千官无复紫宸朝[63]，把繁华顿消，顿消。六宫中朱户挂蟏蛸[64]，御榻傍白日狐狸啸。叫鸱鸮也么哥，长蓬蒿也么哥。野鹿儿乱跑，苑柳宫花一半儿凋。有谁人去扫，去扫！玳瑁空梁燕泥儿抛[65]，只留得缺月黄昏照。叹萧条也么哥，染腥臊也么哥！染腥臊，玉砌空堆马粪高。

（净）呸！听了半日，饿得慌了。大姐，咱和你喝烧刀子[66]，吃蒜包儿去。（做腰边解钱与末，同丑诨下[67]）（外）天色将晚，我每也去罢。（送银科）酒资在此。（末）多谢了。（外）"无端唱出兴亡恨，（副净）引得傍人也泪流。"（同外下）（小生）老丈，我听你这琵琶，非同凡手。得自何人传授？乞道其详。（末）

【九转】这琵琶曾供奉开元皇帝[68]，重提起心伤泪滴。（小生）这等说起来，定是梨园部内人了。（末）我也曾在梨园籍上姓名题，亲向那沉香亭花里去承值，华清宫宴上去追随。（小生）莫不是贺老？（末）俺不是贺家的怀智[69]。（小生）敢是黄幡绰？（末）黄幡绰同咱皆老辈。（小生）这等想必是雷海青？（末）我虽是弄琵琶却不姓雷。他呵，骂逆贼久已身死名垂。（小生）这等，想必是马仙期了？（末）我也不是擅场方响马仙期，那些旧相识都休话起。（小生）因何来到这里？（末）我只为家亡国破兵戈沸，因此上孤身流落在江南地。（小生）毕竟老丈是谁波？（末）您官人絮叨叨苦问俺为谁，则俺老伶工名唤做龟年身姓李。

（小生揖科）呀，原来却是李教师，失瞻了[70]。（末）官人尊姓大名，为何知道老汉？（小生）小生姓李，名謩。（末）莫不是吹铁笛的李官人么？（小生）然也。（末）幸会，幸会。（揖科）（小生）请问老丈，那《霓裳》全谱可还记得波？（末）也还记得，官人为何问他？（小生）不瞒老丈说，小生性好音律，向客西京。老丈在朝元阁演习《霓裳》之时，小生曾傍着宫墙，细细窃听，已将铁笛偷写数段。只是未得全谱，各处访求，无有知者。今日幸遇老丈，不识肯赐教否？（末）既遇知音，何惜末技。（小生）如此多感，请问尊寓何处？（末）穷途流落，尚乏居停[71]。（小生）屈到舍下暂住，细细请教何如？（末）如此甚好。

【煞尾】俺一似惊乌绕树向空枝外，谁承望做旧燕寻巢入画栋来。今日个知音喜遇知音在，这相逢，异哉！恁相投，快哉！李官人呵，待我慢慢的传与你这一曲《霓裳》播千载。

（末）桃蹊柳陌好经过，张籍（小生）聊复回车访薜萝。白居易

（末）今日知音一留听，刘禹锡（小生）江南无处不闻歌。顾况[72]

**《古本戏曲丛刊五集》影印康熙稗畦草堂本**

## 【注释】

[1] 俄：短时间。[2] 谱：按曲调填词。[3] 内苑：皇宫之内。[4] 朝元阁：唐代阁名，在陕西临潼骊山华清宫内的殿阁。教演《霓裳》：第十四出《偷曲》曾演其事。[5] 缠头：唐代多以锦缎赏给艺人，得奖者缠之头上以示荣宠，故名。因多用罗锦，又称"缠头锦"。本指演毕赠给艺人的锦帛，后泛指送给艺人的财物。[6] 西巡：指安禄山造反攻陷长安，唐玄宗出奔四川。[7] 青溪：水名，在南京。鹫峰寺：明天顺年间建寺，在青溪旁。[8] 颓气：丧气。[9] 余年：晚年。[10] 逼拶（zā）：逼迫。岐路：此指宋元时流动卖艺的民间艺人路岐，或云路歧。[11] 揣：遮着，藏着。[12] 度：作曲。瑶阶：玉砌的台阶，亦用为石阶的美称。[13] 兴庆：即兴庆池，与兴庆宫都在长安城内。兴庆宫中有勤政务本楼、花萼相辉楼、沉香亭等。[14] 玩婵娟：指赏月。[15] 赏芳菲：赏花。[16] 天地奇灾：指安史之乱。[17] 剑门关：即剑阁，在四川剑阁县东北。唐玄宗由陕西出奔四川必经之地。尘蒙：即蒙尘，皇帝逃亡的雅称。[18] 马嵬（wéi）坡：在陕西兴平西，其地相传有晋人马嵬所筑的马嵬城故名。唐玄宗在马嵬坡被迫赐杨贵妃自缢。[19] 瘦骨穷骸：此是李龟年自指。[20]《霓裳》：指《霓裳羽衣曲》。剧中有唐玄宗与杨贵妃共同制《霓裳羽衣曲》事。[21] 六代：指吴、东晋、宋、齐、梁、陈诸王朝。[22] 霓裳人去：指杨贵妃死去。[23] 李謩（mó）：唐代著名笛师，李肇《国史补》有关于他的传说。元稹《连昌宫词》："李謩擪笛傍宫墙，偷得新翻数般曲。"[24] 滞：逗留，耽搁。[25] 帕子包首：白布包头，山西商人打扮。[26] 大古里：总是，总之。[27] 翻别调：改编新曲。[28] 西调：指山陕等西北一带的地方曲调。[29] 弘农：古郡名，在陕西、河南之间。史称杨贵妃为弘农华阴人。[30] 无那（nuò）：无限，非常。[31] 评跋：品评，评议。[32] 佚：美。《楚辞·离骚》："见有娀之佚女。"王逸注："佚，美也。"[33] 幽闲：温柔娴静。[34]"真个"句：形容杨贵妃脸比花娇，腰比柳柔。[35] 海峤（qiáo）：指海中高山。峤，尖而高的山。[36] 丹青：绘画颜料，此指画家。[37] 没两：没两样。[38] 镇日：整日。[39]"赛过"句：用李白《清平调》词其二"借问汉宫谁得似，可怜飞燕倚新妆"句。[40]"可正是"二句：此处用李白《宫中行乐词》其二"玉楼巢翡翠，珠殿锁鸳鸯"句。翡翠，鸟名。[41] 官家：指唐玄宗。颠不剌（là）：癫狂。不剌，语助词。憎不剌：糊里糊涂。[42] 百支支：指极多。[43] 厮当：相对。[44] 雪狮子向火：喻被迷醉而瘫软。[45] 双鬟：古代少女的两个环形发髻，指宫女。[46] 香檀：檀木拍板。[47] 骊珠：骊龙颔下之珠。此用以状音乐之美好难得。[48] 闲：闲雅。[49]"恰便似"二句：化用白居易《琵琶行》"间关莺语花底滑，幽咽泉流冰下难"句。弄（lòng），通"哢"，鸟鸣。关关，鸟相和鸣声。[50] 泠（líng）泠：象声词，泉水声，又形容声音清越。晋陆机《文赋》："文徽徽以溢目，音泠泠而盈耳。"清梵：清灵的诵经声。[51] 缑（gōu）岭：即缑氏山，在河南偃师东南。相传王子乔于此驾鹤成仙。后以"鹤唳"喻仙音。[52] 步虚：喻仙人腾空而行。珊珊：象声词，佩玉相击的声音。[53] 翠盘：一种舞蹈道具，人可立于其上表演。[54] 引得那君王带笑看：化用李白《清平调》词其三"长得君王带笑看"句。[55] 误任边将：指任用安禄山。[56] 委政权奸：指重用杨国忠。[57] 庙谟（mó）：朝政。谟，

计策，谋划。[58] 姚、宋：指唐玄宗开元年间的贤相姚崇、宋璟。[59] 出出律律：象声词，杂乱、连续不断。[60] 嗾（sǒu）：指使狗咬人的声音，又意教唆、指使别人做坏事。[61] 挨挨拶（zā）拶：拥挤不堪。延秋：唐代长安西门。或以为是延州之误。[62] 轰轰剨（huò）剨：喧闹声。剨，破裂声。[63] 紫宸（chén）：唐宋宫殿名，是帝王听政的地方。宸，帝王的住处。[64] 朱户：朱红色的大门。蟏蛸（xiāoshāo）：一种长脚小蜘蛛。[65] 玳瑁：龟类动物，其壳光滑可作饰品。玳瑁梁，即画梁。[66] 烧刀子：烧酒。[67] 诨（hùn）下：演员打诨下场。诨，指逗趣的话。[68] 开元皇帝：指唐玄宗。开元是唐玄宗的年号。[69] 贺家的怀智：与下文黄幡绰、雷海青、马仙期均为唐玄宗时期著名的宫中乐师。贺为琵琶高手，黄善谐谑、雷善琵琶、马擅方响（一种磬类打击乐器，以十六块铁片分两排挂于架上，用小槌打击发音）。[70] 失瞻：失敬。[71] 居停：寄寓之所。[72] “桃蹊”四句下场诗为集唐诗，分别集自张籍《无题》、白居易《偶题郑公》、刘禹锡《答杨八敬之绝句》、顾况《奉和韩公晦日呈诸判官》。

**【审美点评】**

本出曲辞用了多种修辞手法，【六转】、【七转】大量运用重叠的象声词和形容词，向为曲家激赏，清梁廷枏《曲话》卷三就赞曰：“读至《弹词》第六、七、八、九转，铁拨铜琶，悲凉慷慨，字字倾珠落玉而出。虽铁石人不能为之断肠，为之下泪！笔墨之妙，其感人一至于此，真观止矣！”

# 孔尚任

孔尚任（1648—1718），字聘之，又字季重、东塘，别号岸堂，自称云亭山人，山东曲阜人。康熙二十三年（1684）圣祖玄烨幸鲁，孔尚任充讲书官得到皇帝提拔，授国子监博士，奉命从刑部侍郎孙在丰疏浚海口，居留三年，结识了冒襄、杜濬、蒋易等前朝遗老。康熙二十九年（1609）还朝，迁户部主事，升员外郎。康熙三十八年（1699）作成《桃花扇》，次年以“疑案”罢官。著作颇丰，有《孔岸堂文集》、《湖海集》等。剧作除《桃花扇》外，还有与顾彩合撰的《小忽雷》。

## 桃花扇

### 却奁

**【题解】**《桃花扇》传奇“借离合之情，写兴亡之感”（《桃花扇》试一出《先声》），借秦淮歌妓李香君与复社文人侯方域的爱情故事来反映南明王朝的兴亡。剧末男女主人公相会于栖霞山，但却在张道士的棒呵下双双顿悟出家，将国家的利益放在个人的情爱之上，脱却团圆俗套。《却奁》是《桃花扇》第七出，写阮大铖利用杨文骢去巴结、笼络侯方域，为李香君置办妆奁。李香君得知是阮大铖出资，毅然退掉妆奁。

癸未三月[1]

（杂扮保儿掇马桶上[2]）龟尿龟尿，撒出小龟；鳖血鳖血，变成小鳖。龟尿鳖血，看不分别；鳖血龟尿，说不清白。看不分别，混了亲爹；说不清白，混了亲伯。（笑介）胡闹，胡闹！昨日香姐上头[3]，乱了半夜；今日早起，又要刷马桶，倒溺壶，忙个不了。那些孤老、表子[4]，还不知搂到几时哩。（刷马桶介）

【夜行船】（末）人宿平康深柳巷[5]，惊好梦门外花郎[6]。绣户未开，帘钩才响，春阻十层纱帐。

下官杨文骢[7]，早来与侯兄道喜。你看院门深闭，侍婢无声，想是高眠未起。（唤介）保儿，你到新人窗外，说我早来道喜。（杂）昨夜睡迟了，今日未必起来哩。老爷请回，明日再来罢。（末笑介）胡说！快快去问。（小旦内问介）保儿！来的是那一个？（杂）是杨老爷道喜来了。（小旦忙上）倚枕春宵短，敲门好事多。（见介）多谢老爷，成了孩儿一世姻缘。（末）好说。（问介）新人起来不曾？（小旦）昨晚睡迟，都还未起哩。（让坐介）老爷请坐，待我去催他。（末）不必，不必。（小旦下）

【步步娇】（末）儿女浓情如花酿，美满无他想，黑甜共一乡[8]。可也亏了俺帮衬[9]，珠翠辉煌，罗绮飘荡，件件助新妆，悬出风流榜。

（小旦上）好笑，好笑！两个在那里交扣丁香[10]，并照菱花。梳洗才完，穿戴未毕。请老爷同到洞房，唤他出来，好饮扶头卯酒[11]。（末）惊却好梦，得罪不浅。（同下）（生、旦艳妆上）

【沉醉东风】（生、旦）这云情接着雨况，刚搔了心窝奇痒，谁搅起睡鸳鸯。被翻红浪，喜匆匆满怀欢畅。枕上余香，帕上余香，消魂滋味，才从梦里尝。

（末、小旦上）（末）果然起来了，恭喜，恭喜！（一揖，坐介）（末）昨晚催妆拙句[12]，可还说的入情么。（生揖介）多谢！（笑介）妙是妙极了，只有一件。（末）那一件？（生）香君虽小，还该藏之金屋。（看袖介）小生衫袖，如何着得下？（俱笑介）（末）夜来定情，必有佳作。（生）草草塞责，不敢请教。（末）诗在那里？（旦）诗在扇头。（旦向袖中取出扇介）（末接看介）是一柄白纱宫扇[13]。（嗅介）香的有趣。（吟诗介）妙，妙！只有香君不愧此诗。（付旦介）还收好了。（旦收扇介）

【园林好】（末）正芬芳桃香李香，都题在宫纱扇上；怕遇着狂风吹荡，须紧紧袖中藏，须紧紧袖中藏。

（末看旦介）你看香君上头之后，更觉艳丽了。（向生介）世兄有福[14]，消此尤物[15]。（生）香君天姿国色，今日插了几朵珠翠，穿了一套绮罗，十分花貌，又添二分，果然可爱。（小旦）这都亏了杨老爷帮衬哩。

【江儿水】送到缠头锦[16]，百宝箱，珠围翠绕流苏帐[17]，银烛笼纱通宵亮，金杯劝酒合席唱。今日又早早来看，恰似亲生自养，赔了妆奁，又早敲门来望。

（旦）俺看杨老爷，虽是马督抚至亲[18]，却也拮据作客，为何轻掷金钱，来填烟花之窟？在奴家受之有愧，在老爷施之无名；今日问个明白，以便图报。（生）香君问得有理，小弟与杨兄萍水相交，昨日承情太厚，也觉不安。（末）既蒙问及，小弟只得实告了。这些妆奁酒席，约费二百余金，皆出怀宁之手[19]。（生）那个怀宁？（末）曾做过光禄的阮圆海。（生）是那皖人阮大铖么？（末）正是。（生）他为何这样周旋[20]？（末）不过欲纳交足下之意[21]。

【五供养】（末）羡你风流雅望，东洛才名，西汉文章[22]。逢迎随处有，争看坐车郎[23]。秦淮妙处，暂寻个佳人相傍，也要些鸳鸯被、芙蓉妆；你道是谁的，是那南邻大阮嫁衣全忙[24]。

（生）阮圆老原是敝年伯[25]，小弟鄙其为人，绝之已久。他今日无故用情，令人不解。（末）圆老有一段苦衷，欲见白于足下。（生）请教。（末）圆老当日曾游赵梦白之门[26]，原是吾辈。后来结交魏党，只为救护东林，不料魏党一败[27]，东林反与之水火。近日复社诸生[28]，倡论攻击，大肆殴辱，岂非操同室之戈乎[29]？圆老故交虽多，因其形迹可疑，亦无人代为分辩。每日向天大哭，说道："同类相残，伤心惨目，非河南侯君，不能救我。"所以今日谆谆纳交[30]。（生）原来如此，俺看圆海情辞迫切，亦觉可怜。就便真是魏党，悔过来归，亦不可绝之太甚，况罪有可原乎。定生、次尾[31]，皆我至交，明日相见，即为分解[32]。（末）果然如此，吾党之幸也。（旦怒介）官人是何说话，阮大铖趋附权奸，廉耻丧尽；妇人女子，无不唾骂。他人攻之，官人救之，官人自处于何等也？

【川拨棹】不思想，把话儿轻易讲。要与他消释灾殃，要与他消释灾殃，也堤防旁人短长[33]。官人之意，不过因他助俺妆奁，便要徇私废公；那知道这几件钗钏衣裙，原放不到我香君眼里。（拔簪脱衣介）脱裙衫，穷不妨；布荆人[34]，名自香。

（末）阿呀！香君气性，忒也刚烈。（小旦）把好好东西，都丢一地，可惜，可惜！（拾介）（生）好，好，好！这等见识，我倒不如，真乃侯生畏友也[35]。（向末介）老兄休怪，弟非不领教，但恐为女子所笑耳。

【前腔】（生）平康巷，他能将名节讲；偏是咱学校朝堂，偏是咱学校朝堂[36]，混贤奸不问青黄[37]。那些社友平日重俺侯生者，也只为这点义气；我若依附奸邪，那时群起来攻，自救不暇，焉能救人乎。节和名，非泛常；重和轻，须审详。

（末）圆老一段好意，也还不可激烈。（生）我虽至愚，亦不肯从井救人[38]。（末）既然如此，小弟告辞了。（生）这些箱笼，原是阮家之物，香君不用，留之无益，还求取去罢。（末）正是"多情反被无情恼[39]，乘兴而来兴尽还[40]"。（下）（旦恼介）（生看旦介）俺看香君天姿国色，摘了几朵珠翠，脱去一套绮罗，十分容貌，又添十分，更觉可爱。（小旦）虽如此说，舍了许多东西，倒底可惜。

【尾声】金珠到手轻轻放，惯成了娇痴模样，辜负俺辛勤做老娘。

（生）些须东西，何足挂念，小生照样赔来。（小旦）这等才好。

（小旦）花钱粉钞费商量[41]，（旦）裙布钗荆也不妨；

（生）只有湘君能解佩[42]，（旦）风标不学世时妆[43]。

《古本戏曲丛刊五集》影印康熙刊本

**【注释】**

[1]癸（guǐ）：天干的末位，用以纪年、月、日。未：地支第八位，与天干相配用以纪年。[2]保儿：妓院里的佣人。下面一段宾白是出场时的打诨语。[3]上头：此指结婚。旧指女子出嫁时将头发拢上去结成发髻，作成人装束，又叫及笄。妓女第一次接客也称上头。[4]孤老：指长期固定的嫖客。表子：指妓女。[5]平康、柳巷：均指妓院。平康，唐代长安里名，为妓女聚居之处，后多泛指妓院。柳巷，妓馆会集处为柳巷。[6]花郎：指卖花人。[7]杨文骢：字龙友，贵州贵阳人。善画，弘光朝任常、镇二府巡抚；南明福王立，官兵备副使；后随唐王抗清，兵败不屈被杀。[8]黑甜共一乡：意为一齐熟睡。苏轼《发广州》诗："一枕黑甜余"，自注："俗称睡是黑甜。"[9]帮衬：在人力或物力方面帮忙。[10]丁香：即打成丁香结的纽扣，又称丁香结。[11]扶头卯酒：早晨卯时（五点至七点）前后为清醒头脑、振奋精神所饮的第一次酒。姚合《答友人招游》："赌棋招敌手，沽酒自扶头。"或云是酒名。[12]催妆拙句：杨龙友指自己在侯、李新婚夜送的贺诗。催妆，古代风俗，新婚之夜，贺者赋诗以催促新娘梳妆。杨龙友贺诗为："生小倾城是李香，怀中婀娜袖中藏。缘何十二巫峰女，梦里偏来见楚王。"[13]宫扇：即团扇，宫中多用，故曰宫扇。[14]世兄：有世交的平辈人互称。[15]尤物：特殊的人物，珍贵的物品，常用来指绝色女子。[16]缠头锦：这里指杨文骢给李香君送来的妆奁。[17]流苏帐：以流苏装饰的帐子。流苏，彩色丝线或羽毛所做的穗状垂饰。[18]马督抚：即马士英。杨龙友是马士英妻弟，故曰"至亲"。[19]怀宁：即阮大铖。[20]周旋：照顾，周济。[21]纳交：以财物礼品相结交。[22]"东洛"二句：赞誉侯方域的才名大，文章写得好。东洛才名，指晋代文学家左思，他写成《三都赋》，人们争相传抄，致使洛阳纸贵。西汉文章，指司马迁、司马相如等人，以辞赋名世。[23]坐车郎：本指西晋潘岳。此借指同样美姿仪的侯方域。[24]南邻大阮：此代指阮大铖。晋阮籍、阮咸叔侄，时称大小阮。《世说新语·任诞》载阮籍、阮咸居道南，诸阮居道北。道北富，道南贫。[25]年伯：与父亲同年次科举考中之人，称年伯。阮大铖与侯

方域的父亲侯恂同年，因而侯方域称阮为年伯。[26] 赵梦白：即赵南星，字梦白，号侪鹤，明末高邑（今河北元氏）人，明万历进士，东林党的领袖人物之一。熹宗时官吏部尚书，为魏忠贤所忌，充军代州而死。[27] 魏党：以宦官魏忠贤为首的阉党。[28] 复社：明天启年间成立，以张溥为其领袖，代表中小地主利益的政治、文化团体。该社是东林党的余脉，除讲学外，对魏阉余党屡加抨击，被阉党所忌恨。[29] 操同室之戈：指内部互相倾轧。[30] 谆谆：殷勤。[31] 定生：指陈贞慧。次尾：指吴应箕。二人都是复社成员，曾草写《留都防乱檄》声讨阮大铖。[32] 分解：辩解。[33] 短长：指旁人说长道短的议论。[34] 布荆人：指穿布裙、戴荆钗的人，是古代贫穷妇女的打扮。此处香君自指。[35] 畏友：方正刚直，敢于当面规劝、批评朋友，令人生畏的人。[36] 学校朝堂：指读书做官的人。[37] 青黄：是非黑白。[38] 从井救人：跳下深井救人，非但不能救起别人，自己也会同归于尽，比喻无益于人有损于己。这里指不顾自己的名节去救助别人。[39] "多情"句：借用苏轼《蝶恋花》词句。多情，指阮大铖想结交侯方域。无情，指李香君却奁。[40] "乘兴"句：东晋王子猷雪夜乘船去拜访好友戴安道，到了戴家后却不入门而折回，并说："乘兴而来，兴尽而返，何必见戴。"[41] 花钱粉钞：用于买花、粉装饰之资，此指置办妆奁之资。[42] 解珮：指香君却奁。屈原《楚辞·九歌·湘君》："遗余珮兮澧浦。"珮，衣带上的佩饰，借指妆奁。[43] 风标：风姿仪态。

**【审美点评】**

《却奁》成功地运用对比和衬托的手法塑造了风尘奇女子李香君的形象。香君政治立场坚定，与侯方域言行动摇形成对比，衬托出香君以节操自重的人品和不为利诱的刚烈性格；与饱读诗书的杨文聪对比，衬托出香君的凛然正气；与假母李贞丽的贪财形成对比，衬托出香君风标绝世的韵度。

## 沉　江

**【题解】**《沉江》是《桃花扇》第三十八出，写史可法壮烈殉国。为避免在舞台上出现史可法被清兵杀害的场景，将史可法之死改为沉江。本出歌颂了史可法崇高的爱国思想和视死如归的不屈精神。

乙酉五月[1]

**【锦缠道】**（外扮史可法，毡笠急上。回头望介）望烽烟，杀气重，扬州沸喧；生灵尽席卷[2]，这屠戮皆因我愚忠不转。兵和将，力竭气喘，只落了一堆尸软。俺史可法率三千子弟，死守扬州，那知力尽粮绝，外援不至。北兵今夜攻破北城，俺已满拚自尽[3]。忽然想起明朝三百年社稷，只靠俺一身撑持，岂可效无益之死，舍孤立之君。故此缒下南城[4]，直奔仪真[5]，幸遇一只报船[6]，渡过江来。（指介）那城阙隐隐，便是南京了；可恨老腿酸软，不能走动，如何是好。（惊介）呀！何处走来这匹白骡，待俺骑上，沿江跑去便了。（骑骡，折柳作鞭介）跨上白骡鞴，空江野路，哭声动九原[7]。日近长安远[8]，加鞭，云里指宫殿。

（副末扮老赞礼背包裹跑上[9]）残年还避乱，落日更思家。（外撞倒副末介）（副末）阿哟哟！几乎滚下江去。（看外介）你这位老将爷好没眼色！（外下骡扶起介）得罪，得罪！俺且问你，从那里来的？（副末）南京来的。（外）南京光景如何？（副末）你还不知，皇帝老子逃去两三日了。目下北兵过江，满城大乱，城门都关的。（外惊介）阿呀，这等去也无益矣！（大哭介）皇天后土，二祖列宗，怎的半边江山也不能保住呀。（副末惊介）听他哭声，倒像是史阁部[10]。（问介）你是史老爷么？（外）下官便是。你如何认得？（副末）小人是太常寺一个老赞礼，曾在太平门外伺候过老爷的。（外认介）是呀！那日恸哭先帝，便是老兄了。（副末）不敢。请问老爷，为何这般狼狈！（外）今夜扬州失陷，才从城头缒下来的。（副末）要向那里去？（外）原要南京保驾，不想圣上也走了。（顿足哭介）

【普天乐】撇下俺断篷船，丢下俺无家犬；叫天呼地千百遍，归无路，进又难前。（登高望介）那滚滚雪浪拍天，流不尽湘累怨[11]。（指介）有了，有了！那便是俺葬身之地。胜黄土，一丈江鱼腹宽展[12]。（看身介）俺史可法亡国罪臣，那容得冠裳而去[13]。（摘帽，脱袍、靴介）摘脱下袍靴冠冕。（副末）我看老爷竟像要寻死的模样。（拉住介）老爷三思，不可短见呀！（外）你看茫茫世界，留着俺史可法何处安放。累死英雄，到此日看江山换主，无可留恋。

（跳入江翻滚下介）（副末呆望良久，抱靴、帽、袍服哭叫介）史老爷呀，史老爷呀！好一个尽节忠臣，若不遇着小人，谁知你投江而死呀！（大哭介）（丑扮柳敬亭，携生忙上）偷生辞狱吏[14]，避乱走天涯。（末扮陈贞慧，小生扮吴应箕，携手忙上）日日争门户，今年傍那家。（生呼介）定兄，次兄，日色将晚，快些走动。（末、小生）来哉。（丑）我们出狱，不觉数日，东藏西躲，终无栖身之地。前面是龙潭江岸[15]，大家商量，分路逃生罢！（末）是，是。（见副末介）你这位老兄，为何在此恸哭？（副末）俺也是走路的，适才撞见史阁部老爷投江而死，由不的伤心哭他几声。（生）史阁部怎得到此？（副末）今夜扬州城陷，逃到此间，闻的皇帝已走，跺了跺脚[16]，跳下江去了。（生）那有此事？（副末指介）这不是脱下的衣服、靴、帽么！（丑看介）你看衣裳里面，浑身朱印[17]。（生）待俺认来。（读介）"钦命总督江北等处兵马内阁大学士兼兵部尚书印"。（生惊哭介）果然是史老先生。（末）设上衣冠，大家哭拜一番。（副末设衣冠介）（众拜哭介）

【古轮台】（合）走江边，满腔愤恨向谁言。老泪风吹面，孤城一片，望救目穿。使尽残兵血战，跳出重围，故国苦恋，谁知歌罢剩空筵。长江一线，吴头楚尾路三千[18]。尽归别姓，雨翻云变。寒涛东卷，万事付空烟。精魂显，大招声逐海天远[19]。

（生拍衣冠大哭介）（丑）阁部尽节，成了一代忠臣。相公不必过哀，大家分手罢！（生指介）你看一望烟尘[20]，叫小生从那里归去？（末）我两人绕道前来，只为送兄过江；今既不能北上，何不随俺南行。（生）这纷纷乱世，怎能终始相依。倒是各人自便罢！（小生）侯兄主意若何？（生）我和敬亭商议，要寻一深山古寺，暂避数日，再图归计。（副末）我老汉正要向栖霞山去[21]，那边地方幽僻，尽可避兵，何不同往？（生）这等极妙了。（末、小生）侯兄既有栖身之所，我们就此作别罢！（拜别介）伤心当此日，会面是何年。（末、小生掩泪下）（生问副末介）你到栖霞山中，有何公干？（副末）不瞒相公说，俺是太常寺一个老赞礼，只因太平门外哭奠先帝之日，那些文武百官，虚应故事[22]；我老汉动了一番气恼，当时约些村中父老，捐施钱粮，赶着这七月十五日[23]，要替崇祯皇帝建一个水陆道场[24]。不料南京大乱，好事难行，因此携着钱粮，要到栖霞山上，虔请高僧[25]，了此心愿。（丑）好事，好事！（生）就求携带同行便了！（副末）待我收拾起这衣服、靴、帽着。（丑）这衣服、靴、帽，你要送到何处去？（副末）我想扬州梅花岭[26]，是他老人家点兵之所[27]，待大兵退后，俺去招魂埋葬，便有史阁部千秋佳城了[28]。（生）如此义举，更为难得。（副末背袍、靴等，生、丑随行介）

【余文】山云变，江岸迁，一霎时忠魂不见，寒食何人知墓田。

（副末）千古南朝作话传[29]，（丑）伤心血泪洒山川；

（生）仰天读罢招魂赋[30]，（副末）扬子江头乱暝烟[31]。

《古本戏曲丛刊五集》影印康熙刊本

【注释】

[1]乙酉：天干与地支相配以纪年、月、日。乙是天干第二位，酉是地支第十位。[2]生灵尽席卷：意谓百姓被杀尽。[3]满拚（pīn）自尽：决意要自杀。拚，不惜一切地争斗。后作"拼"。[4]缒（zhuì）下：用绳子悬下。[5]仪真：今江苏仪征。[6]报船：传递文书信息之船。[7]九原：九州大地。[8]日近长安远：《世说新语·夙惠》："晋明帝数岁，坐元帝膝上，有人从长安来……因问明帝：'汝意长安何如日远？'答曰：'日远。不闻人从日边来，居然可知。'元帝异之。明日，集群臣宴会，告以此意，更重问之。乃答曰：'日近。'元帝失色，曰：'尔何故异昨日之言邪？'答曰：'举目见日不见长安。'"长安，泛指京城，此指南京。[9]赞礼：官名，举行典礼时宣唱仪节者。[10]史阁部：史可法（1601—1645），字宪之，又字道邻，祥符（今河南开封）人，崇祯间进士。弘光朝，督师扬州，以身殉城。阁部，明清时内阁大臣的别称。史可法在南明任兵部尚书，以东阁大学士入阁参政，人称史阁部。[11]湘累（lèi）：指屈原。累，无辜而被迫致死的人。屈原投湘水而死，故称湘累。[12]"胜黄土"二句：指屈原投江而死，葬在鱼腹，胜于死埋黄壤。[13]冠裳：指官吏的全套礼服，此指穿着官服死去。[14]狱吏：旧时管理监狱的小吏。[15]龙潭：地名，在南京城东江边。[16]跢（duò）：即"踱"字，指顿脚。[17]朱印：朱色印记。[18]吴头楚尾：本指今江西北部，春秋时位于吴的上游、楚的下游，这

里泛指南明国土。[19]"精魂"二句：史可法虽死，但其精神长在。大招：《楚辞》中的名篇，后用以泛指招魂或悼念之辞。[20]一望：指目力所及的范围。[21]栖霞山：又称摄山，位于南京城东北约二十里。[22]故事：先例，旧日的典章制度。[23]七月十五日：此日是传统的鬼节，生人祭奠亡魂。[24]水陆道场：也称水陆斋，佛教法会的一种，指僧尼设坛讲经，礼佛拜忏，设斋供奉，以超度水陆一切亡灵。[25]僧：底本作"工"。[26]梅花岭：在扬州广储门外，有史可法的衣冠冢。[27]点兵：检点兵马。[28]千秋佳城：指坟墓。[29]南朝：宋、齐、梁、陈四朝总称南朝，因都建都于南京，也借指南京。此泛称南明。[30]招魂赋：《楚辞》有《招魂》篇，汉王逸《题解》："《招魂》者，宋玉之所作也……宋玉怜哀屈原，忠而斥弃，愁懑山泽，魂魄放佚，厥命将落。故作《招魂》，欲以复其精神，延其年寿。"[31]暝：黄昏，傍晚。

**【审美点评】**

《沉江》一折悲壮苍凉，个人的命运与民族国家的命运休戚与共，国破则家亡，个人漂泊无依。梁启超评价说："《桃花扇》沉痛之调，以《哭主》、《沉江》两出为最。《哭主》叙北朝之亡，《沉江》叙南朝之亡也。"并特别激赞《哭主》的两支【胜如花】和《沉江》的【普天乐】、【古轮台】数曲，说："此数折者，余每一读之，辄觉酸泪盈盈，承睫而欲下。文章之感人，一至此耶！"（《小说丛话》）

# 沈德潜

沈德潜（1673—1769），字确士，号归愚，长洲（今苏州）人。久困于科场，至乾隆四年（1739）始中进士，任内阁学士兼礼部侍郎，以能诗受康熙帝宠幸。论诗主格调，提倡温柔敦厚之诗教。其诗多歌功颂德之作，少数篇章对民间疾苦有所反映。曾评选《古诗源》、《唐诗别裁》、《明诗别裁》、《清诗别裁》等，流传颇广。有《沈归愚诗文全集》。

## 梅 花

**【题解】**诗作于作者未考中进士之前。写早春傍晚梅花初现的景象和感受，在"惜花"中感慨岁月的流逝。

残雪初消欲暝天[1]，几枝冷艳破春妍。山边村落涧边路，篱外幽香竹外烟。自我相思经一载，与君偕隐已多年。惜花兼怕催人老，扶杖更深看不眠。

**【注释】**

[1] 欲暝天：即天色将黑。卢照邻《葭川独泛》："山暝行人断。"

**【审美点评】**

梅花开了，春天即将来临，来临就意味着失去。诗人的敏感缘于年纪老大。这种以梅花惜时的情怀，成为梅花诗中的别调。

# 刈麦行

**【题解】** 康熙四十七年至四十八年（1708—1709），吴中地区灾荒不断，土地歉收，民生凋敝。作者诗中有记："旱涝频仍后，三吴风景殊。……瘠土农皆散，平田麦已芜。""疠疫连三月，灾荒历二年。空村多鬼语，茅屋少炊烟。"（《夏日述感七首》之一和之三）四十九年（1710），终于迎来了期盼已久的丰收，作者喜极而作此诗。通过对忙碌的收割场面描写，展现了农民乍获丰收的激动心情。

前年麦田三尺水，去年麦田半枯死。今年二麦俱有秋[1]，高下黄云遍千里[2]。磨镰霍霍割上场，妇子打晒田家忙。纷纷落硙白于雪[3]，瓦甑时闻饼饵香[4]。老农食罢吞声哭[5]，三年乍见今年熟[6]。

《续修四库全书》本《归愚诗钞》卷八

**【注释】**

[1] 二麦：大麦和小麦。有秋：均有收获，此指都丰收。[2] 黄云：指大片成熟的麦田。成熟时麦浪滚滚，故以黄云为喻。[3] 硙（wèi）：石磨。[4] 饼饵：泛指饼类食物。[5] 吞声哭：无声地哭泣。唐杜甫《哀江头》："杜陵野老吞声哭。"[6] 乍见：才见到，此指才盼到。

**【审美点评】**

三年的灾难，三年的煎熬，三年的苦盼，终于迎来了今日的丰收。于是黄云遍野成了最美的风景，磨镰霍霍成了最动听的音乐，饼饵干粮成了最香的美味，妇子打晒成了最欢快的韵律。收获的激动是怎样的呢？不是浅薄的高歌载舞，而是无言的"吞声哭"，真可谓"此时无声胜有声"了。

# 厉 鹗

厉鹗（1692—1752），字太鸿，又字雄飞，号樊榭，钱塘（今杭州）人。康熙五十九年（1720）举人，次年会试不第。乾隆元年（1736）举博学鸿词，无功。一生贫病多磨，以授徒、吟咏、著书为业。诗词俱佳，诗宗宋人，风格孤淡瘦劲，幽冷清隽；词宗姜夔、张炎，尚醇雅，求清空。有《樊榭山房集》、《宋诗纪事》。

# 灵隐寺月夜

【题解】灵隐寺在杭州灵隐山东南麓。相传晋代有印度僧人慧理来杭州，见此山峰奇秀，认为是"仙灵所隐"，因山起寺，名灵隐寺。寺前有飞来峰，寺中有冷泉亭诸名胜，环境十分清幽。康熙五十五年（1716），作者馆于杭州汪氏听雨楼，因作此诗。诗写灵隐寺月夜，意境清幽，超俗绝尘。

夜寒香界白[1]，涧曲寺门通。月在众峰顶[2]，泉流乱叶中。一灯群动息[3]，孤磬四天空[4]。归路畏逢虎，况闻岩下风[5]。

《四部丛刊》本《樊榭山房集·樊榭诗集》卷一

【注释】

[1] 香界：指佛寺。明杨慎《丹铅总录·琐语》："佛寺曰香界。"白：月照如霜。[2] 众峰：灵隐寺周有北高峰、南高峰、飞来峰。[3] 一灯：指佛殿中长明灯。群动息：语本陶渊明《饮酒》诗："日入群动息。"谓万籁俱寂。[4] 磬（qìng）：佛寺中使用的一种钵状物，为念经时的打击乐器。四天：指四禅天，佛教所谓色界诸天，即整个天空。[5] 岩下风：指虎。俗谓"云从龙，风从虎"。

【审美点评】

颈联"诗中有画，足为灵隐寺写照"（王文濡《清诗评注读本》卷五），在声色俯仰之中，突出了佛寺的空幽冷寂。

# 忆旧游

【题解】此词为作者游杭州西溪所作。词写西溪之秋色、秋意，抒发乐于隐居的意趣。

辛丑九月既望[1]，风日清霁，唤艇自西堰桥[2]，沿秦亭、法华[3]，湾洄以达于河渚[4]。时秋芦作花，远近编目[5]。回望诸峰，苍然如出晴雪之上。庵以秋雪名，不虚也。乃假僧榻，偃仰终日，唯闻棹声掠波往来，使人绝去世俗营竞所在。向晚宿西溪田舍[6]，以长短句纪之。

溯溪流云去，树约风来，山翦秋眉[7]。一片寻秋意，是凉花载雪[8]，人在芦漪。楚天旧愁多少，飘作鬓边丝[9]。正浦溆苍茫[10]，闲随野色，行到禅扉[11]。 忘机[12]，悄无语，坐雁底焚香[13]，蛩外弦诗[14]。又送萧萧响[15]，尽平沙霜信[16]，吹上僧衣。凭高一声弹指[17]，天地入斜晖。已隔断尘喧，门前弄月渔艇归。

《四部丛刊》本《樊榭山房集·樊榭诗集》卷九

## 【注释】

[1] 辛丑：康熙六十年（1721）。既望：阴历每月十六。[2] 西堰桥：桥名，当距西湖灵隐寺不远。[3] 秦亭：山名，灵隐寺后约一里。法华：秦亭山之支脉。[4] 湾洄：河道弯曲。[5] 缟目：满眼白色。[6] 西溪：杭州风景胜地，地处灵隐寺西北。[7] 秋眉：秋山。因眉的形状像山，故云。[8] 凉花载雪：白色芦花成片聚集，有如白雪。因是秋天，故称凉花。[9] "楚天"二句：因芦花引起的伤感，使人衰老。自宋玉《九辩》首开悲秋主题后，历代都有悲秋之作，故作者云"楚天旧愁"。[10] 浦溆（pǔ xù）：水边。[11] 禅扉：即秋雪庵。[12] 忘机：道家语，意谓消除机巧之心。[13] 坐雁底焚香：焚香默坐，听大雁声。[14] 蛩（qióng）外弦诗：伴随着蟋蟀的鸣叫而赋诗。[15] 萧萧响：风吹芦荻的声响。[16] 平沙霜信：取古琴曲《平沙落雁》意。此曲意在借大雁之远志，写隐士之心。[17] 一声弹指：即一刹那。弹指，佛家语，喻时间短暂。

## 【审美点评】

旧游之所以历历在目，盖在于印象深刻。秋日西溪，山剪秋眉，流云飘动，凉花载雪，浦溆苍茫。当此际，闲随野色，行到禅扉，怎能不忘机？远处渔艇晚归，天地间刹那宁静，真可绝世俗尘想。

# 方 苞

方苞（1668—1749），字凤九，号灵皋，晚号望溪，安徽桐城人。少年聪慧好学，康熙三十八年（1689）举乡试第一，康熙四十五年（1706）进士，因戴名世《南山集》案被牵连入狱，论死，得李光地力救得免。后历仕康、雍、乾三朝，官至礼部右侍郎。论文主张"义法"。他的散文理论后经刘大櫆扩充，姚鼐完善，形成桐城派系统的古文理论。有《方望溪先生全集》。

## 左忠毅公逸事

【题解】左忠毅即左光斗，字遗直，安徽桐城人，万历进士，官御史，因上书弹劾魏忠贤，被诬入狱，受酷刑，惨死狱中。弘光朝谥为忠毅。文章通过左光斗鲜为人知的两件小事，展现其识人的慧眼和以国事为重、不计生死荣辱的品格。

先君子尝言[1]，乡先辈左忠毅公视学京畿[2]，一日，风雪严寒，从数骑出微行，入古寺。庑下一生伏案卧[3]，文方成草；公阅毕，即解貂覆生[4]，为掩户。叩之寺僧，则史公可法也。及试，吏呼名至史公，公瞿然注视[5]，呈卷，即面署第一[6]。召入，使拜夫人，曰："吾诸儿碌碌，他日继吾志事，惟此生耳。"

及左公下厂狱[7]，史朝夕狱门外。逆阉防伺甚严，虽家仆不得近。久之，闻左公被炮烙[8]，旦夕且死；持五十金，涕泣谋于禁卒，卒感焉。一日，使史更敝衣草屦，背筐，手长镵[9]，为除不洁者。引入，微指左公处。则席地倚墙而坐，面额焦烂不可辨，左膝以下，筋骨尽脱矣。史前跪，抱公膝而呜咽。公辨其声而目不可开，乃奋臂以指拨眦，目光如炬，怒曰："庸奴[10]！此何地也？而汝来前！国家之事，糜烂至此。老夫已矣，汝复轻身而昧大义[11]，天下事谁可支拄者！不速去，无俟奸人构陷，吾今即扑杀汝！"因摸地上刑械，作投击势。史噤不敢发声，趋而出。后常流涕述其事，以语人曰："吾师肺肝，皆铁石所铸造也。"

崇祯末，流贼张献忠出没蕲、黄、潜、桐间[12]，史公以凤庐道奉檄守御[13]。每有警，辄数月不就寝，使将士更休，而自坐幄幕外。择健卒十人，令二人蹲踞而背倚之，漏鼓移，则番代[14]。每寒夜起立，振衣裳，甲上冰霜迸落，铿然有声。或劝以少休，公曰："吾上恐负朝廷，下恐愧吾师也。"

史公治兵，往来桐城，必躬造左公第，候太公、太母起居[15]，拜夫人于堂上。

余宗老涂山[16]，左公甥也，与先君子善，谓狱中语，乃亲得之于史公云。

《四部丛刊》本《方望溪先生文集》卷九

【注释】

[1] 先君子：作者称已去世的父亲。[2] 视学京畿（jī）：负责京城及附近地区的学政。[3] 庑（wǔ）下：廊屋下。[4] 解：脱下。[5] 瞿（jù）然：惊视貌。[6] 面署第一：当面批为第一名。[7] 厂狱：明朝特务机关东厂监狱，负责缉查谋反等案件。[8] 炮烙：烧烫的酷刑。[9] 镵（chán）：铲子。[10] 庸奴：见识浅陋之人。[11] 昧：头脑不清、糊涂。[12] 张献忠：字秉忠，

明末农民起义领袖，曾建立大西政权。蕲、黄、潜、桐：指今湖北蕲春、黄冈、安徽潜山、桐城。[13] 以凤庐道：以统辖凤阳府、庐州府的道员身份。凤阳府，今安徽凤阳。庐州府，今安徽合肥。明清两代分一省为若干道，道的长官俗称道员。[14] "漏鼓移"二句：过了一更次就轮流替换。漏，计时的滴漏。鼓，打更的鼓。番代，轮换。[15] 太公、太母：左光斗的父母。[16] 宗老涂山：同族的长辈号涂山的。涂山，名文，方苞族祖父。

**【审美点评】**

左光斗一生事迹有很多，作者选取与史可法有关系的事件写其神：发现史可法足见其智，激励史可法可见其勇，描写史可法忠于国事见其精神传承，事事写史可法，处处见左光斗，这正是方苞为文讲求"义法"的最好实践。

# 姚　鼐

姚鼐（1731—1815），字姬传，世称惜抱先生，安徽桐城人。乾隆二十八年（1763）进士，官刑部郎中，又入选《四库全书》纂修官，后乞病告归。此后四十余年，主讲扬州梅花、安庆敬敷、歙县紫阳、江宁钟山等诸书院，奖掖后进，影响深远。论文主张"义理"、"考据"、"辞章"三者合一，"必兼收之乃足为善"（《复秦小岘书》）。师法方苞，上溯欧阳修、曾巩，并辑《古文辞类纂》，是桐城派的集大成者。古文创作雅洁明晰，富于韵味。有《惜抱轩全集》。

## 袁随园君墓志铭并序

**【题解】**墓志铭由志和铭两部分组成。志多用散文撰写，叙述逝者的姓名、籍贯、生平事略，似传记；铭则用韵文概括全篇，是对逝者一生的悼念和赞颂。袁随园，即袁枚。作者的诗文主张与袁枚颇多抵牾，但并不影响两人的私交。袁枚卒后，颇受诋毁，但作者认为"其（指袁枚）文章风流可取，亦何害于作志乎？"（陈用光《姚先生行状》）因撰此文，对袁枚的才学、品德及政绩予以肯定。

君钱塘袁氏，讳枚，字子才。其仕任官有名绩矣。解官后，作园江宁西城居之[1]，曰随园[2]。世称随园先生，乃尤著云。祖讳锜。考讳滨[3]，叔父鸿，皆以贫游幕四方[4]。君之少也，为学自成。年二十一，自钱塘至广西，省叔父于巡抚幕中[5]。巡抚金公鉷一见异之[6]，试以《铜鼓赋》立就，甚瑰丽。会开博学鸿词科，即举君。时举二百余人，惟君最少，及试报罢。中乾隆戊午科顺天乡试[7]，次年成进士[8]，改庶吉士[9]，散馆又改发江南为知县，最后调江宁知县。江宁故巨邑难治。时尹文端公为总督[10]，最知君才，君亦遇事尽其能，无所回避，事无不举矣。既而去职家居，再起发陕西，甫及陕[11]，遭父丧归，终居江宁。

君本以文章入翰林有声，而忽摈外；及为知县著才矣，而仕卒不进。自陕归，年甫四十，遂绝意仕宦，尽其才以为文辞歌诗，足迹造东南山水佳处皆遍，其瑰奇幽邈，一发于文章，以自喜其意。四方士至江南，必造随园，投诗文几无虚日。君园馆花竹水石，幽深静丽，至栀槛器具皆精好[12]，所以待宾客者甚盛。与人留连不倦，见人善，称之不容口。后进少年，诗文一言之美，君必能举其词，为人诵焉。

君古文、四六体[13]，皆能自发其思，通乎古法。于为诗尤纵才力所至，世人心所欲出不能达者，悉为达之。士多效其体，故《随园诗文集》，上自朝廷公卿，下至市井负贩[14]，皆知贵重之。海外琉球[15]，有来求其书者。君仕虽不显，而世谓百余年来，极山林之乐，获文章之名，盖未有及君也。

君始出，试为溧水令[16]。其考自远来县治，疑子年少无吏能，试匿名访诸野，皆曰："吾邑有少年袁知县，乃大好官也。"考乃喜，入官舍。在江宁，尝朝治事，夜召士饮酒赋诗，而尤多名迹[17]。江宁市中，以所判事作歌曲，刻行四方。君以为不足道，后绝不欲人述其吏治云。

君卒于嘉庆二年十一月十七日，年八十二。夫人王氏无子，抚从父弟树子通为子[18]，既而侧室钟氏又生子迟。孙二：曰初，曰禧。始君葬父母于所居小仓山北，遗命以己祔[19]。嘉庆三年十二月乙卯，祔葬小仓山墓左。桐城姚鼐，以君与先世有交，而鼐居江宁，从君游最久，君没，遂为之铭曰：

粤有耆庞[20]，才博以丰。出不可穷，匪雕而工。文士是宗，名越海邦[21]，蔼如其冲[22]！其产越中[23]，载官倚江[24]，以老以终，两世阡同[25]。铭是幽宫[26]。

上海古籍出版社版刘季高标校《惜抱轩文集》卷一三

**【注释】**

[1] 江宁：今江苏南京。[2] 随园：在今南京清凉山东小仓山下，本为隋氏之园，袁氏购得，取名"随园"，意"随之时意大矣哉"。[3] 考：已故的父亲。此指袁枚的父亲袁滨。[4] 游幕：出外做幕僚。[5] 省（xǐng）：探望。[6] 金公铁（hóng）：字震方，又字德山，辽阳（今辽

宁）人，官至广西巡抚。[7] 乾隆戊午：乾隆三年（1738）。顺天乡试：顺天，府名，治所今北京市一带。袁枚于此年中举。[8] 进士：由举人应试，考中者称贡士，贡士有资格参加殿试，殿试及第分三甲：一甲三名，赐进士及第；二甲若干名，赐进士出身；三甲若干名，赐同进士出身。三甲皆称进士。[9] 庶吉士：亦称庶常。清制，翰林院设庶常馆，选新进士优于文学、书法者为庶吉士，入馆学习。其后考试，成绩优良者授翰林院编修、检讨官等，其他分发各部任职，或优先委任知县，称为散馆。[10] 尹文端公：即尹继善，字元长，满洲镶黄旗人，为袁枚座师。总督：清代地方最高长官，统管一省或二三省军事和政治。[11] 甫：刚刚。[12] 棂（líng）：窗或栏杆上雕有花纹的木格子。此为窗格子。[13] 四六体：骈文。[14] 负贩：推车挑担的小商贩。[15] 琉球：古国名，在日本南，台湾之东北。光绪初，为日本所灭，改其地为冲绳县，即今琉球群岛。[16] 溧水：县名，今江苏溧水。[17] 名迹：闻名的事迹，此主要指吏治方面。[18] 从父弟：袁枚堂弟，名树，字乡亭。[19] 祔（fù）：祔葬，合葬。[20] 粤：发语词。耆（qí）庞：指年高德重者。庞，大。[21] 海邦：指前文所说的琉球。[22] 蔼如：和蔼貌。冲：谦和。[23] 越中：指浙江。[24] 倚江：靠近江。袁枚曾官溧水、江宁等县，皆临近长江，故云"载官倚江"。[25] 阡（qiān）：墓道，坟墓。袁枚与父母合葬，故云"两世阡同"。[26] 幽宫：指坟墓。

**【审美点评】**

文章叙事简洁，肯定了袁枚在文学创作上的成就，要言不烦，切实中肯，既无贬词，也不作过分的推崇，可谓立言有体，体现了桐城派古文对"雅洁"的追求。

# 郑 燮

郑燮（1693—1765），字克柔，号板桥居士，江苏兴化人。乾隆元年（1736）进士。任山东范、潍两县知县计十余年，有政声。乾隆十八年（1753）因为民请求赈灾开罪大吏罢官。后侨居扬州，以卖书画为生。个性落拓不羁，睥睨一世，好放言高论，为"扬州八怪"之一。诗、书、画均工，世称三绝。诗词文不拘一格，兴至而成，风格独特，题画诗尤具特色。有《郑板桥集》。

## 潍县署中画竹呈年伯包大中丞括

**【题解】**包大中丞括即包括，浙江钱塘人，时任山东布政使，署理巡抚，故称大中丞。年伯，本指与父亲同年登科的长辈，明代以后泛指父辈。乾隆十一年（1746），作者初任潍县知县。其时潍县饥荒，作者曾作诗《逃荒行》、《还家行》记述其事。此诗是作者呈给上司的，表达了对百姓疾苦的关切心情。

衙斋卧听萧萧竹[1]，疑是民间疾苦声；些小吾曹州县吏[2]，一枝一叶总关情。

吉林文史出版社版王锡荣注《郑板桥集详注》

**【注释】**

[1] 衙斋：县衙书房。[2] 吾曹：我辈。

**【审美点评】**

能否听得见民间疾苦声，在心不在耳。郑板桥"错听"，首次把萧萧肃杀的竹声与民生结合起来，展现了一个负责任的父母官的情怀，真诚可贵。

# 竹 石

**【题解】**这是一首寓意深刻的题画诗。作者赞美了扎根在石缝中的竹子坚定顽强的精神，隐寓了自身坚强的风骨。

咬定青山不放松，立根原在破岩中[1]；千磨万击还坚劲，任尔东西南北风。

吉林文史出版社版王锡荣注《郑板桥集详注》

**【注释】**

[1] 破岩：一作"乱崖"。

**【审美点评】**

本诗中"千磨万击还坚劲，任尔东西南北风"，广为人知，常用来比拟有志之士的坚定立场和坚强品格。

## 范县署中寄舍弟墨第四书

**【题解】**作者在乾隆九年（1741）任山东范县（今属河南）知县时，写给弟弟郑墨的信。针对当时士大夫阶层浮夸市侩、世风日下的现象，提出"农夫是天地间第一等人"的观念，阐释重农重民的思想，这对一个士大夫来说，难能可贵。

十月二六日得家书，知新置田获秋稼五百斛，甚喜。而今而后，堪为农夫以没世矣[1]！要须制碓[2]，制磨，制筛罗簸箕，制大小扫帚，制升斗斛。家中妇女，率诸婢妾，皆令习舂揄蹂簸之事[3]，便是一种靠田园长子孙气象。天寒冰冻时，穷亲戚朋友到门，先泡一大碗炒米送手中，佐以酱姜一小碟，最是暖老温贫之具。暇日咽碎米饼，煮糊涂粥，双手捧碗，缩颈而啜之，霜晨雪早，得此周身俱暖。嗟乎！嗟乎！吾其长为农夫以没世乎！

我想天地间第一等人，只有农夫，而士为四民之末[4]。农夫上者种地百亩，其次七、八十亩，其次五、六十亩，皆苦其身，勤其力，耕种收获，以养天下之人。使天下无农夫，举世皆饿死矣。我辈读书人，入则孝，出则弟[5]，守先待后[6]，得志泽加于民，不得志修身见于世[7]，所以又高于农夫一等。今则不然，一捧书本，便想中举中进士作官，如何攫取金钱、造大房屋、置多田产。起手便错走了路头，后来越做越坏，总没个好结果。其不能发达者，乡里作恶，小头锐面[8]，更不可当。夫束修自好者[9]，岂无其人；经济自期[10]，抗怀千古者[11]，亦所在多有。而好人为坏人所累，遂令我辈开不得口。一开口，人便笑曰：汝辈书生，总是会说，他日居官，便不如此说了。所以忍气吞声，只得捱人笑骂。工人制器利用，贾人搬有运无，皆有便民之处。而士独于民大不便，无怪乎居四民之末也，且求居四民之末而亦不可得也！

愚兄平生最重农夫。新招佃地人[12]，必须待之以礼。彼称我为主人，我称彼为客户。主客原是对待之义，我何贵而彼何贱乎？要体貌他[13]，要怜悯他，有所借贷，要周全他，不能偿还，要宽让他。尝笑唐人七夕诗，咏牛郎织女，皆作会别可怜之语，殊失命名本旨。织女，衣之源也；牵牛，食之本也。在天星为最贵。天顾重之，而人反不重乎！其务本勤民，呈象昭昭可鉴矣[14]。吾邑妇人，不能织绸织布，然而主中馈，习针线，犹不失为勤谨。近日颇有听鼓儿词，以斗叶为戏者[15]，风俗荡轶[16]，亟宜戒之。吾家业地虽有三百亩，总是典产[17]，不可久恃。将来须买田二百亩，予兄弟二人，各得百亩足矣，亦古者一夫受田百亩之义也[18]。若再多求，便是占人产业，莫大罪过。天下无田无业者多矣，我独何人，贪求无厌，穷民将何所措足乎[19]？或曰：世上连阡越陌，数百顷有余者，子将奈何？应之曰：他自做他家事，我自做我家事，世道盛则一德遵王，风俗偷则不同为恶[20]，亦板桥之家法也。

哥哥字。

**吉林文史出版社版王锡荣注《郑板桥集详注》**

## 【注释】

[1] 没世：终身。[2] 碓（duì）：舂米器具。[3] 舂揄蹂簸：《诗经·大雅·生民》："或舂或揄，或蹂或簸。"揄（yóu），舀取。蹂，搓。[4] 四民：指士、农、工、商。《汉书食·货志上》："士农工商，四民有业。"[5]"入则孝"二句：《论语·学而》："子曰：'弟子入则孝，出则弟。'"弟，同"悌"，尊敬兄长。[6] 守先待后：守先王之道以待后世。[7]"得志"二句：语见《孟子·尽心上》："古之人，得志，泽加于民；不得志，修身见于世。穷则独善其身，达则兼善天下。"见，同"现"，显露。[8] 小头锐面：谓尖头小脸，指小人善于钻营。[9] 束修自好：即"束身自好"。约束自己，不使放纵，保持自身纯洁。[10] 经济：经世济民。[11] 抗怀千古：抱负远大，上比古人。[12] 佃地人：佃农。[13] 体貌：谓以礼待人。[14] 呈象：指天所呈现的现象，指牛郎织女星。[15] 斗叶：玩纸牌。明清时称纸牌为叶子。[16] 荡轶：放荡纵逸。轶，安闲，逸乐。[17] 典产：出资租用土地，原主可以赎回。[18] 一夫受田百亩：《孟子·万章下》："耕者之所获，一夫百亩。"[19] 措足：立足。[20] 偷：浇薄，不厚道。

## 【审美点评】

文章在款款的深情中道出了郑板桥持家处世的主张，尤其"世道盛则一德遵王，风俗偷则不同为恶"，不与世俗随流的观点，值得今人借鉴。

# 吴敬梓

吴敬梓（1701—1754），字敏轩，号粒民，安徽全椒人。出身科举世家，到父辈，家境逐步衰落。吴敬梓聪慧颖异，但科举却屡试不第。康熙六十一年（1722）中秀才后，再也没有进益。父亲死后，族里发生争夺财产事，让吴敬梓倍加反感，雍正十一年（1733）移居南京秦淮水亭，追求诗酒放浪的率意人生，晚年生活窘迫，乾隆十九年（1754）病逝于扬州。著有小说《儒林外史》，诗文集《文木山房集》。

## 周进撞号板 （节选）

【题解】本篇选自《儒林外史》第二回和第三回。周进是《儒林外史》第一个集中描写的形象，出场时已经六十多岁了，多年的科考让他麻木也心酸，"撞号板"既在意料之外，也在情理之中。他的中榜，是命运的捉弄，与才学无关。小说展现了科举制度对传统文人精神的摧残，也揭露了这种制度选拔的只是奴才而非人才的腐朽性，含义深刻，讽刺犀利。

金有余择个吉日，同一伙客人起身，来到省城杂货行里住下。周进无事闲着，街上走走，看见纷纷的工匠都说是修理贡院[1]。周进跟到贡院门口，想挨进去看，被看门的大鞭子打了出来。晚间向姊夫说，要去看看。金有余只得用了几个小钱，一伙客人也都同了去看；又央及行主人领着。行主人走进头门，用了钱的并无拦阻。到了龙门下[2]，行主人指道："周客人，这是相公们进的门了。"进去两块号房门[3]，行主人指道："这是天字号了，你自进去看看。"周进一进了号，见两块号板摆的齐齐整整[4]，不觉眼睛里一阵酸酸的，长叹一声，一头撞在号板上，直僵僵不省人事。只因这一死，有分教：累年蹭蹬，忽然际会风云；终岁凄凉，竟得高悬月旦。未知周进性命如何，且听下回分解。（第二回）

话说周进在省城要看贡院，金有余见他真切，只得用几个小钱同他去看。不想才到天字号，就撞死在地下。众人多慌了，只道一时中了恶。行主人道："想是这贡院里久没有人到，阴气重了，故此周客人中了恶。"金有余道："贤东，我扶着他，你且去到做工的那里借口开水来灌他一灌。"行主人应诺，取了水来，三四个客人一齐扶着，灌了下去，喉咙里咯咯的响了一声，吐出一口稠涎来。众人道："好了！"扶着立了起来。周进看着号板，又是一头撞将去。这回不死了，放声大哭起来。众人劝着不住。金有余道："你看，这不是疯了么？好好到贡院来耍，你家又不死了人，为甚么这'号啕痛'也是的？"周进也不听见，只管伏着号板哭个不住；一号哭过，又哭到二号、三号；满地打滚，哭了又哭，哭的众人心里都凄惨起来。金有余见不是事，同行主人一左一右架着他的膀子。他那里肯起来，哭了一阵，又是一阵，直哭到口里吐出鲜血来。众人七手八脚将他扛抬了出来，贡院前一个茶棚子里坐下，劝他吃了一碗茶，犹自索鼻涕，弹眼泪，伤心不止。内中一个客人道："周客人有甚心事？为甚到了这里，这等大哭起来？却是哭得利害。"金有余道："列位老客有所不知。我这舍舅，本来原不是生意人。因他苦读了几十年的书，秀才也不曾做得一个，今日看见贡院，就不觉伤心起来。"自因这一句话道着周进的真心事，于是不顾众人，又放声大哭起来。又一个客人道："论这事，只该怪我们金老客。周相公既是斯文人，为甚么带他出来做这样的事？"金有余道："也只为赤贫之士，又无馆做，没奈何上了这一条路。"又一个客人道："看令舅这个光景，毕竟胸中才学是好的；因没有人识得他，所以受屈到此田地。"金有余道："他才学是有的，怎奈时运不济!"那客人道:"监生也可以进场[5]。周相公既有才学,何不捐他一个监进场?中了,也不枉了今日这一番心事。"金有余道:"我也是这般想,只是那里有这一注银子!"此时周进哭的住了。那客人道:"这也不难。现放着我这几个弟兄在此,每人拿出几十两银子借与周相公纳监进场,若中了做官,那在我们这几两银子。就是周相公不还,我们走江湖的人,那里不破掉了几两银子。何况这是好事。你众位意下如何?"众人一齐道:"'君子成人之美。'又道:'见义不为,是为无勇。'俺们有甚么不肯。只不知周相公可肯俯就?"周进道:"若得如此,便是重生父母,我周进变驴变马,也要报效!"爬到地下就磕了几个头,众人还下礼去。金有余也称谢了众人。又吃了几碗茶,周进再不哭了,同众人说说笑笑,回到行里。

次日,四位客人果然备了二百两银子,交与金有余。一切多的使费,都是金有余包办。周进又谢了众人和金有余。行主人替周进备一席酒,请了众位。金有余将着银子[6],上了藩库[7],讨出库收来[8]。正值宗师来省录遗[9],周进就录了个贡监首卷。到了八月初八日进头场[10],见了自己哭的所在,不觉喜出望外,自古道:"人逢喜事精神爽",那七篇文字,做的花团锦簇一般。出了场,仍旧住在行里。金有余同那几个客人还不曾买完了货。直到放榜那日,巍然中了。众人各各欢喜,一齐回到汶上县。拜县父母[11]、学师,典史拿晚生帖子上门来贺[12],汶上县的人,不是亲的也来认亲,不相与的也来认相与。忙了个把月。申祥甫听见这事,在薛家集敛了分子,买了四只鸡、五十个蛋和些炒米、欢团之类[13],亲自上县来贺喜。周进留他吃了酒饭去。荀老爹贺礼是不消说了。看看上京会试,盘费、衣服都是金有余替他设处。到京会试,又中了进士,殿在三甲[14],授了部属[15]。荏苒三年,升了御史,钦点广东学道。

这周学道虽也请了几个看文章的相公,却自心里想道:"我在这里面吃苦久了,如今自己当权,须要把卷子都要细细看过,不可听着幕客,屈了真才。"主意定了,到广州上了任。次日,行香挂牌[16]。先考了两场生员。第三场是南海、番禺两县童生。周学道坐在堂上,见那些童生纷纷进来:也有小的,也有老的,仪表端正的,獐头鼠目的,衣冠齐楚的,蓝缕破烂的。落后点进一个童生来,面黄肌瘦,花白胡须,头上戴一顶破毡帽。广东虽是地气温暖,这时已是十二月上旬,那童生还穿着麻布直裰，冻得乞乞缩缩，接了卷子，下来归号。周学道看在心里，封门进去。出来放头牌的时节[17]，坐在上面，只见那穿麻布的童生上来交卷，那衣服因是朽烂了，在号里又扯破了几块。周学道看看自己身上，绯袍金带，何等辉煌。因翻一翻点名册，问那童生道："你就是范进？"范进跪下道："童生就是。"学道道："你今年多少年纪了？"范进道："童生册上写的是三十岁，童生实年五十四岁。"学道道："你考过多少回数了？"范进道："童生二十岁应考，到今考过二十余次。"学道道："如何总不进学？"范进道："总因童生文字荒谬，所以各位大老爷不曾赏取。"周学道道："这也未必尽然。你且出去，卷子待本道细细看。"范进磕头下去了。

那时天色尚早，并无童生交卷。周学道将范进卷子用心用意看了一遍，心里不喜道："这样的文字，都说的是些甚么话！怪不得不进学！"丢过一边不看了。又坐了一会，还不见一个人来交卷，心里又想道："何不把范进的卷子再看一遍？倘有一线之明，也可怜他苦志。"从头至尾，又看了一遍，觉得有些意思。正要再看看，却有一个童生来交卷。那童生跪下道："求大老爷面试。"学道和颜道："你的文字已在这里了，又面试些甚么？"那童生道："童生诗词歌赋都会，求大老爷出题面试。"学道变了脸道："'当今天子重文章，足下何须讲汉唐！'像你做童生的人，只该用心做文章，那些杂览[18]，学他做甚么！况且本道奉旨到此衡文，难道是来此同你谈杂学的么？看你这样务名而不务实，那正务自然荒废，都是些粗心浮气的说话，看不得了。左右的，赶了出去！"一声吩咐过了，两傍走过几个如狼似虎的公人，把那童生叉着膊子，一路跟头，又到大门外。

周学道虽然赶他出去，却也把卷子取来看看。那童生叫做魏好古，文字也还清通。学道道："把他低低的进了学罢。"因取过笔来，在卷子尾上点了一点，做个记认。又取过范进卷子来看，看罢，不觉叹息道："这样文字，连我看一两遍也不能解，直到三遍之后，才晓得是天地间之至文！真乃一字一珠！可见世上糊涂试官，不知屈煞了多少英才！"忙取笔细细圈点，卷面上加了三圈，即填了第一名；又把魏好古的卷子取过来，填了第二十名。将各卷汇齐，带了进去。发出案来，范进是第一。谒见那日，着实赞扬了一回。点到二十名，魏好古上去，又勉励了几句"用心举业，休学杂览"的话，鼓吹送了出去[19]。

次日起马，范进独自送在三十里之外，轿前打恭。周学道又叫到跟前，说道："龙头属老成。本道看你的文字，火候到了，即在此科，一定发达。我复命之后，在京专候。"范进又磕头谢了，起来立着。学道轿子，一拥而去。范进立着，直望见门枪影子抹过前山[20]，看不见了，方才回到下处，谢了房主人。他家离城还有四十五里路，连夜回来，拜见母亲。家里住着一间草屋，一厦披子，门外是个茅草棚。正屋是母亲住着，妻子住在披房里。他妻子乃是集上胡屠户的女儿。（第三回）

人民文学出版社版张慧剑校注《儒林外史》

**【注释】**

[1] 贡院：古代乡试、会试的考场。[2] 龙门：贡院里的第三道门，取"鲤鱼跳龙门"之意。[3] 号房门：贡院内分若干巷舍，门上方有匾，按《千字文》上的字编号，即号房门。[4] 号板：在贡院考试时，发给考生两块木板，一块支起来用做写字的几，一块用来做坐具。也可以用作休息的卧具。[5] 监生：国子监学生的简称，国子监是明清两代的最高学府。[6] 将着：拿着。[7] 藩库：清代布政司所属的粮钱储库。[8] 库收：官厅收钱后发给的收据。[9] 录遗：指各地科考结束后在省城集中组织的一次补考。[10] 头场：参加乡试和会试的考生，按规定要进场考三次，第一次叫"头场"。[11] 县父母：对知县的尊称。[12] 典史：知县的辅佐官。[13] 欢团：又叫"欢喜团"，糯米和糖搓成球形的一种食品。[14] 殿在三甲：殿试录取为三甲进士。[15] 部属：在六部各司署办事的官员。[16] 行香挂牌：学政到省后例行的仪式。行香，到孔丘庙烧香。挂牌，出牌公告考试地点、日期等。[17] 放头牌：科举考试中，考场每过几个时辰，就把已经交卷的考生作一批放出，叫做"放牌"或"放排"，第一批放出的叫"放头牌"。[18] 杂览：杂学。科举时代，"四书"、"五经"之外的文艺都被视为杂学。[19] "鼓吹"句：由官厅司乐的人打着鼓，吹奏着音乐送了出去。这是学政给新进秀才的一种待遇。[20] 门枪：即旗枪，高级官员出行的一种仪仗。

**【审美点评】**

周进撞号板，哭得痛彻心肺，写尽了在科举路上挣扎士人的痛苦和心酸。周进阅卷，由最初的"不喜"到三遍后的"一字一珠"，作者如实交代了周进转变的过程，"无一贬词，而情伪毕露"（鲁迅《中国小说史略》）。

# 曹雪芹

曹雪芹（1715？—1763？），名霑，字梦阮，号芹圃、芹溪，祖籍辽阳（今辽宁沈阳）。先祖是汉人，明末入满洲籍，属正白旗。祖父曹寅，少年时做过康熙的伴读，后任江宁织造。曹寅也是著名的诗人、学者兼藏书家，好结交文人。曹雪芹幼年生活在江南，有过一段繁华富贵的贵族生活。家道中落后，于雍正六年（1727）迁居北京，生活艰难，晚年移居北京西郊，此间依然从事《红楼梦》的写作和修订工作。乾隆二十七年（1762）除夕，因幼子夭折，他感伤而亡，留下一部尚未完成的《红楼梦》。现存乾隆年间《脂砚斋重评石头记》抄本多种。另有百二十回程伟元活字本，后四十回为高鹗续写。

## 送宫花（节选）

**【题解】** 本篇选自《红楼梦》第七回。小说以王夫人的陪房周瑞家的的行踪为线索，以送宫花为事件，对宝钗、惜春、黛玉等主要人物的性格作了初步的介绍。

周瑞家的还欲说话时，忽听王夫人问："谁在房里呢？"周瑞家的忙出去答应了，趁便回了刘姥姥之事。略待半刻，见王夫人无语，方欲退出，薛姨妈忽又笑道："你且站住。我有一宗东西，你带了去罢。"说着便叫香菱。只听帘栊响处，方才和金钏顽的那个小丫头进来了，问："奶奶叫我作什么？"薛姨妈道："把匣子里的花儿拿来。"香菱答应了，向那边捧了个小锦匣来。薛姨妈道："这是宫里头的新鲜样法，拿纱堆的花儿十二枝。昨儿我想起来，白放着可惜了儿的，何不给他们姊妹们戴去。昨儿要送去，偏又忘了。你今儿来得巧，就带了去罢。你家的三位姑娘，每人一对，剩下的六枝，送林姑娘两枝，那四枝给了凤哥罢。"王夫人道："留着给宝丫头戴罢，又想着他们作什么。"薛姨妈道："姨娘不知道，宝丫头古怪着呢，他从来不爱这些花儿粉儿的。"

说着，周瑞家的拿了匣子，走出房门，见金钏仍在那里晒日阳儿。周瑞家的因问他道："那香菱小丫头子，可就是常说临上京时买的、为他打人命官司的那个小丫头子么？"金钏道："可不就是他。"正说着，只见香菱笑嘻嘻的走来。周瑞家的便拉了他的手，细细的看了一会，因向金钏儿笑道："倒好个模样儿，竟有些象咱们东府里蓉大奶奶的品格儿。"金钏儿笑道："我也是这们说呢。"周瑞家的又问香菱："你几岁投身到这里？"又问："你父母今在何处？今年十几岁了？本处是那里人？"香菱听问，都摇头说："不记得了。"周瑞家的和金钏儿听了，倒反为叹息伤感一回。

一时间周瑞家的携花至王夫人正房后头来。原来近日贾母说孙女儿们太多了，一处挤着倒不方便，只留宝玉黛玉二人这边解闷，却将迎、探、惜三人移到王夫人这边房后三间小抱厦内居住，令李纨陪伴照管。如今周瑞家的故顺路先往这里来，只见几个小丫头子都在抱厦内听呼唤呢。迎春的丫鬟司棋与探春的丫鬟待书二人正掀帘子出来，手里都捧着茶钟，周瑞家的便知他们姊妹在一处坐着呢，遂进入内房，只见迎春探春二人正在窗下围棋。周瑞家的将花送上，说明缘故。二人忙住了棋，都欠身道谢，命丫鬟们收了。

周瑞家的答应了，因说："四姑娘不在房里，只怕在老太太那边呢。"丫鬟们道："那屋里不是四姑娘？"周瑞家的听了，便往这边屋里来。只见惜春正同水月庵的小姑子智能儿一处顽耍呢，见周瑞家的进来，惜春便问他何事。周瑞家的便将花匣打开，说明原故。惜春笑道："我这里正和智能儿说，我明儿也剃了头同他作姑子去呢，可巧又送了花儿来；若剃了头，可把这花儿戴在那里呢？"说着，大家取笑一回，惜春命丫鬟入画来收了。

周瑞家的因问智能儿："你是什么时候来的？你师父那秃歪剌往那里去了？[1]"智能儿道："我们一早就来了。我师父见了太太，就往于老爷府内去了，叫我在这里等他呢。"周瑞家的又道："十五的月例香供银子可曾得了没有？"智能儿摇头儿说："我不知道。"惜春听了，便问周瑞家的："如今各庙月例银子是谁管着？"周瑞家的道："是余信管着。"惜春听了笑道："这就是了。他师父一来，余信家的就赶上来，和他师父咕唧了半日，想是就为这事了。"

那周瑞家的又和智能儿劳叨了一会，便往凤姐儿处来。穿夹道从李纨后窗下过，隔着玻璃窗户，见李纨在炕上歪着睡觉呢，遂越过西花墙，出西角门进入凤姐院中。走至堂屋，只见小丫头丰儿坐在凤姐房中门槛上，见周瑞家的来了，连忙摆手儿叫他往东屋里去。周瑞家的会意，忙蹑手蹑足往东边房里来，只见奶子正拍着大姐儿睡觉呢。周瑞家的悄问奶子道："姐儿睡中觉呢？也该请醒了。"奶子摇头儿。正说着，只听那边一阵笑声，却有贾琏的声音。接着房门响处，平儿拿着大铜盆出来，叫丰儿舀水进去。平儿便到这边来，一见了周瑞家的便问："你老人家又跑了来作什么？"周瑞家的忙起身，拿匣子与他，说送花儿一事。平儿听了，便打开匣子，拿了四枝，转身去了。半刻工夫，手里拿出两枝来，先叫彩明吩咐道："送到那边府里给小蓉大奶奶戴去。"次后方命周瑞家的回去道谢。

　　周瑞家的这才往贾母这边来。穿过了穿堂，抬头忽见他女儿打扮着才从他婆家来。周瑞家的忙问："你这会跑来作什么？"他女儿笑道："妈一向身上好？我在家里等了这半日，妈竟不出去，什么事情这样忙的不回家？我等烦了，自己先到了老太太跟前请了安了，这会子请太太的安去。妈还有什么不了的差事，手里是什么东西？"周瑞家的笑道："嗳！今儿偏偏的来了个刘姥姥，我自己多事，为他跑了半日；这会子又被姨太太看见了，送这几枝花儿与姑娘奶奶们。这会子还没送清楚呢。你这会子跑了来，一定有什么事。"他女儿笑道："你老人家倒会猜。实对你老人家说，你女婿前儿因多吃了两杯酒，和人分争，不知怎的被人放了一把邪火[2]，说他来历不明，告到衙门里，要递解还乡[3]。所以我来和你老人家商议商议，这个情分，求那一个可了事呢？"周瑞家的听了道："我就知道呢。这有什么大不了的事！你且家去等我，我给林姑娘送了花儿去就回家去。此时太太二奶奶都不得闲儿，你回去等我。这有什么，忙的如此。"女儿听说，便回去了，又说："妈，好歹快来。"周瑞家的道："是了。小人儿家没经过什么事，就急得你这样了。"说着，便到黛玉房中去了。

　　谁知此时黛玉不在自己房中，却在宝玉房中大家解九连环顽呢。周瑞家的进来笑道："林姑娘，姨太太着我送花儿与姑娘带来了。"宝玉听说，便先问："什么花儿？拿来给我。"一面早伸手接过来了。开匣看时，原来是宫制堆纱新巧的假花儿。黛玉只就宝玉手中看了一看，便问道："还是单送我一人的，还是别的姑娘们都有呢？"周瑞家的道："各位都有了，这两枝是姑娘的了。"黛玉冷笑道："我就知道，别人不挑剩下的也不给我。"周瑞家的听了，一声儿不言语。宝玉便问道："周姐姐，你作什么到那边去了。"周瑞家的因说："太太在那里，因回话去了，姨太太就顺便叫我带来了。"宝玉道："宝姐姐在家作什么呢？怎么这几日也不过这边来？"周瑞家的道："身上不大好呢。"宝玉听了，便和丫头说："谁去瞧瞧？只说我与林姑娘打发了来请姨太太姐姐安，问姐姐是什么病，现吃什么药。论理我该亲自来的，就说才从学里来，也着了些凉，异日再亲自来看罢。"说着，茜雪便答应去了。周瑞家的自去，无话。

　　　　　　人民文学出版社版中国艺术研究院《红楼梦》研究所校注《红楼梦》

**【注释】**

[1] 秃歪剌：骂尼姑的话。[2] 放了一把邪火：指造谣中伤。[3] 递解：旧时法制名称，指押往远处的犯人，由沿途各官衙派差役，一站转一站地轮番押送。

**【审美点评】**

本篇以周瑞家的为视角，对《红楼梦》中几个主要人物的性格作了初步的介绍：宝钗的外热内冷、惜春的孤僻、黛玉的自尊与自伤伤人的个性。同时香菱出现，交代了英莲的下落。周瑞家的对女婿官司的毫不在意，暗示了贾府在官府中的地位。多条线索齐头并进，却又井然有序，展示了作者高超的叙事技巧。

# 全祖望

全祖望（1705—1755），字绍衣，一字谢山。浙江鄞州（今宁波）人。雍正七年（1729）贡生，三年后中举。乾隆元年（1736），荐举博学鸿词，同年中进士，选翰林院庶吉士。因忤张廷玉，以知县候选，辞归里，后未出仕，专事著述。曾主讲于浙江蕺山书院、广东端溪书院。一生致力经史，亦多网罗南明文献，表彰忠义。有《鲒埼（jiéqí）亭集》、《外编》。又辑补《宋元学案》，七校《水经注》。

## 梅花岭记

**【题解】** 作者对明清之际抗清志士多有赞记，此篇为代表作。崇祯十七年（1644）清军入关，福王朱由崧在南京建立政权，但权臣马士英、阮大铖却一味苟安，排斥异己。江北四镇将领拥兵自重，各怀异志，清军南下在即，形势异常危急。在这种局势下，史可法主动请缨，前往战略要地扬州督师，誓与城池共存亡，次年终因孤立无援失守。本文记述史可法在城陷前后的英烈行为，赞赏"其气浩然，长留天地之间"的坚贞气节。

顺治二年乙酉四月[1]，江都围急[2]。督相史忠烈公知势不可为[3]，集诸将而语之曰："吾誓与城为殉，然仓皇中不可落于敌人之手以死，谁为我临期成此大节者[4]？"副将军史德威慨然任之[5]。忠烈喜曰："吾尚未有子，汝当以同姓为吾后。吾上书太夫人[6]，谱汝诸孙中。"

二十五日，城陷，忠烈拔刀自裁。诸将果争前抱持之。忠烈大呼德威，德威流涕，不能执刃，遂为诸将所拥而行。至小东门[7]，大兵如林而至[8]，马副使鸣騄、任太守民育及诸将刘都督肇基等皆死[9]。忠烈乃瞠目曰："我史阁部也。"被执至南门，和硕豫亲王以先生呼之[10]，劝之降。忠烈大骂而死。初，忠烈遗言："我死，当葬梅花岭上。"至是，德威求公之骨不可得，乃以衣冠葬之。

或曰："城之破也，有亲见忠烈青衣乌帽，乘白马，出天宁门投江死者，未尝殒于城中也。"自有是言，大江南北遂谓忠烈未死。已而英、霍山师大起[11]，皆托忠烈之名，仿佛陈涉之称项燕[12]。吴中孙公兆奎以起兵不克[13]，执至白下。经略洪承畴与之有旧[14]，问曰："先生在兵间，审知故扬州阁部史公果死耶[15]，抑未死耶？"孙公答曰："经略从北来，审知故松山殉难督师洪公果死耶，抑未死耶？"承畴大恚[16]，急呼麾下驱出斩之。

呜呼！神仙诡诞之说，谓颜太师以兵解[17]，文少保亦以悟大光明法蝉脱[18]，实未尝死。不知忠义者圣贤家法，其气浩然，常留天地之间，何必出世入世之面目！神仙之说，所谓"为蛇画足"。即如忠烈遗骸，不可问矣。百年而后，予登岭上，与客述忠烈遗言，无不泪下如雨，想见当日围城光景，此即忠烈之面目宛然可遇，是不必问其果解脱否也，而况冒其未死之名者哉！

墓旁有丹徒钱烈女之冢[19]，亦以乙酉在扬，凡五死而得绝[20]，时告其父母火之[21]，无留骨秽地，扬人葬之于此。江右王猷定、关中黄遵严、粤东屈大均[22]，为作传、铭、哀词。

顾尚有未尽表章者[23]：予闻忠烈兄弟，自翰林可程下[24]，尚有数人，其后皆来江都省墓。适英、霍山师败，捕得冒称忠烈者，大将发至江都[25]，令史氏男女来认之。忠烈之第八弟已亡[26]，其夫人年少有色，守节亦出视之，大将艳其色，欲强娶之，夫人自裁而死。时以其出于大将之所逼也，莫敢为之表章者。

呜呼！忠烈尝恨可程在北，当易姓之间[27]，不能仗节[28]，出疏纠之[29]。岂知身后乃有弟妇，以女子而踵兄公之余烈乎！梅花如雪，芳香不染。异日有作忠烈祠者，副使诸公，谅在从祀之列[30]，当另为别室以祀夫人[31]，附以烈女一辈也。

《四部丛刊》本《鲒埼亭集外编》卷二〇

## 【注释】

[1] 顺治二年乙酉：1645 年。[2] 江都：今江苏省扬州市。[3] 督相：史可法当时以内阁大学士兼兵部尚书督师扬州，故称。史忠烈公：史可法的谥号。史可法死后，南明隆武帝谥之为忠靖，清乾隆年间追谥忠正。此处称忠烈，或另有所本。势不可为：形势不可逆转。指扬州必为清军所破。[4] 大节：临难不苟的节操。[5] 史德威：字龙江，号愚庵，山西平阳（今临汾）人。扬州破，被俘不屈，后获释，入清不仕。[6] 太夫人：指史可法的母亲尹氏。[7] 小东门：和下文的南门、天宁门都是当时扬州城门名。[8] 大兵：指清兵，因作者写作在清代，故称。[9] 马鸣騄：陕西褒城人，曾任后备道。任民育：字厚生，山东济宁人，时任扬州知府。太守是知府的别称。刘肇基：字鼎维，辽东人，崇祯年间任辽东副总兵，时为史可法部下总兵加左都督。[10] 和硕豫亲王：爱新觉罗·多铎的封爵。多铎是清太祖努尔哈赤第十五子，顺治元年（1644）十月任定国大将军，率师南下；次年四月十九日遂围扬州。[11] 英、霍山师大起：顺治五年至六年（1648—1649），侯应龙、张图容、杨国士、冯弘图等纷纷在英山、霍山（今属安徽）起义抗清。其中冯弘图倡言史可法实未死，以史可法名号召起义，聚众数千，于顺治五年（1648）春攻占英山、霍山、六安等县。后为清军击败。[12] 陈涉之称项燕：陈涉起义时假借项燕的名义。项燕世代为楚国大将。秦灭楚，项燕自杀，但楚人传说他未死。[13] 孙兆奎：吴江举人。吴县扬州失守后，与同县进士吴易起兵抗清，兵败被俘。[14] 经略：明代有重要军事任务时特设的官职，执掌一方军政大权。[15] 审知：确实知道。[16] 恚（huì）：恨，恼羞成怒。[17] 颜太师：即颜真卿，唐德宗时官太子太师，建中三年（782）淮宁节度使李希烈反，逼降，不从被杀。《太平广记》卷三二载，颜真卿死后十余年，仆人曾在洛阳同德寺见他"衣长白衫，张盖，在佛殿上坐"。因此，"时人皆称鲁公尸解得道"。兵解：死于兵刃而成仙。解，舍去躯壳而成仙。[18] 文少保：文天祥，宋末官右丞相加少保。祥兴元年（1278）兵败为元军所俘，被押至大都（今北京），囚禁三年，不屈而死。清彭绍升写给袁枚的书信中说："昔文信公（即文天祥）在燕（今北京）狱，遇楚黄道人，受出世法，始得脱然于生死之际，故其诗云：'谁知真患难，忽遇大光明。'又云：'莫笑道人空打坐，英雄敛手即神仙。'"此即文天祥仙去之说。蝉脱（tuì）：谓人遗下形骸仙去，如像蝉脱皮一般。[19] 丹徒：今江苏镇江。事见王猷定《钱烈女墓志铭》。谓清军攻扬州时，丹徒钱应式正寓居扬州，城陷，其女不屈自杀。[20] 凡五死而得绝：共自杀五次然后才死。钱女先拟以刀刎颈，继而打算自焚，上吊，服毒，均未死；最后以衣带自缢才毕命。[21] 火之：火葬她。[22] 王猷定：字于一，江西南昌人，工诗古文。江右此指江西。黄遵严：生平不详。[23] 顾：但。表章：即表彰。[24] 可程：史可法弟。崇祯十六年（1643）进士，官庶吉士。李自成攻占北京后，依附起义军，旋又降清，不久南归。史可法曾上书朝廷，请求予以惩处。[25] 大将：指清军将领。发：押送。[26] 八弟：史可刚。[27] 当易姓之间：在改朝换代时期。[28] 仗节：保持气节。仗，持。[29] 疏：奏章。纠之：弹劾他（史可程）。[30] 谅：推想。从祀：陪祭。[31] 夫人：指史可法的八弟媳。

## 【审美点评】

本文抓住生死关头的表现，来展现史可法的坚贞气节，凝练传神，读来使人荡气回肠。议论部分，指出浩然之气长存，在于精神影响，不在于是否成仙，见解切中肯綮，引人深思。

# 袁 枚

　　袁枚（1716—1798），字子才，号简斋，晚年自号仓山居士、随园主人、随园老人，钱塘（今杭州）人。乾隆四年（1739）进士，选庶吉士，外放江南，历任溧水、江宁等地知县，有政绩。乾隆十三年（1748）托病告归。购江宁（今南京）小仓山之随园。后悠游山林近五十年。袁枚论诗标举"性灵"，抒写独到见解，崇尚自然。创作力图抒写个性化的人生感受、情趣和识见，率真自然，清新灵巧。他与赵翼、蒋士铨合称"乾隆三大家"。有《小仓山房诗集》、《小仓山房文集》、《随园诗话》、《小仓山房尺牍》。

## 马嵬（四首选一）

　　【题解】本组诗是乾隆十七年（1752）作者赴陕西候补官缺，路过马嵬驿有感而作。天宝遗事引起历代文人墨客的感叹，大都未出讽喻和赞叹的范围。本诗却不落俗套，独出机杼，认为寻常百姓的感情比帝王的会更真挚更深厚，展现了作者独特的思考。

　　莫唱当年《长恨歌》，人间亦自有银河[1]。石壕村里夫妻别[2]，泪比长生殿上多[3]。

上海古籍出版社版周本淳标校《小仓山房诗集》卷八

　　【注释】
　　[1]银河：阻隔牛郎织女相会的天河。[2]石壕村：据唐杜甫诗《石壕吏》，安史之乱时县吏强行拉夫，老妇被迫服役事。[3]长生殿：李隆基、杨玉环密誓的宫殿。

　　【审美点评】
　　本诗虽句句用典，含义并不晦涩难解，把天上人间、帝王百姓的恋情放在一起对比，说明寻常夫妻的感情更简单纯粹，见解独到，回味无尽。

## 渡江大风

　　【题解】此诗作于袁枚从扬州去镇江渡江的船上。扬州和镇江是隔长江相望的两城。诗把大风击浪、波涛如怒的情状描摹得惟妙惟肖、生动传神。

水怒如山立，孤篷我独行。身疑龙背坐，帆与浪花平。缆系地无所[1]，鼍鸣窗有声[2]。金焦知客到[3]，出郭远相迎。

上海古籍出版社版周本淳标校《小仓山房诗集》卷二二

**【注释】**

[1]"缆系"句：没有拴系缆绳之处。[2]鼍（tuó）：即扬子鳄，又名鼍龙、猪婆龙，体长六尺至丈余，四足，背、尾有鳞甲，相貌可怖，鸣声如鼓。[3]金焦：金山和焦山的并称，金山在镇江市西北，焦山在镇江市东北，二山相距十五里，对峙江中。

**【审美点评】**

在狂风怒吼，水立如山，大浪击帆的江面上，诗人孤篷独行，穿行于惊涛骇浪之中，毫无惧色，展示了诗人浪漫的情怀、率真的性情和无畏的胆识。想象奇伟，动人心魄。

# 祭妹文

**【题解】** 此篇是作者为三妹袁机写的祭文。袁机，字素文，幼好读书，与高氏子指腹为婚。高氏子成年后，劣迹极多。高氏提出解除婚约，但素文囿于"一念之贞"，执意不肯。婚后备受凌辱，终因不堪肆虐而返居娘家。自此忍辱含垢，凄楚离世。作者对三妹的离世痛惜不已。此文可与韩愈的《祭十二郎文》并提。作者另有《女弟素文传》叙其生平。

乾隆丁亥冬[1]，葬三妹素文于上元之羊山[2]，而奠以文曰：

呜呼！汝生于浙，而葬于斯，离吾乡七百里矣。当时虽觭梦幻想[3]，宁知此为归骨所耶？汝以一念之贞[4]，遇人仳离[5]，致孤危托落[6]，虽命之所存，天实为之[7]；然而累汝至此者，未尝非予之过也。予幼从先生授经，汝差肩而坐[8]，爱听古人节义事。一旦长成，遽躬蹈之[9]。呜呼！使汝不识《诗》、《书》，或未必艰贞若是。

余捉蟋蟀，汝奋臂出其间[10]。岁寒虫僵，同临其穴。今予殓汝葬汝[11]，而当日之情形，憬然赴目[12]。予九岁憩书斋，汝梳双髻，披单缣来[13]，温《缁衣》一章[14]。适先生奓户入[15]，闻两童子音琅琅然，不觉莞尔，连呼则则[16]。此七月望日事也[17]。汝在九原[18]，当分明记之。予弱冠粤行[19]，汝掎裳悲恸[20]。逾三年，予披宫锦还家[21]，汝从东厢扶案出，一家瞠视而笑，不记语从何起。大概说长安登科，函使报信迟早云尔[22]。凡此琐琐[23]，虽为陈迹，然我一日未死，则一日不能忘。旧事填膺，思之凄梗[24]，如影历历，逼取便逝。悔当时不将婴婉情状[25]，罗缕纪存[26]。然而汝已不在人间，则虽年光倒流，儿时可再，而亦无与为证印者矣。

汝之义绝高氏而归也[27]，堂上阿奶[28]，仗汝扶持；家中文墨，眎汝办治[29]。尝谓女流中最少明经义、谙雅故者[30]；汝嫂非不婉嫕[31]，而于此微缺然。故自汝归后，虽为汝悲，实为予喜。予又长汝四岁，或人间长者先亡，可将身后托汝。而不谓汝之先予以去也。前年予病，汝终宵刺探[32]，减一分则喜，增一分则忧。后虽小差[33]，犹尚殗殜[34]，无所娱遣。汝来床前，为说稗官野史可喜可愕之事，聊资一欢。呜呼！今而后，吾将再病，教从何处呼汝耶？

汝之疾也，予信医言无害，远吊扬州[35]。汝又虑戚吾心[36]，阻人走报。及至绵惙已极[37]，阿奶问："望兄归否？"强应曰："诺。"已予先一日梦汝来诀，心知不祥。飞舟渡江，果予以未时还家[38]，而汝以辰时气绝[39]。四支犹温，一目未瞑，盖犹忍死待予也。呜呼，痛哉！早知诀汝，则予岂肯远游？即游，亦尚有几许心中言要汝知闻，共汝筹画也[40]。而今已矣！除吾死外，当无见期。吾又不知何日死，可以见汝；而死后之有知无知，与得见不得见，又卒难明也。然则抱此无涯之憾，天乎人乎？而竟已乎[41]？

汝之诗，吾已付梓[42]；汝之女，吾已代嫁；汝之生平，吾已作传。惟汝之窀穸[43]，尚未谋耳。先茔在杭[44]，江广河深[45]，势难归葬，故请母命，而宁汝于斯[46]，便祭扫也。其旁葬汝女阿印[47]，其下两冢，一为阿爷侍者朱氏[48]，一为阿兄侍者陶氏[49]。羊山旷渺[50]，南望原隰[51]，西望栖霞，风雨晨昏，羁魂有伴[52]，当不孤寂。所怜者，吾自戊寅年读汝《哭侄诗》后[53]，至今无男。两女牙牙[54]，生汝死后，才周晬耳[55]。予虽亲在未敢言老[56]，而齿危发秃[57]，暗里自知，知在人间，尚复几日？阿品远官河南[58]，亦无子女，九族无可继者[59]。汝死我葬，我死谁埋？汝倘有灵，可能告我？

呜呼！身前既不可想，身后又不可知。哭汝既不闻汝言，奠汝又不见汝食。纸灰飞扬，朔风野大[60]。阿兄归矣，犹屡屡回头望汝也。呜呼哀哉！呜呼哀哉！

上海古籍出版社版周本淳标校《小仓山房文集》卷一四

**【注释】**

[1] 乾隆丁亥：即1767年。[2] 上元：旧县名，今南京市。羊山：山名，南京市东。[3] 觭（jī）梦：做梦。觭，得。《周礼·春官·太卜》："太卜掌三梦之法，二曰觭梦。"《集韵·支韵》："觭，得也。"[4] 一念之贞：从一而终的观念。[5] 遇人仳（pǐ）离：《诗经·王风·中谷有蓷》："有女仳离，慨其叹矣。"郑玄笺："有女遇凶年而见弃，与其君子别离。"此化用其语，指嫁了不良的丈夫而被遗弃。[6] 孤危托落：孤单困苦，失意无聊。[7]"虽命之所存"二句：虽然你命中注定，实际上也是天意支配的结果。存，注定。[8] 差（cī）肩：并肩。谓兄妹年龄不同，肩膀高低不一。[9] 遽（jù）躬蹈之：就亲身实践。遽，就。[10] 奋臂出其间：挥动双臂出现在捉蟋蟀的地方。[11] 殓：入殓。葬前给尸体穿衣、下棺。[12] 憬然：清晰的样子。[13] 单缣（jiān）：这里指细绢做的单层衣衫。[14]《缁衣》：《诗经·郑风》篇名。[15] 乇（zhà）户：开门。[16] 则则：即"啧啧"，赞叹声。[17] 望日：阴历每月十五。[18] 九原：犹九泉，指地下。[19] 粤行：去广东。袁枚二十一岁时经广东到广西叔父袁鸿处。袁鸿是广西巡抚金鉷的幕客，金鉷器重袁枚的才华，举荐他进京参加博学鸿词科考试。[20] 掎（jǐ）裳：拉住衣裳。[21] 披宫锦：指袁枚于乾隆三年（1738）考中进士，授翰林院庶吉士，南归还家省亲事。宫锦，宫廷作坊特制的丝织品。此指用这种锦制成的宫袍。[22] 函使：递送信件的人。[23] 凡此琐琐：所有这些细小琐碎的事。[24] 凄梗：悲伤凄切，心头郁结。[25] 婴婗（yīní）：婴儿。此代指儿时。[26] 罗缕纪存：排成顺序，有条理地记录下来。[27] 义绝：断绝关系。此指离婚。[28] 阿奶：指袁枚的母亲章氏。[29] 眴（shùn）：用眼色示意。此指依靠、指望。[30] 明经义：理解经义之理。雅故：规范的训释。《汉书·叙传》："函雅故，通古今"。[31] 婉嬺（yì）：温柔和顺。《晋书·武悼杨皇后传》："婉嬺有妇德。"[32] 刺探：打听、探望。[33] 小差（chài）：病情稍有好转。差，同"瘥"。《方言》："差，愈也。"[34] 殗殜（yèdié）：微病。[35]"汝之疾"三句：因相信医师之言，以为你病不重，才远游扬州。吊，凭吊，游览。[36] 虑戚吾心：顾虑我，怕我担心。戚，忧愁。[37] 绵惙（chuò）：病势危急。[38] 未时：下午一至三时。[39] 辰时：上午七时至九时。[40] 筹画：商量、安排。[41] 而竟已乎：竟然就这样结束了。[42] 付梓：付印。梓，树名。这里指刻字印刷的木板。素文的遗稿，附印在《小仓山房全集》卷后，题为《素文女子遗稿》。[43] 窀穸（zhūnxī）：墓穴。[44] 先茔：祖先的坟墓。[45] 江广河深：言地理阻隔，交通不便。[46] 宁：此指安葬。[47] 阿印：据《女弟素文传》载："女阿印，病痦，一切人事器物不能言，而能书。"其哭妹诗说："有女空生口，无言但点颐。"[48] 阿爷：袁枚的父亲袁滨，已去世。[49] 阿兄：袁枚自称。[50] 旷渺：空旷辽阔。[51] 原隰（xí）：原野低注之地。高而平的地叫原，低下而潮湿的地为隰。[52] 羁魂：羁旅之魂。因袁素文没有安葬在故乡，故云。[53] 戊寅年：作者于乾隆二十三年（1758）丧子。[54] 两女：指作者妾钟氏所生孪生女儿。牙牙：孩子学话的声音。[55] 周晬（zuì）：周岁。[56] 亲在未敢言老：《礼记·坊记》："父母在，不称老。"时作者五十一岁，母亲还健在。[57] 齿危：牙齿松动。[58] 阿品：作者堂弟袁树，字东芗，号芗亭，小名阿品，时任河南正阳县县令。[59] 九族：指高祖、曾祖、祖父、父亲、本身、儿子、孙子、曾孙和玄孙。[60] 朔风野大：北风在旷野上更大。

**【审美点评】**

祭文常用固定的格式概括被祭者一生之功过，内容和形式都易流于程式化，产生干涩平庸之病。本文却不受拘泥，在点滴中见性情，真实深切。文章反复使用"呜呼"哀叹，强烈的悲哀情绪贯穿文中，格调沉痛，感人至深，实为祭文中的珍品。

# 蒋士铨

蒋士铨（1725—1785），字心余、一字苕生，号藏园，又号清容居士，晚号定甫。江西铅（yán）山人。自幼受到良好的经籍启蒙，又遍游齐、鲁、燕、赵等地。乾隆二十二年（1757）进士，授翰林院编修，充武英殿纂修官。后乞假养母归乡，先后主持蕺山、崇文、安定三书院讲席。工诗、古文、词曲。其诗皆灌注真情，沉雄坚劲。有《忠雅堂诗文集》、《藏园九种曲》。

## 岁暮到家

**【题解】**本诗笺校本注云："刊本只收第二首，余据手稿本补。"此为五首之二。乾隆十一年（1746），作者于年终前夕赶到家中，见到母亲后，百感交集，因作此诗。

爱子心无尽，归家喜及辰[1]。寒衣针线密，家信墨痕新。见面怜清瘦，呼儿问苦辛。低回愧人子，不敢叹风尘。

上海古籍出版社版邵海清校、李梦生笺《忠雅堂集校笺·忠雅堂诗集》卷一

**【注释】**

[1] 及辰：及时。

**【审美点评】**

母子亲情是人间最自然、最真切、最无条件的感情，它朴实又浓厚。本诗传达得十分微妙细腻，神情话语，如见如闻。

# 赵 翼

赵翼（1727—1814），字云崧，一字耘崧，号瓯北，晚号自署瓯北老人，阳湖（今江苏常州）人。乾隆二十六年（1761）一甲第三名进士，授翰林院编修，充顺天乡试主考官、会试同考官。出任广西镇安府、广东广州府知府，官至贵西兵备道。乾隆三十八年（1773）辞官归里，主讲扬州安定书院。诗论主张与袁枚接近，主性灵，重创新。长于史学，考据精赅。有《廿二史札记》、《陔（gāi）余丛考》、《瓯北集》、《瓯北诗话》。

## 后园居诗（十首选一）

**【题解】** 作者先写了《园居诗》四首，后又写了《后园居诗》十首，此为第五首。诗用明白如话的语言，抨击了社会上的谀碑现象，并联想到历史的真伪问题，敢于大胆疑古。

有客忽叩门，来送润笔需[1]。乞我作墓志，要我工为谀[2]。言政必龚黄[3]，言学必程朱[4]。吾聊以为戏，如其意所须。补缀成一篇[5]，居然君子徒。核诸其素行[6]，十钧无一铢[7]。其文倘传后，谁复知贤愚？或且引为据，竟入史册摹。乃知青史上，大半亦属诬。

上海古籍出版社版李学颖、曹光甫校点《瓯北集》卷一〇

**【注释】**

[1] 润笔需：润笔费，即稿酬。[2] 工：细致地。[3] 龚黄：指龚遂、黄霸，均是汉宣帝时有名良吏。[4] 程朱：指理学家程颢、程颐、朱熹。[5] 补缀：拼凑。[6] 素行：平素的行为。[7] 十钧无一铢：意谓相差甚远。钧、铢均为古代重量单位，三十斤为一钧，二十四铢为一两。

**【审美点评】**

此诗语言虽然直白，但可贵之处是在生活的小事中，提出了对信史的大胆怀疑，联想巧妙，令人信服。

## 论诗（五首选一）

**【题解】** 作者晚年著成《瓯北诗话》，广泛研讨唐宋以来诸家诗。此为组诗中的

第二首，形象地表述了他的文学发展观。

李杜诗篇万口传，至今已觉不新鲜。江山代有才人出，各领风骚数百年[1]。

上海古籍出版社版李学颖、曹光甫校点《瓯北集》卷二八

【注释】

[1] 风骚：风指《诗经》中《国风》，骚指《楚辞》中《离骚》，后人常用以指诗坛、诗风。

【审美点评】

李杜诗歌光华绝代，无人能及。诗人却能从"万口传"这一过于熟知的角度见出"不新鲜"，从而得出"江山代有才人出，各领风骚数百年"的结论。后二句进化发展的内涵，可用于众多领域，成为普遍认知的名句。

# 黄景仁

黄景仁（1749—1783），字仲则，又字汉镛，自号鹿菲子，江苏武进（今常州）人。四岁丧父，少孤家贫。十六岁应童子试，以第一名进学，却屡试乡试不中。与科举无缘，长期奔走游历，曾多次为幕僚。乾隆四十年（1775），赴北京。次年乾隆帝东巡召试士子，取二等，授武英殿书签官，贫病以终。传世诗作二千余首，多写穷愁不遇之感，寂寞凄凉之情，抑塞激愤之气，构思精巧，意境幽深。有《两当轩全集》。

## 都门秋思（四首选一）

【题解】诗作于乾隆四十四年（1779）秋，时作者三十一岁。都门，京都之门，即指北京。作者于乾隆四十年（1775）到北京，虽赴召试，取二等，充武英殿书签官，但境况并未因此改善，次年又接母亲妻子入京，生计更加艰难。此诗为第四首，是作者窘迫现状的写照。

侧身人海叹栖迟[1]，浪说文章擅色丝[2]。倦客马卿谁买赋[3]，诸生何武漫称诗[4]。一梳霜冷慈亲发[5]，半甑尘凝病妇炊[6]。为语绕枝乌鹊道：天寒休傍最高枝[7]。

《续修四库全书》本《两当轩全集》卷一三

**【注释】**

[1] 侧身：指倾侧身体，此指忧愁不安。栖迟：游息，淹留，引为漂泊失意。[2] 浪说：无根据地信口胡说。色丝：据《世说新语·捷悟》，邯郸淳作孝娥碑，蔡邕题其后曰："黄绢幼妇，外孙齑（jī）臼"，隐为"绝妙好辞"。后因以"色丝"指妙文。作者入京前已有诗名，故云"擅色丝"。[3] 马卿：司马相如，字长卿，擅作赋。[4] 何武：《汉书·何武传》："何武，字君公，蜀郡郫县人。……益州刺史王襄使辩士王褒颂汉德，作《中和》、《乐职》、《宣布》诗三篇。武年十四五，与成都杨覆众等共席歌之。"颇得宣帝欢心，得赐帛。作者曾赴召试，取二等，赐帛，故以何武为喻。[5] 霜冷：喻境况的凄凉。[6] 尘凝：尘土凝聚，喻无粟。《后汉书·独行传》载，范冉家贫，人称"甑中生尘范史云"。[7] "为语"二句：曹操《短歌行》有"月明星稀，乌鹊南飞，绕树三匝，何枝可依"的诗句，此指不想攀附权贵。

**【审美点评】**

满腹经纶，才华超众，却连最基本的生计也无力解决。老母、病妻、屋寒、灶冷，写尽寒士的穷愁潦倒，读之令人恻然。

# 圈虎行

**【题解】**此诗作于乾隆四十五年（1780）正月。圈（juàn）虎，圈在栅栏里的老虎。诗借被驯老虎精彩的表演过程，抒发"依人虎任人颐使"的感慨，嘲笑其"行藏"竟"不如鼠"。作者常年奔走四方，依人为生，故此诗言辞颇为激越，似有身世之慨。

都门岁首陈百技[1]，鱼龙怪兽罕不备[2]；何物市上游手儿[3]，役使山君作儿戏[4]。初舁虎圈来广场[5]，倾城观者如堵墙；四围立栅牵虎出，毛拳耳戢气不扬[6]。先撩虎须虎犹帖，以棓卓地虎人立[7]；人呼虎吼声如雷，牙爪丛中奋身入。虎口呀开大如斗[8]，人转从容探以手；更脱头颅抵虎口，以头饲虎虎不受，虎舌舐人如舐觳[9]。忽按虎脊叱使行，虎便逡巡绕阑走。翻身踞地蹴冻尘[10]，浑身抖开花锦茵；盘回舞势学胡旋[11]，似张虎威实媚人；少焉仰卧若伴死，投之以肉霍然起；观者一笑争醵钱[12]，人既得钱虎摇尾。仍驱入圈负以趋，此间乐亦忘山居[13]。依人虎任人颐使[14]，伴虎人皆虎唾余。我观此状气消沮：嗟尔斑奴亦何苦[15]！不能决踞尔不智[16]，不能破槛尔不武。此曹一生衣食汝，彼岂有力如中黄[17]，复似梁鸯能喜怒[18]。汝得残餐究奚补[19]？伥鬼羞颜亦更主[20]；旧山同伴傥相逢，笑尔行藏不如鼠[21]。

《续修四库全书》本《两当轩全集》卷一四

**【注释】**

[1] 岁首：正月。[2] 鱼龙：指古代百戏杂耍中能变化为鱼和龙的模型，此泛指各种罕见的怪兽。[3] 何物：感叹词，表示惊异。《晋书·王衍传》："何物老妪，生此宁馨儿。"游手儿：游手好闲者。[4] 山君：指老虎。《说文》："虎，山兽之君。"[5] 舁（yú）：扛抬。[6] 毛拳耳戢（jí）：毛发拳曲，双耳收敛。[7] 棓（bàng）：同"棒"。卓：竖立。[8] 呀（xiā）：张口。[9] 彀（gòu）：《说文》："彀，乳也。"此指虎仔。[10] 踞（jù）：蹲伏。蹴（cù）：踢踏。冻尘：时在正月，北方土地仍冻结。[11] 胡旋：一种少数民族舞蹈。《乐府杂录·俳优》："舞有骨鹿舞、胡旋舞，俱于一小圆毯子上舞，纵横腾踏，两足终不离于毯子上。"[12] 醵（jù）钱：赏钱。醵，凑集。[13] 此间乐：《三国志·后主传》注引《汉晋春秋》："他日，王问禅曰：'颇思蜀否？'禅曰：'此间乐，不思蜀。'"[14] 颐使：示意，此指口不言以动作就能指挥老虎。[15] 斑奴：指老虎。[16] 决：断。蹯（fán）：指兽的脚掌。《战国策·赵策三》："魏魁谓建信君曰：'人有置系蹄者而得虎。虎怒，决蹯而去。'"[17] 中黄：亦称"中黄伯"，古勇士名。陈琳《为袁绍檄豫州》："奋中黄育获之士，骋良弓劲弩之势。"吕延济注："中黄伯、夏育、乌获，皆古之力士也。"[18] 梁鸯：周宣王时驯养鸟兽的能手。《列子·黄帝》："周宣王之牧正有役人梁鸯者，能养野禽兽，委食于园庭之内，虽虎狼雕鹗之类，无不柔驯者。"[19] 奚补：什么补偿。奚，何。[20] 伥（chāng）鬼：被老虎吃掉又引诱别人喂老虎的鬼。《太平广记》卷四三〇："伥鬼，被虎所食之人也，为虎前呵道耳。"[21] 行藏：行止。《论语·述而》："用之则行，舍之则藏。"

**【审美点评】**

虎为山中之王，何等高傲，尊贵，自由！而今却为人戏耍牟利，受人颐使，摇尾取媚，失去了往日的尊严，仅为口食而已，实在可悲可叹。王文濡评此诗曰："寄托遥深，微辞寓讽，依人者可以鉴矣。"（《清诗评注读本》卷二）

# 张问陶

张问陶（1764—1814），字仲冶、乐祖，号船山、老船，四川遂宁人。乾隆五十五年（1790）进士，改庶吉士，历官翰林院编修、都察院御史、吏部郎中。后出任山东莱州知府，未几引疾归。侨居苏州虎丘山塘陆龟蒙祠屋之左，卒于斯。他才情横溢，精通古文辞，尤工于诗，诗名重海内，被誉为"蜀中诗人之冠"。所作多表现生活及写景题画之诗，情调流于感伤。有《船山诗文集》。

## 芦 沟

**【题解】** 芦沟，即卢沟桥，位于今北京南郊，跨永定河，为入京必经之地。此诗作于乾隆四十九年（1784）作者入京的途中，抒发了欲有所作为的情怀。

芦沟南望尽尘埃，木脱霜寒大漠开[1]。天海诗情驴背得[2]，关山秋色雨中来。茫茫阅世无成局[3]，碌碌因人是废才。往日英雄呼不起，放歌空吊古金台[4]。

**中华书局点校本《中国古典文学基本丛书·船山诗草》卷二**

**【注释】**

[1] 木脱：指树叶尽落，树枝干枯。[2] 天海：原来比喻浩渺的天空。此指无限诗情。驴背得：唐郑綮善有"诗思在灞桥风雪中驴子背上"的佳话（见《全唐诗话》）。[3] 无成局：棋局没有终了。[4] 金台：又称黄金台、燕台、招贤台，故址在今河北定兴县。据传春秋燕昭王筑台于此，置千金延揽天下英才，故名。

**【审美点评】**

千里马需要广阔的疆场，才能展示它驰骋的风采；有才之士需要一个平台，方能展示他卓绝的才华。古往今来，黄金台成为多少渴望成功者梦寐以求的所在。

# 斑竹塘车中

**【题解】** 斑竹塘，地名，地处湖北荆门一带。此诗作于乾隆五十八年（1793）正月，时作者携妻子进京，途经荆门至襄樊的途中。诗表达了对夫妇和谐美好生活的肯定。

翕翕红梅一树春[1]，斑斑林竹万枝新。车中妇美村婆看[2]，笔底花浓醉墨匀。理学传应无我辈，香奁诗好继风人[3]。但教弄玉随萧史，未厌年年踏软尘[4]。

**中华书局点校本《中国古典文学基本丛书·船山诗草》卷九**

**【注释】**

[1] 翕（xī）翕：盛大貌。[2] 妇美：指妻子林韵征。[3] 香奁诗：专写女子闺房琐事之诗。严羽《沧浪诗话》："香奁体：韩偓之诗，皆裾裙脂粉之语，有《香奁集》。"风人：风人体，指乐府《吴歌》、《子夜歌》一类民歌。[4] 软尘：亦曰"软红尘"，指繁华都市。

**【审美点评】**

在翕翕红梅、斑斑林竹的簇拥下，美妇乘车款款而来，人生最美好的景致也不过如此吧。

# 恽　敬

恽敬（1757—1817），字子居，号简堂，江苏阳湖（今常州）人。清乾隆四十八年（1783）举人，选浙江富阳县令，与同邑张惠言致力于古文，兼采清初散文和桐城派古文之长，开阳湖文派。为文讲究气势，重视辞采。有《大云山房文稿》。

## 游庐山记

**【题解】** 嘉庆十八年（1813）作者任南昌府同知，驻吴城镇，得遍游庐山。庐山在江西省境内，自古文人题咏不绝。此篇记作者六日游庐山南麓之景况，逐日记游，线索清晰，突出"庐山有娱逸之观"的主旨。

庐山据浔阳、彭蠡之会[1]，环三面皆水也。凡大山得水，能敌其大以荡潏之[2]，则灵；而江湖之水，吞吐夷旷[3]，与海水异。故并海诸山多壮郁[4]，而庐山有娱逸之观。

嘉庆十有八年三月己卯[5]，敬以事绝宫亭[6]，泊左蠡[7]。庚辰[8]，权星子[9]，因往游焉。

是日，往白鹿洞[10]，望五老峰[11]，过小三峡[12]，驻独对亭[13]，振钥顿文会堂[14]。有桃一株，方花；右芭蕉一株，叶方苗。月出后，循贯道溪[15]，历钓台石、眠鹿场[16]，右转，达后山，松杉千万为一桁[17]，横五老峰之麓焉。

辛巳[18]，由三峡涧[19]，陟欢喜亭[20]。亭废，道险甚。求李氏山房遗址[21]，不可得。登含鄱岭[22]，大风啸于岭背，由隧来[23]，风止，攀太乙峰[24]。东南望南昌城，迆北望彭泽[25]，皆隔湖，湖光湛湛然。顷之，地如卷席，渐隐[26]；复顷之，至湖之中；复顷之，至湖壖[27]；而山足皆隐矣。始知云之障，自远至也。于是四山皆蓬蓬然[28]，而大云千万成阵，起山后，相驰逐，布空中，势且雨，遂不至五老峰，而下窥玉渊潭[29]，憩栖贤寺[30]。回望五老峰，乃夕日穿漏，势相倚负。返，宿于文会堂。

壬午[31]，道万杉寺[32]，饮三分池[33]，未抵秀峰寺里所[34]，即见瀑布在天中[35]。既及门[36]，因西瞻青玉峡[37]，详睇香炉峰[38]。盥于龙井[39]，求太白读书堂[40]，不可得。返，宿秀峰寺。

癸未[41]，往瞻云[42]，迂道绕白鹤观[43]，旋至寺，观右军墨池[44]。西行，寻栗里卧醉石[45]，石大于屋，当涧水。途中访简寂观[46]，未往。返，宿秀峰寺，遇一微头陀[47]。

甲申[48]，吴兰雪携廖雪鹭、沙弥朗圆来[49]，大笑，排闼入[50]。遂同上黄岩[51]，侧足逾文殊台[52]，俯玩瀑布下注，尽其变。叩黄岩寺[53]，趾乱石[54]，寻瀑布源，溯汉阳峰[55]，径绝而止。复返，宿秀峰寺。兰雪往瞻云，一微头陀往九江。是夜大雨，在山中五日矣。

乙酉[56]，晓望瀑布，倍未雨时[57]。出山五里所，至神林浦[58]，望瀑布益明。山沈沈苍酽一色[59]，岩谷如削平。顷之，香炉峰下，白云一缕起，遂团团相衔出；复顷之，遍山皆团团然；复顷之，则相与为一。山之腰皆弇之[60]，其上下仍苍酽一色。

夫云者，水之征，山之灵所泄也。足以娱性逸情如是，以诒后之好事者焉[61]。

《四部丛刊》本《大云山房文稿》二集卷三

**【注释】**

[1] 浔阳：浔阳江。彭蠡：即今江西鄱阳湖。会：交汇处。[2] 敌：匹敌。荡潏（yù）：激荡涌出。[3] 夷旷：平坦开阔。[4] 并（bàng）海：近海。并，通"傍"。[5] 三月己卯：农历三月十二日。[6] 绝：横渡。宫亭：湖名。《寰宇记》："鄱阳湖南归南昌界者，曰宫亭湖。"因宫亭庙而得名。[7] 左蠡：地名，鄱阳湖北部亦名左蠡湖，因左蠡镇得名。[8] 庚辰：十三日。[9] 枕（yǐ）：通"舣"，停船靠岸。星子：县名，位于鄱阳湖西岸。[10] 白鹿洞：在星子县北庐山五老峰下，是北宋六大书院之一。据传唐洛阳人李渤隐居庐山读书，并驯养白鹿，时人称"白鹿先生"。后来李渤为江州刺史，于故地建筑台榭，名为白鹿洞。[11] 五老峰：庐山最高峰，在庐山东南方。[12] 小三峡：溪涧名，其水流湍急，小于三峡涧，故名。[13] 独对亭：在白鹿洞东。[14] 振钥：谓开门。顿：停留。文会堂：南宋嘉定年间始建，在白鹿洞书院西北海会寺内。[15] 贯道溪：在白鹿洞东。溪水自凌云峰来，流经白鹿洞出峡为贯道溪。[16] 钓台石、眠鹿场：在白鹿洞西、西南。[17] 桁（háng）：量词，用于成横行的东西。[18] 辛巳：十四日。[19] 三峡涧：在五老峰西南。[20] 欢喜亭：在通往五老峰的欢喜岭上。[21] 李氏山房：宋李常藏书处。李常，字公择，江西建昌人，少时读书庐山，宋哲宗时累官至御史中丞。出仕时，将所抄书九千卷藏于此，名李氏山房，在五老峰下，又称白石庵、白石僧舍。[22] 含鄱岭：在五老峰西，庐山半山处。[23] 隧：本指山道，此为山谷。[24] 太乙峰：在含鄱口西南，为庐山著名山峰之一。[25] 迄（qì）北：至北。彭泽：彭泽故城，今湖口县彭泽乡。[26] "地如卷席"二句：大地像卷起的席子逐渐隐没。[27] 湖壖（ruán）：湖边。[28] 蓬蓬然：模糊不清貌。[29] 玉渊潭：在三峡涧下游。[30] 栖贤寺：庐山五大寺院之一。在五老峰下，南朝齐参军张希之建，唐李渤读书于此。[31] 壬午：十五日。[32] 道：取道。万杉寺：庐山五大寺院之一。[33] 三分池：在万杉寺后，又名散珠池。[34] 秀峰寺：庐山五大寺院之一。里所：一里左右。

[35] 瀑布：唐李白有"飞流直下三千尺，疑是银河落九天"和"挂流三千丈，喷壑数十里"诗句。[36] 门：此为秀峰寺山门。[37] 青玉峡：秀峰寺有二瀑布，合流处为青玉峡。[38] 详睇（dì）：仔细观看。香炉峰：在庐山西北秀峰寺后，峰形圆耸如香炉，常常烟雾缭绕，故名。[39] 龙井：在青玉峡下。[40] 太白读书堂：亦太白书室。在香炉峰下，青玉峡西。相传李白为避安史之乱曾在此读书。[41] 癸未：十六日。[42] 瞻云：寺庙名，庐山五大寺院之一。[43] 白鹤观：在五老峰下，唐高宗时建。[44] 右军墨池：在瞻云寺殿前。池水黑色，相传王羲之曾洗墨于此。[45] 栗里：古地名，今江西九江市西南。卧醉石：离栗里柴桑桥一里左右，据传陶渊明常醉卧石上。[46] 简寂观：旧名太虚观，在金鸡峰下。[47] 微头陀：小和尚。头陀，行脚僧，此指和尚。[48] 甲申：十七日。[49] 吴兰雪、廖雪鹭：均人名，其人其事不详。沙弥朗圆：法号叫朗圆的和尚。沙弥，尚未接受佛教大戒的和尚，此用作和尚的通称。[50] 排闼（tà）：推开门。[51] 黄岩：庐山地名，在双剑峰下，其地有黄岩寺。[52] 侧足：斜侧身体行走。文殊台：在黄岩南。[53] 黄岩寺：在双剑峰下。[54] 跐（cǐ）：践踏。[55] 汉阳峰：庐山北部最高峰。[56] 乙酉：十八日。[57] 倍未雨时：比没有下雨时大了一倍。[58] 神林浦：水口名，即庐山下神林湖滨。[59] 沈（tán）沈：深邃貌。苍酽（yàn）：深青色。[60] 弇（yǎn）：覆盖、遮蔽。[61] 诒（yí）：通"贻"，留传，送给。

## 【审美点评】

孔子说："知者乐水，仁者乐山；知者动，仁者静；知者乐，仁者寿。"（《论语·雍也》）本篇在对山云水系的描写中，渗透着对奇妙大自然的赞赏，读后可以陶冶性情，忘怀世虑，修养身心。

# 张惠言

张惠言（1761—1802），原名一鸣，字皋文，号茗柯，江苏武进人。嘉庆四年（1799）进士，曾任庶吉士、翰林院编修，仅一年，因病去世。张惠言早年致力于经学，工骈文辞赋，后受桐城派的影响，开创阳湖派。尤工词，与弟张琦合编《词选》。突破浙西词派末流空虚狭窄的创作流弊，提倡《风》、《骚》比兴，意内言外，开创常州词派。有《茗柯文编》、《茗柯词》。

## 木兰花慢

### 杨 花

【题解】此词概作于早年。时作者仕途不进，漂泊无着。诗借杨花之独自飘零，写其寂寞、凄凉、清寒，不甘沉沦又具疏狂情性，实是作者之自况。

尽飘零尽了[1]，何人解，当花看。正风避重帘，雨回深幕，云护轻幡[2]。寻他一春伴侣，只断红、相识夕阳间[3]。未忍无声委地，将低重又飞还。　　疏狂情性算凄凉，耐得到春阑。便月地和梅，花天伴雪，合称清寒。收将十分春恨，做一天、愁影绕云山。看取青青池畔[4]，泪痕点点凝斑[5]。

上海古籍出版社版黄立新校点《茗柯文编·附词》

**【注释】**

[1] 尽（jìn）：任，随。[2] 轻幡：护花幡。幡，旗幡。据传唐代崔玄微在花苑中遇众花神，花神因惧怕恶风侵袭，乞求崔于每年二月初一立朱幡于苑中，上绘日月五星图案，以抵御风雨。崔玄微照办，花神果然得到庇护。见唐郑还古的《博异志》。[3] 断红：指落花。[4] 青青：此指浮萍。据说杨花入池就化为浮萍。宋苏轼《再次韵曾仲锡荔支》："杨花著水万浮萍。"并自注："柳至易成，飞絮落水中，经宿即为浮萍。"[5] 泪痕：指浮萍。凝斑：亦指浮萍。苏轼《水龙吟》（次韵章质夫杨花词）："细看来，不是杨花，点点是离人泪。"

**【审美点评】**

清谭献评此词曰"撮两宋之菁英"（《箧中词·今集》卷三）。北宋章质夫有《水龙吟·杨花》词，已是"曲尽杨花妙处"（宋魏庆之《诗人玉屑》），苏轼的和词《水龙吟》（次韵章质夫杨花词）超出原作，达到"压倒今古"（宋张炎《词源》）的境地。本词对前两首词均有借鉴，唯更突出了杨花的飘零清寒与疏狂的个性，不输前人。

# 书山东河工事

**【题解】**嘉庆二年（1797）山东曹州黄河决口，颟顸无能的山东巡抚伊江阿竟任用幕僚王树勋，用筑法坛、念咒语、行跪拜、镇妖龙的迷信方法治理堵决，徒然葬送数百河工的生命。作者根据目击者提供的内容，记载此事，表达了对统治者及其帮凶的谴责。

嘉庆二年[1]，河决曹州[2]，山东巡抚伊江阿临塞之[3]。伊江阿好佛，其客王先生者，故僧也，曰明心，聚徒京师之广慧寺，诖误士大夫[4]。有司杖而逐之，蓄发养妻子。伊江阿师事之谨[5]。王先生入则以佛家言耸惑巡抚，出则招纳权贿，倾动州县，官吏之奔走巡抚者，争事王先生；

河工调发薪刍夫役之官[6]，非王先生言不用也。不称意，张目曰："奴敢尔，吾撤汝矣！"其横如此。

内阁侍读学士蒋予蒲[7]，王先生广慧寺之徒也，以母忧去官，游于山东。伊江阿延之幕中，相得甚，奏请留视河工，有旨许之。巡抚择良日筑坛于公馆之左[8]，僧道士绕坛诵经者数十人，巡抚日再至[9]，蒋学士、王先生从。及坛，蒋学士北面拜，巡抚亦北面拜。王先生冠毗卢冠[10]，加沙偏袒[11]，升坛坐。学士巡抚立坛下，诵经毕，乃去。如是者数月。河屡塞，辄复决。其明年正月[12]，王先生曰："堤所以不固，是其下有蛰龙，吾以法镇之，某日，当合龙[13]，速具扫。[14]"巡抚曰："诺。"先期一日，扫具，役夫数百人，维扫以须[15]。巡抚至，王先生佛衣冠，手铁长数寸，临决处，呗音诵经咒[16]。良久，投铁于河，又诵又投。三投，举手贺曰："龙镇矣！"巡抚合掌曰："如先生言。"明日，水大甚。巡抚命下扫，众皆谏，不许，扫下，数百人皆死。居数日，王先生又至，投铁者又三，扫又下，死者又数百人，堤卒不合。

张惠言曰：余居江南，辄闻山东河工事，未审[17]。及来京师，杂询之[18]，多目击者。呜呼！佛氏之中人，至此极哉！书其事，使来者有所儆焉[19]。

王先生既蓄发，名树勋，以资入待选通判[20]。本扬州人，或曰常州之宜兴人。当其为僧时，故有妻子也。僧号嘿然。嘿然者，亦其未为僧时号。伊江阿谪戍伊犁，王先生送之戍所。闻其将归谒选云。

上海古籍出版社版黄立新校点《茗柯文编》三编

**【注释】**

[1] 嘉庆二年：1797年。[2] 曹州：曹州府，今山东菏泽。[3] 伊江阿：满族人，时官山东巡抚。附和和珅，和珅下狱，被夺职，"又追论在山东时佞佛宽盗，命戍伊犁"（《清史稿》）。[4] 诖（guà）误：贻误。[5] 谨：恭敬。[6] 薪刍：柴草。刍，喂牲口的草。[7] 蒋予蒲：河南睢州（今睢县）人。乾隆间进士，曾任内阁侍读学士等职。[8] 公馆：指伊江阿在曹州的官邸。[9] 日再至：每天来两次。[10] 毗卢冠：也作"毗卢帽"，上面有毗卢佛小像的和尚帽。毗卢，毗卢舍那的简称，即大日如来。[11] 加沙偏袒：穿着右肩袒露的袈裟。加沙，同"袈裟"。[12] 明年：嘉靖三年（1798）。[13] 合龙：堤坝最后合口的工程叫"合龙"。[14] 速具扫：赶快准备用具。扫，通"埽"（sào），指治河工程中用以护堤和堵口填塞物。以柳、草或秫秸等捆扎而成，大者杂以土石。[15] 维扫以须：拿着拴系起来的扫，等待下投（堵水）。维，拴系。须，等待。[16] 呗（bài）音：梵音赞颂。[17] 未审：不知虚实。[18] 杂询之：打听许多人。[19] 儆（jǐng）：警戒。[20] 以资入：纳银钱取得做官资格，即捐官。通判：清代官府的僚属。

**【审美点评】**

　　黄河决口，百姓已遭天灾；再遇伊江阿这样的糊涂官，百姓又遭人祸。为民父母者，当以山东河工事为戒。

# 汪　中

　　汪中（1745—1794），字容甫，江都（今江苏扬州）人。幼孤贫好学，由寡母邹氏启蒙。稍长，受雇于书商，得遍读经史百家之书，卓然成家。乾隆四十二年（1777）拔贡，以奉养老母未应试，后绝意仕进，以卖文和做幕僚为生。为人恃才傲物，被目为狂生。能诗，工骈文，精于史学，曾博考先秦图书，研究古代学制兴废，见解深邃独到，上承顾炎武，下开近代诸子研究之风。著作有《述学》、《广陵通典》、《容甫先生遗诗》等。

## 哀盐船文

　　**【题解】** 哀辞，是用以追悼死者的文体，与诔相似。乾隆三十五年（1770）农历十二月十九日，扬州仪征县沙漫洲江面的盐船失火，焚毁船只一百三十艘，死亡一千四百多人，情状惨不忍睹。正在此探亲的作者目睹了这幕人间惨剧，深受震动，以极其哀悼之情叙写此事。

　　乾隆三十五年十二月乙卯[1]，仪征盐船火[2]，坏船百有三十，焚及溺死者千有四百。是时盐纲皆直达[3]，东自泰州[4]，西极于汉阳[5]，转运半天下焉。惟仪征绾其口[6]。列樯蔽空[7]，束江而立[8]，望之隐若城郭。一夕并命[9]，郁为枯腊[10]，烈烈厄运[11]，可不悲邪！

　　于时，玄冥告成[12]，万物休息。穷阴涸凝[13]，寒威凛慄[14]；黑眚拔来[15]，阳光西匿。群饱方嬉，歌咢宴食[16]。死气交缠，视面惟墨[17]。夜漏始下[18]，惊飙勃发[19]。万窍怒号[20]，地脉荡决[21]。大声发于空廓，而水波山立。

　　于斯时也，有火作焉。摩木自生[22]，星星如血，炎光一灼，百舫尽赤。青烟睒睒[23]，缥若沃雪[24]。蒸云气以为霞，炙阴崖而焦爇[25]。始连楫以下碇[26]，乃焚如以俱没[27]。跳踯火中，明见毛发。痛謈田田[28]，狂呼气竭。转侧张皇，生涂未绝[29]。倏阳焰之腾高[30]，鼓腥风而一映[31]。洎埃雾之重开[32]，遂声销而形灭。齐千命于一瞬，指人世以长诀。发冤气之焄蒿[33]，合游氛而障日[34]。行当午而迷方[35]，扬沙砾之嫖疾[36]。衣缯败絮[37]，墨查炭屑[38]，浮江而下，至于海不绝。

亦有没者善游[39]，操舟若神。死丧之威，从井有仁[40]。旋入雷渊[41]，并为波臣[42]。又或择音无门[43]，投身急濑[44]，知蹈水之必濡[45]，犹入险而思济[46]。挟惊浪以雷奔，势若陉而终坠[47]。逃灼烂之须臾，乃同归乎死地。积哀怨于灵台[48]，乘精爽而为厉[49]。出寒流以浃辰，目瞑瞑而犹视[50]。知天属之来抚[51]，愁流血以盈眦[52]。诉强死之悲心[53]，口不言而以意[54]。若其焚剥支离[55]，漫漶莫别[56]，圜者如圈[57]，破者如玦[58]。积埃填窍[59]，挶指失节[60]。嗟狸首之残形[61]，聚谁何而同穴[62]，收然灰之一抔[63]，辨焚余之白骨。呜呼哀哉！

且夫众生乘化[64]，是云天常[65]。妻孥环之，绝气寝床；以死卫上[66]，用登明堂；离而不惩[67]，祀为国殇[68]。兹也无名，又非其命，天乎何辜，罹此冤横！游魂不归，居人心绝[69]。麦饭壶浆[70]，临江呜咽。日堕天昏，凄凄鬼语。守哭逌遭[71]，心期冥遇。惟血嗣之相依[72]，尚腾哀而属路[73]。或举族之沈波，终狐祥而无主[74]。悲夫！丛冢有坎[75]，泰厉有祀[76]，强饮强食，冯其气类[77]。尚群游之乐[78]，而无为妖祟。

人逢其凶也邪？天降其酷也邪？夫何为而至于此极哉！

《四部丛刊》本《述学·补遗》

**【注释】**

[1]"乾隆"句：关于此次火灾的具体时间，记年有异。《嘉庆扬州府志》为"乾隆三十六年十月"，《道光重修仪征县志》为"乾隆三十六年十二月十九日"，均与本文不同。乙卯，农历十九日。[2]仪征：清属扬州府，今江苏仪征。[3]盐纲：明清时期的盐政纲法，此指运盐船。[4]泰州：盐产地，清属扬州府。[5]汉阳：今武汉汉阳。[6]绾（wǎn）其口：控扼盐运之水路要道。绾，钩联，贯通。[7]樯：帆船上挂风帆的桅杆。[8]束：搁置。此指停靠。[9]并命：同命，指同时丧命。[10]郁为枯腊（xī）：烤成干肉。郁，通"燠（yù）"，本义为"热"，此指"烤"。枯腊，干肉。[11]烈烈：火盛貌。[12]玄冥：主冬会之神。玄，原作"元"，系避康熙帝讳。[13]穷阴：极阴，指岁末严冬极其阴沉寒冷之天气。涸（hé）凝：干涸凝结，极言冷。[14]凛慄：冷得使人战栗。[15]黑眚（shěng）：此指黑色的云雾。眚，目生翳。引申为日蚀，古时以日蚀为灾异。《左传·庄公二十五年》："非日月之眚，不鼓。"杜预注："眚，犹灾也。月侵日为眚。"拔来：突然到来。[16]歌咢（è）：歌唱。咢，唱歌不用乐器伴奏。[17]视面惟墨：脸上呈现晦气之色。墨，黑色，此引申为凶兆。[18]夜漏始下：夜晚计时的漏壶刚下滴。[19]惊飙（biāo）：暴风。勃发：突然刮起。[20]万窍：千穴万孔。[21]地脉：地的脉络。此指长江。荡决：极言风吹浪大。决：堤岸被水冲开。[22]摩木：《庄子·外物篇》："木与木相摩

则然（燃）。"［23］睒（shǎn）睒：（火）光闪烁貌。［24］嫖（biāo）若沃雪：飞火烧船，如沸水浇雪，速度极快。嫖，迸飞的火焰。［25］阴崖：阴暗潮湿的堤岸。焦蒻（ruò）：烧焦。蒻，焚烧。［26］连樯：船相互连接。樯，船桨，代指船。下碇：抛锚。碇，同"矴"，船停泊时沉入水中稳定船身的石墩。［27］焚如以俱没：一起焚烧，全部沉没。如，语助词。［28］痛嚔（pò）：痛楚地呼叫。田田：象声词，类捶胸顿足之声。［29］生涂：生路。［30］倏（shū）：迅疾。阳焰：明亮的火焰。［31］咉（xuè）：轻微的气流声。［32］洎：及，到。［33］煮蒿（xūnhāo）：指死人的冤气散发。［34］游氛：游荡的云雾，此指飘荡于空中的凶气。［35］当午：正午。［36］嫖（piāo）疾：轻捷貌。［37］衣缯（zēng）败絮：指衣服的碎片如破败的棉絮。缯，丝织品的总称。［38］查：烧焦的木头。查，同"楂"。［39］没（mò）：潜游水中。［40］从井有仁：下井救人。此指涉险救人。［41］雷渊：有雷神的深渊。［42］波臣：指水族。［43］音：通"荫"，遮蔽，可以躲避之所。［44］急濑（lài）：湍急的水流。［45］濡（rú）：沾湿，这里指淹没。［46］思济：希望得到援救。［47］陟（jī）：上升。［48］灵台：指内心。［49］精爽：灵魂，魂魄。厉：厉鬼。［50］"出寒流"二句：谓遇难者的尸体漂浮在冰冷的江水上，已有十二天了，眼睛却还没闭上。浃（jiā）辰，古代以干支纪日，自子至亥一周为十二天，称之为浃辰。浃，周匝。睊（juàn）睊，侧目相视。此指死不瞑目。［51］天属：指至亲。一般是父子、兄弟、姐妹等有血缘关系的亲属。［52］慭（yìn）：忧伤。《广雅·释诂一》："慭，忧也。"又《释诂二》："慭，伤也。"［53］强死：横死。不死于病，而死于意外。［54］意：表情，示意，此指眼眶流血。［55］支离：分散，残缺不全。［56］漫漶（huàn）：模糊不清。［57］圜（yuán）：同"圆"。［58］玦（jué）：环形而有缺口的玉器。比喻破碎不完整。［59］窍：即七窍，指口、鼻、眼、耳七孔。［60］捆（lì）：折断。节：骨节。此指肢体残缺。［61］狸首：指形体残缺。韩愈《残形操序》："《残形操》，曾子所作。曾子梦一狸，不见其首，而作此曲也。"［62］谁何：谁人。［63］然：同"燃"。一抔（póu）：一掬，一捧。［64］乘化：顺着自然规律的死亡。［65］天常：自然常道。［66］上：君王。［67］不惩：不悔。《楚辞·九歌·国殇》："首身离兮心不惩。"［68］国殇：为国事牺牲的人。［69］居人：指活着的亲人。［70］麦饭：麦子做的饭，引申为粗糙的饭食。［71］迍邅（zhūnzhān）：迟疑不进。［72］血嗣：嫡亲的后代。［73］腾哀：号啕大哭。属路：路上接连不断。属，连续。［74］狐祥：彷徨，徘徊无依。《战国策·秦策》："鬼狐祥而无食。"［75］丛冢：许多人埋葬在一起，指乱葬的坟墓。坎：坑，墓穴。［76］泰厉：原指古代无后的帝王，此指死而无后的鬼。《礼记·祭法》："王为群姓立七祀：曰司命，曰中霤，曰国门，曰国行，曰泰厉……"《正义》疏："泰厉者，谓古帝王无后者也。此鬼无所依归，好为民作祸，故祀之也。"［77］冯：同"凭"，凭借。类：一致，投合。［78］尚群游之乐：可享受都在一起的快乐，劝勉之词。

## 【审美点评】

盐船失火，火焰冲天，百舫尽赤，烟雾弥漫，人在其中，无路可逃，群声嘶号，响彻云霄，瞬间千命陨灭，焦尸浮江，如此惨状，让人不忍卒读。在大灾难面前，生命如此脆弱，让人怎能不哀惋叹息？难怪杭世骏有"惊心动魄，一字千金"（《哀盐船文·序》）的评价。